〈천수석〉 연작 2부작 중 제2부작

원 문 교 정 한 자 병 기 주 석 을 더 한

교주본

화산선계록 2

〈천수석〉 연작 2부작 중 제2부작

원 · 문 · 교 · 정 · 한 · 차 · 병 · 기 · 주 · 석 · 을 · 더 · 한

고주본

화산선계록 2

교주

최
길
용

學古房

이 논문 또는 저서는 2018년 대한민국 교육부와 한국연구재단의 지원을 받아 수행된 연구임 (NRF-2018S1A5A2A01038643)

This work was supported by the Ministry of Education of the Republic of Korea and the National Research Foundation of Korea (NRF-2018S1A5A2A01038643)

서 문

〈화산선계록〉은 〈천수석〉연작의 제2부작이다. 이 연작은 9권9책 15만6천여 자로 된 〈천수석〉과 80권80책 101만4천여 자로 된 〈화산선계록〉을 합해, 그 작품총량이 89권89책 117만여 자에 달하는 거질의 대 장편소설로, 그 외적 양식 면에서는 〈천수석〉-〈화산선계록〉으로 이어지는 연작소설이며, 그 내적 양식 면에서는 당말(唐末: 선종-희종)과 오대(五代: 後梁-後唐-後晉-後漢-後周)·송초(宋初)를 무대로 하여 위씨가문 6대인물(위광미-위보형-위사원-위복성-위현-위인창·웅창형제)들이 펼쳐가는 가문사가 주된 흐름을 이루고 있는 가문소설이다.

그 대강의 내용을 보면, 〈천수석〉은 위씨가문 2대 인물 위보형의 삶을 중심으로 위보형과 설소저가 겪는 혼사장애갈등과 그 3대인물 이사원(위보형의 장자로 진왕 이극용의 養子가 되었다가 후에 제위에 올라 후당 명종이 된다)의 무용담(武勇談)과 등극담(登極談)이 중심 플롯으로 결구(結構)되어 있는데, 속편인 〈화산선계록〉은 〈천수석〉 결미부에서 명종의 장자인 서정공 위복성이 本姓인 위씨성을 회복하여 화산에 은거한 이야기를 다시 부연하면서, 위복성의 아들 위현과 위현의 이·유·정 3부인이 겪는 혼사장애갈등, 위현의 활인담(活人談)과 출장입상담(出將入相談), 이부인의 활인담(活人談), 그리고 위씨가문 6대인물들인 위인창·웅창 등의 결혼담, 연화주·양혜주·원희주 등의 혼사장애갈등, 연희숙·양계흥·전약수 등의 효행담 등이 파란만장하게 펼쳐져 있다.

이 책 『교주본 화산선계록』은 유일본인 낙선재본 〈화산선계록〉을 저본으로 하여 그 원문을 전산입력하고, 이를 원문교정을 통해 그 필사과정에서 생긴 원문의 誤字·脫字·衍文·誤記·缺落·落張·磨滅字·錯簡들을 교정한 후, 여기에 띄어쓰기와 한자병기 및 광범한 주석을 가해 편찬한 것이다.

그 목적은 첫째로 연구대상 작품의 可讀性을 높이고 해석적 불완전성을 제거하여 일반 독자들이나 연구자들이 이에 쉽게 접근할 수 있게 하는데 있다.

둘째로는 필사본 텍스트들이 갖고 있는 태생적 오류, 곧 작품의 創作 또는 轉寫가 手記로 이루어질 수밖에 없었던 한계 때문에, 마땅한 퇴고나 교정 수단이 없음으로 해서 불가피하게 방치해버린, 잘못 쓰고, 빠뜨리고, 거듭 쓴 글자들이나 문장들, 그리고 문법이나 맞춤법·표준어 규정 같은 어문규범이 없었던 시대에, 글쓰기가 전적으로 필사자의 작문능력에 따라 달라질 수밖에 없음으로 해서 생겨난 무수한 非文들과 誤記들, 이러한 것들을 텍스트의 이본대교와, 전후 문장이나 문맥, 필사자의 文套나 글씨체 등을 비교·대조하여 바로잡는 데 있다. 또 이러한 교정과정을 일정한 기호를 사용하여 원문에 병기함으로써, 원문을 원표기 그대로 보존하여 보여주는 한편으로, 독자가 그 교정·교주의 타당성을 판단할 수 있게 하는데 있다. 그 이유는, 이렇게 함으로써 텍스트의 불완전성을 극복할 수 있을 뿐만 아니라, 원문의 표기법을 원문 그대로 재현해 놓음으로써 원본이 갖고 있는 문학적·어학적 가치는 물론 그 밖의 여러 인문·사회학적 가치를 훼손함이 없이 보존하고 전승해 갈 수 있다고 믿기 때문이다.

컴퓨터 문서통계 프로그램이 계산해준 이 책『교주본 화산선계록』全80권80책의 파라텍스트(para-text)를 제외한 본문 총 글자 수는 2,041,000여 자다. 원문 1,014,000여 자를 입력하고, 여기에 206,500여 자의 한자병기와 2,412 곳의 오자·탈자·마멸자·결락·낙장·오기·연문·錯簡 등에 대한 원문교정과, 12,634개의 주석이 가해져서 이루어진 820,500여자의 주석글자수가 합해진 결과다.

이 책의 출판에는 홍현성 박사와 정재윤 선생이 공동입력한 '낙선재본〈화산선계록〉1-80권 원문 입력파일'의 도움이 컸다. 오랜 시간 품을 들여 입력한 파일을 낯선 연구자에게 흔쾌히 내어준 두 분께, 이 자리를 빌려 무한한 감사를 드린다.

이 책이 좋은 편집으로 독자 제현께 다가갈 수 있게 된 것은 삼백예순날을 한결같은 정성으로 편집실을 지켜온 학고방출판사의 조연순 팀장과 여러 직원들의 노력 덕택이다. 또 어려운 출판여건 속에서도 인문학의 위기를 걱정하며 출판을 마다하지 않은 하운근 대표님의 결단이 있었기에 가능했다. 모든 분께 깊은 감사를 드린다.

필자가 '학고방'에 기대어 고소설 교주작업과 현대어화 작업에만 몰두해온 세월이 어언 10년을 넘어섰다. 부디 학고방출판사가 더욱 발전하여 필자가 출판걱정 없이 오래도록 연구에만 정진할 수 있기를 소망해 본다.

2022. 4. 5. 청명절 아침
蟄土齋에서 저자 識

✱ 일러두기 ✱

이 책 『교주본 화산선계록』은 유일본인 낙선재본 〈화산선계록〉을 저본으로 하여 그 원문을 전산입력하고, 이를 원문교정을 통해 그 필사과정에서 생긴 원문의 오자·탈자·연문·오기·결락·낙장·마멸자·착간들을 교정한 후, 여기에 띄어쓰기와 한자병기 및 광범한 주석을 가해 편찬한 것이다.

본 연구책임자는 지금까지 모든 교감본 또는 교주본의 편찬에서, 원문에 가해진 위와 같은 교정·보완 사항들을 일관성 있게 보여주고, 이를 원문과 구별할 수 있게 하기 위해, 다음 부호들을 사용해오고 있다.

( ) : 한자병기를 나타내는 부호. ( )의 앞에 한글을 적고 속에 한자를 적는다.
　　　예) 대명(大明) 성화년간(成化年間)의 성의빅(誠意伯) 유정경은 셰딕명문이니

[ ] : 원문의 잘못 쓴 글자를 바로잡거나 빠진 글자를 보충해 넣은 부호. 오자·탈자·결락·낙장·마멸자 등의 교정에서 바로잡거나 빠진 글자를 보충해 넣을 때 사용한다.
　　　예) 번셩ᄒᆞ믄믈], 번셩○[ᄒᆞ]믈, 번□□셩ᄒᆞ]믈,

○ : 원문의 필사 과정에서 생긴 탈자를 표시하는 부호. 3어절 이내, 또는 8자 이내의 글자를 실수로 빠트리고 쓴 것을 교정하는 경우로, 빠진 글자 수만큼 '○'를 삽입하고 그 뒤에 '[ ]'를 붙여, '[ ]'안에 빠진 글자를 보완해 넣어 교정한다.
　　　예) 넉넉ᄒᆞ○○○[미 이시니

{ } : 중복된 글자나 불필요하게 들어간 말을 표시하는 부호. 衍字나 衍文을 교정하는 경우로, 중복해서 쓴 글자나 불필요한 말의 앞·뒤에 '{ 과 '}'를 삽입하여 연자나 연문을 '{ }'로 묶어 중복된 글자이거나 불필요한 말임을 표시한다.
　　　예) 공이 쳥파의 희연히{희연히} 쇼왈

《‖》 : 원문의 필사 과정에서 두 글자 이상의 단어나 구·절 등을 잘못 쓴 오기를 교정하는 부호. 이때 '‖'의 앞은 '원문'이고 뒤는 '바로잡은 글자'를 나타낸다.
　　　예)《잠비‖잠미》를 거스리고

8

○…결락○자…○ : 원문에 3어절 이상의 말을 빠뜨리고 쓴 것을 보완하여 교정할 때 사용하는 부호. '○…결락○자…○' 뒤에 '[ ]'를 붙여 보완할 말을 넣고, 빠진 글자수를 헤아려 '결락' 뒤의 '○'를 지우고 결락된 글자 수를 밝힌다.
  예) ○…결락9자…○[제손의 혼인을 셔둘식]

○…낙장○자…○ : 원문에 본디 낙장이 있거나, 원본의 책장이 손상되어 떨어져 나간 것을 보완할 때 사용하는 부호. '○…낙장○자…○' 뒤에 '[ ]'를 붙여 보완할 말을 넣고, 빠진 글자 수를 헤아려 낙장 뒤의 '○'를 지우고 빠진 글자 수를 밝힌다.
  예) ○…낙장 2,884자…○[ᄂᆞᄂᆞᆫ 돗ᄒᆞ여 간비 업ᄉᆞᆫ디라 찻던 주머니 ᄭᅵᆫ이……소더를 비예 ᄂᆞ리와

□   : 원본의 글자가 마멸되거나 汚損으로 인해 판독이 불가능한 글자를 표시하는 부호. 마멸 또는 오손된 글자 수만큼 '□'를 삽입하고 그 뒤에 '[ ]'를 붙여, 마멸 또는 오손된 글자를 보완해 넣는다.
  예) 번□□[셩ᄒᆡ]믈

▌①( )▐ : 원문에 필사자가 책장을 잘 못 넘기거나 착오로 쓰던 쪽이나 행을 잘못 인식 하여 글의 순서가 뒤바뀐 착간(錯簡)을 교정하는 부호. 필사착오가 일어난 처음과 끝에 '▌'를 넣어 착오가 일어난 경계를 표시한 후, 순서가 뒤바뀐 부분들을 '( )'로 묶어 순서에 맞게 옮긴 뒤, 각 부분들 곧 '( )'의 앞에 원문에 놓여 있던 순서를 밝혀 두어, 교정 전 원문의 순서를 알 수 있게 한다.
  예) 원문의 글이 ▌①( )②( )③( )▐의 순서로 쓰여 있는 것이 '②( )-①( )-③( )' 의 순서로 써야 옳다면, 이를 옳은 순서대로 옮기고, 각 부분들의 앞에는 본래 순서에 해당하는 번호를 붙여 ▌②( )①( )③( )▐으로 교정한다.

목 차

- 서 문 ‥ 5
- 일러두기 ‥ 7
- 〈화산선계록〉 이야기 줄거리 ‥ 10

〈화산선계록〉 이야기 줄거리
― 21권부터 50권까지 ―

109. 황제, 위부에 미행(微行)하여 위원수에게 사주(賜酒)하고 출정(出征을 격려한다.[1] (21)

110. 숙정·옥대, (先時에) 한웅·춘교로 더불어 도망하여 한 산사(山寺)에서 호한(豪漢)들을 초모(招募)하려다가 관군에게 발각되어 도주하던 중, 기아(飢餓) 가운데서 위태비의 현몽(現夢)으로 평경을 만나 청룡산 산적(山賊) 성용의 소굴로 간다. 도중에 한웅을 베어죽이고 성용의 소굴에서 성용과 음란하다가 그의 처(妻) 봉씨에게 죽을 위기를 겪고, 성용과 함께 걸안으로 가, 걸안 왕과 그의 조카·동생·아들 등과 난음(亂淫)하며, 중국 침략을 부추긴다. 걸안 정비(正妃) 탈묵씨에게 혹형(酷刑)을 받고 피했다가, 요도(妖道) 등선랑의 도움으로 탈묵씨를 제거하고 정비(正妃)가 되고, 대군을 일으켜 중국 침략 길에 오른다. (21)

111. 위현, 대주에 진을 치고 걸안군과 싸워 그의 기재대략(奇才大略)과 신·화 양장(兩將)의 신무(神武)로 연전연승한다. 조마경·홍금삭으로 적의 요술을 제압하고 요도 등선랑과 숙정을 생포, 걸안의 항복을 받는다. (21)

112. 위현, 대주지방이 군량조달로 민폐가 극심할 것을 헤아려, 신양을 시켜 동창궁과 적경원에 비장(秘藏)되어 있는 가재(家財)를 운반해 신평·운능·남군 태수에게 이름을 숨겨 나눠주게 해, 그것으로 군량을 조달케 한다. (21-22)

113. 신양, 걸안태사 소마개를 참수(斬首)하여 그가 전에 부친을 죽인 원수를 갚는다. (22)

114. 위현, 요도 등선랑을 신문, 숙정·옥대를 도와 요술로 탈목시를 병인(病人)을 만든 것과 호선낭의 원수를 갚기 위해 전쟁에 가담한 것을 자백 받고, 탈목시의 병을 회복시킨 후 등선낭을 참수한다. [시체가 누런 구미호(九尾狐)로 변한다] (22)

115. 걸안, 평경·춘교를 잡아 송진(宋陣)에 바친다. (22)

116. 위현, 군사를 이끌고 개선(凱旋)한다. (22)

117. 황제, 위현에게 동평장사를 제수하고 이·유·정 삼부인에게 각각 초국부인·신국정의부인·누국현정부인을 봉한다. (22)

118. 황제, 숙정·평경·춘교를 치죄, 모든 악사를 자백 받고 처형한다. (22)

119. 양문흥·소세광, 과거에 응시. 문흥이 장원, 세광이 탐화로 급제하고 어전에서 각각 친척 태학사 양세흥과 도어사 소세정을 상봉한다. 황제, 문흥에게 함림지제교를, 세광에게는 한림편수부총독을 제수한다. (22)

---

1) 본서 『교주본 화산선계록 2』의 단락번호를 '109'로 시작하는 것은 본서가 『교주본 화산선계록 1』의 서사단락 '1-108'의 연장선상에 있음을 나타내기 위함이다.

120. 위현, 휴가를 얻어 화산에 나가 부모를 배알한다. (22-23)

121. 양문흥·소세광, 화산 위부에 가 사은하고, 각각 가족을 권솔하여 부모의 묘소에 나아가 소분(掃墳)한 후, 환가(還家)한다. (23)

122. 진왕, 숙정이 처형된 뒤에도 부옥대를 마저 잡아 선제(先帝)의 원수를 갚을 날이 오기를 와신상담(臥薪嘗膽)하며 고대(苦待)한다. 이부인, 원수를 갚을 시기가 머지 않았음을 예언해준다. (23)

123, 진왕, 선제(先帝)와 모비(母妃)를 영모(永慕)하다가, 꿈에 제(帝)와 비(妃)를 만나 인간의 내세와 천명, 자신의 장래사 등에 관한 이야기를 듣는다. (23)

124, 유부인, 새울음 소리를 듣고 나라에 중대한 일이 있음을 예견하고 이를 화산에 있는 위현에게 기별한다. (23)

125. 황제, 괴서(怪書)를 받고 중신(重臣)들과 의논하였으나 아무도 해독을 못해 위현을 생각한다. 위현, 부인의 기별을 받고 화산에서 급히 상경하여 조정에 나가 괴서를 보고 운남·남월·교지 삼국이 연합하여 중국을 침범하겠다는 선전포고문임을 해독한다. (23)

126. 위현, 운남 등 삼국 출정(出征)을 자원(自願)하여 평남대원수(平南大元帥)를 배명(拜命)하고 부원수 조빈. 좌·우 대장 이한승·정은, 좌·우 선봉 신양·화진 등과 함께 10만 대군을 이끌고 출정한다. 삼국의 지계(地界)에서 접전하여 위원수의 신기한 모책(謀策)과 조빈 등 제장의 무예와 용력으로 삼국과 일곱 번 싸워 일곱 번을 다 이겨 수월 사이에 삼국의 항복을 받고 솔군반사(率軍班師)한다. (23)

127. 위현, 개선군(凱旋軍)을 이끌고 산동에 이르러, 태수로부터 산동이 적난(賊亂)으로 관고(官庫)가 텅 비고 백성이 기아에 허덕이고 있는 참상을 보고받고, 신양을 동창궁에 보내, 전에 대망이로 하여금 지키게 했던 재보(財寶)를 모두 가져오도록 하여, 이를 태수에게 주어 백성들을 구휼하게 한다. (24)

128. 신성태수 신성, 신양과 담소하던 중, 선세(先世) 족파(族派)를 물어 서로 사촌 형제임을 알게 된다. (24)

129. 위현, 산동을 떠나 회군 도중 변하(汴河)를 건너다 홀연 풍랑이 크게 일어남을 보고, 용신(龍神)에게 글을 던져 수귀(水鬼)의 작변으로 수사(水死) 위기에 처한 도어사 소세정 일가를 구한다. 소세정, 도어사(都御史)로 숭직하여 향리의 가족을 권솔(眷率)하여 상경하던 중, 변하를 건너다가 딸 요주를 탈취하려는 수귀의 작변을 만나 몰사(沒死) 직전에 위원수의 구원을 입는다. 소요주, 모친 풍부인이 기몽(奇夢)을 얻고 낳은 딸로, 위가(家)에 천연(天緣)이 있다. (24)

130. 위현, 개선(凱旋) 입경(入京)한다. (24)

131. 이·유·정 삼부인, 각각 출산득남(出産得男)한다. (25)

132. 위현, 철·소·양·연 4가(家)에 인창·현창·웅창·진왕의 혼인을 유의(有意)하나, 양·연가(家)에 부득이한 사정이 있어 마땅한 때를 기다린다. (25)

133. 예부상서 연희숙, 출천대효(出天大孝)로 부모를 섬긴다. 부친이 기세(棄世)하자 예(禮)를 다해 삼년상(三年喪)을 마치고 부인 석씨와 함께 모친 기씨를 효봉(孝奉)한다. 기씨, 성품이 어질지 못하여 희숙부부에 대한 혹독한 태장(笞杖)이 그칠 새 없다. (25)

134. 연희숙, 아들 명윤의 혼인을 경소저와 정하고, 모친께 이를 고한다. 기씨, 경가(家)의 가난함을 듣고 노(怒)하여 불허하고, 부가(富家)의 여(女)로 손부(孫婦)를 택할 것을 강요하여, 희숙부부에게 중장(重杖)을 가한다. 명윤, 자신의 혼인 문제로 부모가 중장을 입음을 불효로 여겨 자기 몸을 돌로 쳐 상처를 내어 불효를 자책한다. (25)

135. 연명윤, 경소와 혼인한다. 기씨, 명윤의 혼인을 불쾌히 여겨 경소저·명윤·연공부부에 대한 엄책(嚴責)과 중장(重杖)이 무상(無常)하다. 명윤부부와 연공부부, 모친의 엄책과 중장을 조금도 원망함이 없이 감수(甘受)하며 성효(誠孝)를 다한다. (전에 후주 세종이 희숙의 효행을 기특히 여겨 예부상서를 제수한 바 있다.)

136. 연희숙, 장녀 화옥의 혼사를 왕정빈의 차자(次子)와 정하고 모친으로부터 중장(重杖)을 받는다. 연화옥, 왕생과 혼인한다. (25)

137. 연부(府), 기씨의 회갑을 맞아 대연(大宴)을 베푼다. 가빙낭, 모친을 따라 외가 연석(宴席)에 왔다가 종남(從男) 가생을 이끌고 화주(연희숙의 차녀) 소저의 방에 돌입한다. 화주, 남녀유별(男女有別)의 예(禮)로 양인을 대책(大責)하고 질퇴(叱退)한다. (25)

138. 조보의 식부(息婦) 최씨, 화주의 미모를 보고 공교한 말로 기씨에게 자신의 아들과 혼인을 청한다. 기씨, 쾌허하고 희숙의 허락을 얻어내고자 하다가 따르지 않자 희숙에게 중장을 가한다. 화주, 부친을 사(赦)할 것을 고간(固諫)하다 비수(匕首)로 자결한다. 기씨, 마지못해 희숙을 사(赦)한다. 희숙, 회생단(回生丹)을 먹여 화주를 회생시키고 조모를 놀라게 한 죄로 다시 화주를 태벌한다. (26)

139. 연명윤, 부친이 조모께 장책을 받을 때마다, 조모께 애걸해 부친을 대신하여 장책을 받는다. 노복(奴僕) 성범, 기씨의 명(命)으로 연공 등을 태장하고는 그때마다 스스로 자신의 몸에 장책을 가해 자책한다.(이로써 연부 가행(家行)이 널리 드러난다). (26)

140. 유부인, 새소리를 듣고 부옥대가 변용(變容)하고 잠입할 것을 예견(豫見)하고, 이·정부인과 대책을 상의한다. 부옥대, 걸안에서 등선낭으로부터 개용단(改容丹)을 얻어먹고 변용(變容)하고 상경하여 황궁에 잠입, 황후의 진왕 시녀 뽑는데 뽑혀 위부로 사송(賜送)된다. 이부인, 한상궁에게 조심경(照心鏡)을 주어 옥대에게 비춰 본형을 드러내게 한 후, 진왕으로 하여금 생포케 한다. (26-27)

141. 진왕, 이부인의 지휘를 받아 옥대를 잡아 황제께 바친다. 황제, 혹형(酷刑)을 가해 옥대의 죄악을 자복(自服) 받고 진왕에게 보내 처형(處刑)케 한다. 진왕, 옥대에게 참혹한 형벌을 가한 후, 머리를 베고 사지(四肢)를 갈라 처절한 복수를 행한다. (27)

142. 위현부부, 진왕을 친자(親子)처럼 자애(慈愛)하며, 연화주와 진왕의 혼사를 맺 어주고자 하나, 기씨

의 패악(悖惡)을 염려하여 결정을 하지 못한다. (27)

143. 위현 : 제국 토평(討平)을 위해 출정(出征)한다. (27)

144. 이·유·정 삼부인, 순산(順産) 생남(生男)한다. 탕부인, 회과천선(悔過遷善)하여 위부에 와 산모를 간호하며 출산을 돕고, 양자 이한승 장군을 따라 돌아간다. (27)

145. 이부인, 출산 후 병을 얻어 사경(死境)에 이른다. 유·정부인과 인창·웅창·현창·진왕, 진심갈력(盡心竭力)하여 간병한다. 특히 이부인 소생인 인창은 단지생혈(斷指生血)로, 양자(養子)인 진왕은 지성으로 천지신명께 도축(禱祝)하며 구병(救病)한다. (27)

146. 이부인, 혼혼(昏昏)한 가운데 넋이 하늘에 올라가 부모와 두황후(진왕의 생모)를 뵙고 상제(上帝)께 조현(朝見)하여, '자신의 전신(前身)이 문곡성(文曲星) 위현의 정비(正妃)이고, 천수(天壽)가 27세이며, 유부인의 천수는 28세'라는 천정비의(天定秘意)를 깨닫는다. 상제(上帝), 인창의 효(孝)와 진왕의 도축(禱祝)에 감동하여, 이부인의 천수(天壽)를 이어주고, 유부인의 천수도 이부인과 같게 늘려주어 인간계로 생환(生還)시킨다. 이부인, 병세(病勢)가 쾌차한다. (27)

147. 유부인, 선모비(先母妃)의 현몽(現夢)으로 이부인이 자신의 천수(天壽)를 늘려 주었음을 알고 꿈을 깬 후 이부인에게 사례한다. (27)

148. 위현, 제국을 항복받고 개선(凱旋) 입경(入京)한다. (27)

149. 기씨, 가반·가빙낭과 동심하여 시비 금향이 인진(引進)한 호중과 연화주의 혼사를 비밀리에 추진한다. 은섬(연화주의 유모), 이 사실을 염탐하여 석부인과 가부인에게 알린다. 옥섬, 언니인 은섬으로부터 기부인의 음모를 듣고 이를 이한승 장군에게 고(告)해, 위부 이부인에게 알리게 한다. (28)

150. 이부인, 기씨와 연공 몰래 간비(姦婢) 금향을 없애고 호중의 혼사를 물리칠 계교를 오빠 이한승 장군에게 알려준다. 이한승, 이부인의 계교를 좇아 금향에게 자신의 보도(寶刀)와 금대(金帶)를 절도한 죄를 씌워 박살(撲殺)한다. (28)

151. 이부인, 이 장군에게 황제가 밤에 위부(府)에 미행할 것을 예언하고, 이때를 타 진왕과 연화주의 사혼(賜婚)을 주청(奏請)하게 한다. 황제, 북한(北漢)을 칠 방책을 묻기 위해 위부에 미행(微行)한다. 위현·이한승, 황제를 맞아 북한 정벌 방책을 대주(對奏)하고, 말이 진왕의 혼사문제에 미치자 함께 진왕과 연화주의 사혼을 주청(奏請)한다. 황제, 진왕비 간선령(揀選令)을 내리고 제신가(諸臣家)에 미혼소녀(未婚少女)들을 간선에 참여시키도록 엄명을 내린다. (28)

152. 연희숙, 모친이 달갑게 여기지 않음으로 화주를 간선에 들이지 않는다. 황제, 중사(中使)를 보내 연희숙을 엄책(嚴責)하고 화주를 입궐토록 엄명한다. (28)

153. 기씨, 빙낭으로부터 '연희숙이 이미 진왕의 빙폐를 받고 황제께 간선을 청해 자신을 협제하려 한다'는 참언(讒言)을 듣고 대로(大怒)하여 칼을 빼들고 자문(自刎)을 기도(企圖)한다. 연희숙, 모친의 과도한 거조(擧措)에 놀라 칼을 빼앗다가 손을 중상(重傷)한다. 가부인(기씨의 딸), 빙낭의 참언임을 밝히고 오빠 희숙을 사(赦)할 것을 고간(固諫)한다. (28-29)

154. 중사(中使) : 연부에 도착. 황명을 거역한 죄로 희숙을 나옥(拏獄)하여 기씨를 놀라게 한다. 기씨, 희숙이 중죄를 입을까 자겁(自怯)하여 자신의 잘못을 통회(痛悔)하고 가슴을 치며 통곡한다. (29)

155. 두황후(皇后) : 연부에 책조(責詔)를 내려 석부인을 책(責)하고 기씨를 경동(警動)한다. 기씨, 화주를 입궐시켜 희숙을 구명(救命)케 하니 화주가 입궐하여 황후께 부친의 사명을 간청한다. 황후, 화주의 현미(賢美)함과 그 예절(禮節)·동지(動止)에 감탄하나, 가씨의 광패(狂悖)함과 어리석은 행동을 제어키 위해, 황상께 아뢰어 사명(赦命)을 늦추게 한다. (29)

156. 기씨, 빙낭을 꾸짖어 내치고 회과자책(悔過自責)한다. (29)

157. 가부인, 빙낭을 수죄(數罪)하고 중타(重打)한다. 석부인, 가부인의 수죄(數罪)를 말려 빙낭을 구(救)한다. (29)

158. 기씨. 폐식(廢食) 자책(自責)하며, 자(子)·손(孫)의 부부와 화주 등의 성효를 회상하며 뉘우치는 마음이 지극하고 희숙의 생사를 몰라 초조해 한다. 두황후, 화주와 진왕의 혼인 조서(詔書)를 기씨에게 보내고 역명(逆命)치 말 것을 경고한다. 기씨, 황후께 표(表)를 올려 자신의 뉘우치는 마음을 곡진히 베풀고 사혼(賜婚)을 감은(感恩)하고, 봉행할 것을 주문(奏聞) 한다. (30)

159. 연희숙·화주 부녀(父女), 귀가하여 모자(母子)·조손(祖孫)의 반기는 정이 지극하다. 연부(府), 마침내 가화(家和)를 이룩한다. (30)

160. 황제, 진왕과 화주의 혼인을 반포(頒布)하고, 왕례(王禮)로 성대히 결혼식을 거행하게 한다. 연희숙에게 참지정사를, 연명윤에게 예부시랑을, 철영진에게 예부상서를 각각 제수한다. (30)

161. 진왕·연화주, 성대한 결혼식을 올리고 입궐 사은한다. (30-31)

162. 진왕·연화주 부부, 부부화목하고 상경상애하며 위공부부께 자도(子道)를 다한다. 또 위공의 자녀들과 동거동락(同居同樂)하며 친형제처럼 정의심밀(情誼深密)하다. (32)

163. 위현, 인창·현창의 혼인을 철영진의 여(女) 초주와 소세정의 여 요주로 정혼한다. (32)

164. 이·유·정 삼부인, 각각 출산(出産) 득남(得男)한다. (32)

165. 이부인, 모친 탕부인 간병차(看病次) 친가에 머무른다. 웅창, 인창·현창과 함께 이부(府)에 가 모친께 문안하고 귀가 도중 절도사 김황의 자(子) 김민이 백주(白晝)에 민가의 미소녀를 겁탈하는 장면을 목격하고, 김민을 중타(重打)하여 물리친 뒤, 집에 돌아와 부친께 대죄(待罪)한다. 위현, 웅창이 사행(士行)을 잃음과 인창의 동생을 가르치지 못한 잘못에 대해, 각각 태장(笞杖)을 가해 경계한다. (33)

166. 김민의 모 강씨, 웅창이 무고히 아들을 폭행하여 중상을 입고 사경(死境)에 있다 하여, 웅창을 중치할 것을 원정(原情)한다. 위현, 흑백을 가리지 않고 웅창을 김씨 앞에서 다시 중장(重杖)을 가해 피육(皮肉)이 후란(朽爛)하고 성혈(腥血)이 돌출토록 장책(杖責)한다. 진왕 등의 간청(懇請)으로 그치나, 김민의 모는 더 중(重)히 다스릴 것을 요구한다. (33)

167. 상부윤, 공사(公事)로 위부에 왔다가 위현의 웅창 치죄 광경을 보고, 강씨 모자와 피해 미소녀를

관부(官府)로 압송하여, 김민의 죄상을 밝히고, 또 피해 미인이 걸안의 침입으로 이산(離散)했던 자신의 서매(庶妹)임을 확인하고, 이 사실을 황상께 주문(奏聞)한다. 황제, 김씨 모자를 중장(重杖)을 더해 절도(絶島)에 충군(充軍)케 하고, 위부에 태의(太醫)를 보내 웅창의 장처를 치료케 한다. (33)

168. 황제, 웅창을 대궐로 불러 보고, 그 영웅적 기상을 찬탄한다. (33)

169. 이·유·정 삼부인, 위현의 생일(生日)을 맞아 잔치를 베푼다. 위현, 여러 붕우(朋友)들과 음주단란(飲酒團欒)하며 성창 등 여러 자녀들의 혼사(婚事)를 정약(定約)한다. (33-34)

170. 두황후, 위부(府)에 수서(手書)를 내려, 공부상서 영환('연환'으로 표기된 곳도 있다)의 딸 옥교로 위완창의 부실(副室)을 삼게 하고, 호부시랑 두균(황후의 친족)의 아들 두청과 서암공 위경의 차녀와의 혼인을 명한다. 옥교, 앞서 모친(황태후의 질녀)을 따라 입궐하였다가, 우연히 위완창의 풍채를 보고 그 재취(再娶)되기를 획책하여, 완창과 자신이 '천정연분(天定緣分)'이라는 거짓 '신몽(神夢)'을 지어내, 이로써 태후를 움직여 황후의 '사혼전지'를 얻어낸다. 위현 부부, 두가(家)와의 혼인은 기뻐하나, 옥교의 재취는 불열(不悅)해 한다. 다만 사혼(賜婚)을 거스를 수 없음을 예견하고 일단 수명(受命)한 후, 화주에 가 의논하고자 한다. (34)

171. 위현, 부친과 이형(二兄)에게 '두(완창과 서암공 차녀) 혼사'를 상의하기 위해 화산으로 떠난다. (34)

172. 기부인[기씨], 자부 석부인 등과 함께 진궁을 방문하여 진왕과 화주의 환대를 받고 진궁의 장려(壯麗)한 경치를 두루 유람한다. 이어 이·유·정 삼부인과 상견하여 다시금 전과(前過)를 깊이 회한(悔恨)하며 용서를 빌고, 월여(月餘)를 머문 뒤 귀가한다. (35)

173. 가빙낭, 연비(妃)를 모해코자 진왕의 부실(副室)이 되기를 획책하여 부친 가창으로 하여금 기태부인에게 자신을 진왕의 부실로 천거하게 한다. 기태부인, 가창의 청을 즐퇴(叱退)한다. 가창, 악모 기부인의 즐퇴에 노(怒)하여 분풀이로 세 아들을 태장한다. 가부인, 빙낭의 간교함을 책망하고 중타(重打)한다. (35)

174. 가빙낭, 가반과 호증 등 악류(惡類)들과 결탁하여 진왕·화주 부부를 해할 흉계를 모의한다. (35)

175. 위현, 화산에 도착하여 부모와 양형(兩兄)의 허혼(許婚)을 받고 서암공 차녀 명주를 데리고 경사(京師)로 돌아온다. (35)

176. 가창, 빙낭의 참언을 듣고 연부(府)에 가, 기태부인을 욕하고 돌아와 부인을 출거(黜去)한다. 가부인(가창의 처), 친개연(府)로 돌아와 모친 기태부인을 시봉(侍奉)한다. (35)

177. 가창·가빙낭 부녀(父女), 진왕부부를 해할 흉계를 진행한다. 먼저 연부에 가 있는 가부인을 돌아오게 하고, 간비(姦婢) 채선을 시켜 거짓으로 '기태부인이 진왕비를 보고자 하는 뜻'을 진궁 문안비(問安婢)를 통해 진왕비에게 전하게 한다. 기태부인, 진왕비의 청으로 진궁에 가 수십 일을 머물고 돌아온다. 채선, 기태부인을 수행하여 진궁에 가 요예지물(妖穢之物)을 매설(埋設)하여 무고(巫蠱)를 행한다. (36)

178. 진왕비, 무고(巫蠱)로 인해 신기(身氣) 불안한 가운데 신년 세알차(歲謁次) 귀근(歸覲)한다. 채선, 진왕비의 차에 독(毒)을 넣는다. 진왕비, 차를 마시고 복중(腹中)이 불평하자 치독(置毒)을 의심하여, 한상궁을 위부 이부인에게 보내 돌아갈 뜻을 고하고, 진왕이 보낸 거교(車轎)를 타고 진궁으로 돌아온다. 기태부인과 석부인이 동행한다. 이·유·정 삼부인, 해독환(解毒丸)을 먹여 진비를 소생시킨다. (36)

179. 채선, 기·석부인을 따라 진궁에 가 재차 약탕에 치독(置毒)하고 도주한다. 이부인, 약에 독기가 있음을 발견해 이를 먹지 않고 진왕에게 보내 범인을 잡게 한다. 진왕, 채선의 소행임을 알아내지만 은신처를 알지 못해 잡지 못한다. (36)

180. 이부인, 정부인으로 하여금 채선의 간 곳을 추점케 하여 "은신처는 가성가(賈姓家)요, 명일 새벽에 북문을 통해 달아나리라."는 점사(占辭)를 얻고, 진왕에게 간당(奸黨)을 잡을 방도(方途)를 일러준다. (36)

181. 가부인, 빙낭의 처소를 지나다가 우연히 빙낭과 채선의 사어(私語)를 엿듣고 놀라 양녀를 잡아 액살(縊殺)하여 가문에 참욕(慘辱)이 미치는 것을 면코자 한다. 가창, 부인의 치죄(治罪) 현장에 달려와 양녀를 구하고 채선을 도피시킨다. (36)

182. 가부인, 연참정에게 서간을 보내 양녀의 악행과 채선을 실포(失捕)함을 이르고 채선을 잡아 입막음을 해주기를 청한다. (36)

183. 채선, 호증·가반과 상의하고 새벽에 북문을 통해 도주를 기도한다. 진왕, 이부인 계교를 따라 궁관들을 보내 북문에서 삼인(三人)을 체포한다. (36))

184. 연참정, 진왕비에게 서간을 보내 간비 채선을 불문처살(不問處殺)하여 욕이 문호에 미치지 않게 하도록 일러준다. 진왕비, 부친의 뜻을 왕께 고하고 이에 따르기를 청한다. 이부인, 진왕비를 위로하고 악의 근원을 발본색원하여 후환을 방비하는 것이 현명함을 일러준다. (36)

185. 두황후, 소상궁으로부터 진왕비 치독(置毒) 사건의 전말을 듣고, 이를 황제께 아뢴다. 황제, 형부에 명해 사건을 사핵(査覈)케 한다. 이로써 빙낭·가창·가반·호증·채선 등의 죄상이 다 밝혀지고, 진왕비·연참정·가부인 등의 명행(明行)이 드러난다. 황제, 채선은 참형, 가반·호증은 다시 중형(重刑)을 가해 절역(絶域)에 충군(充軍)토록 명하고, 가부인의 덕행을 포장하여 남편 가창은 감형하여 유배에 처하고, 딸 빙낭의 죄는 그 모(母)의 교화에 맡겨 묻지 말도록 명한다. (36-37)

186. 진왕비, 채선의 초사(招辭)를 보고 스스로 부끄러워하여 석고대죄(席藁待罪)한다. 진왕, 비(妃)를 위로하고 평안히 병을 조리하게 한다. (37)

187. 가부인, 남편 가창을 행리(行李)를 챙겨 적소로 보내고 빙낭을 중타(重打)하여 경계하고 자녀를 권솔(眷率)하여 하향(下鄕)한다. 진왕비, 가부인에게 금백(金帛)을 보내 행자(行資)를 돕고, 서간으로 별정(別情)을 편다. (37)

188. 위완창, 영옥교를 재취(再娶)로 맞아 결혼하고, 신혼 첫날밤부터 박대한다. 영씨, 은악양선(隱惡佯善)하며 간비 홍선·봉선 자매와 함께 원비 양소저를 제거 할 기회를 노린다. (37-38)

189. 소소저(위문창 처), 혼인한지 8년 만에 잉태하여 득남한다. 위부, 종손(宗孫)을 얻어 기뻐한다. (38)

190. 위소저(소세광의 처), 출산(出産) 득남(得男)한다. (38)

191. 영옥교, 양소저 잉태소식을 듣고 빨리 죽이지 못해 초조해 한다. 시비 봉선, 영씨의 질투심에 영합해 언니 홍선(옥교의 유모)과 함께 양소저 제거 흉계를 모의하고, 양소저의 시비 설란과 빙섬을 금은으로 매수해 자신들의 수족(手足)을 삼으려 한다. 설란·빙섬, 이부인의 지시를 따라 영씨 일당에 접근한다. (38)

192. 영옥교, 완창과 양소저의 동실지락(同室之樂)을 엿보고 질투심으로 오열하며 밤새 애를 태우다가 칭병하고 신성(晨省)에 불참한다. 봉선, 청허관 요도 등운낭으로부터 여러 종류의 요약(妖藥)을 사가지고 와 영씨·홍선 등에게 보이고 치독(置毒)할 기회를 노린다. (38)

193. 설란, 친부(親父)를 사렴(思念)하며 자주 눈물을 짓고 일을 태만히 하여 중장(重杖)을 받는 등, 딱한 처지에 놓여 괴로워하는 행동을 한다. 영씨, 설란에게 금백(金帛)과 옷, 의약(醫藥) 등을 보내 위로하는 등, 환심을 사기 위해 온갖 노력을 다한다. 설란, 영씨 침소로 찾아가 칭은(稱恩)하고 거짓 소회(所懷)를 펴, 영씨·홍선·봉선 등을 미혹(迷惑)하여 깊이 밀착한다. (38-39)

194. 설란, 영씨의 환심을 사기 위한 고육지계(苦肉之計)로 영씨가 마련한 새 옷을 위어새위완창에게 입게 하였다가, 사상궁에게 장책(杖責)을 받고 소당(小堂)에 갇힌다. 영씨, 봉선에게 음식과 약을 보내 설란을 위로하고 장처를 치료해 주게 한다. 설란, 거짓으로 영씨의 은혜에 감읍하는 체하여 봉선과 결약형제(結約兄弟)하고 영씨를 섬기기로 한 후, 영씨의 처소로 가 감언미어(甘言美語)로 영씨를 미혹하여 신임을 얻는다. (39)

195. 설란, 봉선으로부터 독약을 받아 양소저의 차(茶)에 넣는다. 양소저, 이를 알고 설란을 소당에 가두고 계부(季父)[위현]의 처분을 기다리게 한다. (39)

196. 위현, 오월지방에 도적이 창궐하자 남정대원수를 배명(拜命)하여 출정한다. 소세광, 순무사로 종군(從軍)한다. (39-40)

197. 위현, 군사를 이끌고 오월 지계(地界)에 이르러 주둔(駐屯)하여 도적을 효유(曉喩)하며 백성을 안무(按撫)한다. 적괴(賊魁) 주통, 후량(後梁) 태조 주전충(朱全忠)의 조카로, 전(前)에 소세광 남매를 핍박하여 세광의 누이 소소저를 겁탈하려 한 바 있다. 월나라 송림산에 웅거하여 민가를 노략한다. 위현, 제요술(制妖術)과 화공(火攻)으로 주통의 산적(山賊)을 궤멸(潰滅)한다. 소세광, 주통을 잡아 처참(處斬)하여 원수를 갚는다. (40)

198. 위현, 군(軍)을 강서로 옮겨 주둔하고 순무어사 소세광으로 하여금 장사·무창 등지를 순무케 한다. (40)

199. 소세광, 위원수의 밀명을 받고 장사에 이르러, 한 촌사(村舍)에서 화생(이름 '운', '화소저'의 오빠)·상생 등으로부터 전약수의 원옥사(冤獄事)를 듣고 관아(官衙)로 간다. (40)

200. 전약수, 화운의 동생 화소저와 결혼하고 부부가 편부(偏父)를 성효(誠孝)를 다하여 봉양한다. 편부

(偏父) 전숙, 상처(喪妻)하고 염춘애를 작첩(作妾)한 뒤부터 염씨의 모해로 약수 부부에 대한 자애가 멀어지고 질책(叱責)과 태장(笞杖)이 그칠 날이 없다. (40)

201. 염춘애, 약수가 자신을 음간(淫姦)하려 했다는 죄명(罪名)을 씌워 전숙의 분노를 촉발케 한다. 또 자신의 고인(故人: 오래된 벗. 곧 情夫) 우섭을 자객으로 가장시켜 전숙을 칼로 찌르려는 시늉을 하고 도주케 한 후, 자객의 찢겨진 옷소매 속에서 나온 약수의 위조서간(염춘애의 自作이나 약수의 妻가 代筆한 것으로 특정되어 있음)을 증거로, '약수부부가 자객을 부려 친부(親父)를 살해하려 했다'는 강상대죄(綱常大罪)로 약수부부를 관(官)에 고발한다. 전약수, 부친으로부터 다시 철편으로 난타를 당하고 혼절한 채로 관부(官府)에 실려 간다. (40)

202. 장사태수 오흡, 약수의 원억함을 헤아려 구활(救活)한 후 사핵(查覈)하려 한다. 전약수, 옥 안에서 충복(忠僕)들의 지극한 간호와 오태수의 보살핌으로 회생하나, 부친의 허물이 드러날 것을 두려워하여 폐식(廢食)하고 자진(自盡)코자 한다. 염춘애, 자신의 죄가 드러날까 자겁(自怯)하여, 태수의 모친 송씨에게 뇌물을 바치고, 약수를 빨리 참형(斬刑)에 처하도록 청촉한다. 송씨, '전약수 옥사(獄事)'를 빨리 처결하여 약수를 참형토록 독촉한다. (40)

203. 태수 오흡, 모명(母命)을 더 지류(遲留)치 못해 형구(刑具)를 갖추고 약수를 신문한다. 전숙, 관정(官庭)에 나와 약수부부의 난륜패상(亂倫敗常)한 죄를 고하고 정법(正法: 사형)할 것을 청한다. 전약수, 부친의 허물이 드러날 것을 두려워 하여, 죽음을 주기를 청하다가 피를 쏟고 혼절(昏絶)한다. (40-41)

204. 화운, 어사 소세광이 준 회생단으로 약수를 소생시킨다. 태수 오흡, 전숙의 발악과 모친의 독촉에 못 이겨, 약수를 장책하여 복초를 받도록 명한다. (41)

205. 소세광, 오태수의 치옥(治獄)을 지켜보다가 '어사출도(御史出道)'하고 약수를 구한다. 또 약수의 성효(誠孝)에 감동하여 전숙을 평안히 거(居)하게 하고, 전숙의 작해(作害)를 염려하여 약수를 수감(收監)한 채로 두고 태수로 하여금 병구완을 하게 한다. 또 요첩(妖妾) 염씨·역노(逆奴) 용경·간비(姦婢) 초앵을 잡아다 수죄(數罪)하고, 장책(杖責)을 가해 옥에 가둔다. 이후 곧, 위원수의 명을 받고 무창현으로 떠난다. (41)

206. 무창현 역사(力士) 임수, 적도(賊徒)를 잡아 관부(官府)에 바쳤다가, 지현(知縣)이 적괴(賊魁) 우섭[염춘애의 간부(姦夫)]의 뇌물을 받고 도리어 산적(山賊)으로 몰아 옥에 가둔 뒤, 밤에 옥리(獄吏)를 시켜 죽이려 하자, 옥리를 잡아 질책하고 놓아준다. 지현 김신[김민의 형], 탐재호색(貪財好色)하는 오리(汚吏)로 자신의 죄가 탄로날까 두려, 임수에게 혹형을 가해 무복(誣服)을 받아 죽이려 한다. 소세광, 김신의 치죄(治罪) 광경을 지켜보다가 '어사출도' 하고 임수를 구한다. (41)

207. 무창지현 김신. 어사가 우섭 등 적당을 잡아 가둠을 보고 자겁(自怯)하여 도화산 산적과 내통, 천여 명의 적도(賊徒)들과 함께 소 어사와 임수가 머무는 객당(客堂)을 포위하여 해치려 한다. 신양, 위원수의 명을 받고 달려와 적당을 퇴치하고 어사를 구한다. (41)

208. 신양, 임수의 족파(族派)를 물어 그가 모친의 친조카임을 알고, 뜻밖의 내외종 형제의 상봉을 서로

기뻐한다. (42)

209. 소세광, 우섭을 엄형(嚴刑) 추문(推問)하여 우섭의 전죄(前罪)를 모두 자백 받고, 신양·임수와 함께 도화산 산적(山賊)을 소탕한 뒤, 민심을 수습하고, 김신·우섭과 적도(賊徒)들을 함거(檻車)에 싣고 강서로 향한다. (42)

210. 소세광, 도중에 우섭에게 납치돼 상고(商賈)에게 팔려간 상종경을 발견하고 보호해 양양으로 가, 전에 장사 촌사(村舍)에서 만났던 화생과 상생을 만나고, 상종경이 상생의 실리(失離)한 아들임을 확인하여 부자를 상봉케 한다. (42)

211. 전약수, 옥중에서 첩 춘애를 보고자 하여 잠입한 부친[전숙]을 보고 반기다가, 부친에게 중타(重打)를 당하고 혼절한다. 전숙, 밤이 깊은 후 다시 칼을 품고 옥에 들어가 약수를 죽이려다 옥리에게 발각되어 쫓겨나 옥 밖에서 통곡한다. 태수 오흡, 전숙을 잡아들여 질책(叱責)하고, 작난을 막기 위해 큰 칼을 씌우고 족쇄를 채워 사가(私家)에 엄수(嚴囚)한다. (42)

212. 전약수, 시동(侍童) 명재의 잠꼬대를 듣고 부친의 수계(囚械) 사실을 알고 부친이 갇혀있는 곳으로 달려가 자신의 불효를 자책(自責)하여 자경(自剄)한다. 태수 오흡, 전약수를 구호하고 그 대효(大孝)에 감복해 전숙을 풀어주고 사죄한다. 전숙, 부자천륜지정(父子天倫之情)이 자통(自通)하여 통곡하고 약수에게 몸을 보중할 것을 당부한다. (42)

213. 소세광, 장사에 가 전숙·전약수와 염춘애를 호송하여 강서 위원쉬[위원]군영으로 행군한다. 화생·화소제[전약수처]·임수, 소어사 일행을 따라 강서로 행한다. (43)

214. 천자[태조], 한림승지 양문흥을을 전진(戰陣)의 위원수에게 보내 위로하고 장병을 호궤(犒饋)한다. (43)

215. 소세광 일행, 위원수 군영에 도착. 위현, 소어사가 호송해온 모든 죄수들을 엄형 문초하여 죄상을 밝히고 제적(諸賊)을 효수(梟首)한다. 김신·염춘애·우섭은 천자께 주문(奏聞)키 위해 다시 엄히 가두고, 전약수의 대효를 찬양하고 그 아들 잘 둠을 기려 예대(禮待)한다. (43)

216. 전숙, 춘애·우섭의 초사(招辭)를 보고 양인의 흉악함과 약수 부부의 대효를 깨닫고, 스스로 부끄러워 자탄(自嘆)하며 개과천선한다. 또 합혈(合血)하여 춘애가 낳은 아들이 우섭의 아들임을 확인하고는 춘애를 박살한다. 전약수, 부자천륜을 회복하고 가화(家和)를 이룬다. (43)

217. 양문흥, 염춘애·우섭이 석년(昔年) 원수임을 알고 중장(重杖)을 가해 일시 분풀이를 한다. (43)

218. 위현, 군사를 이끌고 개선(凱旋) 반사(頒賜)한다. (43)

219. 설란, 소당(小堂)을 나와 영씨에게 투입하여, 유서와 나삼(羅衫) 초혜(草鞋) 등을 못가에 남겨, 연못에 빠져죽은 것으로 위장해놓고, 영씨의 지시를 따라 영씨 친가로 가 은신한다. 이부인, 설란의 익수(溺水)를 믿는 체하고 빙섬을 짐짓 내쳐 고역(苦役)을 시켜 영씨 일당이 의심치 않게 한다. (43-44)

220. 설란, 영부(府) 후원 매설정에 거(居) 하며 빙섬과 연락처를 삼고, 영씨와 그 모(母) 초씨 등 일당을

갖가지 꾀를 써 농락한다. 또 초씨의 신임시비 취선을 양소저 시비로 보내게 해 내응(內應)토록 한다. 취선, 촌민의 녀로 가장해 위부에 가 스스로 몸을 팔아 시비가 되기를 청한다. 이부인, 속는 체하며 취선을 사 양소저의 시비를 삼는다. 영씨일당, 암희(暗喜)한다. (44)

221. 위완창, 양소저의 권고로 영씨 처소에 가 숙침하나, 부부의 정을 펴지 않는다.(44-45)

222. 취선, 양소저와 위한림 부부의 일동일정(一動一靜)을 염탐하여 영씨에게 밀보(密報)한다. (45)

223. 영씨, 양소저 제거흉계를 모의하기 위해 귀령(歸寧)하여, 설란의 계략(計略)를 조차 봉선·취선·빙섬 등을 시켜 이를 실행케 한다. 먼저 봉선을 시켜 벽운산청허관 등운요도에게 독약을 사오게 하고, 이것을 빙섬을 통해 취선에게 전달하여 양소저 약탕에 타도록 한다. (45)

224. 취선, 양소저의 약탕에 독약을 풀었으나, 약 달이는 시비가 잠시 자리를 비운사이, 약이 다 졸아들어버려 마실 수 없게 되어 실패한다. 또 기회를 엿보다가 약 달이는 시비가 자리를 비운 사이에 재차(再次) 약탕에 독약을 넣고 피하였으나, 취선을 감시하던 시비가 약탕을 엎질러버림으로써 실패한다. 그 다음에는 또 심유랑(위부 유뫼이 약을 달이며 조는 틈을 타 약탕에 독(毒)을 풀었으나, 사상궁(위부 상궁이 짐짓 금비녀를 떨어뜨려 약그릇이 엎질러짐으로써 또 실패한다. 양소저, 치독사건(置毒事件)을 불출구외(不出口外)하게 한다. 영씨, 취선의 실패한 소식을 듣고 애달아한다. (45-46)

225. 양소저, 귀령(歸寧)하여 친가로 간다. 영씨 일당, 설란의 헌계(獻計)를 조차 양소저가 집을 비운 사이에 양소저를 무고(巫蠱)로 죽이기 위해, 봉선을 청허관등운요도에게 보내, 부적(符籍)과 요예지물(妖穢之物)들을 사다가, 비밀리에 양소저 처소에 매치(埋置)한다. (46)

226. 병부상서 양계흥, 부인 소씨로 더불어 편뫼(양처새를 성효(誠孝)로 섬기며 슬하에 2남1녀를 두고 화락한다. 양처사, 만년에 창기 가십낭을 작첩(作妾)하여 가란(家亂)의 빌미가 싹튼다. (46)

227. 양계흥, 딸 혜주의 배우(配偶)로 위현의 차자 웅창을 유의(留意)한다. 양처사, 조가(家)의 구은(舊恩)을 생각해 혜주의 혼사를 승상 조보의 장손 정옥과 맺고 자 한다. 양계흥, 조정옥의 상모(相貌)가 불길함을 보고 부친께 고해, 혼사를 '임의로 하라'는 내락(內諾)을 받았으나, 위현의 걸안 출정으로 혼사를 완정(完定)치 못하고 있다. (46)

228. 조보 자부(子婦) 최씨, 가십낭을 금은으로 매수하여 아들 정옥과 혜주의 혼사를 추진한다. 가십낭, 요약(妖藥)으로 양처사를 변혼시키고 최씨로 하여금 청혼케 한다. 최씨, 매파를 보내 청혼한데, 양계흥, 위가(家)와 정혼하였음을 이유로 거절한다. (46)

229. 최씨, 분노하여 서간을 보내 가십낭을 책망한다. 가십낭, 계흥을 원망하여 양처사에게 계흥부부를 참소(讒訴)하여 부자 사이를 이간(離間)한다. 양처사, 요약에 변심하여 계흥부부를 미워하고 자주 노(怒)를 발한다. (46)

230. 양계흥, 부친의 강권에 못 이겨 조가에 청혼한다. 조보(趙普), 양계흥·위현과의 우의(友誼)를 생각하여 혼인을 사양하고 최씨를 책(責)한다. 최씨, 앙앙불락(怏怏不樂)하여 다시 가십낭에게 서간을 보내 책망한다. (46)

231. 가십낭, 계흥을 절치부심하여 김황의 첩(妾) 강씨를 충동하여 그 아들 김신으로 혜주와 청혼케 한다. 양계흥, 김가(家)의 매파를 휘각(揮却)하고 혼인을 물리친다. (46)

232. 가십낭, 요약(妖藥)과 온갖 참언(讒言)으로 양처사를 농락하여 부자 사이를 더욱 이간한다. 양처사, 계흥이 부친을 괴로이 여겨 외박한다는 가녀의 참언을 믿고, 입번 숙직하고 돌아온 계흥을 내쳐 안전에 용납지 않는다. 계흥, 칭병부조(稱病不朝)하고 십여 일을 후정(後庭)에서 땅에 엎드려 대죄 (待罪)한다. 양처사, 손녀 혜주의 간청으로 계흥을 사(赦)한다. (46-47)

233. 양계흥, 진왕비 간선령이 내려 부득이 딸 혜주를 입궐시킨다. 황후, 계흥이 혜주의 배우로 웅창을 유의함을 알고, '웅창과 혼인을 이루라'는 교지와 함께 혜주를 돌려보낸다. (47)

234. 양처사, 가십낭의 참언을 듣고 노(怒)하여 폐식(廢食)하며 계흥을 안전(眼前)에 용납하지 않는다. 계흥, 불효를 자책(自責)하며 스스로 몸에 장책을 가해 출혈이 낭자하도록 자신을 벌(罰)한다. 섬계흥의 子, 부친의 자상(自傷)함을 보고 자기 몸에 태장(笞杖)을 가해 자책(自責)하고, 동생 혜주와 함께 부친을 지성으로 간호한다. (47)

235. 양처사, 가십낭의 참소(讒訴)를 곧이듣고 대로(大怒)하여, 계흥을 참혹하게 장책(杖責)한다. 양섬, 부친을 사(赦)해 주기를 간청하여, 머리가 부서지도록 두드리며 고간(固諫)하다 혼절(昏絶)한다. 양혜주, 부친의 장수(杖數)를 따라 스스로 자기 몸을 태벌(笞罰)하다가, 부친이 참혹히 상(傷)함을 보고 조부께 대신 태장을 받기를 간청한다. 양처사, 계흥과 섬·혜주를 혹독한 장책을 가한 후, 계흥을 사(赦)한다. (47-48)

236. 양처사, 아들[계흥]을 다스리고 며느리[계흥 처]를 다스리지 않을 수 없다 하여, 계흥의 처에게도 장책을 가한다. 도중에 그 딸 혜주가 모친의 매를 대신 맞기를 청하여 치도록 하였는데, 혜주의 몸이 혹독한 태장으로 피에 젖어 있음을 보고 치기를 중단한다. (48)

237. 양계흥, 부친께 신성(晨省)하고 돌아오다 장처(杖處)가 터져 피를 흘리며 혼절(昏絶)한다. 양혜주, 손가락을 베어 부친의 입에 생혈(生血)을 흘려 넣어 구호한다. 양처사, 신성시 아들의 참혹한 형색 을 보고, 홀연 천륜의 정이 발(發)하여, 병소에 나가 계흥의 참혹한 장상(杖傷)과, 섬의 자책(自責) 자상(自傷)한 상처의 참혹함, 혜주의 생혈구병(生血救病)하는 참경(慘景)을 직접 보고, 자신의 과 도한 책벌(責罰)을 통회(痛悔)한다. (48)

238. 태의(太醫) 상청, 양부(府) 격장(隔墻)에 살면서 양계흥 부자의 자책자상(自責自傷)하는 모습을 직접 보고 그 효행을 탄복하던 중, 계흥의 병세 위중함을 듣고 양부에 나가 계흥을 치료한다. 섬·혜주, 단지(斷指)·할비(割臂)하여 생혈(生血)로 부친을 구병(救病)한다. 양계흥, 회생한다, 아 직 눈을 뜨지 못하는 중에도 부친의 평부(平否)와 식반(食飯)의 다소(多少)를 묻는 등, 효자의 정성을 다한다. 양처사, 효자의 정성에 감동하여 계흥의 병을 보살피며 생사를 같이하려한다. (48-49)

239. 양문흥, 위부에 가 정부인이 조제(調劑)한 약을 얻어와 계흥을 치료케 한다. 양섬·혜주, 정부인의 약으로 정성을 다해 부친을 구병한다. 양계흥, 눈을 뜨고 병세 회복한다. (49)

240. 양섬, 장독(杖毒)이 성(盛)해 병세가 위중해져 혼절(昏絶)한다. 부조(父祖)와 상태의 등의 구호로 회생한다. (49)

241. 가십낭, 계흥 부자의 병으로 가중(家中)이 어수선한 틈을 타 김민으로 하여금 혜주를 겁탈케 한다. 김민, 양혜주 납치를 도와줄 무뢰배를 찾으러가던 길에, 상부윤(府尹) 서질녀(庶姪女)의 미모를 보고 겁탈하려다가 위웅창에게 중타(重打)를 당해 운신(運身)치 못한다. 이어 천자(天子)로부터 중형(重刑)을 받고 원지(遠地)에 유배됨으로써, 가십낭과의 약속을 지키지 못한다. (49)

242. 가십낭, 무뢰배 가반·호증과 결탁해, 저들에게 미녀를 인진(引進)하고 수천금을 얻어내려 하는데, 저들이 미인 두 명을 요구하므로, 섬을 결혼시켜 섬의 처와 양혜주를 저들의 요구에 맞춰 넘기려 한다. 이를 위해 요약(妖藥)으로 양처사를 미혹(迷惑)케 하여, 섬을 혼인시킬 것을 강권한다. 양섬, 조부양처사의 독촉으로 정혼녀(定婚女)인 호부상서 형공의 차녀와 결혼한다. (49-50)

243. 취선, 영씨로부터 요예지물(妖穢之物)을 받아 양소제[위완창 처] 침소에 매치(埋置)하여 무고사(巫蠱事)를 행한다. 사상궁, 이부인 명으로 취선을 감시해 취선이 매치한 흉물들을 하나도 남김없이 모두 제거한다. (50)

244. 양소저, 순산(順産) 생남(生男)한다. 영씨일당, 취선에게 독약을 주어, 양소저를 독살케 한다. 취선, 틈을 엿보아 두 차례나 양소저의 음식에 독약을 넣었으나, 사상궁 등 양소저 시비들이 이부인[위현 원비(元妃)]의 지시를 받아, 짐짓 틈을 주고 독(毒)을 탄 음식을 새 음식으로 감쪽같이 바꿔, 양소저를 먹게 하여 독살을 면케 한다. 취선, 양소저의 태연함을 보고 의아하여 전에 매설한 흉물(凶物)들을 확인해보니, 한 곳도 남아있지 않고 모두 제거된 상태다. (50)

245. 취선, 양소저 치독사건과 무고사건(巫蠱事件)들을 영씨에게 보고하고, 도주하여 영부(府)로 가 은신한다. (50)

화산선계록 권지이십일

차셜 시시(是時)의 일식(日色)이 셔잠(西岑)[1]의 들믹 제직이 각귀(各歸)ᄒ고, 공이 홀노 졍즁(庭中)의 빅회ᄒ니, 진왕과 삼지며 신·화 냥인이 빅후(背後) 동지(從之)라.

공이 홀연 ᄉ친시(思親詩)를 읇허 취흥을 진졍터니, 시동(侍童)이 ᄶ러 황망이 만셰(萬歲) 황애(皇爺) 님ᄒ시믈 고ᄒᄂ지라. 참졍이 경황ᄒ여 급히 문외의 지영(祗迎)ᄒ실 시, 텬지 일죽 졔신 즁 춍이ᄒ시ᄂ 즈를 츠즈ᄉ 왕왕(往往)이 미힝(微行)[2]ᄒ시니, 위참졍이 명일의 츌졍 【1】 ᄒᆯ지라. 위로코즈 옥교(玉轎)[3]를 타 미복(微服)[4]으로 니르러 계시더라.

송빅헌의 공이 업고 이 곳의셔 음영(吟詠)ᄒᄂ 쇼릭를 드르시고, 그 ᄉ의(辭意)를 더옥 감탄 이즁ᄒ시니, 텬심(天心)이 환열(歡悅)ᄒᄉ 직촉ᄒᄉ 니르러 계시더라. 공과 신·화며 진왕과 닌창 등 삼이 길가의 ᄶ럿더라.

샹이 친히 참뎡의 손을 잇그러 니르혀시고, 진왕을 집슈(執手)ᄒᄉ 당의 오르믈 명ᄒ시니, 공이 당하(堂下)의 부복흔딕 샹이 우으시고 왈,

"셕일 《지미ǁ짐이》 경으로 더브러 【2】 즈미 탑(榻)을 한 가지로 ᄒ고, 안즈미 무릅흘 연(連)ᄒ더니, 이제 비록 군신 쳬면이나 이곳이 궁금(宮禁)이 아니오, 짐이 미복(微服)으로 와시니, 경은 안심ᄒ여 당의 올나 옛 졍을 니르미 가치 아니랴?"

참졍이 돈슈(頓首) ᄉ왈(辭曰),

"신이 셕년의 폐하의 ᄉ랑ᄒ시믈 닙ᄉ와 외람이 은젼(恩典)을 닙ᄉ옵고, 이제 명분(名分)이 지엄하오니 엇지 감히 무례ᄒ리잇가?"

샹이 다시 ᄂ리ᄉ 참졍의 손을 닛그러 오르시니, 참졍이 더옥 황공ᄒ여 밧비 올나 무릅ᄋ로 업 【3】 딕여 감누(感淚)를 흘니ᄂ지라. 샹이 믄득 깃거 아니ᄉ 왈,

---

1) 셔줌(西岑) : 서쪽 산의 봉우리.
2) 미힝(微行) : 지위가 높은 사람이 무엇을 몰래 살피기 위하여 남루한 옷차림을 하고 남 모르게 다님.＝미복잠행(微服潛行).
3) 옥교(玉橋) : 위를 꾸미지 아니하고 만든, 임금이 타는 가마.늑보련(寶輦).
4) 미복(微服) : 지위가 높은 사람이 무엇을 몰래 살피러 다닐 때에 남의 눈을 피하려고 입는 남루한 옷차림.

"딤이 경을 먼니 보닉게 되니 암연(黯然)5)ᄒ미 심훌식, 동용(從容)이 별정(別情)을 펴고ᄌ ᄒ미여늘, 경이 ○○[엇디] 과도히 녜를 직희여 짐의 흥을 감ᄒ 《ᄂ지라. ‖ ᄂ뇨?》"

공이 돈슈 ᄉ죄ᄒ고 잠간 평신(平身)ᄒ니, 상이 좌슈로 공의 손을 잡고 우슈로 진왕의 손을 잡고, 쇼환(小宦)의 가져온 바, '옥호(玉壺)를 드리라' ᄒᄉ, 굴오ᄉ딕

"짐이 원별을 위로코ᄌ 미쥬(美酒)를 ᄀ져 왓ᄂ니, 경은 짐의 정을 닛지 말나."

ᄒ시고, 친히 【4】부어 쥬시며 왈,

"경이 이번 ᄀ미 광호(狂胡)6)와 역신(逆臣)을 잡으믄 근심치 아니려니와. 탑하(榻下)의 떠나 도라올 지속(遲速)을 긔약지 못ᄒ니 심히 창연(愴然)ᄒ도다."

공이 빅빅(百拜) 고두(叩頭)ᄒ고 쌍슈로 밧ᄌ와 슌슌이 마시고, 황황젼뉼(惶惶戰慄)ᄒ믈 니긔지 못ᄒ거늘, 상이 연ᄒ여 우어 굴오ᄉ딕,

"짐이 경을 이중ᄒ미 탑의 올녀 ᄒ가지로 ᄌ고져 ᄒ고, 상(床)을 한 가지로 ᄒ여 먹고ᄌ ᄒ여 셕일 형뎨지의를 ᄃᄒ고ᄌ ᄒ나, 경이 분의(分義)를 슬피고 님군 공경ᄒᄂ 【5】도리 엄ᄒ고 과도홀 분더러, 제신의게 편벽(偏僻)ᄒᆫ ᄉ정이 잇다 ᄒ믈 드롤가 ᄒ여 쯧을 펴지 못ᄒ노라."

참정이 복지(伏地) 뉴쳬(流涕)ᄒ여 감히 딕치 못ᄒ고, 진왕과 닌ᄋ 등의 감격ᄒ믄 공의 쯧으로 다르미 업더라.

상이 ᄯ 슐을 부으ᄉ 신·화 냥인을 쥬시니, 냥인이 빅빅 고두 ᄉ은ᄒ온딕, 상이 인창 등으로 ᄀᄀ이 ᄂᄋ오라 ᄒᄉ, 귀이(貴愛)ᄒ시믈 마지 아니시고, 다시 잔을 부어 위공을 권ᄒ고 굴오ᄉ딕,

"경의 세 부인을 두어 슌(順)7) 보 【6】 앗더니 금일의 다시 보리라."

ᄒ시고 닌창을 명ᄒᄉ 삼 부인을 부르시니, 닌창이 뎐도(顚倒)히 모부인긔 고ᄒᆫ딕, 니·뉴·졍 삼부인이 녜복을 ᄀ쵸와 뎐하의 비례홀식, 신·화 등과 환시(宦侍) 일시의 퇴ᄒ엿더라.

상이 ᄉ믹를 드러 굴오ᄉ딕,

"젼일의 슈슉지녜(嫂叔之禮)로 보왓더니, 금일 군신지의(君臣之義) 과히 엄ᄒ여 부인을 슈고롭게 ᄒ니 불안ᄒ도다. 낭ᄌ(曩者)8)의 경 등의 닉슈(溺水)ᄒ믈 보아 참담터니, 긔묘비계(奇妙祕計)로 면화(免禍)ᄒ니, 짐이 【7】 탄복ᄒ거늘 다시 가부

와 진왕을 구ᄒ니, 신통ᄒᆫ 혜으림은 고금의 업슬지라. 짐이 못ᄂᆡ 탄복ᄒ노라."

부인이 황황츅쳑(惶惶踧惕)9)ᄒ여 감히 ᄃᆡ(對)치 못ᄒ거늘, 상이 위공을 도라보아 왈,

"부인이 과히 황공ᄒ여 일언을 ᄃᆡ치못ᄒ니 깁히 불안토다. 경은 짐으로 여형약졔(如兄若弟)10)ᄒ여 골육의 졍이 잇더니, 과히 집녜(執禮)ᄒ여 짐의 ᄯᅳᆺ을 감ᄒ니 맛당이 슐을 드려 셔로 결연(缺然)ᄒᆫ11) 졍을 펴게ᄒ라."

참졍이 계슈쳥【8】교(稽首聽教)12)의 당의 ᄂᆞ려 부인다려 쥬효를 ᄀᆞ쵸와 오라 ᄒᆞᄃᆡ, 부인이 연망(連忙)이 드러가 옥호의 《향은‖향온(香醞)》을 담고 금반(金盤)의 진슈(珍羞)를 갓쵸와 친히 밧드러 당하의셔 으ᄌᆞ를 부르니, 참졍이 몸소 ᄂᆞ으가 상을 드러 드리니, 상이 쥬효를 맛보시며 부인을 도라보사 왈,

"위 경(卿)이 ᄉᆡ외험지(塞外險地)의 츌졍ᄒ니 웅ᄌᆡᄃᆡ략(雄才大略)으로 파젹(破敵)ᄒ믄 넘녀업ᄉ나, 경 등의 우려ᄒ미 젹지아니리로다. 연이나 경 등의 슬긔 예탁(豫度)13)을 짐이 닉이 아ᄂᆞᆫ 빈니, 어【9】ᄂᆡ졔14) 승쳡회군(勝捷回軍)ᄒ올고? 경 등의 붉은 쇼견을 듯고ᄌᆞᄒ노라."

니부인이 황공비복(惶恐拜伏) 왈(曰),

"신쳡이 우미혼열(愚昧昏劣)15)ᄒ오니 셩교를 감당치 못ᄒ오나, 셩상(聖上) 졔텬홍복(齊天弘福)16)을 힘닙ᄉ와 파젹(破敵)ᄒ오믄 넘녜 업ᄉ오나, 승쳡회군ᄒ오믄 명년 ᄉᆞ월이 되올 듯ᄒ오ᄃᆡ, 신쳡이 혼용(昏庸)ᄒ오니 엇지 미리 긔약ᄒ미 마ᄌᆞ리잇가?"

상이 ᄃᆡ희ᄒᆞᄉᆞ 부인을 명ᄒ여 '물너가라' ᄒ시고, 다시 슐을 ᄂᆞ와 군신이 둉용(從容)이 담화ᄒ더니, 효계창명(曉鷄唱鳴)17)【10】ᄒ고 쳘괴(鐵鼓) 울기의 환궁(還宮)ᄒ실ᄉᆡ, 진왕 다려 왈,

"승극(乘隙)18)ᄒ여 부르리니 닌창 등으로 됴현(朝見)ᄒ라."

ᄒ시더라.

---

9) 황황츅쳑(惶惶踧惕) : 위엄이나 지위 따위에 눌리어 몹시 두려워하고 삼가며 공경함.
10) 여형약졔(如兄若弟) : 정의(情誼)가 형제(兄弟)와 같이 좋음.
11) 결연(缺然)ᄒ다 : 모자라서 서운하거나 불만족스럽다.
12) 계슈쳥교(稽首聽教) : 엎드려 머리를 땅에 댄 채로 공경하여 임금이나 어른의 말씀을 들음.
13) 예탁(豫度) : 미리 헤아려 짐작함.
14) 어ᄂᆡ졔 : 어ᄂᆞ졔, 언제. 잘 모르는 때를 가리키는 지시 대명사.
15) 우미혼열(愚昧昏劣) : 어리석고 어두우며 열등함.
16) 졔텬홍복(齊天弘福) : 하늘같은 큰 복(福).
17) 효계창명(曉鷄唱鳴) : 새벽닭이 일제히 욺.
18) 승극(乘隙) : 잠시 틈을 탐. ≒승간, 승한.

공이 인호여 늉복(戎服)19)을 굿쵸와 궐하의 하직홀식, 상이 亽쥬(賜酒)호시고 상방검(尙方劍)20)을 쥬시고 금인(金印)21)과 옥졀(玉節)22)을 쥬시니 사은호고 퇴호여 교외(郊外)의 니르미, 친위 쓰라 니별호여 술위와 인모(人馬) 셔로 니어시니, 각각 숀을 잡으 셩공기가(成功凱歌)호여 도라오믈 원호는지라.

한님이 쇼·양 냥싱과 진왕·닌으 등을 인호여 비 【11】 별홀식, 각각 쩌느는 눈물과 근심호는 눈셥이 참연(慘然)호니, 공이 집슈무익(執手撫愛)호고 왕은 더옥 비회를 니긔지 못호여, 빅니(百里)의 쯔르고즈 호거늘, 공이 말녀 왈,

"복이 이번 구미 쉬오면 뉵칠삭(六七朔)의 도라오리니 엇지 귀체를 닛부게 호리오"

호고, 직쵹호여 도라보니고, 이의 졍긔(旌旗)를 북으로 두루혈23)식, 긔치(旗幟)는 상풍(霜風)의 느붓기고 도창검극(刀槍劍戟)24)은 히를 구리오더라.

호호탕탕(浩浩蕩蕩)이 느으가니 왕과 즈질이 졍긔(旌旗) 그림직 【12】 스라지고, 힝군 북쇼리 즛쳐지미 비로쇼 도라오니, 함누오열(含淚嗚咽)호여 심스를 졍치 못호는지라.

츠시 풍·범 냥부인이 아직 도라가지 아냣더니, 조부인과 흔가지로 원슈를 니별호고 셔로 말숨홀식, 진왕의 혼亽를 의논호니, 연공 모부인 긔시 크게 스느믈 닐너 왈,

"진왕과 연이 임의 텬졍연분(天定緣分)이여늘 노망(老妄)흔 부인의 고집을 엇지 두루혀리잇가?"

풍부인이 쇼왈,

"느의 쇼익(小兒) 일인이 연부의 친 【13】 쳑으로 긔부인 회갑년셕(回甲宴席)의 갓더니, 조승상 즈부 최시 구혼ᄒ다가 일장디란(一場大亂)이 나, 연공이 즁장(重杖)을 닙고, 연 익(兒) 즈결(自決)ᄒ다 ᄒ니, 이 혼亽 쉽지 못홀지라. 만일 상뎨(上帝) 명호亽 뉵졍뉵갑(六丁六甲)25) 신댱(神將)이 도창(刀槍)으로 져히미 아니

---

19)늉복(戎服) : 『복식』 철릭과 주립으로 된 옛 군복. 늉융의.
20)상방검(尙方劍) : 임금이 출정 장수에게 하사하던 칼. 임금의 권위를 상징하는 역할을 하여 부하나 군졸 등이 명을 거역할 때, 임금에게 보고하지 않고도 그들의 생사를 마음대로 할 수 있는 권위를 지니는 칼이다.
21)금인(金印) : 황금으로 만든 도장.
22)옥절(玉節) : 옥으로 만든 부절(符節). *부절(符節); 예전에, 돌이나 대나무·옥 따위로 만들어 신표로 삼던 물건. 사신이나 전장에 나가는 장수들이 가지고 다녔으며 둘로 갈라서 하나는 조정에 보관하고 하나는 본인이 가지고 다니면서 신분의 증거로 사용하였다.
23)두루혀다 : 돌이키다.
24)도창검극(刀槍劍戟) : 칼과 창 따위의 각종 병기.

면, 긔시의 고집을 희셕(解析)26)기 어려올가 ᄒᆞ노라."

범부인 왈,

"쳡의 형뎨 삼인이니, 빅져(伯姐)27)ᄂᆞᆫ 니부상셔 쳘영진의 ᄌᆞ친(慈親)이요, 버거ᄂᆞᆫ 병부상셔 양계흥의 모친이니, 우져(愚姐)ᄂᆞᆫ 제삼이라. 영진이 삼ᄌᆞ【14】 일녀를 두어시니 녀익 스셰로ᄃᆡ 크게 현쳘ᄒᆞ여 덕용(德容)이 쌍젼(雙全)ᄒᆞ니, 닉 그윽이 닌ᄋᆞ를 위ᄒᆞ여 말노ᄡᅥ 시험ᄒᆞ엿고, 양계흥이 ᄯᅩ 일ᄌᆞ 일녜니 녀익 ᄯᅩ 스셰라. 긔질이 당셰 슉완(淑婉)이니 웅ᄋᆞ의 빅필되미 합당홀 고로, 질ᄋᆞ(姪兒) 부부를 딕ᄒᆞ여 몬져 통ᄒᆞ엿ᄂᆞ니, 슉슉긔 밋쳐 고치 못ᄒᆞ엿ᄂᆞ이다."

ᄒᆞ니, 좌즁 부인이 희열ᄒᆞ믈 마지 아니ᄒᆞ더라.

각셜(却說)28), 션시의 곽쇼옥과 부옥딕 창황(蒼黃)이 도망홀ᄉᆡ 동셔를 불분(不分)【15】ᄒᆞ고 닷더니, 인마(人馬) 긔갈(飢渴)이 심ᄒᆞ여 ᄉᆞ인이 말긔ᄂᆞ려 두루 슬피니, 흔 곳의 셕봉(石峯)이 표묘(縹緲)ᄒᆞ고29) 슈목(樹木)이 참텬(參天)30)ᄒᆞ여 뫼 젼후의 인긔 업고, 다만 뫼 골의 가ᄂᆞᆫ 길이 잇거늘, 말을 넛그러 총총이 힝ᄒᆞᄆᆡ, 한웅은 고쵸ᄒᆞ믈 니긔지 못ᄒᆞ여 ᄌᆞ로 탄식ᄒᆞ니, 쇼옥이 불열 왈,

"그딕 당당흔 딕장부로 됴고만 뫼ᄅᆞᆯ 보고 이러틋 겁(怯)ᄒᆞᄂᆞ뇨? ᄒᆞᄂᆞᆯ이 ᄉᆞ름을 크게 쓰려ᄒᆞ시미 몬져 고쵸ᄅᆞᆯ 격계ᄒᆞᄂᆞ니 이만 환난을 괴로이 넉이ᄂᆞ뇨? 우리【16】 타일 ᄯᅳᆺ을 어든죽, 만승(萬乘)을 안득(安得)31)ᄒᆞ고, 불연죽(不然則) 남면 왕낙(王樂)을 누리이[리]니, 그딕ᄂᆞᆫ 우용(愚庸)이32) 구지 말나."

한웅이 탄식고 아모말도 못ᄒᆞ더라.

한 곳의 니르니 산즁의 빈 졀이 잇셔 병난(兵亂)의 즁이 다 도망ᄒᆞ고 다만 긱승(客僧) 두어시33) 냥식을 비러 바야흐로 밥을 짓거늘 츈교로 ᄒᆞ여금 은냥(銀兩)을 ᄀᆞ져 밥을 스지라34) ᄒᆞᄃᆡ,

---

25)뉵졍뉵갑(六丁六甲) : 둔갑술을 할 때에 부르는 신장(神將)의 이름.

26)희셕(解析) : 사물을 자세히 풀어서 논리적으로 밝힘. *여기서는 '(고집을) 풀게 하다' 정도의 의미임.

27)빅져(伯姐) : 맏언니. 맏누이. =백자(伯姉).

28)각셜(却說) : 고소설에서 새로 이야기를 시작하거나 장면을 전환 할 때에 쓰는 '익설(益說)' '화표(話表)' '화설(話說)' 따위와 같은 화두사(話頭詞).

29)표묘(縹緲)ᄒᆞ다 : 끝없이 넓거나 멀어서 있는지 없는지 알 수 없을 만큼 어렴풋하다.

30)참텬(參天) : 하늘을 찌를 듯이 공중으로 높이 솟아서 늘어섬.

31)안득(安得) : 쉽게 또는 편히 얻음.

32)우용(愚庸)이 : 어리석게.

33)두어시 : 두엇 이. 둘쯤 되는 사람이. *두엇: 둘쯤 되는 수. 예)이삿짐이 별로 없어서 일꾼 두엇만 있으면 충분하겠다. =두어. *두어: '일부 단위를 나타내는 말 앞에 쓰여' 그 수량이 둘쯤임을 나타내는 말. 예)사과 두어 개.

긔승 왈,

"우리는 남은 쑬의 다시 지어먹으리니 노애 허핍흐신가 시부니 이를 몬져 드리느이다"

흐거늘 춘괴 【17】 바다와 두 그룻 밥을 ᄉ인이 난화 뇨긔(療飢)홀 ᄉᆡ, 평일의 슈륙진찬(水陸珍饌)35)을 오히여 됴치아닌가 퇴(退)흐더니, 즁의 밥을 ᄉ고 쇼금을 어더 쥬리ᄅᆞᆯ 면흐니, 한웅은 슬푸믈 니긔지 못흐ᄃᆡ, 곽·부 냥녀ᄂᆞᆫ 딕계(大計)ᄅᆞᆯ 품엇ᄂᆞᆫ 고로 감식(甘食)흐고, 인(因)흐여 의논흐ᄃᆡ,

"우리 다만 녀인이니 어딕가 군병을 취쇼(取召)36)흐리오. 져 즁을 노치 말고 다리여 난민을 쵸모(招募)흐리라."

흐고, 츈교로 흐여금 즁을 부르니 냥긔 승되(僧徒) 면젼의 와 합장ᄇᆡ례(合掌拜禮) 【18】 흐거늘, 곽네 몬져 니ᄅᆞ되,

"우리ᄂᆞ 텬하의 유명흔 호걸이러니, 방금 텬직 유약흐고 ᄉᆞ희(四海) 식로이 훙훙흐니37), 군웅(群雄)을 가어(駕御)흐여38) 모든 영웅을 이곳의 와 기다리○○[게 흐]려 흐미라. 너희 날을 위흐여 금젼(金錢)을 ᄎᆞᆼ고 호걸을 ᄉᆞ괴여 무리ᄅᆞᆯ 닐월쇼냐?"

두 즁이 고두 왈,

"쇼승 등은 본ᄂᆡ(本來) 즁이 아니라. 영웅을 ᄌᆞ부(自負)흐여 사름을 죽이고 도망흐여 즁이 되어시나, 본 ᄯᅳᆺ이 아니라. 노애(老爺) 만일 쓰고ᄌᆞ 흐실진ᄃᆡ, 죽기로써 섬기리 【19】 이다."

곽네 딕희흐여 각각 은ᄌᆞ 슈ᄇᆡᆨ 냥을 쥬어 명됴의 ᄂᆡ가 몬져 곡식과 쥬육(酒肉)을 ᄉᆞ고, ᄯᅩ 궁시(弓矢)와 검극(劍戟)을 ᄉᆞ오라 흐니, 냥인이 깃거 연쥬부의 가 냥찬(糧饌)을 살ᄉᆡ, 시인(市人)39)이 즁의 양육(羊肉) 스믈 뮈이 넉여, 잡으다 관부의 고코ᄌᆞ 흐ᄃᆡ, 왕삼 등이 밀치고 다라나고ᄌᆞ 흐더니, 졔인(諸人)이 크게 웨여 슈상흔 뉴(類)ᄅᆞᆯ 잡으라 흐ᄃᆡ, 이쩍 국기 쥬군(州郡)의 힝이(行移)흐여 도젹을 츄포(追捕)흐미 엄흔지라.

니민(里民)이 모다 두 놈을 잡으 ᄌᆞᄉᆞ(刺史)40)긔 고흐ᄃᆡ, 【20】 ᄌᆞ식 엄문(嚴問)

---

34) ᄉᆞ지라 : 사고 싶다. ᄉᆞ('사다'의 어간) + 지라(바람[願望]을 나타내는 감탄형 종결어미)

35) 슈륙진찬(水陸珍饌) : 물과 육지의 진귀하고 맛이 좋은 음식.=수륙진수(水陸珍羞).

36) 취쇼(取召) : (군사 따위를) 불러 모음.

37) 훙훙흐다 : 흉흉(洶洶)하다. 분위기가 술렁술렁하여 매우 어수선하다.

38) 가어(駕御)흐다 : '말을 멍에를 씌워 뜻하는 대로 몰다'는 뜻으로, 군사나 말을 지휘하여 통솔함을 이르는 말.

39) 시인(市人) : 시장에서 장사하는 사람.

40) ᄌᆞᄉᆞ(刺史) : ①고려 성종 14년(995)에 둔 외관(外官). ②중국 한나라 때에, 군(郡)·국(國)을 감독하기 위하여 각 주에 둔 감찰관. 당나라·송나라를 거쳐 명나라 때 없앴

왈,

"네 힝걸승(行乞僧)[41]으로 어디 가 은즈(銀子)를 어더시며, 즁이 양육(羊肉)을 스기는 무슴 뜻고?"

왕삼등이 거즛 되왈,

"쇼승의 어버이 늙고 다른 즈식이 업는지라. 관뷔(官府) 히 마다 군스를 뺀는 디. 흔번 젼장의 간즉 싱환(生還)ᄒ기를 바라지 못ᄒ오니, 모년(暮年)[42] 부모를 의탁홀 곳이 업는 고로 머리를 싹고 산승(山僧)이 되어, 비러 어버이를 먹이더니, 원독(遠族)이 동군(從軍)ᄒ여 승젼(勝戰)ᄒ고 상스(賞賜)를 바다 도라오다가 맛나, 슈빅 냥 은즈를 쥬미 노부(老父)를 위【21】ᄒ엿 숫더니이다"

즈식 왈

"네 원독(遠族)의 성명이 무어시며, 어디 쓰홈의 갓다 어디셔 맛나 쥬더뇨?"

왕삼 등이 거즛 말노 ᄒ엿다가, 즈셔이 무르믈 당ᄒ여 능히 되치 못ᄒᄂ지라. 즈식 명ᄒ여 엄히 져쥬미 비로쇼 바로 고ᄒ되,

"쇼인 등은 본되 쇼쥐 빅셩으로 흑농산 강젹(强賊)[43]의 겁칙(劫勅)[44]흔 빅 되어, 그 부리를 밧더니, 모일의 《댱슈∥당슈(黨首)[45]》를 ᄯ라 쇼화산의 가 셔셩[경]뉴슈(西京留守) 됴공을 히코즈 ᄒ다가, 히치 못홀 쥴 알고 도젹 즙기를 엄【22】히 ᄒ미, 각각 허여진지라. 쇼젹(小賊) 이인(二人)이 유리걸식(遊離乞食)ᄒ옵더니, 홀연 미쇼년 스인을 맛ᄂ미 여ᄎ여ᄎᄒ온 고로 ᄂ왓다가 잡히니이다."

즈식 되경(大驚)ᄒ여 급히 군병을 됴발(調發)[46]ᄒ여 잡으오라 ᄒ니, 군돌이 그곳의 방방곡곡(坊坊曲曲)이[을] 뒤되 엇지 못ᄒ고, 다만 쥰마(駿馬) 네 필과 힝즁(行中)[47] 보화(寶貨)며 궁시(弓矢)와 보검(寶劍)을 ᄀ져 도라왓거늘, 즈식(刺史) 보건되 칼히 쓰되 만셰텬즈검(萬歲天子劍)이라 삭여시니, 이는 셰동황뎨(世宗皇帝) 츠시던 거시오 한 금낭(錦囊)을 어드니, 이 곳 부【23】 후와 황야를 짐독(鴆毒)ᄒ던 셔간이라.

되경ᄒ여 크게 군스를 니르혀 뫼흘 쓰고 친히 뒤여보되 춧지 못ᄒ니, 도라와 냥젹을

다.

41) 힝걸승(行乞僧) : 경문(經文)을 외면서 집집마다 다니며 동냥하는 승려(僧侶)를 이르는 말.

42) 모년(暮年) : 노년(老年). 늙은 나이.

43) 강젹(强賊) : 폭행이나 협박 따위로 남의 재물을 빼앗는 도둑. 또는 그런 행위. =강도(强盜).

44) 겁칙(劫勅) : 겁박(劫迫)하기를 가혹하게 함.

45) 당슈(黨首) : 무리의 우두머리.

46) 됴발(調發) : 국가에서 병란이나 특별한 일에 필요한 사람이나 물자를 강제로 모으거나 거둠. =징발(徵發)

47) 힝즁(行中) : 행리중(行李中). 행장중(行裝中), 여행보따리 속.

경수로 보닉니라.

추시 곽·부 냥네 왕삼 등을 보닉고 날이 져무도록 도라오지 아니흐니, 한웅은 이로 딕,

"속이고 도망흐엿도다."

쇼옥이 발연(勃然) 왈,

"그딕 말마다 방정마즌48) 소릭로다. 져의 힝탁(行橐)49)이 이의 잇스니 어이 도망흐리오"

말이 맛지 못흐여 인셩(人聲)이 요란흐거눌, 모다 뫼히 느 보니, 슈빅 【24】 군돌이 느눈 드시 올나오눈지라. 창황흐여 모다 님목 스이의 숩엇더니, 눌이 식고 군병이 도라가거눌, 츈교로 흐여곰 졀의 가 보라 흐딕, '말과 힝니를 다 일헛다' 흐눈지라.

싱되(生道) 망단(望斷)흐여 셔로 붓들고 우더니, 믄득 함셩(喊聲)이 딕진(大振)흐여 창검든 군시 네녁50)흐로 〇〇[에워]쏘51) 오눈지라. 경황실식(驚惶失色)흐여 옥딕 급히 쇼옥과 한웅을 씌으러 굴헝의 업딕여 두 날이 지누미, 비로소 인셩(人聲)이 업거눌, 겨오 긔여 올나오나 여러 【25】 날 굴머 긔운이 진흐여, 어즐흐여 셔로 붓들고 업딕여 우더니, 비몽〇〇[사몽]간(非夢似夢間)의 틱비(太妃)와 보고 울며 왈,

"느도 비명참스(非命慘死)흐여 유유흔 혼빅이 의지업스나, 너의 급흐믈 니르누니, 동으로 오십니만 가면 젹은 암지 잇고 녀승이 잇스니, 그리 가 안신흐면 평경을 맛느리라."

소옥이 말흐고즈 흐다가 믄득 씨치니, 일몽(一夢)이라. 슬피 통곡 왈,

"낭낭이 임의 몸을 맛츠도다. 이 원슈를 엇지 갑흐리오."

흐고, 셔로 닛그러 느ㅇ가더니, 날이 【26】 져물미 쥭으믈 한(恨)흐고52) 가더니, 밤이 깁흔 후 암즈를 츠즈 문을 두다리니, 녀승 슈인이 느와 문왈,

"엇던 숀이 무인심쳐(無人深處)의 니르뇨?"

옥딕 왈,

"우리는 무쥐 스룸으로 경스(京師)의 갓다가 도라오더니 도젹을 맛느 힝니(行李)를 일코 계오 셩명을 보젼흐여시니, 목슘을 구활(救活)흐면 타일 후히 스례흐리라."

승이 마지 못흐여 킥당(客堂)을 ᄀ르쳐 안헐(安歇)케 흐니, 셔로 권흐여 먹은 후, 옥딕 츈교다려 평경 츠즈믈 【27】 니르니, 츈괴 느ㅇ가 탐문(探問)흐니 곳곳이 방

---

48)방정맞다 : 말이나 행동이 찬찬하지 못하고 몹시 까불어서 가볍고 점잖지 못하다.

49)힝탁(行橐) : 여행 중에 사용할 노자나 행장(行裝) 따위를 넣는 전대나 자루. 느행리 (行李).

50)네녁 : 네 녘. 네 쪽. 사방(四方). *녁: 방향을 가리키는 말.=쪽.

51)에워쌰 : '에워쌰다'의 어근. *에워쌰다 : 둘레를 빙 둘러싸다.

52)한(限)흐다 : 어떤 조건, 범위에 제한되거나 국한되다.

(榜)을 붓쳐 슉졍공쥬 등 사인의 얼골을 그려 잡으려 흔다 ᄒ고, 퇴비 등을 다 익살 (縊殺)ᄒ엿ᄂ지라.

춘쾌 황황망됴(遑遑罔措)53)ᄒ여 급히 도라오더니, 흔 걸인(乞人)을 맛ᄂ니 이 곳 평경이라. 서로 붓들고 울며 반겨 다려54) ○○○[긱당의] 니르니, 쇼옥 등이 보고 눈 물을 흘니며 피ᄎ 뎐일(前日)을 일너 다시 모계(謀計)를 의논ᄒ니, 승이 긔미를 알고 관부(官府)의 고ᄒᆞᄌ흐ᄂᆞᆫ지라.

쇼옥이 딕로(大怒)ᄒ여 칼을 쎄혀 【28】 졔승을 죽이려 ᄒ민, 다 도망ᄒ고 두기 녀 승이 쇼옥의 칼 ᄋ릭 놀난 혼빅이 되니라.

사흉물(四凶物)이 급급히 다라늘싀 평경이 압흘 인도ᄒ여 깁히 드러가더니, 흔 곳의 니르러 암직 됴용ᄒ고 두어 기 승(僧)이 잇셔 반겨 마ᄌ 드러가니, 오인이 힝희(幸喜) ᄒ여 좌졍ᄒ민, 평경은 즉시 쳥농산의 가 셕농을 보고 미인 두기를 어더오믈 니르고, 슉졍공쥬와 부옥딕믈 말ᄒ니, 셕농이 깃거 딕졉ᄒ고 슈십 군뎔 【29】 을 거ᄂ려 보닉 더라. 평경이 몬져와 공쥬를 보고 니르니,

오인이 의합(意合)ᄒ여 뎍도 슈십 인과 함긔 쳥농산으로 가더니, 속이 공교흔믄 옥 딕 쇼옥이라. 한웅을 졔어ᄒ고 ᄀ고ᄌ ᄒ여 쇼옥이 칼을 쎄혀 한웅을 버히니, 엇지 우 읍지 아니리오.

한웅을 죽이고 슈십 뎍도(賊徒)로 더브러 여러 늘 힝ᄒ더니, 일일은 슈십 뎍되 의논 ᄒ고 쇼옥과 옥딕를 핍박ᄒ여 음난ᄒ니, 쇼옥 등이 노왈(怒曰),

"너 비록 죽지 【30】 못ᄒ고 너희 등의 욕을 보나, 만승지녜(萬乘之女) 너의 국도 (國都)로 가거늘 이러틋 무례ᄒ리오."

뎍뒬(賊卒)이 닝쇼ᄒ고 더욱 음난ᄒ며 ᄭ지져 왈,

"요 음악흔 년들이 한웅 죽이믈 보니 우리 졍(情)도 미들 거시 업ᄂ지라. 엇지 네 숀의 히를 바드리오."

ᄒ고, 닙을 막고 결박(結縛)ᄒ고 일장(一場)55)을 타둔(打臀)ᄒ고 일시의 도망ᄒ니, 춘쾌 뒤져오다가 니르러 급히 글너 놋코, 붓그리고 셜워 힝ᄒ여 쳥농산의 니르니, 셩 농이 보고 딕희ᄒ여 후당의 안 【31】 둔ᄒ고 평경을 중상(重賞)ᄒ더라.

ᄎ후로 셩농이 쇼옥과 옥딕로 쥬야 음탕으로 즐기더니, 압치부인(押寨婦人)56) 봉시 (氏) 알고 딕로(大怒)ᄒ여, 셩농의 업ᄂ 쎠를 타 쇼옥 옥딕를 잡ᄋ다가 옷슬 벗기고 결박ᄒ여 욕민(辱罵)ᄒ며 깁흔 물의 드리치더니, 춘쾌 급히 셩농의게 고ᄒ민, 셩농이

---

53) 황황망됴(遑遑罔措) : 마음이 급하여 어찌할 줄을 모르고 허둥지둥함.
54) 다려 : 데려. *데리다: 아랫사람이나 동물 따위를 자기 몸 가까이 있게 하다.
55) 일장(一場) : 크게 벌어진 한판.=한바탕.
56) 압치부인(押寨婦人) : 산적의 아내를 존중하여 부르는 말

경황ᄒ여 드러와 급히 건져 구호ᄒ며 봉시로 힐난ᄒ니라.

성뇽이 뜻을 결ᄒ여 쇼옥 등을 다리고 뇨국(遼國)57)의 니르니, 걸안쥐 두 미인을 보고 【32】 크게 깃거 별궁(別宮)의 두고, 성뇽의 벼슬을 도도고 평경 츈교 등을 증상ᄒ더라.

걸안쥐 별궁의 드러와 냥녀로 음탕홀시 무릅흐로 벼기를 삼고 향협(香頰)을 어루만져 ᄋᆡ지연지(愛之戀之)ᄒ니, 곽·부 냥녜 보건ᄃᆡ 싹근 머리와 흉영(凶獰)ᄒᆫ 상뫼(相貌) 츄악괴려(醜惡乖戾)ᄒ나 그윽ᄒᆫ 뜻을 니루고ᄌᆞᄒ여, 별궂흔 눈으로 우음을 ᄭᅴ여 걸안의 즐기믈 요구ᄒ니, 걸안이 크게 미혹(迷惑)ᄒ엿더라.

냥녀 쥬야 다리여 젼ᄉᆞ(前事)를 니르며 【33】 '긔병(起兵)ᄒ여 뒤국을 치ᄌᆞ'ᄒ며, ᄯᅩ 틈을 타 걸안의 독하58)를 음난ᄒ더니, ᄯᅩ 걸안의 아오와 ᄋᆞ들과 친쳑들을 ᄎᆞ례로 다 음난ᄒ며 뒤국을 치ᄌᆞ 드리니, 이른 바 음(淫) 바다 ᄀᆞ흔 요물들이라.

걸안의 뎡궁 탈목시 쇼옥 등이 걸안과 힝음(行淫)ᄒ믈 알고, 두 미인을 잡으드려 발가케 벗겨 남게 달고 치며 지지며 쓰니, 극흔 형벌이라,

걸안쥐(契丹主) 황겁ᄒ여 드러가 울며 비러 왈,

"이제로 두 미인을 본국 【34】 으로 보ᄂᆡ리니 살녀쥬쇼셔."

ᄒ여, ᄭᅳᆯ녀 노화 뒤문으로 닉여 보ᄂᆡ니, 평경 츈픠 보고 망극ᄒ여 결박을 풀고 의복을 닙힌 후, 각각 업고 도망ᄒ여 한업ᄉᆡ 다라ᄂᆞᄂᆞ더니, 흔 곳이 둉용ᄒ믈 인ᄒ여 쉴ᄉᆡ, 냥녜 서로 우더니, 일기 노괴(老姑) 공듕으로 됴ᄎᆞ ᄂᆞ려와 합장 왈,

"슉졍공쥬와 부소졔 참혹흔 욕을 보도다. 소승은 다르니 아니라 뎐일 호션낭의 아이라. 형의 참ᄉᆞ흔 원슈를 갑지 못ᄒ믈 한홀 분이러니, 이제 옥쥐(玉主) 【35】 뒤욕을 보도다."

쇼옥이 연망이 졀ᄒ여 치ᄉᆞ(致謝)ᄒ고, 탈목시의 욕보믈 뎔치분한(切齒憤恨)ᄒ니 도괴(道姑) 왈,

"빈되 ᄂᆞᄋᆞ가 셜분(雪憤)ᄒ고 오리라."

ᄒ고, 구름 타 가더니, 이윽고 ᄉᆞ룸의 념통과 간을 ᄲᅡ혀 와 웃고 왈,

"탈목시 병인이 되여시니, ᄉᆞ오일 후 옥쥬와 쇼져를 마ᄌᆞ 가리이다. 빈도ᄂᆞᆫ 가오니 타일 ᄯᅩ 도으미 잇스리이다."

말을 맛고 구름타고 가니, 쇼옥 등○[이] 깃거 텬신이 돕ᄂᆞᆫ가 ᄒ더니, 과연 걸안이

---

57) 뇨국(遼國) : 요국(遼國). 『역사』 916년에 거란족의 야율아보기가 세운 나라. 몽골·만주·하북(河北)의 일부를 지배하였으며, 송나라로부터 연계(燕薊) 16주를 빼앗아 전연(澶淵)의 동맹을 맺어 우위를 차지하였다. 1125년에 금나라와 송나라의 협공을 받아 망하였으나 왕족인 야율대석이 중앙아시아로 도망하여 서요를 세웠다.≒요나라

58) 독하 : 조카. 형제자매의 자식을 이르는 말. 주로 친조카를 이른다.≒종자(從子), 질아(姪兒), 질자(姪子).

탈목시 돌연이 병신이 되미 죽이고즈 【36】 ᄒ더니, 틱직(太子) 업고 다라ᄂ니 잡지 못ᄒ고, 쇼옥과 옥딕 병(兵)을 니르혀 남으로 나아갈시, 곽녜 스스로 즁군(中軍)을 총독(總督)ᄒ더라.

화셜 위원쉬 딕군을 모라 딕쥐의 뉴진(留陣)ᄒ고 걸안병(契丹兵)을 기다리더니, 오릭지 아냐 걸안병이 니르러 딕진(對陣)ᄒ미, 냥군이 방포삼셩(放砲三聲)의 츌마(出馬)ᄒ니, 걸안쥐 원문(轅門)59)의 ᄂ와 숑군(宋軍) 쥬장 보기를 쳥ᄒ니, 원쉬 진문 밧긔 날시60), 잠간 눈을 드러 걸안을 보 ○니, 【37】 나히 오십이 넘엇고, 츄악(醜惡)ᄒᆫ 상모(相貌)의 쥬쉭(酒色)의 침음(浸淫)ᄒ여 임의 졍혼(精魂)이 몸을 써ᄂ시니, 그 명(命)이 오릭지 아닐 쥴 알지라.

좌우의 슈쳔 장쉬 다 붉은 눈과 푸른 ᄂ빗치 흉흔 셩을 품고, 창검궁시(槍劍弓矢)를 가져 시살(弑殺)ᄒᆯ 쯧을 것줍지 못ᄒ더라.

걸안쥐 숑군을 바라보니 스마거륜(駟馬車輪)61)을 미러 나오ᄂ 곳의, 위원쉬 머리의 쇼요건(逍遙巾)62)을 쓰고, 몸의 {궁}금포(錦袍)를 닙어시니, 츄월(秋月) 굿흔 졍신과 츈풍굿흔 기상이니, 안치(眼彩) 바로 틱양졍 【38】 광(太陽晶光)이요, 긔운이 늠늠ᄒ여 츄텬상뫼(秋天相貌)라. ᄒᆞᆫ번 보미 놀납고 두려 감히 말을 못ᄒ더니, 손을 드러 니로딕,

"과인이 드르니 즁국의 셩인(聖人)이 업셔, 도젹이 봉긔(蜂起)ᄒ고, 빅셩이 도탄(塗炭)의 드니, 잔당오딕(殘唐五代)의 슈십 년○[을] 누리 니 업스니, 이ᄂ 텬운(天雲)이 북됴(北朝)의 도라가미요, 과인이 지위 삼십여 년의 덕졍(德政)을 닷가, 인민이 낙업(樂業)ᄒ니, 둑히 응텬슌인(應天順人)ᄒ여 ᄉ히를 통일홀지라. 명공이 텬시(天時)를 알고, 인ᄉ를 츄이(推移)ᄒ여 슌 【39】 히 병(病)을 파ᄒ고 살육(殺戮)을 앗겨 텬승(千乘)의 귀를 누리미 가치 아니랴?"

원쉬 졍셩(正聲) 엄췩(嚴責) 왈,

"너 무지흔 니젹(夷狄)이 죽을 씨 머지 아낫거ᄂ, 감히 역텬지죄(逆天之罪)와 망신취화(亡身取禍)를 달게 범ᄒᄂᆫ뇨? ᄉ군직(士君子) 비례불언(非禮不言)ᄒ고 비례불쳥(非禮不聽)이니, 너 밋친 오랑키로 더브러 말ᄒ리오. 쾌히 즈웅(雌雄)을 결워 승부를 보리라."

걸안쥐 딕로(大怒)ᄒ여 좌우를 명ᄒ여 '나○[가] 쓰오라' ᄒᆫ딕, 일장(一將)이 긔산딕부(지산대부(大斧))를 들고 말을 쒸워63) ᄂ오니, 좌션봉 【40】 신양이 봉시즈금투

---

59) 원문(轅門) : 군영(軍營)이나 영문(營門)을 이르던 말.
60) 날시 : 나갈 사이. *나다 : 밖으로 나오거나 나가다.
61) 스마거륜(駟馬車輪). 네 필의 말이 끄는 수레.
62) 쇼요건(逍遙巾) : 『복식』 청담파(淸談派)들이 유흥할 때에 쓰던 두건.
63) 쒸워 : 뛰어. *뛰다 : 빨리 달려 나아가다.

고(鳳翅紫金투구)64)의 황금쇄ㅈ갑(黃金鎖子甲)65)을 닙고 쌍뇽검(雙龍劍)을 둘너 마
즈니, 영풍(英風)이 늠연(凜然)ㅎ고 신위(身威) 당당ㅎ더라.

낭장이 교봉(交鋒) 슈합(數合)의 신양의 흔 《창∥칼》이 뇨장(遼將)을 죽여 느리
치니, 걸안이 딕로(大怒)ㅎ여 일기 장슈를 다시 닉니, 셔로 싸화 삼합(三合)이 못ㅎ여
셔 쏘 죽으믈 맛난지라.

신양이 딕호(大呼) 왈,

"젹슈(敵手) 잇거든 딕젹ㅎ고 당치 못ㅎ거든 쾌(快)이 항(降)ㅎ라."

걸안줘 딕로딕분(大怒大憤)ㅎ여 냥장(兩將)이 함긔 느오니, 모진 눈을 크게 쓰고 스
오나온 【41】 셩이 슴킬 듯ㅎ나, 신양이 됴금도 두려 아냐 냥장을 딕뎍(對敵)ㅎ더니,
다시금 셰장쉬 말을 쒸여 도으니, 신양이 다섯 장슈로 더브러 싸화 젹장 일인을 버히
고, 일인은 엇기를 느리 싹그며, 두 스름을 요참(腰斬)ㅎ니, 뇨장(遼將)이 스산분궤
(四散奔潰)66)ㅎ거늘, 스름을 둘너 스름을 쳐죽이니, 뇨장이 딕란ㅎ여 픽쥬(敗走)홀식,
원쉬 딕군을 모라 일진을 쇄살(弑殺)ㅎ니, 걸안이 딕픽ㅎ여 빅여 리를 물녀 영치(營
寨)를 셰우고 근심ㅎ기를 마 【42】 지 아니ㅎ더니, 일인이 느와 고ㅎ딕,

"셩뇽의 직죄 풍우를 부리고 귀신을 부리더니, 이제 죽고 그 아이 잇스니 이는 셩희
라. 쏘흔 도슐(道術)이 잇다 ㅎ니 불너 쓰쇼셔."

걸안이 깃거 급히 가 불너 오라 ㅎ다.

명일의 슝군의셔 쏘 싸홈을 도도니 댱젼(將前) 오호딕장(五虎大將)67)이 흔가지로
싸호기를 쳥ㅎ고 일시의 느오니, 군병이 다 기기(個個)히 녕한(獰悍)ㅎ여 만뷔부당지
용(萬夫不當之勇)을 ᄀ졋더라.

뇨댱(遼將)이 딕호(大呼) 왈,

"네 어졔 우리 댱슈와 군병을 무 【43】 슈이 죽이니, 금일의 우리 다섯 시 일시의 널
노 더브러 싸호리니, 네 능히 두려 아니면 딕댱뷔(大丈夫)라"

신양이 쇼왈(笑曰),

"다섯슬 니리[르]지말나. 오십이라도 두리지 아니리라."

---

64) 봉시ㅈ금(鳳翅紫金)투고 : 봉황의 깃으로 꾸민 자금(紫金)투구. *투구; 예전에, 군인이
전투할 때에 적의 화살이나 칼날로부터 머리를 보호하기 위하여 쓰던 쇠로 만든 모자.

65) 황금쇄ㅈ갑(黃金鎖子甲) : 갑옷의 일종. 누런 명주옷에 사방 두 치 정도 되는 돼지가죽
으로 된 미늘을 작은 고리로 꿰어 붙여서 만들었다.

66) 스산분궤(四散奔潰) : 싸움 따위에서 져서 사방으로 흩어져 달아남. =사산분주(四散奔
走).

67) 오호딕장(五虎大將) : 범같이 뛰어난 다섯 명의 명장들이란 의미로, 삼국 시대 촉한(蜀
漢)의 관우(關羽)·장비(張飛)·마초(馬超)·황충(黃忠)·조운(趙雲)을 이르는 칭호이
다. *여기서는 요(遼)의 장수 가운데서 '다섯 명의 용맹한 장수'의 의미로 쓰였다.=오호
장군(五虎將軍)

이의 칼을 드러 마즈니, 뇨댱의 용병(傭兵)이 웅호(熊虎) 굿ᄒ디, 신선봉의 용뮈(勇武) 빈빈(倍倍)ᄒ여, 좌로 막고 우로 치니 《닐니믄∥눌니믄》 바름을 쐬인 미 굿고, 신긔ᄒ믄 구름을 어(御)ᄒᆫ68) 농 굿ᄒ니, 신검(神劍)이 빗츨 즈랑ᄒ미 번기 번득이고, 엄(嚴)ᄒᆫ 긔셰 진쳡(震疊)ᄒ여 셔리 빗치 일신【44】을 둘너, 바름이 삽삽(颯颯)ᄒ고 흰 무지게 니러ᄂᆞ니, 뇨댱이 눈이 아득ᄒ고 정신을 일허, 속졀업시 머리 구을고 몸이 쩌러지니, 원슈 승셰ᄒ여 다시 일진(一陣)을 딕파(大破)ᄒ니 픽병(敗兵)이 항오(行伍)를 일허 다라나니, 또 슈빅여 리를 물너가 성을 직희고, ᄂᆞ지 아냐 성호를 기다리더라.

위원슈 결안의 ᄂᆞ지 아니미 슈삼일의 그 계괴 이시믈 알고, 시야의 쵹을 밝히고 신농검(神龍劍)의[을] 셔안(書案)의 언겨 응연(凝然)69) 단좌(端坐)ᄒ【45】엿더니, 홀연 찬 바름이 댱즁(堂中)의 ᄉᆞ못츠며 ᄒᆞᆫ 스름이 칼을 안고 ᄂᆞ려셔니, 믄득 셔안(書案) 우히 신검(神劍)이 스스로 ᄂᆞ라 징연(錚然)ᄒᆞᆫ 소릐의 적의 손목을 버혀, 잡은 칼을 노화바리고 업더지니, 직슉ᄒᆞᄂᆞᆫ 군시 크게 놀나 일시의 닉다라 결박ᄒ여 ᄭᅮ니미, 원슈 엄문 왈,

"너는 엇던 도적이완딕 돌입ᄒᆞᄂᆈ?"

기인이 앙텬(仰天) 탄왈,

"슌텬즈(順天者)는 챵(昌)ᄒ고 역텬즈(逆天者)는 망(亡)ᄒ다 ᄒ니, 우리 형데 힘이 되흘 쌘히고 직뢰 셰(世)의 덥【46】혓거늘, 어지지 못ᄒᆞᆫ 뜻을 가져, 몬져는 역적의 독쇽(族屬)이 되고, 버거 도덕(盜賊)이 되여 스름을 히ᄒ고, 말둥은 즁국인물노 오랑키긔 항복ᄒ여 슈삭이 못ᄒ여 성명을 보젼치 못ᄒ여, 닉 또 고국으로 도라가지 아니코 구치히 슙엇다가, 쥭기를 맛ᄂᆞ니, 즈취(自取)라. 눌을 한(恨)ᄒ리오."

이의 고ᄒ여 굴오딕,

"쇼인은 냥국(梁國)70) 픽망(敗亡) 즈손이라. 흑봉산의 슙어 형 셩봉으로 더브러 녹님(綠林)71) 산덕(山賊)을 모화 위엄이 진동ᄒ더니, 슉졍【47】 공쥬의 다리오는 바름의 여ᄎᆞ여ᄎᆞᄒ여 뇨국(遼國)의 투항ᄒ미, 공쥬와 표미(表妹) 부시 스스로 산치(山寨)의 와 투탁(投託)ᄒ미 흠긔 결안의 잇더니, 형이 돌연이 쥭으미 결안이 또 쇼인을 보닉여 원슈를 히ᄒ라 ᄒ미 왓더니, 텬되 불인(不人)을 돕지 아냐 신검의 히(害)ᄒ인 비 되니, ᄉᆞ유여죄(死有餘罪)72)로쇼이다."

---

68) 어(御)ᄒ다 : 몰다. 어떤 대상을 바라는 처지나 방향으로 움직여 가게 하다

69) 응연(凝然) : 태도나 행동거지가 단정하고 듬직하게. .

70) 냥국(梁國) : 후량(後梁). 중국에서, 907년에 당나라의 절도사 주전충이 당을 멸하고 대량(大梁)에 도읍하여 세운 왕조. 923년에 후당(後唐)에 망하였다.

71) 녹님(綠林) : 화적(火賊)이나 도둑의 소굴을 이르는 말. 중국 후한 말 왕광(王匡), 왕봉(王鳳) 등 망명자가 녹림산에 숨어 있다가 도둑이 되었다는 데서 유래한다.

원쉬 명ᄒ여 버히고, 익일(젼日)의 졉젼홀 시 뇨(遼) 진중의셔 굴돌통이 닉다라 신양으로 더브러 ᄊᆞᆼ호더니, 신양이 크게 ᄒᆞᆫ 쇼리 【48】 지르고 통을 버혀 느리치고, 바로 걸안의 진즁으로 말을 ᄲᅱ워 드러가니, 걸안의 좌우 쳔여 부댱(副將)이 일시의 둘너 마즈니, 걸안이 흉ᄒᆞᆫ 셩이 발ᄒᆞ여 다만 신양을 죽이라 ᄒᆞ니, 금고(金鼓)73)와 함셩이 뫼흘 문ᄒ치고74) 바다흘 뒤치ᄂᆞᆫ 듯, 겹겹 밀밀(密密)ᄒᆞ여 쳘통 ᄀᆞᆺ치 ᄊᆞ고 ᄉᆞ면으로 즛쳐오니, 원쉬 명(命)ᄒᆞ여, 화진으로 '나○[가] 도으라' ᄒᆞᆫᄃᆡ, 화진이 창을 드러 즛쳐 드러가나 젹군이 셰(勢) 커, 허여○[젓]다가75) 다시 모혀 ᄊᆞ니, 화진이 진 【49】 녁(盡力)ᄒᆞ여 치며 바라보니, 신양이 다만 ᄒᆞᆫ 뎡이 은빗치 되어 구으러 다질니ᄂᆞᆫ76) 곳의 젹병이 와히(瓦解)ᄒᆞ니, 화진이 암암이 갈ᄎᆡ(喝采)ᄒᆞ고, 졍신을 다시옴77) 가다듬ᄋ 댱슈를 질너 죽이고, 군ᄉᆞ를 헷쳐 드러가니, 어시의 신양이 평싱 직됴를 다ᄒᆞ여 홀노 즁진(中陣)78)의 드러가 ᄉᆞ름을 풀 버히 듯ᄒᆞ더니, 하션봉의 외로오믈 보고 ᄒᆞᆫ 가지로 용긔빅비(勇氣百倍)ᄒᆞ니, 뇨병(遼兵)이 ᄃᆡ픾(大敗)ᄒᆞ여 젹시여산(敵屍如山)79)ᄒᆞ고 혈유셩텬(血流成川)80)이라.

걸안쥐(契丹主) 황망이 방[발]마이쥬(發馬而走)81) 【50】 ᄒᆞ니, 댱쫄(將卒)이 일시의 픾쥬(敗走)ᄒᆞᄂᆞᆫ지라.

원쉬 승시(乘時)ᄒᆞ여 모라 일진을 엄살(掩殺)82)ᄒᆞ니, 긔계(器械) 마필(馬匹)어든 거시 슈업고, 항복ᄒᆞᄂᆞᆫ 직 무슈ᄒᆞ더라.

날이 져물믹 군ᄉᆞ를 거두어 셩의 드러 빅셩을 안무(按撫)ᄒᆞ고 츄호(秋毫)를 불범ᄒᆞ니, 뇨국인민이 딕덕을 감츅ᄒᆞ더라.

걸안쥐 오빅니를 물너가 도룽산셩의 올나 직희고, 국도(國都)의 긔별ᄒᆞ여 밍장웅병(猛將雄兵)을 다시 ᄲᅡᆫ 오라 ᄒᆞ고, 번국(蕃國)의 ᄉᆞ(使)를 보ᄂᆞ여 《구완병 ‖ 구원병(救援兵)》을 쳥ᄒᆞ며 엄히 직 【51】 희고 ᄂᆞ지 아니ᄒᆞ니, 원쉬 졔장으로 의논ᄒᆞ여 셩 북면의 믹복ᄒᆞ고, 신양으로 ᄒᆞ여금 신검법으로 셩을 너머 동셔남 삼문을 여러 딕군을 드

---

72)ᄉᆞ유여죄(死有餘罪) : 죽어도 남는 죄가 있음.

73)금고(金鼓) : 『역사』 고려·조선 시대에, 군중(軍中)에서 호령하는 데 사용하던 징과 북.

74)문ᄒ치다 : 무너뜨리다. 쌓여 있거나 서 있는 것을 허물어 내려앉게 하다.

75)허여지다 : 헤어지다. 모여 있던 사람들이 따로따로 흩어지다. 늑흩어지다.

76)다질니다 : 닿아 찔리다. 끝이 뾰족하거나 날카로운 것에 닿아 물체의 겉면이 뚫어지거나 쑥 들어가도록 세차게 들이밀리다.

77)다시옴 : 다시금. '다시'를 강조하여 이르는 말.

78)즁진(中陣) : 진중(陣中). 군대나 부대의 안.

79)젹시여산(敵屍如山) : 적의 죽은 시체가 산처럼 쌓임.

80)혈유셩텬(血流成川) : 피가 흘러 내를 이룸.

81)발마이쥬(發馬而走) : 말을 박차 달아남.

82)엄살(掩殺) : 별안간 습격하여 죽임.

리게ᄒ니, 화션봉이 오쳔병을 거ᄂ려 북면 님목수이ᄅᆞᆯ 민복ᄒ니라.

신셩봉이 칼을 들고 쇼쇼아83) 셩의 드러가니, 밤이 삼경(三更)의 밋쳐시니 직흰 군시 창을 집고 머리ᄅᆞᆯ 숙여 됴을거ᄂᆞᆯ, 셰 곳 문을 여니 원슈의 딕군이 일시의 납함(吶喊)84)ᄒ고 셩닉로 드니, 【52】 걸안이 바햐흐로 쇼옥 등으로 환오(歡娛)ᄒ다가 창황이 니러나 급급히 말을 타고, 북문을 열고 도망ᄒᆞᆯ 식, 계오 슈빅긔(數百騎) 됴ᄎᆞᆺ고 곽·부 냥녜 말을 노하85) ᄯ로더라.

오십니ᄅᆞᆯ 힝ᄒ여 츄병(追兵)이 긋치거ᄂᆞᆯ, 잠간 쳔식(喘息)을 졍(定)ᄒ더니, 홀연 일셩포향(一聲砲響)의 좌우로 됴ᄎᆞᆺ 군미 일시의 돌츌ᄒ고, 일원(一員) 딕장이 머리의 ᄌᆞ금회(紫金盔)86)ᄅᆞᆯ 쓰고 몸의 슈은갑(水銀甲)87)을 닙어시니, 풍신(風神)이 슈려(秀麗)ᄒ고 상뫼(相貌) 당당ᄒ더라.

걸안 군신이 혼비빅산(魂飛魄散)ᄒ여 【53】 쥐 숨듯 다ᄅᆞᄂ니, 화진이 긔계치즁(器械輜重)88)과 항졸(降卒)을 거ᄂ려 셩(城)의 드러오니, 위원슈 임의 셩즁의 드러방 붓쳐 빅셩을 무유(撫諭)ᄒ고 닌읍(隣邑) 난민을 쵸안(招安)89)ᄒᄆᆡ, 혜틱이 흡연(洽然)ᄒ지라. 비록 오랑키 심장이나 다 감격ᄒ여 덕음(德蔭)을 숑츅ᄒ더라.

이윽고 화진이 원문(轅門) 밧긔 쳥죄ᄒ여 걸안 잡지 못ᄒᆞᆷ믈 고ᄒ니, 원슈 불너 위로왈,

"걸안이 아직 죽을 운이 밋지 못ᄒᆞᆷ엿시니, 그딕의 죄 아니니 안심ᄒ라"

ᄒ고, 연(連)ᄒ여 항(降)ᄒᄂ 【54】 군스ᄅᆞᆯ 후히 먹여, 셩닉의 머무르고 댱슈로 직희오고, 딕군이 호호탕탕(浩浩蕩蕩)ᄒ여 음산의 밋츠니, 시셰 즁동(仲冬) 하슌이라. 눈 우희 엄샹(嚴霜)90)이 ᄂ리미 한풍(寒風)이 늠녈(凜烈)ᄒ여 골졀의 ᄉᆞ못ᄂ지라.

군시 치우믈 니긔지 못ᄒ여 셔로 둘너안ᄌ91) 불을 퓌오고 말ᄒ더니, 원슈 스스로 영즁(營中)을 둘너92) 위로ᄒ고, 슐을 데여 만군을 먹이며 츙의ᄅᆞᆯ 일ᄏᆞᆯ으니, 스둘이

---

83) 쇼쇼다 : 솟구치다. 아래에서 위로, 또는 안에서 밖으로 세차게 솟아오르다.

84) 납함(吶喊) : 적진을 향하여 돌진할 때 군사가 일제히 고함을 지름.

85) 놓다 : 빨리 가도록 힘을 더하다.

86) ᄌᆞ금회(紫金盔) : 검붉은 빛이 나는 투구. *회(盔): 음은 회 또는 괴, '바리(음식물을 담는 그릇)' 또는 '투구'를 뜻하는 글자. *투구; 예전에, 군인이 전투할 때에 적의 화살이나 칼날로부터 머리를 보호하기 위하여 쓰던 쇠로 만든 모자. 순 우리말인 '투구'를 나타내는 한자로는 盔(회.괴), 胄(투구 주), 兜(투구 두) 따위가 있다.

87) 슈은갑(水銀甲) : 『역사』 6㎠ 정도의 쇳조각에 수은을 입힌 다음 붉은 가죽끈으로 얽어서 만든 갑옷.

88) 긔계치즁(器械輜重) : 말이나 수레에 실은 각종 병장기(兵仗器)와 그 밖의 짐을 통틀어 이른 말.

89) 쵸안(招安) : 못된 짓을 하는 자를 불러 설득하여서 편안하게 살도록 하여 줌.

90) 엄샹(嚴霜) : 늦가을이나 엄동(嚴冬)에 아주 되게 내리는 서리.=된서리.

91) 둘너안다 : 둘러앉다. 여럿이 둥그렇게 앉다.

감읍ᄒ여 동야토록 더운 곳을 춪지아니코, 졔장(諸將)으로 의논ᄒ여 말ᄉ미 【55】 나라 은덕의 밋쳐ᄂᆞ 눈물을 나리오니, 댱ᄉ(將士)93) 다 ᄒᆞᆫ 가지로 감읍ᄒ더라.

뫼흘 의지ᄒ여 영칙(營寨)를 일우고 ᄉ오일을 머물ᄉᆡ, 츌ᄉ(出師) 슈월의 일쯕 홀노 평안ᄒᆞ믈 구치아니ᄒᆞ고, 댱둘과 ᄒᆞᆫ가지로 감고(甘苦)를 ᄒᆞ며, 도총셩을 쩌날ᄉᆡ 창고를 여러 빅셩과 군ᄉ를 ᄉ급(賜給)ᄒ고, 직물을 넉여 민가의 슐 ᄉ기를 만히 ᄒ여 후군(後軍)의 시러와, 치운94) ᄢ의 만군을 먹이니, 군식 긔기히 감열(感悅)ᄒ더라.

어시의 걸안이 쥐 슘듯 다라나 국 【56】 도(國都)의 밋츠니, 틱ᄌ 아츌불화와 그 ᄋᆞ오 야률흑가 등이 탈목시를 다리고 도망ᄒ여더니, 구도(舊都)의 밋츠니, ᄂᆞ라히 빈 ᄢᅢ를 타 드러와 도셩을 웅거(雄據)ᄒ여 군ᄉ를 직희여 문을 여지 아니코, 그 아비를 막ᄌ르니 걸안이 딕로ᄒ여 크게 ᄭᅮ지쥰딕, 불화 등이 문누의셔 니로딕,

"쥬샹(主上)이 만일 곽·부 냥녀를 잡ᄋ 숑군(宋軍)으로 보닉고, 화친ᄒ여 송병을 도라보닌죽 엇지 ᄌᆞ식이 아비를 막으리오. 이 화(禍)도 젼혀 요음(妖淫) 냥녀의 빌미니, 엇지 【57】 슌히 문을 여러 져를 드려, 멸망ᄒᄂᆞᆫ 화를 바드리오."

ᄒᄂᆞᆫ지라. 쇼옥이 말을 모라 닉드라 크게 ᄭᅮ지져 왈,

"무지ᄒᆫ 니젹(夷狄)95)은 금슈지ᄒᆡᆼ(禽獸之行)이로다. 인ᄌ(人子)되여 군부(君父)를 막ᄌᆞ르고, 홀노 졔 몸의 니(利)ᄒᆞ믈 취ᄒᄂᆞ냐?"

탈불홰 ᄀᆞ르쳐 딕즐(大叱) 왈,

"닉 드르니, 너 간음(奸淫)ᄒᆫ 계집이 지아비를 스스로 굴희여 만인의 타비(唾誹)96)를 밧고, 도라97) 음난을 ᄒᆡᆼᄒ여, ᄉ오나온 의식 님군을 멸시ᄒ여 황후를 모살(謀殺)ᄒ다가 발각ᄒᆞ미, 망명(亡命)하여 젹쇼의 쩌러질 ᄉᆡ 간부(姦夫)를 【58】 마즈 죽이고, 몬져 군둘의 욕을 밧고, 셩뇽의 은이를 달게 넉이다가, 봉녀의 모진 슈단의 쥭을 번ᄒ엿더니, 닉 ᄂᆞ라히 드러와 요악ᄒᆫ ᄒᆡᆼ식 무궁ᄒ니, 우리 모비 잠간 다스리시믈 한(恨)ᄒ여 국모(國母)를 ᄒᆡ(害)코ᄌ ᄒᆞ니, 즁국 황녀로 딕역불측지ᄉ(大逆不測之事)98) 쳔ᄉ무쇽(千死無贖)99)이여ᄂᆞᆯ, 감히 무슨 넙치로 방ᄌ히 요언을 놀니ᄂᆞᆫ다? 닉 이졔 너를 잡을 거시로딕 우흐로 군부(君父)의 명이 업고, 아릭로 네 죄악을 즁국(中國)이 다스릴 고로 아직 ᄉ(赦)ᄒ노라." 【59】

---

92)둘너 : 두르다 : 둘레를 돌다.

93)댱ᄉ(將士) : 예전에, 장수와 병사를 아울러 이르던 말. ≒장졸(將卒).

94)치웁다 : 칩다. 춥다. 대기의 온도가 낮다.

95)니젹(夷狄) : 예전에, 두만강 일대의 만주 지방에 살던 여진족을 멸시하여 이르던 말.=오랑캐.

96)타비(唾誹) : 침을 뱉거나 튀기며 거세게 헐뜯어 말함.

97)도로 : 도로. 향하던 쪽에서 되돌아서.

98)딕역불측지ᄉ(大逆不測之事) : 미루어 헤아릴 수 없을 정도로 큰 대역(大逆).

99)쳔ᄉ무쇽(千死無贖) : 천 번 죽음의 형벌을 받고 죽어도 그 죄를 면제 받지 못함.

ᄒᆞ니, 쇼옥이 다시 말을 못ᄒᆞ고 분긔엄이(憤氣奄碍)100)ᄒᆞ여 것구러지니, 옥디와 츈
피 구ᄒᆞ여 도라가다.

걸안쥐 능히 셩의 드지 못ᄒᆞ고, 도로 물너가 북산셩의 드러 인국(隣國) 구완병101)
을 쳥ᄒᆞ고 기다리더니, 국지인신(國之人臣)이 다 불열ᄒᆞ여 국군이 즁국 냥기 음녀를
혹(惑)ᄒᆞ여 연고 업시 싱ᄉᆞ(生死)ᄒᆞ니, 딕국 군병을 맛나 쳔여원(千餘員) 댱슈(將帥)
와 슈만 군병을 다 죽이고, 부ᄌᆞ(父子) 불화하여 닉쳐시믈 일일이 니르니, 구코ᄌᆞ ᄒᆞ
던 나라히 다 숑장(宋將)의 신긔ᄒᆞ믈 두려 동(動)치 아【60】니 ᄒᆞ니, 걸안이 공구
(恐懼)ᄒᆞ여 시름ᄒᆞ거늘, 쇼옥 왈,

"승픽(勝敗)는 병가(兵家)의 상ᄉᆞ(常事)라. 한고죄(漢高祖) 빅 번 곤(困)ᄒᆞ고 ᄒᆞ 번
을 니긔여 항우(項羽)를 죽이고 ᄉᆞ빅년 긔업(企業)을 니르혀ᄂᆞ니, 엇지 한번 픽(敗)ᄒᆞ
믈 근심ᄒᆞ리오. 다시 장뜰(將卒)을 모화 다시 싸오려 ᄒᆞ더라."

ᄎᆞ시 옥디 위원슈의 용병을 보미 슈이 파(破)치 못ᄒᆞᆯ지라. 믄득 공교혼 의ᄉᆞ 니러나
ᄀᆞ마니 도고(道姑)를 넘ᄒᆞ니, 도고 등션낭이 니르럿더라.

옥디 슬피 고왈,

"쳡의 명되 박(薄)ᄒᆞ여 앙얼(殃孽)이 즁ᄒᆞ니, 진염(塵念)을 ᄯᅳᆯ코 사부(師父)【61】
를 뜨ᄎᆞ 데ᄌᆞ 되고ᄌᆞ ᄒᆞᄂᆞ이다."

도괴 흔연이 허락ᄒᆞ더라. 쇼옥이 ᄯᅩ흔 도고를 보고 숑군을 파치 못ᄒᆞᆯ믈 니르니, 도
괴 머리를 슉이고 왈,

"위원슈는 텬상 문곡셩(文曲星)102)이요. 신·화 냥인이 다 하늘 셩신(星辰)이니, 니
비록 심간(心肝)을 ᄡᅦ히ᄂᆞᆫ 슐이 잇스나, ᄎᆞ인 등을 죽이지 못ᄒᆞ리니, 다만 신병귀뜰
(神兵鬼卒)을 모라 일진(一陣)을 도으리니, ᄌᆞ장격지(自將擊之)103)ᄒᆞ쇼셔."

쇼옥이 홀일업셔 명일의 걸안쥬의게 쳥하여 ᄉᆞ로 ᄲᅡᆫ 장슈를 모화 슈쳔인 ᄀᆞ온디 다
ᄉᆞᆺ 용ᄉᆞ와 세 명장을 ᄲᅡᆫ【62】닉니, 긔긔히 만뷔부당지용(萬夫不當之勇)104)이 잇고,
금방울 ᄀᆞᆺ흔 눈이요, 창디 ᄀᆞᆺ흔 ᄂᆞ로시105)니. 최악(最惡)ᄒᆞ고 영특(英特)ᄒᆞ미 삼나던
(森羅殿)106) 우두ᄂᆞ찰(牛頭羅刹)107)과 마면야치(馬面夜叉)108) ᄀᆞᆺ더라.

---

100) 분긔엄이(憤氣奄碍) : 분한 마음이 치밀어 갑자기 기운이 막혀 정신을 잃음.
101) 구완병(兵) : 구원병(救援兵). *구완: 아픈 사람이나 해산한 사람을 간호함. 이 작품
　　에서는 '어려움이나 위험에 빠진 사람을 구해 줌'의 뜻, 곧 '구원(救援)'의 의미로 쓰었
　　다.
102) 문곡셩(文曲星) : :구성(九星: 탐랑성, 거문성, 녹존성, 문곡성, 염정성, 무곡성, 파
　　군성, 좌보성, 우필성) 가운데 넷째 별. 문운(文運)을 맡은 별이라고 한다.
103) ᄌᆞ장격지(自將擊之) : 자기 스스로 군사를 거느리고 나아가 싸움.
104) 만뷔부당지용(萬夫不當之勇) : 수많은 장부(丈夫)로도 능히 당할 수 없는 용맹.
105) ᄂᆞ롯 : 나룻. 수염.
106) 삼나던(森羅殿) : 우주의 온갖 사물과 현상이 늘어서 있는 전각.

군을 모라 마됴 느으가 던셔(戰書)109)를 보닉고 주웅을 결ᄒ려 ᄒ더라.

시야(是夜)의 위원슈 신·화 이장을 거느려 건상(乾象)을 슬피며 뎍진을 보니, 요스(妖邪)의 기운이 둘넛고 살긔(殺氣) 하날의 다하시니, 공이 ᄀᄅ쳐 니로딕,

"도적이 필연(必然) 요인(妖人)을 어더 아군을 파(破)코즈 ᄒᄂᆞᆫ지라. 군 등이 각각 슬펴 그르미 업게 ᄒ라."

이장(二將)이 쳥【63】녕(聽令)ᄒ더라.

익일 쳥신(淸晨)의 냥진 군중의 금괴졔명(金鼓齊鳴)110)ᄒ더니, 각각 문을 열믹 걸안쥐 원슈를 쳥ᄒ여 몬져 진법(陳法)을 결우고 버거111) 스법(邪法)을 계교(計巧)홀ᄉᆡ, 원슈의 텬일 ᄀᆞᆺ흔 위풍으로, 쌍한성을 두루믹 팔문금쇄진(八門金鎖陣)112)과 구턴틔을진113)의 변홰 무궁ᄒ니, 뇨장이 망녕도이 치고즈 ᄒ다가 우선 다숫 댱쉬(將帥) 죽은지라.

크게 노ᄒ여 다시 칠팔 인을 ᄲᆡ114) 쓰호기를 도도니, 추시 쇼옥이 피갑상마(被甲上馬)ᄒ여 걸안으로 더브러 숑군 진상을 바라보고, 반갑고 슬푸【64】며 원(怨)ᄒ고 한(恨)ᄒ니 눈물을 흘니고 니를 가라, 심스를 니긔지 못ᄒ더라.

뇨댱이 말을 닉여 신·화 이인(二人)이 마즈믹, 늠늠(凜凜)ᄒ 위풍(威風)은 공산(空山)의 밍호 ᄀᆞᆺ고, 널널흔 긔상은 츄상(秋霜)이 늠늠ᄒ니, 교봉(交鋒) 삼스합(三四合)의 몬져 두 장쉬 죽ᄂᆞᆫ지라.

걸안이 딕로ᄒ여 북을 손됴 두다리고 딕쇼댱스(大小將士)를 다 발(發)ᄒ여,

"오늘날 냥댱(兩將)을 죽이지 못흔죽, 밍셰ᄒ여 스지115) 아니ᄒ리라."

ᄒ니, 뇨군이 스면팔방의 쳘통 ᄀᆞᆺ치 싸고 활노 쏘며 검극(劍戟)으로 치되, 두 댱【65】쉬(將帥) 창과 칼노 말굽ᄀᆞ지 ᄀ리와 흔 곳 븨ᄂᆞᆫ 일이 업서, 도창(刀槍)이 닷친죽, 징연(錚然)흔 소릭의 불빗치 니러ᄂᆞ고, 젹군 버히기를 묵근116) 풀 ᄀᆞᆺ치 ᄒ니,

---

107)우두나찰(牛頭羅刹) : 소의 머리 모양을 한 악한 귀신.

108)마면야치(馬面夜叉) : 말의 얼굴 형상을 한 두억시니. *두억시니: 모질고 사나운 귀신의 하나. =야차(夜叉).

109)던셔(戰書) : 전쟁의 시작을 알리는 통지서.

110)금괴졔명(金鼓齊鳴) : 징과 북이 일제히 울림. 금고(金鼓): 고려·조선 시대에, 군중(軍中)에서 호령하는 데 사용하던 징과 북.

111)버거 : 둘째. 둘째로, 다음. 다음으로. 이어.

112)팔문금쇄진(八門金鎖陣) : 삼국시대 위나라 조조(曹操)가 창안한 진법(陣法)으로, 여덟 방향으로 통로가 나도록 군사를 배치하여, 그 문으로 들어온 적군이 빠져나가지 못하도록 막는 진법을 이르는 말.

113)구턴태을진 : 미상. 진법(陣法)의 하나.

114)ᄲᆡ다 : 뽑다. 여럿 가운데에서 골라내다.

115)스다 : 살다. 생명을 지니고 있다.

116)묵그다 : 묶다. 사람이나 사물을 한데 붙어 있도록 끈 따위로 동이다.

딕군이 스스로 허여지더니, 홀연 운뮈(雲霧) 스싁(四塞)117)ᄒ며 텬암지혼(天暗地昏)118)ᄒ니, 모다 놀나 보건딕 신병귀졸(神兵鬼卒)이 공즁으로 됴ᄎ 분분(紛紛)이 ᄂ리며, 독스밍쉬(毒蛇猛獸) 입을 버리고 악긔(惡氣)를 토ᄒ며 숑군(宋軍)을 물녀ᄒ니, 화진이 품 ᄀ온딕로셔 ○[됴]마경(照魔鏡)119)을 ᄂ여 빗최고, 신양이 스믹 속의 홍금삭(紅錦索)120)을 ᄂ여 더지니, 【66】 공즁으로 됴ᄎ 일긔 요도(妖道)를 믜여 원문(轅門) 진뎐(陣前)의 ᄭ꿀니ᄂ지라.

젼군(前軍)이 잡ᄋ 고ᄒ니, 원쉬 명ᄒ여 믹거슬 그르지 말고 함거(檻車)의 너코 엄히 직희라 ᄒ다.

신·화 냥인이 일변 싸호며 두 가지 보빅를 넉니, 일월이 다시 붉고 귀병(鬼兵)과 악쉬(惡獸) 다 분분이 낙엽이 되어 ᄶ러지니, 다시 정신을 가다듬ᄋ 크게 뇨병(遼兵)을 즛칠시121), 곽쇼옥이 스스로 등션낭의 도으믈 밋고 ᄀ르치믈 바다, 원슈를 히코져 말을 ᄶ뫼여 닉다르며, 크게 블【67】너 왈,

"위원슈ᄂ 날노 더브러 삼싱원기(三生怨家)122)라. 오늘날 너를 버히고 닉 죽어도 한(恨)치 아니리라."

원쉬 눈을 금ᄋ 보지 아니코 귀를 ᄀ리와 듯지 아냐, 우션(羽扇)123)을 둘너 군스를 지휘ᄒ여 스면(四面)을 ᄡᆞ니, 쇼옥이 정히 츙돌ᄒ여 ᄂ고ᄌ ᄒ더니, 신양이 말을 달녀 ᄂᄂ 드시 가 쇼옥의 탄말의 머리를 버히니, ᄶᆞ히 ᄂ려지거ᄂ, 군스로 ᄒ여금 결박ᄒ여 바로 함거의 가도니, 츠시 걸안줘 쇼옥 잡히믈 보고 크게 소릭 지르고 【68】 업더지니, 화진이 바로 달녀 잡고ᄌ ᄒ더니, 일긔 쇼장(少將)이 슈빅 비호군(飛虎軍)124)을 거ᄂ려 돌입ᄒ여 아스가니, 화션봉이 승시(乘時)ᄒ여 ᄶᆞ오더니, 도셩(都城)으로 드러가고 셩샹(城上)의 시셕(矢石)이 비오듯 ᄒ니, 잠간 군을 물녀 합병(合兵)ᄒ여 셩(城)을 치니, 어시(於時)의 위공이 인의(仁義)와 셩심(聖心)으로 덕을 힝ᄒ니, 뇨인(遼人)이 감격ᄒ여 항직(降者) 불가승쉬(不可勝數)125)라.

---

117)사싁(四塞) : 사방을 막음. 또는 사방이 막힘.
118)텬암지혼(天暗地昏) : 하늘도 어둡고 땅도 어둡다는 뜻으로, 온 세상이 다 어두운 것을 이르는 말. =천암지흑(天暗地黑).
119)됴마경(照魔鏡) : 마귀의 본성을 비추어서 그의 참된 형상을 드러내 보인다는 신통한 거울. ≒조요경(照妖鏡).
120)홍금삭(紅錦索) : 붉은 비단실을 꼬아 만든 줄.
121)즛치다 : 짓치다. 함부로 마구 치다.
122)숨싱원기(三生怨家) : 전생(前生), 현생(現生), 내생(來生)의 삼생에 걸쳐 원수의 악연을 끊을 수 없는 가문.
123)우션(羽扇) : 새의 깃으로 만든 부채.
124)비호군(飛虎軍) : 나는 호랑이처럼 날쌔고 용맹한 군대.
125)불가승쉬(不可勝數) : 너무 많아서 셀 수가 없음.

오직 도셩 안히 병으리와드126)나 거의 인민이 다 머리를 늘히여 위원슈의 은덕을 바라느지라. 【69】 셩을 쓰고 치기를 급히 ᄒᆞ니, 걸안 군신이 져상(沮喪)ᄒᆞ여 댱슈(將帥)ᄂᆞᆫ 다 죽을 마음이 잇고, 군ᄉᆞᄂᆞᆫ 다 살 의ᄉᆞ 업더라.

걸안 구ᄒᆞᆫ 쇼장은 곳 걸안 틱ᄌᆞ 탈불홰니, 쇼옥 등을 분노ᄒᆞ여 아비를 막줄나 드리지 아니ᄒᆞ나, 부ᄌᆞ텬눈(父子天倫)은 ᄌᆞ연지니(自然之理)라. 싸흠 쇼식을 듯고 탐쳥(探聽)ᄒᆞ다가 쇼옥 잡히믈 드르민, 놀나 군ᄉᆞ를 모라 그 아비를 구ᄒᆞ여 도라오니, 부ᄌᆞ(父子) 붓들고 통곡ᄒᆞ믈 마지아니ᄒᆞ더라.

댱ᄉᆞ(將士)를 명ᄒᆞ여 구지 직【70】 희고 느지 아니며, 의논ᄒᆞ여 칭신봉됴(稱臣奉朝)127)ᄒᆞ믈 구(求)코ᄌᆞ 홀ᄉᆡ, 옥딕를 슈식(搜索)ᄒᆞ며 츈교 평경을 잡고ᄌᆞ ᄒᆞ딕, 둉시(終始) 츳지 못ᄒᆞ니, 탈불의 형데 졀치(切齒)ᄒᆞ여 방(榜) 써, 츠ᄌᆞ 드리ᄂᆞ니 잇스면 쳔금(千金) 상(賞)쥬기를 니르다.

어시의 위원쉬 딕군을 지휘ᄒᆞ여 셩을 쓰고 급히 잡기를 의논ᄒᆞ더니, 뇨국 ᄉᆞ지(使者) 니르러 돈슈(頓首)ᄒᆞ고, '젼혀 슉졍의 계교로 죽을 죄를 범ᄒᆞ다' ᄒᆞ며,

"국군은 병이 즁ᄒᆞ여 ᄉᆞ싱(死生)을 미분(未分)ᄒᆞ니 틱ᄌᆞ 불【71】 홰 힘써 싸호믈 긋치고 항(降)코ᄌᆞ ᄒᆞ나이다."

ᄒᆞ니, 원쉬 졍ᄉᆡᆨ(正色) 왈,

"네 님군이 ᄉᆡ외(塞外)의 잇스나, ᄂᆞ라히 여러 딕(代) 젼(傳)ᄒᆞ고 댱식 츙근ᄒᆞ니 엇지 요음난눈(妖淫亂倫)ᄒᆞᆫ 간녀(奸女)를 일위여 스스로 망키를 지쵹ᄒᆞᄂᆞ뇨? 닉 이제 군명(君命)을 밧ᄌᆞ와 토젹(討賊)ᄒᆞᄂᆞ 소임을 가졋고, 임의 뇨국(遼國) 지방(地方)을 다 거두어 항복 바다시니, 이 됴고만 도읍(都邑) 치기를 근심홀 빅 아니로딕, 셩텬ᄌᆞ(聖天子) 호싱지딕(好生之德)을 밧드러 싱민을 살히ᄒᆞ믈 아쳐ᄒᆞᄂᆞ니128), 당당이 쳔ᄌᆞ긔 쥬문 (奏聞)129)ᄒᆞ【72】여 셩지(聖旨)를 밧ᄌᆞᆸ고 결(決)ᄒᆞ리니, 다시 반복(反覆)130)ᄒᆞᄂᆞ 간식(奸詐) 잇신즉 결단코 남기지 아니리라."

ᄉᆞ지 황공젼뉼(惶恐戰慄)ᄒᆞ여 빅빅 돈슈ᄒᆞ고, 틱ᄌᆡ 처음부터 깃거 아님과 피화(避禍) 도망(逃亡) ᄒᆞ엿던 쥴 고ᄒᆞ니, 원쉬 즉시 표(表)를 올녀 쥬문(奏聞)홀ᄉᆡ, 셩상의 쳐분을 기드리고, 잠간 쓴 거슬 푸러 오십니를 믈녀 진치고 됴명(詔命)을 기다리민, 임의 궁납(窮臘)131)이 진(盡)ᄒᆞ고 식봄이 님ᄒᆞ여시니, 원쉬 근친(覲親)

---

126) 병으리왇다 : 막다. 맞서 버티다. 대적(對敵)하다. 거스르다. 반대하다. 거절(拒絶)하다.
127) 칭신봉됴(稱臣奉朝) : 작은 나라가 큰 나라에 신하국(臣下國)을 자칭하고 큰 나라 조정(朝廷)을 섬기는 일.
128) 아쳐ᄒᆞ다 : 싫어하다. 꺼려하다.
129) 쥬문(奏聞) : 『역사』 임금에게 아뢰던 일.=주달(奏達).
130) 반복(反覆) : 언행이나 일 따위를 이랬다저랬다 하여 자꾸 고침.

을 스모ᄒ여 송구영신(送舊迎新)ᄒᄂᆫ 시졀을 당ᄒ미, 변경(汴京)132)을 바 【73】
라 팔빈(八拜) 산호(山呼)133)ᄒ고, 화쥬(華州)를 바라고 셩졍지네(省定之禮)를
날마다 폐치 아니ᄒ고, 구름이 머흘고134) 바름이 소슬ᄒ미 그윽이 탄식ᄒ며, 츌졍
(出征) ᄉ오삭(四五朔)의 이곳의 깁히 드러완지 《삼삼∥삼삭(三朔)》이 되엿ᄂᆫ
지라.

ᄉ군ᄉ친(思君思親)ᄒ물 니긔지 못ᄒ거늘, 십만 병의 냥최(糧草)135) ᄌᆞᄉ(刺
史)와 하북졀도ᄉ 각읍쥬현(各邑州縣)의 거두어 슈리의 시러 니우ᄂᆫ136)지라.

원쉬 민폐(民弊)를 념녀ᄒ여 더옥 일일 보닉기를 삼츄(三秋) ᄀᆞ치 넉이더니, 일
일은 신양으로 댱즁(堂中)의셔 굴오딕,

"닉 드 【74】 르니 딕쥐 쇼속 관(關) 운능 남군 신평 세 고을이 병화(兵禍)를
겻그미 심ᄒ고, 빅셩이 니산(離散)ᄒ여 관원이 탐남(貪婪)ᄒ여 관괴(官庫) 탕연
(蕩然)ᄒ거늘, 식로 틱슈(太守) 현녕(縣令)이 니르러시나 밋쳐 두셔(頭緒)를 잡지
못ᄒ여셔, 누만셕(累萬石) 군냥을 능히 쥬변홀137) 길이 업다 ᄒ니, 만일 긔약(期
約)의 밋지 못ᄒ 즉, ᄂᆞ의 군병이 낭픽(狼狽)ᄒ미 심홀 분 아니라, 운능 신평 등
지쥬(知州)138)의 머리 졀도ᄉ(節度使) 영문(營門)의 달닐 거시오, 딕쥐 ᄯᅩ 무슨
ᄒᆞ믈 엇지 못ᄒ리니, 그딕 밧비 댱안(長安)의 가 닉집 고듕(庫中) 【75】 은ᄌ(銀
子)를 닉고, ᄯᅩ 젹경원(積慶園)139) 남녁 반송(盤松) ᄋ 리 큰 돌이 잇셔 《민슈∥

---

131)궁납(窮臘) : 납월(臘月)이 다 지남. *납월(臘月): 음력 섯달(12월)을 달리 이르는
　　말.
132)변경(汴京) : 『지명』 중국 오대의 후량, 후진, 후한, 후주 및 북송의 도읍지. 현재의
　　하남성(河南省) 개봉시(開封市)에 해당한다.
133)산호(山呼) : 『역사』 나라의 중요 의식에서 신하들이 임금의 만수무강을 축원하여
　　두 손을 치켜들고 만세를 부르던 일. 중국 한나라 무제가 숭산(嵩山)에서 제사 지낼 때
　　신민(臣民)들이 만세를 삼창한 데서 유래한다.=산호만세(山呼萬歲).
134)머흘다 : 험하고 사납다.
135)냥최(糧草) : 양초(糧草). 군량과 마초(馬草).
136)니우다 : 잇다. 끊어지지 않게 계속하다.
137)쥬변 : 일을 주선하거나 변통함. 주변. =두름손.
138)지쥬(知州) : 중국 송나라·청나라 때에 둔 주(州)의 으뜸 벼슬아치.
139)젹경원(積慶園) : 중국 한(漢)·송(宋) 대에 있었던 제도로, 남의 양자로 계대(系代)한
　　사람이 자신의 생부모(生父母)와 그 선대를 제사하기 위해 세운 묘원(墓園)을 이르는
　　말. 『고려사절요』 제34권 공양왕1 경오2년(1390)조 참조. *전편 <천수석>에서 작중
　　인물 위현의 조부 위사원은 적변(賊變)을 만나 부모를 잃고 고아가 되었다가, 진왕(晉
　　王) 이극용의 양자가 되어 이씨 성을 하사 받아 이사원이 된다. 이극용 사후 이사원은
　　이극용의 장자 이존욱을 황제로 추대하여 위호(位號)를 장종(莊宗) 황제라 하고 후당
　　(後唐)을 건국하였는데, 장종이 난정(亂政) 끝에 죽자, 그가 장종의 뒤를 이어 명종(明
　　宗) 황제에 즉위한다. 명종은 친자 복성과 양자 종후·종가를 두었는데, 친자 복성은 자
　　신의 본성인 위씨 성을 주어 생부의 가계를 잇게 하고, 양자인 이종후를 태자로 봉해

계슈(桂樹)》를 우희 심거시니140), 남글 파고 돌을 든 즉, 이 곳 우물이요, 그 속
의 금은(金銀)이 잇스니 닉여오되, 그딕 비록 괴로오나 그딕 곳 아니면 급흔 거술
구치 못호리니, 몬져 신평 틱슈를 보와 젼호고, 조쵸 닉 집의 건노(健奴)141)를 식
여 슈운(輸運)호여 ○○○[신평의] 미쳐, 연(連)호여 운능 남군의 밋게호라."

　호더라. 【76】

　황위를 계승케 한다. 이 작품 <화산선계록>에서 적경원은 위복성이 본성을 회복하기
전 '이극용-이존욱-이사원-(이종후)'로 이어지는 후당의 황통(皇統)을 제사하는 묘원
을 말하는 것으로 보인다.
140)심그다 : 심다. 초목의 뿌리나 씨앗 따위를 흙 속에 묻다.
141)건노(健奴) : 건장한 사내종.

화산선계록 권지이십이

차셜 신양이 복지(伏地) 청츠(聽此)의 불승감탄(不勝感歎)ᄒ여 지비슈명(再拜受命)ᄒ고 신검(神劍)을 둘너 바롬 ᄀ치 힝ᄒ니라.

신양이 슈유(須臾)의 댱안(長安) 동창궁의 니르러 쥬지궁감(住持宮監)142)을 보고, 노야의 명을 젼ᄒ고 고즁(庫中) 금빅(金帛)을 닉여 건노(健奴) 십여인을 지워 운능과 남군으로 가라 ᄒ고, 스스로 젹경원을 ᄎᄌ가 반송하(盤松下)의 니르니, 일지계슈(一枝桂樹) 바야흐로 싱긔를 먹음엇거늘, 겻ᄒ 옴겨 심으고 돌흘 들치니, 그 가온딕로 됴츠 귀신이 소스【1】ᄂ며 졀ᄒ여 왈,

"댱군이 불원쳔니(不遠千里)ᄒ여 ᄉ룸의 급ᄒᄆ믈 구ᄒ니, 아름다온 덕이 ᄌ손의게 밋츠리이다. ᄂᄂ 도귀 셩황신(城隍神)이러니 면(免)ᄒ고 가노라."

ᄒ거늘, 도라보고 답녜ᄒ고ᄌ ᄒ니 간 바를 모를너라. 쉬여 드러가니 옥으로 ᄆᆞ든 상ᄌ의 황금 쳔 냥○[과] 빅은 슈빅 냥이 드럿더라.

드딕여 젼딕(纏帶)143) 속의 너허 요간(腰間)의 ᄎ고 셜니 도ᄅᆞ올시, 허리의 무거온 거슬 ᄆ엿고 신검(神劍)을 둘너, 용144)을 발ᄒ되 갈젹만 ᄀ지 못ᄒ여 져물게야 신평의 니르니,【2】지부(知府) 댱공이 ᄉᆡ로 부임ᄒ여 와시나, 쳐쳐(處處)의 도젹의 무리 슘어 인민을 살히ᄒ니, 빅셩이 니산(離散)ᄒ고, 젼임(前任) 지부(知府) 우쳘이 탐남포학(貪婪暴虐)ᄒ여, 관니 도망ᄒ고 고즁이 탕갈(蕩竭)ᄒ니, 위원슈긔 냥쵸(糧草)145)를 ᄀᆞ초ᄋ 보닐 도리 업ᄂ지라. 민민쵸황(憫憫焦惶)146)ᄒ여 인읍(隣邑)의 구코ᄌ ᄒ나, 녈읍(列邑)이 진경(盡驚)ᄒ여 각각 ᄌᆞ수와 졀도ᄉ 분부로 곡식을 슈운(輸運)ᄒ여 여렴(餘念)이 업ᄂ지라.

친히 부민(富民)의게 칭딕(稱貸)147)ᄒ려 ᄒ되, 니민(里民)이 ᄒᆞ 가지로 도산(逃散)ᄒ여 무를 곳이 업ᄂ지라.

---

142) 쥬지궁감(住持宮監) : 궁(宮)을 관리하는 으뜸 벼슬아치.
143) 젼딕(纏帶) : 돈이나 물건을 넣어 허리에 매거나 어깨에 두르기 편하도록 만든 자루. 주로 무명이나 베로 폭이 좁고 길게 만드는데 양 끝은 트고 중간을 막는다. 늑견대.
144) 용 : 기운. 힘.
145) 냥쵸(糧草) : 군량과 마초(馬草).
146) 민민쵸황(憫憫焦惶) : 근심하고 초조하여 어찌할 바를 모름
147) 칭딕(稱貸) : 이자를 받고 돈이나 물건을 꾸어 줌.

일【3】 직(日子) 님박ᄒᆞ니 긔약의 밋지 못ᄒᆞ미, 졀도시 상명을 밧ᄌᆞ와 션참후 계(先斬後啓)ᄒᆞᆯ지라. 망됴(罔措)148)ᄒᆞᄆᆞᆯ 어이 다 니르리오

지부ᄂᆞᆫ 앙텬탄식(仰天歎息)ᄒᆞ고 ᄌᆞ뎨(子弟)ᄂᆞᆫ 황황망됴(遑遑罔措)ᄒᆞ니, 댱공이 도로혀 위로ᄒᆞ나, 당(堂) 우히 칠십 편뫼(偏母) 잇셔 먼니 가믈 창연ᄒᆞ여 무스이 오기를 니르시던 바로, 이졔 무죄이 죽어 불효 ᄭᅵ치믈 셜워ᄒᆞ고, 원슈의 ᄃᆡ군이 젹을 님ᄒᆞ엿거늘, 군냥(軍糧)이 밋지 못ᄒᆞ여 국가 ᄃᆡᄉᆞ 그릇될가 초됴(焦燥)ᄒᆞ여 침식을 구폐(俱廢)ᄒᆞ고 죽기를 기다리고, 이【4】 ᄯᅳᆺ을 ᄌᆞᄉᆞ(刺史)149)의게 보ᄒᆞ여 다른 고을 영치(營寨)를 지촉하여 너여보ᄂᆡ게 고하랴 ᄒᆞ니, 이ᄂᆞᆫ 과연 효시(梟示)를 면치 못ᄒᆞᆯ지라.

셩쥬(聖主) 만일 친히 보신 죽, 거의 무죄ᄒᆞ믈 아르실 비로ᄃᆡ, 경ᄉᆞ(京師) 만니의 격ᄒᆞ엿고, 구즁(九重)150)이 심슈(深邃)ᄒᆞ니 엇지 능히 원억(冤抑)을 알외리오

명일 ᄌᆞᄉᆞ아문(刺史衙門)의 보ᄒᆞ미 치ᄉᆞ(差使) 압녕(押領)ᄒᆞ여 즁슈(重囚)로 군문(軍門)의 ᄂᆞ입(拿入)ᄒᆞ여 속졀업시 신슈이쳐(身首二處)151)ᄒᆞᆯ ᄆᆞᄃᆡ152)라.

부ᄂᆡ(府內) 가인(家人)이 호통망망(號慟茫茫)153)ᄒᆞ고 냥ᄌᆞ(兩子) 붓들고 호텬통곡(呼天慟哭)154)ᄒᆞ더니, 홀연 일진(一陣)【5】 ᄇᆞ람의 흔 스름이 댱ᄂᆡ(牆內)의 ᄂᆞ려셔며 향젼(向前) 빈례(拜禮)ᄒᆞ니, 지뷔 긔경(起敬)ᄒᆞ여 답례ᄒᆞ며 눈을 드러보니, 긔인이 머리의 범양닙(范陽笠)155)을 쓰고 허리의 표미ᄃᆡ(豹尾帶)156)를 둘너시니, 장속(裝束)이 표표(表表)ᄒᆞ고 긔골이 상연(爽然)ᄒᆞ여, 의의히 구름을 헷치고 벽공(碧空)의 쇼ᄉᆞᆯ 듯 ᄒᆞ더라.

긔인(其人)이 허리의 찬 거슬 글너 압흐로 미러 왈,

"명공(明公)157)이 ᄉᆡ로 부임ᄒᆞ시고 고즁(庫中)이 공허ᄒᆞ여 군냥이 밋지 못ᄒᆞᆯ지

---

148) 망됴(罔措) : 너무 당황하거나 급하여 어찌할 줄을 모르고 갈팡질팡함.=망지소조(罔知所措).

149) ᄌᆞᄉᆞ(刺史) : ① 『역사』 발해에서, 각 주(州)의 으뜸 벼슬. ②『역사』 중국 한나라 때에, 군(郡)·국(國)을 감독하기 위하여 각 주에 둔 감찰관. 당나라·송나라를 거쳐 명나라 때 없앴다.

150) 구즁(九重) : 겹겹이 문으로 막은 깊은 궁궐이라는 뜻으로, 임금이 있는 대궐 안을 이르는 말.=구중궁궐(九重宮闕).

151) 신슈이쳐(身首二處) : 몸과 목이 둘로 나누어진다는 말로, 참형(斬刑)을 당함을 이르는 말.

152) ᄆᆞᄃᆡ : 마디. 사물이나 말, 글 따위의 어느 한 도막을 이르는 말로, 일의 어떤 특정한 '때'나 '대목'을 나타내는 말.

153) 호통망망(號慟茫茫) : 서럽게 울어 그 울음소리가 아득하고 막막한 모양.

154) 호텬통곡(呼天慟哭) : 하늘에 부르짖어 크게 욺..

155) 범양닙(-陽笠) : 햇볕을 가리기 위해 머리에 쓰던 삿갓[陽笠]에 범의 꼬리 모양의 장식을 붙인 모자.

156) 표미ᄃᆡ(豹尾帶) : 표범의 꼬리 모양으로 둥글게 만든 전대(纏帶).

라. 쇼싱의 쥬인이 보닉실 식[써] ○○[너린] 명을 밧드러 추물(此物)노뼈 드
【6】리느니, 밧비 냥미(糧米)를 환민(換買)ᄒ여 국스를 그르게 마르쇼셔.”

말을 맛고, 다시 졀ᄒ고 표연(飄然)이 문을 나니 간 바를 모를너라.

지뷔 냥즈(兩子)로 더브러 경희(驚喜) 당황(唐慌)ᄒ여 쓴 거슬 보니 희며 누른
빗치 눈을 놀닉고 마음을 동(動)ᄒ는지라. 밋쳐 한셜(閑說)을 못ᄒ고 스소(司
所)158)ᄒᆫ 관니를 불너 금은을 다라 맛져, ‘촌가(村家)《로쎠‖의》 쥬고 스쳐(四
處)로 냥미(糧米)를 밧고아 오라’ ᄒ니, 관니 또 망됴(罔措)ᄒᆫ 가온딕 놀나고 깃
거 스면팔방(四面八方)의 허여져 곡식을 스 도라오니, 어시의 댱공【7】부즈의
환열ᄒ고 희힝(喜幸)ᄒᆷ 일필난긔(一筆難記)라.

그 스롬이며 이인(異人)이믈 아지 못ᄒ니, 다만 군냥(軍糧)을 슈운(輸運)ᄒ여
보닐식, 남은 거슬 고듕(庫中)의 너코 또 니민(罹民)을 ᄒᆫ 가지로 난화 쥬어 싱계
를 숨으며, 방(榜) 붓쳐 산지스방(散之四方)ᄒᆫ 빅셩을 못게 ᄒ니, 무릇 빅셩과 군
병 관니 ᄒᆫ 가지로 고토(故土)의 도라오니, 지뷔 ᄒᆫ가지로 고휼(顧恤)159)ᄒ고 일
물(一物)도 즈긔게 붓치지 아니ᄒ니, 인심이 흡연(洽然)ᄒ여 신평부의 평안ᄒ미
반셕(盤石)의 구드미 잇더라.

신양이 금은【8】을 가져 댱공을 쥬고 도라오니, 날이 임의 시고즈 ᄒ더라.

드러와 고ᄒ니 원쉬 깃거 왈,

“군이 일일지닉(日月之內)의 국가의 딕공(大功)을 일우고, 그윽ᄒᆫ 은덕을 댱공
의게 깃치니 다스(多事)ᄒ도다.”

양이 고두(叩頭) 왈,

“이는 다 원슈노야의 쳔니 밧 일을 아르시고 만고(萬古)의 업슨 덕음(德蔭)을
드리오스미니, 양이 무슴 공이 잇스리잇고?”

ᄒ더라.

십여 일이 지닉미 신평부 냥최(糧草)니르고, 또 운능 남군의셔 연ᄒ여 시러오
니, 군냥이 핍졀(乏絶)ᄒ미 업더라.

일삭(一朔)【9】이 지닉미 됴졍 명이 ᄂᆞ려 ‘결안의 항표(降表)를 밧고 반스(班
師)160)ᄒ라’ ᄒ시니, 신양이 원슈 면젼의 ᄭ우러 눈물을 흘니고 고왈,

“셕년의 쇼댱의 아비 결안과 ᄡᅡ화 젼망(戰亡)ᄒ니, 쥬댱(主將)은 곳 쇼마개라.

---

157)명공(明公) : 듣는 이가 높은 벼슬아치일 때, 그 사람을 높여 이르던 이인칭 대명사.

158)사소(司所) : ‘유사(有司)’와 ‘소임(所任)’을 함께 일컬은 말. 즉 관청 등에서 특정 업
무를 맡고 있는 상·하 직급의 담당자를 함께 이른 말. *유사(有司): 단체의 사무를 맡
아보는 임원. *소임(所任): 단체 따위에서 실무를 담당하고 있는 직원.

159)고휼(顧恤) : 불쌍하게 생각하여 돌보거나 도와줌.

160)반스(班師) : 군사를 이끌고 돌아옴.

이제 원슈 노야 위덕을 비러 아비 원슈를 갑고ᄌ ᄒᆞᄂᆞ이다.”

원쉬 츄연동용(惆然動容)161)ᄒᆞ여, 스(士)를 걸안의게 보ᄂᆡ여 통ᄒᆞ여 왈,

“모년(某年)의 진(晉)162)나라흘 엄습한 댱슈 쇼마가[개]를 보ᄂᆡ여 항복ᄒᆞᄂᆞᆫ 녜 폐(禮幣)를 삼으라.”

ᄒᆞ니, 시(時)의 걸안이 십만 정병과 쳔【10】원 밍댱을 다 죽이고, 춍이ᄒᆞ던 쇼옥을 잡혀보ᄂᆡ고, 담이 쎠러져 병이 드러 니지 못ᄒᆞ니, 태ᄌᆞ의게 젼위(傳位)ᄒᆞ고 일야(日夜) 부르지져 쇼옥 등을 싱각더니, 항(降)ᄒᆞ믈 결단ᄒᆞᄆᆡ 일변 분노ᄒᆞ고 뉘웃기를 마지 아니ᄒᆞ더라.

숑ᄉᆞ(宋使) 니르러, 쇼마가[개]를 구ᄒᆞ니, 걸안쥐 모든 군하로 의논ᄒᆞ되, 쇼틱스는 공이 즁ᄒᆞ고 ᄂᆞ히 놉ᄒᆞ니 ᄎᆞ마 보ᄂᆡ지 못ᄒᆞᆯ지라 엇지ᄒᆞ리오.”

신뵈 고ᄒᆞ되

“쇼마개 거일 쓰홈의 신댱군의 버히미 되다.”

ᄒᆞ소셔 ᄒᆞ니, 이【11】딕로 긔별ᄒᆞ딕, 모다 하례ᄒᆞ여 구슈(久讐)를 임의 갑하시믈 칭하(稱賀)ᄒᆞ니, 양이 밋지 아냐 원슈긔 고ᄒᆞ되,

“이 분명 칭탁(稱託)이니 소장이 일지군(一枝軍)을 거ᄂᆞ려 아됴 걸안을 멸ᄒᆞ고ᄌ ᄒᆞᄂᆞ이다. 오랑키 변ᄉᆞ(變詐)163) 빅츌(百出)ᄒᆞ니, 이졔 항(降)ᄒᆞ나 타일 ᄯᅩ 변을 짓지 아니리잇고?”

원쉬 왈,

“불가(不可)ᄒᆞ다. 임의 상명이 항표(降表)를 바드라 ᄒᆞ시니, 엇지 감히 다시 병을 들며 이졔 비록 걸안의 ᄂᆞ라흘 멸ᄒᆞ나, ᄯᅩ 다른 오랑키 타일의 작난ᄒᆞ믈 엇지 막으리오. 【12】임의 위엄을 다ᄒᆞ여시니, 신의(信義)와 덕틱(德澤)을 다 뵐지라. 그딕 금야(今夜)의 여ᄎᆞ여ᄎᆞᄒᆞ여 놀ᄂᆡ미 가ᄒᆞ니라.”

신양이 씌ᄃᆞ라 빗스ᄒᆞ고, 칼흘 둘너 셩즁(城中)의 드러가 궁ᄂᆡ 쳠하(檐下)164)의 안ᄌᆞ 드르니, 걸안쥐 탈불홰 근심ᄒᆞ여 글오딕,

“숑댱(宋將)이 쇼틱스의 죽다ᄒᆞᆯ믈 신청치 아니ᄒᆞ니 엇지ᄒᆞ리오? 아국이 일즉 듕국으로 간셥ᄒᆞ미 업더니 셩뇽 뎍ᄌᆞ(賊者)의 투항(投降)을 인ᄒᆞ여 요녀(妖女) 등을 일위여 딕화(大禍)를 밧고, 공신을 보젼치 못ᄒᆞ게【13】ᄒᆞ니, 셩뇽의 군하(軍下) 여당(餘黨)을 슈싴ᄒᆞ여 ᄎᆞᄌᆞ 버혀 분을 풀니라. 요녀(妖女) 부옥딕와 츈교

---

161)츄연동용(惆然動容) : 얼굴에 처량하고 슬픈 빛을 띰.

162)진(晉) : 후진(後晉). 중국 오대(五代) 가운데 936년에 석경당(石敬瑭)이 후당(後唐)을 멸하고 중원(中原)에 세운 나라. 수도는 변경(汴京)이며 946년에 요나라에 망하였다.

163)변ᄉᆞ(變詐) : 변덕스럽게 이랬다저랬다 함.

164)쳠하(檐下) : 처마 밑. *처마:『건설』지붕이 도리 밖으로 내민 부분.늑쳠아(檐牙).

평경이 도쥬ᄒ여시니, 더옥 통히흔지라. 다시 방(榜) 붓쳐 잡으려니와, 신양의 영뮈(靈武) 가장 두려오니 엇지ᄒ리오?"

말이 맛지 못ᄒ여셔, 신양이 칼을 안고 쮀여 ᄂ려, 녀셩딖즐(厲聲大叱) 왈,

"무지(無知) 《후루‖호로(胡虜)165)》 등이 감히 노야의 위풍을 두려 아니ᄒ고, 노젹(老賊)을 앗겨 스스로 목슘을 직쵹ᄒᄂ냐? 네 ᄂ라히 몬져 듕국을 감히 침범ᄒ여, 님군을 잡ᄋ【14】욕ᄒᄂ 무리라. 닌 당당이 너를 버히리라."

탈불홰 쳔만무심즁(千萬無心中) 진젼(陣前)의셔 보와도 그 신용(神勇)을 두려ᄒ던 신댱군이, 돌연(猝然)이 안검딖호(按劍大呼)166)ᄒ여 지쳑지지(咫尺之地)의 셧시니, 창돌(倉卒)의 변을 맛나 엇지 감히 딖젹ᄒ며, 밋쳐 피ᄒ리오.

창황이 업딖여 머리를 두다리고 슬기를 빌며, 쇼마가[개]를 잡ᄋ 밧치믈 밍셰ᄒ니, 신양이 비로쇼 졍셩 왈,

"명일노 쇼젹(-賊)을 믜여 군젼(軍前)의 보닉지 아닌 즉, 너희 등의 머리를 아오로 버히리라."

이【15】의 몸을 소소와 도라오니, 걸안의 군신이 상담젼뉼(喪膽戰慄)167)ᄒ여 쇼마가를 믜여 진젼(陣前)의 쑬니이니, 신양이 승상(繩床)168)의 걸안져169) 쇼젹을 보니, 싹근 머리 셰엿고 흉흔 상(相)이 살져시나 오히려 옛눌 영한(獰悍)흔 모양을 씌다 릴네라. 칼노 ᄀ르쳐 눈물을 흘녀 딖미(大罵) 왈,

"네 모년의 진나라흘 엄습(掩襲)홀식 졀도스 신공을 희(害)흔 쥴 긔억ᄒᄂ다? 나ᄂ 신공의 ᄋ들이니 ᄂ히 어려 너를 죽이지 못ᄒ고 와신상담(臥薪嘗膽)170)ᄒ여 너의 고기 먹기를 바라【16】던지라. 엇지 너희 죽다 ᄒ믈 곳이드르리오171)."

쇼마기 닐오딖,

---

165) 호로(胡虜) : 북방의 소수 민족을 낮잡아 이르는 말. =오랑캐.

166) 안검딖호(按劍大呼) : 칼을 빼려고 칼자루에 손을 댄 채로 크게 소리함.

167) 상담젼뉼(喪膽戰慄) : 몹시 무섭거나 두려워, 간담(肝膽))이 서늘하고 몸이 벌벌 떨림.

168) 승상(繩床) : 직사각형 가죽 조각의 두 끝에 네모진 다리를 대어 접고 펼 수 있게 만든, 휴대하기 편리한 의자. 예전에, 벼슬아치들이 외출할 때 들려 가지고 다니면서 길에서 깔고 앉기도 하고 말을 탈 때에 디디기도 하였다.=거상(踞床)

169) 걸앉다 : 걸터앉다. 어떤 물체에 온몸의 무게를 실어 걸치고 앉다.

170) 와신상담(臥薪嘗膽) : 불편한 섶에 몸을 눕히고 쓸개를 맛본다는 뜻으로, 원수를 갚거나 마음먹은 일을 이루기 위하여 온갖 어려움과 괴로움을 참고 견딤을 비유적으로 이르는 말. 『사기』의 <월세가(越世家)>와 『십팔사략』 등에 나오는 이야기로, 중국 춘추 시대 오나라의 왕 부차(夫差)가 아버지의 원수를 갚기 위하여 장작더미 위에서 잠을 자며, 월나라의 왕 구천(句踐)에게 복수할 것을 맹세하였고, 그에게 패배한 월나라의 왕 구천이 쓸개를 핥으면서 복수를 다짐한 데서 유래한다.

171) 곳이듣다 : 곧이듣다. 남의 말을 듣고 그대로 믿다. 늑곧듣다

"댱군이 그르다. 노됼(老卒)이 비록 젹년의 댱군의 션친을 히ᄒ엿시나, 냥국이 군명을 바다 젹군을 치믄 신ᄌ의 직분이라. 엇지 옛 원슈를 이졔 니르리오. 댱군이 금번 쓰홈의 아국명댱(名將) 쳔여인을 죽여시니, 이ᄂᆞᆫ 홀노 아국 신민의 《원치∥원슈(怨讎)》 아니랴?"

신양이 진목녀셩(瞋目厲聲)172) 왈,

"너의 흉교ᄒᆞᆫ 말이 날을 다리고ᄌᆞ ᄒᆞᄂᆞ냐? 네 ᄂᆞ라히 각각 지방을 직희여 즁국을 【17】 범치 아닌즉, 닉 엇지 네 ᄂᆞ라 댱슈를 무고히 죽이리오. 슌슌(順順)이173) 젹의 무리 듕화(中華)를 엿보니, 죄 당당(堂堂)이 죽이미 맛당ᄒᆞᆫ지라. 엇지 감히 슌셜(脣舌)174)을 놀니ᄂᆞ뇨? 닉 일야(日夜)175) 졀치(切齒)ᄒᆞ던 《골원쳘슈∥쳘골원슈(徹骨怨讎)176)》를 잡고 죽이지 아니랴."

드듸여 칼을 드러 버히고, 간을 닉여 부친 영위(靈位)를 베풀고 일장(一場)을 통곡ᄒᆞ여 원슈 갑흐믈 고ᄒᆞ고, 고기를 너흘며177) 식로이 비분(悲憤)을 니긔지 못ᄒᆞ니, 졔쟝이 감탄ᄒᆞ더라. 이에 항표(降表)를 바들식 걸안쥬(契丹主) 【18】 탈불홰 《함벽예친∥함벽여츤(銜璧輿櫬)178)》ᄒᆞ여 영문(營門)의 업듸여 죄를 쳥ᄒᆞ니, 원슈 불너 댱딕(將臺)의 올니고, 셩텬ᄌ(聖天子) 홍은활혜(鴻恩活惠)와 즁국 위무(威武)를 베푸니 탈불홰 고두빅빅(叩頭百拜)ᄒᆞ여 됴공(朝貢)ᄒᆞᄂᆞᆫ 금은보픽(金銀寶貝)ᄂᆞᆫ 니르도 말고, 명쥬옥빅(明珠玉帛)을 원슈긔 헌녜(獻禮)ᄒᆞ니, 원슈 졍식고 밧지 아니며 탈불홰의 위인이며 지식이 그 아비의셔 ᄂᆞ으니, 걸안의 ᄂᆞ라히 흥홀 줄 알고, 탄식ᄒᆞ믈 마지아니ᄒᆞᄂᆞ지라. 위공의 깁흔 ᄯᅳᆺ은 알니 업더라.

공이 탈화다려 왈,

"너 【19】 져 즈음긔 ᄒᆞᆫ 요인(妖人)을 잡으니, 이 곳 그딕의 원슈라. 여ᄎᆞ여ᄎᆞᆫ 일이 잇ᄉᆞ믈 아ᄂᆞ니, 이졔 져쥬어 간졍(奸情)을 뭇고, 그딕 친환(親患)을 곳치리라."

이의 명ᄒᆞ여 요도(妖道)를 잡ᄋᆞ오라 ᄒᆞ니, 군병이 함거(檻車)를 미러 왓ᄂᆞᆫ지라. 원슈 명ᄒᆞ여 쓰어닉여 꿀니고, 신·화 이인으로 져쥬어 뭇고, 뇨국 틱후(太后)의 병을 곳

---

172) 진목녀셩(瞋目厲聲) : 셩이 나서 두 눈을 부릅뜨고 큰 소리를 지름.
173) 슌슌(順順) : 순서마다. 차례마다. 늑번번(番番)이. 매 때마다.
174) 슌셜(脣舌) : 입술과 혀를 아울러 이르는 말. '수다스러움'을 비유적으로 이르는 말.
175) 일야(日夜) : ①낮이나 밤이나. ②밤과 낮을 아울러 이르는 말.=밤낮.
176) 쳘골원슈(徹骨怨讎) : 뼈에 사무치도록 원한이 깊은 원수.
177) 너흘다 : 물다. 물어뜯다. 씹다.
178) 함벽여츤(銜璧輿櫬) : '입에 구슬을 물고 등에 관을 진다'는 뜻으로, 적에게 항복하는 예(禮)를 이른 말이다. 즉 《춘추좌전(春秋左傳)》 희공(僖公) 6년조에 "허(許)나라 군주가 초(楚)나라에 항복할 때, 허나라 군주인 남작이 앞으로 손을 묶고 구슬을 입에 물었으며, 그의 대부는 상복(喪服)을 입고, 사(士)는 관을 등에 졌다(許男面縛銜璧 大夫衰 絰 士輿櫬)"라고 한 말을 줄여 쓴 표현이다.

치게 ᄒ고, 버혀 요악ᄒᆫ 무리ᄂᆞᆫ 두지 말나 ᄒᆞ니, 신·화 낭인이 신뇽검(神龍劍)을 들고 근본을 고ᄒᆞ라 ᄒᆞᆯ시, 등선낭이 ᄒᆞᆫ 번 홍금삭(紅錦索)의 ᄆᆡ이ᄆᆞ로, 평싱지도【20】를 다ᄒᆞ여 도망코ᄌᆞ ᄒᆞ되, 분호(分毫)179)도 움즉이지 못ᄒᆞ니, 망극ᄒᆞ여 ᄀᆞ마니 제 스싱 운산도ᄉᆞ를 청ᄒᆞ여 구ᄒᆞ믈 익걸ᄒᆞᆫᄃᆡ, 도ᄉᆡ 왈,

"네 망녕도이 형의 원슈를 갑흐려다가 텬상성군(天上星君)의 득죄ᄒᆞ여시니, 엇지ᄒᆞ며 홍금삭은 그를180) 길이 업ᄉᆞ니, 네 만일 슈월(數月)을 죽지 아닌즉, 텬상의 가 비러 홍금삭을 ᄎᆞᄌᆞ 가시게ᄒᆞ여 구ᄒᆞ리라."

ᄒᆞ더니 금일 잡혀 ᄂᆞ오ᄆᆡ 홀일업셔 눈물을 흘니고, 고두 왈,

"쳡은 마운산 늙은 여이라. 형뎨 함긔【21】 슈도(修道)ᄒᆞ더니, 형이 슉졍공쥬의 은금으로 다리믈 드러 원ᄉᆞ(冤死)ᄒᆞ니, 일쳔년 슈도(修道)ᄒᆞ믈 ᄒᆞ로 아춤의 ᄆᆞᆺᄎᆞ믈 통원(痛冤)ᄒᆞ여 원슈 갑기를 싱각ᄒᆞ고 망녕된 의ᄉᆞ를 ᄂᆡ여 ᄉᆞ죄(死罪)를 범ᄒᆞ괘이다."

신양이 ᄯᅩ 무르되,

"뇨국 티후 탈목시의 불싱불멸(不生不滅)181)ᄒᆞ미 너의 요악(妖惡)ᄒᆞ미라. 셜니 곳치고 죄를 바드라."

요되 ᄃᆡ왈,

"이 ᄯᅩᄒᆞᆫ 곽·부 냥녀의 소쳥(所請)을 인(因)ᄒᆞ미라. 잠간 변화(變化)로 희롱ᄒᆞ여시니, 즉긱(卽刻)의 곳치리라."

입으로 됴ᄎᆞ【22】 젹은 즘싱을 토ᄒᆞ니, 됴고만 진납이182)라. ᄂᆞ라183) 걸안 궁즁으로 가더니 이윽고 도라와 도로 들고ᄌᆞ ᄒᆞ거늘, 신양이 ᄒᆞᆫ칼노 바아치고, 드듸여 요도를 버히니, 변ᄒᆞ여 누른 여이 되니, ᄭᅬ리 아홉이라. 원쉬 명ᄒᆞ여 쇼화(消火)ᄒᆞ다.

걸안 부지 이를 보고 의괴난측(疑怪難測)이러니, 하직고 도라가ᄆᆡ 탈목시 완연이 ᄂᆡᄃᆞ라 붓들고 통곡ᄒᆞ며 말ᄒᆞ니, 불ᄒᆡ 놀ᄂᆞ고 깃거 젼후ᄉᆞ를 니르고, 위원슈의 신긔와 덕음을 젼ᄒᆞ니, 탈목시 감격ᄒᆞ【23】믈 니긔지 못ᄒᆞ더라.

슈일 후 뇨인(遼人)이 평경과 츈교를 줍ᄋᆞ 밧치니, 걸안이 ᄃᆡ로ᄒᆞ여 져쥬며 옥ᄃᆡ의 간 곳을 무르니, ᄃᆡ(對)ᄒᆞ되,

"ᄒᆞᆫ 가지로 도망ᄒᆞ여 산곡(山谷)의 숨엇더니, 야간의 간 곳이 업ᄂᆞ이다."

걸안이 ᄃᆡ로(大怒)ᄒᆞ여 평경 츈교를 미여 숑진의 보ᄂᆡ니, 원쉬 'ᄒᆞᆫ가지로 함거(檻車)의 너흐라' ᄒᆞ고, 드듸여 졍긔(旌旗)184)를 두루혈ᄉᆡ, 아슨185) 셩지(城地)186)를 도

---

179) 분호(分毫) : 매우 젹거나 조금인 것을 비유적으로 이르는 말.=추호(秋毫).
180) 그르다 : 끄르다. 맺은 것이나 맨 것을 풀다.
181) 불싱불멸(不生不滅) : 죽지도 살지도 아니하고 겨우 목숨만 붙어 있음.=불생불사.
182) 진납이 : 잔나비. '원숭이'를 달리 이르는 말.
183) 놀다 : 날다. 공중에 떠서 어떤 위치에서 다른 위치로 움직이다.
184) 졍긔(旌旗) : 졍(旌)과 기(旗)를 아울러 이르는 말로, 군대가 행군할 때 소속 부대를

로 쥬고 츄호(秋毫)를 범치 아니ᄒᆞ니, 걸안 군신이 감탄ᄒᆞ고 그 덕셩을 기리 감츅(感祝)ᄒᆞ더라.

위【24】 공이 힝ᄒᆞ여 디줘의 도라오니, 녈읍(列邑) 지쥬(知州)와 뎔도ᄉᆞ(節度使) 이하로 일시의 마즈 녜비(禮拜)ᄒᆞ고, 셩공ᄒᆞᄆᆞᆯ 치하ᄒᆞᆯᄉᆡ, 원슈 ᄉᆞ양ᄒᆞᄆᆞᆯ 마지아니터라.

신평지부(知府)187) 댱긔와 운능틱슈(太守) 도은과 남군틱슈 영가 등이 ᄒᆞᆫ가지로 비현(拜見)ᄒᆞᆯᄉᆡ, 하북(河北) 쥬군(州郡)의 세 고을이 우심(尤甚)하여 졍히 인민을 보젼치 못ᄒᆞᆯ지경의 잇더니, 신인(神人)의 도으믈 어더 부지(扶持)ᄒᆞ고, 군냥(軍糧)을 긔약(期約)의 밋쳐 ᄉᆞ죄(死罪)를 면(免)ᄒᆞᆫ지라.

각각 쵸됴(焦燥)ᄒᆞ던 말을 니ᄅᆞᆯᄉᆡ, 운능·남군의 홀연【25】 오뉵기 창뒤(蒼頭) 금은을 지고 와 틱슈긔 뵈기를 쳥ᄒᆞ여 면젼(面前)의 니ᄅᆞ미, 쥬인의 명(命)으로 드리믈 고하고 도라가니, 틱쉬 밧비 쳥ᄒᆞ여 쥬식(酒食)으로 관딕(款待)ᄒᆞ고 쥬인이 뉘믈 무르니, 이르지 아니ᄒᆞ고 일홈을 숨기라 ᄒᆞ시무로 고치 못ᄒᆞ여 도라가니, 놀나고 깃부미[미] 신평부로 다르미 업ᄂᆞᆫ지라.

녕니(怜悧)ᄒᆞᆫ 가동(家童)을 명ᄒᆞ여 ᄯᆞ라가 보라 ᄒᆞ엿더니, 와 고ᄒᆞ되,

"기인(其人)이 말 아니코 가더니, 즁노(中路)의셔 ᄯᅩ 다ᄉᆞᆺ 스름을[이] 젹션(積善)《ᄒᆞᆫ‖ᄒᆞᄂᆞᆫ》지라. ○○○○○○[기인이 묻기를], '남군이 황【26】 황(遑遑)ᄒᆞ미 운능과 ᄀᆞᆺ더냐?' ○○○○○○[ᄒᆞ고, 말ᄒᆞ기를], '운능틱쉬 긔힝감열(奇行甘悅)ᄒᆞ여 여ᄎᆞ여ᄎᆞ(如此如此) ᄒᆞ시되. 우리 무리 신댱군 명으로 노야 분부의[를] 언두(言頭)의 니르지 말나 ᄒᆞ신 고로, 일ᄏᆞ지 못ᄒᆞ고 도라오니 심히 굼굼ᄒᆞ여, 우리 노야의 긔이ᄒᆞᆫ 덕음(德蔭)을 알뇌지188) 못ᄒᆞ미 답답ᄒᆞ도다.' 그 오인이 답왈, '다만 노야 셩심(聖心)이 급ᄒᆞᆫ 거슬 구(救)코즈 ᄒᆞ시미오, 칭은(稱恩)을 깃거 아니시ᄂᆞᆫ니, 구ᄐᆞ여 알오미189) 유익지 아니토다. 그윽ᄒᆞ신 음덕(陰德)이 상텬의 깃거ᄒᆞ시믈 닐위시리라.' ᄒᆞ고 【27】 다른 말이 업ᄉᆞ오미, 연ᄒᆞ여 ᄯᆞ라가니 댱안(長安) 동챵궁(同昌宮)으로 가더이다."

ᄒᆞ니, 바야흐로 거의 짐죽ᄒᆞ되 오히려 의심ᄒᆞ여 괴이(怪異)히 넉이더니, 셔로 모다 긔특ᄒᆞ믈 니르고, 댱공이 ᄯᅩᄒᆞᆫ 주긔 급ᄒᆞᆫ 거슬 구ᄒᆞᆷ믄 더옥 신인(神人) ᄀᆞᆺ다 ᄒᆞ엿더

나타내기 위해 내세우는 각종 깃발. *정(旌):『역사』깃대 끝에 새의 깃으로 꾸민 장목(꿩의 꽁지깃을 모아 묶어서 깃대 따위의 끝에 꽂는 장식. 흔히 軍旗나 農旗에 쓴다)을 늘어뜨린 의장기(儀仗旗). *기(旗): 헝겊이나 종이 따위에 글자나 그림, 색깔 따위를 넣어 어떤 뜻을 나타내거나 특정한 단체를 나타내는 데 쓰는 물건.

185) 앗다 : 빼앗다. 남의 것을 억지로 제 것으로 만들다.
186) 셩지(城地) : 성(城)과 그에 딸린 영토.
187) 지부(知府) : 예전의 행정구역 단위의 하나인 부(府)의 책임을 맡은 관리.
188) 알뇌다 : 알리다. 알게 하다.
189) 알오다 : 아뢰다. 말씀드려 알리다.

니, 흔가지로 알현(謁見)ᄒ고 우러러 보아, 도·영 냥인은 위공을 처음 보고 경복ᄒ믈 니기지 못ᄒ더니, 믄득 션봉 신양을 보고 셕연(釋然) 딕각(大覺)ᄒ니, 위공긔ᄂᆞᆫ 일면지분(一面之分)190)이 잇시되 신양은 처음이라. 【28】 영풍이 늠늠ᄒᄆᆡ 완연이 금은(金銀) 쥬던 신인이라. 일즉 져의 구름ᄉᆞ이로 됴ᄎᆞ 왕닋ᄒ여, 위공의 명을 바다시믈 씌드라 감격ᄒᄆᆞᆯ 니기지 못ᄒ되, 감히 언두의 치ᄉᆞ(致謝)치 못ᄒ더라

공이 제인을 니별ᄒ고 반ᄉᆞ(班師)하여 경ᄉᆞ(京師)의 니르니, ᄯᅵ 임의 ᄒᆞᄉᆞ월(夏四月)이라. 교외(郊外)의 횡힝(橫行)191) 팔삭(八朔)의 위명(威名)이 화이(華夷)의 진동ᄒ엿더라.

직셜 경ᄉᆞ의셔 삼부인이 참정 츌ᄉᆞ후(出師後)로 진왕과 삼ᄌᆞ를 교양ᄒ더니, 원슈의 첩음(捷音)이 뇽젼(龍前)의 오르고, 【29】 공의 셔장(書狀)이 부즁(府中)의 니르니, 깃부고 즐거오ᄆᆡ 가국(家國)이 일체라.

상이 용안(龍顔)의 희긔(喜氣)를 ᄯᅵ오시고 만됴신뇨(滿朝臣僚) 하례분분(賀禮紛紛)ᄒ더라. 상이 이의 걸안의 항표(降表)를 바드라 ᄒ시고, 원슈의 벼슬을 도도 동평장ᄉᆞ를 빈(拜)ᄒ시고192) 졀월(節鉞)을 보닋ᄉ 반ᄉᆞ(班師)193)ᄒᄆᆞᆯ 명ᄒ시니, 진왕과 닌창 등의 깃브믄 직기즁(在其中) 이러라.

상이 원슈의 삼비(三妃)를 다 봉작ᄒ실ᄉᆡ, 니시로 초국부인을 봉ᄒ시고, 뉴시로 신국졍의부인을 봉ᄒ시고, 뎡시로 누국현졍부인 【30】 을 봉ᄒ시니, 삼부인이 입궐ᄒ여 후(后)긔 뵈옵고 반기며 셩은을 감츅ᄒ고, 부즁(府中)의 도라오ᄆᆡ 가즁상하(家中上下)의 깃거ᄒᄆᆡ 비홀ᄃᆡ 업더라.

풍·범 냥부인이 본부의 빈ᄉᆞ(拜辭)194)ᄒ고 화쥐로 도라갈ᄉᆡ, 한님이 뫼셔 위부의 니르러 위의를 ᄀᆞᆺ쵸와 모친과 슉모 힝거(行車)를 졍제(整齊)ᄒ고, 닙부인이 연셕을 베퍼 니별 《ᄒᆞᆯ시॥ᄒ니》 삼부인이며 조부인○[의] 이별한(離別恨)이 ᄎᆞᄋᆞ(嵯峨)ᄒ고195) 풍·범 냥부인이 니별이 의의(依依)ᄒ여196) 눈물을 쑤리더라 .

츈 【31】 이월의 셰동황뎨 졔ᄉᆞ를 지닋ᄆᆡ 왕의 통도홈과 츄모ᄒᄆᆡ 가지록 더으더라.

ᄎᆞ셜, 딕숑 틱됴황졔 무덕(武德) 이년(二年) 하ᄉᆞ월(夏四月)의 평북딕원슈 위공의 셩공반ᄉᆞ(成功班師)ᄒᄂᆞᆫ 션셩(先聲)이 니르니, 진왕과 삼공직 딕열ᄒ여 쇼·양 냥인으

---

190) 일면지분(一面之分) : 한 번 만나 본 정도의 친분. ≒일면지교(一面之交).
191) 횡힝(橫行) : 아무 거리낌 없이 행동함.
192) 빈(拜)ᄒ다 : 『역사』 조정에서 벼슬을 주어 임명하다.
193) 반ᄉᆞ(班師) : 군사를 이끌고 돌아옴.
194) 빈사(拜辭) : ①윗사람께 절하여 하직함. ②웃어른에게 삼가 사양함. ③ 예전에, 숙배(肅拜)와 사조(辭朝)를 아울러 이르던 말. 즉 신하가 임금에게 숙배하고 하직하던 일.
195) ᄎᆞᄋᆞ(嵯峨)ᄒ다 : 높이 솟아 멀리 보이는 산처럼 높고 아득하다.
196) 의의(依依)ᄒ다 : 헤어지기가 서운하다.

로 더브러 청녀(靑驢)를 모라 빅니장정(百里長亭)197)의 마즐시, 누른 쯧글이 니는 곳의 십만딕군이 긔독졀월(旗纛節鉞)198)을 밧드러 좌우의 뫼셧고, 도창검극(刀槍劍戟)199)이 히롤 ᄀ리오며, 원슈 거상(車上)의 단좌ᄒ여시니, 진왕과 【32】 졔ᄌ의 반갑고 깃브믈 가히 비홀 곳 업ᄂᆞᆫ지라.

ᄲᆞᆯ니 거러 거젼(車前)의 직비(再拜)ᄒ니, 공이 밧비 왕을 붓드러 그 ᄉᆞ이 닉도히200) 풍완윤퇵(豊婉潤澤)ᄒ믈 깃거 어루만지기를 마지아니ᄒ니, 화풍(華風)이 면모를 둘넛더라.

쇼·양 냥인이 다시 ᄂᆞ귀의 올나 교외의 니르니, 문무쳔관이 어가를 뫼셔시니, 상이 문누(門樓)의 오르ᄉᆞ 회군(回軍)ᄒ믈 보시니, 삼군이 긔가(凱歌)를 쥬(奏)ᄒ여, ᄂᆞᄋ오미 의갑(衣甲)이 션명홈과 딕오(隊伍)의 졍졔 엄슉ᄒ미, 농좌(龍座)의 가히 근심 【33】 이 업슬지라. 상이 환열(歡悅)ᄒᆞᄉᆞ 원슈의 경운긔상(慶雲氣像)을 바라보ᄉᆞ, 반기시믈 마지아니시더라. 원슈 먼니셔 농봉일월긔(龍鳳日月旗)201)와 황나포(黃羅袍)202) 금산(錦傘)203)이 ᄂᆞ붓기믈 보미, 어기(御駕) 친님(親臨)ᄒ시믈 알고, 이의 ᄲᆞᆯ니 힝ᄒ여 어젼(御殿)의 니르미 하마(下馬)ᄒ여 삼군 댱졸(將卒)노 더브러 팔비(八拜) 산호(山呼)ᄒ고 만셰(萬歲)를 호창(呼唱)ᄒ니, 소리 산쳔이 움죽이더라.

상이 딕열(大悅)ᄒᆞ사 밧비 위공을 ᄂᆞᄋ오라 ᄒᆞᄉᆞ, 손을 잡으시고 젼진구치(戰陣驅馳)를 위유(慰諭)ᄒ시고, 승쳡셩공(勝捷成功) 【34】 을 칭하(稱賀)ᄒ시며, 군졍ᄉᆞ(軍政事)를 어람(御覽)ᄒ시미, 원슈의 긔직딕략(奇才大略)과 신·화 ○[이]인(二人)의 신무영위(神武英偉)를 만만갈치(萬萬喝采)ᄒ시니, 원슈 고두(叩頭)ᄒ여 셩쥬(聖主)의 홍복(洪福)이 졔텬(齊天)ᄒ심과 졔댱ᄉᆞ졸(諸將士卒)의 한마(汗馬)204) 뇌력(賴力)205)ᄒᆞᆫ

---

197) 빅니장정(百里長亭) : 백리쯤 되는 거리에 세운 정자로, 예전에, 먼 길을 떠나는 사람을 전송하던 곳.

198) 긔독졀월(旗纛節鉞) : 군대의 행진에 따르는 여러 깃발들과 절월(節鉞). *절월(節鉞) : 절부월(節斧鉞). 조선 시대에, 관찰사·유수(留守)·병사(兵使)·수사(水使)·대장(大將)·통제사 들이 지방에 부임할 때에 임금이 내어 주던 물건. 절은 수기(手旗)와 같이 만들고 부월은 도끼와 같이 만든 것으로, 군령을 一자에 대한 생살권(生殺權)을 상징하였다.

199) 도창검극(刀槍劍戟) : 칼과 창 따위의 각종 병기.

200) 닉도히 : 판이하게. 아주 다르게.

201) 용봉일월기(龍鳳日月旗) : 용과 봉황, 해와 달을 그린 깃발.

202) 황나포(黃羅袍) : 누런 비단으로 지은 용포(龍袍)

203) 금산(錦傘) : 비단을 씌워 만든 일산(日傘). *일산:『역사』황제, 황태자, 왕세자 들이 행차할 때 받치던 의장양산(儀仗陽傘). 자루가 길고 황색, 적색, 흑색의 비단으로 만들었다.

204) 한마(汗馬): '한마지로(汗馬之勞)'의 줄임말로 '전쟁터에서 말을 땀 흘리게 한 공로(功勞)' 곧 '전공(戰功)'을 뜻하는 말.

205) 뇌력(賴力): (누군가의) 힘을 입음.

공(功)이믈 쥬(奏)ᄒ더라.

이윽고 텬지 만됴(滿朝)를 거ᄂ려 환궁(還宮)ᄒ시니, 위공이 어가(御駕)를 뫼셔 옥폐(玉陛)의 니르러, 벼슬 도도시믈206) 황공(惶恐) 고ᄉ(固辭)ᄒ온딕, 상이 굴오ᄉ딕,

"ᄌ고로 승젼(勝戰) 셩공(成功)ᄒ여 닌각(麟閣)207)의 얼골을 그리고 쳥ᄉ(靑史)의 힝젹을 긔록ᄒ 【35】 미 하딕무지(何代無之)리오마ᄂ, 뉘 경(卿) ᄀᆺ치 ᄉ뚈(士卒)을 상(傷)ᄒ히[ᄒ]미 업시 일월이 오릭지 아냐셔 반ᄉᄒ여, 님군의 근심을 푸ᄂ니208) 잇ᄉ리오. 수양치 말나."

ᄒ시니, 위공이 부득이 ᄉ은(謝恩)ᄒ미 상이 신·화 냥인의 벼슬을 도도시고, 금은치단(金銀綵段)을 상ᄉ(賞賜)ᄒ시며, 금은보픽(金銀寶貝)209)를 다 난화210) 말됼(末卒)의 니르히 상(賞)쥬시고, 크게 삼군을 호궤(犒饋)211)ᄒ시니 즐기ᄂ 쇼릭 우레 ᄀᆺ더라.

상이 형위(刑威)를 베푸시고 역괴(逆魁) 곽쇼옥과 평경·츈교를 올녀 져쥬실ᄉ212) 【36】 호령은 뇌졍(雷霆)213)이 진쳡(震疊)ᄒ고 위엄은 셔리를 늘니ᄂ지라.

시시(是時)의 곽쇼옥이 함거(檻車)의 가도연지214) 임의 오삭(五朔)이니 분ᄒ고 셜우믈 니긔지 못ᄒ여 쥭고ᄌ ᄒ나, 결박(結縛)ᄒ기를 긴긴이 ᄒ여시니, 슈됵(手足)을 놀니지 못ᄒ고, 군ᄉ 쳬번(替番)ᄒ여 쥬야 직희니 속졀업시 통곡ᄒ다가 긔진(氣盡)ᄒ면 긋치니, 군ᄉ 식음을 쎠 너흔즉, 아니 바드면 믜를 드러 치며 구박ᄒ여, 먹여 왈,

"우리 등이 딕원슈 노야의 댱녕(將令)을 밧ᄌ와시 【37】 니, 너를 만일 즈레 쥭인즉, 아등의 목슘을 맛츠리라. 엇지 ᄌ진(自盡)케 ᄒ리오."

쇼옥이 우러 왈,

"원슈 날을 이 곳의셔 쥭이지 아니코, 부딕 잡아가믄 무슨 ᄯᅳᆺ이라 ᄒ더뇨?"

군돌이 닐오딕,

"너의 극악딕죄(極惡大罪)를 니졋ᄂ냐? 젼됴(前朝) 황후낭낭과 셰동황애 붕ᄒ시미,

---

206)도도다 : 돋우다. 정도나 지위를 더 높이다.

207)닌각(麟閣) : =기린각(麒麟閣). 중국 한나라의 무제(武帝)가 장안의 궁중에 세운 전각. 선제(宣帝) 때 곽광 외 공신 11명의 초상을 그려 이 각상(閣上)에 걸었다고 한다.

208)푸다 : 풀다. 일어난 감정 따위를 누그러뜨리다.

209)금은보픽(金銀寶貝) : 금은보배(金銀보배). 금, 은, 옥, 진주 따위의 매우 귀중한 물건.≒금은보화(金銀寶貨). *보패(寶貝): 순우리말 '보배'의 원말.

210)난호다 : 나누다. 몫을 분배하다.

211)호궤(犒饋) : 군사들에게 음식을 주어 위로함.

212)져쥬다 : 형문(刑問)하다. 신문(訊問)하다.

213)뇌졍(雷霆) : ①천둥. 뇌성(雷聲)과 번개를 동반하는 대기 중의 방전 현상 =우레. ② 인금의 진노(震怒). *여기서는 ②의 의미로 쓰였다.

214)가도이다 : 갇히다. 사람이나 동물이 벽으로 둘러싸이거나 울타리가 있는 일정한 장소에 넣어져 밖으로 나오지 못하게 되다. '가두다'의 피동사.

너 역신의 작얼(作孽)이니, 진왕 던히 발분망식(發憤忘食)ᄒ여 네 고기를 맛보고ᄌ ᄒ시ᄂᆞ니, 너를 함거(檻車)의 싱치(生置)215)ᄒᆞᆷ믄 진왕을 위ᄒ시미니라."

소옥이 앙【38】텬(仰天) 탄식 왈,

"ᄂᆞ의 본셩이 광망무도(狂妄無道)ᄒ나 이러트시 듕죄의 ᄲᅢᆫ지믄, 옥뎌의 도도미라. 닉 어리고 밋쳐 그 쇠오믈 듯고 이의 니르니, 누를 한(恨)ᄒ리오."

셜파(說破)의 밥을 바다 먹고 죽을 ᄯᅢ를 기다려 경ᄉᆞ(京司)의 니르니, 슬푸고 셜운 믈 니긔지 못ᄒ여 통곡ᄒ더니, ᄂᆞ돌(羅卒)216)이 ᄭᅴ어 뎐폐(殿陛)의 니르ᄆᆡ, 우러러 뎐상을 보니 금뎐(禁殿) 옥탑(玉榻)의 텬지 뎐좌(殿座)ᄒ시니, 텬일의 광치 ᄉᆞ히(四海)의 붉앗ᄂᆞᆫ듸, 상운(祥雲)은 녕녕(盈盈)217)ᄒ여【39】 봉궐(鳳闕)을 호위ᄒ고, 향연(饗宴)은 이이(靄靄)218)ᄒ여 뇽누(龍樓)의 둘너시니, 문무쳔관은 동셔로 갈나 셔셔 반항(班行)이 슉목(淑穆)ᄒ고 위의 엄엄(嚴嚴)ᄒ니 금관옥픾(金冠玉佩)ᄂᆞᆫ 셩신(聖身)이 찬찬(燦燦)ᄒ고, 융복픾검(戎服佩劍)은 무지게를 토(吐)ᄒᆞᆫᄂᆞ라.

시위 군돌과 뎐하(殿下) 무ᄉᆡ 줄지어 엄교(嚴敎)를 ᄎᆞᄎ 젼ᄒ니, 간담이 스라지고 일신이 바아지며, ᄒᆞᆷ믈며 평싱 상ᄉᆞ(相思)ᄒ던 위공이 임의 상위(上位)의 올나, 머리의 진현관(進賢冠)219)을 쓰고 몸의 ᄌᆞ금포(紫錦袍)를 닙어시니, 녕【40】농(玲瓏)ᄒᆞᆫ 광치 뎐상뎐하(殿上殿下)의 ᄡᅩ이ᄂᆞᆫ지라.

구버 제 몸을 보건듸, 철삭(鐵索)을 믜엿고 큰 칼을 ᄡᅵ웟시니, ᄉᆞ오삭 ᄀᆞ치인 몸이 ᄯᆞᆺ글이 ᄀᆞ득ᄒ고 슬푼 눈물이 쥬쥴이 흐르니, 귀형(鬼形)이 되엇ᄂᆞᆫ지라. 당년 져의 목슘을 도모ᄒᆞᆯ 제 한독(旱毒)을 품어 황명을 빙ᄌ(憑藉)ᄒ고, 짐쥬(鴆酒)를 직쵹ᄒ던 ᄶᅥᆫᄂᆞᆫ 니르도 말고, 졀노 더브러 텬지(天地)긔 졀ᄒ고 《동화화쵹‖동방화쵹(洞房華燭)220)》의 ᄌᆞ하상(紫霞觴)221)을 난홧던222) 일이 평싱을 ᄭᅮᆷᄭᅮ니223)만도 못ᄒ니, 슬

---

215) 싱치(生置) : 산채로 가두어 둠.
216) ᄂᆞ돌(羅卒) : 『역사』 조선 시대에, 지방 관아에 속한 사령(使令)과 군뢰(軍牢)를 통틀어 이르던 말. *군뢰(軍牢):『역사』 조선 시대에, 군대에서 죄인을 다루는 일을 맡아 보던 병졸.
217) 녕녕(盈盈) : 가득 차 있음.
218) 이이(靄靄) : 안개나 구름, 아지랑이 따위가 짙게 끼어 자욱함.
219) 진현관(進賢冠) : 『복식』 문관(文官)이나 유생(儒生)이 쓰던 관. 지위(地位)에 따라서 관량(冠梁)의 수가 달랐다.
220) 동방화쵹(洞房華燭) : '동방에 비치는 환한 촛불'이라는 뜻으로, 혼례를 치르고 나서 첫날밤에 신랑이 신부 방에서 자는 의식을 이르는 말.
221) ᄌᆞ하상(紫霞觴) : 전설에서, 신선들이 술을 마실 때 쓰는 잔. '자하'는 신선이 사는 곳에 서리는 보랏빛 노을이라는 말로, 신선이 사는 선계(仙界)를 뜻한다. 따라서 선계의 신선이 입는 치마를 자하상(紫霞裳), 그들이 마시는 술을 자하주(紫霞酒), 그들이 사는 곳을 자하동(紫霞洞)이라 이른다. *여기서 자하상(紫霞觴)은 신랑신부를 신선에 비유하여 혼인 첫날밤에 술을 나누어 마셨던 잔을 이른 말이다.
222) 난호다 : 나누다.

【41】 푸고 셜위 부르지져 왈,

"녜 비록 불인(不仁) 광픽(狂悖)호나 당당호 황녀로 만승(萬乘)의 일미(一妹)여늘, 어리고 아득호여 우흐로 셰동황야의 지극호신 교훈을 밧줍지 못호고, 아리로 보모(保姆)의 간언(諫言)을 물니쳐 무고(無故)호 악ᄉ를 힝호여시니, 만일 그르믈 뉘웃쳐 불인호믈 바리고, 일분 됴심호미 잇던들 위공의 도라보믈 닙어실 거시오, 동시(終始) 박명(薄命)호나 이 ᄀᆞᆺ흔 참형(慘刑)을 밧지 아냐시리니, ᄌᆞ작지됴(自作之罪)라. 【42】 우리 션황뎨 계시면 녜 엇지 이의 니르리오."

말이 맛지 못ᄒᆞ여셔, 느뎔(邏卒)이 입을 쳐 소리를 금ᄒᆞ니, 다만 직쵸(直招) 왈,

"쳡은 쥬(周)ᄂᆞ라 티됴황뎨 흔ᄒᆞᆺ 골육이오, 셰동황야의 ᄉᆞ랑ᄒᆞ시던 누의224)라. 비록 방ᄌᆞᄒᆞ미 잇ᄉᆞ나 허물치 아니시니, 평싱 두려오미 업ᄉᆞᆫ지라. 겸겸 딕죄의 ᄲᅡ져시니, 쳐음의야 엇지 위공을 알니오마는, 표뎨(表弟) 부옥딕 흠모ᄒᆞ믈 보고 흔번 여어보미, 상ᄉᆞ(相思)ᄒᆞᄂᆞᆫ ᄯᅳᆺ이 염치를 도라보【43】지 아냐, 모비(母妃)를 지쵹ᄒᆞ여 위세를 밋고 황야를 보쳐, 위공의○[긔] 허(許)ᄒᆞ다 ᄒᆞ시믈 듯고 비로쇼 ᄌᆞ약(自若)ᄒᆞ여 용모를 치레 《ᄒᆞ여‖ᄒᆞ더니》, ▮②〈옥딕 알고 드러와 쇽으믈 니르니〉, ①〈비록 한웅의 풍신이 위공의 밋지 못ᄒᆞ나 셩녜혼 후는 홀일 업셔 살 거시여늘〉▮, 분노ᄒᆞ여 옥딕 계교로 츌졍댱ᄉᆞ(出征將士)를 다 약을 먹여 취(醉)케 흔 후, 야반(夜半)의 위공을 핍박ᄒᆞ여 ᄉᆞ양ᄒᆞᄂᆞᆫ 말을 못ᄂᆡ게 ᄒᆞ미러니, 위공이 취ᄒᆞ여 아지 못ᄒᆞ다가 【44】 ᄭᆡ여, ᄆᆞᆫ득 딕로(大怒) 발검(拔劍)ᄒᆞ여 욕살지의(慾殺之意) 급ᄒᆞ니, 창황이 도망ᄒᆞ여 숨고, 모비로 션뎨(先帝)를 공동(恐動)ᄒᆞ여225) 녜(禮)를 일우게 되나, 그 삼쳬(三妻) 잇ᄉᆞ믈 ᄭᅥ려 ᄌᆞ긱(刺客)을 보ᄂᆡ엿더니, 손을 버혀 닉치믈 보니, 그 입을 멸(滅)코ᄌᆞ ᄒᆞ여 여ᄎᆞ여ᄎᆞ 죽이고, 다시 긔특흔 ᄉᆞ룸을 구ᄒᆞᆯ식, 평경의 인진(引進)흔 바, 이인(異人)을 쳥ᄒᆞ여 희(害)ᄒᆞ믈 바럿더니, 다 쥬기믈226) 닙어 '변ᄒᆞ여 즘싱이 되다' ᄒᆞ니 다시 모칙(謨策)이 업ᄉᆞ나, 위공으로 녜를 일운 후 믹믹ᄒᆞ여, 【45】 만니의 츌ᄉᆞ(出師)ᄒᆞ되 도라보지 아니ᄒᆞ니 그 분(忿)이 돌돌ᄒᆞ거늘227), 옥딕 여ᄎᆞ여ᄎᆞ 도망ᄒᆞ여 와 계교를 궁극히 ᄒᆞ여, 다시 평경을 흑농산의 보ᄂᆡ여 산적을 쳥ᄒᆞ여 보ᄂᆡ고, 젹실(的實)이 죽으며 잡혀가믈 알고져 ᄒᆞ여, 남장으로 옥딕를 다리고 댱안(長安)의 가, 그 익슈(溺水)ᄒᆞ여 명명(明明)이 죽으믈 보고 도라오나, 위공의 ᄎᆞᆽ지 아니믄 일양(一樣)이니, 교잉의

---

223) 숨꾸니 : 마음속으로 어떤 일이 이루어지기를 바라거나, 그 일을 이루려는 뜻을 세운 사람.

224) 누의: 누이. 같은 부모에게서 태어난 사이거나 일가친척 가운데 항렬이 같은 사이에서 남자가 여자 형제를 이르는 말. 흔히 손아래인 여자를 이른다.

225) 공동(恐動)ᄒᆞ다 : 위험한 말을 하여 두려워하게 하다.

226) 쥬기믈 : 죽임을.

227) 돌돌ᄒᆞ다 : 애달아하다. 안타까워하다.

다리오믈 인ᄒ여 한웅을 ᄉ통(私通)홀시, 독약으로 부 귀비와 【46】 션뎨를 ᄒᆡᄒ고 작악(作惡)ᄒᆞ미 다 신쳡의 죄요, 위공과 진왕을 죽임도 다 쳡의 일이라. 다시 범남(氾濫)ᄒᆞᆫ 의ᄉᆞᄅᆞᆯ 너여 한웅으로 보위(寶位)의 올니여 만승(萬乘)을 도모ᄒᆞ엿더니, 진명텬ᄌᆞ(眞命天子)228) 긔병(起兵) 문죄(問罪)ᄒᆞ미, 홀일업셔 도망ᄒ여 여ᄎᆞ여ᄎᆞᄒ여 걸안(契丹)의 투항ᄒᆞ엿더니, 이리이리ᄒ여 잡혀오패이다.”

ᄒ거늘, 상이 크게 분히ᄒᆞ시고 만됴문뮈 통완ᄒ미 더으고, 셕의 진왕이 어젼의 부복ᄒ여 쇼옥의 초ᄉ(招辭) 【47】 를 드르미, 비분(悲憤)을 니긔지 못ᄒ여 눈믈을 흘니고 니갈기를 마지 아니ᄒ더니, 평경·츈교를 져쥬시미 불하일장(不下一杖)의 긔긔 복쵸(服招)ᄒ니, 공쥬의 지쵹을 바다 악ᄉᆞ를 짓든 닐과, 공쥐 셩뇽과 음탕ᄒ든 ᄉᆞ연과, 걸안국의 드러가 힝음(行淫)ᄒ던 닐과, 셩뇽의 쳐 봉시와 걸안의 뎡궁 탈목시의 구타ᄒ든 ᄉᆞ연을 셰셰히 알외니, 다시 무를 거시 업셔 죄인을 쳐결홀 시, 진왕이 부복(俯伏) 쥬왈(奏曰),

“곽녀의 죄를 혜오면 만 【48】 살무셕(萬殺無惜)229)이라. 쳐참(處斬)ᄒ오미 가ᄒ오되, 션뎨 셩심을 츄렴(追念)ᄒ옵건듸, 명명즁(明明中) 반드시 츄연ᄒ시미 계실 듯ᄒ오니, 복원 폐하ᄂᆞᆫ 곽녀를 익살(縊殺)ᄒ시고, 부녀를 즙ᄂᆞᆫ 날 신을 쥬시면 신이 만편(萬片)의 써흐려 원(怨)을 갑ᄒ리이다.”

상이 크게 경탄(敬歎)ᄒᆞᄉ 왈,

“경언(卿言)이 되효로 말미암으미니 짐이 경탄ᄒ노라.”

ᄒ시고, ‘쇼옥을 시상의 가 익살(縊殺)ᄒ라’ ᄒ시니라.

쇼옥이 츈교·평경의 참형 바드믈 보고, 앙텬통곡 왈,

“이 【49】 ᄂᆞᆫ 다 ᄂᆡ의 죄라 슈한슈원(誰恨誰怨)이리오.”

말을 맛ᄎᆞ미 죽으믈 바드니, 홀연 일인이 드러와 공쥬의 죽엄을 붓들고 소리를 질너 통곡ᄒ니, 이ᄂᆞᆫ 보모 빙상궁이라. 뎐일 공쥬의 그르믈 간(諫)ᄒ다가 듯지 아니미, 집의 ᄂᆞ와 숨엇더니, 이제 그 죽으믈 보고 ᄂᆞᆼ와 죽엄을 거두어 뭇고 죽고ᄌᆞᄒ다가, 옥되 잡히믈 바라고 아직 머무니, 이 말을 젼ᄒ여 위공과 진왕이 듯고, 빙녀의 유신(有信)ᄒ믈 일ᄏᆞᆺ더라.

왕이 뎐폐(殿陛)의 【50】 ᄉᆞ은(謝恩)ᄒ고, 위공을 뫼셔 도라올ᄉᆡ 부즁의 님ᄒ미 삼지 쇼·양 냥싱으로 더부러 ᄂᆞᆼ와 졀ᄒ여 뫼셔 입실ᄒ니, 삼부인이 마ᄌ 녜필(禮畢)의 셩공홈과 왕의 원슈 갑ᄒ믈 하례ᄒ니, 왕이 츄연 하루(下淚) 왈,

“되인과 모부인 덕음(德蔭)이로쇼이다.”

---

228)진명천자(眞命天子) : ‘천명을 받은 천자’라는 말로, 여기서는 송 태조 조광윤(趙匡胤)을 이른 말.
229)만살무석(千殺無惜) : 만 번을 죽여도 아깝지 않음.

ᄒᆞ더라.

공이 부인을 딕ᄒᆞ여 왕이 곽녀의 죄를 늦츄믈 젼ᄒᆞ여 감탄ᄒᆞ니, 삼부인이 왕의 효의를 츠탄ᄒᆞ더라.

공이 ᄉᆞ친지회(思親之懷) 간절ᄒᆞ여 말미를 쳥코ᄌᆞ ᄒᆞ【51】딕 직임의 《ᄉᆞ첩∥드첩(多疊)》ᄒᆞ무로 아직 늦츄더라.

하ᄉᆞ월(夏四月) 하초(夏初)의 국기 셜과(設科)ᄒᆞ니, 공이 쇼·양 냥싱을 명ᄒᆞ여 왈,

"무릇 됴년등과(早年登科)ᄒᆞ미 불힝의 하나흘 범ᄒᆞ미로딕, 현계(賢季)230) 등의 형셰는 일일이 급ᄒᆞ니 가히 지류(遲留)치 못홀지라. 응과(應科)ᄒᆞ라."

냥인이 ᄌᆡ비(再拜) 슈명(受命)ᄒᆞ여 금문(禁門)의 밋츠미, 냥인의 평싱 지도로써 공의 훈교(訓敎)를 바닷시니, 문니(文理) 장진(長進)ᄒᆞ고 닙신(立身)을 바야ᄂᆞᆫ지라231).

다ᄉᆞ춍즁(多士叢中)232)의 붓 두루미 풍우 ᄀᆞᆺᄒᆞ여 휘필(揮筆)【52】ᄒᆞ여 밧치니, 시의 텬ᄌᆡ 일반 딕신을 거ᄂᆞ려 인ᄌᆡ를 ᄲᅢᆫ실식, 녜부상셔 연희슉과 니부상셔 쳘영진이 각각 흔장 글을 ᄲᅢ니, 셔로 의논ᄒᆞ여 가져 비교ᄒᆞ미 진실노 우렬(愚劣)을 졍치 못ᄒᆞᄂᆞᆫ지라.

밧드러 탑하(榻下)의 헌(獻)ᄒᆞ고 쥬왈,

"신등이 학문이 노하(駑下)ᄒᆞ와 일즉 풍운(風雲)의 됴화(造化)와 셩니지혹(性理之學)을 ᄉᆞ못지 못ᄒᆞ옵고, 이 두댱 글이 장원을 결치 못ᄒᆞ옵ᄂᆞᆫ 고로, 셩감(聖鑑)233)을 기다리나이다."

상이 어슈(御手)를 드러 피열(披閱)ᄒᆞ시니, 하나흔 발월【53】호호(發越浩浩)234)ᄒᆞ여 만니장강(萬里長江)을 틈235) ᄀᆞᆺ고, 하나흔 함츅온용(含蓄溫容)236)ᄒᆞ여 셩ᄌᆞ긔믹(聖子氣脈)을 니엇시니, 어슈(御手)로 셔안(書案)을 쳐 칭찬ᄒᆞᄉᆞ 왈,

"당금(當今) 인ᄌᆡ를 ᄲᅢᆫ믄 ᄉᆞ방을 졍벌ᄒᆞ고 싱민을 구ᄒᆞ미 이시니, 문니(文理) 호한(浩瀚)ᄒᆞ고 영긔(靈氣) 미셰(微細)237)흔 지도로 댱원(壯元)을 ᄒᆞ이미 맛당ᄒᆞ딕, 치평(治平)을 당ᄒᆞ여 아도(我道)238)를 돈(尊)ᄒᆞ고 ᄉᆞ문(斯文)239)을 흥긔ᄒᆞ미 국가의 근

---

230) 현계(賢季) : 아우뻘 되는 문인, 제자, 친구 등을 존중하여 일컫는 말
231) 바야다 : 재촉하다.
232) 다ᄉᆞ춍즁(多士叢中) : 많은 선비들이 모여든 가운데.
233) 셩감(聖鑑) : 사물을 분별하는 임금의 안목.
234) 호호발월(浩浩發越) : 마음, 기운, 재주 따위를 크게 떨쳐 일으킴.
235) 틈다 : 막혀 있던 것을 치우고 통하게 하다.
236) 함츅온용(含蓄溫容) : 겉으로 드러내지 아니하고 속에 간직하여 그 태도 따위가 부드럽고 온화함.
237) 미셰(微細) : 몹시 자세하고 꼼꼼함.
238) 아도(我道) : 오도(吾道). 유생들이 '유학의 도'를 이르는 말.
239) 사문(斯文) : 이 학문, 이 도(道)라는 뜻으로, 유학의 도의나 문화를 이르는 말.

본이니, ᄉ의(辭意)240) 심원(深遠)ᄒ고 안면(安面)241)이 졍딕(正大)ᄒ지라. 결연이 도학딕위(道學大儒)니 일노써 장원을 ᄒ이라.”

ᄒ시니 제신이 【54】 ᄯᅩᄒᆫ 노ᄉ숙유(老士宿儒)로 알고 장원을 졍ᄒ미, 호명(呼名)홀시 '금능인 양문흥이 연이 십삼이니, 부ᄂᆫ 쳐ᄉ(處士) 협이라' ᄒ니, 만됴(滿朝) 글과 나히 닉도ᄒᆫ지라. 일시의 바라보니 만인총즁(萬人叢中)의 일긔 쇼년이 전폐(殿陛)의 부복ᄒ니, 먼니 보미 희월(海月)이 처음으로 운니(雲裏)의 솟ᄂᆫ 듯ᄒ고, 갓가이 딕ᄒ미 츄국(秋菊)이 상노(霜露)를 떨치고 츈동(春冬)242)의 상운(祥雲)이 둘너심 ᄀᆞᆺ하니, 뇽안이 딕열ᄒᆞᄉ 문뮈 다 혀를 두루더라243).

데이(第二)의 탐화(探花)244)를 부르니 【55】 '양쥐인 소세광이 연이 십시요 부ᄂᆫ 쳐ᄉ 영이라' ᄒ니, 쇼싱이 단지(丹墀)245) 하(下)의 츄진(趨進)ᄒ미, 동탕(動蕩)ᄒᆫ 풍신(風神)은 빅벽(白璧)이 틧글을 쓰리치고, 당당ᄒᆫ 상모(相貌)ᄂᆫ 틱산(泰山)이 암암(巖巖)ᄒ니, 상이 환열ᄒᆞᄉ 사쥬(賜酒)ᄒ시고 어화쳥삼(御花靑衫)246)을 쥬시니, ᄂᆼ이이 ᄉ비(四拜) ᄉ은(謝恩)ᄒ더니, 병부상셔 양계흥과 도우후 왕졍빈이 무과방목을 밧드러 올니니, 쇼세광이 장원이라. 쇼싱이 신·화 ᄂᆞᆼ인의 무예를 본바다 닉이미 잇던 고로, 무장(武場)247)의 ᄂᆞᄋᆞ가 【56】 시험ᄒ미 잇더라.

상이 딕열ᄒ시고, 군희(群下)248) 득인(得人)ᄒ시믈 ᄒ례ᄒ더라.

상이 문흥으로 한님지제교를 ᄒ이시고, 세광으로 한님편슈 부총독을 ᄒ이시니 ᄂᆞᆼ인이 ᄉ비(四拜) ᄉ은(謝恩)ᄒ온딕, 상 왈,

“경 등의 부뫼 어딕잇ᄂᆞ뇨?”

---

240)ᄉ의(辭意) : 글이나 말로 이야기되는 뜻.

241)안면(安面) : 물건의 안쪽. =내면(內面)

242)츈동(春冬) : 봄에 피는 동백나무 꽃. *동백(冬栢): 차나뭇과의 상록 활엽 교목. 높이 는 약 7미터 정도이며, 잎은 어긋나고 긴 타원형이다. 4월쯤 붉은색 또는 흰색의 큰 꽃 이 가지 끝마다 아름답게 피고 열매는 삭과(蒴果)로 늦가을에 붉게 익는다. 따뜻한 지 방의 해안에서 자라는데 한국, 일본, 중국 등지에 분포한다.

243)두루다 : 두르다. 이리저리 저어 흔들다. 늑내두르다.

244)탐화(探花) : 과거 최종시험인 전시(殿試)의 3등 급제자를 이르는 말. 1등은 장원(壯 元), 2등은 해원(解元)이라 한다. 그런데 고소설에서는 전시(殿試)의 2등 합격자를 이 르는 해원(解元)과 혼용되어 쓰이기도 한다. 여기서도, 소세광이 2등 급제자이기 때문 에 해원(解元)으로 불려야 하는데, 탐화(探花)로 불리고 있다.

245)단지(丹墀) : 붉은 칠을 하거나 화려하게 꾸민 마룻바닥. 임금이 좌정한 자리를 뜻한 다.

246)어화쳥삼(御花靑衫) : 어사화(御賜花)를 꽂은 오사모(烏紗帽)를 쓰고, 푸른 색 도포 를 입은 과거 급제자의 차림. *어사화(御賜花); 조선 시대에, 문무과에 급제한 사람에게 임금이 하사하던 종이꽃.

247)무장(武場) : '무과과장(武科科場)'을 줄여 쓴 말. 무과과거시험장.

248)군희(群下) : 모든 신하들.

한님이 일시의 일일이 알외미, 병부상서 농두각 퇴흑스 양계홍과 니부시랑 도어스 쇼셰졍이 흔 가지로 츌반(出班) 쥬왈,

"신의 조비 각각 아이 잇셔 만니의 젹거(謫居)ᄒ오믈 슬허ᄒ옵더니, 국되(國都) 밧괴연【57】지 오릭오딕, 병패(兵戈)249) 챵양(槍攘)ᄒ여250) 골육이 텬익(天涯)의 난호이믈 ᄎᄌᆯ 길히 업습더니, 쇼셰광과 양문홍의 셰계(世系) 녁녁(歷歷)ᄒ니, 신 등으로 직둉지간(再從之間)이 되ᄂ이다."

상이 위ᄒ여 깃거ᄒ시고, 스인이 그윽이 슬허ᄒ고 ᄯᅩ 깃거ᄒ더라.

퇴ᄒ미, 양상셔와 쇼어싟 장원과 탐화를 닛그러 혁(革)251)을 글와252) ᄂ올싟, 척쳑비열(慽慽悲咽)ᄒ고, 위공이 쇼·양의 과경(科慶)을 깃거ᄒ며, 지친(至親)이 상봉ᄒ믈 더욱 깃거ᄒ례홀싟, 흔가지로 상국(相國)을 ᄯᅡ 니르러,【58】냥한님이 닉당(內堂)의 가 삼부인긔 뵈니, 부인이 환열ᄒ믈 니긔지 못ᄒ고 ᄯᅩ 양한님의 슬허ᄒ믈 위ᄒ여 쳑연ᄒ며 위로ᄒ더라.

승상 위공이 냥인을 향ᄒ여 닐오딕,

"심히 소홀ᄒ고 연ᄒ여 국스의 분망(奔忙)ᄒ여, 현계 등의 독보(族譜)홍 일ᄏ라 친쳑을 몬져 ᄎᆺ게 못흔 쥴을 심히 뉘웃ᄂ니, 밧비 양부의 가 슉당의 비알ᄒ미 가ᄒ도다."

양·쇼 냥공이 ᄯᅩ흔 닛그러 양부로 오니, 양상셰 부친 벽계션싟이 그 계부(季父)【59】와 둉뎨(從弟)를 싟각고 상상(常常) 슬허ᄒ더니, 풍모의 슈연(秀然)ᄒ믈 익지즁지(愛之重之)ᄒ며, 장원이 슉부를 뫼셔 슬하의 졀ᄒ미, 업드여 실셩쳬읍(失性涕泣)ᄒ며 지난 바 비원통박(悲願痛迫)을 셰셰이 고ᄒ고, 윆공부부의 딕은활혜(大恩活惠)로 ᄌᆨ긔 죽기를 면ᄒ고, 능히 닙신ᄒ미 여음(餘蔭)인 쥴 고ᄒ니, 싟과 션싟과 상셰 다, 누슈(淚水)를 드리워 감격감탄(感激感歎)ᄒ고, 소한님이 ᄯᅩ흔 ᄌᆨ긔 참담턴 경상(景狀)과 위급던 형셰로써, 니부인이[의] 구졔홈과 위공의【60】흔 가지로 ᄀᆞ르쳐 셩닙(成立)ᄒ믈 일ᄏᆞ를 싟, 원닉 쇼어스ᄂᆞᆫ 양상셔 부인 뎨남(弟男)이니, 쇼어스 부친이 한됴(漢朝)의 녜부상셔로 치스(致仕)ᄒ고 남창 고향의 도라가니, 어싟 수년 젼의 발쳔(發闡)ᄒ여253) 밋쳐 가솔을 다려 오지 못ᄒ고 져져를 의탁ᄒ여 양부의 머무니, 양션싟이 한님의 탁셰(卓世)254)ᄒ믈 스랑ᄒ고, 위부 딕은이 쳡쳡(疊疊)ᄒ여 구확[학](溝壑)255)

---

249) 병패(兵戈) : 국가와 국가, 또는 교전(交戰) 단체 사이에 무력을 사용하여 싸움.=전쟁.

250) 챵양(槍攘)ᄒ다 : 몹시 혼란하고 어수선하다.

251) 혁(革) : 말안장 양쪽에 장식으로 늘어뜨린 고삐.=말혁.

252) 글오다 : 가루다. 자리 따위를 함께 나란히 하다.

253) 발쳔(發闡) : 앞길이 열려 세상에 나서다. 또는 앞길을 열어 세상에 나서게 하다.

254) 탁셰(卓世) : 세상에 내놓고 견주어도 더할 나위 없이 빼어남.

의 전부(顚仆)256)ᄒ던 걸ᄋ(乞兒) 등을 거두어 무휼(撫恤)ᄒ고, 만금 ᄋ손(兒孫)과 천금 소교ᄋ(小嬌兒)로써 쌍을 일우믈 드러, 탄【61】 복ᄒ기를 마지아니ᄒ더라.

원ᄂᆞ 위공 부뷔 범부인 녀ᄋ와 ᄋ자로 양쇼져와 셩친ᄒ고, 쇼·양 냥셩을 다 셩취(成娶)ᄒ여시나, 혼인ᄒ 스연은 번다불긔(煩多不記)ᄒ다.

쇼·양 냥인이 텬은(天恩)을 닙ᄉ와 화기(華蓋)257) 어악(御樂)을 밧ᄌ와 삼일유가(三日遊街)258)를 맛ᄎᄆᆡ, 위공이 잔치를 여러, 냥한님(兩翰林)의 《득뇽∥등뇽(登龍)259)》 ᄒᄆᆞᆯ 하례(賀禮)홀ᄉᆡ, 문무(文武) 친위(親友) 못고, 양·쇼 냥공이 니르러, 비로쇼 즉시 알무로 인ᄒ여, 무궁ᄒ 딕은을 칭ᄉ(稱謝)홀ᄉᆡ, 위급ᄒᄆᆞᆯ 구활【62】ᄒ시고 고혈(孤孑)ᄒᄆᆞᆯ 후휼(厚恤)ᄒ시니 감은(感恩)홀ᄉᆡ, 좌상 제공이 비로쇼 알고 각각 탄복지 아니리 업ᄂᆞᆫ지라.

위공이 깁히 ᄉᄉᆞ(謝辭)ᄒ고, '스름의 위틱ᄒᄆᆞᆯ 맛나 도라보지 아니리 업ᄂᆞ니, 우연이 맛ᄂᆞ미요, 임의 그 긔질(氣質)을 보ᄆᆡ 긔이(奇異)ᄒᄆᆞᆯ ᄉᆞ랑ᄒ미니 어질미 아니라. 이ᄂᆞᆫ 쇼·양 냥문(兩門) 덕덕여음(積德餘蔭)260)이오. 그 긔질이 비상ᄒᄆᆞᆯ 인ᄒᆞ미라.' ᄒ여 ᄉᆞ양ᄒ고, 칭은ᄒᄆᆞᆯ 깃거 아니니, 그 뜻을 알ᄆᆡ 다시 일ᄏᆞ지 아니ᄒ나 더옥 탄복ᄒ더라. 【63】

썬의 공경ᄉᆞ팃위(公卿士大夫)261) 쇼·양 냥한님의 쇼년 아직(雅才)로 풍광(風光)이 동신(動身)ᄒᄆᆞᆯ 놀ᄂᆞ고 흠탄(欽歎)ᄒ여, 구혼ᄒ리 구름 못 듯ᄒ여시니, 양·쇼 냥셩이 흠신(欠身)ᄒ여 문호의 한미(寒微)홈과, 인물의 불ᄉ(不似)ᄒᄆᆞᆯ262) 일ᄏᆞ라 '불감(不堪)ᄒ여라' ᄒ고, 임의 쳐직 잇ᄉᆞᄆᆞᆯ 일ᄏᆞ라 물니치니. 혹(或)이263) 직취(再娶)로 구ᄒᄂᆞᆫ지라.

양혹ᄉ와 쇼어ᄉᆡ, '위부 딕은(大恩)으로써 위노딕인(老大人)이 그 혈혈(孑孑)ᄒᄆᆞᆯ

---

255) 구학(溝壑) : 도랑. 구렁.

256) 전부(顚仆) : 엎어져 넘어지거나 넘어뜨림.＝전도(顚倒).

257) 화기(華蓋) : 『역사』 고려·조선시대 의장(儀仗)용 양산(陽傘). 육각 모양의 양산에 수(繡)를 놓아 꾸몄다. ＝일산(日傘)

258) 삼일유가(三日遊街) : 과거에 급제한 사람이 사흘 동안 풍악을 잡히고 거리를 돌며 시험관과 선배 급제자와 친척을 방문하던 일.

259) 등뇽(登龍) : ＝등용문(登龍門). 용문에 오른다는 뜻으로, 어려운 관문을 통과하여 크게 출세하게 됨. 또는 그 관문을 이르는 말. 잉어가 중국 황허(黃河) 강 상류의 급류인 용문을 오르면 용이 된다는 전설에서 유래한다. 여기서는 과거에 급제한 것을 비유적으로 이른 말.

260) 적덕여음(積德餘蔭) : 조상이 쌓은 공덕으로 자손이 받는 복.

261) 공경ᄉᆞ팃위(公卿士大夫) : 공(公)·경(卿)·사(士)·대부(大夫)를 함께 이른 말.

262) 불ᄉ(不似)ᄒ다 : '닮지 않았다'는 뜻으로 '못나고 어리석다'는 말로 쓰인다. ≒불초(不肖)하다.

263) 혹(或)이 : 어떤 사람이. *혹(惑): 혹자(或者). 어떤 사람.

허물치 아니ᄒ고, 후의(厚意)로 거두어 적댱(嫡長)의 손부(孫婦)를 삼으시며, 금옥향규(金玉香閨) 【64】로 지란(芝蘭) ᄀᆺᄒᆫ 옥슈(玉秀)264)를 쌍(雙)으로 일워 계시니, 범범(凡凡)ᄒᆫ 바로 의논치 못ᄒᆯ지라. 엇지 이제 발신(發身)ᄒᄆᆡ 뉘 덕이라ᄒ고 직ᄎ휘(再娶)ᄒ여 빈은망혜(背恩忘惠)ᄒ리오' ᄒ여 물니치니, 일셰(一世)의 ᄌᆞᄌ(藉藉)ᄒ여, 니부인 현심과 위부 졔공의 인의적덕(仁義積德)을 탄상치 아니리 업더라.

명일(明日)의 냥인이 궐하의 쇼봉(疏封)을 올녀 션산(先山)을 슈호(守護)ᄒ믈 쳥ᄒ니, 상이 허ᄒ시고 인견(引見)ᄒᄉ, '쳐ᄌ(妻子) 잇ᄂ냐?' 무르시니, 냥인이 고두(叩頭)ᄒ여 이시믈 쥬(奏)ᄒ니, 상이 그 한미고혈(寒微孤子) 【65】ᄒᄆ으로, 엇던 스룸이 지인(知人)의 붉으미 잇셔 의긔(義氣)로 거두어 동상(東床)265)의 마ᄌ시믈 알고ᄌ ᄒᄉ 무르시니, 틱혹ᄉ 양셰흥과 도어ᄉ 쇼셰졍이 ᄒᆫ 가지로 쇼셰광 양문홍이 쵸두(初頭)266) 위급(危急) 참담(慘憺)ᄒ던, 바로써 위승상 부인이 구ᄒ여 다려가셔, 졍공이 거두어 손부(孫婦)와 손셔(孫壻)를 삼ᄋ 무휼(撫恤)ᄒ며, 닙신(立身)ᄒᄆᆡ 다 위부 은덕이믈 고ᄒ니, 텬지 냥구(良久)히 ᄎ탄(嗟歎)ᄒ시고 굴오ᄉᄃᆡ,

"딤이 미시(微時)의 풍진(風塵)의 분쥬(奔走)ᄒ여 미실미가(靡室靡家)267)ᄒ여 션뎨(先帝)를 됴ᄎᆞ 화 【66】산의 드러가니, 셔졍공이 질녀(姪女)로써 가(嫁)ᄒ니, 션후(先后) 두 낭낭이 황후로 동포ᄌᄆᆡ(同胞姉妹)라. 져 집이 예로 붓터 의긔현심(義氣賢心)과 지인지감(知人之鑑)이 셰(世)의 ᄲᆔ여ᄂᆞ거ᄂᆞᆯ, 위경(卿)의 부뷔 니어 니러틋 어질미 잇도다."

ᄒ시고, 쇼·양 이인(二人)의 쳐를 봉관화리268)로 쥬시고, 장원각(壯元閣) 둘흘 위부 겻히 쥬라 ᄒ시니, 냥인이 빅비(百拜) 사은(謝恩)ᄒ더라.

승상이 ᄯᅩ 상쇼(上疏)ᄒ여 말미를 어더 늙은 어버이 보기를 비온ᄃᆡ, 상이 허(許)ᄒ시고 닐오ᄉᄃᆡ,

---

264) 옥슈(玉秀) : 옥같이 아름다운 규수(閨秀).
265) 동상(東床) : '동쪽 평상'이라는 뜻으로, '사위'를 달리 이르는 말. 중국 진(晉)나라의 극감(郗鑒)이 사위를 고르는데, 왕도(王導)의 아들 가운데 동쪽 평상 위에서 배를 드러내고 누워 있는 왕희지를 골랐다는 고사에서 유래한다.
266) 초두(初頭) : 맨 처음. 늦애초.
267) 미실미가(靡室靡家) : 매우 가난하여 들어 있을 만한 집도 없음을 이르는 말.=무실무가(無室無家).
268) 봉관화리 : '봉관하피(鳳冠霞帔)'의 이표기(異表記). 조선시대 명부(命婦) 복식(服飾)의 하나인 봉관(鳳冠)과 하피(霞帔)를 함께 이른 말. *봉관(鳳冠): 고대로부터 중국이나 우리나라에서 왕실이나 귀족 부녀자가 착용하던 예모(禮帽)로, 윗부분에 금과 옥으로 만든 봉황·꿩 모양의 장식을 붙였다. *하피(霞帔): 조선시대 왕실 비·빈들의 관복인 적의(翟衣)나 내·외명부(內·外命婦)의 예복(禮服)에 부속된 옷가지로, 적의나 예복을 입을 때 어깨의 앞뒤로 늘어뜨려 걸치는 천을 말한다. 긴 한 폭으로 되어 있어 목에 걸치게 되어 있다.

"화줘 도뢰(道路) 뇨원(遙遠)훈 【67】여 뉵쳔니(六千里) 젼되(前途)니 이삭(二朔)의 비로쇼 득달ᄒ여 이삭의 도라올지라. 다숫달 말미를 쥬거니와 머믈기ᄂᆞ 계오 일삭(一朔)이 되리라"

ᄒ시더라.

위공이 텬은(天恩)을 슉ᄉ(肅謝)ᄒ고 하직ᄒ올시, 상이 오쵸(吳楚) 금귤(金橘)269) 과 남월(南越) 예지로셔 졍공긔 ᄉ숑(賜送)ᄒ시고, 금은치단(金銀綵段)으로 승상을 쥬ᄉ 부모긔 헌슈(獻壽)ᄒ라 ᄒ시니, 승상이 감격(感激) 슈은(謝恩)ᄒ딕, 퇴혹ᄉ 양셰흥이 슈삭(數朔) 말미를 쳥ᄒ여, 문흥의 부모와 분산(墳山)을 쳔장(遷葬)270)ᄒ고, 목쥬 (木主)를 곳쳐 조셩ᄒ고, 【68】 거ᄂᆞ려 가 보기를 쥬(奏)ᄒ여 허(許)ᄒ시믈 어더 ᄒᆞᆫ 가지로 길날시, 승상은 츄동하리(騶從下吏)를 다 물니치고 쳔니마(千里馬)를 치쳐 셜니 가고ᄌ ᄒᆞᄂᆞᆫ지라. 장원이 승상긔 고ᄒ여 믹져(妹姐)를 쳥ᄒ믈 비니, 공이 졈두(點頭) 왈,

"닉 임의 혜ᄋᆞ려시니 질부와 질녀를 한 가지로 보닉리라."

장원이 빅ᄉ(拜謝)ᄒ더라.

공이 필마(匹馬)로 치를 더으니, 이 말이 일일의 슈쳔니를 가ᄂᆞᆫ지라. 불과 삼일의 니르러 말긔 ᄂᆞ려 츄이과졍(趨而過庭)271)ᄒᆞᆯ시, 어ᄉᆡ의 셔 【69】 졍○[공]과 셜부인이 ᄋᆞᄌᆞ와 식부 녀ᄋᆞ를 일시의 경ᄉ로 보닉고, 쌍쌍ᄒᆞᆫ 숀ᄋᆞ와 슬히(膝下) 젹막(寂寞)ᄒ고 다만 졔숀뷔(諸孫婦) 좌우의 뫼시고, 완창 등 ᄉᆞ오긔 숀이 조부딕인(祖父大人)을 뫼셧고, 어린 숀녜 겻히 잇실 ᄯᆞ름이라.

좌우를 도라보ᄋᆞ 창연(愴然)ᄒᆞᆷ믈 니긔지 못ᄒ니, 공이 탄ᄒ여 굴오딕,

"현ᄋᆞ의 긔질이 산즁의 동노(同老)ᄒᆞᆯ 상이 아니무로, 텬의를 역지 못ᄒ여 세상의 보닉엿더니, ᄒᆞ마 위틱ᄒᆞᆷ믈 지닉고 다시 슈삼년을 슬하의 두 【70】 엇더니, 이졔 ᄯᅩ 진토(塵土) 어즈러온 ᄯᅡ히 보닉니, 심ᄉ 심히 즐겁지 아니ᄒ고, 안젼(眼前)의 젹막ᄒᆞ미 심ᄒᆞ도다.

셔암공이 업딕여 고ᄒ딕,

"범ᄉ 텬셩이 아니미 업ᄉᆞ오니, ᄉ뎨(舍弟)의 일시 환난이 텬졍(天定)ᄒᆞᆫ 쉬(數) 오, 연분이 ᄯᅩᄒᆞᆫ 하늘 명이니, 엇지 인력으로 ᄒ리잇고?"

송계공이 고ᄒ되,

---

269)금귤(金橘) : 『식물』 운향과의 상록 관목. 높이는 2미터 정도이며, 잎이 무성하다. 여름에 희고 작은 꽃이 잎겨드랑이에서 피고 참새알 크기의 둥근 열매는 겨울에 황금색으로 익어 봄까지 떨어지지 않으며 새콤달콤한 맛과 향기가 있어 식용한다. 중국 남부가 원산지로 정원에 가꾸기도 한다.=금감(金柑).

270)쳔장(遷葬) : 무덤을 다른 곳으로 옮김.=이장(移葬).

271)츄이과졍(趨而過庭) : 종종걸음으로 뜰을 지나 감. 줄여 '추정(趨庭)'이라고도 한다.

"작년의 히이(孩兒) 혼 꿈을 엇ᄉ오니, ᄉ데로 더브러 여ᄎ여ᄎ 텬상의 왕ᄂᆨᄒ온지라. 텬의(天意)룰 엇지 역(逆)ᄒ리잇고?"

공이 경왈(驚曰),

"그런 신몽【71】을 엇지 니졔야 니르뇨?"

송계 공이 ᄃᆡ왈,

"몽ᄉᆡ 허탄혼 듯ᄒ와 진시(趁時)²⁷²) 고ᄎ 못ᄒ엿ᄂᆞ이다."

공이 졈두ᄒ더라.

월여의 경ᄉ ᄋᆞ부(兒婦)와 손ᄋᆞ(孫兒)의 상셰(上書) 연ᄒᆞ여 오니, 여러번 승쳡ᄒ믈 알고, 오ᄅᆡ지 아냐 기가(凱歌)로 도라오믈 깃거 두굿기미 극ᄒ더라.

공이 놉흐무로 작위 ᄯᅩ 놉하 일인지하(一人之下)오 만인지상(萬人之上)이믈 듯고, 승상의 상셔룰 잡ᄋ ᄎᆞ마 손의 노치 못ᄒ더니, 풍·범 냥식뷔 도라오니, 환열이 반기고 문창이 언연(偃然)이 진신(縉紳)의 쳬(體)【72】일어시니, 반갑고 깃부미 업지아니나, 일노됴ᄎ 슬하룰 ᄯᅥ날지라. 도로혀 깃거 아니ᄒ니 한님이 ᄯᅩ흔 좌하(座下)의 업ᄃᆡ여 츅쳑(踧惕)²⁷³)ᄒ여 도로혀 죄룰 지음 ᄀᆞᆺ더라.

그러나 입신냥명(立身揚名)은 남ᄋᆞ(男兒)의 불원(不願)이 의(義) 아니오. 부모의 두굿길 비라. ᄯᅥ낫던 ᄌᆞ부와 둉댱(宗長)의 듕혼 손ᄋᆞ룰 만져 귀이(貴愛) ᄒ더니, 슌일(旬日)이 지ᄂᆞ뫼, 시종(始終)이 연망이 승상의 오시믈 고ᄒ고, 시ᄋᆞ(侍兒) 급급히 알외ᄂᆞ지라. 부모 졔형이 합좌(合坐)러니, 바로 니던【73】으로 오믈 니르고, ᄎᆞᆷ지 못ᄒ여 부뫼 다 몸을 니러 지게²⁷⁴)룰 비겨 듕문(中門)을 보니, 금포(錦袍) ᄌᆞ락이 ᄂᆞ붓기ᄂᆞᆫ 곳의 족용(足容)이 젼도(顚倒)ᄒ여 ᄌᆞ금관(紫金冠)을 잠간 슉이고, 뉴지(柳枝) ᄀᆞᆺ흔 허리룰 굽혀 너른 ᄉᆞ미룰 모도와 공슈(拱手)²⁷⁵)ᄒ고 츄이과졍(趨而過庭)ᄒ니, 쇄락혼 풍광은 츄월(秋月)이 동녕(東嶺)의 오르고, 가득혼 화긔ᄂᆞᆫ 혜풍(惠風)이 만물을 부휵(扶恤)홈 ᄀᆞᆺ거늘, 당 ᄋᆞ리셔 두 번 졀ᄒ니, 히학(海鶴)이 ᄂᆞ릭룰 펼치고 단봉(丹鳳)이 구쳔(九天)²⁷⁶)의 ᄂᆞ린 듯, 업ᄃᆡ며 닐

---

272) 진시(趁時) : 진작. 좀더 일찍이.

273) 츅쳑(踧惕) : 삼가고 두려워 함.

274) 지게 : =지게문. 옛날식 가옥에서, 마루와 방 사이의 문이나 부엌의 바깥문. 흔히 돌쩌귀를 달아 여닫는 문으로 안팎을 두꺼운 종이로 싸서 바른다.

275) 공슈(拱手) : 절을 하거나 웃어른을 모실 때, 두 손을 앞으로 모아 포개어 잡음. 또는 그런 자세. 남자는 왼손을 오른손 위에 놓고, 여자는 오른손을 왼손 위에 놓는다. 흉사(凶事)가 있을 때에는 반대로 한다.

276) 구쳔(九天) : ①가장 높은 하늘. 늑구민(九旻). ②하늘을 아홉 방위로 나누어 이르는 말. 중앙을 균천(鈞天), 동쪽을 창천(蒼天), 서쪽을 호천(昊天), 남쪽을 염천(炎天), 북쪽을 현천(玄天)이라 하고 동남쪽을 양천(陽天), 서남쪽을 주천(朱天), 동북쪽을 변천(變天), 서북쪽을 유천(幽天)이라 한다. 늑구중천(九重天), 구현(九玄). ③대궐 안.=궁

무로[277] 됴츠, 옥【74】픽(玉佩) 징징(琤琤)[278]ᄒ여 니목(耳目)의 깃브믈 도을
식, 부모의 반기고 깃부고 즐기고 두굿기ᄂ 뜻이 무루녹ᄋ, 우음을 머금고, 셜니
오르기를 명ᄒ더라.【75】

중. *여기서는 ③을 뜻한다.
277) 닐다 : 일어나다.
278) 징징(琤琤) : 옥이 맞부딪쳐 맑게 울리는 소리.

화산션계록 권지이십삼

츠셜 승상이 밧비 올나 상하(床下)의 다시 졀ᄒ고, ᄭ우러 부모 돈후(尊候)를 뭇ᄌ올ᄉᆡ, 부뫼 연망(連忙)이 무방ᄒᆞ믈 답ᄒ고 닐오ᄃᆡ,

"너의 글노 됴츠279) 오믈 고ᄒ여시나, 금일의 오기는 바라지 아냣노라"

인ᄒ여, 그 쇼년 흑두(黑頭)280)로 인신극직(人臣極職)281)의 올나 관복이 임의 작직(爵職)282)을 됴ᄎᆞ시니 더욱 흔흔희희(欣欣喜喜)ᄒ여 젼진구치(戰塵驅馳)283)의 몸이 셩ᄒ고 ᄃᆡ공을 일우믈 일ᄏᆞ라 깃거ᄒ니, 승상이 부모의 긔체안강(氣體安康)284)ᄒ 【1】 시고, 신관(神觀)이 윤틱(潤澤)하시믈 즐겨, 손을 밧들고 갓가이 ᄭ우러 화긔(和氣) 안모(顔貌)의 넘씨더니, 공이 글오ᄃᆡ,

"쇼·양 냥인의 《득농∥등룡(登龍)》 ᄒ믈 깃거, 두 손녀 명부(命婦)의 복식을 곳치니 더욱 두굿기되, 보ᄂᆡ기를 마지 못ᄒᆞᆯ지라, 결연(缺然)285)ᄒ도다."

언미(言未)286)의, 쇼·양 냥 쇼제 쇼고(小姑)를 닛그러 현알(見謁)ᄒ니, 슈일 젼 쇼·양 이인의 《득농∥등룡(登龍)》ᄒ 희보(喜報)를 듯고, 본부의 ᄀᆞ다가 승상의 와시믈 듯고 젼도(轉倒)히 왓더라.

승상이 화식(和色)으로 질부(姪婦)를 향ᄒ여 치하ᄒ고, 두 질녀를 향ᄒ여 치하ᄒ며 깃거 ᄒ 【2】 더니, 부모긔 양 장원의 말솜을 고ᄒ고,

"형댱과 슈시긔 졍니(情理)를 참ᄋ 아니 도라 보지 못ᄒᆞᆯ 고로, 보ᄂᆡ믈 니르리이다."

ᄒ니, 공이 글오ᄃᆡ,

"녀진 비록 '빅니(百里)의 분상(奔喪)치 못ᄒᆞᄂᆞᆫ 녜(禮)'287) 이시나, 인정의 엇

---

279)둋다 : 좇다. 남의 말이나 뜻을 따르다.
280)흑두(黑頭) : ①빛깔이 검은 머리. ②젊은 사람.
281)인신극직(人臣極職) : 신하로서의 최고의 직위. 곧 승상.
282)작직(爵職) : =작위(爵位). 벼슬과 직위
283)젼진구치(戰塵驅馳) : 전쟁터에서 티끌과 먼지를 무릅쓰고 말을 달려 공을 세움.
284)긔체안강(氣體安康) : 마음과 몸이 평안하고 강건함.
285)결연(缺然) : 무엇인가 모자라거나 빠진 것이 있는 것 같아 서운하거나 불만족스러움
286)언미(言未) : 말이 끝나지 않아서. =언미흘(言未訖).
287)빅니블분상(百里不奔喪)의 예(禮) : 여자는 부모가 죽어도 백리 밖에서 달려와 조상(弔喪)할 수 없다는 예문(禮文). 『소학』 <명륜편(明倫篇)>에 나온다.

지 ᄎᆞ힝(此行)을 막으리오"

ᄒᆞ니, 양쇼제 황감(惶感) ᄇᆡᄉᆞ(拜謝)ᄒᆞ더라.

슈일 후, 쇼한님이 어화청삼(御花靑衫)[288]으로 모친긔 뵈올ᄉᆡ, 어시의 진부인이 위공부부의 은덕으로 화산(華山)의 편히 잇셔, ᄋᆞᄌᆞᄅᆞᆯ 경ᄉᆞ의 보ᄂᆡ고 창창훌연(倀倀欻然)[289]ᄒᆞ되, 쳔금(千金) 식부(息婦)의 온혜(溫惠)[290]ᄒᆞᆫ 【3】 긔질(氣質)과 뇨됴(窈窕)ᄒᆞᆫ 덕힝으로 좌우의 뫼시고, 긔거(起居)의 붓드러 간절ᄒᆞᆫ 정셩이 촉촉(屬屬)[291]ᄒᆞ여 니긔지 못ᄒᆞᆯ 듯ᄒᆞ고, 친ᄋᆡᄒᆞ며 됴심ᄒᆞ미 셩회(誠孝) 동동(洞洞)[292]ᄒᆞ고 네뫼 가지록 공근(恭謹)ᄒᆞ니, ᄋᆡ지즁지(愛之重之)ᄒᆞ여 ᄌᆞ부의 극진이 효봉ᄒᆞᄆᆞᆯ 바들ᄉᆡ, 양ᄉᆡᆼ 쳐 위쇼제 또ᄒᆞᆫ 니르러 고젹(孤寂)ᄒᆞᄆᆞᆯ 위로ᄒᆞ니[미], '그림ᄌᆡ 됴ᄎᆞ며 뫼아리 응ᄒᆞᆷ ᄀᆞᆺᄒᆞ니'[293], ○[또] 녀ᄋᆞ와 질네 됸고(尊姑)의 ᄃᆡ힝(代行)으로 오지 못ᄒᆞ나 감히 그리온 마음을 두지 못ᄒᆞ더니, 겨울이 지나고 ᄉᆡ봄이 오니 위승상의 승젼 【4】 ᄒᆞᄆᆞᆯ 드러 위ᄒᆞ여 깃거 ᄌᆞ부ᄅᆞᆯ 거ᄂᆞ리고 위부의 와 하례ᄒᆞ여 공을 일우고 작위 도도ᄆᆞᆯ 탄상(歎賞)ᄒᆞ더니, 믄득 경ᄉᆞ로셔 노복(奴僕)이 니르러 ᄋᆞᄌᆞ와 문홍의 놉히 금방(金榜)[294]을 맛친 깃분 쇼식을 보ᄒᆞ니, 원ᄂᆡ 승상이 금번 경ᄉᆞ로 간 후, 건노(健奴) 십여 인을 ᄲᆡ 의식을 후히 쥬고 다른 신임(身任)을 식이지 아냐, 각각 쳔니마(千里馬)ᄅᆞᆯ 쥬어 ᄎᆞ례로 쳬번(替番)ᄒᆞ여 화쥐의 왕ᄂᆡᄒᆞ여 부모 긔거(起居)ᄅᆞᆯ 탐후(探候)ᄒᆞ고 상셔(上書)ᄅᆞᆯ 알외니, 뉵일의 드러와 뉵일의 도라가ᄆᆡ 【5】 십여일의 한(限)ᄒᆞ여 《회한∥회환(回還)》 ᄒᆞ니, 경ᄉᆞ(京師)의셔ᄂᆞᆫ 오일(五日)의 한 번식 ᄯᅥ나ᄂᆞᆫ 고로, 일삭의 ᄎᆞ례 지어 힝ᄒᆞᄂᆞᆫ지라. 셔로 쇼식 드르믄 오뉵일의 밋ᄎᆞᄃᆡ, ᄉᆞ모ᄒᆞᄂᆞᆫ 념네ᄂᆞᆫ 오히려 더ᄃᆡᄆᆞᆯ 혐의(嫌疑)로이 넉이더라.

이ᄂᆞᆯ 진부인이 ᄐᆡ부인긔 뫼셔 승상의 환됴(還朝)ᄒᆞᆫ 경ᄉᆞ(慶事)ᄅᆞᆯ 하례ᄒᆞ려 ᄒᆞ

---

288)어화청삼(御花靑衫) : 어사화(御賜花)를 꽂은 오사모(烏紗帽)를 쓰고, 푸른 색 도포를 입은 과거 급제자의 차림. *어사화(御賜花); 조선 시대에, 문무과에 급제한 사람에게 임금이 하사하던 종이꽃.

289)창창훌연(倀倀欻然) : 마음이 갈팡질팡하여 아득하고 조급해져 허전함.

290)온혜(溫惠) : 완화하고 사랑스러움.

291)촉촉(屬屬) : 조심함. 부모를 조심하여 섬기는 마음이 지극함. 『예기(禮記)』 <제의(祭義)>편의 "洞洞乎屬屬乎如弗勝　如將失之. 其孝敬之心至也與(공경하고 조심하는 태도가 마치 이기지 못하는 것 같고 잃지 않을까 조심하는 것 같아, 그 효경하는 마음이 지극하기 그지없다.)"에서 온 말.

292)동동(洞洞) : 공경함. 부모를 공경하여 섬기는 마음이 지극함. 『예기(禮記)』 <제의(祭義)>편의 "洞洞乎屬屬乎如弗勝　如將失之. 其孝敬之心至也與(공경하고 조심하는 태도가 마치 이기지 못하는 것 같고 잃지 않을까 조심하는 것 같아, 그 효경하는 마음이 지극하기 그지없다.)"에서 온 말.

293)그림ᄌᆡ 됴ᄎᆞ며 뫼아리 응ᄒᆞᆷ ᄀᆞᆺᄒᆞᆷ : 그림자가 사물을 따르고 메아리가 소리에 응하는 것처럼 한 때도 떨어지지 않고 따르고 응하여 섬김.

294)금방(金榜) : 『역사』 과거에 급제한 사람의 이름을 써서 거리에 붙이던 글.≒과방.

다가, 이 굿흔 경희(慶喜) 쾌활(快活)흔 쇼식을 드르니 깃브미 극흐미, 오히려 어린 듯흐여 능히 즐거오믈 씨둣지 못흐니, 셜부인이 치하흐미 혼연흐고 진부인의 【6】 슬례흐미 극진흐여, 도도히 돈부(尊府) 은퇴이믈 일쿳더니, 홀연 풍·범 냥부인○[이] 이 날 득달흐니, 원닉 부인은 춘삼월의 발힝흐여 도로의 슈삭을 허비흐고 금일의 니르럿고, 노즈의 발마(發馬)흐믄 최후의 쩌느시딕 뇩일의 오미러라.

진부인이 마즈 반기고 깃부믈 니르고, 셔랑의 엄연흔 긔상의 츌인(出人)흔 풍취로 관복을 가흐고 옥딕룰 둘너시니, 탐탐이 반갑고 한업시 즐거오니, 셔로 치하흐여 만실(滿室)의 즐거 【7】 온 빗치 둘넛더니, 녀오와 식부룰 거느려 도라와 세광의 오기룰 기다리더니, 오릭지 아냐셔 우즈(兒子) 어화(御花)룰 슉이고 옥홀(玉笏)295)을 밧드러 츄쥬(趨走)296)흐여 졀흐기의 미츠니, 깃부고 슬푸믈 니기지 못흐니[여] 마됴297) 나가 숀을 닛그러 당의 올나 바로 쳐스 사당의 오룰식, 모즈 남미의 슬픈 누쉬(淚水) 옷깃시 졋는지라. 위 쇼졔 쏘흔 쳐연(悽然)이 두 쥴 진쥬 옥협(玉頰)의 구으더라.

소한님이 이윽이 업딕여 경스(慶事)룰 고흐고 졔수룰 파흐미, 모친을 뫼 【8】 셔 당즁(堂中)의 도라오니, 부인이 그 손을 잡고 칙칙이298) 위부 딕은을 일쿳고, 몸이 귀흐고 집이 이러셔미 ○○○○[다 위공의] 산히지은(山海之恩)299) 《을‖이믈》 더옥 일쿠라,

"○○[부딕] 닛지 말고, 쳐즈룰 후딕흐여 딕은을 일분이나 갑고, 닙신(立身)흐미 더옥 위공을 셤겨, 구르치믈 바다 느라히 죄룰 엇지 말나."

흐여, 누누히 경계흐니, 한님이 슈명지빅(受命再拜)흐여,

"삼가 명을 밧들니이다."

흐더라.

---

295)옥홀(玉笏) : 옥으로 만든 홀(笏). *홀(笏)은 관복(官服)의 부대품(附帶品)으로 조회나 각종 의례에서 관료들이 손에 쥐는 수판(手版)으로, 조선조에는 1품에서 4품까지는 상아홀(象牙笏), 5품에서 9품까지는 목홀(木笏)을 사용했다. 그 기능은 주로 의식에서 손에 드는 의식용구로 쓰였지만, 임금 앞에서 보고를 하거나 명(命)을 받을 때 그것을 기록하는 기록용구로도 쓰였다. 임금은 각종 의례에서 익선관(翼善冠)과 곤룡포(袞龍袍)를 갖추어 입고 옥으로 만든 홀을 손에 들었는데 이를 규(圭)라 한다. 따라서 옥으로 된 홀은 임금만 손에 들 수 있었고, 신료들은 상아로 만든 아홀(牙笏)이나 나무로 만든 목홀(木笏)을 들었는데, 예외적으로 임금이 신료에게 옥홀을 하사한 예(例)가 있어, 1513년 중종이 최산두에게 하사한 옥홀이 '전라남도유형문화재제40호'로 유일하게 전해오고 있다. 위 본문의 '옥홀'은 이러한 하사홀(下賜笏)의 한 예라 할 수 있다.
296)츄쥬(趨走) : 윗사람의 앞을 지나거나 앞에 나아갈 때에 허리를 굽히고 빨리 걸음.
297)마됴 : 마주. 서로 똑바로 향하여.
298)칙칙 : 차례차례. 차례를 따라서 순서 있게.
299)산히지은(山海之恩) : 산이나 바다와 같이 큰 은혜.

　위한님이 소한님으로 더브러 냥가의 왕닉ᄒ여 삼일(三日)300)을 즐길ᄉᆡ, 풍뉴
【9】 소ᄅᆡ 요량(嘹喨)ᄒ고 츔츄ᄂᆞᆫ ᄉᆞ미301) ᄂᆞ붓겨 만반진슈(滿盤珍羞)302)ᄂᆞᆫ 산
진ᄒᆡ찬(山珍海饌)303)이요, 묽은 슐은 옥잔의 넘쎠더니, 믄득 양공이 아오 한님을
넛그러 니르러 명함○[을] 드려 뵈기ᄅᆞᆯ 쳥ᄒ니, 원닉 양한님이 부모 녕궤(靈几)ᄅᆞᆯ
뫼셔 소쥬(蘇州)304)로 도라간 후, 인ᄒ여 가묘(家廟)ᄅᆞᆯ 모셔 경ᄉᆞ로 가ᄂᆞᆫ지라. 흔
번 몸이 직임의 ᄂᆞᄋᆞ가 ᄆᆡ인 즉, 다시 한가흔 ᄯᅦ 업ᄉᆞᄆᆞᆯ ᄉᆡᆼ각ᄒ니, 화산 위부 대
은을 ᄉᆞ례치 아니ᄒᆞᄆᆡ 비혜망은(背惠忘恩)305)ᄒᆞᄆᆡ라.
　양상셰 ᄯᅩ흔 치ᄉᆞ(致謝)코ᄌᆞ 몬져 동【10】평의 가 쇼분(掃墳)306)ᄒ고 잠간 단
녀 가려 ᄒ니, 셕일의 양쳐ᄉᆞ 고고(孤孤)흔 유치(幼稚)ᄅᆞᆯ 두고 슬푸며 잔잉ᄒ
여307) 권권연연(眷眷戀戀)308)ᄒ여 숀을 잡ᄋ 유탁(有託)ᄒ고 도라갈 ᄉᆡ, 요쳡(妖
妾)의 간독(奸毒)ᄒᆞᄆᆡ 결연이 독슈(毒手)ᄅᆞᆯ 놀니고 도망홀 쥴 아니, 유유(悠悠)흔
졍이 구원(九原)의 명목(瞑目)지 못ᄒ너니, 엇지 오ᄂᆞᆯᄂᆞᆯ 능히 금의(錦衣)ᄅᆞᆯ 닙고
묘하(墓下)의 졀홀 쥴 알니오.
　양한님이 이곳의 니르러 밧비 션산을 ᄎᆞᄌᆞ니 것츤 풀 ᄀᆞ온ᄃᆡ 분뫼(墳墓) 셕양
을 ᄯᅵ여시니 ᄉᆡ로온 지통이 흉【11】장을 ᄆᆞ즛ᄂᆞᆫ지라. 묘하의 업ᄃᆡ여 실셩댱통(失
性長慟)ᄒᆞᄆᆡ 피ᄅᆞᆯ 토ᄒ고 혼졀ᄒ니, 흑ᄉᆡ 잔잉 참도(慘悼)ᄒ며 놀나고 슬허 눈물
을 흘니고, 붓드러 구호ᄒ여 졍식고 의리(義理)로 졀ᄎᆡᆨ(切責)ᄒ여 왈,
　"현ᄃᆡ 셕일 망극흔 졍경을 능히 보젼ᄒᆞ엿거늘, 이제 영광으로 고(告)ᄒᆞᄆᆡ 엇지
몸을 상ᄒᆡ(傷害)오ᄂᆞ뇨? 만일 토혈ᄒ여 병이 깁흘진ᄃᆡ 엇지 시러곰 소쥬○[의]
힝ᄒᆞᄆᆞᆯ 어드리오."
　한님이 ᄭᆡᄃᆞ라 ᄉᆞ죄ᄒ고 형댱긔 의논ᄒ여 몬져 화쥬의 단녀【12】도라와, 노복
(奴僕) 하리(下吏) 모든 후, 비로쇼 시역(始役)309)고져 ᄒ니, 원닉 쇼·양 냥인이
금뵉(金帛)을 쥬어 두 곳 묘하(墓下)로 보닉고, 각각 쳔니마ᄅᆞᆯ 치 쳐 압셔시니,
츄동(追從)이 밋쳐 오지 못ᄒ엿더라.

---

300) 삼일(三日) : =삼일유가(三日遊街). 과거에 급제한 사람이 삼일 동안 풍악을 잡히고
　　거리를 돌며 시험관과 선배 급제자와 친척을 방문하던 일.
301) ᄉᆞ미 : 소매. 윗옷의 좌우에 있는 두 팔을 꿰는 부분.늑웃소매, 팔소매.
302) 만반진슈(滿盤珍羞) : 그릇마다 가득한 진귀하고 맛이 좋은 음식.
303) 산진ᄒᆡ찬(山珍海饌) : 산과 바다에서 난 산물들로 만든 진귀한 음식들.
304) 소쥬(蘇州) : 중국 강소성(江蘇省)에 있는 도시.
305) 비혜망은(背惠忘恩) : 남에게 입은 은혜를 저버리고 배신하는 태도가 있음.
306) 소분(掃墳) : 경사로운 일이 있을 때 조상의 산소를 찾아가 돌보고 제사를 지내는 일.
307) 잔잉ᄒ다 : 자닝하다. 애처롭고 불쌍하여 차마 보기 어렵다.
308) 권권연연(眷眷戀戀) : 늘 돌보아 주며 애틋이 사랑하는 모양
309) 시역(始役) : 토목이나 건축 따위의 공사를 시작함.

일기(一個) 복ᄌᆞ(僕者)를 머무러 '졔인을 모화 기다리라' ᄒᆞ고, 화산의 니르니 위공이 밧비 쳥ᄒᆞ여 볼ᄉᆡ, 양상셰 한님을 닛그러 드러와 녜(禮)ᄒᆞ고, ᄌᆞ질(子姪)네로 좌를 일우니, 위노공이 양 상셔의 쥰일(俊逸)ᄒᆞᆫ 풍도(風度)와 슌슌ᄒᆞᆫ 녜모를 암암칭찬(暗暗稱讚)ᄒᆞ고, 궁협(窮峽) 산인(山人)을 불원쳔니【13】이닉(不遠千里而來)310)ᄒᆞ여 ᄎᆞᄌᆞ믈 감슈ᄒᆞ여, 한님의 《득농‖등룡(登龍)》ᄒᆞ믈 하례ᄒᆞ니, 양공이 흠신ᄉᆞᄉᆞ(欠身謝辭)311)ᄒᆞ고 혈혈고ᄋᆞ(子子孤兒)를 거두ᄉᆞ 무휼(撫恤)ᄒᆞ시고 쳔금옥슈(千金玉秀)312)로 가(嫁)ᄒᆞ시미 감격협골(感激浹骨)313)ᄒᆞ거늘, 이졔 닙신(立身)ᄒᆞ여 가문을 니르혀미 돈ᄃᆡ인(尊大人) 덕음(德蔭)이니, 쇼질은 타향의 뉴락(流落)ᄒᆞ여 걸식ᄒᆞᄂᆞᆫ 아을 망연이 이져 거두지 아니미 무상ᄒᆞ믈 한ᄒᆞᆯ ᄉᆡ, 말ᄉᆞᆷ이 관곡(款曲)ᄒᆞ고 졍니(情理) 간측(懇惻)ᄒᆞ니, 위공이 칭ᄉᆞ하고 양공의 호상(豪爽)314)ᄒᆞᆫ 긔질을 아름다이 넉이더라.

이의 양쇼져 침당【14】의 인도ᄒᆞ여 남ᄆᆡ 셔로 보고 지친(至親)이 상봉케 ᄒᆞᆯ ᄉᆡ, 양공이 완창의 졍금미옥(精金美玉)315) ᄀᆞᆺᄐᆞᆷᄆᆡ, 승상을 만히 품슈(稟受)ᄒᆞ여 옥인긔남(玉人奇男)이믈 흠탄경복(欽歎慶福)ᄒᆞ여 인도ᄒᆞ믈 됴ᄎᆞ316) 나아가니, 곳곳이 장원(牆垣)이 놉고 안히 너르며 집이 크고 졍쇄(精灑)ᄒᆞᆫ ᄃᆡ, ᄎᆞ환시ᄋᆡ(叉鬟侍兒) 무리지어 시위(侍衛)ᄒᆞ고 양쇼졔 위쇼졔로 더브러 당의 ᄂᆞ려 마ᄌᆞ니, 양공이 눈을 드러 동ᄆᆡ(從妹)의 긔이ᄒᆞᆫ ᄌᆞ질과 동슈(從嫂)의 뇨됴(窈窕)ᄒᆞ믈 보아, 깃브고 일변(一邊) 슬허ᄒᆞ여 녜를 일우ᄆᆡ, 각각 위로ᄒᆞ고【15】하례ᄒᆞᆯᄉᆡ, 양쇼졔 돈당(尊堂) 셩은을 일ᄏᆞ라 ᄒᆞᆫ 가지로 가기를 니르며, 한님의 영광을 깃거ᄒᆞ고, ᄯᅩᄒᆞᆫ 싀로이 슬허 남ᄆᆡ 셔로 ᄃᆡᄒᆞ여 뉴쳬(流涕)ᄒᆞ믈 씌닷지 못ᄒᆞ나, 한님이 져져의 ᄒᆞᆫ가지로 가려ᄒᆞ믈 크게 깃거ᄒᆞ더라.

양공이 닉당을 혐의(嫌疑)ᄒᆞ여 슈이 ᄂᆞ가니, 위부의셔 극진이 관ᄃᆡ(款待)ᄒᆞ고 냥쇼져를 치힝(治行)ᄒᆞ여 보닐ᄉᆡ, 노공부뷔 연연(戀戀)ᄒᆞ여 왈,

"명ᄋᆞ는 녀필둉뷔(女必從夫)니 부모를 원별ᄒᆞ미 ᄃᆡ의(大義) 당연ᄒᆞᆫ지라. 다만 필경필뎨(必敬必悌)317)ᄒᆞ여 쇼텬(所天)318)【16】을 공경ᄒᆞ고, 졔ᄉᆞ를 쇼임(所任) 동촉

---

310) 불원쳔니이닉(不遠千里而來) : 천리 길을 멀다 하지 않고 찾아옴.
311) 흠신ᄉᆞᄉᆞ(欠身謝辭) : 몸을 굽혀 사례함.
312) 쳔금옥슈(千金玉秀) : 쳔금(千金)처럼 귀한 딸. *옥수(玉秀): =규수(閨秀). 남의 집 처녀를 정중하게 이르는 말.
313) 감격협골(感激浹骨) : 감격한 마음이 뼈에 사무침.
314) 호상(豪爽) : 호탕하고 시원시원하다.
315) 졍금미옥(精金美玉) : 정교하게 다듬은 금과 아름다운 옥이라는 뜻으로, 인품이나 시문이 맑고 아름다움을 이르는 말.
316) 됴ᄎᆞ : 돛다. 좇다. 따르다. 다른 사람이나 동물의 뒤에서, 그가 가는 대로 같이 가다.

(洞燭)ᄒ여 치가(治家)ᄒ믈 법 잇게 ᄒ여, 어진 일홈이 어버의게 오미 회(孝)니라."

쇼졔 감히 비식(悲色)을 너지 못ᄒ고 직비(再拜) 슈명(受命)ᄒ더라.

양쇼져 다려 니로딕,

"쇼부(小婦)ᄂ 슬하를 써나 보닉미 줌난ᄒ되, 너의 졍경(情景)을 감이(感愛)319)ᄒ여 보닉미, 동평부로셔 이리 도라 온즉, 쇼쥐의 반묘(返墓)320)ᄒ믈 참례치 못ᄒᆯ지라. 부득이 슈년 니별을 짓ᄂ니 녀으로 더브러 ᄒᆫ 가지로 경ᄉ의 가, 남미 상의ᄒ고 네 아즈미 등을 우러러 【17】 지닉다가 도라오게 하라."

양쇼졔 직비 ᄉ은(謝恩)ᄒ고 돈당 셩의(誠意) 곡진(曲盡)이 ᄉ졍을 술피시믈 황공 감은ᄒ여 알욀 바를 아지 못ᄒ더라.

범부인이 의외 으부(兒婦)를 보닉미, 결연ᄒ믈 니긔지 못ᄒ고, 그 졍니(情理)를 연측(憐惻)ᄒ여 머리를 쓰다듬고 손을 어루만져 왈,

"현ᄫᅵ 일시 써나믈 ᄎ마 못ᄒ여 ᄒ더니, 닉 몬져 집을 써나 두 ᄒ의 도라오며, 또 너를 니별ᄒᆫ 악연(愕然)321)ᄒ믈 춤지 못ᄒ리로다. 으부의 졍니(情理) 실노 익참(哀慘)322)ᄒ【18】ᄂ, 그러나 양낭(郎)이 풍운의 길시를 맛나 문호를 흥긔ᄒ고 묘(墓)를 쳔장(遷葬)ᄒ며 가묘(家廟)323)를 뫼셔 지통(至痛)이 풀니게 되어시니, 바라ᄂ니 현부ᄂ 셜우믈 졀억(節抑)ᄒ고 몸을 앗겨, ᄂ의 먼니 넘녀ᄒᄂ 뜻을 술필지여다."

양쇼졔 부복ᄒ여 돈고의 지셩교어(至誠敎語)324)를 밧ᄌ와 감격(感激) 체읍(涕泣)ᄒ여 빈이슈명(拜而受命)ᄒ더라.

양공이 한님과 냥쇼져를 거ᄂ려 하직고 길 날식325), 위노공 지극ᄒᆫ 즈이(慈愛)와 현덕(賢德)을 감탄ᄒ여, 녀졈(旅店)의 드러 셔로 말슴 【19】 ᄒᆯ식, 한님의 언닉(言內)로 됴ᄎ 셕ᄉ(昔事)를 고ᄒ야 슬허ᄒ며 감ᄉᄒ믈 듯고, 소져의 구고 돈당 셩의를 일ᄏ라, 감읍뉴체(感泣流涕)ᄒ믈 보아, 깁히 탄복ᄒ더라.

쇼한님이 모친을 뫼시고 쳐즈를 닛그러 위부의 하직ᄒ고 청진산으로 가, 부친 분산(墳山)326)을 곳쳐 뫼시고ᄌ ᄒ더니, 승상이 굴오딕,

---

317) 필경필졔(必敬必悌) : 반드시 공경하고 또 공경하기를 힘씀.
318) 소텬(所天) : 아내가 남편을 이르는 말.
319) 감이(感愛) : (무엇을 또는 무엇에) 감동하여 사랑함.
320) 반묘(返墓) : 거상 중에 있는 사람이 집에서 제사할 음식을 준비해가지고 묘소로 돌아옴.
321) 악연(愕然) : 몹시 놀라 정신이 아득함.
322) 익참(哀慘) : 슬프고 애처로움.
323) 가묘(家廟) : 한집안의 사당(祠堂).
324) 지셩교어(至誠敎語) : 지극히 정성스러운 가르침. 또는 말씀.
325) 나다 : 밖으로 나오거나 나가다. 있던 곳에서 다른 곳으로 떠나다.
326) 분산(墳山) : 묘를 쓴 산. 또는 묘(墓).

"무릇 텬니(天理) 소조(昭照)327)ᄒ여 지리(地理)를 니긔미 잇시나 그러나 지리를 ᄯᅩᄒᆫ 아니보지 못ᄒ리니, 니 져즈음긔328) 청진산을 보니 산형이 웅장ᄒ【20】고 지믹(地脈)이 녕슈(靈邃)ᄒ니, 임의 션영측(先塋側)의 뫼시지 못ᄒ즉, 타향 긱지ᄂᆞᆫ 피ᄎᆞ(彼此) 업ᄂᆞ니라."

한님이 씨ᄃᆞ라 ᄇᆡᄉᆞ(拜謝)ᄒ고 조부모 냥위(兩位)를 청진산으로 옴겨 뫼시믈 결(決)ᄒ여 모친긔 고ᄒ고, 가ᄉᆞ(家事)를 슈습ᄒ여 길ᄂᆞ니, 위부의셔 졔부인이 친히 가 니별ᄒ고 녀ᄋᆞ를 경계ᄒ여 보ᄂᆞ미, 쇼쇼졔 모친과 ᄉᆞ뎨(舍弟)부부를 숑별ᄒ니, 졍니 비록 악연ᄒ나 감히 ᄉᆞ식(辭色)지 못ᄒ고, 진부인이 경계 왈,

"우리 모ᄌᆞ(母子) 일시의 맛출 목슘이 이【21】졔 영화부귀를 씌여 힝ᄒ니, 오ᄋᆞᄂᆞ 젹은 니별을 슬허말고 구고 됸당의 셩은을 갑ᄉᆞ오라."

ᄒ더라. 쇼한님이 모친을 뫼셔 청진산 뎡부의 안둔ᄒ고, 다시 션농(先陵)의 ᄇᆡ현(拜見)홀 시, 노복하리(奴僕下吏) 이의 와 기ᄃᆞ리더라.

ᄎᆞ시 닌니(隣里) 노쇼(老少) 쇼한님의 일긔 다 죽은가 ᄒ엿더니, 이졔 귀히 되믈 보고 모다 혀를 두루더라.

한님이 냥위 분산(墳山)을 뫼셔 청진산으로 도라오니, 진부인이 마ᄌᆞ 식로이 이통ᄒ여 【22】 쳐ᄉᆞ 산쇼 우ᄒᆞ로 뫼시고, 금은을 니여 뎡부 노복을 후히 쥬어 셕일 은혜를 ᄉᆞ례ᄒ고, ᄌᆞ긔 노비를 머무러 산능의 뫼시게 ᄒ니라.

쇼어ᄉᆞᄂᆞᆫ 상명(上命)이 계ᄉᆞ 권솔(眷率) 상경ᄒ믈 ᄌᆡ촉ᄒ시무로 고향으로 가니, 쇼한님의 길흘 보지 못ᄒᆞ믈 창결(悵缺)ᄒ더라.

산역(山役)329)을 필ᄒ미 경ᄉᆞ로 도라 갈식, 위공ᄌᆞ 완창이 쳐미(妻妹)를 ᄇᆡ힝(陪行)330)ᄒ여 셔로 맛ᄂᆞ니, 양상셔ᄂᆞᆫ 한님으로 더브러 냥뒤 분산을 뫼셔 쇼쥐로 가무로 위싱이 ᄯᆞ라 와시니, 【23】 묘하(廟下)의 집을 셰니여 양쇼져와 위쇼졔 머무러 졔젼(祭奠)을 ᄀᆞᆺ초와 황원(荒遠) 아릭 녕궤(靈几) 다시 인셰(人世)의 ᄂᆞ니, 이셔 한님과 냥쇼졔 망극ᄒ믈 어이 다 니르리오.

한님은 흔번 울미 반ᄃᆞ시 구혈(嘔血)ᄒ니, 양소졔 부모의 관(棺)을 다시 뫼시미 은연이 바라미, 웃ᄂᆞᆫ 얼골을 보와 올 듯, 어로 만지시ᄂᆞᆫ ᄌᆞ의를 밧ᄌᆞ올 듯 ᄒ다가, 이의 묘연(杳然)이 알오미 업고, 막막히 기리 격(隔)ᄒ니, 각골(刻骨)ᄒᆞᆫ 셜우미 흉당(胸臟)이 촌촌(寸寸)ᄒ되, 님힝(臨行)의 존고의 경계를 밧ᄌᆞ【24】오니, ᄉᆞ졍(私情)의 지통(至痛)으로써 됸교(尊敎)를 져바릴기 두려ᄒ고, 한님의 토혈혼도(吐血昏倒)ᄒ미 반ᄃᆞ

---

327)소조(昭照) : 밝히 비춤.
328)져즈음긔 : 져즈음께. 접때. 오래지 아니한 과거의 어느 때를 이르는 말.
329)산역(山役) : 시체를 묻고 뫼를 만들거나 이장하는 일.
330)ᄇᆡ힝(陪行) : 떠나는 사람을 일정한 곳까지 따라감.

시 쇼쥐를 힝홀 길히 업는지라. 이 본디 소소(小小) 유녜(幼女)아니라. 십세 전의 텬지간 가업슨 통박(痛迫)과 만고의 업슨 비원(悲願)을 품어시되, 오히려 문흥을 보젼코즈 강잉(强仍)331)ᄒᆞ여시니, 이제 엇지 흔곳 셜우무로 디스를 그르게 ᄒᆞ리오.

울기를 긋치고 한님을 디ᄒᆞ여 졍칙고 칙(責)ᄒᆞ니, 한님이 겨오 강잉ᄒᆞ여 돈슈(頓首)ᄉᆞ죄ᄒᆞ고 셜우믈 억졔ᄒᆞ여, 【25】 ᄉᆞ시곡읍(四時哭泣)의 이셩(哀聲)이 좌우를 동(動)ᄒᆞ니, 냥쇼져의 졀졀비이(切切悲哀)홈과 ○○[흠긔], 노복하리(奴僕下吏)와 원근닌인(遠近隣人)이 다 감동ᄒᆞ더라.

녕구(靈柩)를 뫼셔 쇼쥐로 향ᄒᆞ니, 위싱이 임의 니의와 빙악(聘岳)의 의(義)와 옹셔(翁壻)의 도(道)로써 복졔(服制)를 ᄀᆞ초고 졔젼(祭奠)을 참ᄉᆞ(參祀)홀식, 한님의 통도(痛悼)홈과 부인의 슬허ᄒᆞᄂᆞᆫ 곡셩을 드러 감동ᄒᆞᄂᆞᆫ 졍을 니긔지 못ᄒᆞ니, 본디 즈소(自少)로 슬픈 닐을 보지 아니ᄒᆞ고, 상ᄉᆞ(喪事)를 지니미 업스니, 심히 참연(慘然)ᄒᆞ여 지극히 관위(款慰)ᄒᆞ 【26】더니, 냥쇼져를 비힝ᄒᆞ여 경스로 갈식, 참332)을 뭇초와 쇼한님으로 셔로 맛나 흔가지로 경스의 도라오니, 삼부인이 쇼부의 가 진부인을 볼식, 피ᄎᆞ(彼此) 반기고 깃거 경스를 하례ᄒᆞ고, 은덕을 칭송ᄒᆞ니 쳔담만언(千談萬言)을 다 긔록기 어렵더라.

양쇼져와 한님부인 위쇼졔 흔가지로 몬져 쇼부의 와시니, 상국 삼비 세 질녀를 맛나 반기고 깃거ᄒᆞ나, 구고의 결연ᄒᆞ시ᄂᆞᆫ 바를 일ᄏᆞ라 쳑연ᄒᆞ더라.

양·위 냥쇼졔 양상셔 부즁 【27】의 가 션싱긔 뵈고, 쇼부인으로 말ᄉᆞᆷ홀 시, 션싱이 질녀와 질부의 유한흔 힝실과 출인(出人)흔 긔질을 놀나고 ᄉᆞ랑ᄒᆞ며, 냥쇼졔 션싱의 단엄쳥고ᄒᆞ믈 우러러 부모 ᄀᆞᆺ치 ᄇᆞ라고, 쇼부인의 슉뇨명덕(淑窈明德)333)ᄒᆞ며 단즁흔ᄋᆞ(端重閑雅)334)ᄒᆞ미 흡흡(恰恰)히 녀ᄉᆞ(女士)의 《즈리‖즈틱》오, 효위(孝友) 츌뉴(出類)ᄒᆞ믈 감탄ᄒᆞ니, 양공의 즈녜 쏘 기기히 겸금냥옥(兼金良玉)335) ᄀᆞᆺ흐니, 녀ᄋᆞ 혜쥬 쇼졔 시년(是年)이 뉵세라. 녕농흔 식틱와 온유졍슉흔 긔질이 아름다오니 이경(愛慶)ᄒᆞ고, 【28】 혜쥬쇼졔 냥위 슉모의 쵸세(超世)ᄒᆞ믈 경복(敬服)ᄒᆞ더라.

양쇼졔 슉부를 뫼셔 삼위 동형(從兄)을 디ᄒᆞ여 옛날 망극던 경상과 위급던 목슘을 니부인의 구활함과, 상국(相國)의 지셩교도(至誠敎導)ᄒᆞ무로 문호의 보젼홈과 셩취ᄒᆞ믈 즈즈(孜孜)히 고ᄒᆞ니, 세 부인과 션싱이 감탄ᄒᆞ믈 니긔지 못ᄒᆞ더라.

---

331)강잉(强仍) : 억지로 참음. 또는 마지못하여 그대로 행함.
332)참(站) : 역마를 갈아타던 곳. =역참(驛站)
333)슉뇨명덕(淑窈明德) : 맑고 그윽하며 밝은 덕.
334)단즁흔아(端重閑雅) : 단정하고 정중하며 조용하고 기품이 있음.
335)겸금냥옥(兼金良玉) : 겸금(兼金)은 품질이 뛰어나 값이 보통 금보다 갑절이 되는 좋은 황금을 이르고, 양옥(良玉) 또한 옥 가운데서 품질이 뛰어난 옥을 말한다. * 위 본문에서 겸금과 양옥은 '재주나 미모가 뛰어난 사람'에 대한 비유로 쓰였다.

수제(賜第)336) ᄒ신 댱원각(壯元閣)의 도라와 한님을 기다리더니, 월여의 양공과 한님이 부됴(父祖) 냥딕(兩代) 목쥬(木主)를 식로이 일워 밧드러 니르니, 냥쇼졔 마 【29】 ᄌ 이통(哀慟)ᄒ미 식롭고, 스묘(祠廟)의 봉안(奉安)ᄒ미 졔ᄉ를 밧들식, 위쇼졔 비통ᄒ믈 억졔ᄒ여 치가(治家)ᄒ미 법이 잇고, 비복(婢僕)을 은위(恩威)로 어거(馭車)337)ᄒ여 졔ᄉᄒ미 친히 밧드러 동동촉촉(洞洞屬屬)ᄒᆫ 졍셩(精誠)이 공즈의 니르신 바, '죽으니 셤기믈 ᄉ니 ᄀᆺ치 ᄒ고, 업ᄂ니 싱각ᄒ믈 잇ᄂ니 ᄀᆺ치 ᄒ미러라.'

한님이 쳐음븟터 부인의 익쳑(愛戚)338)홈과 봉ᄉ(奉祀)의 지극ᄒ미 극진ᄒ믈 보ᄋ 깃거ᄒ고 감ᄉᄒ며, 양쇼졔 아름답고 두굿기믈 니긔지 못ᄒ더라. 【30】

한님이 비로쇼 지원(至願)을 닐우고 지통(至痛)이 져기 풀니ᄂ지라. 복졔(服制)339)로 아직 벼슬을 단니지 못ᄒ무로, 날마다 위부의게 부인ᄂ게 뵈고, 쏘 양부의 가 슉부와 형댱(兄丈)340)긔 말ᄉᆷᄒ여 위공의 덕을 일ᄏ라 감읍(感泣)홀식, 져졔 뉴리고쵸(流離苦楚)를 면ᄒᆫ 후, 도로의 힝걸ᄒ던 셜우믈 붓그려 칭병ᄒ고 식음을 물니쳐 죽기를 긔약ᄒ되, 즈긔 ᄂ히 어려 씨둣지 못ᄒ고 다만 병이 듕ᄒ믈 쵸됴(焦燥)ᄒ거ᄂᆯ, 니부인이 엄히 경계ᄒ 【31】 고 지극히 긔유(開諭)ᄒ여 마음을 두로혀고, 승상이 친히 쳥진산의 와 즈긔와 쇼싱을 권유ᄒ여 다려가, 관곡(款曲)히 딕졉ᄒ고 혈셩으로 가르쳐 ᄒᆫ갈ᄀᆺ치 무익(撫愛)ᄒ믈 고ᄒ니, 션싱과 샹셰 ᄒᆫ 가지로 감탄ᄒ믈 마지 아니ᄒ더라.

삼삭(三朔) 복졔(服制)를 맛ᄎ미 텬졍 ᄒᆫ가지로 《칭쇼∥징쇼(徵召)341)》 ᄒ시니, 쇼싱으로 더브러 직임(職任)의 ᄂᆞᄋ가미, 스쵸(史草)를 긔록ᄒ고 경연(經筵)의 님ᄒ미 졍직ᄒᆫ 금회(襟懷)342)와 관일(貫一)ᄒᆫ 츙의 표표(表表)ᄒ니, 샹이 ᄉ랑ᄒ시고 아름다이 녁어 【32】 시미 더으시더라.

양쇼졔 비로소 한님을 딕ᄒ여 거믄고 곡죄(曲調) 화(和)ᄒ믈 권ᄒ고, 시녀로 금침을 ᄀᆺ초와 동방(洞房)을 빅셜ᄒ니, 한님이 져져의 권이(眷愛)를 감동ᄒ고 부인을 경즁ᄒ니, 쳐음으로 닉당의 슉침(宿寢)홀식, 쇼졔 믄득 슈괴(羞愧)ᄒ고 슈습(收拾)ᄒ여, 일쌍아황(一雙蛾黃)343)은 빈져(鬢底)344)의 ᄂᆞ죽ᄒ고, 긔화(奇花)ᄂᆫ 보험(酺臉)345)의

---

336) 사제(賜第) : 『역사』 임금의 특명으로, 집을 내려 주던 일.
337) 어거(馭車) : 거느리어 바른길로 나가게 함.
338) 익쳑(愛戚) : 친척을 사랑함.
339) 복졔(服制) : 상례(喪禮)에서 정한 오복(五服)의 제도. *오복(五服): 다섯 가지의 전통적 상례 복제. 즉 참최(斬衰), 재최(齋衰), 대공(大功), 소공(小功), 시마(緦麻)를 이른다.
340) 형댱(兄丈) : 나이가 엇비슷한 친구 사이에서, 상대편을 높여 이르는 이인칭 대명사.
341) 징쇼(徵召) : 임금이 관직에 있거나 있지 않은 사람을 예(禮)를 갖추어 불러들여 보는 일.
342) 금회(襟懷) : 마음속에 깊이 품은 회포.≒금기(襟期)
343) 일쌍아황(一雙蛾黃) : 아름답게 화장한 두 눈썹과 얼굴. *일쌍(一雙): '두 눈썹'을 이

즈연ᄒ니, 한님이 일쯕 동방화쵹(洞房華燭)의 슬푼 말ᄉᆞᆷ으로 쇼져를 드려보닉고, 다시 언어를 슈작ᄒ미 업더니, 【33】슈년을 경스의 와 지닉고, 다시 부인을 녁녀(逆旅)346)의 딕ᄒ미 바야흐로 지통이 식로온 가온딕, 이러틋 망극(罔極)ᄒᆫ 딕ᄉ(大事)를 경영ᄒ니 자연 닉외 상의(相議)ᄒᆯ 일이 만흔지라.

즁인공회(衆人公會)의 졔스(諸事)347)○[를] ᄒ올 졀츠와 딕킥(對客)ᄒᆯ 도리를 닐너 말ᄉᆞᆷ이 연속ᄒ니, 쇼졔 감히 붓그리고 슈습ᄒ나 공경ᄒ여 답ᄒ니, 슈작(酬酌)ᄒ미 잣고 응슌(應順)ᄒ미 흔ᄒ여 셔로 딕ᄒ미 쳔연단슉(天然端肅)ᄒ더니, 금일의 금침을 ᄀᆞ죽이 베풀고 병장(屏帳)을 《치우미∥지우미348)》 유뫼 깃 【34】 분 ᄯᅳᆺ을 품어 머리를 두루혀 퇴ᄒᄂᆞᆫ지라.

한님이 입닉(入內)ᄒ미 홀연 참슈(慙羞)ᄒ여 져두념슬(低頭斂膝)ᄒ니, 안쉭이 졍일(貞一)ᄒ고 긔운이 담담(淡淡)ᄒ여 유한슉뇨(有閑淑窈)ᄒᆫ 긔질이 이날 더옥 ᄲᅢ혀ᄂᆞ니, 한님이 임의 감복(感服) 은근ᄒᆫ 졍이 산히 ᄀᆞᆺ흔지라.

잠간 침묵ᄒᆫ ᄯᅳᆺ을 여러 옹연(雍然)ᄒᆫ 긔운이 흔연ᄒ여 우어 왈,

"부인이 복(僕)을 딕ᄒ여 말ᄉᆞᆷᄒ미 법뒤(法道) 잇고 딕졉ᄒᄂᆞᆫ 도리 규구(規矩)를 어긔오지 아니ᄒ더니, 엇지 홀연이 유츙의 【35】 슈습ᄒᄂᆞᆫ 거됴를 짓ᄂᆞ뇨?"

쇼졔 그 《어단∥언단(言端)》의 희롱 되믈 드르미, 더옥 아미(蛾眉)를 ᄂᆞ죽이 ᄒ고, 옥안을 슉여 답지 못ᄒ니, 한님이 그 놉고 됴흐믈 더옥 공경ᄒ더라.

양쇼졔 ᄉ뎨(舍弟)의 부뷔 화락ᄒ니 두긋기고 깃거ᄒ여, 비로쇼 위부의 뫼실ᄉᆡ, 어시의 니부인이 양한님의 가도(家道)를 이루고 부뷔 호합(好合)ᄒ믈 깃거ᄒ나, 진왕이 쇼옥을 죽이딕 오히려 미위(眉宇) 《슈영∥슉엄(肅嚴)》ᄒ여 즐기지 아니ᄒ고, 념쳔(炎天)이 훈녈(薰熱)ᄒ고 하일(夏日)이 막막(寞寞)ᄒ니, 한 【36】 샹궁이 여름 옷슬 ᄀᆞᆺ쵸와 왕긔 드려 갈기를 쳥흔딕, 유유(儒儒)하여 즐겨 응치 아니ᄂᆞᆫ지라.

니부인이 그 ᄯᅳᆺ을 알고 무쉭(無色)ᄒᆫ 뵈옷슬 가져 닙기를 권흔딕, 왕이 쳑연 딕왈,

"쇼지 비록 쇼옥을 쳐살(處殺)ᄒ여시나, 궁텬(窮天)의 셜우믄 ᄂᆞᄀᆞ미 업고, 부녀의 둉젹(蹤迹)이 묘연(杳然)ᄒ미 딕히(大海)의 평쵸(萍草)349) ᄀᆞᆺᄒ니, 마음의 밍셰ᄒ여

른 말. *아황(蛾黃); 예전에 여자들이 얼굴에 바르던 누런빛이 나는 분(粉)으로, '분바른 얼굴'을 뜻하는 말.

344) 빈저(鬢底) : 귀밑머리 밑.

345) 보험(酺臉) : 보검(酺臉). 뺨. *'臉'의 음은 '검'이다.

346) 녁녀(逆旅) : '나그네를 맞이한다'는 뜻으로, '여관'을 이르는 말. *여기서는 '침실'의 의미로 쓰였다.

347) 제사(諸事) : 어떤 것과 관련된 모든 일.=제반사(諸般事).

348) 지우다 : 밖에서 보이지 않도록 병풍으로 가리거나 장막을 아래로 늘어뜨려 가리다.

349) 평쵸(萍草) : 개구리밥과의 여러해살이 수초(水草). 몸은 둥글거나 타원형의 광택이 있는 세 개의 엽상체(葉狀體)로 이루어져 있는데 겉은 풀색이고 안쪽은 자주색이다. 논

악역(惡逆)을 다 쥬멸ᄒ고 비분을 풀고ᄌ ᄒ오니, 와신상담(臥薪嘗膽)[350]ᄒ믈 효측(效則)ᄒ와 몸의 평안ᄒ믈 즐겨 아니미 【37】로 쇼이다."

부인이 함누(含淚) 왈,

"왕의 대효ᄂᆫ 아란지 오리니, 이 옷시 치복(彩服)이 아니오, 일긔(日氣) 심히 훈열ᄒ거늘, 괴로이 더우믈 견듸다가 약ᄒᆫ 긔운의 히 될진딕, 상공의 과려(過慮)와 쳡 등의 죄로오믈[351] 어딕 비ᄒ리잇고?"

왕이 감동ᄒ여 옷슬 ᄀ라닙으미, 부인이 왕을 ᄀᆺᄀ이 안치고 쇼릭를 ᄂᆞ죽이 ᄒ여 왈,

"져즈음긔 뎡미(妹) 취운각의 ᄀᆺ더니, 오됴(烏鳥)의 보(報)ᄒ믈 드러, 뉴미 여ᄎᆞ여ᄎᆞ 니르는 고로 《작래‖착래(捉來)》ᄒ니 부녜(女) 임의 얼골을 【38】변ᄒ고 경ᄉ로 향ᄒᆫ다"

ᄒ니, 혜건딕,

"요음(妖淫)ᄒᆫ 계집이 상공 풍도(風度)를 미망(迷妄)ᄒ니, 그 변용(變容)ᄒᆷ믄 다시 몸을 나오미라. 명년이 지ᄂᆞ면 스스로 집의 니르리니, 우명년(又明年[352])) 츈(春)으로 기ᄃ리미 젹원(積怨)을 둑(足)히 풀니이다."

왕이 빗ᄉ(拜謝) 왈

"모부인 명교 ᄌᆞᄌᆞ(仔仔)[353]ᄒ시니 쇼ᄌᆡ 일노븟터 마음을 져기 푸러 기ᄃ리ᄉ이다"

ᄒ고, 시야(是夜)의 벼기를 의지ᄒ여 션뎨와 낭낭 뇽안(龍顔)을 영모ᄒ여 잠연(潛然)이[354] 눈물을 흘니더니, 홀연 션악(仙樂)이 은은 【39】ᄒ고 우긔(羽駕) 붓치이ᄂᆫ 곳의 데와 휘 ᄒᆫ가지로 년(輦)의 ᄂᆞ리시니, 왕이 경황이 마ᄌ 무릅히 업딕여 우러 왈,

"신(臣)이 황야와 낭낭 옥안이 졈졈 의희(依稀)ᄒ오니[355], 비록 화도(畫圖)를 됴ᄎ 우러○[러] 반기오나, 셜우미 더옥 심곡의 박혓ᅀᆞᆸ더니, 이제 친히 뵈오니 셕ᄉᆞ(夕死)라도 무한(無恨)이로쇼이다. 난긔(鸞駕) 어늬 곳으로 됴ᄎ 님ᄒ시니 잇고?"

이나 못에서 자라는데 전 세계에 널리 분포한다.=개구리밥, 부평초(浮萍草).

350) 와신상담(臥薪嘗膽) : 불편한 섶에 몸을 눕히고 쓸개를 맛본다는 뜻으로, 원수를 갚거나 마음먹은 일을 이루기 위하여 온갖 어려움과 괴로움을 참고 견딤을 비유적으로 이르는 말. ≪사기≫의 <월세가(越世家)>와 ≪십팔사략≫ 등에 나오는 이야기로, 중국 춘추 시대 오나라의 왕 부차(夫差)가 아버지의 원수를 갚기 위하여 장작더미 위에서 잠을 자며 월나라의 왕 구천(句踐)에게 복수할 것을 맹세하였고, 그에게 패배한 월나라의 왕 구천이 쓸개를 핥으면서 복수를 다짐한 데서 유래한다.

351) 죄로오다 : 죄스럽다. 죄지은 듯하여 마음이 편하지 아니하다.

352) 우명년(又明年) : 명년(明年)의 다음 해.

353) ᄌᆞᄌᆞ(仔仔) : 매우 자세(仔細)함.

354) 잠연(潛然)이 : 잠연(潛然)히. 말없이 가만히. =잠잠(潛潛)히.

355) 의희(依稀)ᄒ다 : 희미(稀微)하다. 분명하지 못하고 어렴풋하다.

뎨(帝) 탄식고 그 등을 어루만져 굴오스딕,

"딤이 거ᄒᆞᄂᆞ 곳은 ᄌᆞ부(紫府)356) 셔남방(西南方) 공션궁이니 녜로부터 녁딕(歷代) 뎨왕(帝王)의 【40】 셩딕이 찬연ᄒᆞᄉᆞ, 은혜 빅셩의 덥히시ᄂᆞᆫ, 곳357) 삼황오뎨(三皇五帝)358)와 은(殷)ᄂᆞ라 탕(湯)359)과 쥬(周)나라 문뮈(文武)360)시니 공업(功業)과 덕졍(德政)이 ᄀᆞ죡ᄒᆞ시니로, 졍동 졍셔와 졍남 졍북의 난화 거(居)ᄒᆞ시고, 하은쥬(夏殷周) 이히(以下)로 셩쥬(聖主) 현군(賢君)을 각각 그 힝뎍(行德) 셩심(聖心)을 의논ᄒᆞ여 동남·셔남과 동북·셔북의 머물게 ᄒᆞ시니, 짐의 무리ᄂᆞ 셔남(西南)의 거ᄒᆞᄂᆞᆫ지라. 각각 쇼임이 크니, ᄌᆞ로 오지 못ᄒᆞ더니 금일은 맛춤 샹뎨긔 뫼셔 잔치를 참녜ᄒᆞ고 도라가ᄂᆞᆫ 길히니, 【41】 너 ᄋᆞ히를 보고ᄌᆞᄒᆞ여 왓노라. 거년의 츈모흠과 위틱ᄒᆞ든 지경의 경심참달(驚心慘怛)361)ᄒᆞ되, 유명(幽明)이 길히 다르고 구흘 도리 업더니, 위현이 짐의 유교(遺敎)를 닛지 아냐 오ᄋᆞ의 위급ᄒᆞᆷ을 구ᄒᆞ고 너의 마음을 관억(寬抑)게 ᄒᆞ니, 감동ᄒᆞᆷ을 니긔지 못ᄒᆞ고, 츠후로 방심ᄒᆞ여 널노써 근심치 아니 ᄒᆞ노라."

휘(后) 오열(嗚咽)ᄒᆞ여 머리를 쓰다듬고 ᄂᆞᆾ출 졉ᄒᆞ여 굴오스딕,

"너를 유하(乳下)의 더지고 도라가니, 모ᄌᆞ의 참담ᄒᆞᆫ 【42】 졍니를 어이 다 니르리오. 그러나 너 ᄋᆞ히 몸이 틱산 ᄀᆞᆺ흔 의지 잇셔 반셕 ᄀᆞᆺ치 평안ᄒᆞ니 무슴 셜우미 잇스리오. 이 다 표뎨(表弟)와 니뫼(李母)의 덕이라. 남두(南斗)362)와 북뒤(北斗)363) 샹뎨(上帝)긔 알외여 널노써 맛지시고, 일시 부운 ᄀᆞᆺ흔 직익(災厄)이 다 진(盡)ᄒᆞ여시니, 시이(是以)로 너의 쉬(壽) 니이고364) 우리 혈믹이 ᄭᅳᆾ지 아닌지라. 일죽이 도라가

---

356) ᄌᆞ부(紫府) : 도가(道家)에서 전해지는 전설 속에 나오는 천상(天上)의 선부(仙府).

357) 곳 : 곧. 때를 넘기지 아니하고 지체 없이. 즉변(卽便).

358) 삼황오뎨(三皇五帝) : 세 명의 황제와 다섯 명의 임금. '삼황(三皇)'은 중국 고대 전설에 나오는 세 명의 임금. 천황씨(天皇氏), 지황씨(地皇氏), 인황씨(人皇氏)로 보는 설과 수인씨, 복희씨, 신농씨로 보는 설이 있음. '오제(五帝)'는 고대 중국의 다섯 성군(聖君). 소호(少昊), 전욱(顓頊), 제곡(帝嚳), 요(堯), 순(舜)을 이름.

359) 탕(湯) : 성탕(成湯). 중국 은나라의 초대 왕. 원래 이름은 이(履) 또는 대을(大乙). 박(亳)에 도읍을 정하고 국호를 상(商)이라 칭하였으며, 제도와 전례(典禮)를 정비하였다. 13년간 재위하였다.

360) 문뮈(文武) : 중국 주(周)나라의 문왕(文王)과 무왕(武王). 많은 후비(后妃)들을 거느렸으나, 각각 어머니 태임(太任; 문왕의 어머니)과 태사(太姒; 무왕의 어머니)의 교훈을 따름으로써 여알(女謁)이 없었고, 가정이 화목하였다.

361) 경심참달(驚心慘怛) : 참혹하고 끔찍하여 마음에 놀랍기 이를 데 없음.

362) 남두(南斗) : 남두성(南斗星). 남방에 있는 여섯 별로 구성된 별자리. 그 모양이 '말(斗)'과 비슷하게 생겼다 하여 붙여진 이름이다. 도교에서 남두성은 사람의 수명을 관장한다고 한다.

363) 북두(北斗) : 북두칠성(北斗七星). 탐랑(貪狼), 거문(巨門), 녹존(祿存), 문곡(文曲), 염정(廉貞), 무곡(武曲), 파군(破軍) 따위 일곱 개의 별. 인간의 수명을 관장하는 별자리로 이것을 섬기면 인간의 각종 액(厄)과 천재지변 따위를 미리 막을 수 있다고 여겼다.

믈 한(恨)치 아니ᄒᆞ노라. 표데 너를 위ᄒᆞ여 몸을 니ᄌᆞ니 감ᄉᆞᄒᆞ거늘, 오익(吾兒) ᄯᅩ 져를 셤기미 부ᄌᆞ(父子)의 【43】 졍이 흡흡(洽洽)ᄒᆞ여 ᄌᆞ칙ᄌᆞ지(自責自持)365)ᄒᆞ믈 니댱경(李長庚)366)이 보고 상뎨(上帝)긔 고ᄒᆞ여 닉 아희 ᄌᆞ손이 번셩케 ᄒᆞ시니 우리 두굿기고 깃거ᄒᆞ노라."

왕이 쳬읍 고두 왈,

"황야와 낭낭이 쇼임이 듕ᄒᆞᄉ ᄌᆞ로 님치 못ᄒᆞ신즉, 동묘(宗廟)를 밧드러 졔ᄉᆞ를 우러와 셜우믈 붓치읍더니, 놉히 상계(上界)의 거(居)ᄒᆞᄉ 도라보지 아니신즉, 신의 졍셩이 헛되이 되온지라. 무ᄉᆞᆷ 일노써 심ᄉᆞ(心思)를 위로ᄒᆞ리잇가?"

뎨 왈,

"그러치 아니ᄒᆞ다. 무릇 【44】 ᄉᆞ롬이 삼혼(三魂)367)과 칠빅(七魄)368)이 잇ᄉᆞ니, 쥭으미 각각 훗터지되, 인간(人間)의 어진 힝실이 잇신즉, 상계의 오를 식 혼빅을 다 모화 옥뎨긔 됴회ᄒᆞ고, 텬상쾌락을 누리ᄂᆞᆫ지라. 빅(魄) 하나흘 머므러 가묘(家廟)와 분산(墳山)의 왕닉ᄒᆞ여 졀ᄉᆞ향화(節祀香火)를 바드며, 가간의 희ᄉᆞ와 비고를 다 술펴 알오미 명명(明明)ᄒᆞᆫ지라. 이러무로 너의 일졍일동(一靜一動)과 몸의 안부를 모로지 아니코, 쳥신(淸晨)의 현빅ᄒᆞ믈 보며 향화를 당ᄒᆞ여 두굿기니, 쥭은 날 【45】을 님흔즉, ᄂᆞ려와 잔을 밧고 도라가ᄂᆞ니라. 우리 부뷔 본디 셰연(世緣)이 박(薄)ᄒᆞ고 텬명(天命)이 진(盡)ᄒᆞ엿ᄂᆞᆫ 고로, 악인이 감히 침범ᄒᆞ엿ᄂᆞ니, 만일 닉 명(命)이 다ᄒᆞ지 아니신즉 엇지 녁신(逆臣)의 쇠를 힘힘히369) 맛죠리오. 오ᄋᆞᄂᆞᆫ 일노써 슬허 말나. 슉졍이 비록 무도픽악(無道悖惡)ᄒᆞ나, 짐이 션황뎨(先皇帝) 딕은을 닙ᄉᆞ와 뉵년 보위(寶位)를 누려시니, 그 일고(一孤)를 감화코ᄌᆞ 극진이 무익ᄒᆞ더니, 맛ᄎᆞᆷ닉 무궁흔 악ᄉᆞ를 힝ᄒᆞ여 화망(火網)의 걸닌지라. 【46】 짐의 심ᄉᆞ 심히 참연ᄒᆞ니, 틱됴긔 뵈오미 비록 져이 지은 죄나 그윽이 츄연(惆然)ᄒᆞ시니, 딤의 심ᄉᆞ 불안ᄒᆞ더니, 닉 ᄋᆞ희 츙년미힉(沖年微孩)370)로 딕효(大孝)의 ᄯᅳᆺ이 잇셔, 그 형톄를 온젼케 ᄒᆞ니 엇지 두굿겁지 아

---

364) 니이다 : 이어지다. 끊어졌거나 본래 따로 있던 것이 서로 잇대어지다.

365) ᄌᆞ칙ᄌᆞ지(自責自持) : 스스로 뉘우치고 책망하며 스스로를 보전(保全)함.

366) 니댱경(李長庚) : 당나라 시인 이백(李白)을 가리키는 말. 이백의 어머니가 이백을 낳을 때에 꿈에 장경성(長庚星)을 삼켰는데, 이백이 세상에 있는 동안에는 그 별이 광채가 없었다고 한다. *장경성(長庚星): 금성(金星)을 달리 이르는 말, 일명 계명성(啓明星)이라고도 한다.

367) 삼혼(三魂) : 사람의 마음에 있는 세 가지 영혼. 태광(台光), 상령(爽靈), 유정(幽精)을 이른다. 또는 『불교』 대승기신론에 나오는 세 가지 미세한 정신 작용. 업상(業相), 전상(轉相), 현상(現相)을 이르기도 한다.

368) 칠빅(七魄) : 『불교』 죽은 사람의 몸에 남아 있는 일곱 가지의 정령(精靈). 귀, 눈, 콧구멍이 각기 둘이고 입이 하나임을 가리킨다.

369) 힘힘히 : 부질없이. 헛되이.

370) 츙년미힉(沖年微孩) : 열 살 안팎의 어린 나이의 미약(微弱)한 아이.

니리오. 짐의 마음이 흔연(欣然)ᄒ도다. 너는 셜워말고 위경의 부부를 셤겨 부ᄌ의 졍을 다ᄒ라. 이 곳 하늘 명이니라."

왕이 계슈(稽首)ᄒ여 다시 고ᄒ되,

"셩현(聖賢)의 신녕(神靈)은 하날노 오르미 졍녕(丁寧)ᄒ오니, 범인(凡人)의 녹녹(碌碌)ᄒᄆᆫ 【47】 혼빅(魂魄)이 훗터질 비오나, 요악궁흉(妖惡窮凶)ᄒᆫ 무리는 지뷔(地府) 다ᄉ린다 ᄒ오니 혼빅(魂魄)을 모호ᄂᆞ니잇가?"

뎨 왈,

"죄 잇ᄂᆞ 뉴는 념왕(閻王)이 별칙(別差)371)를 노화 삼혼칠빅(三魂七魄)을 모도와 합ᄒ여 참형을 베푸ᄂᆞ니, ᄒᆫ 녁372)도 인셰의 ᄂᆞ지 못ᄒ고 쳔만년의 불싱불멸ᄒ여 죄를 밧ᄂᆞ니라."

언미(言未)의 금갑신댱(金甲神將)이 계하(階下)의 ᄭᅮ러 고왈,

"곽소옥이 비록 부옥딕의 다릐오믈 드러시나 음난포학(淫亂暴虐)ᄒ여 무죄ᄒᆫ 인명 살히ᄒᆫ 죄쉬(罪數) 삼십이 넘고,【48】 한웅이 비록 가살(可殺)이나 계집이 되어 지아비를 죽이니, 한통이 넘나(閻羅)의 숑ᄉ(訟事)ᄒ여 쳐결(處決)ᄒᄆᆡ 풍도(酆都)373)의 가도니, 틱됴 황뎨 ᄉ심(私心)의 슬허ᄒᆞᄉ 폐하긔 고ᄒ라 ᄒ시ᄂᆞ이다. 부녀(女)ᄂᆞ 요악ᄒᆫ 음심을 인ᄒ여 죽엇ᄂᆞ 고로 넘왕(閻王)이 명ᄒ여 다시 살게 ᄒ시니, 인간녕욕(人間榮辱)을 바든 후, 비로쇼 지옥의 너흐리이다."

ᄒ니, 그 소리 녕한(獰悍)ᄒ여 놀나 ᄭᅢ치니 침상일몽(寢牀一夢)이라.

몽ᄉ(夢事) 녁녁(歷歷)ᄒ니, ᄉ로이 오열(嗚咽)ᄒ여 몸을 니러 ᄉ챵(紗窓)을 밀【49】치니, 명월이 바야흐로 송간(松間)의 빗겻고, 빅뇌(白露) 방초(芳草)의 져져시니, 식벽 긔운이 셔늘ᄒ듸 일진향풍이 ᄒᆫ ᄶᅦ 빅운을 부러 셧녁흐로 향ᄒᆞᄂᆞ지라. 녀름 구름이 긔특ᄒᆫ 봉(峰)을 일우니, 은연(隱然)이 치거(彩車)와 우긔(羽駕) 호위(護衛)ᄒᆫ 듯, 묘묘(妙妙)히 나붓기고 표표(飄飄)히 ᄂᆞ라 슈유(須臾)의 보지 못ᄒᆞᄂᆞ지라.

잇딕 진왕의 심ᄉ(心思) 홀홀망망(忽忽茫茫)ᄒ니 발이 지게374)를 넘고 ᄲᅥᆯ니 난두(欄頭)의 ᄂᆞ와 머리를 기우려 ᄎᆺ고ᄌ ᄒ듸, 바름이 졈졈 닐고 구름이 훗터져 아지【50】 못ᄒ니, ᄌ연 누쉬(淚水) 옷깃싀 져져 탄셩(歎聲)ᄒ여 니긔지 못ᄒ더니, 닌웅 등 삼인이 흙긔 ᄭᅢ여 놀나 니러나 그 몽ᄉ를 인ᄒᄆᆡ 쥴 알고, 관위하여 당즁의 드러와 셔로 말ᄉᆷᄒ여 마음을 풀게ᄒ니, 왕이 쳔만 강잉(强仍)ᄒ고 ᄯᅩ 명명이 텬의를 아라시

---

371) 별칙(別差) : 나라에서 특정한 임무를 위하여 특별히 파견하던 임시 관원.

372) 녁 : 넋. 사람의 몸에 있으면서 몸을 거느리고 정신을 다스리는 비물질적인 것. 몸이 죽어도 영원히 남아 있다고 생각하는 초자연적인 것이다.

373) 풍도(酆都) : 도가에서, '지옥'을 이르는 말.=풍도옥(酆都玉).

374) 지게 : 옛날식 가옥에서, 마루와 방 사이의 문이나 부엌의 바깥문. 흔히 돌쩌귀를 달아 여닫는 문으로 안팎을 두꺼운 종이로 싸서 바른다.=지게문

니, 잠간 위로ᄒᆞ미 되더라.

슈일 후 좌위 동용ᄒᆞᆫ 쩍, 왕이 삼공ᄌᆞ로 더브러 셰 부인을 뫼셧더니, 왕이 몽ᄉᆞ를 고ᄒᆞ미 쳥뉘(淸淚) ᄌᆞ로 옷깃시 쩌러지니, 부인이 쳐 【51】 연(悽然)이 위로하고, 젼일 양쇼졔의 감동흠과 공이 화줘셔 넉시 상계의 올나 젼셰ᄉᆞ(前世事)를 알믈 니르고 히위(解慰)ᄒᆞ더라.

츄칠월(秋七月)의 밋쳐ᄂᆞᆫ, 일일의 뉴부인이 식벽 장쇼(粧梳)375)를 일우고 취송각을 향코ᄌᆞᄒᆞ더니, 남녁 하ᄂᆞᆯ노 됴ᄎᆞ 히학(海鶴)이 ᄂᆞ라 취송각 반숑(盤松)의 안ᄌᆞ며 세 번 울고 ᄂᆞ라가니, 부인이 경동ᄒᆞ여 니부인긔 이 뜻을 의논ᄒᆞ여 별(別)노 가졍을 급히 화줘로 보ᄂᆡ니, 가즁(家中)이 알니 업더라.

뉵칠일 후 됴졍의 일 【52】 이 잇셔 승상 됴뵈(趙普)376) 묘당의 안ᄌᆞ 문무즁관(文武重官)으로 더브러 국ᄉᆞ를 의논ᄒᆞ고 파(破)ᄒᆞ여 도라오고ᄌᆞ ᄒᆞ더니, 믄득 한 하리 봉셔(封書)를 밧드러 드리거ᄂᆞᆯ, 바다 피봉을 쎠ᄒᆞ니 다시 봉ᄒᆞ고 쎠시되, '직상이 홀노 보지 못ᄒᆞ여 텬ᄌᆞ 탑하(榻下)의 기탁(開坼)ᄒᆞ라' ᄒᆞ여시니, 크게 놀나 가져온 ᄌᆞ를 급히 잡으라 ᄒᆞ되, 날이 임의 어둡고 모든 직상(宰相) 명ᄉᆞ(名士) 분분이 도라가ᄂᆞᆫ 쩍라. 스름이 오며 가ᄂᆞ니 무슈ᄒᆞ니, 무심(無心)377)ᄒᆞ여 이윽ᄒᆞ여시니378), ᄎᆞ 【53】 줄 길히 업셔 잡지 못ᄒᆞ고 홀노 녜부(禮部) 연공과 병부(兵部) 양공이 머무럿더니, 흔가지로 궐하의 가 인디(引對)379)를 쳥ᄒᆞ온디, 상이 괴이히 넉이ᄉᆞ 부르시니, 삼ᄉᆞ(三司)380) 신뇌(臣僚) 탑하(榻下)의 업ᄃᆞ여 봉셔지ᄉᆞ(封書之事)를 고(告)ᄒᆞ고 그 사름을 잡지 못ᄒᆞᆷ믈 쳥죄ᄒᆞ니, 상이 의아(疑訝)ᄒᆞᄉᆞ 봉흔 거슬 쎠히시니, 그 가온디 흔 장 글이 잇시되, 글지 괴이ᄒᆞ여 구름 형상과 ᄉᆡ 발ᄌᆞ곡 ᄀᆞᆮᄒᆞ여 아라 볼 길히 업ᄂᆞᆫ지라.

상이 경의차악(驚疑嗟愕)381)ᄒᆞᄉᆞ 딕신(大臣) 듕신(重身)을 ᄀᆞᆮᄀᆞ이 【54】 부르ᄉᆞ 뵈시되 일인도 알니 업ᄉᆞ니, 상이 ᄀᆞᆯ오ᄉᆞ되,

"이ᄂᆞᆫ 외국인물이 아국 인지를 시험ᄒᆞ고 병(兵)을 드러 범(犯)코ᄌᆞ ᄒᆞ미니. 녜382)

---

375) 장쇼(粧梳) : 화장 하고 빗질 함.
376) 됴보(趙普) : 922-992. 중국 북송 건국기의 정치가. 자 칙평(則平). 송 태조 조광윤 (趙匡胤)의 막료가 되어 황제 추대에 중심인물로 활약했다. 그 공로로 우간의대부(右諫 議大夫)가 되고 추밀사(樞密使) 등을 거쳐 재상(宰相)에 올랐다. 문치주의적인 지배체 제 구축으로 건국 초 국가기틀을 세우는데 공헌하였다.
377) 무심(無心) : 감정이나 생각하는 마음이 없음.
378) 이윽ᄒᆞ다 : 시간이 얼마쯤 지나다. 시간이 꽤 오래되다.
379) 인디(引對) : 임금이 자문하기 위해 신하를 불러 접견함. 또는 신하의 청을 받아 임금 이 신청인을 불러 봄.
380) 삼사(三司) : 조선 시대에 언론을 담당한 사헌부·사간원·홍문관을 가리키는 말이다.
381) 경의차악(驚疑嗟愕) : 몹시 놀람.
382) 녜 : 예. 아주 먼 과거.

당(唐) 텬보년간(天寶年間)383)의 발히국(渤海國)384) 스신의 가져온 바와 방불ᄒ되, 그 쩐ᄂ 니빅(李白) 혹시 그 번셔(藩書)385)를 아라보와 발히 군신의 담(膽)을 쩌르친지라. 목금(目今) 닉 됴졍의 인직 업지 아니되, 경 등 삼인이 아지 못ᄒ니 기여(其餘)ᄂ 더욱 니를 빅 업스니 엇지 ᄒ리오. 위현이 만일 이신즉 거의 알 비로딕, 먼니 잇스니 급히 【55】 가 불러와도 십여 일 닉 올 길히 업술지라. 짐이 드르니 위경의 부인 니·뉴 등이 신긔훈 직뢰 잇셔 만국 음뉼과 쥬슈비금(走獸飛禽)386)의 소리를 알고 빅가셔(百家書)387)를 통치 못할 거시 업다 ᄒ니, 거의 알 듯ᄒ되 뭇고즈 ᄒ나 만됴텬관(萬朝千官)388)의 ᄀ득훈 됴신을 두고 규리부녀(閨裏婦女)389)의게 무르미 극히 《피연 ‖ 괴연(怪然)390)》 ᄒ고, 이 글 가져온 직 어딕 슘어 드룰진딕 엇지 외국의 업슈이 넉이믈 밧지 아니리오. 경 등이 ᄎᄉ(此事)를 번거히 구외(口外)예 닉지 말고, 이 글을 즈 【56】 닉(自內)391)로셔 황후 슈셔(手書)를 쥬어 비밀이 위현의 부인의게 뭇게 ᄒ리라."

ᄒ시니, 셰 직상이 다 훈 가지로 관(官)을 벗고 죄를 쳥ᄒ여 불흑무식(不學無識)ᄒ믈 알욀ᄉᆡ, 셩괴(聖敎) 지극히 온당ᄒ시믈 쥬(奏)ᄒ더니, 홀연 쇼황문(小黃門)392)이 급히 쥬ᄒ되,

"승상 위현이 합문(閤門)393) 밧긔 니르러 와시믈 알외ᄂ이다"

상이 딕희(大喜)ᄒ시니, 무릅흘 치시고 몸이 닐믈 씨닷지 못ᄒᄉ, '쌜니 부르라' ᄒ시고, 졔신이 훈가지로 경동희힝(驚動喜幸)ᄒ니, 도라 보기를 마지 【57】 아니 ᄒ더

383)텬보년간(天寶年刊) : 중국 당(唐)나라 현종(玄宗)의 재위기간 중(712-756) 천보(天寶) 연호(年號)를 쓰던 기간. 곧 '742-755년' 사이의 기간을 이른다.
384)발해(渤海) : 『역사』 698년에 고구려의 장수였던 대조영이 고구려의 유민과 말갈족을 거느리고 동모산에 도읍하여 세운 나라. 수도는 건국 초기를 제외하고 상경 용천부에 두고 '해동성국'이라 불릴 만큼 국세를 떨쳤으나 926년 요나라에 망하였다.
385)번셔(藩書) : 번국(藩國)의 글자. *번국(藩國): 제후의 나라.≒번방(藩邦).
386)쥬슈비금(走獸飛禽) : 길짐승과 날짐승을 함께 이르는 말.
387)빅가셔(百家書) : 중국 춘추전국시대의 제자백가(諸子百家)의 서(書)를 통틀어 이르는 말. *제자백가(諸子百家): 중국 춘추 전국 시대의 여러 학파. 공자(孔子), 관자(管子), 노자(老子), 맹자(孟子), 장자(莊子), 묵자(墨子), 열자(列子), 한비자(韓非子), 윤문자(尹文子), 손자(孫子), 오자(吳子), 귀곡자(鬼谷子) 등의 유가(儒家), 도가(道家), 묵가(墨家), 법가(法家), 명가(名家), 병가(兵家), 종횡가(縱橫家), 음양가(陰陽家) 등을 통틀어 이른다.
388)만됴텬관(萬朝千官) : 온 조정의 모든 관료들.
389)규리부녀(閨裏婦女) : 규방 가운데 있는 부녀자.
390)괴연(怪然) : 괴이함.
391)즈닉(自內) : 안으로부터. *여기서는 '내전(內殿)으로부터'의 의미로 쓰였다.
392)쇼황문(小黃門) : 나이 어린 환관(宦官). 황문(黃門)은 중국 후한(後漢) 시대에 금문(禁門)을 맡아보는 관리였는데 이를 내시(內侍)가 맡아보면서 환관의 칭호로 바뀌었다.
393)합문(閤門) : 『역사』 편전(便殿)의 앞문.=각문(閣門).

라.

위공이 셜니 츄진(趨進)ㅎ여 옥계하(玉階下)의 부복ㅎ온딕, 상이 오르라 ㅎ시고 무러 굴오스딕,

"경이 오삭(五朔) 말미394)를 어디 가시니 이 쩌의 오믄 싱각지 아닐와. 엇지 능히 느호여395) 왓느뇨?"

승상이 돈슈(頓首) 딕왈,

"신이 단지(丹墀)의 비스(拜辭)396)ㅎ올 쩌, 상괴(上敎) 계스 '도로의 광음(光陰)을 바리고 일삭(一朔)을 어버의 겻히 잇시라' ㅎ시니, 신이 명을 밧즈온 고로 힝(幸)혀 말이 돗스와397) 삼일(三日)의 득달ㅎ와 이삭(二朔)을 부모를 보옵고, 셩교를 어긔와 【58】 오릭 잇스오미 황공ㅎ와, 직작일(再昨日)398)의 어버의게 하직(下直)ㅎ옵고, 금일의 비로쇼 셩(城)의 드오니 졍히 픽만(悖慢) 불경(不敬)을 딕죄(待罪)ㅎ나이다."

상이 더옥 깃그사 밧비 오르라 ㅎ스 숀을 잡으 굴오스딕,

"짐이 의외의 괴이(怪異)ㅎ 글을 어더 군신(君臣)이 바야흐로 경을 싱각고 여추여 추ㅎ더니, 경이 와시니 무슨 근심이 잇스리오."

이의 쩌혀 쥬시니 승상이 다시 고두비스(叩頭拜謝)ㅎ고 밧즈와 보기를 다ㅎ민 쥬왈,

"이는 운남(雲南)399)이 남월(南越)400)과 교지(交趾)401)로 더브러 합셰(合勢) 【59】 ㅎ여 병을 니르혀는 일즈를 통(通)ㅎ고 젼셔(戰書)를 보니미로쇼이다. 글시는 교지국 스름이 쓴 비오니, 셩상의 혜아리신 비 만니를 스못츠시미로쇼이다."

상이 탄ㅎ여 굴오스딕,

"고어(古語)의 니른 바, '일쳔스름이 만치 아니코 ㅎ 스름도 젹지 아니ㅎ미로다. 경

---

394) 말미 : 말미. 일정한 직업이나 일 따위에 매인 사람이 다른 일로 말미암아 얻는 겨를. 늑기한(期限).

395) 나호여 : 나아오게 하여. *나호다: 나아오다. *나호여다: 나아오게 하다.

396) 빅사(拜辭) : ①윗사람께 절하여 하직함. ②웃어른에게 삼가 사양함. ③ 예전에, 숙배(肅拜)와 사조(辭朝)를 아울러 이르던 말. 즉 신하가 임금에게 숙배하고 하직하던 일.

397) 돗다 : 좋다.

398) 직작일(再昨日) : 그저께. 어제의 전날.=그제.

399) 운남(雲南) : 운남성(雲南省). 『지명』 중국 남부, 운귀고원(雲貴高原)의 서남부에 있는 성(省). 미얀마, 라오스, 베트남 등과 국경을 이루는 교통 요충지이다. 양잠을 하고, 쌀·콩·차 따위를 재배하며, 주석·대리석 따위가 풍부하다. 성도(省都)는 곤명시(昆明市).

400) 남월(南越) : 『역사』 중국 한(漢)나라 때에, 지금의 광동성(廣東省)·광서성(廣西省)과 베트남 북부 지역에 걸쳐 있던 나라. 기원전 203년 한나라의 관료였던 조타(趙佗)가 독립하여 세운 나라로, 뒤에 한고조(漢高祖)에 의하여 왕으로 봉해진 후 93년간 계속되다가 기원전 111년에 한 무제(武帝)에게 멸망했다.

401) 교지(交趾) : 『역사』 중국 한(漢)나라 때에, 지금의 베트남 북부 통킹, 하노이 지방에 둔 행정 구역. 전한(前漢)의 무제가 남월(南越)을 멸망시키고 설치하였다.

이 업슨 즉, 엇지 화외(華外)402) 스룸이 듕국인물(中國人物)을 웃지 아니리오."

인ᄒ여 향온(香醞)을 드리라 ᄒ소, 친히 부어 쥬스 왈,

"경이 평일의 쥬량(酒量)이 널너403) 만히 먹으되 취(醉)치 아니믈 【60】 아ᄂᆞ니 경이 이제 뉵십일(六十日) 길흘 삼일(三日)의 달녀오니, 몸이 닛브고404) 긔운이 허핍(虛乏)ᄒ믈 알니로다. 경의 경졔디략(經濟大略)405)은 니르지 말고, 츙셩(忠誠)이 죡(足)히 니쥬(伊周)406)의 ᄌᆞ취를 쓸오고, 문학이 셩니(性理)407)의 도통(道通)을 니으며 신츌귀몰(神出鬼沒)408)ᄒᆞᄂᆞᆫ 지뫼409) 녀상(呂尙)410) ᄌᆞ방(子房)411)의 지느니, 짐이 무슴 덕으로 경(卿)을 두엇ᄂᆞ뇨? 당현동(唐玄宗)412)의 니빅(李白)413)이 비록 일

---

402)화외(華外) : 중국의 밖에 있는 나라나 그 나라사람.

403)널느다 : 너르다. 공간이 두루 다 넓다. 또는 양(量)이 크다.

404)닛브다 : 피곤하다 수고롭다. 고단하다.

405)경졔디략(經濟大略) : 세상을 다스리고 백성을 구제하는 큰 계책(計策).

406)니쥬(伊周) : 중국 은나라의 재상 이윤(伊尹)과 주나라의 재상 주공(周公)을 아울러 이르는 말. *이윤(伊尹): 중국 은나라의 전설상의 인물. 이름난 재상으로 탕왕을 도와 하나라의 걸왕(桀王)을 멸망시키고 선정을 베풀었다. *주공(周公) : 중국 주나라의 정치가. 문왕의 아들로 성은 희(姬). 이름은 단(旦). 형인 무왕을 도와 은나라를 멸하였고, 주나라의 기초를 튼튼히 하였다. 예악제도(禮樂制度)를 정비하였으며, ≪주례(周禮)≫를 지었다고 알려져 있다.

407)셩니(性理) : 성리학(性理學). 중국 송나라·명나라 때에 주돈이(周敦頤), 정호, 정이 등에서 비롯하고 주희가 집대성한 유학의 한 파. 이기설(理氣說)과 심성론(心性論)에 입각하여 격물치지(格物致知)를 중시하는 실천 도덕과 인격과 학문의 성취를 역설하였다. 우리나라에는 고려 말기에 들어와 조선의 통치 이념이 되었고, 길재·정도전·권근·김종직에 이어 이이·이황에 이르러 조선 성리학으로 체계화되었다. 늑도학(道學)

408)신츌귀몰(神出鬼沒) : 귀신같이 나타났다가 사라진다는 뜻으로, 그 움직임을 쉽게 알 수 없을 만큼 자유자재로 나타나고 사라짐을 비유적으로 이르는 말.

409)지뫼 : 재주. 무엇을 잘할 수 있는 타고난 능력과 슬기.

410)여상(呂尙) : 중국 주나라 무왕(武王) 때의 정치가로 무왕을 도와 은나라를 멸하고 천하를 평정하였다. 여(呂)는 그에게 봉해진 영지(領地)이며, 상(尙)은 그의 이름이고, 성은 강(姜)이다. 강태공(姜太公)·여망(呂望)·태공망(太公望) 등의 다른 이름으로도 불린다. 위수(渭水)에서 10년 동안이나 낚시를 하며 때를 기다려 주 문왕을 만났다는 고사가 전하며, 저서에 『육도(六韜)』가 있다.

411)ᄌᆞ방(子房) : 중국 한나라의 건국공신 장량(張良)의 자(字). *장량(張良); BC ?-189. 중국 한나라의 정치가, 건국공신. 자는 자방(子房). 유방의 책사로 홍문연에서 유방을 구하고 한신을 천거하는 등, 유방이 한나라를 세우고 천하를 통일할 수 있도록 도왔다. 소하·한신과 함께 한나라 건국 3걸로 불린다.

412)당현동(唐玄宗) : 중국 당나라의 제6대 황제(685~762). 성은 이(李), 이름은 융기(隆基). 시호는 명황(明皇)·무황(武皇). 초년에 정사(政事)를 바로잡아 '개원의 치'라고 불리는 성당(盛唐) 시대를 이루었으나, 만년에 양 귀비를 총애하고 간신에게 정치를 맡겨 안녹산의 난을 초래하였다. 재위 기간은 712~756년이다.

413)니빅(李白) : 중국 당나라 때의 시인. 701~762. 자는 태백(太白). 호는 청련거사(靑蓮居士). 칠언절구에 특히 뛰어났으며, 이별과 자연을 제재로 한 작품을 많이 남겼다.

두쥬(一斗酒)의 시빅편(詩百篇)ᄒᆞᄂᆞᆫ 지죄 잇고, 번셔(藩書)를 통(通)ᄒᆞᄂᆞᆫ 신통이 잇ᄉᆞ나, 엇지 짐의 경(卿) ᄀᆞᆺᄒᆞ며, 한위(韓愈)414) 비록 음양을 ᄀᆡ 【61】 벽(開闢)ᄒᆞ고 긔졀을 변화ᄒᆞᄂᆞᆫ 웅문ᄃᆡᄌᆡ(雄文大才)나 엇지 우리 경(卿)의 호활(豪豁)한 문당과 함츅(含蓄)ᄒᆞᆫ 시ᄉᆞ(詩詞)와 담연(澹然)ᄒᆞᆫ 덕셩과 관일(貫一)ᄒᆞᆫ 츙의와 지극ᄒᆞᆫ ᄋᆡ군(愛君)ᄒᆞᄂᆞᆫ 덕(德)의 비ᄒᆞ리오."

ᄒᆞ시니, 승상이 감츅(感祝) 황공(惶恐)ᄒᆞ여 ᄉᆞ쥬(賜酒)를 밧ᄌᆞ와 업ᄃᆞ여 마시고, 고두(叩頭) ᄉᆞ은(謝恩)ᄒᆞ여 셩은(聖恩)을 감히 니긔여 당치 못ᄒᆞ더라.

상이 ᄎᆞ탄(嗟歎)ᄒᆞᄉᆞ 왈,

"딤이 부ᄌᆡ박덕(不才薄德)으로 텬하를 모림(冒臨)ᄒᆞᄆᆡ 국ᄀᆡ 쵸챵(草創)의 인심이 미졍(未定)이여늘. 거년(去年)의 북뇨(北遼)를 ᄀᆞᆺ 평졍ᄒᆞ 【62】 ᄆᆡ, 쏘 운남이 즁국을 호시(虎視)415)ᄒᆞ여 긔병(起兵) 침범코ᄌᆞ ᄒᆞ니, 장ᄎᆞ 엇지써 토평(討平)ᄒᆞ리오."

군신이 묵묵(默默)ᄒᆞ여 감히 ᄃᆡ쥬(對奏)치 못ᄒᆞᄂᆞᆫ지라. 상이 탄왈,

"경 등이 일언을 발치 아니시니 국ᄀᆡ 장ᄎᆞ 위틱ᄒᆞᆯ지라. 경 등을 엇지 여러 번 슈고롭게 ᄒᆞ리오. 짐이 장ᄎᆞ 친졍(親征)ᄒᆞ여 승부를 결ᄒᆞ리라."

승상 됴뵈(趙普)416) 밋쳐 답지 못ᄒᆞ여셔, 위승상이 믄득 옥계(玉階)의 ᄂᆞ려 면관(免冠)쳥죄 왈,

"쇼신이 불ᄉᆞ(不似) 무용(無勇)ᄒᆞ와 토젹(討賊)ᄒᆞᄂᆞᆫ 듕임을 감히 당 【63】 치 못ᄒᆞ올ᄉᆡ, 유유ᄒᆞ와 알외옵지 못ᄒᆞ온 고로, 셩상의 시름을 난호지 못ᄒᆞ와, 셩괴 이의 밋ᄎᆞ시니, 불츙무상(不忠無狀)ᄒᆞ온 죄 만ᄉᆞ무쇽(萬死無贖)417)이로쇼이다. 폐히 신의 죽을 죄를 사(赦)ᄒᆞ신 즉, 휘하 말됼(末卒)이 되어 역텬(逆天)ᄒᆞᆫ 도젹을 버히와, 텬은을 만분지일이나 갑ᄉᆞ와지이다."

상이 급히 '붓드러 올니라' ᄒᆞ시고, 위유(慰諭)ᄒᆞᄉᆞ 왈,

"경의 거죄(擧措) 엇지 너모 과ᄒᆞ뇨? 짐이 아ᄌᆞ의 말ᄒᆞ기를 쇼리(率易)히418) ᄒᆞ여,

현종과 양귀비의 모란연(牧丹宴)에서 취중에 <청평조(淸平調)> 3수를 지은 이야기가 유명하다. 시성(詩聖) 두보(杜甫)에 대하여 시선(詩仙)으로 칭하여진다. 시문집에 『이태백시집』 30권이 있다.

414)한위(韓愈) : 중국 당나라의 문인·정치가(768~824). 자는 퇴지(退之). 호는 창려(昌黎). 당송 팔대가의 한 사람으로, 변려문을 비판하고 고문(古文)을 주장하였다. 시문집에 ≪창려선생집≫ 따위가 있다.

415)호시(虎視) : 범과 같이 날카로운 눈으로 노려봄

416)됴뵈(趙普) : 922-992. 중국 북송 건국기의 정치가. 자 칙평(則平). 송 태조 조광윤(趙匡胤)의 막료가 되어 황제 추대에 중심인물로 활약했다. 그 공로로 우간의대부(右諫議大夫)가 되고 추밀사(樞密使) 등을 거쳐 재상(宰相)에 올랐다. 문치주의적인 지배체제 구축으로 건국 초 국가기틀을 세우는데 공헌하였다.

417)만ᄉᆞ무쇽(萬死無贖) : 만 번을 죽음의 형벌을 받고 죽어도 그 죄를 면제 받지 못함.

418)소리(率易)히 : 말이나 행동이 신중하지 못하고 가벼이.

경으로 ㅎ여곰 난안(赧顏)ㅎ믈 당케ㅎ괘 【64】 라. 경이 슈고를 사양치 아닌즉, 이제로 붓터 짐이 벼기를 놉혀 침식(寢食)이 평안ㅎ리로다."

승상이 연ㅎ여 돈슈빅비ㅎ여, '간뇌(肝腦)를 ᄯ히 바리믈'419) 긔약(期約)ㅎ더라.

상이 ᄯ 글오ᄉᄃᆡ,

"짐의 심ᄉ 안한(安閑)ㅎ니 이 밤을 시름업시 지닐지라. 경 등도 각각 물너가 쉬고, 명일의 다시 의논ㅎ리니, 물너가라."

ㅎ시니, 일시의 슈은(賜恩)ㅎ고 물너ᄂᆞ니, 승상이 ᄯᅩᆫ 집으로 도라올 ᄉᆡ, 진왕과 졔ᄌᆡ(諸子) 망연이 몰ᄂᆞ다가 비로쇼 놀ᄂᆞ고, 깃 【65】 거 일시의 마ᄌ 뫼셔 ᄂᆡ당의 니르ᄆᆡ, 세 부인이 ᄒᆞᆫ 가지로 마ᄌᆞ니, 공이 실(室)의 드러와 좌졍ㅎ고, ᄉᆞ미를 드러 뉴부인을 향ㅎ여 ᄉᆞ례ㅎ여 글오ᄃᆡ,

"부인이 신이(新異)ᄒᆞᆫ 지음(知音)으로, 금일 복으로 ㅎ여금 불츙ᄒᆞᆫ 죄 어드믈 면케 ㅎ니, 감슈ㅎ믈 니ᄀᆡ지 못ㅎ리로다."

부인이 피셕(避席) 염임(斂衽)ㅎ여 불감(不堪)ㅎ믈 ᄉᆞᄉ(謝辭)ㅎ고, 은연(隱然)히 참슈(慚羞)ㅎ믈 ᄯᅴ여시니, 어진 덕과 겸숀ㅎᄂᆞᆫ ᄯᆞᆺ이 ᄒᆞᆫ가지로 안모(顏貌)의 ᄂᆞᆺ타ᄂᆞ니, 공이 더옥 경즁(敬重)ㅎ여, 【66】 드듸여 연즁(筵中) 셜화를 ᄃᆡ강 니를 ᄉᆡ, 원ᄂᆡ 뉴부인이 오됴쟉셩(烏鳥鵲聲)420)으로됴ᄎ 지음(知音)ㅎ고, 건노(健奴)를 썰니 화산의 보ᄂᆡ여, 승상긔 통ㅎ여 썩 밋쳐 입경(入京)ㅎ게 ㅎᄆᆡ라.

진왕과 삼지 비로쇼 알고 복복(復復)421) 앙탄(仰歎)ㅎ더라.

공이 진왕을 각별 집슈(執手) 연이(憐愛)ㅎ여 그 사이 무양(無恙)ㅎ믈 깃거ㅎ더라.

쇼·양 냥인과 제붕(諸朋) 닌친(姻親)이 다 와, 원노(遠路) 구치(驅馳)를 치위(致慰)ㅎ고 연셜(筵說)을 드러 다 놀ᄂᆞ고, 승상의 달니(達理) 명식(明識)을 ᄉᆡ로이 흠탄(欽歎)경복(敬服)ㅎ더라. 【67】

ᄎᆞ셜(且說) 운남 교지 남월이 흥병입구(興兵入寇)422)ㅎᄂᆞᆫ 변뵈(變報) 눈 날니듯 텬탑(天榻)의 오르니, 됴애(朝野) 진경(盡驚)ㅎᄂᆞᆫ지라.

상이 됴회를 여르시니 문무쳔관(文武千官)이 궐하의 함취(咸聚)홀ᄉᆡ, 상이 글오ᄉᆞᄃᆡ,

"동평댱ᄉᆞ 위현으로 이제 평남ᄃᆡ원슈(平南大元帥)를 ㅎ이여 십만ᄃᆡ군(十萬大軍)을

---

419)간뇌(肝腦)를 ᄯ히 바리다 : 사자셩어(四字成語) '간뇌도지(肝腦塗地)'를 풀어 쓴 말. 즉 '참혹한 죽임을 당하여 그 간장(肝臟)과 뇌수(腦髓)가 땅에 버려져 있다'는 뜻으로, 나라를 위하여 목숨을 돌보지 않고 애를 씀을 이르는 말이다. *간뇌(肝腦): 간장(肝臟)과 뇌수(腦髓)를 함께 이르는 말.

420)오됴쟉셩(烏鳥鵲聲) : 까마귀와 까치가 지저귀는 소리.

421)복복(復復) : 거듭거듭. 반복(反復)하여. 되풀이하여.

422)흥병입구(興兵入寇) : 군사를 일으켜 쳐들어 옴.

쥬느니, 남월 교지 ○○[운남] 세 곳 병마를 마즐지라. 조빈으로 부원슈를 흐이고, 니 한승·뎡은으로 좌·우 딕댱(大將)을 흐이고, 신양·화진으로 좌·우 션봉을 삼고, 그 밧 문무를 임의로 굴흐여【68】 가라.”

흐시니, 위공이 젼폐(殿陛)의 스은(謝恩)흐고 느려, 즉일의 군스를 졈고(點考)흐여 길날식, 텬지 졀월(節鉞)과 상방검(尙方劍)을 쥬시고, 슐부어 연흐여 먹이스,

“승젼닙공(勝戰立功)흐믈 걸안 파(破)흠 갓치 흐라.”

공이 연(連)흐여 돈슈(頓首) 수은(謝恩)흐고, 긔치를 남으로 두루혀니 삼군 댱돌이 용긔 빅빅흐여, 스름은 긔기히 텬신 갓고, 말은 긔기히 비룡(飛龍) 갓흐니, 바로 흔 북의 운남을 뭇지를 듯흐더라.

힝흐여 통쥐의 니르러 비를 씌오고, 쌍천의【69】 느려 진을 난화 세 쎄의 분(分) 흐여, 남월과 교지와 운남을 디젹흘식, 신긔흔 모칙(謨策)은 귀신이 놀느고, 붉은 혜 아림은 쳔니 밧긔 마즈니, 흐믈며 신·화 냥인의 놉흔 무예와 장흔 용녁으로 님진파젹 (臨陣破敵)흐미, 구름 속 농이 변화를 발흐고, 바룸 갓온딕 범이 위엄을 뵈는지라.

조공의 웅쥰영무(雄俊靈武)와 니·졍 냥공의 영용(英勇)으로 긔이(奇異)흔 계칙(計 策)을 바다시니, 싸호미 니기고 치미 파흐여, 슈월 스이의 닐곱 번 싸화 닐【70】곱 번 니긔니, 세 곳 군식 흔가지로 픽쥬(敗走)흐여, 물니여 다시 긔계(器械)를 슈습 흐여 크게 즈웅(雌雄)을 결(決)코즈 흐다가, 삼노병(三路兵)이 합흐여 다시 일진 을 딕파흐니, 젹군이 담(膽)이 써러지고 넉시 날거늘, 몬져 글 가져왓던 스직 도 망흐여 슘어 보니, 됴졍이 놀느며 두려흐미 업셔, 외국 번셔(藩書)를 아라 보미, 하지장(賀知章)[423]의 서름흐미[424] 업고, 니흑스(李學士)[425]를 명소(命召)흐 미[426] 아니로되, 명명이 아라보아 즉시 발군(發軍)흐미 업고, 완완흐믈 보고 경황 (驚惶)이 도망【71】흐여 와젼(訛傳)[427] 《흘식‖흐니》, ○…결락13자…○[남월 과 교지와 운남이 흔가지로] 더욱 져상실혼(沮喪失魂)흐여 갑(甲)을 벗고 창(槍) 을 버려 혈심(血心)으로 항복을 간걸(懇乞)흐는지라.

원슈 듕군(中軍)의 제장을 쳥흐여 의논흐고, 됴졍의 고(告)흐여, 셩지(聖旨)를 밧즈와 세 곳 항복흐는 표(表)와 됴공(朝貢)을 바드미, 비로소 엄히 칙(責)흐며

---

423) 하지장(賀知章) : 당(唐)나라의 시인 하지장(賀知章: 659~744)으로, 자는 계진(季 眞)·유마(維摩)이다. 문사(文詞)로 이름을 얻었으며, 성격이 소탈하고 술을 아주 좋아 하는 풍류인으로 이름이 높았다. 중년에 벼슬길에 올라 태자빈객(太子賓客), 비서감(祕 書監) 등을 제수받았으나, 늘그막에 다 버리고 사명광객(四明狂客)이라 자호하며 전리 (田里)로 돌아와 은거하였다. 『唐書, 隱逸列傳』
424) 서름흐다 : 사물 따위에 익숙하지 못하고 서툴다.
425) 니흑스(李學士) : 당 현종 때의 시인 이백(李白)을 달리 이른 말.
426) 명소(命召)흐다 : 임금이 신하를 은밀히 불러들이다.
427) 와젼(訛傳) : 사실대로 전하지 않고 거짓으로 꾸며서 전함.

화(和)히 경계(警戒) 호니, 운남이 비록 즁국(中國)의 졉계(接界) 호여시나, 금슈(禽獸)의 무리 궂고, 교지 남월은 이젹(夷狄)의 쏜히라.

옛날 '뵉치(白雉)를 쥬(周)의 헌(獻) 호고'428) 다시 당텬ᄌ(唐天子)의 정관치평(貞觀治平)429)을 귀경430)호여 감히 즁화(中華)를 엿【72】보지 못 호엿더니, 당금(當今)의 스히(四海) 분분(紛紛) 호여 십년 직위(在位) 호ᄂ 텬지 업스물 보와, 군병(軍兵)을 쵸모(招募) 호여 운남을 다리고 남월을 쎠 작난코ᄌ 호더니, 놀난 녁시 죽어 ᄒ가지로 '구슬을 먹음어'431) 항(降) 훌시, 젼젼(前前) 슬힝(膝行) 호여 불감앙시(不敢仰視)여늘, 원슈의 엄졍훈 칙언(責言)이 셔리 날고 우레 진쳡(震疊) 훔 궂다가, 이윽고 잠간 엄식(嚴色)을 거두고, 너그러이 경계 호여, 강약의 셰(勢)와 역슌(逆順)의 니히(利害)를 닐너 명뵉훈 말솜이 딕를 쏘리고 마딕를 씨【73】쳐, 쇼연(昭然) 호미 뵉일(白日) 궂 호며, 츙의딕졀(忠義大節)이 효연(曉然)이 늣타ᄂ니, 감격황공 호여 날연져상(苶然沮喪)432) 호며 뉘웃고 붓그려 호미 욕ᄉ무지(欲死無地)433)라.

원슈 다시 허물을 씻듯고 죄를 복(覆)호믈434) 일ᄏ라 어진 덕과 화(和)훈 기운이 당듕(堂中)의 둘너시니, 감탄복복(感歎服服) 호여435) 비로쇼 정신을 슈습 호여, 우러러 원슈의 일월신치(日月身彩)436)와 농닌(龍麟)437)의 긔질을 앙쳠(仰瞻) 호

---

428) 뵉치(白雉)를 쥬(周)의 헌(獻) 호다 : 옛날 중국 주(周)나라 성왕(成王) 때에 주공이 섭정하여 천하가 태평해지자, 당시 안남(安南)지방에 있었던 나라인 월상씨(越裳氏)가 와서 주공에게 '흰꿩(白雉)'을 바치며 주나라의 덕(德)을 칭송하고 조공(朝貢)을 바쳤다는 고사를 이른 말. 『한시외전(韓詩外傳)』 권5에 나온다

429) 정관치평(貞觀治平) : 중국 당나라 태종의 연호인 정관연간(貞觀年間:626~649)의 치세(治世)를 이르는 말. 626년 제위에 오른 당나라 2대 황제 태종(太宗) 이세민은 통일대업을 완수하고, 외정(外征)을 통해 국토를 넓히는 한편, 제도적으로 민생 안정을 꾀하고, 널리 인재를 등용하며, 학문과 문화 창달에 힘씀으로써, 후세 군왕이 본보기로 삼을 만한 성세(盛世)를 이룩했는데, 이를 일컬어 '정관의 치' 또는 '정관치평'이라 한다.

430) 귀경 : 구경. 흥미나 관심을 가지고 봄.

431) 구슬을 머금다 : 상례(喪禮)에서 염습(殮襲)할 때 죽은 사람의 입에 구슬과 씻은 쌀을 물리는 반함(飯含)을 말함. 즉 '죽음'을 비유적으로 표현한 말.

432) 날연져상(苶然沮喪) : 몸이 느른하고 기운이 없음.

433) 욕ᄉ무지(欲死無地) : 죽으려고 하여도 죽을 만한 곳이 없다는 뜻으로, 매우 분하고 원통함을 이르는 말.

434) 복(覆) 호다 : 반전(反轉)하다. 반대방향으로 돌이키다. *죄를 복하다: 죄를 선(善)으로 돌이키다.

435) 감탄복복(感歎服服) 호다 : 감복(感服)하고 탄복(歎服)하다. 매우 감동하여 충심으로 탄복하다.

436) 일월신치(日月身彩) : 해와 달처럼 빼어난 풍채.

437) 농닌(龍麟) : 용과 기린을 함께 이른 말.

니, 즁국 의관문물(衣冠文物)의 졍뎌홈과 위의 예법의 엄슉ᄒᆞ미 ᄒᆞᆫ 번 보미 ᄯᅡᆷ이 흐르ᄂᆞᆫ지라.

원슈의 츄텬(秋天) ᄀᆞᆺ【74】흔 긔상(氣像)과 츈일(春日) ᄀᆞᆺ흔 혜화(惠化)로 하ᄒᆡ(河海) ᄀᆞᆺ흔 도량(度量)과 틱산(泰山) 교악(喬嶽)의 엄즁(嚴重)ᄒᆞᆷ은 하날 우〇[의] 신인이 숑됴의 ᄂᆞ리민가 놀나니, 원비일요(猿臂逸腰)[438]ᄂᆞᆫ 만니공휘(萬里公侯)[439]오 흡연(洽然)ᄒᆞᆫ 쳔승(千乘)이라. 넉시 싀로이 날고 담이 마ᄌᆞ 써러져, 츅쳑(踧惕)[440]ᄒᆞ여 감히 다시 보지 못ᄒᆞ더라.【75】

---

438)원비일외(猿臂逸腰) : 긴 팔과 늘씬한 허리.
439)만니공휘(萬里公侯) : 만리의 땅을 다스릴 제후.
440)츅쳑(踧惕) : 삼가고 두려워 함.

화산선계록 권지이십ᄉ

차셜(且說). 원슈 졔인을 경계ᄒ여 도라보ᄂ니고 반ᄉ(班師)ᄒ여 산동의 니르니, 이ᄢᅥ 텬희(天下) 쵸창(悄愴)ᄒ고 도적이 쳐쳐(處處)의 둔취(屯聚)ᄒ여 인민을 노략ᄒ니 텬직 근심ᄒᄉ 쳥념공졍(清廉公正)ᄒ 자를 ᄲᅡᆫ 쥬군(州郡)을 다ᄉ리게 ᄒ시니, 지상이 각각 ᄉ름을 발쳔(發薦)⁴⁴¹ᄒᄂ지라.

비로쇼 도적을 잡으며 빅셩을 무휼(撫恤)ᄒ나 홀노, 산동(山東)이 병혁을 잔상(殘傷)이 격고, 난민이 계오 고향의 도라오나 쥬리미 극ᄒ여 산업【1】을 셩긔(盛氣)⁴⁴²치 못ᄒ거늘, 틱슈 쳐음으로 도임(到任)ᄒ여 인민을 구코즈 ᄒ나, 관괴(官庫) 탕갈(蕩竭)ᄒ여 긔민(飢民)을 구제홀 도리 업스니, 틱슈 신셩은 그 션셰 댱냑(將略)⁴⁴³으로 발쳔(發闡)⁴⁴⁴ᄒ여 당됴의 ᄡᅵ이다가 ᄂ라히 망ᄒ미 슘어 졀강(浙江)⁴⁴⁵의 ᄉ니, 혹 셰상의 나고 혹 산님의 슘으니, 신셩의 니르러 편모(偏母)를 뫼셔 몸쇼 나무ᄒ고 밧갈고, 뫼히 산영⁴⁴⁶ᄒ고 물의 고기 낙가, 노모 봉양ᄒ기를 지극히 ᄒ고 즐겨 문달(聞達)을 구치 아니터니, 니부상셔 텰영진이 쳔거ᄒ여【2】 산동틱슈를 ᄒ이니, 가속을 거ᄂ려 슈월 젼의 왓더라.

위 원슈 일힝을 마즈 졉듸 홀시, 원슈 신 틱슈의 튱근(忠謹) 노셩(老成)ᄒ믈 아름다이 넉여, 쳥ᄒ여 말ᄉᆷ홀시 태슈 부복 왈,

"소관이 외람이 텬은을 닙ᄉ와 일방을 진슈(鎭守)ᄒ오나 관괴(官庫) 공허ᄒ고 니민(里民)이 긔아(飢餓)ᄒ여 맛지신 바를 져바릴가 쥬야 젼젼긍긍(戰戰兢兢)⁴⁴⁷

---

441) 발쳔(發薦) : 쳔거(薦擧). 어떤 일을 맡아 할 수 있는 사람을 그 자리에 쓰도록 소개하거나 추천함.
442) 셩긔(盛氣) : 기운이 번쩍 오름. 또는 한창 번성하는 기운.
443) 댱냑(將略) : 장수로서의 지략과 기량.
444) 발쳔(發闡) : 앞길이 열려 세상에 나서다. 또는 앞길을 열어 세상에 나서게 하다.
445) 졀강(浙江) : 중국 절강성(浙江省)에 있는 전당강(錢塘江) 및 그 상류의 총칭. *절강성(浙江省); 중국 동남부의 동중국해 연안에 있는 성. 고대 월나라의 땅이었으며, 주산군도(舟山群島)에는 불교의 4대 명산 중 하나인 보타산(普陀山)이 있고, 근해에 중국 최대의 어장(漁場)인 심가문(沈家門)이 있다. 성도(省都)는 항주(杭州).
446) 산영 : 사냥. 총이나 활 또는 길들인 매나 올가미 따위로 산이나 들의 짐승을 잡는 일. 늑수렵,
447) 젼젼긍긍(戰戰兢兢) : 몹시 두려워서 벌벌 떨며 조심함.

 ᄒ여 침식(寢食)의 맛슬 모로ᄂ이다."

 인ᄒ여 긔민의 슈통(愁痛)[448]ᄒᆫ 형상을 일ᄏᆞ라 눈물을 흘니거ᄂᆞᆯ, 원쉬 칭사 왈,

 "현공(賢公)의 어진 말ᄉᆞᆷ을【3】드르니 츙셩된 ᄯᅳᆺ이 지극ᄒ시니 감탄ᄒᄂᆞ이다. 학ᄉᆡᆼ이 도라가 이 말ᄉᆞᆷ을 텬ᄌᆞ긔 알외여 냥미(糧米)ᄅᆞᆯ 둘너 쥬시게 ᄒ리이다"

 신셩이 지ᄇᆡ 사례 왈,

 "합하의 구버 넘녜(念慮)ᄒ시미 이에 밋ᄎ시니 황공ᄒ와 알외올 ᄇᆡ 업ᄂᆞ이다. 셩상이 임의 일쥐(一州) 지방을 맛지ᄉᆞ 빅셩을 평안케 ᄒ라 ᄒ시거ᄂᆞᆯ, 쇼관(小官)이 직죄 업ᄉᆞ와 능히 민간질고(民間疾苦)를 구졔치 못ᄒ고, ᄯᅩ 엇지 감히 셜셜(屑屑)ᄒᆞᆫ 말ᄉᆞᆷ을 국가의 알외여 이우(貽憂)를 더ᄒ리잇고? 닌【4】읍(隣邑)의 곡식이 잇ᄉᆞ니 ᄭᅮ어 쓰고 ᄃᆡ츄(待秋)[449]ᄒ여 갑고ᄌᆞ ᄒ되, 견집(堅執)ᄒ여 허치 아니ᄒ오니, 민민(悶悶)ᄒᆞᆯ ᄯᆞᄅᆞᆷ이로쇼이다."

 ᄒ니, 졔쥐 ᄌᆞᄉᆞ의게 곡식 누만셕(累萬石)이 잇셔 ᄉᆞᄉᆞ긔물(私私己物)[450]을 삼고ᄌᆞ, 여러번 쳥ᄒ되 금은(金銀)으로 상환(償還)ᄒ라ᄒ고, 죵시(終始) 쥬지 아니ᄒ니, ᄐᆡ쉬 졀치 통히(痛恨)ᄒᆞᄃᆡ 젹슈공권(赤手空拳)으로 능히 모ᄎᆡᆨ(謨策)이 업ᄉᆞ니, ᄐᆡ취(擇取)[451]ᄒ여 맛지신 셩은을 밧드지 못ᄒᆞᆯ가 우황(憂惶)ᄒ미라.

 승상이 졔쥬 ᄌᆞᄉᆞ의 탐남불인(貪婪不人)[452]ᄒ믈 ᄃᆡ로(大怒)ᄒ되, 다ᄉᆞ릴 쇼임이 아닌 고로 묵연(默然)ᄒ【5】여 도라가 텬ᄌᆞ긔 쥬(奏)ᄒ고 쳐치코ᄌᆞᄒ나, 산동(山東)의 급ᄒᆞᆫ 능히 구완ᄒᆞᆯ 도리 업ᄂᆞᆫ지라. 댱안의 긔별코ᄌᆞᄒ니 도뢰(道路) 머러 ᄌᆞ긔 집 ᄌᆡ물을 가져오지 못ᄒ고, 힝즁(行中)의 업셔 쥬지 못ᄒ니, 텬ᄌᆞ긔 됴공ᄒᄂᆞᆫ 보화를 감히 허치 못ᄒᆞᆯ지라. 유유(悠悠)히 ᄉᆞ량(思量)ᄒᆞ더니, 신양이 믄득 진젼(進前) 고왈,

 "쇼댱이 이 ᄯᅡ 운향산의 ᄌᆡ물을 두엇ᄉᆞᆸ더니 만일 그져 잇신즉, ᄐᆡ슈를 쥬어 빅셩을 구ᄒ리니 잠간 보고오리이다."

 승상이 의ᄋᆞ(疑訝) 왈,

 "군이 엇지 어ᄂᆞ ᄶᆡ【6】의 이곳의 ᄌᆡ보(財寶)를 두엇ᄂᆞ뇨? 잇신 즉 ᄃᆡ션(大善)이니 ᄲᆞᆯ니 가 보라."

 신양이 칼흘 들고 몸을 소소와 운향산의 드러가니, 동구의 일인이 ᄂᆞ모 그늘의 안ᄌᆞᆺ다가 급히 《ᄎ ‖ 닉》 다라 졀ᄒ거ᄂᆞᆯ, 괴이히 넉여 본 즉, 셕일(昔日)이[의] ᄃᆡ망(大蟒)[453]이라. 화(化)ᄒ여 ᄉᆞ름의 모양이 되엿더라."

---

448) 슈통(愁痛) : 근심하고 가슴 아파함.
449) ᄃᆡ츄(待秋) : 가을을 기다림.
450) ᄉᆞᄉᆞ긔물(私私己物) : 사사로운 자기 물건.
451) ᄐᆡ취(擇取) : 여럿 가운데서 필요한 것을 골라 뽑음. =선택.
452) 탐남불인(貪婪不人) : 탐욕이 심해 사람답지 못함.

문왈

"네 엇지 이의 느왓느뇨?"

딘(對)ᄒ되,

"쇼츅(小畜)이 노야 명을 밧즈와 집과 직물을 직희엿습더니, 거년 동의 흔 도인이 와 쓰어 니치고 웅거ᄒ니, 스스로 닐오딘, '듕션낭의 스싱이라. 【7】위·신 냥인이 닌 데즈를 죽여시니 원슈를 그 가쇽(家屬)의게 갑흐리라.' ᄒ고, '적은 진납이를 곳쳐 슬오려 공부ᄒ노라.' ᄒ더이다."

신양이 딘로ᄒ여 신검을 두루고 ᄡᆯ니 드러가니, 흔 도시 석상(石上)의 걸안즈454) 금합(金盒)의 조고만 진납이를 담으놋코 ᄉ면의 부작을 써 붓치고 진언(眞言)455)을 넘ᄒ더라.

신양이 녀셩(厲聲) 딘즐(大叱) 왈,

"너 요물(妖物)이 고요히 산즁의 슘어 스스로 목슘을 보젼ᄒ미 올커늘, 감히 ᄉ오납기를 방즈히 ᄒ고즈 ᄒ느냐?"

그 도시 【8】놀나 급히 보댱(寶杖)456)을 둘너457) 막으니, 신양이 분연이 칼흘 드러 두 됴각의 닉고 머리를 연ᄒ여 바ᄋ458) 즛치니, 요괴로온 도시 비록 신통이 잇시나 신검을 능히 버셔느지 못ᄒ여 속절업시 본상(本像)이 나니, 큰 쥐라. 거의 말만 ᄒ더라.

드듸여 금합(金盒)을 쳐 바아치고459) 딘망을 명ᄒ여, '직물이 다 잇는가 보라.' ᄒ니, 드러가더니 느와 이시믈 보(報)ᄒ거늘, '쓰어닌여 ᄡ흐라.' ᄒ고, 도라오니 승상과 틱슈 말슘을 파치 아냣더라.

드듸여 고ᄒ 【9】되,

"뎐일 황애(皇爺) 등극(登極) 젼(前)의 텬히 분분ᄒ고 인민이 피란 홀 쩍, 쇼장이 이곳을 지느더니 홀연 금은(金銀)이 산 ᄀᆺ치 노혓거늘, 운젼 홀 길○[이] 업스와 두루 슬피더니, 딘망이 겻히 잇거늘 분부ᄒ여, '금은을 굴혈(窟穴)의 넛코 직희엿스라.' ᄒ엿더니, 여일(如一)460)이 잇스와 이제 《긴‖고》 ᄒ외다."

틱슈를 향ᄒ여 왈,

---

453)딘망(大蟒) : ①큰 구렁이. ②열대 지방에 사는 매우 큰 뱀을 이르는 말.=이무기
454)걸안즈다 : 걸터앉다. 어떤 물체에 온몸의 무게를 실어 걸치고 앉다.
455)진언(眞言) : 진실하여 거짓이 없는 말이라는 뜻으로, 비밀스러운 어구를 이르는 말.
456)보댱(寶杖) : 신이한 지팡이.
457)둘너 : 휘둘러. 이리저리 마구 내둘러.
458)바ᄋ다 : 부수다. 물체를 여러 조각이 나게 깨뜨리다.
459)바ᄋ치다: 부서뜨리다. *단단한 물체를 깨어서 여러 조각이 나게 하다.
460)여일(如一) : 처음부터 끝까지 한결같음.

"슈빅 군수를 빌니신 즉 물화(物貨)를 슈운(輸運)ᄒ여 빅셩을 술오게 ᄒ리이다."

틱쉬 경희ᄒ여 연망이 스례ᄒ고, 급히 보군(步軍)을 분부ᄒ여 댱군의 녕을 【10】듯게 ᄒ니, 신양이 댱스 이빅을 거느려 뫼히 가 ᄒ다 금은을 시러오니, 틱쉬 깃부고 감수ᄒ여 아역(衙役)461)을 명ᄒ여 '제쥐의 가 냥미를 환(換)ᄒ여 오라.'ᄒ고, 만만(萬萬) 칭수(稱謝)ᄒ더라.

틱쉬 비로쇼 아실(衙室)462)의 쳥ᄒ여 잔을 드러 스례 왈,

"하관이 이곳의 오무로 마음이 씨는463) 듯ᄒ여 일죽 셔로 음쥬ᄒ미 업더니, 금일의 비로쇼 심늬 흔열(欣悅)ᄒ니 쾌히 즐겨 취ᄒ리라."

ᄒ고 셔로 권ᄒ여 죵용이 담쇼홀 시, 신양이 영긔(英氣) 과인(過人)ᄒ고 골격이 웅위(雄偉)ᄒ며【11】 말숨이 츙담(忠談)ᄒ고 ᄯᅳᆺ이 공근(恭謹)ᄒ믈 심복ᄒ여, 졍이 스스로 느는지라. 신양이 ᄯᅩ 틱슈의 졍직 현명ᄒ며 츙후댱쟈(忠厚長者)믈 탄복ᄒ여 셔로 나흘 무르니, 신양은 이십오셰오. 틱슈는 ᄉᆞ십셰라. 신양이 졀ᄒ여 형을 삼고 고독ᄒ믈 위로ᄒ여지라 ᄒ니, 태쉬 ᄯᅩ흔 동셩(同姓)이믈 깃거, 션셰(先世)와 쪽파(族派)를 니를 시, 태쉬 놀나 왈,

"댱군아, 하관의 계부(季父) 졀도(節度) 공이 진됴의 벼슬ᄒ여 하북졀도ᄉᆞ로 걸안과 ᄊᆞ화 젼망(戰亡)ᄒ시니, 히닉(海內) 흉흉ᄒ고464) 도【12】뢰 막혀 셔로 쇼식을 몰낫더니, 오린 후 듯고, 션싱이 이쳑(哀戚)ᄒᄉᆞ 병이 니러 망(亡)ᄒ실 시, 날을 명ᄒ여 '고ᄋᆞ와 슉모를 ᄎᆞᄌᆞ보라' ᄒ시되, 편뫼(偏母) 년노ᄒ시고 다른 동긔 업스니, 만니 발셥을 말미암지 못ᄒ더니, 텬하의 일이 혹 갓다 ᄒ나 엇지 여ᄎᆞ히 부합(符合)ᄒ리오?"

신양이 경희(驚喜)ᄒ미 극ᄒ니, 도로혀 의황(意遑)465)ᄒ여 부명과 션친(先親)의 ᄉᆞ졀(死節)ᄒ던 연월을 다 니르고, 모친 닙시를 뫼셔심과 외됴(外祖)의 일홈을 다 니르니, 믄득 병풍을 밀치고 태【13】슈의 모친 왕시 ᄇᆞᆺ비 ᄂᆞ와 붓들고 통곡 왈,

"네 아니 우리 집 ᄋᆞ히냐? 간괘(干戈) 창양(槍攘)466)ᄒ니, 각각 목슘을 도망ᄒ

---

461)아역(衙役) : 『역사』 수령이 지방 관아에서 사사롭게 부리던 사내종.=아노.

462)아실(衙室) : 관아(官衙)에 딸려 있는 내실(內室).

463)씨다 : 찌다. ①뜨거운 김을 쐬는 것같이 더워지다. ②뜨거운 김으로 익히거나 데우다.

464)흉흉ᄒ다 : 흉흉(洶洶)ᄒ다. ①물결이 세차고 물소리가 매우 시끄럽다. ②분위기가 술렁술렁하여 매우 어수선하다.

465)의황(意遑) : 뜻이 갈팡질팡하여 어쩔 줄 모르게 급함.

466)창양(槍攘) : 몹시 혼란하고 어수선함.

여 산곡의 슘으미, 골육이 텬이(天涯)의 훗텨져 환난을 당ᄒ고, 고쵸를 겻그믈 아지 못ᄒ엿다가 오린 후 드르나, 창ᄒᆡ(滄海)의 모속(毛粟)467) ᄀᆞᆺᄒ니 어듸로 향ᄒ여 ᄎᆞᄌᆞ리오. 우리 형뎨 분슈ᄒᆞᆯ 시졀의 네 비로소 복즁(服中)의 잇던지라. 쩌의 슈히 홍홍ᄒ니, 믹믹(妹妹)468)의 숀의 붉은 긔미469) 잇셔 형상이 구름 ᄀᆞᆺᄒ니, 닉 닐오ᄃᆡ, ‘타일 맛ᄂᆞ믜 져믄【14】 눗치 늙어 서로 아지 못ᄒ여도 일노써 ᄎᆞᄌᆞ리라’ ᄒ고, 믹믹(妹妹) ᄂᆞ의 졋 우히 거믄 스마괴 이시믈 닐너, ‘증험(證驗)ᄒᆞᄌᆞ’ ᄒ엿더니, 그 사이 네 망극ᄒᆞᆫ 환난의 능히 보젼ᄒ고, 믹믹 요힝 완젼ᄒ며, 네 엇지 발신(發身)470)ᄒ고, 능히 긔특ᄒᆞᆫ 직됴(才操) 잇ᄂᆞ뇨? 션군(先君)과 슉슉(叔叔)이 구원(九原)의 도으시미로다.”

어시의 신양이 즐겁고 ᄯᅩ 슬푸니, 빅모(伯母)를 붓드러 울기를 씌둣지 못ᄒ고, 젼젼 곤궁고 비원을 ᄌᆞᄌᆞ히 옴기고, 모친이 마을 스름의 물을 니우고471) 긔ᄋᆞ(饑餓)【15】 를 구급(救急)딘 말을 고ᄒᆞᆯᄉᆡ, 서로이 오열ᄒ여 뉴쳬ᄒ며 위공의 아라보아 구활ᄒ고 되졉ᄒᆞ믈 관곡(款曲)히 ᄒ여, 모친이 돌연(猝然)472) 돈귀(尊貴)ᄒ고 평안ᄒ믈 닐너, 감격ᄒ믈 일ᄏᆞᆯᄉᆡ 능히 니긔지 못ᄒ니, 왕부인 눈물을 드리오고 깃브믈 니긔지 못ᄒ여 굴오ᄃᆡ,

“작일의 ᄋᆞ직(兒子)와 위공 부하 션봉 신양이 영긔 과인ᄒ니, 심히 사랑ᄒ아 ᄋᆞ히 고혈(孤子)ᄒ무로, 훈 눗 동뎨(從弟)의 돈망(存亡)을 모로믈 셜워라 ᄒ고, ᄯᅩ 금은(金銀)을 어더 급ᄒ믈 구ᄒ【16】 ᄂᆞᆫ 의긔를 블와473)ᄒ거늘, 닉 감격ᄒ여 여허보니, 홀연이 션슉슉(先叔叔)474)의 풍도와 우리 믹믹(妹妹)475)의 젼형(全形)이 잇스니, 반갑고 슬허 도라가기를 닛고 셔셔 보더니, 엇지 닉 집 고ᄋᆞ(孤兒)믈 알니오.”

팃쉬 ᄯᅩᄒᆞᆫ 깃븜과 슬푸믈 니긔지 못ᄒ여 왈,

“너를 남으로 알고 우연이 보아도 영웅을 암탄(暗歎)ᄒ더니, 닉 아이476) 되니 이

---

467)모속(毛粟) : 털과 조를 함께 이른 말로, 가볍고 작은 것을 뜻한다.

468)믹믹(妹妹) : 여자 동생.

469)긔미 : 기미. 얼굴이나 몸에 끼는 거뭇한 얼룩이나 점.

470)발신(發身) : 천하거나 가난한 처지를 벗어나 앞길이 훤히 트임.

471)니우다 : 잇다. 끊어지지 않게 계속하다.

472)돌연(猝然) : 갑작스럽게. 까다롭거나 힘들지 않고 쉽게. 늑졸연(猝然)히.

473)블오다 : 부러워하다. 남이 잘되는 것이나 좋은 것을 보고 자기도 그렇게 되고 싶어 하다.

474)션슉슉(先叔叔) : 죽은 ‘시아주버니’를 문어적으로 이르는 말. *슉슉(叔叔): ‘시아주버니’를 문어적으로 이르는 말. *시아주버니: 아내가 남편과 항렬이 같은 남자형제를 이르는 말.

475)믹믹(妹妹) : ①‘여동생’을 달리 이르는 말. ②비슷한 신분의 여자들 사이에서 손윗사람이 손아랫사람을 이르거나 부르는 말.

476)아이 : 아우.

즐거오믄 닉집의 업슨 닐이라."

ㅎ여, 셔로 붓들고 피츠 정회(情懷)를 다ㅎ지 못ㅎ여셔 션봉이 고ㅎ되,

"오늘날 이 경스는 쇼【17】데를 구활ㅎ신 우리 노야(老爺)의 은덕이니 형당으로 더브러 ㅎ가지로 가 알외리이다."

이의 태슈를 붓들고, 태쉬 아의 숀을 닛그러 승상 면젼(面前)의 느ᄋ가 골육이 상봉ㅎ믈 고ᄒ니, 위공이 또ᄒ 놀나고 깃거 잔처ᄒ여 치하ᄒ니, 화진이 위ᄒ여 깃거ᄒ고 ᄌᄀ는 고혈(孤子)ᄒ미 친척도 업스믈 슬허ᄒ더라.

오릭지 아냐 제줘로셔 곡식을 운젼(運轉)하여 와시니, 태쉬 친히 보아 고로고로 난화 빅셩을 쥬니, 즐기는 소리 하날의 스못더라.

슈【18】일 후, 원슈의 딕군이 쩌늘식 태쉬 슈빅니의 와 비별ᄒ고, 형데 붓드러 눈물을 쑤려 니별ᄒ니, 승상이 위로 왈,

"현공(賢公)은 진짓 스직지신(社稷之神)이니 오릭 하방(遐方)의 굴케ᄒ리오. 맛ᄂ미 오릭지 아니리라."

ᄒ니, 태쉬 빅스(拜謝) 불감당(不堪當)이러라.

딕군이 일노(一路)의 무스히 힝ᄒ여 변하(汴河)[477]의 풍범(風帆)을 씌오니, 졍긔(旌旗) 검극(劍戟)이 강풍의 것구러지고, 고각(鼓角)[478]과 인셩(人聲)이 뇽궁(龍宮)의 진동ᄒ더니, 홀연 광풍(狂風)이 딕긔(大起)ᄒ여 빅낭(白浪)[479]이 하날을 박츠니,

쥬【19】즁(舟中)이 경황(驚惶)ᄒ되, 원쉬 안식을 불변ᄒ고 한 장 젹은 조희의 두어 줄 글을 써 물의 더진 후, 신양을 명ᄒ여 굴오되,

"곳 큰 빅를 ᄀ려 상뉴(上流)의 가 파션(破船)ᄒ 스름을 구ᄒ라."

ᄒ고, 화진을 불너 왈,

"군은 젹은 빅를 타고 하류로 가며 물속으로셔 소스 오르는 ᄌ를 구ᄒ여오라."

ᄒ니, 냥인 쳥녕(聽令)ᄒ고 각각 가니, 과연 물 ᄀ온딕로셔 죽엄이 소스 닉듯거늘, 화진이 급히 구ᄒ여 빅 ᄀ온딕 드리고 보니, 즁년의 츠환(叉鬟)이라.【20】

가슴의 품은 거시 잇셔 깁으로 몸을 빅번 동혀 풀니지 아냣고, 두 손으로 가슴으로 안아시니, 쥭어시딕 오히려 노치 아냣더라.

일변(一邊)[480] 구호ᄒ미[며] 일변 빅를 져어 큰 빅의 다히고, 일기 녀인을 구ᄒ엿믈 알외니, 공이 명ᄒ여 옴겨 빅 안히 드리고, ᄒ 닷 환약(丸藥)을 푸러 츠환을 먹이고, 일변 믹 거슬 그르고 보니 일기 소ᄋ를 품어시니, 그 ᄋ히 뇩칠 셰는 ᄒ 녀이라.

---

477)변하(汴河) : 『지명』 중국 수(隋)나라의 양제(煬帝)가 만든 운하. 황하(黃河江)과 회수(淮水)를 연결한 운하로, 하남셩(河南省) 형양시(滎陽市) 서남부에 있다.

478)고각(鼓角) : 군중(軍中)에서 호령할 때 쓰던 북과 나발.

479)빅낭(白浪) : 흰 물결.

480)일변(一邊) : 한편. 어떤 일의 한 측면.

임의 혼졀ᄒ여 옥안이 푸르고 셩안(星眼)을 감아시되, 맑은 【21】 골격이 슈졍(水晶) ᄀᆞᆺ치 빗ᄂᆞ고, 됴흔 긔질이 흔 덩이 찬 옥(玉)이라.

공이 친히 어로만져 약환(藥丸)을 닉여 연ᄒ여 두 환(丸)을 먹이니, 비로쇼 푸른 ᄂᆞᆺ빗쳐 홍운(紅暈)481)이 들고 입쇽의 희미흔 슙이 통ᄒᆞᄂᆞᆫ지라. 연(連)ᄒ여 구호ᄒ니, 쇼ᄋᆞᄂᆞᆫ 공이 친히 안ᄋᆞ 겻히 누이고 약을 먹이며 손을 쥐무르고, ᄎᆞ환은 시ᄌᆞ(侍子)로 ᄒ여곰 구호ᄒ며, 일변 빌ᄅᆞᆯ 져어 힝ᄒ니, ᄯᅥ의 풍우(風雨)ᄂᆞᆫ 공이 글을 물쇽의 너흐무로 즉시 스라지니, 일식이 명낭(明朗)ᄒ여 물결이 깁 ᄀᆞᆺ더라. 【22】

빈 가기ᄅᆞᆯ 반은 ᄒ여셔, 그 ᄎᆞ환이 몬져 씨여 밋쳐 졍신을 슈습지 못ᄒ여, 가슴을 더듬어 옷시 허여지고 민인 거시 풀녀시믈 보고, 호텬통곡(呼天慟哭)ᄒ거늘, 승상이 좌우로 ᄒ여곰 울기ᄅᆞᆯ 금ᄒ라 ᄒ고, 져의 쇼졔(小姐) 거의 회ᄉᆡᆼ(回生)ᄒ여시믈 니르라 ᄒ니, 기녜(其女) 당황ᄒ여 넓써나482) 눈을 ᄯᅥ 보건딘, 물쇽이 아니오 빈의 올나시니, 웅장흔 군영(軍營)이 좌우의 쥴지어 셧고, 일위 귀인이 은연단좌(隱然端坐)ᄒ여 눈으로 져의 쇼져ᄅᆞᆯ 보고, 손으로 어루만져 구 【23】 호(救護)ᄒ니, 깃브고 놀나오며 의희(依俙) 약몽(若夢)ᄒ여 어린 듯ᄒ니, 고이 눈을 드러보고 무러 왈,

"네 뉘집 양낭(養娘)이며 ᄎᆞᄋᆞ(此兒)ᄂᆞᆫ 엇던 ᄋᆞ히(兒孩)뇨?"

기녜(其女) 연망(連忙)이 ᄭᅮ러 딘ᄒᆞ되,

"쳔비ᄂᆞᆫ 남창부 쇼ᄋᆞᄉᆞᆞ득 시비요 쇼져ᄂᆞᆫ 어ᄉᆞ 노야 여이니, 노애 팀부인을 뫼시고 부인과 공ᄌᆞ(公子)ᄅᆞᆯ 거ᄂᆞ려 경ᄉᆞ로 오실ᄉᆡ, 조됴(早朝)의 승션(乘船)ᄒᆞ시민, 홀연 광풍(狂風)이 니러나 빈 업칠 듯ᄒ니, 쳔비지(賤婢子) 쇼져ᄅᆞᆯ 유양(乳養)ᄒᆞ오니, 쥭기ᄅᆞᆯ 님ᄒ와 ᄎᆞ마 각각 흣터지지 못ᄒ올지라. 깁으로 동혀 일 【24】 빅번 미기ᄅᆞᆯ 다 못ᄒ여셔 빈 ᄭᅵ지오니, 그 후ᄂᆞᆫ 아직 못ᄒ온지라. 엇지ᄒ여 스라ᄂᆞ오며 딘쥬인(大主人)의 돈물(存沒)을 알 길히 업ᄉᆞ오니 복원 노야ᄂᆞᆫ ᄲᆞᆯ니 구ᄒᆞᄉᆞ 닉슈(溺水)한 위급흔 거슬 구제ᄒᆞ시믈 바라ᄂᆞ이다."

공이 그 하류비비(下流婢輩)의 츙심을 감탄ᄒ여 글오되,

"너의 쥬군(主君)의 일힝이 하마 오리니 쇼져ᄅᆞᆯ 보호ᄒ라."

ᄒ고, 비로쇼 좌ᄅᆞᆯ 옴기니 기녜 고두 빅ᄉᆞᄒ고 밧비 쇼져ᄅᆞᆯ 안ᄋᆞ 쟝(帳) ᄉᆞ이의 몸을 곰쵸와 졈졈 회ᄉᆡᆼᄒ믈 보고 긔특고 즐거오믈 니 【25】 긔지 못ᄒᆞᄂᆞ지라. 원닉(元來) 이 엇던 ᄉᆞᄅᆞᆷ고?

니부시랑(吏部侍郎) 뇽두각퇴ᄒᆞᆨᄉᆞ(龍頭閣太學士)483)로 승탁(昇擢)ᄒ여 도어ᄉᆞ(都御

---

481) 홍운(紅暈) : 불그스름한 빛. 또는 그러한 빛깔의 기운.
482) 넓써나다 : 벌떡 일어나다.
483) 뇽두각태학ᄉᆞ(龍頭閣太學士) : 홍문관 대제학을 달리 이르는 말. *용두각(龍頭閣); = 홍문관, 태학사(太學士); 조선 시대에, 홍문관과 예문관의 으뜸 벼슬. 태종 1년(1401) 에 대제학으로 고쳤다.

史)의 올마, 샹춍(上寵)이 늉셩ᄒᆞ신 쇼공 셰졍의 녀이라. 쇼어亽의 부친은 한됴(漢朝) 병부샹셔로 국亽(國事) 기울믈 보고 亽직(辭職)ᄒᆞ고 향니(鄕里)로 도라가 인ᄒᆞ여 망(亡)ᄒᆞ고, 모부인 연시ᄂᆞᆫ 시임(時任) 녜부샹셔 연공 희슉의 져미(姐妹)니, 어시 안항(雁行)484)이 쳐량ᄒᆞ여, 다만 일위 미뎨(妹弟) 잇셔 병부샹셔 문연각태학亽(文淵閣太學士)485) 양셰흥의 부인이니, 양공은 셰죵됴(世宗朝)의 닙됴(入朝)ᄒᆞ여시니, 경亽의

【26】왓다가 양공의 져부(姐夫) 왕공이 보고 긔특이 녁여 텬亽긔 알외여, 한님흑亽로 벼슬이 졈졈 도다 어亽쥼승(御史中丞)으로, 솔가(率家)ᄒᆞ랴 말미하여 슈년 젼의 갓더니, 모부인 연시 텬상(天喪)486)의 과훼(過毁)ᄒᆞ여 질병이 침고(沈痼)487)ᄒᆞ니, 모부인 쥬갑(周甲)488)의 밋지 못ᄒᆞ고, ᄋᆞ즈를 몬져 보ᄂᆡ여 헌슈(獻壽)케 ᄒᆞ니, 쇼공이 부득이 경亽로 와 긔부인 슈연(壽宴)을 참예(參禮)ᄒᆞ고 즉시 가고즈 ᄒᆞ더니, 텬은이 가지록 더으亽 도어亽(都御史)로 승탁(昇擢)ᄒᆞ시니, 亽양치 못ᄒᆞ여 직임의 ᄂᆞᄋᆞ갓다가, 쇼【27】한님 셰광을 ᄎᆞ즈 골육이 샹봉ᄒᆞ니 슬푸며 깃부믈 니긔지 못ᄒᆞ더라.

다시 노모를 다려오믈 알외고, 남창의 가 모부인긔 뵈고 죵뎨(從弟)를 맛나믈 고ᄒᆞ니, 연부인이 일희일비(一喜一悲)ᄒᆞ더라.

ᄎᆞ시 부인의 환휘(患候) 져기 나으믈 인ᄒᆞ여 군명(君命)을 지완(遲緩)치 못ᄒᆞ여 길히 오르니, 연부인이 즈긔 병으로 ᄋᆞ직(兒子) 경향(京鄕)의 분쥬(奔走)ᄒᆞ믈 민망(憫惘)ᄒᆞ고, 텬은이 이 ᄀᆞᆺᄒᆞ시니 불안 황숑ᄒᆞ거늘, 모부인 연긔(年紀) 회갑이 지ᄂᆞ시니, 亽렴(思念)ᄒᆞᄂᆞᆫ 뜻이 망운(望雲)의 간졀ᄒᆞ【28】지라. 우겨 길 나시ᄃᆡ 힝보를 능히 니긔지 못ᄒᆞᄂᆞᆫ 고(故)로489), 교쥼(轎中)과 졈亽(店舍)의 츌입ᄒᆞ믈, 어시 친히 모친을 업으며 안ᄋᆞ 왕ᄂᆡ(往來)ᄒᆞ더라.

이쎠 도로의셔 광음(光陰)을 허비(虛費)ᄒᆞ고 비로쇼 경亽의 밋ᄎᆞ니, 쇼공의 부인은 승샹 풍도의 손녜(孫女)니, 화산 셔암공 부인 질녜(姪女)라.

풍부인이 안ᄉᆡᆨ이 졀셰(絕世)ᄒᆞ고 덕힝(德行)이 온유(溫柔)ᄒᆞ여 돈고(尊姑) 셤기미 극진ᄒᆞ고, 군즈를 ᄃᆡᄒᆞ여 공경(恭敬) 유한(幽閑)ᄒᆞ니, 어시 즁ᄃᆡᄒᆞ고 연부인이 독즈

---

484)안항(雁行) : 기러기의 행렬이란 뜻으로, '형제'를 이르는 말

485)문연각태학亽(文淵閣太學士) : 문연각의 으뜸벼슬. *문연각(文淵閣); 중국 명나라·청나라 때에, 베이징에 있던 궁중 장서(藏書)의 전각(殿閣). 청나라 때 자금성의 동남쪽에 재건하여 ≪사고전서≫와 ≪도서집성(圖書集成)≫ 따위를 두었다.

486)텬상(天喪) : ①부친상(父親喪)을 달리 이르는 말. ②남편의 상(喪)을 달리 이르는 말. 남편을 '하늘(天)'이라 한 데서 유래한 말.

487)침고(沈痼) : 오랫동안 앓고 있어 고치기 어려운 병.=고질(痼疾).

488)쥬갑(周甲) : 육십갑자의 '갑(甲)'으로 되돌아온다는 뜻으로, 예순한 살을 이르는 말.=환갑(還甲).

489)고(故)로 : ①문어체에서, '까닭에'의 뜻을 나타내는 말. ②앞의 내용이 뒤의 내용의 이유나 원인, 근거가 될 때 쓰여, '그러므로'의 뜻을 나타내는 말.

(獨子)의 가실(家室)이 이러툿 셩효(誠孝)ᄒ니, 【29】 {ᄒ니} 두굿기고 귀즁ᄒ더라.

풍부인이 일남을 몬져 엇고 버거 녀ᄋ를 잉퇴ᄒᄆᆡ, 일위 션인(仙人)이 셩관우의(星冠羽衣)490)로 녕농(玲瓏)ᄒ 오운(五雲)을 멍에ᄒ여 ᄂ리며, ᄉ민로 됴ᄎᆞ 두렷ᄒ 명쥬(明珠)를 ᄂᆡ여쥬어 왈,

"이ᄂᆞ 벽ᄒᆡ(碧海)의 야광쥐(夜光珠)니 방신(防身)ᄒ기를 쳘옹금셩(鐵甕金城)491)의 쳐ᄒ되 ᄉ오나온 직 난(亂)을 짓고ᄌ ᄒ니, 부인긔 의탁(依託)ᄒᄂ니, 위가의 인연을 ᄆᆡ자면 비로쇼 반셕(盤石) ᄀᆞᄐᆞ리라."

ᄒᄂᆞ지라. 부인이 바다 ᄇᆡᄉ(拜謝)ᄒ고, 손 가온ᄃᆡ 들고 보니 광치(光彩) 됴요(照耀)ᄒ여 실벽(室壁)【30】의 ᄇᆡ이더라492). 품속의 너ᄒ니 졍연ᄒ 쇼릭로 됴ᄎᆞ 일위 미인이 되어 회리(懷裏)의 드ᄂᆞ지라. 놀ᄂᆞ ᄭᆡ치니 한 ᄭᅮᆷ이라.

인ᄒ여 ᄉᆡᆼ녀(生女)ᄒ니 빙셜(氷雪)이 어릭여 긔뵈[뷔](肌膚) 되고, 셔익(瑞靄) 둘너 졍신(精神)을 일워시니, 묘묘(妙妙)ᄒ ᄌᆞ틱와 녕녕(瑩瑩)ᄒ 광휘(光輝) 범범(凡凡)ᄒ ᄋᆞ희(兒孩) 아니라.

명을 요쥬라 ᄒ고, 조모 연부인이 ᄋᆡ지듕지(愛之重之)ᄒ여 유모를 드려 ᄌᆞ긔 방즁(房中)의셔 보양(保養)케 ᄒ니, 졈졈 ᄌᆞ라 슈셰(數歲) 되ᄆᆡ, 옥 ᄀᆞᄐᆞᆫ 안식과 ᄭᅩᆺ ᄀᆞᄐᆞᆫ 보험(輔臉)이니 금당(金塘)493) 부용(芙蓉)이 아참 니슬을 【31】 먹음어, 향기를 토ᄒ고 《옥념∥옥령(玉嶺)》 신월(新月)은 교교(皎皎)히 광치(光彩)를 토ᄒ니, ᄒᆞᆯᄆᆞᆯ며 텬셩이 지효(至孝)ᄒ고 덕힝이 온ᄌᆞ(溫慈)ᄒ여 한ᄋᆞ(閑雅) 유향(有香)ᄒᄆᆞ 난혜(蘭蕙)494)의 긔질(氣質)이오. 졍졍(貞靜) 단묵(端默)ᄒᄆᆞ 츄상(秋霜)의 졀되(節操)라.

외됴(外祖) 쳥옥션ᄉᆡᆼ이 녀ᄋ를 보려 왓다가 흠익(欽愛) 경탄(驚歎)ᄒ니, 풍션ᄉᆡᆼ은 승상 풍도(馮道)495)의 댱지(長子)라. 풍승상이 오ᄃᆡ(五代)496)를 셤겨 국ᄉ(國事)를

---

490) 셩관우의(星冠羽衣) : 칠셩관(七星冠)을 쓰고 새의 깃으로 만든 옷을 이르는 말로, 도사(道士)의 차림새를 말한다. *셩관(星冠): 칠셩관(七星冠)의 준말로, 도사(道士)가 쓰는 모자(帽子)를 이르는 말이다.

491) 쳘옹금셩(鐵甕金城) : 쇠로 만든 옹기(甕器)와 셩(城)이라는 뜻으로, 굳고 단단한 것을 비유적으로 이르는 말.

492) ᄇᆡ이다 : 빛나다. 부시다.

493) 금당부용(金塘芙蓉) : 아름답게 가꾼 연못에 피어난 연꽃. *금당(金塘); 연꽃이나 버드나무 등을 심어 아름답게 가꾼 연못.

494) 난혜(蘭蕙) : 난초(蘭草)와 혜초(蕙草)를 함께 이른 말. 둘 다 여러해살이풀로 꽃이 아름답고 향이 있어 관상용으로 재배한다.

495) 풍도(馮道) : 882-954. 중국 오대 때의 사람으로 학문을 좋아하고 문장을 잘 지었다. 후당(後唐), 후진(後晉), 거란(契丹), 후한(後漢), 후주(後周) 등 다섯 나라의 조정에서 여섯 명의 임금을 섬긴 것을 자랑하며 '장락로(長樂老)'라고 자호(自號)한 고사가 전한다. 그러나 임금이 죽고 나라가 망하는 것을 염두에 두지 않았고, 간쟁(諫爭)을 한 적이 없었으므로, 후대에 많은 비판을 받았다. 『新五代史 馮道列傳』에 그에 관한 기록이 있다.

진심호고 어진 덕이 빅셩의 덥혀시니, 즈긔의 신명(身命)은 도라보지 아니호고, 다만 탕즁싱민(蕩中生民)497)을 익셕(哀惜)호미라.

댱즈는 깁히 쥬의 【32】 잇셔 몸 셰오믈 즐겨 아니호고, 일홈이 들니믈 구치 아니호여 빈킥(賓客)을 스괴지 아니호고, 오직 부모를 셤기고 동긔로 우익호며 즈녀를 어루만져 문을 닷고 진셰(塵世)를 브려498) 일홈호여 스셰(辭世)라 호고, 고요히 만권경셔(萬卷經書)를 벗삼으니, 일즉 지식이 고명(高明)호지라.

이의와 손녜(孫女)를 보미 일셰무쌍(一世無雙)호 즈질(資質)이오, 천고(千古)의 뇨됴(窈窕)호 현녜(賢女)라. 안셔(安舒)호 거동과 온즁호 힝의(行誼) 과연 오복(五福)이 구젼(俱全)홀 쥴 아라보♀ 심익(甚愛)호니, 녀♀와 셔랑(壻郞)을 뒤호여, '가우(佳偶)를 십분 【33】 상심(詳審)호라.' 호딕, 부인이 몽亽(夢事)를 써 야야긔 고호니, 풍공이 졈두(點頭) 왈,

"위가는 셔졍공 집이 읏듬이니 미즈의 냥슉(兩叔)이 잇亽니 가히 유의호리라."

호더라.

방년(方年)이 오셰니 녜뫼 더옥 졍일(靜逸)호고499) 틱되(態度) 가지록 유아(幽雅)호여 일동일졍(一動一靜)이 규구(規矩)를 어긔오지 아니호고, 오직 조모를 뫼셔 효의(孝義) 촉촉(屬屬)500)호고 부모를 셤기미 졍셩이 동동(洞洞)501)호니, 유♀(幼兒) 쇼녜나 단엄(端嚴)호 《♀히∥♀희(兒孩)》니, 연부인이 긔익(奇愛)호여 일시를 써닉지 아니호더라.

부모를 뫼셔 길 【34】 히 오르미 유모로 더브러 교즈를 한 가지로 호엿더니, 변하(忭賀)의 니르러 빅의 올나 즁뉴(中流)호여, 홀연 광풍이 대작호여 빅 업칠 듯호니,

---

496)오딕(五代) : 『역사』 중국에서, 당나라가 망한 뒤부터 송나라가 건국되기 이전까지의 과도기에 중원(中原)에 흥망한 다섯 왕조. 후량(後梁), 후당(後唐), 후진(後晉), 후한(後漢), 후주(後周)를 이른다.

497)탕즁싱민(蕩中生民) : 싸움·시비 따위에서 벗어나 공평하게 백성을 살리는 일에만 힘씀.

498)브리다 : 버리다. 가정이나 고향 또는 조국 따위를 떠나 스스로 관계를 끊다.

499)졍일(靜逸)호다 : 조용하고 몸과 마음이 편안하다.

500)촉촉(屬屬) : 조심하고 조심함. 동동촉촉(洞洞屬屬)의 줄임말. *동동촉촉(洞洞屬屬): 공경하고 조심함. 부모를 섬기고 공경하는 마음이 지극함. 『예기(禮記)』 【제의(祭義)】 편의 "洞洞乎屬屬乎如弗勝 如將失之. 其孝敬之心至也與(공경하고 조심하는 태도가 마치 이기지 못하는 것 같고 잃지 않을까 조심하는 것 같아, 그 효경하는 마음이 지극하기 그지없다.)"에서 온 말.

501)동동(洞洞) : 공경하고 공경함. 동동촉촉(洞洞屬屬)의 줄임말. *동동촉촉(洞洞屬屬): 공경하고 조심함. 부모를 섬기고 공경하는 마음이 지극함. 『예기(禮記)』 【제의(祭義)】 편의 "洞洞乎屬屬乎如弗勝 如將失之. 其孝敬之心至也與(공경하고 조심하는 태도가 마치 이기지 못하는 것 같고 잃지 않을까 조심하는 것 같아, 그 효경하는 마음이 지극하기 그지없다.)"에서 온 말.

유뫼 망극ᄒ여 깁을 ᄀ져 쇼져를 안고 셔로 믜여 쩌ᄂ지 말고ᄌ ᄒ더니, 물 속으로셔 흉악ᄒ 귀신이 나와 ᄇ를 헤쳐 ᄀ오ᄃ,

"우리 태ᄌ(太子) 오믹불망(寤寐不忘)ᄒ시던 ᄌ를 이의 맛ᄂ니, 엇지 슌히 보ᄂ리오."

ᄒ며, ᄇ 파(破)ᄒ니, 어ᄉ의 어ᄉᄂ 슈귀(水鬼)의 흉녕(凶獰)ᄒ 세를 보고 급히 모부인을 업고, 노복하리의 탄【35】쇼션(小船)의 ᄶ여 오르니, 밋쳐 쳐ᄋ(妻兒)502)를 도라보지 못ᄒ여, 풍부인이 슈세(數歲) ᄋᄌ(兒子)를 교즁(轎中)의 너헛더니, ᄇ 파(破)ᄒ믹 요힝 교ᄌ(轎子) 널 우희 언치여503) 슈오 기 비ᄌ 교ᄌ(轎子) 치를 잡고 인ᄉ(人色)504)이 업셔 널 우희 업듸엿고, 쇼져의 교ᄌᄂ 임의 물속의 잠긴지라.

어ᄉ 모친을 업은 지505) 것 ᄇ의 올나셔셔 망지소위(罔知所爲)506)러니, 홀연 하류(下流)로 됴ᄎ 일쳑(一隻) 대션(大船)이 올나오며 만흔 군병(軍兵) 아역(衙役)이 물의 ᄲ진 ᄌ를 거두어 올니고, 일변(一邊) 풍부인 교ᄌ를 붓드러 ᄇ【36】의 올니니, 모든 ᄎ환을 다 거ᄂ려 부인을 뫼시라 ᄒ며, 쇼션(小船)의 다히고 일위 쇼년댱군이 칼흘 드러 어사를 향ᄒ여, 큰 ᄇ의 오르시믈 쳥ᄒ니, 어ᄉ 심신이 경황(驚惶)ᄒ고 빅체(百體) 산난(散亂)ᄒ여 어린 드시 셧다가 큰 ᄇ의 오르믹, ᄇ 가온듸 포진(鋪陳)과 범빅(凡百)이 화려ᄒ지라.

의아(疑訝)ᄒ믈 닉긔지 못ᄒ더니, 그 장군이 다른 ᄇ의 ᄂ려 ᄂᄂ 드시 가더니, 일승교ᄌ(一乘轎子)를 시러 오고, 물 가온듸 ᄶ여 드러 일긔 남ᄋ(男兒)를 건뎌 ᄇ의 오니, 보믹 풍부인과 ᄋᄌ 경이라.

셔【37】로 보고 어린 듯 말을 못 닐우고, 공ᄌᄂ 혼식(昏塞)ᄒ엿ᄂ지라. 구호홀 도리 아득ᄒ여 셔로 붓들고 바라 볼 ᄲᆞᆫ이러니, 하류(下流)로 됴ᄎ 일쳑(一隻) 쇼션(小船)이 ᄲᆞᆯ니 오며 약환(藥丸)과 옥완(玉椀)을 ᄀ져 댱군긔 드리며 닐오듸,

"원슈 노애 약을 보닉ᄉ, 혼도(昏倒)ᄒ니 게실진듸 '쓰라' ᄒ시더이다."

신양이 급히 푸러 쇼공ᄌ를 먹이며, ᄯᅩ 흔 환(丸)을 타 시녀를 쥬어, 어ᄉ긔 드려 틱부인긔 헌(獻)ᄒ쇼셔 ᄒ니, 어ᄉ 급히 바다 모친긔 드리니, 부인이 어둑【38】ᄒ던 정신이 비로쇼 도라오고, ᄶ노ᄂ 녕듸(靈臺)507) 바야흐로 진정ᄒᄂ지라.

비로쇼 눈물을 흘니고,

"엇던 스름이 능히 남의 위급ᄒ믈 구ᄒᄂ뇨?"

---

502) 쳐ᄋ(妻兒) : 아내와 어린아이를 함께 이른 말.
503) 언치다 : 얹히다. 위에 올려져 놓이다. '얹다'의 피동사.
504) 인색(人色) : 살아있는 사람의 얼굴빛.
505) 지 : 채. 「의존 명사」 이미 있는 상태 그대로 있다는 뜻을 나타내는 말
506) 망지소위(罔知所爲) : 어찌해야 할 바를 모름.
507) 녕듸(靈臺) : 신령스러운 곳이라는 뜻으로, 마음을 이르는 말.

ᄯᅩ 우러 왈,

"요힝 모즈(母子) 됴손(祖孫)의 명(命)을 어드나, 요쥬의 참ᄉᆞ(慘死)ᄒᆞᄆᆞᆯ 보고 구(救)치 못ᄒᆞ니, 이 셜우믈 엇지 견딘리오?"

인언(因言)508)의 호곡(號哭) 운졀(殞絶)ᄒᆞ니, 어ᄉᆞ 모친을 위안(慰安)ᄒᆞ여 왈,

"무망(無妄)509) 틱익(大厄)이 시긱(時刻)의 급ᄒᆞ거ᄂᆞᆯ, 태태(太太)510) 긔운이 도안(堵安)511)ᄒᆞ시고, 경ᄋᆞ의 회싱(回生)ᄒᆞᄆᆞᆯ 어드미 힝이오니, 바라건딕 관위(寬慰)ᄒᆞ쇼셔. 녀ᄋᆡ 비록 【39】 잔잉ᄒᆞ나 현마 엇지 ᄒᆞ리잇고?"

ᄒᆞ고, 풍부인이 간담(肝膽)이 최졀(摧折)ᄒᆞ나, 틱부인을 위로ᄒᆞ여 감히 비ᄉᆡᆨ을 ᄂᆡ지 못ᄒᆞ더라.

어ᄉᆞ(御使) 비로쇼 정신을 정(定)ᄒᆞ여 신양을 향ᄒᆞ여 사례 왈,

"아즈(俄者)512) 경황중(驚惶中)의 밋쳐 뉘믈 아지 못ᄒᆞ엿더니, 댱군(將軍)이 엇지 능히 세정의 합문지화(闔門之禍)를 구ᄒᆞ시ᄂᆞ니잇고? 대은활혜(大恩活惠)513)를 ᄎᆞ싱(此生)의 능히 갑지 못ᄒᆞ리로다."

신양이 연망(連忙)이514) 답ᄉᆞ(答謝) 왈(曰),

"우리 노애(老爺) 맛ᄎᆞᆷ 강을 건너실ᄉᆡ, 존문(尊門) 급화(急禍)를 아르시고, 쇼댱(小將)을 명ᄒᆞ시 【40】 니, 쇼장이 명을 밧ᄌᆞ올 ᄲᅮᆫ이라. 무ᄉᆞᆷ 공이 잇셔 셩언(盛言)을 당ᄒᆞ리잇고?"

인(因)ᄒᆞ여515) ᄇᆡ 졈졈 ᄀᆞ의 다ᄒᆞ니, 일시의 ᄂᆞ릴ᄉᆡ, 태부인 교ᄌᆞ(轎子)ᄂᆞᆫ 임의 ᄇᆞ오져 간 곳이 업ᄉᆞ니, 풍부인이 돈고(尊姑)를 뫼셔 드러 ᄇᆡ의 ᄂᆞ리믹, 아역(衙役) 챵뒤(蒼頭) 다 물속으로셔 겨오 버셔난 지 잇시나, 어즐ᄒᆞ여 혼도(昏倒) ᄒᆞ엿고, 비록 물의 ᄲᅡ지지 아니ᄒᆞᆫ 츄동(追從)이 남ᄋᆞ시나, 다 인ᄉᆡᆨ(人色)이 업셔 일힝이 뉵지의 오르딕, 위의(威儀) 허여지고 ᄎᆞ례 도착(倒錯)516)ᄒᆞ여 병장(屛帳)과 포진(鋪陳)이 다 물의 【41】 ᄯᅴ여가시니517) 잠간 쉬고ᄌᆞ ᄒᆞ나 의지ᄒᆞᆯ 곳이 업더니, 위공이 임의 몬져 ᄂᆞ려 머물고, ᄯᅩ로 장막(帳幕)을 ᄇᆡ셜(排設)ᄒᆞ여 하리(下吏)로 ᄒᆞ여금 소부 일힝을 안둔케 ᄒᆞ니, 어ᄉᆞ 가지록 깃부고 감격ᄒᆞ니, 인도ᄒᆞᄆᆞᆯ 됴ᄎᆞ 막ᄎᆞ의 니르니, 위공이 하리

---

508) 인언(因言) : 말로 말미암다. 말로 인(因)하다.
509) 무망(無妄) : 별 생각이 없이 있는 상태.=무망중(無妄中).
510) 태태(太太) : 부인에 대한 존칭. 또는 '어머니'를 달리 이르는 말.
511) 도안(堵安) : 어떤 일이 잘 진행되어 마음을 놓음. =안도(安堵)
512) 아즈(俄者) : 이전, 지난번, 조금 전, 갑자기.
513) 대은활혜(大恩活惠) : 구활해 준 큰 은혜.
514) 연망(連忙)이 : 바삐. 급히.
515) 인(因)ᄒᆞ다 : 어떤 사실로 말미암다.
516) 도착(倒錯) : 뒤바뀌어 거꾸로 됨.
517) ᄯᅴ여가다 : 떠가다. 물체 따위가 물 위나 공중에 떠서 저쪽으로 가다.

(下吏)로 ᄒ여금 무망(無妄)의 슈화(水禍)를 맛나 녕튠당(令尊堂) 태부인의 놀나시믈 치위(致慰)ᄒ여시니, 어시 더옥 감격불승(感激不勝)이러라.

연부인 고식(姑息)이 막ᄎ(幕次)의 드러 비로쇼 《날닌∥놀닌518)》 심신(心身)을 잠간 졍(靜)ᄒ여 안혈(安歇)홀시, 풍부인이 【42】 튠고(尊姑) 과상(過傷)ᄒ시믈 당ᄒ여 다만 셜우믈 굽쵸와 위로ᄒ더니, 병장(屛帳) 속으로셔 죽은 녀오와 ᄀᆞᆺ치 물의 쎈진 비ᄌ 영츈이 밧비 ᄂᆞ와 고두(叩頭)ᄒ니, 냥(兩) 부인이 도로혀 대경(大驚) 황망(遑忙)ᄒ여 능히 말을 못ᄒ니, 어시 급문(急問) 왈,

"네 엇지 ᄉᆞ라ᄂᆞ며 쇼졔 엇지 되엿ᄂᆞ뇨?"

영츈이 듸왈,

"쇼졔 요힝(僥倖) 회싱ᄒᆞᄉ 장(帳) 안히 계시이다."

ᄒ니, 위공이 '쇼져의 씨믈 보호ᄒ라' ᄒ고, 장을 드리워 마음을 평안케 ᄒᆞ엿더니, 빈의 ᄂᆞ릴시 영츈을 명ᄒ여 쇼져를 【43】 안고 ᄌᆞ긔 타던 교ᄌ의 올녀, 이 곳의 장막을 빈셜ᄒ여 안둔케 ᄒ며, 쥭음(粥飮)과 ᄎ탕(茶湯)을 보ᄂᆡ여 먹이게 《ᄒ여시니∥ᄒᆞ엿더니》 쇼졔 비로쇼 쾌히 생도를 엇고 조모와 부뫼 다 무ᄉᆞᄒ시믈 드러 진졍ᄒᆞ미 잇더라.

어ᄉ와 냥부인이 이 말을 드르니 여치여몽(如痴如夢)519)ᄒ여 다만 급히 장을 들고 드러가니, 요졔 안셔히 몸을 니러 조모를 붓들고 '안ᄌᆞ쇼셔' ᄒ니, 어ᄉ와 부인이 일시의 손을 잡고 머리를 어루만져 영츈을 도라보아, '엇 【44】 지ᄒ여 ᄉᆞ랏ᄂᆞ뇨?' 홀 분이라.

영츈이 눈물을 흘니고 위승상이 구활(救活)ᄒ여 쇼져를 친히 구호(救護)ᄒ여 약환(藥丸)을 연(連)ᄒ여 쓰니, 쇼졔 씬 후ᄂᆞ 댱(帳)을 지우고520) 다시 보지 아니며, 듁음을 보ᄂᆡ고 일힝이 다 무ᄉᆞ이 오시믈 통(通)ᄒ여, 곡진(曲盡)치 아니미 업던 쥴 고ᄒ니, 어ᄉ와 부인이 감격ᄒᆞ미 협골흡체(浹骨洽體)521)ᄒ여 어린 ᄃᆞ시 말을 못ᄒ더니, 위공이 ᄯ 일호미쥬(一壺美酒)와 보다로온 쥭음과 과실을 보ᄂᆡ며, 태부인 튠후(尊候)를 무르니, 어시 모친 【45】 긔 드리며 스스로 슐을 마셔 놀난 거슬 진졍ᄒᆞ미, 모친긔 고ᄒ되,

"금일 위틱ᄒᆞᆫ 화란을 당ᄒ여 만일 위공의 회군ᄒᆞ믈 맛ᄂᆞ지 못ᄒ여신즉, 태태 긔운이 엇지 평안ᄒᆞ믈 어드시며, 쳐ᄋᆞ(妻兒)를 능히 보젼(保全)ᄒ리잇고? ᄂᆞᄋᆞ가 대은을 ᄉᆞ례(謝禮)코 오리이다."

---

518) 놀닉다 : 놀래다. 뜻밖의 일을 해 남을 무섭게 하거나 가슴을 두근거리게 하다. '놀라다'의 사동사.
519) 여치여몽(如痴如夢) : 바보가 된 듯 꿈을 꾸고 있는 듯 정신을 가누지 못함.
520) 지우다 : 천으로 된 물건을 아래로 늘어뜨려 가리다.
521) 협골흡체(浹骨洽體) : 온몸에 두루 미침.

부인이 졈두 왈,

"위공의 은혜는 산히(山海)의 지난지라. 우리 모조 조손이 셰셰로 갑고조 ㅎ여도 밋지 못ㅎ리로다. 다만 엇지 능히 알고 구ㅎ믈 신긔(神奇)로이 ㅎ뇨? 오으는 셜니 가 큰 덕【46】을 칭소(稱謝)ㅎ라."

어시 몸을 니러 승상 막츠의 느으가니, 어시의 조공과 뎡·니 이공(二公)이 강즁(江中)의셔 각각 군병댱둘을 거느려 쌴 비의 올눗더니, 일장 밋친 풍우(風雨)의 놀느지 아니리 업스되, 위공의 거동을 바라보민 안즌 거슬 곳치지 아니코, 쇼지(燒紙)522)의 쓰기를 셜니ㅎ여 물의 너흐민, 이윽ㅎ여 풍셰(風勢) 긋치고, 일변 신·화냥인을 두 곳으로 보니믈 보니 괴이히 넉엇더니, 쇼가 일형을 구활(救活)ㅎ믈 알민 놀라고 긔특이 넉여, 흔 가지로【47】 느려 막츠의 쉴시, 니공이 무러 왈,

"형으 무슴 글을 뉘게 밧비 붓치던다?"

승상이 미쇼ㅎ고 답지 아닌되, 뎡공이 일오되,

"니 혜으리니 농신(龍神)을 칙ㅎ미라. 그러나 쇼어스의 일형이 위퇴ㅎ믈 알고 엇지 혜으려 구ㅎ뇨?"

공 왈,

"쇼뎨 엇지 긋ㅎ여 쇼형의 급ㅎ믈 알니오. 급흔 바름의 반두시 비 파(破)흔 곳이 잇실 듯 ㅎ여 구ㅎ라 ㅎ엿더니, 맛쵸와 쇼부의 익(厄)을 면ㅎ미라. 우연흔 일을 졔(諸)노형이 셩히 니르느뇨?"【48】

냥공이 일변 우으며, 일변 겸공(謙恭)흔 덕힝을 탄복ㅎ더니, 쇼어시 니러러 향젼(向前)523) 비례(拜禮)ㅎ고, 다시 직비(再拜) 칭은(稱恩)ㅎ니, 위공이 연망이 답네(答禮)ㅎ고 붓드러 왈,

"불감불가(不堪不可)524)ㅎ다. 쇼졔 이 쓰흘 맛쵸으525) 지느미 풍낭을 맛느니, 힝인의 파션(破船)ㅎ니 이실가 넘녀ㅎ미니, 이 엇지 형의 치스(致謝)를 바들 비리오. 형의 가운(家運)의 길시(吉時)를 인ㅎ여 무스(無事)ㅎ믈 어든지라. 쳥컨되 금셕(今席) 인사(人事)를 언두(言頭)의 올니지 말나."

어시(御史) 위공의 졍되히 스양ㅎ여 즐기지 아니【49】믈 보와, 다시 일쿳지 아니ㅎ고, 심니(心內)의 감복홀 분이러니, 셩니(城內)로 됴츳 문무영웅(文武英雄)526)이 일시의 강두(江頭)527)로 ○○[나와] 마즈니, 거미(車馬) 잡답(雜沓)528)ㅎ고 엇기 가

---

522) 쇼지(燒紙) : 『민속』 부정(不淨)을 없애고 신에게 소원을 빌기 위하여 흰 종이를 태워 공중으로 올리는 일. 또는 그런 종이.

523) 향젼(向前) : ①앞을 향함. ②말하는 때 이전의 지나간 차례나 때.=지난번.

524) 불감불가(不堪不可) : 감당하지도 못할 뿐 아니라, 옳지도 않음.

525) 맛쵸으 : 마침. 어떤 경우나 기회에 알맞게. 또는 공교롭게.

526) 문무영웅(文武英雄) : 문식(文識)과 무략(武略)을 갖춘 영웅들.

야이더라529).

조·위·니 공이 한가지로 마주 깃분 뎡(情)을 니룰 식, 졔인이 승젼ᄒᄆᆡ 쉬오믈 하례
ᄒ고, 연ᄒ여 딕공 일우믈 칭ᄉ하니, 위·됴 등 졔인이 한 가지로 국가 홍복(洪福)을
닙ᄉ오미라 ᄒ더라.

졔인이 쇼어ᄉᄅᆞᆯ 보고 반기며 친환(親患)을 위문하니, 쇼어시 스례ᄒ고 금일의 합개
(闔家) ᄉ경(死境)을 당ᄒ엿다가, 위 【50】 원슈 회환(回還)ᄒᆯ 쩌룰 맛나 스ᄅᆞᄂᆞ믈 젼
(傳)하니, 모다 크게 놀ᄂᆞ고, ᄂᆡ부 연공과 병부 양공이 더옥 경희(慶喜)ᄒ여, 심ᄂᆡ(心
內)의 더옥 위승상의 어진 덕음(德蔭) 뿐 아니라, 신이(神異)ᄒᄆᆡ 만ᄉ(萬事)의 통
(通)치 못ᄒᆯ 일이 업ᄉ믈 탄복ᄒ더라.

진왕이 닌창 등 삼인으로 더브러 혁을 골와 니르며, 위즁셔(中書) 쇼한님 양한님이
드러와 ᄎᆞ례로 졀ᄒᆯ식, 공이 흔연이 가ᄎᆞ(假借)ᄒ고530) 잠간 쉬여 셩ᄂᆡ로 드러올식,
연·양 냥공과 쇼한님은 쇼어ᄉ로 더브러 쇼부 막ᄎᆞ(幕次)의 가, 각각 ᄆᆡ 【51】 져룰
반기고 놀나믈 위로ᄒ며, 쇼한님은 처음으로 연부인긔 뵈ᄆᆡ, 슉질의 졍의 지극ᄒ여 요
ᄒᆡᆼ(僥倖) 무ᄉᆞ이 화룰 면ᄒ믈 하례하니, 연부인이 눈물을 드리워 위공의 대은을 일ᄏᆞᆺ
더라.

위·됴·니·졍 졔인이 텬궐(天闕)의 복명ᄒ온딕, 샹이 뎐(殿)의 오르ᄉ 졔신을 인딕
(引對)ᄒ시고, 승젼셩공을 희열ᄒᄉ 각각 ᄉ쥬(賜酒)ᄒᄉ 왈,

"경 등이 각각 난셰룰 당ᄒ여 몸을 니져 님군의 시름을 푸니, 깃브미 극ᄒᆫ 가온딕
근노(勤勞)ᄒᆫ 공을 무어스로 갑ᄒ 【52】 리오."

졔신이 황공(惶恐) 돈슈(頓首)ᄒ여 샹교(上敎)의 망극ᄒ시믈 ᄉ은ᄒ고, 신ᄌ의 직분
을 일ᄏᆞ라 감히 당치 못ᄒ믈 알외더라.

군졍ᄉ(軍政事)룰 올녀 보시ᄆᆡ, 텬안이 더옥 환열ᄒᄉ 위현으로써 초국공을 보ᄒ시
고, 조빈으로 졔국공을 봉ᄒ시고, 니·졍 냥인은 벼ᄉᆞᆯ을 도도시니, 됴·위 냥인이 돈슈
(頓首) 고ᄉ(固辭)ᄒ야 굴오딕,

"쇼신 등이 불ᄉ무용(不死無用)531)ᄒ옵거늘, 셩은이 텬지(天地) ᄀᆞᆺᄒᄉ 작위 임의
외람ᄒ오니, 신등이 일야(日夜) 황츅(惶蹙)532)ᄒ여 간뇌(肝腦)533)룰 ᄯᆞ히 바리믈 긔

---

527) 강두(江頭) : 강가의 나루 근처.
528) 잡답(雜沓) : 북적북적하고 복잡함.
529) 가야이다 : 스치다. 서로 살짝 닿으면서 지나가다.
530) 가ᄎᆞ(假借)ᄒ다 : ①정하지 않고 잠시만 빌리다 ②편하고 너그럽게 대하다. ③가까이
하여 어루만지다.
531) 불사무용(不死無用) 죽지도 아니하였고 쓸모도 없음.
532) 황츅(惶蹙) : 지위나 위엄 따위에 눌리어 어찌할 바를 모르고 몸을 움츠리다.
533) 간뇌(肝腦) : 간장(肝臟)과 뇌수(腦髓)를 아울러 이르는 말.

약호옵【53】 느지라. 텬명을 밧즈와 광구(狂寇)534)를 파(破)호오미 인신(人臣)의 분(分)이옵고, 셩명(聖明)535)의 넙으신 덕음(德蔭)을 의지호와, 요힝(僥倖) 싸홈을 니기오나, 슌슌이 상작(賞爵)을 밧즈온죽, 이는 신 등이 폐하를 셤기오미 공을 요(樂)호536)와 상을 구(求)호미라. 무슴 면목으로 셩상을 뫼시고 동뇨(同僚)를 딕(對)호리잇고?"

샹이 그 쯧을 앗지 못호스 아직 거두스 사쥬(賜酒)호시고 위로(慰勞)호시더라.

승상이 인호여 산동태슈의 튱현(忠賢)을 알외고 제쥐즈스의 탐남불인(貪婪不人)537)을 고호니, 상이 딕로(大怒)호【54】스 왈,

"짐이 구즁(九重)538)의 잇셔, 텬하싱민(天下生民)539)을 쥬군(州郡)의게 의탁호엿거늘, 탐관오리(貪官汚吏)의 포학불의(暴虐不義)호미 여추(如此)호니, 엇지 버혀 후인을 징계치 아니리오"

호시고, 즉일의 '홍눈을 잡으 올니라' 호시고 신셩을 즈스의 올녀 산동과 제쥐 빅셩을 보젼케 호시니, 상이 져 즈음긔 됴보(趙普)540)의 집의 미힝(微行)호시니, 쎠의 됴승상이 제쥐즈스 찬물(饌物)541) 보닌 병(甁) 열다숫슬 버려542) 노화543) 밋쳐 거두지 못호엿다가, 텬지 불의(不義)에 님호시니 황망이 마즈 복【55】지여늘, 상이 이윽이 말숨호시더니 병을 フ르쳐 무르신딕, 딕쥬 왈,

"제쥐즈스 홍눈이 마춤 히물(海物)노써 보닉엿느이다."

상이 우어 골오스딕,

"히찬(海饌)이 반드시 아름다오리니 보리라."

호시고, 병을 열나 호시니, 마지 못호여 봉한 거슬 열민 기기히 다 즈금(紫金)이라. 금식(金色)이 찬난호니, 됴뵈 경황낙담(驚惶落膽)호여 면여토식(面如土色)호니, 면관

---

534) 광구(狂寇) : 미친 도적떼.
535) 셩명(聖明) : 임금. 또는 임금의 밝은 지혜.
536) 요(樂)호다 : 좋아하다.
537) 탐남불인(貪婪不人) : 탐욕이 심해 사람답지 못함.
538) 구즁(九重) : 구중궁궐(九重宮闕)의 줄임말. *구중궁궐(九重宮闕): 겹겹이 문으로 막은 깊은 궁궐이라는 뜻으로, 임금이 있는 대궐 안을 이르는 말.
539) 텬하싱민(天下生民) : 하늘 아래 온 세상의 살아있는 백성.
540) 됴보(趙普) : 922~992. 중국 북송 건국기의 정치가. 자 칙평(則平). 송 태조 조광윤(趙匡胤)의 막료가 되어 황제 추대에 중심인물로 활약했다. 그 공로로 우간의대부(右諫議大夫)가 되고 추밀사(樞密使) 등을 거쳐 재상(宰相)에 올랐다. 문치주의적인 지배체제 구축으로 건국 초 국가기틀을 세우는데 공헌하였다.
541) 찬물(饌物) : 반찬거리가 되는 것. 또는 반찬의 종류.=찬수(饌需).
542) 버리다 : 벌이다. 여러 가지 물건을 늘어놓다.
543) 노호다 : 놓다. 「보조동사」 (동사 뒤에서 '-어 놓다' 구성으로 쓰여) 앞말이 뜻하는 행동을 끝내고 그 결과를 유지함을 나타내는 말.

(免冠) 돈슈(頓首)ᄒ여 죽기를 청ᄒ고, 진실노 아지 못ᄒ여시믈 고ᄒ니, 상이 회뢰(賄賂)544) 바드믈 깃거 아니시되, 공(功)이 듕(重)ᄒ믈 념녀 【56】 ᄒᄉ 강잉(强仍)ᄒ여 우으시고, 관슈(管守)545)ᄒ라 ᄒᄉ, 죄슙지 아냐 게시더니, 이의 홍눈의 죄를 즁히 다스리고져 ᄒ시니, 됴승상이 식로이 참괴(慙愧) 욕ᄉ(欲死)ᄒ여 관(冠)을 벗고 계ᄒ(階下)의 업듸여, ᄉ름을 그릇 알고 쳔거(薦擧)ᄒ믈 쳥죄(請罪)ᄒ온되, 상이 글오ᄋ듸,

"ᄌ고(自古) 명군(明君) 셩쥬(聖主)도 간녕(奸佞)546)을 아지 못ᄒ여 어두온 일홈을 엇ᄂ니, 경이 홍눈을 아지 못ᄒ미 괴이ᄒ 일이 아니라."

ᄒ시고, ᄉ(赦)ᄒᄉ 벼슬의 두시니, 됴보의 ᄉ름되오미 지략이 과인ᄒ고 위국(爲國)ᄒ 츙셩이 잇 【57】 시되, 쇼욕(所慾)이 과(過)ᄒ고 심ᄉᆞ(心思)547) 긔극(忌克)ᄒ여548) 승긔ᄌᆞ(勝己者)549)를 오지(惡之)ᄒ니, 시고(是故)로 츙직지ᄉ(忠直之士)ᄂ 뜻이 합(合)지 아닌지라.

ᄒ 가지로 됴항(朝行)의 잇시나, 외친ᄂᆡ쇼(外親內疏)ᄒ니, ᄂᆡ부상셔 연공은 본듸 관후츙신(寬厚忠信)ᄒ니 ᄉ름의 허물 니르기를 즐겨 아니코, 져의 개국훈신(開國勳臣)이믈 공경ᄒ며, 지예(才藝)를 가(可)히 넉이니, 언논(言論)을 닷토며 흑빅(黑白)을 니르미 업셔 화평ᄒ믈 쥬ᄒ고, 병부 양공은 금회(襟懷) 졍직ᄒ고 긔운이 엄슉ᄒ여 의논이 쥰졍(峻正)550)ᄒ듸, ᄌᆞ긔 집 션셰(先世)의 됴공 집 【58】 의 슈은(受恩)ᄒ미 깁흔지라.

니러무로 그 부친 벽계션싱이 큰 은인으로 아라 관곡(款曲)히 듸졉ᄒ니, 양공이 쏘ᄒ 옛 일을 감오(感悟)ᄒ고 친의(親意)를 봉승(奉承)ᄒ여, 지극ᄒ미 ᄌ질(子姪) ᄀᆞᆺ고, 니부상셔 쳘공은 엄졍(嚴整)ᄒ 지기(志槪)요 관인(寬仁)ᄒ 덕냥(德量)이니, 됴ᄒ 아니나 져ᄂ 당국듸신(當國大臣)551)이오, ᄌᆞ긔 등은 하관(下官)이므로 낫타난 죄 업시 듸신을 공쳑(攻斥)치 아냐시니, 각각 됴ᄒ 듸졉ᄒᄂ지라.

위승상이 됴공의 ᄌ질(資質)이 둑히 간셰(間世)ᄒᆯ552) 영걸(英傑)이오, 긔량(器量)이 거의 방두(房杜)553)를 ᄯ 【59】 르노라 ᄒ니, ᄒ믈며 미시(微時) 친위(親友)니 박

---

544) 회뢰(賄賂) : 뇌물을 주고받음. 또는 그 뇌물.
545) 관슈(管守) : 보관하여 잘 간직함.
546) 간녕(奸佞) : 간신(奸臣: 간사한 신하)과 영신(佞臣: 아첨하는 신하)을 함께 이른 말.
547) 심ᄉᆞ(心事) : ①어떤 일에 대한 여러 가지 마음의 작용. ②마음에 맞지 않아 어깃장을 놓고 싶은 마음.
548) 긔극(忌克)ᄒ다 : 남의 재능을 공연히 시샘하여 그보다 나으려고 다투다.
549) 승긔쟈(勝己者) : 자기보다 뛰어난 자.
550) 쥰졍(峻正) : 준엄(峻嚴)하고 정대(正大)함.
551) 당국듸신(當國大臣) : 나라의 정무를 맡고 있는 정승.
552) 간셰(間世) : 여러 세대를 통하여 드물게 남.
553) 방두(房杜) : 중국 당나라 태종(太宗) 때의 명재상(名宰相)인 방현령과(房玄齡:

졀ᄒ미 그가치 아니코, 본디 쳔셩이 《할연∥활연(豁然)》ᄒ여 쇼ᄉ를 거리끼지 아니
ᄒ니, 져의 녕긔(英氣)를 열지(熱志)554)ᄒ믈 개연(慨然)ᄒ나555) 닐너 곳칠 비 아니
오, 굴으쳐 드를 비 아니니, 젼두(前頭)를 목젼(目前) 보듯ᄒᄂ지라. 도도히 텬슈(天
數)를 알고, 오직 ᄌ긔 겸공(謙恭)ᄒᆫ 덕ᄒᆼ으로 쇼심근신(小心謹愼)홀 ᄯᄅ름이러니, 져
즈음긔 시어ᄉ 댱긔 됴공의 ᄉ롬아라 쓰지 못ᄒ믈 논ᄒᆡᆨ(論劾)ᄒ엿더니, 그윽이 함노
(含怒)ᄒ여 신평의 빅셩이 니산(離散)ᄒ다ᄒ니, '댱긔의 【60】 튱현(忠賢)이 독히 지
방을 평졍ᄒ리이다' ᄒ여, ᄂ라히 알외온디, 상이 댱긔로 신평지부를 ᄒ이시니, 위공이
긔탄(慨歎)ᄒ되 신평이 댱공을 보젼홀 고로 묵연ᄒ여시나, 깁히 넘녀ᄒ여 심복 하관으
로 물졍(物情)을 ᄉᆯ피라 ᄒ엿더니, 운능 남군이 신평과 ᄀᆺ치 위급ᄒ믈 듯고 흔가지로
구ᄒ니, 하ᄂᆫ흔 국가디ᄉ를 위ᄒ미요, 둘흔 세 곳 지쥬(知州)의 ᄋᆡ미(曖昧)히 죄즁의
ᄲᅡ지믈 참연ᄒ고, ᄌ긔 낭피(狼狽)를 넘녀ᄒ여 지믈노써 흔가 【61】 지로 무ᄉ케ᄒ니,
가음열미556) 비록 나라흘 결울지라도557) 이러트시 금은 보기를 흙ᄀᆺ치 ᄒ고, 어진
일의 ᄂᆞᆨ들믈 분발ᄒᄂ 지 업ᄉ니, 홀노 쳔고(千古)의 위공을 본지라.

그러나 청은ᄒ믈 깃거 아니ᄒ고 공덕을 ᄌ랑치 아니ᄒ여, 그윽흔 음덕이 우흐로 상
데 감동ᄒ시고 아릭로 신명이 감복게ᄒ니, 그 복녹이 엇지 ᄌ손의 흐르지 아니리오.
후릭(後來)의 댱긔의 ᄎᄌ 졔현이 태둉황뎨(太宗黃帝)558)를 돕ᄉ와 벼슬이 놉흔 후,
위공이 【62】 결안 칠 ᄯᅥ 신평 남군 운능의 옛 닐노써 고ᄒ니, 상이 깁히 추탄ᄒ시
니라.

어ᄉ의 쇼어ᄉ 궐하의 됴현(朝見)ᄒ고 오릭 믈너 잇던 쥴 쳥죄ᄒ니, 상이 흔연이 면
유(面諭)ᄒ시고 노모의 병이 ᄂᆞᄋᆞ믈 깃거ᄒ시더라.

됴회를 파ᄒ시민 각각 믈너날ᄉᆡ, 어ᄉ의 상쳥은 의슐이 고명ᄒ고 지식이 잇ᄉ니, 승
상이 운남을 향홀ᄉᆡ 상이 그 경ᄌ옥골(瓊姿玉骨)559)노써 쟝녀지지(瘴癘之地)560)의

579-648)과 두여회(杜如晦: 585-630)를 함께 일컬은 말. 방현령은 모책(謀策)을 잘
하였고 두여회는 결단을 잘 내려, 두 사람이 동심협력하여 태종조의 '정관(貞觀)의 치
(治)'를 이끌었는데, 이 방현령의 모책과 두여회의 결단을 일컬어 '방모두단(房謀杜斷)'
이란 고사성어가 만들어지기까지 하였다.(『舊唐書 卷66 房玄齡列傳, 杜如晦列傳』)'방
모두단(房謀杜斷)'의 고사가 전하기도 한다.
554) 열지(熱志) : 한 가지 일에 열중하는 마음.
555) 개연(慨然)ᄒ다 : 분개(憤慨)하다.
556) 가음열다 : 재산이 넉넉하고 많다. 부유(富裕)하다.
557) 결우다 : 겨루다. 서로 버티어 승부를 다투다.
558) 튀둉황뎨(太宗皇帝) :조광의(趙匡義). 중국 북송의 제2대 황제 태종(太宗: 939~997).
성은 조(趙). 이름은 광의(匡義). 태조(太祖) 조광윤(趙匡胤)의 아우로 중국의 통일을
완성하여 태조 조광윤과 함께 개국 초 송나라의 기틀을 세웠다. 재위 중 과거 제도를
확립하였으며, 전매(專賣)·상세(商稅) 제도를 바로잡아 군주의 통치권을 강화하였다.
재위 기간은 976~997년이다.

가믈 넘녀ᄒᆞᄉᆞ, 어의ᄅᆞᆯ 명ᄒᆞ여 약뉴(藥類)ᄅᆞᆯ ᄀᆞᆺ쵸와 가라 ᄒᆞ【63】시니, 상쳥이 명을 밧ᄌᆞ와 군즁의 ᄯᅩ라와[왓]더니, 공의 긔이ᄒᆞᆫ 모칙(謀策)으로 뎍을 파(破)ᄒᆞᆷ믄 니ᄅᆞ지 말고, 어진 덕퇵이 인민을 어로만져 사름 죽이기를 즐겨 아니ᄒᆞ고, 군둘이 병들ᄆᆡ 친히 구완ᄒᆞ여, 의슐의 놉ᄒᆞ미 져의 바랄 빅 아니여늘, 군시 슈질(水疾)의 상홀가ᄒᆞ여 경ᄉᆞ로 조ᄎᆞ 여러 가지 약뉴를 ᄀᆞ져와 구ᄒᆞ고, 금번 소어ᄉᆞ 일힝을 구활ᄒᆞ여 신약(神藥)으로 죽은 ᄌᆞ를 회ᄉᆡᆼ케 ᄒᆞ고, 쳥념공검(淸廉恭儉)ᄒᆞᆫ 덕과 인의 【64】지셩(仁義之誠)이 쵸목군싱(草木群生)561)의 밋ᄎᆞ니 감동 탄복ᄒᆞ더니, 텬직 동용이 부르ᄉᆞ 위공의 힝뎍(行蹟)을 무르시니 드듸여 ᄌᆞ시 고ᄒᆞ올ᄉᆡ, 츙효(忠孝) 츌인(出人)ᄒᆞ여, ᄆᆡ일 계명(鷄鳴)562)의 경ᄉᆞ(京師)를 바라고 팔빅산호(八拜山呼)563)ᄒᆞ며, ᄌᆞ리를 물녀 셔향(西向)ᄒᆞ여 부모긔 지빅ᄒᆞ니, 션됴(先朝)564)의 토번(吐蕃)565)을 칠 적으로부터 작년 걸안의 ᄯᅥ히 가 ᄒᆞᆫ갈ᄀᆞᆺ치 힝하여 늉동한셜(隆冬寒雪)의도 폐치 아니ᄒᆞᆫ다 ᄒᆞ믈 쥬(奏)ᄒᆞ고, 일동일졍(一動一靜)이 녜(禮)의 어긔지 아니ᄒᆞ고, 일언(一言) 일보(一步)의 방심【65】 태만ᄒᆞ미 업셔, 제장으로 말ᄉᆞᆷᄒᆞ미 국ᄉᆞ(國事)를 니르지 아니미 업스며, ᄂᆞ라 은덕을 반ᄃᆞ시 죽기로 갑흐믈 일ᄏᆞ라, 슌슌(順順)566) 눈물이 ᄂᆞ리지 아닐 적이 업스니, 빅셩을 효유(曉諭)ᄒᆞ미 츙의(忠義)와 효ᄉᆞ(孝事)로써 ᄀᆞ르치고, 산동(山東)의 와 신티슈를 직물을 어더쥬어 구급(救急)ᄒᆞ며, 변하(汴河)의 글을 더져 뇽신(龍神)을 제어ᄒᆞ고, 쇼힝567)의 급ᄒᆞᆷ믈 구ᄒᆞᆷ믈 일일이 쥬(奏)ᄒᆞ니, 상이 격졀탄상(擊節嘆賞)ᄒᆞ시고 암암칭션(暗暗稱善)ᄒᆞᄉᆞ 사랑ᄒᆞ시니라.

귀즁ᄒᆞ시미 비【66】홀 곳이 업스나, 어뎨(御弟) 진왕이 뫼셧더니, 작일(昨日)

---

559) 경ᄌᆞ옥골(瓊姿玉骨) : 경옥(瓊玉)같이 아름다운 자태와 백옥(白玉)같이 희고 깨끗한 골격이라는 뜻으로, 고결한 풍채를 이르는 말.

560) 장녀지지(瘴癘之地) : 유행성 열병이나 학질(瘧疾: 말라리아) 따위의 전염병이 창궐하는 기후가 덥고 습한 지방.

561) 초목군싱(草木群生) : '풀'과 '나무'와 '온갖 생물'을 함께 이른 말.

562) 계명(鷄鳴) : 첫닭이 울 무렵인 축시(丑時). 곧 새벽 한 시에서 세 시 사이를 이른다. =계명축시(鷄鳴丑時).

563) 팔빅산호(八拜山呼) : 신하가 임금을 알현할 때, 8번 절을 하고 마지막 절의 끝에 임금의 만수무강을 축원하여 두 손을 치켜들고 만세를 부르던 일. 중국 한나라 무제가 숭산(嵩山)에서 제사 지낼 때 신민(臣民)들이 만세를 삼창한 데서 유래한다.

564) 션됴(先朝) : 바로 전의 왕조. =전조(前朝). *여기서는 송(宋)이 건국하기 전, 오대(五代)의 마지막 왕조인 후주(後周)를 이른다.

565) 토번(吐蕃) : 토번국(吐蕃國). 중국 당나라・송나라 때에, '티베트 족'의 나라를 이르던 말. 지금의 중국 서남부티베트 고원에 위치해 있는 서장자치구(西藏自治區)를 말한다.

566) 슌슌(順順) : 순서마다. 차례마다. =매순(每順). 번번(番番). 매번(每番).

567) 쇼힝 : 소어사(御史)의 이름인 듯.

의 상명으로 강두(江頭)의 가 마존지라. 문견(聞見)으로써 쥬(奏)ᄒ여, '칭은(稱恩)ᄒ믈 깃거 아니ᄒ고 공덕을 겸양ᄒ여[며], ᄌ질을 훈회(訓誨)ᄒ여[미] 엄정ᄒ고, 냥질과 삼지 다 ᄂᆞ가 마줄시 녜법이 삼엄(森嚴)ᄒ여 좌우의 시립ᄒ고, 진왕 명훈을 이지휼지(愛之恤之)568)ᄒ여 잠간도 손을 놋치 아니ᄒ고, 지셩(至誠) 교도(教導)ᄒ며 보양(保養)ᄒ믈' 알외여[니], 감복ᄒ시고 ○[ᄶᅩ],

"젹은 독하(足下) 완창이 겸금냥옥(兼金良玉)569) ᄀᆞ ᄒ여 풍치(風采) 긔질(氣質)【67】이 그 아ᄌᆞ비와 만히 갓더이다."

ᄒ니, 상이 깃거ᄒᆞᄉ 명일의 졔신이 됴알(朝謁)ᄒ민, 위공의게 명ᄒ시고, 완창으로 한님시독을 ᄒᆞ이ᄉ 직쵹ᄒ여 쥬픽(朱牌)570)로 부르시니 부득이 됴항(朝行)의 ᄂᆞᄋ간지라.

형뎨 냥인이 ᄌᆞ포금듸(紫袍金帶)571)로 오ᄉ(烏紗)572)를 졍(正)히 하여시니, 옥면풍광(玉面風光)이 쇄락(灑落)ᄒ지라. ᄉᆞ룸이 져 슉질(叔姪) 삼인을 딕ᄒᆞ민 흠탄(欽歎) 이경(愛敬)ᄒ고 념복치경(斂服致敬)573)ᄒᆞ믈 마지 아니 ᄒ더라.【68】

---

568)이지휼지(愛之恤之) : 사랑하며 보살펴 줌.
569)겸금냥옥(兼金良玉) : 겸금(兼金)은 품질이 뛰어나 값이 보통 금보다 갑절이 되는 좋은 황금을 이르고, 양옥(良玉) 또한 옥 가운데서 품질이 뛰어난 옥을 말한다.
570)쥬픽(朱牌) : 조선시대 임금이 당상관을 부를 때 보내던 붉은 색 명패(命牌).
571)ᄌᆞ포금듸(紫袍金帶) : 조선시대 관원들이 관복을 입을 때 입던 자색(紫色) 도포와 도포 위에 두르던 금으로 장식한 띠.
572)오ᄉ(烏紗) : 오사모(烏紗帽). 고려 말기에서 조선 시대에 걸쳐 벼슬아치들이 관복을 입을 때에 쓰던 모자. 검은 사(紗)로 만들었는데 지금은 흔히 전통 혼례식에서 신랑이 쓴다.
573)념복치경(斂服致敬) : 옷깃을 여미고 경의를 표함.

화산션계록 권지이십오

츠셜(且說)574) 승상이 집으로 도라오미 삼부인이 옥(玉) 갓흔 영ᄌ(英子)를 식로이 싱ᄒ여시니, 신ᄋ 삼인이 기기히 닌ᄋ봉취(驥兒鳳雛)575)라. 각각 어루만져 깃거ᄒ니 진왕과 삼 공ᄌ의 깃브고 즐기믄 다 긔록기 어렵더라.

위공이 쳘·쇼 냥가(兩家)의 몬져 혼인을 통ᄒ나, 양상셔는 아직 난연(赧然)흔 형셰 잇시믈 알고, 구(求)키를 아직 발치 아니ᄒ니, 피ᄎ 셔로 마음 속의 두어실 ᄲᆞᆫ이라. 진실노 연공으로 더브러 쇼죄(所遭) ᄀᆞᆺᄒ니, 승상【1】이 냥공의 효의를 더옥 감탄ᄒ고, 양·연 냥가(兩家) 규슈(閨秀) 진왕과 웅ᄋ의게 하날이 맛지신 빈위(配偶)를 씨두라, 다른 곳을 구(求)치 아니ᄒ고, 동용(從容)이 ᄯᅦ를 기다리니, 이 두 곳 혼ᄉᆡ 엇진 연괴(緣故)뇨? 츠쳥하회(次聽下回)ᄒ라576)

어시의 쇼어ᄉ 모친 연부인이 그 모친 긔부인긔 ᄂᆞᄋᆞ 뵈려 ᄒ니, 어ᄉ와 풍부인이 ᄌᆞ녀를 거ᄂᆞ리고 바로 연상셔 부즁(府中)의 니르미, 연공 부인 셕시 ᄌᆞ녀와 식부를 닛그러 듕문(中門)의 마ᄌᆞ니, 쇼어시 ᄂᆞ아드러577) 모친을 안아 튀모(太母)578)【2】좌젼(左前)의 니르러 셔로 븟들고 반기며 일변(一邊) 슬허ᄒ니, 원닉 긔부인의 엄슉ᄒ미 ᄌᆞ녀를 계훈(戒訓)ᄒ미, 구구(久久)히579) ᄌᆞ익(慈愛)ᄒ여 허물을 요딕(饒貸)580)ᄒ미 업ᄂᆞᆫ 고로, 그 ᄌᆞ네 기기(個個)히 셩회(誠孝) 츌텬(出天)ᄒ여 덕힝이 완전ᄒ며, 연공과 셕부인이 대효로써 ᄉᆞ친(事親)ᄒ미 '증ᄌᆞ(曾子)의 양지(養志)'581)와 'ᄌᆞ로(子路)의 부미(負米)'582)를 효측(效則)ᄒ니, '진효부(陳

---

574)차설(且說) : 주로 고소설에서, 화제를 돌려 다른 이야기를 꺼낼 때, 앞서 이야기하던 내용을 그만둔다는 뜻으로 다음 이야기의 첫머리에 쓰는 말.

575)닌ᄋ봉취(驥兒鳳雛) : 천리마의 새끼와 봉황의 새끼라는 말로, 뛰어나게 잘난 자손을 칭찬하여 이르는 말.

576)츠쳥하회(次聽下回)ᄒ라 : 다음 회(回)의 이야기를 들어보라.

577)ᄂᆞᄋᆞ들다 : 날아들다. ①날아서 안으로 들다. ②뜻밖에 들이닥치다. *여기서는 ②의 의미.

578)튀모(太母) : 조모(祖母). 할머니.

579)구구(久久)히 : 오래도록. *구구(久久)ᄒ다 : 기간이 길다.

580)요딕(饒貸) : 너그러이 용서함.

581)증ᄌᆞ(曾子)의 양지(養志) : 『맹자(孟子)』 <이루상(離婁上)>에 나오는 이야기다. "증자(曾子)가 아버지 증석(曾晳)을 봉양할 때 밥상에 반드시 주육을 준비하였는데, 밥

孝婦)의 긔특흄'583)과 '왕시쳐(王氏妻)의 승슌(承順)'584)이 ㄱ즉ᄒ니, '니녕빅(李슈伯)의 간졀ᄒᆫ ○[효]셩(孝誠)'585)과 동즁손의 ᄉ못촌 회(孝)586)며 '조아(曹娥)의 아비를 안음'587)과 '졔영의 【3】몰입관비(沒入官婢)ᄒ기를 빌미'588) 일가(一家)의 모혀시니589), 쳔고(千古)의 드믄 닐이요, 일셰(一世)의 흔치 아닌 힝(行)이

상을 믈릴 적에 증자는 반드시 '누구에게 주시겠느냐?'고 청하였으며, '여유가 있느냐?'고 물으면 반드시 '있다'고 대답하였다. 증석이 죽은 뒤에는 아들 증원(曾元)이 증자를 봉양하여, 또한 반드시 주육을 준비하였는데, 밥상을 물릴 적에 증원은 '누구에게 주시겠느냐?'고 청하지 않았으며, 증자가 '여유가 있느냐?'고 물으면 반드시 '없다'고 대답하였다. 이는 그 음식을 다시 올리기 위해서였는데, 이것이 이른바 구체(口體) 만을 봉양한다는 것이니, 증자와 같이 하면 부모의 뜻을 봉양한다고 이를 만하다."고 한 이야기가 그것이다. *증자는 중국 노나라의 유학자 증삼(曾參: B.C.506~B.C.436?)을 높여 이르는 말로, 자는 자여(子輿)다. 공자의 덕행과 사상을 조술(祖述)하여 공자의 손자인 자사(子思)에게 전하였다. 유가에서 내세우는 대표적인 효자로, 효(孝)가 양구체(養口體; 음식과 몸을 섬기는 것)에 머물지 않고, 양지(養志; 뜻을 섬기는 것)에 이르러야 함을 몸소 보여주었다. 저서에 『증자』, 『효경』 등이 있다.

582)ᄌ로(子路)의 부미(負米) : =백리부미(百里負米). 중국 춘추시대 공자의 제자인 자로(子路)가 쌀을 백리까지 운반하여 그 운임으로 어버이를 봉양한 고사를 이르는 말로, 가난하게 살면서도 지극한 효성으로 부모를 잘 봉양하는 것을 뜻한다. 『공자가어(孔子家語)』에 나온다.

583)진효부(陳孝婦) : 중국 한(漢)나라 때 진현(陳縣)의 효부. 남편이 변방에 수자리 살러 나가 죽자, 남편과의 약속을 지켜 일생 개가(改嫁)하지 않고 시어머니를 성효로 섬겼다. 『소학』 <제6 선행편>에 나온다.

584)왕시쳐(王氏妻)의 승슌(承順) : 미상.

585)니녕빅(李슈伯) : 영백(슈伯)은 서진(西晉)의 문신 이밀(李密: 224~287)의 자(字)다. 삼국시대 촉한(蜀漢)에서 낭관(郎官)을 지내고, 촉한이 망한 뒤 서진에서 상서랑(尙書郞)·하내온령(河內溫令)·한중태수(漢中太守)를 지냈다. 문장이 뛰어나, 진무제(晉武帝)에게 올린 진정표(陳情表)〉로 이름이 높다. 그는 어려서 아버지를 여의고 어머니가 개가(改嫁)하였으므로, 조모 유씨(劉氏)가 양육하였는데, 표문(表文)에서 "신이 폐하에게 충절을 다할 날은 길고, 조모 유씨(劉氏)에게 보답할 날은 짧습니다."라고 하여, 90세가 넘은 조모의 곁을 잠시도 떠날 수 없다며, 조모를 끝까지 봉양할 수 있게 해달라고 청원하였다.(『고문진보후집(古文眞寶後集)』 <진정표(陳情表)> 참조).

586)동즁손의 ᄉ못촌 회(孝) : 미상.

587)조아(曹娥)의 아비를 안음 : 중국 후한(後漢)의 효녀 조아의 고사(古事)로, 조아가 아버지가 강물에 빠져 실종된 뒤 그 시신을 찾지 못하자, 14세의 나이로 강가에서 밤낮으로 울부짖다가 17일째 되는 날 아버지의 시신을 찾기 위해 강물에 투신했는데, 그 5일 만에 아버지를 껴안은 채 익사체로 떠오른 고사를 말한다. 『후한서(後漢書) 권84』 <열녀전(列女列傳)> '효녀조아(孝女曹娥)'조에 나온다..

588)제영(緹縈)의 몰입관비(沒入官婢)ᄒ기를 빎 : 제영(緹縈)은 중국 한 나라 문제(文帝) 때의 효녀로, 그녀의 아버지 순우의(淳于意)가 죄가 있어 사형을 당하게 되자, 대궐에 들어가, 황제께 상소하여 자신이 관비(官婢)가 되어 아버지 죄를 속(贖)하겠다고 하자, 문제가 이를 측은히 여겨 순우의의 사형을 면제해 주었다는 고사를 말한다. 유향(劉向)의 『열녀전(烈女傳)』에 나온다. *몰입(沒入): 『역사』 죄인의 재산을 몰수하고 그 가족을 관아의 종으로 잡아들이던 일.

라. 여셜죵두(如說從頭)590)ᄒ여 연 상셔의 가ᄒᆡᆼ(家行)을 긔록(記錄)ᄒ노라.

화셜 ᄂᆡ부상셔 문하뎐(文華殿) 틱ᄒᆞᆨ슈(太學士) 연공의 명(名)은 희슉이오 ᄌᆞ(字)ᄂᆞᆫ 공빅이니, 위인(爲人)이 졍딕(正大) 관인(寬仁)ᄒ고, 활달딕도(豁達大度)591)ᄒ니, 흉금(胸襟)이 뇌락(磊落)592)ᄒ고 긔질(氣質)이 슈연(粹然)ᄒ여, 광풍졔월(光風霽月)593)이 진익(塵埃)를 ᄯᅥᆯ치고 만니장텬(萬里長天)의 졈운(點雲)594)이 업ᄂᆞᆫ 듯, 관홍(寬弘)ᄒᆫ 덕도(德度)와 호연(浩然)ᄒᆫ 긔질이 북ᄒᆡ남명(北海南冥)595)【4】의 호무이안(毫無礙眼)596)은[ᄒᆞᆫ] 국냥(局量)이라.

텬셩딕효(天性大孝)ᄂᆞᆫ '반의(斑衣)를 츔츄고 작츄(雀雛)로 희롱ᄒ니'597), 녜긔(禮記)의 닐온 바, '화긔(和氣) 잇스믄 반ᄃᆞ시 유식(愉色)○○○[이 잇슴]을'598) 니르미라. 언건(偃蹇)ᄒᆫ 쳬지(體肢)와 댱신(長身)으로, 친측(親側)을 님(臨)ᄒᆫ ㅈㄱ, ᄋᆞᄒᆡ(兒孩)와 츔유(沖幼)의 쳬(體)를 가져시며, 풍신(風神)이 동탕(動蕩)ᄒ여 슈려ᄒᆫ 의표(儀表)ᄂᆞᆫ 만홰방챵(萬化方暢)599)ᄒ고, 화열(和悅)ᄒᆫ 안모(顔貌)와 효슌ᄒᆫ 말ᄉᆞᆷ이 친의(親意)를 위열(慰悅)ᄒ니, 일셰 밀위여, '증민(曾閔)600)으로 ᄌᆞ

---

589)모ᄒᆡ다 : 모이다. 한데 합쳐지다. '모으다'의 피동사.

590)여셜죵두(如說從頭) : 이와 같은 말[이상에서 한 말]로 시작하여 (어떤 이야기를 해 나가려 한다)의 뜻.

591)활달딕도(豁達大度) : 너그럽고 커서 작은 일에 거리낌이 없는 활달한 도량.

592)뇌락(磊落) : 마음이 너그럽고 작은 일에 얽매이지 않음.

593)광풍졔월(光風霽月) : 비가 갠 뒤의 맑게 부는 바람과 밝은 달이란 뜻으로, 마음이 넓고 쾌활하여 아무 거리낌이 없는 인품을 비유적으로 이르는 말. 황정견이 주돈이의 인품을 평한 데서 유래한다.

594)졈운(點雲) : 한 점의 구름.

595)북ᄒᆡ남명(北海南冥) : 중국의 북쪽바다와 남쪽바다를 함께 이르는 말로, 다 같이 현실계가 아닌 상상 속에 존재하는 북쪽과 남쪽의 가없이 넓고 큰 바다의 이름(북: 북해, 남: 남명)이다.

596)호무이안(毫無礙眼) : 털끝만큼도 눈에 거리끼는 것이 없음.

597)반의(斑衣)를 츔츄고 작츄(雀雛)로 희롱ᄒ니 : 중국 춘추 때 초나라 사람 노래자(老萊子)가 70세에 색동옷을 입고 춤을 추고, 새 새끼를 희롱하며 어린애 장난을 하여, 늙은 부모를 즐겁게 해드렸다는 고사에서 인용한 말.

598)화긔(和氣) 잇스믄 반ᄃᆞ시 유식(愉色)이 잇슴 : 화기가 있으면 반드시 즐거운 기색이 있기 마련이라는 말로, 『예기』 〈제의(祭義)〉편의 "효자가 어버이를 깊이 사랑하게 되면 자연히 화기를 띠게 마련인데, 그런 사람에게는 또 자연히 즐거운 기색이 있게 마련이고, 그런 사람은 또 자연히 유순한 태도를 보이게 마련이다. [孝子之有深愛者 必有和氣 有和氣者 必有愉色 有愉色者 必有婉容]"라는 말에서 인용한 말이다.

599)만홰방챵(萬化方暢) : 따뜻한 봄날에 온갖 생물이 나서 자라 흐드러짐.

600)증민(曾閔) : 중국 춘추시대 노나라의 효자인 증자(曾子)와 민자건(閔子騫)을 함께 이르는 말. *증ᄌᆞ(曾子) : 증삼(曾參). 중국 춘추 때 노나라의 유학자. 자는 자여(子輿). 공자의 덕행과 사상을 조술(祖述)하여 공자의 손자인 자사(子思)에게 전하였다. 후세 사람이 높여 증자(曾子)라고 일컬었으며, 유가에서 내세우는 대표적인 효자로, 효

리룰 굴오리라'601) 호는지라.

시고(是故)로 텬지 녜우(禮遇)호시고【5】빅뇨(百寮) 다 탄복호니, 위승상이 그 깁흔 효와 놉흔 덕을 심허(心許)호여, 졍(情)이 폐부(肺腑)의 들고, 쯧이 심혈의 아올나 관포(管鮑)의 지긔(知己)룰 엿게 넉이는지라.

그 어진 힝실과 통달흔 의논을 군지(君子) 장허(奬許)호고602), 일죽 스름을 향호여 박졀흔 말솜을 발(發)치 아니코, 급거(急遽)흔 눗빗츨 뵈지 아니호니, 쇼인이 우러러 친익호여 늉즁(隆重)흔 덕망이 현불쵸(賢不肖)603) 업시 도라가더라.

쇼시(少時)의 궁향(窮鄕)의 곤둔(困屯)604)호되 봉상쳔인(鳳翔千仞)605)의 긔불탁쇽(飢不啄粟)606)으로 비례룰 피【6】호고 비의(非義)룰 믈니치니, 갈녁경젼(竭力耕田)607)호며 '빅니(白狸)의 부미(負米)'608)호여 편친(偏親)을 봉양호니, 공의 부친 졍니션싱이 문질(文質)이 빈빈(彬彬)호고 도학(道學)이 고명(高明)호여, 공명을 부운 갓치 넉이고 쳥풍연월(淸風煙月)609)의 오류(五柳)610)의 맑은 흥이 북창(北窓)의 놉핫는지라.

본디 셰셰(世世) 당됴(唐朝) 구신(舊臣)이러니, 당이 망호미 깁히 산즁의 슘어 문달(聞達)을 구치 아니호여, 삼디(三代)의 션싱이 조상부모(早喪父母)호고 혈혈무탁(子子無託)611)호니, 진됴(晉朝) 승상 긔공이 우연이 맛나보미 풍도(風度)【7】긔골(氣骨)이 츌어범뉴(出於凡類)홈과 문장덕힝(文章德行)이 일셰의 진동호

(孝)가 양구체(養口體; 음식과 몸을 섬기는 것)에 머물지 않고 양지(養志; 뜻을 섬기는 것)에 이르러야 함을 몸소 보여주었다. 저서에 《증자》, 《효경》이 있다.＊민자건(閔子騫); 중국 춘추시대 노나라의 현인. 공자의 제자. 이름은 손(損). 자는 자건. 공문십철의 한 사람으로, 효행이 뛰어났다.

601)증민(曾閔)으로 즈리룰 굴오리라 : 증자와 민자건으로 자리를 나란히 하리라. ＊굴오다 : 가루다. 자리 따위를 함께 나란히 하다

602)장허(奬許)호다 : 장려하며 허여하다.

603)현불쵸(賢不肖) : 어짊과 못남. 또는 어진 사람과 못난 사람을 아울러 이르는 말.

604)곤둔(困屯) : 가난하고 어려운 처지에 놓임.

605)봉상쳔인(鳳翔千仞) : 봉황이 높이 천 길이나 되는 하늘을 날아감.

606)긔불탁쇽(飢不啄粟) : 굶주려도 곡식을 쪼아 먹지 않음

607)갈녁경젼(竭力耕田) : 있는 힘을 다해 논밭을 갊.

608)백리부미(百里負米). 중국 춘추시대 공자의 제자인 자로(子路)가 쌀을 백리까지 운반하여 그 운임으로 어버이를 봉양한 고사를 이르는 말로, 가난하게 살면서도 지극한 효성으로 부모를 잘 봉양하는 것을 뜻한다. 『공자가어(孔子家語)』에 나온다.

609)쳥풍연월(淸風煙月) : 부드럽고 맑은 바람에 밥 짓는 연기가 피어오르는 세월이란 뜻으로, 근심이나 걱정이 없는 편안한 세상을 이르는 말. =태평연월(太平烟月)

610)오류(五柳) : 다섯 그루의 버드나무. 중국 진(晉)나라의 도연명이 그의 집에 심어서 가꾼 데서 유래한다.

611)혈혈무탁(子子無託) : 가족이나 친척이 없어 외롭고 의탁할 데가 없음. =혈혈무의(子子無依).

믈 흠이(欽愛)ᄒ여, 동상(東床)612)의 마ᄌ니, 원ᄂᆡ 긔공이 무남독녀(無男獨女)라. 과도이 이즁(愛重)ᄒ여 ᄀᆞ르치미 업고 용모 쏘 불미(不美)ᄒ니, 공의 관인후덕(寬仁厚德)ᄒ미 ᄋᆞ녀ᄌ의 쇼쇼과실(小小過失)을 용납홀가 ᄒ미요, 녕졍고고(零丁孤苦)613)ᄒ니 기리 의탁고ᄌ 바라미라.

공이 비록 흡연치 못ᄒ나, 비쳬(配妻)의 즁ᄒᆞᆫ 의(義)를 듯터이 ᄒ여 공경듕ᄃᆡ(恭敬重待)ᄒ여[고], 부인의 용모 미려치 못ᄒ나 극히 화길(和吉)614)ᄒ니, 은졍을 【8】 ᄉᆞᆺ긔지 아니코 허물을 엄히 경계ᄒ니, 가되(家道) 옹목(雍睦)ᄒ더라.

일ᄌ이녀(一子二女)를 싱ᄒ니 ᄌ녜 다 부친 풍모와 덕힝을 품슈(稟受)ᄒ고, 모친 불용누질(不容陋質)615)을 담지 아냐시니, 션싱이 ᄋᆡ지즁지(愛之重之)ᄒ더라.

셕의 고되(高祖) 시로 등극(登極)ᄒ고 긔공이 승상이 되니, 스름이 연공의 풍뉴문ᄌᆡ(風流文才)를 보고 발쳔(發薦)ᄒ여 벼슬○[을] ᄒ이고ᄌ ᄒ거늘, 연공이 진국의[이] 걸안을 셤겨 부ᄌ(父子)로 일ᄏᆞ르믈 ᄒᆡ연(駭然)ᄒ여, '군ᄌ 그 나라히 식녹(食祿)지 못ᄒ리라.' ᄒ여, 구지 【9】 믈니치고, 쳐ᄋᆞ(妻兒)를 거느려 향니로 도라오니, 녕무현 쳥명산 즁의 엣 집이 오히려 남앗고, 슈기(數個) 노복(奴僕)이 잇셔 맛더라.

모옥(茅屋)을 슈리ᄒ고 삼경(三逕)616)을 다시 슈습(收拾)ᄒ니, 한가ᄒᆞᆫ 쳥흥(淸興)이 그윽ᄒ여 쇼유[요]ᄌ락(逍遙自樂)617)ᄒ되, 긔부인이 부귀교ᄋᆞ(富貴驕兒)로 빈한을 념고(厭苦)ᄒ여 고장분분(鼓掌忿憤)618)ᄒ나, 션싱의 엄듕(嚴重) 묵묵(默默)ᄒ믈 긔탄(忌憚)ᄒ여, 부도(婦道)를 져기 도라 보더라.

이의 완지 뉵칠년의 긔 승상이 화를 닙어 죽으니, 부인이 비록 무식ᄒ나 텬눈(天倫) 져독(舐犢)619)의 은 【10】 이(恩愛)ᄂᆞᆫ 스름마다 잇거늘, 부인은 효이(孝愛) ᄌ별ᄒᆞᆫ지라. 부모를 쳔니(千里)의 영별(永別)ᄒ여 ᄉᆞ모ᄒᆞᆷ믈 니긔지 못ᄒ더니,

---

612)동상(東床) : '동쪽 평상'이라는 뜻으로, '사위'를 달리 이르는 말. 중국 진(晉)나라의 극감(郄鑒)이 사위를 고르는데, 왕도(王導)의 아들 가운데 동쪽 평상 위에서 배를 드러내고 누워 있는 왕희지를 골랐다는 고사에서 유래한다.

613)영정고고(零丁孤苦) : 세력이나 살림이 보잘것없이 되어서 의지할 곳이 없고, 외롭고 가난하다.

614)화길(和吉) : 유순하고 복성스럽다.

615)불용누질(不容陋質) : 용납하지 못할 만큼 비천한 자질.

616)삼경(三逕) : 은자(隱者)의 문안에 있는 뜰. 또는 은자가 사는 곳. 한(漢)나라의 은자 장후(蔣詡)가 정원에 세 개의 좁은 길을 내고 소나무, 대나무, 국화를 심었다는 데서 유래한다.

617)쇼요ᄌ락(逍遙自樂) : 자유롭게 이리저리 거닐며 스스로 즐김.

618)고장분분(鼓掌忿憤) : 손바닥을 치며 분을 이기지 못해함.

619)져독(舐犢) : 지독(舐犢). 어미 소가 송아지를 핥는 사랑이란 뜻으로, 자식에 대한 어버이의 지극한 사랑을 비유적으로 이르는 말. =지독지애(舐犢之愛).

참화(慘禍)를 바다 시체(屍體)도 거둘 흐놋 동긔(同氣) 업스니, 각골통도(刻骨痛悼)620)ㅎ여 쥬야이통(晝夜哀慟)621)ㅎ니, 츠시 연공이 십이셰라. 슈기 노복을 거느려 경스의 와 외됴(外祖)의 히골(骸骨)을 츠즈 장(葬)ㅎ고, 목쥬(木主)를 뫼셔 도라오니, 션싱이 처음의 ᄋᄌ를 보뇌믈 즈져(趑趄)ㅎ되622), 부인의 졍경을 참연ㅎ고 ᄋ지 혈읍간걸(血泣懇乞)623)ㅎ니 마지 못ㅎ여 보뇌엿더니, 무【11】스이 왕반(往返)ㅎ니 딕열(大悅)ㅎ더라.

공이 어즈러온 시졀의 병화(兵禍) 긋지 아니ㅎᄂ 그온딕, 지뫼(智謀) 유여(裕餘)ㅎ고 지극ᄒ 효이(孝愛)로 모부인 훼척(毁瘠)ㅎ시믈 졀박ㅎ여, 어려온 그온딕 능히 왕복ㅎ니, 일노써 공의 대효지략(大孝之略)624)을 보리러라.

공이 문장이 호한(浩瀚)ㅎ고 덕힝이 찬연ㅎ니 션싱이 귀즁긔이(貴重奇愛)625)ㅎ고, 냥녜 다 긔질이 슉연ㅎ며 졍딕(正大)ㅎ여 부모를 셤기믹 효의(孝義) 표표(表表)ㅎ니, 션싱이 무이(撫愛)ㅎ기를 마지 아니되, 긔부인이 ᄌ쇼(自少)로 셩되(性度)【12】과격ㅎ고 호승(好勝)이 비상(非常)ㅎ여, 쯧을 발ᄒ 즉 것잡지 못ㅎ여 간언이 쳔만이나 귀의 드지 못ㅎ고, 스름의게 굴ㅎ믈 츠마 못ㅎ니, 부귀가(富貴家) 녀(女)로 교이(嬌愛)의 ᄌ라고, 젹인(適人)ㅎ믹 구개(舅家) 빈한ㅎ며 구고(舅姑)를 뫼시미 업스니, 긔탄ᄒ 빅 업ᄂ지라.

가댱(家長)의 엄듕ㅎ믈 잠간 괴로이 넉이더니, ᄌ녜 ᄌ라믹 모친의 불의(不義) 무지(無知)ㅎ믹 향당쥬려(鄕黨州閭)626)의 ᄂᆺ타나믈 보와 간졀이 간ㅎ믹, 부인이 딕로ㅎ여 ᄌ로 난타ㅎ고 혹 가마니 야야를 원망ᄒ【13】즉, 각골이 셜워 울며 간ㅎ나 부인이 엇지 씨치리오.

모진 믹질이 ᄉᆽ지 아니ㅎ되 ᄌ녀의 현효(賢孝)ㅎ믹 긔식을 잘 곰초아 야야긔 알외지 아니ㅎ더니, 댱녀로써 쇼시의 젹(籍)ㅎ고 공이 십오셰의 밋츠니, 풍칙 동인(動人)ㅎ고 덕냥(德量)이 관홍(寬弘)ㅎ니, 친우 셕공이 녀ᄋ로써 구혼ᄒ딕 쾌허ㅎ여 녜를 일우니, 셕쇼졔 안식(顔色)이 졀셰ㅎ고 태되 쇼ᄋ(素雅)ㅎ며 겸공ᄌ혜(謙恭慈惠)627)ㅎ여 ᄉ덕(四德)628)이 흡연ㅎ거늘, ᄯ 셩회 비상ㅎ여 구고 셤기믹

---

620)각골통도(刻骨痛悼) : 뼈에 사무칠 만큼 크게 슬퍼함.
621)쥬야이통(晝夜哀慟) : 밤낮없이 서럽게 욺.
622)ᄌ져(趑趄)ㅎ다 : 머뭇거리며 망설이다. =주저(躊躇)하다.
623)혈읍간걸(血泣懇乞) : 혈성(血誠)으로 울며 간절히 빎.
624)대효지략(大孝之略) : 큰 효성의 대강.
625)귀즁긔이(貴重奇愛) : 귀중히 여기고 남달리 사랑함.
626)향당쥬려(鄕黨州閭) : 향(鄕)·당(黨)·주(州)·려(閭)는 각각 행정기관의 단위를 말하는 것으로, 《주례(周禮)》에 보면, "25가(家)를 1여(閭)라 하며 4여(閭 1백 가)가 1족(族)이 되며, 5족(族 5백 가)이 1당(黨)이 되며, 5당(黨 2천 5백 가)이 1주(州)가 되며, 5주(州 1만 2천 5백 가)가 1향(鄕)이 된다." 하였다.

지극ᄒ고 빈【14】쳔(貧賤)을 한치 아냐 몸쇼 감지(甘旨)를 밧들고 녀공(女功)629)을 잡드러630) 일야 게으르지 아니ᄒ니, 션싱이 딕열(大悅) 이듕(愛重)ᄒ고 공이 즁딕(重待)ᄒ며, 긔부인이 ᄯ흔 ᄉ랑ᄒ나 본셩이 과격ᄒ고 심히 인ᄌ치 못흔지라. 동용(從容)이 ᄌ의ᄒ미 업셔 ᄯ로 엄척(嚴飭)ᄒ나, 셕시 불감질원(不敢疾怨)631)ᄒ며 동쵹(洞屬)632)ᄒ미 그림지 몸을 ᄯ르고 뫼아리 소리를 응흠 ᄀᆺ흐며, 두 쇼고(小姑)633)로 졍의(情誼) 상됴(相照)ᄒ여 반졈 ᄀ리오미 업더라.

슈년 후 션싱이 홀연 유질(有疾)ᄒ니, ᄌ녀(子女) 식부(息婦)의 황【15】황쵸젼(惶惶焦煎)634)ᄒ미 불탈의딕(不脫衣帶)635)ᄒ고 힝불능평(行不能平)636)ᄒ여, 몸으로써 딕ᄒᄆᆯ 하ᄂᆯ긔 비되, 션싱의 텬명(天命)이 임의 다ᄒ여시니 엇지ᄒ리오. 님죵(臨終)의 각각 손을 잡ᄋ 허다(許多) 유언(遺言)을 맛치미, 엄연이637) 귀텬(歸天)ᄒ니, 공의 부부와 냥녜(兩女)호통망망(號慟茫茫)638)ᄒ고 피발곡용(被髮哭踊)639)ᄒ니, 혈뉘(血淚) 최복(衰服)을 젹시니, 됴지(弔者) 감읍(感泣)ᄒ더라.

《션형∥션영(先塋)》의 안장(安葬)ᄒ미 날이 오릭도록 부안(父顔)을 영모(永慕)ᄒ여 녀져(廬底)640)의 업딕여 쥬야 이통ᄒ니, 신긔(身氣) 쇼삭(消索)ᄒ여641) 쵸연(悄然)642)골닙(骨立)643)이라.【16】

긔부인이 믄득 노(怒)ᄒ여 ᄀᆯ오딕,

"불쵸흔 ᄌ식이 다만 아비를 알고 어믜 십삭(十朔) 공(功)은을 니져 죽고져 ᄒᄂ

---

627)겸공ᄌ혜(謙恭慈惠) : 자기를 낮추고 상대를 높이며 남을 사랑하고 은혜를 베풂.
628)ᄉ덕(四德) : 여자로서 갖추어야 할 네 가지 덕. 마음씨[婦德], 말씨[婦言], 맵시[婦容], 솜씨[婦功]를 이른다. 늑사행.
629)녀공(女功) : 예전에, 부녀자들이 하던 길쌈이나 바느질 등의 일.
630)잡들다 : 잡아들다. 붙들다. 어떤 일에 매달리다..
631)불감질원(不敢疾怨) : 감히 미워하고 원망하지 않음.
632)동쵹(洞屬) : =동동쵹쵹(洞洞屬屬). 공경하고 조심함. 부모를 섬기고 공경하는 마음이 지극함.
633)쇼고(小姑) : 시누이.
634)황황쵸젼(惶惶焦煎) : 몹시 당황하여 근심하며 애를 태움.
635)불탈의딕(不脫衣帶) : 옷과 띠를 끄르지 않는다는 뜻으로, 쉬지 않고 어떤 일에 몰두함을 이르는 말.
636)힝불능평(行不能平) : 애써 보살펴도 평안을 얻지 못함.
637)엄연이 : 엄연히. 급작스럽게.
638)호통망망(號慟茫茫) : 서럽게 울어 그 울음소리가 아득하고 막막한 모양.
639)피발곡용(被髮哭踊) : 머리를 풀어헤치고 울부짖으며 몸부림침.
640)녀져(廬底) : 여막(廬幕)의 바닥. *여막(廬幕) : 궤연(几筵) 옆이나 무덤 가까이에 지어 놓고 상제가 거처하는 초막.
641)소삭(消索)ᄒ다 : 점점 줄어들어 다 없어지다.
642)쵸연(悄然) : 의기(意氣)가 떨어져서 기운이 없음
643)골닙(悄然骨立) : 몸이 여위어 뼈가 앙상하게 드러남.

냐?"

ᄒ고, 시동(侍童)을 명ᄒ여 잡ᄋ 나리와 이십 틱(笞)를 치니, 쇼쇼졔 울며 간(諫)ᄒ여,

"ᄉ뎨(舍弟)의 위위(威威)ᄒ 긔믹(氣脈)이 실 곳거늘, 동용(從容)이 히위(解謂)644) 치 아니시고, 엄치(嚴治)ᄒ시미 가(可)치 아니ᄒ이다."

ᄒ여, 고칭(固爭)ᄒ기를 마지 아니ᄒ니, 부인이 ᄌ녀의 졀간(切諫)645)의 심홰(心火) 되엿ᄂᆞ지라. 시비(侍婢)로 ᄒ여금 녀ᄋ를 ᄂᆞ리와 슈십 틱(笞)를 더으니, 쇼녜 팔셰라. 져져(姐姐)와 거거(哥哥)의 【17】 믜 마ᄌᆞ믈 셜워, ᄂᆞ려가 장쳐(杖處)를 붓들고 울며 비ᄂᆞ지라.

부인이 일분 감동ᄒ미 업셔, ᄎᆞ녀를 십여 장(杖)을 치니, ᄌ녀 삼인이 지통(至痛) ᄀᆞ온ᄃᆡ 더옥 셜울 빈로ᄃᆡ, ᄒᆞᆫ가지로 안식이 화열(和悅)ᄒ니, 연공이 ᄌᆞ긔 과훼(過毁)ᄒ여 보젼(保全)치 못ᄒ믈 넘녀ᄒ시믈 감동ᄒ여, 돈슈(頓首) ᄉᆞ죄(謝罪)ᄒ고, 모부인 노(怒)를 푸러, 오르믈 명ᄒ시믈 됴ᄎᆞ 슬하(膝下)의 ᄭᅮ러, 화식(和色) 이셩(怡聲)으로 ᄌᆞ의(慈意)를 위열(慰悅)ᄒ며 냥미(兩妹)의 ᄌᆞ긔 죄로 인ᄒ여 즁장 바드믈 셜워, 십분 관억(寬抑)ᄒ 【18】여 삼상(三喪)을 맛ᄎᆞ니 더옥 슬허ᄒ되, 상치(喪債)646)를 인ᄒ여 슈소(數少)647) 노복(奴僕)을 팔고, 슈기(數個) 창두(蒼頭)와 슈기 비지(婢子) 잇ᄉᆞ니, 공이 뫼히 ᄂᆞ무ᄒ고 물의 고기 낫가 모친을 밧들고, 셕쇼졔 친히 뵈648)와 깁을 ᄧᆞ고 뷔649)와 키650)를 잡ᄋ 부도(婦道)를 지극히 힝ᄒ되, 가ᄉᆞ(家事) 졈졈 빈한(貧寒)ᄒ여 식부의 밧드ᄂᆞ 음식이 눈의 ᄎᆞ지 아니ᄒ고, 의복이 마음의 합(合)지 아니타 ᄒ여 ᄶᅵ로 셕쇼져를 당하의 잡ᄋᄂᆞ려 ᄭᅮᆯ니고 칙ᄒ되,

"무릇 며ᄂᆞ리 어드믄 효도 《ᄒᆞ고ᄌᆞ‖받고ᄌᆞ》 ᄒ미니, 이러틋 【19】 불효ᄒ고 틱만(怠慢)ᄒ니 죄를 면ᄒ랴?"

ᄒ고, 양낭(養娘)을 엄호(嚴號)ᄒ여 틱벌(笞罰)을 더으미 밍녈ᄒ고, ᄋᆞᄌᆞ(兒子)의 제가(齊家) 못ᄒ믈 칙ᄒ여 즁히 장칙(杖責)ᄒ니, 셕쇼졔 안식이 화열ᄒ고 긔운이 안셔(安舒)ᄒ여 온유ᄒ믈 밧고지 아니ᄒ고, 공이 효슌ᄒ 눗빗과 부드러온 소릭로 죄를 밧

---

644) 히위(解謂) : 풀어서 알아듣도록 말함.
645) 졀간(切諫) : 어른이나 임금에게 옳지 못하거나 잘못된 일을 고치도록 간절히 말함.
646) 상치(喪債) : 상사(喪事)를 치르면서 진 빛.
647) 슈소(數少) : 몇 안 되는 수(數). 적은 수(數).
648) 뵈 : 베. 삼실, 무명실, 명주실 따위로 짠 피륙.
649) 뷔 : 비. 먼지나 쓰레기를 쓸어 내는 기구. 쓰임에 따라 마당비, 방비 따위가 있는데, 짚·띠·싸리와 짐승의 털 따위로 만든다. 늦빗자루.
650) 키 : 키. 곡식 따위를 까불러 쭉정이나 티끌을 골라내는 도구. 키버들이나 대를 납작하게 쪼개어 앞은 넓고 평평하게, 뒤는 좁고 우긋하게 엮어 만든다. 전라 경상 충북 방언에서는 '챙이'라고 부른다.

즈와 흔가지로 사죄(謝罪)후니, 친척과 향당이 탄복기를 마지아니 후더라.

일일은 간亽(奸詐)훈 츠환이 부인긔 아첨후여 닌인(隣人)의 직물을 거즛 공교히 속이고, 【20】 아亽 도라와 드리니 깃거 바닷더니, 기인이 씨드라 춧고즈 와시니, 공이 대경(大驚)후여 도로 쥬기를 쳥후여, 간졀이 비러 체읍(涕泣) 고간(固諫)후니, 부인이 딕로 왈,

"뉘 너다려 니르더뇨? 반드시 셕녀의 호망(糊妄)651)훈 말이라"

인후여 셕시를 잡아 느리와 달쵸(撻楚)후미, 삼십 장의 연훈 가죡이 터지고 피흘너 ᄯᅡ히 괴이되, 쇼제 공슌이 죄를 바다 일호 변뵉(辨白)후미 업고, 미(微)훈 통셩(痛聲)과 훈 졈 눈물이 업시 물너나니, 냥 쇼괴 슬피 비다가 각각 슈십 【21】 퇴(笞)를 마즌지라.

드듸여 창두를 불너 공을 결박후여 삽십여 장(杖)을 치니, 가즁이 황황(惶惶)후니, 직물(財物) 춧고즈 왓던 지 이 경상을 보고, 놀닉고 참연(慘然)후여 도라가 젼셜(傳說)후니, 인인이 모로리 업순지라.

공이 붓그리고 슬허후여 즈긔 모친을 봉양치 못후믈 즈칙(自責)후여 더옥 셩효(聖孝)후니, 느즌652) 밧갈고 밤인 즉 글을 닑으며, 즈로653) 안젼(顏前)의 뫼시미, 이셩(怡聲)이 화란(和孌)654)후고 유식(愉色)이 이이(怡怡)후니, 죄 아닌 곳의 장칙(杖責)을 닙으나 가지록 지셩지효(至誠至孝)후니, 셕쇼져 【22】 의 삼가고 됴심후믄 그 가온딕 잇셔 원통(怨痛)후미 잇시나, 일호(一毫) 셜우믈 품지 아니후니, 즈연 일향(一鄕)의 유명후여 후한고죄(後漢高祖)655) 듯고 효렴(孝廉)656)으로 발쳔(發闡)657)후여 낙읍 현녕(縣令)을 후이니, 공이 모친을 뫼시고 임쇼(任所)로 향홀 시, 은즈를 가져 녀즈음 직물 일흔 즈를 춧즈 말업시 후히 쥬니, 기인이 더옥 감동 츠탄(嗟歎)후더라.

씬의 쇼가의셔 쇼져를 다려가니 부인이 녀으를 보닉미 결연(缺然)후여658) 눈물을 흘니거늘, 쇼제 간졀이 고후여,

---

651) 호망(糊妄) : 모호(模糊)하고 허망(虛妄)함
652) 나즌 : 낮은. *낮 : 해가 뜰 때부터 질 때까지의 동안.
653) 즈로 : 자주. 같은 일을 잇따라 잦게.
654) 화란(和孌) : 화목(和睦)하고 단란(團欒)함.
655) 후한고죄(後漢高祖) : 유지원(劉知遠). 재위 947-948. 후당 명종(明宗)의 신하였으나, 후당이 멸망한 후, 후진(後晉) 황제 석경당(石敬瑭)의 신하가 되어. 후진 건국에 공을 세워 군부의 요직을 역임했다. 947년 개봉(開封)에서 스스로 즉위 하여 후한(後漢)을 건국하였고, 다음해인 948년 연호를 건우(乾祐)로 개원을 하였고 이 해에 사망하였다.
656) 효렴(孝廉) : 효도하는 사람과 청렴한 사람을 통틀어 이르는 말.
657) 발쳔(發闡) : 앞길이 열려 세상에 나섬. 또는 앞길을 열어 세상에 나서게 함.
658) 결연(缺然)후다 : 모자라서 서운하거나 불만족스럽다.

"사뎨(舍弟) 부【23】부의 덕은 허물을 물시(勿視)ᄒ고 ᄌᄋᆡ(慈愛)를 두터이 ᄒ쇼
셔."

빌고 도라가니, 공이 져져를 니별ᄒᄆᆡ 슬픈 누쉬 ᄉᄆᆡ를 덕시고, 셕쇼져의 니졍(離
情)이 ᄎ아(嵯峨)659)ᄒ여 쳥뉘(淸淚) 화싀(花顋)를 잠으더라.

공이 모친을 뫼시고 쇼ᄆᆡ를 닛그러 임소의 ᄂᆞᄋᆞ가ᄆᆡ, 맑은 졍ᄉᆡ(政事) 물 ᄀᆞ고 빅셩
을 ᄉ랑ᄒ니 교홰(敎化) 협흡(浹洽)ᄒ더니, 부인이 ᄯᅩ 엇지 연고(緣故) 업시 효봉(孝
奉)을 바드리오.

큰 옥시 잇셔 시녀로 연비(聯臂)ᄒ여 금은듕보(金銀重寶)를 드리고 ᄀᆞ마니 쳥쵹ᄒ
니, 부인이 지물을【24】보고 대희ᄒ여 공을 핍박ᄒ나, 죽을지연졍 모부인 과실이 나
게 ᄒ리오. 식음을 폐ᄒ고 울며 비러 명을 밧드지 아니ᄒ고 올흔 ᄃᆡ로 결ᄒ니, 부인이
ᄃᆡ로(大怒)ᄒ여 공을 엄히 오십 쟝(杖)을 치고, '옥ᄉ를 곳쳐 결ᄒ라' ᄒ니, 공이 고두
ᄒ여 불쵸(不肖)를 쳥죄ᄒ고 명을 밧드지 못ᄒᄆᆞᆯ 알외니, 부인이 더옥 노ᄒ여 다시 치
고 무른ᄃᆡ, 공의 ᄃᆡ답이 일양(一樣)이라.

노긔(怒氣) 졈졈 더ᄒ여 ᄯᅩ 치ᄆᆡ, 쟝쉬(杖數) 팔십의 밋쳐 긔력(氣力)이 진(盡)ᄒ여
혼【25】졀ᄒ지라. 부인이 비로소 놀나 븟드러 드려 누이고, 울며 구ᄒ여 계오 회소
(回蘇)ᄒᄆᆡ 부인의 슬허ᄒᄆᆞᆯ 보고 감동ᄒ여 ᄉ죄ᄒ고, 십분 강작(强作)ᄒ되 쟝체(杖
處) 듕상(重傷)ᄒ여 삼삭(三朔)을 신고(辛苦)ᄒ니, 말이 ᄌ연 젼ᄒ여 긔모(其母)의 불
법을 나라히 고ᄒ고 공이 낙직(落職)ᄒ니, 부인이 비로쇼 놀ᄂᆞ고 뉘웃쳐 다시 관ᄉ(官
事)의 간예치 아니ᄒ니라.

공이 모부인 실덕이 창셜(唱說)ᄒᄆᆞᆯ 붓그리고 셜워, 벼슬의 ᄯᅳᆺ이 업셔 향니의 도라
와 오직 효ᄉ를 힘쓸 ᄲᅮᆫ이러【26】니, 쇼ᄆᆡ 연긔 임의 십삼의 밋ᄎ니, 널니 가랑(佳
郎)을 듯보아 일기 쥰위(俊偉)ᄒ 낭ᄌ(郎子)660)를 어더 모친긔 고ᄒ니, 긔부인이 그
집이 빈한ᄒᄆᆞᆯ ᄂᆞᆺ비 넉여 허치 아니ᄒ니, 공이 유유(儒儒)ᄒ여 다른 곳을 듯보더니,
닌인가(隣人家)661)의 가싱ᄌ(賈生者)662) 집이 호부(豪富)ᄒ고 갓 상실(喪室)ᄒ여 ᄌᆡ
ᄎ(再娶)를 구홀 시, 연쇼져의 향명(香名)을 듯고 몬져 긔부인 복심시녀 금향을 ᄆᆡᄌ
후히 ᄉ괴여 관곡히 ᄃᆡ졉ᄒ 후, 금빅(金帛)을 ᄀᆞ져 부인긔 헌(獻)ᄒ고 구혼ᄒ니, 부인
이 깃거 허락홀 ᄯᆞ름이【27】러니, 공이 실싴(失色) ᄃᆡ경ᄒ여 모젼(母前)의 ᄭᅮ러 불
가(不可)ᄒᄆᆞᆯ 간(諫)홀 시, 안싴이 유열ᄒ고 긔운이 온화ᄒ여 말ᄉᆷ이 지극 간졀ᄒ나,
엇지 간언을 드르리오.

---

659) ᄎ아(嵯峨) : 높이 솟구쳐 아득함.
660) 낭ᄌ(郎子) : 예젼에, 남의 집 총각을 졈잖게 이르던 말.
661) 닌인가(隣人家) : 이웃집.
662) 가싱자(賈生者) : 셩씨가 가씨(賈氏)인 사람.

부인이 대로(大怒)ᄒ여 엄히 치니, 다섯 번 듕댱(重杖)을 닙으나 오히려 셩(誠)을 니르혀며663), 효(孝)를 니르혀, 부인이 노(怒)를 푼즉 다시 간ᄒ니, 부인이 말동(末終)은 발검(拔劍) 통곡(慟哭)ᄒ여 죽으려 ᄒᄂ지라.

공이 망극ᄒ여 울며 비러 그르믈 ᄉ죄(謝罪)ᄒ여 모친을 히노(解怒)ᄒ나, 혼인을 일우믈 쵸됴(焦燥)ᄒ여 식음(食飮)을 숨키【28】지 못ᄒ고 ᄀ마니 쳬읍(涕泣)ᄒ니, 쇼제 공의게 동용이 고ᄒ되,

"쇼미 일인은 싱ᄉ(生死)의 불관(不關)ᄒ고 ᄯ 죽을 일이 아니여늘, 형댱(兄丈)의 쳔금신상(千金身上)의 삼일 니 틱장(笞杖)이 거의 슈빅이 남으니, 일신의 셩ᄒ 살이 업ᄉ지라. 만일 댱체(杖處) ᄉ독(邪毒)ᄒ여 형댱의 몸이 위태ᄒ신즉 야야(爺爺)의 후시(後嗣) 끗쳐지고, 모친을 뉘 봉양ᄒ리잇고? 이ᄂ 다 쇼미의 젼졍(前定)664)ᄒ 죄(罪)니, 가부(可否)를 의논치 말고 모명(母命)을 슌슈(循守)665)ᄒ쇼셔"

공이 쇼미(小妹)의 명논(明論)을 드르미 ᄉ세(事勢) 기연(其然)ᄒ【29】여 되여가믈 보려 ᄒ더라. 초혼은 엇지 된고 ᄎᄎ 하편을 보라.

어ᄉ의 연공이 슈쇼(數少) ᄌ녀를 싱ᄒ니, ᄌ의 명은 명윤이니 경장옥골(瓊姿玉骨)이오, 닌ᄋ봉취(驎兒鳳雛)666)라. 연셰(年歲) 뉵칠의 외가(外家)의 슈혹(受學)ᄒ라 가셔, 십여셰의 환가(還家)ᄒ지라. 공ᄌ의 긔이비범(奇異非凡)ᄒ믈 칭션(稱善)치 아니리 업더니, 마춤 경공이 혼닌(婚姻)을 구ᄒ거늘, 공이 허혼ᄒ고 모친긔 고ᄒ니, 부인이 경가의 빈한(貧寒)ᄒ믈 듯고 노ᄒ여 허치 아니ᄒ니, 공이 ᄂ즉이 간ᄒ여 임의 허ᄒ 바를【30】 믈니치지 못ᄒ쥴 고ᄒ니, 부인이 딕로ᄒ여 공을 결박ᄒ여 틱장을 더으고, 셕부인을 꿀니고 슈죄(數罪)ᄒ여, '호셩(豪盛)ᄒ 집 녀ᄋ를 위부(爲婦)ᄒ여 효봉을 바드믈 구(求)치 아니ᄒ고, 빈궁ᄒ 며ᄂ리를 엇고ᄌ ᄒ여 가부(家夫)를 도돈다667)' ᄒ고, 틱지(笞之)ᄒ기를 각별이 고찰ᄒ더니, 시의 명윤 공ᄌ 바야흐로 집의 도라완지 슈일(數日)이라. 부명으로 친우의 집의 셔칙(書冊)을 엇고ᄌ ᄀ더니, 시동이 마됴668)와, 공의 슈장(受杖)ᄒ시믈 고ᄒᄂ지라.

공ᄌ 경【31】황 망극ᄒ니, 삼혼(三魂)669)이 표탕(飄蕩)670)ᄒ고 칠빅(七魄)671)이

---

663) 니르혀다 : 일으키다. 생리적이거나 심리적인 현상을 생겨나게 하다.
664) 젼졍(前定) : 전생에 이미 정해짐. 또는 그런 것.
665) 슌슈(循守) : 전례나 규칙, 명령 따위를 그대로 좇아서 지킴.＝준수.
666) 닌ᄋ봉취(驎兒鳳雛) : 천리마의 새끼와 봉황의 새끼라는 말로, 뛰어나게 잘난 자손을 칭찬하여 이르는 말.
667) 도도다 : 돋우다. 정도를 더 높이다.
668) 마됴 : 마주. 서로 똑바로 향하여.
669) 삼혼(三魂) : 『불교』 대승기신론에 나오는 세 가지 미세한 정신 작용. 업상(業相), 전상(轉相), 현상(現相)이다.
670) 표탕(飄蕩) : 정처 없이 헤매어 떠돎.

산난(散亂)ᄒ여 거름672)이 운소(雲宵)673)의 ᄭᅵ이여674) 집의 니르니, 듕인은 바야흐
로 의관을 다 벗고 듕댱을 입어 결박ᄒᆫ 거ᄉᆞᆯ 푸지 아니ᄒ여시니, 뉴혈(流血)이 옷ᄉᆞᆯ
잠가거ᄂᆞᆯ, 모부인은 방시(方時)675) 죄ᄅᆞᆯ 바다 긋치지 아냐, 혈육(血肉)이 상ᄒ여 흐
ᄅᆞᄂᆞᆫ 피 ᄡᅡ히 괴여시니, 공지 텬지 망극ᄒ고 가슴이 바아지니, 머리ᄅᆞᆯ 계(階)의 두다
려 부모의 죄ᄅᆞᆯ 딕(代)ᄒ기ᄅᆞᆯ 비니, 가월(佳月) ᄀᆞᆺ흔 눈섭의 경황ᄒᆫ 근심이 【32】둘
넛고, 뉴셩(流星) ᄀᆞᆺ흔 봉목(鳳目)의 망극ᄒᆫ 눈물이 힝뉴(行流)ᄒ니 젹혈(赤血)이 옥
ᄀᆞᆺ흔 ᄂᆞᆺ출 덥허ᄂᆞᆫ지라.

부인이 이 손아(孫兒)ᄅᆞᆯ 늣게야 어더 이듕ᄒ미 깁거ᄂᆞᆯ, 슈학(受學)ᄒᄆᆞᆯ 인ᄒ여 먼니
보ᄂᆡ고, 도라완지 오릭지 아니ᄒ니 어엿분 ᄯᅳᆺ이 가ᄉᆡ지 아니코, 심증난(心證) 일이 아
직 업ᄂᆞᆫ 바의, 머리 ᄭᆡ려져676) 피 흐르고 셜워ᄒᄂᆞᆫ 경상(景狀)이 가히 불상ᄒᆫ지
라677).

드듸여 ᄌᆞ(子)와 부(婦)ᄅᆞᆯ 스(赦)ᄒ니, 공이 의관을 ᄀᆞᆺ쵸와 올나 뫼실ᄉᆡ, 긔운이 화
평ᄒ고 ᄉᆞ긔(辭氣)678) 효슌ᄒ며, 부【33】인이 ᄯᅩ 안셔(安舒)이 ᄉᆞ죄ᄒ고 좌우의 뫼
시미, 태부인이 공ᄌᆞᄅᆞᆯ 블너 웃고 닐오딕,

"네 아비와 어미 불쵸(不肖)ᄒ니 노뫼 ᄌᆞ식의 허물을 보고 다ᄉᆞ리지 아니믄 인졍의
박ᄒ여 ᄉᆞ랑ᄒᄂᆞᆫ ᄯᅳᆺ이 아닌 고로 동동 치죄ᄒ니, 네 엇지 과히 놀나고 셜워ᄒᄂᆞ뇨? 너
의 혼ᄉᆞᄅᆞᆯ 궁박(窮迫)ᄒᆫ 셔싱의게 불쵸ᄒᆫ ᄯᅡᆯ과 지닉고져 ᄒ니, 노뫼 블열(不悅)ᄒ되
명을 슌(順)치 아니ᄒ니 노뫼 가히 스(赦)치 못홀지라. 잠간 다ᄉᆞ려ᄂᆞ니 괴이히 넉이
지 말나. 네 아비와 네【34】 어미ᄂᆞᆫ 져 ᄀᆞᆺ치 죄 닙으되, 일즉 통도(痛悼)ᄒ미 업고
셜워ᄒ지 아니 ᄒᄂᆞ니, 네 ᄯᅩ 마음의 셜워ᄒ지 말나."

공지 업딕여 명교(命敎)ᄅᆞᆯ 듯ᄌᆞ올ᄉᆡ 간담이 ᄭᅳᆺ쳐지니, 다만 돈슈(頓首)ᄒ고 능히 딕
(對)치 못ᄒ더라.

공이 인ᄒ여 다시 모친긔 경가의 혼ᄂᆞᆫᆫ을 물니치지 못ᄒᄆᆞᆯ 고ᄒ고 혼ᄂᆞᆫᆫ을 일울ᄉᆡ, 공
지 ᄌᆞ긔 혼취로 인ᄒ여 부뫼 슈죄(受罪)ᄒ시믈 각골(刻骨)이 셜워, 밤을 당ᄒ여 능히
ᄌᆞ지 못ᄒ고 밥을 딕ᄒ여 ᄎᆞ마 삼키지 못ᄒ니, 야야와 태태의 귀쳬(貴體)로【35】ᄡᅥ
그릇ᄐᆞ시 듕히 상(傷)ᄒ시믈 념(念)컨딕, 일신을 가져 바으고679) 시분지라.

---

671)칠빅(七魄) : 『불교』 죽은 사람의 몸에 남아 있는 일곱 가지의 정령(精靈). 귀, 눈,
   콧구멍이 각기 둘이고 여기에 입 하나를 더해 '일곱 구멍[칠규(七竅)]'룰 이르는 말.
672)거름 : 걸음. 두 발을 번갈아 옮겨 놓는 동작.
673)운소(雲霄) : 구름 낀 하늘.
674)ᄭᅵ이다 : 뜨이다. '뜨다'의 피동형. 무거운 물건이 위로 들어 올려지다.
675)방시(方時) : 시방(時方). 말하는 바로 이때. =지금.
676)ᄭᆡ려지다 : 깨어지다. 쪼개지다. 부서지다.
677)불상ᄒ다 : 불쌍하다. 처지가 안되고 애처롭다.
678)ᄉᆞ긔(辭氣) : 말과 얼굴빛을 아울러 이르는 말.=사색(辭色).

ᄀ마니 그윽ᄒᆫ 곳의 가 돌흘 드러 살흘 쳐 상(傷)히오고 가슴을 허위며680) 피를 흘니되, 오히려 알푸지 아니ᄒᆞ니, 슈일 ᄉᆞ이의 풍신(風神)이 환탈(換脫)ᄒᆞ고, 뉴미(柳眉) 쳑쳑(慽慽)ᄒᆞ여 한슘이 그윽이 발ᄒᆞᄂᆞᆫ지라.

공이 그윽이 깃거 아냐, 셔당의셔 ᄋᆞ직 뫼셧거ᄂᆞᆯ 졍식고 경계 왈,

"네 아비 불쵸(不肖) 불민(不敏)ᄒᆞ여 ᄌᆞ의(慈意)를 밧드지 못ᄒᆞ오니, 장칙을 밧ᄌᆞ오미 당연ᄒᆞ고, 여뫼 ᄂᆞ의 실【36】인이라. ᄌᆞ당의 슬하(膝下)니, 그른 일을 다ᄉᆞ리미 맛당ᄒᆞ거ᄂᆞᆯ, 네 엇지 슬푼 식을 ᄌᆞ젼(慈前)의 뵈옵ᄂᆞ뇨?"

공ᄌᆞ 황공ᄒᆞ여 돈슈 ᄉᆞ죄ᄒᆞ고 부모와 틱모 안젼은 화긔를 지으나, 어려셔 집을 써나 아득히 모로다가 도라완지 세 날이 밋지 못ᄒᆞ여셔, 망됴(罔措)681)ᄒᆞᆫ 경계를 당ᄒᆞ고, ᄯᅩ 시동(侍童)의 무리로 인ᄒᆞ여 드러니, 부모의 죄 닙으시미 ᄌᆞᄌᆞᆫ 니르지 말고, 신상이 위틱ᄒᆞ시믈 지닉시미 여러 슌(順)이라 ᄒᆞᄂᆞᆫ지라.

심신(心身)이 날노 바아지니,【37】 작년의 노ᄌᆞ(奴者) 셩범이 고두뉴쳬(叩頭流涕)ᄒᆞ여 죽기를 쳥ᄒᆞ고 믹를 드지 아니ᄒᆞ니, 공이 도라보와 엄쳑(嚴責)ᄒᆞ여 태부인 명을 역지 못홀 줄 니르고, 부인이 노긔 더ᄒᆞ여 ᄯᅮ지져 왈,

"희슉이 믹 밧기를 슬히 넉여 노ᄌᆞ를 ᄀᆞ르치미로다."

ᄒᆞᄂᆞᆫ지라. 범이 마지 못ᄒᆞ여 공을 상히오고 믈너나 그 아비를 보와 글오딕,

"쇼직 틱부인 엄명을 니어 노야의 존쳬를 쇼ᄌᆞ의 손으로 도ᄎᆞ 파훼(破毀)ᄒᆞ시니 원컨대 부친은 쇼ᄌᆞ를 쳐, 죽을 죄를【38】속(贖)게ᄒᆞ쇼셔."

그 아비 ᄯᅩᄒᆞᆫ 공의 듕장(重杖) 닙으믈 통읍(慟泣)ᄒᆞ다가, ᄌᆞ(子)의 말을 올히 녀겨 공의 장슈(杖數)와 ᄀᆞᆺ치 친딕, 범이 오히려 셜워ᄒᆞ여 닐오딕,

"쇼ᄌᆞᄂᆞᆫ 가둑682)이 질긔고 살히 구드니 상치 아니 ᄒᆞ엿ᄂᆞᆫ지라. 노야의 귀쳬 듕히 상ᄒᆞ시니 원컨딕 더 마즈지이다"

ᄒᆞ여 슈십을 더 맛고 니러나니, ᄎᆞ후로 공의 틱장을 더은 즉, 믈너가 슌슌이 믹 마ᄌᆞ 공의 장슈와 ᄀᆞᆺ치 ᄒᆞ던지라. 노복도 이러틋 ᄒᆞ니 효ᄌᆞ의 간담이 여할여삭(如割如削)ᄒᆞ믈 엇【39】지 면ᄒᆞ리오.

일일의 공이 혼졍(昏定)을 퇴ᄒᆞ여 ᄂᆞ오더니 ᄋᆞ직 그윽ᄒᆞᆫ 곳의셔 돌흘 드러 몸을 치며 ᄀᆞ마니 쳬읍(涕泣)ᄒᆞ거ᄂᆞᆯ, 그 ᄯᅳᆺ을 비록 이련(哀憐)ᄒᆞ나 원심(怨心)이 잇ᄂᆞᆫ가 미안ᄒᆞ여, 쇼릭를 졍히 ᄒᆞ여 부른딕, 공직 경황ᄒᆞ여 눗빗출 곳치고 면젼(面前)의 ᄭᅮᆯ거ᄂᆞᆯ, 공이 졍셩엄쳑(正聲嚴責)ᄒᆞ고 인ᄒᆞ여 다시 모젼의 드러가, ᄋᆞᄌᆞ의 불쵸(不肖)를 알외

---

679)바ᄋᆞ다: 부수다. 단단한 물체를 여러 조각이 나게 두드려 깨뜨리다.

680)허위다 : 허비다. 손톱이나 날카로운 물건 따위로 긁어 파다.

681)망됴(罔措) : 너무 당황하거나 급하여 어찌할 줄을 모르고 갈팡질팡함. 망지소조(罔知所措)의 줄임말.

682)가둑 : 살가죽.사람이나 짐승의 몸 거죽을 싸고 있는 껍질.

고, 자긔 불효ᄅᆞᆯ 인죄(引罪)ᄒᆞ여683) 스ᄉᆞ로 ᄆᆡ 맛고져 ᄒᆞᄂᆞᆫ지라.

공ᄌᆡ 망극ᄒᆞ여 ᄇᆡᆨᄇᆡ(百拜) 돈슈(頓首)ᄒᆞ여 죽기ᄅᆞᆯ 【40】 쳥ᄒᆞᄂᆞᆫ지라. 긔부인이 숀ᄋᆞ의 거동을 어엿비 넉여, 공을 오르라ᄒᆞ고 공ᄌᆞᄅᆞᆯ ᄂᆞ오라ᄒᆞ여, 숀을 잡고 공을 도라보ᄋᆞ 왈,

"나의 너ᄅᆞᆯ 치믄 네ᄉᆡ(例事)요, 너의 원(怨)치아니믄 효(孝)의 당당ᄒᆞ나, 명ᄋᆞ의 셜워ᄒᆞ미 그르랴?"

ᄒᆞ더라.

ᄎᆞ후 공ᄌᆡ 셜우믈 참고 화안이셩(和顔怡聲)으로 조모ᄅᆞᆯ 뫼셔, 지셩(至誠)이 동쵹(洞屬)ᄒᆞ고, ᄌᆞᄋᆡᄒᆞ시믈 밧ᄌᆞ올 ᄊᆡ, 쳬읍고두ᄒᆞ여 부뫼 득죄어든 죄ᄅᆞᆯ ᄃᆡ(代)ᄒᆞ여 넙기ᄅᆞᆯ ᄋᆡ걸ᄒᆞᆫᄃᆡ, 부인이 웃고 허락ᄒᆞ더라.

경쇼져를 【41】 우귀(于歸)ᄒᆞᄆᆡ, 신뷔 용안이 쇄락ᄒᆞ고 셩질이 온슌ᄒᆞ며 덕ᄒᆡᆼ(德行)이 겸비ᄒᆞ니, 구괴 ᄃᆡ열긔ᄋᆡ(大悅奇愛)ᄒᆞ되, 긔부인이 둉시불열(終始不悅)ᄒᆞ여, 그 친ᄀᆡ(親家) 빈한ᄒᆞᆫ 고로, ᄌᆞ장(資裝)684)이 부려(富麗)치 못ᄒᆞ고 진찬(珍饌)으로 효도ᄒᆞ미 업ᄉᆞ믈 노ᄒᆞ여, ᄌᆞ로 쵸ᄎᆡᆨ(誚責)ᄒᆞ나685) 경시 원(怨)ᄒᆞ며 통(痛)ᄒᆞ미 업셔, 죤고ᄅᆞᆯ 뫼셔 쳔역(賤役)을 감심(甘心)ᄒᆞ고, ᄐᆡ부인 셤기믈 지극히 조심ᄒᆞ되 능히 면치 못ᄒᆞ여, 미(微)ᄒᆞᆫ 일노 집탈(執頉)686)ᄒᆞ여 부인 소져ᄅᆞᆯ 아오로 ᄐᆡ벌(笞罰)ᄒᆞ랴 ᄒᆞᆫᄃᆡ, 공ᄌᆡ 울며 비러 【42】 어믜 죄ᄅᆞᆯ ᄃᆡᄒᆞ기ᄅᆞᆯ 쳥ᄒᆞ니, 경쇼제 이ᄅᆞᆯ 보와 더옥 ᄭᆡᄃᆞ라 스ᄉᆞ로 그릇ᄒᆞ믈 알외고, 고모의 죄 아니믈 고ᄒᆞ여 즁장 밧즙기ᄅᆞᆯ 빈ᄃᆡ, 부인이 본ᄃᆡ ᄉᆞ름이 ᄌᆞ긔 돈엄(尊嚴)ᄒᆞ믈 알게 코ᄌᆞ ᄒᆞᄂᆞᆫ 뜻이니, 엇지 식부ᄅᆞᆯ ᄉᆞ(赦)ᄒᆞ리오 .

숀ᄋᆞ(孫兒) 다려 왈,

"네 어미 ᄌᆞ로 ᄐᆡ벌을 넙으ᄃᆡ 조심치 아니ᄒᆞ니, 결연이 사(赦)치 못ᄒᆞᆯ지라. 그러나 여등(汝等)의 간걸(懇乞)ᄒᆞ믄 도리 맛당ᄒᆞ니, 죄ᄅᆞᆯ 난화687) 바드라"

ᄒᆞ고, 부인을 치고 공ᄌᆞ와 쇼져ᄅᆞᆯ 치니, 공ᄌᆡ 다시 말을 못ᄒᆞ고 업 【43】 ᄃᆡ여 우다가, ᄌᆞ긔 몸이 죄 넙기의 밋쳐ᄂᆞᆫ 긔운이 화(和)ᄒᆞ고 안ᄉᆡᆨ이 유(柔)ᄒᆞ여 달게 바드니, 경쇼제 가군의 뜻을 보아 쳐음으로 죄 넙으나 감히 알푸믈 ᄉᆞᄉᆡᆨ지 아니ᄒᆞ더라.

이러틋ᄒᆞᆫ 엄ᄎᆡᆨ(嚴責)이 무상(無常)ᄒᆞ되 셕부인이 져기도688) 은통(隱痛)689)이 업고, 공ᄌᆞ부뷔 ᄒᆞᆫ갈 ᄀᆞᆺ치 졍셩되고 두려ᄒᆞ니, 친쳑과 닌니(隣里) 칭예ᄒᆞ고 비복이 감탄ᄒᆞᄂᆞᆫ

683)인죄(引罪)ᄒᆞ다 : 자신이 저지른 죄의 책임을 스스로 지다.
684)ᄌᆞ장(資裝) : 시집갈 때 가지고 가는 혼수.
685)쵸ᄎᆡᆨ(誚責) : 잘못을 꾸짖어 나무라다.
686)집탈(執頉) : 남의 잘못을 집어내어 트집을 잡다.
687)난호다 : 나누다. 하나를 둘 이상으로 가르다.
688)져기도 : 적이나. 얼마간이라도.
689)은통(隱痛) : 은근히 아프다

지라.

세동황뎨 그 집 가힝(家行)을 드르시고, 긔특이 넉이○[스] 공을 시강혹스 녜부상셔를 ᄒᆞ이시니, 공이 모【44】친을 뫼시고 ᄌᆞ녀를 거ᄂᆞ려 경스의 와 총우를 밧고 거(居)ᄒᆞ엿더니, 다시 일녜(一女)를 싱ᄒᆞ니, 싱ᄋᆞ(生兒) 크게 이상ᄒᆞ여 빅셜(白雪)노 어린690) 긔부(肌膚)와 화월(花月)노 ᄭᅮ민 졍치(精彩)니 녕녕(瑩瑩)ᄒᆞ여 일월의 맑은 광휘오, 향염(香艶)ᄒᆞ여 지란(芝蘭)의 곳다온 긔질이라. 공이 그 남ᄋᆞ(男兒) 아니믈 싱각지 못ᄒᆞ여, 과이(過愛) 귀즁(貴重)ᄒᆞ미 비길 곳 업고,

긔부인이 탐혹(耽惑) 이련(愛憐)ᄒᆞ니, 슈셰(數歲)로붓터 총명 신이ᄒᆞ여 부모와 됴모(祖母)를 공경 친이ᄒᆞ고, 언ᄉᆞ(言辭)와 동용(動容)이 슉셩(熟成)ᄒᆞ니, ᄒᆞ믈며 셩회(成孝)【45】텬셩(天性)의 ᄂᆞ타ᄂᆞᆫ지라.

일즉 일기 쇼시ᄋᆞ(小侍兒) 득죄ᄒᆞ미 긔부인이 노ᄒᆞ여 엄척(嚴責)ᄒᆞᆯ식, 셕부인을 ᄭᅮ짓니고 엄교(嚴敎) 왈,

"비비(婢輩)의 방ᄌᆞ(放恣)ᄒᆞ미 곳 너의 죄라. 가히 벌을 면치 못ᄒᆞ리라."

부인이 돈슈ᄒᆞ여 쳥죄ᄒᆞ니, ᄯᅩ 공을 잡으드려 척(責)ᄒᆞ니, 비복(婢僕)의 무엄(無嚴)ᄒᆞᆫ 쥬모(主母)의 죄오, 안히 불초ᄒᆞᆫ 가댱(家長)의 타시라 ᄒᆞ여, 몬져 공을 치려ᄒᆞ니 공ᄌᆞ(公子) 쳬읍(涕泣)ᄒᆞ여 뒤(代)ᄒᆞᆷ믈 이걸ᄒᆞ고, 경쇼져와 댱녀 화옥과 ᄎᆞ녀 화쥐 ᄒᆞᆫ 가지로 슬피 【46】 비니, 부인이 화쥬를 편이(偏愛)ᄒᆞᄂᆞᆫ 고로, ᄌᆞ와 부를 다 사(赦)ᄒᆞ니 일시의 졀ᄒᆞ여 스례ᄒᆞᄂᆞᆫ지라.

원ᄂᆡ 긔부인의 셩이 과격ᄒᆞ고 ᄯᅩ 엄녀(嚴厲)ᄒᆞ니, 써ᄒᆞ되 '아비 업슨 ᄌᆞ식을 교ᄋᆡ(嬌愛)로 길너 방약(傍若)691)ᄒᆞ미 방ᄌᆞ(放恣) 무례ᄒᆞ리니, 이 곳 져의 신명(身命)의 뉘(累)692) 되ᄂᆞᆫ지라. ᄌᆞ이ᄒᆞᄂᆞᆫ ᄯᅳᆺ이 아니니 엄히 다스려 ᄀᆞᄅᆞ치미 ᄌᆞ식을 ᄉᆞ랑ᄒᆞ며 귀즁ᄒᆞᄂᆞᆫ 졍이 잇스무로, 허물을 곳치게 척(責)ᄒᆞ노라' ᄒᆞ여, ᄌᆞ와 부를 미셰(微細)ᄒᆞᆫ 허물과 의외(意外)에 죄를 다스【47】리미 극히 엄ᄒᆞ니, 공의 부뷔 감격ᄒᆞ여 미 마ᄌᆞ미 더옥 졍셩(精誠)되고, 조심ᄒᆞ여 화열ᄒᆞᆫ 식과 부드러온 쇼리로 스죄ᄒᆞ미, 황공ᄒᆞᆫ 식과 두려ᄒᆞᄂᆞᆫ 거동이 긔운을 ᄂᆞᆺ쵸고 슘을 아올나693) 쵹쵹(屬屬)694)이 니긔지 못ᄒᆞᆷᄅ

690) 어리다 : 어리다. 빛이나 그림자, 모습 따위가 희미하게 비치다.
691) 방약(傍若) : '방약무인(傍若無人)'의 줄임말. 곁에 사람이 없는 것처럼 아무 거리낌 없이 함부로 말하고 행동하는 태도가 있음.
692) 뉘(累) : 남의 잘못으로 말미암아 받게 되는 정신적인 괴로움이나 물질적인 손해.
693) 아오르다 : ①아우르다. 여럿을 모아 한 덩어리나 한 판이 되게 하다. ②고르다. 울퉁불퉁한 것을 평평하게 하거나 들쭉날쭉한 것을 가지런하게 하다. *여기서는 ②의 의미.
694) 쵹쵹(屬屬) : 동동촉촉(洞洞屬屬)의 줄임말. 조심함. 부모를 조심하여 섬기는 마음이 지극함. 『예기(禮記)』 <제의(祭義)>편의 "洞洞乎屬屬乎如弗勝 如將失之. 其敬之心 至也與(공경하고 조심하는 태도가 마치 이기지 못하는 것 같고 잃지 않을까 조심하는 것 같아, 그 효경하는 마음이 지극하기 그지없다.)"에서 온 말.

본즉, 쾌히 노(怒)를 푸러 당(堂)의 올녀 무익(撫愛)ᄒᆞ나, 홀연이 다시 엄뇌(嚴怒) 니러나미 ᄌᆞᄌᆞᆫ지라.

공의 부부ᄂᆞᆫ 모부인 셩품을 닉이 알고 장칙 닙으믈 본ᄂᆡᄉᆞ(本來事)695)로 아라 공슌(恭順)이 슈죄(受罪)ᄒᆞ고 ᄉᆞ(赦)를 맛ᄂᆞᆫ미 힝열 (幸悅) 【48】 ᄒᆞ미 몸의 알픈 거ᄉᆞᆯ 싱각지 아니ᄒᆞ나, 그 ᄌᆞ식된 ᄌᆞ의 마음이야 엇지 셜워ᄒᆞ지 ᄋᆞ니리오.

공지 일야(日夜)의 ᄎᆞᆫ심(寸心)이 황황(惶惶)ᄒᆞ여 신셩(晨省)696)을 님ᄒᆞ여 우러러 틱모(太母) 긔식을 보아 화열ᄒᆞ신즉 ᄃᆡ열ᄒᆞ여 슬하의 ᄉᆞ러 소ᄆᆡ 등으로 잡기(雜技)를 희롱ᄒᆞ여 우으시믈 요구ᄒᆞ고, 동동촉촉(洞洞屬屬)ᄒᆞ미 밋지 아닐 곳이 업고, 혹 불열(不悅)ᄒᆞ신즉 황황츅쳑(惶惶踧惕)ᄒᆞ여 심연(深淵)을 님ᄒᆞ고 박빙(薄氷)을 드딘 듯ᄒᆞ니, 비록 다른 일노 노(怒)ᄒᆞ나 졈졈 밀위여 말 【49】 둉(末終)은 공과 부인긔 죄칙(罪責)이 가ᄂᆞᆫ지라.

이러무로 공지 학문의도 ᄯᅳᆺ이 업고, 쥬야 침상(針上)697)의 쳐ᄒᆞᆫ 듯, 조모를 뫼셔 《반심∥방심(放心)》 ᄒᆞ미 업ᄉᆞ니, 공의 댱녀 화옥이 방년(方年)698) 십삼의 옥모화틱(玉貌花態)오 난심혜질(蘭心蕙質)699)이라. 형부상셔 왕졍빈이 연공부부의 ᄃᆡ효(大孝)를 감복ᄒᆞ여 ᄎᆞᄌᆞ로써 구혼ᄒᆞ니, ᄯᅢ의 셰둉황뎨 환후로 됴애(朝野) 경동(驚動)ᄒᆞ니 만되(滿朝) 다 궐하(闕下)의 머무ᄂᆞᆫ 고로, 왕공이 밤을 타 둉용이 보고 간뎔(懇切)이 구ᄒᆞ니, 공이 친우지간(親友之間)의 당면(當面) 【50】 ᄒᆞ여 구혼ᄒᆞ니, 츄탁(推託)ᄒᆞᆯ 말이 업고 왕ᄌᆞ의 긔이(奇異)ᄒᆞ미 기부(其父)의 셰 번 더으니 드ᄃᆡ여 허혼ᄒᆞ엿더니, 국상(國喪)으로 인ᄒᆞ여 날포700) 모젼(母前)의 뵈지 못ᄒᆞ엿다가, 셩복(成服) 후 도라올ᄉᆡ, 왕공이 긔부인 포한(暴悍)ᄒᆞ믈 드러시니 연공이 임의로 못ᄒᆞ믈 아ᄂᆞᆫ 고로, 혹 변ᄉᆞ(變辭)701)ᄒᆞᆯ가 두려 ᄉᆞᄆᆡ의 금쳔(金釧)을 너허와 신물(信物)을 ᄶᅵ치니, 공이 바다 도라와 모부인긔 혼ᄉᆞ를 고ᄒᆞ고 금쳔을 ᄂᆡ여 부인을 쥬어 녀ᄋᆞ의 상협의 간ᄉᆞ케ᄒᆞ니, 틱부인이 믄 【51】 득 ᄃᆡ로 왈,

"네 노모를 의심ᄒᆞ여 혼인 졍ᄒᆞ믈 취픔(就稟)702)치 아니ᄒᆞ고, 신물을 바다 도라와 노모를 뵈니, 노뫼 부결업시 ᄉᆞ라 너의 괴로이 넉이믈 바드랴?"

---

695)본ᄂᆡᄉᆞ(本來事) : 본디부터 있는 일.
696)신셩(晨省) : 아침 문안. 아침 일찍 부모의 침소에 가서 밤사이의 안부를 살피는 일. ≒신성지례(晨省之禮).
697)침상(針上) : 바늘 위. 또는 바늘 위에 앉은 것처럼 불안함.
698)방년(方年) : 현재 나이. 올해 나이.
699)난심혜질(蘭心蕙質) : 여자의 맑은 마음씨와 아름다운 자질을 난초(蘭草)·혜초(蕙草)와 같은 맑고 아름다운 꽃에 비유하여 이르는 말..
700)날포 : 하루가 조금 넘는 동안.
701)변ᄉᆞ(變辭) : 먼저 한 말을 이리저리 바꿈. 또는 그 말.
702)취품(就稟) : 웃어른께 나아가 여쭘.

ᄒᆞ고, 방성디곡(放聲大哭)ᄒᆞ니, 공이 경황망극(驚惶罔極)ᄒᆞ여 계하의 ᄂᆞ려 고두ᄒᆞ여 ᄉᆞ죄ᄅᆞᆯ 청ᄒᆞ니, 부인이 냥구(養久)히 울고 비로쇼 노ᄌᆞ(奴子)ᄅᆞᆯ 호령ᄒᆞ여 공을 엄히 칠식, 공이 ᄉᆞ셰(事勢) 그러틋ᄒᆞ여 미리 알외지 못ᄒᆞᆫ 죄 잇ᄉᆞ니, 복복(復復)703) 돈슈(頓首)ᄒᆞ여 감슈기되(甘受己罪)ᄒᆞ니, ᄋᆞᄌᆞ 부부와 두 녀이 창황망극ᄒᆞ【52】여 머리ᄅᆞᆯ 두다려 이걸ᄒᆞ나, 부인이 노긔 딕발ᄒᆞ여 드른 쳬 아니ᄒᆞ고 마이704) 치니, 공의 ᄌᆡ 동뎨(再從弟) 잇셔 바야흐로 호부낭즁(戶部郎中)이러니, 이의 와 왕공과 말ᄉᆞᆷᄒᆞ더니, 왕공이 공의 죄 닙음과 긔부인 엄호(嚴號)ᄒᆞᆷ을 듯고 쵸됴(焦燥)ᄒᆞ여, 연낭즁을 보고,

"ᄲᆞᆯ니 드러가 일이 여ᄎᆞ여ᄎᆞᄒᆞ미니 감히 긔망(欺罔)코ᄌᆞ ᄒᆞ미 아닌 쥴 알외여, 장쳑(杖責)을 면케ᄒᆞ미 올ᄒᆞ니라."

ᄒᆞᆫ디, 낭즁이 요두(搖頭) 왈,

"닉 증젼(曾前)705)의 셔어(齟齬)히 간(諫)ᄒᆞ다가 슉모의 엄노(嚴怒)ᄅᆞᆯ 도도아 형이【53】 젹은 죄로써 즁장(重杖)을 바다시니, 엇지 다시 열업슨 즛슬 ᄒᆞ리오. 향니의 잇실 쩌로 븟터 ᄌᆞ즐이 겻거시니, 우리 슉뫼 호승(豪勝)이 비상ᄒᆞ시니 ᄉᆞ룸이 히유(解諭)ᄒᆞᆫ즉 한층(한層)을 도도ᄂᆞ니, 감히 간유(諫諭)706)ᄒᆞᆯ 의ᄉᆞᄅᆞᆯ 못ᄒᆞ노라."

ᄒᆞ고, ᄒᆞᆫ가지로 협문(夾門)707) 밧긔셔 드르니, 공이 ᄉᆞ십장 죄ᄅᆞᆯ 닙은 후 비로쇼 샤(赦)ᄒᆞ고, 명윤을 결박ᄒᆞ고 쳐 굴오디,

"아비 불효불쵸(不孝不肖)ᄒᆞ니 즁타(重打)ᄒᆞᆯ 거시로디, 너의 간뎔(懇切)ᄒᆞ무로 ᄉᆞ(赦)ᄒᆞᄂᆞ니, 남은 믹ᄂᆞᆫ 네 바드라."

ᄒᆞ고, 이십을 칠【54】 식, 공의 ᄎᆞ녀 화쥐 바야흐로 삼셰라. 디인이 슈죄(數罪)ᄒᆞ시믈 망극ᄒᆞ여 옥안이 여회(如灰)ᄒᆞ고, 쥬뤼(珠淚) 방방(滂滂)ᄒᆞ여 머리ᄅᆞᆯ 두다리고 죄ᄅᆞᆯ 무릅써, 옥 ᄀᆞᆺᄒᆞᆫ 가슴을 허위고708) 간장이 슨쳐져 긔운이 막혓더니, 공의 부ᄌᆞ(父子) ᄉᆞᄅᆞᆯ 닙으미 부인이 일장을 다시 쳑(責)ᄒᆞ고, 당의 오르게 ᄒᆞ니 화쥬의 유뫼 쇼져ᄅᆞᆯ 안ᄋᆞ오니, 쇼졔 틱모(太母)긔 ᄇᆡᄉᆞ(拜謝)ᄒᆞ고 야야의 옷ᄌᆞ락의 업디여 익익(哀哀)이 늣겨 구슬 눈물이 연험(蓮臉)709)의 덥혀시니, 공이 어루【55】 만져 일변 ᄭᆞ지져 우지 못ᄒᆞ믈 니르ᄂᆞᆫ지라.

쇼졔 씨드라 ᄉᆞ죄ᄒᆞ고 틱모 상하의 ᄭᆞ러 ᄂᆞᆺ빗츨 온화이 ᄒᆞ여 그르믈 쳥죄ᄒᆞᆫ디, 부인이 어엿브믈 니긔지 못ᄒᆞ여 우음을 먹음어 무익(撫愛)ᄒᆞ고 그 머리 곳곳이 상ᄒᆞ여시

---

703)복복(復復) : 거듭거듭. 반복하여.
704)마이 : 매우. 보통 정도보다 훨씬 더.
705)증젼(曾前) : 이미 지나가 버린 그때. 늑재전(在前). 증왕(曾往).
706)간유(諫諭) : 웃어른에게 잘못된 일을 고치도록 말하여 깨닫게 함.
707)협문(夾門) : 삼문(三門) 가운데 좌우에 달린 작은 문. 동협문, 서협문 따위가 있다.
708)허위다 : 허비다. 손톱이나 날카로운 물건 따위로 긁어 파다.
709)연험(蓮臉) : 연꽃처럼 청순한 뺨. *臉의 음은 '검'이다.

믈 보아 어로만져 스랑ᄒ니, 화쥐ᄂᆞᆫ 간절이 ᄋᆡ고(哀告)ᄒᆞ여 셩덕을 드리오ᄉᆞ 다시 야 야를 치지 마르시믈 비ᄂᆞᆫ지라. 부인이 우어710) 왈.

"네 아비 ᄆᆡ양 죄 어드니 닉 엇지 즐겨 치 《머∥며》 《러∥더》 ᄯᅡ리이[리]요."

ᄒᆞ더라.

공이 모젼의 이읔【56】이 되셔 쾌히 희로ᄒᆞ시믈 기두려 ᄉᆞ긔(辭氣) 화열ᄒᆞ고 말ᄉᆞᆷ 이 슌후(淳厚)ᄒᆞ니, 왕공이 공을 기다리지 아니코 몬져 니러 도라가 연부 경상을 젼셜 (傳說)ᄒᆞ니, 일셰 유명ᄒᆞ여 모로리 업ᄉᆞ되, 연공을 긔탄(忌憚)ᄒᆞ여 긔부인 포려(暴戾) ᄒᆞ믈 감히 번거히 니르지 못ᄒᆞ더라 .

명년의 왕공ᄌᆡ 연쇼져를 취ᄒᆞ니 쇼져의 뇨됴홈과 왕싱의 호상(豪爽)ᄒᆞ미 진짓 쌍이 라. 졔킥이 치하ᄒᆞ고 틴부인이 환열ᄒᆞ미 연공부뷔 깃거ᄒᆞᆷ믄 ᄌᆡ기즁(在其中)이라. 시 (時)【57】의 연낭즁 치슉이 그 아오 긔슉 다려 츄연이 작ᄉᆡᆨ(作色)ᄒᆞ고 작년ᄉᆞ를 젼 ᄒᆞ여 왈,

"ᄎᆞ혼(此婚)의 형당이 슉모긔 밋쳐 고치 못ᄒᆞ시미, 부득이 ᄒᆞᆫ 일믈 ᄉᆞᆯ피지 아니 ᄉᆞ, 과(過)히 노ᄒᆞ시더니, 금일 신낭의 아름다오믈 보ᄉᆞ 흔연ᄒᆞ시니, 형장은 금 몸의 장혼이 밋쳐 업지 아냐시되 즐겨오믈 니긔지 못ᄒᆞ시니 진실노 됫슌이 후의 일인이믈 알니로다"

ᄒᆞ니 ᄀᆞ만 ᄒᆞᆫ 말이 번듸쳐 긔부인 노를 도돌 쥴 알니오. 부인의 ᄉᆞ랑ᄒᆞᄂᆞᆫ 시비 【5 8】금향이 ᄆᆡ양 외당을 규시ᄒᆞ더니, 츠언을 듯고 드러와 고ᄒᆞ되,

"낭즁 상공이 우리 공ᄌᆞ다려 여ᄎᆞ여ᄎᆞ ᄒᆞ시니, 공ᄌᆡ 뉴체(流涕)ᄒᆞ고 부인을 원망ᄒᆞ 더이다."

ᄒᆞ니 ᄯᅢ의 신낭이 임의 신부의 거교(車轎)를 호송ᄒᆞ여 가시니, 공ᄌᆡ 쇼믜의 우귀되 례(于歸大禮)711)를 빈ᄒᆡᆼ(陪行)712)ᄒᆞ여 왕부로 가고, 공이 외당의셔 졔빈으로 말ᄉᆞᆷᄒᆞ

---

710) 우으다 : 웃다. 기쁘거나 만족스럽거나 우스울 때 얼굴을 활짝 펴거나 소리를 내다.

711) 우귀되례(于歸大禮) : 혼례에서 신랑이 신부 집에 가서 신부를 자기 집으로 데리고 와, 혼례를 치르는 것을 이른 말. *그러나 우리나라 전통혼례와 가문소설계 고소설류에 나타나는 혼례는 그 혼인예식 곧 대례(大禮)를 치르는 장소[집]가 서로 다르다. 즉 전 통혼례에서는 신랑이 신부 집에 가서 대례(大禮: 전안례 포함)를 올리고 첫날밤을 보낸 후, 신부를 우귀(于歸)하여 자기 집으로 돌아오며, 신부는 현구고례(見舅姑禮)를 올리 고 시집에서 살아간다. 그러나 고소설에서는 신랑이 신부의 집으로 가 전안례(奠雁禮) 를 행하고 당일 신부를 우귀(于歸)하여 신랑집으로 돌아와 대례(大禮)를 올리며, 대례 후 신부는 시부모께 '현구고례'를 행하고 첫날밤을 치르며, 이어 시집에서 살아간다. * 전안례(奠雁禮): 혼례 때, 신랑이 기러기를 가지고 신부 집에 가서 상 위에 놓고 절함. 또는 그런 예(禮). 산 기러기를 쓰기도 하나, 대개 나무로 만든 것을 쓴다. *우귀(于 歸): 전통 혼례에서, 대례(大禮)를 마치고 3일 후 신부가 처음으로 시집에 들어감. *대 례(大禮): 혼례(婚禮). 혼인을 치르는 큰 예식. *현구고례(見舅姑禮): 신부가 예물을 가 지고 처음으로 시부모를 뵙는 예법이나 풍속.

더니 부인이 금향의 고ᄒᆞᄆᆞᆯ 드러 듸로ᄒᆞ여 창두로 공을 잡아 드리라 ᄒᆞ니, 공이 듸황ᄒᆞ여 급히 계하의 ᄭᅮ듸 부인이 녀셩듸미(厲聲大罵) 【59】 왈,

"네 불효ᄒᆞ여 어믜게 죄 닙으믈 한(恨)ᄒᆞ여 아오로 더브러 셜우믈 닐너시무로, 질이 명ᄋᆞ로 듸ᄒᆞ여 노모를 시비ᄒᆞ니, 명이 체읍(涕泣)ᄒᆞ여 원언(怨言)이 여ᄎᆞ(如此)타 ᄒᆞ니, 이ᄂᆞᆫ 다 너의 불효ᄒᆞᆫ 죄라. 네 감히 벌을 면ᄒᆞ랴?"

공이 면관(免冠) 쳥죄ᄒᆞᆫ듸, 부인이 노ᄌᆞ를 ᄭᅮ지져 장칙(杖責)을 시작ᄒᆞ니, 썩의 졔 긱이 밋쳐 도라가지 못ᄒᆞ엿고 외당의 갓ᄀᆞ온지라. 연낭즁이 듸경ᄒᆞ여 아오 긔슉으로 더브러 드러 와 당하의 ᄭᅮ러 비러 왈,

"ᄎᆞ언을 형댱 말ᄉᆞᆷ으로 【60】 알외미 아니라. 져즈음긔713) 쇼질이 왓다가 보온 고로 긔슉이 쳐음으로 경ᄉᆞ의 와시니 잠간 ᄉᆞ고를 니르옵고, 슉모 셩덕이 죄를 다ᄉᆞ리신 후 ᄌᆞ이 지극ᄒᆞ시믈 감탄ᄒᆞ고, 형댱의 셩회 듸슌 이후 ᄒᆞᆫ ᄉᆞ름이시믈 니르온지라. 명윤은 진실노 아지 못ᄒᆞᆫ 일이오니, 복원(伏願) 슉모ᄂᆞᆫ 쇼질을 다ᄉᆞ리쇼셔."

부인이 노를 강잉(强仍)ᄒᆞ여714) 졍식 왈,

"너 비록 광픽(狂悖)ᄒᆞ나, 너 ᄌᆞ식을 훈교ᄒᆞ리니 현질(賢姪)의 알 빅 아니로다."

연ᄒᆞ여 지쵹ᄒᆞ여 치니 【61】 공이 불효무상(不孝無狀)ᄒᆞ믈 일ᄏᆞᆺ고 듕장(重杖)을 감슈(甘受)ᄒᆞ미, 임의 삼십여 장의 밋쳐ᄂᆞᆫ 명윤이 업ᄉᆞ니 다만 화쥐 체읍(涕泣) 익걸(哀乞)ᄒᆞᆯ ᄹᅮ름이라.

낭즁 형뎨 ᄌᆞ긔 등이 부졀업시 말ᄒᆞ여 이러틋 ᄒᆞᆫ 풍파를 니르혀믈 뉘웃고 쵸됴ᄒᆞ여, 연셩 긔슉이 셜니 왕부의 가 명윤을 보와 넌지시 젼ᄒᆞ미, 공ᄌᆞ 창황망극ᄒᆞ여 쥬인 다려 니르도 못ᄒᆞ고 말을 달녀 니르러, 의관(衣冠)을 히탈(解脫)ᄒᆞ고 계하(階下)의 츄쥬(趨走)ᄒᆞ여 돈슈(頓首) 복지(伏地)ᄒᆞ니, 【62】 부인이 바야흐로 ᄋᆞ즈를 ᄉᆞ(赦)ᄒᆞ고 당의 올녓더니, 공ᄌᆞ를 보미 크게 노ᄒᆞ여 결박ᄒᆞ고 엄히 칠식, 불민(不敏) 불쵸(不肖)ᄒᆞ여 한믜를 원망ᄒᆞ믈 슈죄(數罪)ᄒᆞ미 산악(山岳)이 문허지ᄂᆞᆫ 듯ᄒᆞ니, 공ᄌᆞ 원민(冤悶)ᄒᆞ믈 부르지 아니코 다만 머리를 두다려 ᄉᆞ죄를 쳥ᄒᆞᆯ ᄹᅮ름이라.

썩의 연낭즁 형뎨 뉘웃고 잔잉ᄒᆞ니 연ᄒᆞ여 돈슈ᄒᆞ여, ᄌᆞ긔 말ᄉᆞᆷ이 우연이 발ᄒᆞ여 긔 슉의게 들니미요, 명윤이 진실노 아지 못ᄒᆞ믈 고ᄒᆞᆫ듸, 부인이 노긔(怒氣) 더ᄒᆞ여 【6 3】 좌우로 낭즁 형뎨를 미러 밧ᄀᆞ로 닉여 보닉고 공을 다시 ᄂᆞ리와 ᄭᅮ지즈되,

"운빅의 형뎨 노모를 쉽게 넉이니 이ᄂᆞᆫ 너의 어미를 공경치 아니무로 비로ᄉᆞ미라."

ᄒᆞ고, 다시 십여 장을 치고 명윤을 오십 장을 듕타ᄒᆞ니, 시의 셕부인이 식부(息婦)로 더브러 관픽(冠佩)를 그르고 장복(章服)715)을 버셔 듸죄(待罪)ᄒᆞ고 화쥐 흐르ᄂᆞᆫ

---

712) 비ᄒᆡᆼ(陪行) : 윗사람을 모시고 따라감.
713) 져즈음긔 : 져즈음께. 지난번에. 거번에. 말하는 때 이전의 지나간 차례나 때에.
714) 강잉(强仍)ᄒᆞ다 : 억지로 참다. 또는 마지못하여 그대로 하다.

눈물이 옥면을 덥허 머리를 두다려 딕(代)하여 맛기를 비는지라.

부인이 비로쇼 ᄌ여손(子與孫)을 치기를 긋쳐, 다시 【64】 '명을 드르라'ᄒ고, 노복을 물니친 후 츠환으로 ᄒ여금 셕부인과 경쇼져를 슈십 틱(笞)를 더을 식, 화쥐 스스로 옷슬 거두어 부모의 죄를 딕ᄒᄆᆞᆯ 이걸ᄒ여, 셤셤(纖纖)이 가늘고 빙옥 ᄀᆞᆺ흔 다리의 맑으미 슈졍(水晶) ᄀᆞᆺ고 연(軟)ᄒᄆᆡ 응지(凝脂) ᄀᆞᆺᄒ여, 미를 흔 번 더으미 붉은 피 쇼스니, 틱부인이 화쥐 ᄉᆞ랑이 최독(最篤)716)ᄒ거늘, 무죄흔 식부 숀부가지 둉치ᄒ고 바야흐로 노긔 풀니이니, 숀녀의 긔특고 어엿분 체(體)로써 부모의 죄 닙으믈 【65】 셜워 우는지라. 이원(哀願)흔 틱도와 간졀흔 졍셩이 두리오믈 머금고 망극ᄒᄆᆞᆯ 품어실지언뎡, 분호(分毫) 원망ᄒᆞ는 ᄉᆞ식(辭色)이 업셔, 츙년(沖年) 미희(微孩)717)로딕, 어버의 죄를 딕(代)ᄒ기를 비러, 살히 터지고 피 흐르되 부모의 죄를 ᄉᆞ(赦)ᄒ시믈 감격ᄒ여 박인718) ᄃᆞ시 셔셔 마즈니, 어엿분 마음이 십솟 듯ᄒ되, 유ᄋᆞ(幼兒)의 견고ᄒᄆᆞᆯ 괴이히 넉여 치719) 보고ᄌᆞ 오뉵 기를 더 미이 쳐 다스리되 흔갈ᄀᆞᆺ치720) 긔운이 안졍ᄒ고 ᄂᆞᆺ빗치 온유ᄒ니, 간간(懇懇)흔 ᄉᆞ랑을 니긔 【66】 지 못ᄒ여 명ᄒ여 긋치라 ᄒ고, 올ᄂᆞ오기를 니르니 쇼졔 빗ᄉᆞ(拜謝)ᄒ고 사양(辭讓) 왈,

"부모와 가형이 오히려 딕죄(待罪)ᄒ오니 복원 태모는 히ᄋᆞ를 더 치시고 어버의721) 죄를 ᄉᆞᄒ시믈 비ᄂᆞ이다."

태부인이 흔연이 ᄌᆞ부와 숀ᄋᆞ 부부를 다 오르라 ᄒ니, 공의 부ᄌᆞ부뷔 일시의 올나 뫼실식, 부인이 화쥬를 불너 숀을 잡고 머리를 만져 연이(憐愛)ᄒᄆᆞᆯ 마지 아니ᄒ니, 쇼졔 황공ᄒ여 ᄂᆞ죽이 ᄉᆞ럿더니, 부인이 노긔 다 풀니미 싱 【67】 각건딕, 질ᄌᆞ(姪子)의 말노 격노ᄒ여 ᄋᆞᄌᆞ를 다시 치고, 숀ᄋᆞ는 너모 과히 친 듯ᄒ니, 명일(明日)의 평일(平日) 동동(洞洞)흔 셩회(誠孝) 지극ᄒ니, 엇지 원망ᄒᄆᆡ 딕단ᄒ며 냥질이 하당ᄒ여 빌거늘 무류(無聊)히 즐퇴흔지라. 이의 우음을 머금고 니로딕,

"운빅 형뎨를 처음으로 ᄭᅮ지져 물니치니 불안ᄒ도다."

공이 화(和)히 웃고 졀ᄒ여 ᄀᆞ오딕,

"셩괴 지극ᄒ셔이다. 맛당이 부르ᄉᆞ 위로ᄒ셤즉 ᄒᆞ이다."

부인이 좌우로 ᄒ여금 낭즁의 형뎨 【68】 를 부르니, 시의 낭즁 형뎨 슉모의 구츅

---

715)장복(章服) : 『복식』 옛날 벼슬아치들이나 내외명부(內外命婦)들의 공복(公服).

716)최독(最篤) : 가장 두터움.

717)미희(微孩) : 작고 어린아이.

718)박이다 : 박히다. 행동이나 생활이 딱딱하게 느껴질 정도로 규격화되다.

719)치 : 채. 어떤 상태나 동작이 다 되거나 이루어졌다고 할 만한 정도에 아직 이르지 못한 상태를 이르는 말.

720)흔갈ᄀᆞᆺ치 : 한결같이. 처음부터 끝까지 변함없이 꼭 같이.

721)어버의 : 어버이. 아버지와 어머니를 아울러 이르는 말.

(駆逐)을 닙어 무류(無聊)히 느왓더니, 쇼명(召命)을 응ᄒ여 입닉(入內)ᄒ여 당하(堂下)의셔 말ᄉᆞᆷ을 삼가지 못ᄒᆞᆷ믈 쳥죄ᄒ니, 부인이 혼연이 당의 오르라 ᄒ여 위유(慰諭)왈,

"아ᄌᆞ(俄者)722)의 우슉이 분노 즁 현질을 구츅ᄒ니 현질 등이 오작 무류ᄒ랴. 심히 불안ᄒᆞ도다. 연(然)이나 우슉(愚叔)의 셩졍을 닉이 알니니 노ᄒᆞ지 말나."

낭즁 형데 지비 ᄉᆞ례ᄒ더라.

외당(外堂)의 만좌(滿座) 제빈(諸賓)이 ᄎᆞ경(此景)을 다 【69】 듯고 도라가 각각 뎐셜(傳說)ᄒ니 《셰인∥셩상(聖上)》이 연공의 츙현아망(忠賢雅望)을 ᄉᆞ랑ᄒᆞᄉᆞ 문하뎐 틱학ᄉᆞ 녜부상셔를 ᄒᆞ이시고 총우(寵遇)ᄒᆞ시미 지극ᄒᆞ시더라.

명년 하 오월의 밋쳐는 긔부인 회갑이니, 연공이 틱연(大宴)을 진셜ᄒ고 친쳑(親戚) 인친(姻親)을 다 쳥ᄒ여 경ᄉᆞ를 표ᄒᆞᆯᄉᆡ, 긔부인 댱녀 쇼어ᄉᆞ 모친이 슉병(宿病)이 침고(沈痼)ᄒ여 밋쳐 오지 못ᄒ고, 외손 소어ᄉᆞ 셰졍이 홀노 와시며, ᄎᆞ녀 가싱 쳬(妻) 향니로 됴ᄎᆞ 올ᄂᆞ와시니, 모녜 분슈(分手)ᄒᆞ연지 뉵 【70】 년이라. 반갑고 깃브믈 가히 알니러라.

원닉 연공이 쇼미(小妹)로써 가부(家府)의 ᄌᆡ취(再娶) 쥬믈 죽기로써 간쟁(諫爭)ᄒ다가 여러 슌(順) 장칙(杖責)을 바드니, 쇼제 ᄌᆞ긔로 인ᄒ여 형댱의 쳔금(千金) 신상(身上)이 위틱ᄒᆞᆷ믈 셜워 동용이 거거(哥哥)를 기유(開諭)ᄒᆞ여 되어가믈 보쇼셔 ᄒᆞ니, 공이 탄식ᄒ고 홀일 업셔 모명(母命)을 슌(順)ᄒ여 가부의 셩혼(成婚)ᄒ여 ᄌᆞ녀를 ᄀᆞᆺ쵸 두엇더라.

ᄶᅥ의 ᄂᆡ외 빈킥이 구름 못 듯ᄒᆞ여시니, 구타여723) 연혼틱ᄉᆞ(連婚大事)724) 아니니 구경ᄒᆞᆯ 비 【71】 아니로틱, 긔부인의 엄녀(嚴厲)ᄒᆞ미 경향(京鄉)의 유명ᄒ고, 연공과 셕부인의 특출ᄒᆞᆫ 셩회 일홈ᄂᆞ니, 흔번 구경코ᄌᆞ 닷토와 니르니, 금슈포진(錦繡鋪陳)725)과 은병슈막(銀甁繡幕)726)을 베푸러 제빈(諸賓)을 영졉ᄒᆞᆯᄉᆡ, 진찬(珍饌)은 뫼 ᄀᆞᆺ고 향온(香醞)727)은 바다 ᄀᆞᆺᄒᆞ니, 틱부인이 놉히 옥상(玉床)의 안ᄌᆞ 헌작(獻酌)을 바들ᄉᆡ, 공이 녜부상셔틱ᄒᆞᆨᄉᆞ 작위라. 관복(官服)이 참치(參差)ᄒ고 위의(威儀) 제제(濟濟)ᄒ며 셕부인이 일품명부(一品命婦)의 복식(服色)으로 향온

---

722) 아자(俄者) : 아까. 조금 전. 지난 번. 갑자기.

723) 구틱여 : 구태여. 일부러 애써.

724) 연혼틱ᄉᆞ(連婚大事) : 혼례를 올리는 큰 예식.

725) 금슈포진(錦繡鋪陳) : 수를 놓은 비단으로 만든 요나 방석 따위의 화려한 깔개.

726) 은병슈막(銀甁繡幕) : 은빛 병과 수놓은 장막(帳幕)이라는 말로, 은빛의 화려한 그릇들과 수를 놓아 아름답게 꾸민 장막을 이르는 말.

727) 향온(香醞) : ①멥쌀과 찹쌀을 쪄서 식힌 것에 보리와 녹두를 섞어 만든 누룩을 넣어 담근 술. ②향기로운 술.

(香醞)을 헌ᄒᆞ니, 어시의 긔 【72】 틴부인이 ᄌᆞ녀의 작(酌)을 슌슌이 거후르미 만히 ᄎᆔ(醉)ᄒᆞ니 좌우로 고면(顧眄)ᄒᆞ여 우픠(愚悖)ᄒᆞᆫ 호긔(豪氣) 발발(勃勃)ᄒᆞᆫ지라.

졔인이 ᄀᆞ마니 웃더니, 날이 반오(半午)의 외당(外堂)의 돈빈(尊賓)이 만당(滿堂)ᄒᆞ여 쥬비(酒杯)를 날니니, ᄎᆞ시 가부인 녀ᄋᆞ 빙낭이 칠셰라. 비록 지분(脂粉)과 금슈(錦繡)로 《ᄭ려‖ᄭᅮ며》시나 용뫼 범상(凡常)ᄒᆞ더니, 화쥬쇼져를 넛그러 외헌(外軒)의 졔긱(諸客)을 여어보ᄌᆞ728) ᄒᆞᄂᆞᆫ지라.

쇼졔 정ᄉᆡᆨ(正色)고 ᄉᆞ양(辭讓)ᄒᆞ니, 빙낭이 핍박ᄒᆞ다가 요동(搖動)치 아니믈 보【73】고 시ᄋᆞ(侍兒)로 더브러 규시(窺視)ᄒᆞ고 져의 동남(從男)729) 일긔 ᄋᆞ동을 넛그러 드러오니, 화쥬 쇼졔 믄득 몸을 니러 조모 협실노 들고 문을 다드니, 빙낭이 뮈이 녀겨 가ᄌᆞ(가子)730)를 넛글고 ᄂᆞᄋᆞ가 문을 열민, 가지 우어 왈.

"쇼져는 너모 고집지 말나. 쇼싱(小生)이 시년(是年) 쵸팔(初八)이니 피ᄎᆞ(彼此) 유ᄒᆡ(幼孩)라. 듁마(竹馬)로 소유(逍遊)ᄒᆞ고 희롱홀 ᄯᅥ여늘, 쇼져는 과히 엄졀ᄒᆞ시니 타일의 셔로 본죽 박졀치 아니랴?"

어시의 연쇼졔 가가(家哥) 소츅(小畜)의 방ᄌᆞ(放恣) 무례(無禮)ᄒᆞ믈 보와, 발연(勃然) 딕로(大怒)【74】ᄒᆞ여, 뉴미(柳眉)를 거스리고 셩안(星眼)이 녈녈(烈烈)ᄒᆞ여 뎡셩딕즐(正聲大叱)731) 왈,

"셩인이 법을 정ᄒᆞ시미 ᄌᆞ고로 남녜유별(男女有別)ᄒᆞ니 녜(禮)를 엄히ᄒᆞ여 풍교를 셰오신 비요, ᄒᆞ믈며 셩쥬(聖主) 만방을 붉히ᄉᆞ 이젹(夷狄)의 더러온 풍속을 곳치고, ᄉᆡ로이 듕화(中華)의 덕을 흠모ᄒᆞ시거늘, 너는 엇던 경박탕ᄌᆡ(輕薄蕩子)완딕 감히 규문(閨門)을 업슈이 녁이며 말슴이 광망(狂妄)ᄒᆞ뇨? 닉 비록 쇼쇼유ᄋᆡ(小小幼兒)나 너 ᄀᆞᆺ흔 무륜픽ᄌᆞ(無倫悖子)732)를 쓰리쳐733) 맑은 세상의 용납지 아니리라. 셜니 【75】 믈너가고 방ᄌᆞ(放恣)치 말나"

ᄒᆞ더라. 【76】

---

728)여어보다 : 엿보다. 남이 보이지 아니하는 곳에 숨거나 남이 알아차리지 못하게 하여 대상을 살펴보다.

729)동남(從男) : 사촌 남자 형제.

730)가ᄌᆞ(가子) : 가씨 성을 가진 아이.

731)뎡셩딕즐(正聲大叱) : 단호한 음성으로 크게 소리내어 꾸짖음.

732)무륜픽ᄌᆞ(無倫悖子) : 사람으로서 마땅히 지켜야 할 도리를 지키지 않고 이에 어긋나게 행동하는 자식.

733)쓰리치다 : 쓸어버리다. 부정적인 것을 모조리 없애다.

화산선계록 권지이십뉵

추셜 시시(是時)의 연쇼제 가즈(家子)를 일장을 꾸짓고 노긔등등(怒氣騰騰)ㅎ여 쏘 빙낭을 꾸지져 왈,

"져랑(姐娘)이 하마 칠셰니 남녜부동셕(男女不同席)ㅎ는 녜를 알지니, 비록 지친이나 스미를 연ㅎ고 손을 닛그러 남의 닉각의 《드려와∥드려와》 규문을 업슈이 넉여 망뉸픿상(亡倫敗常)734)흔 무리로 ㅎ여곰 스문(士門)의 득죄ㅎ믈 씌닷지 못ㅎ는뇨?"

유모를 명ㅎ여 다 모라 닉치라ㅎ니, 가지 창황이 밧그로 나가고, 빙낭이 어린 【1】 드시 머리를 슉여시니, 셕부인이 질녀의 무류(無聊)ㅎ믈735) 념녀ㅎ여, 믄득 우움을 머금고 질으를 닛그러 문을 열고 왈,

"오이 비록 외인을 물니치나 표형(表兄)736)을 너모 박졀ㅎ미 가ㅎ냐? ㅎ믈며 금일은 즐거온 날이여늘, 엇지 불호지싴(不好之色)으로 존젼의 뵈옵느뇨?"

쇼제 연망(連忙)이737) 몸을 니러 빗이스죄(拜而謝罪)738)ㅎ고, 빙낭을 향ㅎ여 녀즈의 정졍단일(正正端一)흔 도리로 경계ㅎ미 졀당(切當)ㅎ니, 빙낭이 참괴(慙愧)코 분분(忿憤)ㅎ여 유유부답(儒儒不答)739) 【2】 이라.

이의 틱모 좌젼의 직빅(再拜) 부복청죄(復伏請罪) 왈,

"희익(孩兒) 불쵸유츙(不肖幼沖)ㅎ와, 일시 노긔를 춤지 못ㅎ와 존젼의 셜만(褻慢) 불경(不敬)ㅎ오니 황공ㅎ옵고, 표형의게 무례ㅎ오니 불민(不敏)ㅎ믈 겸ㅎ와 감청스죄(敢請死罪)로쇼이다"

긔부인은 두굿기고 흔흔(欣欣)이 무유(撫柔)740)ㅎ고, 가부인은 할연(割然)이741) 탄왈,

---

734) 망뉸픿상(亡倫敗常) : 인륜(人倫)을 무너뜨리고 상도(常道)를 어그러뜨림.
735) 무류(無聊)ㅎ다 : 부끄럽고 열없다.
736) 표형(表兄) : 외사촌인 형을 이르는 말.=외종형.
737) 연망(連忙)이 : 급히.
738) 빗이스죄(拜而謝罪) : 절하여 용서를 빎.
739) 유유부답(儒儒不答) : 어물어물하며 대답하지 아니함.
740) 무유(撫柔) : 어루만져 부드럽고 온순하게 함.
741) 할연(割然) : 끊듯이. *끊다: 하던 일을 하지 않거나 멈추게 하다.

"산고(山高)ᄒᄆᆡ 옥(玉)이 ᄂᆞ고, 희심(海深)ᄒᄆᆡ 명쥬(明珠)잇ᄂᆞᆫ지라. 우리 형댱의 셩덕과 져져의 딕효로 상텬(上天)이 《감오∥감우(感祐)742)》ᄒᆞᄉᆞ 여ᄎᆞ 긔녀(奇女)를 두[쥬]시도다.【3】빙ᄋᆞ의 불초(不肖)ᄒᆞᆷ믄 ᄂᆡ의 박덕을 인ᄒᆞᆷ이라."

인ᄒᆞ여 옥슈(玉手)를 잡ᄋᆞ 긔ᄋᆡ탄복(奇愛歎服)743)ᄒᆞ니, 쇼졔 불감승당(不敢承當)744)ᄒᆞᆯ 시, 온화ᄒᆞᆫ 긔질이 셩녀(聖女) 유풍(遺風)이라.

만좌빈긱(滿座賓客)이 혀를 두루고745) 유ᄌᆞ직(有子者) 그윽이 흠모ᄒᆞ나, 범범(凡凡)ᄒᆞᆫ 치ᄋᆞ(稚兒)로써 져 ᄀᆞᆺᄒᆞᆫ 셩녀슉완(聖女淑婉)746)을 감히 바라지 못ᄒᆞ더니, 좌상의 승상 됴보(趙普)747)의 식부 최시 와시니, 일긔 ᄋᆞᄌᆞ를 두어 힝혀 낫치 희고 입이 붉은지라. 반하(潘何)748)의 용모와 한유(韓愈)749)의 문댱을 품엇다ᄒᆞ여, 됴공이【4】긔ᄋᆡ(奇愛)ᄒᆞ여 쳔고무쌍(千古無雙)ᄒᆞᆫ 슉녀를 구ᄒᆞ더니, 연쇼져를 보ᄆᆡ 만심(滿心) 갈망(渴望)ᄒᆞ여 도라가 엄구(嚴舅)긔 고ᄒᆞ고 구혼코ᄌᆞᄒᆞ더니, 의외의 엄정ᄒᆞᆫ 녜범과 효슌ᄒᆞᆫ 도리며 온화ᄒᆞᆫ 긔운을 ᄀᆞᆺ쵸 보와, 더옥 츰이 말나 질독ᄌᆞ(疾足者)의게 아일가 겹고, 긔부인을 도도ᄆᆡ 혼ᄉᆡ(婚事) 일지라.

공교ᄒᆞᆫ 쇠로 달게 다리고져 ᄀᆞ마니 말ᄉᆞᆷ을 치레(致禮)ᄒᆞ여, 하일(夏日)이 길믈 괴로이 기ᄃᆞ려 셕양의 손이 거의 도라가고, 셕부인이 돈당(尊堂) 감지(甘旨)를 ᄀᆞᆺ쵸려 쥬【5】하(廚下)750)로 믈너가거ᄂᆞᆯ, 연시 친독 녀ᄌᆞᄂᆞᆫ 가부인이 닛그러 듕당의셔 말ᄉᆞᆷᄒᆞ니, 긔부인 당듕의 홀노 경쇼졔 되셧ᄂᆞᆫ지라.

최시 동용이 ᄂᆞᄋᆞ가 몬져 부인의 덕틱(德澤) 셩화(聲華)를 칭복(稱福)ᄒᆞ고, '자

---

742)감우(感祐) : 하늘이 감동하여 도움.

743)긔ᄋᆡ탄복(奇愛歎服) : 기특히 여겨 사랑하고 감탄하여 마지않음 .

744)불감승당(不敢承當) ; 감히 받아들여 감당치 못함.

745)두루다 : 내두르다. 이리저리 휘휘 흔들다.

746)셩녀슉완(聖女淑婉) : 지덕(知德)이 뛰어나며 맑고 고운 자태를 지닌 여자.

747)됴보(趙普) : 북송 건국기의 정치가(922-992). 자는 칙평(則平). 후주(後周) 때 조광윤(趙匡胤)의 막료가 되었고, 조광윤의 송 건국을 도와 개국공신에 책록되었다. 건국 후 태조의 신임 하에 문치주의적 중앙 집권화를 추진하여 송조의 지배 체제 확립에 기여하였다.

748)반하(潘何) : 중국 서진(西晉) 때의 미남자 반악(潘岳)과 삼국시대 위(魏)나라의 미남자 하안(何晏)을 함께 이르는 말. *반악(潘岳) : 247~300. 중국 서진(西晉) 때의 문인(文人). 자는 안인(安仁). 승상을 지냈고 미남자의 대명사로 불린다. *하안(何晏) : 중국 삼국 시대 위(魏)나라의 학자. 자는 평숙(平叔). 벼슬은 시중상서에 이르렀으며, 청담을 즐겨 그것이 유행하는 계기를 만들고 경학을 노장풍(老莊風)으로 해석하였다. 저서에 ≪논어집해≫가 있다. 얼굴에 분을 발라 멋을 부려, 미남자로도 이름이 높았다.

749)한유(韓愈); 중국 당나라의 문인·정치가(768~824). 자는 퇴지(退之). 호는 창려(昌黎). 당송 팔대가의 한 사람으로, 변려문을 비판하고 고문(古文)을 주장하였다. 시문집에 ≪창려선생집≫ 따위가 있다.

750)쥬하(廚下) : 부엌.

데를 교훈호시며 가법의 엄숙호미 부인의 셩덕대도(盛德大度)를 인호미라' 호여 츄앙호고 칭션호며, '상셔공의 츌텬대효(出天大孝)와 현명졍직(賢命正直)호시미 이 곳 노부인의 엄훈(嚴訓)호시미니, 시고(是故)로 셩상의 녜우(禮遇)호시믈 어드미라.' 호여 복복탄상(復復歎賞)751)호여 우픠(愚悖)【6】호 부인을 공교히 다리니, 부인이 뒤열(大悅) 환희(歡喜)호여 흔연 답왈,

"노신(老身)이 일즉 쇼텬(所天)752)을 여희고 고혈(孤子)호 주녀를 거느려 만일 구구히 주이만 일삼으신즉, 엇지 시러곰 학문과 공명을 일우리오. 연이나 엄부의 교훈을 듯지 못호여시니 힝혀 군상(君上)긔 불민(不敏)호미 이실가 쥬야 방심치 못호느이다."

최시 탄복 왈

"쇼첩이 일즉 우러러 셩덕(盛德)을 흠앙(欽仰)호옵더니, 금일 쳠광(瞻光)753)호오니 추싱(此生)754)이 헛되지 아니믈 알니로쇼이다"

인호【7】여 곳쳐 안즈 글오듸,

"쇼첩이 간절호 쇼회 잇스와 감히 부인긔 고코즈호오나 구버 슬피시리잇가"

부인이 흔연 답왈,

"부인의 니르시는 빅 맛당치 아니미 업스리니 듯기를 쳥호느이다."

최시 사례 왈

"첩이 일기 으즈를 쳐음으로 어더 바야흐로 느히 칠세니 스스로 과장(誇張)호미 아니라, 용모는 반악(潘岳)을 묘시호고, 덕힝은 안증(顏曾)755)을 학(學)호거늘 지됴는 니쳥년(李靑蓮)756)과 두공부(杜工部)757)를 겸숀치 아닛는 고로 그윽이 숙뇨명완(淑窈明婉)758)을 구호옵더니【8】존부인 덕음(德蔭) 혜화(惠化)로써 으

---

751)복복탄상(復復歎賞) : 거듭 거듭 반복하여 칭찬함.
752)쇼텬(所天) : 아내가 남편을 이르는 말.
753)쳠광(瞻光) : 광채를 우러러 보다. *위 본문에서 우러러 보는 대상 곧 '광(光: 광채)' 은 기부인의 얼굴이다.
754)추싱(此生) : 지금 살고 있는 세상. =이승.
755)안증(顏曾) : 공자(孔子)의 제자인 안회(顏回)와 증삼(曾參)을 함께 이르는 말.
756)니쳥년(李靑蓮) : 중국 당나라 때의 시인 이백(李白; 701~762)을 달리 이른 말. 자 는 태백(太白). 호는 청련거사(靑蓮居士). 성당(盛唐) 시대의 시인으로, 칠언 절구에 특 히 뛰어났으며, 이별과 자연을 제재로 한 작품을 많이 남겼다. 현종과 양귀비의 모란연 (牧丹宴)에서 취중에 <청평조(淸平調)> 3수를 지은 이야기가 유명하다. 시성(詩聖) 두 보(杜甫)에 대하여 시선(詩仙)으로 칭하여진다. 시문집에 ≪이태백시집≫ 30권이 있다.
757)두공부(杜工部) : 두보(杜甫). 중국 당나라 때의 시인으로 자는 자미(子美)이며 호는 소릉(少陵)·공부(工部)·노두(老杜)임. 율시에 뛰어났으며, 긴밀하고 엄격한 구성, 사실 적 묘사 수법 따위로 인간의 슬픔을 노래하였음. '시성(詩聖)'으로 불리며, 이백(李白) 과 함께 중국의 최고 시인으로 꼽힘.
758)숙뇨명완(淑窈明婉) : 정숙(貞淑)하고 요조(窈窕)하며 밝고 예쁨.

쇼제 능히 품어(稟於)759)ᄒ와 용모의 미홀 ᄯᆞᆫ 아니라 덕힝의 졍슉ᄒ미 진실노 부인을 담ᄉᆞ와시믈 탄복ᄒᆞ옵ᄂᆞ니, '진진(秦晉)의 호연(好緣)'760)을 미ᄌᆞ온즉, 존부인 셩덕명예를 니어 집을 니르혈가 바라ᄂᆞ니, 허ᄒᆞ시리잇가?"

부인이 크게 깃거 왈

"미ᄋᆞ(迷兒)761)의 용우ᄒᆞ믈 과히 보시고, 이러트시 권권(眷眷)ᄒᆞ시니 엇지 감히 밧드지 아니리잇가"

최시 ᄉᆞ례 왈

"존부인 명이 ᄂᆞ리시미 샹셔공이 반ᄃᆞ시 봉승ᄒᆞ시려니와, 쳡의【9】 바라ᄂᆞᆫ 마음이 갈급(渴急)ᄒᆞ오니 졍녕ᄒᆞ신 허락을 알고ᄌᆞ ᄒᆞ옵ᄂᆞ이다."

부인 왈

"노쳡의 ᄌᆞ식이 ᄌᆞ쇼(自少)로 효슌ᄒᆞ여 역명ᄒᆞ미 업ᄂᆞ니, 엇지 다른 의논이 잇ᄉᆞ리오. 연이나 부인이 쾌ᄒᆞᆫ 말을 듯고ᄌᆞ ᄒᆞ시니 무슴 어려오리오."

인ᄒᆞ여 좌우로 샹셔를 부르니, 최시 장뇌로 피ᄒᆞ여 듯고ᄌᆞᄒᆞ더라.

시(時)예[에] 경쇼제 틱부인을 뫼셔 최시의 간교ᄒᆞᆫ 쇠로 틱부인을 다릐여 일장을 딕란을 닐월지라. 심황낙담(心慌落膽)762)ᄒᆞ나 엇지ᄒᆞ리오.

심닉(心內)의 최【10】 시를 졀치ᄒᆞ고 엄구(嚴舅)의 ᄂᆡ림ᄒᆞ시믈 인ᄒᆞ여 하당이퇴(下堂而退)ᄒᆞ여 쇼고 왕쇼져를 ᄎᆞᆺ져 젼ᄒᆞ고, 셔로 황황망됴(遑遑罔措)763)ᄒᆞ니 화쥬 쇼제 ᄯᅩᄒᆞᆫ 듯고 그윽이 태모 셩품을 혜ᄋᆞ려 보건딕, 야야긔 엄칙이 ᄂᆞ리미 비러 유익ᄒᆞ미 업고, 만일 ᄌᆞ긔로 비로셔 딕인긔 죄책이 ᄂᆞ릴진딕, 쳔고의 불효를 니긔혀 ᄊᆞ흘 곳이 업슬지라.

연ᄒᆞᆫ 심장이 몬져 ᄯᅥᆺ쳐지니 스스로 츈검(寸劍)을 금쵸와 ᄉᆞ셰를 보와 결코ᄌᆞ ᄒᆞ미라.

시시의 샹셰 존긱을 숑【11】 별ᄒᆞ고 지친(至親) 밀우(密友) 십여 인으로 더부러 말숨ᄒᆞ더니, 모명을 니어 젼도히 츄쥬(趨走)ᄒᆞ여 샹하(床下)의 빈복ᄒᆞᆫ 딕, 부인이 됴승샹 댱손의 긔이ᄒᆞ미 만고독보(萬古獨步)ᄒᆞ믈 닐너 화쥬로써 인연 미ᄌᆞ믈 명ᄒᆞ니, 샹셰 됴보(趙普)의 덕이 업스믈 불복(不服)ᄒᆞᄂᆞ지라. 쥰슌(逡巡)764) 빗ᄉᆞ(拜辭) 왈,

---

759)품어(稟於) : 품수(稟受). 선천적으로 타고남.
760)진진(秦晉)의 호연(好緣) : 중국 진(秦)나라와 진(晉)나라 두 나라가 대대로 혼인을 하였다는 사실에서, 혼인이나 우의가 두터운 관계를 비유적으로 이르던 말.
761)미아(迷兒) : 못난 아이라는 뜻으로, '가아'를 달리 이르는 말.
762)심황낙담(心慌落膽) : 너무 놀라서 마음이 당황하여 허둥지둥함.
763)황황망조(遑遑罔措) : 마음이 급하여 어찌할 줄을 모르고 허둥지둥함.
764)쥰슌(逡巡) : 어떤 일을 단행하지 못하고 우물쭈물함. 또는 뒤로 멈칫멈칫 물러남.

"ᄌ괴 맛당ᄒ시나 녀이 아직 유하(乳下)의 잇ᄉ오니, 이제 가ᄎ(嫁娶)를 니르올 ᄇ 아니온지라. 동용(從容)이 의논ᄒ미 맛당ᄒ올 듯ᄒ이다."

ᄐᄇ부인이 믄득 불열 왈,

"이 【12】 ᄯ의 혼인을 일우ᄌ ᄒ미 아니라 졍ᄒ여 두고ᄌ ᄒ미니, 노모의 명을 어그릇지 말나,"

상셰 돈슈 왈

"불쵸이 엇지 감히 ᄌ의를 위역(違逆)ᄒ리잇고마ᄂᆞᆫ, 무릇 혼녜ᄂᆞᆫ 인가(人家)의 즁ᄉ오니 낭ᄌ(郎材)765)를 보옵고 동용이 졍코ᄌ ᄒ나이다,"

부인이 발연(勃然) 노왈

"네 ᄯᅩ 어미 ᄯᆺ을 거스리고 ᄉ의(私意)를 셰오고ᄌ ᄒᄂᆞ냐?"

상셰 연망(連忙)이 돈슈(頓首) ᄉ죄(謝罪) 왈,

"ᄒ이 비록 불쵸ᄒ오나 ᄉ친지도(事親之道)를 잠간 아옵ᄂᆞ니 ᄌ교를 밧들고ᄌ 아니리 잇고마ᄂᆞᆫ. 셩 【13】 인이 혼녜를 즁히 ᄒ시니 ᄒ 번 결ᄒ미 다시 곳치지 못{ᄒ}ᄒ올지라. 가히 ᄌ셔히 슬피지 아니치 못ᄒ올 고(故)로 셰셰(細細)히 의논 코져 ᄒ미로쇼이다."

부인이 임의 최시의 감언을 듯고 'ᄋ직 역명치 아니리라'ᄒ여 대언(大言)을 ᄒ엿더니, 최시의 우음을 닐월가 ᄃᄇ분(大憤)이 니러나, 놉히 쇼ᄅ질너 복부(僕夫)를 엄호(嚴號)ᄒ여 상셔를 잡ᄋ ᄂᆞ리오라 ᄒ니, 상셰 창황히 계의 ᄂᆞ려 면관히ᄃ(免冠解帶)766)ᄒ고 돈슈(頓首) 복죄(伏罪)ᄒ니 부인 【14】 이 녀셩(厲聲) 노즐(怒叱) 왈,

"네 감히 이 ᄯᆯ의 혼인도 노모의 명을 거스리고 네 임의로 방ᄌ히 할다?"

상셰 긔운이 더옥 화열ᄒ여 돈슈 고왈,

"불쵸이(不肖兒) 불효무상(不孝無狀)ᄒ와 ᄌ교(慈敎)를 밧ᄌ오니 죄당만ᄉ(罪當萬死)767)로쇼이다. 자위(慈闈) 일월셩덕(日月盛德)을 우러와 하회(下懷)768)를 알외옵ᄂᆞ니, 녀이 힝혀 용쇽(庸俗)지 아니ᄒ오니 져와 ᄀᆺ흔 ᄇᆡ필을 엇줍고져 ᄒ옵 ᄂᆞᆫ지라, 됴ᄌ의 위인을 보지 못ᄒ엿ᄉ오니 동용이 결코ᄌ ᄒ ᄇᆡ로쇼이다."

부인이 동시(終始) 그 ᄃᆡ답이 모호 【15】 ᄒ믈 대로ᄒ여 노ᄌ를 호령ᄒ여 큰 ᄆᆡ를 ᄀᆯ히여 마이769) 치게 ᄒ니, 상셰 황황츅쵹(惶惶縮縮)770)ᄒ여 공슌히 마즐 ᄉᆡ ᄋᄌ

---

765) 낭ᄌ(郎材) : 신랑이 될 만한 인물. 또는 앞으로 신랑이 될 사람.＝신랑감.
766) 면관히ᄃ(免冠解帶) : 용서를 빌기 위하여, 머리에 쓰고 있던 관(冠)을 벗고, 옷의 띠를 풂.
767) 죄당만ᄉ(罪當萬死) : 지은 죄가 너무 커서 죽어 마땅함.
768) 하회(下懷) : 웃어른에게 자기의 심정이나 뜻을 낮추어 이르는 말. 늑하정(下情).
769) 마이 : 매우. 보통 정도보다 훨씬 더.

명윤이 의관을 벗고 겻히 꾸러 디(代)ᄒᆞ여 맛기를 인걸ᄒᆞ고, 경쇼졔 환픽(環佩)를 그르고 머리를 두다리나, 부인이 우긔(愚氣)와 호승(豪勝)이 뱌야흐로 놉핫거늘, 즈긔 훈즈(訓子)의 엄(嚴)ᄒᆞᆷ믈 졔빈(諸賓)의게 즈랑코즈ᄒᆞ고, 취후(醉後) 노긔 빅쟝(百丈)이나 이러ᄂᆞ니, 엇지 졔손의 망극(罔極)ᄒᆞᆷ믈 도라보리오.

쇼리를 ○○[노펴] 고찰(考察)ᄒᆞ미, 노직(奴者) 실혼(失魂)ᄒᆞ여 진녁ᄒᆞ【16】여 치니, ᄒᆞᆫ 미의 가족771)이 터지고 붉은 피 쇼ᄉᆞ니, 공즈ᄂᆞᆫ 머리를 두다려 뉴혈(流血)이 낫츨 잠으고, 가 부인과 쇼어시 ᄒᆞᆫ가지로 슬피 비되, 부인이 듯지 아니ᄒᆞ여 엄ᄒᆞᆫ 호령이 뇌졍(雷霆)772) ᄀᆞᆺᄒᆞ여 명(命)을 슌(順)ᄒᆞ라 ᄒᆞ딕, 상세 오직 돈슈(頓首)ᄒᆞ여 불효를 일ᄏᆞ라 ᄉᆞ죄(赦罪)를 쳥홀 ᄲᅮᆫ이라.

화쥬쇼졔 이원(哀願)이 부르지져 혈누(血淚)를 드리워 비나, 틱모(太母)의 노긔ᄂᆞᆫ 긋치지 아니코 야야의 쳔금귀체(千金貴體)로써 엄ᄒᆞᆫ 《뫼∥뇌(怒)》ᄋᆞ리 피육(皮肉)이 졈졈 상(傷)ᄒᆞ고 【17】뉴혈(流血)이 만침(滿浸)ᄒᆞ니773), 망극ᄒᆞᆫ 간담이 촌촌(寸寸)이 ᄀᆞᆺ쳐지거늘, 근본이 즈긔로 비로서시니 쥭을 마음이 급ᄒᆞᆫ지라. 다시 졀ᄒᆞ고 틱모긔 슬피 고ᄒᆞ되,

"불쵸 손녜 부졀업시 셰상의 ᄂᆞ와 부모긔 효를 일위믄 업ᄉᆞᆸ고, 아히로 말미암ᄋᆞ 야애 엄하(嚴下)의 즁쟝(重杖)을 당ᄒᆞ시고, 가형이 쇄두뉴혈(碎頭流血)774)ᄒᆞ여 거의 쥭기의 잇ᄉᆞ오니, 소손의 일인은 유뮈불관(有無不關)ᄒᆞ온지라. 스스로 쥭어 불효딕죄(不孝大罪)를 쇽(贖)ᄒᆞ나이다."

이의 공의 알플 향【18】ᄒᆞ여 돈슈(頓首) 비곡(拜哭) 왈(曰),

"불쵸 이 셩회(誠孝) 고인의 밋지 못ᄒᆞ와 싱휵대은(生慉大恩)775)을 갑습지 못ᄒᆞ옵고, 불회 비경(非輕)ᄒᆞ오니, 만ᄉᆞ무쇽(萬死無贖)이로쇼이다. 희ᄋᆞ(孩兒)의 대죄를 스스로 다ᄉᆞ려 기리 슬하를 하직ᄒᆞ오니, 유유(悠悠)ᄒᆞᆫ 넉시 좌우의 뫼시리이다."

말로 됴ᄎᆞ 셤춍(纖蔥)776) ᄀᆞᆺᄒᆞᆫ 쇼슈(素手)의 셔리 ᄀᆞᆺᄒᆞᆫ 단검을 ᄲᅢ혀 빗기 지르미, 빅셜 ᄀᆞᆺᄒᆞᆫ 가슴의 셩혈(腥血)이 돌돌ᄒᆞ여 ᄯ혀 것구러지니, 당상당하(堂上堂下) 막불경악(莫不驚愕)ᄒᆞ여 일시의 붓드러 보건딕, 옥안(玉顔)이 【19】 임의 푸르고, 홍슌(紅脣)의 혈식을 아여시니777), 푸른 눈셥은 만단비원(萬端悲願)778)을 ᄯᅴ여시며, 이원

---

770)황황츅츅(遑遑縮縮) : 몹시 두려워하여 크게 위축됨. *위축(萎縮): 어떤 힘에 눌려 졸아들고 기를 펴지 못함.

771)가족 : 살가죽. 사람이나 짐승의 몸 거죽을 싸고 있는 껍질.

772)뇌졍(雷霆) : 천둥과 벼락이 격렬하게 침. 또는 그런 천둥과 벼락.=뇌졍벽력(雷霆霹靂)

773)만침(滿浸) : 물 따위가 폭 잠기거나 고일 정도로 많다. 늑흥건하다.

774)쇄두뉴혈(碎頭流血) : 머리가 깨어져 피가 흐름.

775)싱휵대은(生慉大恩) : 낳아주고 길러준 큰 은혜.

776) 셤춍(纖蔥) : 파(蔥) 대공처럼 여리고 흰 손가락.

흔 졍상과 참담흔 졍경으로 츠마 보지 못흘지라.

어시의 가부인과 왕쇼져 쇼어시 창황이 느ᄋ가 붓드러 보건딕, 잠간 녑흘 질니여 힝혀 명믹이 긋지 아녀시나 혼졀(昏絶)ᄒ엿ᄂᆫ지라.

명윤공지 호읍(號泣)ᄒ고 금창약(金瘡藥)779)을 가져와 붓치고, 흔 가지로 창황(蒼黃)홀 시, 시(時)의 셕부인이 관잠(冠簪)을 탈(脫)ᄒ고 계하의 ᄭ러 죄명이 느리믈 기ᄃ리더니 쳔 【20】 만 녀외(慮外)의 녀ᄋ의 작용이 이러틋 밍녈ᄒ니, 경참(驚慘) 이셕(哀惜)ᄒ여 심담(心膽)이 《봉쇄∥붕쇄(崩碎)780)》ᄒ나 감히 어즈러이 호읍(號泣)지 못ᄒ고 경쇼졔 창황ᄒ여 깁을 믜여781) 슉모긔 드리고 약을 타 쇼고(小姑)를 쥬어 구호케 ᄒᄂᆫ지라.

태부인이 ᄯᅩ흔 놀나 ᄂ리다라 붓들고 우러 왈,

"노뫼 너를 ᄉ랑ᄒ여 아람다온 셔랑을 마즈 일싱을 평안케 ᄒ려 ᄒ거늘, 네 아비 슌치 아닐시 잠간 칙벌(責罰)ᄒ미라. 깁히 믜워ᄒ미 아니여늘, 네 엇지 이런 망녕되고 모 【21】 진 숀씨782)를 발(發)흔다?"

이러트시 부르지져 호통(號慟)ᄒ니 집장노지(執杖奴者) 태부인 하당ᄒ믈 인ᄒ여, 전도(轉倒)히 공의 민 거슬 그르고 황망이 퇴ᄒ니, 공이 옷슬 거두어 념의고 급히 ᄂ아와 ᄭ러 모친을 안위ᄒ여 왈,

"유이 호망(糊妄)783)ᄒ와 불쵸ᄒ온 괴거(怪擧)를 ᄒ오니 죽으미 앗가올 빅 업습거늘, 유츙(幼沖)이 반ᄃ시 깁히 지르지 못ᄒ엿ᄉ오리니 회싱(回生)ᄒ올지라. 셩녀(聖慮)를 써 더으지 마르쇼셔."

ᄒ고, 녀ᄋ를 거두쳐 안고 ᄌ녀와 쇼미로 【22】 모부인을 붓드러 뫼시믹, 모부인 당즁의 녀ᄋ를 누이고 금창약을 붓치며 회싱단을 흘니이니, 이윽ᄒ믹 ᄂᆽ치 불그려ᄒ고 희미흔 슘쇼릭 통ᄒᄂᆫ지라. 모다 경희(慶喜)ᄒ여 연ᄒ여 약을 써 양구(良久) 후 ᄭ여, 쾌히 별 ᄀᆺ흔 눈을 써 야야를 보고 셤슈로 야야의 손을 넛그러 ᄂᆽ치 다히고 진진이 늣겨 우니, 공이 이련ᄒ고 깃거ᄒ나 졍식고 ᄭ지져 왈,

"너의 힝시 불통불효(不通不孝)ᄒ니 엇지 의외(意外) 아니리오. 무릇 님군이 신하를 죄쥬 【23】 시나 그 ᄌ식이 셜워 죽다ᄒ믈 듯지 못ᄒ엿ᄂ니, 닉 불쵸불민(不肖不敏)ᄒ

---

777)아여다 : 아이다. 앗기다. *앗기다 : 빼앗기거나 가로채이다. '앗다'의 피동사.

778)만단비원(萬端悲願) : 꼭 이루고자 하는 온갖 비장한 염원이나 소원.

779)금창약(金瘡藥) : 『한의』 칼, 창, 화살 따위로 생긴 상처에 바르는 약. 석회를 나무나 풀의 줄기와 잎에 섞어 이겨서 만든다.=금창산

780)붕쇄(崩碎) : 잘게 부서져 무너져 내림.

781)믜다 : 찢다. 물체를 잡아당기어 가르다.

782)숀씨 : 솜씨. ①손을 놀려 무엇을 만들거나 어떤 일을 하는 재주. 늑수품. ②일을 처리하는 수단이나 수완.

783)호망(糊妄) : 모호(模糊)하고 허망(虛妄)함

여 즈젼(慈殿)의 득죄ᄒ여 일시 죄 쥬시나 쥭기의 니를 빈 업고, 즈고로 인진(人子) 불쵸ᄒ여 슈죄(數罪)ᄒᄂ 니 만커늘, 네 엇지 감히 칼흘 들고 돈젼(尊前)의셔 방즈히 명을 결ᄒ여 놀나시믈 싱각지 아니뇨?"

쇼졔 연망이 몸을 움죽여 복지쳥교(伏地聽敎)의 돈슈(頓首) 고왈,

"ᄒᄋ(孩兒)의 불경 불초ᄒ오미 ᄉ죄(死罪)를 면치 못ᄒ리로쇼이다. 연이나 대인이 다른 일노 득죄ᄒᄉ 태모 엄노를 당【24】ᄒ신 즉, 불쵸 등이 비록 망극(罔極)ᄒ오나 엇지 감히 쥭을 쯧을 늬리잇고마ᄂ, ᄒ이 불효 무상ᄒ와 부모긔 이우(貽憂)ᄒ여 태모 셩뇌(盛怒) 진쳡(震疊)ᄒ시고 대인 돈체로써 노복의 쳔ᄒ 벌을 바드시니, ᄒ이 불관ᄒ온 몸을 앗겨 야야 신상의 몟 번 죄를 닙으실 쥴 알니잇가? 출하리 죄를 속(贖)ᄒ와 불효를 감심ᄒ오미러니, 불힝ᄒ와 《일빅‖일맥(一脈)》이 지연(遲延)ᄒ오니 타일을 넘녀ᄒ온즉 심혼(心魂)이 구젼(俱戰)[784]ᄒ온지라. 복원(伏願) 대인은 불쵸ᄋ(不肖兒)의 죄를 다스려【25】 즈진(自盡)케 ᄒ믈 바라ᄂ이다."

이의 몸을 도로혀 틱부인긔 쳥죄 왈,

"쇼녜 ᄉ졍의 통박(慟迫)ᄒ믈 참지 못ᄒ와, 존젼의 방즈무엄(放恣無嚴)[785]ᄒ 죄 슈ᄉᄂ 속이라 원컨듸 계하의 쥭으믈 쥬ᄒᄂ이다"

틱부인이 밧비 ᄂ오혀 안고 울며 다리여 왈,

"닉 본듸 셩이 급ᄒ고 ᄌ녀를 엄히 쳐 ᄀ르치고ᄌ ᄒ미러니, 금일의 명을 둉(從)치 아니ᄒ니 잠간 징벌코ᄌᄒ미러니, 너의 거죠 크게 놀나오니 이후 로ᄂ 다시 치죄(治罪)치 아니리니 넘녀 말고 상【26】쳐를 됴호(調護)ᄒ라"

쇼졔 연망이 계슈ᄌ비(稽首再拜) 왈,

"태모(太母) 호텬대은(昊天大恩)을 황공 감격ᄒ와 분골난망(粉骨難忘)이오니, 불쵸 의 잔명을 앗기와 즐거온 인싱이 되올지라. 즈금이후(自今以後)로ᄂ 태모의 쥬신 날이 로쇼이다."

말노 됴ᄎ 셜부화용(雪膚花容)의 온ᄌ(溫慈)ᄒ 희식을 씌여시니, 틱부인이 다시금 어로만져 공을 다시 치지 아니믈 누누이 니르ᄂ지라. 공이 둉시 깃거아냐 왈,

"망녕된 ᄋ히 방즈무엄ᄒ여 감히 ᄌ위를 격동ᄒ여 속이고ᄌ 홈 ᄀᆺᄒ니, 불공(不恭)ᄒ 죄를【27】면ᄒ랴? 태태(太太) 일월셩덕(日月盛德)을 드리오ᄉ 다스리시믈 아니 시나, 여등이 아븨게 죄를 면치 못ᄒ리라."

공ᄌ와 쇼졔 경황진구(驚惶震懼)ᄒ여 젼도히 계(階)의 ᄂ려 돈슈(頓首) 듸죄(待罪) 여늘, 태부인이 ᄋᄌ의 ᄌ녀 슈죄(數罪)ᄒ믈 듯건듸, 손녀의 방즈ᄒ미 아비를 위ᄒ여 한미를 썩고ᄌᄒ믈 노ᄒ여 묵연이 안즈시니, 공이 모친 긔식을 우러러 슬피고 ᄯ 녀ᄋ

의 ᄌ결(自決)ᄒ미 깁히 미안ᄒ여, 스(赦)ᄒ믈 명치아니ᄒ니, 양낭 츠환의 무리 평일 쇼졔 【28】 의 정대ᄒ미 일쥭 희롱되미 업고, 이 집 안의 미질이 흔ᄒ니 엇지 ᄌ져(趑趄)ᄒ리오786). 아ᄌ의 공의 맛던 미 오히려 정즁(庭中)의 잇셔 노지 급히 퇴홀ᄉᆡ 거두지 아냐시니, 쇼졔 명ᄒ여 그 미를 ᄀᆞ져오라 ᄒ여, 시ᄋᆞ를 향ᄒ여 쇼릭를 ᄂᆞ죽이 ᄒ여 왈,

"나의 불경(不敬)ᄒ 죄 큰지라. 너ᄂᆞᆫ 힘을 다ᄒ라."

츠환이 진녁(盡力)ᄒ여 칠ᄉᆡ, 깁 ᄀᆞᆺ흔 가독이 뮈여지고, 응지(凝脂) ᄀᆞᆺ흔 살히 터지ᄂᆞᆫ지라. 흐르ᄂᆞᆫ 피 쓰히 괴이되 쇼졔 몸을 기우리지 아니코 눈섭을 찡긔미 【29】 업셔, 안정(安靜)이 마ᄌ 슈십 팅(笞) 얼풋 지ᄂᆞ니, 가부인이 당의 ᄂᆞ려 모친긔 고왈,

"ᄋᆞᄌ의 형댱의 말ᄉᆞᆷ이 그르미 업ᄉᆞᆸ거늘, 태팅 과히 노ᄒ시고 질ᄋᆞ의 정경이 가련ᄒ옵거늘, 형장이 방ᄌᆞᄒ믈 칙ᄒ시니 질이 바야흐로 오셰 츙년이오니, 스쳬(事體)를 비록 슬피지 못ᄒ엿ᄉᆞ오나 관셔(寬恕)ᄒ시믈 바라ᄂᆞ이다."

팅부인이 비로쇼 답ᄒ되,

"숀ᄋᆞ의 방ᄌᆞᄒ미 아비를 위ᄒ여 노모를 관쇽(關束)고ᄌᆞ ᄒ니 미안ᄒ되, 굿ᄒ여 다ᄉ리고ᄌᆞᄒ미 아니로 【30】 팅 졔 아비 칙(責)ᄒ미 황쵹(惶囑)787)ᄒ여 미를 바드니 노뫼 아지 못ᄒ리로다."

부인이 ᄯᅩ 형댱긔 고왈

"질ᄋᆞ의 죄 비록 듕ᄒ오나 검흔(劍痕)의 상흔 곳이 대단ᄒ옵거늘, 형댱(兄丈) 엄교(嚴敎)를 두려 듕댱을 감슈ᄒ오니 잔잉ᄒ지라, 그만ᄒ여 스(赦)ᄒ쇼셔."

공이 드듸여 양낭(養娘)을 물니치고 다시 정셩(正聲) 왈,

"너의 죄를 다ᄉ리미 이의 긋칠 빅 아니로되, 쇼미의 청ᄒ믈 조ᄎ 스(赦)ᄒᄂᆞ니 깁히 슈둘(守拙)788)ᄒ여 다시 범치 말나."

쇼졔 업듸여 엄훈을 듯ᄌᆞᆸ고 계슈ᄌ 【31】 빅(稽首再拜)ᄒ니, 태부인이 숀ᄋᆞ의 거동을 보고 익련(哀憐)ᄒ여 미안ᄒ미 츈셜 ᄀᆞᆺᄒ니 명ᄒ여 '오르라' ᄒ고, 어루만져 연익ᄒ믈 마지 아니ᄒᄂᆞᆫ지라. 쇼졔 더욱 감격 황공ᄒ여 안식이 온화ᄒ니, 대인(大人) 슈장시(受杖時)789) 경황쳑비(驚惶慽悲)790)ᄒᆞᆷ과 닉도ᄒ더라.

공이 녀ᄋᆞ를 스흔 후 노ᄌᆞ를 불너 ᄋᆞᄌᆞ를 장칙(杖責)홀 ᄉᆡ ᄭᅮ지져 굴오되,

"닉 일쥭 너를 경계ᄒ여 쇄두뉴쳬(碎頭流涕)791)ᄒ믈 금ᄒ미 여러 슌(順)이로되, 오

---

786) ᄌ져(趑趄)ᄒ다 : 자저(趑趄)하다. 머뭇거리며 망설이다.=주저하다.
787) 황쵹(惶囑) : 매우 두려워하는 마음으로 부탁함.
788) 슈둘(守拙) : 자기 분수를 지켜 조촐히 지냄.
789) 슈장시(受杖時) : 형장(刑杖)을 치는 형벌을 받을 때.
790) 경황쳑비(驚惶慽悲) : 놀랍고 두려우며 근심스럽고 슬픔.
791) 쇄두뉴쳬(碎頭流涕) : 머리가 깨어져 피가 나도록 부딪치며 눈물을 흘림.

히려 봉힝(奉行)치 아니니, 엇지 인즈의 도리이요[뇨]?” 【32】 너의 불쵸(不肖)로 인
ᄒᆞ여 쥬ᄋᆞ의 거죄 크게 한심ᄒᆞ니, 이후로 만일 다시 죄를 범흔 즉 여등(汝等)을 즁치
ᄒᆞᄆᆞ 니르도 말고, 너 스스로 너 몸을 다스려 ᄌᆞ식 그릇 ᄂᆞᄒᆞ믈 ᄉᆞ죄ᄒᆞ리라.”

공지 연ᄒᆞ여 ᄉᆞ죄를 일ᄏᆞ라 고요히 업듸여 질원(疾怨)ᄒᆞᄆᆡ 업스니, 이십 장의 비로
쇼 ᄉᆞᄒᆞ니, 공지 사명을 니어 당의 올나 뫼시니, 부인이 비로쇼 존고 식상(食床)을 밧
드러 헌(獻)ᄒᆞ고 경쇼졔 존구대인 상을 드리니, 모ᄌᆞ(母子) 됴손(祖孫)이 식반을 일당
(一堂)의셔 흔 가지로 ᄂᆞ올ᄉᆡ, 【33】 태부인 노긔 인ᄒᆞ여 풀니여 됴가 혼ᄉᆞ를 졔긔치
아니코, 손녀를 무이ᄒᆞ여 긔운이 화평ᄒᆞ고 말ᄉᆞᆷ과 우음이 흔흔ᄒᆞ니, 공이 ᄃᆡ열(大悅)
황감(惶感)ᄒᆞ여 모친을 뫼셔 담쇠 츈풍(春風) ᄀᆞᆺ흔지라.

셕부인 모ᄌᆞ와 경·왕 냥쇼졔 흔 가지로 셩은(聖恩)을 감츅ᄒᆞ여 ᄀᆞᆨ골(刻骨)흔 화긔
ᄂᆞᆺ 우히 넘ᄭᅵ더라.

인ᄒᆞ여 혼졍(昏定)을 파(破)ᄒᆞᄆᆡ 다 믈너ᄂᆞ고, 왕·경 이쇼졔 가부인을 시침(侍寢)ᄒᆞ
니 셕부인이 녀ᄋᆞ를 닛그러 도라오ᄆᆡ, 셕상의 너와 졔긱이 쥬인의 경식이 【34】 슈통
(愁痛)ᄒᆞ믈 보고 본분이 도라가고, 연낭즁 부인 오시 녀ᄋᆞ(女兒) 조실노 더브러 잇셔,
쇼져의 스스로 죄 닙음과 공의 ᄌᆞ녀 다스리믈 보고 도라가니, 낭즁 형뎨 ᄯᅩᆫ 외헌의
머므러 감히 고간홀 의ᄉᆞ를 셔어(齟齬)히792) 못ᄒᆞ고 ᄀᆞ마니 감동 탄복ᄒᆞ니, ᄌᆞ연이
젼셜(傳說)ᄒᆞᄆᆡ 되니라.

어시의 셕부인이 침쇼의 도라오ᄆᆡ 녀ᄋᆞ를 방즁의셔 조셥(調攝)게 ᄒᆞ고, 쥬ᄉᆞ(廚
舍)793)의 ᄂᆞᄋᆞ가 모든 ᄎᆞ환(叉鬟)을 거ᄂᆞ려 명신(明晨)의 됴고긔 나올 찬션(饌膳)을
다스릴ᄉᆡ, 부인의 일ᄆᆡ(一妹) 뎡 【35】 댱군 부인이 경ᄉᆞ(京師)의 거ᄒᆞ여시되, 셕부인
이 일쪽 감지(甘旨)를 쇼임ᄒᆞ여 일시 여게(餘暇) 업스니, 친당의 믈너와 모친긔 뵈며
동긔로 한화(閑話)ᄒᆞᄆᆡ 업ᄂᆞᆫ지라.

금일 연셕을 인ᄒᆞ여 ᄌᆞᄆᆡ 안면을 맛ᄂᆞᆷ믈 위ᄒᆞᄆᆡ러니, 연부 변고를 보고 ᄎᆞ악경심(嗟
愕驚心)ᄒᆞ여 어린 듯ᄒᆞ더니, 쇼져의 오믈 보고 그 손을 잡고 눈믈이 비 ᄀᆞᆺ흐니, 쇼졔
온화히 ᄉᆞ례ᄒᆞ고 다시 ᄭᅮ러 고ᄋᆞᆯ,

“쇼질의 일이 ᄉᆞ셰(事勢) 박부득이(迫不得已)794) ᄒᆞᄆᆡ라. 시고(是故)로 대인긔 득
죄ᄒᆞ고 셩교(聖敎)의 어 【36】 긔온지라. 복원 이위(二位)ᄂᆞᆫ 우리 집 ᄋᆞᄌᆞ(俄者)795)
망극ᄒᆞ온 광경을 아오로 불츌구외(不出口外)ᄒᆞ시믈 바라ᄂᆞ이다.”

부인이 오열(嗚咽) ᄋᆞᆯ,

---

792)셔어(齟齬)ᄒᆞ다 : 서먹하다. ①낯이 설거나 친하지 아니하여 어색하다.
793)쥬ᄉᆞ(廚舍) : 음식을 만들기 위한 용도로 지은 집.
794)박부득이(迫不得已) : 일이 매우 급하게 닥쳐와서 어찌할 수 없이.
795)ᄋᆞᄌᆞ(俄者) : 이전, 지난번, 조금 전, 갑자기.

"너의 뜻을 아느니 무슴 빗난 말이라 외인의게 젼셜ᄒ리오마ᄂ, 너의 태뫼 ᄌ(子)와 부(婦)ᄅᆯ 치죄ᄒ시미 ᄌᄌ796), 녜로붓터 이졔 니르히 극히 요란케 ᄒ시니, 경향의 회ᄌ(膾炙)ᄒ미 뉘 모로리오. 우리 져져(姐姐) 셩회 특이ᄒᄉ 가지록 졍셩이 동쵹(洞屬)797)ᄒ시고 너의 딕인이 달편(撻鞭)798)ᄒᆫ 효(孝)ᄅᆯ 두ᄉ, 달지뉴혈(撻之流血)799)의 불감질원(不敢疾怨)800) 【37】 ᄒᄂ지라. 아ᄌ(俄者)의 일기(一家) 경황ᄒ여 당하의 ᄭ릇고, 너 홀노 이의셔 보니 너의 야애(爺爺) 긔운이 화(和)ᄒ시고 안ᄉᆨ(顔色)이 《유혈∥유열(愉悅)》ᄒᄉ 뇌졍(雷霆) ᄀᆺᄒᆫ 칙(責)을 달게 바드시니, ᄂ의 흉금(胸襟)이 젼ᄉᆨ(塡塞)ᄒ더니801), 힝혀 ᄋ질(我姪)의 대회 고인의 지ᄂ고 총민(聰敏)ᄒ미 태부인 셩품을 아라, 경참(驚慘)ᄒᆫ 거죄(擧措) 비록 놀나오나, 슉슉(叔叔)의 장쉬(杖數) 십슈(十數)의 긋치고 져져의 신상(身上)의 밀위ᄂᆫ 벌(罰)이 업게ᄒ니, 감탄ᄒ믈 참지 못ᄒ리로다."

쇼졔 오열ᄒ여 옥뉘(玉淚) 연험(蓮臉)802)을 잠갓더니, 냥구(良久) 【38】 의 셤슈(纖手)ᄅᆯ 드러 청누(淸淚)ᄅᆯ 거두고 다시 ᄭ러 고ᄒ여 왈,

"틱뫼 셩이 엄ᄒ시나 텬셩ᄌ익(天性慈愛) 지극ᄒ시고, 딕인 셩의(誠意) 여ᄎ지쇼(如此之所)의 불효 등이 힝혀 그윽ᄒᆫ 셜우믈 품ᄂᆫ가 ᄒ시무로 넘녀ᄒᄉ 엄픠 여ᄎᄒ시니, 이러트시 말ᄉᆷᄒ오미 우리 대인 셩의예 어긔옵고, 쇼질의 죄 깁ᄉ오니, 다시 발치 마르시미 힝심(幸甚)ᄒ이다"

인ᄒ여 졍금(整襟)ᄒ여 말ᄉᆷ이 업ᄉ니 뎡부인이 말마다 탄복긔이(歎服奇異)ᄒ더니, 셕부인이 드러와 녀ᄋ의 【39】 검흔(劍痕)을 보고 약을 곳쳐 붓치고 품어 줄ᄉᆡ, ᄌ결(自決)ᄒᆫ 망녕되믈 칙(責)ᄒ여 말ᄉᆷ이 졀당(切當)ᄒ니, 쇼졔 회듕(懷中)의 업ᄃ여 돈슈(頓首) ᄉ죄ᄒ고 잠들거ᄂᆞᆯ, 뎡부인 왈,

"져졔(姐姐) 검흔(劍痕)은 넘녜ᄒ시고 장쳐(杖處)ᄂᆫ 살피지 아니시ᄂ뇨?"

부인이 씨ᄃ라 니러 안ᄌ 쵹을 나오혀 보니, 옥 ᄀᆺᄒᆫ 살히 상ᄒ여 부엇고, 붉은 피 엉긔여시니, 잔잉 이셕ᄒ여 청누(淸淚)ᄅᆯ 머금고 약을 붓치고 ᄊᆡ미되 말이 업더라. 뎡부인이 참연(慘然) 뉴체(流涕) 왈,

---

796) ᄌᄌ : 잦아. *잦다: 여러 차례로 거듭되는 간격이 매우 짧다. 또는 잇따라 자주 있다.
797) 동쵹(洞屬) : =동동촉촉(洞洞屬屬). 공경하고 조심함. 부모를 섬기고 공경하는 마음이 지극함. 『예기(禮記)』 <제의(祭義)>편의 "洞洞乎屬屬乎如弗勝　如將失之. 其孝敬之心至也與(공경하고 조심하는 태도가 마치 이기지 못하는 것 같고 잃지 않을까 조심하는 것 같아, 그 효경하는 마음이 지극하기 그지없다.)"에서 온 말.
798) 달편(撻鞭) : 매질. 매로 때림.
799) 달지뉴혈(撻之流血) : 피가 나도록 매질을 함.
800) 불감질원(不敢疾怨) : 감히 미워하거나 원망하지 않음.
801) 젼ᄉᆨ(塡塞)하다 : 메어서 막히다. 또는 메워서 막다.
802) 연험(蓮臉) : 연꽃처럼 청순한 빰. *臉의 음은 '검'이다.

"져제(姐姐) 질ᄋᆞ를 위ᄒᆞ여 잔잉이 【40】 넉이시나, 져져의 몸의 여러 슌(順) 져 도곤 더은 틱장을 바드시니, 우리 태태의 심시 엇지 온젼ᄒᆞ시며, 질ᄋᆞ 등의 망극ᄒᆞ미 죽고져 아니리잇고?"

부인이 답 왈,

"ᄌᆞ녀의 졍경은 그러홀 시803) 괴이치 아니되, 그러나 현마 엇지ᄒᆞ리오. 불효ᄒᆞ미 ᄌᆞ위 셩녀를 돕ᄉᆞ오니 죽염즉 ᄒᆞ도다. 지쳑지지(咫尺之地)의셔 슬하의 뫼시지 못ᄒᆞ니, 녀ᄌᆞ유힝(女子有行)으로 감히 한(恨)치 못ᄒᆞ나, 태태 츈취 고심(高甚)ᄒᆞ시믈 상상컨딕, 씨로 흉금이 바아지거늘 비복 【41】 을 엄금ᄒᆞ나 ᄌᆞ연 말이 젼ᄒᆞ니, 일노써 불효를 ᄌᆞ척(自責)ᄒᆞ노라. 현미 도라가 일졀 언두(言頭)의 닉지 말나. 우형이 불민ᄒᆞ여 돈당의 득죄ᄒᆞ미, 돈고 일월혜틱(日月惠澤)이 ᄌᆞ이(慈愛)로써 깁히 경계ᄒᆞ시믈 감격ᄒᆞ되, 시셰(時世) 인심이 남의 집 말을 들츄어 분운(紛紜)ᄒᆞ미 졀박(切迫)ᄒᆞ고 스스로 참괴(慙愧)치 아니랴?"

뎡부인이 더옥 감탄ᄒᆞ여 도라오미 구외(口外)의 닉지아니코, 다만 연ᄋᆞ를 층찬불이(稱讚不已)ᄒᆞ니, 뎡공이 듯고 위승상긔 닐너 듕믹의 쇼임을 【42】 당ᄒᆞ여 연공을 보고 통(通)ᄒᆞᆫ딕, 연공이 거일(去日)의 진왕을 보아 츄모ᄒᆞᄂᆞᆫ 효를 감동 익셕ᄒᆞ고, 그 긔질의 셩현유풍(聖賢遺風)이믈 임의804) 그윽이 유의ᄒᆞ여시니, 엇지 반겨 듯지 아니리오.

허(許)코ᄌᆞᄒᆞ더니 긔부인이 임의 됴가 혼ᄉᆞ를 오히려 닛지 못ᄒᆞ여, '아ᄌᆞ 어닉 곳을 유의ᄒᆞᄂᆞᆫ고?' 알고져, 금향으로 ᄒᆞ여금 외당을 ᄌᆞ로 슬피게 ᄒᆞ엿더니, 금향이 뎡공의 언ᄉᆞ(言辭)를 듯고 급히 드러와 눈기여805) 고ᄒᆞᆫ딕, 부인이 ᄂᆞ가 듯다가 되 【43】 로(大怒)ᄒᆞ여 크게 소릭 질너 ᄭᅮ지ᄌᆞ미, 연공이 경황이 입닉(入內)ᄒᆞ여 셕일(昔日) 션데(先帝)의 딕은을 닙ᄉᆞ왓고, 이제 위공의 쇼쳥을 박졀치 못홀 줄 고ᄒᆞ며, 진왕의 강명졍인(剛明正仁)806)ᄒᆞᆫ 긔질과 현효(賢孝)ᄒᆞᆫ 품쉬(品數) ᄀᆞ쵸 긔이ᄒᆞ니, 과연 화쥬의 쌍(雙)이무로 유의(留意)ᄒᆞ미 잇던 ᄀᆞ온딕 구혼ᄒᆞ니 물니치지 못홀 줄 ᄌᆞ셔히 알외여, 화열흔 말ᄉᆞᆷ이 슌효ᄒᆞ미[미] 지극ᄒᆞ고 투졀흔 쇼견이 도리의 합당ᄒᆞ되, 부인이 오직 분뇌 층가ᄒᆞ여 귀 【44】 예 머무르미 업고 다만 엄히 ᄭᅮ지져 뇌긔(怒起)807)ᄒᆞ여,

"만일 어믜 명을 기다리지 아니ᄒᆞ고, 왕가의 납(納)808) 밧기 ᄀᆞᆺ치 흔 죽, 스스로 결

803) 시 : ((일부 명사나 어미 '-을' 뒤에 쓰여)) 어떤 일이나 현상이 일어날 때나 경우.
804) 임의 : 이미. 다 끝나거나 지난 일을 이를 때 쓰는 말. '벌써', '앞서'의 뜻을 나타낸다. 늑기위(旣爲), 기이(旣已).
805) 눈기다 : 눈짓하다. 눈을 움직여서 상대편에게 어떤 뜻을 전달하거나 암시하는 동작을 하다. *기다: 눈짓하다. 눈을 끔적이다.
806) 강명졍인(剛明正仁) :성질이 곧고 두뇌가 명석하며 심성이 바르고 어짊.
807) 노기(怒起) : 성을 냄. 또는 크게 분노함.

(決)ᄒ여 ᄌ식의 업슈이 넉이믈 밧지 아니ᄒ리라."

ᄒ니, 공이 황공ᄒ여 다시 말슘을 못ᄒ고 거일(去日) 녀ᄋ의 지극ᄒ 말슘을 감동ᄒ니, 다시 죄 닙을가 두려ᄒ며 녀ᄋ의 검흔(劍痕)이 아무지 아냐시니, 심녀를 요동홀가 넘녀ᄒ여 묵연이 ᄉ죄ᄒ니, 부인이 ᄯᅩᄒ 쇼져의 빙옥방신(氷玉芳身)을 앗기고, 간절 【45】ᄒ 청을 임의 쾌허(快許)ᄒ엿ᄂᆞ지라, 십분 참ᄋ 미믈 드리라 아니ᄒ니, 이 곳 연쇼져의 위부대회(爲父大孝)라. 그러나 이러틋 상지(相持)[809]ᄒ니 이 혼ᄉᆞ 진실노 되기를 밋지 못홀지라.

위승상과 니부인이 남의 집 말을 알고ᄌ 아니되, 연부 슈연(壽宴)의 갓던 닉외 빈긱이 보고 도라와 젼ᄒ여 ᄌᆞ연이 귀예 니음츠고[810], 연낭즁 녀ᄋᄂᆞ 조부인 식뷔니 부인이 ᄌᆞ시 드러 공의게 젼ᄒ여, 연쇼져의 특이ᄒ 용광과 특츌ᄒ 성효며 엄슉ᄒ 【46】 녜뫼 온유ᄒ 덕힝을 겸ᄒ여시믈 알믹 감탄ᄒ고 츠셕ᄒ니, 이 진실노 진왕의 비위라, 더옥 보지 못ᄒ더라.

후일의 뎡공이 연공을 궐하의셔 보아 위공의 ᄯᅳᆺ을 옴길ᄉᆡ, 냥이 다 튱년이니 죵용이 의논코ᄌ ᄒ더라 ᄒ니, 연공이 참괴ᄒ여 유유부답(儒儒不答)[811]이더라.

됴공의 식부 최시 연쇼져의 가바야이 셩명(性命)[812]을 결ᄒ믈 보믹 놀나고 츠악ᄒ니, 황황이 도라올 ᄉᆡ 시비 일인을 쳐지워[813] ᄌᆞ시 알고 오라 ᄒ엿더니, 어 【47】 두 온 후 도라와 연부 경상을 셰셰이 젼ᄒ니, 최시 악연 대경ᄒ여 경쇼져와 연쇼져의 졀치부심(切齒腐心)ᄒ믈 공겁(恐怯) 불안(不安)ᄒ니 감히 구혼홀 의ᄉᆞ를 못ᄒ고, 이 일이 가븨야이 젼셜ᄒ여 ᄉᆞ름이 감히 연가의 혼ᄂᆞᆫ을 니르지 못ᄒᄂᆞᆫ지라.

이러무로 연쇼졔 그[고]요히 도장[814]의셔 양성ᄒ여 일월을 보닐 ᄉᆡ, 시벽 장쇼(粧梳)를 잠간 일우고 퇴모긔 뫼셔 신임 응ᄃᆡᄒ믹, 영오민쳡(穎悟敏捷)ᄒ고 온공숀슌(溫恭遜順)ᄒ여 ᄯᅳᆺ을 맛쵸고 마음 【48】 을 깃기거놀, 낭낭ᄒ 담쇼와 동쵹ᄒ 셩효를 긔(起居)거의 부호(扶護)ᄒ고 좌와(坐臥)의 시봉(侍奉)ᄒ여 ᄉᆞᄉᆞ(事事)의 영합기심(迎合其心)ᄒ니, 퇴부인이 날노 더옥 익즁ᄒ여 환열(歡悅) 흔흔(欣欣)ᄒ믹 셩노(盛怒)를 슬와 바리ᄂᆞᆫ지라. 쇼졔 퇴모의 ᄌᆞ이ᄒ시ᄂᆞᆫ 조각의 온화ᄒ 식과 효슌ᄒ 말슘으로 지극히 이고(哀告)ᄒ여, 그 야애(爺爺) 연긔 ᄉ십의 밋쳣고, 지위 듕신(重臣)의 잇셔 셩상

---

808)납(納) : 납채(納采). 혼인례에서 정혼이 이루어진 증거로 신랑 집에서 신부 집에 보
　내는 예물. =납폐(納幣). 빙채(聘采). 빙물(聘物).
809)상지(相持) : 서로 자기의 의견만을 고집하고 양보하지 아니함
810)니음츠다 : 이음차다. 줄줄이 이어지다.
811)유유부답(儒儒不答) : 어물어물하며 대답하지 아니함.
812)셩명(性命) : ①인성(人性)과 천명(天命)을 아울러 이르는 말. ②'목숨'이나 '생명'을
　달리 이르는 말.
813)쳐지우다 : '처지다'의 사동사. *처지다: 뒤에 남게 되거나 뒤로 떨어지다.
814)도장 : ≒규방(閨房). 부녀자가 거처하는 방.

이 녜우(禮遇)ᄒ시고 빅뇨(百寮) 앙망ᄒ거늘, 하계(下階) 슈죄(數罪)ᄒ시ᄆ 진실노 셜우믈 알외고, 남미 부 【49】 모의 죄ᄅ 디(代)ᄒ믈 익걸ᄒ니, 태부인이 감동ᄒ고 이련ᄒ여 ᄋ즈와 식뷔 득죄ᄒᄆ 계하의 쳥죄ᄒᆫ 즉, 손ᄋ 명윤을 장칙ᄒ고 공을 ᄉ항며, 손부손녀ᄅ 치고 부인을 ᄉ항니, 명윤 공지 비로쇼 마음이 평안ᄒ여 독셔 여가의 과업(科業)을 유의ᄒ더니, 일일은 둉슉(從叔) 연싱이 니르러 말씀 ᄒᆯ ᄉ, 연싱 긔속[슉]은 공즈로 연치(年齒) 상약(相若)ᄒ고 품긔(稟氣) 인즈(仁慈)ᄒ여 연공즈로 지긔상합(志氣相合)ᄒ고 익모(愛慕)ᄒ믈 지극히 ᄒ더니, 【50】 이의 와 공즈 ᄃ려 산당(山堂)815)의 가 공부ᄒ즈 ᄒ거늘, 공지 사양 왈,

"쇼질이 형뎨 업셔 홀노 부모ᄅ 뫼셔시니 눌을 밋고 슬하ᄅ 쩌나리잇고?"

긔슉이 닐오디

"불연ᄒ다. 녜로부터 스싱을 ᄎ즈 혹(學)ᄒᄂ 지 엇지 다 형뎨 만흔 지리오. 명츈(明春)의 졍ᄒᆫ 과장의 삼동(三冬)을 놀고 엇지 과갑(科甲)을 바라리오."

공지 유유ᄒ여 졍(定)치 아니커늘, 긔슉이 응코즈ᄒ더니 홀연 시동(侍童) 셩범이 눈물을 머금고 ᄯ러 태부인 명(命)을 젼ᄒ 【51】 ᄂ지라.

공지 젼도히 ᄲᆯ니 드러가니, 긔슉이 경ᄋ(驚訝)ᄒ여 ᄯ와 협문(挾門) 밧긔셔 ᄀ마니 보니, 연공이 면관히디(免冠解帶)ᄒ고 계하(階下)의 ᄭ러ᄂᆫ디, 공지 츄쥬(趨走)ᄒ여 드러 업디미, 긔부인이 다른 말 아니코 셩범을 명ᄒ여 공즈ᄅ 결박ᄒ고 삼십당을 듕타(重打)ᄒᆫ 후 공을 사(赦)ᄒ여 당의 올니고, 공즈ᄅ 글너 노화 왈,

"구타여 당의 올나 뫼시지 말고 바로 나가 글 닑으라."

ᄒ니, 공지 직비 ᄉ은(謝恩)ᄒ고 츄이과졍(趨而過庭)816)ᄒ여 문을 나니 안식이 여젼(如前)ᄒ더라.

긔슉이 【52】 괴이이 넉이고 어히업셔 ᄯ와 ᄂ오니, 공지 다시 칙을 디ᄒ여 독셔ᄒ며 언쇼ᄒ미 아즈(俄者)817)로 일양(一樣)이라. 연싱이 심ᄂ(心內)의 참연(慘然)ᄒ여 즉시 니러나 다시 오기ᄅ 니르고, 밧 문의 나ᄆ 셩범이 그 아비게 미 마즈 머리ᄅ 슉이고 일셩(一聲)을 동(動)치 아니ᄒ더니, 범의 아비 닐오디,

"비로쇼 터져 피ᄂ니 긋치리라."

ᄒ거늘, 더옥 괴이히 넉여 셩범을 불너 왈,

---

815) 산당(山堂) : 산 속에 지어놓은 절이나 도관 신당(神堂) 따위의 온갖 종류의 집을 통틀어 이르는 말.

816) 츄이과졍(趨而過庭) : 종종걸음으로 뜰을 지나 감. 줄여 '추정(趨庭)'이라고도 한다. 『논어(論語)』 <계씨(季氏)>편의, 공자(孔子)가 집에 혼자 서 있을 때, 아들 리(鯉)가 '종종걸음으로 뜰을 지나가자(鯉趨而過庭), 불러 세워 시(詩)와 예(禮)를 공부하도록 가르쳤던 고사에 나오는 말로, '아들이 아버지에게 가르침을 받는 것'을 말한다.

817) 아즈(俄者) : 아까. 조금 전. 이전, 갑자기

"너의 쇼쥬군(小主君)이 너롤 다려다가 칙을 보니라 ᄒ여시니, 똘와오라."

ᄒ딕 【53】 범이 응딕ᄒ고 됴ᄎ818)오거늘, 집의 니르니 친우 니셩이 니르러 기다리다가 마즈 왈,

"그딕 어딕 ᄀᆺᄂ뇨?"

연셩이 답 왈,

"둉질(從姪) 명윤을 보라 ᄀᆺ더니라."

니셩 왈,

"그 집의 ᄯᅩ 무슴 변이 잇더냐? 엇지 그딕 신ᄉᆡᆨ(神色)이 참연(慘然)ᄒ뇨?"

연셩이 답왈,

"우연이 ᄂᆺ빗치 다르미라. ᄉᆞ룸의 집의 무슴 변괴 잇시리오."

니셩 왈,

"긔(欺)이지 말나. 닉 일즉 드르미 잇셔 무르미라. 그딕ᄂᆫ ᄀᆺ 와시니 날 마치819) 모로리라."

ᄒ니, 원닉 긔슉은 연낭즁 이모(姨母) 뎨(弟) 【54】 라. 외가의 ᄌᆞ라니 연공의 ○○[집의] 거(居)ᄒ지라. 녕무현으로 븟터 네 일을 아지 못ᄒᄂᆫ 고로 셩범의 일을 모로ᄂᆫ빅라. 니셩이 셩범을 기우려 보더니 일오딕,

"네 옷식 혈흔(血痕)이 뵈니, 너의 쥬군이 죄 입은 줄 가지(可知)로다."

셩범이 머리를 슉이고 딕답지 못ᄒ거늘, 연셩이 우어 왈,

"형이 져리 신통이 아니, 날 ᄀᆺᄒᆫ 친쳑도곤 낫도다. 닉 ᄋᆞ즈의 둉질(從姪)을 ᄎᆞᄌᆞ가니 뱌야흐로 글 낡거늘, ᄒᆫ 가지로 숑암ᄉᆞ의 가 슈월(數月)만 공부ᄒ 【55】 ᄌᆞ ᄒ되, 집의 뫼시니 업다 ᄉᆞ양ᄒ더니, 믄득 셩범이 ᄂᆞ와 여ᄎᆞ여ᄎᆞ 고ᄒ미, 총망(悤忙)이 입닉(入內)ᄒ거늘, 됴ᄎᆞ820) 즁문 밧긔 가 보니, 우리 형댱은 딕죄(待罪)ᄒ고 명윤은 제잡담(除雜談)ᄒ고821) 일셩엄호(一聲嚴號)의 올녀 믹고 삼십댱(三十杖)을 밍타(猛打)ᄒ시고, 여ᄎᆞ히 닐너 닉여 보닉시니, 명윤이 ᄂᆞ오민 신긔(神氣) 안셔(安舒)ᄒ여 타연(泰然)ᄒ미 아ᄌᆞ로 일양이라. 그 몸의 살히 터지되 알푸믈 아지 못ᄒ고 언쇼(言笑) 여젼ᄒ니, 닉 심닉 ᄎᆞ악ᄒ여 도라오더니, 문외(門外)의셔 셩범이 여ᄎᆞ 【56】 ᄒ니 ᄒ 괴이ᄒ여 뭇고ᄌᆞ 불너 왓노라."

---

818) 됴ᄎ : 돛다. 좇다. 따르다. 다른 사람이나 동물의 뒤에서, 그가 가는 대로 같이 가다.

819) 마치 : 만치. 「의존 명사」 앞의 내용에 상당한 수량이나 정도임을 나타내는 말.=만큼.

820) 됴차 : 돛다. 좇다. 따르다. 다른 사람이나 동물의 뒤에서, 그가 가는 대로 같이 가다.

821) 제잡담(除雜談)ᄒ다 : 일절 말을 하지 아니하다.

인ᄒ여 범다려 무르되,

"형장(兄丈)이 무슴 닐노 되죄ᄒ시뇨?"

범 왈,

"쇼복은 셔당 쳔예(賤隸)라 엇지 알니잇고?"

연싱 왈,

"그리ᄒ여 형댱도 죄를 닙으신 쟉822)시냐?"

되 왈,

"아니시니이다. 거년의 쇼졔 ᄌ결ᄒ신 후로 노야ᄂᆞᆫ 다시 슈장(受杖)ᄒ시미 업셔, 쇼쥬인이 세 번 지 퇴(笞)ᄒ여 죄를 닙으시니이다."

연싱 왈

"너ᄂᆞᆫ 엇지 마ᄌᆞᆻ뇨?"

범이 넌지시 되왈,

"미련ᄒ와 아비게 죄 어드미로쇼이다."

인ᄒ여 고ᄒ되,

"노【57】애 ᄎ즈시리니 칙을 쥬시면 가고ᄌᆞ ᄒ나이다."

연싱 왈,

"칙 보ᄂᆡ미 아니라 말을 뭇고ᄌᆞ ᄒᆞ미니 실(實)노ᄡᅥ 니르라."

범이 맛ᄎᆞᆷᄂᆡ 고치 아니ᄒ거ᄂᆞᆯ, 연싱이 여러 번 누누이 무르니, 범이 마지 못ᄒ여 '비직(卑者)823) 쥬인을 무죄히 돈명(尊命)을 밧ᄌ와 마지 못ᄒ여 퇴(笞)를 더으ᄆᆡ, 그 여벌(餘罰)을 밧ᄌᆞ오믈' 고ᄒ거ᄂᆞᆯ, 연싱과 니싱이 듯고 긔특이 너기고 감탄ᄒ여 그져 도라보ᄂᆡ니라.

ᄎᆞ후 연부 긔부인의 픠악(悖惡)이 만셩(萬城)의 훼ᄌᆞ(毀訾)ᄒ고 연쇼져의 향명(香名)【58】효ᄒᆡᆼ(孝行)이 ᄉᆞ셔(士庶)824)의 드레니, 위부 승상과 삼부인이 진왕을 위ᄒ여 긔부인의 마음이 도로혀 혼식 쉬이 셩젼(成全)키를 ᄌᆞ오나, 진왕은 쳔만 흉억(胸臆)의 막히고 텰텬(徹天)825)ᄒᆞᆫ 한(恨)이 오ᄆᆡ(痼寐)의 풀니지 아닌 원슈ᄂᆞᆫ 부옥되라. 쥬야로 덜치(切齒)ᄒᆞ더니, 일일은 뉴부인이 창외의 오됴(烏鳥)의 지져괴믈 듯고 ᄲᅡᆯ니 니부인 쳐쇼의 니르니, 니부인이 마ᄌᆞ 왈,

"현ᄆᆡ 하ᄉᆞ고(何事故)826)로 안식이 당황ᄒ뇨?"

---

822) 쟉 : 의존명사. 것. 사물, 일, 현상 따위를 추상적으로 이르는 말.

823) 비직(卑者) : 신분이 낮거나. 천한 사람이 자기보다 신분이 높은 사람을 상대하여 자기를 낮추어 이르던 일인칭 대명사.

824) ᄉᆞ셔(士庶) : 사대부와 서인을 아울러 이르는 말.=사서인(士庶人).

825) 텰텬(徹天) : 하늘에 사무친다는 뜻으로, 두고두고 잊을 수 없도록 뼈에 사무침을 이르는 말.

뉴부인 왈

"금(今)의 오됴지셩(烏鳥之聲)을 드르니 일노 됴추 진왕의 【59】 원기(怨家)를 풀니로다. 현민는 샐니 졈(占)ᄒ여 보라."

니부인이 뎡부인으로 더브러 향노(香爐)의 츅젼(祝錢)827)을 더져 작괘(作卦)828)ᄒ여 믄득 일쾌(一卦)를 엇고 셔로 눈 쥬어 우어 왈,

"과연 현민의 지음(知音)이 신이ᄒ도다. 금됴(今朝) 금즁(禁中)으로 됴추 ᄉ송시녜(賜送侍女)829) 반드시 변형(變形)ᄒ여 니르리니, 이 엇지 부옥되 아니리오. 모로미 삼일을 부즁(府中)의 머무르고 한상궁 등으로 여츠여츠ᄒᄉ이다."

ᄒ더니, 말이 맛지 못ᄒ여 황상궁이 틱후낭낭 명을 밧ᄌ와 미녀 일인을 다 【60】 리고 느와 고왈,

"ᄎ녜 외방으로 됴추 교방의 샌히미 가장 뎔묘(絶妙)ᄒ니 가히 위공 시녜를 삼으라 ᄒ시ᄂ이다."

ᄒ거늘, 승상이 진왕과 삼ᄌ로 더브럿 닉뎐의 니르러 기녀(其女)를 보니, 비록 범안(凡眼)으로는 뎔묘(絶妙)타 니르나, 승상 일월지명(日月之明)으로 엇지 그 요형ᄉ골(妖形邪骨)830)을 모로리오. 필유묘믹(必有苗脈)ᄒ믈 짐죽고 삼부인을 도라보니, 니부인이 되왈

"ᄎ녜(此女) ᄉ숑(賜送)ᄒ오신 비오니 아직 머무러 두ᄉ이다."

승상이 부인의 ᄯᆺ을 ᄉ치고 묵연이 외뎐으로 느오니 【61】 니부인이 기녀의 일홈을 무른되 되왈

"금난이라."

ᄒ거늘, 아직 한상궁 등 모힌 곳의 믈너시라 ᄒ니, 금난이 믈너ᄂᆞ미 니부인이 진왕을 ᄀᆞᄀᆞ이 불너 밀게(密計)를 니르니, 진왕이 노발이 츙관(衝冠)ᄒ여 ᄂᆞ아가더라.

이른바 금난ᄌᆞ는 다르니 아니라, 션시(先時)의 부옥되 등션낭의게 변용○[단](變容丹)831) 일기를 어더 낭즁(囊中)의 장(藏)ᄒ고 걸안국(契丹國)832)의 잇더니, 일이 됴

---

826) 하ᄉ고(何事故) : 무슨 까닭.
827) 츅젼(祝錢) : 무당 등이 점을 칠 때 괘(卦)를 뽑기 위해 던지는 동전
828) 작괘(作卦) : 점괘(占卦)를 뽑음.
829) 사송시녜(賜送侍女) : 임금이 신하에게 내려 보낸 시녀.
830) 요형ᄉ골(妖形邪骨) : 요염하고 망령스러운 형상을 띤 사악한 사람.
831) 변용단(變容丹) : 잉혈·회면단·도봉잠 등과 함께 한국고소설 특유의 서사도구의 하나. 이 약을 먹으면 자기가 되고자 하는 사람과 얼굴을 비롯해서 온몸이 똑같은 모습으로 둔갑(遁甲)하게 된다. 한국고소설에서는 악격인물(惡格人物)들이 이 약을 선격인물(善格人物)을 모해하는 도구로 사용하여 다양한 사건들을 만들어낸다. =개용단(改容丹). 여의개용단(如意改容丹).
832) 걸안국(契丹國) : 거란국(契丹國). 『역사』 5세기 중엽부터 내몽골의 시라무렌강(Shira

히 못되믈 보고 ▽마니 경보(輕寶)를 도적▽여 가지고 ▽용단(改容丹)을 먹어 변형▽고 황셩(皇城) 【62】 으로 올 시, 호마(胡馬)833) 일필(一匹)을 어더 남의(男衣)를 ▽착▽고 쥬야 힝▽여 누삭(累朔) 만의 경스의 니르러, 그윽한 곳의 가 ▽복(改服)▽고 말을 닛그러 쥬인을 쥬고 식가(食價)를 금은으로 후히 쥬니, 이 곳 노파는 곳 진왕의 아보샹궁(阿保尚宮)834) 황이셤의 근실한 비즈(婢子)의 둑(族)이라.

옥딕 감언미셜(甘言美說)노 닐오딕,

"나는 무릉 쯧의 잇더니 됴실부모(早失父母)▽고 친쳑이 녕졍고고(零丁孤孤)835)▽여 반드시 향민(鄉民)의 욕을 볼지라. 경스의 오믄 뎍인(適人)836)홀 의신 업셔 교방시녀(敎坊侍女)837)의 【63】 쌘히여 위승샹 부즁(府中) 시녀(侍女) 복쳡(僕妾)838)이 되기를 발원(發願)▽노라."

▽고, 금은으로 깃기니 노파 가긍(可矜)이 녀겨 황샹궁을 ▽즈 옥딕의 쇼연(所然)839)을 닐으니, 이 찍 마춤 진왕을 위▽여 위부와 궐닉의셔 시녀 복쳡을 쌘는지라. 황샹궁이 불너보니, 옥딕는 임의 황이셤을 아나, 황샹궁은 옥딕 변형▽믈 몰나 일기 미인으로 알고, 다리고 바로 궐닉의 드러가 튀후긔 뵈오니, 튀휘 그 가려(佳麗)▽믈 깃브스 황샹궁으로 【64】 츠녀의 근본과 셩명을 무르시고, 즉시 위부의 스송(賜送)▽시미라.

옥딕 한샹궁 등을 맛나 임의 구면(舊面)이나 스스로 변용▽믈 밋어 슈작(酬酌)이 탐탐(耽耽)840)▽고, 삼부인의 ▽▽이 신임(信任)▽기를 바라 음식의 독을 ▽오고즈 ▽

Müren江) 유역에 나타나 살던 유목 민족. 몽골계와 퉁구스계의 혼혈인종으로, 10세기 초 야율아보기가 여러 부족을 통일하여 요나라를 건국한 후 발해를 멸망시키고 고려에도 세 차례나 쳐들어왔으나, 12세기 초 금나라의 성장으로 말미암아 세력이 약화되어 다시 부족 상태로 분열하였다.

833)호마(胡馬) : 예전에, 중국 북방이나 동북방 등지에서 나던 말.

834)아보상궁(阿保尚宮) : 보모상궁(保姆尚宮). 『역사』 조선 시대에, 왕자나 왕녀의 양육을 맡아보던 나인들의 우두머리 상궁. *아보(阿保): '보호하여 기름, 또는 그 사람.'을 뜻하는 말로 '옛날에 왕족이나 귀족의 자녀를 가르치고 기르던 보모(保姆) 나 임금을 가까이에서 보필하는 근신(近臣) 또는 재상(宰相)'을 이르는 말로 쓰였다.

835)녕졍고고(零丁孤苦) : 세력이나 살림이 보잘것없이 되어서 의지할 곳이 없고 외롭고 곤궁함.

836)적인(適人) : 시집 감.

837)교방시녀(敎坊侍女) : 교방(敎坊)에 소속된 시녀(侍女). *교방(敎坊): 조선 시대에, 장악원의 좌방(左坊)과 우방(右坊)을 아울러 이르던 말. 좌방은 아악(雅樂)을, 우방은 속악(俗樂)을 맡았다. 늑이원(梨園).

838)복쳡(僕妾) : ①남자종(僕)과 여자종(妾)을 함께 이른 말. ② 남자종(僕)의 첩(妾)이라는 말로 여자종만을 이른 말.

839)쇼연(所然) : 그리된 까닭.=소이연(所以然).

840)탐탐(耽耽) : ①마음이 들어 몹시 즐거워하거나 즐기는 모양 ②매우 그리워하는 모양.

더니, 머무런지 제 삼일의 한상궁 운낭 강쇼ㅇ 등 일반 궁녜 화장취디(化粧翠黛)841)로 은근이 좌(座)를 졉(接)하고 디졉하더니, 연상궁 쇼상궁 등 슈십 인이 드러오니 모드미 그 쉬 ᄉ오십이라.

당년(當年)의 셰동황야(世宗皇爺)842) 【65】 와 두낭낭을 뫼셧던 지라. 옥디 ᄉ레 왈,

"상궁마마는 됸듕(尊重)하시거늘 쇼쳡을 과도히 우디하시니 감격 황공하여이다."

모다 닐오디,

"아등이 엇지 낭ᄌ를 알니오마는 낭지 우리 상국 합하(閣下)긔 쇽하니 우리 엇지 범연하리오. 아등이 상국노야 바라오미 젹지(赤子) ᄌ모(慈母)를 바름 ᄀᆺ하니라."

옥디 닉도한843) 체하고 문왈,

"원닉 상궁마미 엇지하여 승샹긔 은혜 밧ᄌ오미 잇ᄂ니잇가?"

한상궁이 믄득 눈물을 흘니고 【66】 왈,

"녯 말을 니르고ᄌ하미 비분(悲憤)하믈 식로이 니기지 못하리로다. 우리는 젼됴시위(前朝侍衛)니 셰동황야와 두 낭낭 근시(近侍)로 금ᄎᆞ(金釵)를 밧ᄌ온 ᄇ라. 우리 낭낭이 늣게야 우리 뎐하를 탄싱하시고, 옥휘(玉候) ᄌ로 미평(未平)하시무로, 쳔참만육(千斬萬戮)할 역젹의 무리 짐독(鴆毒)을 어션의 셧거, 낭낭이 붕(崩)하시고 황애 붕하심식, 우리 뎐하(殿下)를 상국노야긔 의탁하시니, 역뉴(逆類) 더욱 한(恨)하여 무궁한 작악(作惡)을 엇지 다 니르리오. 틱됴황뎨(太祖皇帝)844) 미시(微時)의 듕쥐 【67】 ᄯ히 가ᄉ 위가의 ᄯᆞᆯ을 취하여 쳡을 삼으시니, 위시ᄌ는 그 어미 무챵 ᄯ 챵기 양디션이라. 그 근본이 쳔(賤)하거늘 ᄯ 심슐이 불인한지라. 일녀를 복즁의 ᄭ치고 ᄉ희(四海) 분분(紛紛)하여 거두지 못하고 시셕(矢石) ᄀᆫ온디 분쥬하시니, 위시의 형뎨 셔로 닛그러 분찬(奔竄)하며 각각 ᄯᆞᆯ을 ᄂ호니, ᄌᆞ근 위시는 부틱ᄉ 아오 부의운이 작쳡(作妾)하미러니, 그녀ᄋ는 옥디라. 틱죄 불샹이 녁이ᄉ 위시로 덕비를 봉하시고, 그 ᄯᆞᆯ

---

841) 화장취디(化粧翠黛) : 분이나 연지 따위를 바르거나 문질러 얼굴을 곱게 꾸미고 푸른 먹으로 눈썹을 곱게 그린 아름다운 얼굴.

842) 셰동황야(世宗皇爺) : 중국 오대 후주(後周)의 2대 황제(954-959). 이름은 시영(柴榮: 921-959)이다. 태조 곽위(郭威)의 양자가 되어 태조가 죽자 황위(皇位)를 승계했다. 후촉(後蜀)의 진(秦)·봉(鳳)·성(成)·계(階) 등 4주(州)와 남당(南唐)의 회남(淮南) 지방 14주를 병합하고, 거란을 공격하여 영(瀛)·막(莫)·이(易) 등의 3주와 와교(瓦橋)·익진(益津)·어구(淤口) 등의 3관(關)을 수복, 영토를 확장했다.

843) 닉도하다 : 매우 다르다. 판이(判異)하다. 여기서는 '전혀 모르다'는 뜻으로 쓰였다.

844) 틱됴황뎨(太祖皇帝) : 중국 오대 후주(後周)의 제1대 황제. 이름은 곽위(郭威: 904-954). 오대 후한(後漢)의 은제(隱帝)에게 중용되어 병마(兵馬)의 최고 권력을 위임받았다. 은제가 죽은 뒤 제위에 오르고 주나라를 건국하였다. 재위 기간은 951~954년이다.

쇼【68】옥으로 슉졍공쥬를 봉ㅎ신지라. 틱죄 붕ㅎ신 후 우리 셰동황애 위틱비를 돈(尊)ㅎ시고 공쥬를 이휼(愛恤)ㅎ시믈 지극히 ㅎ시니, 져희 등의 감은흘 비여늘, 민양 눈을 흘긔여 싀긔ㅎ고, 표표이 션뎨의 친즈(親子) 아니믈 들츄어, 틱됴의 ᄂᆞ라 쥬신 은혜를 빙즈ㅎ여, 공쥬는 친싱골육(親生骨肉)으로 무용(無用)이 되믈 한ㅎ여, 그 어리고 범남ㅎ무로 텬안의 슈우(愁憂)를 ᄌᆞ로 닐위ᄂᆞ지라. 상국노애 닙됴(入朝)ㅎ시미 우리 낭낭 표뎨(表弟)845)【69】시니, 황애 미시의 화산의 가 ᄉᆞ졍(私情)을 믿ᄌᆞ신지라. 춍우(寵遇)ㅎ시미 비상ㅎ시더니, 부옥디 여어보고 음욕을 동ㅎ여 공쥬를 도도와 틱비의 위셰를 ᄭᅵ고 상국긔 가(嫁)ㅎ믈 쇠ㅎ나, 상국노애 텬화(天花)846) 쥬옥(珠玉) ᄀᆞᆮᄒᆞᆫ 삼위부인이 실즁의 거ㅎᄉᆞ, 임ᄉᆞ번월(任姒樊越)847)의 셩덕(聖德)이 계시니, 엇지 음픽(淫悖)ᄒᆞᆫ 공쥬를 슌히 바드리오, 구지 사양ㅎ시고 엄히 간징(諫爭)ㅎ시니 황애 민민(悶悶)ㅎ시거늘, 졀도ᄉᆞ 한춍이 여ᄎᆞ여ᄎᆞㅎ여 져의【70】ᄋᆞ들 한웅으로 부마 삼기를 청ㅎ오니, 황상이 공쥬의 신셰 평안ㅎ믈 위하여도 한웅이 ᄂᆞ흔 고로 허ㅎ시고, 길일(吉日)을 틱ㅎ시니, 져 공쥬는 됴히 모르고 잇거늘, 부옥디 요괴년이 제 집의 가 듯고 공쥬를 도도와 상국노애 셔촉 참모ᄉᆞ로 가시는 거슬, 여ᄎᆞ여ᄎᆞ 취(醉)케 ㅎ고 야반(夜半)의 음탕파측(淫湯叵測)848)ᄒᆞᆫ 힝실노 텬승왕희(千乘王姬)의[와] ᄉᆞ부규ᄋᆞ(士府閨兒)로 쳬모(體貌)를 바리니, 쳐ᄌᆞ 넘치 이러ㅎ고 무ᄉᆞ 일을 못ㅎ리오. 노애 취긔(醉氣) 씨미 발검(拔劍)ㅎ【71】여 버히고ᄌᆞ ㅎ시니 황황망쥬(遑遑亡走)849)ㅎ고, 틱비를 도도와 거즛 죽으랴 ㅎᄂᆞ 쳬ㅎ고, 황야를 공동(恐動)ㅎ여 구ᄐᆞ여 인연을 일우니, 상국노애 츙셩(忠誠)이 관일(貫一)ㅎ시무로, 쥬우신욕(主憂臣辱)850)의 의(義)를 잡아 공쥬를 취ㅎ시나, 그 흉픽ᄒᆞᆫ 힝ᄉᆞ와 ᄉᆞ오ᄂᆞ온 심슐을 외모의 ᄂᆞ타ᄂᆡ[닌]니 엇지 군ᄌᆞ의 ᄀᆞᆮ지이 흘비리오. 은졍이 믹믹ㅎ시니 져 무리 한ㅎ여 수삼ᄎᆞ 삼부인을 히코ᄌᆞㅎ다가 슌슌(順順)이851) 낭픽(狼狽)ㅎ니, 우리 삼위부인이 지혜 원딕ㅎ시고【72】 춍명이 여신ㅎᄉᆞ 여ᄎᆞ여ᄎᆞ 속이시고, 화산 딕틱(大宅)으로 슙으시니, 우픽(愚悖)ᄒᆞᆫ 소옥

---

845)표뎨(表弟) : 외종제(外從弟). 외종사촌 아우를 이르는 말.
846)텬화(天花) : ①하늘에서 내리는 꽃이라는 뜻으로, '눈[雪]'을 달리 이르는 말. ②『불교』천상계에 핀다는 영묘한 꽃. 또는 천상계의 꽃에 비길 만한 영묘한 꽃.
847)임ᄉᆞ번월(任姒樊越) : 중국 주(周)나라 현모양처(賢母良妻)인 문왕의 어머니 태임(太任)과 무왕(武王)의 어머니 태사(太姒). 또 어진 마음으로 남편의 정사를 간(諫)해 덕행으로 유명한 중국 초나라 장왕(莊王)의 비(妃)인 번희(樊姬)와 소왕(昭王)의 비 월희(越姬)를 함께 이른 말.
848)음탕파측(淫蕩叵測) : 음란하고 방탕하기가 미루어 헤아릴 수 없을 정도임.
849)황황망쥬(遑遑亡走) : 마음이 급하여 어찌할 줄을 모르고 허둥지둥 달아남.
850)주우신욕(主憂臣辱) : 임금에게 근심이 있으면 신하는 이를 치욕으로 생각하여 마땅히 그 근심을 없애야 한다는 말.
851)슌슌(順順)이 : 번번이. 매 때마다.

과 간음훈 옥디로도 신통훈 됴화를 아지 못ᄒ여 ᄌ약(自若)히 즐겨ᄒ니, 금지옥엽
(金枝玉葉)852)의 돈귀ᄒ무로 도로혀 도로의 분쥬(奔走)ᄒ고, 음심(淫心)을 니긔
지 못ᄒ여 흉픽흔 계교를 힝ᄒ여, 여ᄎ여ᄎ 궁흉훈 쇠와 이리이리 음악훈 닐을 닉
여, 한웅으로 부마를 숨고 션뎨와 낭낭을 시역(弑逆)ᄒ고 보위(寶位)를 도모ᄒ니,
하늘이 엇지 무심ᄒ시리오. 우리 상국【73】노애 황야를 뫼시고 간당을 주멸ᄒ시
민, 뎌의 무리 도망ᄒ여 언덕의 구을고 낙엽의 숨으민, 산적의 욕을 밧고 봉녀(蓬
廬)853)의 독슈(毒手)를 맛ᄂ며, 결안의 츄(醜)ᄒ믈 됴케 넉여 은총을 요구ᄒ고,
이적(夷狄)의 ᄯ히가 골육변(骨肉變)을 닉여, 탈불과 불화케ᄒ고, 탈묵시의 모진
노를 맛나, 일신이 육장(肉醬)이 되엿다가, 다시 요적(妖賊)의 스긔(邪氣)로온 슐
(術)노 곳쳐 스라나 딘됴를 범ᄒ다가, 우리 노야 위무(威武)를 버셔ᄂ지 못ᄒ여
잡히니, 그 머리를【74】쳔 번 버히고 슈독(手足)을 니(離)홀 거시여늘, 우리 뎐
히 션뎨의 ᄉ랑ᄒ시던 정을 념(念)ᄒᄉ 형체를 온전케 ᄒ시니, 제게 영화 극훈지
라. 죽기를 님(臨)ᄒ여 뉘웃고 부녀를 ᄭᆞ짓더라 ᄒ니, 딘져(大抵) 부옥디의 간음
흉요(姦淫凶妖)ᄒᄆᆞᆫ 쇼옥의 셰번 더은지라. 이제 어느 곳의 슘어 얼골을 변ᄒ고
ᄌ최를 곰쵸와 다시 문하의 니르러 상국노야 풍치를 우럴고ᄌᄒᄂᆞᆫ지라. 제 비록
무측쳔(武則天)854)의 음심(淫心)과 셔시(西施)855)의 용식(容色)을 ᄀᆞ져시며 민
달(妹姐)856)의【75】요괴로옴과 비연(飛燕)857)의 염틱(艶態)를 품어 상국 노야
희쳡의 일홈을 어더 가즁의 니르러 변을 짓고ᄌ ᄒ여도, 우리 노야의 묵묵히 츄공
창텬(秋空蒼天)858) ᄀᆞᆺᄒ신 긔위(氣威)로써 엇지 져의 요괴로온 간슐(姦術)859)을

---

852)금지옥엽(金枝玉葉) : 임금의 자손. =용자봉손(龍子鳳孫)
853)봉녀(蓬廬) : 쑥대로 지붕을 이은 오두막 집.
854)무측쳔(武則天) : 중국 당나라 고종의 황후. 성은 무(武). 이름은 조(曌). 중국 역사
    에서 유일한 여제(女帝)로 고종을 대신하여 실권을 쥐고, 두 아들을 차례로 제왕의 자
    리에 오르게 하였으나, 이들을 폐하고 스스로 제왕의 자리에 올라 국호를 주(周)로 고
    치고 성신황제(聖神皇帝)라 칭하였다. 14세에 궁녀로 입궁하여 태종의 승은을 입었으
    나, 그의 아들 고종과 정을 맺고, 고종이 즉위한 후 황후가 되었다. 또 고종이 죽은 후
    는 여자로서 황제(皇帝)에 올라 남성편력을 일삼았다. 한여후(漢呂后)・서태후(西太后)
    와 함께 중국의 3대 악녀로 꼽힌다.
855)셔시(西施) : 중국 춘추시대의 월(越)나라의 미인. 오나라에 패한 월나라 왕 구천(句
    踐)이 서시를 부차(夫差)에게 보내어 부차가 그 용모에 빠져 있는 사이에 오나라를 멸
    망시켰다.
856)민달(妹姐) : 중국 하(夏)의 마지막 황제 걸(桀)의 비(妃)인 매희(妹喜)와 주(周)의
    마지막 황제 주(紂)의 비(妃) 달기(姐己)를 함께 이르는 말.
857)비연(飛燕) : 조비연(趙飛燕). 중국 전한(前漢) 성제(成帝)의 비(妃). 시호는 효성황
    후(孝成皇后). 가무(歌舞)에 뛰어났고 빼어난 미모로 성제의 총애를 받아 황후에까지
    올랐다. 후궁 반비(班妃)를 참소하여 장신궁(長信宮)에 유폐시켰고, 성제가 죽은 뒤 서
    민으로 내침을 받아 자살하였다.

몰나보시며, 니부인 일월(日月) ᄀᆞᆺᄒᆞ신 쇼견과 뉴부인 신긔ᄒᆞ신 지음(知音)의 뎡부인의 명명ᄒᆞ신 츄졈(推占)으로써 일동일졍(一動一靜)을 다 보시니, 졔 엇지 부월(斧鉞)860)을 면ᄒᆞ리오. 우리 뎐하 와신상담(臥薪嘗膽)861)ᄒᆞᄉ 흉음(凶淫)ᄒᆞᆫ 부녀를 잡아 만편(萬片)의 버혀 원(怨)【76】을 갑ᄒᆞ신 후 상복을 벗고져 ᄒᆞᄉ, 속옷슬 지금 곳치지 아냐 게시니라."

언파(言罷)의 모든 눈이 일시의 옥디를 쏘와보니, 츠회(次回) 엇지된고? 분셕ᄒᆞ라.【77】

---

858)츄공창텬(秋空蒼天) : 맑게 갠 가을날의 높고 드넓은 푸른 하늘.

859)간슐(奸術) : 간사한 꾀.

860)부월(斧鉞) : 『역사』 형구로 쓰던 작은 도끼와 큰 도끼.

861)와신상담(臥薪嘗膽) : 불편한 섶에 몸을 눕히고 쓸개를 맛본다는 뜻으로, 원수를 갚거나 마음먹은 일을 이루기 위하여 온갖 어려움과 괴로움을 참고 견딤을 비유적으로 이르는 말. ≪사기≫의 <월세가(越世家)>와 ≪십팔사략≫ 등에 나오는 이야기로, 중국 춘추 시대 오나라의 왕 부차(夫差)가 아버지의 원수를 갚기 위하여 장작더미 위에서 잠을 자며 월나라의 왕 구천(句踐)에게 복수할 것을 맹세하였고, 그에게 패배한 월나라의 왕 구천이 쓸개를 핥으면서 복수를 다짐한 데서 유래한다.

화산선계록 권지이십칠

츄셜 시시의 옥딕 져의 도도훈 말슴이 자쵸(自初)○[로]862) 닉력을 본드시 니
르고 슬피눈 눈이 황홀ᄒ여, 간졍(奸情)을 고딕 발각홀 듯훈지라. 마음이 썰니고
졍신이 아득ᄒ여 어린 듯 말을 못ᄒ고, 힝음업시863) 혼빅(魂魄)을 일허시니 모든
상궁이 우으며 닐오딕,

"한상궁의 졀치ᄒ미 부옥딕의 간졍을 분이(憤哀)히 니르거눌, 그딕 엇지 혼빅을
일코 황황(遑遑)ᄒ뇨?"

옥딕 밋쳐 답지 못ᄒ여서 한상궁이 믄득 니러나 거울을 드러 빗쵀【1】니, 옥
딕 쳔만념외(千萬念外)의 뎐후 닉력을 드러 황황(惶惶)ᄒ나, 오직 변용(變容)ᄒ여
시믈 밋고 즈약(自若)히 안즈 계교를 상냥(商量)ᄒ며, 긔쇳(氣色)을 거두어 즁인
의 의심을 일위지 아니려 ᄒ더니, 홀연 됴심경(照心鏡)864)이 눈의 빗치미, 요형믹
골(妖形埋骨)865)이 스스로 밧괴여, 별악866)이 덜뮈867)를 치니, 힝음업시 '이고!'
훈 쇼릭의 업더지니, 좌즁 졔인이 일시의 슬피니, 가국이 쇼요ᄒ여 여러 히룰 춧
지 못ᄒ든 부옥딕라. 모다 놀나 소릭 질너 왈,

"진왕 뎐히(殿下) 침식의 맛슬 모로고 잡지 못ᄒ믈 근심【2】ᄒ스 쵸됴(焦燥)
ᄒ시든 부옥딕로쇼니, 요괴롭고 간흉 악착훈 년이 어딕가 슙엇다가, 노야와 부인
의 일월지광(日月之光)을 속일가 넉이눈가[냐]? 너의 무궁훈 죄악은 남산듁(南山
竹)868)을 버혀도 속(贖)지 못ᄒ리니, 네 비록 나찰녀(羅刹女)869)의 스오나옴과

---

862) 자쵸(自初)로 : 자초(自初)로. 처음부터.
863) 힝음업다 : 하염없다. 시름에 싸여 멍하니 이렇다 할 만 한 아무 생각이 없다.
864) 됴심경(照心鏡) : 남의 마음을 비취는 거울.
865) 요형믹골(妖形埋骨) : 요사스러운 형상의, 축이 나서 못쓰게 된, 사람의 모습.
866) 별악 : 벼락. 공중의 전기와 땅 위의 물체에 흐르는 전기 사이에 방전 작용으로 일어
　　나는 자연 현상.
867) 덜뮈 : 덜미. 목의 뒤쪽 부분과 그 아래 근처.=목덜미.
868) 남산듁(南山竹) : '남산에 있는 대나무'라는 뜻으로, 본문에서의 의미는 남산에 있는
　　대나무를 다 베어 죽간(竹簡)을 만들어 써도 다 기록할 수 없을 만큼 죄가 많다는 의
　　미. '경죽난서(磬竹難書: 죽간이 모자라　다 쓰기 어렵다)'에서 온말.
869) 나찰녀(羅刹女) : 푸른 눈과 검은 몸, 붉은 머리털을 하고서 사람을 잡아먹으며, 지옥
　　에서 죄인을 못살게 구는 귀신을 나찰(羅刹)이라고 하는데, 그 중 여귀(女鬼)를 나찰녀

셩고괴(聖姑姑)870)의 변화를 ᄀᆞ져셔도 이번은 쥭기를 면치 못ᄒᆞ리라.”

ᄒᆞ고 일시의 어즈러이 치니, 옥디 일장을 마즈미 졍신이 어둑ᄒᆞ더니 믄득 모진 마음이 나ᄂᆞᆫ지라. 졔인을 밀치고 몸을 ᄲᅢ혀 다라나【3】고즈 ᄒᆞ더니, 믄득 진왕이 뎐의 오르며 잠미(蠶眉)를 거ᄉᆞ리고 봉안(鳳眼)이 진녈(震裂)ᄒᆞ여 금션(錦扇)을 ○[휘]둘너 좌우를 부르니, 문외로 됴ᄎᆞ 범 ᄀᆞᆺ흔 궁노(宮奴) 수오십 인이 큰 미와 붉은 노흘 가져 돌입ᄒᆞ니, 옥디 대황(大惶)ᄒᆞ여 몸을 돌쳐 쳥ᄉᆞ(廳舍)로 긔여드니, 비컨디 쇼로기871) 맛난 닭의 삿기 ᄀᆞᆺᄒᆞ여, 면치 못ᄒᆞᆯ 줄 알오디 오히려 숨고져 ᄒᆞ니, 옥디의 평싱 간악이 일시의 도라오니 금일 비로쇼 망ᄒᆞᆯ 써라.

모든 건한(健漢)이 일시의 다라드러 활착(活捉)ᄒᆞ여 긴긴이【4】결박ᄒᆞ미, 왕이 슝빅헌의 ᄂᆞᆺ가 승상긔 알왼디, 공이 왕을[으]로 ᄒᆞ여금 친히 뇽뎐(龍殿)의 알외고 쾌히 쳐치케 ᄒᆞ니, 진왕이 밧비 관복을 ᄀᆞᆺ쵸고 궐하(闕下)로 향ᄒᆞ니, 원ᄂᆡ 한상궁의 거울을 드러 빗쵬과 진왕이 건노(健奴)를 민복ᄒᆞ미 다 니부인의 지휘ᄒᆞ미러라.

이의 텬안(天顔)의 진달ᄒᆞ니, 상이 놀나시고 분히ᄒᆞᄉᆞ 급히 셜국(設鞫)ᄒᆞ여 엄문(嚴問)ᄒᆞ실시, 옥디 오히려 바로 알외지 아니ᄒᆞ고 슬피 부르지져 왈,

“쳡은 무릉 짜 향민이라. 만셰【5】퇴낭낭(太娘娘) 궁뎐의 시위ᄒᆞ와 은명을 밧드러 위부의 ᄉᆞ급ᄒᆞ신 비라. 텬은을 닙ᄉᆞ와 위부의 머믄 삼일의 금됴의 진왕궁 ᄒᆞᆫ 셰란이 ᄀᆞ마니 쳥ᄒᆞ여 무슨 약을 타 쳡을 권ᄒᆞ오니, 쳡이 ᄂᆞ히 어리고 셰간의 요악지ᄉᆞ(妖惡之事) 잇스믈 아지 못ᄒᆞ와 먹ᄉᆞ오미, 믄득 변형ᄒᆞ니 옥디라ᄒᆞ여 잡ᄋᆞ오니, 신쳡은 일즉 부옥디란 지 이시믈 아지 못ᄒᆞ나이다. 복원 셩상은 만민의 부뫼시니 일월지명(日月之明)으로 복분(覆盆)872)의 원(冤)을 술피【6】쇼셔.”

상이 더옥 요악히 녁이ᄉᆞ 부티ᄉᆞ를 명ᄒᆞ여 ‘보라’ ᄒᆞ시니, 태ᄉᆞ 놀난 넉시 ᄯᅳ고 졍신이 아득ᄒᆞ여 눈을 쏘ᄋᆞ 보건디, 과연 옥디라. 급문(急問) 왈,

“네 어느 곳의 숨엇다가 엇지ᄒᆞ여 변형(變形)ᄒᆞᆫ다?”

옥디 쇼왈(笑曰),

“노야는 뉘완디 날다려 닉도ᄒᆞᆫ873) 말을 ᄒᆞᄂᆞ뇨?”

공이 대로ᄒᆞ여 옷슬 벗기고 등을 보니 낙엽 ᄀᆞᆺ흔 붉은 긔미874) 분명흔 옥디라.

(羅刹女)라고 한다.

870)셩고괴(聖姑姑) : 중국 신마(神魔)소설 <평요젼(平妖傳)>에 등장하는 요괴. 여우의 환생(幻生)이다.
871)쇼로기 : 솔개.
872)복분(覆盆) : 동이가 뒤집혀진 채로 있어 속을 볼 수 없음을 뜻하는 말로, 죄를 뒤집 어쓰고 밝히지 못하고 있음을 나타낸 말.
873)닉도ᄒᆞ다 : 엉뚱하다. 전혀 다르다. 판이(判異)하다.

원닉 옥딕 등의 홍(紅) 긔미 '측쳔(則天)'875) 두쥐 이시니 추는 평싱 허물이라. 옥【7】디 스스로 긔약ᄒ여 당시 측쳔후(則天后)를 본밧고ᄌ ᄒ더라.

태시 딕미(大罵) 왈,

"불쵸 간악 음녜 가문을 츄락ᄒ여 욕급문호(辱及門戶)ᄒ고 부형(父兄)을 오예(汚穢)ᄒ여 무궁ᄒᆫ 죄악이 쳔ᄉ무셕(千死無惜)이여늘, 가지록 요악ᄒ여 간상(奸狀)을 덕발(摘發)치 아니ᄒ고 오히려 발명(發明)ᄒᄂ냐?"

옥디 다만 쥭기를 그음ᄒ여 '옥디'를 모르므로 발작(發作)ᄒ니, 텬뇌(天怒) 진발(震發)ᄒ스 형위(刑威)를 ᄀ초라 ᄒ시니, 신양이 금오댱군을 겸ᄒ엿ᄂᆫ지라, ᄂᆡ뚈(邏卒)을 명ᄒ여 엄히【8】 치니, 옥디는 텬지간 별믈(別物)이라. 니를 물고 응치 아니ᄒ거늘, 오형(五刑)876)을 ᄀ쵸 시험ᄒ니, 옥디 견디지 못ᄒ여 직쵸(直招)ᄒᆯ믈 부르지지ᄂᆫ지라. 명ᄒ여 형벌을 늣츄니, 옥디 울며 고왈(告曰),

"쳔쳡(賤妾)의 본말(本末)이 임의 ᄉ방(四方)의 회ᄌ(膾炙)ᄒ오니 다시 알욀 빅 업ᄉ오나, 다만 걸안의 픽(敗)ᄒ고 슉졍의 잡히믈 보오니, 능히 딕국(大國) 위엄을 당치 못ᄒ고, 위원슈의 신긔를 범(犯)치 못ᄒ올 줄 알고, 임의 그윽ᄒᆫ 의ᄉᆡ 위공을 바라는【9】 쯧이 잇셔, 변용ᄒᄂᆫ 약을 어더시니, 츈교 핑경을 거느려 쳔니 마를 타고 난병의 셧겨 다라나 산곡의 슘엇다가, 약이 돈 ᄒᄂᆞ히니, 노쥬(奴主) 삼인이 변용ᄒᆯ 길○[이] 업ᄂᆞᆫ지라. 홀노 도망ᄒ여 약을 삼키고 얼골 다르믈 미더 방ᄌ히 고국의 도라와, 여ᄎᆞ여ᄎᆞᄒ와 황이셤의게 닌진(引進)ᄒ여 틱낭낭 명교(命敎)를 엇ᄌ와 위부로 가오니, 하늘이 지원(至願)을 됴ᄎᆞᄉ 일이 슌히 되오믈 암희(暗喜)ᄒ니, 엇지 오늘날 분면(粉面)【10】이 드러나 무궁ᄒᆫ 죄악이 발각ᄒᆞ믈 알니잇고? 위부의 가오미 만일 은총을 엇ᄌ온 죽, 세 부인을 히ᄒ고 돈위(尊位)를 앗기로 계교(計巧)ᄒᆞᆸ고, 둉시(終始) 도라보믈 엇지 못ᄒ온죽 아됴 위문을 업치믈 긔약ᄒ여ᄉ오니, 이제 엄형지하(嚴刑之下)의 감히 슘기지 못ᄒ여 알외ᄂᆞ이다."

어시의 뎐상뎐하(殿上殿下) 무슈ᄒᆫ 스룸이 경희(驚駭)ᄒᆞ믈 니긔지 못ᄒ니, 상이 불승통히(不勝痛駭)ᄒᆞᄉ 진왕다려 니로ᄉᆞᄃᆡ,

"츠녀의 요악ᄒᆞ믄 곽녀의 셰번 더【11】ᄒ으니, 곽녀의 죄악도 츠녀의 비로스미라. 경이 스스로 보아 임의로 다ᄉᆞ려 극형(極刑)으로 쥭여 분을 풀나."

---

874) 긔미 : 사람의 몸, 주로 얼굴에 끼는 거뭇한 얼룩점.

875) 측쳔(則天) : 측천무후(則天武后). 중국 당나라 고종의 황후. 성은 무(武). 이름은 조(曌). 중국 역사에서 유일한 여제(女帝)로 고종을 대신하여 실권을 쥐고, 두 아들을 차례로 제왕의 자리에 오르게 하였으나, 이들을 폐하고 스스로 제왕의 자리에 올라 국호를 주(周)로 고치고 성신황제(聖神皇帝)라 칭하였다.

876) 오형(五刑) : 조선 시대에, 중국 대명률에 의거하여 죄인을 처벌하던 다섯 가지 형벌. 태형(笞刑), 장형(杖刑), 도형(徒刑), 유형(流刑), 사형(死刑)을 이른다.

왕이 빅비 스은ᄒ고 뎐의 ᄂ려 신금오{오}로 ᄒ여금 죄인을 시상(市上)으로 쓰어오라 ᄒ고, 왕이 길가 우ᄒ희 안고 다시 져쥬라 ᄒᆞᆯ식, 일기 노궁인(老宮人)이 칼을 들고 다라드러 ᄶᅮ지져 왈,

"너 요물이 간흉ᄒᆞᆫ 말노 도도아 우리 공쥬 뒤죄의 ᄲᅢᆨ지니, 닉 너의 잡히믈 기다리고 쥭지 아냐 오늘날 너를 맛ᄂᆞ니, 엇【12】지 지원(至怨)을 갑지 아니ᄒ리오."

언파의 칼흘 가져 스스로 그 살을 ᄶᅮ시니, 옥되 머리를 슈겨 답지 못ᄒ니 이는 곳 비상궁이라. 옥되 탄왈,

"그되 ᄂᆡ의 옛 죄를 알고, 직작년(再昨年)의 당가 녀랑이 되어 비군의 은졍을 어든 쥴 모로도다. ᄎ역(此亦)877) 너와 닉 명(命)이니, 다시 구두(口頭)의 일ᄏᆞᆯ 비 아니로다."

ᄒ더니, 진왕 뎐히 문누(門樓)의 올나 옥되를 ᄭᅮᆯ니고, 시로이 오형(五刑)을 ᄀᆞᆾ춘 후, 혀를 버혀 요괴로온 말노 흉역(凶逆)을 범ᄒᆞᆫ 죄【13】를 다스리고, 다시 머리를 버히며 슈독(手足)을 니(離)ᄒᆞᆫ 후 도라가니, 모든 스름이 일시의 ᄂᆞ아드러878) 비를 헷쳐 심간(心肝)을 닉여 거리의 즛볿더라.

시시의 진왕이 부옥되를 버히미 비분(悲憤)을 쾌히 푼지라. 단지(丹墀)879)의 스은ᄒ니 상과 휘 ᄒᆞᆫ ᄀᆞ지로 안즈스 뉴부인 지음(知音)과 니부인 신명(神命)을 탄상(歎賞)ᄒ시고 퇴휘(太后) 되경(大驚) 분히(憤駭)ᄒ시더라.

진왕이 지원을 풀미 의복과 언쇼(言笑)를 바야흐로 평상이 ᄒ니, 더옥 면모의 화풍이 동【14】인(動人)ᄒ고 쥬슌(朱脣)의 담논이 도도ᄒ니, 승상과 부인을 뫼시미 승안(承顏)의 슌효(純孝)ᄒ미 화열온ᄌᆞ(和悅溫慈)ᄒ여 츙유(沖幼)880)의 체(體)를 ᄀᆞ져 친이(親愛) 희락(喜樂)ᄒ미 유시(幼時) ᄀᆞᆺᄒ되, 연이나 공경 엄슉ᄒ고 우러는881) 정셩이 쵹쵹(屬屬)ᄒ니, 어엿분 거동과 긔특ᄒᆞᆫ 쳬뫼(體貌) 긔이ᄒ고, 바라는 졍니와 스랑ᄒᆞᄂᆞᆫ 간졀ᄒ미 ᄒᆞᆫ 번 웃고 ᄒᆞᆫ 번 말ᄒ미 다 긔이코 어엿븐지라.

공이 왕을 보미 손을 잡지 아닐 젹이 업스니, 왕이 미양 무릅 으릭 몸을 ᄂᆞᆨ죽【15】이 ᄒ고 ᄯᆞᆯ흘 집허 ᄌᆞ익를 밧ᄌᆞ오미 감동ᄒ고 즐겨ᄒ거늘, 혹 말솜ᄒ미 찬연ᄒᆞᆫ 우음을 ᄯᅴ여 별 ᄀᆞᆺᄒᆞᆫ 눈을 잠간 드러 우러러 보고, 부용(芙蓉) ᄀᆞᆺᄒᆞᆫ 화혁(花頰)이 열

---

877) ᄎ역(此亦) : 이것도 역시. 이 또한.

878) ᄂᆞ아들다 : 날아들다. ①날아서 안으로 들다. ②뜻밖에 들이닥치다. *여기서는 ②의 의미.

879) 단지(丹墀) : 임금이 앉아 있는 어좌(御座) 앞의 '붉은 계단'을 이르는 말로, '임금'의 대유(代喩)이다.

880) 츙유(沖幼) : 나이가 어림.

881) 우러다 : 우러르다. 마음속으로 공경하여 떠받들다.

니니, 공과 부인이 이즁ᄒ더라.

삼공진 시립(侍立)ᄒᄆ 숨을 늦쵸고 식을 바로ᄒ여 숑연(悚然)ᄒ더니, 일일의 상국이 됴참(朝參)을 향ᄒᄆ, 왕이 문외의 빈별(拜別)ᄒ고 삼뎨(三弟)의 손을 잡고 모부인 당즁의 가니, 삼부인이 왕의 신장이 언건(偃蹇)ᄒ믈 보고 우음을 머금 【16】 더니, 상하(床下)의 츄진(趨進)ᄒᄆ 부인이 동용(動容)882)ᄒ여 손을 잡고 왈,

"뎐하의 연긔(年紀) 비록 십셰 밋지 못ᄒ나, 엄연(儼然)ᄒ 쳬지(體肢) 니러시니, 밧비 하쥬(河洲)883)를 건너 남교(藍橋)884)의 가약(佳約)을 일우미 맛당ᄒ나, 긔부인 노망(老妄)ᄒ 고집이 두루혀지 아니니 홍승(紅繩)885)을 어ᄂ 날 밋ᄌ리오."

왕이 단슌(丹脣)을 여러 왈,

"그리 밧브리잇가? '벽히(碧海)도 상젼(桑田)이 된다'886) ᄒ니, 긔부인 노망(老妄)인들 미양 이시리 잇가?"

삼부인이 ᄒ 가지로 우어 사랑ᄒ더니, ᄎ공ᄌ 웅창 【17】 이 쇼이고왈(笑而告曰),

"ᄉ롬이 으히 제887) 망녕(妄靈)은 ᄌ란 후 ᄂ으려니와, 늙은 후 망녕은 졈졈 더ᄒ리니, 텬지(天地)ᄂ 긔벽(開闢)ᄒ려니와 긔부인 고집은 돌연(猝然)이 곳치기 어려오니, 뎐하의 기다리시미 머리 셰기의 니를가 ᄒᄂ이다."

ᄒ더라.

화셜, 《시ᄎ∥ᄎ시(此時)》의 텬히(天下) 오히려 미평(未平)ᄒ고 인심이 귀슌(歸順)치 못ᄒ여 제국이 법을 밧드지 아닛ᄂ 고로, 텬지 위공으로 졍토(征討)ᄒ시니 공이 봉명(奉命)ᄒ여 즉일 츌ᄉ(出師)ᄒ니, 진왕 【18】 과 삼지 결연(缺然)ᄒᄆ 비길 디 업더라.

화쥐(華州)의 보ᄒ고 남으로 바라ᄂ 졍을 니긔지 못ᄒ더니, 듕셔ᄉ인 문창과 한님

---

882) 동용(動容) : 행동과 차림새를 통틀어 이르는 말.
883) 하쥬(河洲) : 강물 모래톱 가운데 있는 숙녀라는 뜻으로 주(周)나라 문왕(文王)의 비(妃)인 태사(太姒)를 말한다. 문왕과 태사 부부의 사랑을 노래한 『시경』 <관저(關雎)>편의 "관관저구 재하지주 요조숙녀 군자호구(關關雎鳩 在河.之洲 窈窕淑女 君子好逑)"의 '하주(河洲)' '숙녀(淑女)'서 온말.
884) 남교(藍橋) : 중국 섬서성(陝西省) 남전현(藍田縣)에 동남쪽 남계(藍溪)에 있는 다리 이름. 거기에는 선굴(仙窟)이 있는데, 당나라 때 배항(裵航)이라는 사람이 이곳을 지나다가 선녀인 운영(雲英)을 만나서 선인들이 마시는 음료인 경장(瓊漿)을 얻어 마셨다고 한다. 여기서는 '남교(藍橋)의 선녀'라는 뜻.
885) 홍승(紅繩) : 붉은 색 노끈. 전설에서 월로(月老)가 남녀를 붉은 끈으로 묶어 부부의 인연을 맺어준다는 데서, '혼인'을 뜻하는 말로 쓰인다.
886) 벽히(碧海)도 상젼(桑田)이 된다 : 벽해상전(碧海桑田). 푸른 바다도 변하여 뽕나무 밭이 된다는 뜻으로 세상일의 변천이 심함을 비유적으로 이르는 말. =상전벽해(桑田碧海)
887) 제 : '적에'가 줄어든 말.

시독 완창이 쇼쇼져를 비힝(陪行)ᄒ여 왓ᄂᆞᆫ지라. 삼부인이 반가오믈 니긔지 못ᄒ여 손을 잡고 구고(舅姑)의 돈후를 뭇ᄌᆞ와 ᄉᆞ모ᄒᆞᄂᆞᆫ 졍이 청뉘(淸淚) ᄭᅥ러지믈 ᄭᅵᆺ둧지 못ᄒ더라.

ᄎᆞ셜 쇼부의셔 진부인이 경ᄉᆞ의 온 후로 ᄋᆞᄌᆞ의 벼슬이 청현(淸顯)ᄒ고 샹춍(上寵)이 늉셩(隆盛)ᄒ시거늘, 슬하의 효뷔 잇셔 감지(甘旨)를【19】밧들미 동동(洞洞)888)ᄒ니 이련흠과 귀즁흠믈 니긔지 못ᄒ니, 옛늘 간고(艱苦)와 빈쳔(貧賤)을 늣기고 샹감(傷感)ᄒᆞ미 니부인 은덕을 각골ᄒᆞ여, 샹국이 집의 잇지 아닌 ᄯᅥ면 ᄋᆞ부(兒婦)를 닛그러 위부의 ᄂᆞ우가 졍회를 펴며, 식부를 ᄌᆞ로 보ᄂᆡ여 약질(弱質)을 쉬오고 친위(親位)를 ᄉᆞ모ᄒᆞᄂᆞᆫ 졍니를 위로케 ᄒ니, 승샹이 질ᄋᆞ를 보미 어로만져 구고 셤기믈 퇴만치 말나 경계ᄒ니, 진부인이 감골명심(感骨銘心)ᄒᆞ여 은덕을 산ᄒᆡ(山海)로 비기니,【20】위공의 말ᄉᆞᆷ으로 됴ᄎᆞ 녀ᄋᆞ의 오믈 드르니 반갑고 깃브며 고맙고 감ᄉᆞ니, 그리오미 잇시나 귀령(歸寧)을 쳥치 못ᄒ더니, 위노공과 셜부인이 모녀의 졍니(情理)를 통쵹(洞燭)ᄒ믈 감ᄉᆞᄒᆞ여, 삼부인을 향ᄒᆞ여 ᄉᆞ례ᄒ고 손곱ᄋᆞ 기다리더니, 임의 맛ᄂᆞ믜 슈년 ᄉᆞ이의 풍용(豐容)이 더옥 슈려ᄒ니 깃브믈 니긔지 못ᄒ거늘, 쇼쇼졔 모친의 풍화(豐華)ᄒ 안모(顔貌)의 윤틱ᄒ믈 우러러 영힝(榮幸) 환열(歡悅)ᄒ여, 미ᄌᆞ(妹子)의 손을【21】잡고 아연(峨然)889)이 화긔(和氣)를 ᄯᅴ여 심ᄂᆡ의 아름다오믈 먹음어 구고돈당(舅姑尊堂) 셩은을 밧ᄌᆞ오니, 도라 현미의 망운(望雲)890)ᄒᆞᄂᆞᆫ 졍니(情理)를 늣기고 돈당의 ᄉᆞ렴(思念)ᄒᆞ시믈 당ᄒᆞᄆᆡ 몸이 이의 니르나 심ᄂᆡ(心裏)의 황츅(惶蹙)891)ᄒ믈 니르니, 위쇼졔 다만 안셔(安舒)이 ᄉᆞ례ᄒ더라.

위ᄉᆞ인 형뎨 명일 단지(丹墀)892)의 됴현(朝見)ᄒᆞ온ᄃᆡ 샹이 골ᄋᆞᄉᆞᄃᆡ,

"너희 등이 비록 년쇼ᄒ나 문챵은 옛 벗이라. 짐이 옛날 화산의 가실 졔 문챵이 뉵셰 ᄒᆡ동(孩童)이러니, 이【22】졔 셩쟝ᄒᆞ미 침웅(沈雄)893) 슉연(淑然)ᄒ니 짐이 즁히 넉이노라."

ᄉᆞ인이 황공 감은ᄒ더라.

ᄎᆞ시ᄂᆞᆫ 임의 쵸동(初冬)이라. 한풍이 소슬ᄒ고 찬셔리 ᄭᅥ러지니 진왕과 졔ᄉᆡᆼ이 먼니

---

888) 동동(洞洞) : 동동촉촉(洞洞屬屬). 공경하고 조심함. 부모를 섬기고 공경하는 마음이 지극함.

889) 아연(峨然) : 흥이 한창 무르익어 높은 모양.

890) 망운(望雲) : 객지에서 고향에 계신 어버이를 그리워함을 이르는 말. 중국 당나라 때 적인걸(狄仁傑)이 타향에서 부모가 계신 쪽의 구름을 바라보고 어버이를 그리워했다는 데서 유래한다.

891) 황츅(惶蹙) : 두려워 몸을 움츠림.

892) 단지(丹墀) : 붉은 칠을 하거나 화려하게 꾸민 마룻바닥. 임금이 좌정한 자리를 뜻한다.

893) 침웅(沈雄) : 침착(沈着)하고 웅건(雄健)함.

상국의 님젹(臨敵)호 근노를 근심호고, 셔로 숀을 닛그러 난두의 산보(散步)호더니, 시익(侍兒) 급보 왈,

"니부인이 산긔(產氣) 계시이다."

제인이 대희호여 취송각의 모드니, 임의 히ᄋ(孩兒)의 우름 쇼릭 청건(淸虔)호여 농이 우는 듯호니, 창외의셔 모부인 신긔를 뭇즈 【23】 온딕, 부인이 답호여 '무방타' 호고, 신익(新兒) 남익(男兒)를 드르니 깃브믈 니긔지 못호여 셔로 젼호니, 조니 냥부와 신·화 냥가의 환희호미 드레고, 쇼·양 냥싱과 쇼져 등의 깃거호믄 니르도 말고, 진부인이 녀(女)와 부(婦)를 거느려 니르러 경ᄉ를 하례호니, 일가 환셩(歡聲)이 즈즈호더니, 수오일 수이의 뉴부인이 쏘 남ᄋ를 엇고, 슈일 후 뎡부인이 싱즈호니 혼갈 ᄀᆺ치 형산화벽(衡山和璧)894)이요 녀슈겸금(麗水兼金)895)이라. 진부인과 님시의 환열(歡悅) 【24】 칭하(稱賀)호미 혈심의 비롯더라.

시시의 탕부인이 니르러 녀ᄋ의 산실의 머무니, 원닉 니부인이 경ᄉ의 온 후 즉시가 모친긔 뵈고 셤기는 셩회 지극호니, 탕부인이 젼과(前過)를 뉘웃쳐 댱군의 효봉(孝奉)을 밧고 녀ᄋ를 귀즁호여 슉졍의 작변을 츠악호더니, 이제 상국의 원비로 스름이 덕을 숑츅(頌祝)호미, ᄀ마니 셕ᄉ(昔事)를 뉘웃쳐 붓그려 호거늘, 그 셩효를 감동호여 친싱 삼ᄌ의 긔긔히 비상 【25】 호믈 과익(過愛)호고 슬하의 구ᄌ(九子)를 버려896) 그 나ᄒ며 눗치 아니믈 분변치 못호여 무익(撫愛)호믈 ᄀᆺ치 호니, 더욱 탄복호더라.

뉴·뎡 냥부인이 슈이 쇼셩(蘇醒)호되 니부인이 슈이 눗지 못호니, 진왕과 삼지 쵸황호여 쌍미(雙眉)의 슈운이 둘너시니, 뉴·뎡 냥부인이 쏘흔 우민호거늘 탕부인이 과도이 근심호니, 니장군이 모부인 과려(過慮)를 우민호여 뫼셔 가려 와시니, 부인이 금니

---

894) 형산화벽(衡山和璧) : 중국 전국시대 때, 호남성 형산에서 변화씨(卞和氏)라는 사람이 얻었다고 하는 명옥(名玉) 화씨벽(和氏璧)을 이르는 말. *형산(衡山): 중국의 오악(五岳)의 하나인 남악(南岳)으로, 호남성(湖南省) 형양시(衡陽市) 북쪽 40km 지점에 있는 산. *화씨벽(和氏璧) : 중국 전국시대에 변화씨(卞和氏)라는 사람이 형산(荊山)에서 돌 위에 봉황이 깃들이는 것을 보고 얻었다는 천하의 이름난 옥, 후대에 진(秦)나라 소양왕(昭襄王)이 이 옥을 탐내, 당시 이 옥을 가지고 있던 조(趙)나라 혜문왕(惠文王)에게 진나라 15개의 성(城)과 바꾸자는 제안을 하였다고 하여, '연성지벽(連城之璧)'으로 불리기도 한다.

895) 녀슈겸금(麗水兼金) : 여수(麗水)에서 나는 겸금(兼金)이라는 말. 여수는 중국 양자강(揚子江) 상류인 운남성(雲南省)의 금사강(金砂江)을 이르는 말로, <천자문> '금생여수(金生麗水)'에서 말한 금(金)의 산지(產地)로 유명하다, 특히 여기서 나는 겸금(兼金)은 품질이 뛰어나 값이 보통 금보다 갑절이나 나간다. *겸금(兼金): 품질이 뛰어나 값이 보통 금보다 갑절이나 되는 좋은 황금을 이르는 말.

896) 버려 : 벌어. 벌이다. *벌이다: ①여러 사람을 늘어앉히거나 늘어세우거나 하다. ②여러 가지 물건을 늘어놓다. ③일을 계획하여 시작하거나 펼쳐 놓다. ④놀이판이나 노름판 따위를 차려 놓다.

룰 거두고 형댱을 쳥 【26】 홀식, 댱군의 작위 슝고ᄒ여 냥능후(春陵侯)897)의 니르러
더니, 이의 와 공ᄌ로 금구(衾具)룰 두루라 ᄒ고 질환을 무르니, 부인이 강작(强作)ᄒ
나 호읍이 쳔쵹(喘促)ᄒ고 옥안이 쵸최(憔悴)ᄒ니, 공이 근심ᄒ여 왈,

"상국(相國)이 업순 ᄡ 현미의 병이 여ᄎᄒ니, ᄌ위(慈闈) 환가ᄒ신 후 틱의룰 쳥ᄒ
여 약음을 ᄀᆺ쵸리라."

부인 왈,

"쇼미 일시 병이 잇ᄉ나 냥미 구호ᄒ니 번거이 마르쇼셔. ᄉ싱이 유명(有命)이니 틱
의 엇지 알니잇고?"

휘 쇼왈,

"연즉(然則) 【27】 의직(醫者) 부졀업도다. 현미 붉히 알고 냥 현미 신긔ᄒ미 이시
니 우형이 근심홀 빅 아니로다."

이의 신ᄋ룰 보고 부인 좌우의 진왕이 삼데로 뫼셧고, 경창 등 삼ᄋ(三兒) 됴ᄎ시
며, 삼기 강보(襁褓)898)룰 누엿ᄂ지라. 니공이 활연(豁然) 쇼왈,

"현미 셰번 산휵(産慉)ᄒ미 슬하의 구직(九子) 버러시니899) 쳔고(千古)의 곽녕공
(郭令公)900)을 일ᄏᆺ거늘, 현미ᄂ 분양왕(汾陽王)의 넘은 복녹이라. 일시지곤(一時之
困)을 괴로워ᄒ랴?"

부인이 함쇼ᄒ더라. 【28】

니공이 모친을 뫼셔 도라오미 부인의 병이 침즁(沈重)ᄒ니 니·뎡 냥공이 틱의룰 인
ᄒ여 진믹(診脈)ᄒ미 틱의 감히 집증(執證)901)을 못ᄒ니, 가닉 진경(盡驚)ᄒ여 쵸됴
(焦燥) 우황(憂惶)ᄒ니, 삼직 침식을 폐ᄒ고 부인을 써나지 아니터니, 삼경 ᄡ의 부인
이 번신ᄒ여 도라 눕ᄂ지라. 진왕이 뭇ᄌ와 왈,

"모부인 신긔(神氣) 지금 엇더ᄒ시니 잇가? 동일 혼혼(昏昏)ᄒ여 미음도 ᄂ오지 아
니시니, 쇼ᄌ 등이 쵸황(焦遑)ᄒᄂ이다."

부인이 ᄭ쳐 【29】 왕의 손을 잡고 위로 왈,

---

897) 냥능후(春陵侯) : 한 무제(漢武帝) 때 장사정왕(長沙定王)을 봉(封)하여 용릉후(春陵
侯)로 삼은 고사가 있다. 『讀史方輿紀要 寧遠縣條』 *여기서는 이를 차용하여 작중인물
(이장군 : 이한성)의 작위에 붙인 이름일 뿐이다.
898) 강보(襁褓) : 포대기. 어린아이의 작은 이불. 덮고 깔거나 어린아이를 업을 때 쓴다.
여기서는 포대기 속에 감싸여 있는 아이. 곧 '갓난아기'를 비유적으로 표현한 말.
899) 버러시니 : 벌었으니. *벌다 : 자손이 번성하다.
900) 곽녕공(郭令公) : 곽분양(郭汾陽). 이름은 자의(子儀)로, 당(唐) 나라 현종(玄宗)·숙
종(肅宗) 때 명장. 안녹산·사사명의 반란을 평정하고 토번을 쳐 큰 공을 세워 분양왕(汾
陽王)에 올랐다.
901) 집증(執證) : 『한의』 병의 증상을 살펴 알아내는 일. 치료를 정확하게 하기 위하여
나타난 증상을 종합하여 무슨 병인가를 가려내는 것을 이른다.

"첩이 병이 비록 깁흐나 스경의 니르지 아니리니, 냥민 이의 잇스니 뎐하는 너모 노
고치 마르쇼셔."

왕이 오열 딕왈,

"모친 환휘 여츳ㅎ시니 쇼즈 등의 간담이 바으질지라. 엇지 침식의 쯧이 잇스리 잇
고?"

부인이 강작(強作)ㅎ여 미음을 구ᄒᆞᆫ딕, 양상궁이 밧드러 ᄂᆞ오니, 냥부인이 붓드러
니르혀믹, 부인이 마시기를 다ᄒᆞ민 왕을 권ᄒᆞ여 편히 침슈(寢睡)ᄒᆞ라 ᄒᆞ고, 【30】 능
쇼를 명ᄒᆞ여 왕을 뫼셔 쉬시게 ᄒᆞ라 ᄒᆞ니, 왕이 마지못ᄒᆞ여 ᄂᆞ와 난함(欄檻)의 안즈
드르니, 부인이 몸을 벼기의 더지믹 혼혼ᄒᆞ여 인스를 모로니, 다시 드러와 슈독을 쥐
무르고 ᄂᆞᆺ출 다혀 간절한 정성이 삼즈로 일양(一樣)이라.

왕과 삼공즈 슉성ᄒᆞ나 칠팔셰 히동(孩童)이니 병의 경듕을 아지 못ᄒᆞ거늘, ᄒᆞᄆᆞᆯ며
텬슈를 엇지 알니오. 다만 셔로 딕ᄒᆞ여 오열(嗚咽) 쵸황(焦惶)ᄒᆞ니, 뉴·뎡 【31】 냥부
인이 쵸됴ᄒᆞ여 뎡부인이 분향ᄒᆞ고 졈괘(占卦)를 지으니, 니부인 신슈(身數)와 텬명(天
命)이니 약뉴(藥類)의 공효(功效)를 닙지 못ᄒᆞ여, 일년이나 지ᄂᆞ야 바야흐로 ᄂᆞᄋᆞ리라
ᄒᆞ고, 긔이한 쇼릭로 창외(窓外)에셔 고(告)ᄒᆞᆫ딕,

"니부인 넉시 옥경의 올ᄂᆞ시니 쇼임을 다ᄒᆞ민 오리라"

ᄒᆞᄂᆞᆫ지라. 냥부인이 인녁의 밋지 못홀 줄 알고 속슈(束手)ᄒᆞ여 졈스를 미드나, 병이
졈졈 듕ᄒᆞ민 날노 간장이 스라지ᄂᆞᆫ지라. 슈 【32】 일(數日)이 지나민 믹되(脈度) 즈로
ᄭᅳᆺ쳐지니, 왕과 삼즈 망극ᄒᆞ여 부인을 붓드러 합연(溘然)902)이 모로고져 ᄒᆞᄂᆞᆫ지라.

냥부인이 옥뉘방방(玉淚滂滂)ᄒᆞ여 년혐(蓮臉)을 잠으고903), 상궁 시ᄋᆞ의 무리 황황
망극ᄒᆞ니 부인이 평일 딕힝과 관인한 은혜로 인인(人人)이 망극ᄒᆞ더라. 쇼부 진부인과
님부인은 하늘긔 축슈ᄒᆞ여 딕신ᄒᆞᆷ믈 비니, ᄒᆞᄆᆞᆯ며 왕과 삼공즈의 텬지혼식(天地昏
塞)904)을 니르리오.

날이 져물민 안식이 청 【33】 옥(靑玉) ᄀᆞᆺ고 ᄉᆞ말(四末)905)의 온긔 업스나 가슴의
미(微)한 온긔 잇는 고로 오히려 기다리고 방심치 못ᄒᆞ더니, 진왕이 옥면의 흐르는 눈
물이 압흘 ᄀᆞ리와 궁으로 도라가니, 삼즈 모친의 슈독(手足)을 쥐물너 머리를 부딕잇
고 호읍(號泣)ᄒᆞ니, 냥부인이 오ᄂᆡ붕녈(五內崩裂)ᄒᆞ딕 오히려 텬명이 다ᄒᆞ지 아닌 줄
아ᄂᆞᆫ지라.

ᄋᆞ즈 등을 다리고 보믹를 드리오더니, 인창이 믄득 보검(寶劍)을 드러 옥슈(玉手)를

---

902) 합연(溘然) : 뜻하지 않게 갑작스럽게 죽음.
903) 잠으다 : 적시다. 물 따위의 액체를 묻혀 젖게 하다.
904) 천지혼식(天地昏塞) : 하늘과 땅이 온통 어둡고 꽉 막힘.
905) ᄉᆞ말(四末) : 『한의』 '사지말단(四肢末端)'을 줄여 이르는 말.

버히니 셩혈(腥血)이 쇼스나난지라. 급히 부인 입의 【34】 흘니니 냥부인이 놀ᄂᆞ고 ᄎᆞ악ᄒᆞ여 숀을 붓든 뒤, 닌창 왈,

"모친이 쇼ᄌᆞ를 싱휵(生慉)ᄒᆞ시미 ᄋᆞ히 숀을 버히나 몸이 무방ᄒᆞ리니, ᄌᆞ위ᄂᆞᆫ 넘녀치 마르쇼셔"

부인이 그 유츙쇼ᄋᆞ(幼沖小兒)로 셩회(誠孝) 여ᄎᆞᄒᆞᆷ을 감동(感動) 이련(哀憐)ᄒᆞ여 숀을 잡고 부인의 입의 흘니오니, 부인이 홀연 슘쇼릭 닛다히ᄂᆞᆫ지라906). 부인 왈,

"싱혈(生血)의 힘이 임의 잇ᄂᆞ니 잠간 긋치고 보라."

닌창이 오열(嗚咽) 듸왈,

"아ᄌᆞ(俄者)907)의 뉵믹(六脈)이 아됴908) 싄허지신 씩 보오 【35】 미, 져기 회운(回運)909)이 오니910) ᄎᆞ마 긋치리잇가?"

웅창 현창이 체읍 고왈,

"쇼뎨 등이 싱혈을 ᄂᆞ여 형쟝을 듸ᄒᆞ리이다."

공지 우러 왈,

"녀등(汝等)이 우형(愚兄)과 다르미 업ᄉᆞ나, 혈육(血肉)인즉 다르니, 다만 ᄂᆞ의 피를[로] 씨스게 ᄒᆞ리라."

인ᄒᆞ여 ᄯᅩ 지르니, 냥부인이 잔잉ᄒᆞᆷ을911) 니긔지 못ᄒᆞ여 눈물을 드리오고, 니부인이 미미흔 호흡이 잇ᄂᆞᆫ 듯 ᄒᆞ되 낫 우희 싱긔 업ᄉᆞ니 회쇼ᄒᆞᆷ믈 미드리오, 뉴부인이 닌창의 옥셜(玉雪) 【36】 ᄀᆞᆺ흔 살이 상(傷)ᄒᆞᆷ믈 ᄎᆞ마 보지 못ᄒᆞ여 칼을 앗고 졍식 왈,

"싱혈을 그만 써도 효험이 잇실거시니 엇지 일신을 혈워 부모유체(父母遺體)912)를 바리이[리]요."

공지 ᄭᅮ러 듸왈,

"만일 ᄌᆞ위(慈闈) 회양(回陽)913)ᄒᆞ신즉 ᄒᆡ이(孩兒) 일신을 써흐러도914) 갑지 못ᄒᆞ오리니, 복원(伏願) 틱틱(太太)915)ᄂᆞᆫ 물우(勿憂)ᄒᆞ시고 칼을 쥬쇼셔."

---

906)잇다히다 : 잇다이다. 잇대다. ①끊어지지 않게 계속 잇다. ②서로 이어져 맞닿게 하다.

907)아ᄌᆞ(俄者) : 이전, 지난번, 조금 전, 갑자기.

908)아됴 : 아주. 전혀. 완전히.

909)회운(回運) : 기운(氣運)이 돌아옴.

910)오다 : 질병이나 졸음 따위의 생리적 현상이 일어나거나 생기다

911)잔잉ᄒᆞ다 : 자닝하다. 애처롭고 불쌍하여 차마 보기 어렵다.

912)부모유체(父母遺體) : 부모가 남겨 준 몸이라는 말로, '귀한 몸'을 뜻하는 말.

913)회양(回陽) : 『한의』 양기(陽氣)를 회복하는 일.

914)써흘다 : 썰다. 어떤 물체에 칼이나 톱을 대고 아래로 누르면서 날을 앞뒤로 움직여서 잘라 내거나 토막이 나게 하다.

915)틱틱(太太) : 예전에 '어머니'를 이르는 말. 또는 '부인'에 대한 존칭. 중국어 간접차용어.

뉴부인이 이런ᄒ여 칼흘 노ᄒ니, 공ᄌ 밧비 밧ᄌ와 슈삼쳐(數三處)를 지르니, 이러
틋 황황ᄒ미 진왕이 궁으로 가믈 보아시나 쉬고ᄌ 가민【37】가 ᄒ고, 모든 상궁 등
이 그 동쵹황황(洞屬惶惶)916)ᄒ 졍셩이 부독(不足)ᄒ믈 의ᄋ(疑訝)ᄒ더니, 어시의 진
왕이 부인의 병이 졈졈 더으민 간격(肝膈)917)이 타ᄂᆞᆫ 듯 텬지망망(天地茫茫)ᄒ니, 급
히 도라와 환시(宦侍)를 명ᄒ여 후원의 포진(鋪陳)을 버리고918) 젼됴단발(剪爪斷
髮)919)ᄒ여, 츅ᄉ(祝辭)를 지어 지셩도츅(至聖禱祝)ᄒ니 신명(神明)이 감동ᄒᆯ지라.
한상궁이 일긔(一器) 온탕(溫湯)을 ᄀᆞ져 마시기를 권ᄒ되, 쳬읍(涕泣)ᄒ여 물니치
니, 임의 듕쇼댱야(中宵長夜)920)의 시ᄂᆞᆫ 빗치 창창(彰彰)921)ᄒ니, 모든 상궁【38】의
무리 복슈(伏首)ᄒ여 부인의 회쇼(回蘇)를 츅원ᄒ니, 왕이 ᄯᅩ 찬물의 목욕ᄒ고 한 먹
음을 물도 마시지 아냐, 찬 ᄯᅡᄒᆡ ᄭᅮ러 머리를 두다려 오읍(嗚泣)ᄒ니, 졔인이 황황망
됴(遑遑罔措)922)ᄒ여 운낭 등이 ᄒᆞᆫ가지로 위부의 가, 냥부인긔 고ᄒ여 왕을 줌간 부
르쇼셔ᄒ고ᄌ ᄒ더니, 위부 시녀 능옥이 연망(連忙)이 와 닐오ᄃᆡ,
"뎐ᄒᆞᆫᄂᆞᆫ 밧비 오쇼셔.' ᄒᆞᄂᆞ이다."
ᄒ니, 츠시 니부인이 공쥬의 싱혈을 흘니며 진왕의 지셩을【39】신기(神祇)923)
감동ᄒ여 졍신이 잠간 잇ᄂᆞᆫ 듯ᄒ니, 혼혼즁(昏昏中) 진왕이 업ᄉᆞ믈 보고 츷ᄂᆞᆫ 거동이
잇ᄉᆞ니, 공ᄌ 시비로 쳥ᄒ더니 도로혀 놀날 쥴 알니오, 왕이 불각디경(不覺大驚)ᄒ여
혼졀(昏絶)ᄒ니 졔인이 경황ᄒ여 붓드러 왈,
"니부인이 긔운이 ᄂᆞᄋᆞᄉ 뎐하를 ᄎᆞᄌᆞ시다 ᄒᆞ나이다."
왕이 졍신을 졍ᄒ여 쑴인가 ᄒ며, '혹ᄌ 날을 속여 위로ᄒᆞᄂᆞᆫ가' ᄉᆞ렴(思念)이 층츌
(層出)ᄒ더니, 급히 위부로 오고ᄌ ᄒ나 거름이 능치 못ᄒᆞ믈 한(恨)ᄒ니, 녀상궁이
【40】일긔(一器) 진미(珍味)를 ᄀᆞ져 마시기를 쳥ᄒ니, 물니치고 먹이고ᄌᄒᆞ믈 더옥
괴이히 넉여 넘네 일층이 더으니, 업더져 혼도(昏倒)ᄒ더니, 웅창공ᄌ 니르러 고 왈,
"뎐하ᄂᆞᆫ 놀나지 마르쇼셔. ᄌᆞ위 스ᄉᆞ로 졍신을 출히ᄉ 밧비 뎐하를 쳥ᄒ시ᄂᆞ이다."
왕이 비로쇼 깃브믈 ᄭᅴ여 슈이 것지 못ᄒᆞ믈 한ᄒᆞᄂᆞᆫ지라. 공ᄌ 왕을 거두쳐 안고 취
운각의 도라오니, 엇지ᄒ여 니부인 일삭(一朔) 침질(寢疾)이 홀연이 ᄂᆞᆫ고?
어시의 니부인이 우연【41】일질(一疾)이 상요(床褥)의 위돈(危頓)ᄒ여 졍신이 아

---

916) 동쵹황황(洞屬惶惶) : 몹시 조심하고 두려워하며 공경함.
917) 간격(肝膈) : '간과 가슴'이라는 뜻으로 '마음' 또는 '마음속'을 달리 이르는 말.
918) 버리다 : 벌이다. 여러 가지 물건을 늘어놓다.
919) 젼됴단발(剪爪斷髮) : 손톱을 깎고 머리를 단정히 깎음.
920) 듕쇼댱야(中宵長夜) : 한밤중의 긴긴 밤.
921) 창창(彰彰) : 밝고 환함.
922) 황황망됴(遑遑罔措) : 마음이 급하여 어찌할 줄을 모르고 허둥지둥함.
923) 신긔(神祇) : 천신과 지기를 아울러 이르는 말. 곧 하늘의 신령과 땅의 신령을 이른
다.=천신지기(天神地祇)

득ᄒᆞ니, 본ᄃᆡ 샹계(上界) 문챵진군(文昌眞君)924)이니 문곡셩군(文曲星君)925)의 졍비(正妃)라. 샹데 문챵을 앗기시고 쇼임이 듕ᄒᆞ니 오ᄅᆡ 인간의 두지 못ᄒᆞ리니, 이십칠 일926)을 명ᄒᆞ시ᄆᆡ 금년이 귀텬(歸天)ᄒᆞᆯ 쉬(數)라. 문챵부 공ᄉᆞ(公事) 밀녀시니 일일 은 그 넉슬 부르신지라. 금동옥녀(金童玉女)927) 졀월(節鉞)928)을 ᄀᆞ져 뫼셔가니, 텬 뎨(天帝) 일동(一鍾) 션익(仙液)929)을 나리오시니, 부인이 팔ᄇᆡ(八拜) ᄉᆞ은(謝恩)ᄒᆞ 고 션익을 마시니 텬샹 일이 녁녁ᄒᆞᆫ지라. 머리ᄅᆞᆯ 드【42】러 슉ᄉᆞ(肅謝)ᄒᆞ고 문챵부 (文昌府)로 오니, 이 곳 옛ᄂᆞᆯ 거ᄒᆞ던 집이니 향(香)을 잡은 시ᄋᆡ(侍兒) 좌우의 시임 (侍臨)930)ᄒᆞ던지라. 시위(侍衛) 션이 고듕(庫中)의 밀닌 공ᄉᆞᄅᆞᆯ 너여 뫼 ᄀᆞᆺ치 쓰흐ᄆᆡ, 부인이 옥슈의 문필(文筆)을 잡고 쳐결(處決)ᄒᆞ기ᄅᆞᆯ 맛ᄎᆞᄆᆡ, 믄득 향풍이 췌동(吹動)931)ᄒᆞ며 졀월을 잡ᄋᆞ 션낭(仙郞)을 뫼셔 니르니 슈십여 인이라. 운관무의(雲冠霧衣)로 홍슌옥치(紅脣玉齒)의 낭낭(朗朗)ᄒᆞᆫ 소ᄅᆡ로 글오ᄃᆡ,

"별ᄂᆡ(別來) 이십칠일의 부인의 옥보[부]빙질(玉膚氷質)이 감ᄒᆞᄆᆡ 업거늘, 놉흔 힝 실【43】이 ᄉᆡ로오니 텬의 감동ᄒᆞ신지라. 부인을 위ᄒᆞ여 치하(致賀)ᄒᆞ나이다."

부인이 ᄉᆞ례ᄒᆞ고 옥녀(玉女)ᄅᆞᆯ 거ᄂᆞ려 부모긔 뵈고져 ᄒᆞ더니, 믄득 니흑ᄉᆞ와 샹부인 이 난학(鸞鶴)을 멍에ᄒᆞ여 니르니, 부인이 젼도(轉倒)히 마ᄌᆞ 슬하의 업ᄃᆡ여 쳬읍(涕泣)ᄒᆞ니, 흑ᄉᆞ 탄왈(嘆曰),

"우리 젼셰(前世) 죄벌(罪罰)노 진연(塵緣)이 젹고 슬ᄒᆡ 젹막ᄒᆞ나, 오ᄋᆡ 셩회 십ᄌᆞ ᄅᆞᆯ 불워 아닐지라. 너 ᄋᆞ희 젹덕(積德)으로 슈(壽)ᄅᆞᆯ 다시 닛고 ᄌᆞ손이 번셩ᄒᆞ리니,

---

924) 문챵진군(文昌眞君) : 문챵셩(文昌星)을 다스리는 신. =문챵셩군(文昌星君). *문챵셩 (文昌星): 중국에서, 북두칠성의 여섯째 별인 '개양(開陽)'을 달리 이르는 말. 학문과 문 장을 맡아 다스린다고 한다. *북두칠성(北斗七星): 『천문』 큰곰자리에서 국자 모양을 이루며 가장 뚜렷하게 보이는 일곱 개의 별로, 이름은 각각 천추(天樞), 천선(天璇), 천 기(天璣), 천권(天權), 옥형(玉衡), 개양(開陽), 요광(搖光)이라한다.

925) 문곡셩군(文曲星君) : 문곡셩(文曲星)을 다스리는 신. *문곡셩(文曲星): 불교에서 북 두칠성의 '탐랑(貪狼), 거문(巨門), 녹존(祿存), 문곡(文曲), 염정(廉貞), 무곡(武曲), 파군(破軍) 등 일곱 개의 별' 가운데 넷째별을 이르는 말. 학문과 문장을 맡아 다스린 다고 한다.

926) 이십칠일(二十七日) : 옥황상제가 이부인을 인간세계로 내려 보낼 때, 정해 놓은 수명 (壽命)을 이른 말. 천상계의 1일을 인간계의 1년으로 계산한 것이다.

927) 금동옥녀(金童玉女) : 선경(仙境)에 살면서 신선의 시중을 든다는 동자(童子)와 동녀 (童女)를 이른 말.

928) 졀월(節鉞) : 조선 시대에, 관찰사·유수(留守)·병사(兵使)·수사(水使)·대장(大 將)·통제사 들이 지방에 부임할 때에 임금이 내어 주던 물건. 절은 수기(手旗)와 같이 만들고 부월은 도끼와 같이 만든 것으로, 군령을 어긴 자에 대한 생살권(生殺權)을 상 징하였다.

929) 션익(仙液) : 선계(仙界)의 신선들이 마시는 음료.

930) 시임(侍臨) : 시임자(侍臨者). (존귀한 자를) 가까이에서 모시는 자.

931) 췌동(吹動) : 바람에 움직임.

우리 부뷔 깃브고 두굿기노라." 【44】

부인이 우러러 부모 신관932)을 슬퍼 감회 왈,

"희이 비록 인간 부귀를 누리나 부모를 츄모(追慕)ᄒ오니 슬하의 즐거오믈 엇게 ᄒ쇼셔."

부뫼 위로 왈,

"ᄉ싱(死生)이 텬명이니 임의로 ᄒ리오. 내 ᄋ힉 셩군을[으]로 빅슈동낙(白首同樂)ᄒ리라. 연(然)이나 츠비 뉴시 처음 졍ᄒ 한(限)이 명년이니, 네 져의 ᄌ녀를 무익ᄒ여 어진 덕을 베풀나."

부인이 악연(愕然) 듸왈(對曰),

"뉴미(妹)의 명이 불초ᄋ로 ᄀᆺ흘가 ᄒ옵더니, 희ᄋᄂ 텬은으로 닛습고933), 져ᄂ 덕을 밧줍 【45】 지 못ᄒ리잇가?"

흑시 왈,

"오이 인의(仁義) 여ᄎᄒ니 감동ᄒᄆ이 업스랴?"

말이 맛지 못ᄒ여 슈십 궁녜 일위 후비(后妃)를 붓드러오니 옥안이 흡연(洽然)이 듼왕으로 흡ᄉ(恰似)ᄒ니, 두 낭낭 이신 쥴 알고 지비ᄒᆞ딕, 두휘 답읍ᄒ고 니로딕,

"상뎨 명ᄒᄉ 현미를 도라오라 ᄒ시니, 날과 녕쇼뎐(靈宵殿)934)으로 가리라."

부인이 부모긔 빈ᄉ(拜謝)ᄒ고 두후를 됴ᄎ 옥계의 밋ᄎ니, 상뎨 한 장 글을 ᄂ리와 굴오ᄉᄃᆡ,

"경의 쇼임이 듕ᄒᄆᆡ 일일을 머무러 【46】 두려 ᄒ더니, 쇠명훈의 지셩(至誠)을 감동ᄒ여 밧비 보ᄂᆡ노라."

부인이 빈ᄉᄒ고 곳쳐 부복 쥬왈(奏曰),

"신쳡은 텬은을 닙ᄉ와 ᄉ쳐진 명(命)을 니어 다시 세상의 ᄂᆞ가오나, 다만 신쳡의 동녈(同列) 뉴시 명이 명년(明年) ᄲᆞᆫ이라 ᄒ오니, ᄎ하리 신쳡이 임의 세상을 바렷ᄉ오니, 신쳡의 명을 되신ᄒ여 뉴시를 오릭 누리게 ᄒ시면 텬은(天恩)일가 ᄒ나이다."

상뎨 드르시고 ᄎ탄(嗟歎) 왈,

"셩녀쳘부(聖女哲婦)의 익인지심(愛人之心)이 상ᄉᆡ(常事)로딕, 동녈지간(同列之間)이 【47】 닉도ᄒ거늘, 문창의 션심(善心)이 가긍(可矜)ᄒ니 뉴시를 특별이 슈(壽)를 니어 문창과 ᄒ 가지로 고락을 누리게 ᄒ리라."

니부인이 칙지(勅旨)를 밧ᄌᄋ오미 만심환열(滿心歡悅)ᄒ여 고두빅빅(叩頭百拜)ᄒ여 ᄉ은이퇴(謝恩而退)ᄒ여 모든 션ᄋ(仙娥)로 니별ᄒᆞᆯ ᄉᆡ, 제제(齊齊)히 보듕ᄒᄆᆞᆯ 일ᄀ라

---

932) 신관 : '얼굴'의 높임말.
933) 닛다 : 잇나. 두 끝을 맞대어 붙이다.
934) 녕쇼뎐(靈宵殿) : 옥청궁(玉淸宮)에 있다는 전각 이름.

니회(離懷)를 연연ᄒ며, 두휘 손을 잡고 타루(墮淚) 왈,

"그ᄃᆡ 세상의 ᄂᆞᆨ가미 다시 모들 날이 잇스려니와, 이제 뉴미의 인연(人緣)935)을 니으미 현미의 쥬션(周旋)ᄒ미요, 쇼영936) 셜시의 녀【48】이 벌열화풍(閥閱華風)937)이라. 모로미 어그릇지 말나. 무릇 일을 표뎨(表弟)와 현미(賢妹)를 밋노라. 현미의 덕으로 뉴미의 슈(壽)를 니으니 짐은 덕이 박ᄒ여 동녈(同列)을 화목지 못ᄒ고 짐독(鴆毒)을 바드니 참괴하도다."

부인이 지비 ᄉᆞ왈,

"ᄎᆞᄂᆞᆫ 낭낭 셩덕이 부둑ᄒ시미 아니라, 도시 텬슈(天壽)오니 엇지 겸연(慊然)938)ᄒ시리잇고?"

두휘 왈,

"오ᄋᆞ(吾兒) 한둔(寒屯)939)ᄒ여 일시 밧부고, 닌이 몸을 바려 싱혈노 구ᄒ니 밧비 힝ᄒ라."

ᄒ더니, 북방으로 됴ᄎᆞ 일위 션【49】이 봉관화리940)로 니르니, 묽은 골격이 뉴시로 호발(毫髮)941)도 다르지 아니터라. 공경ᄒ여 왈,

"첩은 후한태됴(後漢太祖)942) 후궁이라. 일졈(一點) 유치(幼稚)를 두고 일시 넘녀를 놋치 못ᄒ더니, 부인의 대덕으로 져른943) 명(命)을 니으시니944), 쳡쳡(疊疊)ᄒᆫ 은

---

935) 인연(人緣) : 인간세상과의 인연(因緣)

936) 쇼영 : 소영현. 작중인물 설채주 일가가 살고 있는 고을 이름.

937) 벌열화풍(閥閱華風) : 대대로 나라에 공이 많고 벼슬아치가 많이 나온 중화(中華) 가풍(家風)의 자손.

938) 겸연(慊然) : '미안하여 볼 낯이 없음.' 또는 '쑥스럽고 어색함.'

939) 한둔(寒屯) : 한데에서 밤을 지새움.≒초숙(草宿), 초침(草寢).

940) 봉관화리 : 봉관하피(鳳冠霞帔)를 말함인 듯. 봉황을 장식한 관(冠)과 노을처럼 화사한 색의 비단으로 지어 저고리 위에 덧입는 소매가 없는 겉옷을 함께 말한 것으로, 조선시대 명부(命婦)의 옷차림이다. *봉관 : 조선시대 명부(命婦)가 쓰던 예모(禮帽)로 윗부분에 금이나 옥으로 만든 봉황 모양의 장식이 있다. *하피(霞帔) : 적삼을 입을 때 어깨의 앞뒤로 늘어뜨려 입는 명부의 예복으로, 길게 한 폭으로 되어 있어 목에 걸치게 되어 있다.

941) 호발(毫髮) : 가늘고 짧은 털. 곧 아주 작은 물건을 이른다. *호발(毫髮)도: 조금도 **도: 극단적인 경우까지 양보하여, 다른 경우는 더 말할 필요도 없이 그러하다는 뜻을 나타내는 보조사.

942) 후한태됴(後漢太祖) : 후한고조(後漢高祖)의 오기(誤記). 중국 오대십국 시대 후한(後漢)의 초대 황제 고조유고(高祖劉暠: 생몰 895-948, 재위 947-948) 말함. 원래 이름은 유지원(劉知遠)으로 후당 명종(後唐 明宗)의 신하였으나, 후당이 멸망하여 석경당(石敬瑭)이 후진(後晉)을 세워 황제가 되자 그 신하가 된 인물. 947년 개봉(開封)에서 스스로 즉위 하여 후한(後漢)을 건국하였고, 이듬해인 948년 이름을 유고(劉暠)로 개명하고, 연호를 건우(乾祐)로 하여 개원을 하였다가, 이 해에 사망하였다.

943) 져르다 : 짧다.

혜 고골(枯骨)945)의 부육(復肉)946)이라. 첩이 능히 갑지 못ᄒ리로쇼이다"

니부인이 ᄇᆡᄉᆞ(拜謝)ᄒ더니, 뎡 첩예(婕妤)947) 숀의 금픽(金牌)948)를 밧드러 뉴부인 연연(軟軟)949) 닉슈(溺水)ᄒᄂᆞ ᄉᆞ의(辭意)를 썻ᄂᆞ지라. 첩예 왈,

"첩이 텬명을 밧ᄌᆞ와 북두(北斗)950) 【50】 의 븟치고 다시 남두(南斗)951)의 젼ᄒ고 가나이다."

부인이 ᄇᆡ별(拜別)ᄒ고 구버보니, 진왕부 원듕(園中)의 향쵹을 ᄇᆞ리고 진왕이 돈슈뉴체(頓首流涕)ᄒ여 빅ᄇᆡ(百拜)ᄒ니, 좌우의 두어 텬신이 셔셔 감동ᄒ더라.

ᄯᅩ 취숑각 즁의 닌이 옷슬 메왓고 좌비(左臂)를 질너 흐르ᄂᆞ 피를 ᄌᆞ긔게 드리ᄂᆞ지라. ᄂᆞᆼ부인 슬허홈과 삼ᄋᆞ의 호읍(號泣)ᄒᆞ믈 이련(哀憐)하니 감회(感懷)ᄒ여 셰번 왕을 도라보고 부르고ᄌ ᄒ다가 흠신(欠伸)952) 경각(驚覺)ᄒ니, 눈을 ᄯᅳ미 ᄂᆞᆼ미와 삼지 븟드러 【51】 호읍(號泣)ᄒ고 진왕이 업더라.

좌우로 왕을 쳥ᄒ라 ᄒ고, 공주 등을 어루만져 ᄂᆞᆼ미 다려 니로ᄃᆡ,

"ᄂᆞ의 녁시 상계(上界)의 됴현(朝見)ᄒᄆᆞ로 현미와 삼이 쵸황(焦惶)ᄒ고 진왕으로 간격(肝膈)을 틱왓도다"

어시의 ᄂᆞᆼ부인과 삼공지 황홀(恍惚) 경희(驚喜)ᄒ여 븟들고 오열(嗚咽) 왈,

"ᄌᆞ위 엇지 이ᄃᆡ도록 혼혼(昏昏)ᄒᆞᄉ ᄒᆡᄋᆞ 등의 졍경을 슬피지 아니시ᄂᆞ니잇고?"

부인이 탄왈,

"ᄂᆞ의 명이 원ᄂᆡ 금년의 다흔지라. 진왕이 ᄂᆞ의 목슘을 비러 【52】 원쇼(怨訴)를 알외오니, 상뎨 명ᄒᆞᄉ 도라가라 ᄒ시니 싱환(生還)흔지라. 왕이 질약ᄒ여953) 놀나고 의심ᄒ리니, 웅이 가 왕을 다려오라."

공지 응셩(應聲)ᄒ여 ᄂᆞᄂᆞᆫ ᄃᆞ시 가니, ᄂᆞᆼ부인 왈,

---

944)니으시니 : 잇게 하시니.

945)고골(枯骨) : 죽은 뒤에 살이 썩어 없어지고 남은 뼈.

946)부육(復肉) : 살이 다시 돋아남.

947)첩여(婕妤) : 중국 한나라 때에 둔, 여관(女官)의 한 계급.

948)금패(金牌) : 이금(泥金: 아교풀에 금가루를 갠 것)으로 글씨를 쓴 나무패.

949)연연(憐憐) : 불쌍하고 애처롭게 여김. *여기서는 '연연(憐憐)히: 불쌍하게 또는 애처롭게'의 의미로 쓰임.

950)북두(北斗) : 북두칠성(北斗七星). 탐랑(貪狼), 거문(巨門), 녹존(祿存), 문곡(文曲), 염정(廉貞), 무곡(武曲), 파군(破軍) 따위 일곱 개의 별. 인간의 수명을 관장하는 별자리로 이것을 섬기면 인간의 각종 액(厄)과 천재지변 따위를 미리 막을 수 있다고 여겼다.

951)남두(南斗) : 남두성(南斗星) : 남방에 있는 여섯 별로 구성된 별자리. 그 모양이 '말(斗)'과 비슷하게 생겼다 하여 붙여진 이름. 도교에서 남두성은 사람의 수명을 관장한다고 한다.

952)흠신(欠伸) : 하품과 기지개를 아울러 이르는 말.

953)질약ᄒ다 : '허약하다'의 옛말.

"작셕의 왕이 궁으로 가미 쉬고져 ᄒ민가 ᄒ고, 닌이 칼노 팔흘 셰 번 지르니 잔잉 경황ᄒ여 왕을 뭇지 못ᄒ더니, 엇지 하날긔 비러 져져의 슈(壽)를 더을 줄 알니오."

졍언간(停言間)의 웅창이 왕을 안아오니, 왕이 오히려 마음을 졍치【53】 못ᄒ니, 부인이 왕을 불너 왈,

"닉 병이 나ᄒ니 왕은 의심치 마르쇼셔."

왕이 부인 말솜을 드르미 반가오미 넘쪄 슬프미 발ᄒ니, 쌜니 상하의 쑤러 부인 손을 밧드러 늣츨 다히고 말을 일우지 못ᄒ니, 부인이 어루만져 쳐연 왈,

"쳡이 우연이 긔진ᄒ여 왕의 옥장(玉腸)이 최졀(摧折)케ᄒ니 엇지 불안치 아니리오. 이졔는 넘녜 업스니 졍신을 평안이 ᄒ쇼셔."

왕이 즐거온 의시 당황(唐惶)ᄒ고 슬푼 누쉬(淚水) 쩌러지니,【54】 삼 공지 ᄒ 가지라. 부인이 뉴부인다려954) 왈,

"왕과 삼이 여러날 식음을 폐(廢)ᄒ엿시리니 미음을 몬져 먹이라."

좌위 미음을 ᄂ오니 부인 왈,

"닉 몬져 먹으리니 뎐하는 삼ᄋ(三兒)로 진음(進飮)ᄒ쇼셔."

ᄒ고, 번신(翻身)ᄒ여 안즈니, 왕과 삼공즈의 영힝홈과 뉴·졍 냥부인의 깃브믄 니르지 말고, 부즁 닉외 상하 인원이 쮜노라 즐기더라.

날이 져믈미 부인이 왕을 넛그러 겻틱 누이고, 삼즈를 상하(床下)의 쉬게ᄒ니, ᄉ인(四人)이【55】 다시 모부인 즈이를 밧즈오니, 감오(感嗚) 힝녈(幸悅)ᄒ여 잠이 오지 아니ᄒ니, 부인이 왕을 어루만지며 삼ᄋ의 머리를 쓰다듬ᄋ, 냥부인으로 벼기를 굛히미955), 비로쇼 즈긔 옥경(玉京)956)의 됴회ᄒ여 경익(瓊液)을 먹어 젼셰(前世) 녁녁(歷歷)ᄒ믈 니르고, 우왈(又曰)

"아등이 져머셔 교만(驕慢)ᄒ 습(習)이 잇다 ᄒ여 《운익∥운액(運厄)957)》를 험조(險阻)이958)ᄒ여 조상부모(早喪父母)ᄒ고 혈혈녕졍(孑孑零丁)959)ᄒ미라."

냥부인이 믄득 오열 왈,

"연즉 우리 교오(驕傲)ᄒ여 부뫼 됴셰(무世)ᄒ신지라. 지통【56】이 무익(无涯)ᄒ이다."

부인 왈,

---

954) 다려 : 더러. 어떤 행동이 미치는 대상을 나타내는 격 조사.
955) 굛히다 : 굛ᄒ다. 겹쳐지다, 나란히 하다.
956) 옥경(玉京) : =백옥경(白玉京). 옥황상제가 산다고 하는 가상적인 하늘 위의 서울.
957) 운익(運厄) : 운액(運厄). 운수와 액화를 아울러 이르는 말.
958) 험조(險阻) : 지세가 가파르거나 험하여 막히거나 끊어져 있음.
959) 혈혈녕졍(孑孑零丁)ᄒ다 : 세력이나 살림이 보잘것없이 되어서 의지할 곳이 없는 홀몸 상태에 있다.

"아등이 유죄훈 고로 각각 부모를 맛나믈 그러케 ᄒ미로다."

인ᄒ여 부모의게 뵈옵고 두낭낭 니르시던 바를 옴기고, 진왕의 비우(配偶)와 범소(凡事)를 부탁ᄒ시던 일을 일일이 니르니, 뉴부인이 칭소 왈,

"본딕 성졍(性情)이 《요우∥용우(庸愚)》ᄒ고 긔질(氣質)이 굿지 못ᄒ와, 쩌로 합연(溘然)코ᄌ ᄒ옵더니 져져 명교를 간폐(肝肺)의 삭이리이다."

ᄒ더라.

부인의 병셰 쾌ᄎᄒ미 니공 부부와 탕부인이 니르고, 조부【57】인이 와시니, 신·화 냥부인이 쇼작(小酌)을 여러 하례ᄒ고, 진왕이 딕연을 베퍼 경ᄉ(慶事)로 하례ᄒ니, 제부인이 감탄 치하ᄒ여 즐기는 빗치 만실ᄒ니, 일노써 니부인 셩덕을 알니러라.

어시의 황후낭낭이 부인 병을 아르시고 텬직 또 드르시미 심히 근심ᄒ시더니, 나으믈 드르스 깃거ᄒ시며, 낭낭이 슈셔(手書)로 치하ᄒ시니, 부인이 텬은(天恩)을 감츅ᄒ고, 제부인이 도라간 후 뉴부인이 됴용이 니부인을 딕ᄒ여 왈,

"쇼미【58】슈일 젼 일몽을 어드니, 모비(母妃) 님(臨)ᄒ스 우음을 씌여 니로시딕, '우리 명되(命途) 긔박(奇薄)ᄒ여 일녀를 탕화(湯火)의 더지고 몸이 멸ᄒ니, 명명훈 원혼(冤魂)이 늣기더니, 네 젼셰 연분으로 위공의게 가(嫁)ᄒ나, 쉬(壽) 져르믄 쇼임이 듕ᄒ미라. 다만 도라오면 얼골을 반길가 바라더니, 너의 녀군(女君) 문창셩(文昌星)이 셩덕으로 오ᄋ(吾兒)의 슈를 비러오니, 비로쇼 진셰(塵世) 영낙(榮樂)을 다ᄒ줄 깃거ᄒ노라.' ᄒ시고, 져져의 강셰(降世)ᄒ시던 날【59】한가지로 ᄂ려, '남두(南斗) 북두(北斗)의 공문(公文)을 걸고, 봉닉(蓬萊)960)로 ᄂ려 오라961)' ᄒ시니, 기일(其日)의 져제 아니 쇼미의 져른 명을 니으시니잇가?"

니부인이 쳐연(悽然) 왈,

"우형(愚兄)이 냥미로 동포(同胞)의 졍이 잇고, 이제 또 쩌ᄂ지 아니ᄒ니, ᄂ기를 각각ᄒ나 도라가믈 훈날 ᄒ고ᄌ 원(願)이라. 임의 ᄂ의 목슘을 길게 ᄒ미 현미를 빈궁 젹막(寂寞)을 감심케ᄒ며, 제ᄋ(諸兒)의 망극훈 졍경을 보리오. 연이나 현미의 덕이오, 냥위(兩位) 명명즁(冥冥中)【60】도으시므로 비로ᄉ미라. 엇지 닉 힘이리오."

뉴부인이 슈루(垂淚) 왈,

"굿ᄒ여 오릭 살믈 깃거ᄒ미 아니라, 부황과 모부인이 졍녕(丁寧)이 쇼미 일인을 두ᄉ 그 인셰(人世)의 잇과져962) ᄒ시고, 쇼미 부모의 외로온 신위(神位)를 우러러, 타

---

960)봉닉(蓬萊) : 봉래산(蓬萊山). 중국 전설에서 나타나는 가상적 영산(靈山)인 삼신산(三神山) 가운데 하나로, 동쪽 바다의 가운데에 있으며, 신선이 살고 불로초와 불사약이 있다고 한다.

961)오라 : 오노라. *-노라: (예스러운 표현으로) 해라할 자리나 간접 인용절에 쓰여, 자기의 동작을 장중하게 선언하거나 감동의 느낌을 나타내는 종결 어미.

962)이과져 : 있게 하고자. 머물게 하고자.

일 기리 혈식(血食)963)을 밧드옵고져 ᄒ오니, 주연 심서 비졀(悲絶)ᄒ이다.”

뎡부인이 셕일(昔日) 괵국부인(虢國婦人)964)의 말슴의 뉴부인이 단슈(短壽)ᄒᄆᆯ 니르미 미양 근심ᄒ더니, 이 말을 듯고 불승희힝(不勝喜幸)ᄒ고 진왕은 【61】 니부인을 봉시봉슈(奉侍奉隨)965)ᄒ며 닌창의 상쳐를 극진이 구호ᄒ여 완합(完合)ᄒ니, 추후로 부즁(府中)의 근심이 업더라.

각셜 위승상이 장졸(將卒)을 거느려 한 번 느ᄋ가미, 주방(子房)966)의 지략과 졔갈(諸葛)967)의 지됴로 덕을 항복바드니, 남졔 슈쳔여리(數千餘里) 텬됴의 귀슌ᄒᄂᆫ지라. 승상이 일변 빙 붓쳐 빅셩을 안무(按撫)ᄒ고 츄호(秋毫)를 불범(不犯)ᄒ며 군즁의 젼녕(軍中)ᄒ여, ‘츄호를 범ᄒ면 군법을 시힝ᄒ리라’ ᄒ니, 인민이 희열(喜悅)【62】ᄒ더라.

셰말(歲末)의 회환(回還)ᄒ여 경수의 밋쳐ᄂᆫ 주질(子姪)이 먼니 느와 영졉ᄒ고, 문싱고리(門生故吏)968) 우음을 씌여 분분하례(紛紛賀禮)ᄒ며, 훈 가지로 궐하의 복명ᄒ온ᄃᆡ, 상이 인견(引見)ᄒᄉ 크게 깃거ᄒ시고, 어쥬(御酒)를 쥬시며 그 손을 잡으시고, 한마구치(汗馬驅馳)969)를 위로ᄒ시나, 상(賞)을 더으지 못ᄒᄆᆫ 그 공근겸퇴(恭勤謙退)970)ᄒᄂᆫ 쯧을 앗지 못ᄒ시미러라.

승상이 늉은(隆恩)을 밧ᄌᆞ오미 빅비(百拜) 슈은(謝恩)ᄒ고 궐문(闕門)을 나니, 주질(子姪)이 뫼셔 집의 도라 올 ᄉᆡ, 진왕 【63】 의 손을 닛그러 숑빅헌의 문무졔공을 인졉(引接)ᄒ여971) 별니(別來)를 니르며 성공ᄒᄆᆯ 하례ᄒ니, ᄉᆞ양ᄒ고 겸슌ᄒᄂᆫ 말슴이 각각 졍의(情誼) 관슉(慣熟)972)ᄒ더라.

---

963) 혈식(血食) : 종묘(宗廟) 제사에서 강신의례(降神儀禮)로 신을 내려오게 하기 위해 가축을 잡아 그 피를 바쳐 고한데서 유래한 말로, ‘제사’를 뜻한다.

964) 괵국부인(虢國夫人) : 중국 당(唐)나라 현종(玄宗)의 미녀. 양귀비(楊貴妃) 셋째 언니로 현종의 총애를 받아 괵국부인에 봉해졌다. 얼굴 피부가 고와서 언제나 분단장을 하지 않고 맨낯 으로 현종을 대하였다고 한다.

965) 봉시봉슈(奉侍奉隨) : 부모나 윗사람의 몸을 섬기고 뜻을 따름

966) 주방(子房) : 중국 한나라의 건국공신 장량(張良)의 자(字). *장량(張良)BC ?-189. 유방의 책사로 홍문연에서 유방을 구하고 한신을 천거하는 등, 유방이 한나라를 세우고 천하를 통일할 수 있도록 도왔다. 소하·한신과 함께 한나라 건국 3걸로 불린다.

967) 제갈(諸葛) : 제갈량(諸葛亮). 181-234. 중국 삼국시대 촉한(蜀漢)의 정치가. 자 공명(孔明). 시호 충무(忠武). 뛰어난 군사 전략가로, 유비를 도와 오(吳)나라와 연합하여 조조(曹操)의 위(魏)나라 를 대파하고 파촉(巴蜀)을 얻어 촉한을 세웠다.

968) 문싱고리(門生故吏) : 문생과 이속(吏屬)을 아울러 이르던 말.늑문고리(門故吏).

969) 한마구치(汗馬驅馳) : 전쟁터에서 말이 땀을 흘릴 정도로 달리며 힘써 싸워 공을 세움.

970) 공근겸퇴(恭勤謙退) : 일은 공손하고 부지런히 하며 상(賞)은 겸손히 사양하여 받지 않음.

971) 인졉(引接)ᄒ다 : 들어오게 하여 대접하다.

셕양의 파(罷)ᄒ여 숀이 도라간 후 ᄂᆡ당(內堂)의 드러오니, 나·뎡 냥공은 ᄂᆡ뎡(內庭)의 함긔 들더라.

상국의 엄즁홈과 부인ᄂᆡ 슉연ᄒ미 됸빈(尊賓)을 ᄃᆡ홈 ᄀᆞᆺ더니, 인ᄒ여 부인의 병이 듕(重)턴 바와 ᄂᆡ창의 단지뉴혈(斷指流血)ᄒ고 진왕의 쳔금귀체(千金貴體)로 동야(終夜) 한둔ᄒ여 【64】 상셜(霜雪)을 무릅써 도츅(禱祝)ᄒᄆᆯ 젼ᄒ니, 승상이 놀나믈 마지 아니ᄒ여, 왕의 숀을 잡고 ᄂᆡ창을 보와 ᄒᆞᆫ 가지로 졀칙(切責) 왈,

"셕의 한(漢) 뎨갈무휘(諸葛武侯) 관일지츙(貫一之忠)이 한실(漢室)의 경위(傾危)ᄒᄆᆯ973) 넘녀ᄒ여, 오쟝원(五丈原)974)의셔 밤의 북두의 졔호되 일명을 ᄭᅮ지 못ᄒ니, ᄒᄆᆯ며 부인은 동亽(宗嗣)의 즁ᄒ미 업ᄉ니, 만일 텬명이 진(盡)ᄒᆫ 즉 엇지 상텬을 감오(感悟)ᄒ리오. 왕이 칠일을 빌고 ᄂᆡ창이 왼 몸을 헐워도 ᄌᆞᆻ츤 명(命)인즉 닛지 못ᄒ 【65】 리니, 엇지 풍한엄동(風寒嚴冬)의 몸이 상ᄒᄆᆯ 넘녀치 아니코, ᄂᆡ이 아비 듕(重)ᄒᆫ 쥴 모로고, 쇼견(所見)이 협익(狹隘)ᄒ여 무식ᄒ미 심ᄒ니, ᄂᆡ 평일 왕과 ᄂᆡᄋ를 밋고 ᄇᆞ라던 ᄇᆡ 아니로다."

진왕이 황연(惶然)이 놀나 머리ᄅᆞᆯ 슉이고, 옥면(玉面)의 홍운(紅雲)이 ᄀᆞ득ᄒ여 두 번 졀ᄒ고 亽죄(謝罪)ᄒ니, ᄂᆡ창이 연망(連忙)이 하당복지(下堂伏地)ᄒ여 돈슈(頓首) 쳥죄(請罪)ᄒ니, 거동(舉動)이 숑연(悚然)ᄒ여 치신무지(置身無地)라.

상국이 이련ᄒ여 왕을 닛그러 겻히 안치고, ᄂᆡ아ᄅᆞᆯ 오르라 【66】 ᄒ여, 각각 숀을 만지며 믹도(脈度)ᄅᆞᆯ 술펴, 병이 업ᄉ믹 다힝ᄒ여 다시곰 경계ᄒ니, 제ᄌᆞ(諸子) 감격(感激) 빅亽(拜謝)ᄒ고, 나·뎡 냥공이며 쇼·양 이인이 ᄒᆞᆫ가지로 공의 졀당(切當)ᄒᆫ 경계(警戒)ᄅᆞᆯ 탄복ᄒ더라.

공이 삼부인으로 동용(從容)이 말슴ᄒᆞᆯ 시, 공이 원ᄂᆡ ᄂᆡ부인의 단슉(端肅)ᄒᆫ 긔질이 슈원(壽遠)975)치 못ᄒ나, 능히 닛고 금년의 ᄒᆞᆫ 번 녁시 상계의 오ᄅᆞᆯ 쥴 알고, ᄯᅩ 회쇼 ᄒᆞᆯ 쥴 명명이 지긔(知機)ᄒᆫ지라. 그러나 왕의 원쇼(怨訴) 오르지 아냐신즉, 부 【67】 인의 녁시 밧비 오지 못ᄒᆞᆯ지라. 일년을 혼혼불셩(昏昏不醒)ᄒᆞᆯ 거시로ᄃᆡ, ᄂᆡᄋ의 단지(斷指)ᄒ미 업슨 즉, 약질이 슈이 복고(復古)976)치 못ᄒᆞᆯ지라. 혈긔 미셩(未醒)ᄒᆫ 약년치이(弱年稚兒)977) 깁히 상ᄒᆞᆯ가 넘녀ᄒ여 칙ᄒ여시나, 깁흔 졍셩과 ᄉᆞ못츤 효ᄅᆞᆯ

---

972)관슉(慣熟)ᄒ다 : 아주 친밀하다.
973)경위(傾危)ᄒ다 : 형세가 위태롭다.
974)오쟝원(五丈原) : 중국 산서성(陝西省) 서안시(西安市) 서부, 기산현(岐山縣) 서남쪽에 있는 삼국 시대의 전쟁터. 촉(蜀)나라의 제갈공명(諸葛孔明)이 위나라 사마의와 싸우다가 병들어 죽은 곳이다.
975)슈원(壽遠) : 수명이 장원(長遠)함.
976)복고(復古) : 예전의 모습을 회복함.
977)약년치이(弱年稚兒) : 나이 어린아이.

감이(感愛)ᄒᆞ더라.

신싱삼ᄋᆞ(新生三兒)의 기기히 비상ᄒᆞᆷ을 깃거ᄒᆞ고, 부인이 진왕의 지극ᄒᆞᆫ 효셩으로 상텬의 비ᄂᆞᆫ ᄉᆞ의(辭意) 간절ᄒᆞᆷ을 젼ᄒᆞ고, 문장이 임의 일고 쇼견이 명달(明達)ᄒᆞᆷ을 【68】 츳탄ᄒᆞ되, 그 쎤 경상(景狀)을 능옥의 뎐어로 드른 딕로 젼ᄒᆞ고, 두낭낭의 연·셜 냥가 혼ᄉᆞᄅᆞᆯ 니ᄅᆞ시고, 어긔지 말믈 당부ᄒᆞ시던 쥴 ᄀᆞᆺ쵸 고ᄒᆞ고, 몬져 연가 결혼을 도모코ᄌᆞ ᄒᆞ니, 공이 ᄯᅩᄒᆞᆫ 넘녀(念慮)ᄒᆞ연지 오린지라.

향의(向意)ᄒᆞ여978) 무를 곳이 업셔, 친우를 디ᄒᆞ여 연상셔 집 쇼문을 무르니, 나·뎡 냥공이 분연이 긔부인이 타쳐(他處)를 유의ᄒᆞ여 괴픽(乖悖)979)ᄒᆞᆫ 힝시 히연(駭然)ᄒᆞᆷ을 젼ᄒᆞ니, 공이 다만 우음을 먹음어 【69】 드를 ᄯᆞᆷ이라.

이윽고 혜오되, 명츈(明春)은 왕의 혼ᄉᆡ(婚事) 되리니 스스로 묵연(默然)ᄒᆞ여 텬의(天意)를 기ᄃᆞ리더라,

츳셜, 연상셔 ᄋᆞ즈(兒子) 과방(科榜)980)의 참녜(參預)981)ᄒᆞ여 농누어향(龍樓御香)982)을 쏘이미, 상춍(上寵)이 울연(蔚然)ᄒᆞ시니, 아춤의 치의(彩衣)를 츔추어 셩효를 드ᄒᆞ미, 슬상(膝上)의 교무(交撫)ᄒᆞ여 모부인 환열ᄒᆞ시믈 돕습고, 퇴상(宅上)의 츈풍화긔 환환희희(歡歡喜喜)ᄒᆞ나, 다만 ᄌᆞ의(慈意)를 앙탁(仰度)건딕, 진왕을 진실노 비쳑ᄒᆞ시니 인ᄌᆞ의 도리 일양(一樣) 고집【70】을 셰울 빅 아니라.

녀ᄋᆡ 과연 진왕으로 하늘이 졍ᄒᆞ신 빅원(配偶) 쥴 아지 못ᄒᆞ니, 모명(母命)을 슌슈(順受)ᄒᆞ여 타쳐(他處)의 유의(留意)ᄒᆞ나, 녀ᄋᆞ의 빙셜(氷雪)을 탁(濁)히 넉이고, 화벽(和璧)983)을 더러이 넉이는 긔질노, 부유쇽ᄌᆞ(腐儒俗子)의 빅우(配偶)를 삼지 못ᄒᆞᆯ지라. 노부인 엄교(嚴敎)를 밧드지 못ᄒᆞ미 스스로 불슌(不順)ᄒᆞᆷ을 ᄌᆞ탄ᄒᆞ더라.

어시의 긔부인이 금향의 쳔거ᄒᆞᆫ 바 호싱의 옥면뉴풍(玉面柳風)984)의 고혈녕졍(孤孑零丁)985)ᄒᆞᆷ을 드르미 ᄌᆞ긔 쇼망이라. 가싱을 블【71】너 벽좌우(辟左右)986)

---

978) 향의(向意) : 마음을 기울임. =향념(向念).

979) 괴픽(乖悖) : 어그러지고 무너짐.

980) 과방(科榜) : 『역사』 과거에 급제한 사람의 이름을 써서 거리에 붙이던 글.=금방(金榜).

981) 참녜(參預) : 어떤 일에 끼어들어 관계함.=참여(參預).

982) 농누어향(龍樓御香) : 궁중에서 피우는 향. 또는 그 향기.

983) 화벽(和璧) : 명옥(名玉)의 일종. 중국 전국시대 초(楚)나라 변화씨(卞和氏)의 옥으로, '완벽(完璧)', '화씨지벽(和氏之璧)' 등으로 불리기도 한다. 그 후 이 '화벽'은 조(趙)나라 혜문왕(惠文王)의 손에 들어갔으나, 이를 탐내는 진(秦)나라 소양왕(昭襄王)이 진나라 15개의 성(城)과 이 옥을 교환하자고 한 까닭에 '연성지벽(連城之璧)'이라는 이름이 붙기도 하였다.

984) 옥면뉴풍(玉面柳風) : 옥처럼 하얀 얼굴과 버들처럼 날렵한 풍채.

985) 고혈녕졍(孤孑零丁) : 가족이나 친척이 없고 살림이 보잘것없이 되어서 의지할 곳이

ᄒᆞ고 무ᄅᆞᆫ듸, 가싱이 ᄯᅩᄒᆞᆫ 호싱의 용모문ᄌᆡ(容貌文才)를 기리고 혈혈무의(孑孑無依)987)ᄒᆞ니,

"ᄒᆞᆫ 번 입막지빈(入幕之賓)988)이 되미, 악모(岳母) 슬하(膝下)를 ᄶᅥᄂᆞ지 아니리이다."

부인이 드ᄅᆞᆯ스록 대열(大悅)ᄒᆞ여 금향으로 호싱과 의논ᄒᆞ고 치례(采禮)를 ᄀᆞᆺ쵸라 ᄒᆞ고, 길일(吉日)을 정ᄒᆞᆫ 후 상셔를 엄교(嚴敎)989)ᄒᆞ고 혼동(混動)ᄒᆞ여 듸ᄉᆞ(大事)를 일우려 ᄒᆞ미, 날마다 견집(堅執)하여 죽기로 져히던990) 말ᄉᆞᆷ을 긋치고, 오직 손ᄋᆞ를 ᄎᆞ마 먼니 보ᄂᆡ지 못ᄒᆞ리니 【72】 '부모와 동싱이 업슨 ᄎᆔ거(聚居)991)ᄒᆞᆯ ᄉᆞ회992)를 구ᄒᆞ라' ᄒᆞ니, 공이 모부인 명셩(明聖)993)ᄒᆞ시무로 됴가의 불ᄉᆞ(不似)994)홈과 쵸가의 교ᄉᆞ(狡詐)ᄒᆞ믈 ᄉᆞ(捨)ᄒᆞ시ᄂᆞᆫ가995) 영힝ᄒᆞ니, 천만(千萬) 의ᄉᆞ(意思)치 아닌 호가의 츅싱(畜生)을 유의(留意)ᄒᆞ시믈 알니오. 만일 빙물(聘物)을 바든즉 녀ᄋᆞ의 빙옥슉완(氷玉淑婉)으로 호가 츅싱과 ᄶᅡᆨᄒᆞ리오 심니(心裏)의 ᄎᆞ악(嗟愕)ᄒᆞ고 통완(痛惋)ᄒᆞ믈 니긔지 못ᄒᆞ고, ᄯᅩ ᄌᆞ교(慈敎)를 봉승(奉承)치 아니ᄒᆞᄂᆞᆫ 날은 괴이(怪異)혼 거됴(擧措) 이실 쥴 혜ᄋᆞ리미, 민 【73】 민불낙(憫憫不樂)ᄒᆞ더니, ᄎᆞ시 호싱이 금향으로 더브러 틈을 타 밀밀(密密)히 계교(計巧)ᄒᆞᆯ ᄉᆡ, 금향 왈,

"첩이 약간 은젼(恩典)과 필빅(疋帛)을 모화 공ᄌᆞ를 돕고ᄌᆞ ᄒᆞ나, 능히 쳔금 보빅를 판득(辦得)996)기 쉬오리오, 맛당이 가상공을 보와 의논ᄒᆞ리라."

ᄒᆞ고, 바로 가 가싱을 본 듸, 싱이 동용이 안즛거늘, 호싱의 민민뎡유(悶悶情由)997)를 고ᄒᆞ니, 가싱이 퇴부인 ᄠᅳᆺ을 밧줍고져 이ᅌᅮᆨ이 ᄉᆞ량(思量)ᄒᆞ다가, 녀ᄋᆞ 빙낭을 불너 의논ᄒᆞ니, 【74】 빙낭이 묵연냥구(默然良久)의 왈,

---

없다.

986)벽좌우(辟左右) : 밀담을 하려고 곁에 있는 사람을 물리침

987))혈혈무의(孑孑無依) : 가족이나 친척이 없어 외롭고 의탁할 데가 없음. =고혈무의(孤孑無依).

988)입막지빈(入幕之賓) : 잠자는 휘장 안으로까지 들어오는 손님이라는 뜻으로, 사위 또는 특별히 가까운 손님을 이르는 말.

989)엄교(嚴敎) : 엄한 명령(命令). 또는 엄히 분부함.

990)져히다 : 위협하다.

991)ᄎᆔ거(聚居) : 한데 모여 삶.

992)ᄉᆞ회 : 사위. 딸의 남편을 이르는 말.늑여서(女壻).

993)명셩(明聖) : 슬기롭고 덕이 거룩함. 늑성명(聖明).

994)불ᄉᆞ(不似) : 닮지 않은 상태에 있음.

995)ᄉᆞ(捨)ᄒᆞ다 : 버리다.

996)판득(辦得) : 이리저리 변통하여 얻음.

997)민민뎡유(悶悶情由) : 몹시 딱하고 답답한 까닭.

"히ᄋᆞ(孩兒)의게 황금보ᄎᆞ(黃金寶釵)998)와 ᄌᆞ금팔쇠(紫金팔쇠)999) 잇ᄉᆞ오나 공연이 남을 쥬리잇가?"

ᄒᆞ더라.

아지못게라! 호싱 ᄌᆞ(者)는 엇던 스람이며, 엇지ᄒᆞ여 이리 뎡혼(定婚)ᄒᆞ고 빙낭이 지물을 닉여쥬ᄂᆞᆫ가? ᄎᆞ례로 셕남(釋覽) 하회(下回)ᄒᆞ라. 【75】

---

998) 황금보ᄎᆞ(黃金寶釵) : 황금으로 만든 보배로운 비녀.
999) ᄌᆞ금팔쇠(紫金팔쇠) : 자주색 금으로 만든 팔쇠.

화산선계록 권지이십팔

추셜 가싱이 빙낭의 빗씨오믈[1000] 보고 웃고 니로딕,

"네 평일 화쥬를 뮈워ᄒ니 화쥬로 진왕의게 가ᄒ여 무궁ᄒᆫ 부귀를 누리게 ᄒ미 분(忿)ᄒ지라. 츠물(借物)을 호싱을 쥬어 화쥬를 췌ᄒ고 널노 진왕의게 가ᄒ여 부 귀를 누리게 ᄒ리라."

빙낭이 그 말이 무던ᄒ여 닉여 쥬거늘, 향이 ᄉ미의 너코 호싱을 다시 가 보니, 호싱이 민민울울(悶悶鬱鬱)히 싱각ᄒ거늘, 가싱이 【1】 문왈,

"그딕 무삼일노 실혼(失魂)ᄒᆫ ᄉᄅᆷ ᄀᆺᄒ뇨?"

싱이 ᄂᆞᆼ 안ᄌ 왈,

"츠ᄉ를 엇지 그딕 다려 고치 아니리오. 여츠여츠 혼ᄉ를 졍ᄒ여 납폐(納幣) 틱 일(擇日)은 ᄉ오일 ᄀ럿고 친영(親迎)은 십여 일이로딕, 궁슈쟈(窮數者)[1001] 슈 즁(手中)의 금은이 업스니 진실노 젹벽화공(赤壁火攻)[1002]은 가졋시되 동남풍(東 南風)[1003]이 업스미라."

가싱이 닝쇼ᄒ고 싱각ᄒ되,

"호싱이 제 쇠로 구ᄒᆫ 거시 아니라 금향의 쯧이니, 닉 잇신들 엇지 그져 쥬리 오."

머리를 【2】 슉이고 말이 업더니, 탄식 왈,

"무릇 혼닌은 졍ᄒᆫ 연분이니 임의로 ᄒ리오. 그딕 지상가문의 아름다온 손이 되 여 금의옥식(錦衣玉食)[1004]의 온안빅마(溫顔白馬)[1005]로 왕닉 홀 졔, 옛 벗을 닛 지 아니랴?"

1000) 빗씨오다 : 빗시오다. 고집이 세어 남의 요구에 잘 응하지 않고 도도하게 굴다

1001) 궁슈쟈(窮數者) : 굴곱한 운수를 타고난 사람.

1002) 젹벽화공(赤壁火攻) : 중국 삼국 시대인 208년에 손권·유비의 소수 연합군이 조조 의 대군을 적벽에서 제갈량의 화공(火攻) 전술로 크게 무찌른 싸움. 이로 인하여 손권 은 강남의 대부분을, 유비는 파촉(巴蜀) 지방을 얻어 중국 천하를 삼분하였다.

1003) 동남풍(東南風) : 동남쪽에서 서북쪽으로 부는 바람. 적벽화공(赤壁火攻) 당시 제갈 량이 이 동남풍을 이용하여 화공을 펼쳐 싸움을 승리로 이끌었다.

1004) 금의옥식(錦衣玉食) : 비단옷과 흰쌀밥이라는 뜻으로, 호화스럽고 사치스러운 생활 을 이르는 말.

1005) 온안빅마(穩顔白馬) : 백마를 탄 평온한 얼굴.

호싱이 연망이 칭소 왈,

"닉 실노 형의 은덕을 닙어 이 집의 왓느니, 닉 엇지 형의 은혜를 니즈리오."

ᄒ더니, 금향이 니르러 소미의 너흔 거슬 뵈니, 호싱 왈,

"가형이 극진이 돕고즈ᄒ니 난망(難忘)이로다."

향 왈【3】

"가상공이 관홍ᄒ시니 냥위 공지 일쳐의 의논ᄒ시면 더옥 됴흘쇼이다."

이에 빙낭의게 어든 거슬 너여 놋코 왈,

"쳡의게 슌금지환(純金指環)이 잇ᄉ니 가져오리니, 그ᄉ이 혼셔를 쓰쇼셔."

ᄒ고, 도라오니 틱부인이 쇼져를 '쉬라' ᄒ여 치우고, 향다려 무르니, 향이 호싱이 비로쇼 빙물(聘物)1006)을 어더 놋코 길긔 쏘 머지 아니믈 알외니, 부인이 환희ᄒ는지라.

츠시 이일을 츠환(叉鬢) 시노(侍奴)의 니르히 모로는지라. 가부인이 어질고 관후(寬厚)【4】ᄒ미 《질실노‖진실노》 연공을 품슈(稟受)ᄒ엿는지라. 장부의 간험(姦險)ᄒ믈 기탄ᄒ되 부도(婦道)를 잡으 언두(言頭)의 시비(是非)를 니르지 아니ᄒ고, 모부인과 격(隔)ᄒ믈1007) 민박(憫迫)ᄒ여 즈로와 시측(侍側)ᄒ더라.

일즉 녀ᄋ의 불초ᄒ믈 근심ᄒ여 즈로 경계ᄒ되, 화쥬를 효측(效則)ᄒ라 ᄒ니, 엇지 부녜 동심ᄒ여 작얼(作孼)ᄒ믈1008) 알니오. 평일 금향의 요악ᄒ믈 아라 즈로 모친긔 '너치쇼셔' ᄒ나, 부인이 향의 아당(阿黨)ᄒ믈 ᄉ랑ᄒ여 귀즁ᄒ니, 식부와 즈녀의 효【5】의를 알오딕, 금향의 참쇼(讒訴)를 드러 블열흔 씌 만흐니, 녕신(佞臣)이 득지(得志)ᄒ믄 고금상ᄉ(古今常事)라. 몸의 금의를 닙고 옥식을 넘ᄒ딕 덕을 아지 못ᄒ더라.

유모 은셤이, 금향이 틱부인긔 눈으로써 고ᄒ미 부인이 쇼져를 믈너가라 ᄒ믈 괴이히 넉여 후함(後檻) 밋틱 업딕여 드르니, 이 곳 호가의 빙물을 밧고 상셔를 겁박(劫迫)ᄒ여 셩혼홀 의논이라.

드르미 혼빅(魂魄)이 표산(飄散)ᄒ니, 은셤 은셕은 틱부인 신임 청의(靑衣)1009)라.【6】 옛날 부인이 ᄋᆞ즈 명윤을 싱ᄒ니 유모를 졍치 못ᄒ더니, 부인이 친히 졋먹일 시 틱부인 감지를 밧드러 쥬하(廚下)의셔 깅(羹)을 달히다가, 유이 오릭 우니 츠환으로 잠간 직희고 드러가 졋먹일 시, 금향이 틱부인긔 쇼졔 침쇼의

1006)빙물(聘物) : 납폐(納幣). 혼인할 때에, 정혼이 이루어진 증거로 신랑 집에서 신부 집으로 보내는 예물.

1007)격(隔)ᄒ다 : 시간적으로나 공간적으로 사이를 두다.

1008)작얼(作孼)ᄒ다 : 훼방을 놓다.

1009)청의(靑衣) : 천한 사람을 이르는 말. 예전에 천한 사람이 푸른 옷을 입었던 데서 유래한다.

한거(閑居)ᄒᆞ다 ᄒᆞ니, 부인이 노ᄒᆞ여 잡ᄋᆞ니여 슈죄ᄒᆞ고 슈십을 치니, 셕부인 모친 댱태부인이 듯고 ᄀᆞ마니 유ᄋᆞ를 거두어 기르고, 냥쇼졔 연ᄒᆞ여 ᄂᆞ미 유모를 보호케ᄒᆞ고 부인으로 【7】 졋먹이미 업게ᄒᆞ니, 평일 틱부인을 셤기며 쇼져를 뫼셔 일시를 쩌느지 아니ᄒᆞ미, 셩질이 튱후(忠厚) 영니(怜悧)ᄒᆞ여 틱부인긔 진튱(盡忠)ᄒᆞ더니, 이 날 스긔 슈상ᄒᆞ믈 보고 ᄀᆞ마니 드르미, 불각대경(不覺大驚)ᄒᆞ여 밤을 인ᄒᆞ여 셕부인긔 고ᄒᆞ니, 부인이 놀나 녀ᄋᆡ 드른 즉 셩명(性命)을 결홀가 넘녀ᄒᆞ미, 묵연이 말을 못ᄒᆞ니 셤이 진왈(進曰),

"츳식 ᄆᆞᆺ치 이실 거시니 쇼제 아직은 모로시나 태부인 엄명이 ᄂᆞ리시미, 【8】 노애 간ᄒᆞᆫ 스 죄의 당ᄒᆞ신 즉, 쇼졔 능히 살기를 어드리 잇가?"

부인 왈

"하날이 오ᄋᆞ(吾兒)를 니시미 평싱을 미몰치 아니실 거시오, 돈괴(尊姑) 오ᄋᆞ를 이련ᄒᆞ시니 반ᄃᆞ시 일싱을 안과코ᄌᆞ ᄒᆞ시리니, 엇지 스싱의 밋ᄎᆞ리오. 다만 하날과 돈고의 덕음(德蔭)을 바랄 ᄯᆞ름이라."

셤이 고두(叩頭) 왈.

"부인의 ᄃᆡ효ᄂᆞᆫ 텬지 질졍(質正)1010)ᄒᆞ오나, 간특ᄒᆞᆫ 일이 ᄒᆞᆫ 번 니르미 쇼져 빙옥신상(氷玉身上)의 욕되믈 동ᄒᆡ슈(東海水)로 씨스리잇가?"

부인 왈

"이 ᄯᅩ 하날 ᄯᅳᆺ이 【9】 니 다만 돈고 쳐분을 순슈(順受)홀 ᄯᅵ름이라."

셤이 물너가 둉야 쵸됴(焦燥)ᄒᆞ여 호곡(號哭)ᄒᆞ고, 가부의 ᄂᆞ으ᄆᆞ 가부인긔 고코ᄌᆞ 홀 시, 시(時)의 빙낭이 스침(私寢)의 잇고, 부인이 홀노 잇거늘, 셤이 드ᄃᆡ여 일일이 고ᄒᆞ고 셕부인 말슴을 알외여 왈,

"부인 쇼집(所執)이 올ᄒᆞ시나 쳔비의 쵸조ᄒᆞ오믄, 호가 츅싱의 더러오미 집 문의 온 후ᄂᆞᆫ, 쇼졔 일시도 구ᄎᆞ히 살기를 싱각지 아니실가 두려ᄒᆞ나이다."

부인이 셕부인 지극ᄒᆞᆫ ᄯᅳᆺ을 탄복ᄒᆞ여 왈,

"져져의 텬싱대 【10】 효(天生大孝)를 텬지일월(天地日月)이 쇼감(昭鑑)ᄒᆞ시리니, 엇지 질ᄋᆞ의 평싱을 미몰케 ᄒᆞ시리오."

차탄하믈 마지 아니ᄒᆞ고 은셤을 보닌 후, 댱ᄌᆞ 훈을 불너 ᄎᆞᄉᆞ를 니르고, 호가 쳔싱(賤生)을 보아 망녕된 ᄯᅳᆺ을 막으라 ᄒᆞ니, 가공지 경희(驚駭)ᄒᆞ여 모명을 밧드러 호싱을 가 볼시, 가공지 본ᄃᆡ 모친을 품슈ᄒᆞ여 일즉 둉뎨(從弟) 가반의 불쵸ᄒᆞ믈 불열(不悅)ᄒᆞ고, 가싱의 요ᄉᆞ(妖邪)ᄒᆞ믈 졍시(正視)치 아니터니, ᄂᆞᄋᆞ가 말ᄒᆞᆯ 시 표미(表妹) 말을 인ᄒᆞ여 진왕과 뎡혼ᄒᆞ여 빙녜(聘禮1011)) 【11】 를 맛게 되믈

1010) 질졍(質正) : 묻거나 따져서 바로잡음.
1011) 빙녜(聘禮) : 혼인의 예절. =혼례(婚禮).

니르니, 가·호 냥인이 경동ᄒᆞᄂᆞᆫ지라. 가싱 왈,

"그ᄃᆡ 엇지 놀나ᄂᆞᆯ뇨? 현데ᄂᆞᆫ ᄯᅩ 엇지 경ᄋᆞ(驚訝)ᄒᆞᄂᆞᆫ다?"

호싱이 쥬져(躊躇) 무언(無言)ᄒᆞ고, 가반 왈,

"호형이 일즉 연쇼져로 졍혼ᄒᆞ여 바야흐로 신물(信物)을 끼치고, 니어 ᄇᆡᆨ냥(百輛)1012)을 ᄀᆞᆺ쵸고져 ᄒᆞ오니, 형언이 의외로쇼이다."

가싱이 졍식 왈

"혼ᄂᆞᆫ은 인뉸대ᄉᆞ(人倫大事)라. ᄂᆡ 작일의 외구(外舅)긔 뵈오ᄃᆡ 그런 말삼을 듯줍지 못ᄒᆞ여시니, 눌노 인ᄒᆞ여 ᄃᆡᄉᆞ를 의논ᄒᆞ뇨?"

호증이 피셕 왈,

"쇼싱이 한쳔(寒賤)【12】ᄒᆞᆫ 긔질노 엇지 감히 놉흔 가문을 바라리오마ᄂᆞᆫ, 연부노퇴부인이 ᄂᆞ지 구ᄒᆞᄉᆞ 시위(侍衛) 아환(丫鬟)이 여ᄎᆞ여ᄎᆞ 구혼즉, 우명일(又明日) 신물을 보ᄂᆡ고, 인ᄒᆞ여 뉵녜(六禮)를 ᄀᆞᆺ쵸려 ᄒᆞᄂᆞᆫ지라. 망녕되이 바라미 아니로ᄃᆡ 퇴부인 ᄯᅳᆺ이니라."

가공지 ᄎᆞ악(嗟愕) 냥구(良久)의 졍금위좌(整襟危坐)1013) 왈,

"ᄎᆞᄂᆞᆫ 비비(婢輩)의 간ᄉᆞᄒᆞᆫ 모계(謀計)라. 그ᄃᆡ를 속여 빙물을 징식(聘物)고ᄌᆞᄒᆞ미니라. ᄃᆡ강 ᄃᆡ가(大家) 규슈(閨秀)의 혼ᄉᆞ를 일기 ᄎᆞ환의 거간(居間)1014)홀 비리오, 그ᄃᆡ 부졀업시 간비(奸婢)【13】의 쇠의 ᄲᅢᆫ져시니, 다시 오나든1015) 물니치라."

가·호 등이 경괴(驚怪) 의ᄋᆞ(疑訝)ᄒᆞ여 부답(不答)ᄒᆞ더니, 가공지 도라와 모친긔 고ᄒᆞ되, 부인이 금향 요비(妖婢)를 절치(切齒) 분(忿)히1016) ᄒᆞ더라.

셤이 다시 부인긔 뵈니, 부인이 ᄋᆞᄌᆞ의 말노 젼ᄒᆞ고 호츅(畜)의 ᄎᆡ례(采禮)1017)ᄂᆞᆫ 힝치 못홀 줄 닐넛ᄂᆞᆫ지라.

셤이 그 쇼활(疏闊)ᄒᆞᆫ 말을 낙담(落膽)ᄒᆞ나 다시 뭇지 못ᄒᆞ고 도라오ᄂᆞᆫ 길희,

1012)ᄇᆡᆨ냥(百輛): '백대의 수레'라는 뜻으로, 『시경(詩經)』 「소남(召南)」 편, <작소(鵲巢)>시의 '우귀(于歸) 백량(百輛)'에서 유래한 말이다. 즉 옛날 중국의 제후가(諸侯家)에서 혼례를 치를 때, 신랑이 수레 백량에 달하는 많은 요객(繞客)들을 거느려 신부집에 가서, 신부을 신랑집으로 맞아와 혼례를 올렸는데, 이 시는 이처럼 혼례가 수레 백량이 운집할 만큼 성대하게 치러진 것을 노래하고 있다.

1013)졍금위좌(整襟危坐): 옷깃을 여미어 몸을 바로잡아 바른 자세로 앉아 있음.

1014)거간(居間): 사고파는 사람 사이에 들어 흥정을 붙임. 또는 그러한 일을 하는 사람.

1015)오나든: 오거든. *-나든: -거든 '오다'의 어근 뒤에 붙어 '어떤 일이 사실이면', '어떤 일이 사실로 실현되면'의 뜻을 나타내는 연결 어미.

1016)분(忿)ᄒᆞ다: 분(忿)하다. 억울한 일을 당하여 화나고 원통하다.

1017)ᄎᆡ례(采禮): 『민속』 혼인할 때에, 사주단자의 교환이 끝난 후 정혼이 이루어진 증거로 신랑 집에서 신부 집으로 예물을 보냄. 또는 그 예물. 보통 밤에 푸른 비단과 붉은 비단을 혼서와 함께 함에 넣어 신부 집으로 보낸다.=납폐(納幣).

기뎨(其弟) 《유섬∥옥섬》의 집의 니르니, 《유섬∥옥섬》은 농능후 니공의 총희라. 쵸(初)의 댱부인 명으로 연부의 왕너【14】ᄒᆞ더니, 니공이 ᄒᆞᆫ번 보ᄆᆡ 미려(美麗)ᄒᆞᆫ 졍(情)을 과혹(過惑)ᄒᆞ여 셕공긔 쳥ᄒᆞ여 작쳡(作妾)ᄒᆞ니, 옥섬이 공근ᄒᆞ여 죄 어드미 업더라.

은섬이 니르러 기뎨(其弟) 다려 왈,

"나의 쥭으미 슈일 ᄉᆞ이니 잠간 보와 영별(永別)코즈 ᄒᆞ노라."

옥섬이 놀나 왈,

"시하언애(是何言也)오?1018) 곡졀을 듯고즈 ᄒᆞ노라."

은섬이 드듸여 ᄌᆞ쵸지죵(自初至終)을 옴기고 왈,

"우리 부인은 다만 태부인 식물을 경(敬)긔 ᄒᆞ시고 모췩(謀策)을 베푸지 아니시니 흘일업서1019), 가부인긔 고ᄒᆞᄆᆡ, 여ᄎᆞ(如此) 오활(迂闊)ᄒᆞ시니, 금향이【15】호츅(畜)을 보고 공ᄌᆞ의 말을 드른 즉 틱부인긔 고ᄒᆞ리니, 틱부인이 드르신즉 일시의 뇌졍(雷霆)이 진쳡(震疊)ᄒᆞᄉᆞ, 노야와 부인 됸위(尊位) 장하(杖下)의 위틱ᄒᆞ시리니, 우리 쇼졔 엇지 슬고즈 ᄒᆞ리오. 닉 몬져 쥭어 보지말고즈 ᄒᆞ노라."

옥섬이 임의 연부 일을 아ᄂᆞᆫ지라. 셔로 읍(揖)1020)하○[여] 위로ᄒᆞ더니, 니공이 믄득 드러오니 냥인이 놀나 은섬은 도라가고 옥섬은 눈물을 거두고 마즈니, 공이 괴이히 넉여 우ᄂᆞᆫ 연고를 뭇ᄂᆞᆫ지라. 섬이 드듸여 고왈,【16】

"쇼쳡이 ᄌᆞ젼(自前)1021)으로 긔틱부인 셩품을 닉이 아오니, 요비(妖婢) 참언(讒言)도 오히려 신지(信之)ᄒᆞ시던 바로써, 그 ᄠᅳᆺ이 어긔믈 되로딕분(大怒大憤)ᄒᆞ신즉, 연노야와 우리 부인이 죄췩을 면ᄒᆞ실니 업습고, 쇼졔 결탄코 슬기를 구치 아니리니, 이런 고로 쳔ᄒᆞᆫ 형이 망극ᄒᆞ여 몬져 쥭고즈 ᄒᆞ올식 슬허ᄒᆞ미로쇼이다. 쳔쳡(賤妾)이 연노야와 우리 부인 셩의(誠意)를 아옵ᄂᆞ니, 말ᄉᆞᆷ 알외미 진실노 득죄ᄒᆞ오미오되, ᄉᆞ셰 십분 위급ᄒᆞ오니, ᄎᆞᄉᆞ(此事)를 무더 두【17】지 못ᄒᆞ올지라. 위상국 부인이 지명ᄎᆞ쳘(至明且哲)1022)ᄒᆞ시니, 노애 친히 가ᄉᆞ 의논ᄒᆞ신즉 혹ᄌᆞ 화ᄉᆞ(禍事)1023) 급ᄒᆞᄆᆞᆯ 방비ᄒᆞ미 잇실가 ᄒᆞᄂᆞ이다."

니공이 임의 긔부인 힝ᄉᆞ를 알오미 오릭더니, ᄎᆞ언을 드르미 분연(忿然) 되로(大怒)ᄒᆞ고, 연ᄋᆞ의 심ᄉᆞ(心事)를 감익(感愛)ᄒᆞ며 방신(芳身)이 위틱ᄒᆞᆯ가 겁ᄒᆞ여 밧비 위부

1018) 시하언애(是何言也)오? : 이것이 무슨 말이냐?
1019) 할일업다 : 하릴없다. 달리 어떻게 할 도리가 없다.
1020) 읍(揖) : 인사하는 예(禮)의 하나. 두 손을 맞잡아 얼굴 앞으로 들어 올리고 허리를 앞으로 공손히 구부렸다가 몸을 펴면서 손을 내린다.
1021) ᄌᆞ젼(自前) : 전부터. 지금보다 이전. =종전
1022) 지명ᄎᆞ쳘(至明且哲) : 지극히 밝고 또 사려가 깊음.
1023) 화사(禍事) : 불행한 일

의 니르니, 맛초으 좌위 동용ᄒᆞ고 부인이 홀노 유ᄌᆞ를 희롱ᄒᆞ거늘, 니공이 ᄎᆞ ᄉᆞ를 전ᄒᆞ고 계칙을 뭇ᄂᆞᆫ지라. 부인이 빈미(嚬眉) 탄왈,

"소미 연으 남민【18】의 졍경(情景)을 익셕ᄒᆞ고 진왕의 혼ᄉᆞ를 위ᄒᆞ여 싱각이 밋지 아닌ᄃᆡ 업ᄉᆞᄃᆡ, 이 일이 심히 어려오니 연공이 모부인 과실을 남이 알믈 깃거 아니ᄒᆞ여 스스로 즁장(重杖)을 감슈(甘受)ᄒᆞ여 모의(母意)를 두루혀믈 바라 계교 쓰믈 깃거 아닐 비로ᄃᆡ, 일이 이러틋 급ᄒᆞ니 몬져 여ᄎᆞ여ᄎᆞᄒᆞ여 급화(急禍)를 늣츄고, 니어 ᄎᆞᄎᆞ 셩상긔 쥬(奏)ᄒᆞ여 혼닌(婚姻)을 일울지라. 셩상은 만민의 부뫼시니 반ᄃᆞ시 냥체(良處)1024) 이시리니, 가히 긔부인의 우픽(愚愎)ᄒᆞᆫ 긔【19】운을 졔어ᄒᆞ고 연공이 장칙을 면ᄒᆞ며 진왕의 혼ᄉᆞ를 일우리이다."

니공이 ᄃᆡ열쾌락(大悅快樂)ᄒᆞ여 밧비 상뎐(上前)의 고코ᄌᆞ ᄒᆞ되 혜건ᄃᆡ, '됴회의 졔신이 셩녈(盛列)ᄒᆞ니 ᄉᆞ관(史官)이 좌우의 뫼셧ᄂᆞᆫᄃᆡ, 이런 셜셜(屑屑)ᄒᆞᆫ1025) ᄉᆞ의를 알외기 어렵고, ᄯᅩ 연공이 안즉 필연 유감(遺憾)ᄒᆞ여 ᄒᆞ리니, 유유(儒儒)ᄒᆞ여1026) ᄢᅢ를 기ᄃᆞ리니, 날이 오리미 금향의 입으로 됴ᄎᆞ 호가의 말을 고ᄒᆞ여 긔부인의 믹친 노(怒)로 즁ᄒᆞᆫ 믹질이 셩명이 가히 두립고, 연쇼져의 ᄌᆞ결이【20】ᄢᅢ를 옴지 아니리니, 싱각이 이의 밋ᄎᆞ미 아즈(俄者)1027) 깃븐 의식 유익ᄒᆞ미 업ᄂᆞᆫ지라.

근심이 도로 니러나 마음이 초됴(焦燥)ᄒᆞ여 믹ᄌᆞ(妹子)를 향ᄒᆞ여 ᄯᅳᆺ을 니른ᄃᆡ, 부인이 쇼이ᄃᆡ왈(笑而對曰)

"형댱이 아즈 드르시믈 그릇ᄒᆞ여이다. 이런 고로 몬져 져근 계교로 여ᄎᆞ여ᄎᆞᄒᆞ여 요비(妖婢)를 잡으 박살(撲殺)ᄒᆞ신즉, ᄉᆞ름이 그 가온ᄃᆡ 아지 못ᄒᆞ고 긔부인과 연상셰 다 져희 죄로 죽은가 ᄒᆞ리이다. 간비(姦婢) 일즉 죽엄즉 ᄒᆞ니 죽으미 원통ᄒᆞ미 업스리이다"【21】

니공이 드르미 쾌ᄒᆞ믈 니긔지 못ᄒᆞ여 박장ᄃᆡ쇼(拍掌大笑) 왈,

"너 향ᄌᆞ(向者)1028) 현미의 말을 드르되 심녜 불호ᄒᆞ여 몬져 ᄒᆞᆫ 의ᄉᆞ를 무심히 듯고 일장(一場)을 번뇌ᄒᆞ니 엇지 우읍지 아니리오."

이의 춍망이 도라와 옥셤ᄃᆞ려 ᄌᆞᄌᆞ히 니르니 옥셤이 져의 비ᄌᆞ 염난으로 ᄒᆞ여곰 여ᄎᆞ여ᄎᆞ ᄒᆞ라 ᄒᆞ다.

니공이 심복(心腹) 댱관(將官)을 불너, '이십 군뫌(軍卒)을 거ᄂᆞ려 됴ᄎᆞ가 여ᄎᆞ여ᄎᆞ히 금향을 잡으오라' ᄒᆞ니, 염난이 댱군의 명과 쥬모의 ᄀᆞᄅ【22】치믈 됴ᄎᆞ, 댱군의 ᄌᆞ금보ᄃᆡ(紫金寶帶)1029)와 슌금치도(純金彩刀)를 가지고 연부의 ᄂᆞ으가 금향을 ᄎᆞᆺ고

1024) 냥체(良處) : 일이나 사건 따위를 두루 편안하게 잘 처리함.
1025) 셜셜(屑屑)ᄒᆞ다 : 자잘하게 굴다, 구구(區區)하다. 지질구레하다.
1026) 유유(儒儒)ᄒᆞ다 : 모든 일에 딱 잘라 결정을 내리지 못하고 어물어물한 데가 있다.
1027) 아즈(俄者) : 지난 번.
1028) 향ᄌᆞ(向者) : 접때. 이전. 지난 날.

주호더니, 이날 금향이 쥬찬을 가지고 호증을 보와 져의 공을 주랑호디, 호증이 눈섭을 씽긔고 니로디,

"작일(昨日)의 가공지 와 여추여추호니, 우리 셔어(鉏鋙)히1030) 쳔신만고(千辛萬苦)호여 스름의 우음을 바들가 호노라.

향이 악연(愕然) 디경(大驚)호여 급히 부인긔 고코져 도라오더니, 노즁(路中)의셔 일긔 녀랑이 만복을 부르고 굴오디

"마마(媽媽)1031)야! 쳡은 인가(人家) 【23】 추환(叉鬟)으로 쥬인이 급흔 일이 잇셔 추물(此物)을 팔고즈 호디, 쳡이 연소호여 동셔의 향홀 곳을 아지 못호니, 마미 파라 쥬신 즉 반을 난화 은혜를 갑흐리라."

인호여 향을 쏠와 그 방의 니르러 보물을 너여뵈니, 향이 그 즁뵈(重寶)를 보고 녀즈의 니르는 갑시 극히 뎍은지라. 갑슬 바다 또 난호즈 호니 가장 됴히 넉여 바다 놋코 니로디,

"낭즈의 졀급(切急)호믈 보고 또 간졀호믈 추마 박졀치 못호니, 스환여가(使喚餘暇)의 심히 어 【24】 려오디, 진심호여 파라쥬리라. 연(然)이나 금일 일식(日色)이 임의 느졋시니 명일의 낭즈로 더브러 흔 가지로 가리니[라]. 듕보(重寶)를 머무르지 못호리니, 명일의 다시 오라."

긔녀(其女) 쳔만 스례호고 니로디,

"파랑이 유식호고 신실호미 외모의 놋타나니 엇지 일분이노 미심(未審)1032)호미 잇시리오, 명일 다시오리니 깁히 간슈호쇼셔."

인(囚)호여 총총이 몸을 니러노니, 향이 상협(箱篋)을 열고 너흐며 닉당으로 향코즈 호더니, 【25】 홀연 범 굿흔 군돌이 돌입호여 향을 잡으 쳘삭으로 결박호며, 무러 굴오디,

"우리 노애(老爺)의 금디(金帶)를 어닉 곳의 두엇노뇨?"

향이 혼비빅산(魂飛魄散)호여 잇는 곳을 구르치니, 졔인이 일변 금향을 미고 일변 향을 닛그러 상협을 슈탐(搜探)호여 금디(金帶)와 보도(寶刀)를 어더닉고, 또 셔헌(書軒)으로 가, 꾸러 연공긔 고왈,

"거긔딕댱군(車騎大將軍) 니노야 금디(金帶)와 픽도(佩刀)를 일헌지 슈삭(數朔)이러니, 금됴(今朝)의 틱상비지(宅上婢子) 추녀의 와시믈 보고 도라가 【26】 고호니, 노애(老爺) 통히(痛駭)호스, 알외고 잡으오라 호시미 고호나이다."

1029) 즈금보디(紫金寶帶) : 자줏빛 금으로 만든 보배로운 띠.
1030) 셔어(鉏鋙)호다 : 틀어져서 어긋나다. 뜻이 맞지 아니하여 서먹하다. ≒저어(鉏鋙)하다.
1031) 마마(媽媽) : 『역사』 벼슬아치의 첩을 높여 이르던 말.
1032) 미심(未審) : 일이 확실하지 아니하여 늘 마음을 놓을 수 없는 데가 있음.

연공이 경왈(驚曰),

"일흔 거슬 과연 츠즈냐?"

딕왈,

"금딕와 보도는 츠녀의 협듕(篋中)의 잇스오믹 츠즛스오나, 그 밧근 슈삼 즁보를 한 가지로 일흔 비오딕 업스오니, 부득이 잡으가느이다."

연공이 금향다려 무러 왈,

"그 딕(帶) 엇지 너의 협듕(篋中)의 잇느뇨?"

향이 울며 딕왈,

"금됴(今朝)의 일기 청의녀직(靑衣女子) 여츠여츠 파라 달나 ᄒ거늘 바다 두엇습더니이【27】다."

연공이 츠스를 모친긔 고ᄒ여 왈,

"향 비(婢)의 인미ᄒ오미 젹실ᄒ온즉, 니공이 붉은 스름이니 쳐치ᄒ미 결연이 몽농치 아니리이다."

태부인이 놀나기를 마지 아니ᄒ되 시러곰 홀 일 업셔 잡혀 보닐식, 말슴을 명빅히 ᄒ여 노혀오기를 당부ᄒ더라.

연공이 니공긔 젼어(傳語)ᄒ여 곡졀을 베풀고, '져의 도젹ᄒ미 아니믈 즈시 살펴쇼셔.' ᄒ더라.

졔둘(諸卒)이 향을 긴긴히 결박ᄒ여 금딕(金帶)와 픽【28】도(佩刀)를 가지고 풍우 ᄀ치 모라 니부의 니르러 계하(階下)의 쓰어 업지르니, 니공이 흔 번 눈을 드러 향을 보믹 그 느히 삼십여 셰는 ᄒ고, 위인이 간스ᄒ며 미목(眉目)이 요악ᄒ고 쇼릭 암포(暗暴)[1033]ᄒ니 뭇지 아냐 흉요괴물(凶妖怪物)이라. 졀치(切齒)ᄒ연지 오릭니 노발(怒髮)이 츙관(衝冠)ᄒ여, 봉안(鳳眼)을 두려시 쓰고 호슈(虎鬚)[1034]를 거스려 꾸지져 왈,

"네 엇지 내 집의 와 느의 즙물을 도젹ᄒ엿느뇨? 바로 알외라."

향이 고두(叩頭) 쥬왈,

"쳔비는 【29】 연상셔 노야 틱부인 신임 비지오니, 일즉 부인 좌하(座下)를 쩌느미 업스온지라. 엇지 귀틱의 와 도젹질ᄒ리잇고? 향즈(向者)의 일기 녀인이 여츠여츠 ᄒ오미 바다 두오미, 썩 넘지 못ᄒ여셔 잡혀왓느이다."

언미의 연공의 하리 쑤러 상셔노야 젼어를 고흔딕. 니공이 잠쇼 왈,

"네 도라가 알외라. 츠녜 무죄흔 즉 도라보닉고, 과연 작죄ᄒ미 잇신즉 스치 못ᄒ리니, 이 뜻을 즈시 고ᄒ라."

1033)암포(暗暴) : 어둡고 사나움.
1034)호슈(虎鬚) : 범의 수염. 거친 수염을 비유적으로 이르는 말.

【30】 ᄒ고, 일성을 엄호ᄒ여 향을 올녀미고 엄형문지(嚴刑問之)ᄒᆯ 시, 힘셴 수둘(士卒)을 ᄀᆯ히여 집장(執杖)ᄒ여 우레 ᄀᆺ흔 소리로 마이 치기를 엄호(嚴號)ᄒ니, 그 미 치미 불엄(不嚴)타 ᄒ여 수예(私隷)를 잡으 믈니치고 십여 장을 밍타ᄒ니, 이 셔 니공이 금향이 쥬군(主君)과 쥬모(主母)를 속이고 간악흔 죄 즁의 밀치고, 호가의 혼 난 일노 한님이 즁장을 바다믈 드러ᄂᆞᆫ지라. 노긔(怒氣) 빅장(百丈)이ᄂᆞ 니러나 셔안을 두다리고 녀셩엄【31】호(厲聲嚴號) ᄒᆞᄂᆞᆫ지라.

등등(騰騰)흔 위엄이 쌍미(雙眉) 것구로 셔고, 두 눈의 정광(晶光)이 번득이니 비컨 딕 홍문연(鴻門宴)1035) 상의 번댱군(樊將軍)1036)이 픽왕(覇王)을 ○[진]목시지(瞋目視之)ᄒ미오, 뇌정(雷霆) ᄀᆺ흔 쇼리ᄂᆞᆫ 산악이 문허지ᄂᆞᆫ 듯ᄒ니, 장판교(長板橋)1037) 상의 댱익덕(張翼德)1038)이 조○[조]군(曹操軍)을 즐퇴(叱退)홈 ᄀᆺᄒ미, 수예 본딕 댱군의 호슈풍열(虎鬚風烈)1039)을 두려ᄒᆞᄂᆞᆫ지라. 엇지 감히 모로ᄂᆞᆫ 녀인을 두려 인정을 두리오.

십여장(十餘杖)의 뉴혈이 돌져1040)흐르고 피육(皮肉)이 후란(朽爛)1041)ᄒ니, 향이 【32】 실식(失色)ᄒ여, 니공이 부딕 승복(承服)을 밧고ᄌ ᄒ여, 믈을 ᄲ리고 씨여 다 시 칠식, 향이 우러러 보건딕 니공이 일흔 거슬 분노ᄒ미 아니라, 부딕 죽이고져 ᄒᆞᆯ

1035) 홍문연(鴻門宴) : 홍문은 지금의 섬서성(陝西省) 임동현(臨潼縣) 동쪽에 있는 땅 이름인데, 여기에서 한 고조(漢高祖) 유방(劉邦)과 초왕(楚王) 항우(項羽)가 만나 잔치를 베풀었다. 항우는 범증(范增)의 권유로 유방을 죽이려고 사촌 동생인 항장의 칼춤을 벌였으나, 유방은 장량(張良)의 꾀와 번쾌(樊噲)의 용맹에 힘입어 무사히 도망칠 수가 있었다. 『史記 項羽本紀』에 나온다.

1036) 번댱군(樊將軍) : 번쾌(樊噲). 한(漢) 나라 패현(沛縣) 사람으로 유방(劉邦)을 따라 의병을 일으켜 전공을 세우고 무양후(舞陽侯)에 봉해졌다. 홍문연(鴻門宴)에서 항우(項羽)가 유방을 죽이려는 계략을 꾸몄을 때 문지기의 저지를 뚫고 들어가 항우를 두 눈을 부릅뜨고 맹렬히 꾸짖고 유방을 탈출시켰다. 『史記 卷94 樊噲傳』에 나온다.

1037) 장판교(長板橋) : 중국 삼국시대 촉(燭)의 선주(先主) 유비(劉備)가 강남(江南)으로 달아날 적에 조조(曹操)가 추격하여 당양(當陽)의 장판(長坂)에 이르렀다. 유비가 처자를 버리고 달아나면서 장비에게 20기(騎)를 거느리고 뒤를 막게 하였다. 장비가 강에 가로놓인 장판교 위에서 눈을 부릅뜨고 창을 가로세워 버틴 채 호통을 치니, 조조의 대군이 감히 접근하지 못했다고 한다. 《三國志 蜀志 張飛傳》

1038) 댱익덕(張翼德) : 장비(張飛; ?~221). 삼국 시대 촉한의 명장으로, 자는 익덕(翼德)이다. 유비·관우와 함께 의형제를 맺고 후한 말기의 수많은 전쟁에서 용맹을 떨쳤다. 유비의 익주 공략 때 큰 공을 세워 파서태수(巴西太守)가 되고, 유비가 제위에 오르자 거기장군(車騎將軍)·사예 교위(司隷校尉)에 제수되고 서향후(西鄉侯)에 봉해졌다.

1039) 호슈풍열(虎鬚風烈) : 호랑이의 거친 수염과 태풍의 세찬 바람.

1040) 돌지다 : ①피나 물 따위의 액체가 돌돌 흐르거나 솟아나는 모양. ②똘[도랑]을 이루다. '돌'은 '똘[도랑]'의 옛말. '-지다'는 '여울지다' '방울지다' 따위의 말에서처럼, '그런 성질이 있음' 또는 '그런 모양임'의 뜻을 더하고 형용사를 만드는 접미사.

1041) 후란(朽爛) : 썩고 문드러짐.

보미, 본디 지극히 간활(奸猾)ᄒ니 엇지 씨듯지 못ᄒ리오. ᄒ믈며 옥셤이 댱군의 총희(寵姬) 되어시니, 져의 평싱극악을 니공이 엇지 모로리오,

싱각건디, 쥬군이 죄를 붉히지 아니ᄒ시고 태부인이 ᄉ랑ᄒ시나 스룸을 믜이미 만ᄒ니, 【33】 니공이 일노 인ᄒ여 죽이고즈 ᄒᄂᆞ믈 씨듯고 쇼리질너 왈,

"쳔비(賤卑)의 구산(丘山)1042) ᄀᆞ흔 죄를 스스로 아오니 머리를 보젼치 못ᄒ올지라. 노애 임의 죽이고져ᄒ시니 밧비 목을 버히쇼셔. 형댱의 모질미 살 도리 아니라 출하리 슈이 죽어지이다."

니공이 그 요악(妖惡)ᄒ믈 더옥 노ᄒ여 녀셩대즐(厲聲大叱) 왈,

"내 너를 다른 말을 뭇지 아니ᄒ고 다만 느의 보물 도뎍ᄒ믈 바로 알외라 ᄒ여든, 네 감히 요악 【34】 흔 졍회(情懷)로 젹심(赤心)을 숨기고 호란(胡亂)ᄒ믈 방즈히 ᄒᄂ다?"

연(連)ᄒ여 치니 ᄊᆞ 씨여지고 다리 썩거지니, 향이 견디지 못ᄒ여 무복(誣服)1043)ᄒ여 왈,

"모일야(某日夜)의 ᄀᆞ마니 와셔 ᄀᆞ져ᄀᆞᄂ이다. 도적은 승복ᄒ온즉 죽이ᄂ 법이 업ᄉ오니, 노애 쳔비를 죽이고져ᄒ시니 무슴 죄목으로 법을 ᄀᆞ쵸시ᄂ니잇고?"

니공이 발연디로(勃然大怒)ᄒ여 녀셩디즐(厲聲大叱) 왈,

"너 비지 비록 연부 쳥의(靑衣)나 상하지분이 지엄ᄒ 【35】 거늘 감히 간흉 방즈ᄒ여 니 위엄을 간범(干犯)ᄒᄂ다? 니 너를 죽이고 다른 비즈로 대신ᄒ여 보니리라."

팔을 ᄲᅡ혀 난간(欄干)을 ᄇᆞ 치고1044) 우레 ᄀᆞ치 호령ᄒ니 ᄉ오십 장을 더 치미 향이 일싱 간교악장(奸巧惡將)1045)이 속졀 업시 죽은지라.

ᄉ풀이 죽어시믈 알외디 오히려 ᄉ라날가 념녀ᄒ여, 다시 슈십 장(杖)을 더어 분명이 죽으믈 안 후의, '쓰어다가 길가의 바리라' ᄒ고, 하리(下吏)로 ᄒ여 【36】 금 졀식(絕色) 비즈(婢子) 오인을 거ᄂ려 연공긔 젼어 왈,

"귀부 비지 미물(微物)을 도뎍(盜賊)ᄒ여시니, 져쥬어 뭇고 약간 치죄(治罪)ᄒ랴 ᄒ더니, 쳔비(賤婢)의 방즈ᄒ미 말슘이 교악(狡惡)ᄒ여 불경불엄(不敬不嚴)홀ᄉᆡ 분두(憤頭)의 치미 죽은지라. 져즈음긔 셩상(聖上)이 미(微)흔 공(功)이 잇다 ᄒᆞᄉ 노비로써 쥬시ᄂ 고로, 비즈 오인을 더 보니고 ᄉ죄ᄒᄂ이다."

시시의 긔부인이 금향을 잡혀보ᄂ고 경심ᄎᆞ악(驚心嗟愕)ᄒ여 노즈(奴子)와 비비(卑輩)를 연(連)ᄒ여 보ᄂ여, 【37】 ᄉ긔(事機)를 즈시 아라오라 ᄒ더니, 노지 도라와 보

1042) 구산(丘山) : ①언덕과 산을 아울러 이르는 말. ②물건이 많이 쌓인 모양을 비유적으로 이르는 말.

1043) 무복(誣服) : 강요에 의하여 하지 않은 것을 했다고 거짓으로 자백함.

1044) ᄇᆞ 치다 : 부서뜨리다. 단단한 물체를 깨어서 여러 조각이 나게 하다.

1045) 간교악장(奸巧악장) : 간사하고 교활한 악마대장.

ᄒᆞᄃᆡ,

"금향이 과연 도덕홀 시 올호무로 승복ᄒᆞ나, 쵸독(楚毒)ᄒᆞᆫ 말ᄉᆞᆷ으로 니노야를 격노ᄒᆞ여 마ᄌᆞ 쥭으니이다."

ᄒᆞ니, 원ᄂᆡ 금향이 틱부인긔 아당(阿黨) 참쇼(讒訴)ᄒᆞ여 춍익를 밧고, 다른 비ᄌᆞ 즁ᄉᆞ랑을 밧는 고로, 동반(同班)을 업슈이 넉여 혈ᄲᅣ려1046) 교일(驕逸) 방ᄌᆞ(放恣)ᄒᆞ여 안하무인(眼下無人)ᄒᆞ니, 제 동뉴(同類)의 뮈이믈 바드며, ᄒᆞ믈며 쥬군과 쥬모를 참쇼ᄒᆞ미 무궁ᄒᆞ니, 【38】 ᄉᆞᄅᆞᆷ마다 그 고기를 먹고ᄌᆞ ᄒᆞ던지라.

향의 죄악이 실노ᄡᅥ 히비(賅備)히 알외니, 태부인이 비록 참연(慘然)ᄒᆞ여 불샹ᄒᆞ고 앗겨ᄒᆞ나, 제 임의 남의 집 듕(重)ᄒᆞᆫ 보빅를 도젹ᄒᆞ여 승복ᄒᆞ니 홀일업고1047), ᄒᆞ믈며 방ᄌᆞᄒᆞᆫ 말이 그 노를 도도아 쥭으니, 뉘 져를 진실노 불샹타 ᄒᆞ리오. 다만 묵연ᄒᆞ여 말을 아니ᄒᆞ고, 그윽이 호싱의게 통노(通路)홀 길히 업셔 악연(愕然)ᄒᆞ더니, 녀셔(女壻) 가창을 불너 의논코ᄌᆞ 스스로 위 【39】 로ᄒᆞ더라.

연공이 니공긔 회답ᄒᆞ되, '져의 죄로 쥭어시니 대신 홀 빅 아니라' ᄒᆞ여, 도로 보ᄂᆡ니, 후ᄅᆡ(後來)의 농능후 댱ᄌᆞ 니셩이 연싱을 본 딕, 연싱이 금향의 쥭으믈 쾌(快)ᄒᆞ여 못ᄒᆞᆷ으로, 일ᄏᆞ라 굴오딕,

"년슉대인(緣叔大人)1048)이 요악ᄒᆞᆫ 빅 비ᄌᆞ를 장살ᄒᆞ시니 우리 등이 친히 가 ᄉᆞ례코ᄌᆞ ᄒᆞ되 년댱이 실노ᄡᅥ 닉도ᄒᆞ니 감히 번득지 못ᄒᆞ엿도다. 이제 내 마음이 긔이ᄒᆞ고 통쾌ᄒᆞ니 슈무독도ᄒᆞ믈 씻듯지 못ᄒᆞ엿[겟]노라."

ᄒᆞ거늘, 니싱이 웃고 【40】 왈,

"간비 그딕로 더브러 무슴 은원(恩怨)이 잇더뇨? 그딕는 아니 간비(姦婢)의 무참(誣譖)1049)을 닙어 긔틱부인 엄노를 닙어[고] 장칙을 ᄌᆞ로 닙ᄉᆞ오미 잇ᄂᆞ냐?"

연싱이 쳥파(聽罷)의 대쇼ᄒᆞ여 왈,

"장칙 닙으믄 실노 업거니와 엄노를 ᄌᆞ로 만나오믄 잇고, 왕실의 혼녜 날 여ᄎᆞ여ᄎᆞᄒᆞ여 우리 형댱이 작년ᄉᆞ(昨年事)를 니르시니, 간비 여어 듯고 동질(從姪) 명윤을 함히(陷害)ᄒᆞ여 여ᄎᆞ여ᄎᆞ 딕란(大亂)이 니러느니, 명윤이 익구즌 거시 원통이 즁장(重杖)을 닙을 제, 출하리 【41】 닉 마ᄌᆞ야 올치, 참아 엇지 ○[그] 경상(景狀)을 보고 시부리오."

드딕여 일일이 옴기고 왈,

"하1050) 분(忿)ᄒᆞ여 ᄉᆞ셔1051) 쥭이고져 시브되 무가ᄂᆡ하(無可奈何)1052)러니, 연슉

1046) 혈ᄲᅣ리다 : 헐뜯다. 남을 해치려고 헐거나 해쳐서 말하다.
1047) 홀 일업다 : 하릴없다. 달리 어떻게 할 도리가 없다.
1048) 년슉대인(緣叔大人) : 아버지뻘 되는 어른.
1049) 무참(誣譖) : 없는 사실을 거짓으로 꾸며 남을 참소함.
1050) 하 : 「부사」정도가 매우 심하거나 큼을 강조하여 이르는 말. '아주', '몹시'의 뜻을

(緣叔)이 쾌히 쳐살(處殺)ᄒ시니 어이 은혜롭지 아니리오.”

니싱이 쇼리를 ᄂ죽이 ᄒ여 옥셤의 말노ᄡᅥ 주긔 대인이 슉모(叔母) 계칙(計策)을 인ᄒ여 여ᄎ여ᄎ 잡ᄋ다가 죽이니, 진실노 죽은 죄목은 원억(冤抑)ᄒ나 상쾌(爽快)치 아니랴? 연싱이 놀ᄂ고 깃거 왈,

“묘지(妙哉)며 쾌지(快哉)라.”

연ᄒ여 부르더라1053). 【42】

명일의 니공이 됴회(朝會)를 퇴ᄒ여 바로 위부의 니르러, 부인을 딕ᄒ여 금향 쳔비 죽이믈 니르고 희불ᄌ승(喜不自勝)1054)ᄒ거늘 부인이 잠쇼 왈

“연가 급화와 분난(紛亂)을 늣츄어시나, 가가(家家) 부녀를 업시치 못ᄒ니 말동 ᄒ번 부인 노를 면치 못ᄒ 거시오, 연ᄋ의 빙옥신상(氷玉身上)의 욕되오믈 면치 못ᄒ리니, 계교를 밧비 도모ᄒᆷ만 ᄀᆺ지 못ᄒ니, 금됴(今朝)의 상공이 인딕(引對)1055)의 드르시니, ‘황상이 국사의 무ᄉᆞᆷ 【43】 비밀ᄒᆫ 말을 뭇고ᄌ ᄒ시다가 긋치시더라’ ᄒ니, 금야의 반ᄃ시 미힝(微行)ᄒ실지라. 형댱이 이의 머므러 여ᄎ여ᄎ 하쇼셔.”

니공이 환희(歡喜) 왈,

“긔이(奇異)ᄒ다. 오ᄆᆡ(吾妹)의 신통ᄒᆫ 쇼견이 ᄂ의 불평ᄒᆫ 심우(心憂)를 쾌(快)케 ᄒᄂᆞᆫ도다. 일노 됴ᄎ 광픽(狂悖)ᄒᆫ 부인의 우긔(愚氣)를 썩거 깅싱(更生)을 못ᄒ게 ᄒ리라.”

부인이 딕쇼 왈,

“연상셰 알진딕 형당을 딕면치 아니리니 말ᄉᆞᆷ을 삼가쇼셔.”

니공이 딕쇼 왈

“닉 무 【44】 ᄉᆞᆷ1056) 심녁(心力)을 허비(虛費)ᄒ여, 남의 늙은[고] 여읜 볼기의 민를 면케 ᄒ여든, 제 엇지 노ᄒ리오.”

부인이 잠쇼ᄒ더라.

믄득 참연(慘然)ᄒ여 왈,

“연공 부부는 니른 바 뎨슌(帝舜)1057)과 이비(二妃)1058)의 뒤흘 ᄯ룰지라. 쇼ᄆᆡ 연

나타낸다.

1051) ᄉ다 : 사다. 값을 치르고 어떤 물건이나 권리를 자기 것으로 만들다.

1052) 무가닉하(無可奈何) : 어찌할 도리가 없음.

1053) 부르다 : 계속하여 같은 말을 반복하여 말하다.

1054) 희블ᄌ승(喜不自勝) : 어찌할 바를 모를 만큼 매우 기쁨.

1055) 인대(引對) : 『역사』 임금이 자문(諮問)하기 위해 신하를 불러 접견함을 이르는 말. ≒인견(引見).

1056) 무ᄉᆞᆷ : 무슨. 반의적인 뜻을 강조하는 말.

1057) 뎨슌(帝舜) : 순임금. 중국 고대 성군(聖君)의 한사람으로 ‘효자’로 추앙받는 인물. 요(堯)임금의 사위로서, 요임금의 아들 단주(丹朱)를 제치고 제위(帝位)를 선양(禪讓)

우의 남미 정스를 위호여 추계(此計)를 발호나 효즈의게 밋쳐는 과호이다."

호더라.

추일 셕(夕)의 니공이 승상을 디호여 미즈(妹子)의 계칙을 젼호디, 승상이 희미히 우음을 씌여 말을 아니터【45】라.

이윽고 과연 뇽예(龍輿)1059) 미힝호시니, 냥공이 경황(驚惶)이 마즈 복지(伏地)호온디, 텬지 명호스 오르라 호시고 둉용이 국스를 의논호실식, 북한(北漢) 칠 모칙(謀策)을 모[무]르시랴 미힝호신지라. 승상이 돈슈(頓首)호고 일일이 쇼견을 쥬호온디, 상이 깃그사 다시 념녀치 아니시고, 치란(治亂)을 무르스 군신이 득의(得意)호미 어슈(魚水)1060)의 비길너라.

이윽고 말숨호스 언단(言端)이 션데긔 밋츠시미, 상이 츄연(惆然)호스 진왕을 【46】 집슈(執手)호시고, 머리를 어로만져 감체(感涕)호시믈 마지 아니호시니, 왕이 복지(伏地) 돈슈(頓首)호여 셩은(聖恩)을 망극(罔極)호여 국골(刻骨) 감심(甘心)호더니, 승상이 곳쳐 업디여 쥬호여 왈,

"진왕이 비록 년긔(年紀) 미셩(未成)호오나, 그 가즁(家中)의 즁궤(中饋)1061)호리 업스오니, 밧비 취실(娶室)호와 션데 제스를 밧드옵고져 호오니, 녜부상셔 연희슉의 녀이 현슉(賢淑)호오믈 듯고 구혼호오되, 즐겨 응치 아니호오니 감히 업디여 셩상이 사【47】혼(賜婚)호시믈 바라느이다."

상이 흔연이 골오스디,

"경언(卿言)이 가호나 제게 구구히 구호며, 원너 무슴 뜻으로 견집(堅執)호더뇨?"

승상이 미급디쥬(未及對奏)의 니공이 진젼(進前) 긔복(起伏)1062)호여 쥬왈,

"쇼신이 연희슉의 가스를 즈시 아옵느니 연희슉의 노뫼 고집불통호와 스스로 손녀의 연혼지스(連婚之事)를 쥬장(主掌)호와 희슉이 감히 즈젼(自專)치 못혼다 호더이다."

드듸여 몬져 디기를 주(主)호온디, 상이 우어 골오스디,

받았다.

1058) 이비(二妃) : 중국 순(舜)임금의 두 왕비이자 요(堯)임금의 두 딸인 아황(娥皇)과 여영(女英). 함께 순임금에게 시집가 서로 투기하지 않고 화목하게 잘 살았으며, 순임금이 창오(蒼梧)에서 죽자 함께 소상강(瀟湘江)에 빠져 죽었다.

1059) 뇽예(龍輿) : 용여(龍輿). 임금의 수레.

1060) 어슈(魚水) : 임금과 신하가 서로 만나 의기투합(意氣投合)하여 서로 떨어질 수 없는 관계를 말한다. 중국 삼국시대 촉한(蜀漢)의 유비(劉備)가 제갈량(諸葛亮)을 얻고 나서 "물고기가 물을 만난 것과 같다(猶魚之有水也)"라고 말한 고사에서 유래한 말. 「三國志 卷35 蜀書 諸葛亮傳」

1061) 즁궤(中饋) : 안살림 가운데 음식에 관한 일을 책임 맡은 여자.=주궤(主饋).

1062) 긔복(起伏) : 예전에, 임금께 아뢸 때 먼저 일어났다가 다시 엎드려 절하던 일.

"희슉의 노뫼 광망【48】ᄒᆞ믈 짐이 임의 미시(微時)로 붓터 닉이 드럿더니, 이제 늙으되 오히려 픠악ᄒᆞ미 늣지 아니ᄒᆞ도다."

니공이 인ᄒᆞ여 주시 알외올ᄉᆡ, 셕일 됴승상 주부 최시의 감언(甘言)을 혹ᄒᆞ여 만좌 즁의 희슉을 즁타(重打)ᄒᆞ니, 연녜 주신의 비로스믈 통박(痛迫)ᄒᆞ여 여ᄎᆞ여ᄎᆞ 이걸ᄒᆞ 나 듯지 못ᄒᆞ여 주결ᄒᆞ니, 비로쇼 긔부의 장칙(杖責)을 긋친지라. 이의 또 여ᄎᆞ 쳔비 (賤婢)의 간음ᄒᆞᆫ 계교로 호가 요츅(妖畜)을【49】ᄀᆞ져 손녀를 쌍 짓고ᄌᆞ ᄒᆞ오니, 연 가 대란이 박두ᄒᆞ고, 연녜 결연이 목슘을 ᄉᆞᆽ츨 고로 신미(臣妹)의 ᄀᆞ르치믈 듯ᄌᆞ와 금 향을 여ᄎᆞ히 박살ᄒᆞ오나, 필경(畢竟) 셩혼은 만셰 엄지를 바라나이다."

상이 연녀의 ᄯᅳᆺ을 어엿비 아르ᄉᆞ 탄식ᄒᆞ시믈 마지 아니ᄒᆞ시고, 간션(揀選)ᄒᆞᆯ ᄯᅳᆺ을 명ᄒᆞ시니, 냥인이 환희ᄒᆞ여 셩은을 빅하(拜賀)ᄒᆞ더라.

이윽이 담쇼ᄒᆞ여 군신이 말ᄉᆞᆷ이 동용ᄒᆞ여 부ᄌᆞ의【50】친(親)ᄒᆞ미 잇더니, 금계 (禁鷄)[1063] 창효(唱曉)ᄒᆞ고 쳘괴(鐵鼓) 늉늉(隆隆)ᄒᆞ니, 상이 환궁ᄒᆞ실ᄉᆡ, 위·니 냥공 이 옥교(玉轎)를 붓드러 궐하의 니르러, 환궁ᄒᆞ시미 물너 도라와 쇼셰(梳洗)ᄒᆞ고 됴회 를 참예코ᄌᆞ ᄒᆞᆯᄉᆡ, 니공이 웃고 니로ᄃᆡ,

"연공빅의 모친이 괴픽(乖悖)ᄒᆞᆫ 고집(固執)이 진왕을 퇴츅(退逐)ᄒᆞ더니, 이제 텬명 이 ᄂᆞ리시미 의법(依法)히 간션ᄀᆞ지 되게 ᄒᆞ니, 긔부인 엄ᄒᆞᆫ 호령이 풍뇌(風雷)[1064] 의 셰를 쎳셔도 감히 ᄒᆞᆫ 말도 못ᄒᆞᆯ 거시니,【51】 징그라오미[1065] 가려온ᄃᆡ를 긁ᄂᆞᆫ 듯ᄒᆞ도다. 그러ᄂᆞ 미ᄌᆞ의 언닉(言內)의 오히려 '슈히 명을 밧줍지 아냐, 일장(一場) ᄉᆞ단(事端)을 니르혀고 비로쇼 겁(怯)ᄒᆞ리라' ᄒᆞ니, 그 말을 반신반의(半信半疑)ᄒᆞ노 라. 형의 ᄯᅳᆺ은 엇더타 ᄒᆞᄂᆞ뇨?"

승상이 미쇼 왈,

"쇼뎨ᄂᆞᆫ 본셩이 우용(愚庸)ᄒᆞ여 ᄉᆞ름을 ᄃᆡ(對)ᄒᆞ여 말ᄒᆞ여도 그 심지(心志)를 탁냥 (度量)치 못ᄒᆞᄂᆞ니, 엇지 보지 못ᄒᆞᆫ 부인닉를 억견(臆見)으로 말ᄒᆞ리오, 져기[1066] 긔 드리미 알니니, 형은 됴ᄒᆞ여[1067] 말나.【52】 아등이 공빅 보기를 골육(骨肉) ᄀᆞᆺ치 ᄒᆞᄂᆞ니, 엇지 그 ᄌᆞ부인(慈夫人)을 하ᄌᆞ(瑕疵)ᄒᆞ리오."

니공이 ᄃᆡ쇼 왈

"형언이 츙후곡진(忠厚曲盡)[1068]ᄒᆞ나 너모 규각(圭角)ᄂᆞ지[1069] 아니ᄒᆞ니, 답답ᄒᆞ미

1063) 금계(禁鷄) : '금즁(禁中: 대궐 안)의 닭'이라는 말로, 예전에 궁중에서 새벽닭이 울 면 북을 쳐 새벽이 되었음을 알린 데서, '새벽'을 뜻하는 말로 쓰였다.
1064) 풍뇌(風雷) : 태풍과 우레(雷)를 함께 이른 말.
1065) 징그라오다 : 쟁그랍다. 장그랍다. ①속이 시원하고 고소하다. ②마음이 간질간질할 정도로 깜찍하고, 치사스러울 정도로 다라운 데가 있다.
1066) 져기 : 적이. 꽤 어지간한 정도로.
1067) 됴ᄒᆞ다 : 좋아하다. 어떤 일이나 사물 따위에 대하여 좋은 느낌을 가지다.

병통이로다."

인(因)ᄒ여 셔로 웃고 됴참(朝參)의 ᄂᆞ아가니, 긔부인이 과연 텬명을 슌슈(順受)ᄒ여 ᄉᆞ단(事端)을 니르혀게 아니ᄒᆞᆫ가 하회ᄅᆞᆯ 보라.

익셜 위·니 냥공이 관복을 ᄀᆞᆽ쵸와 됴회의 ᄂᆞ아가미, 문무졔신이 일시의 산호ᄇᆡ례(山呼拜禮)1070)ᄒ고 동셔반【53】녈(東西班列)을 갈나 쥬ᄉᆞ(奏事)ᄒ기ᄅᆞᆯ 마ᄎᆞ미, 텬직 옥음을 ᄂᆞ리와 ᄀᆞᆯ오ᄉᆞᄃᆡ,

"짐이 셕일의 셰동황뎨(世宗皇帝)1071) 지우(知遇)ᄅᆞᆯ 닙ᄉᆞ와 영귀(榮貴) 극ᄒ거늘, 졔신의 권유ᄒᆞᆷ믈 인ᄒ여 그 나라흘 아ᄉᆞ니, 듕심(中心)의 슬허ᄒ여 은덕을 뎌바리믈 탄ᄒᆞᆫ지라. 오직 진왕 명훈을 보양(保養)ᄒ고 셩취(成娶)ᄒ미 일분 션뎨(先帝)의 딕은(大恩)을 갑ᄂᆞᆫ 도리니, 제 집을 두고 졔ᄉᆞ(祭祀)ᄅᆞᆯ 닛게 하나, 안히 뷔여 쥬ᄉᆞ(主祀)1072)홀 가뫼(家母)1073)어지지 못【54】ᄒ면 집이 망ᄒᆞᄂᆞ니, 그 ᄂᆞ히 비록 가취(嫁娶)의 밋지 못ᄒ나, 뎨왕가(帝王家) 혼취(婚娶)ᄂᆞᆫ 어리믈 허믈치 아니ᄒᆞᄂᆞ니, 졔신 즁 쓸 ᄃᆞᆫ 지 감히 쇽이지 못ᄒ리니, 명일노 닉궁의 됴현(朝見)ᄒ여 황후의 친히 간션(揀選)ᄒ시믈 응ᄒ라."

ᄒ시니, 뉘 감히 역명(逆命)ᄒ리오. 일시의 ᄇᆡ슈(拜手)ᄒ여 물너ᄂᆞ니, 연상셰 쏘흔 명을 듯ᄌᆞ와시니 감히 피치 못홀 비로ᄃᆡ, 모부인이 결연이 깃거 아니ᄒᆞ실지라. 일노써【55】ᄉᆞ단(事端)이 비로셔 모부인 실덕이 ᄂᆞᆺ타늘가 두려ᄒᆞ니, 의ᄉᆞᆨ(意思) 삭막(索莫)ᄒ여 우우(憂憂)히 시름을 ᄣᅴ여시니, ᄌᆞ젼(慈前)의 ᄇᆡ복(拜伏)ᄒ미 밋쳐, ᄂᆞᆺ빗츨 곳치지 못ᄒᆞᄂᆞᆫ지라. 태부인이 무러 왈,

"네 엇지 울울(鬱鬱)ᄒ여 즐기지 아니ᄒᆞᄂᆞᇟ? 아니 노모의 긔혈(氣血)1074)이 쇠(衰)ᄒ여, 네 몸의 오리 장척이 가지 아니ᄒᆞᆷ믈 근심ᄒ미냐?"

상셰 쥰슌(浚巡)1075) ᄇᆡᄉᆞ(拜謝) 왈,

1068)츙후곡진(忠厚曲盡) : 충직하고 인정이 두터우며 매우 정성스러움.
1069)규각(圭角)나다 : 사물, 뜻 따위가 서로 잘 들어맞지 아니하다.
1070)산호ᄇᆡ례(山呼拜禮) : 나라의 중요 의식에서 신하들이 임금의 만수무강을 축원하여 두 손을 치켜들고 만세를 부르고 절하던 일.
1071)셰동황뎨(世宗皇帝) : 중국 잔당오대 때 후주(後周)의 2대 황제(954-959). 이름은 시영(柴榮: 921-959)이다. 태조 곽위(郭威)의 양자가 되어 태조가 죽자 황위(皇位)를 승계했다. 후촉(後蜀)의 진(秦)·봉(鳳)·성(成)·계(階) 등 4주(州)와 남당(南唐)의 회남(淮南)지방 14주를 병합하고, 거란을 공격하여 영(瀛)·막(莫)·이(易) 등의 3주와 와교(瓦橋)·익진(益津)·어구(淤口) 등의 3관(關)을 수복, 영토를 확장했다.
1072)쥬ᄉᆞ(主祀) : 조상의 제사를 받들어 모심.=봉사(奉祀).
1073)가뫼(家母) : 가모(家母). 한집안의 주부. 또는 남에게 자기 어머니를 이르는 말.
1074)긔혈(氣血) : 혈기(血氣). 피의 기운이라는 뜻으로, 힘을 쓰고 활동하게 하는 원기를 이르는 말.
1075)쥰슌(浚巡) : 어떤 일을 단행하지 못하고 우물쭈물함. 또는 뒤로 멈칫멈칫 물러남.

"불쵸익(不肖兒) 비록 효셩이 고인의 밋지 못ᄒ오나, 이 마음이 엇지 업ᄉ【56】리잇고마ᄂᆞᆫ, 금일의 우ᄉᆡᆨ(憂色)이 잇ᄉ오믄 다른일이 아니오라, 됴참(朝參)의 상명(上命)이 여ᄎᆞᄒᆞ오시니, 히이 태태 명교ᄅᆞᆯ 밧ᄌᆞ와 진왕을 유의치 아냐ᅀᆞᆸ더니, 텬의ᄅᆞᆯ 앙탁ᄒᆞᆸ건ᄃᆡ 면치 못ᄒᆞᆯ가, 일노써 시름ᄒᆞ미로쇼이다."

부인이 쳥미파(聽未罷)의 발연(勃然)이 노ᄒᆞ여 ᄀᆞᆯ오ᄃᆡ,

"이ᄂᆞᆫ 네 스ᄉᆞ로 황상을 부쵹(咐囑)ᄒᆞ여 간션(揀選)의 명을 쳥ᄒᆞ여 노모ᄅᆞᆯ 협졔(脅制)코져 ᄒᆞ미라. 엇지 거즛 근심ᄒᆞ여 어미ᄅᆞᆯ 쇽【57】이ᄂᆞ뇨?"

공이 모부인 말ᄉᆞᆷ은 진실노 ᄯᅳᆺ밧기니, 어히 업셔 우러러 우어 ᄀᆞᆯ오ᄃᆡ,

"ᄋᆞ히비록 불쵸무상ᄒᆞ온들, ᄎᆞ마 ᄌᆞ위(慈闈)ᄅᆞᆯ 쇽이고 님군을 ᄶᅥ ᄌᆞ졍(慈庭)을 협박1076)ᄒᆞ리잇고? 태태 엇지 여ᄎᆞ 과도ᄒᆞᆫ 말ᄉᆞᆷ을 ᄒᆞᄉᆞ, 히ᄋᆞ(孩兒)ᄅᆞᆯ 희롱ᄒᆞ시ᄂᆞ니잇고?"

부인이 ᄯᅩᄒᆞᆫ 억탁(臆度)ᄒᆞ여1077) 말을 ᄒᆞ엿시니, ᄋᆞ직 스ᄉᆞ로 구ᄒᆞ미 아닌 쥴 아ᄃᆡ, 죵시(終始) 불열ᄒᆞ여 됴식(早食)을 물니치고 상(牀)의 언와(偃臥)ᄒᆞ여 분울(憤鬱)ᄒᆞ믈 니긔지 못ᄒᆞᄂᆞᆫ【58】지라. 공이 민망ᄒᆞ여 화셩뉴어(和聲柔語)로 진반(進飯)ᄒᆞ시믈 이걸(哀乞)ᄒᆞ되, 부인이 요두(搖頭) 왈,

"ᄂᆡ ᄌᆞ쇼(自少)로 ᄯᅳᆺ의 거ᄉᆞ리믈 본 즉 음식지 못ᄒᆞᄂᆞ니, ᄌᆞ녀ᄅᆞᆯ 극진이 사랑ᄒᆞᄂᆞᆫ 졍의(情誼)ᄅᆞᆯ 두어시되, 미안(未安)ᄒᆞ미 분(憤)이 풀니고야 비로쇼 심ᄂᆡ(心內) 흔연(欣然)ᄒᆞ니, 이졔 쥬ᄋᆞᄅᆞᆯ 혼인코ᄌᆞ ᄒᆞ미 심히 ᄂᆡ ᄯᅳᆺ과 다르믈 불열(不悅)ᄒᆞ더니, 의외에 황명이 ᄂᆞ리시니 져의 용화(容華)로써 엇지 간퇵(揀擇)의 면ᄒᆞ리오. 분이(憤哀)ᄒᆞ여 식음의 ᄯᅳᆺ이 업도【59】다."

공이 경황(驚惶)ᄒᆞ여 고ᄒᆞ되,

"태태 니러틋 번뇌(煩惱)ᄒᆞ시니 히이 ᄂᆞ라히 죄ᄅᆞᆯ 닙ᄉᆞ올지라도, 녀ᄋᆞᄂᆞᆫ 참예케 말고져 ᄒᆞ나이다."

부인이 깃거 왈,

"만일 이러틋 ᄒᆞᆫ 즉, ᄂᆡ ᄋᆞ히 효의(孝懿)ᄅᆞᆯ 알거시로다. 연이나 황상이 셩(盛)히 노ᄒᆞ시면 엇지 ᄒᆞ리오?"

공이 ᄃᆡ왈,

"상이 녜의ᄅᆞᆯ 힘쓰시ᄂᆞᆫ 고로 ᄎᆡ례(采禮) 바든 녀ᄌᆞᄂᆞᆫ ᄉᆞ(赦)ᄒᆞ여 보ᄂᆡ시니, 녀ᄋᆡ 비록 공믈(空物)1078)이나 이러틋 아르실 ᄃᆞᆺᄒᆞ오며, ᄯᅩ 쇼직 녀ᄋᆡ 잇ᄂᆞᆫ 쥴 아르실 빈

1076) 협박 : 협박(脅迫). 겁을 주며 압력을 가하여 남에게 억지로 어떤 일을 하도록 함.

1077) 억탁(臆度)ᄒᆞ다 : 이치나 조건에 맞지 아니하게 생각하다.

1078) 공믈(空物) : 공것. 주인이 없는 물건. *여기서는 아직 혼처(婚處)가 정해지지 않은 규수(閨秀)를 이른 말.

【60】 업스오니, 요힝(僥倖) 면홀가 바라미로쇼이다.”

ᄒ니, 공이 근닉의 모부인이 녀ᄋ를 스랑ᄒ여 일시를 쪄ᄂ고ᄌ 아니시니, 감읍(感泣)ᄒ여 일녀로써 모친의 노ᄅᆡ(老來)의 깃거ᄒ시믈 위ᄒ여, 그 말솜을 됴ᄎᆞ 무부모(無父母)ᄒ고 탁ᄋ(卓雅)혼 긔동(奇童)을 어도[더] 혼닌(婚姻)ᄒ고져 ᄒ나, 녀이 아직 어려시니 이십을 그음ᄒ여 구코ᄌᄒᄂᆞ지라. 그윽이 양한님을 흠모ᄒ여 그 ᄀᆞ흔 ᄌᆞ를 맛나고ᄌ ᄒ나, 하늘이 진왕의게 【61】 정ᄒ여시니 엇지 ᄒ리오. 셕ᄌᆡ(惜哉)라! 연공이여. 성효(誠孝)의 지극하무로 긔화명월(奇花明月)[1079] ᄀᆞ흔 녀ᄋ를 ᄀᆞ져, 옥슈신월(玉樹新月)[1080] ᄀᆞ흔 낭ᄌᆞ(郎子)[1081]를 물니치고, 모부인 성심이 흔열(欣悅)ᄒᆞ믈 엇ᄌᆞᆸ고ᄌ, 텬명을 역(逆)ᄒ여 죄쳑(罪責)이 나리믈 짐작ᄒ되, 감심(甘心)ᄒ여 ᄌᆞ의(慈意)를 위월(違越)치 아니ᄒ니, 신명(神明)[1082]이 엇지 감복지 아니ᄒ리오. 태부인이 비로쇼 흔연(欣然)이 니러 안ᄌᆞ, 상을 ᄂᆞ호여 진식ᄒ고 쇼져를 어루만져 글오ᄃᆡ,

“널노 【62】 써 닉 싱젼 가지ᄂᆞ 좌우의 두어 니목(耳目)과 슈됵(手足)을 삼고ᄌ ᄒᄂ니, 닉 여년이 언마 되리오. 아름다온 셔랑을 어더 쌍쌍이 안젼(眼前)의 희롱ᄒᄂ 즈미(滋味)[1083]를 보고 죽기를 바라노라.”

ᄒ니, 공이 더옥 감오ᄒ여 녀ᄋ를 간션의 보ᄂ지 아니코 슬하의 뫼셔 환열(歡悅)ᄒᆞ믈 마지 아니ᄒ니, 부인이 호가 친ᄉᆞ(親事)를 니르고져 ᄒᄂᆞ지라.

금향을 호가의 보ᄂᆡ여 빙물(聘物)[1084]을 마ᄌ 어더시며 문명(問名)[1085]을 쎴ᄂᆞ가 알고 오라 【63】 ᄒ엿더니, 금향이 도라오다가 원슈의 계집을 녀이[1086]게 홀닌 ᄃᆞ시 쓰이여[1087] 드러와, 그 곡졀을 니르도 아니ᄒ고 잡히여 가셔 죽어시니, 호싱의 쇼식을 아지 못ᄒ여 아직 발언치 못ᄒ고, 가싱이 오지 아니ᄒ니 쳥코ᄌ ᄒ더라.

명일의 만셩(萬姓) ᄉᆞ퇴위[1088] 분분이 녀ᄋ를 장쇽(裝束)[1089]ᄒ여 닉궁(內宮)의

1079) 긔화명월(奇花明月) : 기이한 꽃과 밝은 달처럼 아름다운 얼굴.
1080) 옥슈신월(玉樹新月) : 옥으로 조각한 나무나 초승에 뜨는 달처럼 빛나고 아름답다는 뜻으로 재주가 뛰어나고 아름다운 사람을 이르는 말.
1081) 낭ᄌᆞ(郎子) : 예전에, 남의 집 총각을 점잖게 이르던 말.
1082) 신명(神明) : 천지의 신령(神靈).
1083) 즈미(滋味) : ①자양분이 많고 맛도 좋음. 또는 그런 음식. ②재미. 아기자기하게 즐거운 기분이나 느낌.
1084) 빙물(聘物) : 혼인할 때에, 정혼이 이루어진 증거로 신랑 집에서 신부 집으로 보내는 예물. =납폐(納幣).
1085) 문명(問名) : 『민속』 혼인을 정한 여자의 장래 운수를 점칠 때에 그 어머니의 성씨를 물음. 또는 그런 절차.
1086) 녀이 : 여우. 」 『동물』 갯과의 포유류. 개와 비슷한데 몸의 길이는 70cm 정도이고 홀쭉하며, 대개 누런 갈색 또는 붉은 갈색이다. 주둥이가 길고 뾰족한데 꼬리는 굵고 길다.
1087) 쓰이다 : 끌리다. 바닥에 닿은 채로 잡아당겨지다. '끌다'의 피동사.
1088) ᄉᆞ퇴위 : 사대부(士大夫). 사(士)와 대부(大夫)를 함께 이른 말. *태우: 대부(大夫)

입현(入見)홀 시, 상이 작일(昨日) 후(后)를 딕(對)ᄒᆞᄉᆞ 연가의 일노써 전ᄒᆞ셔, 쳔고
긔화(千古奇花)1090)를 ᄀᆞ져 호가의 간험쳔ᄌᆞ(姦險賤子)의게 ○[가(嫁)]ᄒᆞ려 【64】
ᄂᆞᆫ 일○[을] 니르시고, 니한승이 기미(其妹)의 지휘로 간비(姦婢)를 잡ᄋᆞ 죽이고, 알
외던1091) 말ᄉᆞᆷ을 일일이 옴기시고 ᄀᆞᆯ오ᄉᆞ딕,

"현휘(賢后) 자쇼(自少)로 빈계ᄉᆞ신(牝鷄司晨)1092)을 두려 미시(微時)의 호령(號
令)이 듕문(中門)의 ᄂᆞ지 아니시고, 이제 대위(大位)를 모쳠(冒添)ᄒᆞ여1093) 됴졍의
녕(令)이 ᄂᆞ리미 업더니, 잠간 평싱졍심(平生貞心)을 허러 고혈(孤子)ᄒᆞᆫ 질ᄋᆞ(姪兒)를
위ᄒᆞ여 무쌍ᄒᆞᆫ 슉녀를 취(娶)케 ᄒᆞ시고, 효녀(孝女)의 가련ᄒᆞᆫ 졍ᄉᆞ(情事)를 긍념(矜
念)ᄒᆞ쇼셔."

휘 쇼이ᄇᆡᄉᆞ(笑而拜謝)ᄒᆞ시고 명일 【65】 광현궁의 어좌(御座)를 빈셜(排設)ᄒᆞ시
고, 슈빅 쇼녀ᄌᆞ를 보실ᄉᆡ, 쳘·쇼 냥가(兩家)ᄂᆞᆫ 닌·현 냥ᄋᆞ(兩兒)의게 완졍ᄒᆞ엿ᄂᆞᆫ 고로
알외고 ᄲᅢ히시니, 양상셔ᄂᆞᆫ 웅챵을 유의(留意)ᄒᆞ더니, 기간 ᄉᆞ괴 잇셔 지금 완졍(完
定)치 못ᄒᆞ엿ᄂᆞᆫ지라. 부득이 입현(入見)ᄒᆞ여시니, 무슈ᄒᆞᆫ 지상규ᄋᆞ(宰相閨兒) 셩장화
복(盛裝華服)으로 뎐하(殿下)의 빈례(拜禮)ᄒᆞ고 쥴지어 안ᄌᆞ시니, 혹 경영(鶊鴒)1094)
노라(姚娜)1095)ᄒᆞ고, 혹 풍영유화(豐盈柔和)ᄒᆞ나, 홀노 양쇼졔 즁ᄋᆞ(衆兒)의 ᄲᅢ혀ᄂᆞ
니, 와셕(瓦石) ᄀᆞ온딕 빅벽(白璧)1096) 【66】 이오, 셩신즁(星辰中) 즁 명월(明月)
이라.

황휘 긔특이 녁이ᄉᆞ 즉시 도라보ᄂᆞ여 ᄀᆞᆯ오ᄉᆞ딕,

"양시ᄂᆞᆫ 위ᄋᆞ(兒) 웅챵을 유의(留意)ᄒᆞᆷ믈 짐이 젼의 아랏ᄂᆞ니, 진왕 유의ᄒᆞᄂᆞᆫ딕
드럿ᄂᆞ냐뇨?"

ᄒᆞ시고, 기여 졔인(諸人)을 아븨 셩명을 무르ᄉᆞ ᄎᆞᄎᆞ(次次) 셩시와 연치를 알외
딕, 홀노 연희슉의 녀이 업ᄂᆞᆫ지라. 상궁(尙宮) ᄂᆡ시(內侍)를 명ᄒᆞᄉᆞ, '㖀졍젼(資
政殿)1097)의 연녜 업ᄉᆞ믈 알외라.' ᄒᆞ시고, 강잉(强仍)1098)ᄒᆞ여 두어 녀ᄌᆞ를 ᄲᅢᆫ

의 옛말.

1089)장쇽(裝束) : 입고 매고 하여 몸차림을 든든히 갖추어 꾸밈.

1090)쳔고긔화(千古奇花) : 아주 오랜 세월을 통하여 유례가 없을 만큼 신비하고 아름다
운 꽃.

1091)알외다 : 아뢰다. 아랫사람이 윗사람에게 말씀드려 알리다.

1092)빈계ᄉᆞ신(牝鷄司晨) : 암탉이 새벽을 알리느라고 먼저 운다는 뜻으로, 부인이 남편
을 젖혀 놓고 집안일을 마음대로 처리함을 이르는 말.

1093)모쳠(冒添)하다; 외람하게 차지하다. 욕됨을 무릅쓰다.

1094)경영(鶊鴒) : 꾀고리와 할미새. 또는 그처럼 날렵한 모양.

1095)뇨라(姚娜) : 어여쁘고 아름다움.

1096)빅벽(白璧): 중국 전국시대 변화씨(卞和氏)라는 사람이 형산(荊山)에서 돌 위에 봉
황이 깃들이는 것을 보고 얻었다는 명옥(名玉), 화씨벽(和氏璧)·연성지벽(連城之璧)·
조성지주(趙城之珠) 등의 여러 이름과 전설이 전한다.

옥폐(玉陛)의 머무르시고, 다른 녀주는 다 도로 【67】 닉여 보닉신 후, 연시 오기
를 기다리시더라.

상이 연시의 아니 드러시믈 드르시고, 니시의 션견(先見)을 칭복(稱服)ㅎ샤 잠
간 우으시고, 닉시(內侍)로 ㅎ여금 연희슉을 엄칙(嚴責)ㅎ시고, 연녀를 셜니 입현
(入見)ㅎ라 ㅎ시니, 어시(於是)의 연상셰 불안 황송ㅎ여 칭병부됴(稱病不朝) ㅎ엿
더니, 듕시(中使)1099) 황명(皇命)을 밧드러 셩교(聖敎)를 전ㅎ는지라.

공이 제우듕(諸友中) 상의(上意)를 도도믈 쾌히 씨드라, 더욱 불평ㅎ여 몸을 니
러 모친긔 츳ᄉ(此事)를 고(告)코져 【68】 닉당(內堂)의 드러가니, 믄득 모부인
이 녈화(烈火) ᄀᆺㅎ여 ᄭᅮ지져 굴오딕,

"욕ᄌ(辱子) 감히 안연(晏然)이 승당(昇堂)ㅎ려 ㅎᄂᆞᆫ다?"

공이 경황ㅎ여 면관(免冠) 복지(伏地)ㅎ니, 이 엇진 곡절(曲切)인고?

거일(去日)의 호증이 금향을 딕ㅎ여 진왕의 혼ᄉ ᄀᆺ가왓다 ㅎ던 말을 니르고,
임의 녜폐(禮幣)를 ᄀᆺ초아시니, 틱부인 엄명으로 밧비 셩혼(成婚)ㅎ믈 의논ㅎ엿더
니, 슈일의 소식이 업스니 의혹ㅎ여 가반의게 연부 쇼문을 드르니, 금향 【69】 이
의외(意外)에 니댱군의 죽이믈 닙다 ㅎ니, 낙막(落寞)ㅎ여 가창을 보고 익결흔
딕, 가싱이 녀ᄋ 빙낭을 굴으쳐 연부로 보닉니, 빙낭이 모친긔 틱모(太母)의 부르
시믈 칭탁ㅎ고 연부의 가니, 썩의 부인은 제ᄉ(祭祀)로 인ㅎ여 날포1100) 도라와
잇더라.

빙낭이 셕일(昔日) 연쇼져의 정딕(正大)흔 칙언(責言)을 드러 일심(一心)의 앙
앙(怏怏)ㅎ더니, 크게 속이고져 ㅎ여 부녀(父女) 머리를 맛쵸와 의논ㅎ고, 됴모
(祖母)긔 ᄂᆞᄋᆞ가 언언(言言) 【70】 이 봇틱여 고ㅎ되,

"외귀(外舅) 진왕의 치례(采禮)1101)를 임의 ᄀᆞ마니 밧고, 태모를 속여 길긔(吉
期)를 정ㅎ여시되, 태뫼 노ㅎ실가 두려 황상을 쵹(囑)ㅎ여 간션(揀選)의 녕(令)을
청ㅎ여, 비로쇼 일우려 흔다 ㅎ더이다."

ㅎ더라. 【71】

1097) ᄌ정전(資政殿) : 송나라 때 궁중에 있었던 전각 이름. 용도각(龍圖閣)의 동쪽에 있
    었던 전각으로, 서쪽에는 술고전(述古殿)이 있었다. 각전 안에는 태종(太宗)의 어서(御
    書), 어제 문집(御製文集), 전적(典籍), 도화(圖畫) 및 종정시(宗正寺)의 세보(世譜) 등
    을 보관하였으며, 학사(學士), 직학사(直學士) 등의 관원이 있었다.
1098) 강잉(强仍) : ①억지로 참음. ②마지못하여 그대로 함.
1099) 듕시(中使) : 『역사』 왕의 명령을 전하던 내시(內侍).
1100) 날포 : 하루가 조금 넘는 동안.
1101) 치례(采禮) : 『민속』 혼인할 때에, 사주단자의 교환이 끝난 후 정혼이 이루어진
    증거로 신랑 집에서 신부 집으로 예물을 보냄. 또는 그 예물. 보통 밤에 푸른 비단과
    붉은 비단을 혼서와 함께 함에 넣어 신부 집으로 보낸다.=납폐(納幣).

화산션계록 권지이십구

츠셜 긔부인이 빙낭의 참언(讒言)을 듯고, 밋쳐 곡직(曲直)과 허실(虛實)을 혜지 아니ᄒᆞ고 크게 노ᄒᆞ여, '상셔를 줍ᄋ드리라' ᄒᆞ더니, ᄋᆞᄌᆞ를 보미 분긔 더옥 니러나, 녀셩대질(厲聲大叱) 왈,

"네 작일(昨日)의 날을 딕ᄒᆞ여 간션(揀選)을 쳥ᄒᆞ미 업술와 ᄒᆞ더니, 인ᄌᆞ(人子) 황명을 빙ᄌᆞᄒᆞ여 어미를 쇽이랴 ᄒᆞ거늘, 닉 써1102) 그런가 ᄒᆞ엿더니 네 불효(不孝) 간악(奸惡)ᄒᆞ여 ᄀᆞ마니 치례(采禮)를 밧고 길긔(吉期) 틱ᄒᆞ여 【1】 두고, 오히려 노모의 불열(不悅)ᄒᆞ믈 써려 텬ᄌᆞ의 셰를 씨고, 어미를 협뎨(脅制)ᄒᆞ여 특별이 혼닌(婚姻)ᄒᆞ려ᄒᆞᄆᆞᆯ 닉 임의 아라시니, 너희 불효(不孝) 난눈(亂倫)을 엇지 숩기리오. 닉 부졀 업시 스라 불효(不孝) 픽ᄌᆞ(悖者)의 업슈히 넉이믈 바드미 통히ᄒᆞᆫ지라."

쾌히 말노 됴츠 칼을 ᄲᅢ히니, 시의 연상셰 쳔만 의외의 모친의 슈죄(數罪)를 ᄎᆞ마 인ᄌᆞ의 듯지 못ᄒᆞᆯ 빅라. 발검(拔劍)ᄒᆞᄆᆞᆯ 보니 텬지 망극ᄒᆞ여 【2】 급히 치다라, 칼날을 붓들고 누쉬(淚水) 니음ᄎᆞ 익걸(哀乞) 왈,

"ᄌᆞ위(慈闈)1103) 불효아(不孝兒)를 통히ᄒᆞ신 즉, 엄히 장칙(杖責)을 쥬ᄉᆞ 그르믈 곳치게 ᄒᆞ시리니, ᄎᆞ마 엇지 망극(罔極)ᄒᆞᆫ 거됴(擧措)를 ᄒᆞ시ᄂᆞ니잇고?"

부인이 더옥 노ᄒᆞ여 왈,

"네 ᄌᆞ쇼(自少)로 어믜 셩품을 알니니, 미셰ᄒᆞᆫ 허물도 너를 용셔치 아니믄, 네 몸의 녜의(禮義) 효우(孝友)를 힘쓰고ᄌᆞ ᄒᆞ미라. 네 이졔 힝ᄉᆞ(行事) 망측ᄒᆞ여 님군의 셰(勢)를 의거ᄒᆞ여 어미를 업슈이 넉이니, 닉 무삼 【3】 일을 바라며 눌을 의지ᄒᆞ여 슬니오. 엇지 쥭기도 마음딕로 못ᄒᆞ게 ᄒᆞᄂᆞ다?"

공이 머리를 두다려 일쳔(一千) 줄 눈물을 드리워 슬피 비러,

"칼을 노ᄒᆞ시고 즁장(重杖)을 쥬신 즉, 장하(杖下)의 쥭어도 즐거온 넉시 되리로소이다."

구지 붓드러 노치 아니ᄒᆞ니, 부인은 칼잘늘1104) 잡고 공은 날을 잡ᄋᆞ시니, 부인

1102) 써 : 「부사」 '그것을 가지고', '그것으로 인하여'의 뜻을 지닌 접속 부사. 한문의 '以'에 해당하는 말로 문어체에서 주로 쓴다.

1103) ᄌᆞ위(慈闈) : 남에게 자기 어머니를 높여 이르는 말.=자친.

이 욱여 아스려 힐난ᄒᆞ미 공의 숀이 상ᄒᆞ여 뉴혈이 ᄯᅥᆨ히 괴여시되, 알프믈 아지 못ᄒᆞ【4】ᄂᆞᆫ지라.

부인이 익노(益怒) 왈,

"네 진실노 날노 더브러 쳡쳡이 닷토와 듸죄를 짓ᄂᆞ냐?"

공이 우러러 모부인을 보아 돈슈(頓首) 쳬읍(涕泣) 왈,

"ᄌᆞ위 인ᄌᆞ(仁慈) 셩명(盛明)ᄒᆞ시니 불툐흔 ᄋᆞ히 졍ᄉᆞ(情私)를 슬피ᄉᆞ 과거(過擧)를 거두시고 다만 불툐를 경칙(警飭)1105)ᄒᆞᄉᆞ 죄를 다스리시면 ᄒᆡ이 죽ᄂᆞᆫ 날이라도 스ᄂᆞ 히 ᄀᆞᆺᄒᆞ리로쇼이다. 불툐이 임의 망극흔 뫼명(罪名)을 밧ᄌᆞ와 만번 죽엄즉 ᄒᆞ오니, 계하(階下)의 죽으믈 쥬시믈 바【5】라ᄂᆞ이다. 엇지 ᄎᆞ마 잡은 거슬 노하 틱틱의 과거를 보리잇고? 복원(伏願) ᄌᆞ위ᄂᆞᆫ 칼흘 ᄒᆡᄋᆞ를 쥬시고 형댱(刑杖)을 더으시믈 비ᄂᆞ이다."

ᄶᅵᆫ의 셕부인과 경쇼졔 혼빅을 일허 계하의 고두(叩頭)ᄒᆞ고 한님과 쇼져의 망극(罔極) 통박(痛迫)ᄒᆞ미 간담이 ᄶᅵ여지고 흉금이 쒸노라 스스로 몬져 죽고ᄌᆞ ○○[ᄒᆞ니], 쇼가 이부인이 맛툐와 잇지 아니ᄒᆞ니, 뉘 감히 일언을 알외리오,

듸쇼(大小) 비복(婢僕)이 경황진구(驚惶盡救)1106)ᄒᆞ여 혼불부쳬(魂不附體)1107)【6】ᄒᆞ니, 셔로 면면상고(面面相顧)1108)ᄒᆞ여 인식(人色)이 업ᄂᆞᆫ지라. 긔부인 과게(過擧) 엇지 심치 아니리오.

홀연 가부인이 교ᄌᆞ(轎子)를 ᄀᆞᆺ툐지 못ᄒᆞ여 옷ᄉᆞ로 머리를 ᄀᆞ리와 ᄎᆞ환(叉鬟)의게 업히여 니르니, 이ᄂᆞᆫ 은셤이 창황이 가 고ᄒᆞ니 부인이 경황망극(驚惶罔極)ᄒᆞ여 ᄶᅵᆯ니 이르미, 모부인이 형댱(兄丈)으로 더브러 칼흘 붓들고 닷토ᄂᆞᆫ지라.

부인이 눈물을 드리워 칼을 붓들고 향젼익고(向前哀告)1109) 왈,

"늬 집 입으로 진왕의 치례(采禮)【7】를 바닷다 ᄒᆞ더니잇고?"

부인이 잠간 도라보고 노식(怒色)이 엄녀(嚴厲)ᄒᆞ여 왈,

"아ᄌᆞ(俄者)1110)의 빙낭이 와 니로듸 호싱이 여ᄎᆞ여ᄎᆞ 가 군(君)1111)의게 니르믈 졔 드럿노라 홀식 아랏노라."

가부인이 머리를 두다려 굴오듸,

1104) 칼잘늘 : 칼잘+(ㄴ/ㄹ?)+을. 칼자루를. *칼자루: 칼을 안전하게 쥐게 만든 부분.
1105) 경칙(警飭) : 옳지 않은 일을 하지 않도록 단단히 경계하고 신칙함.
1106) 경황진구(驚惶盡救) : 놀라고 두려워하며 모두가 다함께 구호함.
1107) 혼불부쳬(魂不附體) : 놀라 혼이 몸에 붙어 있지 않음. 정신을 잃음.
1108) 면면상고(面面相顧) : 아무런 의견도 내놓지 못하고 서로 얼굴만 바라봄.
1109) 향젼익고(向前哀告) : 앞을 향하여 슬피 아룀.
1110) 아ᄌᆞ(俄者) : 아까. 조금 전. 이전, 갑자기
1111) 군(君) : 「대명사」듣는 이가 친구나 손아래 남자일 때 그 사람을 조금 높여 이르는 이인칭 대명사. 하게할 자리에 쓴다.

"불쵸네 무상무힝(無狀無行)1112)ᄒ온 고로, 빙낭의 간악ᄒ오미 빅지무거(白地無據)1113)ᄒ 말을 쥬츌(做出)ᄒ미라. 빙낭이 셕년의 질ᄋ의 졍듸ᄒ 칙언을 듯고 그 형 다려 닐오듸, '밍셰ᄒ여 이 한을 한번 갑흐【8】리라' ᄒ믈 드럿스오듸, 히ᄋ(孩兒) 용잔불엄(庸孱不嚴)1114)ᄒ와 가칙(呵責)지 아니ᄒ엿습더니, 허망ᄒ 요언을 지어 틱틱 셩노(盛怒)를 도도시고, 과연 규슈로 남의 혼ᄉ를 참논(參論)ᄒ니 쾌이 쥭여 명교(明敎)의 ᄉ례ᄒ리로쇼이다. 형댱의 효의ᄂᆞ ᄌᆞ당이 이윽이 아르시니 엇지 ᄎᆞ마 ᄂᆡ외(內外)를 달니ᄒ리잇고? ᄒ믈며 혼닌은 인뉸듸ᄉ(人倫大事)라. ᄌ위를 감이 속이며 ᄒ믈며 진왕은 션뎨(先帝) 뎍ᄌ(嫡子)요 황상의 이즁ᄒ시미 친【9】황ᄌ의 감치 아니시니, 엇지 구구히 빙녜(聘禮)1115)를 보ᄂᆡ리잇고? 형댱이 비록 불민불쵸(不敏不肖)ᄒ여도 만됴빅관(滿朝百官)이 버럿ᄂᆞ듸, 무슴 ᄂᆞᆺᄎᆞ로 노모의 허물을 알외여 간션(揀選)의 명을 쳥ᄒ시리잇고? 만만(萬萬) 당치 아니ᄒ니, 어이 이런 말슴을 신쳥(信聽)ᄒ시며, 평일 형댱 효의를 밀위여 싱각ᄒ신 즉, 도도(都都)히1116) 밍낭(孟浪)1117)ᄒ믈 씨다르시리잇가? 간악ᄒ ᄋᆞ희 평지의 풍파를 니르혀, 셩뇌(盛怒) 진【10】쳡(震疊)ᄒ시고 형댱이 망극ᄒ여 거의 쥭기의 니르시고, 질ᄋ 등이 다 스스로 쥭고ᄌ ᄒ니 히ᄋ이 무슨 면목으로 텬일지하(天日之下)의 셔리잇고?"

인ᄒ여, 쇄두뉴혈(碎頭流血)1118)ᄒ여 읍쳬여우(泣涕如雨)1119)ᄒ니, 태부인이 ᄌᆞᄌᆞ(字字)히 드르믹 의희(依俙)ᄒ여 녀ᄋ의 말이 올흔 듯ᄒ니, 넌지시 노하 글오듸,

"니 쳐음의 드르믹 분긔 급ᄒ여 싱각지 못ᄒ엿더니, 너희 히셕ᄒ미 니연(以然)ᄒ니1120) 히ᄋ이 과연 어미를 속이미 업ᄂᆞ냐?"

공이 비로쇼 심혼(心魂)을 졍【11】ᄒ여 칼흘 ᄀᆞ져 ᄋ즈를 쥬고, 니러 두 번 졀ᄒ고 상두의 머리를 두다리고 눈물을 드리오고 고ᄒ여 글오듸,

---

1112)무상무힝(無狀無行) : 아무렇게나 함부로 행동하여 버릇이 없고 전혀 행실을 닦는 데 힘쓰지 않음.

1113)빅지무거(白地無據) : 아무 턱도 없이 전혀 근거가 없음.

1114)용잔불엄(庸孱不嚴) : 못나고 연약하여 엄히 다스리지 못함.

1115)빙녜(聘禮) : 채례(采禮). 혼인할 때에, 사주단자의 교환이 끝난 후 정혼이 이루어진 증거로 신랑 집에서 신부 집으로 예물을 보냄. 또는 그 예물.

1116)도도(都都)히 : 모든 것들이 다. 또는 모두 다. *'都'는 '모두'의 뜻을 나타내는 말. *-히: 부사를 만드는 접미사.

1117)밍낭(孟浪) : 생각하던 바와 달리 허망함.

1118)쇄두뉴혈(碎頭流血) : 머리가 깨어져 피가 나 흐름.

1119)읍쳬여우(泣涕如雨) : 눈물을 빗방울 떨어지듯 흘리며 욺.

1120)니연(以然)ᄒ다 ; 그러하다고 여기다.

"욕지 비록 불쵸 무상ᄒ오나, 인지(人子) 되어 ᄎ마 틱틔를 속이고 엇지 감히 텬일 ᄋ러 언식(言飾)ᄒ기를 ᄇ라리잇고? ᄒ익 상시(常時) 셩회 업ᄉ고, 힝실이 밋브미 업ᄉ와 ᄌ위 의심ᄒ시미 듕ᄒ시고, 아ᄌ의 망극ᄒ온 하괴(下敎) ᄒ익 만ᄉ무셕(萬死無惜)이옵거늘, ᄒ믈며 ᄎ마 당치 못ᄒ올 경계(境界)를 지니오니, 심【12】담(心膽)이 붕녈(崩裂)ᄒ와 슬오미 업고져 ᄒ나이다. 이제 비록 불쵸ᄋ의 원민(冤悶)ᄒ믈 씨드르시나 불민(不敏) 불쵸(不肖)ᄒ와 신명의 득죄ᄒ와 이 ᄀᆺ흔 망극ᄒ온 경계를 당ᄒ옵고, 이제 죄명을 엇ᄉ온지라. 엇지 안연(晏然)이 슬하의 뫼시리잇고? 복원 ᄌ위ᄂᆞ 불쵸ᄌ를 다스리ᄉ 풍화(風化)를 붉히ᄉ 효의를 권장ᄒ시고, 불쵸의 무궁흔 죄를 다스리시믈 바라ᄂᆞ이다."

인ᄒ여 다시 쓸의 ᄂᆞ려 시노(侍奴)로 결박ᄒ라 ᄒ여, 업듸여【13】고두(叩頭) 쳥되(請罪)ᄒ니, 태부인이 비록 의희(依俙)이 씨드르나 노분이 치 풀니지 아냐시니, 반신반의(半信半疑)ᄒ여 유예미결(猶豫未決)이라.

치고ᄌ흔 즉 ᄋᆞᄌ의 죄 원통흔 듯 시브고, ᄉ(赦)코ᄌ 흔 즉 일쳔장(一千丈) 엄홰(嚴火) 쳔균(千鈞)을 요동ᄒ여 밋쳐 ᄭᅥ지지 아냐시니, 묵연ᄒ여 ᄋᆞᄌ를 구버 보니, 상셰 노ᄌ를 도라보ᄋ 미를 들나 ᄒ고 우러러 죄 쥬시믈 쳥ᄒ니, 긔운이 ᄂᆞ죽ᄒ고 말ᄉ미 온유ᄒ거늘, 손ᄋ와 손녜 ᄯᅡ라【14】업듸여 고두(叩頭) 오읍(嗚泣)ᄒ니 잠간 감동ᄒ이고, 녀ᄋ 가실이 하당(下堂) ᄋᆡ걸(哀乞)ᄒ여 쳬루(涕淚)를 드리워 돈슈(頓首)ᄒ여 거거를 ᄉ(赦)ᄒ여 올니시믈 비ᄂᆞ지라. 바야흐로 ᄉ코ᄌ ᄒ더니, 홀연 문젼이 크게 요란ᄒ며 시동(侍童)이 보보젼경(步步顚傾)[1121]ᄒ여 고ᄒ되,

"텬뇌 진첩(震疊)ᄒᄉ 상셔 노야를 금의옥(禁義獄)[1122]의 ᄂᆞ리오라 ᄒ시고, 듕ᄉ(中使)[1123] 황칙(皇勅)을 밧드러 와시니 고ᄒᄂᆞ이다."

공이 마지 못ᄒ여 니러나 모친긔 고ᄒ되,

"셩상이 엄지를 ᄂᆞ리【15】오시니 부득이 ᄂᆞᄋ 가옵ᄂᆞ니 만일 은ᄉ(恩赦)를 엇ᄌ온즉 다시 딕죄ᄒ리이다."

이에 졀ᄒ여 돈슈(頓首)ᄒ고 밧그로 ᄂᆞ올식, 시(時)의 한님이 의건(衣巾)을 탈ᄒ고 당상당하로 분쥬(奔走) 호읍(號泣)ᄒ여, 망극흔 광경의 심신이 비월(飛越)ᄒ더니, 힝혀 슉모의 붉히 히셕(解釋)ᄒ시므로, 드듸여 태뫼 칼흘 노흐나 야애 스스로 듕댱(重杖)을 쳥ᄒ시니, ᄯᅩ 망극ᄒ여 겻히 업듸여 무슈이 우더니, ᄯᅩ 급히 니러 공의[이] 의관을 더으고 옷슬【16】ᄭᅦ나[1124], 창황망극(蒼黃罔極)ᄒ던 경식(景色)을 엇지 슘기

1121) 보보젼경(步步顚傾) : 걸음마다 엎어지고 자빠짐.
1122) 금의옥(禁義獄) : 의금부(義禁府) 안에 있는 감옥.
1123) 듕ᄉ(中使) : 『역사』 왕의 명령을 전하던 내시(內侍).

리오.

전도(轉倒)히 향안(香案) 앏히 업드여 됴명(詔命)을 듯즈올시, 셩지(聖旨) 엄졀(嚴切)ᄒᆞᆫ 군명(君命)을 불슌(不順)ᄒᆞ고 듕ᄉᆞ(中使)를 공환(空還)ᄒᆞ믈 쥰쳑(峻責)ᄒᆞ여 계시니, 공이 관을 벗고 돈슈ᄉᆞ비(頓首四拜)ᄒᆞ고, 잠간 ᄌᆞ뎐(慈殿)의 하직ᄒᆞ고 당하(堂下)의 ᄭᆞ러 졀ᄒᆞ여 셩체(聖體) 안강ᄒᆞ시고 과려치 마르시믈 원ᄒᆞ니, 효슌ᄒᆞᆫ 안식과 축쳑(蹜踢)ᄒᆞᆫ ᄉᆞ긔(辭氣) 방인(傍人)을 감동ᄒᆞ더라.

공이 연긔 ᄉᆞ십이 넘으니 **【17】** 임의 쇠경(衰境)의 드럿거늘, 어려셔부터 즁ᄒᆞᆫ 틱장(笞杖)을 닙어 긔혈(氣血)이 돈감(頓減)ᄒᆞᆫ 비오, 근녀 모친이 시시로 죽기를 져히시니[1125], 효ᄌᆞ의 심담(心膽)이 최졀(摧折)ᄒᆞ니 심동경황(心動驚惶)ᄒᆞ여 쇠픽(衰敗)ᄒᆞ미 심ᄒᆞ니, 귀밋히 빅발이 쇼쇼(素素)ᄒᆞᆫ지라[1126].

아ᄌᆞ(俄者), 망극ᄒᆞ여 심신(心身)이 경월(驚越)ᄒᆞ고 간담(肝膽)이 ᄶᅵ여지니[1127], 고두뉴쳬(叩頭流涕)ᄒᆞ고 하당복죄(下堂伏罪)ᄒᆞ여 머리털이 어즈럽고 누흔(淚痕)이 ᄎᆞ업지 아냐, 신식(神色)을 밋쳐 졍(整)치 못ᄒᆞ엿ᄂᆞᆫ듸, ᄯᅩ 엄지(嚴旨)를 **【18】** 밧ᄌᆞ와 옥즁(獄中)으로 향ᄒᆞ니, 관을 벗고 ᄯᅴ를 글너 경참슈통(驚慘愁痛)ᄒᆞ여 아ᄌᆞ로 일양(一樣)이라.

태부인이 비록 쇠랑 ᄀᆞᆺᄒᆞ나 분뇌 ᄭᅥ지고 일변 텬위(天威)를 두려ᄒᆞ니, 상셔의 쳐황(悽惶) 축쳑(蹜踢)ᄒᆞᆫ 거동을 보아 믄득 불상이 넉이더니, 명ᄒᆞ여 '오르라' ᄒᆞ여 손을 잡고 말ᄒᆞ고ᄌᆞ ᄒᆞ민, 냥슈(兩手) 듕상(重傷)ᄒᆞ여 뉴혈(流血)이 긋치지 아니코, 두 ᄉᆞ미 피 져져시니[1128] 놀나 무르되,

"이 엇진 일이뇨?"

발검(拔劍)ᄒᆞ여실 제 녈 **【19】** 화(烈火) ᄀᆞᆺᄒᆞᆫ 노긔(怒氣)예 씌이여 몰낫ᄂᆞᆫ지라. 공이 ᄯᅩᄒᆞᆫ 비로쇼 알고 딕ᄒᆞ되,

"아ᄌᆞ 망극창황 중 슬피지 못ᄒᆞ여 상(傷)ᄒᆞᆫ민가 시브이다."

이에 ᄌᆞ녀를 도라보아 다른 옷슬 가져오라 ᄒᆞ고, 《씨민∥씨밀》 거슬 구ᄒᆞ니, 쇼졔 밧비 금창약을 ᄂᆞ오고, 야야의 손을 밧드러 씨밀ᄉᆡ, 공이 녀ᄋᆡ 셤슈(纖手) 어름 ᄀᆞᆺ고 오히려 ᄯᅥᆯ기를 진졍치 못ᄒᆞ니, 그 놀나믈 잔잉이 넉여 눈을 드러보니, 녀ᄋᆡ 눈의 물결이 마르지 아냣 **【20】** 고 옥안(玉顔)이 여회(如灰)ᄒᆞ여 운환(雲鬟)이 헛트러 귀밋ᄐᆡ 드리오고, 단슌(丹脣)이 담담(淡淡)ᄒᆞ여 혈식을 일허시니, 그윽이 익셕ᄒᆞ되 모친이 쾌히 히노(解怒)ᄒᆞ시믈 몰ᄂᆞᆺ고, 황명이 심히 엄ᄒᆞ시니 마음이 송연(悚然)ᄒᆞ여 옷슬 가

1124) ᄶᅦ다 : ᄭᅦ다. 옷이나 신 따위를 입거나 신다.
1125) 져히다 : 위협하다.
1126) 쇼쇼(素素)ᄒᆞ다 : 소소(素素)하다. 희끗희끗하다. 군데군데 희다.
1127) ᄶᅵ여지다 : 찢어지다. 찢기어 갈라지다.
1128) 졋다 : 젖다. 물이 배어 축축하게 되다.

라닙고 졀ᄒ여 하직(下直)ᄒ니, 부인이 비록 광망(狂妄)ᄒ나 닙군 두려오믄 아ᄂᆞᆫ지라.

ᄋᆞ지(兒子)지지(遲遲)ᄒ여 죄 더을가 넘녀ᄒ여 긴 말을 못ᄒ고 ᄲᆞᆯ니 가 무ᄉᆞ이 도라오믈 니르더라.

공이 ᄉᆞ(使)【21】를 ᄯᅡ라 옥의 ᄂᆞᄋᆞ가니, 한님이 됴츠 옥문 밧긔 거젹을 ᄭᆞᆯ고 업듸여 셩상쳐분이 엇더 ᄒᆞ실 쥴 몰나 황황(惶惶)ᄒ니, 원닉 황상이 긔시를 속이려 ᄒᆞᄉᆞ 셩지(聖旨) ᄉᆞ의(辭意) 십분 엄졍ᄒ시미러라.

쳐엄의 젼교를 뫼와1129) 온 지 텬지 밀됴(密詔)를 ᄂᆞ리오시니, 긔식(氣色)을 보고져 ᄒᆞ여 술피니, 상셰 닉당을 향ᄒ더니 밋쳐 말슴을 여지 못하여셔 ᄯᅡᆫ 일이 ᄂᆞ셔 긔부인의 공을 엄칙ᄒᄂᆞᆫ 쇼리 【22】 산악이 문허지ᄂᆞᆫ 듯 ᄒᆞ지라.

도라가 일일이 알외니, 집이 젹은 고로 외당이 ᄀᆞᆺᄀᆞ와 젼 붓터 밧긔 오ᄂᆞᆫ 지 긔부인의 엄호(嚴號)ᄒ믈 모르리 업ᄉᆞ니, 상이 드르시미 연공이 ᄯᅩ 듕히 맛ᄂᆞᆫ가 넘녀ᄒᆞᄉᆞ 엄지(嚴旨)를 ᄂᆞ리오ᄉᆞ 쥰칙(峻責)ᄒ시고, 공을 가도라 ᄒᆞ시고 닉궁(內宮)의 긔별ᄒ시니, 두황휘 연시의 오믈 기다리시다가 상명을 드르시고, 상궁 쇼난영을 명ᄒ여 슈됴(手詔)1130)를 쥬ᄉᆞ 여ᄎᆞ【23】 ᄒᆞ라 ᄒᆞ시니라.

어시의 긔부인이 ᄋᆞ지(兒子)의 황쵹(惶遽)ᄒᆞᆫ 경식(景色)으로 포의(布衣)를 닙고 쵸리(草履)를 ᄭᅵᆯ어 위의를 다 업시ᄒ고, 필마로 《다려‖달려》 옥의 ᄂᆞᄋᆞ갈 시, 손이 ᄯᅩ 의관을 탈(脫)ᄒ여 도보(徒步)ᄒ여 야야를 됴ᄎᆞ시니, 부ᄌᆞ의 거동이 다 듕슈(重囚)의 모양이라. 츄연이 슬픈 마음이 발ᄒᆞ고 쳐연(悽然)이 슬픈 ᄯᅳᆺ이 츌(出)ᄒ니, 노긔ᄂᆞᆫ 비로쇼 ᄶᅥ지고 두리오미 ᄂᆞᄂᆞᆫ지라.

셩상이 무슴 죄를 명ᄒ 【24】 신고 알고ᄌᆞ ᄒᆞ여 친히 외당의 ᄂᆞᄋᆞ가니, 됴셔를 오히려 향안(香案) 우희 봉안(奉安)ᄒ여시니, ᄭᅮ러 보옵건딕 황명을 두 번 거역ᄒ믈 셩히 노(怒)ᄒᆞᄉᆞ 엄호 말슴이 셜상(雪上)의 한상(寒霜)이 ᄲᅮ리ᄂᆞᆫ 듯, ᄋᆞ직 즁(重)ᄒᆞᆫ 되를 면치 못ᄒᆞᆯ지라. 놀ᄂᆞ오미 쳥텬(晴天)의 뇌졍(雷霆)이 급ᄒ고, 황건녁ᄉᆞ(黃巾力士)1131) 쇠취1132)를 드럿ᄂᆞᆫ 듯, 참연이 눈물을 흘니고 셩지(聖旨)를 향ᄒ여 머리를 두다려 ᄀᆞᆯ오되, 【25】

"황명을 거역ᄒ믄 노신쳡(老臣妾)의 죄오니 희슉이 어믜 죄를 닙ᄂᆞ이다."

ᄒᆞ여, 헛되이 말ᄒᆞ고 돈슈쳬읍(頓首涕泣)ᄒ여 니러ᄂᆞ지 못ᄒ니, 가부인이며 셕부인이 관유(寬諭)ᄒ여 뫼셔 도라와 고(告)ᄒ되,

---

1129)뫼다 : 모시다. 웃어른이나 존경하는 이를 가까이에서 받들다.
1130)슈됴(手詔) : 천자가 친필로 쓴 조서(詔書).
1131)황건녁ᄉᆞ(黃巾力士) : 신장(神將)의 하나. 힘이 세다고 함.
1132)쇠치 : 쇠로 만든 채. *채: ①벌로 사람을 때리는 데에 쓰는 나뭇가지. ②말이나 소 따위를 때려 모는 데에 쓰기 위하여, 가는 나무 막대나 댓가지 끝에 노끈이나 가죽 오리 따위를 달아 만든 물건.=채찍.

"상이 비록 진노(震怒)ᄒ시나, 셩명예쳘(聖明睿哲)1133)이 결연이 ᄉ죄(死罪)ᄂ 쥬실 니 업ᄉᆯ거시오. 됴졍 친위 붓드러 구ᄒ오리니 과려(過慮)ᄅᆯ 마르쇼셔."

ᄒ여, 지극히 위안(慰安)ᄒ니 부인이 붓들녀 드러와 심신 【26】 이 황황(遑遑)ᄒ여 아모리 ᄒᆯ 쥴 몰나 눈물을 흘니니, 이 엇지 하늘이 쥬신 졍이 아니리오.

긔부인 ᄀᆞᆺ치 포한광픽(暴悍狂悖)1134)ᄒᆫ ᄌᆞ도 스스로 노(怒)ᄒᆯ 젹은 상(傷)ᄒᆯ 쥴 모로더니, 이졔 유연(柔然)ᄒᆫ 졍(情)이나며 ᄂᆞ라 죄슈(罪囚)되믈 두려ᄒ고 셜워ᄒ니, 인인(人人)이 부모의 졍을 모로ᄂᆞ니ᄂ 텬하의 궁민(窮民)이라 ᄒᆞ녀라.

셕부인 쇼져 등이 심신을 비로쇼 졍ᄒ여시되, 텬ᄌᆞ 쳐분을 몰나 황황ᄒ 【27】 나 퇴부인이 바야흐로 슝연(悚然)이 두려ᄒ고 쳐연(悽然)이 슬허ᄒ니, 심ᄉᆞ(心思)ᄅᆯ 도도지 못ᄒ여, ᄂᆞᆺ빗츨 화(和)히ᄒ고 됴고ᄅᆯ 위안(慰安)ᄒ더니, 부문이 다시 드레며 환ᄌᆞ(宦者)의 호된1135) 쇼리로 호령이 싱풍(生風)1136)ᄒ니, 퇴부인이 경황ᄒ더니, 시동(侍童) 양낭(養娘)1137)이 황황분쥬(遑遑奔走)ᄒ여 ᄂᆞ시와 궁인이 황후낭낭 됴지(朝旨)ᄅᆯ 밧드러 와시믈 고ᄒ니, 긔부인이 셕·가 이부인으로 더브러 황망이 계하(階下)의 ᄂᆞ려, ᄲᅮ러 시녀로 향안(香案)을 베퍼 【28】 상궁을 마ᄌᆞ민, 셕부인은 공이 슈죄듕(受罪中)이민 안연(晏然)치 못ᄒ여 셕고(席藁)1138)의 업ᄃᆞ니, 임의 봉관(鳳冠)1139) 옥픽(玉佩)1140)ᄂ 업셧더라.

쇼상궁이 고셩(高聲)ᄒ여 칙됴(冊詔)1141)ᄅᆯ 넑으니, 틴기 ᄀᆞᆯ와시딘,

"희(噫)라! 군신의 명분(名分)이 지엄(至嚴)ᄒᆞ믄 임의 츈츄(春秋)의 붉히 빗최여시니, 삼쳑 ᄋᆞ동도 님군 두려ᄒᆞᆯ 쥴은 알 거시여늘, 연희슉이 감히 텬위(天威)ᄅᆯ 만모(慢侮)ᄒ여 두 번 됴명(詔命)을 거ᄉ려 불경불슌(不敬不順)ᄒ니, 이ᄂ 진왕이 황고(皇考)와 모후(母后) 【29】 ᄅᆯ 다 여희와 고혈(孤子)ᄒ믈 업슈이 넉이미라. 셕일(昔日)의ᄂ 신ᄌᆞ(臣子) 아니니 업더니, 이제 보기ᄅᆯ 홍모(鴻毛) ᄀᆞᆺ치 ᄒᆞᄂᆞ도다. 짐이 옛날은 군신의 대의(大義) 잇고, 당금(當今)은 군신의 되(道) 골육의 졍을 겸ᄒ여 고혈(孤子)ᄒᆫ

1133) 셩명예쳘(聖明睿哲) : 임금의 깊고 밝은 지혜.
1134) 포한광픽(暴悍狂悖) : 포악하고 사나우며 미친 사람처럼 말과 행동이 막됨.
1135) 호되다 : 매우 심하다.
1136) 싱풍(生風) : '매섭게 차가운 바람'이란 뜻으로, 성격이나 행동 따위가 정이나 붙임성이 없이 차갑거나 쌀쌀맞음을 이르는 말.
1137) 양낭(養娘) : 여자 종. 주로 혼인한 여종을 일컫는다.
1138) 셕고(席藁) : 왕골이나 부들 짚 따위로 엮어 만든 자리. 늑초석(草席). 짚자리.
1139) 봉관(鳳冠) : 조선시대 작위가 있는 내외명부가 착용하던 예모(禮帽)로 윗부분에 금이나 옥으로 만든 봉황 모양의 장식이 있다.
1140) 옥픽(玉佩) : 옥으로 만든 패물(佩物).
1141) 칙됴(冊詔) : 임금의 명령을 일반에게 알릴 목적으로 적은 문서.=조서(詔書). 조책(詔冊)

독하(足下)를 위ᄒ여 빈필(配匹)을 굴히고져 ᄒ거늘, 너 연희슉이 감히 방ᄌ(放恣) 무엄(無嚴)ᄒ여 황명을 쵸기(草芥) ᄀᆺ치 넉이고, 경이 ᄂ닉됴(內助)ᄒ믈 어지리 못ᄒ여, 가부(家夫)의 그른 거슬 ᄀᆌ유(開諭)치 【30】 아니코, 동심(同心)ᄒ여 녀ᄋ를 슘기고 텬명(天命)을 연(連)ᄒ여 거스리니, 그 죄 당당(堂堂)ᄒᆫ 늄(律)이 잇스니, 경은 지실(知悉)ᄒ라."

○○[ᄒ여] 게시더라.

셕부인이 복지쳥교(伏地聽教)¹¹⁴²의 고두빅ᄇᆡ(叩頭百拜)ᄅ려 굴오ᄃᆡ,

"ᄉ죄(死罪) 신쳡(臣妾)이 불츙무상(不忠無狀)ᄒ와 ᄃᆡ죄(大罪)의 ᄲᅡ지오니, 다만 업ᄃ려 쥭으믈 바라ᄂᆞ이다."

연ᄒ여 돈슈(頓首)ᄒ여 욕ᄉ무지(欲死無地)라. 경쇼져와 화옥쇼졔 ᄒᆫ가지로 돈슈쳬읍(頓首涕泣)ᄒ니 화옥쇼져는 아츰의 틱모 과거를 됴ᄎᆞ 가【31】 간(家間)의 ᄃᆡ란이 ᄂᆞ를 듯고 경황호읍(驚惶號泣)ᄒ니, 구괴(舅姑) 잔잉이 넉여 보ᄂᆡ무로 왓더라. ᄀᆡ부인이 쇼상궁을 ᄃᆡᄒ여 눈물을 흘녀 굴오ᄃᆡ,

"쇼ᄌ(所子)¹¹⁴³ 희슉이 황명을 밧드지 아니믄 노쳡(老妾)의 죄라. 만셰낭낭(萬世娘娘)¹¹⁴⁴ 엄교(嚴教) 지ᄎᆞ(至此)¹¹⁴⁵ᄒ시니 당당이 부월지쥬(斧鉞之誅)¹¹⁴⁶를 기ᄃ리ᄂᆞ이다. 숀녀 화쥬를 타쳐(他處)의 유의(留意)ᄒ믈 셩상(聖上)이 만민의 부뫼시니 미신의 ᄉ졍을 통쵹ᄒ시믈 바라ᄂᆞ이다.【32】 감히 텬명을 향거ᄒ여 슌슈(順受)치 못ᄒ리잇가? 식부(息婦)는 더옥 원민(冤悶)ᄒ오니 일즉 ᄉ오나온 싀어미 불명과격(不明過激)ᄒ무로 일언을 닷토지 못ᄒ옵ᄂᆞ지라. 엇지 져의 죄리잇고? 도도(都都)히¹¹⁴⁷ 노쳡의 쥭엄즉 ᄒᆫ 죄라. 상궁은 이 ᄯᆮ을 텬안(天顔)의 상달ᄒ오셔 늙은 목슘이 부월을 밧게 ᄒ시고 원통ᄒᆫ ᄌ식과 며ᄂ리를 ᄉ(赦)ᄒ시믈 바라ᄂᆞ이다."

쇼상궁이 졍식 왈,

"부인이【33】 군신의 명분을 붉히 아르시리니 엇지 ᄌ데를 그릇 인도ᄒ시ᄂᆞ니잇가? 녕ᄋ(令兒) 쇼졔 임의 쳐례(采禮)¹¹⁴⁸를 바다 게시면 쾌히 알외시고 간션의 ᄲᅡ히실

1142) 복지쳥교(伏地聽教) : 땅에 엎드려 교서(教書)의 말씀을 들음.

1143) 쇼ᄌ(所子) : ①아들. *天所子: 하늘의 아들. ②양자(養子) *守寬爲尙增所子: 수관은 상증의 양자가 되었다.

1144) 만셰낭낭(萬世娘娘) : 황후를 달리 이르는 말.

1145) 지ᄎᆞ(至此) : 이에 이름.

1146) 부월지쥬(斧鉞之誅) : 형구(刑具)인 작은 도끼와 큰 도끼로 사형(死刑)을 당함.

1147) 도도(都都)히 : 모든 것들이 다. 또는 모두 다. *'都'는 '모두'의 뜻을 나타내는 말. *-히: 부사를 만드는 접미사.

1148) 쳐례(采禮) : 『민속』 혼인할 때에, 사주단자의 교환이 끝난 후 정혼이 이루어진 증거로 신랑 집에서 신부 집으로 예물을 보냄. 또는 그 예물. 보통 밤에 푸른 비단과 붉은 비단을 혼서와 함께 함에 넣어 신부 집으로 보낸다.=납폐.

거시오, 그러치 아니면 혼 가지로 참예ᄒ여 ᄂ라 쳐분을 기ᄃ리시리니, 안연(晏然)이 됴명(詔命)을 역(逆)ᄒ시고, 셩샹이 칙됴(冊詔)를 ᄂ리오소 듕ᄉ(中使) 밧드러 쎨니 입현(入見)ᄒ믈 명ᄒ여 계시거늘, 샹셔공이 묵연이 ᄂ당의 드르시【34】고 듕ᄉ 헛도이 도라오니, 셩샹이 일노써 하유(下諭)1149)ᄒ시니, 황야는 관홍대도(寬弘大度)ᄒ시니 굿ᄒ여 ᄉ죄(死罪)는 쥬지 아니시되, 졍궁낭낭이 진노(眞怒)ᄒᄉ 진왕의 고혈(孤子)ᄒ믈 염지(厭之)ᄒ여 셩지를 역명ᄒ시고 칙됴를 두려 아니니, 님군을 결우려 ᄒ미라 ᄒᄉ, 샹셔공의 《ᄉ명∥ᄂ명(拿命)》을 바야시니, ᄂ시(內侍) 외뎐(外殿)의 낙역(絡繹)ᄒ엿ᄂ지라. 금일이 지ᄂ지 못ᄒ여셔 샹셔공의 ᄉ명(赦命)이 ᄂ리시리이다."

흔되 긔부【35】인이 망극ᄒ여 가슴을 두다리고 머리를 계(階)의 부딕이져 죽고져ᄒ니, 녀뷔(女婦) 경황(驚惶)이 보민, 임의 두 번 부딕이져 부어 오르니, 셕부인이 망극ᄒ여 눈물을 흘니고 고왈,

"둔괴(尊姑) ᄎ마 엇지 이러틋 ᄒ시ᄂ니잇고? 가부의 죄명(罪名)이 비록 즁ᄒ오나, 셩명(聖明)이 아직 쳐분을 결(決)치 아냐 계시니, 텬지(天地)의 너르심과 우로(雨露)의 어지르시믈 바라올지라. 이는 불쵸(不肖) 미ᄋ(迷兒)의 불효무샹(不孝無狀)혼 죄(罪)【36】로쇼이다."

부인이 가슴을 쳐 우러 왈,

"쳐음의 간션의 녕(令)이 잇다 ᄒ여 오이 여ᄎ여ᄎᄒ거늘, 너 불열(不悅)ᄒ여 이리이리ᄒ니, ᄋ직 나라히 죄 닙으량으로1150) 노모의 ᄠᆺ을 슌(順)ᄒ여 간션의 불참ᄒ엿거니와, 셩샹이 노ᄒᄉ 칙됴를 ᄂ리와 계신즉, ᄋ직 가히 다시 명을 역(逆)홀 니 업고, 또 엇지 슙고 ᄂ지 아닐니 잇시리오. 엇진 일일고? 뉘 아ᄂ 니 잇ᄂ냐? 너 무샹(無狀) 무엄(無嚴)ᄒ여 오ᄋ로 혼【37】여금 죽을 죄의 넛코, 엇지 참ᄋ 슬니오. 즁ᄉ 어ᄂ ᄯᅢ의 왓더뇨?"

셕부인이 또 모로ᄂ지라. 노양낭(老養娘)이 고왈,

"아츰의 즁ᄉ와 틱감이 칙됴를 밧드러 니르럿습기, 노애 부인긔 알외려 드러오시다가 부인이 진노ᄒᄉ 엄칙(嚴責)ᄒ시고 발검(拔劍)ᄒ시무로 노애 황황ᄒ신 ᄉ이의 즁ᄉ 도라가다 ᄒ더이다."

부인이 더옥 가슴을 두다리고 우러 왈,

"너 죄라 간악혼 ᄋ히 공교혼 말【38】노 도도ᄂ 거술, 너 고지 듯고 과히 노(怒)ᄒ여 오ᄋ를 죽게 이씨우고1151) 냥슈(兩手)를 다 샹(傷)히와 보기의 놀납고, 옥니(獄

1149)하유(下諭) : 유시(諭示)를 내림.
1150)닙으량으로 : 입을 양으로. *양: (어미 '-을' 뒤에 '양으로', '양이면' 꼴로 쓰여) '의향'이나 '의도'의 뜻을 나타내는 말.
1151)이씨우다 : 애쓰게 하다. *애쓰다: 마음과 힘을 다하여 무엇을 이루려고 힘쓰다.

裏)로 향ᄒ니, 뉘웃고 불샹ᄒ여 마음이 바아지ᄂᆞᆫ 듯ᄒ도다. 만일 그 ᄉᆞ나 숀ᄋᆞ를 드려 보ᄂᆡ엿던들 낭낭이 엇지 노ᄒᆞ시리오,"

쇼샹궁이 ᄀᆞᆯ오ᄃᆡ,

"샹셔공이 처음 역명(逆命)ᄃᆞ곤 두 번지 황명을 경(輕)히 녀여 안흐로 드러 숩고 ᄂᆞ지 아니믈 드르시고, 셩뇌(盛怒) 진텹(震疊)ᄒᆞ시니, 샹셔공이 금의옥(禁義獄)[1152]의 【39】 드르실 썩, 이리오다가 보오니 큰 칼을 메오시고 슈독(手足)을 잠가[1153] ᄂᆞ뜰이 ᄡᅵ어 가오믈 보오니, 쳡의 마음도 참연(慘然)ᄒ와, '무ᄉ 일 진왕 ᄀᆞᆺᄒᆞᆫ ᄉᆞ회를 ᄉᆞ양ᄒᆞ시고 져 죄를 닙으시ᄂᆞᆫ고?' 의ᄃᆞᆸ더이다."

이ᄂᆞᆫ 긔부인을 속이ᄂᆞᆫ 말이라. 부인이 드르믹 흉금(胸襟)이 막히고 오닉(五內)[1154] ᄡᅵ여지ᄂᆞᆫ 듯, 쇼릭ᄂᆞᆫ믈 씌둣지 못ᄒ여 부르지져 우러 ᄀᆞᆯ오ᄃᆡ,

"희슉ᄋᆞ 너의 앗가온 직덕이며 츌인(出人)ᄒᆞᆫ 셩회 지극 【40】 ᄒᆞ고 츙셩이 남다르더니, 날 ᄀᆞᆺᄒᆞᆫ 어미로 인ᄒ여 쇽졀업시 형벌ᄋᆞᆯ릭 죽으리로다. 내 졈어셔븟터 광픽(狂悖) ᄒᆞ여 너의 혈육이 파훼(破毀)ᄒᆞ되 ᄉᆞ식(辭色)지 아니코, ᄂᆡ의 히거(駭擧)를 독가(足枷)[1155] 아냐 슬하의 ᄯᅮ러 효순(孝順)ᄒᆞᆫ ᄂᆞᆺ빗과 화열ᄒᆞᆫ 쇼릭로 날을 즐겁게 ᄒᆞ더니, 이졔 닉 죄로 너를 죽이고 닉 엇지 슬니오, 아츰의 홀연 괴픽(乖悖)ᄒᆞᆫ 즛슬 ᄒᆞ여 너를 셟게ᄒᆞ고, 네 죄를 어미라셔[고] 쳡 【41】 쳡(疊疊)이 어ᄃᆞ주어 형육(刑戮)[1156]의 업디게 ᄒᆞ여시니, 이 셜우믈 춤고 닉 엇지 살니오."

이 쳐로 부르지져 가슴을 두다려 구ᄋᆞ며[1157] 통곡ᄒᆞ니, 오직 셕부인이 붓드러 위안(慰安)ᄒᆞ고 계오 눈믈을 졔어(制御)ᄒᆞ나, 가부인과 냥 쇼졔 ᄒᆞᆫ 가지로 호읍ᄒ여 죽을 ᄯᅳᆺ이 급ᄒᆞ고 살 마음이 업ᄂᆞᆫ지라.

쇼샹궁이 긔부인 거동을 보고 일변 우읍고 일변 불샹이 녀여, 냥 쇼져와 가부인 경샹을 참연(慘然)ᄒᆞ 【42】 여 위ᄒ여 눈물을 머금고, 셕부인 안졍현효(安靜賢孝)ᄒᆞ믈 탄복ᄒᆞ더라.

이의 도라 가기를 고ᄒ여 ᄀᆞᆯ오ᄃᆡ,

"낭낭긔 무어시라 알외리잇가?"

1152) 금의옥(禁義獄) : 의금부(義禁府) 안에 있는 감옥.
1153) 잠그다 : 죄수를 가두어 둘 때 수갑이나 차꼬 등을 채워 행동이 자유롭지 못하게 해 두다.
1154) 오내(五內) : 『한의』 간장, 심장, 비장, 폐장, 신장의 다섯 가지 내장을 통틀어 이 르는 말.=오장(五藏).
1155) 독가(足枷)ᄒᆞ다 : 족가(足枷)를 채우다. 참견하다. 간섭하다. 아랑곳하다. 다그치다.
  *족가(足枷): 죄수를 가두어 둘 때 쓰던 형구(刑具). 두 개의 기다란 나무토막을 맞대 어 그 사이에 구멍을 파서 죄인의 두 발목을 넣고 자물쇠를 채우게 되어 있다.=차꼬.
1156) 형육(刑戮) : 형륙(刑戮). 죄지은 사람을 형법에 따라 죽임. ᄂᆞᆫ형벽(刑辟).
1157) 구ᄋᆞ다 : 구르다. 바퀴처럼 돌면서 옮겨 가다.

셕부인이 다시 돈슈(頓首)ᄒ여 글오디,

"죄신(罪臣) 쳡(妾)이 ᄉ죄를 무릅쓰와 부월(斧鉞)을 기다리옵고 감히 알외올 바를 아지 못ᄒ오니, 다만 의뉼(擬律)ᄒ여 다스리시믈 바라나이다. 감히 무슨 말슴으로 죄우희 죄를 더으리잇가? 상궁은 이디로 알외쇼【43】셔"

긔부인이 홀연 닓써ᄂ1158) 글오디,

"바라ᄂ니 상궁은 화쥬를 다려가쇼셔. 졔 본디 셩회 츌텬ᄒ여 노쳡이 광픽ᄒ여 여ᄎ여ᄎ ᄋ주를 즁최(重策)홀시, 목슘을 바려 아비를 구ᄒ여시니, 요힝 ᄉ졍(事情)을 젼폐(殿陛)의 브르지져 텬노(天怒)를 도로혈진디, 상궁마마의 딕은을 결쵸(結草)ᄒ여 갑흐리이다."

언파의 쇼져를 ᄎᄌ라 치다르니1159), 어시의 연쇼졔 후졍의 셕고(席藁)ᄒ여 이뤼(哀淚)【44】 연면(連綿)1160)ᄒ더니, 이 엇지 공겁(恐㤼)ᄒ여 울미리오. 다만 둉시(終始) 주긔로 빌미ᄒ여, 야애 앗춤의 틱모 과거(過擧)로 익걸ᄒ여 쌍슈(雙手) 등상ᄒ시고, ᄂ됴희1161) 국가 뫼슈(罪囚) 되ᄉ 옥니의 잠기시니, 셩상이 셩명(聖明)ᄒ시니 ᄉ싱은 넘녀ᄒ미 아니나, 도도(都都)히 주긔로 말미암ᄋ 화란이 층싱(層生)ᄒ니, 불효를 셜위ᄒ고 명운(命運)을 탄식ᄒ여 옥뉘(玉淚) 깁 ᄉ미를 젹시더니, 틱부인이 급히 ᄎᄌ 니르러 【45】 불너 왈,

"화쥬야! 네 아뷔 죄명이 죽기의 밋쳣더라 ᄒ니, 네 급히 궐하의 ᄂᄋ가 졔영(緹縈)1162)을 효측(效則)ᄒ여 비러보라."

어시의 쇼상궁이 쇼져를 보고져 ᄒ여 됴ᄎ와시니1163) 연쇼졔 담장쳥의(淡粧靑衣)1164)로 거젹의 ᄊ러시니, 녹운(綠雲) ᄀᆺ흔 머리털이 옥 ᄀᆺ흔 ᄂ출 덥헛고, 비봉(飛鳳) ᄀᆺ흔 엇게와 가는 허리 셤셤(纖纖)ᄒ여 치봉(彩鳳)이 구름 속의 ᄂ렷ᄂ 듯ᄒ더니, 틱모의 부르믈 됴ᄎ 젼도(轉倒)히 몸을 니【46】러셔니, 안기 귀 밋히 구슬 눈물이 삼삼(滲滲)ᄒ니1165), 빅년(白蓮)이 취우(翠雨)1166)의 져졋ᄂ 듯, 구름이 어른1167) 녹

1158) 닓써ᄂ다 : 닓더나다. '일떠나다'의 옛말. *일떠나다: 벌떡 일어나다. 기운차게 일어나다.

1159) 치다르다 : 치다ᄅ다. 치닫다. 힘차고 빠르게 나아가다.

1160) 연면(連綿) : 끊어지지 않고 계속 잇닿아 있다.

1161) ᄂ됴 : ᄂ됴ᄒ. 낮. *ᄂ도희: 낮에.

1162) 졔영(緹縈) : 중국 한나라 문제(文帝) 때의 효녀. 그녀의 아버지 순우의(淳于意)가 죄가 있어 사형을 당하게 되자, 대궐에 가, 임금에게 상소하여 자신이 관비(官婢)가 되어 아버지 죄를 속(贖)하겠다고 하니, 문제가 그 뜻을 동정하여 사형을 감해 주었다는 고사가 있다.

1163) 됴ᄎ오다 : 좇아오다. 따라오다. 다른 사람이나 동물이 어떤 사람의 뒤에서 그가 가는 대로 가다.

1164) 담장쳥의(淡粧靑衣) : 수수하고 엷게 화장을 하고 푸른 빛깔의 옷을 입은 모습.

1165) 삼삼(滲滲)ᄒ다 : 눈물 따위가 고요히 흘러내리다.

발(綠髮)1168)시의 청산모연(靑山暮煙)1169)이 둘너시믈 보리러라.

츄쉬(秋水) 징징(澄澄)ᄒ기의 넘쪄1170) 흐르기를 낭낭(朗朗)1171)이 ᄒ니, 일쳔 가지 가려(佳麗)ᄒᆫ 틱도와 일만 가지 졍묘(精妙)ᄒᆫ 광치 익원(哀怨)ᄒ믈 인ᄒ여, 쇼담ᄒ고1172) 경구(驚懼)ᄒ믈 됴츠 더옥 ᄌᆞ약(自若)ᄒ나, 온즁(穩重)ᄒᆫ 긔질과 장엄(壯嚴)ᄒᆫ 쳬지(體肢) 엄졍(嚴正)ᄒ여 가히 쳔승(千乘)을 안(安)ᄒ고 일방(一邦)을 【47】모림(冒臨)1173)ᄒᆯ 쥴 알지라. 긔특이 넉이고 탄복ᄒ믈 결을1174)치 못ᄒ더라.

긔부인이 쇼져를 닛그러 보보젼경(步步顚傾)1175)ᄒ여, 일변(一邊) 노즈로 ᄒ여금 젹은 죽교를 ᄀ져 쇼져를 틱오고, 유모시비 일인으로 쓸오게 ᄒ여, 마음이 급ᄒ고 의시 당황ᄒ니 말도 못ᄒ고, 다만 직쵹ᄒ여 교ᄌᆞ의 올니며 니로딕,

"닉 ᄋᆞ히 평일 효의(孝義)로써 만세셩모(萬世聖母)1176)긔 익걸ᄒ여 아비를 슬와ᄂᆡ라"

ᄒ더라.

쇼상 【48】궁이 그윽이 웃고, 쇼져를 다리고 궐하의 가 막츠(幕次)1177)의 머무르고, 몬져 드러가 연부 경식(景色)을 고ᄒ고, 쇼져의 쳐변(處變)을 알외니, 휘 우으시고 명ᄒ여 '부르라' ᄒ실식, 연쇼제 쵸쵸(草草)ᄒᆫ1178) 의상(衣裳)으로 장쇼(粧梳)를 폐ᄒ고 연보(蓮步)를 안셔(安舒)이 옴기믹, 흐르ᄂᆞᆫ 물결이 ᄎᆞ례를 일치 아니코, 가ᄂᆞᆫ 구름이 ᄌᆞ최 업ᄉᆞᆷ이라.

옥계 ᄋᆞ릭 밋쳐ᄂᆞᆫ 머리를 두다려 쳥죄ᄒ고 ᄂᆞ죽이 업딕여 명을 기드리니, 운환(雲鬟)이 헛트【49】러 옥안을 ᄀ리와시니, 명월이 흑운의 씨힘 갓고 담담한 쳥의ᄂᆞᆫ 가ᄂᆞᆫ 허리를 둘너시니, 뇨뇨(嫋嫋)ᄒᆫ 쳬지와 가려(佳麗)ᄒᆫ 거동이 몬져 모든 눈을 놀닉거ᄂᆞᆯ, 숑연(悚然)ᄒᆫ 긔식과 슉연(肅然)ᄒᆫ 동작이 지엄지지(至嚴之地)의 ᄃᆡ죄(待罪)ᄒ

1166) 취우(翠雨) : 푸른 나뭇잎에 매달린 빗방울.
1167) 어ᄅᆞ다 : 어리다. 황홀하거나 현란한 빛으로 눈이 부시거나 어른어른하다.
1168) 녹발(綠髮) : 푸른 머리털이라는 뜻으로, 검고 윤이 나는 아름다운 머리를 이르는 말.
1169) 청산모연(靑山暮煙) : 푸른 산에 감도는 저녁연기.
1170) 넘씨다 : 넘치다.
1171) 낭낭(朗朗)ᄒ다 : 낭랑(朗朗)하다. 소리가 맑고 또랑또랑하다.
1172) 쇼담ᄒ다 : 소담하다. 생김새가 탐스럽다.
1173) 모림(冒臨) : 세력이나 명예 따위가 어떤 집단에서 제일가는 위치에 오름.
1174) 결을 : 겨를. 어떤 일을 하다가 생각 따위를 다른 데로 돌릴 수 있는 시간적인 여유. 느틈. *결을ᄒ다: 틈내다.
1175) 보보젼경(步步顚傾) : 걸음마다 엎어지고 자빠짐.
1176) 만세셩모(萬世聖母) : '황후(皇后)'를 달리 이른 말.
1177) 막차(幕次) : 의식(儀式)이나 거동 때에 임시로 장막을 쳐서, 왕세자(王世子)나 고관들이 잠깐 머무르는 곳.
1178) 쵸쵸(草草)ᄒ다 : ①몹시 간략하다. ②갖출 것을 다 갖추지 못하여 초라하다.

미, 수죄(死罪)를 조원(自願)호여 아비를 구(救)코즈 호믈 알지라.

휘 어엿비 넉이스 므러 골오스디,

"네 엇지 처음으로 짐의게 뵈는 녜를 폐(廢)호느뇨?"

쇼제 곳쳐 니러 업디여 돈슈 쥬왈,

"신쳡【50】의 아비 옥즁의 디죄(待罪)호와 셩명(聖明)의 처분(處分)호시믈 아지 못호오니, 신쳡이 수죄(死罪)를 무릅쓰와 셩모낭낭(聖母娘娘) 뇌졍지하(雷霆之下)의 부월(斧鉞)을 기다리오니, 감히 녜를 일우지 못호리로쇼이다."

호니, 그 쇼리 맑고 유으(幽雅)호여 옥반(玉盤)의 명쥬(明珠) 구을고, 치봉(彩鳳)이 운간(雲間)의 브름[1179] 굿거늘, 긔복(起伏)호는 즈음의 녜뫼 슉슉(叔叔)호여 쳬원(逮遠)혼[1180] 격됴(格調)와 황송호믈 품어시니, 창원(蒼園)[1181]은 아미(蛾眉)[1182]를 둘넛고, '옥협(玉頰)의 구슬즈최'[1183] 【51】 머므러 이원(哀怨)이 시름의 잠겨시니, 어엿븐 쳬모(體貌)와 한으(閑雅)혼 품쉬(稟受) 진션진미(盡善盡美)혼지라.

휘 디열(大悅) 긔이(奇愛)호스 다시 니로스디,

"네 아비 죄 즁호니 엄히 다스릴 비로디, 너의 졍경(情景)을 가이(可愛)호여 스(赦)호리니, 안심호여 의복을 곳치고 뎐의 오르라."

호시니 쇼제 복슈쳥교(伏首聽敎)의 황은을 망극호여 고두빅빅(叩頭百拜)호여 수은호미, 비로쇼 산호(山呼)를 부르고 비례호니, 쳐변(處變)은 동작의 가(可)호고 졀도(節度)는 규구(規矩)의 합【52】호니, 득즁(得中)혼 농셤(弄纖)[1184]과 합도(合道)혼 슈단이 고고히 계슈(桂樹) 굿고 의의(依俙)히 명월 굿호니, 황휘 더옥 긔특이 넉이스 뎐의 올니라 호시니, 쇼제 돈슈(頓首) 스양 왈,

"신쳡의 아비 오히려 옥즁의 잇습고 한미와 어미 셕고(席藁)호여 디죄(待罪)호오니, 신쳡이 감히 은명(恩命)을 밧드옵지 못호옵고, 황공호와 죄를 쳥호옵느이다."

휘 디찬(大讚) 긔지(其智)호스 쇼상궁을 명호여 쇼져를 인도호여 별궁(別宮)으로 드리고, '은명(恩命)을 기다리【53】라' 호시고, 파(罷)호여 니뎐으로 드르실식, 몬져

1179) 브름 : 부름. *브르다: 부르다. 말이나 행동 따위로 다른 사람의 주의를 끌거나 오라고 하다.

1180) 쳬원(逮遠)호다 : 아득히 멀다.

1181) 창원(蒼園) : 푸른 동산. *여기서는 '푸른빛을 띠고 있는 머리'를 비유적으로 이르는 말.

1182) 아미(蛾眉) : 누에나방의 눈썹이라는 뜻으로, 가늘고 길게 굽어진 아름다운 눈썹을 이르는 말. 미인의 눈썹을 이른다.

1183) 옥협(玉頰)의 구슬즈최 : 옥처럼 하얀 볼에 남아 있는 눈물 흔적. *구슬: 눈물방울을 비유적으로 표현한 말.

1184) 농셤(弄纖) : 손놀림. 셤(纖)은 셤셤옥수(纖纖玉手: 가냘프고 고운 여자의 손)의 줄임 말.

샛던1185) 두 녀즈는 도라보닉시다.

상이 닉뎐(內殿)의 님(臨)ᄒᆞᄉ 연녀의 직모(才貌)를 므르시니, 휘 딕왈,

"진짓 명훈의 쌍이리이다."

연시녜(연氏女) 가간의 불평ᄒᆞᆷ믈 인ᄒᆞ여 슈우듕(愁憂中) 쳐(處)ᄒᆞ고, 부뫼 슈죄즁(受罪中)인 고로, 쳐황비열(悽惶悲咽)ᄒᆞ되, 틱되 완젼ᄒᆞ고 긔상이 온즁ᄒᆞ여 흡연(洽然)이 셩녀슉완(聖女淑婉)이러이다.

인ᄒᆞ여 연쇼져의 졀셰ᄒᆞᆫ 직모와 긔이ᄒᆞᆫ 직질을 알외시고, 그 【54】 부뫼 죄즁(罪中)의 잇스무로 뎐의 오르믈 ᄉᆞ양ᄒᆞᆷ과, 구셰튱유(九歲沖幼)의 ᄉᆞᄉᆞ합도(事事合道)ᄒᆞᆷ믈 칭이(稱愛)ᄒᆞ시고, 쇼난영의 쥬ᄉᆞ(奏辭)를 고ᄒᆞ여 글오되,

"긔녀의 괴픽(乖悖)ᄒᆞᆫ 우긔(愚氣)를 져기 썩고져 ᄒᆞ오니, ᄉᆞ오일 ᄉᆞ명(赦命)을 나리오지 마르시고 여ᄎᆞ여ᄎᆞᄒᆞ고ᄌᆞ ᄒᆞ나이다."

상이 딕쇼ᄒᆞᄉ 왈,

"이ᄂᆞᆫ 위현의 부인의 획칙(劃策)이니 현휘(賢后) 임의로 ᄒᆞ쇼셔."

ᄒᆞ시더라.

시의 긔부인이 손녀를 보닉여 ᄋᆞᄌᆞ의 쥭오믈 비러 구 【55】 코져 직쵹ᄒᆞ여 보닉고, 녀부(女婦)의 권간(勸諫)ᄒᆞᆷ믈 됴ᄎᆞ 당즁(堂中)의 드러오니, 가ᄋᆞ 빙낭이 ᄌᆞ긔 침당의셔 ᄋᆞ비 쳐션을 더브러 희학(戲謔)이 낭ᄌᆞ(狼藉)ᄒᆞ거늘, 도라보아 ᄭᅮ지져 글오되,

"요악ᄒᆞᆫ ᄋᆞ희 공교ᄒᆞᆫ 말노 노모를 도도아 공연이 풍파를 니르혀니, 노모의 불명(不明) 과격(過激)ᄒᆞᆷ무로 인ᄒᆞ여, 널노 말미암ᄋᆞ 네 아즈비 두 손이 듕상(重傷)ᄒᆞ고, 무슈이 울고 이써 금일 간장(肝腸)이 다 타, 십년 감슈는 넉넉 【56】 이 ᄒᆞᆫ지라. 닉 마음이 ᄒᆞᆫ(恨)되고 불상ᄒᆞ미 심닉(心內) 솟는 듯ᄒᆞ거늘, 그 일노 드듸여 즁ᄉᆞ(中使)를 공환(空還)ᄒᆞ고, 느라히 득죄ᄒᆞ고 옥즁의 ᄀᆞ치며 즉금 ᄉᆞ싱(死生)을 미분(未分)ᄒᆞ니, ᄉᆞᄉᆞ의 닉 탓시어니와, 너 요악간교ᄒᆞᆫ ᄋᆞ희 곳 아니면 닉 무ᄉᆞ일 과거(過擧)를 발(發)ᄒᆞ리오, 가즁(家中)이 황황(遑遑)ᄒᆞ되 붓그럽고 두려울 줄 모로고 쳔녀(賤女)로 더브러 희롱ᄒᆞ니, 진실노 불쵸ᄒᆞᆫ지라. 닉 녀ᄋᆞ를 달마시면 【57】 져러ᄒᆞ리오, 화쥐 노모의 과거로 인ᄒᆞ여 창황(愴惶) 호읍(號泣)ᄒᆞ다가, 인ᄒᆞ여 거젹을 깔고 업되여 우는 거술, 노뫼 직쵹ᄒᆞ여 텬궐의 빌나 보닉니, 외로이 궁금(宮禁) 지엄지지(至嚴之地)의 ᄀᆞᆺ는지라. 닉 마음이 더옥 버히는 듯ᄒᆞ도다."

빙낭이 변싴 함노(含怒)ᄒᆞ여 도라셔거늘 부인이 더옥 노왈,

"쥬ᄋᆞ는 노뫼 제 부모를 칙ᄒᆞ면 하당 익걸ᄒᆞ고 돈슈 쳥죄ᄒᆞ여, 옥ᄀᆞᆺ치 죄 업시 익미ᄒᆞᆫ 제 몸으로써 【58】 딕(代)ᄒᆞ여, 믹 마ᄌᆞ 살히 터지고 피 흘너도 ᄒᆞᆫ마딕 통셩(痛聲)이 업고 ᄒᆞᆫ 졈 눈물을 닉지 아니ᄒᆞ여, 온화히 노모의 셩을 풀거늘, 이제 너는 작죄

1185) 샛다 : 뽑다. 여럿 가운데에서 골라내다.

ᄒᆞ미 태산 ᄀᆞᆺ거ᄂᆞᆯ, ᄲᅮ지즈믈 노ᄒᆞ여 변ᄉᆡᆨ 외면ᄒᆞ니 가히 몹쓸 거시라. ᄲᆞᆯ니 네 집으로 가라 보기 슬타.”

빙낭이 크게 울고 뒷문으로 ᄂᆞ가니, 태부인이 ᄒᆡ연(駭然)ᄒᆞ여 크게 노ᄒᆞᄃᆡ, 경(景)업셔 말을 긋치고 상의 올나 누으며, 불너 ᄀᆞᆯ오ᄃᆡ,

“너 ᄋᆞ히 희슉이 【59】 효셩이 지극ᄒᆞ거ᄂᆞᆯ, 노ᄆᆡ 그릇ᄒᆞ여 널노써 국가죄슈를 민ᄃᆞ니, 일죽 아비를 구ᄒᆞ여 ᄉᆞ라도라온 죽, ᄂᆡ 엇지 다시 네 마음을 불평케 ᄒᆞ리오. 화 쥬야! 네 능히 아비를 구ᄒᆞ여 술와 ᄂᆡᆯ가?”

말노 됴ᄎᆞ 눈물이 빗기 흐르고, 가슴을 두다려 실셩통곡(失性慟哭)ᄒᆞ니 셕부인은 녀부(女婦)로 더브러 졍즁(庭中)의 셕고ᄃᆡ죄(席藁待罪)ᄒᆞ고, 홀노 가부인이 모친을 붓드러 위안ᄒᆞ더니, 쇼어ᄉᆡ 모친을 밧드러 【60】 니르고, 연시랑이 기뎨(其弟) 긔슉으로 함ᄭᅴ 드러오니, ᄐᆡ부인이 졔인을 보ᄆᆡ 더옥 셜워 향긱(向刻)[1186] 과거(過擧)로부터 낭낭(娘娘)의 엄지(嚴旨)ᄭᆞ지 ᄌᆞ셰(仔細)○[히] 니르며 뉘웃고 한(恨)ᄒᆞ여, 가슴을 쳐 긋치지 아니ᄒᆞ고 눈물이 의슈(衣袖)[1187]의 져즈니, 연시랑 형뎨ᄂᆞᆫ 태부인 엄뇌(嚴怒) 진쳡(震疊)ᄒᆞᆯ 제 와시나, 감히 셔어(齟齬)히[1188] 드러가 구셜(口舌)을 놀니지 못ᄒᆞ다가, 공이 옥니(獄裏)로 향ᄒᆞ미 됴ᄎᆞ가 동반(同班)과 친우(親友)의게 므르니, 니공이 넌즈시 상의(上意) 【61】 를 니르ᄂᆞᆫ 고로 깃브믈 니기지 못ᄒᆞ고, 긔슉은 한님을 다리고 옥(獄) 안의 머므고져 ᄒᆞ더니, 한님이 울며 ᄀᆞᆯ오ᄃᆡ,

“태뫼(太母) 바야흐로 놀나시고 념녀ᄒᆞᆫᄉ 쵸됴(焦燥)ᄒᆞ실지라. 슉시(叔氏) ᄂᆞ으가 위로ᄒᆞ시고, 집의 다른 ᄉᆞ름이 업ᄉᆞ니 외당(外堂)의 머므르쇼셔.”

ᄒᆞᄂᆞᆫ 고로 그 지극ᄒᆞ믈 감탄ᄒᆞ여 형뎨 혁(革)[1189]을 ᄀᆞᆯ와 올시, 쇼어ᄉᆞ를 맛나 셔로 모다[1190] 니르니, 시랑이 탄왈,

“우리 슉모ᄂᆞᆫ 어이ᄒᆞ여 부인ᄂᆡ 셩식(性息)[1191]이 그 【62】 ᄃᆡ도록 ᄒᆞ신고? 금됴(今朝) 경상(景狀)을 그ᄃᆡᄂᆞᆫ 보지 아니ᄒᆞ여시니 어이 알니오. 여ᄎᆞ여ᄎᆞ 과거를 ᄒᆞᆫ ᄉ 텬지 진동ᄒᆞ니, 형댱의 심담이 금일의 다 녹고 ᄉᆞ회(死灰)[1192]시니, 우리ᄂᆞᆫ 지동뎨(再從弟)로ᄃᆡ ᄎᆞ마 보옵지 못ᄒᆞ고, ᄎᆞ마 듯줍지 못ᄒᆞ니, 명윤 질(姪)의 졍경(情景)이냐! 맛ᄎᆞᆷ 동ᄆᆡ시(從妹氏)의 간(諫)ᄒᆞ미 업던들, 형댱부ᄌᆡ(兄丈父子) 셩명을 보젼치 못ᄒᆞ여실너

1186)향긱(向刻) : 향각(向刻). 향일(向日). 말하는 때 이전의 지나간 차례나 때. =지난 번.
1187)의슈(衣袖) : 옷소매. 윗옷의 좌우에 있는 두 팔을 꿰는 부분.=소매.전
1188)셔어(齟齬)히 : 익숙하지 아니하여 서름서름해.
1189)혁(革) : 말혁(말革). 말안장 양쪽에 장식으로 늘어뜨린 고삐. 늑마혁(馬革), 혁(革).
1190)모다 : '모으다'의 준말. 모여.
1191)셩식(性息) : 성질과 심정. 또는 타고난 본성.=성정(性情).
1192) ᄉᆞ회(死灰) : 불기운이 사그라진 다 식은 재. 불에 타고 남은 재. *여기서는 '타고 남은 재가 되다.' 또는 '재가 되다'의 의미. *재: 불에 타고 남는 가루 모양의 물질.

이다. 조모의 흐시는 비 그딕도록 흐시딕, 윤질(姪)의 셩효(誠孝)흐미 됴곰도【63】원심(怨心)이 업스니, 도시(都是)1193) 형댱과 슈슈(嫂嫂)의 딕효로써 질ᄋ 남민 셩회(誠孝) 특이흐니라."

쇼어시 참연(慘然)이 눈물을 흘니니, 시랑 왈,

"셩상이 엇지흐여 ᄎᄉ(此事)를 시작흐신지…. 간션(揀選)의 녕(令)을 ᄂ리오시미 젼혀 동질녀(從姪女) 신상(身上)의 잇고, 슉모의 긔운을 졔어(制御)흐신 일인가 시브니, 우리 무리 텬의(天意)를 예탁지 못홀 거시오, 텬의를 밧ᄌ와 슉모를 져기1194) 져혀1195) ᄎ후 다시 과거(過擧)를 발치 아니시게【64】흐리니, 그딕는 말ᄉ믈 아라 흐라"

흐니, 쇼시랑이 우던 눈물을 씻고 뎜두(點頭)흐니, 이른 바 외손(外孫)이 과연 ᄌ손이라 못홀지라. 연한님의 셩효지이(誠孝之愛)로써 비흐미 가히 닉도흔지라. 그러나 쇼시랑의 일이 ᄯ 엇지 그르다 흐리오. 긔부인의 과격(過激)흔 일이러라.

흔가지로 니르러 부인의 과도히 이상(哀傷)흐고 쵸됴(焦燥)흐믈 보아, 쇼시랑이 져기 위로흐는 말을 닉고져흐거늘, 연시랑이 ᄀ마니 눈쥬【65】어 말니고, 흠신졔고(欠身跪告)1196) 왈,

"슉모의 지ᄌ(知子)흐오시믈 보옵건딕, 쇼질(小姪)의 고로흔 졍ᄉ를 더옥 늣겨 흐나이다. 셩상이 비록 텬뇌(天怒) 진발(震發)흐오시나, 형댱의 튱심(忠心)을 깁히 아르시니 관셔(寬恕)흐실 듯 흐오딕, ᄌ궁낭낭(慈宮娘娘)1197)이 진노(震怒)흐시니, 진실노 념녜 업지 아니흐온지라. 아ᄌ(俄者)의 문무졔신이 일시의 모혀 인딕(引對)를 청흐오딕, 상이 허치 아니ᄉ 부르지 아니흐시고, 상쇼(上疏)흐여 과도흐시믈【66】간(諫)흐온딕, 밧지 아니흐ᄉ 도로 닉여 쥬시고 졔신을 칙흐시되, '인신(人臣)의 되(道) 군명(君命)을 ᄉ지(死地)라도 역(逆)지 못흐ᄂ니, 연희슉이 안연(晏然)이 거역(拒逆)흐고 짐이 오히려 죄를 ᄉ(赦)흐고 칙(責)흐여 ᄲ니 닙현(入見)을 명흐여든, 드러1198) 숨고 황ᄉ(皇使)를 헛도이 도라보닉니, 이ᄂ ᄉ(赦)치 못홀 죄라. 평일 공근(恭謹) 튱직(忠直)흐무로 홀연(忽然) 변흐여시니, 짐이 깁히 노(怒)흐노라' 흐시니, 쳐분흐시미 엇지 흐실 줄 모로거늘,【67】 ᄌ셩(慈聖)1199)낭랑(朗朗)이 안흐로 닷토신다 흐니,

────────────

1193) 도시(都是) : 이러니저러니 할 것 없이 아주.=도무지.

1194) 져기 : 적이. 꽤 어지간한 정도로.

1195) 져히다 : 겁주다. 겁박하다. 위협하다. 두렵게 하다. *져혀: 겁주어. 겁박하여.

1196) 흠신궤고(欠身跪告) : 공경하는 뜻을 나타내기 위하여 무릎을 꿇고 몸을 굽혀 고(告)함.

1197) ᄌ궁낭낭(慈宮娘娘) : 황후(皇后)를 달리 이르는 말.

1198) 드러 : 들어박혀. *들어박히다: 드러나지 않게 속으로 박히다.

1199) ᄌ셩(慈聖) : 임금의 어머니를 이르던 말. ≒자전(慈殿).

스롬마다 앗기고 슬허 우지 아니리 업고, 실노 그 역명(逆命)흔 연고(然故)를 아지 못
ᄒᆞ여 괴이히 넉이니, 쇼질이 쏘흔 형댱(兄丈)의 평일 힝ᄉᆞ와 다르시믈 의혹ᄒᆞ고 이들
와ᄒᆞᄂᆞ이다.”

부인이 청파(聽罷)의 간장(肝腸)의 불이 니러 오관(五官)1200)을 틱오ᄂᆞ 씩 이 말을
드르니 더옥 호텬통도(呼天痛悼) 왈,

“이ᄂᆞ 다 무상(無狀)흔 어미 어진 ᄋᆞ들을 죽게 ᄒᆞ미라. 간션(揀選)을 역명ᄒᆞ믄【6
8】노뫼(老母) 여츠여츠ᄒᆞᄆᆡ 졔여츠여츠히 말ᄒᆞ여 죄 닙으믈 감심ᄒᆞ미요, 즁ᄉᆞ(中使)
를 공환(空還)ᄒᆞ믄 노모의 죽엄죽 흔 즛1201)시라. 엇지 닉 ᄋᆞ희 허물이리오. 이러무
로 스스로 죽고ᄌᆞ ᄒᆞ노라. 오ᄋᆞ(吾兒) 튱효(忠孝) 흔 가지로 츌텬(出天)ᄒᆞ거ᄂᆞᆯ, 어믜
죄악으로 속졀업시 죽으리로다. 각골(刻骨) 회한(悔恨)ᄒᆞ니, 원닉 긔부인 션친(先親)
긔승상이 지상이 되어 권셰를 잡앗다가, 스룸의 뮈이믈1202) 맛나 죄 닙어 【69】죽
으니, 부인이 평싱 ᄂᆞ라 두려ᄒᆞ기를 지각(知覺)업시1203) ᄒᆞ더라.”

가부인이 져져(姐姐)의 모친을 안위(安危)ᄒᆞ믈 보고, 잠간 물너 후당(後堂)의 나 안
고, 시녀로 ᄒᆞ여금 녀ᄋᆞ를 잡ᄋᆞ오라 ᄒᆞ니, 빙낭이 두려 울고 가지 아니ᄒᆞ니, 부인이
더옥 노(怒)ᄒᆞ여 모든 ᄎᆞ환을 엄호(嚴號)ᄒᆞ여 잡ᄋᆞ 오ᄆᆡ, 계하(階下)의 꿀니고 졀졀
(切切)이 슈죄(數罪)ᄒᆞ니, 빙낭이 그 ‘아븨 ᄀᆞ르치믈 바닷노라’ ᄒᆞᄂᆞᆫ지라.

부인이 댱부의 힝ᄉᆞ를 【70】평일의 골돌ᄒᆞ1204)거ᄂᆞᆯ, 녀ᄋᆞ의 요악(妖惡)ᄒᆞ믈 대
로ᄒᆞ고, 스람의 ᄌᆞ식이 되어 졔몸의 죄를 면코져 아비를 다히믈1205) 더옥 통
히1206)하니, 잡ᄋᆞ 셰우고 틱지(笞之)ᄒᆞ니, 빙낭이 슌히 맛지 아냐 구을며1207) 우
ᄂᆞᆫ지라.

부인이 노긔(怒氣) 졈졈 더ᄒᆞ여 ᄡᅳ어 기동의 ᄆᆡ고1208) 긴긴히 동혀 움즉이지
못ᄒᆞ게 ᄒᆞ고, 힘센 ᄎᆞ환을 명ᄒᆞ여 고찰(拷察)1209)ᄒᆞ니 임의 오십을 치ᄆᆡ 빙낭이
악써 우다1210)가 긔급(氣急)ᄒᆞ여1211) 막히ᄂᆞᆫ지라.

1200) 오관(五官) : 『의학』 다섯 가지 감각 기관. 눈, 귀, 코, 혀, 피부를 이른다.
1201) 즛 : 짓. 몸을 놀려 움직이는 동작.
1202) 뮈이다 : 미워하게 하다. 미움을 사다. 미움을 받다. *뮈다 : 미워하다.
1203) 지각(知覺)없다 : 하는 짓이 어리고 철이 없거나 사물에 대한 분별력이 없다.
1204) 골돌ᄒᆞ다 : 골똘하다. 한 가지 일에 온 정신을 쏟아 딴생각이 없다.
1205) 다히다 : 대다. 붙다. 숨겼던 죄나 감추었던 비밀을 사실대로 털어놓다.
1206) 통히(痛駭)ᄒᆞ다 : 몹시 놀라 원통하여 하거나 분하게 여기다.
1207) 구을다 : 구르다. 바퀴처럼 돌면서 옮겨 가다.
1208) ᄆᆡ다 : 매다. 끈이나 줄 따위의 두 끝을 엇걸고 잡아당기어 풀어지지 아니하게 묶다.
1209) 고찰(拷察)ᄒᆞ다 : 매질하다. 매로 치다.
1210) 우다 : 울다. 눈물을 흘리며 소리를 내다.
1211) 긔급(氣急)ᄒᆞ다 : 기겁(氣怯)하다. 갑자기 놀라거나 겁에 질려 숨이 막힐 듯함.

부인이 통히(痛駭)【71】 분이(憤哀)ᄒ여 죽으믈 놀ᄂᆞ지 아냐 굴오ᄃᆡ,

"불쵸 간악ᄒᆞᆫ 거슬 슬와 타일(他日) 남의 집을 어ᄌᆞ러이고 어버이를 욕먹이리니, '아됴 죽으라.'"

ᄒᆞ여, 가지록1212) '마이 치라' ᄒᆞ여, 십여장을 더치더니, 셕부인이 듯고 잠간 ᄂᆞ와 지극히 기유(開諭)ᄒᆞ여 사(赦)ᄒᆞ미, ᄌᆡ긔 침당의 누이고 구호ᄒᆞ더라.

가부인이 빙ᄋᆞ의 간악을 졀통(切痛)ᄒᆞ니, 화쥬의 위인을 더옥 탄복ᄒᆞ더라. 심ᄉᆞ(心思)를 졍치 못ᄒᆞ니, 모부인 과거와 그 가부(家夫)【72】의 일을 골돌 기탄(慨歎)ᄒᆞ여 스스로 명도(命途)를 탄(歎)ᄒᆞ나, 소ᅀᅵᆨ지 아니코 드러와 모친을 뫼시니, ᄶᅥ의 상셔의 셕식을 가져 ᄀᆞᆺ던 하리 도라와, 옥니(獄吏) 상명(上命)으로 엄금ᄒᆞ여 밥을 드리지 못ᄒᆞ고 도라오고, 명일 ᄯᅩ 이러틋 ᄒᆞ여 삼ᄉᆞ일의 셔로 쇼식을 통치 못ᄒᆞ니, 그 ᄉᆞ라시며 죽어시믈 알 길히 업ᄂᆞᆫ지라.

부인이 일마다 셜워 이ᄊᆡ 니로ᄃᆡ,

"오ᄋᆡ ᄂᆞ히 하마 ᄉᆞ십이니, 긔혈(氣血)이 쇠(衰)ᄒᆞ엿거늘, 삼일지 한슐1213) 음식【73】을 드려 보ᄂᆡ지 못ᄒᆞ니, 나라히 죽이지 아닌 젼의 ᄌᆞ레 죽으리로다. 이 다 닉 죄라. 닉 엇지 참ᄋᆞ 살니오."

ᄒᆞ고, 음식을 물니쳐 동야(終夜) 호읍(號泣)ᄒᆞ니, 쇼·가 이부인과 셕부인이 지극(至極) 관위(寬慰)ᄒᆞ여, 하리(下吏) 복뷔(僕夫) 듯ᄂᆞᆫ 말을 다 와셔 고ᄒᆞ니, 연시랑 형뎨 외당의 머므러 됴셕으로 위로ᄒᆞ여, 은ᄌᆞ(銀子)로ᄊᆡ 옥니(獄吏)를 쥬고 밥을 가마니 드려 달나 ᄒᆞᄃᆡ, 물니쳐 왈,

"닉궁낭낭이 엄지(嚴旨)를 ᄂᆞ리오ᄉᆞ, 녀시(女侍) ᄌᆞ로 와【74】 보고 신칙(申飭)ᄒᆞ여 본가로 통신을 못ᄒᆞ게 ᄒᆞ고, 날노 ᄉᆞ명(死命)을 바야시니1214), 황상이 결(決)치 못ᄒᆞᄉᆞ 아직 가도와 계시되, 엇지 될 쥴 아지 못 《홀가∥ᄒᆞᆫ다》 ᄒᆞ고, 혹 풍편(風便)의 쇼식이 잇셔, 황후낭낭이 ᄉᆞ약(賜藥)고져 ᄒᆞ시더니, 그 녀ᄌᆡ(女子)1215) 슬피 비러 ᄃᆡ(代)ᄒᆞ여 죽기를 쳥(請)ᄒᆞ무로 잠간 즁지ᄒᆞ신다 ᄒᆞ니, 비록 젹실(適實)ᄒᆞ지 아니나 아직 ᄉᆞ랏ᄂᆞᆫ가 시브ᄃᆡ, 통신홀 도리ᄂᆞᆫ 업다."

ᄒᆞ더라 .【75】

1212) 가지록 : 갈수록.
1213) 한슐 : 숟가락으로 한 번 뜬 음식이라는 뜻으로, 적은 음식을 이르는 말.
1214) 바야다 : 재촉하다. 서두르다.
1215) 녀ᄌᆡ(女子) : 딸.

화산션계록 권지삼십

ᄎ셜, 부인이 드를ᄉ록 각골 통읍(慟泣)ᄒ고 돌돌1216) 회한(悔恨)ᄒ니, 냥질과 냥녀ᄅᆞᆯ 듸ᄒᆞ여 눈물을 흘니고 통흉고지(痛胸叩之)1217)ᄒ여 굴오듸,

"ᄂᆞ의 평싱(平生) 과악(過惡)을 싱각ᄒ니 엇지 연고(緣故) 업시 효ᄌᆞ의 영양(榮養)을 바드리오, 앙얼(殃孽)을 닙으미 맛당ᄒ되, 닉 ᄋ ᄒᆞ 어려셔부터 어믜 ᄉ오ᄂᆞᆫ 셩식(性息)1218)으로 무상무식(無狀無識)ᄒᆞᆫ 괴픠지힝(乖悖之行)1219)을 간ᄒ다가, 듕히 치기를 잔혹히 ᄒ여 위틱히 지닉미 ᄒᆞᆫ 두 번【1】이 아니라. 현질과 녀이 모르ᄂᆞᆫ 빅 아니로듸, ᄂᆞ의 각골(刻骨)이 뉘웃ᄂᆞᆫ 마음이 엇지 춥고 잇ᄉ리오. 오ᄋ(吾兒)의 효슌ᄒᆞᄆᆞᆯ 됴금도 셜우믈 품지 아니니, 져의 복녹이 무궁홀 빅여늘, 어믜 과악(過惡)을 상텬(上天)이 벌(罰)ᄒ시고 어믜 죄악이 님군의 쥬시미라. 다 졔몸의 밋ᄎᆞ니, ᄉ오ᄂᆞᆫ 어미ᄂᆞᆫ 오히려 평안이 안줏ᄂᆞᆫ지라. 닉 하 익둛고 셜워 머리를 두 번 계(階)의 부듸잇고, 셰번 벽의 부듸이져○[도] 씌여지도 아니【2】코 피도 아니나듸 알푸미 참혹ᄒ지라. 오이 어믜 허물을 간ᄒᆞᄆᆞ 머리를 두다려 상ᄒ고, 명이 부모의 죄 닙으믈 통박ᄒ여 계의 ᄇᆞ ᄋ 쳐 뉴혈이 눗치 ᄀᆞ득ᄒᆞ미 여러 슌(順)이라. 닉 ᄋ ᄒᆞ 부지 상ᄒᆞ미 ᄎᆞ마 보지 못ᄒ게 되듸, 화열ᄒᆞᆫ 식과 브드러온 소릭로 《알플 닐을∥알프믈》 눗ᄐᆞ닉지 아니턴 일이 더옥 일신을 마ᄋᆞᄂᆞᆫ1220) 듯ᄒ여라."

인ᄒ여 쓸히 ᄂᆞ려 북궐을 향ᄒ여 고두뉴체(叩頭流涕)1221)ᄒ여,

"ᄋᄌᆞ의 무죄ᄒᆞ믈 슬피【3】ᄉ ᄌᆞ 죄를 ᄉ ᄒ시고 신쳡의 ᄉ죄를 다사리쇼셔."

ᄒ고, 하날을 우러러 ᄭᅮ러 비러,

"ᄉ오ᄂᆞᆫ 목슘을 싇혀 풍도옥(酆都獄)1222)의 너ᄒ시고 어진 ᄌᆞ식의 화를 면ᄒ여 쥬쇼셔."

1216) 돌돌ᄒ다 : 애달아하다. 안타까워하다.
1217) 통흉고지(痛胸叩之) : 가슴을 아프도록 세게 침.
1218) 셩식(性息) : 성질과 심정. 또는 타고난 본성.=성정.
1219) 괴픠지힝(乖悖之行) : 이치에 어그러지고 도리에 벗어난 엇된 행실.
1220) 마ᄋᆞ다 : 부수다. 단단한 물체를 여러 조각이 나게 두드려 깨뜨리다.
1221) 고두뉴체(叩頭流涕) : 머리로 땅을 치며 눈물을 흘림.
1222) 풍도옥(酆都獄) : 도가에서, '지옥'을 이르는 말.≒풍도

ᄒ니, 텬눈(天倫) 뎌독(舐犢)[1223]의 간절ᄒ 졍의로써 이닯고 뉘웃브믈 겸ᄒᆞᆫ지라. 녀뷔(女婦) 체읍ᄒ여 간ᄒ여 붓드러 정침의 도라오니, 시랑 형뎨 슉모의 회과ᄒ시미 간절ᄒ시믈 보미 영힝(榮幸) 암희(暗喜)ᄒ니, 시랑이 다시 ᄭ우러 안위(安慰)ᄒ여 굴오ᄃᆡ,

"스름이 허물이 【4】 잇시나 스스로 알믄 붉지 못ᄒ거늘, 슉뫼 ᄭᆡ다ᄅᆞ시미 붉으시니 쇼질이 셩덕을 감탄ᄒᄂ이다. 고어의 굴와시ᄃᆡ, '허물이 잇시나 스스로 알믄 붉으미오, 곳쳐 범치 아니믄 어질미 쳐ᄋᆞ 어지니의셔 낫다' ᄒ여시니, 슉뫼 ᄎᆞ후로 과거(過擧)를 다시 발(發)치 아니시고, 형댱의 ᄃᆡ효를 귀듕○○[ᄒ다] ᄒ시고 질ᄋᆞ 등의 졍ᄉᆞ를 이련ᄒ신 즉, 지극지ᄋᆡ(至極之愛)[1224] 물이 동(東)으로 흐름 ᄀᆞᆺᄒ여, 양양(洋洋)ᄒ신 덕음(德蔭)이 상텬(上天)이 가지(可知)ᄒ시믈 닙【5】으시고, 셩상의 은혜를 ᄯᅩ 바드시리이다."

부인이 체읍(涕泣) 왈,

"ᄂᆡ의 포악광픽(暴惡狂悖)ᄒᆞᆫ 죄악이 임의 악젹(惡籍)의 치부(置簿)ᄒ연지 오리고, 신명(神明)의 오지(惡之)ᄒ시믈 닙을지니, 엇지 능히 신기(神祇)의 가지(可知)ᄒ시믈 바라리오. 현질이 나의 뉘웃ᄎᆞ믈 셩상긔 연인ᄒ여 알외여 닉 ᄋᆞ히 목슘을 구ᄒ여 닐진ᄃᆡ 큰 은혜를 셰셰싱싱(世世生生)의 닛지 아니ᄒ고, 즈금이후(自今以後)로 현질의 말을 듯지 아니미 업스리니, 현질은 【6】 져 즈음긔 ᄂᆡ의 과거(過擧)로 그릇ᄒᆞ믈 허물치 말고, 회한(悔恨)ᄒᄂᆞᆫ 졍경(情景)을 불상이 넉이고, 오ᄋᆞ의 현질 알기를 동긔 ᄀᆞᆺ치 ᄒᆞ믈 념녀ᄒ라. 오이 제몸의 중죄 바드믄 셜워 아니코 노모의 쵸우(焦憂)ᄒᆞ믈 싱각고 셜워ᄒ리라."

언파(言罷)의 통흉곡지(痛胸哭之)[1225]ᄒ니, 좌위 다 눈물을 흘니고, 시랑이 비하(拜賀) 왈,

"슉뫼 쇼질을 년ᄌᆞ(憐慈)ᄒ시미 지극ᄒ시니, 향일(向日) 엄노(嚴怒) 가온ᄃᆡ 칙ᄒ시미 계시나, 쇼질이 엇지 디금【7】의 한ᄒ리잇가? 쇼질이 형댱을 우러오미 슉빅(叔伯) ᄀᆞᆺ치 ᄒ옵ᄂᆞ니, 이런 화란의 엇지 괄시ᄒ리잇가? 쇼질이 작일 듯ᄌᆞ오니 니댱군과 위승상이 힘써 탑젼(榻前)의 고징(固爭)ᄒ와 셩명(聖明)이 져기 히노(解怒)ᄒ신 ᄃᆞᆺᄒ오니 쇼질이 다시 지슉 쳥쵹(請囑)ᄒ고 오리이다."

부인이 쳔만 ᄉᆞ례ᄒ고 도라 셕부인 ᄃᆞ려 옴겨 니르고, 시랑과 냥녀를 ᄃᆡᄒ여 니로ᄃᆡ,

1223)뎌독(舐犢) : 지독(舐犢). 어미 소가 송아지를 핥는 사랑이란 뜻으로, 자식에 대한 어버이의 지극한 사랑을 비유적으로 이르는 말. =지독지애(舐犢之愛).
1224)지극지ᄋᆡ(至極之愛) : 지극한 사랑.
1225)통흉곡지(痛胸哭之) : 가슴이 아프도록 통곡함.

"현뷔 십ᄉ의 ᄂ의 슬히(膝下) 되여 하마 삼십년【8】이 거의라. 일야의 동촉
(洞屬)1226)ᄒ여 셤기ᄂ 도리 옛 진효부(陳孝婦)1227)의 지ᄂ거ᄂᆯ, 노모의 광픽(狂
悖) 포한(暴悍)ᄒ미 미셰지ᄉ(微細之事)ᄅᆯ 다 초ᄎᆨ(誚責)1228)ᄒ여 듕장(重杖) 더
으기ᄅᆯ ᄌ로1229) ᄒ되, 분호(分毫)1230) 은원(恩怨)이 업셔 ᄇ라고 친익ᄒ미 녀ᄋ
의게 지ᄂ니, 노뫼 감동ᄒ고 이련(哀憐)치 아니미 아니로ᄃᆡ, 마이1231) 치ᄆ로 정
이 더으고 셩회 지극ᄒ미라. ᄒ여, 믹친 노긔(怒氣)의 용치1232)아닌 견집(堅執)과
화증(火症)이 포한(暴悍)ᄒ되, 그 몸의 괴로오믈 싱각지 아니코, 이제 노모의
【9】죄로 낭낭의 엄지(嚴旨) 현부의게 ᄂ리시고, 삼일 쟉슈(勺水)1233)ᄅᆯ 먹지
아냐, ᄯᆯ히 ᄃᆡ죄(待罪)ᄒ여 밤의 풍노(風露)ᄅᆯ 무릅ᄡ고, ᄂ지 됴양(朝陽)을 피치
아니니, 이 곳 ᄂ의 죄ᄅᆯ 밧ᄂ지라, 잔잉ᄒ믈 엇지 ᄎᆷ으리오."

쇼가 이부인이 셩덕을 ᄉ례ᄒ여 타일 다시 엄노로 더으지 마르시믈 비니, 부인
이 가ᄉᆷ을 어로만져 글오ᄃᆡ

"닉 가ᄉᆷ ᄀ온ᄃᆡ 크게 ᄉᆡᆺ드라 밍셰ᄒ엿ᄂ니, ᄎᆞ후야 엇지 오ᄋ와 현부로 ᄒ여금
일분 괴로오믈 당케ᄒ리오." 【10】

ᄒ더니, 한님이 잠간 틱모(太母)긔 뵈오려 와시니. 풍광(風光)이 쇼삭(消
索)1234)ᄒ여 옥골이 슈뷔(瘦憊)1235)ᄒ고 형용이 쵸체ᄒ여 머리의 관이 업고 허리
의 ᄯᅴᄅᆯ 글너시니, 여러날 누지(陋地)의 업ᄃᆡ여 체읍ᄒ여, 옷시 ᄯᆞᆺ글이 무더 말나
시니, 쇠잔흔 경식과 슈우(愁憂)흔 안뫼(顔貌) 셜우믈 돕ᄂ지라.

붓들고 실셩통곡ᄒ니 한님이 온화흔 식과 브드러온 말ᄉᆷ으로 극진이 관위ᄒ여,
'슈일 닉 사명이 ᄂ리실 ᄃᆞᆺᄒ다 ᄒ더라.' ᄒ여,【11】지극고 효슌ᄒ여 진실노 ᄋ즈
의 ᄋ들이라.

반갑고 슬푸믈 졍치 못ᄒ여 뉘웃ᄂ 마음의 잔잉ᄒ믈1236) 겸(兼)히 능히 심ᄉᆞᄅᆯ
졍치 못ᄒ더라.

1226)동촉(洞屬) : 공경하고 조심함.
1227)진효부(陳孝婦) : 한(漢)나라 때 진현(陳縣)의 효부. 남편이 변방에 수자리 살러 나
　　가 죽자, 남편과의 약속을 지켜 일생 개가하지 않고 시어머니를 성효로 섬겼다. 『소
　　학』<제6 선행편>에 나온다.
1228)초ᄎᆨ(誚責) : 잘못을 꾸짖어 나무람.
1229)ᄌ로 : 자주. 같은 일을 잇따라 잦게.
1230)분호(分毫) : 매우 적거나 조금인 것을 비유적으로 이르는 말.=추호.
1231)마이 : 매우. 심하게. 많이.
1232)용ᄒ다 : 용하다. 기특하고 장하다.
1233)쟉수(勺水) : 한 쟉(勺: 잔)의 물이라는 뜻으로, 한 모금의 물을 이르는 말.
1234)쇼삭(消索) : 점점 줄어들어 다 없어짐. 또는 다 써서 없앰.=소진.
1235)슈뷔(瘦憊) : 수비(瘦憊). 몸이 파리하고 지쳐 있음.
1236)잔잉ᄒ다 ; 자닝하다. 애처롭고 불쌍하여 차마 보기 어렵다.

한님이 물너 모부인긔 뵐식, 모친의 셕고(席藁)[1237] 좌쳔(左遷)ᄒ시믈 슬허ᄒ고, 대인이 ᄒ 번 취리(就理)[1238]ᄒ신 후, 셩식(聲息)이 막혀시믈 고ᄒ여 소리 오열(嗚咽)ᄒ고 눈물이 심솟 듯ᄒ니, 부인이 안식을 불변ᄒ여 굴오되,

"셩상(聖上)이 일시 진노ᄒ시나 ᄉ죄 아니니, 【12】 너모 과도히 쵸황(焦惶)ᄒ여 말나. 둔괴(尊姑) 여러날 폐식(廢食) 호읍(號泣)ᄒ시니 황황망됴(遑遑罔措)[1239]ᄒ지라. 우리 말ᄉᆷ을 알외면 위로ᄒᄂᆫ 쥴노 아르ᄉ 밋지 아니시니, 쇼질(姪)다려 닐너 젹실ᄒᆫ 쇼문으로 관위(寬慰)ᄒ시게 ᄒ라. 시랑 슉슉(叔叔)이 그윽이 공동(恐動)[1240]ᄒᄂᆫ 의ᄉ 이시니, 그 ᄯᅳᆺ이 비록 지셩쇼치(至誠所致)[1241]나 우흘 셤기옵ᄂᆫ 도리의 져기 어긔온지라. 네 잠간 고ᄒ여 그리 마르시고 관위ᄒ시게 ᄒ여 잘 【13】 알외라."

한님이 쳬읍 슈명ᄒ고 냥구의 다시 고왈,

"쇼미(小妹) 입궐 후 다시 쇼식이 잇더니잇가?"

부인 왈,

"비록 듯지 못ᄒ여시나 구투여 넘녀훌 빈 아니니, 다만 과도히 쵸우(焦憂)치 말고 ᄉ명을 엇ᄌ온즉 뫼셔 도라오라"

한님이 지비슈명(再拜受命)ᄒ여 태모긔 하직고 굴식, 작일 야야긔 상셔(上書)를 올녀 옥니(獄吏)를 인연ᄒ여 드리고즈 ᄒ니, 옥니 방식(防塞)[1242]ᄒ다가 한님이 쵸황ᄒ여 삼일이 되도록 ᄒ 먹음[1243] 믈 【14】 도 마시지 아니ᄒ고, ᄯᅡᄒᆯ 파고 가슴을 허위여 밤이 지ᄂᆫ되 ᄒ 번 됴으름이 업ᄉᆞ믈 감동ᄒ니, 한님 동반(同班)과 상셔의 친위(親友) 니르러 위로훌 식, 니공이 더옥 은근이 위로ᄒ여, '상이 굿ᄒ여 진노ᄒ시미 아니로되, 근뉘(近來)로셔 녕둔당이 진왕을 넘박(厭薄)ᄒ믈 드르ᄉ 셩뇌(聖怒) 진쳡(震疊)ᄒᄉ 가도아 계시나, 오릭지 아냐 노흐실 거시오, 진왕을 마즈면 무ᄉ 일 이러ᄒ리오. 무ᄉᆞᆯ 쥴 니르고 즈긔 텬안(天顔)의 【15】 고걸(告乞)[1244]ᄒ미 두 번이니, 슈일 닉 ᄉ명(赦命)이 ᄂᆞ리리라' ᄒ되, 한님이 다만 ᄯ히 업되여 뉴쳬(流涕) 고두(叩頭)ᄒ여 긔운이 ᄆ쳐 말ᄉᆷ을 딕(對)치 못ᄒ니, 졔공이 감탄ᄒ고, 옥니(獄吏)를 명ᄒ여 한님의 셔ᄉ(書辭)를 드려 보닉게 ᄒ고, 넌즈시[1245] 즈긔게

1237) 셕고(席藁) : 셕고대죄(席藁待罪). 거적을 깔고 엎드려서 임금의 처분이나 명령을 기다리던 일.
1238) 취리(就理) : 『역사』 죄를 지은 벼슬아치가 의금부에 나아가 심리를 받던 일.
1239) 황황망됴(遑遑罔措) : 마음이 급하여 어찌할 줄을 모르고 허둥지둥함.
1240) 공동(恐動) : 위험한 말을 하여 두려워하게 함.
1241) 지셩쇼치(至誠所致) : 지극한 정성에서 생겨난 일임.
1242) 방식(防塞) : 무엇을 하지 못하게 막음.
1243) 먹음 : 모금. 「의존 명사」 액체나 기체를 입 안에 한 번 머금는 분량을 세는 단위.
1244) 고걸(告乞) : 청(請)하다. 어떤 일을 이루기 위하여 남에게 부탁을 하다.

답셔(答書)를 드리라1246) ᄒ여 감쵸아 쥬지 아니니, 한님이 야야의 답셔를 엇지 못ᄒ고 더옥 쵸됴(焦燥)ᄒ여 집의 가 틱모긔 뵈고 가미러라.

각셜(却說)1247) 션시의 연한님이 일【16】 즉 태모(太母)의 과거(過擧)로 부모의 슈장(受杖)ᄒ시믈 망극ᄒ여, 감히 원망을 품으미 업셔 간졀ᄒ 정성이 지셩(至聖)1248)으로써 홀노 지극(至極)다 못홀 거시오, 동동(洞洞)1249)ᄒ 셩회(誠孝) 쳔니 밧긔 살히 셜니믈 독히 긔특다 못홀지라.

머리를 슉이고 태모 신광(身光)이 환탈ᄒ시믈 슬허 누쉬 년면(連綿)ᄒ더니, 쇼시랑이 모친을 뵈오려 파됴ᄒ민 연부로 가는지라. 길히셔 연흔님의 형용과 참담ᄒ 경식으로 도보(徒步)ᄒ믈 【17】 보고, 급히 말긔 ᄂ려 손을 잡고 눈물을 흘녀 글오딕,

"현뎨야! 슉부 죄명이 원간 진실노 죄명이 아니라. 현뎨 엇지 과도이 쵸황ᄒᄂ냐?"

한님이 ᄉ왈(謝曰),

"야애 엄지(嚴旨)를 밧ᄌ오ᄉ 옥니(獄裏)의 드르시니, 셩심(聖心)의 쳐치ᄒ실 바를 엇지 알니잇고? 형댱이 쇼뎨의 《젼ᄉ‖졍ᄉ(情事)》를 슬피시고 야야의 셩톄(聖體)를 넘녀ᄒᄉ, 문무졔공긔 쳥ᄒ여 텬은(天恩)을 밧비 엇줍게 ᄒ신 즉, 쇼뎨 형댱 대은을 셰셰(世世)이 【18】 견마(犬馬) 되어 갑흐리이다. 태뫼 연일 폐식(廢食) 호읍(號泣)ᄒᄉ 신관1250)이 쇠픽(衰敗)ᄒ시니, 야애 도라오ᄉ 불효를 슬허ᄒ실지라. 쇼뎨 더옥 황황ᄒ여 ᄒᄂ이다. 브라ᄂ니 형댱은 대모긔 됴히 알외여 관심(寬心)ᄒ시게 ᄒ쇼셔. 시랑 슉뷔 여ᄎ여ᄎᄒ신다 ᄒ여, ᄌ당이 더옥 민망ᄒᄉ 여ᄎ여ᄎᄒ시되, 쇼뎨 맛나 뵈옵지 못ᄒ여 이 말ᄉ믈 못하여시니 형댱이 젼ᄒ여 쥬쇼셔."

ᄒ고, 두 ᄉ미로【19】 누흔(淚痕)을 씨ᄉ며 흿ᄒ니, 시랑이 감탄ᄒ여 ᄌ긔ᄂ 외됴모(外祖母)긔 덩셩이 박(薄)다 ᄒ여 뉘웃고, 한님의 지극홈과 셕부인의 대효(大孝)를 ᄎ탄(嗟歎)ᄒ니, 바로 연시랑을 ᄎᄌ 한님의 말을 젼ᄒ고 셕부인 ᄠᆮ을 니르니, 시랑 형뎨 놀나고 감복ᄒ여 샹셔 부ᄌ을 향ᄒ여 두 번 졀ᄒ여 글오딕,

"우리 형댱과 슈시(嫂氏)의 큰 셩효ᄂ 진실노 하늘의 ᄉ뭇고, 일월노 빗츨 닷토리니 우리 무리 엇지【20】 감히 우럴니 잇스리오,"

1245)넌지시 : 넌지시. 드러나지 않게 가만히.
1246)드리다 : 들이다. 물건을 안으로 가져오다.
1247)각셜(却說) : 고소설에서 새로 이야기를 시작하거나 장면을 전환 할 때에 쓰는 '익설(益說)' '화표(話表)' '화셜(話說)' 따위와 같은 화두사(話頭詞).
1248)지셩(至聖) : 슬기와 덕행이 뛰어난 성인(聖人).
1249)동동(洞洞) : 공경함. 부모를 공경하여 섬기는 마음이 지극함. 『예기(禮記)』 <제의(祭義)>편의 "洞洞乎屬屬乎如弗勝 如將失之. 其孝敬之心至也與(공경하고 조심하는 태도가 마치 이기지 못하는 것 같고 잃지 않을까 조심하는 것 같아, 그 효경하는 마음이 지극하기 그지없다.)"에서 온 말.
1250)신관 : '얼굴'의 높임말.

ᄒᆞ고, 흔가지로 긔부인긔 뵈올ᄉᆡ, 고ᄒᆞ여 굴오디,

"녀ᄋᆞ 조실의 고뫼(姑母) 닉뎐낭낭(內殿娘娘)1251) 지친(至親)인 고로, 주셔흔 쇼문을 주시 드르니, 낭낭이 형댱의 죄를 ᄉᆞ(赦)치 아니려 ᄒᆞ시더니, 질녜(姪女) 되ᄒᆞ여 죽기를 익걸ᄒᆞ여 간졀흔 말슴이 텬노를 감동ᄒᆞ니 사(赦)코즈 ᄒᆞ실ᄉᆡ, 져의 직덕과 셩효를 감탄ᄒᆞ소, 용모의 유한흠과 덕셩의 뇨됴(窈窕)ᄒᆞᄆᆞᆯ 사랑ᄒᆞ소 진왕비를 졍【21】코즈 ᄒᆞ소, 샛던 이인을 도라보ᄂᆞ시다 ᄒᆞ니, 형댱의 은ᄉᆞ(恩赦)를 슈일 닉 밧ᄌᆞ오실 듯ᄒᆞ오나, 질ᄋᆞ의 혼ᄂᆞᆫ이 홀일업시 왕긔 속ᄒᆞᆯ너이다."

태부인이 년망(連忙)이 닐오디,

"ᄂᆞ의 밋친 의ᄉᆞ(意思) 혼녈(昏劣)ᄒᆞ여 무슨 쯧으로 진왕을 빈쳑ᄒᆞ고 괴이흔 넘녀를 품어, 너 ᄋᆞ희를 슈년을 돌나 져의 머리의 흰 털이 니러ᄂᆞ미 노모의 광픽무식(狂悖無識)ᄒᆞ미라, 바야흐로 넛웃쳐 죽고즈 ᄒᆞᄂᆞ니, 만일【22】 황샹이 낭낭이 죄를 ᄉᆞ(赦)ᄒᆞ시고 진왕을 맛지신 즉, 쳔번 졀ᄒᆞ고 만번 츅(祝)ᄒᆞ여 밧ᄌᆞ오리니, 이 말이 과연 진젹(眞的)ᄒᆞ냐?"

시랑이 디왈,

"엇지 허쇼(虛疏)이1252) 알고 알외리잇가? 녀이 슉모의 과도이 황황ᄒᆞ시믈 넘녀ᄒᆞ여 듯ᄂᆞᆫ 말을 즉시 통ᄒᆞ여 슉모긔 고ᄒᆞ라 ᄒᆞ엿더이다."

태부인이 쳔만(千萬) 황감(惶感)ᄒᆞ여 망궐빅비(望闕百拜)ᄒᆞ고 잠간 울기를 긋치고 니로디,

"숀ᄋᆞ 화쥐 만일 입궐치 아냐신즉 엇지 시러【23】금1253) 낭낭(娘娘) 셩노(盛怒)를 두루혀 제 아븨 급흔 목슘을 구ᄒᆞ리오, 닉 황황즁(遑遑中) 홀연 쥬ᄋᆞ 보닉기를 싱각ᄒᆞ미 다힝ᄒᆞ도다."

인(因)ᄒᆞ여 셕부인을 불너 이 말을 니르니, 부인이 직ᄇᆡ(再拜)ᄒᆞ여 돈고(尊姑)의 일월지명(日月之明)과 우로지퇴(雨露之澤)을 감츅(感祝)ᄒᆞ더라.

셕부인과 경쇼졔 됴셕(朝夕) 감지(甘旨)를 친집(親執)ᄒᆞ여 밧든 후, 다시 졍즁(庭中)의 ᄂᆞ리더니, 바야흐로 식상(食床)을 밧드러 헌(獻)ᄒᆞ고 업두여 고왈(告曰),

"하날 덕음(德音)1254)이 ᄂᆞ리실 가망(可望)이【24】 잇스오니, 져긔 셩녀(聖慮)를 평안이 ᄒᆞ소 진반(進飯)ᄒᆞ시믈 비ᄂᆞ이다. 불쵸익(不肖兒) 불효불민(不孝不敏)ᄒᆞ와 불관(不關)흔 녀ᄋᆞ를 싱ᄒᆞ온 고로, 의외(意外) 익화(厄禍)를 맛ᄂᆞ와 돈고 셩심을 어즈러이옵고, 셩쳬(聖體)를 불안케 ᄒᆞ온지라. 불효를 외월(猥越)ᄒᆞ와1255) 몸 둘 곳이 업셔

1251) 닉뎐낭낭(內殿娘娘) : '황후(皇后)'를 달리 이른 말.

1252) 허쇼(虛疏)이 : 허소(虛疏)히. 얼마쯤 비어서 허술하거나 허전하게. ≒허루(虛漏)히.

1253) 시러금 : ①능히(能히): 능력이 있어서 쉽게. ②하여금: 누구를 시키어.

1254) 덕음(德音) : 임금의 말씀.

1255) 외월(猥越)ᄒᆞ다 : 하는 행동이나 생각이 분수에 지나치다.=외람하다.

ᄒᆞᄂᆞ이다.”

태부인이 그 손을 잡고 탄식 왈,

“이 엇지 현부(賢否)의 쫄 ᄂᆞ흔 죄리오. 연고 업시 진왕을 마ᄌᆞ시면 무ᄉᆞ 일 ᄉᆞ단(事端)이 크리오. 이 다 노모【25】의 광픽(狂悖)ᄒᆞᆫ 연괴(然故)로다.”

셕부인이 황공감은ᄒᆞ고, 쇼·가 이부인이 셩덕을 칭복ᄒᆞ더라.

명일 한님이 야야의 상셔를 밧드러 드리니, 어시의 연상셰 ᄒᆞᆫ 번 옥즁의 들ᄆᆡ 삼일이 되도록 집 쇼식을 듯지 못ᄒᆞ니, 모부인 긔력을 ᄉᆞ모(思慕)ᄒᆞᄆᆡ 간절ᄒᆞ니, ᄋᆞ지(兒子) 밧긔 잇실 듯ᄒᆞ되, 엄격ᄒᆞᄆᆡ 텬이지각(天涯地角)[1256] ᄀᆞᆺᄒᆞ여 셔로 통신홀 길히 업거늘, 됴셕 밥을 ᄀᆞ져다가 쥬ᄆᆡ, 그 어늬【26】곳으로 오는 쥴 므로니[1257], ‘황상이 궁즁으로써 ᄉᆞ송(賜送)ᄒᆞ시는 빅라’ ᄒᆞ고, 거쳐(居處)의 평안ᄒᆞᄆᆡ 집의셔 다르미 업고, 일한(日寒)[1258]이 오히려 엄혼(嚴寒)[1259] 고(故)로, 텬지 모구(毛裘)[1260]와 침금(枕衾)을 쥬시고, ᄌᆞ로 쥬식을 ᄂᆞ리와 먹이시되 홀노 집을 년통(連通)치 못ᄒᆞ여 격졀(隔絶)ᄒᆞᄆᆡ 유명(幽明)이 격(隔)홈 ᄀᆞᆺᄒᆞ니, 그윽이 상의(上意)를 씌ᄃᆞ라 붓그리고 셜워ᄒᆞ더니, 졔삼일의야 옥니(獄吏) ᄀᆞ마니 한님의 상셔를 드리고, 밋[1261] 보ᄆᆡ 즈휘(慈候)[1262]【27】안강(安康)ᄒᆞ시믈 깃거ᄒᆞ나, 과히 쵸려(焦慮)ᄒᆞ신다 ᄒᆞ믈 민망(憫惘)ᄒᆞ여, 상셔(上書)를 올녀 즈긔 무ᄉᆞ히 잇심과 텬은의 늉늉(隆隆)ᄒᆞ시무로 긔한(飢寒)을 슬피ᄉᆞ 옷과 음식을 연(連)ᄒᆞ여 ᄉᆞ송(賜送)ᄒᆞ시믈 알외고, ᄉᆞ명(赦命)이 쉬올 줄 고ᄒᆞ여, ᄋᆞᄌᆞ의게 슈항(數行) 문ᄌᆞ로 친히 다 알외라 ᄒᆞ여 보닉니, 니댱군이 ᄉᆞ이 의셔 금쵸왓다가 명일(明日)[1263]이야 비로쇼 젼ᄒᆞ지라.

한님이 야야의 답셔를 밧드러 총총이【28】집의 도라와 태모긔 헌(獻)ᄒᆞ니, 태부인이 ᄋᆞᄌᆞ의 필젹을 보ᄆᆡ 비로쇼 ᄉᆞ라시믈 알고 반기고 슬허 눈물이 횡뉴(橫流)ᄒᆞ니 보고 다시 보아 ᄎᆞ마 손의 노치 못ᄒᆞ거늘, 황상이 진어(進御)[1264]ᄒᆞ시던 어션(御

1256)텬이지각(天涯地角) : 하늘의 끝이 닿은 곳과 땅의 한 귀퉁이라는 뜻으로, 서로 멀리 떨어져 있음을 이르는 말.

1257)므로다 : 묻다. 무엇을 밝히거나 알아내기 위하여 상대편의 대답이나 설명을 요구하는 내용으로 말하다.

1258)일한(日寒) : 날씨의 추위.

1259)엄한(嚴寒) : 매우 심한 추위.늑기한(祁寒), 대한(大寒), 융한(隆寒).

1260)모구(毛裘) : 털가죽으로 된 옷이나 침구(寢具)를 통틀어 이르는 말.

1261)밋 : 및. ‘그리고’, ‘그 밖에’, ‘또’의 뜻으로, 문장에서 같은 종류의 성분을 연결할 때 쓰는 말.

1262)즈휘(慈候) : 자후(慈候).

1263)명일(明日) : 오늘의 바로 다음 날.=내일. *여기서 명일은 연상서가 아들 연한님의 상서에 대한 답서를 옥리에게 준 날의 다음날, 곧 이장군이 옥리로부터 연상서의 답서를 가로채 하루를 가지고 있다가 연한림에게 준 날울 말한다.

1264)진어(進御) : 임금이나 존귀한 어른이 먹고 입는 일을 높여 이르던 말.

膳)1265)을 쥬시며 치우믈 넘녀ᄒᆞᄉ 텬은이 늉늉(隆隆)ᄒᆞ시믈 알ᄆᆡ, 낭낭이 비록 진노
(震怒)ᄒᆞ시나 텬의 니러틋 ᄒᆞ시니, 대죄(大罪)ᄅᆞᆯ 면홀가 다힝 감격ᄒᆞ니, 북궐(北
闕)1266)을 바라 텬은을 ᄉᆞ례ᄒᆞ고, 인ᄒᆞ여 【29】 식상(食床)을 ᄂᆞ와 바야흐로 진식(進
食)1267)고ᄌᆞ ᄒᆞ더니, 믄득 부문이 드레고 노복이 전도(顚倒)ᄒᆞ여 쇼상궁이 됴셔를 밧
드러오믈 고ᄒᆞᄂᆞᆫ지라.

황망이 계의 ᄂᆞ려 향안을 빈셜ᄒᆞ고 업듸여 됴셔를 듯ᄌᆞ올ᄉᆡ, 긔부인긔 ᄂᆞ리오신 비
니 대기 글와시듸,

"경의 ᄌᆞ 희슉이 군명(君命)을 만모(慢侮)ᄒᆞ니 기죄(其罪) 불용쥬(不容誅)라. 당당
이 법으로 다ᄉᆞ릴 비로듸, 경의 손녜 졔영(緹縈)1268)의 지난 회(孝) 잇셔 죽기를 듸
(代)ᄒᆞ여 지셩이 간 【30】 졀ᄒᆞ니, 경이 효ᄌᆞ효부를 두어 손녀의 현효(賢孝)ᄒᆞᄆᆡ 여ᄎᆞ
ᄒᆞ니, 목난(木蘭)1269)이 아븨 길흘 졀ᄉᆡ(絶塞)1270)의 듸(代)ᄒᆞ고, 조애(曹娥)1271) 아
븨 죽엄을 《우강∥강믈》의 안으므로1272) 다르미 업ᄂᆞᆫ지라. 딤이 감동ᄒᆞ여 ᄉᆞ(赦)코
ᄌᆞ ᄒᆞᄂᆞ니, 경이 임군1273)의 은혜ᄅᆞᆯ 아라 자ᄅᆞᆯ 훈계ᄒᆞ여, 다시 진왕의 혼인을 ᄉᆞ양치
말게 ᄒᆞ라. 오히려 군명을 역(逆)ᄒᆞᆫ 즉, 옥셕(玉石)을 골희지 아니코 국법을 붉히리
라."

ᄒᆞ여 계시더라.

긔부인이 감격 뉴쳬ᄒᆞ 【31】 여 빅비 고두 왈,

"셩상 은혜 하늘 ᄀᆞᆺᄒᆞᄉ 쳔(賤)ᄒᆞᆫ ᄌᆞ식의 죽으믈 ᄉᆞ(赦)ᄒᆞ시고 쳡의 죄를 뭇지 아
니시니 황은이 망극ᄒᆞ시미 하늘이 낫고 ᄯᅡ히 둡으미라1274). 신쳡의 쳔ᄒᆞᆫ 목슘이 ᄉᆞ라

1265)어션(御膳) : 임금에게 올리는 음식을 이르던 말.
1266)북궐(北闕) : 임금이 정사를 보살피는 궁궐. 예절의 방위에서는 자연의 방위와 관계
　　없이 임금이 위치해 있는 곳이 북쪽이다. 따라서 조선의 왕궁에서 북궐은 경복궁이다.
1267)진식(進食) : ①식사를 함. 밥을 먹음. ②신위나 어른에게 음식을 차려 올림.
1268)졔영(緹縈) : 중국 한나라 문제(文帝) 때의 효녀. 그녀의 아버지 순우의(淳于意)가
　　죄가 있어 사형을 당하게 되자, 대궐에 가, 임금에게 상소하여 자신이 관비(官婢)가 되
　　어 아버지 죄를 속(贖)하겠다고 하니, 문제가 그 뜻을 동정하여 사형을 감해 주었다는
　　고사가 있다.
1269)목란(木蘭) : 중국 양(梁)나라의 효녀. 남자 옷을 입고 아버지를 대신하여 전장에
　　나가 싸움에 이기고 열두 해만에 돌아왔다.
1270)졀ᄉᆡ(絶塞) : 아주 먼, 국경에 가까운 땅.
1271)조애(曹娥) : 조아(曹娥). 후한(後漢)의 효녀이다. 아버지가 강물에 빠져 죽은 후 그
　　시신을 찾지 못하자, 14세의 나이로 강가에서 밤낮으로 울부짖다가 17일째 되는 날 강
　　물에 몸을 던져 죽었다. 뒤에 아버지의 시신을 부둥켜안고 떠오르자, 현장(縣長) 탁상
　　(度尙)이 부녀의 시신을 묻어주고 비(碑)를 세워 주었다. 『後漢書 卷84 列女列傳 曹娥
　　條』에 나온다.
1272)안다 : 두 팔을 벌려 가슴 쪽으로 끌어당기거나 그렇게 하여 품 안에 있게 하다.
1273)임군 : '임금'을 달리 표기한 말.

셔 만셰(萬歲) 셩슈(聖壽)를 튝원ᄒᆞ옵고, 지하의 ᄀᆞ와 결쵸(結草)1275)를 긔약(期約)
ᄒᆞ옵ᄂᆞ니, 엇지 감히 역명(逆命)ᄒᆞ미 잇스리잇가?"

드ᄃᆡ여 머리를 쳔번 두다리고 감읍(感泣)ᄒᆞᆫ 눈물이 옷깃시 져즈니, 샹궁을 후ᄃᆡᄒᆞ고
젼과를 ᄌᆞ칙ᄒᆞ여 간담을 【32】 쏘드며 심혈을 거후르니, 쇼샹궁이 거즛 셩모낭낭진
노ᄒᆞ심과 공의 죄 극늘의 밋쳐거늘, 쇼졔 쳬읍 간걸ᄒᆞ여 텬의를 두루혀시믈 누누이 베
푸고 칭찬ᄒᆞ여 글오ᄃᆡ,

"샹셔공과 부인 셩효를 드ᄃᆡ여 쇼져의 긔특ᄒᆞ시미 ᄌᆞ고(自古)의 구ᄒᆞ여 흔치 아니
시니, 이런 고로 셩심이 두루혀시니 쳡 등이 탄복ᄒᆞ믈 니긔지 못ᄒᆞᄂᆞ이다."

ᄒᆞ니, 이ᄂᆞᆫ 낭낭이 ᄀᆞ르치시니미라. 연 【33】 시랑의 쥬언(奏言)이 둑(足)히 마즌지
라.

부인이 더옥 감읍ᄒᆞ여 손녀를 이듕ᄒᆞ미 더으니, 셕부인의 손을 잡고 깁흔 효심을 두
어 틱교ᄒᆞ미 이러틋 ᄒᆞ도다. 꿈 낀 ᄃᆞ시 귀듕ᄒᆞ니 셕부인이 황감비스ᄒᆞ여 도로혀 치신
무지ᄒᆞ여 ᄒᆞ더라.

긔부인이 쳔번 졀ᄒᆞ고 표 올녀 글오ᄃᆡ,

"신쳡이 어리고 밋쳐 다만 ᄌᆞ식의게 위엄 셰오믈 ᄌᆞ랑ᄒᆞ고, 텬위를 두리올 쥴 모로
옵고 쳔 【34】 ᄌᆞ(賤子) 희슉을 강박ᄒᆞ와 간션(揀選)의 ᄲᆞ지옵고, 밋친 노긔로 풍파를
니르혀 젹은 ᄌᆞ식이 경황(驚惶)ᄒᆞᆯ ᄉᆞ이, 듕ᄉᆞ(中使) 공환(空還)ᄒᆞ오니이다. 신쳡의 무
식(無識) 픽악(悖惡)ᄒᆞᆫ 죄(罪)오. 쇼ᄌᆞ(小子) 희슉의 방ᄌᆞ(放恣)ᄒᆞ미 아니오ᄃᆡ, 신쳡
이 혼녈(昏劣) 미혹(迷惑)ᄒᆞ와 ᄉᆞ죄(死罪)를 붉히 ᄭᆡᄃᆞᆺ지 못○[ᄒᆞ]숩더니, 비로쇼 하
날 위엄의 겁(怯)ᄒᆞ와 미셰ᄒᆞ온 곡졀을 텬문의 알외지 못ᄒᆞ오니, 쳔ᄌᆞ 희슉이 어믜 죄
를 무릅쓰와 형벌의 업ᄃᆡ올 ᄲᅮ이 【35】 올너니, 텬지(天地)의 너르오심과 일월의 붉으
시무로, 쇼ᄌᆞ 희슉의 무죄ᄒᆞ믈 어엿비 넉이오ᄉᆞ 쇠잔ᄒᆞᆫ 목슘을 ᄉᆞ(赦)ᄒᆞ오시고, 하날
ᄀᆞ치 어지르ᄉᆞ미 우로(雨露) ᄀᆞᆺᄌᆞ온 셩틱(聖澤)1276)을 드리오ᄉᆞ, 신쳡의 만번 죽을
죄를 ᄉᆞ(赦)ᄒᆞ오시니, 신쳡이 눈물을 흘니옵고 ᄉᆞ실(私室)의 업ᄃᆡ와 무강지복(無疆之
福)1277)을 츅원ᄒᆞ나이다. 진왕을 밧드러 맛ᄌᆞ오믄 엇지 감히 지완(遲緩)ᄒᆞ리잇고"

ᄒᆞ여, 샹궁을 쥬니, 그 뉘웃츠 【36】 믈 가히 알지라.

1274) 둡다 : 좁다. 면이나 바닥 따위의 면적이 작다.
1275) 결초(結草) : =결초보은(結草報恩). '풀을 맺어 은혜를 갚는다'는 말로, 죽어서도 은
혜를 잊지 않고 갚음을 이르는 말. 중국 춘추 시대에, 진나라의 위과(魏顆)가 아버지가
세상을 떠난 후에 서모를 개가시켜 순사(殉死)하지 않게 하였더니, 그 뒤 싸움터에서
그 서모 아버지의 혼이 적군의 앞길에 풀을 묶어 적을 넘어뜨려 위과가 공을 세울 수
있도록 하였다는 고사에서 유래했다.
1276) 셩틱(聖澤) : 임금의 은택(恩澤).
1277) 무강지복(無疆之福) : 한량없는 복.

한님이 잠간 피ㅎ여 슘어 여어보믹, 틱모의 이러트시 뉘웃ᄎ심과 어즈러시믈 감격 다ᄒᆡㅎ고, 야야의 ᄉ명(赦命)이 쉬오실 줄 환희ㅎ거늘, 비로쇼 소시랑과 진둉슉(再從叔)의 말ᄉᆞᆷ을 드러, 텬의(天意)에 두신 바롤 아라시니, 각골감은(刻骨感恩)ㅎ고 황공뉴체(惶恐流涕)ㅎ여 국은(國恩)을 갑ᄉᆞ오믈 죽기로 긔약ㅎ더라.

쇼상궁이 도라와 긔시의 회과ᄌ척(悔過自責)홈과 텬명을 감은ㅎ믈 알외고, 셕부【37】인과 경쇼져의 긔특ㅎ믈 알외며, 쇼·가 이부인의 현철(賢哲)ㅎ믈 고ㅎ여,

"긔시 비록 불냥(不良) 과격(過激)ㅎ나 셩질이 쾌단(快斷)ㅎ여, 그르믈 뉘웃ᄎ믹 구구히 긔이며 붓그려 아니코, ᄌ녀의 특이ㅎ미 타류와 다르더이다."

ㅎ니 휘 일변 우으시고 일변 ᄎ탄ㅎ시니, 쇼상궁을 명ㅎ여 '연시를 뫼셔 셤기라' ㅎ시다.

어시의 연쇼제 별궁의 믈너와 놉흔 던각을 ᄉ양ㅎ고 나ᄌᆞᆫ 집의 업딕여【38】 둉일(終日) 둉야(終夜) 복지체읍(伏地涕泣)ㅎ니, 운발(雲髮)을 쇼하(疏下)[1278]치 아니코, 옥용(玉容)을 슈렴(收斂)치 아니ㅎ여 식음을 믈니치니, 황휘 더옥 연이ㅎᄉ 진어(進御)ㅎ시던 거슬 ᄂᆞ리와 쳑ㅎ여 먹이시니, 쇼제 감히 ᄉ양치 못ㅎ여 돈슈ᄉ은(頓首謝恩)ㅎ고 잠간 햐져(下箸)ᄒᆞᆫ 후, ᄂᆡ던을 향ㅎ여 다시 고두ᄉ은(叩頭謝恩)ㅎ고 다시 복지(伏地)ㅎ여 잠연(潛然)이 체읍ㅎ니, 쇼상궁이 굴오딕,

"쇼제 곳쳐 낭낭긔 됴현(朝見)ㅎ시리니 장쇼(粧梳)룰 일우쇼셔"【39】

쇼제 ᄂᆞᆨ죽이 딕왈,

"쳡의 부뫼 딕죄즁(待罪中)이니 쳡이 엇지 감히 안연(晏然) 평셕(平席)ㅎ리잇고?"

말ᄉᆞᆷ을 맛ᄎ믹 머리룰 슉이고 쌍셩(雙星)을 그린 드시 ᄂᆞ쵸와 한셜(閑說)의 ᄯᅳ지 업ᄉ니, 휘 드르시고 심이 어엿비 역이ᄉ 상셔룰 ᄉ(赦)코ᄌ ㅎ시딕, '긔시의 ᄯᅳ슬 쳐 제어(制御)치 못ㅎ엿ᄂᆞᆫ가' 넘녀ㅎᄉ, 제ᄉ일(第四日)의 됴셔룰 맛져 '보고 오라' ㅎ신지라. 도라와 고ㅎ믈 드르시고 텬ᄌᆞ긔 고ㅎ여, 데오일(第五日)의【40】 상셔룰 ᄉㅎ여 의관을 쥬ᄉ 됴현ㅎ게 ㅎ시니, 공이 황망이 ᄉ(使)룰 ᄯ라 관복을 ᄀᆞ쵸지 아니ㅎ고, 옥계하(玉階下)의 츄쥬(趨走)ㅎ여 복지쳥죄(伏地請罪)ㅎ온딕, 상이 졍ᄉᆡᆨ(正色)ㅎ여 굴오ᄉ딕,

"경은 됴졍 듕신이오, ㅎ믈며 션됴(先祖) 슈은(受恩)이 가빅얍지 아니커늘, 경의 ᄯᆞᆯ노써 진왕의게 가(嫁)ㅎ미 무어시 욕되미 이셔, 괴로이 견집(堅執)ㅎ고 듕ᄉ룰 공환ㅎ여 군명(君命)을 경시ㅎ니, 이 무슴 도리뇨?"

상셰 진실노 황공(惶恐) 욕【41】ᄉ 무지(欲死無地)[1279]ㅎ여 다만 돈슈(頓首) 뉴체(流涕)ㅎ여, 'ᄉ죄(死罪)! ᄉ죄(死罪)오니 만ᄉ무셕(萬死無惜)[1280]이믈' 일ᄏ룰 ᄯ

1278) 소하(梳下): 빗질. 또는 빗질함.
1279) 욕ᄉ무지(欲死無地): 죽으려고 하여도 죽을 땅이 없음.

름이라.

상이 다시 무르시되,

"경이 이제도 허(許)치 아니랴?"

상세 고두(叩頭) 쥬왈,

"불츙(不忠) 쇼신(小臣)이 선데(先帝)의 발쳔(拔賤)ᄒᆞᆺ 쓰시믈 닙습고, 은혜를 밧ᄌᆞ와시니 상명이 나리지 아니ᄉᆞ도 감히 ᄉᆞ양홀 빅 아니오딕, 불츙무상(不忠無常)ᄒᆞ와 셩상 하교(下敎)를 역명ᄒᆞ오니, 다만 죽이시믈 닙ᄉᆞ와 부월(斧鉞)1281)을 감심(甘心)ᄒᆞ옵고 알외올 빅 업 【42】 ᄂᆞ이다. 진왕을 맛ᄌᆞ오믄 셩명(聖明)이 쳐분하시미 잇ᄉᆞ오니 쇼신이 무슴 알욀 빅 잇ᄉᆞ오리 잇가?"

상이 잠소ᄒᆞ시고 다시 굴오스되,

"경녀(卿女)로 진왕의 뎡비를 봉(封)ᄒᆞᄂᆞ니 다시 괴로오미 잇게 말고 군명을 봉ᄒᆡᆼ ᄒᆞ라."

ᄒᆞ시고, 명ᄒᆞ여 의관을 ᄀᆞᆺ쵸와 뎐의 오르라ᄒᆞ시니, 상세 황공 ᄉᆞ은ᄒᆞ고 뎐의 올나 업딕니, 상이 ᄉᆞ쥬(賜酒)ᄒᆞᄉᆞ 셰 잔을 먹이시니 상세 황은을 망극ᄒᆞ여 뉴쳬 ᄉᆞ은ᄒᆞ더 라. 【43】

원닉 상이 셩회 츌텬ᄒᆞ신 고로 연공의 대효를 아름다이 넉이ᄉᆞ 혼 번 긔시의 쇼실(所失)을 니르ᄉᆞ지 아니ᄉᆞ. 짐즛 연공을 죄(罪) 쥬ᄉᆞ 사(赦)ᄒᆞ시고 슐노ᄡᅥ 먹이시니, 만됴 졔신이 셩의를 앙탁(仰託)ᄒᆞ여 감격ᄒᆞ여 ᄒᆞ니, ᄒᆞ믈며 연공의 마음이리오.

뎐폐(殿陛)의 빅빅 ᄉᆞ은ᄒᆞ고 퇴ᄒᆞ여 도라올 식, 텬은의 망극ᄒᆞ심과 지우(知遇)의 감격ᄒᆞ믈 니기지 못ᄒᆞ여 간뇌도지(肝腦塗地)1282)ᄒᆞ믈 긔약ᄒᆞ니, 한님 【44】 의 황감 망극ᄒᆞ미 ᄯᅩ 혼가지라. 문무 친위 모다 위로 치하ᄒᆞ니 공이 감쳬(感涕)를 ᄂᆞ리와 간담(肝膽)을 쏘다도 군은(君恩)을 다 갑ᄉᆞ올 길히 업ᄉᆞ믈 일ᄏᆞᆺ더라.

공이 ᄋᆞ즈로 더브러 ᄲᆞᆯ니 달녀 집의 니르니, 문 밧긔셔 탈관히딕(脫冠解帶)1283)ᄒᆞ고 츄쥬(趨走)ᄒᆞ여 계하(階下)의셔 불효를 쳥죄ᄒᆞ니, 틱부인이 공을 보니 죽엇던 ᄋᆞ들을 다시 본 듯, 급히 ᄂᆞ리다라 공을 안고 실셩통곡ᄒᆞ니 공이 안식을 화(和) 【45】 ᄒᆞ고, 연망이 모친을 붓드러 위로ᄒᆞ며 스스로 불효를 일ᄏᆞ라 ᄉᆞ죄(謝罪)ᄒᆞ니, 냥구(良久) 후 부인이 우름을 긋치나, 오열(嗚咽)ᄒᆞ여 관을 ᄀᆞ져 그 머리의 씌오고, 손을 닛그러 당의 올나 무릅 아릭 안치고, 울고 다시 늣겨 굴오딕,

---

1280) 만ᄉᆞ무셕(萬死無惜) : 만 번 죽어도 아깝지 않음.

1281) 부월(斧鉞) : 『역사』 형구로 쓰던 작은 도끼와 큰 도끼.

1282) 간뇌도지(肝腦塗地) : 참혹한 죽임을 당하여 간장(肝臟)과 뇌수(腦髓)가 땅에 널려 있다는 뜻으로, 나라를 위하여 목숨을 돌보지 않고 애를 씀을 이르는 말.

1283) 탈관히딕(脫冠解帶) : 머리에 썼던 갓이나 관(冠)을 벗고 옷에 두른 띠를 푼다는 뜻으로, 예전에 죄를 지은 사람이 형신(刑訊)을 받기위한 몸차림을 이르는 말.

"노뫼 광픽(狂悖) 포한(暴悍)흐여 널노 흐여곰 어려셔붓터 뜻을 펴지 못흐여 주로 즁(重)히 쳐 너의 몸을 상히오고, 금번 노모의 불통무상(不通無狀)흔 죄롤 모도 씨 워1284)두고, 【46】 뉘웃고 셜워 스스로 죽고즈 흐다가, 요힝 다시 닉 ㅇ히룰 볼가 흐 여 잔명을 니엇더니, 오이 능히 싱환흐니 닉 이졔 죽다 무슴 셜우미 잇스리오. 낭낭 엄지(嚴旨) 현부의게 느리스 여츠여츠흐시니, 노모의 과악(過惡)으로 오ㅇ룰 죽게 흔 즉 닉 춤ㅇ 엇지 슬니오. 쥬ㅇ(兒)룰 궐즁(闕中)의 보닉여 만셰낭낭긔 이걸흐라 흐엿 더니, 쥬이 능히 졔영(緹縈)의 고亽(故事)룰 효측(效則)흐여 낭낭 셩심을 감동흐온 고 로 오 【47】 날날 모지 산 늣츠로 보니, 이는 다 오ㅇ와 현부의 지효딕덕(至孝大德)으 로 명ㅇ(兒)와 화쥬 등의 쇠여난 회 잇눈지라. 일노 됴츠 부졀업슨 긔운을 늣쵸고 잡 된 념녀룰 긋쳐 평안이 효봉을 바드리라. 너룰 잡혀 보니고 곳곳이 뉘웃브거늘 흐믈며 텬노(天怒)룰 맛나오믄 빙낭의 요악흐무로 느의 밋친 과게(過擧) 발검(拔劍)흐믈 인 흐여, 오ㅇ로 흐여곰 망극흐여 죽고즈 흐고 두손으로 듕상(重傷)흐니 일노써 듕亽(中 使) 【48】 룰 공환(空還)흔지라. 셜우며 한되여 간장이 쵼쵼(寸寸)이 긋는 듯흐니, 밍 셰흐여 츠싱(此生)의 과거룰 아니흐리라."

인(因)흐여 손을 만지며 보니 오히려 치1285) 완합(完合)지 아냐시니, 읍쳬(泣涕) 주탄(自歎)흐여 능히 진졍치 못흐는지라.

공이 감동흐고 슬허흐여 화셩유어(和聲柔語)로 간졀이 위로흐여 도도히 주긔 불효 로 비로시믈1286) 스죄흐니, 태부인이 집슈(執手)흐여 노치 못흐더니, 부문이 쏘 드레 며 인셩(人聲)이 요 【49】 란흐니, 틱부인이 실식(失色)흐여 연고룰 무른딕, 시위 분쥬 흐여 쇼져의 도라오믈 고흐는지라.

부인이 급히 니러나거늘, 공이 붓드러 왈,

"틱틱(太太) 엇지 경동(輕動)흐시느니잇고? 녀이 임의 와신 즉 드러오리이다."

부인이 도로 안즈 공의 손을 놋치 아니흐고 주로 머리룰 기우려 문을 보더라,

아즈(俄者)의 텬지 연공을 스쥬(賜酒)흐여 보니시고, 닉뎐의 연시 도라보니믈 명흐 시니, 【50】 황휘 다시 보지 아니시고 보닉실식, 상궁 쇼난영을 명흐스 '쇼궁ㅇ(小宮 兒) 오인을 거느려 쇼져룰 밧드러 연부로 가셔, 인흐여 길녜(吉禮) 후 진궁으로 가라' 흐시고, 쇼져의 유모와 쇼시ㅇ룰 금빅(錦伯)을 상亽(賞賜)흐여 보니시고, 처음의 쵸쵸 (草草)흔1287) 《칙교∥측교(窄轎)1288)》 룰 타고 오믈 드르시고, 금교치뎡(錦轎彩

1284) 씨우다 : 씌우다. 사람이 죄나 누명 따위를 가지게 하거나 입게 하다. '쓰다'의 사동 사.

1285) 치 : 채. 어떤 상태나 동작이 다 되거나 이루어졌다고 할 만한 정도에 아직 이르지 못한 상태를 이르는 말.

1286) 비로시다 : 비롯하다. 처음 시작하다.

1287) 쵸쵸(草草)흐다 : 몹시 간략하다.

딩)1288)과 시위환시(侍衛宦侍)로 호숑(護送)케 ᄒᆞ시니, 유모 시ᄋᆞ와 여숫 궁인이 다 교ᄌᆞ를 타고 됴ᄎᆞ니 위의 도로의 휘영(輝映)ᄒᆞ여 처음의 【51】 쳐량ᄒᆞᆫ 경식으로 황황(遑遑)흠과 ᄂᆞ도ᄒᆞ더라.

집의 니르러 즁문(中門)의 ᄂᆞ리미, 연보(蓮步)1290)를 ᄀᆞ비야이 옴겨 계하(階下)의 ᄌᆞ비ᄒᆞ고 ᄭᅮ러 죄를 청ᄒᆞ여 글오ᄃᆡ,

"불쵸ᄒᆞᆫ ᄋᆞ희 불관ᄒᆞᆫ 몸이 셰샹의 나온 고로 태모와 ᄃᆡ인긔 무ᄒᆞᆫᄒᆞᆫ 불효를 닐위여야애 옥니(獄裏)의 곤(困)ᄒᆞ시고, 티뫼 호읍(號泣)ᄒᆞᄉᆞ 셩체(聖體) 슈뷔(瘦膚)1291)ᄒᆞ시니, 희이 엄하(嚴下)의 죽기를 무릅쓰와 무궁ᄒᆞᆫ 불효 대죄를 면ᄒᆞ여지이다."

티부인이 손녀를 보【52】건ᄃᆡ 옥뫼(玉貌) 쵸췌(憔悴)ᄒᆞ고 셤쇠(纖腰) 더 가ᄂᆞ라 빗 업슨 장쇽(裝束)의 운환(雲鬟)이 삽삽ᄒᆞ니1292) 셜니(雪裏)의 옥미(玉梅) 담담이 암향(暗香)을 토(吐)ᄒᆞ고, 운니(雲裏)의 명월이 염염(艶艶)이1293) 명광(明光)을 ᄉᆞᆷ겻ᄂᆞᆫ 듯, 팔ᄌᆞ아황(八字蛾黃)1294)의ᄂᆞᆫ 시름이 오히려 머럿고 효셩츄파(曉星秋波)1295)의ᄂᆞᆫ 슬푸미 넘어시니, 쇼샹쳥빙(瀟湘淸氷)1296)의 맑은 거슬 머금고, 현포(玄圃)1297) 셜식(雪色)이 됴흔 거슬 천ᄌᆞ(天姿)1298)ᄒᆞ여, 홍슌(紅脣)은 지금의 혈식(血色)이 금(減)ᄒᆞ엿고, 무빈(霧鬢)1299)의 슈쳑(瘦瘠)ᄒᆞ미 ᄋᆡ원(哀怨)ᄒᆞᆷ을 ᄯᅴ여시니, 묽으미 더

1288)측교(窄轎) : 보통 가마보다 폭이 좁은 가마.
1289)금교치딩(錦轎彩딩) : 비단으로 꾸민 가마와 화려하게 장식한 딩. *딩: 공주나 옹주가 타던 가마.
1290)연보(蓮步) : 금련보(金蓮步). 미인의 정숙하고 아름다운 걸음걸이를 비유적으로 이르는 말. *중국 남조(南朝) 때 동혼후(東昏侯)가 황금으로 연화(蓮花)를 만들어 땅에 깔고 총희인 반비(潘妃)에게 그 위를 걷게 하며 '걸음걸음 연꽃이 핀다.'라고 하였다는 데서 유래한다.
1291)슈뷔(瘦膚) : 몸이 몹시 마르고 낯빛이나 살색이 핏기가 전혀 없음.
1292)삽삽ᄒᆞ다 : 삽삽하다. 태도나 마음 씀씀이가 마음에 들게 부드럽고 사근사근하다.
1293)염염(艶艶)이 : 곱고 곱게.
1294)팔ᄌᆞ아황(八字蛾黃) : 아름답게 화장한 눈썹과 얼굴. *팔자(八字); 눈썹. 팔(八)자 모양으로 생긴데서 쓴 말. *아황(蛾黃); 예전에 여자들이 얼굴에 바르던 누런빛이 나는 분으로, 분바른 얼굴을 뜻함.
1295)효셩츄파(曉星秋波) : 샛별처럼 반짝이고 가을 물결처럼 맑은 눈빛. *효성(曉星): '금성'을 일상적으로 이르는 말. =샛별. *츄파(秋波) : 가을 물결처럼 맑은 눈빛.
1296)쇼샹쳥빙(瀟湘淸氷) : 소상강(瀟湘江) 수면 위에 얼어붙은 해맑은 얼음. *소상강(瀟湘江) : 중국 호남성(湖南省)에서 발원한 소수(瀟水)와 광서성(廣西省)에서 발원한 상강(湘江)이 호남성에 있는 동정호(洞庭湖)에서 만나 이루어진 강. 주로 호남성 동정호 지역을 일컫는 말로 경치가 아름답고 소상반죽(瀟湘班竹)과 황릉묘(黃陵廟) 등 아황(娥皇) 여영(女英)의 이비전설(二妃傳說)이 전하는 곳으로 유명하다.
1297)현포(玄圃) : 전설 속에 나오는 곤륜산(崑崙山) 꼭대기에 있다고 하는 신선이 사는 곳으로, 평포(平圃)라고도 하는데, 그 속에는 기화요초(琪花瑤草)와 기석(奇石)이 있다고 한다.
1298)천ᄌᆞ(天姿) : 타고난 용모 또는 맵시.

【53】옥 쇼스나고 됴흐미 더옥 표표(表表)1300)흐여 완연이 진이(塵埃)1301) 밧 스람이라. 이련(哀憐)흐믄 뉘웃츠믈 됴츠 더흐고 귀즁흐믄 셩효(誠孝)로 인흐여 더옥 감동흐니, 연망(連忙)이 불너 오르기를 니르고, 공이 쏘흔 탄식 왈,

"이는 다 녀부(汝父)의 츙회(忠孝) 박(薄)흐여 득죄흐미라. 엇지 너의 죄리오. 티티 오르믈 명흐시니 셜니 오르라."

쇼졔 비스(拜謝)흐고 당(堂)의 오르니, 티부인이 느오혀 졉면교싀(接面交腮)1302)흐고 이슈무비(二手撫背)1303) 왈,

"널노 흐여금 이 【54】러트시 경황(驚惶)흐믈 당케 흐믄 노모의 타시라. 니 아히 츌쳔흔 효의로 아비를 능히 구흐여 도라오니, 양향(楊香)1304)의 범을 읔(搹)흐여 아비를 살옴과 연녜 진슈의 비를 져어 아비 죄를 면(免)케 흐미나, 엇지 오ᄋ(吾兒)의 밋츠리오. 스오나온 어미는 모진 앙얼(殃孽)노써 어진 즈식의게 씌우고, 무식흔 죄를 지어 츙효의 ᄋ들을 스지(死地)의 밀쳐거늘, 오이(吾兒) 졔영(緹縈)의 창합(閶闔)1305)을 두다리는 졍원(情願) 【55】이 복분(覆盆)1306)의 부르지져 구텬(九天)의 스못츠니, 아뷔 위급흔 목숨을 구흐여 무지(無知)흔 노모로써 '쵹원(蜀猿)의 단장(斷腸)'1307)흐미 업시 모즈(母子)의 명(命)이 흔 가지로 니인지라1308). 앙화(殃禍)를 쓰하 죄지은 한미 요화(妖禍)를 면흐고 잌(厄)을 풀믄 닉 ᄋ히(兒孩)라. 비록 고인의 비겨도 겸숀치 아니리니 네 엇지 쳥죄(請罪)흐느뇨?"

언필의 무궁흔 누쉬 심솟 듯흐니 쇼졔 온유흔 싴과 화슌흔 언쇼로 황공감슈 【56】

1299)무빈(霧鬢) : 안개가 서린 듯한 하얀 귀밑털. *여기서는 양쪽 귀밑에서 턱에 이르는 얼굴의 뺨 부위를 이른 말.

1300)표표(表表) : 사람의 생김새나 풍채, 옷차림 따위가 눈에 띄게 두드러짐.

1301)진이(塵埃) : ①티끌과 먼지를 통틀어 이르는 말. ②세상 또는 세상의 속된 것을 비유적으로 이르는 말.

1302)졉면교싀(接面交腮) : 얼굴을 마주대고 뺨을 서로 비빔.

1303)이슈무비(二手撫背) : 두 손으로 등을 쓰다듬어 어루만짐.

1304)양향(楊香) : 중국 진(晉)나라 때의 효녀(孝女)로 양풍(楊豊)의 딸이다, 나이 14세 때 아버지를 따라 밭에서 벼를 베는데, 호랑이가 아버지를 물어 위태하게 되자, 그녀가 맨손으로 호랑이의 등을 타고 목을 조르니, 호랑이가 달아나 아버지의 목숨을 구한 '양향액호(楊香搹虎)' 고사(故事)가 전한다.

1305)창합(閶闔) : 궁궐의 정문.

1306)복분(覆盆) : 죄를 뒤집어쓰고 밝히지 못하고 있음.

1307)쵹원단장(蜀猿斷腸) : '자식을 잃은 부모의 슬픔'을 이르는 말. 진(晉)나라 환공(桓公)이 쵹(蜀)을 정벌할 때, 삼협(三峽)을 지나다가 한 군사가 원숭이 새끼 한 마리를 붙잡아서 배에 실었다. 그 어미가 슬피 울며 강기슭으로 백여 리를 따라오다가 배 위로 뛰어 올라왔는데 그만 죽고 말았다, 이상히 여겨 그 배를 갈라 보니 창자가 마디마디 끊어져 있었다고 한다. 『世說新語 黜免』에 나온다. =파원단장(巴猿斷腸).

1308)니이다 : 이어지다. 끊어졌거나 본래 따로 있던 것이 서로 잇대어지다.

여 치신무지(置身無地)홀 듯ᄒ고, 상셰(尙書) 츄연이 ᄌ비긔복(再拜起伏)ᄒ여 돈슈스ᄌ
죄(頓首謝罪) 왈,

"불쵸(不肖)ᄒᆫ ᄋᆞ히 불민(不敏) 불튱(不忠)ᄒ와 스스로 죄망(罪網)의 ᄂ이오니 즈위
엇지 여ᄎᆞ 망극ᄒᆫ 《화교∥하교(下敎)》를 ᄂ리오스, ᄒ이의 죄 용납홀 곳이 업게 ᄒ
시ᄂᆞ니잇고? 셜혹 일월의 ᄇᆰ으미 텬지 건우(愆遇)1309)ᄒᆞ무로써 잠시의 심ᄒ미 계시
나, 틱틱 셩덕(盛德) 딕도(大道)로 지이(至愛)를 닙숩고, 부모의 여텬지홍은(如天地鴻
恩)1310)을 닙ᄉ와 셩상의 관인ᄒ시므로【57】써, 이졔 우로지은(雨露之恩)을 목욕ᄒ
미니, 틱틱 엇지 과척(過慽)ᄒ시ᄂᆞ니잇고?"

틱부인이 젼과(前過)를 일너 비쳑(悲慽)ᄒᆞᆯ믈 마지 아니ᄒ더라.

어시의 셕부인이 쇼상궁과 궁희 등을 ᄌ긔 침당(寢堂)의 쳥ᄒ여 관딕(寬待)ᄒ고, 낭
낭 황은을 감츅ᄒ더라, 연시랑과 쇼시랑이 상셔를 뫼셔 외당의 빈긱을 졉딕ᄒᄆᆡ, 틱부
인이 쇼상궁을 쳥ᄒ여 관곡(款曲)히 칭은ᄒ고, 녜폐(禮幣)를 후히 ᄒᄃᆡ, 상궁이 낭
【58】낭 칙명(勅命)을 밧ᄌ와 쇼져를 뫼셔, 인ᄒ여 셩녜 후 진궁의 ᄉ급(賜給)ᄒ시
믈 고ᄒ니, 태부인 이히(以下) 다 황은을 감츅ᄒ더라.

상셰 별당을 졍ᄒ여 쇼져를 거쳐케 ᄒ고, 쇼상궁 쇼궁ᄋ 등이 쇼져 유모 은셥과 시
ᄋ 연빙으로 더브러 쥬야 뫼셔시니, 낭낭이 쇼져를 이련(愛憐)ᄒ실 ᄲᆞᆫ 아니라, 밋친
부인의 회과(悔過)ᄒ미 굿지 못홀가 념녀ᄒ시미러라.

명일 황명이 ᄂ리스 위공으로 혼【59】녜(婚禮)를 쥬장케 ᄒ시고, 녜뷔(禮部) 틱일
(擇日)ᄒ여 뉵녜(六禮)를 구힝(其行)ᄒ믄 '틱ᄌᆞ·졔왕의 길녜(吉禮)와 ᄀᆞᆺ치 ᄒ라' ᄒ시
고, 호뷔(戶部) 금빅치단(金帛綵緞)을 진궁과 연부의 진비(進排)ᄒ고, 공뷔(工部) 의
장(儀仗)과 포진(鋪陳)을 냥부(兩府)로 딕후(待候)ᄒ니, 상이 연상셔로 벼슬을 도도와
참지졍ᄉ(參知政事)의 옴기시고, 쳘양진으로 녜부상셔를 비(拜)ᄒ시고, 연명윤으로 녜
부시랑을 비ᄒᆞᆫ, 사지틱감(事知太監)1311) 환시로 더브러 진국 빅신 등을 다 불너 밧
일을 맛다【60】 술피고, 국군(國君)1312)의 길녜(吉禮)의 호가(扈駕)ᄒ게 ᄒ시고, 닉
던 황후낭이 ᄉ지상궁(事知尙宮)1313)을 보닉스, 녀·한·강·쇼 등 모든 상궁으로 더
부러 안 일을 술피게 ᄒ시니, 텬지 진실노 셰둉황뎨(世宗皇帝) 춍우(寵遇)를 닛지 못
ᄒ시고, 유탁(遺託)을 져ᄇ리지 못ᄒ시며, 셩심(聖心)의 그 나라흘 아ᄉᆞᆫ 참덕(慙德)을
구연(懼然)ᄒᆞᄉ, 진왕의게 ᄠᅳᆺ을 펴시고 졍을 다ᄒᆞᄉ 은혜를 갑고ᄌ ᄒ시며, 잔잉ᄒ고

1309)건우(愆遇) : 그릇 만남.
1310)여텬지홍은(如天地鴻恩) : 하늘과 땅처럼 넓고 큰 은혜.
1311)사지틱감(事知太監) : 환관 가운데 으뜸환관. *틱감(太監):『역사』①중국 명나라·
　　청나라 때에, 환관의 우두머리. ②'내시'를 달리 이르는 말.
1312)국군(國君) : 나라의 임금.=국왕. *제후국의 국왕.
1313)사지상궁(事知尙宮) : 궁의 일에 밝은 간부상궁. 또는 으뜸상궁.

참연ㅎ스 간절이 사랑ㅎ시는지라. 위공과 진왕의 【61】 감격ㅎ믈 다 긔록지 못흘너라.

ᄎ시(此時) 위공이 됴공으로 더브러 왕부(王府)1314)의 안즈 납폐(納幣)를 힝흘ᄉᆡ, 셕일 '두황휘 즈장슈식(資粧修飾)1315)과 어고(御庫) 보화(寶貨)를 거두어 진왕비를 쥬라'ᄒᆞ시고, 조부인을 맛지신지라. 왕이 궁을 졍흔 후 조부인이 친히 간검(看檢)ᄒᆞ여 가져와 졍침(正寢)의 장(藏)ᄒᆞ여시니, 명쥬(明主) 보옥(寶玉)과 옥잠(玉簪) 금쳔(金釧)1316)의 뉴(類)라. 텬하 덜뵈(絕寶)러라.

녕틱감이 외ᄉᆞ(外事)를 총집(總執)ᄒᆞ니, 진부 뇨속(僚屬)과 궁뇌(宮奴) 【62】 다시로 션명흔 의건(衣巾)을 ᄀᆞ초와 영농젼 너튼 ᄯᅵᆯ이 둡거늘, 텬지 ᄉᆞ연ᄉᆞ악(賜宴賜樂)ᄒᆞ스 영총(榮寵)을 뵈시니, 늉셩흔 텬은과 부려(富麗)흔 위의(威儀) 뫼 ᄀᆞᆺ고 바다 ᄀᆞᆺᄒᆞ여, 엄슉흔 긔구(器具)와 제제(濟濟)흔1317) 법녕(法令)이 비길 곳이 업ᄂᆞᆫ지라.

납폐현훈(納幣玄纁)1318)과 혼셔문빙(婚書文憑)1319)이 날을 니어, 놉흔 가즈(加資)1320)의 홍금셕(紅錦席)을 ᄭᆞᆯ고 직금보(織金褓)1321)흘 덥허 즈젹두건(紫的頭巾)1322)의 붉은 옷 닙은 궁노 오븩여 인이 메여시며, 쳥홍ᄉᆞ쵹농(青紅絲燭籠)1323)의 훼불1324)이 【63】 진부로셔 연부ᄭᆞ지 버러시니, 시벽 빗치 미쳐 희지 못ᄒᆞ여시되 붉은 빗치 븩쥬(白晝)의 더으거늘, 치식긔치(彩色旗幟)1325)와 어원풍뉴(御苑風流)1326)

1314) 왕부(王府) : 왕의 부중(府中). *여기서는 '진왕의 부증'

1315) 즈장슈식(資粧修飾) : 여자가 화장을 하거나 몸을 꾸미는 데 쓰는 화장품류와 노리개류.

1316) 금쳔(金釧) : 금으로 만든 팔찌.

1317) 제제(濟濟)ᄒᆞ다 : 삼가고 조심하여 엄숙하다.

1318) 납폐현훈(納幣玄纁) : 혼인례에서, 신랑 집에서 신부 집으로 납폐(納幣)할 때의 폐백(幣帛)을 말한다. 보통 폐백(幣帛)은 푸른 비단과 붉은 비단을 혼서와 함께 함에 넣어 보낸다. *폐백(幣帛); 혼인 전에 신랑이 신부 집에 보내는 예물. ≒예포(禮布).

1319) 혼셔문빙(婚書文憑) : 혼서와 혼인의 증거가 될 만한 문명(問名)·청기(請期)·예물단자(禮物單子) 따위의 문서. *혼서(婚書); 혼인할 때에 신랑 집에서 예단과 함께 신부 집에 보내는 편지. 두꺼운 종이를 말아 간지(簡紙) 모양으로 접어서 쓴다.≒예서, *문빙(文憑); 증거가 될 만한 문서.

1320) 가즈(加資) : 조선 시대에, 관원들의 임기가 찼거나 근무 성적이 좋은 경우 품계를 올려 주던 일. 또는 그 올린 품계.

1321) 직금보(織金褓) : 직금으로 만든 보자기. *직금(織金) : 남빛 바탕에 은실이나 금실로 봉황과 꽃의 무늬를 섞어 짠 직물.

1322) 즈젹두건(紫的頭巾) : 자주색 두건. *두건(頭巾); 헝겊 따위로 만들어서 머리에 쓰는 물건을 통틀어 이르는 말.=건(巾)

1323) 쳥홍ᄉᆞ쵹농(青紅紗燭籠) : 『역사』 푸른 천과 붉은 천으로 상·하단을 두른 초롱. 조선 후기에, 궁중에서는 왕세손이 사용하였고, 일반에서는 혼례식에 사용하였다. =청사초롱(青紗초籠) *초롱(초籠); '촉롱(燭籠)'의 변음. 촛불을 켜 드는, 긴 네모꼴의 채롱. 촛불이 바람에 꺼지지 않도록 겉에 천 따위를 씌운 등(燈)으로, 주로 촛불을 켜기 때문에 붙여진 이름이다.

1324) 훼불 : 횃불. 어둠을 밝히기 위해 홰에 붙인 불.

는 알플 당호고, 금동옥녀(金童玉女)는 향을 잡으 시위호며, 무슈(無數) 호리츄동(下吏騶從)은 뒤흘 호위호니, 엄엄(嚴嚴)호 긔세 산악을 누르고, 호셩(豪盛)호 부귀 진국을 기우렷고 장녀(壯麗)호더라.

어시의 참지졍수 연공이 모부인 환환열열(歡歡悅悅)호시믈 뫼시니, 즐거오미 춘풍(春風)이 【64】 무루 녹으 가지록 졍셩과 힘을 다호여 셤기고, 셕부인이 녀부(女婦)를 거느려 돈고(尊姑)를 밧드니, 쇼져는 됴모와 부모긔 삼시문은(三時問安)을 파(罷)호즉, 쇼샹궁이 보호호여 진퇴(進退)의 됴츠며 츌입의 뫼셔 일시도 물너느지 아니니, 유모 은셤이 坐호 상궁으로 더브러 좌우로 시위호고, 연빙이 쇼궁으(小宮兒) 오인으로 더브러 명향(名香)과 보쵹(寶燭)을 밧들고, 공작션(孔雀扇)1327)과 옥녀의(玉如意)1328)를 잡으 쫄오니, 【65】 금슈의상(錦繡衣裳)1329)과 즈장즙물(資粧什物)1330)은 황후 낭낭이 날을 니어 보니시는 빈오. 치상(彩箱)1331) 운병(雲屏)1332)과 금슈포진(錦繡鋪陳)1333)은 공뷔(工部) 황명으로 진비(進排)1334)호는 빈라.

황상과 낭낭의 간졀호신 졍으로 권권(眷眷)호신 은영이 도로의 니어시니, 셕부인과 냥쇼져(兩小姐)는 공슈(拱手)1335)호고, 다만 쇼져의 먹은 거술 보니고, 궁인을 졉디홀 쓰름이라.

호부(戶部)로 됴츠 금은필빅(金銀疋帛)이 슐위의 시러 드리고, 닉뎐낭낭(內殿娘娘)이 즈닉(自內)로셔 치단 【66】 표리(綵緞表裏)1336)와 황금(黃金) 빅일(百鎰)1337)을

1325) 치식긔치(彩色旗幟) : 여러 가지 빛깔의 깃발.
1326) 어원풍뉴(御苑風流) : 궁중음악(宮中音樂). 궁중에서 연주하는 음악. *풍류(風流); 음악을 예스럽게 이르는 말.
1327) 공작션(孔雀扇) : 『역사』 조선 시대에, 나라의 의식에 쓰던 부채. 붉은빛으로 공작을 화려하게 그린 것으로, 자루의 길이가 1.8미터 정도이다.
1328) 옥여의(玉如意) : 손에 쥐면 모든 일이 소원대로 이루어진다는 보주(寶珠)를 이르는 말.
1329) 금슈의상(錦繡衣裳) : 수놓은 비단으로 화려하게 지은 저고리와 치마.
1330) 즈장즙물(資粧什物) : 여자의 몸단장과 화장에 쓰는 물건들.
1331) 치상(彩箱) : 대나무를 가늘고 길게 잘라 청홍색으로 염색하여 무늬를 내어 엮어 짠 상자(箱子).
1332) 운병(雲屏) : 구름처럼 둘러 친 병풍.
1333) 금슈포진(錦繡鋪陳) : 수를 놓은 비단으로 만든 요나 방석 따위의 화려한 깔개.
1334) 진비(進排) : 물품을 나라에 바침.
1335) 공슈(拱手) : 절을 하거나 웃어른을 모실 때, 두 손을 앞으로 모아 포개어 잡음. 또는 그런 자세. 남자는 왼손을 오른손 위에 놓고, 여자는 오른손을 왼손 위에 놓는다. 흉사(凶事)가 있을 때에는 반대로 한다.
1336) 치단표리(綵緞表裏) : 채단으로 된 옷의 겉감과 안찝. *안찝 : 옷 안에 받치는 감.= 안감.
1337) 빅일(百鎰) : 금 2,400냥쭝(兩重). '일(鎰)'과 '냥쭝(兩重)'은 금(金)의 무게를 잴 때 쓰는 무게의 단위로, 금 1일(鎰)은 24냥쭝(兩重)이다.

수송(賜送)ᄒ시니, 연공이 밧ᄌ와 모부인긔 드리믹, 부인이 식부로 더브러 망궐ᄉ은(望闕謝恩)ᄒ고 어로만져 긔특고 깃거, 셕부인을 쥬어 쓰게 ᄒ니, 일즉텬야(一卽天也)요, 이즉텬은(二卽天恩)이라.

시(時)의 긔부인이 구츄엄상(九秋嚴霜)[1338]을 무릅써 긔운이 최졀(摧折)ᄒ여, 진텹(震疊)ᄒᆫ 뇌졍(雷霆)의 임의[1339] 삼혼(三魂)[1340]이 둘흔 일코, 칠빅(七魄)[1341]이 네흘 아여시니[1342], 거년(巨然)ᄒᆫ[1343] 고집은 츈양(春陽)의 녹앗ᄂᆞᆫ지라. 유화(柔和) 평슌(平順)ᄒ여 공과 부 【67】 인이 상하(床下)의 ᄭᅮ러 품쳐(稟處)ᄒ미 잇신즉, 말마다 고개 둇고 일마다 두긋기니, ᄒᆞ믈며 손ᄋᆞ를 보호ᄒᆞᄂᆞᆫ 쇼상궁은 만셰낭낭 신임으로 명을 밧ᄌ와 손ᄋᆞ를 뫼셔시니, 셕일 엄지(嚴旨)를 밧ᄌ와 칙됴(責詔)[1344]를 닐거 들니고, 졍식(正色) 졀칙(切責)ᄒ던 지(者)니, ᄌᆞ긔 계하의셔 무릅흘 ᄭᅮᆯ고 머리를 두드려, '말ᄉᆞᆷ을 잘 알외여 독ᄌᆞ(獨子)의 목슘을 술와 달나' 비던 지라. 이제 몸을 ᄂᆞ죽이 ᄒ여 손녀를 셤겨 비쥬(婢主) 【68】 의 분의(分義)를 잡으니, 손ᄋᆞ(孫兒)의 귀ᄒᆞᆷ을 알지라.

의심컨딕, '텬뎨(天帝)의 공쥐 ᄂᆞ린 듯, 구텬현녜(九天玄女)[1345] 하강(下降)ᄒ민가' ᄒ니, 엇지 젼일 계하의 ᄭᅮ러 익걸홀 젹, 도라보도 아니코 지셩간걸(至誠懇乞)을 감동○○○[치 아니]ᄒ여, {야} 《어버‖아비》의 죄를 엄호(嚴號)[1346]ᄒ여 통쾌이 ᄯ려[1347] 쥴 젹의 비ᄒ리오.

가지이[1348] 쌍쌍(雙雙)ᄒᆫ 졈은[1349] 궁ᄋᆞ와 일아ᄂᆞᆫ 듕년 상궁이 구슬함의 금슈의상을 담고 슈식픽향(首飾佩香)[1350]을 ᄀᆞ쵸아 오며 가믹, 은영(恩榮)이 도로의 휘영(輝映)ᄒ고 【69】 영총(榮寵)이 일가의 환흡(歡洽)ᄒ니, 어딕가 감히 쇼린들 놉히리오,

---

1338) 구츄엄상(九秋嚴霜) : 음력 9월의 가을철에 내리는 된서리.
1339) 임의 : 이미. 다 끝나거나 지난 일을 이를 때 쓰는 말. '벌써', '앞서'의 뜻을 나타낸다. ≒기위(旣爲), 기이(旣已).
1340) 삼혼(三魂) : 삼혼(三魂) : 『불교』 대승기신론에 나오는 세 가지 미세한 정신 작용. 업상(業相), 전상(轉相), 현상(現相)이다. ≒삼정(三精).
1341) 칠빅(七魄) :『불교』 죽은 사람의 몸에 남아 있는 일곱 가지의 정령(精靈). 귀, 눈, 콧구멍이 각기 둘이고 입이 하나임을 가리킨다.
1342) 아이다 : 빼앗기다.
1343) 거년(巨然)ᄒ다 : 거연(居然)하다. 크고 우람하다. 또는 당당하고 의젓하다.
1344) 칙됴(責詔) : 질책(叱責)하는 조서(詔書).
1345) 구천현녀(九天玄女):황제(黃帝)에게 병법을 주었다는 신녀(神女).
1346) 엄호(嚴號) : 엄히 호령함.
1347) ᄯ려 : 때려. *때리다; 손이나 손에 든 물건 따위로 아프게 치다.
1348) 가지이 : 갈수록. 시간이 흐르거나 일이 진행됨에 따라 더욱더. =가지록.
1349) 졈다 : 젊다. 나이가 한창때에 있다.
1350) 슈식픽향(首飾佩香) : 여자의 머리에 꽂는 장식품과 몸에 지니거나 차고 다니는 향(香).

젼과(前過)를 크게 뉘웃쳐 부드럽고 화평ᄒᆞ미 도로혀 병 된지라.

쇼상셔 부인과 가부인이 쥬야 뫼셔 그 깃거ᄒᆞ시ᄂᆞᆫ 씨와 두굿겨 ᄒᆞ시ᄂᆞᆫ 됴각[1351]을 타, 타일(他日) ᄒᆞᆫ굴ᄀᆞᆺ치 화평ᄒᆞ시믈 비ᄂᆞᆫ지라. 틱부인이 슌슌(順順)이 머리를 ᄭᅴ덕여 응낙ᄒᆞ여 글오ᄃᆡ,

"늬 크게 ᄭᅴ두르시니 너희 두고 보라. ᄎᆞ싱(此生)의ᄂᆞᆫ 늬 다 【70】 시 과거(過擧)를 아니ᄒᆞ리라. 분노를 발치 아니니 늬 마음도 편ᄒᆞ여 됴터라."

ᄒᆞ니, 비로소 가즁의 화긔 흡흡(洽洽)ᄒᆞ여 하쳔비비(下賤婢輩)의 니르히 환텬희지(歡天喜地)[1352]ᄒᆞ니, 져마다 손을 믓거 츅슈(祝手)ᄒᆞ여 글오ᄃᆡ,

"진왕비 낭낭이[의] 셩덕인효(盛德仁孝)를 샹텬이 감동ᄒᆞᄉᆞ, 노야의 쳔금돈톄(千金尊體) 평안이 옥니(獄裏)를 면ᄒᆞ시고 벼슬이 도도시며, 태부인이 뇌졍(雷霆)을 거두치ᄉᆞ[1353] 화긔옹목(和氣雍睦)ᄒᆞ니, 노야와 부인 귀톄ᄂᆞᆫ 니르지 말고, 쇼쥬군(小主君)과 【71】 경부인가지 쟝칙을 다시 밧지 아니실지라. 엇지 긔특지 아니리오."

비복의 허령(虛靈)ᄒᆞᆫ 마음이 소져 돈영(尊榮)ᄒᆞᆫ 위의(威儀)로 ᄂᆞ라히 ᄉᆞ급(賜給)ᄒᆞ시ᄂᆞᆫ 지물과 긔구를 보믜, 소져의 톄톄(棣棣)[1354]ᄒᆞ믈 두려○○[ᄒᆞ나], 태부인긔 태만ᄒᆞ미 잇시ᄃᆡ 틱부인이 어질기의 병드러 본셩을 일헛ᄂᆞᆫ 고로 허물삼지 아니니, 홀노 셕부인의 동쵹(洞屬)ᄒᆞ미 일양(一樣)이라.

날마다 쥬하(廚下)[1355]의셔 감지를 친집(親執)ᄒᆞ여, 깅(羹)을 달히고 금반옥긔(金盤玉器)[1356] 【72】 의 찬물(饌物)이 풍셩ᄒᆞ여, 샹을 놉히 밧드러 헌(獻)ᄒᆞ니, 셕년(昔年) 궁향(窮鄕)의 잇실 ᄯᅥ로부터, 지샹명뷔(宰相命婦) 되도록 효를 ᄀᆞ쵸와 폐(廢)치 아냐시니, 이졔 비록 뇌졍(雷霆)의 위엄이 아여시나, 엇지 셤기ᄂᆞᆫ 도리 다르리오.

일일(一日)의 샹을 드리고 믈너ᄂᆞ니 소시 ᄋᆞ 향난이 창외예셔 동뉴(同類) 다려 니로되,

"근늬 틱부인이 이러틋 어지르시니, 됴셕 식상(食床)을 부인이 친히 밧드르시믈 마즈[1357] 더러[1358] 쥬신즉, 비로소 셩덕(盛德) 【73】 이 양양(洋洋)ᄒᆞ시믈 치 알

1351) 됴각 : 조각. 때. 시간의 어떤 순간이나 부분.

1352) 환텬희지(歡天喜地) : 하늘도 즐거워하고 땅도 기뻐한다는 뜻으로, 매우 즐거워하고 기뻐함을 이르는 말.

1353) 거두치다 : 걷어치다. 걷어치우다. 하던 일을 중도에서 그만두다.

1354) 톄톄(棣棣) : 위의(威儀)가 있는 모양. 예의에 밝은 모양.

1355) 쥬하(廚下) : '부엌 아래'라는 뜻으로, 부엌 또는 부엌 바닥을 이르는 말.

1356) 금반옥긔(金盤玉器) : 금으로 만든 쟁반과 옥으로 만든 그릇.

1357) 마즈 : 마저. 남김없이 모두.

1358) 더러 : 덜어. *덜다: 어떠한 행위나 상태를 적게 하다.

니로다."

ᄒᆞᄂᆞᆫ지라.

틴부인이 얼프시 드르나 노(怒)ᄒᆞ미 업셔, 도로혀 '식부(息婦)를 명ᄒᆞ여 비비
(婢輩)로 디힝ᄒᆞ라' ᄒᆞ고자 ᄒᆞ더니, 셕부인이 임의 듯고 환픠(環佩)를 그르고 봉
관(鳳冠)¹³⁵⁹⁾을 버셔 계(階)의 ᄂᆞ려 쳥죄 왈,

"불쵸흔 ᄋᆞ히 불효무상(不孝無狀)ᄒᆞ와 감지(甘旨)를 틴만 불경ᄒᆞ온 고로, 쇼비
(小婢) 감히 우흘 범ᄒᆞ와 방ᄌᆞ(放恣) 무엄(無嚴)ᄒᆞ오니, 이ᄂᆞᆫ 다 불쵸ᄋᆞ의 죄라.
원컨딕 몬져 죄를 닙습고 쇼비(小婢)【74】의 틴만ᄒᆞ믈 다ᄉᆞ려지이다."

인ᄒᆞ여, 돈슈 ᄉᆞ죄ᄒᆞ니, 틴부인이 놀나 연망(連忙)이 부르더라.【75】

1359) 봉관(鳳冠) : 봉황(鳳凰)을 장식한 여자의 예관(禮冠).

화산선계록 권지삼십일

츠셜 긔튀부인이 놀나 연망이 불너 왈,

"향낭의 말이 그르지 아니니 바야흐로 상(賞) 쥬고즈 ᄒᆞᄂᆞ니, 현뷔 엇지 스스로 인죄(認罪)1360)ᄒᆞᄂᆞ뇨? 원간 현부의 ᄂᆞ히 오십이 머지 아니코, 지위 팔좌(八座)1361)의 니즈(內子)여늘, 엇지 미양 쇼시(少時) ᄀᆞᆺᄒᆞ며, ᄒᆞ믈며 녀ᄋᆞ의 귀ᄒᆞ미 드드여 그 몸이 돈(尊)ᄒᆞ리니, 엇지 쳔역(賤役)을 힝ᄒᆞ리오."

ᄒᆞ고, 왕실을 명ᄒᆞ여 부인을 붓드러 올니라 ᄒᆞ니, 왕실과 경쇼졔 모부인을 뫼 【1】 셔 올니니, 튀부인이 불너 ᄀᆞᆺ가이 안치고 손을 잡ᄋᆞ, 츄연(惆然)1362) 타루(墮淚) 왈,

"노모의 평싱 과거를 싱각혼 즉 쩌로 심혼이 놀나온지라. 무릇 ᄉᆞ롬이 닉 친싱 자녀도 셩효(誠孝) 잇스미 어렵거든, ᄒᆞ믈며 남의 즈식을 닐위여 슬하의 두미냐? ᄂᆞ의 광망(狂妄)ᄒᆞ미 현부의 옥 ᄀᆞᆺ흔 몸을 상히오미 여러 슌이나, 일호(一毫) 원망ᄒᆞ며 슬허ᄒᆞ미 업셔, 셜뷔(雪膚) 파훼(破毀)ᄒᆞ고 뉴혈이 침의(浸衣)ᄒᆞ되, 흔번 눈셥을 찡긔지 아니ᄒᆞ고, 동쵹(洞屬)흔 효셩 【2】 이 금일의 흔가지니, 옛날 강시부1363)와 진시쳐1364)라도 현부의 밋지 못홀지라. 노뫼 비로쇼 씨ᄃᆞ룻ᄂᆞ니, 현부는 츠후로 남과 ᄀᆞᆺ치 당 우히셔 식상(食床)을 슬피고, 감지를 맛보와도 노모 봉양이 죡ᄒᆞ리니, 쳔금 ᄀᆞᆺ흔 몸을 너모 슈고로이 말나."

ᄒᆞ니, 이 엇지 놀납고 긔특지 아니ᄒᆞ리오.

젼일의○[ᄂᆞ] 이러틋 흔 일이 업셔 미셰지ᄉᆞ(微細之事)라도 죄를 일워 즁치(重治)ᄒᆞ던 빈라. 비즈의 방즈ᄒᆞ미 부인의 죄목이 되고, 부인의 죄로 상셰 즈 【3】 로 장칙(杖責)을 닙어시니, 이 ᄀᆞᆺ흔 죄를 어덧시미 셕부인이 삼십 장 튀벌을 면ᄒᆞ며,

---

1360)인죄(認罪) : 범죄 사실을 인정함.
1361)팔좌(八座) : 『역사』 중국 위(魏)나라·송(宋)나라·제(齊)나라 때에, 오조(五曹)·일령(一令)·이복야(二僕射)를 통틀어 이르던 말.
1362)추연(惆然) : 처량하고 슬픔.
1363)강시부 : 미상.
1364)진시쳐 : 진효부(陳孝婦). 한(漢)나라 때 진현(陳縣)의 효부. 남편이 변방에 수자리 살러 나가 죽자, 남편과의 약속을 지켜 일생 개가하지 않고 시어머니를 성효로 섬겼다. 『소학 선행편』에 나온다.

공이 쏘 엇지 무스ᄒ리오. 금일의 이 ᄀᆞᆺ흔 셩은을 밧즙고, 이 ᄀᆞᆺ흔 ᄌᆞ이를 밧ᄌᆞ오니, 부인이 감격 뉴쳬ᄒ여 머리를 두다려 셩은을 스(謝)ᄒᆞᆯ 식, 불민(不敏) 불쵸(不肖)ᄒ오무로 지셩지익(至盛之愛)1365)를 밧ᄌᆞ오니 분골쇄신(粉骨碎身)《이와도 ‖ 하와도1366)》 은덕을 능히 갑숩지 못ᄒᄆᆞᆯ 알외여, 심혈(心血)을 쏘다 능히 니긔지 못ᄒᄂᆞᆫ지라.

태부인이 희허탄식(噫噓歎息)1367)ᄒ여 뉘【4】웃고 귀즁(貴重)ᄒ니 슈디진찬(水地珍饌)1368)을 쥬어 상하(床下)의셔 먹이고, 손을 어루만져 연익(戀愛)ᄒᄆᆡ 지극ᄒ니, 셕부인이 각골감은(刻骨感恩) 황공(惶恐)ᄒ여 감누(感淚)를 드리워, 직비(再拜) 복스(伏謝)1369)ᄒ고, 쥬시ᄂᆞᆫ 거슬 다 먹어 그 ᄠᆞᆺ을 밧ᄌᆞ오니, 현ᄌᆡ(賢哉)라, 부인이여!

츙년(沖年)의 슬하(膝下)의 의탁ᄒ여 돈고(尊姑)의 엄흔 ᄎᆡᆨ(責)과 듕흔 미를 밧ᄌᆞ오ᄃᆡ, 일즉 원(怨)을 먹음고 한(恨)을 품지 아니ᄒ여, 아연(雅然)흔 화긔(和氣)와 동쵹(洞屬)흔 셩회(誠孝) 지극ᄒ고, 녀ᄋᆡ 혼스(婚事)로 인ᄒ여 돈고(尊姑)의【5】 노(怒)를 맛ᄂᆞ니 난쳐ᄒᄆᆡ 무궁ᄒ되, 구틋여 쵸우(焦憂)ᄒᄆᆡ 업셔 마음을 젼일(專一)1370)이 ᄒ여 셤기ᄂᆞᆫ 졍셩이 지극ᄒ고, 의식(意思) 밧 텬노(天怒)를 당ᄒ여 공이 취리(就理)1371)ᄒ고, 부인이 계하의 ᄃᆡ죄(待罪)ᄒ되 구타여 황황ᄒ지 아니ᄒ여 넘녜 다른 ᄃᆡ 가지 아냐, 아름다온 맛과 보다라온 음식을 ᄀᆞᆺ쵸와 ᄠᆞ로 간졀이 빌고 화평이 간ᄒ여 보양ᄒᄆᆡ 극진ᄒ고, 이제 일이 무스ᄒ여 영광이 듕쳡(重疊)ᄒ되 구틋여 깃거 ᄒᄆᆡ 업셔 돈고 셤기【6】믈 극진○[히] ᄒ더니, 금일 뉘웃쳐 ᄒ심과 ᄌᆞ이 ᄒ시믈 밧ᄌᆞ오ᄆᆡ 감격ᄒ고 황공ᄒ니, 쳬읍(涕泣) 스은(謝恩)ᄒ고 간담(肝膽)1372)을 쏘다1373) 능히 니긔지 못ᄒ니, 아담흔 덕과 ᄲᅢ혀난 힝실이며 온슌흔 품격과 안상(安詳)1374)흔 셩질이 《츌연 ‖ 츌텬》흔 효로써 가즉ᄒ고1375) 희한(稀罕)ᄒ니, 엇지 쳔고(千古)의 구ᄒ여 ᄃᆡ두(對頭)ᄒ리 잇스리오. 일

1365)지셩지익(至盛之愛) : 지극히 큰 사랑.
1366)하와도 : '하다'의 어간 '하'에 공손함을 나타내는 어미 '-오'와 가정이나 양보의 뜻을 나타내는 연결어미 '-아도'가 결합된 형태.
1367)희허탄식(噫噓歎息) : 길게 한숨 쉬고 탄식함.
1368)슈디진찬(水地珍饌) : 물과 땅에서 난 진귀하고 맛이 좋은 음식.
1369)복스(伏謝) : 엎드려 사례함.
1370)젼일(專一) : 마음과 힘을 모아 오직 한 곳에만 씀.
1371)취리(就理) : 『역사』 죄를 지은 벼슬아치가 의금부에 나아가 심리를 받던 일.
1372)간담(肝膽) : '간과 쓸개'라는 뜻으로, '속마음'을 비유적으로 이르는 말.
1373)쏘다 : 쏟아. *쏟다; 액체나 물질을 그것이 들어 있는 용기에서 바깥으로 나오게 하다.
1374)안상(安詳) : 성질이 찬찬하고 자세함.
1375)가즉ᄒ다 : 가득하다. 빈 데가 없을 만큼 사람이나 물건 따위가 많다.

세(一世)의 스싱 삼으 법측(法則)1376)ᄒ미 되지 아니리오.

이러무로 상쳔(上天)이 아름다이 넉이스 복녹(福祿)을 싀로이 ᄂᆞ리오시니, 녕
【7】능후 ᄀᆞᆺ흔 스룸과 경부인 ᄀᆞᆺ흔 며ᄂᆞ리와 오왕 ᄀᆞᆺ흔 숀ᄌᆞ와 왕상셔 부인과
진왕비 ᄀᆞᆺ흔 ᄯᆞᆯ을 두고, 만ᄂᆡ(晩來)의 다시 긔ᄌᆞ(奇子)와 긔녀(奇女)를 두니, 영
복을 누리며 효봉(孝奉)을 바드미 무궁ᄒᆞ미러라.

뫼셔 혼뎡(昏定)1377)을 파ᄒᆞ미, 퇴부인의 권유ᄒᆞᄆᆞᆯ 밧ᄌᆞ와 일죽이 침쇼로 도라
오니, 향난이 스스로 미이여 계하의 업듸여 죽기를 쳥ᄒᆞ니, 공의 부부와 한님 부
부 남미 부모 셤기ᄂᆞᆫ 도리로ᄡᅥ 교화(敎化) 흘너 무식(無識) 하쳔(下賤)이라도
【8】 그르믈 씨드라 감쳥ᄉᆞ죄(敢請謝罪)1378)ᄒᆞ니, 근ᄂᆡ의 마음이 노히여[고] 말
이 경솔ᄒᆞ여 셕부인이 쳥되(請罪)ᄒᆞᄆᆞ로 됴ᄎᆞ, 경황(驚惶)ᄒᆞ여 딕죄(待罪)ᄒᆞ미라.

부인이 엄히 칙ᄒᆞ여 굴오ᄃᆡ,

"너의 방ᄌᆞᄒᆞ미 큰지라, 스(赦)ᄒᆞ지 아닐거시로ᄃᆡ 퇴부인이 죄를 명치 아니시
니, 다시 치죄ᄒᆞ미 가치 아닐식 스ᄒᆞ노라."

향난이 고두(叩頭) ᄉᆞ죄(謝罪)ᄒᆞ더니, 시랑이 냥미(兩妹)로 더브러 혼뎡(昏定)
ᄒᆞᆯ 식, 뭇ᄌᆞ와 연고를 알고 봉목(鳳目)이 두렷ᄒᆞ여 난을 치죄(治罪)코져 ᄒᆞ거늘,
【9】부인이 말녀 왈,

"존괴 ᄂᆡ의 죄를 스ᄒᆞ시니 닉 엇지 스스로이 비비(婢輩)를 칙ᄒᆞ리오. 네 어미
셩회 쳔박ᄒᆞ여 무식 하쳔의 쇼견이 그릇 들미라. 홀노 난을 칙ᄒᆞᆯ 비 아니라."

시랑이 모부인 ᄉᆞ상(思想)ᄒᆞ시ᄂᆞᆫ 도리와 겸공(謙恭)ᄒᆞ시며 어하(御下)ᄒᆞ시ᄂᆞᆫ
덕을 감탄ᄒᆞ더라.

이러구러 납폐길일(納幣吉日)1379)의 밋쳐, 가즁 ᄂᆡ외예 운무댱막(雲霧帳
幕)1380)을 베프고 참졍(參政)이 금포옥듸(錦袍玉帶)로 관복을 ᄀᆞ쵸고, 시랑의 오
ᄉᆞᄌᆞ포(烏紗紫袍)의 긔린듸(騏驎帶)1381)를 둘너【10】야야를 뫼셔 치례(采禮)를
바들 식, 상궁 시이 누른 치마를 쓰을고 너른 ᄉᆞ미를 ᄂᆞ붓겨 놉히 밧드러 쇼져 방
즁의 봉안(奉安)ᄒᆞᆯ 식, ᄂᆡ외의 쵹영(燭映)이 명휘(明輝)ᄒᆞ고 향연(香煙)이 안개

1376)법측(法則) : 법칙(法則). 본받아 법으로 삼음.
1377)혼뎡(昏定) : 잠자리에 들 때에 부모의 침소에 가서 잠자리를 살피고 밤 동안 안녕
　　하기를 여쭘.
1378)감쳥ᄉᆞ죄(敢請謝罪) : 어려움을 무릅쓰고 감히 지은 죄나 잘못에 대하여 용서를 빎.
1379)납폐길일(納幣吉日) : 혼인례에서 정혼이 이루어진 증거로 신랑 집에서 신부 집으로
　　예물을 보내는 날로, 보통 길일을 택하여, 밤에 푸른 비단과 붉은 비단을 혼서와 함께
　　함(函)에 넣어 신부 집으로 보낸다.
1380)운무댱막(雲霧帳幕) : 집채 밖에다 구름이나 안개처럼 하얀 천으로 둘러친 막.
1381)긔린듸(騏驎帶) : 말[기린마]의 가죽으로 만든 띠. *기린마(麒麟馬): 하루에 천리를
　　간다고 하는 말. 늑준마(駿馬).

ᄀᆞᆺᄒᆞᆫ 딕, 치의홍장(彩衣紅粧)1382)ᄒᆞᆫ 분면(粉面) 궁의(宮兒) 쌍쌍이 향쵹(香燭)과 보광션(寶扇)을 밧드러 시위(侍衛)ᄒᆞ니, 만흔 궁인과 셩ᄒᆞᆫ 위의ᄂᆞᆫ 궁즁으로 죠ᄎᆞ 만셰낭낭(萬世娘娘)1383) 은명(恩命)을 밧든 지요, 법을 잡고 녜를 맛흔 태감은 만셰황애(萬世皇爺)1384) 칙명(勅命)을 밧ᄌᆞ온 지니, 진실노 태ᄌᆞ(太子) 졔왕(諸王)의 길녜(吉禮)1385)의 감ᄒᆞ미【11】업ᄂᆞᆫ지라. 《어방풍뉴‖어악풍뉴(御樂風流)1386)》ᄂᆞᆫ 느즌1387) 곡됴를 쥬(奏)ᄒᆞ여 의의히 구름의 쇼삿고, 팔진셩찬(八珍盛饌)1388)은 황명으로 광녹시(光祿寺)1389)를 딕령ᄒᆞᆫ 비라.

ᄉᆞ름마다 졍신이 요양(擾攘)ᄒᆞ고1390) 의식 흔득이니1391), 좌로 슬피고 우로 도라보와 구경홀 시, 연시랑이 쇼시랑을 다릐여 골오딕,

"참졍 형댱이 이 녀ᄌᆞ를 두어시미 반다시 귀(貴)ᄒᆞ고 돈(尊)홀 쥴은 우리도 아랏거니와, 이 녀ᄌᆞ를 두신 고로 슉모의 일싱 과도ᄒᆞ신 셩졍이 변ᄒᆞ시고, 금일 이러ᄒᆞᆫ 은영을 바드【12】시니 슈쉬(嫂嫂) ᄎᆞ녀를 잉(孕)ᄒᆞ실 적 무슨 길몽이 계시던고?"

쇼시랑이 고기 됴아1392) 딕(對)ᄒᆞ되,

"실노 슉시(叔氏) 말ᄉᆞᆷ이 올ᄒᆞ이다. 표미(表妹)의 긔질이 난혜(蘭蕙)1393) ᄀᆞᆺ치 약ᄒᆞ되, 심지(心志) 황금 ᄀᆞᆺ치 구드며, 졋치 봄날 ᄀᆞᆺ치 온화ᄒᆞ나 속이 ᄀᆞ을 하날 ᄀᆞᆺ치 놉ᄒᆞ니, 식(色)이 댱강(莊姜)1394)의 지ᄂᆞ고, 덕(德)이 임ᄉᆞ(任姒)1395)의 ᄀᆞ

1382)치의홍장(彩衣紅粧) : 여러 빛깔의 화려한 옷을 입고 붉게 화장을 한 모양.

1383)만셰낭낭(萬世娘娘) : 황후를 달리 이르는 말.

1384)만셰황애(萬世皇爺) : 황제를 달리 이르는 말.

1385)길녜(吉禮) : 관례나 혼례 따위의 경사스러운 예식.

1386)어악풍뉴(御樂風流) : 장악원의 악생들이 여민락 따위를 연주하여 올리던 일.

1387)느즌 : 느린. *느즈다: 늦다. 느리다.

1388)팔진셩찬(八珍盛饌) : 여덟 가지 진귀한 음식인 팔진미(八珍味)를 갖춘 아주 잘 차린 음식상. *팔진미는 순모(淳母), 순오(淳熬), 포장(炮牂), 포돈(炮豚), 도진(擣珍), 오(熬), 지(漬), 간료(肝膋)를 이르기도 하고 용간(龍肝), 봉수(鳳髓), 토태(兎胎), 이미(鯉尾), 악적(鶚炙), 웅장(熊掌), 셩순(猩脣), 수락(酥酪)을 이르기도 한다.

1389)광녹시(光祿寺) : 고려 시대에, 외빈(外賓)의 접대를 맡아보던 관아. 태조 초기에 둔 것으로, 뒤에 문하성에서 외빈을 접대하는 일을 맡게 되면서 없어졌다

1390)요양(擾攘)ᄒᆞ다 : 한꺼번에 떠들어서 어수선하다.

1391)흔득이다 : 흔들거리다. 흔들리다.

1392)됴아 : 조아려. *됫다: 조아리다. 상대편에게 존경의 뜻을 보이거나 애원하느라고 이마가 바닥에 닿을 정도로 머리를 자꾸 숙이다.

1393)난혜(蘭蕙) : 난초(蘭草)와 혜초(蕙草)를 함께 이른 말. 둘 다 여러해살이풀로 꽃이 아름답고 향이 있어 관상용으로 재배한다.

1394)댱강(莊姜) : 중국 춘추시대 위(衛)나라 장공(莊公)의 처. 아름답고 덕이 높았고 시를 잘하였다.

1395)임ᄉᆞ(任姒) : 중국 주(周)나라의 현모양처(賢母良妻)인 문왕의 어머니 태임(太任)과

즉ᄒ며1396), 효(孝)는 졔영(緹縈)1397)의 더으고, 힝실은 반쇼(班昭)1398)의 우히라. 이러틋ᄒᆫ 긔질이 엇지 감히 녹녹(碌碌) 쇽ᄌ(俗子)로 비우(配偶)ᄒ리오. 진왕의 《계세∥개세(蓋世)1399)》【13】ᄒᆫ ᄌ질과 견고ᄒᆫ 골격으로, 츌텬(出天)ᄒᆫ 효우와 겸공ᄒᆫ 덕힝이 진실노 하늘이 명ᄒ신 비필이오, 삼싱(三生)의 구든 연분이라. 우리는 바히 몰낫더니 위공은 등ᄃᆡ(等待)1400)ᄒ연 지 오년(五年)이라. 임의 그 텬졍비위(天定配偶)를 알고, ᄌ연이 되기를 기다려 묵연(默然)이 발(發)치 아니코 잇스믄 외구(外舅)1401)의 형셰를 아라시미오, 태모(太母)의 과거(過擧)를 언두(言頭)의 일ᄏᆞᆺ지 아니믄 효ᄌ(孝子)의 지셩을 감동ᄒ미라. 동뎨(從弟) 셰광의 말노써 ᄀᆞᆺ ᄃᆞ르이다."

인 【14】ᄒ여 니부인 계칙으로 니냥군이 몬져 간비를 잡아 죽이고, 텬지 맛쵸아 미힝(微行)1402)ᄒ시민, 알외여 간퇵 명이 ᄂᆞ리믈 니르고,

"힝(幸)혀1403) 외구와 명윤이 알니이다. 말슴을 삼가쇼셔."

ᄒ니, 시랑이 혀를 둘너 칭복ᄒᆞ믈 마지 아니ᄒ더라.

이러트시 뉵녜(六禮) 졔졔(齊齊)ᄒ니, 날을 니어 엄엄(嚴嚴)ᄒᆫ 위의와 늉늉(隆隆)ᄒᆫ 텬은과 장녀(壯麗)ᄒᆫ 긔구와 호셩(豪盛)ᄒᆫ 부귀를 니로 다 긔록지 못ᄒ니, 퇵부인이 일 【15】 ᄌ 이러틋 ᄒᆫ 녜법(禮法) 뎔도(節度)를 평싱 처음 보민 놀나고 구경되며 즐거오니, 밤이 다ᄒ도록 보아 환희(歡喜) 영힝(榮幸)ᄒ여 쑴인 가 의심ᄒ니, 져 즈음긔 가ᄋᆞ(家兒)의 공교ᄒᆫ 말의 쇽아 치례(采禮)1404)를 바닷다 노ᄒ던 줄 싯로

무왕(武王)의 어머니 태사(太姒)를 함께 이르는 말.

1396) ᄀᆞ즉ᄒ다 : 나란하다. 가지런하다.

1397) 졔영(緹縈) : 중국 한 나라 문제(文帝) 때의 효녀. 그녀의 아버지 순우의(淳于意)가 죄가 있어 사형을 당하게 되자, 임금에게 상소하여 자신이 관비(官婢)가 되어 아버지 죄를 속(贖)하겠다고 하니, 문제가 그 뜻을 동정하여 사형을 감해 주었다는 고사가 있음.

1398) 반쇼(班昭) : 45~116. 중국 후한(後漢) 시대의 시인. 자는 혜희(惠姬). 반고(班固)의 여동생. 남편이 죽은 후 궁정에 초청되어 황후·귀인의 스승이 되었으며, 조대가(曹大家)로 불리었다. 반고의 유지(遺志)를 이어 ≪한서≫를 완성하였으며, 저서에 ≪조대가집≫이 있다.

1399) 개세(蓋世) : 기상이나 위력, 재능 따위가 세상을 뒤덮음.

1400) 등대(等待) : 미리 준비하고 기다림.늑대령, 등후.

1401) 외구(外舅) : 편지 따위에서, '장인'을 이르는 말.=악부.

1402) 미힝(微行) : 지위가 높은 사람이 무엇을 몰래 살피기 위하여 남루한 옷차림을 하고 남 모르게 다님.=미복잠행(微服潛行).

1403) 힝(幸)혀 : 어쩌다가 혹시.

1404) 치례(采禮) : 늑납폐. 혼인할 때에, 사주단자의 교환이 끝난 후 정혼이 이루어진 증거로 신랑 집에서 신부 집으로 예물을 보냄. 또는 그 예물. 보통 푸른 비단과 붉은 비단을 혼서와 함께 함에 넣어 신부 집으로 보낸다.

이 뉘웃쳐 て마니 탄식ᄒ고, ᄋᄌ를 더옥 불샹이 넉여 밍셰ᄒ여 '엇지 닉 ᄋ히 마음 《ᄋ로‖을》 호발(毫髮)이나 블평케 ᄒ리오' ᄒ여, 스스로 계칙(戒飭)ᄒ더라.

인(因)【16】ᄒ여 길일(吉日)이 님ᄒ니 장녀ᄒ미 니로 긔록지 못ᄒ지라.

날마다 ᄂ리시ᄂ 거ᄉ 텬ᄌ(天子) 은퇵(恩澤)이오, 쩌마다 흘너드ᄂ 거ᄉ 직빅금은(財帛金銀)¹⁴⁰⁵과 산진ᄒ쟌(山珍海饌)¹⁴⁰⁶이라.

일가 닉외 친쳑은 미리 와 구경ᄒ니, 셕댱군 모부인이 연셰(年歲) 칠십여 셰(歲)로 딕, 긔운이 강건ᄒ지라. ᄇ야ᄒ로 녀ᄋ의 셩효를 고뫼(姑母)¹⁴⁰⁷ 칭찬ᄒ고 ᄌ의 싀로 오믈 드러 깃브믈 비길 곳이 업거눌, 숀녀의 길긔(吉期)에 황은이 늉쳡(隆疊)ᄒ니【17】 엇지 와셔보지 아니리오.

젼일은 구타여 오고자 아니ᄒ고 ᄯ 보고ᄌ 아냐 청(請)치 아냣더니, 비로쇼 회오(悔悟)ᄒ믈 인ᄒ여 뉘웃난 말숨이나 ᄒ고ᄌ 간쳥ᄒ니 겸ᄒ여 이에 니르니, 댱부인이 긔운이 단엄(端嚴)ᄒ고 말숨이 젹즁(適中)¹⁴⁰⁸ᄒ며 셩질이 안졍(安靜)ᄒ고 동용(動容)이 유법(有法)ᄒ여 진실노 셕부인 모친이라. ᄌ부(子婦) ᄒ시(夏氏)와 녀ᄋ 뎡댱군 부인이 뫼셔 왓더라.

긔부인이 흔연(欣然)이 마ᄌ 공경(恭敬) 관곡(款曲)ᄒ【18】미 극진ᄒ고, 젼일 식부를 과격(過激) 엄치(嚴治)ᄒ○[여]시니, 응당(應當) '유감(遺憾)ᄒ미 이실가?' 닉렴(內念)¹⁴⁰⁹의 참괴(慙愧)ᄒ고 구연(懼然)ᄒ여, 흔연(欣然)ᄒ믈 더옥 지극히 ᄒ고 친ᄒ믈 각별 두터이 ᄒ여, 말숨을 여러 ᄌ긔 미치고 스오납던 말과 ᄌ부(子婦)의 현효(賢孝)ᄒ믈 셩(盛)히 베퍼, 부인의 퇴교(胎敎) 훈계(訓戒)ᄒ시믈 칭ᄉ(稱謝)ᄒ니, 댱부인이 사ᄉ(謝辭)ᄒ여,

"녀ᄋ의 잔미쇼졸(屠微疏拙)¹⁴¹⁰ᄒ미 부인 고의(高意)에 불합ᄒ실 빅여늘, 허믈 되믈 て르쳐 곳치게【19】ᄒ시고 ᄌ의ᄒ믈 곡진이 ᄒᄉ 슬하의 무익(撫愛)ᄒ시던 은덕을 일ᄏ고, 참졍의 어진 덕과 셩(盛)ᄒ 물망(物望)으로, 작위(爵位) 퇴경(太卿)¹⁴¹¹의 니르니, 녀ᄋ의 불민ᄒ무로 영광을 참녜(參與)ᄒ니, 이ᄂ 다 톤부인(尊婦人) 덕음(德

1405)직빅금은(財帛金銀) : 재화(財貨)와 비단, 금·은 따위의 보배.
1406)산진ᄒ쟌(山珍海饌) : 산과 바다에서 난 산물들로 만든 진귀한 음식들.
1407)고모(姑母) : ①'시어머니'를 달리 이르는 말. ②'아버지의 누이'를 이르거나 부르는 말.
1408)젹즁(適中) : 지나치거나 부족함이 없이 꼭 알맞음.
1409)닉렴(內念) : 마음속의 생각.
1410)잔미쇼졸(屠微疏拙) : 잔약하고 변변치 못하며, 꼼꼼하지 못하고 서투르다.
1411)퇴경(太卿) : 경대부(卿大夫). 경과 대부를 함께 이른 말로, 조선조 때 구경(九卿)과 대부(大夫)를 일컫던 말. 구경은 의정부좌우참찬(議政府左右參贊)·육조판서(六曹判書)·한성판윤(漢城判尹)의 아홉 대신의 총칭이고, 대부(大夫)는 산계(散階)가 정1품에서 종4품까지였다.

蔭)이신지라. 엇지 회한(悔恨)ᄒ시리오."

ᄒ여, 손ᄉ(遜辭) 칭예(稱譽)ᄒ여 간듕(簡重)ᄒᆫ 말ᄉᆞᆷ이 도리의 명빅ᄒ니, 긔부인이 더옥 칭ᄉᆞᄒ더라.

시(時)의 셕부인이 돈고 명교(命敎)를 밧ᄌᆞ와 쥬하(廚下)의 ᄂᆞ리지 아니ᄒ고【20】난두(欄頭)의 안ᄌ 시녀로 ᄒ여곰 찬션(饌膳)을 핑임(烹飪)1412)ᄒ고, 경부인이 돈고를 뫼셔 함담(鹹淡)1413)을 슬펴 냥위 틱부인긔 시ᄋᆡ(侍兒) 밧드러 ᄂᆞ오니, 댱부인이 녀ᄋᆞ의 돈영홈과 시랑 부부의 긔특ᄒᆫ 셩효를 보와 더옥 두굿기니, 셕부인이 모친의 깃거 ᄒ시믈 더옥 힝열(幸悅)ᄒ니 돈고 셩덕을 더옥 감열ᄒ고, 틱부인이 향난의 말노 됴ᄎ ᄭᅵᄃᆞ라 식부의게 션졍(善情)을 베프믈 다【21】힝ᄒ여 향난을 상(賞)쥬고져 ᄠᅳᆺ이 잇더라.

츈졍월(春正月) 습유오일(十有五日)1414)은 곳 황도길일(黃道吉日)1415)이라. 위승상이 녕농뎐의 문무빈긱(文武賓客)을 모흐니, 빅ᄉ츠일(白紗遮日)1416)은 듕텬(中天)의 쇼ᄉᆞ시니 빅운(白雲)인가 의심ᄒ고, 안기 장막(帳幕)은 너른 집을 둘너시니, 푸른 구름이 어리고, 붉은 무지기 치식(彩色) 집을 토(吐)ᄒᄂᆞᆫ 듯, 만됴쳔관(滿朝千官)이 금관옥픽(金冠玉佩)로 항녈(行列)을 일위시니, 비단 돗ᄀᆞᆫ1417) 옥난간(玉欄干)의 즈음치고1418), 그림 병풍【22】은 금슈벽(錦繡壁)을 ᄀᆞ리와, 화연(華筵)1419)을 《금년∥금뎐(金殿)1420)》의 베풀미, 옥반(玉盤)의 진쉬(珍羞) ᄀᆞ득ᄒ니, 쌍쌍ᄒᆫ 시동(侍童)이 벽ᄂᆞ의(碧羅衣)1421)를 붓치고, 잉모비(鸚鵡杯)1422)를 밧드러 슌빅(巡杯) 셰번의 힝ᄒᆞ미 비로쇼 상을 물니고, 왕을 붓드러 길복(吉服)을 ᄂᆞ올 식, 머리의 운고(雲고)1423)를 ᄡᅳ며 통텬면뉴금관(通天冕旒金冠)1424)을 가(加)ᄒ고, 몸의 일월망뇽포(日月蟒龍袍)1425)

1412) 핑임(烹飪) : 삶고 지져서 음식을 만듦. ≒팽조(烹調), 팽할(烹割).

1413) 함담(鹹淡) : 짠맛과 싱거운 맛을 아울러 이르는 말.

1414) 습유오일(十有五日) : 15일.

1415) 황도길일(黃道吉日) : 지구가 태양의 둘레를 공전하는 시간선상에서 인간이 어떤 일을 거행하기에 가장 좋다는 날. *황도(黃道); 태양의 둘레를 도는 지구의 궤도가 천구(天球)에 투영된 궤도를 말한다. 즉 지구가 공전하며 태양의 둘레를 도는 길을 말함. 천구의 적도면(赤道面)에 대하여 황도는 약 23도 27분 기울어져 있으며, 적도와 만나는 두 점을 각각 춘분점, 추분점이라 함.

1416) 빅ᄉ츠일(白紗遮日) : 햇볕을 가리기 위하여 치는 흰 비단 포장

1417) 돗ᄀᆞᆫ : 자리는. 어간 '돍'에 조사 '은'이 결합된 형태. *돍: 자리. 잔치.

1418) 즈음치다 : 가로막히다. 격(隔)하다.

1419) 화연(華筵) : 화사한 잔치. =화연(華宴).

1420) 금전(金殿) : 금으로 꾸민 전각이나 전당.

1421) 벽ᄂᆞ의(碧羅衣) : 푸른색의 비단옷.

1422) 잉모비(鸚鵡杯) : 자개를 가지고 앵무새의 부리 모양으로 만든 술잔.

1423) 운고(雲고) : 구름처럼 감아 넘긴 '고'. *고: 상투를 틀 때 머리털을 고리처럼 되도록 감아 넘긴 것. ≒상투.

를 닙히며, 가는 허리의 양지빅옥딕(兩枝白玉帶)1426)를 두루고, 발의 봉두훼[화](鳳頭靴)1427)를 신으니, 진왕의 슈려(秀麗)ᄒᆞᆫ 골격과 【23】 샌혀난 신치(身彩) 이날 더옥 표표(表表)ᄒᆞ니, 건곤(乾坤)의 슈랑(秀朗)ᄒᆞᆫ 긔운과 강산의 일졍ᄒᆞᆫ 긔운이 옥면(玉面)의 됴요(照耀)ᄒᆞ고, 일월(日月)의 맑은 빗치 미목(眉目)의 머무럿고, 졍딕(正大)ᄒᆞᆷ믄 츄텬(秋天) 혈요(頁嫋)1428)의 쳥풍(淸風)이 한가ᄒᆞ고, 온즁ᄒᆞᆷ믄 금옥(金玉)이 졍연(錚然)ᄒᆞ고1429) 동일(冬日)이 다스ᄒᆞ되, 그 심닉의 가득이 슬푸믈 먹음어 잠간 화긔를 거두어시니, 팔치쌍미(八彩雙眉)1430)의 슈운(愁雲)1431)이 어리고, 츄파봉졍(秋波鳳睛)1432)의 징쳥(澄淸)이 은영(隱映)ᄒᆞ니, 비컨딕 셜즁 【24】 한민(雪中寒梅)ᄂᆞᆫ 미인의 닝담ᄒᆞᆫ 긔질이오, 상텬츄월(霜天秋月)은 군즈의 늠늠ᄒᆞᆫ 격됴(格調)라.

단엄ᄒᆞᆫ 긔상과 쇄락ᄒᆞᆫ 광치로 묵묵히 긔운(氣運)1433)을 지어시니, 위승상이 즈로 왕을 보와 쳑연ᄒᆞᆷ믈 머금고 미우(眉宇)의 화긔(和氣)를 져기 거두어, 동묘(宗廟)1434)의 올나 하직게 ᄒᆞ니, 왕이 녜를 맛고 업듸여 탄셩(歎聲) 체읍(涕泣)ᄒᆞ니, 쳥뉘(淸淚) 삼삼(滲滲)1435)ᄒᆞ여 길복(吉服)을 뎍시니 능히 니러ᄂᆞ지 못ᄒᆞᄂᆞ지라. 좌위 기읍뉴체

1424) 통텬면뉴금관(通天冕旒金冠) : =통텬면뉴관(通天冕旒冠). 통천관(通天冠)과 면류관(冕旒冠)을 합한 말로 여기서는 면류관을 말하고 있다. 면류관은 제왕(帝王)의 정복(正服)에 갖추어 쓰던 관으로, 거죽은 검고(통천관이 검은색이기 때문에 '면류관' 앞에 '통천'이 붙은 것이다) 속은 붉으며, 위에는 긴 사각형의 금판(金版)이 있고 판의 앞에는 오채(五彩)의 구슬꿰미를 늘어뜨린 것으로, 국가의 대제(大祭) 때나 왕의 즉위 때 썼다. *통천관(通天冠): 제왕이 정무(政務)를 보거나 조칙을 내릴 때 쓰던 관. 검은 깁으로 만들었는데 앞뒤에 각각 열두 솔기가 있고 옥잠과 옥영을 갖추었다.

1425) 일월망뇽포(紅錦日月蟒龍袍) : =홍금일월망뇽포(紅錦日月蟒龍袍). 붉은 비단에 해와 달과 용의 무늬를 수놓아 화려하게 지은 임금의 정복. 본래 곤룡포는 가슴과 등과 어깨에 용의 무늬를 수놓아 화려하게 지었는데 여기에 해와 달을 추가하여 더욱 화려하게 지은 옷을 말한다. 곤룡포(袞龍袍)를 망룡포(蟒龍袍)라고도 한다.

1426) 냥디빅옥딕(兩枝白玉帶) : 백옥대(白玉帶)를 양 끝이 가닥이 나게 맨 모양. *빅옥딕(白玉帶) : 명주에 백옥(白玉)을 붙여 만든 허리띠.

1427) 봉두훼(鳳頭靴) : 봉두화(鳳頭靴). 봉황의 머리 모양의 신코를 붙인 장화(長靴). *'화(靴)'의 중국어음은 'xuē'로 '훼'에 가깝다. 이 때문에 이를 한자어 '靴'의 '중국어직접차용어'로 볼 수 있으나, 아직 이 작품에서 같은 어례(語例)를 찾지 못하였기 때문에 여기서는 '화'의 '오자'로 교정하였다. *신코: 신의 앞쪽 끝에 뾰족하게 나온 곳.

1428) 혈뇨(頁嫋) : 바람이 머리끝을 살랑거림.

1429) 졍연(錚然)ᄒᆞ다 : 쇠붙이가 부딪쳐 울리는 것같이 소리가 날카롭다.

1430) 팔치쌍미(八彩雙眉) : 아름다운 두 눈썹. *팔치(八彩); 눈썹의 광채. '八'은 눈썹의 모양과 같다 하여, 눈썹을 나타내는 말로 많이 쓰임. *쌍미(雙眉); 두 눈썹.

1431) 슈운(愁雲) : 근심스러운 기색.

1432) 츄파봉졍(秋波鳳睛) : 눈동자에 일어나는 맑은 물결.

1433) 긔운(起運) : 어떤 일이 벌어지려고 하는 분위기.

1434) 동묘(宗廟) : 『역사』 역대 왕과 왕비의 위패를 모시던 사당.

1435) 삼삼(滲滲) : 물이나 눈물 따위가 흘러나옴.

(皆泣流涕)1436)러라.【25】

위공이 문외예 셔셔 닉시로 ᄒ여곰 직쵹ᄒ여 문을 느미, 공이 한삼(汗衫)1437)을 드러 왕의 누흔(淚痕)을 씻고, 손을 닛그러 닉뎐(內殿)의 니르니, 위공 삼비(三妃) 조부인을 뫼셔 듕당(中堂)의 ᄂᄋ가, ᄉ미를 들고 손을 어루만져 관복(官服)1438)을 고쳐 넘졍(斂正)1439)ᄒ고 씌긴1440)을 도도아1441) 미미, 간졀흔 졍이 안모(顔貌)의 넘지더라.

왕이 모든 부인긔 지비 하직ᄒ고 공을 뫼셔 외뎐의 ᄂ와 위의를 휘동(麾動)ᄒ여 연【26】부로 향홀 시, 모든 공경(公卿)으로 더부러 호숑(護送)ᄒ니, 이원어악(梨苑御樂)1442)은 구텬(九天)의 드레며 긔치졀월(旗幟節鉞)1443)은 좌우로 빅운(白雲)을 졉ᄒ니, 진국 신뇨(臣僚)ᄂ 관복을 ᄀᆽ쵸와 시위(侍衛)ᄒ고 ᄉ지틱감(事知太監)은 쥰마(駿馬)를 모라 겻희 보호ᄒ니, 왕이 옥규(玉圭)1444)를 잡고 금션(金扇)1445)을 드러 봉년(鳳輦)1446) 우희 단졍이 안즈시니, 됴흔 귀밋츤 빅년(白蓮)이 쳥엽(靑葉)의 ᄊᆞ임 ᄀᆺ고, 묽은 긔골은 옥호(玉湖) 쳥빙(淸氷)이 일광(日光)의 바이ᄂ 듯, 만됴(滿朝)1447) 위요(圍繞)【27】ᄒ미, ᄉ마쌍곡(駟馬雙轂)1448)과 쥬륜취기(朱輪翠蓋)1449) 디로를

1436)기읍뉴체(皆泣流涕) : 모두가 다 울며 눈물을 흘림.
1437)한삼(汗衫) : 손을 가리기 위하여서 두루마기, 소창옷, 여자의 저고리 따위의 윗옷 소매 끝에 흰 헝겊으로 길게 덧대는 소매. 늑백수(白袖).
1438)관복(官服) : 『복식』 옛날 벼슬아치들의 공복(公服). 지금은 전통 혼례 때에 신랑이 입는다.=관디.
1439)넘졍(斂正) : 단속하여 바르게 함.
1440)씌긴 : 띠끈. 띠의 끈. *띠끈; 허리띠는 옷 위로 허리를 둘러매는 '좁고 긴 끈'과 이를 죄어 고정하는 '쇠로 된 장치'로 이루어져 있는데, 이 중 전자를 이르는 말. 한편 후자를 '띠쇠'라 한다.
1441)도도다 : 돋우다. 위로 끌어 올려 도드라지거나 높아지게 하다.
1442)이원어악(梨園御樂) : 악공들이 임금 앞에서 연주하던 궁중아악(宮中雅樂). *이원(梨園);① 『역사』 중국 당나라 때, 현종이 친히 배우(俳優)의 기술을 가르치던 곳. 오늘날 뜻이 바뀌어 연예계, 극단, 배우들의 사회 따위를 이른다. ② 『역사』 조선 시대에, 장악원의 좌방(左坊)과 우방(右坊)을 아울러 이르던 말. 좌방은 아악(雅樂)을, 우방은 속악(俗樂)을 맡았다.=교방(敎坊). *어악(御樂); 임금 앞에서 연주하던 궁중아악.
1443)긔치졀월(旗幟節鉞) : 각종 깃발과 임금이 내린 생살권(生殺權)을 상징하는 수기(手旗) 모양의 절(節)과 도끼 모양의 부월(斧鉞).
1444)옥규(玉圭) : 임금이 의식에서 드는 옥(玉)으로 된 홀(笏). 위 끝은 뾰족하고 아래는 네모졌다.
1445)금션(金扇) : 금박을 입힌 부채.
1446)봉년(鳳輦) : 『역사』 꼭대기에 황금봉황을 장식한, 임금이 타는 가마.늑봉여(鳳輿)
1447)만됴(滿朝) : 조정의 모든 벼슬아치. =만조백관(滿朝百官)
1448)ᄉ마쌍곡(駟馬雙轂) : '네 필의 말이 끄는 높은 수레'의 말과 수레를 함께 이르는 말.
1449)쥬륜취기(朱輪翠蓋) : 붉은 칠을 한 바퀴에 푸른색 덮개를 씌운 화려한 수레.

덥헛느듸, 무슈(無數) 츄종(騶從)1450)과 진부 가졍(家丁)이 '고기 쎄드시'1451) 갈나 ○[셔]시니1452) 장(壯)ᄒ고 셩(盛)ᄒ믈 긔록기 어려온지라.

도셩 ᄉ민이 거리의 메여 굿보ᄋ 각각 숀을 두드려 글오듸,

"만일 위승상과 니부인 덕음(德陰)이 아니면 진왕이 엇지 보돈ᄒ여시리오."

ᄒ더라.

연부의 니르니 연시랑이 문 밧긔 와 마ᄌ며 참졍공이 당의 ᄂ려 마ᄌ니, 진왕이 홍안(鴻雁)을 【28】 옥상(玉床)의 던ᄒ고 텬지긔 빈례를 맛ᄎ미, 시랑이 팔흘 미러 잠간 뎐상의 올나 비(妃)의 상교(上轎)를 기드릴 싀, 참졍의 깃븐 우음은 츈풍이 화창ᄒ고, 늬각(內閣)의 여어보는 눈은 발1453) ᄉ이의 듕듕(重重)ᄒ니1454), 이쎡 긔부인이 쥬렴(朱簾) ᄉ이로 왕의 풍모를 보건듸, 몬져 복식(服色)의 셩ᄒ미 ᄉ가(私家) 길복과 늬도ᄒ거늘, 구름 ᄀ흔 귀밋치 면뉴(冕旒) ᄉ이로 어른기고, 난봉(鸞鳳) ᄀ흔 ᄌ질이 덕힝으로 됴ᄎ 슉연ᄒ니, 【29】 관옥(冠玉) ᄀ흔 얼골의 연화(蓮花) ᄀ흔 쌍협(雙頰)이요, 도쥬(桃朱)1455) ᄀ흔 입의, 효셩(曉星) ᄀ흔 안치(眼彩)○[ᄂ] 미인(美人)의 졀셰흔 긔질이오, 단엄흔 위의와 침뎡(沈靜)흔 긔상이 ᄉ좌(四座)의 빗이고, 엄연(儼然)이 츄공텬(秋空天)1456) ᄀ흐여, 바라보미 숩이 드러가고 긔운이 쥬리혀 할연(割然)이 탄식고 스스로 뉘웃ᄎ미, ᄆ음이 놀나오니 말슴을 머음고 발치 못ᄒ거늘, 그 위의(威儀) 산악 ᄀ흐여 진국 빈신(陪臣)과 퇴감(太監) 궁노(宮奴)의 니르히 시동(侍童)으로 인연ᄒ여 시위 【30】 상궁긔 ᄌ궁낭낭(慈宮娘娘)1457) 긔거를 문후ᄒ고 군신의 녜를 베푸는지라.

퇴부인의 만심이 환약(歡躍)ᄒ니, '엇지 진왕을 고혈(孤孑)흔가 넉이던고? 망흔 나라 고독유ᄌ(孤獨孺子)니 무슨 긔셰(氣勢) 이시며, 뉘 고ᄌ(顧藉)ᄒ리 아랏더니, 텬은(天恩)인들 이딕도록 늉셩ᄒ시고, 상풍(霜風)1458) 넌뎐낭낭(內殿娘娘) 친질(親姪)이니, 뎌 은총이 쌀니1459) 업고 부귀도 감(減)흘 묘리(妙理) 업ᄉ니, 슌히 마ᄌᆺ던들 빗

1450) 츄종(騶從) : 윗사람을 따라다니는 종. 느추복(騶僕).

1451) 고기 쎄드시 : 고기 꿰듯이. 고기를 꿰미에 꿰어놓은 것처럼, '한 줄로 나란히 서거나 누워 있는 것'을 비유적으로 표현한 말.

1452) 갈나셔시니 : 갈라서있으니. *갈라서있다; 갈라서 따로 서 있다. *갈라서다; 갈라서 따로 서다.

1453) 발 : 가늘고 긴 대를 줄로 엮거나, 줄 따위를 여러 개 나란히 늘어뜨려 만든 물건. 주로 무엇을 가리는 데 쓴다.

1454) 듕듕(重重)ᄒ다 : 겹겹으로 겹쳐져 있다.

1455) 도쥬(桃朱) : 복숭아꽃의 붉은 빛.

1456) 츄공텬(秋空天) : 높고 맑게 갠 가을 하늘.

1457) ᄌ궁낭낭(慈宮娘娘) : 왕비(王妃)를 달리 이르는 말.

1458) 상풍(霜風) : 서릿바람. 서리가 내린 아침에 부는 쌀쌀한 바람.

1459) 쌀니 : 깔릴 리. *깔리다; 꼼짝 못 하게 억눌리다. '깔다'의 피동사. *여기서는 뒷말

느고 쓴더올1460) 거술, 무슈 괴퍅지스(乖悖之事)로 텬노(天怒)가지 맛나옵고, 마지 못ᄒ여 혼인ᄒ니, 【31】 진왕의 마음의 은의(隱意)가 업지 아닐 듯, 스긔(辭氣) 져리 단엄ᄒ니 응당 은노(隱怒)ᄒ미 잇도다!'

황쵹(惶囑)ᄒ고 공경(恭敬)ᄒ여, '만일 와 본들 무슴 늣차로 보며 무슴 말슴을 열니' 시버1461), 스스(事事) 이드로아 가만가만 탄식ᄒ여 헤아릴 스이, 녀ᄋ와 식뷔 붓드러 닉졍(內庭)의 드러와 쇼져의 하직을 바들 시, 쎠의 경쇼졔 쇼고(小姑) 왕실노 더브러 쇼져의 장쇼(粧梳)를 도을 시, 모든 상궁이 좌우로 둘너 봉황미(鳳凰眉)1462)를 그리고 오운계(烏雲髻)1463)를 【32】 쒸오며, 션빈(鮮鬢)1464)을 다듬ᄋ 명쥬월긔탄(明珠月琪彈)1465)을 드리오고1466), 구봉스휘관1467)을 가흔 곳의 보옥츠(寶玉釵)1468)와 젹금잠(赤金簪)1469)을 쏘즈시니, 일곱 쥴 면뉴(冕旒)ᄂ 옥용(玉容)이 어른기고, 홍금뎍의(紅錦翟衣)1470)ᄂ 치봉(彩鳳) ᄀᆞᆺ흔 엇게의 거럿고, 직취슈라상(織翠繡羅裳)1471)은 셤셤(纖纖)흔 허리의 둘너시니, 녕능보옥디(녕능寶玉帶)1472)를 ᄂ작이 드리오고, 명월픠(明月佩)1473)와 벽옥픠(璧玉佩)1474)ᄂ 의슈(衣袖) 스이의 낭낭(朗朗)흔디, 진쥬무

'업고'와 연결되어, '박대를 받아 은총이 박해질 리가 없다'는 뜻으로 쓰인 말이다.

1460)쓴덥다 : 젼덥다. 남을 대하기가 마음에 흐뭇하고 만족스럽다.

1461)시버 : 싫어. 싫다; 앞말이 뜻하는 행동을 하고자 하는 마음이나 욕구를 갖고 있음을 나타내는 말.

1462)봉황미(鳳凰眉) : 봉황의 눈썹. '미인의 눈썹' 또는 '아름다운 눈썹'을 달리 이르는 말.

1463)오운계(烏雲髻) : 여자의 검고 탐스러운 쪽진 머리. *운계(雲髻): 여자의 탐스럽게 쪽찐 머리. *쪽; 시집간 여자가 뒤통수에 땋아서 틀어 올려 비녀를 꽂은 머리털. 또는 그렇게 틀어 올린 머리털.

1464)션빈(鮮鬢) : 곱고 깨끗한 살쩍머리(귀밑털).

1465)명쥬월긔탄(明珠月琪彈) : 빛이 고운 진주로 만든 둥근 모양의 귀걸이. *월긔탄 : 달처럼 둥근 모양의 귀걸이.

1466)드리오다 : 드리우다. 한쪽이 위에 고정된 천이나 줄 따위가 아래로 늘어지다. 또는 그렇게 되게 하다.

1467)구봉스휘관 : 미상. 왕비가 의식(儀式)에서 쓰는 면류관(冕旒冠)의 일종인 듯.

1468)보옥츠(寶玉釵) : 보옥으로 만든 비녀.

1469)젹금잠(赤金簪) : 붉은색을 띤 금으로 만든 비녀

1470)홍금뎍의(紅錦翟衣) : 붉은 비단으로 지은 예복. 적의(翟衣)는 나라의 중요한 의식 때 왕비가 입던 예복을 가리키는 말로, 붉은 비단에 청색의 꿩을 수놓아 만들었다.

1471)직취슈라상(織翠繡羅裳) : 수(繡)를 짜 넣어 지은 비취색 비단치마

1472)녕능보옥디(녕능 寶玉帶) : '녕능'에서 나는 보옥(寶玉)을 붙여 장식한 허리띠. *녕능; 미상. '지명(地名)'으로 추정되나 아직 밝히지 못하였다.

1473)명월픠(明月佩) : 예전에, 허리나 가슴에 차던 보름달 모양의 패옥(佩玉). *명월(明月); 음력 팔월 보름날 밤의 달. *월패(月佩); 예전에, 허리나 가슴에 차던 달 모양의 패옥.

1474)벽옥픠(碧玉佩) : 푸른빛의 고운 옥으로 만든 패물.

우리(眞珠無憂履)[1475]를 쓰으러 년보(蓮步)를 옴기민, 상궁시익(尙宮侍兒) 젼추후옹(前遮後擁)[1476]ᄒ여 【33】듕당(中堂)의 밋쳐 틱부인(太夫人)과 외왕모(外王母)긔 하직을 고ᄒᆞᆯ식, 긔·댱 냥부인이 웃ᄂᆞᆫ 얼골노 등을 어루만지며 셤슈(纖手)를 잡ᄋᆞ 늣출 다ᄒᆞ고, 몸을 안ᄋᆞ 간간(衎衎)ᄒᆞᆫ ᄉᆞ랑과 환열ᄒᆞᆫ 심스를 겸ᄒᆞ여, 능히 필경필계(必敬必戒)[1477]도 니르지 못ᄒᆞ더니, 부공과 형댱이 이여 닉(內)ᄒᆞ고[1478] 동슉(從叔)과 표형(表兄)이 됴츳 드러와, 각각 웃ᄂᆞᆫ 입을 쥬리지 못ᄒᆞ고 두굿기ᄂᆞᆫ 쯧을 먹음ᄋᆞ, 참졍이 녀ᄋᆞ의 무빈(霧鬢)을 쓰다듬ᄋᆞ,

"슉흥야 【34】미(夙興夜寐)[1479]ᄒᆞ여 군왕(君王)의 ᄂᆡ됴(內助)를 빗ᄂᆡ고, 후비(后妃)의 덕틱(德澤)을 늣타ᄂᆞ라."

ᄒᆞ니, 쇼졔 계슈(稽首) 빅ᄉᆞ(拜謝)ᄒᆞᆯ 식, 환픽(環佩) 장장(鏘鏘)ᄒᆞ여 뎔됴(絶調)를 됴츳시니, 졍슌(貞純)ᄒᆞᆫ 긔질이 더옥 은은(殷殷)ᄒᆞ여, 한ᄋᆞ(閑雅)ᄒᆞᆫ 틱도ᄂᆞᆫ 경운(慶雲)이 향쇼(鄕所)의 어릐고, 담월(淡月)[1480]이 텬듕(天中)의 흐르미오. 단장(端莊)ᄒᆞᆫ 덕힝의 온즁(穩重)ᄒᆞᆫ 체지(體肢) 슈연(粹然)이 쇄락(灑落)ᄒᆞ고, 온유(溫柔)히 염일(恬逸)[1481]ᄒᆞ여 빅화츈싴(百花春色)[1482]은 보압(酺始)[1483]의 머무럿고, 효성쳥광(曉星淸光)은 명모(明眸)의 금됴아, 녕농ᄒᆞᆫ 장쇼(粧梳)의 【35】황홀ᄒᆞᆫ 복식이며, 황황(煌煌)ᄒᆞᆫ 위의(威儀)와 체체(棣棣)[1484]ᄒᆞᆫ 됸영(尊影)이 가히 더브러 비우(譬寓)ᄒᆞᆯ[1485] 곳이 업ᄂᆞᆫ지라.

평일의 담담(淡淡)ᄒᆞᆫ 아미(蛾眉)를 그리고, 쵸쵸(草草)ᄒᆞᆫ 의상으로 우슈울억(憂愁鬱抑)[1486]ᄒᆞ여 틱모의 과거(過擧)를 보민, 혼이 구쇼(九霄)의 날고, 죽어 부모의 됸체

1475) 진쥬무우리(眞珠無憂履): 진주로 장식한 무우리(無憂履; 여자용 신의 일종). *무우리(無憂履): 조선 시대, 궁중 무용인 망선문(望仙門)을 출 때 신던 여자 신의 하나. 홍전(紅氈)으로 신울을 만들고 꽃무늬를 수놓았으며, 신코에는 구름무늬를 놓고 하얀 털을 붙여 아름답게 장식하였다.

1476) 젼추후옹(前遮後擁): 여러 사람이 앞뒤에서 에워싸고 보호하여 나아감.

1477) 필경필계(必敬必戒): 예전에 어머니가 딸을 시집보내면서 경계(警戒) 하던 말로, 『孟子 滕文公下』에 나온다. 즉, "시집에 가거든 반드시 시부모를 공경하고, 반드시 조심하여 지아비를 거스르지 말라(往之女家 必敬必戒 無違夫子)."

1478) ᄂᆡ(內)ᄒᆞ다: 밖에서 안으로 들어오다.

1479) 슉흥야미(夙興夜寐): '아침에 일찍 일어나고 밤에 늦게 잔다.'는 뜻으로, 부지런히 일함을 이르는 말.

1480) 담월(淡月): 으스름한 달. 침침하고 흐릿한 빛을 내는 달. .

1481) 염일(恬逸): 마음이 편하고 자유로움.

1482) 빅화츈싴(百花春色): 온갖 꽃이 흐드러진 봄날의 경치.

1483) 보압(酺始): =보협(酺頰). 볼. 뺨. 얼굴의 양쪽 관자놀이에서 턱 위까지의 살이 많은 부분.

1484) 체체(棣棣): '위의(威儀)가 있는 모양'. 또는 '예의에 밝은 모양.'

1485) 비우(譬寓)ᄒᆞ다: 빗대다. 곧바로 말하지 아니하고 빙 둘러서 말하다.

(尊體)로써 하당(下堂)의 슈죄(數罪)ᄒ시믈 보지 말고ᄌ ᄒ니, 고두(叩頭) 이걸ᄒ고 스스로 죄를 딕신ᄒ민, 옷슬 거더 안셔(安舒)이 온화ᄒ믈 먹음어 셩덕을 ᄉ(謝)ᄒ여 안식의 통고(痛苦)ᄒ믈 늣타【36】 너지 아니나, 빙옥간장(氷玉肝腸)[1487]이 온향(溫香) ᄀᆞ치 ᄉᆞ라지고, 약ᄒᆫ 긔질이 스스로 면쳘(綿綴)ᄒ여 셤셤셰신(纖纖細身)이 옷슬 니긔지 못ᄒᆞᆯ 듯ᄒ고, 담담홍슌(淡淡紅脣)[1488]의 말ᄉᆞᆷ이 발치 아닐 듯, 심연(深淵)을 님(臨)ᄒ고 박빙(薄氷)을 드딘 듯, 집옥봉영(執玉奉盈)[1489]ᄒ여 틴모 셩심을 위열(慰悅)ᄒᆞᆯ 쩐 이원(哀願)ᄒ고 쵸쳬(憔悴)ᄒ믹 비기리오.

슈슌지닉(數旬之內)의 엄상(嚴霜)이 도로혀 양츈(陽春)이 도라오고, 뇌정(雷霆)이 거두치민 빅일(白日)이 회명(晦明)ᄒ니, 틴모의 안식이 화열【37】ᄒ고 셩되(性度) 관홍(寬弘)ᄒᆞᄉ, 부공(父公)을 가ᄎ(假借)ᄒ여[1490] 이지셕지(愛之惜之)[1491]ᄒ시고, 모친을 칭예(稱譽)ᄒᆞᄉ 연지휼지(憐之恤之)ᄒ시니[1492], 비로쇼 만념(萬念)이 푸러지고 쳔슈(千愁)를 물니쳐 인간 즐거오믈 아는지라.

감격ᄒ고 환열ᄒ니, 옥안(玉顔) 화긔(和氣)ᄂᆞᆫ 양츈이 도라오고, 심닉의 즐거오믄 혜풍(惠風)이 무루녹ᄋ, 안셔ᄒᆫ 동작과 유열ᄒᆫ 틴도로 슬하의 ᄌᆞ이를 밧ᄌᆞ오미, 셜뷔(雪膚) 광윤(光潤)ᄒ고 향신(香身)이 염예(艷麗)ᄒ여, 달이 졈졈 보름의【38】 ᄀᆞᆺ갑고 곳치 ᄒᆞ마 삼츈의 밋쳐시니, ᄒᆞ믈며 녜복(禮服)이 참치(參差)[1493]ᄒ여 위의(威儀)를 돕고, 옥결(玉玦)이 낭낭(朗朗)ᄒ여 규구(規矩)를 맛쵸니, 호셩(豪盛)ᄒᆫ 단장(丹粧)이 녀염(閭閻)과 다르거늘, 긔이ᄒᆫ 향취 먼니 젼ᄒ며 긔이ᄒᆫ 용광이 만실(滿室)의 됴요(照耀)ᄒ니, 냥위 됴모와 부모 졔형의 이듕ᄒ미 비길 곳이 업더라.

쇼졔 ᄌᆞ비 하직ᄒ고 금년(金輦)의 오르니, 왕이 슌금쇄약(純金鎖鑰)을 가져 봉교(封轎)를 파(罷)ᄒ민 위의를 두로혈 식,【39】 틴부인이 셕부인으로 더브러 모든 상궁을 만만(萬萬) ᄉᆞ례ᄒ여 보닉고, 고루(高樓)의 올나 도라가ᄂᆞᆫ 위의를 구경ᄒ니, 비를 호위ᄒᆫ 장셩(壯盛)ᄒᆫ 위의를 더으미 올 적 도곤 더은지라.

1486) 우슈울억(憂愁鬱抑) : 근심과 걱정으로 마음이 답답하여 기운을 펴지 못함.

1487) 빙옥간장(氷玉肝腸) : 얼음처럼 차갑고 옥처럼 맑은 마음.

1488) 담담홍슌(淡淡紅脣) : 화장을 하지 않은 입술.

1489) 집옥봉영(執玉奉盈) : '옥(玉)을 잡고 있는 것과 같이하고, 가득한 것을 받들고 있는 것 같이 한다'는 뜻으로, 효자가 부모를 섬기는 마음을 이르는 말. 『禮記 祭法』에 다음과 같은 글이 보인다. "孝子之有深愛者 必有和氣愉色婉容 如執玉奉盈(효자로서 부모를 깊이 사랑하는 자는 반드시 온화한 기운과 기쁜 낯빛과 온순한 태도가 있어서, 마치 옥기(玉器)를 잡은 듯, 가득 찬 것을 받든 듯이 하였다)

1490) 가ᄎ(假借)ᄒ다 : 가차(假借)하다. 편하고 너그럽게 대하다.

1491) 이지셕지(愛之惜之) : 애석(哀惜)하게 여김. 슬프고 아깝게 여김.

1492) 연지휼지(憐之恤之) : 애처롭게 여기고 가엾게 여겨 돌보아 줌.

1493) 참치(參差) : 참치부제(參差不齊). 길고 짧고 들쭉날쭉하여 가지런하지 아니함.

티부인이 만심 환열ᄒᆞ여 주긔 불통(不通) 과격(過激)던 줄 무슈히 뉘웃고, 느려오미 좌슈로 공의 손을 잡고 우슈로 부인을 어루만져 즐겁고 깃브믈 니르미,

"오ᄋᆞ(吾兒)와 현부(賢婦)의 달현딕효(達賢大孝)1494)로 상텬(上天)이 감동ᄒᆞ시고 셩【40】상이 슬피스 오늘날 경스(慶事)로써 뵈미라."

ᄒᆞ여, 긔특고 귀듕ᄒᆞ미 비길 곳 업거늘, '근닉 무슨 괴려(乖戾)ᄒᆞᆫ 의스로 진왕을 염박(厭薄)ᄒᆞ고 호가 쳔주(賤子)를 유의(有意)턴고' 싱각ᄒᆞ미, 뉘웃쳐 휘루(揮淚) 탄식(歎息)ᄒᆞ니, 공과 부인이 지비 스례ᄒᆞ여 셩덕을 스은ᄒᆞ고 셩심(性心)을 위안ᄒᆞ여, 타연(泰然)이 옛 근심을 닛고 식 덕화(德話)를 즐겨 ᄒᆞ니, ᄋᆞ손을 안고 희쇼(喜笑)ᄒᆞ여 주의(慈意)를 위열(慰悅)ᄒᆞ더라.

시랑이 미주(妹子)를 호숑ᄒᆞ여 왕부(王府)의 【41】 니르러 금년(金輦)을 옥계(玉階)의 놋코, 무슈 궁인이 비를 붓드러 문희뎐 듕쳥(中廳)의셔 교비(交拜)홀 식, 황금(黃金)과 빅벽(白璧)이 셔로 광치를 주랑ᄒᆞ고, 명쥬(明珠)와 보옥(寶玉)이 보빅를 닷토니, 동방화쵹(洞房華燭)1495)의 자하상(紫霞觴)1496)을 난호미, 밝은 빗치 셔로 부익고 빗난 광치 셔로 빗최여, 하나흔 금뎐(金殿)의 옥슈(玉樹) 한가ᄒᆞᆫ 듯, 하나흔 옥계(玉溪)의 지란(芝蘭)이 무셩ᄒᆞᆫ 듯, 왕은 경개(景槪) 쇼ᄋᆞ(素雅)ᄒᆞ여 츄텬(秋天) 현요(眩耀)1497)의 쳥풍이 한가ᄒᆞᆫ 딕, 히학(海鶴)이 【42】 아오라히1498) 텬변(天邊)의 노는 듯ᄒᆞ고, 비(妃)ᄂᆞᆫ 졍졍(貞靜) 온슌(溫順)ᄒᆞ여 금국(襟局)1499)이 상노(霜露)를 멈은1500) 곳의 치란(彩鸞)1501)이 짓1502)슬 다듬ᄂᆞᆫ 듯ᄒᆞ니, 모든 눈이 흔연(欣然)이 깃거 ᄒᆞ고 쳐연(凄然)이 슬허하니, 조부인이 상국(相國) 삼비(三妃)와 깃부고 두굿기ᄂᆞᆫ 듕, 감오(感悟)ᄒᆞᆷ믈 니기지 못ᄒᆞ더라.

왕이 비로 더브러 둉묘(宗廟)의 오를 식, 폐빅(幣帛)을 밧드러 향안(香案)의 젼ᄒᆞ

1494) 달현딕효(達賢大孝) : '지극히 어진마음'과 '지극한 효행'을 함께 이른 말.

1495) 동방화쵹(洞房華燭) : 동방에 비치는 환한 촛불이라는 뜻으로, 혼례를 치르고 나서 첫날밤에 신랑이 신부 방에서 자는 의식을 이르는 말.

1496) 자하상(紫霞觴) : 전설에서, 신선들이 술을 마실 때 쓰는 잔. '자하'는 신선이 사는 곳에 서리는 보랏빛 노을이라는 말로, 신선이 사는 선계(仙界)를 뜻한다. 따라서 선계의 신선이 입는 치마를 자하상(紫霞裳), 그들이 마시는 술을 자하주(紫霞酒), 그들이 사는 곳을 자하동(紫霞洞)이라 이른다.

1497) 현요(眩耀) : 눈부시고 찬란함.

1498) 아오라히 : 아스라이. 보기에 아슬아슬할 만큼 높거나 까마득할 정도로 멀게.

1499) 금국(襟局) : 마음. 또는 도량.

1500) 멈을다 : 머물다. '머무르다'의 준말. *머무르다; 도중에 멈추거나 일시적으로 어떤 곳에 묵다

1501) 치란(彩鸞) : 아름다운 빛깔의 난(鸞)새. *난(鸞)새; 중국 전설에 나오는 상상의 새. 모양은 닭과 비슷하나 깃은 붉은빛에 다섯 가지 색채가 섞여 있으며, 소리는 오음(五音)과 같다고 한다.=난조(鸞鳥).

1502) 짓 : 깃. 새의 날개. 또는 깃털.

고, 뎐(殿)의 ᄂᆞ려 팔비(八拜)ᄒᆞ미, 다시 쌍으로 작(爵)을 헌ᄒᆞ고 왕이 스스로 츅(祝)을 【43】 닑을 ᄉᆡ, 오열(嗚咽) 뉴쳬(流涕)ᄒᆞ여 쇼ᄅᆡᄅᆞᆯ 일우지 못ᄒᆞ니, 비 쳐연 감읍ᄒᆞ고 시위 각각 눈물을 흘니더라.

어시의 왕이 외헌의 ᄂᆞ와 승상긔 고ᄒᆞ되,

"쇼ᄌᆞ 셩인(成姻)1503)ᄒᆞ여 가실(家室)을 졍ᄒᆞ오니, 되인이 입ᄂᆡ(入內)ᄒᆞᄉᆞ 녜ᄅᆞᆯ 바드시믈 원ᄒᆞᄂᆞ이다."

공이 ᄯᅩ 왕비ᄅᆞᆯ ᄎᆞ마 아니 보지 못ᄒᆞ여 졔공(諸公)을 향ᄒᆞ여 굴오되,

"혹ᄉᆡᆼ이 진왕비ᄅᆞᆯ 보오미 ᄉᆞ쳬(事體) 불안ᄒᆞ되, 졍ᄂᆡ(情裏)의 심히 결연(缺然)ᄒᆞ니 엇【44】지ᄒᆞ여야 가ᄒᆞ리오."

만좌(滿座) 응셩(應聲) 답왈,

"션뎨 진왕으로써 명ᄒᆞᄉᆞ 합하(閤下) 셤기기ᄅᆞᆯ 부형으로 ᄒᆞ라 ᄒᆞ시고, 진왕의 졍셩이 간졀ᄒᆞ니 아니 보시리잇고?"

승상이 이의 닉뎐의 드러가니, 좌ᄅᆞᆯ 일우지 아니ᄒᆞ고 셔셔 왕비의 녜(禮)ᄅᆞᆯ 밧고ᄌᆞ ᄒᆞ거늘, 왕이 진젼(進前) 비복(拜伏) 왈,

"대인이 엇지 쇼ᄌᆞ의 쳐실(妻室)을 과례(過禮)ᄒᆞᄉᆞ 답ᄒᆞ실 비리잇가? 원컨되 상(床)의 올나 녜ᄅᆞᆯ 바드ᄉᆞ믈 바라ᄂᆞ이다."

공【45】이 ᄉᆞ양 왈,

"불감ᄒᆞ다! 내 엇지 비(妃)의 녜ᄅᆞᆯ 안연이 바드리오."

언미(言未)의 도로 나오니, 왕이 ᄯᅮ러 고간(固諫)ᄒᆞ여 비 면젼의 ᄉᆞ비ᄒᆞ니, 공이 공경 답녜ᄒᆞ더라.

위공이 미ᄉᆡᆨ(美色)의 눈이 놉ᄒᆞ니, 비의 ᄉᆡᆨ모(色貌) 념ᄐᆡ(艶態)ᄅᆞᆯ 깃거 ᄒᆞ미 아니로되, 현쳘(賢哲)ᄒᆞᆫ 덕과 완젼ᄒᆞᆫ 복녹이 안모(顔貌)의 ᄂᆞᆺ타ᄂᆞ니, 향슈다복(享壽多福)ᄒᆞ여 빅ᄌᆞ쳔손(百子千孫)이 계계승승(繼繼承承)ᄒᆞᆯ지라. 깃거ᄒᆞ고 두굿기미 친ᄌᆞ부(親子婦)의 더으니, 왕을 무이(撫愛)【46】ᄒᆞ여 희긔(喜氣) 영농(玲瓏)ᄒᆞ니, 왕이 곳쳐 ᄯᅮ러 굴오되,

"삼위(三位) 모부인긔 알현ᄒᆞ여지이다."

공이 졈두(點頭) 왈,

"가히 맛당ᄒᆞ니 져져ᄅᆞᆯ ᄒᆞᆫ가지로 쳥ᄒᆞ여 보되, 《과려∥과례(過禮)》ᄅᆞᆯ 말나."

왕이 슈명ᄒᆞ여 상궁의게 하령ᄒᆞ니, 상궁이 ᄉᆞ위 부인을 쳥ᄒᆞ니, 셕의 부인ᄂᆡ 후당의셔 동용이 보고ᄌᆞ ᄒᆞ더니, 일시의 니르니 왕이 연ᄒᆞ여 간고(懇告)ᄒᆞ여 부인이 방셕(方席)의 좌ᄅᆞᆯ 일우미, 비 면젼의 각각 ᄉᆞ비(四拜)ᄒᆞ니, 부인ᄂᆡ ᄒᆞᆫ번식【47】 답녜ᄒᆞ더라.

졔부인이 일시의 비ᄅᆞᆯ 보니, 덕셩의 뇨됴(窈窕)ᄒᆞᆷ과 긔질(氣質)의 유한(有閑)ᄒᆞ믈

1503)셩인(成姻) : 혼인을 함.

놀ᄂ고 긔특이 넉여, 깃거 ᄒᄆᆡ 색혀난 효우를 심복ᄒᄆᆡ 오리더니, 목견(目見)ᄒᄆᆡ 더옥 이즁ᄒᄂ지라. 조부인이 승상을 향ᄒ여 만만 ᄉ레ᄒ더라.

왕이 다시 졀ᄒ여 굴오ᄃᆡ,

"쇼ᄌᆡ 딕인과 모부인 덕음(德蔭)을 닙ᄉ와, 어린 거시 능히 셩장ᄒ고 죽은 거시 능히 회ᄉᆡᆼ(回生)ᄒ와 금일의 니르오니, 원컨딕 ᄒᆞᆫ 잔을 밧드러 【48】 하졍(下情)을 표ᄒ여지이다."

승상이 그 지셩을 감동ᄒ여 허ᄒ니, 왕이 대열ᄒ여 비로 더브러 잉무빅(鸚鵡杯)1504)와 뉴리잔(琉璃盞)1505)을 밧드러 ᄂ으오니, 왕의 호상(豪爽) 쳥고(淸高)ᄒᆞᆫ 긔상(氣像)과 비의 슉뇨(淑窈) 졍혜(淨慧)ᄒᆞᆫ ᄌᆞ질이 진실노 샹뎨(上帝) 명ᄒ신 빅필(配匹)이라.

공이 왕의 잔을 마시고 집슈(執手) 연이(憐愛)ᄒ며 비의 잔의 미쳐ᄂ 흠신(欠身) 치경(致敬)ᄒ더라.

삼위 부인과 조부인긔 삼비 헌작을 파ᄒᄆᆡ, 공이 외헌으로 나오니 왕이 뫼셔가ᄂ지라. 비로쇼 황【49】 친국쳑(皇親國戚)과 공경틱우(公卿大夫)의 부인이 일시의 ᄂ와 비를 볼 ᄉᆡ, 두황후 일남(一男) 두공이 됴돌(早卒)ᄒ고 동형의 ᄎᆞᄌᆞ(次子)를 계후(繼後)ᄒ니, 명은 균이니 텬은(天恩)으로 호부시랑(戶部侍郎)이 되엿더라. 그 부인 김시 이의 와시니 용뫼 평상ᄒ고 목직(目眥)1506) 불냥(不良)ᄒ더라. 조부인과 상국 삼비 은근이 친쳑의 졍의를 펴더라.

졔인이 임의 연쇼져의 향명을 우레 ᄀᆞ치 드럿ᄂ지라. 일시의 ᄇ라보니 금옥(金玉)이 징영(爭榮)1507)ᄒ고 빅벽(白璧)이 교결(皎潔)1508) 【50】 ᄒ여 완젼ᄒᆞᆫ 쳬모와 녕농ᄒᆞᆫ 용홰(容華) 팔월 징담(澄潭)1509)의 부게(芙蕖)1510) 녹파(綠波)의 쇼삿고, 쳥공명월(淸空明月)이 옥누(玉樓)1511)의 바이ᄂ 듯, 팔ᄎᆡ아미(八彩蛾眉)1512)의 진산(鎭山)1513)이 묘묘(妙妙)ᄒ고 일쌍셩안(一雙星眼)의 징광(澄光)이 명명(明明)ᄒ니, 월익

1504) 잉무빅(鸚鵡杯) : 자개를 가지고 앵무새의 부리 모양으로 만든 술잔.
1505) 뉴리잔(琉璃盞) : 유리로 만든 잔. ᄂ글라스.
1506) 목직(目眥) : 눈초리. 시선.
1507) 징영(爭榮) : 영화(榮華)을 다툼.
1508) 교결(皎潔) : 깨끗하고 맑음.
1509) 징담(澄潭) : 물이 맑은 연못. 또는 연못의 물이 맑음.
1510) 부게(芙蕖) : 부거(芙蕖). 연꽃. 부용(芙蓉).
1511)) 옥누(玉樓) : 옥으로 장식한 화려한 누각.
1512) 팔ᄎᆡ아미(八彩蛾眉) : '여덟 가지 빛깔의 광채가 나는 누에나방 같은 두 눈썹.'이란 뜻으로 '화장을 하여 아름다운 두 눈썹'을 이르는 말. *팔ᄎᆡ(八彩) : 눈썹이 여덟팔(八)자 모양을 하고 있어서, 또는 요(堯)임금의 눈썹이 여덟 가지 빛을 띠었다고 하여, '화장한 아름다운 두 눈썹'을 뜻하는 말로 쓰인다. *아미(蛾眉) : 누에나방 같은 눈썹이라는 뜻으로, 가늘고 길게 굽어진 아름다운 눈썹을 이르는 말

무빈(月額霧鬢)1514)의 셔운(瑞雲)이 분비(紛霏)ᄒ고 화협잉슌(花頰櫻脣)1515)의 덕셩
(德星)1516)이 찬연(燦然)ᄒ여 동지(動止)의 엄슉흠과 ᄌ질(資質)의 한ᄋ(閑雅)ᄒᄆ
엇지 구셰(九歲) 츙유(沖幼)라 ᄒ리오.

만좨(滿座) 혀를 ᄶ지오고 졍신을 일ᄂ지라1517). ᄉ위(四位) 부인이 긔특고 귀즁ᄒ
【51】며 영힝(榮幸)ᄒ고 환열ᄒ니, 상국 원비(元妃) 니시 몸을 니러 비의 겻히 ᄂ ᄋ
가 젹의(翟衣) ᄉ이로 셤슈(纖手)를 닛그러 어로만져 감동(感動) 이련(愛憐)ᄒ니, 뉴·
뎡 냥부인과 조 부인이 일시의 ᄂ ᄋ가 좌우로 둘너 안ᄌ 이모ᄒ고 흠탄ᄒᆯ 시, 연쇼졔
니부인 거동ᄒ믈 보고 향신(香身)을 셔연(徐然)이 동(動)ᄒ여, 그 닛글믈 됴ᄎ 슬하의
복슈(伏首)ᄒ여 연이(憐愛)ᄒ시믈 황감(惶感)ᄒ니, 텬셩지회(天性之孝) 타인의 지나거
ᄂᆯ, 일죽 궁인들의 ᄉ【52】ᄉ로이 말ᄒ믈 드러, 위공 부부의 덕음(德蔭)을 아랏더니,
아ᄌ(俄者)1518) 왕의 말ᄉᆷ을 인ᄒ여 ᄀ득이 감동ᄒ니, 우러는 졍셩이 스스로 발ᄒ더
라.

좌상 졔빈이 각각 ᄀ ᄀ이 와 향메(香袂)1519)를 밀고 옥슈(玉手)를 구경ᄒ며, 연연
(軟娟)ᄒᆫ 옥뷔(玉膚) 눈이 ᄶ히고 기름이 영(榮)ᄶ거ᄂᆯ1520), 져 ᄀᆽᄒᆫ 긔질노 됴모(祖
母)의 모진 퇴장을 감슈ᄒ던 쥴 ᄀ마니 ᄎ셕(嗟惜)ᄒ니, 조부인과 상국 삼비 각각 이
련ᄒ여 마음을 알터【53】라.

약질이 긴 단장(丹粧)을 니긔지 못ᄒᆯ가 넘녀ᄒ여 하직고 도라갈 시, 왕비 뎐(殿)의
ᄂ려 비별ᄒᄆ, 쌍광(雙光)을 잠간 거두쳐 부인ᄂ 가는 길흘 바라니, ᄉ심(私心)의 창
결(悵缺)ᄒ여 일흐미 잇ᄂ 듯ᄒ니, 이ᄂ ᄯᄒᆫ 지극ᄒᆫ 셩효를 말ᄆᆡ암으미러라.

니부인이 지삼 도라보며 연연(戀戀)ᄒ여 졍침(正寢)의 가 편히 쉬게 ᄒ고 도라오니,
졔긱이 도라가고 조부인이 ᄒᆫ가지로 취숑각의 니르니, 승상이 ᄯ흔 드【54】러와 치
하ᄒ고 환힝ᄒ여 일변 감오(感悟)ᄒ더니, 진왕이 삼뎨로 더브러 드러오니 관옥(冠玉)

1513)진산(鎭山) : 『역사』 도읍지나 각 고을에서 그곳을 진호(鎭護)하는 주산(主山)으로
　　정하여 제사하던 산. 조선 시대에는 동쪽의 금강산, 남쪽의 지리산, 서쪽의 묘향산, 북
　　쪽의 백두산, 중심의 삼각산을 오악(五嶽)이라고 하여 주산으로 삼았다.
1514)월익무빈(月額霧鬢) : 달처럼 둥근 이마와 안개가 서린 듯한 하얀 귀밑털. *월익(月
　　額);달처럼 둥근 이마. *무빈(霧鬢); 안개가 서린 듯한 하얀 귀밑털.
1515)화협잉슌(花頰櫻脣) : 꽃처럼 아름다운 두 볼과 앵두처럼 붉고 고운 입술. *화협(花
　　頰); 꽃처럼 아름다운 두 볼. *앵순(櫻脣); 앵두처럼 붉고 고운 입술.
1516)덕셩(德星) : ① 『천문』 태양에서 다섯째로 가까운 행성인 '목성(木星)'을 달리 이르
　　는 말. ②태평성대에 나타난다고 하는 상서로운 별인 '서성(瑞星)'을 달리 이르는 말.
1517)일다 : 잃다. 의식이나 감정 따위가 사라지다.
1518)아ᄌ(俄者) : 이전. 지난번. 조금 전. 갑자기.
1519)향메(香袂) : 향기로운 옷소매.
1520)영(榮)ᄶ다 : 영(榮)지다. 반들반들하다. 광택(光澤)이 많다. 광택이 나다. =윤(潤)
　　지다. 반들반들하다. 윤기(潤氣)가 많다. 윤택하다.

ᄀ ᄒ 면모의 오히려 비ᄉ(悲色)이 ᄀ득ᄒ고, 뉴셩(流星) ᄀ 흔 낭안이 졔연(眥沿)1521)
이 나족ᄒ여, 강잉(强仍)ᄒ여 화긔를 지어 상하(床下)의 빅복ᄒ니, 공이 어루만져 냥
구의 골오ᄃ,

"연왕비 고젹(孤寂)히 심궁의 쳐ᄒ시니 심히 닛지 못ᄒᄂ지라. ᄌ로 드러가 보시고
몬져 붕우(朋友)의 졍을 미ᄌ쇼셔. 왕이 아직 연긔 어려시니 밤인즉 닌【55】ᄋ 등으
로 영농뎐의셔 슉침ᄒ고, 낫인즉 빈빈(頻頻)이 츌입ᄒ여 요젹(寥寂)ᄒ믈 위로ᄒ쇼셔."

왕이 흠신(欠身) 복지(伏地)ᄒ여 듯ᄌ올 시, 은연(隱然)이 홍운(紅雲)이 옥안을 침
노ᄒ니, 공이 ᄂ호여 안ᄋ 무빅(撫背) 졉면(接面) 왈,

"왕이 임의 셩인(成人)ᄒ여시되 어엿브미 유시(幼時) ᄀ도다. 상명을 밧ᄌ와 만됴
위요(圍繞)ᄒ여 빅냥(百輛)1522)으로 친영(親迎)ᄒ여시니, 무슴 붓그러오미 잇ᄉ리오."

왕이 공의 지극ᄒ ᄌ의를 밧ᄌ올ᄉ록 감동ᄒ니,【56】 쳥뉘(淸淚) 동(動)ᄒ되 강잉
ᄒ여 우음을 머금고, 공의 손을 노흐믈 기ᄃ려 지빈ᄒ여 왈,

"디인 명괴(明敎) ᄌᄌ(仔仔)1523)ᄒ시니 엇지 봉힝(奉行)치 아니리잇고? 다만 졔
연쇼(年少) 츙미(沖昧)ᄒ오니 울젹히 심궁(深宮)의 쳐(處)ᄒ와 비홀 거시 업ᄉ오니,
ᄌ로 모부인 슬하의 뫼와 교회(敎誨)ᄒ시믈 밧ᄌ오미 가ᄒ올가 ᄒ나이다."

공이 졈두(點頭) 왈,

"낙(諾)다1524). 그러나 협문이 잇시되 쵸간(初間)1525)ᄒ니 왕니 어려올가 ᄒ노라."

ᄒ고, 왕을 지쵹ᄒ여 궁ᄋ【57】로 보니니, 왕이 슈명ᄒ며 몸을 니러 가며 공주 등
을 보와 골오ᄃ,

"니 잠간 단녀오리니 여등이 셔당의 가 기다리라."

삼익(三兒) 연셩(連聲) 응ᄃ(應對)ᄒ고, 웅창이 ᄯ라오며 니로ᄃ,

"무ᄉ 일 잠간 단녀 오시리잇고? 동용(從容)이 한담(閑談) 셜화(說話)ᄒ여 ᄉ괴쇼
셔."

왕이 도라보아 웃고, 눈으로 ᄭ짓고 가ᄂ지라. 공과 졔부인이 셔로 보아 두굿겨 우
음을 ᄯ여 ᄉ랑ᄒ오믈 일ᄏ더라.

이ᄯ 왕비 상궁 등의 인도ᄒ믈 됴ᄎ【58】졍침의 드러오니, 누ᄃ(樓臺)1526)의 장녀

1521) 졔연(眥沿) : 눈가. 눈가장. 눈의 가장자리나 주변.
1522) 빅량(百輛) : '백 대의 수레'라는 뜻으로, 『시경(詩經)』 「소남(召南)」 편, <작소(鵲
巢)>시의 '우귀(于歸) 백량(百輛)'에서 유래한 말이다. 즉 옛날 중국의 제후가(諸侯家)
에서 혼례를 치를 때, 신랑이 수레 백량에 달하는 많은 요객(繞客)들을 거느려 신부집
에 가서, 신부을 신랑집으로 맞아와 혼례를 올렸는데, 이 시는 이처럼 혼례가 수레 백
량이 운집할 만큼 성대하게 치러진 것을 노래하고 있다.
1523) ᄌᄌ(仔仔) : 매우 자세(仔細)함.
1524) 낙(諾)다 : 낙(諾)하다. 승낙하다. 대답하다.
1525) 초간(稍間) : 한참 걸어가야 할 정도로 거리가 조금 멀다.

흠과 긔용의 번화ᄒᆞ미 비길 곳이 업ᄉᆞᆫ지라. 비 일즉 부공의 쳥담(淸淡) 검냑(儉約)ᄒᆞᆫ 무로써, 집이 크지 아니ᄒᆞ고 즙물(什物)의 ᄉᆞ화(奢華)ᄒᆞ미 업ᄉᆞ니, 평싱의 보지 못ᄒᆞᆫ 빅로ᄃᆡ, 구틋여 마음의 두지 아냐 동용이 옥상(玉床)의 단좌(端坐)ᄒᆞ니, 단장(端莊)ᄒᆞ고 슉연(淑然)ᄒᆞ여 바라미 아연(峨然)이 츄공계슈(秋空桂樹)1527) ᄀᆞᆺᄒᆞ니, 상궁(尙宮) 시ᄋᆞ(侍兒) 됴심ᄒᆞ여 감히 훤화(喧譁)치 못ᄒᆞ더니, 왕이 드러오미 비 안셔(安舒)이 상의 ᄂᆞ려【59】마ᄌᆞ니, 졔비(諸婢) 분분(紛紛)이 퇴(退)ᄒᆞ더라.

왕이 팔을 드러 읍양(揖讓)ᄒᆞ여 좌(座)를 졍ᄒᆞ고 말ᄉᆞᆷ을 열고ᄌᆞ ᄒᆞ미, 몬져 츄연(惆然)이 슬푼 긔운이 팔치(八彩)의 어리고, 잠연(潛然)이 쌍뉘(雙淚) 연(連)ᄒᆞ니 구슬을 드리온 듯 ᄒᆞ더라.

냥구(良久)의 겨오 강잉ᄒᆞ여 ᄉᆞ미를 드러 누흔(淚痕)을 업시ᄒᆞ고 ᄀᆞᆯ오ᄃᆡ,

"괴(孤) 명되(命途) 긔박(奇薄)ᄒᆞ여 유시(幼時)의 황고(皇考)와 모후(母后)를 여희옵고 외로온 일신이 녕뎡혈혈(零丁孑孑)1528)ᄒᆞ거늘, 위 대인이 지극히 보호ᄒᆞ시고 간뎔이【60】ᄌᆞ이ᄒᆞ시믈 닙ᄉᆞ와 능히 보젼ᄒᆞ고, 원쉬(怨讎) 업ᄉᆞ되 젹국(敵國)1529)이 버러1530) 쇠잔(衰殘)ᄒᆞᆫ 목슘을 맛ᄎᆞ거늘, 니시 모친이 건져 구ᄒᆞᆺ 이지연지(愛之憐之)ᄒᆞ시믈 밧ᄌᆞ와, 이졔 동묘(宗廟)를 밧들고 현비로써 닐위여 쥬ᄉᆞ(主祀)1531)ᄒᆞᄂᆞᆫ 쇼임을 맛지니, 일일이 다 되인과 모부인 덕이라. 현비 평일의 효의(孝懿)와 덕셩이 타인의 지나시믈 닉이 드러시니, 우흐로 동묘를 밧드러 졍셩을 일위시고, 버거 위되인과 모부인【61】긔 셩효를 다ᄒᆞ여 셤기옵ᄂᆞᆫ 도리로써, ᄌᆞ부(子婦)의 쇼임을 극진이 ᄒᆞ쇼셔."

연비 피셕(避席)1532) 염임(斂衽)1533)ᄒᆞ여, 머리를 ᄂᆞ죽이 ᄒᆞ고 몸을 굽혀 듯기를 맛ᄎᆞ미, 셔연(徐然)이 동신(動身)ᄒᆞ여 명을 밧들믈 응(應)ᄒᆞ미로ᄃᆡ, 입을 여러 ᄃᆡ답ᄒᆞᆷ 믄 업더라.

왕이 이윽이 안ᄌᆞ 거듭1534) 비를 슬피니, 옥안(玉顔)이 담연(淡然)ᄒᆞ여 츈공(春空)1535)이 미연(未然)1536)ᄒᆞᄃᆡ, 향긔로온 바람이 간간이 니러ᄂᆞ고 혜질(慧質)이 교연

<hr>

1526) 누ᄃᆡ(樓臺) : 누각(樓閣)과 대사(臺榭)와 같이 높은 건물.
1527) 츄공계슈(秋空桂樹) : 높고 맑게 갠 가을 하늘에 우뚝 서있는 계수나무.
1528) 녕뎡혈혈(零丁孑孑) : 세력이나 살림이 보잘것없이 되어서 의지할 곳이 없는 홀몸.
1529) 젹국(敵國) : '적대관계에 있는 나라'라는 뜻으로, '그러한 관계에 있는 사람'을 비유적으로 표현한 말. ≒적인(敵人).
1530) 벌다 : 벌여 있다. 늘어서다.
1531) 쥬ᄉᆞ(主祀) : 조상의 제사를 받들어 모심.=봉사.
1532) 피셕(避席) : 공경의 뜻을 나타내기 위하여 웃어른을 모시던 자리에서 일어남. ≒피좌(避座).
1533) 염임(斂衽) : 삼가 옷깃을 여밈.
1534) 거듭 : 거듭. 어떤 일을 되풀이하여.

(皎然)ᄒ여 치운(彩雲)이 텬변(天邊)의 ᄂᆞ붓기【62】거늘, 소월(素月)이 밋쳐 두렷지 못ᄒ여시니, 그윽이 명광(明光)을 흘니고 부게(芙蕖) 밋쳐 벙으지1537) 못ᄒ여시니, 암향(暗香)이 ᄀ마니 젼ᄒᄂ지라.

청평한아(淸平閑雅)1538)ᄒ여 유란(柔蘭)이 첫봄을 맛나 향긔로온 닙히 바야흐로 연연(軟娟)ᄒ고 ᄂ부(羅浮)1539) 홍미(紅梅)ᄂ 셜즁(雪中)의 한가ᄒ고, 동니(洞裏) 금국(金菊)1540)은 셔리를 두리지 아니ᄒ니, 츄텬벽노(秋天碧露)1541)의 ᄆᆰ은 정신이오, 청츄빙상(淸秋氷上)1542)의 놉흔 계슈(桂樹)라.

빅틱진션(百態盡善)1543)이 만념(萬念)이 겸가(蒹葭)1544)ᄒ고 단장(丹粧)흔 덕힝(德行)【63】은 규문(閨門)을 스싱1545)ᄒ고, 정일(貞一)흔 긔질은 갈담(葛覃)1546)의 풍치(風彩)로 흡연(翕然)ᄒ니, 심닉(心內) 환열(歡悅)ᄒ고 경즁(輕重)ᄒ더라.

이의 니러 나올ᄉᆡ, 십셰도 갓 ᄎᆞ지 못흔 묘연(妙然)흔 녀ᄌ로써, 황냥(荒涼)흔 뷘 집의 상궁 등만 뫼셔시니, 유유(儒儒)ᄒ여 못닛ᄂ 졍이 ᄂᄂ지라. 거름을 두루 혀다가 다시 드러와 니로ᄃᆡ,

"현비 금일 딕례를 지니고 노곤(勞悃)ᄒ시리니 평안이 쉬시고, 명됴의 동묘(宗

1535)츈공(春空) : 화창하고 따뜻한 봄 하늘.

1536)미연(未然) : (주로 '미연에' 꼴로 쓰여) 어떤 일이 아직 그렇게 되지 않은 때.

1537)벙으다 : 벙글다. 아직 피지 아니한 어린 꽃봉오리가 꽃을 피우기 위해 망울이 생기다.

1538)청평한아(淸平閑雅) : 맑고 바르며 한가롭고 우아함.

1539)ᄂ부(羅浮) : 나부산(羅浮山). 중국 광동성(廣東省)에 있는 산으로, 중국 진(晉)나라 때 갈홍(葛洪)이 이 산에서 선술(仙術)을 얻었다고 하여 도교(道敎)의 명산 중의 하나에 들며, 또 매화(梅花)의 고사(故事)로 유명하다. 전설에 의하면, 수(隋) 나라 개황(開皇) 연간에 조사웅(趙師雄)이란 사람이 나부산의 샘가에서 한 소복미인(素服美人)을 만났는데 그녀에게서 나는 향기가 너무나 향기롭고 목소리가 청아하여 함께 술을 마시고 대취하였다가 깨어나 보니 큰 매화나무 아래였다고 한다. 이를 '나부몽(羅浮夢)' 또는 '나부지몽(羅浮之夢)'이라 한다. 또 소복미인을 '매신(梅神)'이라 이른다.

1540)금국(金菊) : '금빛 국화'라는 뜻으로 '황국(黃菊)' 또는 '황금국(黃金菊)'과 같은 말이다.

1541)츄천벽로(秋天碧露) : 가을 아침 풀잎에 맺힌 맑은 이슬.

1542)청츄빙상(淸秋氷霜) : '맑은 가을하늘과 얼음·서리'라는 말로, '티 없이 맑은 세계'를 비유한 말.

1543)빅틱진션(百態盡善) : 온갖 태도가 다 더할 나위 없이 훌륭함.

1544)겸가(蒹葭) : 갈대. 또는 갈대처럼 '하찮고 초라함'

1545)스싱 : 스승. 자기를 가르쳐서 인도하는 사람. ᄂ사부(師父).

1546)갈담(葛覃) : 『시경』 <주남(周南)>의 편명, 주나라 문왕비인 태사(太姒)의 부덕을 칭송한 시로, 그 내용은 태사가 신분이 존귀하면서도 부지런하였고, 부유하면서도 검소하였으며, 장성하여서도 스승을 공경하는 마음이 해이하지 않았고, 출가하였어도 친가 부모에 대한 효성(孝誠)이 쇠(衰)하지 않았음을 기리고 있다.

廟)의 현비(見拜)ᄒᆞ신 후 상부(相府)의 문안 【64】ᄒᆞ사, 삼위 모부인을 뫼셔 ᄀᆞ
르치시믈 밧ᄌᆞ오미 가ᄒᆞ이다.”

연비 임의 ᄂᆞ리셧ᄂᆞ지라. 왕의 말ᄉᆞᆷ을 응연(應然) 부답(不答)ᄒᆞᆷ도 도리의 올치
아니ᄒᆞ고, 결ᄒᆞ여 ᄃᆡ(對)ᄒᆞᆷ도 져기 맛당치 아닐ᄉᆡ, 부득이 홍슌(紅脣)을 여러 ᄃᆡ
ᄒᆞ더라.

왕이 위부 셔당의 니르니, 삼공지 업거늘 송빅헌의 ᄂᆞᆨ아가니, 공이 삼ᄌᆞ를 명ᄒᆞ
여 영농뎐의 쳐소를 옴겨 동ᄒᆞᆨ(同學)ᄒᆞ믈 니르니, 삼공지 ᄇᆡ이슈명(拜而受命)ᄒᆞ더
니, 왕이 츄 【65】진(趨進)ᄒᆞ여 궤복(跪伏)ᄒᆞ니, 승상이 환연(歡然)이 웃고 두굿
겨 닐오ᄃᆡ,

“왕이 비(妃)를 보시니잇가?”

왕이 유유(儒儒) ᄃᆡ왈,

“ᄌᆞ시 아지 못ᄒᆞ오나 쇼ᄌᆞ와 졔 아직 츙년(沖年)이오니, 대인과 모부인 교화를
밧ᄌᆞ오면 거의 큰 허물을 면ᄒᆞᆯ가 ᄒᆞᄂᆞ이다.”

공이 우음을 ᄯᅴ여 두굿기고 어엿부믈 니긔지 못ᄒᆞ더니, 웅창이 믄득 머리를 숙
여 ᄀᆞ마니 왕을 보아 미미(微微)히 우음을 ᄯᅴ엿거늘, 왕이 ᄯᅩᄒᆞᆫ 도라보아 눈을 흘
긔여 【66】 뭡게 ᄶᅥ보ᄂᆞ지라.

공이 ᄡᅥ 모다 희쇼(喜笑)ᄒᆞ여, 왕의 슬푼 심ᄉᆞ를 위로코ᄌᆞ 니러 ᄂᆡ당의 드러가
니, 웅창이 비로쇼 쾌히 웃고 ᄀᆞᆯ오ᄃᆡ,

“뎐하, 무슨 연고로, 뉘 금(禁)ᄒᆞ관ᄃᆡ, 잠간 보고 오시니잇가?”

ᄒᆞ더라. 【67】

화산선계록 권지삼십이

시시의 왕이 웃고 꾸지져 왈,

"완악훈 도령1547) 놈이 미처 슈염터도 잡히지 아녀, 호탕훈 의시 남의 일을 불워 욕심이 나는도다. 어이 그리 심히 침노ᄒᆞ느뇨? 내, 드르니 양흑스의 부친이 쇼첩의게 혹ᄒᆞ여 괴물을 썬다 ᄒᆞ니, 너의 빅냥(百輛) 친영(親迎)은 금음1548) 밤즁ᄀᆞ치 금금ᄒᆞ여시니, 분명이 그 사이 이1549) 말나 걸덕여1550) 죽으리라."

공지 연ᄒᆞ여 대쇼 왈,

"무릇 혼닌은 인뉸듕ᄉᆞᆯ(人倫重事)니, 【1】하늘이 명ᄒᆞ신 즉 못 될 니 업스니, 못 될 혼닌도 마(魔)1551) 아니 되리잇가? 긔부인 엄ᄒᆞ신 호령이 뇌졍(雷霆) ᄀᆞᆺᄒᆞ여 연참졍을 씌어 계하의 ᄭᅮᆯ니고 볼기를 터지도록 치며, 진왕을 아스라1552) ᄒᆞ더니, 즈연 빅복(百福)1553)의 근원이 다듯고, '월노(月老)의 홍승(紅繩)'1554)이 구드민 홀일업시1555) 되더이다. 임의 뉵녜(六禮)로 힝빙(行聘)ᄒᆞ시고 빅냥(百輛)으로 우귀(于歸)ᄒᆞ시니, 긔부인 셩되 비록 엄녀(嚴厲)ᄒᆞ시나, 뎐하는 치도 못ᄒᆞ시고, 에라1556) 말ᄉᆞᆷ도 못ᄒᆞ시리니, 두려 말 【2】고 ᄀᆞᆺ가이 안즈 졍회(情懷)나 펴시지, 무스 일 그리 셥겁고1557) 두려ᄒᆞ시ᄂᆞ니잇가?"

1547) 도령 : 총각을 대접하여 이르는 말. 한자를 빌려 '道令'으로 적기도 한다.

1548) 금음 : 그믐. 음력으로 그달의 마지막 날. =그믐날.

1549) 이 : 초조한 마음속.

1550) 걸덕여 : 껄떡거려. 껄떡대다가. *껄떡거리다: 매우 먹고 싶거나 갖고 싶어 연방 입맛을 다시거나 안달하다. ≒껄떡대다.

1551) 마(魔) : 일이 잘되지 아니하게 헤살을 부리는 요사스러운 장애물.

1552) 아스라 : 없애라. 제거하라. *아스다: ①없애다. 제거하다. 벗기다. ②앗다. 빼앗다.

1553) 빅복(百福) : 여러 가지 복. 또는 온갖 복.

1554) 월노(月老)의 홍승(紅繩) : 전설에서, 월로(月老)가 남녀를 붉은 끈으로 묶어 부부의 인연을 맺어준다고 하여, '혼인'을 뜻하는 말로 쓰인다. *월로(月老): 부부의 인연을 맺어 준다는 전설상의 늙은이. 중국 당나라의 위고(韋固)가 달밤에 어떤 노인을 만나 장래의 아내에 대한 예언을 들었다는 데서 유래한다. =월하노인

1555) 홀일업시 : 하릴없이. *하릴없다: 달리 어떻게 할 도리가 없다.

1556) 에라 : 아이들이나 아랫사람에게 '비키라', '그만두라'라는 뜻으로 내는 소리. *예) 에라 이놈들, 어서 물러가거라.

1557) 셥겁다 : 나약(懦弱)하다. 나약(懦弱)해지다.

왕이 셩모(星眸)1558)의 ㄱ득혼 우음을 쯰여 홍협단슌(紅頰丹脣)1559)의 온ㅈ(溫慈)혼 화긔를 머금고, 금션(錦扇)을 드러 공즈를 쳐 굴오듸,

"우람(愚濫)혼 아이 형을 이러틋 보치니 긔 무숨 도리뇨? 당당이 대인긔 고ᄒᆞ고 엄히 달쵸(撻楚)ᄒᆞ여 형댱의게 블공(不恭)혼 죄를 다스리이라."

웅창이 닝쇼 왈,

"뎐히 어느 스이 어른 노르슬 ᄒᆞ랴 ᄒᆞᄉ 져러트시 셔도【3】시거니와1560), 이 완만(頑慢)혼 아은 간듸로1561) 협졔(脅制)치 못ᄒᆞ시리이다."

진왕이 거즛 식(色)을 지어 ᄭᅮ지져 왈,

"져런 완악혼 아이 어듸 잇스리오. 혼 번 통쾌이 결장(決杖)ᄒᆞ여 형의게 블공혼 죄를 붉히리라."

ᄒᆞ여, 화혼 우음을 쯰여 희쇼달난(喜笑團欒)ᄒᆞ더라.

연비 장속(裝束)을 곳쳐 져녁 문안의 왓다가 유랑 시녀 등이 업거늘, 공이 졍당 유모로 뫼셔 가라 혼듸, 연비 ᄉᆞ양ᄒᆞ여 굴오듸,

"쇼ᄋᆞ(小兒) 일족 ᄌᆞ존(自尊)치 못【4】ᄒᆞᆫ 당당혼 도리오니, 지쳑지지(咫尺之地)의 엇지 잠간 거르믈1562) 혐의ᄒᆞ여 외람ᄒᆞᆷ믈 힝ᄒᆞ리잇가?"

드듸여 졀ᄒᆞ고 향신(香身)을 동ᄒᆞᄂᆞ 바의 셤진(纖塵)1563)이 부동ᄒᆞ고 오며 가미 ᄌᆞ취 뇨뇨(嫋嫋)ᄒᆞ고1564) 긔상이 졍졍(貞正)ᄒᆞ여1565) 일동일졍(一動一靜)의 진션(眞善)치 아니미 업스니, 공이 그 가ᄂᆞ 거동을 보아 두굿기고 긔특ᄒᆞᆷ믈 니긔지 못ᄒᆞ더라.

외헌의 ᄂᆞ와 삼ᄌᆞ를 영농뎐으로 보닐 시, 왕이 유유ᄒᆞ여 굴오듸,

"쇼지 아직 셔당의 머【5】므오미 방희롭지 아닐가 ᄒᆞ나이다."

공이 답왈,

"왕이 집을 졍ᄒᆞ고 동묘(宗廟)를 밧드러시듸, 안히 븨고 ᄂᆞ히 어리무로 셔당의 뉴쳐(留處)ᄒᆞ시나, 이졔 임의 가즉ᄒᆞ니 왕은 밧 일을 술피고, 비ᄂᆞ 안 일을 다스려, 셔당의셔 머지 아니니 왕ᄂᆞᆨᄒᆞᆷ미 구이(拘礙)ᄒᆞᆷ미 업스리니, 부화쳐슌(夫和妻順)ᄒᆞ여 우흐로 졔ᄉᆞ를 밧드옵고, 아릭로 가도(家道)를 일우쇼셔."

1558) 셩모(星眸) : 별처럼 반짝이는 눈동자.
1559) 홍협단슌(紅頰丹脣) : 붉은 빛이 도는 빰과 입술.
1560) 셔도다 : 서두르다. 일을 빨리 해치우려고 급하게 바삐 움직이다.
1561) 간듸로 : 그리 쉽사리.
1562) 거르믈 : 걸음을. *거름: 걸음.
1563) 셤진(纖塵) : 매우 잔 티끌.
1564) 뇨뇨(嫋嫋)ᄒᆞ다 : 맵시가 있고 날씬하다.
1565) 졍졍(貞正)ᄒᆞ다 : 곧고 바르다.

왕이 셕연(釋然)ᄒᆞ여1566) 빅ᄉᆞ(拜謝)ᄒᆞ고 삼녜ᄅᆞᆯ 닛그러 닉당의 혼뎡(昏定)
【6】ᄒᆞ니 삼부인이 연비의 아름다오믈 일ᄏᆞ라 말ᄉᆞᆷ이 파치 아냣더니, 왕이 궁으
로 가믈 알고 더옥 두굿겨 힁음업시1567) 숀을 잡고 등을 어루만져 긔특고 어엿부
믈 니기지 못ᄒᆞ거늘, 웅창이 웃고 모친긔 고ᄒᆞ되,

"대인이 텬하로ᄡᅥ 궁의 가 밧일을 다ᄉᆞ려 가댱의 쇼임을 ᄒᆞ라 ᄒᆞ시되, 뎌던 슉
침(宿寢)을 허치 아니시니 뎐히 불열ᄒᆞᄉᆞ 가기ᄅᆞᆯ 즐겨 아니시ᄂᆞᆫ지라, 복원 ᄌᆞ위ᄂᆞᆫ
ᄀᆞ마니 【7】 허ᄒᆞᄉᆞ 닉뎐으로 보닉쇼셔."

부인닉 ᄒᆞᆫ가지로 우음을 ᄯᅴ여 왕을 보니, 왕이 잠쇼ᄒᆞ고 부인긔 향젼(向前) 고
ᄋᆞᆯ,

"져 놈이 완악ᄒᆞ여 형을 두려 아니코 심히 보치오니, 바라건딕 모친은 져 놈을
잡ᄋᆞᄂᆞ리와 마이쳐 쥬쇼셔."

웅창이 딕쇼(大笑) ᄋᆞᆯ,

"뎌히 본딕 인ᄌᆞᄒᆞᄉᆞ 작일(昨日)1568) 가뇌(家奴)도 비복(婢僕)도 치ᄌᆞ ᄒᆞ시믈
듯지 못ᄒᆞ올너니, 금됴(今朝)의 연부의 단녀오시며 낫부터 ᄉᆞ름 치기를 됴히 넉이
시니, 싱각 【8】 건딕 긔부인이 근간의 믜이 어지러 계시다 ᄒᆞ더니, 그 엄녀(嚴厲)
ᄒᆞᆫ 긔운이 공듕의 ᄂᆞ라올나 ᄯᅥᆺ다가 뎐하긔 투입(投入)ᄒᆞᆫ가 하옵ᄂᆞ니, 우견(愚見)
의ᄂᆞᆫ 밧비 무복(巫卜)을 불너 숑경(誦經)이나 ᄒᆞ여, ᄶᅩᆺ〃야 쇼데 견듸리로쇼이
다."

삼부인이 우어 ᄋᆞᆯ,

"웅창의 범남(氾濫)ᄒᆞ미 달쵸(撻楚)ᄅᆞᆯ 바담 즉ᄒᆞ니, 왕이 녕농뎐의 안ᄌᆞ시고 궁
노ᄅᆞᆯ 불너 마이 치쇼셔."

왕이 쇼이딕왈(笑而對曰),

"그놈이 쇼ᄌᆞ의 말을 듯고 【9】 공슌이 마ᄌᆞᆯ니 업ᄉᆞ오나, ᄌᆞ교를 드러 다ᄉᆞ리ᄉᆞ
이다."

이에 숀을 닛그러 영농뎐의 니르니, 환시(宦侍) 분분이 쵹을 드러 마즈며 침상
을 베풀고 병장을 ᄀᆞᆺ쵸아 닉외의 인셩(人聲)이 훤요(喧擾)ᄒᆞ고 쵹영이 휘황ᄒᆞ여,
아름다온 ᄎᆞ탕(茶湯)과 긔이ᄒᆞᆫ 실과(實果)와 쥬비(酒杯)로ᄡᅥ 상을 드리고 잔을
ᄂᆞ와 좌ᄒᆞ민, 셔로 닛그러 슉침ᄒᆞ니 우익ᄒᆞ미 골육이 다르믈 아지 못ᄒᆞ더라.

명효(明曉)의 비로 더브러 동묘의 【10】 현빅ᄒᆞ고 위부의 신셩(晨省)ᄒᆞ니, 공의

1566) 셕연(釋然)ᄒᆞ다 : 의혹이나 꺼림칙한 마음이 없이 환하다.
1567) 힁음업시 : 하염없이. *힁음업다: 하염없다. 시름에 싸여 멍하니 이렇다 할 만 한 아
  무 생각이 없다.
1568) 작일(昨日) : 어제, 전날(前 -). *전날(前 -): 이전의 어느 날. 또는 얼마 전.

부뷔 볼수록 긔이(奇愛) 과듕(過重)ᄒᆞᆺ, 일변 불안 황감ᄒᆞ나 ᄎᆞ마 '오디 말나' 못ᄒᆞ니, 그 어엿브믈 ᄎᆞ마 ᄶᅥᄂᆞᆫ지 못ᄒᆞ미라.

이윽고 황후 낭낭이 신임 상궁 진쇼연과 셜치운을 보ᄂᆡᄉᆞ 진왕 부부를 입현(入見)ᄒᆞ라 ᄒᆞ시니, 왕은 임의 ᄉᆞ은(謝恩)ᄒᆞ라 승상을 ᄯᆞ라 입궐ᄒᆞ여시니, 왕비 위의ᄅᆞᆯ ᄀᆞᆺ쵸와 입현ᄒᆞ니, 어시의 텬ᄌᆞ 진왕의 ᄉᆞ은ᄒᆞᄆᆞᆯ 보【11】시고 ᄀᆞᆺ가이 오라 ᄒᆞᄉᆞ 집슈(執手)ᄒᆞ여 글오ᄉᆞᄃᆡ,

"경(卿)이 이제 셩인(成姻)ᄒᆞ여 쌍이 가죽ᄒᆞ니, 셕일 션뎨 딤과 위경을 명ᄒᆞᄉᆞ, 고ᄋᆞ(孤兒)ᄅᆞᆯ 부탁ᄒᆞ시던 셩언(聖言)을 져바리지 아냣ᄂᆞᆫ지라, 딤이 스스로 깃거ᄒᆞ노라."

왕이 계슈(稽首)[1569] ᄉᆞ은(謝恩) 왈,

"셩은이 망극ᄒᆞᄉᆞ 신의 가도(家道)ᄅᆞᆯ 일우게 ᄒᆞ시니 ᄉᆞ스의 황은이 아니미 업ᄂᆞ이다."

상이 더욱 어엿비 넉이ᄉᆞ 닛그러 ᄂᆡ뎐의 드르시니, 낭낭이 왕을 어【12】로 만져 깃부고 두긋기믈 니긔지 못ᄒᆞ시나, 션낭낭(先娘娘)을 ᄉᆞ모ᄒᆞᄉᆞ 츄연(惆然)이 옥누(玉淚)ᄅᆞᆯ ᄂᆞ리오시니, 왕이 탑하(榻下)의 업듸여 오열ᄒᆞ더니, 지쳑텬안(咫尺天顔)[1570]의 황공ᄒᆞᄆᆞᆯ ᄭᆡᄃᆞ라 겨오 강잉(强仍)[1571]ᄒᆞ더라.

아이오(俄而-)[1572], 왕비 입현(入見)ᄒᆞ여 뎐하의셔 상후(上后)[1573]긔 팔빈산호(八拜山呼)[1574]ᄒᆞ니, 상이 명ᄒᆞ여 뎐의 오르라 ᄒᆞ시니 연비 ᄂᆞ죽이 ᄉᆞ은ᄒᆞ고 뎐의 올나 부복ᄒᆞ니, 상휘 ᄒᆞᆫ가지로 보시건ᄃᆡ 긔질의 유한ᄒᆞᆷ과 틱【13】도의 한아(閑雅)ᄒᆞ미 진실노 셰의 드믄 빅라.

상휘(上后) 극히 아름다이 넉이시고 그 유츙의 ᄂᆞ흐[히][1575]로써 녜모(禮貌)의 진슉(進熟)[1576]ᄒᆞᆷ과 동지의 쳔연(天然)[1577]ᄒᆞ미 규구(規矩)ᄅᆞᆯ 착난치 아니ᄒᆞ고, 온슌ᄒᆞᆫ 품긔(稟氣)와 뇨됴(窈窕)ᄒᆞᆫ ᄌᆞ질을 어엿비 넉이시며, 셩효의 비상ᄒᆞᄆᆞᆯ 긔특이 넉이ᄉᆞ, 왕을 도라보와 글오ᄉᆞᄃᆡ,

---

1569) 계슈(稽首) : 머리가 땅에 닿도록 몸을 굽혀 하는 절.
1570) 지쳑텬안(咫尺天顔) : 임금을 가까이서 모시고 있음.
1571) 강잉(强仍) : 억지로 참음. 또는 마지못하여 그대로 함.
1572) 아이오(俄而-) : 얼마 안 있다가. 이윽고.
1573) 상후(上后) : 황상(皇上)과 황후(皇后)를 함께 이르는 말.
1574) 팔빈산호(八拜山呼) : 신하가 임금을 알현할 때, 8번 절을 하고 마지막 절의 끝에 임금의 만수무강을 축원하여 두 손을 치켜들고 만세를 부르던 일. 중국 한나라 무제가 숭산(嵩山)에서 제사 지낼 때 신민(臣民)들이 만세를 삼창한 데서 유래한다.
1575) ᄂᆞ히 : 나이.
1576) 진슉(進熟) : 매우 숙달되어 원숙함.
1577) 쳔연(天然) : 조금도 꾸밈이 없이 자연스러움.

"네 안히는 제영(緹縈)의 효와 증민(曾閔)1578)의 힝실이 잇스며, 관져(關雎)1579)와 닌지(麟趾)1580)의 덕(德)이 잇시리니, 공경 화락【14】ᄒ여 ᄌ손이 번셩ᄒ여 션뎨(先帝)의 권권(眷眷)ᄒ시던 ᄌ의를 더바리지 말나."

왕이 돈슈빅비(頓首百拜)ᄒ여 황은의 지극ᄒ시믈 황공(惶恐) 감격ᄒ더라.

상이 외뎐으로 나가시미, 휘 연비를 ᄌᆺᄀ이 부르스 집슈(執手) 연이(憐愛) ᄒ시며 감창(感愴) 츄연ᄒ시니, 져즈음 져믄1581) 날빗치 슬푼 근심을 품어실 씩로 비기건딕, 광휘(光輝) 영영(瑩瑩)ᄒ며 풍용(風容)이 교교(皎皎)ᄒ여, 츈원(春園) 텬화(千花)ᄂ 작작(灼灼)ᄒ 곳빗치오, 동졍츄월(洞庭秋月)1582)은 염염(冉冉)1583)【15】ᄒ 쳥광(淸光)이라.

됴코 맑으며 졍슌(貞純)ᄒ고 슉뇨(淑窈)ᄒ니, 환열(歡悅) 이즁(愛重)ᄒ스 션낭낭(先娘娘)의 보지 못ᄒ시믈 슬허 ᄒ시미, 옥뉘 쳠금(沾襟)ᄒ여 굴오스딕,

"션낭낭이 귀텬(歸天)ᄒ신 후로 통박(慟迫)ᄒ 심스를 풀 길이 업더니, 경의 아름다오미 여츳ᄒ니 직텬지령(在天之靈)이 반드시 환열ᄒ실지라. 짐이 깃부미 극ᄒ니 슬푸믈 져기 위로ᄒ리로다. 경이 제스를 밧드오미 아름이 아니 계신가 아지 말나.【16】너의 부부의 긔질과 효힝이 츌뉴(出類)ᄒ니, 반드시 하늘 덕음을 닙스오리니, 가지록 삼가고 됴심ᄒ여 일홈이 더옥 빗ᄂ고, 덕이 더옥 흐르게 ᄒ여, 우리 션형(先兄)1584)의 후스(後嗣)를 더옥 빗나게 ᄒ라."

왕이 부복ᄒ여 쳥뉘(淸淚) 연낙(連落)ᄒ고 비 계슈(稽首)ᄒ여 스심(謝心)의 쳑감

1578) 증민(曾閔) : 중국 춘추시대 노나라의 효자인 증자(曾子)와 민자건(閔子騫)을 함께 이르는 말. *증ᄌ(曾子) : 증삼(曾參). 중국 춘추 때 노나라의 유학자. 자는 자여(子輿). 공자의 덕행과 사상을 조술(祖述)하여 공자의 손자인 자사(子思)에게 전하였다. 후세 사람이 높여 증자(曾子)라고 일컬었으며, 유가에서 내세우는 대표적인 효자로, 효(孝)가 양구체(養口體; 음식과 몸을 섬기는 것)에 머물지 않고 양지(養志; 뜻을 섬기는 것)에 이르러야 함을 몸소 보여주었다. 저서에 ≪증자≫, ≪효경≫ 이 있다.*민자건(閔子騫); 중국 춘추시대 노나라의 현인. 공자의 제자. 이름은 손(損). 자는 자건. 공문십철의 한 사람으로, 효행이 뛰어났다.

1579) 관져(關雎) : 『시경(詩經)』 '국풍(國風)' '주남(周南)'의 첫 편명(篇名)으로 문왕(文王)과 후비(后妃)의 금슬이 좋아 그 덕화(德化)가 천하에 배풀어짐을 노래하였다.

1580) 닌지(麟趾) : 원명(原名)은 '인지지(麟之趾: 기린의 발)'. 『시경(詩經)』 '국풍(國風)' '주남(周南)'의 마지막 편명(篇名)으로. 문왕과 후비의 덕화가 자손과 종족들에게 미쳐 번성한 것을 노래하였다.

1581) 져믄 : 저물어가는. 져믈다 : 저물다. 해가 져서 어두워지다.

1582) 동뎡츄월(洞庭秋月) : 소상팔경(瀟湘八景) 가운데 하나. 중국 동정호(洞庭湖) 위에 뜬 맑은 하늘의 가을 달의 모습. 또는 맑은 가을 하늘 아래 둥근 달이 밝게 비추는 동정호의 광경.

1583) 염염(冉冉) : 부드럽게 아래로 드리운 모양.

1584) 션형(先兄) : 죽은 형. =망형(亡兄).

(慚感)호여 안싀이 다르더라.

이에 상방진찬(尙方珍饌)을 먹이시고, 동용이 옛 말슴을 니르스 도라 보닉기를 앗기실식, 휘 긔부인【17】의 마음을 깃기고즈 호스 쇼상궁을 명호여 어방(御房)1585) 팔진(八珍)과 향온(香醞) 일쥰(一樽)을 거느려1586) 연부의 가 긔부인긔 스숑(賜送)호시고 은명(恩命)을 젼(傳)케 호시니, 비 더옥 황공감은(惶恐感恩)호더라.

어시의 긔부인이 왕비를 보닉믹 홀연(欻然)1587)혼 졍을 니긔지 못호나, 그 돈영(尊榮)호믈 두굿기고 쌍이 가즉호믈1588) 깃거호며, 하믈며 젼과(前過)를 쾌히 뉘웃츠니, 오직 몸이 즈부(子婦)의 지효(至孝)를 밧고, 손ᄋ 부부와 시로난 증손을【18】희롱호여 두 날을 보닉믹, 홀연 비복이 젼도(顚倒)호여 '쇼상궁이 온다' 호니, 아즈(俄者)의 손이 궐즁의 입현(入見)1589)호믈 듯고, 져즈음긔 황황급급히 쇼교(小轎)의 너허 망망돌돌(茫茫咄咄)1590)이 가던 경상(景狀)을 싱각고, 은명(恩命)을 이제 영화로이 씌여시니, 입금(入禁)1591)호믈 듯고 깃거호고, 일변(一邊) 희한(稀罕)호더니, 홀연 상궁의 오믈 드르니 놀나온 듯 두려온 듯, 일시의 계(階)의 느려 마즈니, 추환이 진동(震動)호여 큰 반(盤)의 ᄀ득혼 음【19】식을 드려 당(堂) 우히 놋코, 쇼상궁이 낭낭(娘娘)하교(下敎)를 젼호여 굴오딕,

"져 즈음긔 경의 ᄋ들이 텬위(天威)를 범호믈 진노(震怒)호더니, 경이 크게 어진 덕을 즈로1592) 훈계(訓戒)호여 진왕을 마즈니, 짐이 아름다이 넉이노라. 슬푸다! 스룸이 셩인(聖人) 곳 아니면 허물 업스니1593) 혼치 아닌지라. 경이 허물을 뉘웃츠니 이 곳 착호미오, 스스로 허물을 씨ᄃ라 슘기지 아니호니 이 곳 붉으미라. 짐이 감동호여 긔【20】특이 넉이거늘, 왕비의 뇨됴(窈窕)혼 덕셩이 옛 명완(明婉)1594)의 지느니, 일노써 그 싱휵혼 부모의 현명호믈 알거시오, 밀위여 경(卿)의 현덕을 알지라. 어방찬미(御房饌味)1595)로써 쥬어 왕비의 아름다오믈 표(表)호노라."

1585) 어방(御房) : 수라간(水刺間). 임금의 진지를 짓던 주방. 늑어주(御廚).
1586) 거느리다 : 거느리다. '데리고 있다.' 또는 '통솔하여 이끌다.' *위 본문에서는 '가지다; 손이나 몸 따위에 있게 하다.'의 뜻으로 쓰였다.
1587) 홀연(欻然) : 갑작스럽게 떠나거나 어떤 일이 일어나, 다하지 못한 일로, 마음속에 어딘지 섭섭하거나 허전한 구석이 있음.
1588) 가즉ᄒ다 : 가지런하다. 여럿이 층이 나지 않고 고르게 되어 있다.
1589) 입현(入見) : 조정에 들어가 임금을 뵘.
1590) 망망돌돌(茫茫咄咄) : 아득하고 못마땅하여 연신 쯧쯧거리며 혀를 참. *망망(茫茫)하다; 아득하다. 어떻게 하면 좋을지 몰라 막막하다. *돌돌(咄咄)하다; 못마땅하여 연신 쯧쯧 거리며 혀를 차다.
1591) 입금(入禁) : 궁궐 안으로 들어감. =입궁(入宮).
1592) 즈로 : 자주. 빨리.
1593) 업스니 : 업슨+이(의존명사. '사람'의 뜻을 나타내는 말.)의 형태. 없는 사람.
1594) 명완(明婉) : 명철하고 아름다움. 또는 그러한 사람.

ㅎ시니, 태부인이 천만 감격ㅎ여 빅빅 고두ㅎ여 만셰를 부르고, 녀·부(女·婦)를 거
느려 올느와, 참정과 시랑을 불너 흔가지로 성은을 밧ᄌ와 난화 먹을 시, 감은ㅎ여 뉴
체(流涕)ㅎ기를 마지 아니【21】터라.

쇼상궁이 도라갈시, '일만 번 머리 됴아 황은을 감축ㅎ믈 알외라' ㅎ니, 도라와 복명
ㅎ민, 비를 도라 보느실 시, 황금줌쳔(黃金簪釧)1596)과 빅옥픠황(白玉佩璜)1597)을 쥬
ᄉ, 그 긔질이 금옥(金玉) ᄀᆺㅎ믈 표(表)ㅎ시고, 왕을 명ㅎ여 빙가(聘家)의 문후ㅎ믈
니르시니, 왕이 슈명비ᄉ(受命拜謝)ㅎ더라.

왕이 명일(明日) 가(駕)를 움죽여 연부의 ᄂᆞ으가니, 참정과 시랑이 반가오믈 니긔지
못ㅎ여, 청ㅎ여 닉당의 드러갈시, 그 【22】 부인이 연망(連忙)이 포진(鋪陳)을 베푸고,
셕부인으로 더브러 왕을 마즈며, 닉렴(內念)의 참괴(慙愧)하나 본성이 잔 곡졀 업고
쾌단(快斷)ㅎ지라. 넘치를 ᄇᆞ리고 추ᄌ보믈 감ᄉㅎ민, 흔연이 치ᄉ(致謝)하니, 왕이
공경ㅎ기를 다ᄒᆞ여 악부모(岳父母)의 심ᄉ를 깃브게 ㅎ는지라.

긔부인의 관곡(款曲)ㅎ 네모와 귀즁ㅎ고 깃브믈 다 긔록기 어려오니, 긔이(奇異)ㅎ
ᄌ질과 아즁(雅重)ㅎ 담쇼(談笑)로 맑은 안치(眼彩)의 어질미 ᄂᆞ타나고, 푸른【23】
눈섭의 문명(文明)을 쯰여시민, 손녀의 긔특이 고은 빗츠로 상○[ㅎ](上下)치1598) 아
닌지라.

ᄉ랑ᄒᆞ온 정이 식음1599) ᄀᆺ치 쇼ᄉ 진(盡)치 아니코, 깃븐 뜻은 즁심의 ᄀᆞ득ㅎ여
흔녈(欣悅)ㅎ미 극ㅎ 바의, 참을 말이 업는지라. 스ᄉ로 어리고 밋치믈 뉘웃고 성은을
일ᄏ라 손ᄉㅎ며 황공ㅎ니, 왕이 잠간도 ᄂᆞ빗츨 밧고지 아니코, 됴곰도 우이 넉이지
아니ㅎ니, 공과 셕부인이 감격히 넉이고 모부인 말ᄉᆞᆷ을 민망 【24】 이 넉이더라.

왕이 긔부인의 골격이 셰츠고 목직(目眥)1600) 엄녀(嚴厲)ㅎ여, 비록 크게 어즈러시
나 오히려 위엄겻고 호령되믈 보아, 그 악공(岳公)으로 품격이 닉도ㅎ믈 추탄ㅎ고, 셕
부인의 묽고 됴ᄒᆞ며 한ᄋᆞ(閑雅)ㅎ고 단즁(端重)ㅎ믈 탄복ㅎ더라.

이윽고 하직고 도라가니, 삼공지 마즈 숑빅헌의 뵈고 닉당의 니르니, 왕비 ᄂᆞᆺ 문안
을 파ㅎ여 도라가는지라. 셤요(纖腰)ㅎ 쳬지(體肢)와 가려ㅎ 태도를 잠간 도라보아,
져ᄀᆺ치 【25】 유약(柔弱)ㅎ 긔질노 됴모(祖母)의 포한(暴悍)ㅎ믈 뫼셧던 쥴, 그윽이

1595)어방찬미(御房饌味) : 수라간의 맛좋은 반찬.
1596)황금줌쳔(黃金簪釧) : 황금으로 만든 비녀와 팔찌.
1597)빅옥픠황(白玉佩璜) : 예전에 흰 빛깔의 옥으로 만들어 조복(朝服)이나 예복(禮服)
　　에 차던 반달 모양의 구슬. *패황(佩璜); 예전에 관원들이 조복(朝服)의 띠에 차거나
　　여자들이 예복(禮服)의 옷고름 따위에 달던 반달 모양의 옥구슬.
1598)상ᄒᆞ(上下)ㅎ다 : 지위나 자질 따위가 '높고 낮거나' '위가 되거나 아래가 되거나',
　　하다.
1599)식음 : 새암. 샘. 물이 땅에서 솟아 나오는 곳. 또는 그 물.
1600)목직(目眥) : 목자(目眥). 눈이 가는 길. 또는 눈의 방향.=시선(視線).

츠셕ᄒ여 져기 ᄂᆞᆺ빗치 다른지라.

니부인이 아라보고 왕이 비를 권연(眷戀)ᄒᄆᆞᆯ 어엿브고 깃거, 우음을 머금고 손을 잡ᄋᆞ 굴오디,

"왕이 빙가의 가시니 졉ᄃᆡ(接待)의 풍셩홈과 녜모(禮貌)의 관곡(款曲)ᄒᄆᆞᆯ 가히 알녀니와, 오반(午飯)1601)을 두어시니 ᄂᆞ으[오]리잇가?"

왕이 쇼이디왈(笑而對曰).

"모부인 명감(明鑑)이 먼 일을 ᄉᆞᆷ못ᄎᆞ시니, 오션(午膳)이 부졀 업도쇼이다. 빙됴모(聘祖母)의 권권(眷眷)ᄒᄆᆡ 탐탐(耽耽)ᄒ【26】여, 만흔 음식을 다 먹○[이]고ᄌᆞ ᄒ오니 겨오 면ᄒ여 오이다."

삼부인이 밋쳐 말ᄒ지 못ᄒ여셔 웅창이 쇼왈,

"뎐하(殿下) 삼일 후의 식갈증(食渴症)1602) 어드신 줄노 아다 쇼이다. 원닉 긔부인 셩화를 우레 ᄀᆞᆺ치 드럿더니 과연 엇더하더니잇가?"

왕이 쇼이답왈(所以答曰),

"마이1603) 현덕(賢德)의 부인이러라."

웅창이 연쇼(連笑)1604) 왈,

"긔부인이 셩되(性度) 현냥(賢良)ᄒ시고 덕틱(德澤)이 관유(寬裕)ᄒᆞ, ᄌᆞ뎨(子弟)를 어지리 ᄀᆞ르치고 어하(御下)ᄒᄆᆡ 너그러오시니, 엇【27】지 그러치 아니리잇가? 뎐하 능히 그 안젼의 용납ᄒᆞ 관ᄃᆡ(寬待)ᄒᄆᆞᆯ 바드시며, 참졍공이 계하(階下) 댱칙(杖責)을 면ᄒ시ᄆᆡ 다ᄒᆡᆼ토쇼이다."

왕이 옥면의 ᄀᆞ득ᄒᆞᆫ 우음을 ᄯᅴ여 밋쳐 ᄃᆡ(對)치 못ᄒ여셔, 닌창이 졍식 왈,

"아등이 비록 년유(年幼)ᄒ나 남의 부인ᄂᆡ 말ᄉᆞᆷ을 시비ᄒᄆᆡ 불가ᄒ고, 쇼이 감히 엇지 노ᄌᆞ(老者)를 방ᄌᆞ히 긔쇼(譏笑)ᄒ리오. 왕비 만일 드르시면 심노(甚怒)ᄒ실 비오, 비록 듯지 아니ᄒ시나 ᄒᆡᆼ신(行身)의 독경(篤敬)치【28】 못ᄒᄆᆡ 스ᄉᆞ로 붓그럽지 아니랴!"

웅창이 크게 ᄭᆡ듯라 비이ᄉᆞ되(拜而謝罪)ᄒ니, 삼부인이 웅창의 댱긔(壯氣)로도 그 형의 ᄀᆞ르치믈 바다 공경ᄒ고 두려ᄒᄆᆞᆯ 두굿기ᄂᆞᆫ 듕, 닌ᄋᆞ의 노셩댱대(老成壯大)ᄒᄆᆞᆯ 더옥 귀듕ᄒ더라.

왕이 일노붓터 아홉 아을 거느려 영농뎐의 희쇼(喜笑)ᄒ여, 삼공ᄌᆞ로 더브러 동학

1601) 오션(午膳) : 점심에 끼니로 먹는 밥.=점심밥. 오반(午飯).

1602) 식갈증(食渴症) : '참을성 없이 음식을 먹고 싶어 하는 조급한 마음'을 비유적으로 표현한 말.

1603) 마이 : 매우. 보통 정도보다 훨씬 더.

1604) 연소(連笑) : (다른 사람의 말이나 웃음에) 이어 웃고, 또는 웃으면서 (어떠한 말이나 행동을 함.)

(同學)ᄒ여 문의(文意)를 힐난(詰難)ᄒ며 《지게∥지개(志槪)1605)》를 의논ᄒ고, 셩 창 등 삼으ᄂᆞᆫ 바야흐로 오셰요, 계창 등 삼으ᄂᆞᆫ 삼셰니, 글즈를 【29】 ᄀᆞ르치며 녜모 (禮貌)를 훈도ᄒ여 ᄉᆞ랑ᄒ미 간절ᄒ니, 왕이 본셩이 인ᄌᆞᄒ여 쇼으를 별(別)노 ᄉᆞ랑ᄒ 니, 삼부인의 신ᄉᆞᆼ으직(新生兒子) 바야흐로 거름을 옴기ᄂᆞᆫ지라. 안으며 업어 굿브며 괴로오믈 모로ᄂᆞᆫ지라.

부인이 말녀 '귀쳬(貴體)로써 닛브게 말나' ᄒᆞᆫ 즉, 우어 ᄃᆡ(對)ᄒ되,

"쇼지 만일 슬흘진ᄃᆡ, 괴로오믈 감슈치 아니리니, 유으를 보면 무심이 지닉치기 슬 터이다."

부인이 그 졍의를 감탄ᄒᆞ더라. 【30】

이러틋 ᄒᆞ여 비를 쏘 공경즁ᄃᆡ(恭敬重待)ᄒ여 ᄌᆞ로 드러가 말ᄉᆞᆷᄒ니, 연비 부득이 화답ᄒ미 피차 다 츙년(沖年)이라. 부뷔 동실지락(同室之樂)은 아지 못ᄒ나, ᄌᆞ연 졍 의(情誼) 흡연ᄒ니, 녀한 등 모든 시위(侍衛) 우러러 즐거오믈 니기지 못ᄒ니, 각각 직ᄉᆞ(職事)를 됴심ᄒ여 왕과 비를 밧들고, 연비 니부인 ᄀᆞ르치믈 밧드러 왕의 식상(食 床)을 간검(看檢)ᄒ여 친히 가모(家母)의 쇼임을 ᄒ니, 궁즁이 졍졔ᄒ여 왕이 덩뎐의 【31】 셔 녕틱감의게 명ᄒ여 밧일을 슬피고, 녀·한·강 쇼졔 궁인이 비를 뫼셔 안 일 을 다ᄉᆞ리니, 젹젹(寂寂)ᄒᆞᆫ 심궁의 비로쇼 화목ᄒ여, 왕과 비 쳥신(淸晨)의 동묘의 현 빅(見拜)ᄒ고 퇴ᄒ미 위부의 문안ᄒ니, 왕의 위부 츌입은 무상ᄒ되, 비 일일(一日)의 삼시 문안은 폐치 아녀, ᄂᆞ으가미 부인닉 ᄀᆞ득이 반겨 볼ᄉᆞ록 긔ᄋᆡ(奇愛)ᄒ고 귀듕ᄒ 니, 비 황공(惶恐) 감열(甘悅)ᄒ여 몸을 가지록 ᄂᆞ작이 ᄒ고, 졍셩을 가지록 【32】 도 타이 ᄒ여, 우럴기를 ᄌᆞ모(慈母) ᄀᆞᆺ치 ᄒ니, 부인긔 뫼셔 말ᄉᆞᆷ을 듯ᄌᆞ와 비호고 씨돗ᄂᆞᆫ 비 만ᄒ니, 간간(衎衎)ᄒᆞᆫ1606) 담쇼(談笑)로 모로ᄂᆞᆫ 일을 뭇ᄌᆞ오미, 온유(溫柔)ᄒᆞᆫ 긔질의 아연(雅然)ᄒᆞᆫ1607) 화긔로 공경(恭敬) 됴심(操心)ᄒ여, '○[여]집옥(如執玉)ᄒ 고 여봉영(如奉盈)ᄒ나'1608), 혹(或) 쇼견을 알외고 미진ᄒᆞᆫ 거슬 품고(稟告)ᄒ미, 쌍 셩(雙星)을 잠간 드러 고ᄒ고 옥슈(玉手)로 ᄯᅳᆯ 집허 니르시믈 밧ᄌᆞ와, 깃브고 즐겨 졀ᄒ여 ᄉᆞ례(謝禮)ᄒ니, 일즉 집의 이실 졔 모친이 일시 한가ᄒᆞᆫ 【33】 믈 엇지 못ᄒ여 쇼추두(少叉頭)1609)로 일양(一樣)이니, 녀으를 엇지 ᄀᆞ르칠 ᄉᆞ이 잇시며, ᄌᆞ긔 쏘ᄒᆞᆫ

1605) 지개(志槪) : 의지(意志)와 기개(氣槪)를 아울러 이르는 말.=지기(志氣).
1606) 간간(衎衎)ᄒ다 : 마음이 기쁘고 즐겁다.
1607) 아연(雅然)ᄒ다 : 고상(高尙)하다. 품위나 몸가짐의 수준이 높고 훌륭하다.
1608) 여집옥(如執玉) 여봉영(如奉盈) : (효자는 부모를 섬김에 있어) '보배로운 옥을 잡 은 것처럼', 또는 '가득찬 물그릇을 받들어 든 것처럼', 조심하고 삼가며 공경하기를 다 하여 섬겨야 함을 이른 말. 『예기(禮記)』<祭儀>편의 "효자여집옥여봉영(孝子如執玉 如奉盈: 효자는 부모를 섬김에 있어, '보배로운 옥을 잡은 것처럼', 또는 '가득찬 물그릇 을 받들어 든 것처럼' 조심하고 삼가며 공경하여 섬겨야 한다)"는 말에서 따온 말.
1609) 쇼추두(少叉頭) : 주인을 가까이에서 모시는 젊은 계집종. =소차환(少叉鬟).

티모(太母)를 뫼셔 안젼의 신임ᄒᆞ여 그림지 둧 듯ᄒᆞ니, 고인을 흠모ᄒᆞ나 그 ᄒᆡᆼ젹(行蹟)을 펴 볼 스이 업ᄂᆞᆫ지라.

비록 텬셩녀질(天生麗質)[1610]이 츌어범뉴(出於凡類)[1611]ᄒᆞ나, 아셩(亞聖)의 ᄃᆡ현(大賢)으로도 '밍모(孟母)의 삼쳔지교(三遷之敎)'[1612]를 바드스 즁니(仲尼)[1613]의 도통(道統)을 니으시니, 싱이지지(生而知之)[1614]ᄒᆞ미 어렵거늘, 심규약질이 슈셰(數歲)로붓터 칠년을 쵸우(焦憂)ᄒᆞ여, 그 몸이 세 【34】 간의 ᄂᆞ시를 한(恨)ᄒᆞ여 만스(萬事)의 념(念)이 밋지 못ᄒᆞ니, 가지이[1615] 므음은 뇌졍(雷霆)의 상(傷)ᄒᆞ고 몸은 티장(笞杖)의 병드러 슈우(愁憂) 즁(中) 셰월을 보ᄂᆡ니, 난혜(蘭蕙)[1616] ᄀᆞᆺᄒᆞᆫ ᄌᆞ질은 스스로 니울고[1617], 빙셜(氷雪) ᄀᆞᆺᄒᆞᆫ 금회(襟懷)ᄂᆞᆫ ᄌᆞ연이 녹ᄋᆞ, 슈운(愁雲)[1618]은 미ᄃᆡ(眉帶)를 침노(侵擄)ᄒᆞ고, 옥용(玉容)은 기리 이원(哀願)ᄒᆞ여, 졍슉(貞淑)ᄒᆞᆫ 《보질‖부질(賦質)[1619]》은 기리 금쵸이고, 가련ᄒᆞᆫ 쳬지(體肢)의 송연(悚然)ᄒᆞᆷ믈 ᄯᅴ여시니, 비록 고자(古者)[1620] 현녀(賢女)를 흠모(欽慕)ᄒᆞ나 셩명(姓名)도 능히 유의(留意)치 못ᄒᆞ던지라.

부인이 그 쇼됴(所遭) 【35】 를 ᄭᆡᄃᆞᆯ아, ᄆᆡ양 셤슈를 잡고 옥비를 어루만져 간간졀졀(懇懇切切)ᄒᆞ미 왕을 년이(憐愛)ᄒᆞᆷ과 ᄒᆞᆫ가지라.

왕과 비를 좌우의 안치미 두굿기고 ᄋᆡ듕(愛重)ᄒᆞ니, 혹 희롱ᄒᆞ여 셔로 문답게 ᄒᆞ니,

1610)텬셩녀질(天生麗質) : 타고난 아리따운 자질.

1611)츌어범뉴(出於凡類) : 보통사람들 보다 재주나 능력이 훨씬 뛰어남.

1612)밍모삼쳔지교(孟母三遷之敎) : 맹자(孟子)의 어머니가 세 번 이사를 하여 맹자를 교육시킨 고사(故事)를 이르는 말. 처음에 공동묘지 근처에 살았는데, 맹자가 장사(葬事) 지내는 흉내를 내므로, 시장 거리로 옮겼더니 이번에는 물건 파는 흉내를 내어, 또다시 서당이 있는 근처로 옮겼더니, 학생들이 글을 읽고 예를 행하는 것을 흉내를 내므로, 마침내 그곳에 살면서 맹자를 교육시켰다고 한다.

1613)즁니(仲尼) : 공자(孔子)의 자. *공자(孔子: B.C.551~B.C.479); 중국 춘추시대의 사상가·학자, 이름은 구(丘). 노나라 사람으로 여러 나라를 두루 돌아다니면서 인(仁)을 정치와 윤리의 이상으로 하는 도덕주의를 설파하여 덕치(德治)를 강조하였다. 만년에는 교육에 전념하여 3,000여 명의 제자를 길러 내고, 『시경』『서경』 등의 중국 고전을 정리하였다. 제자들이 엮은 『논어』에 그의 언행과 사상이 잘 나타나 있다.

1614)싱이지지(生而知之) : 삼지(三知)의 하나. 도(道)를 스스로 깨달음을 이른다. *삼지(三知); 도(道)를 깨달아 가는 지(知)의 세 단계. 생이지지(生而知之), 학이지지(學而知之), 곤이지지(困而知之)를 이른다.

1615)가지이 : 갈수록. 시간이 흐르거나 일이 진행됨에 따라 더욱더. =가지록

1616)난혜(蘭蕙) : 난초(蘭草)와 혜초(蕙草)를 함께 이른 말. 둘 다 여러해살이풀로 꽃이 아름답고 향이 있어 관상용으로 재배한다.

1617)니울다 : 이울다. ①꽃이나 잎이 시들다. ②점점 쇠약하여지다.

1618)슈운(愁雲) : 근심스러운 기색.

1619)부질(賦質) : 타고난 자질(資質). =천질(天質).

1620)고자(古者) : 옛날. 옛적.

왕이 부인의 지셩을 감동ᄒ여 비ᄅ 향ᄒ여 화긔 온즈ᄒ여 말슴을 펴ᄂ 바의, 난연이 붓그리ᄅ 머금어 감히 아니 ᄃᆡ(對)치 못ᄒ난지라.

쳔연(天然)ᄒ 덕과 유한(幽閑)ᄒ 긔질이 볼스록 긔이(奇異)ᄒ니, 삼부인이 날노 긔화(奇花)ᄅ 삼ᄋ 【36】 비 도라간 즉 훌연ᄒ고 ᄂᆞᄋ온 즉 환열ᄒ니, 왕과 비의 우려ᄂ 졍셩이 비ᄒᆞᆯ 곳이 업더라.

삼부인이 승상긔 연비의 쇼됴(所遭)ᄅ 일ᄏᆞᆯᄅ, 츠ᄋ(嵯峨)ᄒ 졍의와 극진ᄒ 즈품(資稟)을 츠탄(且歎)ᄒ니1621), 공이 답탄(答歎)1622)ᄒ여, 연시랑 명윤이 ᄯᅩ 흑문의 넘(念)이 업셔 텬싱아ᄌᆡ(天生雅才)로써 농갑(龍甲)1623)의 오르미 느ᄌᆞᄆᆞᆯ 일ᄏᆞᆺ더라.

위공이 진왕을 셩인(成姻)ᄒ여 비의 뇨됴(窈窕)ᄒ미 이 ᄀᆞᆺᄒ니, 비로쇼 션뎨 유탁(遺託)ᄒ심과 션후(先后) 유언을 져바리지 아냐 【37】 ᄂᆞᆫ지라.

비로쇼 닌·현 냥ᄌᆞ로 쳘·쇼 냥가의 납빙(納聘)ᄒᆞᆯ시, 양상셔 계흥은 엄졍(嚴庭)의 브득지(不得志)ᄒ여 '민쳔(旻天)의 호읍홈'1624)과 방불(彷彿)ᄒ니, 혼인을 의논치 못ᄒᆞᆷ이 완연이 셕일 연부로 일양(一樣)이라.

공이 ᄯᅩ 유유(儒儒)ᄒ여 ᄯᅢᄅ 기ᄃᆞ리니, '웅창의 혼ᄉᆡ 어ᄂ ᄯᆡ의 일니오.' 하회ᄅ 빙셕(氷釋)1625)ᄒᆞᆯ 거시오. 진왕 부부의 상경상화(相敬相和)ᄒᆞᆷ믈 함독(含毒)ᄒᆞᆫ 지 잇셔 그윽이 희코ᄌᆞ ᄒ니, 이ᄂ 긔부인이 무ᄉᆞ(無事) 듕(中) 싱ᄉᆞ(生死) 풍화(風火)ᄅ 니르현 【38】 연괴(緣故)라. 변고의 싯치 치 업지 아녀시니 ᄎ례로 셕남(釋覽)ᄒ라.

화셜 니부총지(吏部總裁) 문연각태흑ᄉ(文淵閣太學士)1626) 쳘공의 명은 영진이오,

1621) 츠탄(且歎)ᄒ다 : 탄복(歎服)하다. 매우 감탄하여 마음으로 따르다.

1622) 답탄(答歎) : 상대방의 말에 호응하여 칭찬하는 말을 함.

1623) 농갑(龍甲) : 조선시대 과거시험의 갑과(甲科) 급제. *갑과(甲科): 과거급제자들을 갑과·을과·병과 3등급으로 나누는데, 가장 성적이 우수한 첫 등급을 갑과라 한다. 갑과에는 3인을 뽑아 첫째는 장원랑(壯元郎)이라 하고, 둘째는 방안(榜眼) 또는 아원(亞元)이라 하고, 셋째는 탐화랑(探花郎)이라 하였으며, 장원랑에게는 종6품의 품계를 주고, 나머지 2인에게는 정7품의 품계를 주었다. 그리고 을과에는 7인을 뽑아 이들에게는 정8품의 품계를 주고, 병과에는 23인을 뽑아 이들에게는 정9품의 품계를 주었다. 『大典會通 吏典 諸科』

1624) 민쳔(旻天)의 호읍(號泣)홈 : '하늘(旻天)을 향해 통곡함'이란 뜻으로, 옛날 중국의 순(舜)임금이 어버이에게 사랑을 받지 못함을 원망하여 밭에 나가 하늘을 향해 울었던 고사를 이르는 말. 『맹자』 '만장장구상(萬章章句上)'에 나온다. 민쳔(旻天)은 어진 하늘을 이른 말.

1625) 빙셕(氷釋) : 얼음이 녹듯이 의심이나 의혹 따위가 풀림.

1626) 니부총지(吏部總裁) 문연각태흑ᄉ(文淵閣太學士) : 이부상서(吏部尙書) 겸 문연각태학사(文淵閣太學士). *문연각태학사(文淵閣太學士); 문연각의 으뜸벼슬. *문연각(文淵閣); 중국 명나라·청나라 때에, 베이징에 있던 궁중 장서(藏書)의 전각(殿閣). 청나라 때 자금성의 동남쪽에 재건하여 ≪사고전서≫와 ≪도서집성(圖書集成)≫ 따위를 두었다.

즈는 문범이니 본딕 당됴(唐朝) 구신(舊臣)이라. 니른 바 교목셰신(喬木世臣)1627)이오 빅년구독(百年舊族)1628)이라. 당이 망홀 시졀의 고향 태쥬의 도라가 슘어 분분(紛紛)흔 셰로(世路)의 간셥지 아니ᄒᆞ고, 한가흔 쳥풍의 붓쳐 즈손이 삼딕(三代)를 니어, 쳘공이 셰동됴(世宗朝)의 발쳔(發闡)1629)ᄒᆞ니, 공의 위인이 쳥쳔빅일(靑天白日)이 확호쇼명(廓乎昭明)1630)ᄒᆞ믄 그 【39】 심졍(心情)이오, 태산교악(泰山喬嶽)1631)이 슈연고대(邃衍高大)1632)는 그 긔상(氣像)이라. 문장(文章) 긔질(氣質)이 일셰를 압두(壓頭)ᄒᆞ고 도덕 현명이 졔우(諸友)의 취듕(取重)1633)ᄒᆞᄂᆞᆫ 빅라.

엄연(儼然) 졍입(正立)ᄒᆞ미 태산이 암암(巖巖)ᄒᆞ고 회두(回頭) 언쇼(言笑)의 츈풍(春風)이 화란(花爛)1634)ᄒᆞ니, 동탕(動蕩)흔 신치(身彩)요 졍대(正大)흔 금회(襟懷)라.

츈쇼(春宵) 당젼(堂前)의 치의(彩衣)를 츔츄고, 후졍(後庭) 훤쵸(萱草)1635)의 ‘작츄(雀雛)로 희롱ᄒᆞ니’1636) 구경지하(其慶之下)1637)의 형뎨구지(兄弟具載)1638)라. 인간지락(人間至樂)이 일신(一身)의 모도이고, 만실화긔(滿室和氣)는 복녹(福祿)을 쳔즈(擅恣)ᄒᆞ니1639), 공의 부친은 【40】 의암 션싱이니 지취고상(志趣高爽)ᄒᆞ고, 쳥긔(淸介) 졀쇽(絶俗)ᄒᆞ여, 눈 ᄀᆞ온딕 만권경셔(萬卷經書)를 보아 복즁(腹中)의 장(藏)ᄒᆞ여, 식안(識眼)이 고명(高明)ᄒᆞ고 쇼견(所見)이 명투(明透)ᄒᆞ여 훈즈(訓子)의 엄졍ᄒᆞ고, 어하(御下)의 관인(寬仁)ᄒᆞ거늘, 모부인 범시는 노국공 질의 댱녜(長女)니, 덕힝이 현슉ᄒᆞ고 긔질이 유한ᄒᆞ여 냥즈 일녀를 싱ᄒᆞ니, 공이 곳 댱지(長子)라.

츠즈 영후는 션싱의 일뎨(一弟) 됴둁(무쭈)ᄒᆞ미 계후(繼後)ᄒᆞ여 향니(鄕里)의 잇고, 일녀는 상셔 화셩졔 부인이니 【41】 경스의 왓더라.

1627) 교목셰신(喬木世臣) : 여러 대에 걸쳐 중요한 벼슬을 지낸 집안 출신이어서 나라와 운명을 같이하는 신하.

1628) 빅년구독(百年舊族) : 오랜 역사를 이어온 지체 높은 집안. *구족(舊族); 예로부터 이어져 내려온 지체 높은 집안.

1629) 발쳔(發闡) : 앞길이 열려 세상에 나섬. 또는 앞길을 열어서 세상에 나서게 함.

1630) 확호쇼명(廓乎昭明) : 넓고 밝음.

1631) 태산교악(泰山喬嶽) : 높고 큰 산.

1632) 슈연고대(邃衍高大) : 깊고 넓으며 높고 큼.

1633) 취듕(取重) : 두터운 명성과 인망(人望)을 얻음.

1634) 화란(花爛) : 꽃이 활짝 피어나다. 꽃이 만발하다.

1635) 훤초(萱草) : 원추리. 어머니를 상징하는 화초(花草).

1636) 작츄(雀雛)로 희롱ᄒᆞ니 : 중국 춘추 때 초나라 사람 노래자(老萊子)가 70세에 색동옷을 입고 춤을 추고, ‘새 새끼를 희롱하며 어린애 장난을 하여’, 늙은 부모를 즐겁게 해드렸다는 고사에서 인용한 말.

1637) 구경지하(其慶之下) : 부모가 모두 살아 있음. 또는 그런 기쁨 가운데 있음.

1638) 형뎨구지(형제구재) : 형제가 모두 살아 있음.

1639) 쳔즈(擅恣)ᄒᆞ다 : 제 마음대로 하여 조금도 꺼림이 없다.

부인 심시는 한됴 병부상셔 경의 녜니 용뫼 쇄락ᄒ고 부덕이 온유ᄒ니, 구괴(舅姑) 이즁ᄒ고 상셰 여빈경딕(如賓敬待)1640)ᄒ여 가즁의 화평홈과 녜법의 졍숙ᄒ미 흡연(翕然)ᄒ니, 닌니(人里) 탄복(歎服)ᄒ더라.

상셔의 년이 삼십이라. 슬하의 삼ᄌ 일녀를 두어시니 댱ᄌ 명과 ᄎᄌ 셩이 관옥승상(冠玉丞相)1641)이오 헌아ᄉ인(軒雅舍人)1642)이라. 부모 돈당이 긔이(奇愛)ᄒ여 슈상보옥(手上寶玉)과 쳔니긔린(千里驥麟)1643)이라 ᄒ고, 춍부(冢婦) 형시 ᄎ부(次婦) 【42】 상시 다 뇨됴(窈窕) 현혜(賢慧)ᄒ니, 독히 가셩(家聲)을 닛고1644) 문호(文豪)를 빗닐너라.

공이 녀ᄋ 쵸쥬의 방년이 팔셰니 심부인이 긔몽을 엇고 녀ᄋ를 싱ᄒ미 엇지 범범ᄒ ᄋ히리오. 빙옥이 어리고 일월노 문치(文彩)ᄒ여 긔화(奇花) 명듀(明珠)는 고은 빗츨 수양ᄒ고 상운(祥雲) 셔일(瑞日)은 광치를 곰쵸니, 싱지(生之) 삼일의 됴부(祖父)의 암션싱이 어루만져 ᄎ탄 왈,

"텬의(天意)를 아지 못ᄒ리로다. 여ᄎ 셩녀(聖女)를 규리(閨裏)의 강싱(降生)ᄒ니 무슴 교 【43】 화를 베프게 ᄒ시나뇨?"

ᄒ고, 조모 범부인이 이지즁지(愛之重之)ᄒ여 가즁(家中) 긔이(奇愛)를 홀노 졈득(占得)ᄒ니, 슈셰(數歲)의 임의 졍졍(貞靜)ᄒ 덕이 낫타ᄂ고, 텬ᄌ(天才) 특츌ᄒ여 ᄀᄅ치지 아냐 문ᄌ를 히득(解得)ᄒ니, 듕형(仲兄) 셩이 오셰(五歲)의 글 닑는 쇼리를 드르며 보와 스스로 씨ᄃ라, 문니(文理) 날노 장진(長進)ᄒ나, 부모 졔형이 아지 못ᄒ니 그윽ᄒ 덕과 고요ᄒ 힝실이 셩녀(聖女) 쳘부(哲婦)를 긔약홀지라.

텬셩이 검박(儉朴)ᄒ여 몸의 ᄉ화(奢華) 【44】 ᄒ 거슬 닉지 아니코, 지분(脂粉)을 념(厭)ᄒ여 ᄒ 우흠 물노 옥안(玉顔)을 목욕ᄒ미 아미(蛾眉)를 맑게 쓰리치고1645), 담담(淡淡)ᄒ 장속(裝束)이 금슈(錦繡)를 믈니처, 돈당 부모긔 문후(問候)ᄒ고 믈너와 녜긔(禮記)를 벗삼으되, 쇼리를 놉혀 낭낭(朗朗)이 닑으미 업고, 붓슬 드러 시ᄉ(詩

1640) 여빈경딕(如賓敬待) : 손님을 공경하듯 대접함.

1641) 관옥승상(冠玉丞相) : 관옥(冠玉)처럼 아름다운 풍채를 지닌 승상(丞相). *관옥(冠玉); 관을 꾸미는 옥. *승상(丞相); 우리나라의 정승에 해당하는 중국의 벼슬

1642) 헌아사인(軒雅舍人) : 풍채가 뛰어나게 아름다운 사인 벼슬아치. 곧 중국 당(唐)나라 때 시인 두목지(杜牧之)를 가리킴. *두목지(杜牧之) : 803~852. 이름 두목(杜牧). 자 목지(牧之). 만당(晩唐)때의 시인. 시에 뛰어나 두보(杜甫)와 함께 '이두(二杜)'로 일컬어지며, 중서사인(中書舍人)에 올랐고, 중국의 대표적 미남자로 꼽힌다.

1643) 쳔니긔린(千里驥麟) : =천리마(千里馬). 하루에 천 리를 달릴 수 있을 정도로 좋은 말. 뛰어나게 잘난 자손을 칭찬하여 이르는 말로 쓰인다. 기린(驥麟); 천리마(千里馬)의 일종.

1644) 닛다 : 잇다. 두 끝을 맞대어 붙이다.

1645) 쓰리치다 : 쓸다. 쓸어버리다. 쓰레기 따위를 한데 모아서 버리다. 부정적인 것을 모조리 없애다.

詞)를 창화(唱和)치 아니니, 다만 고즈(古者) 현녀 슉완을 스모ᄒ고, 녀공(女工)을 잡들미[1646] 비호지 아냐 능ᄒ되 지됴를 즈랑너지 아냐 졍묘(精妙)ᄒ고 신속홀 ᄯ【45】 름이라.

쵼음을 앗겨 한가히 놀미 업스며 '목불시스ᄉᆞᆨ(目不視邪色)ᄒ고 이불쳥음셩(耳不聽淫聲)ᄒ며 야무ᄒᆡᆼ츌이쵹(夜無行出以燭)ᄒ여'[1647] 녀훈(女訓)[1648]을 어긔미 업스니, 셩질이 단즁(端重)ᄒ고 온슌(溫順)ᄒ며 간묵(簡默)[1649]ᄒ고 비약(卑弱)[1650]ᄒ며 겸공(謙恭)ᄒ고 이인(愛人)ᄒ며, 희로(喜怒)를 불형어ᄉᆞᆨ(不形於色)ᄒ고 효위츌인(孝友出人)ᄒ여, 존젼(尊前)의 승안(承顔)ᄒ미 화긔(和氣) 《아연‖이연(藹然)[1651]》 ᄒ되, 단일셩장(單一誠莊)[1652]ᄒ고 스침(私寢)의 묵묵장즁(默默莊重)ᄒ나 한ᄋᆞ유열(閑雅愉悅)ᄒ여 ᄉᆞᆽ짓ᄂᆞᆫ 쇼릭 쇼비(小婢)의 밋지 아니【46】코, 노(怒)ᄒᆞᄂᆞᆫ 빗치 하비(下輩)의 뵈미 업스나 유모와 시ᄋᆡ 두려ᄒ고, 졍셩(精誠)되여 고요히 쌍셩(雙星)을 ᄂᆞᆽ쵸아 단좌ᄒ여시니, 숑연(悚然)이 슙을 아올나 뫼셔시니, 즈연ᄒᆞᆫ 덕홰(德化) 양츈(陽春) ᄀᆞᆺᄒ여 사름이 그 심쳔(深淺)을 탁냥(度量)치 못ᄒ더라.

칠셰의 어스공이 요간(腰間)의 독동(毒腫)이 나 병셰 위악(危惡)ᄒ니, 상히(上下) 황황(遑遑)ᄒ여 의즈(醫者)를 브라나 간 스이, 동체[쳐](腫處) 터져 종즙(腫汁)이 만히 ᄂᆞ지 아니코 즈통(自痛)ᄒ미 심ᄒ니, 쇼졔 ᄂᆞᄋᆞ가【47】 종긔(腫氣)를 ᄲᅡ라 홀연이 나즈니[1653], 병셰 츠혈(差歇)ᄒᆞᆫ지라.

의즈(醫者) 긔특이 넉이고 하례(賀禮) 칭복(稱福)ᄒ니, 부모의 긔이(奇愛)ᄒ미 더으고, 셜싱 부쳐의 긔특고 두굿기믄 다 긔록지 못ᄒᆞᆯ너라. 년보(年譜) 팔셰(八歲)의 위시의 빙녜(聘禮)를 바들 ᄉᆡ, 원닉 쳘상셰 위공으로 교계(交契) 심후(深厚)ᄒ니, 이 곳 셰동(世宗) 황뎨 ᄌᆡ시(在時)의 쳘공이 ᄉᆡ로 은영을 밧즈와 상경ᄒ미, 위공이 경스의 니르러 '금난(金蘭)의 교계(交契)'[1654]를 미즈시【48】니, 심복셩허(心服誠許)[1655]ᄒ

1646) 잡들다 : 잡아들다. 붙들다. *잡아들다; 정하여 들다. 목표를 정하여 어느 길로 들어가다. *줄들다; 어떤 일에 매달리다.

1647) 목불시스ᄉᆞᆨ(目不視邪色)ᄒ고 이불쳥음셩(耳不聽淫聲)ᄒ며 야무ᄒᆡᆼ츌이쵹(夜無行出以燭)함 : 눈으로는 사악한 것을 보지 않고, 귀로는 음란한 소리를 듣지 않으며, 밤에는 불을 밝히고 집밖을 나가는 일이 없음.

1648) 녀훈(女訓) : 여자에 대한 가르침.

1649) 간묵(簡默) : 말수가 적고 태도가 신중함.

1650) 비약(卑弱) : (사람이나 그 신분이) 보잘것없고 약하다.

1651) 이연(藹然) : 두텁고 온화하다

1652) 단일셩장(單一誠莊) : 단정하고 한결같으며 성실하고 엄숙함.

1653) 나즈다 : 낫다. 병이나 상처 따위가 고쳐져 본래대로 되다.

1654) 금난(金蘭)의 교계(交契) : '쇠보다 견고하고 난초보다 향기로운 사귐'이란 뜻으로, 매우 친밀한 사귐이나 두터운 우정을 비유적으로 이르는 말. 《역경(易經)》의 <계사(繫辭)>에 나오는 말이다

미 싱붕ᄉ우(生朋死友)1656)로 비길지라.

숙정 등의 흉모(凶謀)를 인ᄒ여 독약의 명(命)이 ᄆᆞᆾ고, 그 죽엄을 귀신이 아ᄉ가믈 거셰(擧世) 모로 리 업ᄉ니, 일셰명뉴(一世名流) 셔로 ᄎ셕(嗟惜)ᄒ니, ᄒᄆᆞ며 위공의 지심붕우(知心朋友)의 통졀(痛切)ᄒ믈 니르랴.

양상셰 쳘공으로 이동(姨從)1657)이라. 연공 범공 등이 ᄒᆞᆫ가지로 쳘부의 모다 앗기고 슬허ᄒᆞ며 통개(通家) 분원(忿怨)ᄒ여 눈물을 흘녀,

"도시(都是) 국운의 듕비(中否)1658)ᄒ미, 【49】 동냥(棟樑)이 부러지고 현쥬(賢主)를 문허바리미라."

탄식ᄒ니, 의암션싱이 글오ᄃᆡ,

"위ᄌ현은 니른바 개셰영걸(蓋世英傑)이오 듕의지ᄉ(忠義之士)니, 하늘이 유의(有意)ᄒ여 늬시고 무의(無意)히 아ᄉ실 니 업고, 그 위인이 아아(峨峨)ᄒ여 유ᄌ(儒者)의 풍치오, 늠늠ᄒ여 셜즁창숑(雪中蒼松)이니, 결연(決然)이 용인(庸人)의 손의 맛지 아니리라."

냥공이 흠신(欠身) 고왈,

"녜붓터 군직 쇼인의게 멸(滅)ᄒᆞ며 영웅이 일홈이 업시 죽ᄂᆞ니, 【50】 ᄌ현 형이 비록 이 도(道)로 가, 원텬하(援天下)1659)ᄒᆞᆯ 긔개(氣槪)잇고, 흉듕(胸中)의 경텬봉일(擎天捧日)1660)ᄒᆞᆯ 지뫼 잇스나, 흉픽(凶悖)ᄒᆞᆫ 무리 상명(上命)을 가탁(假託)ᄒ고 짐독(鴆毒)으로 핍박ᄒ여 일월의 졍긔(精氣) ᄉ라지고, 금옥(金玉)1661)의 작위(爵位) 녹ᄋ1662) 옥졀(玉節)1663)이 임의 빗출 변ᄒᆞ믈 조·니 등 졔인이 다 아라보고, 가히 망단(望斷)ᄒ다1664) ᄒ여 밧그로 녀여오다가, 양 노궁 궁비 아ᄉ가다 ᄒᆞ되, 혹 니로ᄃᆡ,

"진왕을 귀신이 아ᄉ가니 이 반ᄃᆞ시 귀신의 【51】 ᄒᆞᆫ가지 희롱이라.' ᄒᆞᄂᆞᆫ지라. 그

1655) 심복셩허(心服誠許) : 마음속으로 기뻐하여 복종하고 성심으로 허락하여 따름.
1656) 싱붕ᄉ우(生朋死友) : 평생을 친구로 지내고 죽음까지도 같이 할 친구.
1657) 이종(姨從) : 이모(姨母)의 자녀를 이르는 말. 늑이종사촌(姨從四寸).
1658) 즁비(中否) : 중간에 막힘. '否'는 '막힐 비'자다. *비색(否塞): 운수가 꽉 막힘.
1659) 원텬하(援天下) : 천하를 구원(救援)함.
1660) 경텬봉일(擎天捧日) : '하늘을 받들고(擎天) 해를 받든다(捧日).'는 뜻으로, 둘 다 충심으로 제왕을 보좌하는 것을 말한다. '봉일(捧日)'은 후한(後漢) 말에 정욱(程昱)이 소싯적에 태산에 올라 두 손으로 해를 떠받드는 꿈을 꾸었는데, 순욱(荀彧)이 이 사실을 위 태조(魏太祖)에게 고하니, 태조가 자기의 심복이 될 것이라고 예언했고, 또 그대로 되었다는 고사에서 유래한 말이다. 『三國志 卷14 魏書 程昱傳』에 나온다.
1661) 금옥(金玉) : 망건에 금관자(金貫子)와 옥관자(玉貫子)를 붙인 벼슬아치를 통틀어 이르는 말.=금옥관자(金玉貫子).
1662) 녹다 : (비유적으로) 모습이 없어지다.
1663) 옥졀(玉節) : 옥으로 만든 부신(符信). 예전에 관직을 받을 때 받던 증표.
1664) 망단(望斷) : 이러지도 저러지도 못하여 처지가 딱하다.

죽으미 의심 업고 슬미 만무(萬無)ᄒ니이다.”

션싱 왈

“셰상시 혹 의외(意外)예 잇고, 니(理) 밧긔 이시니, 그 죽엄을 친히 관(棺)의 너허 무드미 아니니, 일난1665) 빈 아니 슬 도리냐?”

ᄒ니, 션싱의 지감이 이런지라.

태됴 황뎨 즉위ᄒ시민 졔신다려 니ᄅᄉᄃᆡ,

“셕일(昔日) 위즈현이 공참(孔慘)ᄒ 횡익(橫厄)을 맛나 피입산즁(避入山中)1666)ᄒ여시니 밧비 부를지라. 즁시(中使) 됴셔(詔書)를 ᄀ져 역마로 달녀가【52】라”

ᄒ시니, 좌우 졔신이 면면상고(面面相顧)여ᄂᆯ, 텬지 드듸여 셕ᄉ(昔事)로써 니르샤, 니·뉴 등 세부인이 신·화 이댱(二將)을 밀계(密計)를 맛져 여ᄎ여ᄎ 진왕과 위경(卿)을 아ᄉ 셩외 빅운동의가 회싱ᄒ여 화산의 슘으믈 일일히 니르시니, 군신이 경희(慶喜)ᄒ고, 쳘·양 등 지심붕우(知心朋友)의 깃거ᄒ믄 가히 알지라.

양공이 쳘노공(老公)의 식안(識眼)을 탄복ᄒ고, 위공 삼비(三妃)의 긔이ᄒ 지식을 감탄ᄒ여【53】모다1667) 안즈민 위공의 말슴이라. 연상셰 탄왈,

“위현은 진실노 하날 ᄉ름이라. 텬의(天意)를 ᄉ못ᄎ니 텬명을 슌슈(順受)ᄒ여 명명이 작ᄉ(作事)를 지긔(知機)ᄒ며, 묵연(默然)이 죽어 기리 슘으니, 니부인의 신긔 능히 군즈를 보호고, 진왕을 구활(救活)ᄒ여 댱부(丈夫)로 ᄒ여금 님군의 지우(知遇)를 갑게 ᄒ니, 니른바 ‘긔명ᄎ쳘이보기신(旣明且哲以報其身)1668)이라’ 셩상의 위형 이듕(愛重)ᄒ시미 엇지 범연ᄒ 군신의 비기리오.”【54】

ᄒ더니, 위공이 상경ᄒ미 모든 친위(親友) 딕열(大悅)ᄒ여 츄[츅]일상동(逐日相從)1669)ᄒᆯ 시, 쳘공이 닌창을 보와 놀ᄂᆞ며 깃거ᄒ며 귀이(貴愛)ᄒ니, 이 과연 녀ᄋ의 덕힝이 가○[합](可合)ᄒ지라. 깁히 유의ᄒ더니, 위공이 운남을 치고 도라온 후 면약(面約)ᄒ여시되, 위공이 진왕의 혼ᄉ 츠라ᄒ믈1670) 즐겨 아냐 납폐(納幣)를 힝치 아냐더니, 비로쇼 납빙(納聘)ᄒ지라. 션싱과 부인과 공의 부부의 두굿기믈 가히 알니라.【55】

1665) 일다 : 잃다. 어떤 사람과의 관계가 끊어지거나 헤어지게 되다.
1666) 피입산즁(避入山中) : 재난 따위를 피하여 산중으로 들어감.
1667) 모다 : 모여. ‘모이다’의 부사형. *모이다: 한데 합쳐지다. ‘모으다’의 피동사.
1668) 긔명ᄎ쳘이보기신(旣明且哲以保其身) : 이미 총명한데다가 사려가 깊어서[旣明且哲] 자기 몸을 보전한다[以保其身]는 뜻으로, 『시경(詩經) 대아(大雅) 증민(蒸民)』에 나오는 말이다. *명철보신(明哲保身: 총명하고 사리에 밝아 자기 몸을 보전하다)의 원말(原말).
1669) 츅일상동(逐日相從) : 날마다 서로 사귀어 어울리다.
1670) 츠라ᄒ다 : 아득히 멀다.

써의 쇼제 놋 문안을 인ᄒ여 훤당(萱堂)1671)의 비알(拜謁)홀시 검쇼(儉素)ᄒ 단장(丹粧)의 안안(晏晏)ᄒ 문치(文彩)라.

온냥공검(溫良恭儉)ᄒ며 단엄슌일(端嚴純一)ᄒ니, 경운(慶雲)이 츈공(春空)의 한가ᄒ고, 됴일(朝日)이 히상(海上)의 붉ᄋ시니, 농슈ᄉ져(龍鬚蛇蹄)1672)를 잠간 다ᄉ리고, 옥부츄영(玉膚秋影)1673)을 져기1674) 묽혀시니1675), 분익(坌埃)1676)를 썰치며 미옥(美玉)이 형형(瑩瑩)ᄒ여 실즁의 됴요(照耀)ᄒ고 츄텬(秋天)을 쓰럿시며, 명월(明月)이 교교(皎皎)ᄒ여 팔방을 붉히ᄂᆞᆫ지라.

슉덕(淑德)이 날노 왕셩ᄒ고 ᄌᆡ홰(才華) 써로 신【56】슈(信手)ᄒ니, 동작의 졍졍(貞靜)ᄒᆷ 임의 팔덕(八德)1677)이 가죽ᄒ믈 씌둣고, 긔질(氣質)의 유한(有閑)ᄒ미 오복(五福)이 구젼(俱全)ᄒ믈 알지라.

진실노 션셰(先世) 츙신(忠臣) 녈부(烈婦)로 명셩이 만디의 써지 아니니, 시인(時人)이 감읍뉴체(感泣流涕)ᄒ고, 상뎨 민지측지(憫之惻之)ᄒᄉ1678) 뎍덕츙효지문(積德忠孝之門)의 닉ᄉ 조고만 ᄌᆡ익(災厄)과 희미ᄒᆫ 시름도 업시 안낙(安樂)ᄒ여, 쳔승(千乘)1679)의 귀(貴)와 오정(五鼎)1680)의 부(富)를 누려, 젼셰 원한을 쾌히 풀게 ᄒ신

1671) 훤당(萱堂) : '훤초북당(萱草北堂; 원추리꽃이 피어있는 북당)'의 줄임말로 '어머니'를 이르는 말. =자당(慈堂). *훤초(萱草); 원추리. 백합과의 여러해살이풀. 『시경』 <위풍(衛風)> '백혜(伯兮)'편의 "어디에서 훤초를 얻어 북당에 심을꼬.(焉得萱草 言樹之背 *背는 이 시에서 北堂을 뜻함)"라 한 시구에서 유래하여, 주부가 자신의 거처인 북당에 심고자 했던 풀이라는 데서, '어머니'를 뜻하는 말로 쓰였다. *북당(北堂); 집의 북쪽에 있는 건물로 집안의 주부(主婦)가 거처하는 곳이어서 '어머니'를 이르는 말로 쓰였다.

1672) 농슈ᄉ져(龍鬚蛇蹄) : '용의 머리에 난 털'과 '뱀의 발굽'을 함께 이르는 말. 여기서는 '여성의 눈썹'을 비유적으로 표현한 말로 보인다. 즉 '용수(龍鬚)'와 '사제(蛇蹄)'는 각각, 용이나 뱀을 그릴 때 꼭 나타내지 않아도 되는 것들인데, 마찬가지로 예전에 여성들이 화장을 할 때 눈썹은 그리기도 하고 그리지 않기도 했기 때문에, 이를 '용수사제'로 비유해 표현한 듯하다.

1673) 옥부츄영(玉膚秋影) : 옥처럼 아름다운 피부와 가을 햇살에 비친 그림자라는 뜻으로, 일반적으로 그림을 그릴 때, 이 부분들 곧, 옷 속에 가려진 피부나 가을 경치(景致)의 이면에 존재하는 그림자는 그리지 않는 부분이다. 따라서 이 표현들은, '치장을 하여 꾸미지 않은 외모'를 비유적으로 표현한 말로 볼 수 있다.

1674) 져기 : 적이. 꽤 어지간한 정도로. 조금이라도.

1675) 묽히다 : 맑히다. 잡스럽고 탁한 것을 섞이지 않게 하다. '맑다'의 사동사.

1676) 분익(坌埃) : 먼지와 티끌.

1677) 팔덕(八德) : 여덟 가지의 덕. 인(仁), 의(義), 예(禮), 지(智), 충(忠), 신(信), 효(孝), 제(悌)를 이른다.

1678) 민지측지(憫之惻之)ᄒ다 : 민측(憫惻)하다. 불쌍히 여기다.

1679) 쳔승(千乘) : '천 대의 병거(兵車)'라는 뜻으로, 제후를 이르는 말.

1680) 오정(五鼎) : 소·돼지·양·물고기·사슴 등 다섯 종류의 고기가 각각 담긴 다섯 솥의 음식이라는 뜻으로 '부자·고관의 호사스러운 음식상'을 이르는 말. 사(士)는 제사에 삼정(三鼎)으로 하고, 대부(大夫)는 오정(五鼎)으로 했다고 한다.

쥴 알지라.

쳘상셰 녀으를 보미 더옥 깃거 머리【57】를 어루만져 굴오디,

"셔졍공 집 복녹이 무량(無量)ᄒ여 오으(吾兒)를 위부(爲婦)ᄒᄂᆫ도다."

부인이 쇼이디왈(笑而對曰),

"위승상 삼부인은 직덕과 용식이 금셰의ᄂᆫ 니르지 말고 쳔고의 다시 업스리니, 녀으의 잔미(屬微)ᄒ미 엇지 가히 밋추리잇고?"

공이 쇼왈,

"위공 부인이 긔이ᄒ시나 오으의 더으던 못ᄒ리니, 디디(代代) 슉녀명완(淑女明婉)을 닐위미 이 곳 셔졍공 늉복(隆福)이라 ᄒ미라. ᄒᄆᆯ며 내 으희ᄂᆫ 신몽(神夢)이 잇셔 미(微)ᄒ【58】 직익(災厄)도 업시 칠십여 년 동쥬(同住)를 아ᄂᆫ니, 엇지 긔특지 아니리오. 위아 닌챵의 용모 직덕이 진실노 하늘이 명ᄒ신 오으(吾兒)의 비필이라. 일월이 언제 지나 쌍유(雙遊)ᄒᄂᆫ 즈미를 보리오."

ᄒ니, 위공이 진왕은 구셰의 셩인(成姻)ᄒ나 으즈 등은 십오셰를 기ᄃᆞ리ᄂᆫ 고로 그 의이 굼긔이1681) 넉이고, 양상셔의 쇼됴(疏阻)1682)를 슬허ᄒ여 쇼시랑은 뎌랑(姐娘)1683)을 위ᄒ여 근심ᄒ고, 웅챵의 혼시 인1684) 후야 즈긔 녀으【59】의 혼시 될지라. 더옥 우민(憂悶)ᄒ더라.

위공이 냥즈(兩子)의 혼스를 완졍ᄒ여 빙믈(聘物)을 보닐시, 상셔ᄒ여 화궤 보(報)ᄒ여 혼셔(婚書)를 쳥ᄒ여 두굿기믈 마지 아니ᄒ니, 한님 완챵은 쳘·양 냥공(兩公)으로 ᄒ가지 이둉(姨從)이니, 일죽 쳘부의 가 범부인긔 즈로 뵈미, 쳘쇼져의 비상ᄒᆫ 긔질을 보아 깃거ᄒ고, 쇼한님 부인 위쇼져와 양쇼졔 ᄯᅩᄒᆫ 슉모긔 뵈옵고, 쇼져를 보고 이모(愛慕) 흠경(欽敬)ᄒ여 양가의 ᄂᆞ으가 양【60】 쇼져를 익이 보아시니, 쳘·양 냥으의 화월(花月) ᄀᆞᆺᄒᆫ 식티(色態)와 금옥 ᄀᆞᆺᄒᆫ 덕힝으로, 그 즈질의 츌범(出凡)ᄒᆷ과 긔상(氣像)의 졍슉ᄒᄆᆯ 암암(暗暗) 추탄(嗟歎)ᄒ며, 쇼한님 부인과 위스인 부인은 쇼부의 가 연부인긔 앙비(仰拜)ᄒ고 친친지의(親親之義)를 펴며, 쇼소져의 작셩(作性)이 온윤(溫潤)ᄒ여, 옥 ᄀᆞᆺ고 보비로온 구슬 ᄀᆞᆺᄒ여, 온즈(溫慈)ᄒᆫ 즈질(資質)과 졀인(絶人)ᄒᆫ 긔되(器度) 쳘·양의 ᄂᆞ리지 아니믈, 도라와 일일히 고ᄒ미, 삼부인 희긔(喜氣) 면모의【61】 어리여 깃브믈 니긔지 못ᄒ더라.

이 힝의 부인이 옥ᄀᆞᆺᄒᆫ 영즈를 추례로 싱(生)ᄒ니, 삼이 긔긔히 골격이 쥰미(俊邁)ᄒ고, 신치(身彩) 동탕(動蕩)ᄒ니1685), 승상의 연(年)이 니모(二毛)1686)의 밋지 못ᄒ

1681) 굼긔이 : 궁금하게. 궁금하다: 무엇이 알고 싶어 마음이 몹시 답답하고 안타깝다.

1682) 쇼됴(疏阻) : 오랫동안 서로 소식이 막힘.=격조(隔阻).

1683) 뎌랑(姐娘) : 누이동생.

1684) 인 : 이룬. 일다. 이루다; 예식이나 계약 따위를 진행되게 하다.

1685) 동탕(動蕩)ᄒ다 : 얼굴이 잘생기고 살집이 있다.

여셔 슬하의 열두 아들이 잇스니, 시인(時人)이 그 복녹을 탄상ᄒᆞᄂᆞ지라.

공이 가지록 겸공하ᄉᆞ(謙恭下士)1687)ᄒᆞ고 검냑의신(儉約義信)1688)ᄒᆞ니 ᄉᆞ군지츙(事君至忠)1689)ᄒᆞ며, 언필칭(言必稱)1690) 요슌지도(堯舜之道)ᄒᆞ고, 어하인ᄌᆞ(御下仁慈)1691)ᄒᆞ여 악발토포(握髮吐哺)1692)ᄒᆞ니, 덕(德)이 《ᄉᆞ뇨∥ᄉᆞ히(四海)1693)》의 흐르고, 은혜 싱민(生民)의 덥【62】 혀시니, 군상(君上)의 녜딕(禮待)ᄒᆞ시믄 '셩탕(成湯)의 이윤(伊尹)'1694)과 '고동(高宗)의 부열(傅說)'1695) ᄀᆞᆺ고, '한고(漢高)의 ᄌᆞ방(子房)'1696)과 '쇼렬(昭烈)의 공명(孔明)'1697) ᄀᆞᆺ치 긔약(期約)ᄒᆞ시니, 공이 더옥 삼가고 됴심ᄒᆞ여 ᄌᆞ돈(自尊)ᄒᆞ며 임타(任惰)ᄒᆞ미 업셔, 미말하관(尾末下官)을 딕ᄒᆞ여도 교긍(驕矜)ᄒᆞ미 업ᄉᆞ니, 인기(人皆) 탄복경앙(歎服景仰)ᄒᆞ여 하ᄌᆞ(瑕疵)ᄒᆞ리 업더라.

이썬 니부인이 그 부친 흑ᄉᆞ공 긔ᄉᆞ(忌祀)를 지닉고 탕부인 신긔 불안ᄒᆞ시무로 십여 일을 니부의 머므니, 왕이 심히 훌연(欻然)1698)ᄒᆞ여 슈ᄎᆞ(數次)를 니부【63】의 와 뵈고, 삼공ᄌᆞᄂᆞ 《츄일∥축일(逐日)》 왕닉ᄒᆞ더니, 니공의 냥ᄌᆞ 셩과 쥰이 셔로 환쇼(歡笑)ᄒᆞᄂᆞ지라.

1686) 니모(二毛) : 이모지년(二毛之年). 두 번째 머리털 곧 흰 머리털이 나기 시작하는 나이라는 뜻으로, 32세를 이르는 말.

1687) 겸공하사(謙恭下士) : 겸손한 태도로 선비[下士]들을 공경함.

1688) 검냑의신(儉約義信) : 절제되고 의로우며 믿음직스러움.

1689) ᄉᆞ군지츙(事君至忠) : 지극한 충성으로 임금을 섬김.

1690) 언필칭(言必稱) : 말을 할 때마다 반드시 들먹이기를

1691) 어하인자(御下仁慈) ; 아랫사람을 어짊과 사랑으로 거느림.

1692) 악발토포(握髮吐哺) : =토포악발(吐哺握發). 민심을 수람하고 정무를 보살피기에 잠시도 편안함이 없음을 이르는 말. 중국의 주공이 식사 때나 목욕할 때 내객이 있으면 먹던 것을 뱉고, 감고 있던 머리를 거머쥐고 영접하였다는 데서 유래한다.

1693) ᄉᆞ히(四海) : 온 천하. 온 세상.

1694) 셩탕(成湯)의 이윤(伊尹) : 중국 은(殷)나라 때의 성군(聖君)인 탕(湯)임금과 당대의 이름난 재상이었던 이윤(伊尹)을 이른 말.

1695) 고동(高宗)의 부열(傅說) : 중국(中國) 은(殷)나라 때의 임금 고종(高宗)과 당대의 재상(宰相) 부열(傅說)을 이른 말. 부열은 당시 토목(土木) 공사장의 일꾼이었는데, 고종이 재상(宰相)으로 발탁하여 은나라 중흥(中興)의 대업을 이루었다.

1696) 한고(漢高)의 ᄌᆞ방(子房) : 중국 한(漢)나라의 제1대 황제(B.C.247~B.C.195) 고조(高祖) 유방(劉邦)과 유방의 책사(策士) 장량(張良; 字 子房)을 이른 말. 장자방(張子房)은 홍문연(鴻門宴)에서 유방을 구하고 한신(韓信)을 천거하는 등, 유방이 한나라를 세우고 천하를 통일하는데 큰 공을 세웠다.

1697) 쇼렬(昭烈)의 공명(孔明) : 중국 삼국시대 촉한(蜀漢)의 제1대 황제 소열제(昭烈帝) 유비(劉備, 161~223)와 당시의 승략(承相) 제갈공명(諸葛孔明; 181~234)을 이른 말. 공명(孔明)은 뛰어난 군사 전략가로, 유비를 도와 오(吳)나라와 연합하여 조조(曹操)의 위(魏)나라 군사를 대파하고 파촉(巴蜀)을 얻어 촉한을 세웠다. 유비가 죽은 후 무향후(武鄕侯)로서 남방의 만족(蠻族)을 정벌하고, 위나라 사마의와 대전 중 병사하였다.

1698) 훌연(欻然) : 무엇인가를 잃은 것 같은 허전한 마음이 일어남. ≒결훌(缺欻).

탕부인이 쾌히 젼과를 뉘웃쳐 댱군 부부의 효봉(孝奉)을 밧고 승상부인의 셩효를
감동ᄒ여 ᄌ이 지극ᄒ니, 닌창 공ᄌ를 이지듕지(愛之重之)ᄒᄂ지라. 현ᄋ를 셩혼ᄒ여
ᄌ네 ᄀᄌ니 ᄉ랑ᄒ미 닌창으로 간격이 업ᄉ며, 쥬이 향니의 뭇쳐시믈 슬허ᄒ나 ᄌ작
지얼(自作之孼)1699)이라. 뉘웃고 붓그려 싱각ᄂ 빗츨 못ᄒᄂ지【64】라.

위공 부인이 미양 고렴(顧念)ᄒ여 구급(救急)ᄒ기를 극진이 ᄒ고, 니공이 ᄯᄒ 우이
도타와 먼니 권이(眷愛)ᄒ니 감ᄉᄒ믈 품엇고, 부인이 뉴·뎡 냥부인으로 졍의 간졀ᄒ
고 웅창 등 졔ᄋ를 ᄌ이ᄒ미 간격 업스믈 감격 탄복ᄒᄂ ᄀ온ᄃᆡ, ᄀ마니 뉵니(恧怩)ᄒ
니, 승상 부인을 ᄉ랑ᄒ며 귀즁ᄒ니 부인이 셩효를 가지록 극진이 ᄒ더라.

닌창공지 두 ᄋ으로 더브러 쳥녀(靑驢)를 모라 모친긔 뵈고 도라【65】갈 ᄉᆡ, 부인
왈,

"ᄌ휘(慈候) 져기 ᄎ도(差度)의 계시니 슈이 도라갈지라. 다시 오려 말고 영농뎐의
셔 진왕을 뫼셔 흑문을 힘쓰라."

삼공지 슈명ᄒ여 ᄎ례로 혁(革)1700)을 두루혀더니, 반노(半路)의 미쳐 길가 젹은
모옥(茅屋) ᄀ온ᄃᆡ 녀ᄌ의 곡셩(哭聲)이 ᄂ니, 삼공지 놀나 도라보니 ᄎ하인(此何人)
고?

어시의 삼공지 머리를 두루혀 보건ᄃᆡ 담이 ᄂᄌ 안히 뵈ᄂ지라. ᄒᆞᆺ 호화지(豪華
者) 미인을 잡고 희롱ᄒ니, 그 미ᄋᆡ(美兒) 죽기로 병으리【66】왓고1701) 그 어미 문
밧긔셔 통곡 왈,

"넉 비록 ᄉ족(士族)이 아니나 상한(常漢)과 다르거ᄂᆞᆯ, 혈혈과뫼(孑孑寡母) 그 ᄋ를
닛그러 간고즁(艱苦中) 보젼ᄒ믄 녀ᄋ의 지뫼(智謀) 하등이 아니니, 동요로온 부셔(夫
壻)1702)를 어더 일신을 의탁고ᄌᄒᄂ지라. 공지 위셰를 밋고 남의 규녀(閨女)를 겁탈
코ᄌᄒ니, 당당이 등문고(登聞鼓)1703)를 쳐 하리ᄒ리니1704) 슈지(竪子) 엇지코ᄌ ᄒ
ᄂ뇨?"

그 남지 대로ᄒ여 싀문(柴門)을 박ᄎ고 닉다라 녀인을 ᄯ어드려 일장(一場)을 난타
(亂打)ᄒ【67】니, 미인이 통곡ᄒ고 그 어미를 ᄀ리오니, 셔싱(書生)이 미인을 ᄯ어

1699) ᄌ작지얼(自作之孼) : 자기가 저지른 일 때문에 생긴 재앙.
1700) 혁(革) : 말안장 양쪽에 장식으로 늘어뜨린 고삐.=말혁(革).
1701) 병으리왓다 : 막다. 맞서 버티다. 거절(拒絕)하다.
1702) 부셔(夫壻) : 혼인하여 여자의 짝이 되었거나 될 남자.
1703) 등문고(登聞鼓) : ①중국에서 제왕이 신하들의 충간(忠諫)이나 원통함을 듣기 위하여
매달아 놓았던 북. 진(晉)나라에서 시작하여 당나라, 송나라, 명나라 때도 두었다. ②조
선 시대에, 임금이 백성의 억울한 사정을 듣기 위하여 매달아 놓았던 북. 태종 원년
(1401)에 처음으로 두었다가 이후 '신문고(申聞鼓)'로 이름을 고쳤다.
1704) 하리ᄒ다 : 참소(讒疏)하다. 남을 헐뜯어서 죄가 있는 것처럼 꾸며 윗사람에게 고하
여 바치다.

기동의 긴긴히 미여 움죽이지 못ᄒ게 ᄒ고, 인인(隣人)이 구코져 ᄒ믈 다 모라 닉치고, 져의 동쟈(從者)로 '문을 막으라' ᄒ며, 다시 녀인을 죽게 치며 니로되,

"닉 당당ᄒᆫ 지상(宰相) 공직(公子)니 너 쳔인(賤人)을 죽이나 뉘 감히 말ᄒ리오?"

인ᄒ여 어즈러이 치니, 뉴혈(流血)이 만침(滿浸)1705)ᄒ여 죽으미 경긱(頃刻)의 잇시되, 오히려 울고 ᄭ지져 굴치 아니코, 그 미인【68】이 머리를 기동의 부듸이져 셜우믈 ○○[토셜(吐說)]하니, 닌인(隣人) 남녜 ᄀ득이 모혀 구(救)코즈 ᄒ나, 그 쇼년이 용밍이 졀뉸(絶倫)ᄒᆫ 줄, 동쟈(從者) 허다ᄒ니, 감히 햐슈(下手)1706)치 못ᄒ여 셔로 탄식ᄒᆞᄂᆞᆫ지라.

웅창 공직 이 거동을 보고 분연 듸로ᄒ여 웃옷슬 버셔 더지고 담을 쮜여 넘고즈 ᄒᆞᄂᆞᆫ지라. 듸공직(大公子) 압셔 먼니 가다가, 스뎨(舍弟)의 오지 아니믈 보고 도라보ᄋᆞ 왈,

"네 엇지 망녕된 거됴(擧措)를 ᄒ고즈 ᄒᄂ뇨?"

웅창이 듸왈,

"여ᄎᆞ【69】통히(痛駭)ᄒᆫ 경상(景狀)을 보오니, 능히 참기 어렵스온지라. 형댱은 몬져 가쇼셔."

ᄒ고, 몸을 쇼쇼쳐 담을 너머 그 쇼년을 박츠 것구로치니, 기인이 듸로ᄒ여 닙더1707) 다라들거늘, 공직 다라드러 그 등을 어르며1708) 마이1709) 치니 업더지거늘, 쵸옥(草屋) 지동1710)을 쌔혀 들고 스오 ᄎᆞ를 힘쎠 치니, 미 두루미 썰나 별이 흐르고 번게 지남 ᄀᆞᆺ거늘, 기인이 임의 머리 터지고 허리 부러져 운신(運身)치 못ᄒᆞᄂᆞᆫ지라. 그 됴춘【70】직 공주를 범코져 ᄒ되, 공주의 신위(身威) 텬신 ᄀᆞᆺᄒᆞ믈 두려ᄒ고, 안치(眼彩) 졍광(晶光) ᄀᆞᆺᄒᆞ믈 낙담(落膽)ᄒ여 ᄂᆞᆼᄋᆞᆺ지 못ᄒ나, 먼니 가지 아니코 블너 굴오되,

"슈직 엇지ᄒᆫ 집 공즈뇨?. 우리 쥬인이 ᄯᅩ 지상(宰相) 공직여늘 이러ᄐᆞ시 상히오고 무ᄉ ᄒᆞ랴?"

공직 대로(大怒)ᄒ여 진목(瞋目) 녀셩(厲聲) 왈,

"네 쥬인이 힝ᄉ(行事) 픠려(悖戾)ᄒ여 민간 부녀를 빅쥬(白晝)의 겁탈ᄒ니, 죄 당당이 형육(刑戮)을 면치 못ᄒᆯ지라. 닉 일시 격분(激憤)ᄒ여 잠간 제【71】어(制御)ᄒ

1705)만침(滿浸) : 물이나 피 따위의 액체가 스며들어 가득 참.
1706)햐슈(下手) : 하수(下手). 어떤 일에 손을 댐. 또는 어떤 일을 시작함.=착수.
1707)닙더 : 닙더나다. '일떠나다'의 옛말. *일떠나다 : 벌떡 일어나다. 기운차게 일어나다.
1708)어르다 : 으르다. 상대편이 겁을 먹도록 무서운 말이나 행동으로 위협하다.
1709)마이 : 매우. 보통 정도보다 훨씬 더.
1710)지동 : 기둥. 건축물에서, 주춧돌 위에 세워 보·도리 따위를 받치는 나무. 또는 돌·쇠·벽돌·콘크리트 따위로 모나거나 둥글게 만들어 곧추 높이 세운 것. 늑주(柱).

나 일명(一命)을 남기믄 국법을 밧게 ᄒ미라. 여등 무뢰한지(無賴漢者) 감히 방ᄌ(放恣)ᄒ기ᄅᆞᆯ 잘ᄒ랴? 셜니 물너가지 아닌 즉 머리ᄅᆞᆯ 버히리라."

졔한(諸漢)이 공ᄌᆞ의 위엄을 두리고, 밍녈ᄒᆞᆫ 즐언(叱言)이 산악(山岳) ᄀᆞᆺ ᄒᆞᄆᆞᆯ 두려 쥬인을 붓드러 쥐 슘듯 다라ᄂᆞ니, 공ᄌᆡ 비로쇼 완완(緩緩)이 문을 ᄂᆞ며, 닌인(隣人)을 엄호(嚴號) 왈,

"젹ᄌᆡ(賊者) 다시 와 녀ᄌᆞᄅᆞᆯ 겁박ᄒᆞ미 이실진ᄃᆡ, 여등이 죄ᄅᆞᆯ 면치 못ᄒ리라."

ᄒᆞ고, ᄂᆞ귀의 올나 도라올【72】ᄉᆡ, 대공ᄌᆡ 가지 아니코 ᄉᆞ뎨의 쾌ᄒᆞᆫ 슈단을 보와, ᄉᆞ룸의 급ᄒᆞᆫ 거ᄉᆞᆯ 구ᄒᆞᄂᆞᆫ 의긔(義氣)ᄅᆞᆯ 무던이 넉이니, 션비 ᄒᆡᆼ실을 일허시니 ᄃᆡ인긔 득죄(得罪)ᄒᆞᆯ지라.

묵연이 ᄂᆡᆼ뎨ᄅᆞᆯ 거ᄂᆞ려 왕부로 몬져 오니, 웅창이 형댱의 긔식을 보ᄋᆞ 스스로 그르믈 ᄭᆡ다르니, 황공ᄒᆞ여 형댱이 당의 오르믈 기다려, 의ᄃᆡ(衣帶)ᄅᆞᆯ 그르고 당 ᄋᆞ리 ᄭᅮ러 쳥죄 왈,

"쇼졔 일시 혈긔지분(血氣之憤)을 참지 못ᄒᆞ여, 담을 너머 ᄉᆞ룸을 치니【73】맛당이 ᄃᆡ인긔 알외여 죄ᄅᆞᆯ 닙ᄉᆞ오려니와, 형댱의 부르시믈 웅치 아니코 ᄉᆞ의(私意)ᄅᆞᆯ 셰오니, 몬져 다ᄉᆞ리시믈 닙고 ᄯᅩ ᄃᆡ인긔 고(告)코ᄌᆞ ᄒ나이다."

대공ᄌᆡ 침음(沈吟)[1711] 답왈(答曰),

"ᄉᆞ룸의 위급ᄒᆞᄆᆞᆯ 보고 구치 아니믄 인졍(人情)이 아니라. 닌인(隣人)이 엄호(嚴號)[1712]ᄒᆞ고, 픽ᄌᆞ(悖子)ᄅᆞᆯ 쥰칙(峻責)ᄒᆞ여 물니치미 가ᄒᆞ거ᄂᆞᆯ, 몸이 ᄉᆞ위(士類) 되여 협ᄉᆞ(狹士)의 일을 ᄒᆡᆼᄒ니, 낭픽로온 죄ᄅᆞᆯ 《닙ᄉᆞ오리니∥닙으리니》 엇지 ᄉᆞᄉᆞ(私私)로이 칙ᄒᆞ리오?"

진왕이【74】대경ᄒᆞ여 연고ᄅᆞᆯ 무러 듯고, 도로혀 대쇼 왈

"명보의 호긔로오믄 둑히 영웅(英雄) 의ᄉᆞ(義士)의 긔질이로ᄃᆡ, 왼븨 너ᄅᆞᆯ 인ᄒᆞ여 죄 닙오믄 불상ᄒᆞ고나."

ᄎᆞ공ᄌᆡ 더옥 ᄭᆡ듯라 형댱긔 죄칙(罪責)이 밋츨가 경황ᄒᆞ여, 돈슈(頓首) 쳥죄ᄒᆞ여 욕ᄉᆞ무지(欲死無地)여ᄂᆞᆯ, 대공ᄌᆡ 안셔(安徐)히 ᄂᆞ려가, 아을 붓드러 ᄒᆞᆫ가지로 대인긔 쳥죄ᄒᆞ니, 하회(下回) 엇지된고? 분셕(分釋)ᄒ라.【75】

1711) 침음(沈吟) : 속으로 깊이 생각함.
1712) 엄호(嚴號) : 엄히 꾸짖음.

화산션계록 권지삼십습

츠셜 시시의 승상이 신·화·냥·쇼로 더브러 말솜ᄒ더니, 삼지 의ᄃᆡ(衣帶)를 탈ᄒ여 계하의 ᄭᅮ러시니, 승상이 연괴 잇스믈 알고 묵연이 보ᄂᆞᆫ지라.

한님이 밧비 믄기고(問其故)1713)ᄒᄃᆡ, 닌창이 계슈(稽首) 비복(拜伏)ᄒ여 일일히 알외고, 교ᄃᆡ(敎弟) 못ᄒᆫ 죄를 쳥ᄒ고, 웅창은 ᄉ죄(死罪)를 일ᄏ라 불감앙시(不敢仰視)ᄒ니1714) 승상은 어ᄒᆡ 업시 넉이고, 졔인(諸人)은 일변 놀나고 일변 그 의긔와 용녁을 긔특이 넉이며, 스【1】스로 고ᄒ여 죄를 쳥ᄒ믈 긔특이 넉여 긔싁을 보니, 승상이 비록 ᄋᆞ자의 거동을 어엿비 넉이나, 십셰도 못ᄒᆫ 쇼ᄋᆞ의 일이 범남(氾濫)ᄒ믈 금치 아닌 즉, 방약무인(傍若無人)1715)홀가 두려 셔동으로 미를 ᄂᆞ오라 ᄒ고, 몬져 닌창을 ᄭᅮ지져 굴오ᄃᆡ,

"셕(昔)의 박뉵휘(博陸侯)1716) ᄋᆞ들이 민젼(民田) 아스믈 알오ᄃᆡ 금치 아니코, '빅셩을 믈너가라' ᄒ니, 드듸여 가문이 멸망ᄒᆫ지라. 닉 외람이 상위(相位)의 거ᄒ여 일야(日夜) 늉늉체체(慄慄惴惴)1717)ᄒ여【2】긍긍(兢兢)1718)ᄒᆷ믄 여빅(汝輩) 거의 알ᄂᆞ니, 네 맛1719)으로 잇셔 아을 엄히 잡죄여 아뷔 근심을 난호미 가ᄒ거늘, 웅창이 망녕되이 민간을 작난ᄒ여 ᄉ독(士族)의 힝실을 일ᄒ니, 이ᄂᆞ 네 용녈ᄒ여 녕(令)이 ᄋᆞ의게 힝치 못ᄒᆞᆷ미라. 죄를 ᄉᄎᆞ치 못ᄒ리라."

시동(侍童)을 명ᄒ여 큰 미를 고찰ᄒ여 엄히 치니, 닌창이 돈슈복지(頓首伏地)ᄒ고 마ᄌᆞ 사ᄉᆡᆨ(辭色)을 밧고지 아니ᄒ고[니], 당상(堂上) 졔인이 츠셕 이련ᄒ고,

---

1713) 믄기고(問其故) : 그 까닭을 물음.
1714) 불감앙시(不敢仰視) : 두려워서 감히 쳐다보지도 못함.
1715) 방약무인(傍若無人) : 곁에 사람이 없는 것처럼, 아무 거리낌 없이 함부로 말하고 행동하여, 무례하고 건방짐.
1716) 박뉵휘(博陸侯) : 중국 한(漢)나라 때 명신(名臣) 곽광(霍光)의 봉호. *곽광(霍光): 중국 전한(前漢) 때의 장군. ?~B.C.68. 자는 자맹(子孟), 시호는 선성(宣成)이다. 무제(武帝)를 섬기다가 무제가 죽자 어린 소제(昭帝)를 세워 실권을 장악하여 대사마 대장군(大司馬大將軍)이 되고 박륙후(博陸侯)에 봉작 되었다. 또 소제가 죽은 뒤 선제(宣帝)를 옹립하는 등 20여 년 동안 집정(執政)하며 선정을 베풀었다.
1717) 늉늉체체(慄慄惴惴) : ＝체체율률(惴惴慄慄). 몹시 두려워 벌벌 떪.
1718) 긍긍(兢兢) : ＝전전긍긍(戰戰兢兢) 몹시 두려워서 벌벌 떨며 조심함.
1719) 맛 : 맏이. 여러 형제자매 가운데서 제일 손위인 사람.≒첫째.

웅창은 고두 체읍ᄒ여 쥭기를 쳥홀 ᄯ름이 【3】 라.

공이 ᄋᄌ의 유년 치ᄋ(稚兒)를 슬피믹, 유슌흔 얼골과 됴심ᄒᄂᆫ 거동을 어엿비 넉여, 십여 장의 ᄉ(赦)ᄒ니, 공지 계슈직빅(稽首再拜) 복지(伏地)여늘, 이에 웅창을 엄칙 왈,

"션빅 셰(世)의 쳐ᄒ믹 셩교(聖敎)를 밧드러 언츙신(言忠信)ᄒ고 힝독경(行篤敬)ᄒ여, 일일을 방심치 못ᄒ여, 어버이를 욕먹이지 아니믹 가ᄒ거늘, 네 연유(年幼) 쇼ᄋ(小兒)로 방약무인(傍若無人)ᄒ여 어린 긔운과 미친 의ᄉ를 것잡지 못ᄒ고, ᄉ름을 업슈이 넉이니, 불쵸 픽악을 면치 못 【4】 ᄒ미오, 약간 힘을 밋고 ᄉ름을 능멸ᄒ니, 너의 셩명이 보젼ᄒ랴! 몬져 약간 벌을 밧고 긔인의 부뢰 내게 고흔 즉, ᄯᅩ 너를 사(赦)치 못ᄒ리니, 됴쵸1720) 즁장(重杖)을 닙으 《라‖리라》."

이의 십기 달쵸(撻楚)1721)를 밍타(猛打)ᄒ니, 신·화·소·양 등이 공의 졀당(切當)흔 경계를 감탄ᄒ고, 냥이(兩兒) 약년(弱年) 튱유(沖幼)로 싱닉 쳐엄 퇴장을 바다 옥ᄀᆺ흔 살이 터져 뉴혈(流血)이 님니(淋漓)ᄒ되 알픈 거술 참고, 흔 쇼릭를 못ᄒ고 숑연(悚然)이 진구(震懼)1722)ᄒ여 달쵸 바드믈 긔특 이련ᄒ여 【5】 셔로 도라보아 츠탄ᄒ더라.

ᄯᅥ의 진왕이 대인의 다ᄉ리시미 과ᄒ거든 간코ᄌ ᄒ여, 숑빅헌 난간의셔 보더니, 그 죄 닙으미 맛당ᄒ여 경계ᄒ며 다ᄉ리미 괴이치 아니니, 감탄ᄒ여 날호여 당의 오를 ᄉᆡ, 공이 삼ᄌ를 ᄉ(赦)ᄒ여 올니니, 현창이 냥형의 슈죄(數罪)ᄒ믈 보고 눈물을 먹음고 복슈딕죄(伏受待罪)1723)러니, ᄉ명(赦命)을 니어 흔가지로 승당ᄒ니, 다시 졀ᄒ고 공슈시립(拱手侍立)1724)ᄒ니 긔운이 흔갈ᄀᆺ치1725) 안셔(安舒)ᄒ고 낫빗치 화 【6】 열(和悅)ᄒ여 공슈져두(拱手低頭)1726)ᄒ고, 튝쳑(踧惕)1727)히 슘을 먹음고 고요히 공경을 다ᄒ니 심히 어엿브지라.

공이 이련(哀憐)ᄒ여 명ᄒ여 좌(座)를 쥬고 다시 경계ᄒ니, 삼지 일시의 계슈빅

1720) 됴쵸 : 조초. 좇아. 따라.
1721) 달쵸(撻楚) : 어버이나 스승이 자식이나 제자의 잘못을 징계하기 위하여 회초리로 볼기나 종아리를 때림.≒초달
1722) 진구(震懼) : 떨면서 두려워함.
1723) 복슈딕죄(伏受待罪) : 죄인이 공손히 죄를 승복하고 처벌을 기다림.
1724) 공슈시립(拱手侍立) : 공수(拱手)한 자세로 공손히 웃어른을 모시고 섬. *공수(拱手): 절을 하거나 웃어른을 모실 때, 두 손을 앞으로 모아 포개어 잡음. 또는 그런 자세. 남자는 왼손을 오른손 위에 놓고, 여자는 오른손을 왼손 위에 놓는다. 흉사(凶事)가 있을 때에는 반대로 한다.
1725) 흔갈ᄀᆺ다 : 한결같다. 처음부터 끝까지 변함없이 꼭 같다.
1726) 공슈져두(拱手低頭) : 공수(拱手)한 자세로 머리를 낮게 숙임.
1727) 튝쳑(踧惕) : 삼가고 두려워 함.

슈(稽首拜謝)1728)ᄒ더니, 문니(門吏) 고ᄒ되,

"밧긔 ᄒᆞᆫ 교ᄌᆞ(轎子)와 드러오려 ᄒᆞ니, 젼임 신쥐 졀도ᄉᆞ 김공의 닉실(內室)이라 ᄒᆞ나이다."

공이 임의 알고 막지 말나ᄒᆞ며 눈으로 웅창을 보니, 더옥 안ᄉᆡᆨ을 화슌이 ᄒᆞ고 계(階)의 ᄂᆞ려 돈슈쳥죄(頓首請罪)1729) 왈,

"불효ᄋᆞ의 광망무ᄒᆡᆼ(狂妄無行)1730)ᄒᆞ미【7】 대인긔 욕(辱)되오믈 닐위오니 감쳥ᄉᆞ죄(敢請死罪)로쇼이다."

승상이 답지 아니터니, 아이오 교ᄌᆞ 졍즁(庭中)의 니르러ᄂᆞᆫ 교ᄌᆞ 속 녀ᄌᆡ 소리 질너 닐오되,

"쳡의 ᄋᆞ지 우연이 길 가거ᄂᆞᆯ 귀부 공ᄌᆡ 상문 위셰를 ᄌᆞ랑ᄒᆞ여 무고히 ᄒᆡᆼ인을 쳐, 머리 터지고 허리 부러져 시ᄃᆡᆨ을 보젼치 못ᄒᆞ올지라. 명공은 ᄲᆞᆯ니 다ᄉᆞ리ᄉᆞ 원통이 업게 ᄒᆞ여쥬쇼셔."

승상이 젼어 왈,

"복(僕)이 불효 픽ᄌᆞ(悖子)를 다ᄉᆞ리이다."

인ᄒᆞ여 웅창을【8】 잡ᄋᆞ ᄂᆞ리오라 ᄒᆞ여, 션비 ᄒᆡᆼ실을 닥지 아니코 남을 치믈 슈죄(數罪)ᄒᆞ고 민민 고찰ᄒᆞ니, 피육(皮肉)이 후란(朽爛)ᄒᆞ고 옥 ᄀᆞᆺ흔 살의 셩혈(腥血)이 돌츌ᄒᆞ니, 닌·현 냥공ᄌᆡ ᄌᆞ긔 슬이 알푸나 감히 ᄂᆞᆼ가 간(諫)치 못ᄒᆞ고, 다만 국궁(鞠躬)ᄒᆞ여 눈물만 흘닐 ᄲᅮᆫ이니, 신·화·소·양 등이 그만 샤ᄒᆞ시믈 간쳥ᄒᆞ고, 진왕이 ᄯᅩᆫ 옥면의 잔잉 참졀ᄒᆞᆷ믈 머금고, 묽은 눈물이 ᄀᆞ득ᄒᆞ여 계의 ᄂᆞ려 웅창의 목슘을 빌미, 위공이 진왕의 권간(勸諫)을 됴【9】ᄎᆞ 명ᄒᆞ여 미를 긋치라 ᄒᆞ되, 기녀(其女) 소리를 놉혀 ᄀᆞᆯ오되,

"귀부 공ᄌᆞᄂᆞᆫ 그 집 가동이 쥬인을 치미 엇지 힘을 다ᄒᆞ리오. 거즛 장슈(杖數)를 혜고 쳣노라 ᄒᆞ시나, 상(傷)치 아니ᄒᆞ엿ᄂᆞᆫ지라. 쳡의 ᄌᆞ식은 ᄉᆞ성(死生)을 미졍(未定)ᄒᆞ니, 명공이 당당이 상위(相位)의 계ᄉᆞ, 남의 일이라도 원억ᄒᆞ미 업게 ᄒᆞ실지니, ᄌᆞ뎨의 그른 죄를 불엄(不嚴)이 ᄒᆞ시니 ᄇᆡᆨ셩이 엇지 바라미 잇ᄉᆞ리 잇

1728) 계슈ᄇᆡᄉᆞ(稽首拜謝) : 웃어른에게 머리를 땅에 닿도록 절하고 공경히 받들어 사례함. *계수와 돈수(頓首)의 차이는 계수는 머리가 땅(땅을 짚은 손등)에 닿은 뒤 잠시 머무르고 나서 들며, 돈수는 닿자마자 바로 든다는 점이다. 계수배(稽首拜)는 남자의 '큰절'이고 돈수배(頓首拜)는 남자의 평절이다.

1729) 돈슈쳥죄(頓首請罪) : 웃어른에게 머리를 땅에 닿도록 절하고 자신이 저지른 죄에 대하여 벌을 줄 것을 청함. *돈수와 계수(稽首)의 차이는 돈수는 머리가 땅(땅을 짚은 손등)에 닿는 순간 머무르지 않고 바로 들며, 계수는 잠시 머무른 뒤 든다는 점이다. 계수배(稽首拜)는 남자의 '큰절'이고 돈수배(頓首拜)는 남자의 평절이다.

1730) 광망무ᄒᆡᆼ(狂妄無行) : 마음 내키는 대로 아무렇게나 행동하여 이를만한 행실이 없음.

고?"

졔인이 되로호여 분긔 돌츌(突出)호되, 승상이 오【10】직 스긔 안정호여 츠두(叉頭)로 젼어 왈,

"복이 주식의게 수졍을 두미 아니로되, 돈이 바야흐로 팔셰 유츙(幼沖)이라. 수룸을 치미 죽게 마즈믄 밋지 아니호느니, 임의 망녕되믈 칙호여 삼십 장 엄칙(嚴責)을 호여시니, 녕낭(令郎)이 만일 싱도를 엇지 못혼 즉, 살인○[자](殺人者) 대살(代殺)은 당당혼 국법이니, 엇지 면호리잇고?"

그네(女) 또 고셩 왈,

"귀공지 비록 쵸팔(初八) 튱년(沖年)이라 호시나, 용녁이 졀뉸호니 쳡의 주식의 명이 위【11】위(危危)호믄 만목쇼공지(萬目所共知)[1731]니 공주의 장슈는 비록 만흐나, 쳡의 우주로 비혼 즉 경즁(輕重)이 늬도호니 상공은 쳡의 지원극통(至冤極痛)을 슬피쇼셔."

호고, 더 치기를 구호고 물너가지 아니호니, 공이 우주를 샤치 못호고 보건되 연혼 살이 상호여 뉴혈의 잠겨시니 참불인견(慘不忍見)[1732]이라. 츠마 다시 치기를 명치 못호더니, 기봉부윤 상공의 명함(名銜)을 드리는지라.

공이 밧비 쳥호라 호고, 몸을 니러 마즈니, 이 샹부윤의 명【12】은 졍이니, 샹셔 양계응의 져뷔(姐夫)라. 공스(公事) 취품(就稟)홀 닐노 니르러시니, 교주의 느려 드러올 시, 계하(階下)의 스예(私隷) 줄지어 셧고, 뉵쳑옥동(六尺玉童)을 결박호고 듕장을 더어시니, 흐르는 피 좌우의 가득호엿는지라. 샹공이 대경 왈,

"합하(閤下)의 관인(寬仁)호시므로, 엇던 스룸이 무슴 죄를 지엇관되, 다스리시미 이러틋 호시니잇고?"

공이 난두(欄頭)의셔 마즈 골오되,

"쳥컨되 당의 올나 말솜 호실지니 엇지 쳬면을 손샹호시느니【13】잇고?"

샹공이 미쳐 말호지 못호여셔 교주 쇽 녀인이 쇼리질너 왈,

"명공(明公)이 개봉부 공스를 쳐결(處決)호시니 쇼쳡의 원통을 슬피쇼셔. 위승샹 주뎨 위셰를 빙주(憑藉)호여 무고히 내 우돌을 즁히 쳐 죽게 되엿거늘, 위공이 우주를 약벌(弱罰)을 쥬고 쾌히 다스리지 《아니믈∥아니혼다》,"

브르지져 고호니, 샹공이 일변 놀나고 눈을 드러 웅창을 보니, 옥 곳흔 살이 편편(片片)이 써러지고 흐르는 피 좌우로 괴여시니, 참연이 눈물을【14】먹음고 친히 글너 노흐며 숀을 만져보니, 어름 곳고 죽은 드시 업듸여 슘소리도 업스니, 놀나 기를 과히 호여 하리로 니르혀라 혼되, 공지 비로쇼 눈을 써 보고, 소리를 느

1731) 참불인견(慘不忍見) : 참혹하여 차마 볼 수 없는 지경임.
1732) 만목쇼공지(萬目所共知) : 모든 사람이 보아 다 아는 바임.

죽이 흐여 글오딕,

"쇼직 튱유망픽(沖幼妄悖)1733)흐여 엄하(嚴下)의 득죄흐오니, ᄉ명을 엇지 못흐여시니 즈레 니러나리 잇고?"

상공이 그 사라시믈 안 후ᄂ 참황(慘況)홀 빅 아니라. ᄯᅩᄒᆫ 엄명을 효슌(孝順)흐믈 긔특이 넉여 좌우를 도라보니, 진 【15】 왕이 만면(滿面) 비식(悲色)으로 신·화·소·양과 위사인 형데로 더브러 당하의 셔시니, 상공이 읍흐여 당의 오를 식, 닌·현냥ᄋᆞᄂ 계하(階下)의 ᄭᅮ럿고, 셩·창 등 삼ᄋᆞᄂ 방시(方時) 오셰라. 듕시(仲氏)의 죄 닙으믈 경황흐여 체읍(涕泣) 익걸(哀乞)흐더라.

상공이 글오딕,

"녕윤(令胤)이 일시 소년 예긔(銳氣)로 사ᄅᆞᆷ을 처시나, 합히(閤下) 듕치(重治)흐여 계시니 샤(赦)흐시믈 청흐나이다."

승상이 답왈,

"돈ᄋᆞ(豚兒)의 죄ᄂ 살지무셕(殺之無惜)1734)이로딕, 무고(無故)히 힝인을 치미 아니니 샤(赦) 【16】 코ᄌᆞ 흐더니, 원쳑(元隻)1735)이 불쾌흐여 흐니, 복이 외람이 상위(相位)에 잇ᄉ니 숑연(悚然)이 몸을 도라보믈 면치 못흐ᄂ지라. 일부함원(一婦含怨)을 두려 결(決)치 못흐나이다."

상공이 말흐고ᄌᆞ 흐더니, 진왕이 졍식 왈,

"웅창이 무고히 ᄉ름을 치미 아니라 니부로 됴ᄎᆞ 오다가 여ᄎᆞ여ᄎᆞ(如此如此)ᄒᆞᆫ 일을 보고 혈긔지분(血氣之憤)1736)을 참지 못흐여 여ᄎᆞ흐고 도라와셔, 딕인긔 고흐여 듕죄(重罪)를 밧ᄌᆞᆸ고, ᄯᅩ 이에 피녀(彼女)의 고흐믈 【17】 인(因)흐여 듕히 다ᄉᆞ리ᄉᆞ 곡직(曲直)을 뭇지 아니시고 웅창을 죄(罪)쥬시니, 픽ᄌᆞ(悖子)의 뫼(母) 말ᄉᆞᆷ을 여ᄎᆞ 무례히 흐여 졔 ᄌᆞ식의 그르믈 숨기고, 웅창이 권셰를 빙ᄌᆞ(憑藉)흐여 힝인을 살육흐다 흐니, 통히(痛駭)흐미 극흐되, 대인이 겸숀흐여 흑빅을 굴히지 아니시고 대살(代殺)흐기를 니르시딕, 믈너가지 아니코 장하(杖下)의 맛고져 흐니, 웅창이 비록 슉셩댱대(夙成壯大)흐나 초팔튱년(初八沖年)이니 긔혈(氣血)이 미졍(未定)흐거늘, 듕댱(重情)을 감슈(甘受)ᄒᆞ 【18】 고, 씨 오릭되 ᄉ명(赦命)을 엇ᄌᆞᆸ지 못ᄒ니 셩명이 념녀로 온지라. 명공의 직임(職任)이 가히 옥ᄉ(獄事)를 쳐결(處決)흐ᄂ지라. 웅창과 초옥 쥬인과 닌인(隣人)을 잡혀 므르시면 알 거시오. 김가(哥) 츅싱(畜生)1737)을 잡ᄋᆞ 보사, 웅창의 죄 실노 국법을 면치 못홀진딕, 현마1738) 엇지 흐리잇고?"

1733) 튱유망픽(沖幼妄悖) : 어린 나이에 망령되고 패악한 일을 저지름.
1734) 살지무셕(殺之無惜) : 죽여도 아깝지 아니할 정도로 죄가 무거움.
1735) 원쳑(原隻) : 예전에, '피고인'을 이르던 말.
1736) 혈긔지분(血氣之憤) : 젊은 혈기로 일어나는 공연(公然)한 분.
1737) 츅싱(畜生) : 사람답지 못한 짓을 하는 사람을 낮잡아 이르는 말.=축구(畜狗).

상공이 청미(聽未)의 발연대로(勃然大怒)ᄒᆞ여 하리(下吏)를 엄호(嚴號)ᄒᆞ여,

"교ᄌᆞ(轎子) 속 녀인을 ᄯᆞ라 ᄆᆡ 마즌 쇼년을 잡ᄋᆞ 본부로 디령ᄒᆞ고, 초옥 모녀와 닌인(隣人) 남녀를 아오【19】로 불너 아문(衙門)의 기다리다."

ᄒᆞ고, 몸을 니러 하직 왈,

"쇼관(小官)이 취품(就稟)¹⁷³⁹ᄒᆞᆯ 일이 잇셔 왓더니, ᄎᆞᄉᆞ(此事) 심히 급ᄒᆞ니 쳐결ᄒᆞ고 오리이다."

승상이 잠쇼(暫笑) 왈,

"형이 평일 신듕ᄒᆞ무로 이러틋 급거(急遽)ᄒᆞ뇨? 돈ᄋᆞ(豚兒) 맛ᄎᆞᆷᄂᆡ 무지광망(無知狂妄)ᄒᆞ니, 형은 명졍기죄(明正其罪)ᄒᆞ여 국법을 늣츄지 말나."

ᄒᆞ고, ᄋᆞᄌᆞ를 ᄉᆞ(赦)ᄒᆞ니, 공ᄌᆞ 알픈 거슬 참고 옷슬 거두어 넘의고¹⁷⁴⁰, 당상을 바라 ᄌᆡ빈 ᄒᆞ고 다시 업디여 청죄(請罪)ᄒᆞ여늘, 공이 졍셩(正聲) 왈,

"너의 광픽(狂悖)ᄒᆞᆫ 힝ᄉᆞ(行事), 스스로【20】ᄉᆞ힝(士行)을 문으쳐¹⁷⁴¹ 몸을 함(陷)ᄒᆞ고¹⁷⁴² 아븨게 욕(辱)이 밋ᄎᆞ니 듕치(重治)ᄒᆞᆯ 거시로ᄃᆡ, 상형의 권희(勸解)ᄒᆞ시믈¹⁷⁴³ 인ᄒᆞ여 아직 ᄉᆞ(赦)ᄒᆞᄂᆞ니, 다시 국가 쳐분을 기다리라."

공ᄌᆞ 다시 돈슈 슈명ᄒᆞᆯ ᄉᆡ 십분 강작(强作)ᄒᆞ나, 옥안(玉顔)이 여회(如灰)ᄒᆞ여 혈ᄉᆡᆨ이 업스니, 공이 이련ᄒᆞ여 마음이 알프되 ᄉᆞᄉᆡᆨ(辭色)지 아니코 상 부윤(府尹)¹⁷⁴⁴이 상국의 엄졍ᄒᆞᆷ과 공ᄌᆞ의 됴심ᄒᆞᆷ믈 ᄎᆞ탄(嗟歎)ᄒᆞ고 당의 ᄂᆞ릴 ᄉᆡ, 교ᄌᆞ 속 녀ᄌᆡ 비로쇼 황겁(惶怯)ᄒᆞ여 총총(悤悤)이 닷더라.

진왕과【21】한님 형데 밧비 좌우로 ᄒᆞ여곰 공ᄌᆞ를 붓드러 셔당으로 가려ᄒᆞ니, 공ᄌᆡ 비록 죽을 힘을 다ᄒᆞ여 부젼(父前)의 ᄇᆡᄉᆞ(拜謝)ᄒᆞ나 거름을 옴기지 못ᄒᆞᄂᆞ지라. 신 금외(金吾)¹⁷⁴⁵ ᄶᆞᆯ니 ᄂᆞ으가 안고 셔당의 믈너와 금금(錦衾)을 펴고 누인 후, 모다 구호ᄒᆞ더라.

1738)현마 : 설마. 그럴 리는 없겠지만. 부정적인 추측을 강조할 때 쓴다.

1739)취품(就稟) : 웃어른께 나아가 여쭘.

1740)넘의다 : 여미다. 벌어진 옷깃이나 장막 따위를 바로 합쳐 단정하게 하다.

1741)문으치다 : 무너뜨리다. 질서, 제도, 체제 따위를 파괴하다. 늑무너트리다.

1742)함(陷)ᄒᆞ다 : 추락(墜落)하다. 위신이나 가치 따위가 떨어지다.

1743)권희(勸解)ᄒᆞ다 : 권고하여 화해시키다.

1744)부윤(府尹) : 『역사』 조선 시대의 지방 관아인 부(府)의 우두머리. 종이품 문관의 외관직으로 영흥부와 평양부, 의주부, 전주부, 경주부의 다섯 곳에 두었다.

1745)금외(金吾) : ① 『역사』 조선 시대에, 임금의 명령을 받들어 중죄인을 신문하는 일을 맡아 하던 관아. 태종 14년(1414)에 의용순금사를 고친 것으로 왕족의 범죄, 반역죄·모역죄 따위의 대죄(大罪), 부조(父祖)에 대한 죄, 강상죄(綱常罪), 사헌부가 논핵(論劾)한 사건, 이(理)·원리(原理)의 조관(朝官)의 죄 따위를 다루었는데, 고종 31년(1894)에 의금사로 고쳤다.=의금부. ② 『역사』 중국 한나라 때에, 대궐 문을 지켜 비상사(非常事)를 막는 일을 맡아보던 벼슬.=집금오.

가너(家內) 진경(震驚) 창황(蒼黃)ᄒ여 쇼식이 너당(內堂)의 니음ᄎ니, 뉴·뎡 냥부인이 디경ᄒ나 공이 평시의 거가(居家)ᄒ여 하쳔(下賤) 장확(臧獲)1746)도 듕형(重刑)을 ᄒ미 업고, 훈ᄌ(訓子)ᄒ미 쇼리를 놉혀 칙(責)ᄒ며 희미ᄒᆫ 달쵸(撻楚)도 ᄒ미 【22】업던지라. 그 죄 아닌 즉 치죄(治罪)ᄒ미 엇지 이러ᄒ리오.

무슴 죄를 어더시므로 아더니 연고를 알고, 뉴부인은 정식ᄒ고 죄 닙으믈 맛당타 슈 짓고, 뎡부인은 급히 약을 가져 셔당을 향ᄒ니, 셕년의 진왕이 ᄌ칙(自責)ᄒ여시믈 보고, 부인이 신긔ᄒᆫ 약(藥)을 쟉제(作劑)1747)ᄒ여 고(膏)1748)을 민드라 쓰고 남은 거슬 두엇던지라. 시녀를 들니고 냥부인이 셔당의 ᄂ아갈시, 시ᄋᆡ(侍兒) 션보(先報)ᄒ니, 신·화 냥인은 황망이 퇴ᄒ고 기여(其餘) 제인이 일시【23】의 마ᄌ니, 부인이 방 즁의 가 보건디 진왕은 물약(藥)1749)을 써 먹이고, 닌·현 냥ᄋᆞᄂ 슈독(手足)을 쥐무르더라.

웅창이 옥안이 찬지 ᄀᆞᆺ고 긔식이 실ᄂᆞᆺ ᄀᆞᆺ여 벼개의 ᄇ리여시니, 긔골이 웅댱ᄒ나 미면(未免) 히데(孩提)1750)라. 듕장(重杖)을 니기지 못ᄒ여 긔운이 막힐 듯ᄒ나, 정신을 거두어 고요히 알프믈 견디더니, ᄌ리의 누으미 신긔(身氣) 날연ᄒ여1751) 슈습(收拾)지 못ᄒ더라.

냥(兩) 부인이 좌를 일우고 무슨 연고로 득죄(得罪)ᄒ믈 무르니,【24】현창이 고홀시, 오열(嗚咽)ᄒ여 불능어(不能語)요, 진왕이 기녀의 픽만(悖慢)ᄒ믈 고ᄒ여 분긔 돌올ᄒ고1752), 웅창의 혼혼(昏昏)ᄒ믈 쵸됴(焦燥)ᄒ여 쌍뉘(雙淚) ᄌ로 쎠러지니, 부인이 숀으로 ᄋᆞᄌ의 숀을 잡ᄋᆞ 믹을 술필시, 웅창이 눈을 드러 보고 ᄉ죄ᄒ여 글오디,

"히이(孩兒) 우광(愚狂)ᄒ여 엄던(嚴前)의 듕퇴(重罪)를 닙습고, 누어 ᄌ정긔 뵈오니 황공ᄒ옵거늘, 기녀의 무례ᄒᆫ 언시(言辭) 돈쳬(尊體)를 쵹범(觸犯)ᄒ오니 불쵸ᄋ(不肖兒)의 무상(無狀)ᄒᆫ 죄를 혜아리오미, 만시(萬死)라도 쇽(贖)지【25】못ᄒ리로쇼이다. 형댱이 불쵸데(不肖弟)를 두신 고로 엄하(嚴下)의 퇴장을 듕히 맛ᄌ오니, 히ᄋᆞ의 몸은 ᄌ작지되(自作之罪)니 앗가올 빅 업ᄉᆞ오디, 형댱을 위ᄒ여 통심(痛心)ᄒ와 ᄌ칙회한(自責悔恨)ᄒ나 밋ᄎ리잇가? 셕일의 태태(太太) ᄋᆞ히(兒孩)게 붓쳐 쥬시던 약이 잇거든, 형댱을 쥬ᄉ 붓치게 ᄒ쇼셔."

1746) 장확(臧獲) : 종. 장(臧)은 사내종을, 획(獲)은 계집종을 말함. *'獲'의 현대 음은 '획'임.
1747) 쟉제(作劑) : 『약학』 여러 가지 약품을 적절히 조합하여 약을 지음. ≒조제(調劑)
1748) 고(膏) : 식물이나 과일 따위를 끓여서 곤 즙.
1749) 물약(藥) : 『약학』 액체로 된 약. ≒수약(水藥), 액제(液劑).
1750) 히데(孩提) : 나이가 적은 아이.=어린아이.
1751) 날연(茶然)ᄒ다 : 나른하다. 피곤하여 기운이 없다.
1752) 돌올(突兀)ᄒ다 : 돌올(突兀)하다. 두드러지게 뛰어나다. ≒올돌(兀突)하다.

ᄒ니, 원ᄂᆡ 웅창이 어려서 붓터 긔운이 양양(揚揚)ᄒ여 두우(斗宇)1753)를 쎄칠 듯ᄒ고, 댱긔(壯氣) 튱텬(衝天)ᄒ여 틱산(泰山)을 ᄭᅵ고 북히(北海)를 넘을 듯ᄒ니, 【26】 공이 미양 경계ᄒ여, '션비 힝실은 검속(檢束)ᄒ고 네모(禮貌)를 잡으리니, 용녁이 잇시나 ᄂᆺ타ᄂᆡ지 말나' ᄒ고, 닌창을 명ᄒ여, '여러 ᄋᆞ1754)을 거ᄂᆞ려 엄히 금잡(禁雜)1755)ᄒ라' ᄒ니, ᄎᆞᆼ공ᄌᆡ 감히 긔운을 ᄂᆡ지 못ᄒ여 부젼(父前)의 안셔(安舒)ᄒᆫ 동작을 지으나, 물너난 즉 ᄎᆞᆷ지 못ᄒ여 쇼쇼ᄋᆞ 놉흔 ᄃᆡ 오르기를 됴히 넉이고, ᄂᆞ려 ᄲᅱ기를 즐겨 위틱ᄒᄆᆞᆯ 모로ᄂᆞᆫ지라.

닌창이 ᄭᅮ지져 금ᄒ고 경계ᄒ여 잡되더니1756), 일일은 후원 【27】 남긔 고은 식를 잡고ᄌᆞ 올낫다가, 대공ᄌᆡ 아을 부르며 ᄎᆞ즈오니, 웅창이 대경ᄒ여 쇼실(所失)을 숨기고ᄌᆞ 급히 ᄲᅱ여 ᄂᆞ리니, ᄎᆞ아(嵯峨)ᄒᆫ 셕벽(石壁)의 고목(古木)이 셔시니 놉희 십여 댱(十餘丈)이라.

다힝이 상(傷)치 아냐시나 놀ᄂᆞ미 심ᄒᆫ지라. 닌창이 노(怒)ᄒ여 ᄭᅮ지져 ᄀᆞᆯ오ᄃᆡ,

"너 여러번 ᄲᅱ기를 말나 ᄒᆞ엿거ᄂᆞᆯ 엇지 삼가지 아니코 망녕되이 위틱ᄒᄆᆞᆯ 범ᄒᄂᆞ뇨? 대인이 날을 명ᄒᆞᄉ 너의 밋친 거됴를 금(禁)케 ᄒ시니, 됸명(尊命)을 【28】 밧들미 너랄 ᄉ(赦)치 못ᄒ리라."

ᄒ고, 시동(侍童)을 명ᄒ여 ᄉᆞ뎨(舍弟)를 달됴(撻楚)ᄒ니, 웅창이 황연(惶然) 공튝(恐縮)ᄒ여 돈슈ᄉ죄(頓首謝罪)ᄒ고 공슌이 마즈니, 맛ᄎᆞ오 양상궁이 이 거동을 보고 긔특이 넉여 동뇨(同僚)를 청ᄒ여 뵈니, ᄭᅥ의 공ᄌᆞ 등이 계요1757) 오셰니 튱유지년(沖幼之年)의 아을 엄히 다ᄉᆞ리며 형을 두려ᄒᄆᆞᆯ 탄(歎)ᄒ고, 형뎨 ᄂᆞ히 불과 슈일(數日)이 치지(差池)1758)ᄒ거ᄂᆞᆯ, 이러틋 공슌ᄒᄆᆞᆯ 감탄ᄒ여 셰부인긔 고ᄒ니, 부인ᄂᆡ 혼가지로 두굿기 【29】 고 깃거ᄒ여, 뎡부인이 웅창을 불너 우음을 먹음고 므르ᄃᆡ,

"'네 아즈 형의게 죄를 닙다' ᄒ니, 상(傷)ᄒ엿거든 약을 붓치리라."

웅창이 웃고 ᄃᆡ왈,

"관겨치 아니ᄒ여이다."

인ᄒ여 ᄲᅳ리쳐1759) 밧그로 닷ᄂᆞᆫ지라.

부인이 양노(佯怒) 왈,

1753)두우(斗宇) : 온 세상.
1754)ᄋᆞ : 아우. 동생.
1755)금잡(禁雜) : 잡스러운 사람들과 어울리거나, 또는 잡된 일·행동 따위를 하지 못하도록 금(禁)함.
1756)잡되다 : 아주 엄하게 다잡다.
1757)계요 : 겨우. 기껏해야 고작.
1758)치지(差池) : 모양이나 시세 따위가 들쭉날쭉하여 일정하지 아니함. *'差'의 음(音)은 '차(어그러지다)'·'치(어긋나다)'·'채(버금)'이다.
1759)ᄲᅳ리치다 : 뿌리치다. 받아들이지 않고 물리치다.

"네 감히 어믜 명을 거스리고 밋치게 닷느냐?"

좌우로 공즈를 잡으오라 ᄒ고 미를 ᄀ져 치라ᄒ니, 공직 비로쇼 두려 돈슈 왈,

"ᄒ이 과연 광망(狂妄)ᄒ오니 엄흔 부형【30】이 다스리시고, 즈위(慈闈) 교훈이 졍딕ᄒ시니 삼가 불효를 곳치리이다."

ᄒ고, 느말1760)을 그르고 죄를 기다리니, 부인이 어엿비 넉여 ᄉ(赦)ᄒ믈 니르고, '올나오라' ᄒ여 보니, 가는 미의 장슈(杖數) 만치 아닌 고로 상치 아냐시나, 연흔 살이 피 미치이고 부어시니, 부인이 어루만져 약을 븟치고 경계ᄒ니, 공직 감격 황공ᄒ여 비ᄉ(拜謝)ᄒ엿더니, ○⋯결락○자⋯○1761) 그 약을 싱각ᄒ여 형의게 '븟치쇼셔' ᄒ여 글오딕,

"그 약을 븟치니【31】살히 쓸힌 거시 즉시 눗더이다. 형댱은 시험ᄒ쇼셔."

ᄒ니, 대공직 답왈,

"날은 넘녀 말고 네나 븟치라."

ᄒ니, 부인 왈,

"약이 오히려 만히 잇스니 형데 븟치라."

ᄒ고, 몬져 ᄎᄋ(次兒)를 보니 창흔(瘡痕)이 경참(驚慘)ᄒ여 차마 보지 못홀지라. 뎡부인이 잔잉1762) 참도(慘悼)ᄒ여 ᄎ마 보지 못ᄒ여 쥬루(珠淚)를 먹음어 글오딕,

"기인 모녀는 죽기를 면ᄒ니 가히 호싱지덕(好生之德)이라 ᄒ려니와, 닉 ᄋ히 연옥(軟玉) ᄀᆺ흔 살히 이러트시 상(傷)【32】ᄒ여시니, 당ᄒ여 엇지 능히 견딕뇨?"

웅창이 모부인의 참졀(慘絶)ᄒ시믈 감읍(感泣)ᄒ여 ᄀ득이 ᄉ죄홀 ᄯᆞ름이라.

뉴부인이 혀ᄎ 글오딕,

"미친 아히 스스로 미를 구ᄒ니 무어시 어엿버 믹믹(妹妹)1763)는 눈물을 넉는뇨?"

미음을 ᄀ져 먹이니 공직 벼개의 업딕여 머리를 두드려 쳔ᄉ무쇽(千死無贖)1764)을 일큿고 먹기를 다ᄒ민, 긔운이 져기 눗고 약을 븟치민 통고(痛苦)ᄒ미 덜니는지라. 냥(兩) 즈위(慈闈) 넘녀ᄒ시믈 두려ᄒ고, 지즈(至慈)를【33】 감열(感悅)ᄒ여 강작(强作)ᄒ여 니러 안ᄌ 글오딕,

"속을 메오고 약을 븟치니 닉 도히 느으이다. 무지젹즈(無知賊子)의 흉픽(凶悖)ᄒ믈 통히(痛駭)ᄒ여 분긔(憤氣)를 니긔지 못ᄒ여 잠간 치고 도로혀 내 몸을 상히오니, 만일 다시 만난 즉 통쾌히 ᄯ려 쥴가 시브이다."

1760) 느말(羅襪) : 버선. 천으로 발 모양과 비슷하게 만들어 종아리 아래까지 발에 신는 물건. 흔히 무명, 광목 따위 천으로 만드는데 솜을 두기도 하고 겹으로 만들기도 한다.

1761) '결락'이 있으나 그 내용은 알 수 없다.

1762) 잔잉 : 자닝. 애처롭고 불쌍하여 차마 보기 어려움

1763) 믹믹(妹妹) : 여자 동생.

1764) 쳔ᄉ무쇽(千死無贖) : 천 번 죽음의 형벌을 받고 죽어도 그 죄를 면제 받지 못함.

졔인이 일변(一邊) 웃고 일변(一邊) 웅창의 긔졀(氣節)을 장히 넉여 깃거ᄒ거늘, 진왕이 강잉(强仍) 쇼왈,

"하 어리게 구지 말나. 너ᄂ 장ᄒᆫ 체ᄒ고 부모유체(父母遺體)를 앗기지 아냐도 되【34】인은 너를 치실 젹, ᄌ로 미우(眉宇)를 씽긔ᄉ 참연(慘然)ᄒ신 긔식이 계시니 엇지 불회 아니리오. 쓸와 싱각건듸 ᄂ의 셕년 거죄(擧措) 싀로이 놀나온지라. 대인이 내 몸을 넘녀ᄒ사 불안ᄒ미 잇ᄂ가 무르실 ᄯᅥ, 황튝(惶蹙)ᄒ여 츄회막급(追悔莫及)1765)이라. ᄂᄂ 그ᄯᅥ 통박(痛迫)ᄒ믈 참지 못ᄒ여, 미쳐 닉 몸 둇ᄒᆫ 쥴을 싱각지 못ᄒ엿거니와, 너ᄂ 아니 부졀업ᄂ냐1766)? 지난 일은 이의(已矣)어니와, 젼두(前頭)나 삼갈지어다."

웅창이 머를 슉여【35】그릇하믈 일ᄏ라 ᄉ죄(謝罪)ᄒ니, 닌창이 골오듸,

"뎐하 명괴(明敎)《ᄌ재여ᄎ(如此)》ᄒ시니, 웅창이 후일을 삼가오면 다힝(多幸)ᄒ려니와, 시시(時時)로 광심(狂心)이 닉ᄃ르니1767) 밋부지 아니이다."

ᄒ더라.

현창이 빅시(伯氏)긔 고(告)ᄒ듸,

"듕시(仲氏) 약을 붓치니 닉도히1768) 눗다 ᄒ시니, 형댱도 약을 붓치ᄉ 됴보(調保)1769)ᄒ시미 가(可)ᄒ이다."

닌창이 올히 넉여 과의(袴衣)1770)를 거두고 다리를 닉니, 연연(軟軟)ᄒ 피육(皮肉)이 곳곳이 웃쳐져 피○[가] 합(合)ᄒ엿다가 쎠히미 붉은【36】피 곳곳이 쇼ᄉ나니, 웅창이 머리를 두ᄃ려 죄를 쳥ᄒ여 욕ᄉ무지(欲死無地)1771)ᄒ고, 현창은 오열(嗚咽)ᄒ여 골오듸,

"ᄒ가지로 참예(參預)ᄒ여시되 쇼뎨ᄂ 홀노 죄를 면ᄒ니 통박(痛迫)ᄒ이다."

대공지 졍식 왈,

"인진(人子) 득죄ᄒ여 슈장(受杖)1772)ᄒ고 감슈(甘受)ᄒ여 불감질원(不敢疾怨)1773)

1765) 츄회막급(追悔莫及) : 이미 잘못된 뒤에 아무리 후회하여도 다시 어찌할 수가 없음.=후회막급(後悔莫及)

1766) 부졀업다 : 부질없다. 대수롭지 아니하거나 쓸모가 없다.

1767) 닉ᄃ르다 : 내닫다. 내달리다. 갑자기 밖이나 앞쪽으로 힘차게 뛰어나가다. 힘차게 달리다.

1768) 닉도ᄒ다 : 내도하다. 다르다. 판이(判異)하다.

1769) 됴보(調保) : 건강이 회복되도록 몸을 보호하며 병을 다스림. =조리(調理). 조섭(調攝). 조병(調病).

1770) 과의(袴衣) : 고의. 남자의 여름 홑바지. 한자를 빌려 '袴衣'로 적기도 한다. =중의(中衣).

1771) 욕ᄉ무지(欲死無地) : 죽으려고 하여도 죽을 곳이 없음.

1772) 슈장(受杖) : 장책(杖責). 장형(杖刑)을 받음.

1773) 불감질원(不敢疾怨) : 감히 미워하고 원망하지 않음.

ᄒ리니, 여등(汝等)이 엇지 호읍(號泣)ᄒᄂ뇨? 만일 ᄉᄉᆼ(死生)이 미졍(未定)하면 체읍(涕泣)ᄒ여 목슘을 빌너니와, 샤(赦)를 닙ᄉ온 후 감히 셜우믈 품으랴? 다만 삼가 다시 불효로써 셩【37】심(聖心)을 번뇌ᄒ시게 말나!"

경계ᄒ니, 냥뎨(兩弟) 누슈(漏水)를 씻고 계슈(稽首)1774) 슈명(受命)ᄒ니 냥부인이 댱ᄌ의 효슌ᄒᆞ믈 두굿기며 아을 경계ᄒᆞ미 졍대ᄒ믈 깃거, 등을 어로만져 귀듕ᄒᆞ믈 니긔지 못ᄒ고, 냥ᄌᆞ로 ᄒᆞ여곰 '형의 계훈(戒訓)을 어그릇지 말나' ᄒ고, 약을 ᄀᆞ져 붓치며 보건ᄃᆡ, 웅창의 달초(撻楚)1775) 바든 ᄃᆡ와 닉도히1776) 더 상(傷)ᄒᆞ엿ᄂᆞᆫ지라. 이셕ᄒᆞᆷ믈 참지 못ᄒ여 누슈를 거두고 뉴부인 왈,

"형뎨 다 십기식 마즛다 ᄒᆞ【38】더니, 빅ᄋᆞᄂᆞᆫ 엇지 더 상ᄒᆞ미 잇ᄂᆞ뇨?"

공ᄌᆡ 유연(悠然)이 ᄃᆡ왈(對曰),

"엇지 다르리잇가? 이 ᄯᅩᄒᆞᆫ 불효로쇼이다."

진왕이 ᄀᆞᆯ오ᄃᆡ,

"대인이 현뎨를 더 고찰ᄒᆞᄉᆞ 더 상ᄒᆞ미니, 명보ᄂᆞᆫ 즁쟝을 닙을 고로 고찰키를 덜ᄒᆞ시미요, 원보를 각별 엄치(嚴治)ᄒᆞ시면 명보의 마음을 놀ᄂᆡ여 타일을 됴심케 ᄒᆞ시미니, ᄃᆡ인 셩의(聖意)를 그윽이 앙탁(仰託)ᄒᆞ미 잇노라."

ᄒᆞ더라.

닉창이 현창을 닛그러 부젼(父前)의 츄알(趨謁)1777)ᄒᆞᆯ ᄉᆡ, 쇄락(灑落)ᄒᆞᆫ 용【39】치(容彩) 츄월(秋月)이 구름을 버ᄉᆞᆫ 듯, 동탕(動蕩)ᄒᆞᆫ 풍뉴(風流) ᄉᆡ로이 심목(心目)을 즐겁게 ᄒᆞ거ᄂᆞᆯ, 완슌(婉順)ᄒᆞᆫ 얼골의 황숑(惶悚)ᄒ믈 ᄭᅴ여 시립(侍立)ᄒ니 공이 심니(心裏)의 두굿기고 어엿비 넉여 무러 ᄀᆞᆯ오ᄃᆡ,

"웅이 엇더ᄒᆞ더뇨?"

공ᄌᆡ 부복(俯伏) 고왈,

"ᄌᆞ당이 친님(親臨)ᄒᆞᄉᆞ 약을 붓치시니 닉도히 통셰(痛勢) 덜닌가1778) ᄒᆞ나이다."

공이 우왈(又曰),

"너도 약을 붓치라."

1774) 계슈(稽首) : 머리가 땅에 닿도록 몸을 굽혀 절함. 또는 그렇게 하는 절. *계수와 돈수(頓首)의 차이는 계수는 머리가 땅(땅을 짚은 손등)에 닿은 뒤 잠시 머무르고 나서 들며, 돈수는 닿자마자 바로 든다는 점이다. 계수배(稽首拜)는 남자의 '큰절'이고 돈수배(頓首拜) 는 남자의 평절이다.

1775) 달초(撻楚) : 어버이나 스승이 자식이나 제자의 잘못을 징계하기 위하여 회초리로 볼기나 종아리를 때림. ≒초달(楚撻).

1776) 닉도히 : 매우 다르게, 판이(判異)하게.

1777) 츄알(趨謁) : 웃어른께 종종걸음으로 빨리 나아가 뵘.

1778) 덜니다 : 덜리다. '덜다'의 피동형. *덜다: (주로 행위나 상태를 나타내는 명사와 함께 쓰여) 그러한 행위나 상태를 적게 하다.

공지 비스(拜謝) 왈,

"히아(孩兒)도 명(命)을 밧즈와 붓치오니 다 느은 듯 흐이다."

공이 다시 뭇지 아니흐고 다만 싱【40】 즈(生子)의 션(善)흐믈 깃거흐더니, 하리 상부윤의 말숨으로 알외딕,

"아즈(俄者)1779)의 교즈 속 녀즈는 신쥐 절도스 김황의 부빈(副嬪)이니, 기즈 민이 경박(輕薄) 픽려(悖戾)흐여 미식을 본 즉, 셩명을 닛는지라. 쵸옥(草屋) 즁 녀인 모녜 쥭기의 미쳣더니, 합하(閤下) 녕윤(令胤)이 분연(奮然)이 의긔를 분발흐여 구(救)혼지라. 닌인(隣人)이 증간(證看)1780)흐고 흐믈며 쇼데 골육을 상봉흐니, 녕윤의 은덕을 니즈리잇가? 탑젼(榻前)의 쥬달(奏達)흐고 됴쵸 스례흐리이다."

흐니, 공이 의우(疑訝)흐여【41】 무르니, 원녀 상공이 일기 셔미(庶妹) 잇셔 뉵셰의 결안의 난(亂)을 맛나 일헛더니, 사름의 어더 기른 빅 되여 젹인(適人)흐미 《향측∥향촌(鄕村)》의 가(嫁)흐엿더니, 일녀놀 싱(生)흐고 가부(家夫) 셔경이 쥭으니, 경스의 와셔 스스로 스독(士族)의 셔녜(庶女)믈 싱각흐되, 부모의 셩명을 아지 못흐니 혈혈 으녜 눌을 향흐여 근본을 니르리오.

홀연 스오나온 놈의 흉흔 슈단을 당흐여 쥭게 되엿더니, 신인(神人)이 강님(降臨)흐여 급흐믈 면흐미, 모녜 셔로 붓드러【42】구호흐더니, 관치(官差)를 됴츠 아문(衙門)의 느으가 셜우믈 고흘시, 근본과 실산(失散)흐던 쏜히며 일일히 알외니, 상공이 딕경(大驚)흐여 졈졈 의심되미 업는지라.

드듸여 합혈(合血)1781)흐여 동긔(同氣)를 씌치니, 경희(慶喜) 감상(感傷)흐여 그 녀으 유힝(有行)1782)을 보니, 즈식(姿色)이 졀세흐고 거지(擧止) 온용(溫容)흐니, 모녀를 교즈 틱와 본부로 보닉고 김민을 잡으 드리니, 과연 머리 씌여져시나 쥭기의 넘네 업고, 허리 상흐여시나 됴리흐면 무방【43】홀지라. 딕개 《운창∥웅창》 공지(公子) 그 쥭으믈 넘네흐여 다만 스오 슌을 마이 첫는 고로 상체 놀납지 아니미라.

상공이 딕로흐여 큰 칼을 씌워 가도고 닌인(隣人)의 증간(證看)흐믈 씌여 가지고 궐하의 인딕(引對)1783)를 청흐온딕 상이 불너 무르시는 으릭 일일히 쥬(奏)흐온딕, 상이 웅창의 의긔를 긔특이 넉이시고, 용녁(勇力)을 장(壯)히 넉이시며, 위공이 스정(私情)을 졀츠(絶遮)1784)흐고, 으즈를 즁칙(重責)흐여 과도히 겸숀흐믈 츠탄(嗟

1779)아즈(俄者) : 이전, 지난번, 조금 전, 갑자기.

1780)증간(證看) : 본 바를 증언(證言)함.

1781)합혈合血) : 피가 서로 합함. 또는 피를 서로 합함. *예전에 아버지와 아들의 피를 물에 떨어뜨리면 반드시 서로 섞인다고 하여 재판할 때에 부자간인가, 아닌가를 검사하는 방법으로 사용하였다.

1782)유힝(有行) : 실지로 드러나는 행동.=행실(行實).

1783)인딕(引對) : 임금이 자문하기 위해 신하를 불러 접견함.

歎)1785)호시고, 김젹【44】을 통히(痛駭)1786)호스, '호 졀도스(節度使)의 쳔(淺)호 즈식으로 민간 부녀를 겁칙호여 위셰를 즈랑호니 국법을 면치 못호리라.' 호시고, '그 어미 강녜 즈식의 그른 거슬 숨기고 방즈(放恣) 무엄(無嚴)호여 상부(相府)의 돌입호 여 픽만(悖慢)호 언스로 직상(宰相) 즈뎨(子弟)를 죽이고즈 호니, 팔십을 결곤(決 棍)1787)호여 졀녁(絶域)의 《츙군‖츌방(黜放)》 ○○[호라].' 호시고, 웅창의 호긔롭 고 쾌호믈 보고즈 호스 '부르라' 호신딕, 상공이 쥬왈(奏曰),

"상신(相臣) 위현이 일죽 도리를 삼가와 일의 가부(可否)【45】를 뭇지 아니믄, '병 길(丙吉)1788)의 형살(刑殺)1789)을 뭇지 아니믈'1790) 효측(效則)호옵고, 즈식을 엄히 다스리와 곽광(霍光)의 멸망호믈 두려호오니, 훈즈(訓子)호믈 직도(直道)로 호오미요, 그 즈뎨 그른 일을 감히 숨기지 못호와 스스로 고호여, 형뎨 몬져 슈장(數杖)1791)호 온 후, 강녀의 고호믈 인호와 여츳 듕장(重杖)호믈 신이 보옵고, 감동 탄복호와 아문 으로 잡으와 다스리고져 호오미니, 웅창이 유츙지년(幼沖之年)의 년호여 슈죄(受罪)호 고 능히 움즉이지 못호리【46】러이다."

상이 더옥 감탄호시고 쏘 무르시되,

"웅창의 형뎨 김민을 치다 호더냐?"

상공이 쥬왈,

"닌창은 아을 금지(禁止)치 못호 죄로 치다 호더이다."

상이 위공의 힝스를 츳탄(嗟歎)호시고, 듕스(中使)로 돈유(敦諭)호시며, 틱의(太醫) 상청을 명호스 웅창의 장쳐(杖處)를 보라 호시니, 상공이 흔연(欣然) 슈명호여 틱의를

1784) 졀츳(絶遮) : 끊고 막음.
1785) 츳탄(嗟歎) : 마음속 깊이 느껴 탄복(歎服)함.
1786) 통히(痛駭) : 뜻밖의 일이나 행위에 대해 몹시 놀라, 원통하여 하거나 분하게 여김.
1787) 결곤(決棍) : 『역사』 곤장으로 죄인을 치는 형벌을 집행하던 일.≒치곤(治棍).
1788) 병길(丙吉) : 중국 전한(前漢) 선제(宣帝) 때의 명재상. '邴吉(병길)'이라고 쓰기도 하며, 자는 소경(少卿)이다. 율령(律令)을 배워 옥리(獄吏)가 되었고 곧 정위감(廷尉 監)에 올랐다. 선제(宣帝) 때 어사대부를 거쳐 승상이 되었고 박양후(博陽侯)에 봉해졌 다. 대의예양(大義禮讓)을 중히 여겼다 하며, 시호는 정(定)이다.
1789) 형살(刑殺) : 사형을 집행함. 또는 '형벌(刑罰)'과 '살육(殺戮)'을 함께 이른 말.
1790) 병길(丙吉)의 형살(刑殺)을 뭇지 아니믈 : 중국 한(漢)나라 재상 병길(丙吉)이 길을 가는데, 서로 싸우다가 죽은 백성의 시체를 보고도 까닭을 묻지 않더니, 소가 헐떡거리 며 지나가는 것을 보자, "소가 몇 리나 걸었느냐?"고 물었다. 동행하던 관리가 이상하게 여겨 묻자, 병길은 "싸우다 죽은 시체는 장안 영(長安令)이나 경조 윤(京兆尹)의 소관 이지만, 아직 더울 때도 아닌데 소가 숨을 헐떡거리는 것은 기후가 조화를 잃은 것이 다. 재상은 음양을 조화해야 하는 직임인데 어찌 걱정하지 않겠느냐?"라고 하였던 고사 로, 관인(官人)은 각각 자신의 직분에 충실해야 함을 이른 말. 『漢書 卷74 丙吉傳』에 나온다.
1791) 슈장(數杖) : 죄목을 하나하나 들어 꾸짖고 장책(杖責)을 가함.

거느려 위부로 올 시, 튀의 상쳥은 상부윤 셔형(庶兄)이니, 이늘 텬안(天顔)의 시위ᄒ
엿다가 ᄎᄉ(此事)를 알고 ᄉ힝(射倖)1792)ᄒ고 감동ᄒ니,【47】일죽 일ᄆᆡ(一妹)를 실
산(失散)ᄒ고 통박ᄒᆷ을 품엇더니, 쳔만 의외(意外)예 위공ᄌᆞ의 놉흔 의긔와 큰 덕으로
쇼ᄆᆡ(小妹)의 모녜 쥭기를 면ᄒ고 골육을 ᄎ즈니, 듸은(大恩)을 각골감심(刻骨感心)ᄒ
여 셜니 위부의 니르러, 승샹이 마ᄌ 텬은을 황공ᄒ니, 샹공과 튀의 공ᄌᆞ의 비샹ᄒᆫ 의
긔로 약ᄆᆡ(弱妹)의 잔명이 보젼ᄒ고, 시러곰 골육(骨肉)이 단ᄎᆔ(團聚)ᄒᆷ을 만만 사례
ᄒ니, 공이 유연(悠然)이 손ᄉ(遜辭)ᄒ여, '텬은을 외람(猥濫)ᄒ고 치ᄉ를 불감(不堪)
ᄒ며 형의 집【48】복녹이 즁ᄒ고 녕ᄆᆡ(令妹)의 운쉬(運數) 통(通)ᄒ미라.'ᄒ더라.

이의 튀의를 셔당으로 인도ᄒ니 웅챵이 고ᄉᄒ고 뵈지 아니ᄒ거늘, 샹공과 졔형이
텬ᄌ 은명(恩命)을 만홀(漫忽)치 못ᄒ리라 ᄒ고, 진왕이 졍ᄉᆨ(正色) 기유(開諭)ᄒ니,
부득이 몸을 두루혀 보게 ᄒᆯ 시, 그윽이 슈참(羞慚)ᄒ여 뉴혈(流血) 보믈 옥협(玉
頰)1793)이 희미히 븕으니, 졀셰ᄒᆫ 튀되 미인의 아릿ᄯ온 긔질이라.

비록 영용(英勇)이 무쌍ᄒ나 옥골셜뷔(玉骨雪膚)요 화혐셩안(花臉星眼)1794)이여ᄂᆞᆯ
연【49】유미셩(年幼未成)ᄒᆫ듸 듕댱(重杖) ᄋ릴 긔운이 졔미(齊美)ᄒ니 연약ᄒ여 지
란(芝蘭)의 ᄭᅩᆺ다오믈 가져시니, 샹공이 볼ᄉ록 이련(哀憐)ᄒ고 튀의ᄂᆞᆫ 쵸면(初面)이
라. 이러틋ᄒᆫ 긔골노 장(壯)ᄒᆫ 힘이 잇ᄉ믈 괴이히 넉이거늘, 샹쳐(傷處)를 보고 실ᄉᆨ
(失色) ᄎ악(嗟愕)ᄒ니 장쳑 후 즉시 됴호(調護)치 못ᄒ여 허여진 살이 붓고 챵흑(蒼
黑)ᄒ여1795) ᄎ마 보지 못ᄒᆯ지라. 심니의 위공의 과엄(過嚴)ᄒᆷ을 괴이히 넉이더라.

침으로 독혈(毒血)을 ᄲᅢ혀ᄂᆡ고, 약을 븟쳐 지극【50】구호ᄒᆯ 시, 일헛던 누의를 공
ᄌ(公子)의 덕으로 ᄎᆺ고, 쇠잔(衰殘)ᄒᆫ 명ᄆᆡᆨ이 공ᄌᆞ의 은혜로 보젼ᄒᆷ을 치ᄉᄒ니, 웅
챵이 이연(移延)1796)이 깃거 아냐 손ᄉ(遜辭) 불감(不堪)ᄒ니, 샹공과 튀의 ᄒᆫ가지로
감탄ᄒ더라.

샹공이 도라가 본부의 셜좌(設坐)1797)ᄒ고 김민을 올녀 삼ᄎ(三次) 듕형(重刑)ᄒ여
밍ᄎᆡ(猛差)1798)를 명ᄒ여 즉일 압숑(押送)ᄒ고, 강녀를 잡ᄋ드려 팔십 장을 쳐 쓰어
ᄂᆡ치니, 강녜 본듸 미쳔ᄒᆫ 녀기(女妓)로 외람이 호강(豪強)을 유셰ᄒ여 간악(奸惡) 불

1792) ᄉ힝(射倖) : 요행(僥倖)을 바람.
1793) 옥협(玉頰) : 옥처럼 하얀 볼. 미인의 볼.
1794) 화혐셩안(花臉星眼) : 꽃처럼 아름다운 뺨과 별처럼 빛나는 눈. *'臉'(뺨 검)의 음은
  '검'이다. 그러나 '조선조소설'에서 이 글자의 음은 모두 '혐'으로 표기하고 있다.
1795) 챵흑(蒼黑) : 푸른빛을 띤 검은빛. =창흑빛.
1796) 이연(移延) : 머뭇거림. 말이나 행동 따위를 선뜻 결단하여 행하지 못하고 자꾸 망
  설임.
1797) 셜좌(設座) : 좌기(坐起)를 차려놓음. 관아의 우두머리가 일을 할 채비를 갖춰놓음.
1798) 밍ᄎᆡ(猛差) : 사나운 차사(差使). *차사(差使): 죄인을 잡거나 호송하기 위해 보내던
  임시직 관원.

【51】인(不仁)ᄒ거ᄂᆞᆯ, 져의 ᄌᆞ식의 죄ᄅᆞᆯ 모로고 승상긔 발악ᄒ여 공ᄌᆞᄅᆞᆯ 듕장을 닙히되, 오히려 물너가지 아니타가, 상공을 맛나 모ᄌᆞ(母子) 듕형을 닙고 원지(遠地)의 젹거(謫居)ᄒ니, 무릇 ᄉᆞ오ᄂᆞ온 뉘 스스로 욕심을 방둉(放縱)이 ᄒ다가 픽(敗)치 아니리 업ᄂᆞᆫ지라. 긔불픽ᄌᆡ(豈不敗哉)리오!1799) 일노 드듸여 상쳥이 누의ᄅᆞᆯ 춧고, ᄎᆞ공ᄌᆞ의 빅년가우(百年佳偶)의 ᄃᆡ화(大禍)ᄅᆞᆯ 벗긴지라. 이 ᄯᅩ한 텬의(天意) 아니리오.

ᄎᆞ셜 위승상이 텬은(天恩)을 감츅(感祝)【52】ᄒ여 명일의 됴회ᄒ니, 상이 우으시고 교ᄌᆞ(敎子)의 너모 엄녈(嚴烈)ᄒ믈 말ᄉᆞᆷᄒ시고, 김민의 무도(無道)ᄒ믈 통ᄒᆡ(痛駭)ᄒ시니, 승상이 웅닌의 너모 발췌(拔萃)1800)ᄒ오무로 약간 경계ᄒ믈 쥬(奏)ᄒ고 뎡ᄉᆞ(政事)ᄅᆞᆯ 논쥬(論奏)ᄒ다가 퇴(退)홀ᄉᆡ, 상이 '웅닌이 병셰 ᄒᆞ리거든1801) 닙현(入見)ᄒ라.' ᄒ시니, 승상이 슈명ᄒ고 십여일 후 닌·웅 냥이 죵쳬(腫處) 여상(如常)이 하리니, 승상이 됴회 길의 웅닌을 다려 닙궐 됴현(朝見)ᄒ온ᄃᆡ, 상이 보시고 흔열(欣悅)【53】이 집슈(執手)ᄒᆞᆺ, 제신(諸臣)을 ᄃᆡᄒ여 칭찬ᄒ여 ᄀᆞᆯ오ᄃᆡ,

"장ᄌᆡ(將材)며 긔ᄌᆡ(奇才)로다! ᄎᆞ으의 쥰녈흔 위풍과 신이혼 긔틀이 됴ᄒᆡ 무궁ᄒ여, 창ᄒᆡ(蒼海)의 ᄒᆞᆫ번 쇼ᄉᆞ믹 구만니(九萬里) 당쳔(長天)의 운이(運靄)1802)ᄅᆞᆯ 지으며, 뇌졍(雷霆)을 거두치믹 빅일이 명낭ᄒᆞ미 흉즁(胸中)의 두어시며, 쳔니(千里) 파랑(波浪)을 뒤치며, 댱강(長江)의 물결이 고요ᄒᆞᆷ믈 장악(掌握)의 너혓시니, 빅만 웅병을 거ᄂᆞ려 텬하의 횡힝(橫行)ᄒ리라."

ᄒ시니, 제신이 셩의(聖意)【54】붉으시믈 졔셩(齊聲) 쥬(奏)ᄒ고, 승상은 돈슈(頓首) 불감(不堪)이러라.

파됴(罷朝)ᄒ여 각각 도라갈ᄉᆡ, 직명일(再明日)1803)은 승상 쵸도일(初度日)1804)이라. 삼 부인이 위공의 위친지심(爲親之心)이 니친(離親)ᄒ여 즐기미 업ᄉᆞ나, ᄯᅩ혼 무안(無顔)1805)이 허숑(虛送)치 못홀지라. 진슈셩찬(珍羞盛饌)을 비셜ᄒ여 싱일잔치ᄅᆞᆯ 베풀ᄉᆡ, 닉외친쳑(內外親戚)과 친붕고리(親朋故吏)1806) 구름이 집퓌고1807) 벌이 뭉긔ᄃᆞᆺ1808) 모히니 장녀(壯麗)ᄒᆞ미 이로1809) 긔록지 못ᄒᆞᆯ너라.

1799) 긔불픽ᄌᆡ(豈不敗哉)리오! : 어찌 패(敗)치 않으리오.
1800) 발췌(拔萃) : 무리 가운데서 특별히 뛰어남
1801) ᄒᆞ리다 : (병이) 낫다.
1802) 운이(運靄) : 구름이나 안개가 끼어 흐릿한 기운.
1803) 직명일(再明日) : 내일의 다음 날. =모레.
1804) 쵸도일(初度日) : ①'환갑날'을 예스럽게 이르는 말. 늑초도. ②'생일'을 달리 이르는 말. 늑초도.
1805) 무안(無顔) : 수줍거나 창피하여 볼 낯이 없음.
1806) 친붕고리(親朋故吏) : 친구들과 관직생활 중에 만난 관료들을 함께 이른 말.
1807) 집퓌다 : 지피다. 구름이나 얼음 따위가 한데 엉기어 붙어 띠를 이루다..
1808) 뭉긔다 : 뭉치다. 한데 합치거나 엉겨서 큰 덩어리를 이루다.

승상이 쵸도일을 당ᄒ여 【55】 부모 형뎨 즐기지 못ᄒᄆᆯ 감회ᄒ나, 슬하의 진왕이 열두 ᄋᆞᆯ 거ᄂᆞ려 헌작(獻爵)ᄒ니 쏘ᄒᆫ 위회(慰懷)ᄒᆞᆯ너라.

닉당 부인닉 가득이 모혀 잔치ᄒᄆᆡ, 승상은 졔ᄌ(諸子)를 거ᄂᆞ려 외헌의 ᄂᆞ와 빈긱을 졉딕ᄒᆞᆯ 시, 만됴 진신(縉紳)이 다 모혀 비작(杯酌)을 ᄂᆞᆯ녀 경하ᄒᆞᆯ식, 낙극달난(樂極團欒)1810)ᄒ고 쥬지반감(酒之半酣)1811)의 졔공이 승상의 만흔 ᄋᆞᄃᆞᆯ을 면면(面面)이 기려, 뉴녀ᄌ(有女者)ᄂᆞᆫ 춤을 삼켜 ᄉᆞ회 삼기를 원ᄒ니, 좌상의 쳘공이 닌창 【56】의 ᄉᆞᆫ을 ᄂᆞ오혀 쾌셔(快壻)를 칭하며 좌즁의 ᄌᆞ랑ᄒ니, 졔공이 일시의 보고 그 동용(動容) 졔작(製作)을 칙칙(嘖嘖) 칭찬ᄒ며, 임의 텰공의 아이ᄆᆯ1812) 분한(憤恨)ᄒ리도 잇셔 분분이 긔셔(奇壻) 어드믈 치하ᄒ니, 쳘공이 미쇼 쾌락(快樂) 왈,

"졔형이 엇지 위공의 싱ᄌ(生子) 잘ᄒᄆᆯ 불워 아니ᄒ고, ᄂᆞ의 튁셔(擇壻) 잘ᄒᄆᆯ 불워 ᄒᆞᄂᆞ뇨?"

졔인이 딕쇼 왈,

"위공 합하(閤下)의 싱ᄌ 잘 ᄒ시믄 흠션(欽羨)ᄒ나 밋츨 길히 업ᄉ니, 다만 형의 튁셔(擇壻)의 발 【57】 이 ᄲᆞᄅᄆᆯ 탄복ᄒ노라."

쳘공이 딕쇼 왈,

"쇼뎨 능히 닌창의 발취(拔萃)ᄒ 긔질을 감당ᄒᆞᆯ 녀ᄋᆞ를 싱ᄒ 고로, 닌창을 ᄉᆞ회 삼고ᄌ ᄒᆞᄆᆡ니 이곳 텬뎡인연(天定因緣)1813)이니 녈위 군형은 ᄂᆞ의 발 ᄲᆞᄅᄆᆯ 불워 말고 쏠 잘 ᄂᆞ하시믈 불워 ᄒᆞᆯ지어다."

뎨인(諸人)이 딕쇼하여 쳘공의 스스로 녀ᄋᆞ 기리믈 긔롱(譏弄)ᄒ고, 쇼시랑이 쏘ᄒᆫ 현창을 이즁(愛重)ᄒ나 양상셰 유유(儒儒) 념슬(斂膝)ᄒ여 웅창을 ᄌᆞ로 도라보아 그 【58】 위인을 두굿기미 업ᄉᄆᆡ 아니로딕, 즁니(衆裏)의 난안(赧顔)ᄒᄆᆡ 잇고 슈삭(數朔) 침병의 금일이야 텬안(天顔)의 됴현ᄒ고 니르러시니, 본딕 슐을 먹지 못ᄒᄆᆞ로 슌비(巡杯)1814)를 ᄉᆞ양ᄒ고, 츄텬(秋天)의 긔질이 져기 슈약(瘦弱)ᄒ여시니, 비록 붕우(朋友) 담쇼지간(談笑之間)의 화긔를 지으나, 튁셔(擇壻)의 가부(可否)와 질둑(疾足)의 션득(先得)을 의논치 아니ᄒ니, 좌상(座上)이 비로쇼 그 집닉(집內)1815) 불평ᄒᄆᆯ 알고 위ᄒ여 ᄎ셕(嗟惜)ᄒ니, 굿ᄒ여 희롱ᄒᄆᆡ 업ᄉ지 【59】 라.

1809)이로 : 이루. 여간하여서는 도저히.
1810)낙극달난(樂極團欒) : 여럿이 서로 화목하며 즐겁게 지내 그 즐거움이 넘침.
1811)쥬지반감(酒之半酣) : 술에 반쯤 취함.
1812)아이다 : 빼앗기다.
1813)텬뎡인연(天定因緣) : 하늘이 정하여 준 연분. =천정연분(天定緣分). =천생연분(天生緣分).
1814)슌비(巡排) : 술자리에서 술잔을 차례로 돌림. 또는 그 술잔.
1815)집닉(집內) : 집안. 가족을 구성원으로 하여 살림을 꾸려 나가는 공동체. 또는 가까운 일가.≒가내(家內).

쇼시랑이 져부(姐夫)의 졍(情)과 지심(知心)의 닉우(益友)로 심닉 참연ᄒ니 강잉(强仍)[1816]ᄒ여 우서 왈,

"닌·옹 등은 진실노 긔질 품쉬 그 형뎨 ᄎ례로 맛당케 ᄒ엿ᄂ지라. 그 형이 진실노 형이 되야, 문호를 흥긔(興起)ᄒ며 죠션(祖先)을 현달(顯達)ᄒ여, 봉양 부모ᄒ며 졔뎨를 거ᄂ려 틱평셩딕(太平聖代)의 보상(輔相)[1817]이 되어, ᄉ직(社稷)의 간셩(干城)을 긔약(期約)ᄒ을 거시오, 아이 과연 아이 되여 만니의 융긔(戎器)[1818]를 쇼임ᄒ여 위명(威命)이 ᄉ희(四海)의 진동(震動)ᄒ고, 【60】 공녈(功烈)이 우쥬(宇宙)를 밧드러 회음후(淮陰侯)[1819]의 삼진(三秦)[1820]을 셕권(席卷)ᄒ던 모략(謀略)과 분양왕(汾陽王)[1821]의 '냥경(兩京)을 회복ᄒ던 슈단'[1822]이 잇시리니, 위공 합히 열두 ᄌ뎨의 비상ᄒᄆᆫ 니르지 말고, 그 형뎨 긔상 품격이 더옥 맛당ᄒ니, 삼낭(三郎)의 빈빈(彬彬)ᄒᆫ 녜모(禮貌)와 의의(猗猗)ᄒᆫ 도혹(道學)은 유ᄌ(儒者)의 《말ᄆᆞᆷ》이오, ᄉ유(士儒)의 스싱이라. 웅용(雄勇) 쥬신(柱身)ᄒ며 ᄌ인(慈仁) 효뎨(孝弟)ᄒ여 묽으되 완즁(緩重)ᄒ고 단ᄋ(端雅)ᄒ되 고상(高爽)ᄒ니, 과연 공문(孔門)의 고뎨(高弟)라. 쇼 【61】 뎨의 ᄉ회 가히 냥형의 ᄎ오(差誤)ᄒ미 업고, 녀이 ᄯ호 거의 군ᄌ의 빈합(配合)[1823]이 부득(不足)지 아니ᄒ니, 위문의 복경(福慶)이 딕뎍(對敵)ᄒ리 업ᄉ리이다."

1816) 강잉(强仍) : 참거나 견디는 것이 마지못한 데가 있음.

1817) 보상(輔相) : 대신을 거느리며 임금을 도와 나라를 다스림. 또는 그런 사람.

1818) 융긔(戎器) : 전쟁에 쓰는 기구를 통틀어 이르는 말.=병기(兵器). 무기(武器).

1819) 회음후(淮陰侯) : 중국 한(漢)나라 개국공신 한신(韓信)의 작위(爵位).

1820) 삼진(三秦) : 진(秦)나라의 관중(關中)을 셋으로 나눈 옹(雍)·새(塞)·적(翟) 지역으로, 지금의 중국 섬서성(陝西省)에 해당한다. 항우(項羽)가 유방(劉邦)을 파촉(巴蜀)으로 보내 놓고, 관중(關中)을 삼등분으로 나누어 진(秦)나라의 항복한 장수 장한(章邯), 사마흔(司馬欣), 동예(董翳)를 왕으로 삼아서 유방을 견제하게 하였는데, 이 지역을 삼진이라 한다. 한신(韓信)이 유방에게 삼진을 다스리는 세 장수들이 진(秦) 땅 백성들의 깊은 원한을 사고 있음을 지적하고, 고조에게 거병(擧兵)하여 동쪽으로 진출하면 격문만 보내도 삼진을 평정할 수 있을 것이라고 권유하였다.(『漢書 卷1 高帝紀』)

1821) 분양왕(汾陽王) : 중국 당(唐)나라 중기의 무장(武將) 곽자의(郭子儀: 697~781)를 달리 이른 말. 안녹산(安祿山), 사사명(史思明)의 반란을 평정하고 토번을 쳐 큰 공을 세워 분양왕(汾陽王)에 봉해졌다. 평생토록 벼슬살이에서나 가정생활에서 한번의 액운도 없었으며 늙어서는 자손들을 많이 얻어 부를 누렸다고 한다.

1822) 냥경(兩京)을 회복ᄒ던 슈단 : 곽자의(郭子儀: 697~781)가 숙종(肅宗) 즉위년에 관내하동부원수(關內河東副元帥)가 되어 회흘군(回紇軍)과 연합하여 장안(長安)과 낙양(洛陽)을 수복했던 공적을 이른 말. 이 공으로 그는 중서령(中書令)에 발탁되고, 뒤에 상부(尙父)의 칭호를 받고 분양왕(汾陽王)에 봉해졌다. *양경(兩京): 중국 동주(東周) 이래 후한(後漢)·서진(西晉)·후위(後魏)·수(隋)·오대(五代: 後梁-後唐) 등의 수도가 되었던 낙양(洛陽)과 한(漢)·동한(東漢)·위(魏)·진(晉)·전조(前趙)·전진(前秦)·후진(後秦) 등의 수도가 되었던 장안(長安)을 함께 이른 말.

1823) 빈합(配合) : 부부의 인연을 맺음.

만좌빈긱(滿座賓客)이 제셩갈치(齊聲喝采)ᄒ여 올ᄒ믈 일ᄏ고, 니어 셩창의 긔골이 탁낙(卓犖)ᄒ고, 풍치 슈연(粹然)ᄒ여 위의(威儀) 졍슉ᄒ고, 긔되(氣度) 엄듕ᄒ니, 뇌락(磊落)ᄒ여[1824] 탁연(卓然)이 대붕(大鵬)이 구쳔(九天)[1825]의 날개ᄅᆞ 펴시니, 영웅(英雄) 쥰무(俊茂)[1826]의 당당ᄒᆞᆷ믄 ᄎᆞ형(次兄)을 효측(效則)ᄒ고, 엄연(儼然)ᄒᆞᆫ 쳬 【62】격은 빅시(伯氏)ᄅᆞᆯ 품슈(稟受)ᄒ니, 잠미봉안(蠶眉鳳眼)이요 쥬슌연함(朱脣燕頷)[1827]이라. 오셰(五歲) 츙유(沖幼)의 미셩(未成)ᄒᆞᆷ미 업거ᄂᆞᆯ, 기뎨(其弟) 셰창의 소아(素雅) 쳥졍(淸淨)ᄒᆞᆷ미 고고(暠暠)히 빅이(伯夷)[1828]의 쳥(淸)이오, 담담(淡淡)이 안연(顔淵)[1829]의 흑(學)을 품어, 옥슈(玉水)[1830] 금계(金鷄)[1831]의 빗기고[1832], 츄국(秋菊)이 상노(霜露)ᄅᆞᆯ 능만(凌慢)ᄒ며, 명창은 엄슉(嚴肅)ᄒᆞᆫ 긔기(氣槪)요, 늠늠(凜凜)ᄒᆞᆫ 위풍(威風)이라. 의의(依依)히[1833] 됴슈(潮水) 빅쳔(百川)을 삼키고 우레[1834] 만호(萬戶)ᄅᆞᆯ 여러시니[1835], 즁시(仲氏)ᄅᆞᆯ 젼습(全襲)ᄒ여시며, 부공의 엄졍쥰 【63】위(嚴正峻威) ᄒᆞᆷ믈 품슈(稟受)ᄒ엿고, 계창 등은 년치(年齒) 바야흐로 삼셰니, 미쳐 상격(相格)이 니지[1836] 못ᄒ여시되, 딕강 의논컨

1824) 뇌락(磊落)ᄒ다 : 마음이 너그럽고 작은 일에 얽매이지 않다.≒뇌뢰하다.

1825) 구쳔(九天) : 가장 높은 하늘. ≒구민(九旻).

1826) 쥰무(俊茂) : 재주와 학식이 뛰어남. 또는 그런 사람.

1827) 쥬슌연함(朱脣燕頷) : 붉은 입술과 제비의 턱처럼 뾰족하고 아름다운 턱.

1828) 빅이(伯夷) : 은말(殷末) 주초(周初)의 고죽국(孤竹國)의 왕자. 주(周)나라 무왕(武王)이 은(殷)나라를 치러 나가자, 아우 숙제(叔齊)와 함께 무왕의 말고삐를 잡고 치지 말 것을 간하였으나, 받아들여지지 않자, 숙제와 함께 수양산에 들어가 고사리를 캐먹다 굶어죽었다.

1829) 안연(顔淵) : 안회(顔回). 자(字) 연(淵). 공자의 제자. 십철(十哲) 가운데 한 사람. 공자가 가장 신임하였던 제자이며, 공자보다 30세 연소(年少)하나 공자보다 먼저 32세의 젊은 나이로 죽었다. 학문과 덕이 특히 높아서 공자도 그를 가리켜 학문을 좋아하는 사람이라고 칭송하였고, 또 가난한 생활을 이겨내고 도(道)를 즐긴 것을 칭찬하였다.

1830) 옥수(玉水) : ①맑은 샘물. ②매우 귀중한 물이라는 뜻으로, '비'를 비유적으로 이르는 말.

1831) 금계(金鷄) : ①꿩과의 새. 꿩과 비슷한데 수컷은 광택 있는 황금색 우관(羽冠)과 뒤 목에는 누런 갈색, 어두운 녹색의 장식깃이 있어 매우 아름답다. 암컷은 엷은 갈색 바탕에 검은 점이 있다. 번식이 쉽고 추위에 강하여 관상용으로 기르며 중국이 원산지이다. ②천상(天上)의 금계성(金鷄星)에 있다는 닭으로, 이 닭이 울면 인간 세상의 닭들이 따라서 운다고 한다. 금계가 운다는 말은 곧 새벽이 가까워 옴을 뜻한다. 『神異經』에 나온다.

1832) 빗기다 ; 비기다. 어떤 사물을 다른 사물에 빗대어 말하다.

1833) 의의(依依)히 : 풀이 무성하여 싱싱하게 푸르게.

1834) 우레 : 뇌성과 번개를 동반하는 대기 중의 방전 현상. =천둥.

1835) 열다 : 닫히거나 잠긴 것을 트거나 벗기다.

1836) 니지 : 이루어지지. *이루어지다: 몇 가지 부분이나 요소가 모여 일정한 성질이나 모양을 가진 존재가 되다.

되 도혹디위(道學大儒)요 진뎡군직(眞正君子)니 현명셩딕(賢明聖德)ᄒ여 긔상(氣像)이 화(和)ᄒ 바룸 궂고, 먼 날 궂ᄒ니, 빅계(伯季) 냥형(兩兄)으로 방불(彷彿)ᄒ고, 부친의 은은간간(殷殷懇懇)ᄒ 화긔(和氣)를 타시며, 윤창은 인의도덕(仁義道德)을 젼쥬(專主)ᄒ여 어진 ᄯᅳ과 관홍(寬弘)ᄒ 도량(度量)이니, 셩시(聖時)의 현샹(賢相)이오, 유복ᄒ 가댱(家長)이라. 화연(和然)ᄒ미 모친 【64】 뉴부인을 만히 달마시며, 승상의 인익셩심(仁愛聖心)을 바다ᄂᆞᆺᄂᆞᆫ지라. 여러 ᄋᆞ들이 각각 되인의 품격을 다 밧ᄌᆞ온빅 잇셔 ᄒᆞᆫ가지식 품슈ᄒ여시니, 과연 상국은 ᄉᆞ시지긔(四時之氣)를 거두고 빅ᄒᆡᆼ지원(百行之願)을 ᄀᆞ져, 쳔고(千古)의 홀노 ᄒᆞᆫ 사름 인쥴 알지라.

슈창의 아담ᄒ 격됴와 소ᄋᆞ(素雅)ᄒ 긔질은 오형(五兄) 셰창의 청고(淸高) 쇄연(灑然)ᄒ므로 흡ᄉᆞ(恰似)ᄒ고, 조부 셔뎡공의 온즁단엄(穩重端嚴)ᄒ며 유연뎡뎡(悠然貞正)ᄒᄆᆞᆯ 만 【65】 히 품슈(稟受)ᄒ여시니, 승상의 최익(最愛)ᄒᄂᆞᆫ 빅요, 유창과 경창 영창은 더욱 어리니 다만 그 옥셜(玉雪) 궂ᄒ ᄂᆞᆾ치 두렷ᄒ고, 부용(芙蓉) 궂ᄒ 귀밋치 ᄌᆞᄐᆡ(姿態)로와1837) 미인의 셩모(星眸) 쥬슌(朱脣)이로듸, 그러나 유창의 긔운이 셰ᄎᆞ고 쌍셩(雙星)의 젼광(電光)이 금쵸여, 스일(斜日)이 강파(江波)의 빗쵀ᄂᆞᆫ 듯. 츄텬(秋天)의 샹뇌(霜露) 어리고, 하일(夏日)의 엄정(嚴正)을 누룸 궂ᄒ여, 뉵형(六兄) 명창의 지난 긔개니, 타일의 덕망(德望) 훈업(勳業)이 빅즁(伯仲)1838)의 지 【66】 지 아닐 거시오, 경창은 유ᄋᆞ(裕雅)ᄒ고 슈연(粹然)ᄒ여 온화이 봄날 궂고, 담담(淡淡)이 ᄀᆞ을달 궂ᄒ니, 힌학(海鶴)이 아오라히1839) 텬변(天邊)의 늘고, 치봉(彩鳳)이 표연(飄然)이 단구(丹丘)1840)의 도라온 듯, 연창의 호연(浩然) 상활(爽闊)ᄒᄆᆞᆫ 츄응(秋鷹)1841)이 1842)활텬(闊天)의 날고, 노룡(老龍)이 창파(滄波)의 츌몰ᄒᄂᆞᆫ 신긔(神奇)라.

즁빈(衆賓) 제공(諸公)이 암암(巖巖) 갈치(喝采)ᄒ여, 상셔우승 화셩제 쳘공을 향ᄒ여 슈어(數語)1843)로 문답ᄒ더라. 【67】

1837) ᄌᆞᄐᆡ(姿態)로와 : 아름다워. *자태(姿態)롭다: 곱다. 아름답다.
1838) 빅즁(伯仲) : 맏이와 둘째를 아울러 이르는 말.
1839) 아오라히 : 아스라이. 보기에 아슬아슬할 만큼 높이, 또는 까마득하게 멀리.
1840) 단구(丹丘) : 신선이 산다는 곳. 밤도 낮과 같이 늘 밝다고 한다.
1841) 츄응(秋鷹) : 가을 매.
1842) 활텬(闊天) : 툭 트인 하늘.
1843) 슈어(數語) : 두어 마디의 말.

화산션계록 권지삼십亽

츠셜 텰공이 상국(相國)을 향하여 글오딕,

"화형이 머리 누른 쌀을 두어 바야흐로 亽셰라. 녕윤(令尹)1844) 녜(女) 亽랑(四郎)을 유의흐니 형의 뜻이 엇더흐뇨?"

상국이 흔연 왈,

"돈이 치발(齒髮)1845)이 치 즈라지 아냣고 용우흔 위인이 무일가취(無一可取)1846)여늘 군즈의 고안(高眼)을 동(動)흐니 이 곳 만힝(萬幸)이라. 엇지 亽양흐리오."

화상셰 딕열(大悅)흐여 쾌히 면약(面約)흐며 셩창을 늣亽오라 흐여, 손을 잡고 텰공을 도【1】라보와 글오딕,

"쇼뎨 비로쇼 형의 홀노 쾌셔(快婿) 어드믈 불워흐지 아닛느니, 뎨의 쌀이 쏘 형의 쌀과 언마 즈음이라. 오형은 위으 등을 자로 보와실 빅로딕, 홀노 튁셔(擇婿)흐고 요힝흐여 입을 다치고, 쇼뎨다려 그 아이 잇스믈 니르디 아니흐니 졀통(切痛)흔지라. 뎨는 형 곳치 아니리니 두 곳 즁민를{즁민를} 감당흐리라."

드딕여 위공을 향흐여 글오딕,

"亽뎨(舍弟) 셩희 목금 댱亽(長沙)1847) 틱쉬(太守)니, 일녜(一女) 잇【2】셔뇨됴(窈窕)흐미 군즈를 밧드럼 즉 흔지라. 그 나히 으녀와 곳흐니 뎨 오랑(五郎)의 눕흔 긔질노 불亽(不似)치 아니흔지라. 아이 비록 좌상의 잇지 아니나 형의 뜻이 으의 마음이라, 내 엇지 유유(儒儒)흐여 질튝즈(疾足者)1848)의게 아이리오. 쏘일기 질녜(姪女) 잇스니 도라가 져의 부모의게 닐너 반듯시 호연(好緣)을 일우리니, 바라건딕 물니치지 마르쇼셔."

1844) 녕윤(令尹) : 『역사』 중국의 지방 장관을 달리 이르던 말. 진(秦)나라·한(漢)나라 이래 현지사(縣知事)를 현령(縣令)이라 하고, 원대(元代)에는 현윤(縣尹)이라 하였으므로, 영과 윤을 합쳐 이른 것이다.

1845) 치발(齒髮) : 이와 머리털.

1846) 무일가취(無一可取) : 한 가지도 취할 만한 것이 없음.

1847) 장亽(長沙) : 중국 호남성의 동부 곧 동정호(洞庭湖) 남쪽 상강(湘江) 동쪽 하류에 있는 도시. 수륙 교통의 요충지이며 호남성의 성도(省都)이다.

1848) 질튝즈(疾足者) : 발 빠른 자.

위공이 칭스 왈,

"불쵸 미돈(迷豚)1849)이 쇼돌(疏拙)1850) 유익(幼兒)여늘, 형이 연호여 구호니 【3】 감수혼지라. 엇지 명을 어긔오리오. 연이나 피발(被髮)1851)이 아직 마르지 아냐시니, 이 쎄의 정혼(定婚)호미 심히 가쇼(可笑)로온지라. 타일의 무스이 성댱(成長)혼즉, 형언(兄言)을 져바리지 아니리라."

언미(言未)의 상부윤이 웃고 굴오듸,

"쇼데는 약녜(弱女) 잇셔 겨유 삼셰라. 제형이 이러트시 갈구(渴求)호믈 보니 진실노 질둑즈의게 아이미 될가 두려호느니, 제 칠낭(七郎)의 유덕 관홍훈 즈질이 과연 '누공(婁公)의 냥(量)'1852)이라 츠마 【4】 스(辭)치1853) 못호느니 청컨듸 쾌허(快許)호쇼셔."

승상이 흠신(欠身) 답스(答謝) 왈,

"녈위 제형이 심규(深閨) 옥화(玉花)를 길너 쇼데를 쥬고져 호니 감수혼지라. 엇지 밧드지 아니리오마는, 심히 밧부지 아니호니 됴쵸1854)의 논호미 가혼가 호나이다."

상공이 우(又) 쇼왈,

"합하(閤下)의 됴심(操心)호는 쯧이 맛당호믈 모로지 아니호나, 계창은 닉 임의

1849)미돈(迷豚) : 어리석은 돼지라는 뜻으로, 남에게 자기의 아들을 낮추어 이르는 말. 늑가아(家兒), 가돈(家豚). 돈견(豚犬). 우식(愚息).

1850)쇼돌(疏拙) : 꼼꼼하지 못하고 서투름.

1851)피발(被髮) : ①머리를 풀어 헤침. 또는 풀어 헤친 머리. ②아직 관례(冠禮)나 계례(笄禮) 의례를 행하지 않은 미성년자의 머리를 이르는 말. *관례: 예전에, 남자가 성년에 이르면 어른이 된다는 의미로 상투를 틀고 갓을 쓰게 하던 의례. *계례: 예전에, 15세가 된 여자 또는 약혼한 여자가 올리던 성인 의식. 땋았던 머리를 풀고 쪽을 찌었다.

1852)누공(婁公)의 냥(量) : '중국 당(唐)나라 명재상 누사덕(婁師德)의 도량'을 이르는 말. 누사덕은 측천무후(則天武后)에게 적인걸(狄仁傑)을 추천하여 재상이 되게 하였으나, 적인걸은 이것을 알지 못하고 그를 경시하여 여러 번 비판하였다. 측천무후가 이를 알고 적인걸에게 "누사덕이 인재를 알아본다고 생각하는가?"라고 묻자, 적인걸은 "신이 일찍이 그와 동료가 되었으나 그가 인재를 알아본다는 말을 듣지 못하였습니다."라고 대답하였다. 측천무후가 "짐이 경을 안 것은 바로 누사덕의 천거에 의한 것이었으니, 그 또한 인재를 알아본다고 이를 만하다."라고 하자, 적인걸이 밖으로 나와 한탄하기를 "누공의 거룩한 덕을 나는 측량할 수 없다."라고 하였다. *누사덕(婁師德): 중국 당나라 고종과 측천무후 때의 대신. 자는 종인(宗仁), 시호는 정(貞)이다. 30년 동안 장상(將相)으로 있으며 변방 일을 도맡아 처리하였는데, 그는 매사에 조심성이 있어서 행동에 참을성이 있었고 말은 적었다고 한다. 그는 또 '타면자건(唾面自乾)', 즉 '남이 얼굴에 침을 뱉으면 마를 때까지 기다린다.'는 말로 유명하다.

1853)사(辭)호다 : 사(辭)하다. 무엇을 사양하거나 사절하다.

1854)됴쵸 : 좇아. 뒤따라. 뒤. 나중. 시간이나 순서상으로 다음이나 나중. *여기서는 '뒤' '나중'의 의미.

스회 삼고져 ᄒ여시니 엇지 허슈이1855) ᄒ리오."

인ᄒ여 ᄂ오혀1856) 그 머리를 쓸고 니마를 어【5】로만져, 그 ᄌ질이 튱후관인(忠厚寬仁)ᄒ믈 만심 쾌락ᄒ니, 어시의 명공거경(名公巨卿)과 연쇼진신(年少搢紳)1857)이 다 각각 쫄을 엇고 누의를 둔 지 닷토와 말ᄒ고ᄌ ᄒ더니, 위공의 깃거 아니믈 보고, 잠간 듕지ᄒ여 쳔쳔이 미시(媒氏)1858)로 구혼코져 ᄒ고, ᄯ 불녕(不佞)1859)ᄒ 무리 잇셔 말솜을 치례ᄒ야 구혼코ᄌ ᄒ더니, ᄯ 긋치고 쥬져ᄒᄂ지라. 됴인후(侯) 셕공이 우어 왈,

"위공 합ᄒ(閤下) 처음의 화산으로 ᄌ 나와실 쩍, 쥬상이 혼【6】인을 권ᄒ시ᄂ 편지를 니형의게 젼코ᄌ 홀 시, 진왕 뎐ᄒ 아등을 다 쳥ᄒ여 ᄒ 돗1860)〇[의] 잔치를 여르시니, 우리 일시의 모다 니형이 만일 허치 아니ᄒ거든 동혀미고 아ᄉ랴 ᄒ엿더니, 니형이 ᄒ번 위공을 보더니 혼(魂)1861)을 일코 ᄇ(魄)1862)을 아여 몬져 구혼ᄒ미 갈구(渴求)ᄒ기의 미쳣ᄂ지라. 그쩍 ᄒ가지로 졀도(絶倒)ᄒ엿더니, 위형이 어느 ᄉ이 열두 ᄋ들을 두고, 쳐쳐(處處)의셔 넘슬(斂膝) 공슈(拱手)ᄒ여 혼닌【7】을 쳥걸(請乞)ᄒ되, 견집(堅執)ᄒ고 즐겨 허치 아냐 마이1863) 빗씨오니1864), 원ᄒᄂ니 위공의 삼부인긔셔 ᄒ마다 쌍녀(雙女)를 싱ᄒ여, 남의 집의 가낭ᄌ를 탈거(奪去)1865)《ᄒ여‖ᄒ라》 빌믈 보게 ᄒ쇼셔."

일좌(一座) ᄒ가지로 대쇼ᄒ니, 니공이 쇼왈,

"쇼미 위형으로 져 ᄀᄒ흔 연분이 잇셔, 황상이 친히 듕미ᄒ신지라. 시고로 닉 마

1855)허슈이 : 허술히. 허소(虛疎)히. ①허술히. 낡고 헐어서 보잘것없이. ②허소(虛疎)히 : 얼마쯤 비어서 허술하거나 허전하게. ≒허루히

1856)ᄂ오혀다 : 나오게 하다. *나오다 : 안에서 밖으로 또는 무리 가운데서 무리 밖으로 오다.

1857)연쇼진신(年少搢紳) : 나이 어린 벼슬아치. *진신(搢紳): 홀을 큰 띠에 꽂는다는 뜻으로, 모든 벼슬아치를 통틀어 이르는 말.

1858)미시(媒氏) : 결혼이 이루어지도록 중간에서 소개하는 사람. ≒중매(仲媒). 매자(媒子). 매파(媒婆).

1859)불녕(不佞) : 좋지 못함. 아름답지 못함.

1860)돗 : 돗자리. 왕골이나 골풀의 줄기를 재료로 하여 만든 자리. *위 본문에서 '돗' 곧 '돗자리'는 '자리'의 대유(代喩)로 쓰였다.

1861)혼(魂) : 사람의 몸 안에서 몸과 정신을 다스린다는 비물질적인 것.

1862)ᄇ(魄) : 넋. =혼(魂). '魂'과 '魄'은 이음동의(異音同義語)로 '魂' '魄' '魂魄'은 다 같이 '사람의 몸 안에서 몸과 정신을 다스린다는 비물질적인 것'을 나타내는 '넋'의 의미이다. 이와 함께 사람은 또 물질로 이루어진 '몸[肉,肉體]'으로 존재함으로써, '넋'과 '몸'의 이원론적존재(二元論的存在)로 인식된다.

1863)마이 : 매우. 심히. 보통 정도보다 훨씬 더. 정도가 지나치게.

1864)빗씨오다 : 빗싀오다. 고집이 세어 남의 요구에 잘 응하지 않고 도도하게 굴다

1865)탈거(奪去) : 물건 따위를 빼앗아 감.

음이 스스로 동ᄒᆞ미니 엇지 굿ᄒᆞ여 위공의 뚬1866) 풍신(風神)을 보고 놀나미 잇
스리오.”

인ᄒᆞ여 몸을 니러 글오듸, 【8】

“일쇡이 임의 셔로 기우러시니 위형이 당당이 닉당의 들지라. 그만ᄒᆞ여 도라가
리라. 제공이 올타ᄒᆞ고 일시의 작별ᄒᆞ고 당의 ᄂᆞ리니, 진왕이 제뎨와 사인 형뎨로
더브러 하당(下堂) 빅숑(拜送)ᄒᆞ미, 상국을 뫼셔 닉각(內閣)을 향ᄒᆞ니, 원닉 두어
스룸이[의] 어지지 못ᄒᆞᆫ 지 불쵸ᄒᆞᆫ 녀ᄋᆞ를 두고 발셜코즈 ᄒᆞ다가, 미쳐 닉지 못ᄒᆞ
고 훗터지니 진짓 슉녀를 둔 즈도 ᄒᆞᆫ가지로 도라가, 후릭(後來)의 언즁(言重)ᄒᆞᆫ
【9】 친우로 구혼ᄒᆞ니라.

시시의 진왕비 삼위 부인을 뫼셔 조부인을 청ᄒᆞ여 한가히 말ᄉᆞᆷ홀 식, 조부인이
왕과 비의 지극ᄒᆞᆫ 정성을 감탄ᄒᆞ고, 연비의 침션(針線) 슈치(繡─)1867)의 니르히
ᄀᆞ득ᄒᆞᆫ 정성이 발어면모(發於面貌)1868)ᄒᆞ니, 승상이 넘슬치경(斂膝致敬)ᄒᆞ여 블
감스사(不堪謝辭)ᄒᆞ니, 연비 황공불승ᄒᆞ여 니셕(離席) 부복(俯伏)《이∥ᄒᆞ고》 스
례하여 글오듸,

“불쵸 미쳡(微妾)은 튱유(沖幼)ᄒᆞᆫ ᄋᆞ히오니 듸인 슬하의 봉시(奉侍)ᄒᆞ오미 스
심의 의앙ᄒᆞ오미 어버【10】의[이] 겻히 뫼심 ᄀᆞᆺ습더니, 대인이 과도히 겸손(謙
遜)ᄒᆞ시니, 불민ᄒᆞ온 젹은 ᄋᆞ히 경황(驚惶) 진월(秦越)1869)ᄒᆞ와 치신무지(置身無
地)1870)라. 감히 안연(晏然)이 뫼시지 못ᄒᆞ올지라. 츅쳑(踧惕) 숑연(悚然)ᄒᆞ와
《무소불용∥무소용신(無所容身)1871)》 이로쇼이다.”

공이 연망이 질녀로 ᄒᆞ여곰 붓드러 니르혀라 ᄒᆞ고, 스미를 드러 답스 왈,

“현비의 지극ᄒᆞ심과 왕의 근졀ᄒᆞ시믄 모로미 아니로듸, 도라 싱각건듸, 복의 즈
존(自尊)ᄒᆞ미 쏘한 외람치 아니리잇가? ᄒᆞ믈【11】며 현비의 돈톄(尊體)로써 손
슌(遜順)ᄒᆞᆫ 녜모(禮貌)를 잡으ᄉᆞ, 복의 경구(驚懼)ᄒᆞ믈 더으시니 불감황연(不堪惶
然)1872)ᄒᆞᆫ지라. 청컨듸 마음을 평안이 ᄒᆞ쇼셔.”

1866)뚬 : 좀. ‘조금’의 준말..
1867)슈치(繡─) : 수를 놓은 물건. *‘─치’: 「접사」 ‘일부 명사 뒤에 붙어’ ‘물건’의 뜻
　　을 더하는 접미사. 예) 날림치: 날림으로 만든 물건. 당년치: 당년에 만든 물건. 중간치:
　　중간 크기의 물건.
1868)발어면모(發於面貌) : 얼굴에 나타남.
1869)진월(秦越) : 춘추 시대 두 나라의 이름이다. 진나라는 서북쪽, 월나라는 동남쪽에
　　있어 서로 거리가 멀었으므로, 흔히 ‘소원(疎遠)한 사이’를 비유적으로 표현하는 말로
　　쓰였다.
1870)치신무지(置身無地) : 몸 둘 곳이 없음.
1871)무소용신(無所容身) : 몸을 붙이고 살아갈 곳이 없음.
1872)불감황연(不堪惶然) : 두려워지는 마음을 이길 수가 없음.

연비 공경ᄌ비(恭敬再拜)ᄒ고 다시 옥비(玉杯)를 밧드러 ᄂᆞᅌᅩᆯ 식, 왕이 향젼 비고(向前拜告)¹⁸⁷³ᄒ여 과공(過恭)ᄒᄉ미 우러러 바라옵ᄂᆞᆫ 뜻이 아니믈 ᄌ삼(再三) 고간(固諫)ᄒ니, 공이 부득이 잠간 공경ᄒ기를 덜고 흠신(欠身)ᄒ기를 긋쳐 슌슌이 바다 마시민, 귀듕ᄒᄂᆞᆫ 뜻이 쉼솟 듯ᄒᄂᆞᆫ지라. 조부인이 【12】찬됴(贊助)ᄒ여 칭예(稱譽)ᄒ며 감탄ᄒ미 긋지 아니ᄒ더라.

쇼·양 이 부인과 두 질녜 연ᄒ여 헌작(獻酌)ᄒ민, 공이 츄연이 훤당(萱堂)을 ᄉ모ᄒ여 즐겨 아니 ᄒ더니, 혼졍시(昏定時)의 미쳐 ᄌ질을 거ᄂᆞ려 화쥬를 바라고 졀ᄒᆯ 식, 니측(離側)ᄒ여 먼니 슬하 쩌나믈 ᄌ쳑(自責)ᄒ야, 머리를 두루혀 ᄉ죄(謝罪)ᄒ니, 부인 ᄂᆡ와 ᄌ질이 감읍ᄒ더니, 명일의 일좨(一座) 츄송각의 함취(咸聚)ᄒ니, 상국이 퇴궐ᄒ여 ᄂᆡ【13】당의 좌를 일우며[미], 홀연 뎡궁 시위상궁 진쇼영이 니르러 황후낭낭 슈셰(手書) ᄂᆞ리믈 고ᄒ니, 젼도(轉倒)이 향안(香案)을 빅셜ᄒ고 마ᄌ 보올 식, 상국의 싱지일(生之日)의 니측ᄒ여 결연ᄒᆷᆯ 위로ᄒ시고, ᄉ쥬(賜酒)ᄒ시며 치단(綵緞) 표리(表裏)¹⁸⁷⁴를 상ᄉ(賞賜)ᄒ시고 두 곳 '진진(秦晉)의 호연(好緣)'¹⁸⁷⁵을 명ᄒᄉ, '화쥬로 통ᄒ라' ᄒ시니, ᄒ나흔 '공부상셔 연환의 녀이 가려ᄒᆫ 지용이 잇ᄉ니 한님 완창이 일쳐로 늙지 아니리니, 【14】영녀∥연녀》의 졀미(絶美)ᄒᆷᆯ 거두어 규문의 아름다온 덕홰, 먼니 이비(二妃)¹⁸⁷⁶의 셩덕을 효측ᄒ고, ᄀᆞᄀᆞ이 삼미의 교화를 법(法)바다 꼿다온 일홈이 닌니(隣里)의 들니게 ᄒ라.' ᄒ시고, 하나흔 '호부시랑 두균의 ᄋᆞᄌ 쳥이 금옥가ᄉ(金玉佳士)니 셔암공 ᄎ녜 현슉(賢淑)ᄒ믈 드릿ᄂᆞᆫ지라. 딘진(秦晉)의 호연(好緣)을 미ᄌ 친부(親父) 봉ᄉ(奉祀)를 긔탁(寄託)ᄒ게 ᄒ라.' ᄒ시니, 원ᄂᆡ 이 두시랑은 황후 낭낭 형남 문상후 두졍슉의 계후ᄌ(繼後子)라.

두시랑이 【15】관후댱쟈(寬厚長者)요, ᄋᆞᄌ 쳥이 시년이 이십일 셰니 옥모 영풍이 쇄락ᄒ고 풍뉴ᄌ홰(風流才華) 일셰를 경동(驚動)ᄒᄂᆞᆫ지라. 두시랑이 일즉 위공긔 쳑의(戚誼)를 츌혀 슉질의 졍을 다ᄒ나, 상국이 ᄯ한 은근 관졉(款接)ᄒ여 시랑의 너그럽고 어지믈 심ᄋᆡ(甚愛)ᄒ며 늣긔야 표형(表兄)의 계후(繼後)로 드러와 쳑분을 츌히믈 감동ᄒ더라.

1873)향젼비고(向前拜告) : 상대방을 공경하여 말함.
1874)표리(表裏) : 『복식』 임금이 신하에게 내리거나 신하가 임금에게 바치던 옷의 겉감과 안감.
1875)진진(秦晉)의 호연(好緣) : 중국 진(秦)나라와 진(晉)나라 두 나라가 대대로 혼인을 하였다는 사실에서, 혼인이나 우의가 두터운 관계를 비유적으로 이르던 말.
1876)이비(二妃) : 중국 순(舜)임금의 두 왕비이자 요(堯)임금의 두 딸인 아황(娥皇)과 여영(女英). 함께 순임금에게 시집가 서로 투기하지 않고 화목하게 잘 살았으며, 순임금이 창오(蒼梧)에서 죽자 함께 소상강(瀟湘江)에 빠져 죽었다.

두시랑이 ᄋᆞᄌᆞ를 귀즁긔이(貴重奇愛)ᄒᆞ니 부듸 슉녀명완(淑女明婉)을 취ᄒᆞ여 가도(家道)를 흥긔코져 ᄒᆞᄂᆞᆫ지라. 【16】 구혼(求婚)ᄒᆞ리 구름 못 듯ᄒᆞ나, 규즁(閨中)이 심슈(深邃)ᄒᆞ니 현부(賢否)를 알 길히 업슨 고로, 구지 츄ᄉᆞ(推辭)ᄒᆞ고 오직 바라미 위시의 잇셔, 셔암공 ᄎᆞ녜 현슉ᄒᆞ믈 듯고 그윽이 흠모ᄒᆞ되, 의(義)ᄂᆞᆫ 지친(至親)이오 졍(情)은 셔어(齟齬)ᄒᆞ니, 경이(輕易)히 말ᄉᆞᆷ을 니여 응치 아닐가 두려, 낭낭(娘娘)긔 입현(入見)ᄒᆞ여 ᄉᆞ졍을 앙달(仰達)ᄒᆞ니, 황후 낭낭이 부모 봉ᄉᆞ(奉祀)를 위ᄒᆞᄉᆞ 각별 후휼(厚恤)ᄒᆞ시거늘, ᄒᆞ믈며 동부(宗婦)를 션퇴ᄒᆞ믈 일야(日夜) ᄇᆞ라시ᄂᆞᆫ 비 【17】 라.

쾌허(快許)ᄒᆞ시고 하교(下敎)코즈 ᄒᆞ시더니, 퇴후 낭낭이 믄득 황후를 듸ᄒᆞᄉᆞ 영환의 녀로 위완창의 부실(副室)노 명코즈 ᄒᆞ시믈 니르시고, 졍실(正室) 양녀의 위인을 무르시니, 이 영환 ᄌᆞᄂᆞᆫ 상의 미시(微時) 편댱(偏將)이니 위인(爲人)이 교ᄉᆞ(狡邪)ᄒᆞ되, 총명이 공근(恭謹)ᄒᆞᆫ 고로 상의(上意)를 영합(迎合)ᄒᆞ니, 상이 큰 지죄[1877] 아니믈 아르시되, 공슌(恭順)ᄒᆞ고 됴심ᄒᆞ믈 어엿비 넉이시고, 기쳐 최시ᄂᆞᆫ 퇴낭낭 질이(姪兒)니, 부뫼 구몰(俱沒)ᄒᆞᄆᆡ 퇴휘 거두어 기르ᄉᆞ 영환의게 가 【18】 ᄒᆞ여 계시더니, 이제 은명을 밧ᄌᆞ와 궁듕의 츌입ᄒᆞ고 덕음(德蔭)을 입ᄉᆞ오니, 이 곳 상셔좌승(尙書左丞) 최원의 직죵ᄆᆡ(再從妹)라.

셩긔(性氣)[1878] 총오(聰悟)ᄒᆞ고 직졍(才情)이 민쳡(敏捷)ᄒᆞ니 퇴후 낭낭이 총이ᄒᆞ시ᄂᆞᆫ 비러라. 슈삼(數三) ᄌᆞ녜 잇셔 녀ᄋᆞ 옥픾 방년(方年) 십ᄉᆞ의 고은 퇴도ᄂᆞᆫ 삼ᄉᆡᆨ도화(三色桃花)[1879] 췌우(翠雨)의 져졋ᄂᆞᆫ 듯ᄒᆞ고, 아리ᄯᆞ온 ᄌᆞ질은 화림(花林)의 잉무(鸚鵡) ᄀᆞᆺᄒᆞ니, ᄒᆞ믈며 총혜(聰慧) 다릉(多能)ᄒᆞ여 부모를 ᄒᆞᆫ가지로 타 낫ᄂᆞᆫ지라.

부뫼 ᄋᆡ즁ᄒᆞ여 텬하의 그 【19】 ᄡᅡᆼ이 업ᄉᆞᆯ가 두려 ᄒᆞ더니, 위한님 완창을 보고 크게 깃거 구혼(求婚)ᄒᆞ다가 임의 취실(娶室)ᄒᆞ여시믈 닐너 응치 아니 ᄒᆞ니, 부뷔 듸ᄒᆞ여 이들와 ᄒᆞ거늘, 옥픾 듯고 ᄀᆞ마니 싱각ᄒᆞ되, 'ᄂᆡ의 옥모화틱(玉貌花態)ᄂᆞᆫ 쳔고(千古)의 구ᄒᆞ여도 흔치 아니리니, 만일 옥인긔남(玉人奇男)을 맛날진듸 엇지 부실(副室)을 혐의(嫌疑)ᄒᆞ리오.'ᄒᆞ더니, 칠셕졀일(七夕節日)의 은명(恩命)을 씌여 녀ᄋᆞ를 ᄃᆞ려 닙궐(入闕)ᄒᆞ엿더니, 신진 쇼년흑ᄉᆞ(新進少年學士)를 후원의 【20】 모화 무직(武才)를 시험ᄒᆞ시고 글 지이시니, 졔궁이(諸宮兒) 원장(垣墻) 틈으로 여어볼 식, 최시 모녜 ᄒᆞᆫ가지로 구경ᄒᆞ니 위ᄉᆞ인 형뎨 궁시(弓矢)를 잡ᄋᆞ 빅보를 맛치고, 쇼·양 냥인이 참예ᄒᆞᄆᆡ 쇼셰광의 무에 읏듬이라.

텬직 ᄉᆞ쥬(賜酒)ᄒᆞ시고 글 지이ᄉᆞ 상ᄉᆞ(賞賜)ᄒᆞ시니, 빅여 인 ᄀᆞ온듸 위가 형뎨와 쇼·양의 오르리 업ᄂᆞᆫ지라. 최시 ᄌᆞ시[1880] 뭇져기ᄆᆡ[1881], 졍궁 시위상궁(侍衛尙宮) 진

1877) 지죄 : 재주. 무엇을 잘할 수 있는 타고난 능력과 슬기.
1878) 셩긔(性氣) : 타고난 성품.
1879) 삼ᄉᆡᆨ도화(三色桃花) : 백색, 분홍, 홍색의 세 가지 색깔의 꽃이 섞여 핀 복숭아꽃.

쇼영은 본(本)이 화쥐 쇼츌이라, 일일히 ᄀ르치ᄂ지라.

최【21】시 ᄎ탄ᄒ기를 마지 아니코, 영시 옥교ᄂ 머리를 숙여 싱각ᄂ 뜻이 깁흐니, 진상궁이 괴이히 넉이더라.

옥피 도라와 어린 ᄃ시 침식(寢食)을 폐ᄒ거ᄂᆯ, 최시의 뜻이 ᄯᅩ흔 어즈러워 ᄀ마니 니로ᄃᆡ,

"위문창과 쇼세광은 년긔(年紀) 치지(差池)1882)ᄒ고, 위한님 완창과 양문흥이 진실노 금옥 군지라. 녀ᄋ의 텬졍가우(天定佳偶)로ᄃᆡ 그 가온ᄃᆡ 어ᄂ야 가(可)ᄒ리오."

옥피 ᄃᆡ왈,

"진상궁의 말을 드르니 양문흥은 위가의 ᄉ회요,【22】문흥의 누의 완창의 체(妻)라 ᄒ니, 져의 남ᄆᆡ 쵸(初)의 뉴리고쵸(流離苦楚)ᄒ여 힝걸(行乞)ᄒ다가 위가의 거두믈 닙다 ᄒ니, 위·양 냥인의 풍치ᄂ 고ᄒᆡ(高下) 업ᄉ나, 문지(門地)를 굴히ᄆᆡ 위싱이 늣고, 기쳐 양시 비록 위가의 후ᄃᆡ를 바드나 한미(寒微)ᄒ 즈최 엇지 쇼녀의 당당ᄒ 세(勢)와 졀등(絶等)ᄒ 자식(姿色)을 당ᄒ리잇고? 양한님 쳐ᄂ 위시니 친가 셰엄이 괴로온지라. 여러 가지 일이 다 위싱이 ᄂ흐니 히이 져집의 ᄂᄋ가ᄆᆡ 양녀【23】를 셔르져1883), 당당이 원위(元位)로써 닉게 도라오게 ᄒ리니, 여러 가지 일이 다 위한님을 돗ᄎᆷ 즉ᄒ이다."

최시 왈,

"오ᄋ(吾兒)의 혜ᄋ리미 붉거니와, 위개(家) 거일의 허치 아냐시니 이제 직실로 구ᄒᆞ미 구ᄎᆞᄒ거ᄂᆞᆯ, 만일 ᄯᅩ 불허 즉 분을 엇지 니ᄀ리오."

옥피 왈,

"틱틱 맛당이 틱냥냥긔 고ᄒᆞᄉᆞ 사혼ᄒ신 즉, 위공이 감히 어그릇지 못ᄒ리이다."

최시 올히 넉여 다시 금닉(禁內)의 현알ᄒ여 공교한 말ᄉᆞᆷ【24】으로, 간졀이 졍원(情願)을 쥬(奏)ᄒᆞ야, '신몽(神夢)을 어드니 옥피 위완창의 젼셰 연분이믈 씨ᄃᆞ라, 그 직실을 혐의치 못ᄒᆞᄆᆞᆯ 이고(哀告)ᄒ온ᄃᆡ', 틱휘 허ᄒ시고 싱각ᄒ시건ᄃᆡ, '상이 위가를 녜ᄃᆡ(禮待)ᄒᆞ시미 심상치 아니시니, ᄉᆞ양ᄒ 즉 다시 권치 아니ᄒ실지라.' 이에 황후로 ᄒᆞ여곰 위승상긔 하교케 ᄒ시니, 황휘 비록 녕녀의 간악ᄒᆞ믈 깃거 아니시나, 부득이 명ᄒ신지라.

진상궁이 삼부인긔 셰셰(細細)이【25】고ᄒᆞ니, 부인이 임의 셕일(昔日) 몽ᄉᆞ를 됴ᄎᆞ 양쇼져의게 젹원(積怨)이 밋치인 지 이시믈 아라시니, 엇지 굿ᄒᆞ여 놀나리오. 승상

1880)ᄌᆞ시 : 자세히.

1881)뭇져기다 : 알아보다. 조사하거나 살펴보다.

1882)치지(差池) : 모양이나 시세 따위가 들쭉날쭉하여 일정하지 아니함. 또는 차이가 남.

1883)셔릇다 : 셔릇다. '거두어 치우다'는 뜻의 옛말.

이 텬명을 역지 못홀 줄 아니 스양ㅎ미 업서, 화쥬의 가 어버이와 형의게 품ㅎ고 회쥬
ㅎ믈 알외미, 궁인을 도라보닉고 양쇼져를 닉으 오라 ㅎ여 굴오딕,

"젹은 일도 명(命)이 아니미 업스니, ㅎ믈며 낭낭 셩교(聖敎)를 위월(違越)치 못홀
지라. 져 녀조의 현불쵸(賢不肖)는 미리 【26】 아지 못ㅎ려니와, 현질은 덕을 더욱 가
다듬으 오질(吾姪)의게 도를 온젼이 ㅎ믈 브라노라."

양쇼제 복지(伏地) 문파(聞罷)의 직비 부복(俯伏) 왈,

"쇼질이 불쵸 우미(愚迷)ㅎ오니 대인의 경계ㅎ스믈 밧드올 쥴을 긔필치 못ㅎ오나,
삼가 돈명을 간폐(肝肺)의 삭이리이다."

조부인이 우연 탄식 왈,

"내 드르니 영상셔 부인은 틴낭낭 친질(親姪)이오, 부귀 호스를 결우리 업다 ㅎ니,
그 어지지 못ㅎ믄 가지(可知)라. 영시 녀지 교오(驕傲) 방 【27】 조(放恣)ㅎ여 원비
(元妃)를 압두코조 흔죽, 궁금(宮禁)을 써 그 세를 당치 못ㅎ리니, 현질의 신세 누란
(累卵)의 위틱ㅎ미 되지 아니랴?"

양쇼제 빅스(拜謝) 왈,

"불민 쇼쳡이 슉모의 권이ㅎ시믈 닙스오니 황감불승(惶感不勝)이로쇼이다. 영시 녀
조는 지상 문미(門楣)[1884]의 금옥(金玉)이오, 만세 틴낭낭 총이ㅎ스믈 밧즈와 셩덕을
목욕ㅎ오니 엇지 불현ㅎ미 잇스리잇고? 셜혹 쇼질의 명운이 긔험(崎險)ㅎ와 화망(火
網)의 쌘지오나 스스로 죄악 【28】 을 쌋흔 빅니 눌을 한ㅎ리잇고? 돌흘 안으 벽ㄴ(碧
羅)[1885]의 쎠러지고 조리를 피ㅎ여 댱신(莊辛)[1886]의 믈너나믈 슌히 밧즈와, 하늘과
스름을 원(怨)치 아니ㅎ리이다."

승상이 희동안식(喜動顔色)[1887] 왈,

"무릇 '슌쳔즈(順天者)는 창(昌)ㅎ고 역쳔즈(逆天者)는 망(亡)ㅎ느니'[1888] 현질의
어진 말숨과 통달흔 의논이 여츠ㅎ니, 우슉(愚叔)이 써 현질을 넘녀치 아니ㅎ노라. 오

1884) 문미(門楣) : ①문벌, 가문. ②창문 위에 가로 댄 나무. 그 윗부분 벽의 무게를 받쳐
준다.
1885) 벽ㄴ(碧羅) : '푸른 비단'이란 뜻으로, '푸른 하늘'을 비유적으로 이르는 말.
1886) 댱신(莊辛) : 초나라의 충신. 초 양왕이 국정을 돌보지 않고 음탕하게 놀기만 일삼
으므로, 이를 간하였으나 받아들이지 않자, 조(趙)나라로 망명하였다. 그 후 진(秦)나라
가 초나라를 쳐 도성 함락하자, 양왕은 성양(城陽)으로 피신하고, 사람을 보내어 장신
을 돌아오게 하였다. 양왕이 장신에게 국난을 해결할 방안을 묻자, 그는 "토끼를 보고
나서 사냥개를 불러도 늦지 않고, 양이 달아난 뒤에 우리를 고쳐도 늦지 않습니다."라고
하면서 국정을 새롭게 닦으라고 하였다. 『전국책(戰國策) 초책(楚策)』에 나온다.
1887) 희동안식(喜動顔色) : 기쁜 빛이 얼굴에 드러남.
1888) 슌쳔즈(順天者)는 창(昌)ㅎ고 역쳔즈(逆天者)는 망(亡)ㅎ느니 : 천리를 따르는 자는
흥하고, 천리(天理)를 거스르는 자는 망한다.

질(吾姪)이 회왕(懷王)1889)의 혼암(昏暗)과 한뎨(漢帝)1890)의 불명(不明)이 업스리니, 현질이 엇지 벽느의 즘기【29】기[고], 댱신(莊辛)의 퇴(退)ᄒ○○○[미 이시]리오. 하늘이 덕으로써 현질의게 쥬시니, 지화(災禍)를 인ᄒ여 덕을 더옥 창(昌)ᄒᄂ 빗니라."

양쇼졔 황공ᄒ여 업듸여 돈교(尊敎)를 듯ᄌ올 시 뉴한(流汗)이 쳠의(沾衣)러라.

시(時)의 사인과 한님이 심녜의 불평ᄒ미 ᄀ득ᄒ고, 각각 미우의 무거온 근심이 둘너시나, 홀노 양쇼졔 안식을 동(動)치 아니ᄒ고, ᄉ긔(辭氣) 안셔(安舒)ᄒ여 돈젼(尊前)의 봉시(奉侍)ᄒᄂ 졍셩이 쵹쵹(屬屬)하고 공경홀 ᄯ름이오. 져기도1891)【30】은우(隱憂)ᄒ미 업스니. 슉당 슉모의 탄복ᄒ미 더으고, 연비 닋렴(內念)의 가(可)히 넉이더라.

승상이 텬졍(天廷)의 쥬달ᄒ여 말믜를 엇ᄌ와 화쥬로 향ᄒ니, 냥질이 흔가지로 슈유(受由)ᄒ여 뫼셔 힝ᄒ니라.

어시의 긔부인이 진왕비를 훌훌이1892) 보ᄂ고, 암연(黯然)ᄒ믈 니기지 못ᄒ나, 왕의 경즁(敬重)ᄒ믈 딕열(大悅)ᄒ고 돈영(尊榮)ᄒ믈 깃거ᄒ며, 진궁의 가 보기를 긔약ᄒ여 위로ᄒ더니, 위공이 화쥬로 가믈 듯【31】고 진궁의 가기를 쳥ᄒ니, 연비 왕긔 품ᄒ여 위의를 ᄀᆺ쵸와 틱모와 모친을 뫼셔올 시, 긔부인이 환희 쾌활ᄒ여 흔연이 뎡의 올나 진궁의 닐으니, 쥬문(朱門)이 놉히 구름의 쇼솟고 분장(粉牆)이 먼니 둘넛ᄂ듸, 문 우히 텬지 친히 금ᄌ(金字)로 졔익(題額)ᄒ시고 홍ᄉ(紅絲)로 ᄀ리와시니1893), 보기의 감격ᄒ고 마음이 흐뭇ᄒ거늘, 닐곱 문을 드러 닋뎐의 밋쳐ᄂ 뎐각이 광활ᄒ고 누듸(樓臺) 표묘(縹緲)ᄒ여 붉은 박공(博栱)1894)【32】이 구름이 오히려 머무럿고, 치식(彩色) 쳠하(檐下)1895)의 히빗치 바이여 일쳔(一千) 문(門)의ᄂ 화풍(和風)이 어리고, 일만 지게1896)의 셔광(瑞光)이 둘너시니, 슈졍념(水晶簾)을 ᄌ금구(紫金鉤)1897)

1889)회왕(懷王) : 중국 전국(戰國) 때 초 나라의 임금. 이름은 웅괴(熊槐). 성품이 우둔하여 충신을 배척하다가 결국 진(秦) 나라에 잡혀 가서 죽었다.

1890)한뎨(漢帝) : 한성제(漢成帝). 중국 전한(前漢)의 제12대 황제(BC 33–7). 이름은 유오(劉驁). 원제(元帝)의 아들이다. 사치스러운 생활을 했으며, 술과 여자에 빠져 조비연(趙飛燕)·조합덕(趙合德)의 참소를 들어 국정이 어지러웠고, 대장군 왕봉(王鳳) 등 외척에게 정사를 맡겼다가 얼마 못 가서, 외척 왕망(王莽)에게 제위를 찬탈 당했다.

1891)져기도 : 져기나. 적이나. 얼마간이라도. *져기: 적이. 저으기. 꽤 어지간한 정도로.

1892)훌훌이 : 훌훌히. 미련 따위를 모두 털어 버리는 모양.

1893)ᄀ리오다 : 가리우다. 가리다. 보이거나 통하지 못하도록 막다.

1894)박공(博栱) : 『건설』 박공지붕의 옆면 지붕 끝머리에 '∧' 모양으로 붙여 놓은 두꺼운 널빤지. 늑게이블, 박공널, 박공판, 박풍.

1895)쳠하(檐下) : 처마. 지붕이 도리 밖으로 내민 부분.

1896)지게 : 옛날식 가옥에서, 마루와 방 사이의 문이나 부엌의 바깥문. 흔히 돌쩌귀를 달아 여닫는 문으로 안팎을 두꺼운 종이로 싸서 바른다.＝지게문.

의 거러시며, 옥셤1898)과 금다리1899) 슈(繡)노흔 난간(欄干)의 니어, 눈이 황홀ᄒ고 의ᄉᆞ(意思) 요요(耀耀)ᄒ니, 두루 슬필 ᄉᆞ이의 진비 덩문을 열고 붓드러 뫼시민, ᄂᆞ즉이 녜(禮)ᄒ니, 틱부인이 년망(連忙)이 손을 잡ᄋᆞ 니르혀 굴오ᄃᆡ,

"그리 졀ᄒᆞ미 밧브냐? 졀 아니타 닉 현마 무례ᄒ다【33】 ᄭᅮ지즈랴? 인ᄒᆞ여 졉면교이(接面交耳)1900)ᄒᆞ여 등을 두다리며, 층층흔 졍계(庭階)를 말믹암ᄋᆞ ᄃᆞ리로 오를 시, 황황(遑遑)ᄒ여 손녀를 붓잡고 긔여올나 침뎐(寢殿)의 드러가니, 비취장(翡翠檣)1901)을 헷치고 운무병(雲霧屛)1902)을 물니치민, 상ᄋᆞ상(象牙床)1903)의 뇽봉(龍鳳)1904)을 삭이고 슈방셕(繡方席)을 ᄭᅡ라시니, 진비 붓드러 오르시믈 쳥흔ᄃᆡ, 부인이 요두(搖頭) 왈,

"이 상(床)은 노모의 안즐 ᄇᆡ 아니라. 외람ᄒ고 불안ᄒ니 ᄂᆞ려 안ᄌᆞ리라."

진비 연망이 한상궁을 【34】 도라본ᄃᆡ, 상궁이 좌우로 ᄒᆞ여곰 옥상(玉床)의 비단 방셕을 노하 ᄌᆞ리를 베푸거늘, 쳥ᄒ여 뫼신 후 상하(床下)의 방셕을 노하 셕부인을 뫼시니, 틱부인이 비로쇼 좌우로 둘너보니, 버린 거시 졍졔(整齊)ᄒ고 긔완(奇玩)과 니뵈(異寶) 아닌 거시 업ᄂᆞᆫ지라.

이 곳 셕일 셰종황뎨와 두낭낭 깃치신 비오, 금텬즈(今天子)의 ᄉᆞ숑(賜送)ᄒ신 거시니, 왕이 기즁 외람흔 거슬 거두어 ᄂᆞ라히 밧치고 쓰지 아니ᄒᆞ나, 기기(個個)히 ᄉᆞ가(私家)의 【35】 보지 못흔 물(物)이니, 부인이 옛날 ᄌᆞ긔 친부(親父) 호ᄉᆞ(豪奢)ᄂᆞᆫ 다 니ᄌᆞ미 되고, 오릭 궁향(窮鄕) 모젼(茅田)1905)의 무치여 고루화각(高樓畵閣)을 보지 못ᄒᆞ여다가, 경ᄉᆞ의 온 후(後)도 ᄋᆞ직 검냑(儉略)ᄒ여 집이 크지 아니코, 즙물(什物)의 ᄉᆞ화(奢華)ᄒ미 업ᄂᆞᆫ지라. ᄌᆞ긔 당즁(堂中)이 졍활(淨闊)ᄒᆞᄂᆞ1906) 엇지 이 궁뎐의 비기리오.

두루 슬피고 깃부미 만복(滿腹)ᄒ더니, 진왕이 악공(岳公)1907)과 시랑을 쳥ᄒ여 입ᄂᆡ(入內)ᄒ니, 당건쳥삼(唐巾靑衫)1908)의 셰쵸(細綃)ᄯᅴ1909)를 둘너시니, 복ᄉᆞᆨ【36】

1897)ᄌᆞ금구(紫金鉤) : 자줏빛이 나는 금으로 만든 갈고리.
1898)옥셤 : 옥같이 고운 섬돌. =옥계(玉階)
1899)금다리 : 금빛으로 치장하여 만든 다리.
1900)졉면교이(接面交耳) : 서로 얼굴을 마주대고 귀를 스침. ≒접면교시(接面交腮)
1901)비취장(翡翠檣) : 비취로 장식한 농장.
1902)운무병(雲霧屛) : 안개처럼 둘러 있는 병풍.
1903)상ᄋᆞ상(象牙床) : 상아(象牙)로 장식한 침상. 또는 평상.
1904)뇽봉(龍鳳) : 용과 봉황을 함께 이른 말.
1905)모젼(茅田) : 띠가 잡초와 함께 무성하게 난 땅. =띠밭.
1906)졍활(淨闊)ᄒ다 : 넓고 깨끗하다.
1907)악공(岳公) : 아내의 아버지. =장인(丈人).
1908)당건쳥삼(唐巾靑衫) : 당건을 쓰고 청삼을 입은 차림. *당건(唐巾) : 예전에, 중국에서 쓰던 관(冠)의 하나. 당나라 때에는 임금이 많이 썼으나, 뒤에는 사대부들이 사용하

이 유싱(儒生) ᄀᆞᆺ고, 긔운이 놉고 뫍아 표연(飄然)이 츌진(出塵)홀 의식 잇ᄂᆞᆫ지라.

볼스록 긔특ᄒᆞ고 공경(恭敬) 문후(問候)ᄒᆞ미 탐탐(耽耽)이 귀ᄒᆞᆫ지라. ᄯᅥᆯ니 답녜ᄒᆞ고 좌ᄅᆞᆯ 일우미 연공이 화연이 우음을 ᄯᅴ여 뭇ᄌᆞᆸ오ᄃᆡ,

"ᄌᆞ위 처음으로 운동ᄒᆞ시니 신긔(身氣) 엇더ᄒᆞ시니잇가?"

부인이 흔연(欣然) 쇼왈,

"무방홀 분 아니라 마음이 싀훤ᄒᆞ고 정신이 상쾌ᄒᆞ도다."

인ᄒᆞ여 뎐각의 고ᄃᆡ(高大)ᄒᆞᄆᆞᆯ 일ᄏᆞᆺ고, 성은을 칭복ᄒᆞ여 입이 결을1910) 업고, 우음과 【37】 말솜이 년면부졀(連綿不絕)1911)ᄒᆞ더니, 아이오 궁이 분분이 팔진셩찬(八珍盛饌)1912)을 나오니, 그릇슨 뉴리(琉璃) 호박(琥珀)과 금은(金銀)이오, 반은 대모(玳瑁)1913)와 옥반(玉盤)이니, 만반(滿盤)의 슈륙진미(水陸珍味) ᄀᆞᆺ지 아니미 업ᄂᆞᆫ지라.

틱부인이 평싱의 ᄌᆞ부(子婦)의 지셩봉양(至誠奉養)을 바다시니, 쇼견이 놉흔 고로 됴흔 맛도 오히려 쳠퇴(恬退)1914)ᄒᆞ더니, 금일은 마음이 즐겁고 ᄯᅳᆺ이 쾌락ᄒᆞ니 이러틋 장(壯)ᄒᆞᆫ 음식과 긔구를 보지 못ᄒᆞ엿더니, 보ᄂᆞᆫ 것마다 구경되고 일마다 됴【28】화 뵈니, 분분(紛紛)이 하져(下箸)ᄒᆞ며, ᄌᆞ(子)와 부(婦)를 바다 쥬며 '더 먹으라' ᄒᆞ고 한업시 됴화ᄒᆞ니, 공과 부인이 모부인 깃거 ᄒᆞ시믈 더욱 환ᄒᆡᆼ(歡幸)ᄒᆞ더니, 진비의 향온(香醞)을 밧드러 연(連)ᄒᆞ여 헌(獻)ᄒᆞ니, 머리의 구봉관(九鳳冠)1915)은 칠보(七寶)1916)로 ᄭᅮ몃고, 엇개1917의 강쵸의(絳綃衣)1918)ᄂᆞᆫ 치식이 현난(絢爛)ᄒᆞ니, 오운젹

였다. *청삼(靑衫) : 조복(朝服) 안에 받쳐 입던 옷. 남색 바탕에 검은 빛깔로 가를 꾸미고 큰 소매를 달았다

1909)셰쵸(細綃)ᄯᅴ : 생사(生絲)로 짠 비단 띠.

1910)결을 : 겨를. 어떤 일을 하다가 생각 따위를 다른 데로 돌릴 수 있는 시간적인 여유. 늑틈.

1911)년면부졀(連綿不絕) : 말이나 일 따위가 끊어지지 않고 계속 이어져나감.

1912)팔진셩찬(八珍盛饌) : 여러 가지 진귀하고 맛있는 것을 푸짐하게 잘 차린 음식.

1913)대모(玳瑁): ①대모의 등과 배를 싸고 있는 껍데기. 주로 장식품이나 공예품을 만드는 데에 쓴다. =대모갑(玳瑁甲). ②『동물』 바다거북과의 하나. 몸의 길이는 60cm 정도이며, 등딱지는 노란색에 구름 모양의 어두운 갈색 무늬가 있다.

1914)쳠퇴(恬退) : ①단 것을 물리침. ②술이니 음식 따위가 너무 달다고 하여 물리쳐 먹거나 마시지 않음

1915)구봉관(九鳳冠) : 아홉 마리의 봉황 장식을 붙여 만든 봉관(鳳冠). *봉관(鳳冠): 중국에서 조정으로부터 봉작(封爵)을 받은 명부(命婦)가 쓰던 관모(官帽). ≪영조실록≫ 영조23년 1747.7.29. 조에 민응수(閔應洙)가 "북경에 갔을 적에 구봉관(九鳳冠)과 오봉관(五鳳冠)을 보았는데, 붉은 자개와 순금(純金)으로 되어 있어 극도로 사치하고 화려하였다"고 아뢴 기록이 나온다. 또 김윤식(金允植)의 ≪운양속집(雲養續集)4권/정부인 김해김씨묘갈명(貞夫人金海金氏墓碣銘)≫에 융희3년(1909) 순종황제가 창원 마산포에 순행하여 김해김씨를 불러 보았는데, 이때 김해김씨가 봉관(鳳冠; 봉황관)과 하피(霞帔: 새우무늬치마) 차림으로 순종황제를 알현한 기록이 보인다. 이를 보면 조선에서도 봉관을 착용하였음을 알 수 있다.

금상(五雲赤錦裳)1919)은 세요(細腰)의 둘너시며, 녕농(玲瓏) 보옥딕(寶玉帶)노 약질(弱質)의 문허젓고, 진쥬면뉴(珍珠冕旒)노 화협(花頰)의 어른기되, 움즉이미 향풍(香風)이 【29】 니러느고, 빈례(拜禮)ᄒᄆᆡ 옥결(玉玦)1920)이 낭낭ᄒᆞ니, 구름 ᄀᆞᆺᄒᆞᆫ 귀밋1921)과 부용(芙蓉) ᄀᆞᆺᄒᆞᆫ 교험(嬌臉)1922)의 ᄒᆡ월(海月) ᄀᆞᆺᄒᆞᆫ 광쳐 어리롭고, 돈귀(尊貴)ᄒᆞ여 진실노 쳔승 국뫼(國母)요, 일방(一邦) ᄌᆞ군(慈君)1923)이라.

희불ᄌᆞ승(喜不自勝)ᄒᆞ고 환약텬지(歡若天地)1924)ᄒᆞ여 밧비 잔을 바다 거후르고, 그 셤슈(纖手)를 어루만져 웃는 입을 거두지 못ᄒᆞ니, ᄒᆞ믈며 궁뎐(宮殿)의 장활(長闊)홈과 긔구(器具)의 호셩(豪盛)ᄒᆞ며, 만흔 궁ᄋ(宮娥)1925)의 무슈이[흔] 시위(侍衛), 무리 지어 엄엄(嚴嚴)흔 졀ᄎᆞ와 슉슉(肅肅)흔 녜법이 【30】 졍졔(整齊)ᄒᆞ믈 보건디, 손녀의 돈즁(尊重)ᄒᆞ믈 알거시오, 져러틋 귀흔 몸을 공경ᄒᆞ니, ᄌᆞ긔 몸이 더옥 큰지라.

깃브고 쾌ᄒᆞ며 즐겁고 됴화 좌우로 둘너보고 안졉(安接)지 못ᄒᆞ더니, 이윽고 참졍이 하직고 도라가고, 시랑이 왕을 됴ᄎᆞ 외뎐(外殿)으로 나가미, 몸을 니러 후창을 열고 곡난(曲欄)을 둘너보며 셕부인을 불너, '보라' ᄒᆞ여 쳐쳐(處處)의 분장(粉牆)과 계졍(階庭)의 쇼쇄(瀟灑)ᄒᆞ고, 셕가산(石假山)1926)의 긔화요쵸(琪花瑤草)를 옥분(玉盆)의 심 【31】 거 버럿ᄂᆞ디, 금풍(金風)1927)이 슬슬ᄒᆞ고1928) 상뇌(霜露) 져져시니, 단풍은

1916)칠보(七寶) : ① 『불교』 일곱 가지 주요 보배. 무량수경에서는 금·은·유리·파리·마노·거거·산호를 이르며, 법화경에서는 금·은·마노·유리·거거·진주·매괴를 이른다. ≒칠진(七珍). ② 『공예』 금, 은, 구리 따위의 바탕에 갖가지 유리질의 유약을 녹여 붙여서 꽃, 새, 인물 따위의 무늬를 나타내는 공예. 또는 그 공예품.
1917)엇개 : 어깨. 사람의 몸에서, 목의 아래 끝에서 팔의 위 끝에 이르는 부분.≒견두(肩頭).
1918)강쵸의(絳綃衣) : 진한 빨강색 비단으로 지은 옷.
1919)오운젹금상(五雲赤錦裳) : 여러 가지 빛깔로 빛나는 붉은 비단 치마. *오운(五運): 여러 가지 빛깔로 빛나는 구름. 고적운 따위에서 태양에 가까운 가장자리 부분이 회절(回折) 현상에 의하여 아름답게 물들어 보이는 것이다.=오색구름.
1920)옥결(玉玦) : 옥으로 만들어 허리에 차는 고리.
1921)귀밋 : 귀밑. '귀밑머리'를 줄여 쓴 말. 이마 한가운데를 중심으로 좌우로 갈라 귀 뒤로 넘겨 땋은 머리.
1922)교험(嬌臉) : 아리따운 뺨. 아리따운 얼굴.
1923)ᄌᆞ군(慈君) : '어머니'를 달리 이른 말.
1924)환약천지(歡若天地) : 기뻐하기를 하늘과 땅처럼 끝이 없이 함.
1925)궁아(宮娥) : 『역사』 고려·조선 시대에, 궁궐 안에서 왕과 왕비를 가까이 모시는 내명부를 통틀어 이르던 말. 엄한 규칙이 있어 환관(宦官) 이외의 남자와 절대로 접촉하지 못하며, 평생을 수절하여야만 하였다. =나인.
1926)셕가산(石假山) : 정원 따위에 돌을 모아 쌓아서 조그마하게 만든 산.
1927)금풍(金風) : '가을바람'을 달리 이르는 말. 오행에 따르면 가을은 금(金)에 해당한다는 데에서 이르는 말이다.
1928)슬슬 : 바람이 부드럽게 부는 모양. =솔솔.

운님(雲林)의 어리여 붉은 빗과 누른 빗치 청엽(靑葉)을 굿쳐시며1929), 금분(金盆)의 츄국(秋菊)이 바야흐로 셩개(盛開)ᄒ여 이향(異香)이 먼니 젼ᄒ니, 쓸흘 지나 담이오 담 밧긔 집이니, 붉은 듕문(中門)의 금쇄(金鎖)를 구지 치왓더라.

부인이 두로 무러 왈,

"져거슨 무슨 집고? 이거슨 어디메오?"

진비 일즉 보지 못ᄒ엿ᄂ지라. 모로무로 디ᄒ니, 한·쇼 등 졔 상궁이 【32】 ᄯ라단니며 일일히 고ᄒᆯᄉᆡ,

"함츈뎡(含春亭)과 츄월누(秋月樓)요. 믹셜당(梅雪堂)과 하향각(荷香閣)이니 셧녁 담 밧긔 망월누(望月樓)와 듁셔졍(竹書亭)이 잇고, 그 밧 쇼쇼(小小)ᄒᆫ 연당(蓮塘)은 이로 다 뵈지 아니ᄒᄂᆞ니이다."

퇴부인이 그 가르치믈 됴ᄎ 기리 셔 바라보니, 표묘(縹緲)ᄒᆫ 쳠하ᄂᆞᆫ 봉이 날개를 편 듯, 그림 그린 기동은 솔 슈풀의 어른기고, 상셔로운 구름이 곡난(曲欄)을 즈음쳐 긔긔(奇奇)ᄒᆫ 경치 션궁(仙宮)의 오르ᄂᆞᆫ 듯ᄒ고, 묘묘(妙妙)ᄒᆫ 치식(彩色)이 그림 속 【33】 집 ᄀᆞᆺᄒ니, 우으며 진비다려 니로디,

"이 굼굼ᄒᆫ1930) 은 회야! 이 집의 완지 멋 둘이라, 져 긔특ᄒᆫ 구경을 지금의 아냣ᄂᆞᆫ다?"

진비 디왈,

"쇼녜 유튱(幼沖)ᄒ와 구경ᄒᆯ 의ᄉᆞ를 니지 못ᄒ온지라. 맛당이 태모를 모셔 두로 완경(玩景)ᄒᆞᆺᄉᆞ이다."

부인이 졈두 응낙ᄒ고 몸을 두로혀 문희뎐의 도라오니, 셕식이 오르고 쵹을 혀믹 다시 아름다온 ᄎᆞ과(茶果)와 긔이ᄒᆫ 쥬찬으로 졍셩을 다ᄒ니, 슌슌이 즐겨 진 【34】 식(進食)고 모든 상궁(尙宮)들노 흔연 담화ᄒ여 셕ᄉᆞ(昔事)를 뭇고, 셰동 황야와 두 낭낭(娘娘) 귀텬(歸天)ᄒ시믈 슬허 눈믈을 흘니고, 당금(當今) 황상과 낭낭 은퇴을 일ᄏᆞ라 감격ᄒ니, 쳔담만언(千談萬言)이 긋칠 ᄉᆞ이 업더니, 야심ᄒ믹 비(妃)를 품고 ᄉᆞ랑ᄒ노라1931), 인ᄒ여 잠ᄌᆞ기ᄅᆞᆯ 폐ᄒ더라.

이러트시 즐겨 슈 삼일 후 비로쇼 후원 풍경을 유람ᄒᆞᆯ ᄉᆡ, 망월누(望月樓)의 포진(鋪陳)을 빗셜ᄒ고 부용당(芙蓉堂)의 ᄌᆞ리를 베퍼시니, 옥 【35】 계(玉階)의 방최(芳草) 오히려 푸르고, 지당(池塘)의 연실(蓮實)이 바야흐로 닉어시니, 여향(餘香)이 은

1929) 긋치다 : 그치다. 계속되던 일이나 움직임이 멈추거나 끝나다. 또는 그렇게 하다.

1930) 굼굼ᄒ다 : 궁금하다. 무엇이 알고 싶어 마음이 몹시 답답하고 안타깝다. * 『국립국어원 표준국어대사전』 <우리말샘>에는 '굼굼하다'를 '궁금하다'의 제주도 방언으로 설명해놓고 있다.

1931) ᄒ노라 : 하노라. *-느라: ((동사 어간이나 어미 '-으시-' 뒤에 붙어))앞 절의 사태가 뒤 절의 사태에 목적이나 원인이 됨을 나타내는 연결 어미. =-느라고.

은ᄒ여 경치 승졀(勝絶)ᄒ거늘, 아로삭인 난간과 슈노혼 창호(窓戶)의 금슈방셕(錦繡方席)을 ᄭᅵ랏고, 금노(金爐)의 명향(名香)은 푸른 니를 토(吐)ᄒ고, 옥쳠(屋簷)의 흰 구름은 단쳥(丹青)을 즈음쳐 원서(遠舍) 풍쳠(風簷)1932)은 표묘(縹緲)히 시니를 님ᄒ고, 쥬발은탕(周鉢銀湯)1933)은 녕농(玲瓏)히 일식(日色)의 ᄇᆡ익고, 쳥숑(靑松)이 낙낙(落落)ᄒ여 푸른 장(帳)을 두른 듯, 층층혼 암셕과 공교혼 가산(假山), 국화와 난쵸 【36】 향ᄎᆔ 스름의 옷시 품기ᄂᆞᆫ ᄃᆡ, 쥭님(竹林)의 미록(麋鹿)과 난학(鸞鶴)이 쌍쌍이 왕ᄂᆡᄒ니, 진실노 호즁텬지(壺中天地)1934)오, 셩시산님(聖時山林)1935)이라.

틱부인이 호흥(好興)이 발연(勃然)ᄒ여 좌우로 고면(顧眄)ᄒ고, 젼후로 완경(玩景)ᄒ여 눈이 결을 업고, 마음이 환낙ᄒ여 가부인과 경·왕 냥손을 뵈고ᄌᆞ ᄎᆞ환을 세 곳으로 보ᄂᆡ니, 아이(俄而)오1936) 일시의 니른지라.

바로 원즁(園中)으로 인도ᄒ니, 슉질 삼인이 후문의 ᄂᆞ려 시ᄋᆞ의 인도ᄒᆞᆷ을 됴ᄎᆞ 연보(蓮步)로 【47】 옴길ᄉᆡ, 먼니 바라보니 숑쥭(松竹) 슈풀 속의 단쳥칙각(丹青彩閣)이 운쇼(雲宵)의 쇼삿ᄂᆞᆫᄃᆡ, 쌍쌍혼 궁ᄋᆡ(宮兒) 경군ᄎᆔᄃᆡ(輕裙翠帶)1937)로 ᄯᅵ어 뫼셔 ᄂᆞ리니, ᄌᆞ의황상(紫衣黃裳)1938)의 향풍의 ᄂᆞᆺ붓기고, 월픽셩관(月佩星冠)1939)이 좌우의 옹후(擁後)ᄒ여 이향(異香)이 먼니 젼ᄒᄂᆞᆫ ᄃᆡ, 진비 젹의ᄎᆔ슈(翟衣翠袖)1940)로 향험(香臉)1941)의 아릿ᄯᅡ온 우음을 먹음어 슉모와 져져(姐姐)를 마즈니, 셔광(瑞光)은 몸을 두루고 상운(祥雲)은 발ᄋᆞ릭 어리여 의심컨ᄃᆡ, 쇼ᄋᆡ(素娥)1942) 계궁(桂宮)1943)의 ᄂᆞ리고, 텬숀(天孫)이 작교(鵲橋)1944)를 건너ᄂᆞᆫ 【48】 듯, 몸이 ᄌᆞ부(紫府)1945)의

1932)풍쳠(風簷) : 아름다운 처마.
1933)쥬발은탕(周鉢銀湯) : '놋쇠로 만든 밥그릇'과 '은으로 만든 국그릇'을 함께 이른 말.
　　*주발(周鉢): 놋쇠로 만든 밥그릇. 위가 약간 벌어지고 뚜껑이 있다. ≒밥주발. *은탕
　　(銀湯): 은으로 만든 국그릇
1934)호중천지(壺中天地) : 항아리 속에 있는 신기한 세상이라는 뜻으로, 별천지·별세계
　　·선경(仙境) 따위를 이르는 말. =호중천(壺中天).
1935)셩시산님(聖時山林) : 어진 임금이 다스리는 때의 산림 풍경.
1936)아이(俄而)오 : 얼마 안 있다가. 이윽고.
1937)경군ᄎᆔᄃᆡ(輕裙翠帶) : '치장하지 않은 치마를 입고 푸른 띠를 두른 차림'이라는 말
　　로, '여자 종의 복색' 또는 '여자종'을 이르는 말.
1938)ᄌᆞ의황상(紫衣黃裳) : 자주색 저고리와 노란 치마를 입은 차림.
1939)월픽셩관(月佩星冠) : '허리에 월패(月佩)를 찬 선녀들'과 '머리에 칠성관(七星冠)을
　　쓴 신선들'이란 말로, 화려하게 차려 입은 궁녀와 환관들을 함께 이른 말.
1940)젹의ᄎᆔ슈(翟衣翠袖) : 비취색 소매를 단 적의(翟衣) 차림. *적의(翟衣) : 옛날 왕비
　　가 입던 옷으로 붉은 비단 바탕에 꿩을 수놓은 옷을 말한다.
1941)향험(香臉) : 향기로운 뺨. *臉의 음은 '검'이다.
1942)쇼ᄋᆡ(素娥) : ①달 속에 있다고 하는 흰옷을 입은 선녀. ②달의 이칭(異稱).
1943)계궁(桂宮) : 달 속에 있다고 하는 계수나무 궁전.
1944)작교(鵲橋) : =오작교(烏鵲橋). 까마귀와 까치가 은하수에 놓는다는 다리. 칠월 칠
　　석날 저녁에, 견우와 직녀를 만나게 하기 위하여 이 다리를 놓는다고 한다.

오르고 발이 선계(仙界)를 넓는 듯ᄒ더라.

옥슈(玉手)를 상악(相握)ᄒ고 구름다리를 말미암ᄋ 누(樓)의 오르미, 튀부인긔 녜를 파(罷)ᄒ고 셔로 반가온 ᄯᅳᆺ을 밋쳐 펴지 못ᄒ여셔, 튀부인이 녀ᄋ를 잡ᄋ 다리며[1946] 손부손녀(孫婦孫女)를 불너, 동(東)으로 ᄀ르치고 셔(西)로 명(命)ᄒ여 구경케 ᄒ니, 쳐쳐(處處) 단풍과 취쥭(翠竹)이 빗나거늘, 난쵸(蘭草) 암향(暗香)이 금국(金菊)[1947]의 니향(異鄕)으로 더브러 의슈(衣袖)의 ᄉ못ᄎ니[1948], 몬져 신긔(神氣) 쳥상(淸爽)ᄒ거늘, 【49】 뫼흘 싹가 누를 셰워시니, 여슷 길히 통연(洞然)ᄒ여[1949] 오늘날 구월구일(九月九日)[1950]을 당ᄒ여 공ᄌ왕손(公子王孫)이 빅마금편(白馬金鞭)[1951]과 은안ᄌ강(銀鞍紫韁)[1952]으로 슐병을 ᄎ고 무리를 닛그러 장안(長安) ᄃ로상(大路上)의 횡치(橫馳)ᄒ여[1953] 거마(車馬) 잡답(雜沓)ᄒ니[1954], 이 실노 셩시(聖時) 튀평(太平)이러라.

좌(左) 녁흐로 먼니 분장(粉牆)이 둘넛고 푸른 기왜(瓦)[1955] 구름의 잠겨시니, 이ᄂ 셰종(世宗) 황애(皇爺) 뇽묘(宗廟)요, 그 우흐로 단쳥ᄒᆫ ᄉ우(祠宇) 숑빅(松柏)ᄉ이의 빗최니 싀튀부(柴太傅) 목묘(木廟)를 봉안(奉安)ᄒ지라.【50】

각각 감상(感傷)ᄒ믈 일ᄏᆺ고, 한 {강등} 궁이(宮娥) 셕ᄉ(昔事)를 늣겨 눈물을 ᄲᅵ리며,

"왕의 위급던 경상(景狀)과 니부인 덕음(德陰)[1956]이며 신댱군의 신긔(神奇) 아니면, 엇지 금일이 잇ᄉ리잇고?"

하니, 제 부인이 ᄉ로이 감탄ᄒ고 칭복ᄒ여 칙칙(嘖嘖) 탄복ᄒ고, 다시 우편(右便)으로 도라보아 위부 후원의 졍묘(淨妙)ᄒ고 쟝녀(壯麗)ᄒ믈 칭예(稱譽)ᄒᆯ식, 압흐로ᄂ

1945) ᄌ부(紫府) : 도가(道家)에서 전해지는 전설 속에 나오는 천상(天上)의 선부(仙府).
1946) 다리다 : 잡아당기다. 잡아서 끌어당기다.
1947) 금국(金菊) : '금빛 국화'라는 뜻으로 '황국(黃菊)' 또는 '황금국(黃金菊)'과 같은 말이다.
1948) ᄉ못ᄎ다 : 사무치다. 깊이 스며들거나 멀리까지 미치다.
1949) 통연(洞然)ᄒ다 : 통연(洞然)하다. 막힘이 없이 트여 밝고 환하다.
1950) 구월구일(九月九日) : '중양절(重陽節)'이라고도 한다. *중양절(重陽節): 『민속』 세시 명절의 하나로 음력 9월 9일을 이르는 말. 이날 남자들은 시를 짓고 각 가정에서는 국화전을 만들어 먹고 놀았다. 늑구일(九日), 중구절(中九節), 중양(重陽).
1951) 빅마금편(白馬金鞭) : 백마를 타고 금빛 채찍을 듦.
1952) 은안ᄌ강(銀鞍紫韁) : 은빛 안장에 앉아 자줏빛 고삐를 잡음. *고삐: 말이나 소를 몰거나 부리려고 재갈이나 코뚜레, 굴레에 잡아매는 줄. =비(轡). =강(韁).
1953) 횡치(橫馳)ᄒ다 : 횡치(橫馳)하다. 가로질러 달리다.
1954) 잡답(雜沓) : 사람들이 많이 몰려 북적북적하고 복잡함. 또는 그런 상태.
1955) 기왜(瓦) : 기와(瓦)+ㅣ. *기와: 지붕을 이는 데에 쓰기 위하여 흙을 굽거나 시멘트 따위를 굳혀서 만든 건축 자재. 우리나라에는 수키와와 암키와의 구별이 있다.
1956) 덕음(德陰) : 남에게 알려지지 아니하게 행하는 덕행. =음덕(陰德).

영농뎐과 숑빅헌이 굷1957) 잇고, 안흐로 문희뎐과 췌각(翠閣)이 버러시며, 겻흐로 졍
【51】심헌이오 취운각 취향각이 굷 이시니, 졔 부인니 졍신이 현황(炫煌)ᄒ여 니로
응졉지 못ᄒ니, 입의 ᄀ득이 텬자의 호탕(浩蕩)ᄒ신 은권(恩眷)을 숑츅(頌祝)홀 ᄯ름
이러라.

유관(遊觀)ᄒ기를 다 못ᄒ여셔 쥬방상궁(廚房尙宮)1958)이 팔진셩찬(八珍盛饌)을 헌
(獻)ᄒ며 교방녀악(敎坊女樂)1959)을 드려, 각ᄉᆡᆨ풍뉴(各色風流)1960)를 쥬ᄒ며 졀식 미
인이 ᄎᆡᆨ식(彩色) ᄉᆞ미를 ᄂᆞᆺ붓겨 츔츄니, 긔부인이 놀ᄂᆞ고 불안ᄒ여 굴오ᄃᆡ,

"노모의 불관(不關)ᄒᆫ 몸을 위ᄒ여 【52】엇지 이ᄃᆡ도록 과도히 장ᄃᆡ(張大)ᄒᄂᇰ? 누
ᄃᆡ(樓臺) 궁실(宮室)을 구경ᄒ고 슐을 먹으미[미] 측(昃)ᄒ도다1961)."

진비 잠간 우음을 먹음고 ᄃᆡ(對)치 못ᄒ여셔 녀상궁이 진(進) 왈,

"이ᄂᆞᆫ 낭낭 젼피(傳敎) 아니오라, 왕상(王上) 뎐하 명이시니, 감히 위역(違逆)지 못
ᄒ미로쇼이다."

틱부인이 진왕의 이 ᄀᆞᆺ치 관곡(款曲)ᄒᆞ믈 감ᄉᆞᄒ여, 상궁 등을 향ᄒ여 칭ᄉᆞᄒ기를
마지 아니ᄒ더라.

믄득 손녀를 도라보와 굴오ᄃᆡ,

"뎐하ᄂᆞᆫ 노인을 위ᄒ여 니 【53】러틋 ᄒ니, 손ᄋᆞᄂᆞᆫ 잔을 쥬미 엇더ᄒᄂᇰ?"

진비 연망(連忙)이 불민ᄒᆞ믈 ᄉᆞ죄ᄒ고 잉무비를 밧드러 틱모긔 진헌(進獻)ᄒ미, 참
치ᄒᆫ 녜복의 픠옥(佩玉)이 징연(錚然)ᄒ니, 관줌(冠簪)이 졍졔(整齊)ᄒᆞ므로 용식(容
色)이 더옥 ᄲᅢ혀나고, 의결(衣玦)1962)이 슉슉(肅肅)ᄒᆞ무로 긔질이 더옥 졍졍(貞正)ᄒ
니, 텬싱(天生) 특용(特容)이 바야흐로 발양(發揚)ᄒ여, 윤틱ᄒᆫ 광염(光艶)과 완젼ᄒᆫ
틱되 돈즁ᄒᆫ 쳬지(體肢)로 더브러 ᄀᆞ즉ᄒ니, 긔부인이 만심 환열ᄒ고 쳔 【54】만 귀
즁ᄒ여 슌슌이 등을 두드려 ᄉᆞ랑ᄒᆞ믈 니긔지 못ᄒ니, 본셩이 고요치 못ᄒᆫ 셩품이라.
동작이 ᄌᆞ연 요란ᄒ고 옛날 거오(倨傲) 호승(豪勝)이 돈엄을 ᄌᆞ랑 닉고ᄌᆞ 홀 젹붓터
ᄌᆞ부(子婦)를 졀칙ᄒ여 엄슉ᄒᆞ믈 ᄂᆞ타니던지라.

이졔 회션(回善)ᄒ미 놉흔 위엄을 흐터 다시 발치 아니나, 손녀로 ᄒ여곰 잔을 친히

1957) 굷 : 나란히. 함께 똑같이. *굷-잇다.' : 나란히 있다.
1958) 쥬방상궁(廚房尙宮) : 조선 시대에 대궐 안의 음식을 만드는 주방(廚房＝燒廚房)에
　　소속되어 그 일을 관리 감독하던 정오품 벼슬의 내명부.
1959) 교방녀악(敎坊女樂) : 조선 시대에, 장악원에 소속된 여기(女妓)들이 악기를 타고
　　노래를 부르며 춤을 추던 일. 또는 그 음악과 춤.
1960) 각ᄉᆡᆨ풍뉴(各色風流) : 예전에 현악기(줄풍류)와 관악기(대풍류)로 연주되던 온갖 종
　　류의 음악을 통칭하여 이르던 말.
1961) 측(昃)ᄒ다 : 해가 기울다.
1962) 의결(衣玦) : 옷을 여미거나 꾸미기 위해 옥으로 만들어 저고리 앞섶 등에 다는 고
　　리. ≒옥결(玉玦)

드려, 돈(尊)흔 체모(體貌)로 쥬비(酒杯)를 친히 밧드니 긔부인이 딕열ᄒ더라.

동일 【55】 진환(盡歡)의 월싴(月色)을 씌여, 흥(興)을 다ᄒ고, 명일의 여러 곳 졍ᄌ와 연당(蓮堂)을 다 둘너 볼 식, 운병슈막(雲屛繡幕)1963)이오, 가관금슬(笳管琴瑟)1964)과 무쉬편편(舞袖翩翩)1965)ᄒ여 니목(耳目)을 즐겁게 ᄒ니, 부인이 본딕 진비ᄉ랑이 최독(最篤)ᄒ거늘, 져의 돈ᄭ위ᄒ미 진국 ᄉ군(嗣君)이 되여 흔 번 거동의 슈빅 시위(侍衛) 젼도(前導)ᄒ고, 흔번 말을 닉미 일쳔 ᄉ름이 봉승(奉承)ᄒ니, 엄듕흔 위의와 체체(棣棣)흔 돈영(尊榮)이 니러 ᄐ 흐믈 보미, 두굿기 【56】 고 쾌(快)ᄒ니, ᄯ로 젼ᄉ(前事)를 츄회(追懷)ᄒ미, 스스로 익듈오미 밋츨 ᄃ ᄒ더라.

삼ᄉ일을 유관(遊觀)ᄒ고 비로쇼 정침(正寢)의 도라오미, 시ᄋ(侍兒)로 ᄒ여곰 위부삼비(三妃)긔 말삼을 붓쳐 강굴(降屈)1966)ᄒ시믈 쳥ᄒ니, 삼부인이 '긔부인의 위인이 엇더 ᄒ관ᄃ, 유명져이1967) 엄녀(嚴厲)ᄒ고1968) 복녹(福祿)이 즁즁(重重) 《ᄒ고‖흔고?》알고져 ᄒ던지라.

즉시 협문(夾門)1969)으로 말미암ᄋ ᄂᄋ갈식, 연비 친히 가 뫼셔오니, 셕·가 이부인이 경·왕 【57】 이쇼져(二小姐)를 거ᄂ려 마즈니, 피ᄎ(彼此) 셔로 보미 심하(心下)의 경탄ᄒ믈 마지아니ᄒ고, 츄양(推讓)ᄒ여 뎐상(殿上)의 올나 녜를 맛고 좌(座)의 ᄂᄋ갈 식, 긔부인의 년긔 칠십이 머지 아냐시되, 싴퇴(色態) 광윤(光潤)ᄒ고 풍치(風彩) 언건(偃蹇)ᄒ니, 용뫼 미려(美麗)키의 버셔ᄂ고, 긔골(氣骨)이 발호(發豪)1970)ᄒ여 복녹(福祿)이 무량(無量)흔 고로, 큰 귀와 넙은 턱이 풍만ᄒ고, 입이 모나며 코히 놉흐니, 긔샹(氣像)이 엄녀(嚴厲)ᄒ고, 위의(威儀) 고듕(高重)ᄒ여 효ᄌ효부 【58】 를 두어 일싱 위와치믈1971) 알거시오, 눈셥이 것츨고 냥안이 위엄져워1972) 크게 부드럽고 화평ᄒ여시나, 오히려 셩식(性息)1973)이 포려(暴戾)ᄒ던 쥴 알니러라.

1963) 운병슈막(雲屛繡幕) : 구름을 그린 병풍과 구름 수를 놓아 장식한 장막.
1964) 가관금슬(笳管琴瑟) : 가관(笳管)과 거문고·비파를 함께 이른 말. *가관(笳管); 구멍 아홉 개가 뚫린 세워서 부는 피리.
1965) 무쉬편편(舞袖翩翩) : 춤추는 이의 옷소매가 춤 동작을 따라 가볍게 나풀거리다.
1966) 강굴(降屈) : 자기 몸을 낮추어 절개를 굽힘.
1967) —져이 : —스럽게. 「접사」'그러한 성질이 있음'의 뜻을 더하고 부사를 만드는 접미사.
1968) 엄려(嚴厲) : ①규율이나 규칙을 적용하거나 예절을 가르치는 것이 매우 철저하고 바름. ②성격이나 행동이 철저하고 까다로움.
1969) 협문(夾門) : 삼문(三門) 가운데 좌우에 달린 작은 문. 동협문, 서협문 따위가 있다.
1970) 발호(發豪) : 호기(豪氣)를 띰.
1971) 위와치다 : 떠받들다. 공경하여 섬기거나 잘 위하다. =위완다. 위와티다.
1972) —져워 : —스러워. 「접사」'그러한 성질이 있음'의 뜻을 더하고 부사를 만드는 접미사.
1973) 셩식(性息) : 성질과 심정. 또는 타고난 본성. =성정.

니어 셕부인의 ᄌ질(資質)이 금옥(金玉) ᄀᆞᆺ고 골격이 징청(澄淸)ᄒᆞ여, 쌍미(雙眉) 원산(遠山) ᄀᆞᆺ고 봉안(鳳眼)이 효셩(曉星)의 몱은 빗츨 감쵸아 온화(溫和)ᄒᆞᆫ 긔ᄉᆡᆨ(氣色)은 ᄂᆞᆺ 우히 머무럿고, 슌슌(遜順)ᄒᆞᆫ 네모ᄂᆞᆫ ᄌᆞᆷ심의 기리 품어시니, 현효ᄒᆞᆫ 덕ᄒᆡᆼ과 온유ᄒᆞᆫ 긔질이 《독죡‖동죡(洞屬)1974)》 【59】ᄒᆞᆫ 효셩을 겸ᄒᆞ여, 격됴(格調) ᄌᆞ혜(慈惠)ᄒᆞ고 품셩(稟性)의 단일ᄒᆞ미 진실노 진비의 모친이믈 알니러라.

삼부인이 심하의 탄복ᄒᆞ믈 마지아니코, 다시 가부인의 용뫼 슈연(粹然)ᄒᆞ고 긔질이 현슉ᄒᆞ여 모부인을 츄호(秋毫) 방불(彷彿)치 아니니, ᄂᆞᆺ 우히 화긔 어리여시나, 미간(眉間)의 은은(隱隱)이 긔운이 ᄂᆞᆺ타ᄂᆞ니, '이 곳 빅톄(配妻)1975)의 불ᄉᆞ(不似)1976)ᄒᆞᆫ민가' 탄식ᄒᆞ염 즉ᄒᆞ더라.

됴죠1977) 시랑 부인 경시ᄅᆞᆯ 슬피미 옥 【60】 면(玉面)이 쇄락(灑落)ᄒᆞ고 화틱(花態) 빙졍(娉婷)1978)ᄒᆞ니 쵸월아미(初月蛾眉)1979)의 팔ᄎᆡ(八彩) 무루녹고, 효셩쌍광(曉星雙光)의 온혜(溫惠)ᄒᆞᆫ 덕긔(德氣) 현츌(顯出)ᄒᆞ여, 진실노 온ᄌᆞ(溫慈)ᄒᆞᆫ 긔질이오, 졀인(絶人)ᄒᆞᆫ ᄒᆡᆼ의(行義)니, 져 고식(姑媳)이 과연 셔로 맛나 긔부인의 엄노(嚴怒)ᄅᆞᆯ 반싱의 당ᄒᆞ여, 오직 긍긍업업(兢兢業業)1980)ᄒᆞ여 옥을 잡으며 어름을 볿ᄂᆞᆫ 듯ᄒᆞᆫ지라. 연이나 쵸됴은풍(焦燥殷風)1981)ᄒᆞ미 업셔 듕(重)ᄒᆞᆫ 틱쟝(笞杖)을 안이슈지(安而受之)1982)ᄒᆞ여 마음이 병드지 아니믈 알니니, 그윽이 【61】 탄상(歎賞)ᄒᆞ고 감동ᄒᆞ더라.

왕한님 부인의 향염(香艷)ᄒᆞᆫ ᄌᆞ질과 션연(嬋娟)ᄒᆞᆫ 틱되 진션진미(盡善盡美)ᄒᆞ니 과연 셕부인을 젼습(全襲)ᄒᆞ엿ᄂᆞᆫ지라. 구가(舅家)의 온슌ᄒᆞᆫ 며ᄂᆞ리오, 가군(家君)의 유한(幽閑)ᄒᆞᆫ 부인이라.

상국 삼비 그 긔긔히 아름다오믈 칭찬ᄒᆞ며 다시 진비ᄅᆞᆯ 도라보니, 모시(母氏)긔 지난 긔질이오, 져랑(姐娘)의 더은 식이니, 텬향(天香)은 옥안의 어리고 치ᄉᆡᆨ(彩色)이 취미(翠眉)의 둘너, 동풍(東風)이 온ᄌᆞ(溫慈)ᄒᆞᆫ듸 셔광이 보욱ᄒᆞ니1983) 셩 【62】 덕을

1974) 동죡(洞屬): =동동죡죡(洞洞屬屬). 공경하고 조심함. 부모를 섬기고 공경하는 마음이 지극함. 『예기(禮記)』 <제의(祭義)>편의 "洞洞乎·屬屬乎·如弗勝 如將失之. 其孝敬之心至也與(공경하고 조심하는 태도가 마치 이기지 못하는 것 같고 잃지 않을까 조심하는 것 같아, 그 효경하는 마음이 지극하기 그지없다.)"에서 온 말.

1975) 빅톄(配妻): 짝. 부부.

1976) 불ᄉᆞ(不似): 닮지 않음.

1977) 됴죠: 좇아. 따라. 이어. =됴초.

1978) 빙졍(娉婷): 아름답고 예쁜 모양.

1979) 쵸월아미(初月蛾眉): 초승달처럼 아름다운 눈썹.

1980) 긍긍업업(兢兢業業): 항상 조심하여 삼감. 또는 그런 모양.

1981) 쵸됴은풍(焦燥殷風): 몹시 거칠고 세찬 노여움을 만나 애를 태우고 마음을 졸임.

1982) 안이슈지(安而受之): 편안한 마음으로 받음.

1983) 보욱ᄒᆞ다: 속되지 않고 은은하고 그윽하다.

ᄉᆞ며시며 의푀(儀表)1984) 더옥 슉연(肅然)ᄒᆞ고 인혜(仁惠)로 쥬셩(注誠)1985)ᄒᆞ니 혜풍(惠風)1986)이 화란(花爛)1987)이라. 긔특고 아름다오믈 니긔지 못ᄒᆞ여 이의 ᄂᆞᆺ빗츨 화열이 ᄒᆞ여, 긔부인을 향ᄒᆞ여 은근이 말ᄉᆞᆷ을 여러 셩화(聲華)를 듯ᄌᆞ오미 닉거ᄂᆞᆯ, 현ᄇᆡ(見拜)ᄒᆞ미 ᄂᆞ즈믈 칭ᄉᆞ(稱謝)ᄒᆞ고 ᄂᆞ지 부르시믈 ᄉᆞ례ᄒᆞ딕, 긔부인이 관곡(款曲) 치경(致敬)ᄒᆞ여 갈오딕,

"셩딕을 우레 ᄀᆞᆺ치 듯고 ᄉᆞ모ᄒᆞ던 정(情)을 일ᄏᆞ르며, 미약ᄒᆞᆫ 손녜 비혼 거시 업거 【63】 늘 무휼(撫恤)ᄒᆞ시ᄂᆞᆫ 덕음(德蔭)이 강보(襁褓) ᄀᆞᆺ치 ᄒᆞ시믈 감격ᄒᆞ여, ᄉᆞ례ᄒᆞᄂᆞᆫ 말ᄉᆞᆷ이 쳔셔만단(千緒萬端)1988)이라.

니부인이 손ᄉᆞ(遜辭) 불감(不堪)ᄒᆞ여 극진히 공경ᄒᆞ니, 년댱(年長)이 닉도ᄒᆞ믈1989) 인ᄒᆞᆯ ᄲᅮᆫ 아니라, 셕부인을 공경(恭敬) 흠탄(欽歎)ᄒᆞ미라.

이윽고 말ᄉᆞᆷ이 좀간 긋치미 셕부인이 비로쇼 옷기슬 넘의고 말ᄉᆞᆷ을 ᄂᆞ즉이 ᄒᆞ여,

"불민ᄒᆞᆫ 녀이 용속(庸俗)ᄒᆞ미[므]로 외람이 금지(金枝)1990)의 ᄇᆡ(配)ᄒᆞ여 부인 셩덕 혜화(惠化)를 의지 【64】 ᄒᆞ니, 일야(日夜) 숑연(悚然) ᄌᆞ구(自懼)ᄒᆞ여 늠늠(凜凜)히 심연(深淵)을 님ᄒᆞᆫ 듯ᄒᆞ옵더니, 돈부인(尊婦人)이 일월의 덕퇵(德澤)을 드리오ᄉᆞ ᄌᆞ이(慈愛)ᄒᆞ시미 분의 넘거ᄂᆞᆯ, 쇼암(疏暗)1991)ᄒᆞᆫ 거슬 ᄀᆞᄅᆞ치시고, 용누(庸陋)1992)ᄒᆞᆫ 거슬 히셕(解釋)게 ᄒᆞᄉᆞ, 잔미(孱微) 쇼이 훈교(訓敎)ᄒᆞ시믈 밧ᄌᆞ와 대죄를 면ᄒᆞ온지라. 혜퇵(惠澤)의 방뉴(放流)1993)ᄒᆞ시믈 감격ᄒᆞ오미, 골입신목(骨入新目)1994)ᄒᆞ여 분골난망(粉骨難忘)1995)이로쇼이다."

니부인이 안셔(安舒)히 겸손ᄒᆞ여, '왕비의 뇨됴(窈窕)ᄒᆞᆫ 덕셩과 【65】 슌혜(純慧)ᄒᆞᆫ ᄌᆞ질(資質)이 텬승의 ᄇᆡ합(配合)ᄒᆞ믈 탄상(歎賞)ᄒᆞ고, 온유ᄒᆞᆫ 힝의(行誼)와 쵹쵹(屬屬)ᄒᆞᆫ 정셩이 외람이 니긔지 못ᄒᆞ니, 이 ᄯᅩ한 텬졍지효(天情之孝1996))로 인ᄒᆞ미라.'

1984) 의푀(儀表) : 의표(儀表). 몸을 가지는 태도. 또는 차린 모습. =의용(儀容).
1985) 쥬셩(注誠) : 온 정성을 기울임.
1986) 혜풍(惠風) : ①온화하게 부는 봄바람. ②음력 3월을 달리 이르는 말.
1987) 화란(花爛) : 꽃이 활짝 피어 화려함. *여기서는 '(혜풍이) 꽃을 활짝 피워 화려하다'는 말.
1988) 쳔셔만단(千緒萬端) : 천 가지 만 가지 일의 실마리라는 뜻으로, 수없이 많은 일의 갈피를 이르는 말.
1989) 닉도ᄒᆞ다 : 매우 다르다. 판이(判異)하다.
1990) 금지(金枝) : '금으로 된 가지'라는 뜻으로 '임금의 자손' 또는 '귀한 집 자손'을 높여 이르는 말.=금지옥엽(金枝玉葉)
1991) 쇼암(疏暗) : 서툴고 어두움.
1992) 용누(庸陋) : 변변치 못하고 미천함.
1993) 방류(放流) : 물고기를 기르기 위하여, 어린 새끼 고기를 강물에 놓아 보내다.
1994) 골입신목(骨入新目) : 뼛속에 넣어 새기고 눈을 새롭게 씻고 봄.
1995) 분골난망(粉骨難忘) : 뼈가 부서져 가루가 되어도 잊을 수 없음.
1996) 텬졍지효(天情之孝) : 하늘로부터 타고난 성품에서 나온 효성.

ᄒᆞ여, 칭ᄉᆞ(稱謝)ᄒᆞ믈 마지 아니ᄒᆞ니, 좌상(座上)의 빈빈(彬彬)ᄒᆞᆫ 말ᄉᆞᆷ과 간간(懇懇)ᄒᆞᆫ 녜뫼(禮貌) 지극ᄒᆞ더라.

이에 가부인과 경·왕 냥쇼져로 인ᄋᆞ(姻婭)1997)의 친(親)을 일ᄏᆞ라 아름다온 덕과 빗난 말ᄉᆞᆷ이 지극지 아니미 업ᄉᆞ니, 연부 제 부인이 상국 삼 비의 ᄒᆞᆫ갈ᄀᆞᆺ치 덕성이 【66】 완전ᄒᆞ고, 긔되(氣度) 쇄연(灑然)ᄒᆞ여 교옥(皎玉)1998)으로 일우고1999) 빙셜(氷雪)노 어리여2000) 형형찬찬(瑩瑩燦燦)2001)ᄒᆞ여 틱양지광(太陽之光)이오, 정정(貞靜) 슉연(淑然)ᄒᆞ여 츄텬(秋天)의 뎡긔(精氣)라.

슉을 ᄂᆞ죽이 ᄒᆞ고 긔운이 쥬러,

"인간의 엇지 져 ᄀᆞᆺᄒᆞᆫ 스름이 잇스리오?"

긔부인의 놉흔 긔운이 져슈(低首)ᄒᆞ고, 셕·가 이 부인은 암암(暗暗) ᄎᆞ탄(嗟歎)ᄒᆞ믈 니긔지 못ᄒᆞ더라.

이에 빈반(杯盤)을 ᄂᆞ오고 둉용이 담쇼ᄒᆞ더니, 믄득 궁이 분분이 ᄂᆞ리며 왕이 신을 ᄭᅳ어 뎐 【67】 의 올나, 긔·셕 이 부인을 향ᄒᆞ여 야릭(夜來) 툰후(尊候)를 뭇ᄌᆞ오며, 삼 부인긔 ᄭᅪ러 먼니 힝보(行步)ᄒᆞ시니, 긔톄(氣體) 무방ᄒᆞ시믈 뭇ᄌᆞ올ᄉᆡ, 놉흔 격됴와 귀ᄒᆞᆫ 긔상이 엄연ᄒᆞᆫ되, 상국 부인을 우럴 빈 아니라.

부인이 흔연 화답ᄒᆞ여 모ᄌᆞ의 졍이 흡연(洽然)ᄒᆞ니, 긔부인이 감탄ᄒᆞ믈 마지 아니ᄒᆞ고, 왕의 지극ᄒᆞᆫ 녜모와 온즁ᄒᆞᆫ 긔질이 불스록 눈이 식롭고, 마음이 취(醉)ᄒᆞ이니, 갓가이 가 슌됴2002) 달화2003) 보고 시브 【68】 되, 등도 두다릴 듯 어린ᄃᆞ시 바라보와, 그 팔치뉴미(八彩柳眉)2004)의 화ᄉᆞᆨ(和色)이 녕녕(盈盈)ᄒᆞ고 봉안쌍졍(鳳眼雙睛)2005)의 덕긔(德氣) 어리여2006) 단슌(丹脣)이 움즉이는 곳의, 옥셩(玉聲)이 도도ᄒᆞ여 강하를 헷침 ᄀᆞᆺᄒᆞ니, 져러틋ᄒᆞᆫ 품질노 ᄒᆞ믈며 션뎨(先帝)의 ᄒᆞᆫᄂᆞᆺ 젹ᄌᆞ(嫡子)니, 귀ᄒᆞ미 농둉옥엽(龍種玉葉)2007)이오, 부(富)ᄒᆞ미 진국 강산을 쥬어 금텬ᄌᆞ(今天子) 지극 후휼

1997) 인ᄋᆞ(姻婭) : 사위 쪽의 사돈과 사위 상호간. 곧 동서(同壻) 쪽의 사돈을 아울러 이르는 말. '인(姻)'은 사위의 아버지. '아(婭)'는 사위 상호간을 말함.

1998) 교옥(皎玉) : 달빛처럼 밝고 깨끗한 옥(玉).

1999) 일우다 : 이루다. 어떤 대상이 일정한 상태나 결과를 생기게 하거나 일으키거나 만들다.

2000) 어리다 : 꾸미다. 모양이 나게 매만져 차리거나 손질하다.

2001) 형형찬찬(瑩瑩燦燦) : 옥빛처럼 맑고 햇살처럼 찬란함.

2002) 슌됴 : 손수. 남의 힘을 빌리지 아니하고 제 손으로 직접.

2003) 달호다 : 다루다. 부리다. 손질하다. 다스리다.

2004) 팔치뉴미(八彩柳眉) : 눈의 광채와 버들개지 모양의 아름다운 눈썹. 본래 '팔채(八彩)'는 팔(八)자 모양의 화장한 눈썹 뜻하는 말인데, '눈의 광채'를 나타내는 말로 두루 쓰인다.

2005) 봉안쌍졍(鳳眼雙睛) : 봉황새의 두 눈동자.

2006) 어리다 : 어리다. 황홀하거나 현란한 빛으로 눈이 부시거나 어른어른하다.

(厚恤)2008)ᄒ시고 낭낭이 무익(撫愛)ᄒ시니, 돈영(尊榮)ᄒ미 지극ᄒ되, 경근(敬謹)ᄒ
ᄂᆫ 녜뫼(禮貌) 엄슉ᄒ여, 쵸【69】옥셤슈(楚玉纖手)2009)로 관(冠)을 ᄌ로 어루만져
부졍(不正)ᄒ가 넘녀ᄒ고, 무릅《ᄒ로‖ᄒᆯ》쓰러 빈빈(彬彬)ᄒᆫ 문질(文質)이 셩문(聖
門)2010)의 ᄂᆞᆼ오가 안ᄌ(顔子)2011)를 보온 듯, 돈후쥬신(敦厚周愼)2012)ᄒ며 교연쇄락
(皎然灑落)2013)ᄒ여 더브러 비유(比喩)ᄒᆯ 곳이 업ᄉ니, 긔특ᄒ여 ᄀᆞ마니 싱각ᄒ되,

"화쥐 유복(裕福)도 ᄒ다. 엇지 능히 져 ᄀᆞ흔 비우(配偶)를 맛난작ᄀᆞ! 이 곳 텬ᄌ
은틱이라."

도라 손녀를 보미, '쥬관(珠冠)2014)이 단졍ᄒ고 치슈(彩袖)를 졍히 쓰ᄌᆞ시니, 현포
(玄圃)2015) 셜식(雪色)은 안모(顔貌)의 어리고【70】션원(仙苑) 텬화(天花)ᄂᆞ 보험
(䩗臉)2016)의 도라오니, 온ᄌ(溫慈)ᄒ미 혜최(蕙草) 향긔를 쏨고, 안한(安閑)ᄒ여 츈
양(春陽)이 치원(菜園)의 ᄂᆞ려시니, 이 과연 진왕으로 하늘이 뎡ᄒ신 빗필(配匹)이라.
ᄌᆞ긔 밋친 의ᄉᆞ로 진왕을 빗쳑ᄒ고, 무슈(無數) 괴픽(乖愎)ᄒᆫ 힝식 불가ᄉᆞ문어타인(不
可使聞於他人)2017)이라. 위승상 삼비도 임의 다 아랏고, 진왕도 드러실 거시니, 이제
슘기고 금츌 길히 업ᄉ니, 출하리 ᄌᆞ복(自服) ᄉᆞ죄(謝罪)ᄒ여 뉘웃ᄂᆞᆫ 쯧을 나타닉리
라.

쥬의(主義)를 올【71】케 잡으미, 손녀를 넛그러 손을 잡고 션빈(鮮鬢)2018)을

2007)농동(龍種玉葉) : '임금의 종족'을 존대하여 이르는 말.
2008)후휼(厚恤) : 너그럽고 두텁게 돌보아 줌.
2009)쵸옥셤슈(楚玉纖手) : 초나라 명옥(名玉)인 화씨벽(和氏璧)처럼 아름다운 미인의 가
   냘픈 손. *초옥(楚玉); 중국 초(楚)나라 사람 변화씨(卞和氏)가 초산(楚山)에서 얻었다
   고 하는 명옥(名玉)인 화씨벽(和氏璧)을 말함.
2010)셩문(聖門) : ①공자(孔子)의 문하. =공문(孔門). ②성인(聖人)의 도(道)에 들어가
   는 문.
2011)안자(顔子) : 이름은 회(回: B.C. 521~490). 자는 자연(子淵). 중국 춘추시대 노나라
   의 학자. 공자의 수제자로 공문십철(孔門十哲) 가운데 한 사람이다. 단명하여 31세로
   요절(夭折)하였다. '『논어·자한』의 '후생가외(後生可畏: 젊은 후학은 가히 두려워할 만
   하다)'는 공자가 제자 중 학문과 덕행이 가장 뛰어났던 안회(顔回)를 두고 한 말이다.
2012)돈후쥬신(敦厚周愼) : 돈독(敦篤)하면서도 중후(重厚)하고 주밀(周密)하면서도 근신
   (謹愼)함.
2013)교연쇄락(皎然灑落) : 매우 맑고 밝으며 상쾌하고 깨끗함.
2014)주관(珠冠) : 구슬로 꾸민 관(冠: 쓰개).
2015)현포(玄圃) : 중국 곤륜산(崑崙山: 전설상의 산) 정상에 있다는 신선이 산다는 곳.
   여기에 열두 옥루(玉樓)가 있고 산봉우리가 온통 옥으로 쌓여 있다고 한다.
2016)보험(䩗臉) : 보검(䩗臉). 뺨. *'臉'의 음은 '검'이다.
2017)블가ᄉᆞ문어타인(不可使聞於他人) : 남에게 들려줄 수 없는 일. 또는 남이 듣게 할
   수 없는 일.
2018)션빈(鮮鬢) : 곱게 땋아 올린 귀밑머리. *귀밑머리; 이마 한가운데를 중심으로 좌우
   로 갈라 귀 뒤로 넘겨 땋은 머리.

쓰다듬ㅇ 상국 삼부인을 향ᄒᆞ여, 츄연(惆然) 희허(噫嘘) 왈,

"노쳡의 무상(無狀)ᄒᆞᆫ 허물이 ᄉᆞ린(四隣)2019)의 회ᄌᆞ(膾炙)ᄒᆞ니 부인이 ᄯᅩᄒᆞᆫ 아르실지라. 이졔 다ᄒᆡᆼ이 돈안(尊顔)의 현알(見謁)ᄒᆞ니 엇지 쳡의 구구자척(區區自責)2020)ᄒᆞᄂᆞᆫ 회포(懷抱)를 여지 아니리잇고? 노쳡이 ᄌᆞ로2021) 광픽(狂悖)ᄒᆞ여 ᄌᆞ식 ᄀᆞ르칠 도리를 아지 못ᄒᆞ고, 오직 ᄌᆞ이(慈愛)를 졀ᄎᆞ(絶遮)ᄒᆞ여2022) 마이 치민[미] 교ᄌᆞ(敎子)ᄒᆞᄂᆞᆫ 법이라. 【72】{ᄒᆞ니} 미돈(迷豚)2023)이 요ᄒᆡᆼ 어미를 담지아냐, 어미 그른 거슬 본즉 온유(溫柔)히 간ᄒᆞ고 무지행ᄉᆞ(無知行事)2024)를 간졀이 말니되, 됴금도 씨ᄃᆞ르미 업셔, '자식의 도리 엇지 어미를 거슬니오.' ᄒᆞ여, ᄉᆞ오나온 셩2025)을 발ᄒᆞ민, 노ᄌᆞ(奴子)를 호령ᄒᆞ여 즁타(重打)ᄒᆞ니, 유시(幼時)로 붓터 늙기의 니르러 벼슬이 직렬(宰列)의 올나, 셩쥬(聖主) 이즁(愛重)ᄒᆞ시고 친위(親友) 긔디(期待)ᄒᆞᆷ을 알오디, 모지리 치기를 긋치 아니코, 식뷔(息婦) 츙 【73】년(沖年)2026)의 슬하의 니르러 팔좌명부(八座命婦)2027) 직쳡(職牒)을 밧즙도록 부엌의 불 《쓸고‖ᄲᅥ고》 상(床)을 밧드러 ᄎᆞ환(叉鬟)의 소임을 감심(甘心)ᄒᆞ니, 지셩(至誠)이 독히 신명(神明)을 감동ᄒᆞᆯ 거시로되, 음식의 맛슬 탈잡고2028) ᄲᅥ의 져기2029) 어긔믈 죄삼ᄋ, 양낭(養娘)2030)의 쳔ᄒᆞᆫ 벌을 써 지란(芝蘭)의 약ᄒᆞᆷ과 빙옥(氷玉)의 됴흐무로 혈육(血肉)이 상ᄒᆞ미 ᄌᆞᄌᆞ니2031), 댱녜(長女) 이걸ᄒᆞᆫ즉 동싱을 위ᄒᆞ여 어미를 썩지르믈 노(怒)ᄒᆞ여 다시리 【74】믈2032) 즁 졀이 ᄒᆞᆫ지라. 본셩(本性)의 픽악ᄒᆞᆷ과 심슐의 불냥(不良)ᄒᆞ미 하ᄂᆞᆯ 벌을 면치 못ᄒᆞᆯ 거시로되, ᄌᆞ부의 지효(至孝)를 힘입어 무도(無道)ᄒᆞᆫ 목슘이 지금의 무양(無恙)ᄒᆞᆫ 지라. 스스로 씨ᄃᆞ르미 뉘웃ᄂᆞᆫ 쯧이 밋칠 듯ᄒᆞ니, 일일(一日) 십이시(十二時)2033)

2019) ᄉᆞ린(四隣) : 사방의 이웃.

2020) 구구자척(區區自責) : 구차스럽게 자신의 결함이나 잘못에 대하여 스스로 뉘우치고 자신을 책망함.

2021) ᄌᆞ로 : 자주. 같은 일을 잇따라 잦게.

2022) 졀ᄎᆞ(絶遮)ᄒᆞ다 : 끊고 막다.

2023) 미돈(迷豚) : 어리석은 돼지라는 뜻으로, '가아(家兒)'를 달리 이르는 말.

2024) 무지ᄒᆡᆼ사(無知行事) : 미련하고 우악스러운 행동과 일.

2025) 셩 : 성. 노엽거나 언짢게 여겨 일어나는 불쾌한 감정.

2026) 츙년(沖年) : 열 살 안팎의 어린 나이.

2027) 팔좌명부(八座命婦) : 팔좌(八座)에 오른 고위 관리의 부인. 팔좌는 중국 수나라 · 당나라 때에, 좌우 복야와 영(令)과 육상서를 통틀어 이르던 말.

2028) 탈잡다 : 트집 잡다. *탈(頉): ①뜻밖에 일어난 걱정할 만한 사고. ②몸에 생긴 병. ③핑계나 트집. ④결함이나 허물. ⑤기계, 기구, 설비 따위의 고장.

2029) 져기 : 적이. 어지간히.

2030) 양낭(養娘) : 여자 종. 주로 혼인한 여종을 일컫는다.

2031) ᄌᆞᄌᆞ다 : 잦다. 여러 차례로 거듭되는 간격이 매우 짧다.

2032) 다시리다 : 다스리다. 죄의 사실을 밝혀 벌을 주다.

의 썩로 주칙(自責) 츄회(追悔)ㅎᄂ 말ᄉ음을 베풀고져 ᄒ오되, 주뷔 졀박히 듯고주 아니ᄒ니 감동ᄒ여 참으미 되온지라. 툰부인(尊婦人)과 던히(殿下) 드르시미 희미치 아니ᄒ실【75】지라. 이제 뉘읏ᄂ 쯧을 아르스, 젼죄(前罪)ᄅ 용셔ᄒ시고, 주식과 며ᄂ리 지효(至孝)ᄒᄆ 슬피쇼셔."

ᄒ더라.【76】

2033)십이시(十二時) : 하루를 열둘로 나누어 십이지(十二支)의 이름을 붙여 이르는 시간.

화산선계록 권지삼십오

추셜 부인이 미급답(未及答)의 셕부인이 피셕지비(避席再拜) 왈,

"불쵸이 우미(愚昧) 불효ᄒ와 돈괴 경계ᄒ시고 이휼(愛恤)ᄒ시믈 닛ᄉ온지라. 셕ᄉ를 회우(悔尤)2034)ᄒ미 계시 리 잇고? 황황숑뉼(遑遑悚慄)ᄒ와 부지쇼향(不知所向)이로쇼이다."

인언(因焉2035))의 안식이 더옥 온화ᄒ고 ᄉ긔 축쳑(踧惕)ᄒ니, 긔부인이 탄왈,

"며ᄂ리 비록 불쵸ᄒ여도 싀어미 져기 인심이 잇신 즉, 동용이 경계ᄒ고 지극 기유(開諭)ᄒ여 【1】 ᄌ의ᄒ미 가ᄒ거늘, ᄂ의 불인(不仁)ᄒᄆ 현부의 셩효를 알오딕 픽악ᄒ 셩식(性息)2036)을 ᄎᆷ지 못ᄒ여, 져기 ᄯᆺ의 어긘 즉 하쳔의 상된 벌을 ᄡᅥ 뉴혈(流血)을 보고야 ᄉ(赦)ᄒ며, 질양을 긍념(矜念)치 아니코 일시를 쉬지 못ᄒ게 학졍(虐政)을 ᄒᆼ여시니, 이제 싱각건딕 ᄂ의 블현(不賢)이 골경심한(骨驚心寒)ᄒ여, 듕심의 슬푸믈 니긔지 못ᄒᄂ지라. 이제 상국 부인긔 젼과(前過)를 다 고ᄒ리니, 현부ᄂ 【2】 불안치 말나."

이의 ᄀᆯ오딕,

"쳡의 흉악던 말숨을 마ᄌ ᄒ리이다. 숀ᄋ 등의 연혼시(連婚時)2037)마다 부딕 야단(惹端)2038)을 니르혀 발검통곡(拔劍慟哭)ᄒ고, 밍셩엄호(猛聲嚴號)2039)ᄒ여 ᄋ들을 다ᄉ리미, 부딕 식부를 치고 식부를 죄쥬미 제가(齊家) 못ᄒᆷ을 슈죄(數罪)ᄒ여 ᄋ ᄌ를 치니, 닌니(隣里) 친쳑이 위ᄒ여 울고 비복이 통원(痛冤) 혈읍(血泣)ᄒ니, ᄒᆫ믈며 숀ᄋ 등의 효ᄋ지심(孝愛之心)으로 고두(叩頭) 읍쳬(泣涕)ᄒ여 두골(頭骨)이 바ᄋ지니, 갑 【3】 동ᄒ되 분노를 참지 못ᄒ다가 지셩이걸(至誠哀乞)노딕ᄒ믈 이련ᄒ미, 극(極)ᄒ 션졍(善政)을 ᄒᆼᄒ노라, ᄌ부를 계하의 ᄭᅮᆯ니고 숀ᄋ

2034)회우(悔尤) : 뉘우침과 허물함을 아울러 이르는 말. *허물하다: 허물을 들어 꾸짖다.
2035)인언(因焉) : 인하여
2036)셩식(性息) : 성질과 심정. 또는 타고난 본성.=성정
2037)연혼시(連婚時) : 혼인을 하는 때.
2038)야단(惹端) : ①매우 떠들썩하게 일을 벌이거나 부산하게 법석거림. 또는 그런 짓. ②소리를 높여 마구 꾸짖는 일
2039)밍셩엄호(猛聲嚴號) : 사납게 소리질러 엄히 꾸짖음. *엄호(嚴號): 큰 소리로 꾸짖음.

명윤과 진비 형미(兄妹)를 디(代)ᄒ여 치니, 진비 ᄉ오셰로붓터 어믜 죄를 디ᄒ미 무슈ᄒ니, 긔이ᄒᆫ ᄌ질과 연연ᄒᆫ 옥보(玉步)로 나군(羅裙)을 거두고 박인 ᄃ시 셔셔, 모진 미의 뉴혈이 님니(淋漓)ᄒ되, 안ᄉᆡᆨ을 곳치지 아니코, 부모의 죄 면ᄒᄆᆯ 깃거ᄒ니, 감동 의ᄉᆡᆨᄒ미 업ᄉᄆᆡ 아니 【4】로ᄃᆡ, 어린 의ᄉᆡ 쎠 호ᄃᆡ, '죄를 다ᄉ리고야 ᄉ랑ᄒᄂᆫ 졍을 펴리라.' ᄒ고, 지리히 고찰ᄒ여 모진 ᄉᆼ이 풀닌 후 ᄉ니, '그 심슐이 엇더ᄒ야 그리 지악(至惡)던고?' ᄉᄉ로 놀나 듕야의 잠이 아니올 젹이 만터이다. 그러나 그 견고ᄒ며 ᄉᆼ효ᄒ미 안셔(安舒)ᄒᆫ 안ᄉᆡᆨ과 유열(愉悅)ᄒᆫ 쇼리로 알푼 거ᄉᆯ 금쵸고 졍셩이 쵹쵹(屬屬)ᄒ니, 어엿브믈 니긔지 못ᄒ여 ᄯᅩ 괴이ᄒᆫ 의ᄉ로 그 혼인을 쳐단코ᄌ ᄒ다가, 텬노를 맛나 하마 독【5】ᄌ(獨子)의 명을 부월(斧鉞)의 맛출 번ᄒ고, 비로소 두려 포악을 긋치니, ᄉᆼ은이 아니시미 업ᄉᆫ지라. 쳡이 젼과(前過)를 뉘웃ᄎ미, 엇지 붓그려 움치고 ᄌ부 손ᄋ 등의 현효를 습기리 잇고? 경쇼비 슬하의 니른 후 고모를 됴ᄎ 쳔역(賤役)과 즁ᄎᆨ(重策)을 감슈(甘受)ᄒ여 원망을 품지 아니니, 텬품이 긔이ᄒᆯ ᄲᆫ 아니라, ᄌ부의 ᄉᆼ효를 신명이 감동ᄒ여 효ᄌ 효부로ᄡᅥ 쥬신지라. ᄭᅢ ᄃᆞᆺ기를 늣게야 【6】ᄒᄆᆯ 의들와 ᄉᄉ로 몸을 형벌코져 ᄒ나 밋지 못ᄒ나이다."

말노 됴ᄎ 눈믈이 연면(連綿)ᄒ니2040) 상국 삼비와 진왕이 일변 드르며 비를 보니, 비 티모의 회한(悔恨)ᄒ시믈 불안ᄒ고, 셕ᄉ를 왕이 다 드르믈 졀박히 붓그려, 옥면의 홍운(紅雲)이 ᄎᆔ지(聚之)ᄒ니, 비컨ᄃᆡ 됴일(朝日)이 창희의 쇼ᄉ미 홍광이 됴요ᄒᆫ ᄃᆺ, 부용보험(芙蓉酺臉)2041)의 《향안‖형안(炯眼)2042)》이 구슬 ᄀᆺᄒ니, 우슈ᄂᆫ 됴뫼 구지 잡앗ᄂᆫ 고로, 좌슈로 ᄯᅥᆯ을 집고 무빈(霧鬢)2043)을 【7】ᄂ즉이 ᄒ여시니, 염일(恬逸)2044)ᄒᆫ 긔질과 뇨라(嫋娜)2045)ᄒᆫ 태되 일쳔 가지 고은 빗출 먹음어 어리롭고, 어엿분 쳬지 심신이 무루녹거늘, 셕부인과 경쇼졔 황공츅쳑(惶恐蹙惕) 송연(悚然)ᄒ니, 왕은 미(微)ᄒᆫ 우음을 ᄯᅴ엿고, 니부인이 념임치경(斂袵致敬)2046) 왈,

"셩인(聖人)이 유운(有云)ᄒ시되, 허물 곳치믈 기리시니, 돈부인이 셕일 일시 과도ᄒ신 엄뇌(嚴怒) 계시나 뉘웃ᄎ시ᄂᆫ 덕이 스룸이 밋지 못ᄒ올 비니, 엇지 심두(心頭)의 한ᄒ실 비리잇고?【8】이제 셕ᄉ(昔事)를 츄회(追悔)ᄒ시고 ᄉᆡ 덕을

2040) 연면(連綿)ᄒ다. 혈통, 역사, 눈물, 산맥 따위가 끊어지지 않고 계속 잇닿아 있다.
2041) 부용보험(芙蓉酺臉) : 연꽃처럼 불그레한 뺨.
2042) 형안(炯眼) : 빛나는 눈. 또는 날카로운 눈매.
2043) 무빈(霧鬢) : 안개가 서린 듯한 하얀 귀밑털.
2044) 염일(恬逸) : 마음이 편안하고 자유로움.
2045) 뇨라(嫋娜)ᄒ다 : 요나(嫋娜)하다. 부드럽고 날씬하다.
2046) 념임치경(斂袵致敬) : 옷깃을 여미고 존경하는 뜻을 표함.

베푸시니, 미쳡(微妾) 등이 감탄ᄒᆞ믈 니긔지 못ᄒᆞ리로쇼이다."

긔부인이 누슈(淚水)를 씻고 다시 말ᄒᆞ고ᄌᆞ ᄒᆞ거늘, 가부인이 나죽이 간왈(諫曰),

"인가의 ᄌᆞ녀 장쳑(杖責)ᄒᆞ미 이 곳 녜ᄉᆞ(例事)오니, 무ᄉᆞ 일 각별 들츄시리잇가? 태태 과도이 회우(悔尤) 《ᄌᆞ란∥ᄌᆞ탄(自歎)》ᄒᆞ시니, 져져와 질이 슈괴 숑연ᄒᆞ믈 니긔지 못ᄒᆞ오니 긋치시믈 ᄇᆞ라ᄂᆞ이다."

틱부인이 만히 취ᄒᆞ여시니 엇지 긋치리오. 【9】 도라보아 ᄀᆞᆯ오ᄃᆡ,

"인가의 흔흔 일인 즉, 네 엇지 미양 울며 간ᄒᆞ던다? 무릇 ᄌᆞ녀를 경계ᄒᆞ미 쇼과(所過)의 ᄭᅮ짓고, 대죄(大罪)의 치미 녜ᄉᆞ로ᄃᆡ, ᄂᆞ의 포려(暴戾)ᄒᆞᆫ 심슐은 무상불의(無狀不義)ᄒᆞᆫ 일을 됴하ᄒᆞ니, ᄋᆞ직 체읍고간(涕泣固諫)ᄒᆞ거든 진노ᄒᆞ여 치기를 능ᄉᆞ(能事)로 삼ᄋᆞ시니, 그 어인 의ᄉᆞ런고? 일야(日夜)의 통심(痛心)ᄒᆞ노니, 이제 상국 부인긔 ᄂᆞ의 울울(鬱鬱)ᄒᆞᆫ 쇼회를 고치 아니코 뉘게 베풀니오."

다시 니부인을 향ᄒᆞ여 왈,

"부【10】인은 원컨ᄃᆡ 노쳡의 쥭엄죽흔 즛슬 마ᄌᆞ 드르쇼셔. ᄎᆞ녀의 평싱을 맛ᄎᆞ 가부의 불쵸박덕(不肖薄德)이 ᄉᆞ유(士類)의 츙슈(充數)치 못ᄒᆞ니, 이 도시(都是) 노신(老身)의 ᄌᆞ작지죄(自作之罪)라 눌을 한ᄒᆞ리잇고? 그ᄯᅥ ᄋᆞ직 지극히 간ᄒᆞ믈 노ᄒᆞ여 삼일의 다ᄉᆞᆺ번 치되 오히려 간ᄒᆞᆫ지라, 분을 니긔지 못ᄒᆞ여 스스로 쥭으려 ᄒᆞ미, ᄋᆞ직 비로쇼 그르믈 ᄉᆞ죄ᄒᆞ고 명을 슌슈ᄒᆞ니, 쾌히 셩혼ᄒᆞ미 그 회 무궁ᄒᆞ여, 녀ᄋᆞ의 【11】 동신동[통]원(終身痛冤)이 되고, ᄌᆞ네 다 용상(庸常)ᄒᆞ니, 쳡심의 칼흘 꼬즌 듯 지통(至痛)이 간폐(肝肺)의 ᄆᆡ쳣ᄂᆞ이다."

가부인니 어히업셔 웃고 왈,

"무릇 젹은 일도 쳔이(天理)니 각각 텬뎡(天定)ᄒᆞᆫ 쉬(數) 잇ᄉᆞ무로, 틱틱 셩심이 기우러지ᄉᆞ 거거(哥哥)의 간ᄒᆞ믈 찰납(察納)지 아니시미라. 이 다 히ᄋᆞ(孩兒)의 팔직(八字)2047)오 연분(緣分)이니, 다른 일은 비록 뉘웃츠시나 지어 ᄋᆞ희 말ᄉᆞᆷ은 불가ᄒᆞ이다. 히ᄋᆞ의 불쵸ᄒᆞ무로써 동쥬(同住) 슈십 년의 비록 돈견(豚犬) ᄀᆞᆺᄒᆞ나, ᄌᆞ【12】네 여러ᄒᆞ니 스스로 복인(福人)으로 쳐ᄒᆞ옵ᄂᆞ니, 여ᄎᆞ 의외지언을 ᄒᆞ시ᄂᆞ니잇가?"

셜파의 안쉭이 화열ᄒᆞ고 ᄉᆞ긔(辭氣) 여일(如一)ᄒᆞ니, 상국 부인니와 진왕이 가부인 심ᄉᆞ를 위ᄒᆞ여 불안ᄒᆞ니, 참예ᄒᆞ여 {불안ᄒᆞ니} 드르믈 불힝이 넉이더니, 그 언ᄉᆞ(言辭) 이러틋 투쳘(透徹)ᄒᆞ니 긔특이 넉여, 니부인이 감탄ᄒᆞ여 왈,

---

2047)팔직(八字) : 사람의 한평생의 운수. 사주팔자에서 유래한 말로, 사람이 태어난 해와 달과 날과 시간을 간지(干支)로 나타내면 여덟 글자가 되는데, 이 속에 일생의 운명이 정해져 있다고 본다.

"둔부인 명쳘(明哲)ᄒ신 말ᄉᆞᆷ 여ᄎᆞᄒᆞ시니, 텬쉬(天數) 과연 졍흔 거시 잇ᄉᆞ니 거리【13】씨지 마르실지니이다."

인ᄒᆞ여 다른 말ᄉᆞᆷᄒᆞ여 일싴이 셔잠(西ᄶᆞᆷ)의 기울ᄆᆡ 하직고 도라갈 식, 명일 둔가(尊駕)를 왕굴(枉屈)ᄒᆞ시믈 부ᄃᆡ 쳥ᄒᆞ니, 긔부인이 흔연 낙둉(諾從)ᄒᆞ여, 익일의 ᄌᆞ부녀와 손부손녀를 거ᄂᆞ려 승상부의 가 희ᄉᆞ(回謝)ᄒᆞᆯ 식, 삼부인이 쇼·양 등 질부질녀를 거ᄂᆞ려 마ᄌᆞ 관곡(款曲)히 ᄃᆡ졉ᄒᆞ여 공경치ᄉᆞᄒᆞ미 극진ᄒᆞ니, 긔부인이 깃브믈 니긔지 못ᄒᆞ야 셩찬(盛饌)을 하져(下箸)ᄒᆞ고, 담쇼(談笑) 흔흔(欣欣)【14】ᄒᆞ여, 인ᄒᆞ여 위부 원듕(園中) 경치와 ᄂᆡ외 당ᄉᆞ(堂舍)2048)를 다 구경ᄒᆞ고, 신금오 모친이 홍·화 이인을 다리고 드러와 공경 녜필의 은근 담화ᄒᆞᆯ 식, 긔부인이 진왕을 구ᄒᆞ믈 드럿던지라. 탄상(歎賞)ᄒᆞ기를 니긔지 못ᄒᆞ여 관곡히 ᄃᆡ졉ᄒᆞ더라.

둉일(終日) 한화(閑話)ᄒᆞ고 도라오ᄆᆡ, 긔부인이 상국 삼부인 싴광 덕틱을 갈구탄복(渴口歎服)2049)ᄒᆞ고 쇼·양 등 ᄉᆞ인의 긔질을 칭찬ᄒᆞ여, 능히 긋치지 못ᄒᆞ더라.

경부인은 엄구【15】ᄃᆡ인(嚴舅大人) 셤기오믈 시ᄋᆞ비(侍兒輩)만 맛져두믈 졀민(切憫)ᄒᆞᄃᆡ, 태부인 명을 역지 못ᄒᆞ여 삼ᄉᆞ일을 머무다가 비로쇼 허ᄒᆞ믈 어더 도라가고, 왕한님 부인이 ᄯᅩ흔 구가로 도라가니, 긔부인이 녀ᄋᆞ와 식부를 머무러 월여를 진궁의 뉴(留)ᄒᆞ여 날노 봉양(奉養)을 바들 식, 참졍 부지 《츅일∥츅일(逐日)2050)》왕ᄂᆡᄒᆞ여 모친을 뫼셔 쥬찬 가무로 즐겨 비로쇼 도라갈식, 연비 홀연(欻然)ᄒᆞ믈2051) 니긔지 못ᄒᆞ여 다시 왕님ᄒᆞ시【16】기를 간구(懇求)ᄒᆞ니, 틴부인이 흔연 응낙ᄒᆞ더라.

진비 바야흐로 위부의 문안흔ᄃᆡ 삼부인이 ᄉᆡ로이 ᄋᆡ즁ᄒᆞ더라. 긔부인이 본ᄋᆞ(本衙)의 도라와 진왕의 지극ᄒᆞ믈 감ᄉᆞᄒᆞ고, 됴흔 집○[과] 무궁흔 풍경을 의논ᄒᆞ며 장흔 긔구의 셩(盛)흔 쥬식(酒食)을 닛지 못ᄒᆞ며, 부려(富麗) 혁혁(赫赫)흔 영광을 일ᄏᆞ라 긔특고 즐겨, 입을 열ᄆᆡ 진부 셩(盛)ᄒᆞ믈 칭예(稱譽)ᄒᆞ니, 긔부인 신임 쇼시ᄋᆞ(小侍兒) 치션은 요비(妖婢) 금향의 일녜라. 간악 요ᄉᆞᄒᆞ【17】미 어미를 달맛고, 영오(穎悟) 춍민(聰敏)ᄒᆞ미 진짓 어믜 ᄯᅩᆯ이라.

틴부인이 비록 쾌히 회과(悔過)ᄒᆞ여시나, 금향의 요악(妖惡)던 쥴을 오히려 치 씨ᄃᆞᆺ지 못ᄒᆞ여시니, 원통이 쥭이고 마음의 불샹이 넉이ᄂᆞᆫ 고로, 치션을 거두어 무휼(撫恤)ᄒᆞ니, 션이 진궁의 ᄯᅩᆯ와가 ᄀᆞᆺ쵸 구경ᄒᆞ고 도라오ᄆᆡ, 가쇼져 빙낭을 보고 젼ᄒᆞ니, 원ᄂᆡ 빙낭이 셕년의 진비의 칙언을 오ᄅᆡ도록 분ᄒᆞ여, 부녜 의논ᄒᆞ고 공교흔 말을 보

2048)당ᄉᆞ(堂舍) : 큰 집과 작은 집을 아울러 이르는 말.

2049)갈구탄복(渴口歎服) : 입이 마르도록 감탄하고 칭찬함.

2050)츅일(逐日) : 하루도 거르지 않고 날마다.

2051)홀연(欻然)ᄒᆞ다 : 갑작스럽게 떠나거나 어떤 일이 일어나, 다하지 못한 일로 마음속에 어딘지 섭섭하거나 허전한 구석이 있다.

【18】 틱여 긔부인 노를 도도와 일장 딕란을 닐위무로. 모부인 둉칙을 바다 도라오미 가부인이 오릭도록 엄히 금호여 다시 외가의 가지 못호니, 울울(鬱鬱)히 원(怨)을 품어 한독(悍毒)이 진왕비긔 도라가는지라. 치션의 요스(妖邪)호믈 스랑호여 회포를 니르고 골육 ᄀᆞ치 스괴니, 미양 도도아 굴오딕,

"니댱군이 여모(汝母)를 박살호믄 외구(外舅)와 슉모(叔母)의 부쵹(咐囑)호미라. 네 비록 노쥬(奴主) 분의(分義)로 원슈를 갑지 【19】 못호나, 엇지 셟지 아니리오. 근본인즉 화쥬의 혼스 빌미니, 화쥬를 한호미 업스랴?"

호니, 션이 미양 울고 원(怨)이 깁더니, 진궁 호셩(豪盛)흔 부귀를 보고 도라와, 틈을 타 빙낭을 보고 주시 옴기며, 긔부인 뉘웃던 말솜가지 다 젼호니, 빙낭이 일변 노(怒)홉고 일변 흠션(欽羨)호여 못된 뜸쇠2052)를 너여, 기부(其父)를 딕호여 몬져 쇼회(所懷)를 발호여 굴오딕,

"힉이(孩兒) 져 즈음긔 화쥬 혼스를 인호여, 모친긔 모지 【20】 리 미 마즈 살히 허믈지고2053) 쌔 져리니, 원을 품엇시되 갑흘 길히 업스니, 져의 돈영(尊榮)흔 부귀를 드르미 분노흔지라. 셔어(齟齬)히 거울2054) 길히 업스니, 야애(爺爺) 외가의 가 틱모(太母)를 쵹(囑)호여 여츠여츠호신즉, 틱모의 뜻이 동(動)호미 되지 못홀 일이 업스리니, 요힝 으히 져 집의 간즉 독슈(毒手)를 놀녀 화쥬를 쥭이고, 힉닉(海內)2055) 진궁 부귀를 츠지호여 낭낭(娘娘) 은춍을 입스온즉, 야애 쏘흔 관면(冠冕)2056)을 어더 【21】 침폐(沈廢)흔 문호를 니르혀미 되리이다."

호니, 가창이 혼열(昏劣)흔 인식(人士) 은연(隱然)이 될가 너여, 참졍이 됴회의 간스이를 타 져의 부인을 긔(欺)이고, 연부의 ᄂᆞ으가 악모(岳母)긔 뵈고 동용이 말솜호여 언단(言端)의 녀으의 혼스의 밋ᄎᆞ미, 드딕여 진왕의 부실(副室)을 쥬고즈 호는 뜻을 고호고, 악모의 쥬션(周旋)호시믈 근쳥호니, 부인이 근닉의 참졍을 ᄋᆡ듕(愛重)호여 그 놉흔 쇼견을 올히 너여, ᄉᆞᄉᆞ(事事) 언쳥(言聽)호매, 【22】 슬긔 《늙고∥늘고》 식견(識見)이 명투(明透)호여시니, '가으(兒)의 요악(妖惡)호미 엇지 진비의 슉덕(淑德)을 비견(比肩)호리오.' 호여, 머리를 흔드러 굴오딕

"불가호다. 진왕이 타쳐(他處)의 직취(再娶)흔즉 막지 못호려니와, 노뫼 엇지 안한(安閑)흔 신셰를 희짓고, 골육(骨肉)이 젹국(敵國)이 되는 불ᄉᆞ(不似)호믈 원호리오. 호물며 진왕이 엇던 스름이라, ᄂᆞ의 말노써 ᄀᆞ바야이 직취호리오. 노인이 져 즈음긔 일을 쇼리(率爾)히2057) 호여 무식흔 허물 【23】 이 희즈(膾炙)호니, 진실노 낫츨 드러

2052) 뜸쇠 : 좀꾀. 좀스러운 잔꾀.
2053) 허물지다 : 허물다. 헌데가 생기다. *헌데: 살갗이 헐어서 상한 자리.
2054) 거우다 : ①겨루다. 서로 버티어 승부를 다투다. ②겨우다. 집적거려 성나게 하다.
2055) 힉닉(海內) : 바다로 둘러싸인 육지라는 뜻으로, 나라 안을 이르는 말.
2056) 관면(冠冕) : 갓과 면류관이라는 뜻으로, 벼슬아치를 비유적으로 이르는 말.

진왕 보믈 붓그리느니, 무슴 넘치로 지취(再娶)를 니르리오."

가창이 묵연(默然)ᄒᆞ여 냥구(良久)히 머믓기다가 다시 웃고 굴오ᄃᆡ,

"악뫼 굿ᄒᆞ여 친히 권ᄒᆞ시리잇가? 참졍 형의게 명ᄒᆞ실진ᄃᆡ, 진왕이 그 악공의 쳥을 박졀치 못ᄒᆞ고, 쳔고(千古)의 '황영(皇英)의 셩ᄉᆞ(盛事)'2058)를 뉴젼(流傳)ᄒᆞ니 아름다온 결혼이 가히 미담이 될 거시오, 악뫼 져 집의 가ᄉᆞ나 ᄂᆡ외손녜(內外孫女) 마즈 봉양ᄒᆞᄆᆡ 흔연ᄒᆞ시ᄆᆡ 【24】 비길 곳 업슬 빗여늘, 진왕비 젹젹(寂寂) 심궁(深宮)의 궁비 등만 딕ᄒᆞ여 울읍(鬱悒)ᄒᆞᆫ 회포로, 만일 녀이 됴ᄎᆞ 친익지졍(親愛之情)2059)과 동녈지의(同列之義)2060)로 옹목(雍睦)ᄒᆞᆫ 화긔(和氣) ᄂᆞᆫ국(隣國)의 들닐진ᄃᆡ, 문견쟤(聞見者) 악모의 셩덕(盛德)을 즈손의 니으믈 아니 칭찬ᄒᆞ리잇가?"

인ᄒᆞ여, 감언니셜(甘言利說)노 간졀이 비ᄂᆞᆫ지라. 긔부인이 심ᄂᆡ의 통ᄒᆡ(痛駭)ᄒᆞ여 졍ᄉᆡᆨ(正色)고 니로ᄃᆡ,

"그ᄃᆡᄂᆞᆫ 말을 슈고로이 ᄒᆞ지 말나. 진왕은 범범(凡凡)ᄒᆞᆫ 스룸과 다르니, 우흐로 텬ᄌᆞ 【25】 와 낭낭(娘娘)이 지취를 허ᄒᆞ시ᄆᆡ 쉬오며, 버거 위공이 쏘 '가(可)타' ᄒᆞ기를 밋지 못ᄒᆞᆯ지라. 만만(萬萬) 되지 못ᄒᆞᆯ 일이오. 우리 녀이 쏘 깃거 아니ᄒᆞ리니, 그ᄃᆡ의 뜻을 일울 니 업ᄂᆞ니라. 진왕과 위상국이 금은직빅(金銀財帛)2061)이 구산(丘山)2062) ᄀᆞᆺᄒᆞ니, 은즈(銀子)로 츙동(衝動)ᄒᆞᆯ 길이 업고, ᄂᆞ의 미치고 어리미 업ᄉᆞ니 무슨 일로써 다릴리오."

가셩이 악모의 뇌거(牢拒)2063)ᄒᆞ믈 심하(心下)의 한(恨)ᄒᆞ거늘, 셕일 즈긔의 은즈로 다리고 혼인 【26】 ᄒᆞ믈 공치(攻治)ᄒᆞ믈2064) 보와 ᄃᆡ로ᄒᆞ니, 발연(勃然) 변ᄉᆡᆨ(變色)고 닓더○[ᄂᆞ]2065) 도라와 분(忿)을 니긔지 못ᄒᆞ니, 삼즈를 다 잡ᄋᆞ ᄂᆞ리와 쓸니고, 쑤지져 굴오ᄃᆡ,

"네 어미 교우(驕愚) 즈긍(自矜)ᄒᆞ고 무례 (無禮) 방즈(放恣)ᄒᆞ여 가부를 업슈이 너기고, 구가(舅家)를 능경(凌輕)ᄒᆞ여 스스로 놉히 비겨, '댱강(莊姜)이 둉풍(終風)을

2057) 쇼리(率爾)히 : 솔이(率爾)히. 말이나 행동이 신중하지 못하고 가벼이.

2058) 황영(皇英)의 셩ᄉᆞ(盛事) : 중국 요(堯)임금의 두 딸인 아황(娥皇)과 여영(女英)이 함께 순(舜)에게 시집 가, 서로 화목하며 순임금을 섬겼던 일.

2059) 친애지졍(親愛之情) : 친척 자매로서 서로 사랑하는 정.

2060) 동녈지의(同列之義) : 한 남자와 결혼하여 같은 아내의 지위를 갖고 함께 살아가는 여자들 사이의 의리.

2061) 금은직빅(金銀財帛) : 금, 은, 재화, 비단 따위의 재물.

2062) 구산(丘山) : ①언덕과 산을 아울러 이르는 말. ②물건 따위가 많이 쌓인 모양을 비유적으로 이르는 말.

2063) 뇌거(牢拒) : 딱 잘라 거절함.

2064) 공치(攻治)ᄒᆞ다 : 비난하다. 헐뜯다. 나무라다.

2065) 닓더ᄂᆞ : 벌떡 일어나. *닓더ᄂᆞ다: 벌떡 일어나다.

슬허홈'2066)과 반비(班妃)2067) 한데(漢帝)2068)의 어두오믈 탄(歎)ㅎ며, 낫긔는2069) '동곽(東郭)의 무댱(無掌)을 《울고 ‖ 웃고》'2070), 결부(潔婦)2071)의 쥭기를 긔약(期約)ㅎ믈, 닉 상상(常常) 통히(痛駭)ㅎ더니, 악뫼(岳母) 녀ᄋ의 참언(讒言)【27】을 듯고 돌연(猝然)이 날을 면박(面駁)ㅎ니, 그 죄를 스(赦)치 못홀지라.. 여등(汝等)이 어미 죄로써 장척(杖責)을 바드라."

노ᄌ(奴子)를 엄호(嚴號)ㅎ여 '삼ᄌ를 다 치라' ㅎ되, 댱ᄌ 훈이 돈슈(頓首) 뉴체(流體) 왈,

"ᄌ졍(慈庭)이 평일 손슌(遜順) 겸퇴(謙退)ㅎᄉ 일ᄉ(一事)를 ᄌ유(自由)ㅎ시미 업고, 일언을 항거ㅎ시미 업술 분 아니오라, 일죽이 딕인을 원망ㅎ시며 한을 품으시미 업스믄 딕인이 닉이 아르시니, ᄎ마 엇지 여ᄎ 하교(下敎)를 ᄂ리오시ᄂ니잇【28】가? 히이 죽어 듯줍지 말고ᄌ ㅎᄂ이다."

가싱이 더옥 분분(忿憤) 딕로(大怒) 왈,

2066) 댱강(莊姜)이 동풍(終風)을 슬허홈 : 장강(莊姜)이 남편 장공(莊公)으로부터 학대받는 자신의 처지를 슬퍼하던 일. *장강(莊姜): 제(齊)나라 출신. 위(衛)나라 장공(莊公)의 정비(正妃). 아름답고 시를 잘하였으나, 아들을 두지 못해 장공과 불화하였다. *장공(莊公): 위장공(衛莊公). 중국 춘추시대 위(衛)나라 임금. 제(齊)나라 여인 장강(莊姜)이 아름답고 시를 잘하여 왕후로 맞아 사랑하였으나, 아들을 두지 못하자, 희첩(姬妾)을 두어 아들을 얻은 뒤로는, 희첩을 총애하며 장강을 박대하였다. *종풍(終風): 『시경(詩經)·패풍(邶風)』의 편명(編名). '종일 두고 부는 바람'이란 뜻으로, 부인이 변덕스럽고 사나운 남편으로부터 학대받는 자신의 처지를 슬퍼하는 노래다..

2067) 반비(班妃) : 중국 한(漢)나라 성제(成帝)의 후궁. 시가(詩歌)를 잘하여 성제의 총애를 받았으나 조비연(趙飛燕)·합덕(合德) 자매에게 참소를 당하여 장신궁(長信宮)에 있으면서 부(賦)를 지어 상심(傷心)을 노래하였다.

2068) 한데(漢帝) : 한성제(漢成帝). 중국 전한(前漢)의 제9대 황제(BC 33~7 재위). 이름은 유오(劉驁). 원제(元帝)의 아들이다. 사치스러운 생활을 했으며, 술과 여자에 빠져 조비연(趙飛燕)과 조합덕(趙合德)을 총애했다.

2069) 낫긔는 : 낮게는. *낫다: 낮다. 아래에서 위까지의 높이가 기준이 되는 대상이나 보통 정도에 미치지 못하는 상태에 있다.

2070) 동곽(東郭)의 무댱(無掌)을 웃다 : 동곽(東郭)이라는 사람이 가난하여 바닥[밑창]이 다 닳아 없어진 신을 신고 다니는 것을 비웃다. *동곽(東郭): 동곽선생(東郭先生). 한 무제(漢武帝) 때의 제(齊)나라 사람으로, 집안이 가난하여 바닥[밑창]이 다 닳아 없어진 신을 신고 눈 위를 걸어 다녔으므로 사람들이 모두 그를 비웃었다는 고사가 『史記 卷126 골계열전(滑稽列傳)』에 전한다. *무댱(無掌) : 신의 바닥[밑창늑신창]이 다 닳아 없어진 신.

2071) 결부(潔婦) : 중국 춘추시대 노(魯)나라 사람 추호자(秋胡子)의 아내. 추호자는 결부와 결혼한 지 5일 만에 진(陳)나라의 관리가 되어 집을 떠났다, 5년 뒤 집으로 돌아오다가 집 근처 뽕밭에서 뽕을 따는 여인을 비례(非禮)로 유혹한 일이 있는데, 집에 돌아와 아내를 보니 조금 전 자신이 수작한 그 여인이었다. 크게 실망한 결부는 남편의 행동을 꾸짖은 뒤 강물에 몸을 던져 자결하였다. 『열녀전』에 나온다.

"늬 불힝ᄒ여 발부(潑婦) 찰녀(刹女)의 쫄을 취(娶)ᄒ여 오늘날 곤욕을 보니, 됴졍 지상의 틔부인을 항거치 못ᄒ고, 참졍 노야의 귀흔 누의를 넉치지 못ᄒ나, 이 분(憤)을 참고 늬 ᄌ식이야 치지 못ᄒ랴!"

연(連)ᄒ여 ᄶ져 삼십 장을 치고, ᄎᄌ 전을 흔가지로 치고, 삼ᄌᄂ 어린 고로 달쵸(撻楚) 십여 기의 씌어 넉치되,【29】 슌슌이 긔부인을 거드러 욕ᄒ고, 부인의 거오(倨傲) 돈딕(尊待)ᄒ여 가부(家夫) 보기를 노예 ᄀᆺ치 ᄒ믈 ᄶ지ᄌ니, 삼지 물너가 쳬읍(涕泣) 통히(痛駭)ᄒ거늘, 부인이 듯고 어히 업셔 스스로 불효를 탄(嘆)ᄒ고 삼ᄌ를 불너 경계 왈,

"녀ᄌ의 가댱은 곳 하날이오, ᄌ식의 아비 ᄯᅩ 하날이라. 하날이 비록 여름2072)의 눈을 나리와도 ᄯᆺ히 감히 닷토지 못ᄒ여 슌히 밧ᄂ니, 여등이 일즉 우리 형댱【30】과 질ᄋ 등의 셩효를 우러러 보앗ᄂ니, 엇지 아븨게 미 마ᄌ믈 셜워 우ᄂ뇨?"

가공지 지비 ᄉ왈(辭曰),

"ᄌ괴(慈敎) 지극ᄒ시니 ᄋᆞ히(兒孩) 비록 불쵸(不肖)ᄒ오나, 엇지 밧드지 아니ᄒ오며, 불효ᄒ오나 엇지 감히 되인긔 죄 닙오믈 셜워 ᄒ리잇고 마ᄂᆞᆫ, ᄌ위 지극ᄒ신 부덕(婦德)으로 평싱의 삼가믄 상쳔(上天)이 됴림(照臨)ᄒ시거늘, 되인 명괴(名敎) 졍외(情外)예 발ᄒ시니, 원민(冤悶)ᄒ믈 셜워ᄒᄂ이다."

부인이 졍쉭(正色)【31】 왈,

"무릇 ᄋᆞ릿ᄉ름이 웃ᄉ름을 그르게 넉이미 니른 바 역(逆)이니, 너희 되인이 비록 일시 분노로 원통흔 졍ᄉᆞ(情私) 잇셔도, 너희 도리ᄂᆞᆫ 오직 마음이 업슨 듯ᄒ고, 일을 모로ᄂᆞᆫ 듯ᄒ여 그 즐언(叱言)을 감슈(甘受)ᄒ고, 댱칙(杖責)을 슌슈(順受)ᄒ여 다만 졍셩을 다ᄒ여 셤겨, 노(怒)를 풀고 ᄉ(赦) 닙으믈 ᄇᆞ랄 ᄯ름이라. 어믜 원통을 셜워ᄒ미 곳 그 아비를 그르게 넉이미니, 고어(古語)의 '오군불능(吾君不能)을 위【32】지젹(謂之賊)이라'2073) ᄒ믈 싱각지 못ᄒᄂ뇨? 삼가고 삼가 불효난뉸(不孝亂倫)의 죄인이 되지 말나. 우리 형댱과 져져(姐姐)의 되효ᄂᆞᆫ 니르지 말고, 질ᄋ(姪兒) 남믜 부뫼 무죄히 슈장(受杖)ᄒ시믈 셜워ᄒ여, 비러 되(代)ᄒ믈 쳥홀지연뎡, 한(恨)을 먹음고 원(怨)을 품지 아니ᄒ니, 이 곳 효의 지극ᄒ미라. 늬 비록 불혜(不慧) 박덕(薄德)이나 ᄌ식은 극진(極盡)코ᄌ ᄒ노라."

삼지(三子) 모부인 졀졀(切切)ᄒ신 계훈(戒訓)을 감복ᄒ여 셕연(釋然) 돈오(頓悟)ᄒ니【33】 지비(再拜) 슈명(受命)ᄒ더라.

2072)여름 : 여름. 한 해의 네 철 가운데 둘째 철. 봄과 가을 사이이며, 낮이 길고 더운 계절로, 달로는 6~8월, 절기(節氣)로는 입하부터 입추 전까지를 이른다.

2073)오군불능(吾君不能)을 위지적(謂之賊)이라 : "우리 임금은 그렇게 할 능력이 없다고 말하는 것을 '해친다'고 하는 것이다"는 말. 『맹자, 이루 상(離婁上)』에 나온다.

부인이 심복 시녀로 인호여 빙낭이 기부(其父)를 쇠오던 말을 듯고 한심(寒心) 추악(嗟愕)호여 앙턴(仰天) 탄식(歎息)고, 가싱이 틱부인긔 호던 말슴을 듯고 모부인 답언(答言)을 다 니르믹, 스스로 참괴(慙愧)코 슬허, 야반(夜半) 무인(無人) 시(時)의 빙낭을 잡으 느리와 쑬니고 슈죄(數罪)호여 삼십 장(杖)을 치고 경계호되, 빙낭이 엇지 《도이∥됴히2074)》 슈심(修心)호리오.

ᄀ마니 아비를 보아 울며 니르고, 오라비와 형이 모친다려 니르다 호니,【34】가싱이 더욱 노호여 ᄌ(子)와 부(婦)를 칙호여 안전(眼前)의 뵈지 못호게 호고, 일변(一邊) 분노혼 줌, 쏘 참괴호야 닉당의 됵젹(足跡)을 쓴츠니, 부인이 가지록2075) 가연(慨然)2076) 골돌호나2077) 임의 아란지 오릭니 식로이 놀날 빅 아니오, 부도(婦道)를 직희여 스식(辭色)과 언어(言語)의 타현(泰然)2078)호미 업더라.

빙낭이 쏘 기부를 쵹(囑)호여 가반과 호중을 다리여 진왕 부부를 히코져 호니, 치션을 인호여 가반으로 호여곰 호증으로 정을 믹 【35】 준 후, 밀밀(密密)히 도모호여 진비와 왕을 아오ᄅ 멸(滅)키를 모의호니, 엿튼 의스와 젹은 쇠 엇지 진왕을 히호리오마ᄂ, 연(然)이나 요미(妖魔) 궁극호고 간흉(奸凶)이 지악(至惡)호니 추계(此計) 엇지 된고? 하회(下回)를 보라.

위상국이 텬궐(天闕)의 빗스(拜謝)호고 금편(金鞭)을 혼번 들믹, 신미(神馬) 거름을 펴니 발으릭 풍운이 니러느고, 눈가의 뫼히 구으ᄂ지라. 결안을 칠 씩 이 말을 어드니 슈쳔니 길흘 삼일의 득달호니,【36】점스(店舍)의 쉬미 업고, ᄂ줄2079) 님(臨)호여 밥을 구치 아냐, 총총(悤悤)이 친측(親側)의 가기를 바야고, 도라오믹 쏘 마음의 급호믄 ᄌ긔 쇼임이 듕(重)호고 혼 ᄂᆺ 가댱(家長)이 업스니, 만흔 문하 스룹과 무슈 동직(從者) 쑬오지 못호믈 감탄홀 분이러라.

시시(是時)의 청운동 위부의셔 여ᄉᆺ 번 으ᄌ의 상셔를 어드니, 경스 쇼식이 희미치 아닌지라. 진왕의 길녜(吉禮)를 지닉고, 비(妃)의 긔이(奇異)호믈 희힝(希幸)코, 뇨됴(窈窕)호믈 깃거호고 【37】 쏘 슬허호더니, 국가의 일이 만하 으지 여름이 진호고 ᄀ을이 깁도록 말믜를 엇지 못호니, 《창현∥창연(愴然)》호나 닌·현 냥손(兩孫)의 쳘·쇼 냥가의 납폐(納幣)를 보닉무로 혼셔(婚書)를 청호여시니, 더욱 두굿기고 깃거호되, 웅으의 혼스(婚事) 추라호믈2080) 깁히 넘녀호더니, 츄(秋) 팔월의 미처 승상의 진강

2074) 됴히 : 잘. 좋게. 별 탈 없이
2075) 가지록 : 갈수록. 시간이 흐르거나 일이 진행됨에 따라 더욱더.
2076) 가연(慨然) : 개연(慨然). 억울하고 원통하여 몹시 분함.
2077) 골돌하다 : 골똘하다. 한 가지 일에 온 정신을 쏟아 딴생각이 없다.
2078) 타현(泰然) : 태연(泰然). 마땅히 머뭇거리거나 두려워할 상황에서 태도나 기색이 아무렇지도 않은 듯이 예사로움.
2079) 나줄 : 낮을. *낮: 해가 뜰 때부터 질 때까지의 동안.

일(진강일)이 다드르되 오지 못ᄒᆞᆷ믈 결연(缺然)ᄒᆞ고, 노지(奴子) 물건을 헌ᄒᆞ니, 공과 부인이 ᄋᆞ즈의 이 날을 당ᄒᆞ여 즐겨 비쥬(杯酒) 【38】 롤 연음(連飮)치 아니코, 부모를 ᄉᆞ모ᄒᆞᆷ믈 일ᄏᆞ라 쳐연불낙(凄然不落)ᄒᆞ더니, 계츄(季秋)의 경스 노복과 진왕의 궁뇌 니르러 상셔를 올녀 간졀이 고ᄒᆞ여, '연셕을 여러 즐기쇼셔.' ᄒᆞ여시니, 진왕의 졍니(情理)를 감동ᄒᆞ고, ᄋᆞ즈와 식부의 졍셩으로 됴ᄎᆞ 비로쇼 쥬찬을 ᄀᆞ쵸와 손ᄋᆞ 슌창으로 ᄒᆞ여곰 그 악댱 진쳐스를 쳥ᄒᆞ라 ᄒᆞ고, 먼니 닌니(隣里)를 모호고져 ᄒᆞ더니, 날이 반오(半午)의 밋쳐 동지(童子) 연망(連忙)이2081) 승상의 님 【39】 ᄒᆞᆷ믈 알외ᄂᆞᆫ지라. 크게 깃거 밧비 드러오라 ᄒᆞ더니, 승상이 임의 ᄉᆞ미를 드러 츄졍(趨庭)2082)ᄒᆞ여 당하(堂下)의셔 졀ᄒᆞ고, 명을 니어 당의 올나 직비ᄒᆞ고, 슬하(膝下)의 ᄶᆞ러 이셩화식(怡聲和色)2083)으로 긔거(起居)를 뭇ᄌᆞ올ᄉᆡ, 부모 졔형의 반기고 깃브믄 지기즁(在其中)이라.

그 숀을 잡고 우음을 ᄯᅴ여 그 실시(失時)ᄒᆞᆷ믈 염녀ᄒᆞᆯᄉᆡ, 쥬과(酒果)로써 먹이고, 슌슌(順順)2084) 노고(勞苦)ᄒᆞᆷ믈 앗겨 텬눈의 권권(眷眷)ᄒᆞᆫ 은익(恩愛) ᄌᆞ별어타인(自別於他人)2085)이라.

승상이 비ᄉᆞ(拜謝) 부복(俯伏)ᄒᆞ 【40】 여 지셩ᄌᆞ익(至誠慈愛)를 감열(感悅) 황공(惶恐)ᄒᆞ며, 부모의 ᄉᆡᆨ위(色威) 화열(和悅)ᄒᆞ시고 신긔(身氣) 강건ᄒᆞ시믈 깃거, 간간(衎衎)ᄒᆞᆫ 담쇠 츈풍 ᄀᆞᆺ더니, 인ᄒᆞ여 비작(杯酌)을 ᄂᆞ와 헌슈(獻壽)ᄒᆞ고 무치(舞彩)2086)로 즐기시믈 도을ᄉᆡ, 부모의 이 ᄀᆞᆺᄒᆞ신 ᄌᆞ익를 ᄡᅥ나 우려를 돕ᄉᆞ오믈 감상(感傷)ᄒᆞ여, 심닉(心內)의 ᄎᆞᄋᆞ(嗟哦)2087)ᄒᆞᆷ믈 마지 아니ᄒᆞ더라.

슈일을 연낙(宴樂)ᄒᆞ고 사인과 한님이 니음다라2088) 드러오니, 됴당 부모의 깃브미 비길 곳 업더라.

2080) ᄎᆞ라ᄒᆞ다 : 아득히 멀다. 어긋나다.

2081) 연망(連忙)이 : 바삐. 급히.

2082) 츄졍(趨庭) : '츄이과졍(趨而過庭)'의 줄임말로, 종종걸음으로 뜰을 지나가거나 오는 것을 이르는 말. 본래 이 말은 『논어』 <계씨(季氏)>편의, 공자가 혼자 뜰에 서 있을 때, 아들 백어(伯魚)가 종종걸음으로 지나가는 것을 보고 불러, 시(詩)와 예(禮)를 가르쳤던 고사에서 유래한 말인데, 이후 ①'아버지'를 달리 이르는 말. ②자식이 아버지의 가르침을 받음. ③자식이 아버지를 문안함. ④'고향집'을 달리 이르는 말. 등의 여러 의미로 쓰인다.

2083) 이셩화식(怡聲和色) : 부드러운 말과 온화한 얼굴빛.

2084) 슌슌(順順) : 번번(番番). 매번. 매 때마다.

2085) ᄌᆞ별어타인(自別於他人) : 누구보다도 남다르고 특별함.

2086) 무치(舞彩) : 색동옷을 입고 춤을 춤. 중국 춘추시대 노래자(老萊子)가 70세의 나이로 어버이를 기쁘게 해드리기 위해 색동옷을 입고 춤을 추어 부모를 즐겁게 해 드렸다는 고사(故事)에서 유래한 말.

2087) ᄎᆞᄋᆞ(嗟哦) : 남이 알아듣지 못할 정도의 작은 소리로 탄식함.

2088) 니음달다 : 잇달다. 뒤를 잇다.

닌니(隣里)의 고구(故舊) 【41】 친붕(親朋)으로 더브러 환쇼(歡笑)ᄒ여 삼ᄉ일을 단난(團欒)ᄒ고, 비로쇼 친안을 동용이 뫼셔 일년지닉(一年之內)의 ᄉ모ᄒ던 정회를 고ᄒ며, 연비의 아름다오믈 고ᄒ여 선데와 낭낭 부탁을 져바리지 아니믈 깃거훌ᄉ, 부모 제형이 ᄒ가지로 깃거ᄒ고, 닌·현 냥ᄋ의 정혼ᄒ 바 쳘·쇼 냥ᄋ의 슉뇨(淑窈)ᄒ믈 다시 뭇고, 양가 쇼식을 므러 응챵의 길긔(吉期) 슌(順)치 아니믈 익둘와 ᄒᄂ지라.

승상이 흔연 딕왈,

"웅이 【42】 양시 녀ᄌ로 슉연(宿緣)이 잇ᄉ온즉 ᄌ연이 되오리니 셩녀(聖慮)를 더으지 마르쇼셔."

인ᄒ여 황후 낭낭 슈셔(手書) ᄀ온딕 영가와 두가 혼ᄉ를 알외고 쳐분을 뭇ᄌ오니, 원닉 져즈음긔2089) 알외고 낭낭 슈셔(手書)를 알외엿더라.

공이 미우(眉宇)를 찡긔여 글오딕,

"영가ᄂ 공후지가(公侯之家)로 겸(兼)ᄒ여 궁금(宮禁)을 통(通)ᄒ니 포의(袍衣) 한ᄉ(寒土)의 집과 결혼ᄒ미 불가 ᄒ거ᄂ, 엇지 완ᄋ의 부실(副室)을 감심(甘心)ᄒᄂ뇨?"

승 【43】 상이 딕왈,

"져 집이 쳐음의 구혼(求婚)ᄒ거ᄂ 취실(娶室)ᄒ여시믈 닐넛습더니, 도쳐(到處) 낭낭긔 쳥ᄒ여 구ᄒ여시니, ᄒ믈며 낭낭이 틱후 낭낭 명을 밧드러 하교(下敎)ᄒ시니 감히 위역(違逆)지 못ᄒ온지라. 비록 ᄯ의 불합ᄒ오나 이 ᄯ 명(命)이오, 두가 혼인은 낭낭이 친부(親父) 봉ᄉ(奉祀)를 긔탁(寄託)고져 ᄒ시니, ᄯ 정의(情誼)를 어그릇지 못훌 듯ᄒ이다."

공이 '올타' ᄒ고, 셔암 숑계 냥공이 드딕여 결(決)ᄒ여 '허(許)ᄒ믈 【44】 도라가 통(通)ᄒ라' ᄒ니, 풍·범 냥부인이 다 그윽이 불열(不悅)ᄒ되 감히 말ᄒ지 못ᄒ더라.

후일의 범부인이 돈고(尊姑)긔 고ᄒ여 영가 친ᄉ(親事)2090) ᄯ의 합지 못ᄒ믈 근심ᄒ며, 쇼부를 년셕(憐惜)ᄒ여 영시로 의건(衣巾)을 맛지고 양식부를 다려오기를 고ᄒ되, 부인이 이 ᄯ을 공과 ᄋᄌ(兒子)다려 의논ᄒ니, 공이 ᄯ한 '가타' ᄒ거ᄂ, 승상이 궤복(跪伏) 왈,

"영녀의 현불쵸(賢不肖)를 미리 아지 못ᄒ오나, 만일 【45】 교오(驕傲)ᄒ미 잇ᄉ온즉, 가히 냥질부를 드려오지 아니미 올ᄉ온지라. 상두(上頭)2091)의 우 원비(元妃) 잇셔 빈실(嬪室)2092)의 ᄂᄌ믈 붉히 알게 ᄒ오리니 양질의 셩덕(盛德)이 둑(足)히 불현

―――――――――――――――

2089) 져즈음긔 : 저 즈음께. 지난 번. 접때. *즈음: 일이 어찌 될 무렵.
2090) 친ᄉ(親事) : 혼인에 대하여 오가는 말. =혼담.
2091) 상두(上頭) : 가장 높은 자리.
2092) 빈실(嬪室) : 원비(元妃)나 첩(妾)이 아닌 부인을 이르는 말. *빈(嬪): 조선 시대에, 후궁에게 내리던 정일품 내명부의 품계. 귀인의 위이다.

즈(不賢者)를 진압ᄒ올지라. 교만한 쇠의 맛지 아니리이다.”

공이 ‘올타.’ ᄒ고, 부인이 씨ᄃ라나 범부인이 오히려 식부(息婦)를 년셕(憐惜)ᄒ여 슈운(愁雲)이 아미(蛾眉)를 침노ᄒ니, 풍부인이 쇼왈,

“영시 드러온 즉 ᄯ 식뷔(息婦)라. 부인이 엇지 홀노 양【46】질을 위ᄒ여 시름ᄒ ᄂ뇨? 타일의 편벽ᄒ 일홈을 어들가 념녀ᄒ노라.”

범부인이 공슈(拱手) 스왈(謝曰),

“쇼뎨 엇지 구ᄐ여 ᄌ식의게 이증(愛憎)을 두리잇고마ᄂ, 져 영시 부귀(富貴) 교ᄋ(驕兒)로 궁금(宮禁)을 임의로 츌입(出入)ᄒ여 틱후 낭낭 총이ᄒ시믈 밧ᄌ와, 방ᄌ 교만ᄒ여 원비를 협졔(脅制)코ᄌ 홀가 근심ᄒ미로쇼이다.”

틱부인이 ᄯ흔 양쇼져를 이련(愛憐)ᄒ여 념녜 깁흔지라. 숑계공이 ᄀ로ᄃᄏ,

“영기(家)【47】 긔국 공훈으로 겸ᄒ여 ᄂᆡ궁(內宮) 은틱을 닙스오니, 궁ᄉ극치(窮奢極侈)2093)를 일삼을 줄은 보지 아냐 알 비오. 무릇 부녀의 셩이 편식(偏塞)ᄒ여 스리를 아지 못ᄒᄂ 즈ᄂ, 구기(舅家) 몬져 ᄌ이(慈愛)를 졀ᄎ(絶遮)2094)ᄒ고 엄슉ᄒ믈 뵈여 방약(傍若)2095)ᄒ 쯧을 썻그리니, 스치ᄂ 덕을 병드리고 외월(猥越)2096)ᄒ믈 길우ᄂ지라. 가히 금치 아니치 못홀 거시오, ᄒ믈며 우형은 포의한식(布衣寒士)오, 산곡유싱(山谷儒生)이라. 그 슬ᄒ(膝下) 엇지 참남(僭濫)히【48】금슈(錦繡)와 쥬옥(珠玉)을 ᄀᆽᄀ이 ᄒ리오. 현뎨(賢弟) 맛당이 우귀(于歸)2097) 쵸(初)의 엄히 경계ᄒ야 스의(私意)로써 방ᄌ치 못ᄒ게 ᄒ라.”

승상이 ᄇᆡᄉ(拜謝) 왈,

“근슈교의(謹受敎矣)2098)리이다.”

인ᄒ여 한님을 도라보와 ᄀ로ᄃᄏ,

“녀ᄌ의 우려ᄂ 바ᄂ 가댱(家長)의 쯧을 엇고져 ᄒᄂ 마음이 웃듬 되ᄂ 고로, 비록 불쵸(不肖) 투협(妬狹)ᄒ ᄌ도, 가뷔 너그러이 경계ᄒ고 엄졍(嚴正)히 졀척(切責)ᄒ미 쯧을 굽히고 마음을 굴ᄒᄂ니, 딕댱뷔 셰의 닙(立)ᄒ미 텬하【49】로 가어(駕御)ᄒ리니, 일녀ᄌ(一女子)를 진복(鎭服)지 못ᄒ리오. 형댱 명교(命敎)를 듯ᄌ와 가졔(家齊)2099)를 엄히 홀지니라.”

2093) 궁ᄉ극치(窮奢極侈) : 매우 호화롭고 분(分)에 넘치게 사치(奢侈)함.
2094) 졀ᄎ(絶遮) : 끊고 막음.
2095) 방약(傍若) : 방약무인(傍若無人)의 줄임말. 곁에 사람이 없는 것처럼 아무 거리낌 없이 함부로 말하고 행동하는 태도가 있음.
2096) 외월(猥越) : 하는 행위가 외람되고 분수에 지나침.
2097) 우귀(于歸) : 전통 혼례에서, 대례(大禮)를 마치고 3일 후 신랑이 신부를 맞아 신랑 집으로 데려오는 일.
2098) 근슈교의(謹受敎矣) : ‘삼가 가르침을 받들겠습니다.’의 의미로, 명을 받는 자가 명을 내린 이에게 ‘내린 명령을 그대로 시행하겠다.’는 뜻을 밝힐 때 쓰는 말이다.

한님이 지비(再拜) 슈명(受命)ᄒ더라.

드듸여 두 곳 혼ᄉ를 쾌허(快許)ᄒᄆᆡ 풍부인이 일즉 쥬시랑 부인의 어지지 못ᄒᆞᆯ믈 드러시니, 그윽이 근심ᄒ나 감히 ᄉᆞᄉᆞ(私私) 쇼견(所見)을 발치 못ᄒᄂᆞᆫ지라. 원ᄂᆡ 셔암공 ᄎᆞ녀 명쥬의 시년(是年)이 십일 셰라. 텬셩이 호상명달(豪爽明達)²¹⁰⁰ᄒ여 긔운이 놉고 골격이 징쳥(澄淸)ᄒ니,【50】쇼쇼(小小) 유ᄋᆡ(幼兒) 아니오. 효우(孝友)ᄂᆞᆫ 가풍(家風)의 셰력(世歷)²¹⁰¹이오, 덕ᄒᆡᆼ은 부모의 교훈을 밧드러 일셰(一世)의 명완(明婉)이라. 부뫼 익즁ᄒ고 됴부뫼(祖父母) 년ᄋᆡ(憐愛)ᄒ나, 고상ᄒᆞᆫ 지긔(志槪)와 씩씩ᄒᆞᆫ 셩되(性度) 그 져져(姐姐) 양즁셔 부인의 온슈[슌]비약(溫順卑弱)²¹⁰²ᄒᄆᆞ로 져기 다른지라. 됴모 셜부인과 모친 풍부인이 ᄆᆡ양(每樣) 겸공ᄌᆞ약(謙恭自若)²¹⁰³ᄒ기로 경계(警戒)ᄒ더라.

두가의 혼ᄉ를 완졍(完定)ᄒ니, 노공과 셜부인은 숀으로써 ᄆᆡ져(妹姐)의 봉ᄉᆞ(奉祀)ᄒᆞᆯ 줄 깃거【51】ᄒ되, 풍부인이 녀ᄋᆞ를 어로만져 그윽ᄒᆞᆫ 근심이 장부(臟腑)의 ᄆᆡ치이고, 범부인이 ᄯᅩ 영가 혼ᄉᆞ를 불열ᄒᆞ야 각각 심두(心頭)의 환우(患憂)를 삼더라.

슈월을 얼푸시²¹⁰⁴ 지ᄂᆡᄆᆡ, 승상이 부득이 하직고 도라갈ᄉᆡ 부뫼 비록 결연(缺然)ᄒ나 텬은이 호탕ᄒ시니, 마지 못ᄒ여 보닐 바의 구구(區區) 쳑비(慽悲)ᄒᄆᆡ 업고, 승상이 ᄯᅩᄒᆞᆫ 훤당(萱堂)의 심ᄉᆞ를 도을가 두려, 국가의 일이 업ᄉᆞᆫ 즉 틈을 타 다【52】시 오기를 고(告)ᄒ고 ᄂᆡ질노 더브러 하직고 길 ᄂᆞᄆᆡ, ᄯᅩ 질치(疾馳)ᄒ여 삼일의 경ᄉᆞ의 니르니, 텬지 반기ᄉᆞ 사쥬(賜酒)ᄒ시고, 은혜윗 말ᄉᆞᆷ이 신ᄌᆞ의 감골(感骨)ᄒ올 비러라.

공이 ᄂᆡ뎐(內殿)의 말ᄉᆞᆷ을 알외와 영·두 냥가 혼인을 완졍ᄒ믈 복명ᄒ오니, 황후 낭낭이 깃그ᄉᆞ 틱낭낭긔 쥬달(奏達)ᄒ시고, 두시랑의게 하교(下敎)²¹⁰⁵ᄒ시니, 두시랑이 디희ᄒ여 연망(連忙)이 위부의 달녀와 상국긔 뵈고 ᄉᆞ례ᄒ여【53】 ᄀᆞᆯ오ᄃᆡ,

"쇼질이 불ᄉᆞ(不似)ᄒᆞᆫ 위인으로 불쵸(不肖) 돈견(豚犬)을 두어 외람이 뇨됴슉녀(窈窕淑女)를 바라올ᄉᆡ, 낭낭긔 미(微)ᄒᆞᆫ ᄉᆞ졍(事情)을 앙달(仰達)ᄒᆞ와 ᄉᆞ혼지(賜婚旨)를 엇ᄌᆞ오나, 스ᄉᆞ로 황츅(惶蹙)ᄒᆞ와 감히 합하디인(閤下大人)긔 뵈지 못ᄒᆞᆸ더니, 이제 허(許)ᄒ시ᄂᆞᆫ 경ᄉᆞ를 엇ᄌᆞ오니, 쇼질의 가되(家道) 비로쇼 부흥(復興)ᄒᆞ와 됴션(朝鮮)

2099) 가제(家齊) : =제가(齊家). 집안을 잘 다스려 바로잡음.
2100) 호상명달(豪爽明達) : 호탕하고 시원시원하며 지혜롭고 사리에 밝다.
2101) 셰력(世歷) : 대대(代代)로 이어 내려온 역사.
2102) 온슈비약(溫順卑弱) : ①온순하고 자신을 낮추고 세차지 않게 처신함. ②온순하고 겸손함.
2103) 겸공자약(謙恭自若) : 겸손하고 공손하며 침착함.
2104) 얼푸시 : 어렴풋이. 기억이나 생각 따위가 뚜렷하지 아니하고 흐릿하게.
2105) 하교(下敎) : 윗사람이 아랫사람에게 가르침을 베풂.

의 죄를 면ᄒ올지라. 감은(感恩) 황공(惶恐)ᄒ믈 니긔지 못홀쇼이다."

공이 흔연 답왈,

"질네 미약(微弱) 유하(乳下)로 산【54】즁의 싱댱ᄒ여 고루(固陋) 불민(不敏)ᄒ지라. 녕낭(令郎)의 호연(浩然)ᄒᆫ 긔상의 감당치 못홀가 넘녀ᄒᄂᆫ 비로ᄃᆡ, 가친(家親)이 슬하(膝下) 교ᄋᆞ(嬌兒)로써 션슉모(先叔母) 제ᄉ를 밧드올가 희열ᄒ시니, 현공(賢公)은 타일 연유쇼ᄋᆞ(年幼小兒)의 잔미(孱微)ᄒ믈 용셔ᄒ여, 교훈ᄒ고 무휼(撫恤)ᄒ믈 바라노라."

두시랑이 다시곰 칭ᄉᆞᄒ고 도라가 퇵일ᄒ여 빙녜(聘禮)2106)를 몬져 보닐 시, 황후낭낭이 특별이 후히 ᄉᆞ급(賜給)ᄒ시고, 냥가의 겹【55】겹 지친(至親)의 졍을 베푸시니, 승상이 황공(惶恐) ᄉᆞ은(謝恩)ᄒ고 빙믈(聘物)을 밧드러 화쥐로 보ᄂᆡ니라.

공이 ᄯᅩ 질ᄋᆞ를 위ᄒ여 영가의 빙ᄎᆡ(聘采)2107)를 보닐식, 두가 혼ᄉᆞᄂᆞ 우명년(又明年)이오 영가 친ᄉᆞᄂᆞ 명년 츈이월이니 삼ᄉᆞ삭(三四朔)이 ᄀᆞ렷ᄂᆞ지라. 상국과 부인이 비록 깃거 아니나, 마지 못홀 바의 셜셜이2108) 됴심(操心)ᄒᆞ미 업고, 양쇼져ᄂᆞ 더욱 심ᄂᆡ(心內) 안한(安閑)ᄒ여 ᄉᆞ긔(辭氣) 여일(如一)ᄒ니, 그 도량의 너르믈 가【56】히 알지라.

인인(人人)이 칭복ᄒ고 진비 더욱 감탄ᄒ니, 쇼난영이 입궐ᄒᄆᆡ 만셰낭낭(萬世娘娘)의 무르시ᄂᆞᆫ 바의 일일이 진쥬(陳奏)ᄒ니, 낭낭이 아름다이 넉이시고 영시를 환(患)되이 넉이시나 ᄉᆞ싴지 아니시고, ᄯᆡ로 연부 쇼문을 무르ᄉᆞ 긔시의 젼•후 두 ᄉᆞ롭이 되여 시믈 드르ᄉᆞ 깃거 ᄒ시더라.

어시의 긔부인이 녀셔(女壻)를 ᄉᆞ리로 졀칙ᄒ여 도라보ᄂᆡ고, 댱녀 쇼상셔 부인을 ᄃᆡᄒ여 탄식고【57】ᄉᆡ로이 뉘웃쳐, 비로쇼 금향을 ᄭᅮ지져,

"쥭일년이 가가(哥哥)의 쳥쵹을 밧고 날을 감언미어(甘言美語)로 다리여, 져 츅싱(畜生)을 기려 니 마음을 도도아 ᄂᆞ의 옥 ᄀᆞᆺᄒᆫ 녀ᄋᆞ로써 져의 긔물(奇物)2109)을 삼은 쥴 졀통(切痛)ᄒ거늘, 이졔 다시 간ᄉᆞᄒᆫ 계교와 협쳔(狹淺)ᄒᆫ 의ᄉᆞ로 날을 다리여, 요악ᄒᆫ 녀ᄋᆞ를 ᄀᆞ져 진비의 금옥(金玉)2110)을 겻짓고져2111) ᄒ니, 닉 엇지 그 ᄭᅬ를 맛ᄎᆞ리오."

2106)빙녜(聘禮) : 채례(采禮). 혼인할 때에, 사주단자의 교환이 끝난 후 정혼이 이루어진 증거로 신랑 집에서 신부 집으로 예물을 보냄. 또는 그 예물.
2107)빙ᄎᆡ(聘采) : 빙믈(聘物). 혼인례에서 정혼이 이루어진 증거로 신랑 집에서 신부집에 보내는 예물. =납채(納采).
2108)셜셜이 : 구구(區區)히. 구차(苟且)히. 말이나 행동이 떳떳하거나 버젓하지 못하게.
2109)긔물(奇物) : 기이하게 아름다운 것. 아름다운 처나 첩을 비유적으로 이르는 말.
2110)금옥(金玉) : '금이나 옥처럼 귀한 몸'을 비유적으로 표현한 말..
2111)겻짓다 : 옆에 끼다. 곁에 두다. 나란히 서거나 앉다.

ᄒ니, 치션이 창외예셔 듯고 ᄀ만니 빙낭을 가 보고 【58】 젼ᄒᄃᆡ, 빙낭이 붓그리고 한(恨)ᄒ여 기부(其夫)를 ᄃᆡᄒ여 더브러 붓틔여 젼ᄒ되,

"틱뫼 금향을 '황텬(皇天) ᄋᆞ릐'2112) 쑤지져 은을 밧고, 요악ᄒᆞᆫ 말노 거즛 기려 틱인을 마즌노라 ○○[ᄒ여] 여츠히 한(恨)ᄒ고, 셕일(昔日)의도 희ᄋᆞ를 쑤지져, '한 몸 쓸 씨라. 닉 녀ᄋᆞ를 달마시면 어이 져러ᄒ리오.' ᄒ며, 거일(去日)의 진궁의 가 위승상 부인을 ᄃᆡᄒ여, 옛말을 다 니르고 무궁ᄒᆞᆫ 욕언이 일분(一分) 고주(顧藉)ᄒᆞ미2113) 【59】 업거늘, 모친이 ᄯᅩ 드르ᄃᆡ '일언도 간(諫)ᄒᆞ미 업더라.' ᄒ더이다."

가창이 드르ᄆᆡ 틱로 왈,

"금향이 비록 날을 위ᄒ여 말ᄒ나 은(銀)을 밧고 허혼(許婚)ᄒᆞᆫ 즈긔 ᄒᆞ미여늘, 이제 늙은 ᄉᆞ회2114) 흉을 싀로이 푼푸ᄒ여2115), 여러 주녀의 안면을 도라보지 아니코, 남의 집의 가 시비ᄒᆞᆯ 남은 ᄯᅳ히 업게 ᄒ니, 닉 무슴 스름이 되엿ᄂᆞ뇨? 쾌히 일장을 핀잔쥬어2116) 분을 풀니라."

니를 갈 【60】 고 가인을 보닉여 참졍의 부지 업슨 씨의 ᄂᆞᄋᆞ가 틱부인을 볼식, 부인이 분을 참고 부득이 쳥닉(請內)ᄒ니, 가싱이 함노ᄒ고 드러와 굴오ᄃᆡ,

"악뫼 홀연이 학싱을 심히 멸시ᄒ시니 무슴 일을 인(因)ᄒ여 싀로이 증염(憎厭)ᄒ시ᄂᆞ니잇고? 셕일의 쇼싱의 은주 바드실 씩는 됴히 넉이ᄉᆞ ᄀ만니 바다 곰쵸시고, 녕윤(令胤) 참졍(參政)의 고힝(高行)ᄒᆞᆯ 즁치(重治) ᄒ시고 결혼ᄒ시니, 이제 아모리 익들 【61】 와 ᄒ셔도 녕녜(令女) 명되(命途) 긔박(奇薄)ᄒ여 이 무용(無用)의 가창의게 쇽ᄒ여 네 ᄎᆞ 즈식을 ᄂᆞ하시니, 이제 엇지코주 ᄒ시ᄂᆞ니잇고? 그리 마르쇼셔! 위공 삼비다려2117) 니로셔도 부인니 와셔 쇼싱을 쑤짓지 못ᄒ고, 아니 부절업ᄂᆞ니잇가2118)? 쇼셔(小壻)ᄂᆞ 악모의 명을 바다 무슈히 슈고ᄒ고2119) 헤지르다가 핀잔을 보리잇가? 빙이 비록 악모의 귀ᄒᆞᆫ 손녀 ᄀᆞᆺ치 곱지 못ᄒ나, 그러나 악모의 【62】 착ᄒᆞᆫ 녀ᄋᆞ의 쇼싱이니, 즈익지졍(慈愛之情)이 잇셤 즉ᄒ거늘, 가년(可憐)ᄒᆞᆫ 규슈의 업슨 허물을 됴양(助陽)ᄒ시니, 빙ᄋᆞ를 경ᄉᆞ(京師)의셔ᄂᆞ 셩혼ᄒᆞᆯ 길이 업ᄉᆞᆫ지라. 그런 비인졍

2112) 황텬(皇天) ᄋᆞ릐 : 밝은 대낮에. *황텬(皇天) : 크고 넓은 하늘. 또는 밝은 대낮.

2113) 고주(顧藉)ᄒ다 : ①돌보다. 관심을 가지고 보살피다. ②거리끼다. 일이 마음에 걸려서 꺼림칙하게 생각되다.

2114) ᄉᆞ회 : 딸의 남편을 이르는 말. 늑여서(女壻).

2115) 푼푸ᄒ다 : 분포(分布)하다. 널리 퍼져 있다. 또는 널리 퍼지게 하다. '푼푸(fēnbù)'는 중국어 직접차용어.

2116) 핀잔쥬다 : 핀잔하다. 맞대어 놓고 언짢게 꾸짖거나 비꼬아 꾸짖다. 늑구두하다.

2117) 다려 : 더러. (사람을 나타내는 체언 뒤에 붙어)어떤 행동이 미치는 대상을 나타내는 격조사.

2118) 부절업다 : 부질없다. 대수롭지 아니하거나 쓸모가 없다.

2119) 슈고ᄒ다 : 수고하다. 일을 하느라고 힘을 들이고 애를 쓰다.

(非人情)의 노르술 ᄒ실 쥴 어이 아라시리잇가?

부인이 청미(聽未)의 분뇌(忿怒) 발발(勃勃)ᄒ니, 쇼리를 놉혀 왈

"그ᄃᆡ 혼ᄉ(婚事) ᄶ, 닉 과연 무식불의(無識不義)ᄒ여 진물의 욕심을 참지 못ᄒ고, 간고(艱苦)의 괴로오믈 니기지 못ᄒ여 녀이 【63】 호부(豪富)히 가(嫁)ᄒ기를 바라, 그ᄃᆡ의 후ᄎᆔ(後娶)를 허ᄒ니, 이돌오미 가슴의 밋쳐ᄂᆞᆫ 고로 우연이 ᄂᆞ의 그르믈 뉘웃ᄎ미라. 빙낭이 요악(妖惡)ᄒ여 공연이 허언(虛言)을 쥬작(做作)ᄒ여2120) ᄂᆞ의 노를 도도와 오ᄋ(吾兒)의 심간(心肝)을 틱오고, 쌍슈(雙手)를 듕상(重傷)ᄒ이고, 수오 일 망극ᄒᆫ 일이 만ᄒ되 닉 오히려 참고 잇거늘, 그ᄃᆡ 이제 발연(勃然) 노식(怒色)으로 날을 공치(攻治)ᄒ니2121), 닉 비록 녀ᄋ의 안면을 보와 관ᄃᆡ(寬待)ᄒᆫ들 【64】 칠십지년의 ᄉ회게 곤욕을 보고 견ᄃᆡᄂᆞ냐?"

가싱이 고성(高聲) 왈,

"녕ᄋ(令兒)의 안면을 보아 ᄀᆞ장 관ᄃᆡᄒ시미로쇼이다. 쇼싱이 구혼(求婚)ᄒ믄 진물노 ᄒ기를 그릇ᄒ여시나, 악ᄆᆡ 욕심 업고 의리를 붉히 알진ᄃᆡ 무슴 일 진물노 청혼ᄒ엿시리오. 화쥬의 혼인도 슌히 진왕과 지ᄂᆡ여신죽, ᄂᆡ라셔 말나 ᄒ고, 모든 악ᄉ(惡事)를 닉 다 ᄒᆞ니잇가? 쇼싱이 비록 피열(疲劣)2122)ᄒ나 이 집 빅년ᄀᆡᆨ(百年客)2123)이여 【65】 늘, 슈죄(數罪)ᄒ믈 노예 ᄀᆞ치 ᄒ시니 노홉지 아니리잇가? 말둉(末終)은 간악(奸惡) 쳔비(賤卑)의 말노 드딕여 도로(道路)의 뉴리걸ᄀᆡᆨ(流離乞客) 호증도 딕혹(大惑)ᄒ여 쇼문 업시 빙물을 츌화2124) ᄂᆡ라2125) 독촉ᄒ니, 졔라셔 어ᄃᆡ 가 쳔금(千金) 보ᄑᆡ(寶貝)2126)를 어들 가시부니잇가? 쇼싱이 악모 ᄯᅳᆺ을 맛쵸노라 계오 어ᄃᆡ ᄀᆞᆺ 쵸아 노ᄒ니, 발셔 진왕과 졍혼ᄒ여 길긔(吉期) 멀지 아냣다 ᄒ니, 져 호싱이 악연(愕然) 낙막(落寞)ᄒ여2127) 하아라2128) 달나 ᄒ거 【66】 늘, 녀ᄋ를 보ᄂᆡ여 곡졀(曲折)2129)이나 아라쥬ᄌ2130) ᄒ엿더니, 뉘 그리 《발감∥발검(拔劍)》 ᄌ결(自決)노 '귀ᄒᆞᆫ ᄌᄃᆡ를 죽게 됴로쇼셔2131)' ᄒ여시리잇가? 손녀가 아모리 ᄉ랑ᄒ오나, 졔 부뫼 얼

2120) 쥬작(做作) : 없는 사실을 꾸며 만듦. ≒주출(做出).

2121) 공치(攻治)ᄒ다 : 타박하다. 헐뜯다. 허물이나 결함을 나무라거나 편잔하다.

2122) 피열(疲劣) : 피폐(疲弊)하고 나약함.

2123) 빅년ᄀᆡᆨ(百年客) : 평생을 어려운 손님으로 맞는다는 뜻으로, '사위'를 이르는 말.

2124) 츌호다 : 차리다. 음식 따위를 장만하여 먹을 수 있게 상 위에 벌이다.

2125) 닉다 : 내다. 보조동사. (동사 뒤에서 '-어 내다' 구성으로 쓰여) 앞말이 뜻하는 행동이 스스로의 힘으로 끝내 이루어짐을 나타내는 말. 주로 그 행동이 힘든 과정임을 보일 때 쓴다.

2126) 보ᄑᆡ(寶貝) : '보배'의 원말. 아주 귀하고 소중한 물건.

2127) 낙막(落寞)ᄒ다 : 마음이 쓸쓸하다.

2128) 하아라다 : 헤아리다. 짐작하여 가늠하거나 미루어 생각하다.

2129) 곡졀(曲折) : 곡절(曲折). 순조롭지 아니하게 얽힌 이런저런 복잡한 사정이나 까닭.

2130) 아라쥬다 : 알아주다. 남의 사정을 이해하다.

연이2132) 혼가(婚家)를 굴힐 거시라, 심녀(心慮) 근노(勤勞)ᄒᆞ여 제 아비도 모르게 구ᄒᆞ여 우김질2133)노 썻그나2134) 질녀2135) 일우려 ᄒᆞ시니, 비록 ᄌᆞ식인들 ᄂᆞ히 만코 작위 놉거늘 뚱놈 다ᄉᆞ리 듯ᄒᆞ고, 못될 것도 위엄으로 되게 ᄒᆞ시니, 녀ᄌᆞ의 삼동지의(三從之義)2136)【67】 논 어딕를 닐너시며, 부인닉 무비무의(無備無義)2137)논 무어ᄉᆞ로 닐넛관ᄃᆡ, 그딕도록 괴픽(乖悖)히2138) 구르시고 이 ᄉᆞ회만 ᄂᆞ모라시니, 굿ᄒᆞ여 항복(降服)될 일이 업더이다. 말동(末終)은 큰 편잔을 보와 놀ᄂᆞ고 무류(無聊)ᄒᆞ2139) 김의 아녀에게 죄를 모라 씌워, 죽게 쳐 보닉니, 통분ᄒᆞ고 화증(火症) 나 진왕의 덕이나 닙어 보ᄌᆞ고, 예붓터 ᄌᆞ데 휘오기를 잘ᄒᆞ시니, ᄯᅩ 엄호(嚴號)ᄒᆞ여 일워닉실넌가! 부실(副室)을 감심(甘心)【68】ᄒᆞ여 의논ᄒᆞ엿더니, 홀연이 견식(見識)도 명달ᄒᆞ고 어질기도 갸륵ᄒᆞ여 쥰졀(峻截)이 물니치니, 구연(懼然)ᄒᆞ여 물너 왓거늘, 오감져온2140) 셕ᄉᆞ(昔事)를 들츄어 인면슈심(人面獸心)2141)으로 욕ᄒᆞ기를 남은 ᄯᅢ히 업게 ᄒᆞ니, 착ᄒᆞᆫ 부인으로 인ᄒᆞ여 지상딕 팅부인긔 반ᄌᆞ지의(半子之義)2142)로 이 욕(辱)을 먹으니, 이제 가 귀(貴)ᄒᆞᆫ 녀ᄋᆞ를 도라보닐 거시니, 다른 곳의 착ᄒᆞᆫ 셔랑을 듯보ᄋᆞ 기적(改籍)ᄒᆞ시고, 이 가창은 다시【69】 침노치 마르쇼셔!"

셜파의 ᄉᆞ미를 썰치고 닒더2143) 다르니2144) 그 모진 눈이 괴2145) ᄀᆞᆺ고 독ᄒᆞᆫ 노긔

2131)됴르다 : 조르다. 다른 사람에게 차지고 끈덕지게 무엇을 자꾸 요구하다.
2132)얼연이 : 어련히. 따로 걱정하지 아니하여도 잘될 것이 명백하거나 뚜렷하게. 대상을 긍정적으로 칭찬하는 뜻으로 쓰나, 때로 반어적으로 쓰여 비아냥거리는 뜻을 나타내기도 한다.
2133)우김질 : 우기는 짓.
2134)썻그다 : 꺾다. 길고 탄력이 있거나 단단한 물체를 구부려 다시 펴지지 않게 하거나 아주 끊어지게 하다.
2135)지르다 : 말이나 움직임 따위를 미리 잘라서 막다.
2136)삼동지의(三從之義) : 예전에, 여자가 따라야 할 세 가지 도리를 이르던 말. 어려서는 아버지를, 결혼해서는 남편을, 남편이 죽은 후에는 자식을 따라야 하였다. 『예기 의례(儀禮) <상복전(喪服傳)>에 나오는 말이다. =삼종지도(三從之道).
2137)무비무의(無備無義) : 방비나 준비가 없고 의리도 없다.
2138)괴픽(乖悖)히 : 이치에 어그러지고 도리에 벗어나 엇되히.
2139)무류(無聊)ᄒᆞ다 : ①무료(無聊)하다. 부끄럽고 열없다. ②무안(無顔)하다. 수줍거나 창피하여 볼 낯이 없다.
2140)오감져오다 : 오감적다. 오감하다. 지나칠 정도라고 느낄 만큼 고맙다. =과감하다.
2141)인면슈심(人面獸心) : 사람의 얼굴을 하고 있으나 마음은 짐승과 같다는 뜻으로, 마음이나 행동이 몹시 흉악함을 이르는 말.
2142)반자지의(半子之義) : 사위로서의 도리. *반자(半子): 반자식(半子息)이란 뜻으로 사위를 달리 이르는 말.
2143)닒더 : <닒더 : 일떠> 닒더나다. '일떠나다'의 옛말. *일떠나다 : 벌떡 일어나다. 기운차게 일어나다.
2144)다르다 : <닷다 : 닫다>. 달리다. ①빨리 뛰어가게 하다. '닫다'의 사동사. ② 달음질쳐 빨리 가거나 오다.

ᄉ갈(蛇蝎) ᄀᆞᆺ거늘 닷ᄂᆞᆫ 거름이 쏬ᄂᆞᆫ 비얌 ᄀᆞᆺᄒᆞ여 문을 나ᄂᆞᆫ지라. 긔 부인이 노긔 엄이(奄碍)2146)ᄒᆞ여 가슴이 막히니, 크게 쇼ᄅᆡ질너 왈,

"긔ᄌᆞ식이로고나. 져런 인싴(人士)2147) 어ᄃᆡ 잇스리오 ᄉᆞ부가(士夫家)의 입장(入丈)ᄒᆞ여 냥반(兩班)이 되어 ᄂᆞ기2148) 뉘 덕이라 감히 당면(當面)ᄒᆞ여 욕ᄒᆞᄂᆞ뇨?"

무슈 즐욕(叱辱)ᄒᆞ되 가싱이 발셔 가고【70】 업ᄉᆞ니, 짐즛 교하(橋下)의 지쥬(支柱)를 ᄭᅮ지즈미라.

이ᄯᅥ 가싱이 집으로 도라가 노복을 호령ᄒᆞ여 교ᄌᆞ(轎子)를 출혀 놋코, 부인을

"쎨니가라. 사ᄐᆡ우(士大夫) 될 쳔금귀녜(千金貴女) 한문쳔가(寒門賤家)의 간악ᄒᆞᆫ 츅싱(畜生)의 안히 되어 잇시랴!"

지쵹이 발발(勃勃)ᄒᆞ니2149) 연부인은 아무란 쥴도 모르고 잇다가 져 거동을 보니, 어히 업셔 닷토지 아니코 교ᄌᆞ의 오를식, 빙낭은 져의 ᄒᆞᆫ ᄶᅡᆫ2150)이라. 아모말도 아니코 슙고,【71】삼ᄌᆞ와 두 식뷔 머리를 두다려 울며 비로ᄃᆡ, 가창이 한독(悍毒)이 ᄃᆡ발(大發)ᄒᆞ여 듯지 아니코, 삼ᄌᆞ(三子)를 즁타(重打)ᄒᆞ고 이부(二婦)를 물니치니, 가즁이 황황(惶惶)ᄒᆞ여 상ᄉᆞ(喪事)난 집 ᄀᆞᆺ더라.

가부인이 본부의 도라오니, 어시의 ᄐᆡ부인이 노긔 분분ᄒᆞ여 오리도록 즐미(叱罵)ᄒᆞ더니, 소부인이 ᄉᆞ리(事理)로 간ᄒᆞ여 졈졈 욕이 더으니, '미미(妹妹)의 ᄂᆞᆺ츨 보ᄉᆞ 참으실지라. ᄎᆞ싴 실노 불가ᄉᆞ문어타인(不可使聞於他人)2151)이로소이다.' ᄒᆞ여 히【72】유(解諭)ᄒᆞᄂᆞᆫ지라. ᄐᆡ부인이 가지록 뉘웃쳐 기리 탄식ᄒᆞ고 괴운을 ᄂᆞ리오더니, 믄득 가부인 교지(轎子) 님(臨)ᄒᆞ며 드러오ᄃᆡ, 안싴이 화평(和平)ᄒᆞ고 긔운이 한가(閑暇)ᄒᆞ니, ᄐᆡ부인 왈,

"엇지 소문 업시 급히 온다?"

ᄃᆡ왈,

"상(常)히2152) 져기 한헐(閑歇)ᄒᆞ온즉, ᄐᆡᄐᆡ긔 시측(侍側)고자 오오니 엇지 괴이ᄒᆞ리잇가? 무르시믄 엇지니잇고?

부인 왈,

아ᄌᆞ(俄者)의 가군이 와 여ᄎᆞ여ᄎᆞ 곤욕(困辱)ᄒᆞ거늘, 늬 분노ᄒᆞ여 여ᄎᆞ여ᄎᆞ 칙

2145)괴 : '고양이'를 이르는 말.
2146)엄이(奄碍) : 갑자기 기운이 막혀 정신을 잃음.
2147)인싴(人士) : (예스러운 표현으로) '사람'을 낮잡아 이르는 말.
2148)나기 : 태어나기. 기: (일부 동사나 형용사 어간 뒤에 붙어)명사를 만드는 접미사.
2149)발발(勃勃)ᄒᆞ다 : 기운이나 기세가 끓어오를 듯이 성하다.
2150)ᄶᅡᆫ : 깐. 일의 형편 따위를 속으로 헤아려 보는 생각이나 가늠.
2151)불가ᄉᆞ문어타인(不可使聞於他人) : 남이 알게 할 수 없음.
2152)상(常)히 : 늘. 항상.

호【73】니, 말둉(末終)은 무상흔 욕언(辱言)을 ᄒ고 가더니, 네 왓시니 뭇노라.

가부인이 잠쇼(暫笑) 디왈,

"가군이 ᄂ가더니 오리도록 오지 아니 ᄒ올 식, 친우의 집의 간가 ᄒ여, 희이 기다리지 못ᄒ와, ᄋ즈로 ᄒ여곰 졔 디인긔 고ᄒ라 ᄒ고 왓습더니, 만일 그러틋 괴힌지식(怪駭之事)2153) 잇ᄂ 쥴 아라신 즉 오지 아닐낫다쇼이다. 틱틱 임의 그 인믈을 닉이 아르시니, 무슴 됵가(足枷)ᄒ실2154)거시 잇스리잇【74】고?"

인ᄒ여, 다쇼 한담ᄒ여 안여평셕(安如平席)2155)ᄒ니 그 도량이 무궁이 너르믈 알너라.【75】

2153)괴힌지식(怪駭之事) : 괴이하고 놀라운 일.

2154)됵가(足枷)ᄒ다 : 족가(足枷)를 채우다. 참견하다. 간섭하다. 아랑곳하다. 다그치다.
  *족가(足枷): 죄수를 가두어 둘 때 쓰던 형구(刑具). 두 개의 기다란 나무토막을 맞대어 그 사이에 구멍을 파서 죄인의 두 발목을 넣고 자물쇠를 채우게 되어 있다.=차꼬.

2155)안여평셕(安如平席) : 편안한 자리에 앉아 있는 것처럼 마음이 평안함.

화산선계록 권지삼십뉵

ᄎ셜 가부인이 날마다 모부인을 뫼셔 화열(和悅)ᄒᆫ 담쇼로 뜻을 깃기고, 너그러온 말솜으로 불평ᄒᆞᄆᆞᆯ 슬와ᄇᆞ리거늘, 왕ᄂᆡ(往來) 비복을 엄금ᄒᆞ여 불미지ᄉᆞ(不美之事)를 모친긔 들니지 아니코, 가군의 쵸독(楚毒)2156)이 풀니여 다시 욕언(辱言)이 오지 아니믈 기다리고, 지지(遲遲)ᄒᆞ여 도라가지 아니ᄒᆞ니, 긔부인은 써ᄒᆞ되 가싱이 감히 녀ᄋᆞ를 경이(輕易)히 넉이지 못ᄒᆞ리니, 일시 발연(勃然)ᄒᆞᆫ 노긔로 【1】 무례ᄒᆞᆫ 욕셜을 ᄒᆞ여시나, 즈긔 칙언(責言)을 듯고 구겁(懼怯)ᄒᆞ여 묵연(默然)ᄒᆞᆷᄂᆞᆫ가 ᄒᆞ고, 녀ᄋᆡ 우연이 왓ᄂᆞᆫ가 ᄒᆞ여, 노분이 스스로 풀니인지라.

냥녀의 간언을 인ᄒᆞ여 ᄋᆞᄌᆞ다려 니르지 아니ᄒᆞ고, 셕부인은 평싱의 군ᄌᆞ를 ᄃᆡᄒᆞ여 한셜(閑說)을 베프미 업ᄂᆞ니, 시고로 참정은 망연부지(茫然不知)2157)러라.

시시(是時)의 가빙낭이 아비를 쵹노(觸怒)ᄒᆞ여 어미를 닉치고 셰 오라 비를 듬히 ᄆᆡ 맛치니, 심니(心裏) 불안ᄒᆞ되, 모친이 잇지 【2】 아니니 ᄀᆞ장 싀훤ᄒᆞ여, 부녜 머리를 맛쵸와 밀밀히 모의ᄒᆞᄂᆞᆫ 바ᄂᆞᆫ 진왕 부부를 히홀 계교라.

그러나 식견이 쳔단(淺短)ᄒᆞ고 의리 회싁(晦塞)ᄒᆞ니2158) 무슴 긔특ᄒᆞᆫ 모칙(謨策)이 잇시리오. ᄀᆞ마니 칙션을 불너 호증으로 졍을 믹준 후, 호증의게 계교를 무르며 ᄯᅩ 죵남(從男)2159) 가반을 ᄃᆡᄒᆞ여 도도아 ᄀᆞᆯ오ᄃᆡ,

“거게(哥哥) 셕일의 연가 쇼녀의게 일장 쥰칙(峻責)을 드러시니, 이 곳 댱부(丈夫)의 피연(疲軟)2160)ᄒᆞ미라. 쇼ᄆᆡᄂᆞᆫ 녀ᄌᆞ로 【3】 ᄃᆡ한(大恨)을 갑고ᄌᆞ ᄒᆞᄂᆞ니, 거게 엇지 당당ᄒᆞᆫ 댱부의 지개(志槪)2161)로써 져 구싱[상]유취(口尙乳臭)2162)의 쇼ᄋᆞ(小兒)의게 욕을 먹고, 머리를 움쳐 졀노써 평안이 부귀를 누리게 ᄒᆞ리오.”

가반이 분연 왈,

2156) 쵸독(楚毒) : 매를 맞아 살갗에 상처가 나 생긴 독(毒).
2157) 망연부지(茫然不知) : 머릿속이 멍하여 아무 것도 알지 못하다. 전혀 알지 못하다.
2158) 회싁(晦塞)ᄒᆞ다 : 밝았던 것이 캄캄하게 아주 꽉 막히다.
2159) 죵남(從男) : 사촌 남자 형제.
2160) 피연(疲軟)ᄒᆞ : 힘이 없고 연약함.
2161) 지개(志槪) : 의지와 기개를 아울러 이르는 말.=지기.
2162) 구[상]유취(口尙乳臭) : 입에서 아직 젖내가 난다는 뜻으로, 말이나 행동이 유치함을 이르는 말.

"너 미양 셜한(雪恨)2163)홀 쯧을 품어시되 모칙(謨策)이 업순지라. 현민 영오총
명(穎悟聰明)호니 계교를 ᄀᆞ르친 즉, 너 맛당이 힘을 다호리라.

빙낭 왈,

"쇼민 싱각호니 진왕은 황후의 너질(內姪)2164)이오, 텬즈의 ᄋᆡ듕호는 비라.
【4】우리 무리 무슴 힘을 셔어히2165) 죽을 곳의 구함(構陷)2166)호리오. 다만 독
약을 시험호여 두낫 골양(-兩)2167)의 연골(軟骨)2168)을 어이 셔룻지 못호리오.
치션이 독(足)히 일을 일우리이다."

드듸여 모친 상협(箱篋)을 열고 은즈 슈빅(數百) 냥을 어더쥬어,

"호싱과 상의호여 요녜지물(妖穢之物)2169)과 독약을 ᄀᆞ쵸와 힝ᄉᆞ호되, 쇼민 거
거를 즈로 맛ᄂᆞ나 이목이 번거호여 말ᄒᆞ기 어렵고, 우리 두 거거와 져제(姐姐)의
심흔 즉【5】ᄉᆞ긔(事機) 픠루(敗漏)ᄒᆞ리니, 동용이 야야긔 고ᄒᆞ시고 치션으로 ᄒᆞ
여곰 통ᄒᆞ신즉, 지물의 부독(不足)ᄒᆞ믄 쇼민 갈진(竭盡)ᄒᆞ여 보틱리이다."

가반이 졈두 응낙고 은즈를 츠고 도라가 호증으로 의논홀 식, 션시의 호증이 쳔
만 녀외(慮外)2170)의 금향의 아름다이 넉이믈 어더, 비가망(非可望)2171)의 혼ᄉᆞ
를 앙망ᄒᆞ다가, 텬신이 외람ᄒᆞ믈 진노ᄒᆞ민 금향이 홀연이 니당군의 쥭이믈 닙고,
니어 진왕의 길녜(吉禮)【6】를 인ᄒᆞ여 텬즈긔 엄엄(嚴嚴)ᄒᆞ신 위엄(威嚴)을 듯
건디, 긔부인의 호승(豪勝)도 쥭은 《죄‖지》 ᄀᆞᆺ거늘, 져의 호방훈 의ᄉᆞ는 니른
바 '당낭(螳螂)의 슐위박희를 바람'2172)만도 ᄀᆞᆺ지 못ᄒᆞ니, 어딘가 슘인들 마
이2173) 쉬오리오. 됴민(照魅)2174) 당젼(當前)ᄒᆞ민 니민(魑魅)2175) 즈최를 슘기

2163)셜한(雪恨) : 한을 품.
2164)너질(內姪) : 아내의 친정 조카를 이르는 말.=처조카.
2165)셔어(齟齬)ᄒᆞ다 : 서투르다. 일 따위에 익숙하지 못하여 다루기에 설다.
2166)구함(構陷) : 터무니없는 말로 남을 모략하여 죄에 빠지게 함.
2167)골양(-兩) : 골양반(-兩班). 옹졸하고 고리타분한 양반이나 그와 같은 사람을 속되
    게 이르는 말.
2168)연골(軟骨) : 나이가 어려 아직 뼈가 굳지 않은 체질. 또는 그런 사람.
2169)요녜지물(妖穢之物) : 무속(巫俗)에서 방자를 할 때 쓰는 해골(骸骨)이나 인형(人
    形) 따위의 요사스럽고 흉측한 물건.
2170)녀외(慮外) : 전혀 생각이나 예상을 하지 못함.=뜻밖.
2171)비가망(非可望) : 가능성이 없음. 가망이 없음.
2172)당낭(螳螂)의 슐위박희를 바람 : '사마귀가 수레바퀴를 바라봄'이라는 말로, '당랑거
    철(螳螂拒轍)'을 달리 표현한 말. *당랑거철(螳螂拒轍): '사마귀가 앞발을 들고 수레바
    퀴를 가로막는다.'는 뜻으로, '미약한 제 분수도 모르고 강적에게 항거하거나 덤벼드는
    무모한 행동'에 대한 비유로 쓰인다.
2173)마이 : 매우. 심히. 보통 정도보다 훨씬 더. 정도가 지나치게.
2174)됴민(照魅) : 귀신을 비추는 것. =조매경(照魅鏡). 조마경(照魔鏡).
2175)니민(魑魅) : 얼굴은 사람 모양이고 몸은 짐승 모양으로 되어 있다는 네발 가진 도

고, 빅일(白日)이 당공(當空)에 귀식(鬼事)2176) 은복(隱伏)ᄒᆞ미라.

놉흔 담 우히 올나 뉵녜(六禮) 졔졔(齊齊)ᄒᆞ믈 귀경ᄒᆞ고, 길가의 셔셔 빅냥(百輛)2177) 친영(親迎)2178)을 앙시(仰視)ᄒᆞᆯ 시, 가슴 속의 진납이2179) 어즈러【7】이 쮜놀고, 두 눈의 물 흐르미 오뉵 월 지리ᄒᆞᆫ 님우(霖雨)2180) ᄀᆞᆺᄒᆞ니, 사ᄅᆞᆷ이 괴이히 넉여 므러 굴오ᄃᆡ,

"이 슈ᄌᆞ(竪子)2181)ᄂᆞᆫ 무슴 연고로 이런 됴흔 구경을 ᄒᆞ며 무ᄉᆞ 일 슬허ᄒᆞᄂᆞ뇨? 아니 동긔(同氣) 친쳑(親戚)의 부음(訃音)을 드럿ᄂᆞ냐? 그런 즉 아모리 굿시 보암 즉ᄒᆞ여도 도라가 발상거이(發喪擧哀)2182)ᄒᆞ미 가ᄒᆞ도다."

감히 ᄃᆡ답지 못ᄒᆞ고 머리를 슉여 도라오니, 낙막(落寞) 한분(恨憤)ᄒᆞ여 병이 이럿더니, 가반의 인진(引進)ᄒᆞᄆᆞᆯ 어더 ᄎᆞ션으【8】로 졍을 미ᄌᆞ니, 셔로 옛말을 니르고 셜워ᄒᆞ며 히흘 도리를 궁구(窮究)ᄒᆞᆯ시, 요모(妖謀) 간계(奸計) 밋지 아닌 곳이 업스되, 진왕의 형셰 산악 ᄀᆞᆺᄒᆞ여 텬ᄌᆞ 션뎨(宣帝)의 유탁(遺託)을 닛지 아니ᄉᆞ 이즁(愛重)ᄒᆞ시고, 낭낭이 골육의 졍으로 연휼(憐恤)2183)ᄒᆞ시며, 그 가즁의 슈쳔 궁노와 슈빅 환시(宦侍) 잇셔 쥬야의 뫼셔시며, 위승상이 일시반긱(一時半刻)2184)도 니져 두지 아냐 어루만져 보호ᄒᆞ니, 무슴 힘으로 어ᄂᆞ 길을 인도ᄒᆞ여 그 궁듕을 범ᄒᆞ리오.

형가(荊軻)2185)【9】 셥졍(攝政)2186)이   잇셔   지도(地圖)를   가져   어장(魚

깨비. 사람을 잘 홀리며 산이나 내에 있다고 한다.

2176) 귀식(鬼事) : 귀신의 일.

2177) 빅냥(百輛) : '백대의 수레'라는 뜻으로, 『시경(詩經)』 <소남(召南)>편, '작소(鵲巢)'시의 '우귀(于歸) 백량(百輛)'에서 유래한 말이다. 즉 옛날 중국의 제후가(諸侯家)에서 혼례를 치를 때, 신랑이 수레 백량에 달하는 많은 요객(繞客)들을 거느려 신부집에 가서, 신부을 신랑집으로 맞아와 혼례를 올렸는데, 이 시는 이처럼 혼례가 수레 백량이 운집할 만큼 성대하게 치러진 것을 노래하고 있다.

2178) 친영(親迎) : 혼인례의 육례(六禮)의 하나. 신랑이 신부의 집에 가서 신부를 직접 맞아오는 의식이다.

2179) 진납이 : 잔나비. 원숭이.

2180) 님우(霖雨) : 여름철에 여러 날을 계속해서 비가 내리는 현상이나 날씨. 또는 그 비.=장마.

2181) 슈ᄌᆞ(竪子) : 더벅머리 총각.

2182) 발상거애(發喪擧哀) : 상례에서, 죽은 사람의 혼을 부르고 상제가 머리를 풀고 슬피 울며 초상이 난 것을 알리는 일 혹은 그 절차. '발상(發喪)' 또는 '거애(擧哀)', 한 단어로 말하기도 한다..

2183) 연휼(憐恤) : 불쌍히 여겨 물품을 주며 도와줌.

2184) 일시반긱(一時半刻) : 잠깐 동안.

2185) 형가(荊軻) : ?-B.C.227. 중국 전국 시대의 자객. 위나라 사람으로, 연나라 태자인 단(丹)의 부탁을 받고 진시황제를 암살하려 하였으나 실패하고 죽임을 당하였다.

2186) 섭정(聶政) : 중국 전국시대의 자객. 제나라 사람으로 복양(濮陽) 사람 엄중자(嚴仲

腸)2187)을 너치 못홀 거시니, 흐믈며 왕이 근신 공검ᄒ여 일즉 텬즈긔 됴현흔 밧 벗을 ᄉ괴여 왕ᄂ|(往來)ᄒ미 업고, 답청가절(踏靑佳節)2188)을 당ᄒ나 츄원영모(追遠永慕)2189)ᄒ여 흥을 쏠와 꼿출 ᄎᄎ미 업셔 힝신이 정대ᄒ니, 둉묘(宗廟)의 현비(見拜)ᄒ고 위부의 문안ᄒ미 쌍쌍흔 환관과 영니흔 동지 좌우의 뫼셔시며, 텬셩이 관인즈혜(寬仁慈惠)2190)ᄒ여 궁듕 쇼쇽ᄋ|게 원을 깃치지 아ᄂ|시니,【10】인인(人人)이 바라미 부모 ᄀᆺ흔지라. 눌을 인연ᄒ여 흉모ᄅᆞᆯ 베풀니오.

힝혀 치션의 간악ᄒ미 승어뫼(勝於母)라 밀밀이 모의ᄒ여 요예지물(妖穢之物)을 궁즁의 뭇고, 쩌를 타 짐독(鴆毒)2191)을 쓰고즈 ᄒ니, 빙낭의 준 바 은즈를 ᄀᆞ져 호증이 친히 듯보아 경영홀 식, 호증은 본ᄃ|ᆨ ᄉ갈(蛇蝎)의 독을 품은 지요, 호미(狐魅)2192)의 졍녕(精靈)이라.

심산궁곡(深山窮谷)의 간신이 구ᄒ여 요승(妖僧)을 쳐결(締結)ᄒ여[고], 흉요(凶妖)흔 방슐(方術)을 비화 치션을 가【11】ᄅ쳐 니르나, 긔부인이 진궁의 가지 아니ᄒ니 제 엇지 감히 ᄌ쵀를 븟치리오.

빙낭이 기부(其父)로 의논ᄒ고 드듸여 부인을 쳥ᄒ니, 부인이 통한ᄒ여 가지 아닌 즉 ᄉ세 졈졈 어즈러올지라. 브득이 도라가니, 가챵이 본ᄃ|ᆨ 부인을 경듕(敬重)ᄒ니 일시 분노로 악모를 역졍(逆情)ᄒ여 《그러ᄉ 사회로라 ᄒ고 ‖ 부인을 츌거(黜去)ᄒ여》 쳐가의 엄포2193)ᄒ여시나, 져의 뇌(怒) 엇지 분긔(憤氣) 오릭 더으리오.

월여의 호증의 경거(輕車) 흔 일(馹)2194)을 ᄀᆺ춘 후 부인【12】을 쳥귀(請歸)ᄒ미, 모(母)을 념치(廉恥)ᄒ여 흔연이 웃고, '일시 실체(失體)ᄒ여시니 허물 말나' ᄒ나, 부인이 졍쇽 부답ᄒ니, 연ᄒ여 ᄉ죄ᄒ여 만만 칭죄(稱罪)ᄒ고 빌기ᄅᆞᆯ 마

子)의 사주를 받고 한나라 재상 협루(俠累)를 죽인 후, 주인을 누설치 않기 위해 자결했다.

2187)어장(魚腸) : 어장검(魚腸劍). 춘추전국시대 초(楚)나라 정치가 오자서(伍子胥)가 수하(手下) 자객 전제(專諸)에게 주어 오왕(吳王) 요(僚)를 암살하게 하였던 명검(名劍). 전제가 이 검을 물고기의 내장 속에 숨겨 들어가 암살에 성공하였다 하여, 요의 암살로 왕위에 오른 합려(闔閭)가 이 검에 '어장검(魚腸劍)'이라는 이름을 붙여 주었다 한다.

2188)답청가절(踏靑佳節) : 청명절(淸明節)에 교외를 거닐며 자연을 즐기던 일.

2189)츄원영모(追遠永慕) : 부모와 조상을 제사하며 사모함.

2190)관인즈혜(寬仁慈惠) : 마음이 너그럽고 어질며, 남에게 사랑과 은혜를 베풂.

2191) 짐독(鴆毒) : 짐(鴆) 새의 깃에 있는 맹렬한 독. 또는 그 기운.

2192)호미(狐魅) : 여우와 도깨비.

2193)엄포 : 실속 없이 호령이나 위협으로 으르다.

2194)일(馹) : 역마(驛馬). 조선 시대에, 각 역참에 갖추어 둔 말. 관용(官用)의 교통 및 통신 수단이었다. =역말.

지 아니ᄒᆞ니, 부인이 가지록 분완(憤惋) 히연(駭然)ᄒᆞ나, 텬돈지비(天尊地卑)2195)의 분의(分義)를 직희여, 가댱(家長)의 불ᄉᆞ(不似)ᄒᆞᆫ2196) 거됴(擧措)로, ᄒᆞ여곰 ᄉᆞ룸의게 뵈믈 붓그려 ᄉᆞ긔(辭氣) 불평ᄒᆞ믈 뉫타뉘지 아니ᄒᆞ나, 심하의 불효를 슬허ᄒᆞ고 명도(命途)를 ᄌᆞ탄ᄒᆞ니, 대지(大哉)라! 부인의 슉덕(淑德)이 【13】여! 모과(母過)와 부실(夫失)2197)을 ᄌᆞ연이 듯덥허 스스로 괴롭고 셜우믈 참으니, 시고(是故)로 냥ᄌᆞ(兩子) 현효(賢孝)ᄒᆞ여 만뉘(晚來)의 영효를 바드미러라.

빙낭이 치션을 굴ᄋᆞ쳐 진부 문안 궁비를 딕ᄒᆞ여 틱부인이 진비를 ᄉᆞ모ᄒᆞ여 가고ᄌᆞ ᄒᆞ믈 들니니, 씨 임의 즁동(仲冬)이라 진비 바야흐로 셰동 황후 두 낭낭 긔ᄉᆞ(忌祀)를 지뉘고 비로쇼 틱모를 쳥ᄒᆞ니, 틱부인이 딕열ᄒᆞ여 금여(金輿)2198)의 오르미 셕부인이 뫼셧ᄂᆞᆫ지라. 비(妃) 마즈 깃브미 음곡(陰谷)의 【14】 양츈(陽春)이 도라오고 부인의 환희ᄒᆞᆷ은 직기즁(在其中)이러라.

왕의 관곡(款曲)ᄒᆞ미 갈ᄉᆞ록 감ᄉᆞ(感謝)ᄒᆞ고, 비의 봉양ᄒᆞᄂᆞᆫ 졍셩이 젼일과 ᄒᆞᆫ가지라. 부인이 환환희희(歡歡喜喜)ᄒᆞ여 셜경(雪景)의 가려(佳麗)ᄒᆞ믈 구경ᄒᆞ며 슈십여 일을 묵을 ᄉᆡ, 치션이 밤을 당ᄒᆞ여 품 ᄀᆞ온딕 흉예지물(凶穢之物)을 ᄀᆞ져 영농뎐과 문희뎐의 믹치(埋置)ᄒᆞ니, 션은 극ᄒᆞᆫ 요물이라, ᄉᆞ룸이 ᄌᆞ고 만뉘구젹(萬籟俱寂)2199)ᄒᆞ믈 타, 셰셰히 ᄒᆡᆼᄒᆞ니 쳔만의ᄉᆞ(千萬意思)치 아냐시니, 뉘 긔미(機微2200))【15】를 알니오.

씨 셰말(歲末)의 밋츠미 궁듕이 ᄌᆞ연 분요(紛擾)ᄒᆞ니 부인이 도라갈ᄉᆡ, 진비 틱모를 비별(拜別)ᄒᆞ여 셰쵸(歲初)2201)의 현알(見謁)을 고ᄒᆞ니, 부인이 졈두 응낙고 긔약을 어긔오지 말나 ᄒᆞ더라.

인ᄒᆞ여 신뎡(新正)을 당ᄒᆞ여 둉묘(宗廟)의 셜졔(設祭)ᄒᆞ고 뉘궁(內宮)의 입현(入見)ᄒᆞ미, 연비 풍한(風寒)의 실셥(失攝)ᄒᆞ여 신긔(身氣) 불안(不安)ᄒᆞ딕, 강잉(强仍)ᄒᆞ여2202) 본부의 귀근(歸覲)ᄒᆞ니, 혼ᄉᆞ(渾舍)2203)의 반기는 빗치 열니고, 익듕(愛重)ᄒᆞ미 무루녹으나, 비(妃)의 안식(顏色)이 쵸췌(憔悴)ᄒᆞ고 【16】 신긔(身氣) 날연(茶

2195)텬돈지비(天尊地卑) : 하늘은 높고 땅은 낮다는 뜻으로, 윗사람만 받들고 아랫사람은 업신여김을 이르는 말.
2196)불ᄉᆞ(不似)ᄒᆞ다 : 닮지 않은 상태에 있다.
2197)부실(夫失) : 남편의 실덕(失德).
2198)금여(金輿) : 금빛으로 치장한 수레.
2199)만뉘구젹(萬籟俱寂) : 밤이 깊어 아무 소리도 없이 아주 고요함.
2200)긔미(機微) : 기미(機微). 낌새. 어떤 일을 알아차릴 수 있는 눈치. 또는 일이 되어 가는 야릇한 분위기.
2201)셰쵸(歲初) : 한 해의 첫머리. =조세(蚤歲). 연초(年初).
2202)강잉(强仍)ᄒᆞ다 : 참거나 견디는 것이 마지못한 데가 있다.
2203)혼ᄉᆞ(渾舍) : 온 집안에.

然)ᄒᆞ믈2204) 놀나, 틱부인이 친히 붓드러 즉긔 침상의 누이고 품어 취한(取汗)ᄒᆞ더니2205), 야간의 진비 ᄎᆞ탕(茶湯)을 ᄎᆞᄌᆞ 마시민, 홀연(忽然) 흉간(胸間)이 아니ᄭᅩ오2206) 토(吐)ᄒᆞ고, 인ᄒᆞ여 복듕이 불평ᄒᆞ니, 칙션이 급히 ᄎᆞ와 토혼 거슬 거두어 업시ᄒᆞᄂᆞᆫ지라.

틱부인은 영민(穎敏)ᄒᆞ믈2207) 어엿비 넉이고, 스름이 다 무심ᄒᆞ되, 진비 의심이 동(動)ᄒᆞ여 한상궁으로 ᄒᆞ여곰 위부 니부인긔 고ᄒᆞ여 도라가고ᄌᆞ ᄒᆞᄂᆞᆫ 쯧을 알외니, 니부인이 디경(大驚)【17】ᄒᆞ여 왕을 청ᄒᆞ여 위의(威儀)를 ᄀᆞ쵸와 비를 도라오게 ᄒᆞᆯᄉᆡ, 긔부인이 ᄯᅩ혼 비의 병셰 더으믈 경황(驚惶)ᄒᆞ고 위부와 진왕의 명을 어그릇지 못ᄒᆞᆯ지라. 비를 안고 교듕(轎中)의 드러 왕궁의 니르미, 상국 삼비 임의 와 기다리ᄂᆞᆫ지라. 긔·셕 이부인이 셔로 한훤(寒暄)을 파(罷)ᄒᆞ고 비의 병지경듕(病之敬重)을 의논ᄒᆞᆯ 시, 뎡부인이 비의 믹후(脈候)를 슬펴 명약(命藥)2208)ᄒᆞ야 한상궁을 명ᄒᆞ여 '달히라' ᄒᆞ고, 일환(一丸)2209) 신약(神藥)을 타 몬져 비를 먹이니, 【18】 연비 긔운이 현혼(眩昏)ᄒᆞ여 능히 슈습지 못ᄒᆞ더니, 약환(藥丸)을 마시무로 정신이 돈연(頓然)이 청상(淸爽)ᄒᆞ고 복듕(腹中)이 평안ᄒᆞ니, 스스로 깃거 부인의 명감(明鑑)을 탄복ᄒᆞ더라.

긔부인이 손녀의 져기 나으믈 힝환(幸歡)2210)ᄒᆞ여 비로쇼 방심ᄒᆞ여 상국부인으로 말숨ᄒᆞ더니, 아이(俄而)오2211) 한상궁이 약완(藥碗)을 밧드러 드리ᄂᆞᆫ지라.

니부인이 임의 뎡부인의 히독환(解毒丸) 쓰믈 보ᄋᆞ ᄉᆞ긔(事機)를 거의 명작(明酌)2212)ᄒᆞ니, 드듸여 몸을 니러 ᄂᆞᄋᆞ가 비를 붓드러 긔운【19】을 뭇고 약을 슬피건디, 이미 다르고 독긔(毒氣) 은은(隱隱)ᄒᆞ니, 그릇슬 노코 유유(悠悠)히 싱각다가, 한상궁을 도라보와 굴오디,

"이 약을 뉘 달히뇨?"

한시 디왈,

"첩이 술와 쇼시ᄋᆞ(小侍兒) 《연빈 ‖ 영빈》 2213)이 금노(金爐)의 불을 도도앗ᄂᆞ이

2204) 날연(茶然)ᄒᆞ다 : 피곤하여 기운이 없다.
2205) 취한(取汗)ᄒᆞ다 : 『한의』 병을 다스리려고 몸에 땀을 내다. 늑발한(發汗)하다.
2206) 아니ᄭᅩ오 : <아니쑵다 : 아니꼽다> 아니꼬아. 비위가 뒤집혀 구역질이 날 듯하여.
2207) 영민(穎敏)ᄒᆞ다 : 매우 영특하고 민첩하다.
2208) 명약(命藥) : 약을 쓰게 하거나 약을 지어 줌.
2209) 일환(一丸) : 환약(丸藥) 한 알. *환약(丸藥):『한의』 약재(藥材)를 가루로 만들어 반죽하여 작고 둥글게 빚은 약.늑알약, 환(丸), 환제(丸劑).
2210) 힝환(幸歡) : 다행하고 기쁘게 여김.
2211) 아이(俄而)오 : 얼마 안 있다가. 이윽고.
2212) 명작(明酌) : ①사정을 명확하게 헤아림. 또는 헤아린 바가 사실과 명확하게 들어맞음. ②띠풀[茅]로 거른 맑은 술. *술을 거르는데 띠를 써서 거른 것을 명작이라 한다. (縮酌用茅, 明酌也; '縮'은 찌꺼기를 제거한다는 뜻)."『예기, 교특생(郊特牲)』
2213) '연빈'은 이후 그 이름이 '영빈'으로만 나오기 때문에 이름을 '영빈'으로 정정하였다.

다.”

부인 왈,

“약이 그르니 쓰지 못홀지라. 곳쳐 달히라.”

ᄒ니, 이ᄯᅴ 뎡부인이 ᄯᅩᄒᆫ ᄂᆞᆼ으와 보고, 셕부인이 ᄒᆞᆫ가지로 둘너볼 ᄉᆡ, 각각 놀ᄂᆞ기를 마지 아니ᄒᆞ니, 연비 총명이 돈연(頓然)ᄒᆞ여2214) ᄎᆞ악(嗟愕)ᄒᆞ믈 니긔지 못ᄒᆞ니, 머리ᄅᆞᆯ 슉【20】여 안ᄉᆡᆨ(顔色)이 다르더라.

뎡부인이 일쳡(一貼) 약을 다시 환시(宦侍)ᄅᆞᆯ 쥬어 식물을 가져 《은탕‖온탕(溫湯)》을 밧고아 ‘조심ᄒᆞ여 달히라’ ᄒᆞ고 좌우로 왕을 쳥ᄒᆞ니, 어시의 왕이 비의 병셰 돌연(猝然)이 더ᄒᆞ여 일야지ᄂᆡ(一夜之內)의 옥뫼(玉貌) 환탈(換奪)ᄒᆞ믈 크게 우려ᄒᆞ니, 간졀ᄒᆞᆫ 근심이 쌍미(雙眉)의 둘너, 외뎐의 승상이 연공으로 말ᄉᆞᆷᄒᆞ믈 뫼셧더니, 부인 쇼명(召命)을 인ᄒᆞ여 입ᄂᆡ(入內)ᄒᆞ믹, 니부인이 굴오ᄃᆡ,

“약 즁의 독긔 이시니 가히 무더【21】두지 못홀지라. 붉히 ᄉᆞ힉(査覈)ᄒᆞ야 다스리시미 가ᄒᆞ이다.”

왕이 딕경(大驚)ᄒᆞ고 긔부인이 뉴부인으로 말ᄉᆞᆷᄒᆞ다가 비로쇼 알고 실ᄉᆡᆨ(失色)ᄒᆞ니, 좌우 궁이 다 젼뉼(戰慄)치 아니리 업더라.

왕이 약완(藥碗)을 궁비(宮婢)로 들니고 외뎐(外殿)의 ᄂᆞ와 ᄎᆞᄉᆞ(此事)ᄅᆞᆯ 고ᄒᆞ고 ᄃᆞᄉᆞ리믈 뭇ᄌᆞ온ᄃᆡ, 위ㆍ연 냥공이 경악ᄒᆞ여 좌우로 약을 쓸히 ᄇᆞ리니 푸른 불이 니ᄂᆞᆫ지라. 진왕이 일즉 치독(置毒) 일ᄉᆞ(一事)의 각골(刻骨)ᄒᆞᆫ 원(怨)이 잇ᄂᆞᆫ지라. 놀ᄂᆞ미 타인의 빅(倍)ᄒᆞ니, 급【22】히 하령(下令)ᄒᆞ여 ᄉᆞ예(私隷)ᄅᆞᆯ 모호고 약 달힌 ᄌᆞᄅᆞᆯ 잡ᄋᆞ니라 ᄒᆞ믹, 은셤 영빈이 뎐하(殿下)의 ᄭᅮᆯ고, 한상궁이 스스로 딕죄(待罪)ᄒᆞ니, ᄯᅴ예 의외(意外)의 변이 돌연(猝然)이 ᄂᆞ믹, 당상(堂上) 졔인이 막불희연(莫不駭然)2215)ᄒᆞ고 뎐하시위(殿下侍衛) 창황공겁(愴惶恐怯)2216)지 아니리 업ᄂᆞᆫ지라.

연공이 딕로(大怒)ᄒᆞ여 영빈을 형벌(刑罰)노 져쥬고ᄌᆞ2217) ᄒᆞ거늘, 위공이 말녀 왈,

“ᄎᆞ비ᄂᆞᆫ 결연이 힝악(行惡)홀 위인이 아니니, 몬져 말노셔 무르쇼셔.”

연공이 몸을 니러 난두(欄頭)의 안ᄌᆞ 무러 굴오ᄃᆡ,【23】

“너 쳔비 비록 츙(忠)치 못ᄒᆞ나, 스스로 ᄉᆞ죄(死罪)ᄅᆞᆯ 범ᄒᆞ여 죽기ᄅᆞᆯ 두리지 아니믄 엇지오? 바로 고ᄒᆞ여 형벌의 괴로오믈 면ᄒᆞ라.”

영빈이 머리ᄅᆞᆯ 두다리고 눈물을 흘녀 고ᄒᆞ되

“쳔비지 불충무상ᄒᆞᄋᆞ와 쳔만의외(千萬意外)예 변(變)이 쇼장(蘇張)2218)이 니러ᄂᆞ오

2214) 돈연(頓然)ᄒᆞ다 : 어찌할 겨를도 없이 매우 급하다.
2215) 막불희연(莫不駭然) : 일이 몹시 이상하여 놀라지 않는 사람이 없음.
2216) 창황공겁(愴惶恐怯) : 두렵고 겁이 나 어찌할 바를 모름.
2217) 져쥬다 : 형문(刑問)하다. 신문(訊問)하다.
2218) 쇼장(蘇張) : =‘쇼장(蘇張)의 변(變)’. 중국 전국시대의 세객(說客)인 소진(蘇秦)과

니, 천비 친히 맛다 달히온 약을 뉘게 밀위리잇가? 다만 일만 번 죽으믈 감심(甘心)홀 ᄯᆞᆫ이로쇼이다.”

ᄒᆞ니, 그 ᄉᆞ예(司隷)2219) 경앙(敬仰)ᄒᆞ고, ○○[비자(婢子)] 말ᄉᆞᆷ이 츙근(忠謹)ᄒᆞ니, 영빈 즈는 은셤의 녀ᄋᆡ(女兒)니, 비(妃)【24】의 유뎨(乳弟)라. 영니 공근ᄒᆞ고 츙심이 표표(表表)ᄒᆞ니, 연비 어엿비 넉이더라.

위공이 왕을 향ᄒᆞ여 ᄀᆞᆯ오ᄃᆡ,

“변(變)이 의외예 ᄂᆞ니, 인심은 불가측(不可測)이나 일즉 궁듕(宮中) 쇼속은 의심되미 업슬지라. ᄎᆞ비(此婢) 약 달힐 ᄯᆡ, 혹 ᄉᆞ룸이 ᄀᆞᆺ가이 오미 잇시며, 혹 ᄯᅥᄂᆞ미 잇던가 ᄆᆞ르시고, 약을 어ᄃᆡ 두엇다가 달혀시며, 은탕(銀湯)2220)을 뉘 ᄡᅥ셔시며 댱뉴슈(長流水)2221)ᄂᆞ 뉘 ᄂᆞ은[온]고2222)? ᄌᆞ셔히 ᄆᆞ르쇼셔.”

왕이 승명(承命)ᄒᆞ여 연공으로 좌를 ᄀᆞᆯ와 됴건됴건2223) 무를 식, 영【25】빈이 고두(叩頭) 디왈,

“비지 약탕을 밧드러 잠간도 ᄯᅥᄂᆞ미 업습고, ᄉᆞ람이 온 일도 업ᄉᆞ오니, 천비 오직 형뉵(刑戮)을 닙ᄉᆞ와 부월(斧鉞)을 기다릴 ᄯᆞ름이로쇼이다.”

한상궁이 돈슈(頓首) ᄉᆞ왈(辭曰),

“약은 비지 뎡부인긔 친히 밧ᄌᆞ와, 노혼 일이 업습고, 은탕은 은셤이 ᄡᅥ셔 올니ᄋᆞᆸ고, 댱뉴슈ᄂᆞ 궁뇌(宮奴) 셰 병을 ᄯᅥ 노와, ᄂᆡ믄[문](內門) 슉직비ᄌᆞ 단향이 바다 ᄎᆞ두(叉頭)2224) 영심의게 전ᄒᆞ오미, 영심이 난하(欄下)의셔 올니오미, 연부 노퇴부인 시ᄋᆞ(侍兒) 치션이【26】바다 봉(封)혼 거술 푸러 쥬올ᄉᆡ, 비지 약을 안쳐2225) 영빈을 쥬어시니, 그 가온ᄃᆡ 변(變)이 어느 곳의셔 나오믈 아지 못ᄒᆞ오나, 천비지(賤婢子) 불츙(不忠) 무상(無狀)ᄒᆞ와 망극지변(罔極之變)이 지돈(至尊)의 밋ᄉᆞ오니, ᄒᆞᆫ가지로 죽기를 기다리ᄂᆞ이다.”

장의(張儀)가 일으킨 변란이란 뜻으로, 남을 헐뜯거나 모함하는 말로 인하여 일어난 변란을 비유적으로 표현한 말.

2219)ᄉᆞ예(司隷) : 중국 주나라 때 추관(秋官; 조선시대 형조와 같은 관청)에 소속된 관리. 여기서 사예(司隷)는 사대부가에서 형리(刑吏)의 역할을 맡은 노복(奴僕)을 일컫는 말로 쓰이고 있다.

2220)은탕(銀湯) : 예전에 궁중이나 사대부가 등에서 탕약(湯藥)을 달이는 데 쓰던 은(銀)으로 만든 탕약기(湯藥器)를 이르던 말.

2221)댱뉴슈(長流水) : 예전에 ‘큰 가뭄에도 마르지 않고 항상 흐르는 맑은 물’을 이르던 말로, 이를 떠다가 밥을 짓거나 약을 달이는 데 사용하였다.

2222)ᄂᆞ오다 : 내오다. 안에서 밖으로 가져오다.

2223)됴건됴건 : 조곤조곤. 성질이나 태도가 조금 은근하고 끈덕진 모양.

2224)ᄎᆞ두(叉頭) : 차환(叉鬟). 주인을 가까이에서 모시는 젊은 계집종.

2225)안치다 : 밥, 떡, 찌개 따위를 만들기 위하여 그 재료를 솥이나 냄비 따위에 넣고 불 위에 올리다.

왕이 명ᄒ여 물 가져온 즈를 다 잡으 무르니, 일시의 슈되²²²⁶⁾ 홀노 치션이 업슨지라. 연공이 일즉 치션의 요악ᄒᆞᆷᄋᆞᆯ 아로디, 모부인이 ᄉᆞ랑ᄒᆞᄉ 신임ᄒᆞ시니 물니치지 아냣던지라. 쾌히 치 【27】 션의 작ᄉᆞᆨᄋᆞᆯ 씨드르되, 모친긔 알외고야 션을 잡으 무를지라. 유유(儒儒)ᄒ여 싱각ᄂᆞᆫ 빙 잇거늘, 위공 왈,

"ᄎᆞᄉ(此事)ᄂᆞᆫ 연형과 혹ᄉᆡᆼ(學生)²²²⁷⁾은 간예(干預)치 못ᄒ리니, 뎐하(殿下) 친히 다ᄉᆞ릴지니이다."

왕이 아라듯고 하령(下令)ᄒ여 '치션을 잡으드리라' ᄒ니, ᄉᆞ예(司隸)²²²⁸⁾ 진경(盡驚)ᄒ여 안흐로 통ᄒ여 치션을 구ᄉᆡᆨ(求索)ᄒ니, 아즈(俄者)의 밧그로 ᄂᆞ가시믈 니르고, 문니(門吏) 임의 도라가시믈 고ᄒ니, 발ᄎᆡ(發差)ᄒ여²²²⁹⁾ 연부의 가 ᄎᆞᄌᆞ나 간 일이 업ᄉ니, 디희(大海)의 【28】 평쵸(萍草)²²³⁰⁾ ᄀᆞᆺᄒ여 향ᄒ여 무를 곳이 업ᄂᆞᆫ지라. 연공이 통한(痛恨)ᄒ고 왕이 ᄯᅩ 분연ᄒ거늘, 위공 왈,

"간악(奸惡)ᄒᆞᆫ 정적(情迹)이 임의 현누(顯露)ᄒ여시니²²³¹⁾ 물ᄉᆡᆨ(物色)ᄒ여²²³²⁾ ᄎᆞ즈미 잡지 못ᄒᆞᆯ 니 업ᄂᆞ니, 아직 ᄎᆞ비(此婢)를 물니치고, 비(妃)의 환우(患憂)를 구ᄒ쇼셔."

인ᄒ여 긴요ᄒᆞᆫ 일노 마을²²³³⁾의 갈ᄉᆡ, 비의 긔운을 뭇고, 져기 ᄂᆞ으믈 드러 됴호(調護)ᄒ기를 당부ᄒ더라.

어ᄉᆡ의 긔부인이 의외(意外)에 짐독(鴆毒) 일ᄉᆞ(一事)의 궁녀 진경(盡驚)ᄒ니, ᄎᆞ악(嗟愕) 경심(驚心)ᄒ거늘, 【29】 치션이 긴히 간범(干犯)ᄒ여 망명(亡命)ᄒ니, 흉요(凶妖)ᄒᆞᆫ 정상이 ᄂᆞᆺ타나 숨길 거시 업슨지라. 분히(憤駭)ᄒ고 무류(無聊)ᄒ여 어린 ᄃᆞ시 말을 못ᄒᆞᆫ지라.

셕부인이 돈고의 불안ᄒ시믈 쵸우(焦憂)ᄒ여 ᄉᆡ긔 더옥 온슌ᄒ니, 상국 삼부인이 탄복ᄒ고 긔부인 ᄉᆞᄉᆡᆨ(辭色)이 불호(不好)ᄒ니, 쇼견(所見)의 불안ᄒ야 곳처 달힌 약을 가져 비를 먹인 후, 다시 오믈 일ᄏᆞᆺ고 도라가니, 연공 부ᄌᆞ와 왕이 드러올ᄉᆡ 한상궁을

2226) 슈다 : 쑬다. 꿇다. 무릎을 구부려 바닥에 대다.
2227) 혹ᄉᆡᆼ(學生) : 예전에 고위 관직에 있는 사람이 타인에게 자신을 낮추어 겸손하게 이르던 일인칭대명사.
2228) ᄉᆞ예(司隸) : 중국 주나라 때 추관(秋官: 刑部)에 소속된 관리. 한나라 때는 사예교위(司隸校尉)라는 관직명이 보인다. *여기서는 진궁(宮) 소속의 군사(軍士)를 이르는 말로 쓰였다.
2229) 발ᄎᆡ(發差)ᄒ다 : 발차(發差)하다. 『역사』 죄지은 사람을 잡아오라고 사람을 보내다.
2230) 평쵸(萍草) : 개구리밥과의 여러해살이 수초(水草). 몸은 둥글거나 타원형의 광택이 있는 세 개의 엽상체(葉狀體)로 이루어져 있는데 겉은 풀색이고 안쪽은 자주색이다. 논이나 못에서 자라는데 전 세계에 널리 분포한다.=개구리밥, 부평초(浮萍草).
2231) 현누(顯露)ᄒ다 : 현로(顯露)하다. 드러나다. 밝혀지다.
2232) 물ᄉᆡᆨ(物色)ᄒ다 : 어떤 기준으로 거기에 알맞은 사람이나 물건, 장소를 고르다.
2233) 마을 : 예전에, 벼슬아치들이 모여 나랏일을 처리하던 곳.=관아(官衙).

위로ᄒᆞ여 안심【30】ᄒᆞᄆᆞᆯ 니르고, 영빈을 ᄂᆞ리와 가돈 후 닉년의 드러오니, 틱부인이 치션 일호믈 분노ᄒᆞ고, 악동(惡種)을 머믈웟던 쥴 한ᄒᆞ니, 연비 강질(強疾)ᄒᆞ여 틱모를 위안(慰安)ᄒᆞ고,

"ᄎᆞᄉᆡ 엇지 굿ᄒᆞ여 치션의 일인 쥴 알니잇고? 힉ᄋᆞ(孩兒)의 미질(微疾)을 인ᄒᆞ여 궁듕이 쇼요ᄒᆞ니 불안ᄒᆞ거늘, 틱모 성심이 불예(不豫)ᄒᆞ시니 황공ᄒᆞᄆᆞᆯ 니긔지 못ᄒᆞ리로쇼이다."

틱부인이 심심블낙(深深不樂)ᄒᆞ여 도라가믈 니르ᄂᆞᆫ지라. 참정이【31】모친을 뫼셔 환가(還家)ᄒᆞ니, 셕부인이 됴ᄎᆞᄆᆡ, 진비 홀연ᄒᆞᄆᆞᆯ[2234] 니긔지 못ᄒᆞ여 금병(錦屏)을 지혀 져두(低頭) 묵묵(默默)ᄒᆞ니, 왕이 ᄌᆞᆺ가이 ᄂᆞᄋᆞ가 금구(衾具)[2235]를 다리혀 엇긔의 ᄀᆞ리오고, 위로 왈,

"돈가(尊家) 틱부인이 돌연(猝然)이 귀가ᄒᆞ시니, 현비 듕니(中裏)[2236] 불안ᄒᆞ시믈 알니로다. 전일의 드르니 비복이 득죄(得罪)ᄒᆞᄆᆡ 악댱(岳丈)과 악모(岳母)긔 죄칙이 ᄂᆞ린다 ᄒᆞ더니, 일노써 더옥 시름ᄒᆞ시ᄂᆞ니잇가?"

어시의 연비 만분(萬分) 불평ᄒᆞᄆᆞᆫ 치【32】션의 작ᄉᆞ(作事) 지쵹(指囑)ᄒᆞᆫ 스름을 쾌이 씨치니, 슉모의 어진 덕으로 싱이(生兒) 불쵸(不肖)ᄒᆞᄆᆞᆯ 탄ᄒᆞ고, ᄉᆞ단(事端)이 번거(飜擧)ᄒᆞ믈 ᄎᆞ악ᄒᆞ여 어린 듯ᄒᆞ더니, 왕의 말ᄉᆞᆷ이 이의 밋ᄎᆞ니 일변(一邊) 참괴ᄒᆞ고, 또 불열(不悅)ᄒᆞ여 셤슈(纖手)로 옷깃슬 어루만져 유유부ᄃᆡ(儒儒不對)ᄒᆞ니, 일쌍 츄파(一雙秋波)[2237]ᄂᆞᆫ 명연(瞑然)[2238]ᄒᆞ여 빈져(鬢底)[2239]의 나죽ᄒᆞ고, 쵸월아미(初月蛾眉)[2240]ᄂᆞᆫ 믹믹히[2241] 화긔(和氣)를 거두어 단슌(丹脣)이 젹연(寂然)ᄒᆞ여 잉가(鶯歌)[2242]를 발(發)치아니며, 옥안(玉顏)이 닝담ᄒᆞ여 한ᄆᆡ(寒梅) 납셜(臘雪)【33】을 씌임 ᄀᆞᆺᄒᆞ니, 왕이 우음을 먹음고 다시 말ᄒᆞ고ᄌᆞ ᄒᆞ더니, 위부 시이(侍兒) 니부인 명으로 쳥ᄒᆞᄂᆞᆫ지라.

젼도(顛倒)히 취송각의 ᄂᆞᄋᆞ가니, 시시의 니부인이 침뎐의 도라와 냥부인을 딕ᄒᆞ여 굴오ᄃᆡ,

요녀(妖女)긔 간흉이 기모(其母)의 더홀지라도, ᄀᆞᄅᆞ친 직 업슨 즉 감히 힝악(行惡)지 못ᄒᆞᆯ지라. 쾌히 잡ᄋᆞ 후환(後患)을 덜고져 ᄒᆞᄂᆞ니, 현ᄆᆡ 졈슈로 간 곳을 힉혹(解

2234) 홀연ᄒᆞ다 : 홀홀ᄒᆞ다. 마음속이 무엇인가 잃은 것이 있는 것 같아 허전하다.
2235) 금구(衾具) : 이불과 요를 통틀어 이르는 말. =이부자리.
2236) 듕니(中裏) : 마음. 또는 마음 속.
2237) 일쌍츄파(一雙秋波) : 가을 물결과 같이 맑은 두 눈.
2238) 명연(瞑然) : 눈을 감은 듯함.
2239) 빈져(鬢底) : 귀밑머리 밑.
2240) 쵸월아미(初月蛾眉) : 초승달처럼 아름다운 눈썹.
2241) 믹믹히 : 갑갑히.
2242) 잉가(鶯歌) : 꾀꼬리의 노래.

惑)ᄒ라.“

뎡부인이 씨ᄃ라 금젼(金錢)²²⁴³)을 더져 작괘(作卦)²²⁴⁴)ᄒ니 그 뜻【34】이 알기 어렵지 아닌지라.

“가셩(賈姓)²²⁴⁵) 녀ᄌ의 ᄀᆞ르치믈 드러 그 집의 슘어시니, 명효(明曉)²²⁴⁶)의 북문(北門)으로 날지라. 처음으로 ᄂᆞ가ᄂ 교ᄌᆞ(轎子)를 잡은 즉, ᄒᆞ 무리 간젹(奸賊)을 잡ᄋᆞ 요녀(妖女)의 담(膽)을 쩌르치리라.”

하엿ᄂᆞᆫ지라. 이에 왕을 쳥ᄒᆞ여 니르고, ‘친신(親信)ᄒᆞᆫ 궁감(宮監)을 명ᄒᆞ여, 여ᄎᆞ여ᄎᆞᄒᆞ게 ᄒᆞ쇼셔.’ ᄒᆞᆫ딘, 왕이 슈명ᄒᆞ여 일일히 분부ᄒᆞ여 보ᄂᆡ니라.

ᄎᆞ셜, 긔부인이 집의 도라와 치셤을 졀치(切齒)ᄒᆞ여 노긔【35】분분ᄒᆞ니, 참졍이 호언(好言)으로 희유(解諭)ᄒᆞ더니. 익일 계명(鷄鳴)의 가부 시이 부인의 셔찰을 드리ᄂᆞᆫ지라. 공이 바다보고 묵연(默然)이 답셔(答書)를 써 쥬어 보ᄂᆡ고, 모부인긔 신셩(晨省)²²⁴⁷)ᄒᆞ니, 부인 왈,

“녀이(女兒) 무ᄉᆞᆷ 연고로 일쯕이 ᄎᆞ환을 보ᄂᆡ엿ᄂᆞ뇨?”

공이 유유(儒儒)ᄒᆞ여 ᄃᆡ(對)치 못ᄒᆞ거늘, 부인이 직쵹ᄒᆞᆫ딘, 부득이 ᄉᆞ미로셔 셔간을 ᄂᆡ여 드리니, 퇴부인이 보기를 다 못ᄒᆞ여셔 상을 두다려 분히(憤駭) 왈,

“요악ᄒᆞᆫ ᄋᆞ희【36】ᄒᆡᆼ신 파측(叵測)ᄒᆞ미²²⁴⁸) 이에 니르믄 싱각지 못ᄒᆞᆯ와. 네 엇지 ᄒᆞᆫ다?”

공이 유화(柔和)이 ᄃᆡᄒᆞ딘,

“질이 요비(妖婢)로 동심ᄒᆞᆯ 니 업ᄉᆞ되, 요비 반ᄃᆞ시 질ᄋᆞ의게 걸치올지라. 희이(孩兒) 여ᄎᆞ히 ᄃᆡ답ᄒᆞ이다.”

부인이 눈물을 흘니고 탄ᄒᆞ여 굴오딘,

“이ᄂᆞ 다 노모의 죄를 하날이 벌ᄒᆞ시미라. 눌을 한ᄒᆞ리오. 돌돌(咄咄)ᄒᆞ기를²²⁴⁹) 마

2243)금젼(金錢) : ‘금으로 만든 돈’을 이르는 말로, 옛날에 중국에는 이 ‘금돈’을 던져 점을 치던 풍속이 있었다. 당(唐)나라 우곡(于鵠)의 〈강남곡(江南曲)〉에 “한가로이 강변에서 마름풀을 뜯다가, 친구들과 강신에게 기도를 드리누나. 사람들이 들을까봐 분명하게 말 못하고, 슬그머니 동전 던져 그이 올까 점쳐 보네. [閒向江邊採白蘋 還隨女伴賽江神 眾中不敢分明語 暗擲金錢卜遠人]”라고 한 구절이 있다.

2244)작괘(作卦) : 점괘의 ‘괘(卦)나 괘사(卦辭)를 만들거나 짓는다.’는 뜻으로, 여기서는 ‘(동전을 던져) 괘사를 얻다.’의 의미로 쓰였다.

2245)가셩(賈姓) : 우리나라 성(姓)의 하나. 본관은 소주(蘇州), 태안(泰安) 등 10여 본이 현존한다.

2246)명효(明曉) : 이튿날 새벽.

2247)셩(晨省) : 아침 문안. 아침 일찍 부모의 침소에 가서 밤사이의 안부를 살피는 일. ≒신성지례.

2248)파측(叵測)ᄒᆞ다 : ①미루어 헤아릴 수 없다. ②생각이나 행동 따위가 괘씸하고 엉큼하다. =불측(不測)하다.

지 아니ᄒ니, 공이 흔연이 웃고 과도ᄒ시믈 간(諫)ᄒ더라.

가부인의 셔간은 엇진 일인고? 원ᄂ【37】 가부인이 집의 도라오무로 가싱의 체업슌 ᄉ죄로 불ᄉ(不似)ᄒᆫ2250) 위인을 더욱 참슈(慙羞) 분히(憤駭)ᄒ여 오직 부도를 잡으 흔극(釁隙)을 ᄂᆺ타ᄂ지 아니ᄒ나, 심ᄂᆡ(心內) 통원(痛冤)이 풀니지 아니ᄒ니, 거두(擧頭)홀 ᄯᆺ이 업셔 진비의 셰알ᄒ믈 드르ᄃᆡ, 모부인긔 신연(新年)을 하례치 못ᄒ엿더니, 진비 홀연 유질ᄒ여 도라가믈 놀ᄂᆞ고 넘녀홀 ᄉ이의 치독지ᄉ(置毒之事)를 듯고, 치션 이 망명ᄒ믈 니어 드르니 분완(憤惋) 왈,

"진비【38】ᄂᆞ 하늘이 유의ᄒ여 ᄂᆡ신 스름이라. 악종이 비록 빅번 도모ᄒ나, 엇지 감히 침히(侵害) ᄒ리오. 간비(姦婢)의 여얼(餘孽)을 머므러 여ᄎ 히변(駭變)을 일위니, 틱틱 경히 분노ᄒᆞᄉ 셩심이 불안ᄒ시리로다."

언미의 빙낭이 믄득 변쇠고 니러ᄂᆞᄂ지라. 부인이 녀ᄋ의 간흉(奸凶)이 치션의 괴쉬(魁首)믄 아지 못ᄒᆞᄃᆡ, 그 위인을 긔탄ᄒ여 골돌ᄒ더니, 시야의 홀연 복통(腹痛)이 급ᄒ여 슈기(數個) 시비를 거ᄂ려 여측(如厠)【39】ᄒ고2251) 도라오더니, 빙낭의 방듕의 가만ᄒ 말노 지져괴거늘 ᄂᆞᄋ가 드르니, 빙낭 왈,

"한(恨)ᄒᄂᆞ 바ᄂᆞ 화쥬의 잔명(殘命)을 ᄭᆺ지 못ᄒ미라. 요괴로이 고은 빗ᄎ로 군왕의 은총을 쳔ᄌᆞ(擅恣)ᄒ고, 무궁ᄒ 부귀를 누리믈 ᄎᆞ마 엇지 보리오. ᄒᆞ믈며 셕상(夕上)의 모친이 여ᄎ여ᄎᄒ시니, ᄂᆞ의 분뇌(忿怒) 더으도다. 엇지ᄒ여 픽루(敗漏)ᄒᆢ뇨?"

치션의 쇼리로 ᄃᆡᄒᄃᆡ,

"무고(巫蠱)의 신긔ᄒ미 임의 그 넉슬 아ᄉ시니, 질병【40】이 하마 《고향∥고황(膏肓)》을 침노ᄒ거늘, 작야의 몬져 완(頑)ᄒ 약을 시험ᄒ여 ᄎᆞ(茶)의 탓더니, ᄒ번 마시미 반이나 토(吐)ᄒᄃᆡ 오히려 병이 더ᄒ니, 그만ᄒ여 《쥬어도∥두어도》 독히 잔명을 맛출 거슬, 쇼졔 굼거이 넉이시고 가·호 냥공직 직쵹ᄒᄂᆞ 고로, 일등(一等) 독약을 가져 여ᄎ여ᄎ 믈의 타시니, ᄉ긔(事機) 비밀ᄒ여 알니 업더니, 믈 바든2252) ᄌ를 ᄎᆞᄌ니, 쇼비 심혼이 비월(飛越)ᄒ여2253) 급히 피ᄒ니, 엇지 된 줄을 ᄌᆞ시 모로ᄃᆡ, 대신 임의【41】 그릇되니, 쇼비의 몸을 곰쵸와 슘은 즉, 쇼져와 가·호 냥공ᄌᄂᆞ 무방홀지라. 능신(能晨)2254)ᄒ여 호상공으로 더브러 원방(遠方)으로 가고ᄌ ᄒᄃᆡ, 슈듕의

2249) 돌돌(咄咄)ᄒ다 : 애달아하다. 안타까워하다.
2250) 불ᄉ(不似)ᄒ다 : '닮지 않다'는 뜻으로, '답지 않다', '같지 않다', '옳지 않다'는 말.
2251) 여측(如厠)ᄒ다 : 측간(厠間)에 가다. 대소변을 보기 위해 변소(便所)에 가다. *변소 (便所) : 오늘날은 달리 '화장실'이라 한다.
2252) 바든 : 받은. *받다: 다른 사람이 바치거나 내는 돈이나 물건을 책임 아래 맡아 두 다.
2253) 비월(飛越)ᄒ다 : 정신이 아뜩하도록 날다.
2254) 능신(能晨) : 새벽이 이르면, 또는 새벽이 되면.

금전이 업스니, 능히 길히 느지 못홀 고로, 아즈(俄者)의 노야긔 몬져 고ᄒᆞ니, 슈냥(數兩) 은즈를 쥬시딕, 수쇼(些少)ᄒᆞᆫ 지물이 힝노(行路)의 낭픽를 닐월 고로, 쇼져긔 니별을 고ᄒᆞ고 반젼(半錢)2255)을 더 엇고ᄌᆞ오이다."

빙낭 왈,

"연ᄒᆞ다. 닉 져 즈음긔 일을 경영ᄒᆞᄆᆞ로 구ᄒᆞᄂᆞᆫ【42】바룰 응코ᄌᆞ, 모친 협ᄉᆞ(篋笥)의셔 슈빅 냥 은즈를 다시 닉여 곰쵸왓더니, 아직 너룰 쥬어 몸을 슘기려니와, 네 머니 가지 말고 도관(道觀)의 깃드려, 다시 긔특ᄒᆞᆫ 계교를 발ᄒᆞ여 화쥬 부부를 맛춤닉 멸ᄒᆞᄆᆞᆯ 싱각ᄒᆞ라."

치션이 응낙ᄒᆞ고 은을 바다 품고 문을 여ᄂᆞᆫ지라. 부인이 딕경딕로(大驚大怒)ᄒᆞ니, 좌우로 ᄒᆞ여곰 '몬져 치션을 잡아 결박ᄒᆞ라' ᄒᆞ고, 친히 방즁의 드러가 빙낭을 닛그러 침당(寢堂)【43】의 도라오니, 빙낭과 치션이 혼비빅산(魂飛魄散)ᄒᆞ여 썰기를 마지 아니ᄒᆞ더라.

부인이 ᄎᆞ환(叉鬟)을 명ᄒᆞ여 치션을 결박ᄒᆞ여 기동의 믹고, 녀ᄋᆞ를 계하(階下)의 ᄭᅮᆯ니고 슈죄(受罪)ᄒᆞᄆᆡ 셜우믈 니긔지 못ᄒᆞ여 일댱 통곡ᄒᆞ여 니로딕,

"닉 불쵸(不肖) 박덕(薄德)ᄒᆞ여 너 ᄀᆞᆺ흔 ᄌᆞ식을 두어시니, 문호의 욕이 밋ᄎᆞ며, ᄌᆞ신(自身)의 참덕(慙德)이 극ᄒᆞᆫ지라. 하면목(何面目)으로 사ᄅᆞᆷ을 딕ᄒᆞ리오. 이졔 너룰 쥭이고 닉 ᄯᅩ 쥭으리라."

집【44】을 가져 좌우로 '잘나2256) 쥭이라' ᄒᆞ니, 노긔(怒氣) 등등(騰騰)ᄒᆞ여 뉴미(柳眉)를 거스리고 셩안(星眼)이 녈녈(烈烈)ᄒᆞ여 삭풍(朔風)이 녈일(烈日)2257)의 니러나고, 엄상(嚴霜)2258)이 눈 우희 ᄲᅳ리ᄂᆞᆫ 듯, 틱음(太陰)2259) 진상(陣上)의 구텬현녜(九天玄女)2260) ᄂᆞ림 ᄀᆞᆺᄒᆞ니, 부인이 평일의 관인(寬仁) 현슉(賢淑)ᄒᆞ여 모부인으로 닉도ᄒᆞ나2261), ᄌᆞ쇼(自少)로 심시 돌돌(咄咄) 분기(憤慨)ᄒᆞ여 결증(症)2262)과 《심폐∥심례(心慮)》 흉즁(胸中)의 응결(凝結)ᄒᆞ니, 셩졍(性情)이 ᄌᆞ연 변ᄒᆞ여 과격ᄒᆞᄆᆞᆯ 면치 못ᄒᆞ거늘, 목금(目今)2263) 녀ᄋᆞ의 작ᄉᆞ(作事) ᄎᆞ마 ᄂᆞᆺ출 드러【45】딕ᄒᆞᆫ

2255) 반젼(半錢) : '아주 적은 돈'을 비유적으로 이르는 말.
2256) 잘나 : 졸라. *잘나다: 조르다. 동이거나 감은 것을 단단히 죄다.
2257) 녈일(烈日) : (여름에) 뜨겁게 내리쬐는 태양. 또는 햇볕.
2258) 엄상(嚴霜) : 늦가을에 아주 되게 내리는 서리. =된서리.
2259) 틱음(太陰) : 예전에 '달'을 '태양'에 상대하여 이르는 말.
2260) 구텬현녜(九天玄女) : '현녀(玄女)'를 달리 이르는 말. *현녀(玄女): 중국 상고(上古) 증원 땅에서 황제(黃帝)가 치우(蚩尤)와 싸울 때에 병법을 가르쳐 주었다는 신녀(神女).
2261) 닉도ᄒᆞ다 : 내도하다. 다르다. 판이(判異)하다.
2262) 결증(症) : 몹시 급한 성미 때문에 일어나는 화증.
2263) 목금(目今) : ①눈앞에 닥친 현재. ②이제 곧.

(對人)치 못홀 거시오, 그 댱뷔(丈夫)2264) 참섭(參涉)ᄒ여 유녀(幼女)를 ᄭᅵ고 간비로 동심(動心)ᄒ믈 통히(痛駭) 졀분(切忿)ᄒ니, 불효녀(不肖女)를 죽이고 ᄌᆞ긔 니어 죽어, 붓그러옴과 셜우믈 닛고져 ᄒᄂ지라.

디쇼비복(大小婢僕)이 황황(遑遑) 진구(震懼)ᄒ여 감히 명을 역(逆)지 못ᄒ여, 빙낭을 붓들고 집을 가져 ᄌᆞ르고ᄌᆞ ᄒ니, 빙낭이 텬지망극(天地罔極)2265)ᄒ여 부딪잇고2266) ᄶᅱ노라 호텬(呼天) 통곡(慟哭)ᄒ니, ᄎᆞ뒤(又頭) 능히 니긔지 못ᄒᄂ지라.

부인이 난간을 두다려 녀【46】셩(厲聲) 디즐(大叱) 왈,

"불효녜(不肖女) 죽지 아니코 ᄉᆞ라 부모와 동긔를 ᄒᆞᆫ가지로 멸코ᄌᆞ ᄒᄂᆞ냐?"

ᄎᆞ환을 엄호(嚴號)ᄒ여 긴긴히 결박ᄒ고, 익살(縊殺)ᄒ믈 직촉ᄒ니, 가즁이 진동(震動)ᄒ여 냥ᄌᆡ(兩子) 경혼니톄(驚魂離體)ᄒ여 머리를 두다려 간ᄒ고, 두 식뷔(息婦) 혼신(魂神)이 비월(飛越)ᄒ여 아모리 홀 쥴 모로더니, ᄎᆞ시(此時) 가셩이 치션을 보ᄂᆡ고 심ᄉᆞ 불평ᄒ여 ᄌᆞ지 못ᄒ더니, 복뷔(僕夫) 경황(驚惶) 분쥬ᄒ믈 놀나 드러와 보미, 부인의 노긔 열화(熱火)【47】ᄀᆞᆺᄒ여 밍셩(猛聲) 엄호(嚴號)ᄒ고, 녀ᄋ 빙낭을 결박ᄒ여 ᄭᅮᆯ니고 ᄎᆞ환이 집을 들고 핍박ᄒᄂ지라. 실식 경황ᄒ고 ᄯᅩ 분연 디로ᄒ여 시녀를 밀치고 녀ᄋ를 구ᄒ여ᄂᆡ고, 치션을 글너 노화 왈,

"너를 잡혀 보ᄂᆡ여 ᄋ녀의 젼졍(前程)을 맛츠랴?"

ᄒ고, 노화 ᄇᆞ리니, 션이 ᄌᆔ 슘 듯 ᄃᆞ라나ᄂᆞᆫ지라. 부인이 댱부로 더브러 곡직(曲直)을 닷토고 흑빅을 시비ᄒᆞ미 업스니, 묵연이 그 거동을 보아 기리 탄식ᄒ고【48】 필연(筆硯)을 ᄂᆡ와 거거(哥哥)의게 글을 붓쳐, '션을 잡으쇼셔.' 홀ᄉᆡ, 눈물이 흘너 조희 져ᄌᆞ믈 ᄭᅵᆺ듯지 못ᄒ더라.

댱ᄌᆞ 훈이 심ᄉᆞ 망극ᄒ여 글을 밧드러 보건디, ᄒ엿시디,

"쇼미 불효무상ᄒ여 요악ᄒᆞᆫ ᄋ희 치션을 결납(結納)ᄒ여 진비 도모ᄒ믈 망연불각(茫然不覺)2267)이러니, 불효녜(不肖女) 야간의 요비(妖婢)를 드려 ᄉᆞ어(私語)ᄒ믈 듯고, 잡고ᄌᆞ ᄒ다가 일허시니 급히 가인(家人)을 노화 츄동(追從)ᄒ여 간악ᄒᆞᆫ 동으로 ᄒ여곰【49】셩셰(盛世)의 머므르지 마르쇼셔."

ᄒ엿더라.

가공지 쇄두(碎頭) 뉴톄(流涕) 왈,

2264) 댱뷔(丈夫) : ①혼인하여 여자의 짝이 된 남자. =남편. ②건장하고 씩씩한 사내. = 대장부.
2265) 텬지망극(天地罔極) : 하늘과 땅처럼 한이 없이 슬퍼함.
2266) 부딪잇다 : 부딪치다. '부딪다'를 강조하여 이르는 말. *부딪다: 무엇과 무엇이 힘 있 게 마주 닿거나 마주 대다. 또는 닿거나 대게 하다.
2267) 망연불각(茫然不覺) : 머릿속이 멍하여 아무 것도 깨닫지 못하다. 전혀 생각지도 못 하다.

"틱틱(太太)의 일월힝도(日月行道)2268) 굿ᄉ오신 딕의(大義)ᄂᆞᆫ 불쵸익(不肖兒) 감히 바라지 못ᄒᆞ오나, 쇼미(小妹)의 신명(身命)은 니르지 말고, 니어 망극ᄒᆞᆫ 경상(景狀)을 히이 엇지 ᄎᆞ마 보리잇고?"

부인이 ㅇᄌ의 숀을 잡고 실셩(失性) 뉴쳬(流涕)ᄒᆞ여 냥구후(良久後) 눈물을 거두고, 졍식 왈,

"텬작얼(天作孽)은 유가위(猶可違)어니와 ᄌᆞ죽얼(自作孽)은 불가활[환]애(不可逭也)라.'2269) 요비(妖婢) 엇지 망나(網羅)를 버셔ᄂᆞ며, 진왕이 엇지 【50】 요비를 잡지 못ᄒᆞ리오. 흔번 잡히미 빙낭의 지쥬(指嗾)2270)와 네 딕인의 쇼실(所失)2271)이 표표(表表)이 눗타ᄂᆞ리니, 너희 집이 엇지 망(亡)치 아니리오. 녀뫼(汝母) 명되(命途) 긔박(奇薄)ᄒᆞ고 죄악이 여산(如山)ᄒᆞ여, 빙ᄋᆞ의 간악ᄒᆞ미 문호를 업치고 부형을 맛ᄎᆞ리니, 하면목(何面目)으로 ᄉᆞ라셔 스름을 딕ᄒᆞ며, 쥭어 구고(舅姑)긔 뵈리오. 그러나 션을 잡고져 ᄒᆞᆫ 수졍을 면치 못ᄒᆞ미라. 아ᄌᆞ(俄者)2272)의 아오로 쥭여 멸구(滅口)코져 ᄒᆞ엿더니, 일이 임 【51】 의 글넛ᄂᆞᆫ지라. 형댱긔 고ᄒᆞᆫ 간비를 잡으신 죽 뭇지 아니코 쥭이실지라. 이 곳 너희 ᄉᆞ힝이 되리라. 이에 쇼ᄎᆞ두(小叉頭)로 셔간을 쥬어 보닉고 눗츨 ᄀᆞ리와 향벽(向壁) 잠와(潛臥)2273)ᄒᆞ여 쳬읍(涕泣)ᄒᆞ니, ᄌᆞ뷔(子婦) 붓드러 호읍(號泣)ᄒᆞ나 도라보지 아니ᄒᆞ더니, 연공의 답셰(答書) 니르니 ᄒᆞ여시딕,

"요베(妖輩)2274) ᄉᆞ죄(死罪)를 짓고 싱노(生路)를 질ᄋᆞ(姪兒)의게 무르미, 질이 측은지심(惻隱之心)으로 구(求)코ᄌᆞ ᄒᆞ미라. 엇지 악ᄉᆞ(惡事)를 참섭(參涉)ᄒᆞ미2275) 이스리오. 현 【52】 미ᄂᆞᆫ 의외지언(意外之言)을 말나. 현미 간비(姦婢)를 잡ᄋᆞ 쾌히 쥭여신 죽 근심이 업슬 거시여늘, 임의 일허시니 잇닯지 아니라. 작일(昨日)의 위공과 진왕이 규포(窺捕)2276)ᄒᆞ기를 명ᄒᆞ던지라. 역비(逆婢) 엇지 잡히기를 면ᄒᆞ리오. 이졔 닉 비록 잡고ᄌᆞ ᄒᆞ나, ᄉᆞ쳬(事體) 가히 ᄀᆞ마니 박살(撲殺)치 못홀지라. 작야(昨夜)의 진비의게 쓷을 닐너시니, 진왕의 비(妃)의 쳥ᄒᆞᄆᆞᆯ 드러 션을 불문쳐살(不問處殺)흔죽 딕션(大善)이오. 비록 쓷 ᄀᆞ지 못ᄒᆞ나 이 ᄯᅩᆫ 명(命)이라. 현마 엇 【53】 지ᄒᆞ리오.

2268) 일월힝도(日月行道) : 태양과 달이 일정한 법칙성을 갖고 운행하는 일.
2269) 텬작얼(天作孽)은 유가위(猶可違)어니와 ᄌᆞ죽얼(自作孽)은 불가환애(不可逭也)라. : 하늘이 내린 재앙은 그래도 피할 수 있지만, 스스로 만든 재앙은 피할 길이 없다.
2270) 지쥬(指嗾) : 달래고 꾀어서 무엇을 하도록 부추김.
2271) 쇼실(所失) : 흉이나 허물. *흉: 남에게 비웃음을 살 만한 거리. *허물: 잘못 저지른 실수.
2272) 아ᄌᆞ(俄者) : 아까. 조금 전, 지난 번.
2273) 잠와(潛臥) : 말없이 가만히 누워 있음.
2274) 요배(妖輩) : 간사한 무리.
2275) 참섭(參涉)ᄒᆞ다 : 어떤 일에 끼어들어 간섭하다.
2276) 규포(窺捕) : 거동(擧動)을 엿보아 사로잡음.

현민와 질ᄋ의 시운(時運)이 불니(不利)ᄒ지라. 식ᄌ(識者)ᄂ 하늘을 원(怨)치 아니코, 달인(達人)은 명도(命途)를 한(恨)치 아니ᄂ니, 현민ᄂ 과도이 원울(寃鬱)ᄒ지 말나. 학발편친(鶴髮偏親)긔 부효(不孝)로ᄡ 더으ᄋ읍 말나."

ᄒ엿더라. 부인이 간필(看畢)의 셔간을 셔안(書案)의 놋코 머리를 두다려 두 번 졀ᄒ여 굴오ᄃᆡ,

"오형(吾兄)의 어진 말ᄉᆞᆷ과 붉은 식견이 우ᄒ로 신기(神祇)2277)를 격감(格感)2278)ᄒ고, 아릭로 인심을 감복(感服)ᄒ니 엇지 복녹이 【54】 더으지 아니리오. 쇼미(小妹)의 불효(不肖)ᄂ 앙얼(殃孼)2279)을 바드미 스스로 구(求)ᄒ미로쇼이다."

인ᄒ여 ᄌ부(子婦)를 한가지로 위로ᄒ여 굴오ᄃᆡ,

"형이 셩명딕도(誠明大道)2280)ᄒ시고 진비 은혜ᄌ인(恩惠慈仁)2281)ᄒ며 진왕이 현명셩덕(賢明盛德)2282)ᄒ니, 인졍(人情)을 곡진(曲盡)이 도라보와 원슈를 은혜로ᄡ 갑흘지라. 닉 잔명(殘命)을 져기2283) 머므러 말둉(末終)을 보고, 님년(臨年)2284)ᄒ ᄌ모긔 '셔하(西河)의 통(痛)2285)'을 깃치ᄋ읍 아니ᄒ리라."

ᄒᆞᄃᆡ, 필경(畢竟)을 ᄉᆡᆼ각건ᄃᆡ 참 【55】 괴(慙愧)코 슬허, 머리를 벼기의 더지고 통읍(慟泣)ᄒ여 빙낭을 안젼(眼前)의 뵈지 못ᄒ게 ᄒ니, 빙낭이 ᄯᅩ한 모친 보기를 슬히 넉여 부네 딕ᄒ여 쵸됴(焦燥)ᄒ더라.

치션이 가ᄉᆡᆼ의 딕으로 민 거ᄉᆞᆯ 그르믈 어더, 그 물의 신 고기와 함졍의 버셔난 교퇴(狡兔)2286) 되어, 창황이 가·호 이인을 보고 망지쇼위(罔知所爲)여늘, 호증이 가반의 귀히 다혀 비밀이 의논ᄒ여, 교ᄌ(轎子)와 복부(僕夫)를 ᄀᆞᆺ쵸와 가공ᄌ의 팃부인이 【56】 도관(道觀)의 분향(焚香)ᄒ라 간다 ᄒ고, 치션 호증으로 교ᄌ의 넛코 가반이 호숑(護送)ᄒ여 갈ᄉᆡ, 쳘고(鐵鼓)2287)를 응(應)ᄒ여 집을 ᄯᅥ나 북문의 밋ᄎ미, 당션(當先)ᄒ여 교ᄌ를 모라 ᄂᆞᄃᆞ니, 홀연 벽졔(辟除)2288) 진동ᄒ며 일위 딕관(大官)이

2277) 신기(神祇) : 천신지기(天神地祇). 곧 하늘의 신령과 땅의 신령을 함께 이른 말.

2278) 격감(格感) : 감동(感動)에 이르게 함.

2279) 앙얼(殃孼) : 앙화(殃禍). 지은 죄의 앙갚음으로 받는 재앙.

2280) 셩명딕도(誠明大道) : 성실하고 밝으며 도가 큼.

2281) 은혜ᄌ인(恩惠慈仁) : 은혜롭고 자비로우며 어짊.

2282) 현명셩덕(賢明盛德) : 어질고 밝으며 덕이 큼.

2283) 져기 : 적이. 조금. 꽤 어지간한 정도로.

2284) 임년(臨年) : 죽을 때에 다다른 '늙은 나이'. =노년(老年).

2285) 셔하(西河)의 통(痛) : 자하(子夏)의 서하지탄(西河之歎)을 이르는 말. 즉 공자(孔子)의 제자인 자하(子夏)가 서하(西河)에 있을 때 자식을 잃고 너무 슬피 운 나머지 소경이 된 일을 말한다.

2286) 교퇴(狡兔) : 교활한 토끼.

2287) 쳘고(鐵鼓) : 쇠북. '종(鐘)'의 옛말.

2288) 벽졔(辟除) : 지위가 높은 사람이 행차할 때, 구종(驅從) 별배(別陪)가 잡인의 통행

무슈 하리를 거느려 돌츌(突出)ㅎ여 치션의 교ᄌ를 밀치고 몬져 느고ᄌ ᄒ니, 가반이 고셩(高聲)ㅎ여 글오듸,

"네 관인이 됴졍(朝廷) 듸신이라도 ᄉ부가(士夫家) 늬힝(內行)2289)을 업슈이 넉이미 올흐냐?"

하리(下吏) 츄둉(追從) 【57】이 닷토아 왈,

"비록 ᄉ부(士夫) 늬힝(內行)이나, 우리 노야의 밧분 길흘 멈츄라 ᄒᄂ냐?"

가가 창뒤(蒼頭) 쥬인의 셰를 의지ᄒ여, 굴치 아니코 압흐로 몰며 ᄯ지져 왈,

"우리 노야 튀부인이 묘당(廟堂)의 분향(焚香)ᄒ라 가시ᄂ 길히니, 잠간 압셔미 너히게 무슴 유히(有害)로오뇨?"

졔뇌(諸奴) 노ᄒ여 크게 짓궤여 가가 노ᄌ를 밀치니, 교지 것구러지ᄂ 곳의 일위 슈지(竪子)2290)와 일기 추환(叉鬟)이 ᄯ히 느려지니, 관인(官人)이 믄득 엄호(嚴號) 왈,

"ᄉ부가(士夫家) 【58】늬힝이라 ᄒ고, 져 슈ᄌ의 튀부인이라 ᄒ더니, 이기(二個) 쳥의(靑衣)라. 남ᄌ와 드러시니 극히 괴이(怪異)ᄒ지라. 필연 은졍(隱情)2291)이 잇ᄉ미니 셜니 결박(結縛)ᄒ라."

하리 응셩(應聲)ᄒ여 잡ᄋ 미며 니로듸,

"이 과연 늬힝(內行)이로고나. 어느 가(家) 튀부인고? 셜니 미여 형부(刑部)로 가리라."

일시의 가·호 냥인과 치션을 긴긴히 미니, 삼기(三介) 요물의 경황(驚惶) 망극(罔極)ᄒ믈 어이 다 니르리오. 일언을 못ᄒ고 ᄯᆯ ᄯ분이라.

관인이 글오 【59】듸,

"쳥평셰계(淸平世界)의 여ᄎ 요악흔 일이 잇ᄉ니, 쇼리히2292) 일치 말고 별쳐(別處)의 구류(拘留)ᄒ여 쳐분(處分)을 기다리라."

흔 쇼ᄅ리 호령의 삼인(三人)을 풍우 ᄀ치 모라 깁히 가도고 엄히 직희미, 도라와 진왕긔 복명(復命)ᄒ니, 이 관인은 진부궁관이니, 왕명을 바다 계교(計巧)로 악둉(惡種)을 잡으미러라.

어시의 진왕비 연시 금옥(金玉)의 ᄌ질(資質)과 난혜(蘭蕙)의 덕셩으로 스름의게 원(怨)을 깃치미 업시, 구젹(仇敵)이 니러 골육이 【60】셔로 잔히(殘害)코ᄌ ᄒ니, 연연약질(軟軟弱質)이 독을 먹어 병셰 십분 비경(非輕)ᄒ거늘, 다시 요물(妖物)의 작식

을 금하던 일.

2289)늬힝(內行): 부녀자가 여행길에 오름. 또는 그 부녀자.

2290)슈지(竪子): 더부룩한 머리털을 가진 사람. 곧 아직 장가가지 않은 '총각'을 이르는 말.

2291)은졍(隱情): 알고 있는 사실이나 마음속에 있는 생각을 숨김.

2292)쇼리히: 솔이(率爾)히. 말이나 행동이 신중하지 못하고 가벼이.

(作事) 쳔만 공교(工巧)ᄒ니, 명믹(命脈)이 누란(累卵)의 위틱ᄒ미 잇더니, 뎡부인 신약(神藥)과 니부인 명감(明鑑)으로 간계(姦計)를 젹발ᄒ여, 요비(妖婢)를 규포(窺捕)ᄒ미, 그 지쥬(指嗾)ᄒ 즈를 뭇지 아냐 알지라.

심하(心下)의 츠악(嗟愕)ᄒ고, 슈괴(羞愧) 즈참(自慙)ᄒ여 심심불낙(甚深不樂)ᄒ여 운두(雲頭)를 봉침(鳳枕)의 빗겻더니, 본부 시이(侍兒) 니르러 대인 슈찰(手札)을 올니ᄂ지라. 【61】

번연(翻然) 긔신(起身)ᄒ여 공경(恭敬) 피열(披閱)ᄒ올식, 딕기 '쳔션 요비를 잡으 형벌노 더은즉, 호란(胡亂)ᄒ2293) 말이 밋지 아닐 곳이 업스리니, 녀이 거의 내 ᄯᅳᆺ을 알지라. 이 ᄯᅳᆺ을 군왕긔 고ᄒ여 요언(妖言)을 발치 아냐셔, 그 머리를 버혀 죄를 졍히 ᄒ미 가ᄒ다.' ᄒ엿ᄂ지라.

비(妃) 아연(峨然)2294)이 희식(喜色)이 둘너 딕인 명교를 감탄ᄒ고, 회셔(回書)를 올니니 믄득 왕이 입닉ᄒ거늘, 비 금니를 물니치고 상의 ᄂ리고즈 ᄒ거늘, 왕이 젼도(顚倒)이 나 【62】 으가 권ᄒ여 됴셥(調攝)ᄒ기를 쳥혼딕, 비 안셔(安徐)이 손ᄉ(遜辭)ᄒ여 졍금(整襟) 넘용(斂容)ᄒ니, 옥용(玉容)의 슈삽(羞澁)ᄒ믈2295) 씌고 무빈(霧鬢)2296)이 져기 ᄂ즉ᄒ여 팔즈아황(八字蛾黃)2297)의 시름이 얽혀시며, 쌍졍(雙睛)2298)의 품은 쇼회(所懷)를 먹음어, 옥슈(玉手)로 옷깃슬 어루만즈 묵연(默然)이라.

왕이 팔을 드러 굴오딕,

"현비 무삼2299) 시름을 품으스 울울(鬱鬱)ᄒ시ᄂ뇨? 녕당(令堂)2300) 노틱부인이 분연(憤然) 불낙(不樂)이 귀가ᄒ신 후, 가즁(家中)이 무스(無事)타 ᄒ더니잇가? 아즈 연부 비지 오믄 하유시(何有事)오?" 【63】

비 믄득 슈용(修容) 흠신(欠身)ᄒ여 냥구(良久) 딕왈,

"뎐하의 말ᄉᆞᆷ이 의외(意外)예 발ᄒ시니, 미쳡(微妾)이 혼열(昏劣)ᄒ여 딕홀 바를 아지 못ᄒ리로쇼이다. 쳡이 굿ᄒ여 시름이 잇시미 아니로딕, 쳡신의 미질(微疾)을 인ᄒ여 궁즁이 진경(盡驚)ᄒ믈 불안ᄒ미로쇼이다."

왕 왈,

2293) 호란(胡亂)ᄒ다 : 한데 뒤섞어 어수선하고 분간하기 어렵다.
2294) 아연(峨然) : 흥이 한창 무르익어 높은 모양.
2295) 수삽(羞澁)하다. 몸을 어찌하여야 좋을지 모를 정도로 수줍고 부끄럽다.
2296) 무빈(霧鬢) : 안개가 서려있는 것처럼 하얀 귀밑털.
2297) 팔자아황(八字蛾黃) : 아름답게 화장한 눈썹과 얼굴. *팔자(八字); 눈썹. 팔(八)자 모양으로 생긴데서 쓴 말. *아황(蛾黃): 예전에 여자들이 얼굴에 바르던 누런빛이 나는 분. 또는 '분바른 얼굴'을 이르는 말.
2298) 쌍졍(雙睛) : 두 눈동자.
2299) 무삼 : 무슨. 무엇인지 모르는 일이나 대상, 물건 따위를 물을 때 쓰는 말.
2300) 녕당(令堂) : 남의 어머니를 높여 이르는 말. =자당(慈堂).

"그러치 아니타. 과인과 현비 비록 유츙지년(幼沖之年)이나 외람이 쳔승(千乘)의 작위를 쯰여 일방(一邦)의 모림(冒臨)ᄒ여셔, 뎨(諸) 둉묘(宗廟)를 밧드오니 그 궁듕 쇼쇽이 녀군(女君)을 짐살(鴆殺)코ᄌ【64】ᄒ믈 범연이 다ᄉ리지 못ᄒ리로 쇼이다."

비 공경(恭敬) 문파(聞罷)의 념용(斂容) ᄉ왈(謝曰),

"뎐하 명교(明敎)를 듯ᄌ오니 더옥 불민(不敏)ᄒ믈 숑연(悚然)ᄒ나이다. 이ᄂᆞᆫ 간비(姦婢) 치션의 작ᄉ(作事)오, 요비 제 어미 죽으미 쳡의 빌믜2301가 함독(含毒)ᄒ미라. 간계(姦計) 픽루(敗漏)ᄒ니 타일의 잡을 진딕 가엄(家嚴)이 즁치(重治)ᄒ실 거시오, 잡지 못ᄒ여도 다시 변을 짓지 못ᄒ리니, 규포(窺捕)ᄒ기를 파(罷)ᄒ시고 믈시(勿施)ᄒ시믈 ᄇ라ᄂᆞ이다."

왕이 답왈(答曰),

"향ᄌ(向者)의 모【65】부인이 여츨히 명ᄒ시ᄂᆞᆫ 고로 임의 녕(令)을 ᄂᆞ리와시니, 믈시ᄒᄆᆞᆫ 되지 못ᄒᆞᆯ 일이로ᄃᆡ, 딕져(大抵) 졈ᄉ(占辭)의 가셩(姓) 녀ᄌ의 지쵹(指囑)을 밧다 ᄒ여시니, 요녀의 ᄉ괴ᄂᆞᆫ '가셩ᄌ(姓者)ᄂᆞᆫ 눌을 니르믜고?' 궁힉(窮覈)ᄒᆞᆫ즉 알녀니와, 현비 일노써 불안ᄒ시믈 알니로쇼이다."

비 악연(愕然)ᄒ여 냥구묵연(良久默然)이러니 계상(啓上)2302 딕왈(對曰)

"모부인(母夫人) 신명(神明)2303이 먼 일을 빗쵀시니, 요비를 잡으믄 념(念)ᄒᆞᆯ 빅 아니로ᄃᆡ, 형벌노써 뭇ᄂᆞᆫ 으릐 호망(糊妄)2304【66】ᄒᆞᆫ 언ᄉ(言辭) 익믜ᄒᆞᆫ ᄉ름의게 년누(連累)ᄒ미 잇실가 일노써 불안ᄒ온지라. 딕인긔 알외시고 불문쳐살(不問處殺)ᄒ시믈 원ᄒᆞᄂᆞ이다."

왕이 그 ᄯᅳᆺ을 알고 탄(歎)ᄒ여 굴오딕,

"현비의 어진 덕이 여츨ᄒ시니, 악인이 빅가지로 계교ᄒ여도 일우지 못ᄒᆞᆯ지라. 엇지 현비의 ᄯᅳᆺ을 져바리이오. 일한(日寒)이 심ᄒ고 신질(身疾)이 미츠(未差)ᄒ시니, 상(床)의 올나 실셥지 마르쇼셔."

비 감ᄉᄒ여 동용(動容)2305 ᄉ례ᄒ더라.

명일의 진【67】왕이 위부의 문안ᄒ여 취숑각의 나ᄋ가니, 부인긔 비의 ᄯᅳᆺ을 알왼딕, 부인 왈,

"비의 셩심이 비록 아름다오나, 요비의 계교 ᄲᆞᆫ 아니니 엇지 져만 다ᄉ리이오."

ᄒ더니, 치션 잡으믈 고ᄒᄂᆞᆫ 바의 가·호 냥한(兩漢)을 아오로 잡ᄋ시믈 듯고, 부인 말ᄉᆷ이 올ᄒᆞᆯ 더옥 씨ᄃᆞ라, 상국(相國)긔 고ᄒ여 쳐분(處分)을 쳥코져 ᄒ니, 부인이

비의 불평(不平)흐믈 기유(開諭)코져 흐여 진궁의 노오가미, 그 손을 잡고 병을 무른 【68】 후, 인흐여 위로 왈,

"현비 치션을 불문쳐살코즈 흐시믄 넘네 깁흐시믈 알 거시로딕, 요악흔 무리 셔로 표리(表裏) 화응(和應)흐여2306) 모계(謀計)흐미 일됴일셕(一朝一夕)이 아니라. 엇지 간정(奸情)을 뭇지 아니코 죽여, 묵은 삭스로2307) 흐여곰 우로(雨露)의 번싱(繁生)케 흐리오."

연비 머리를 슉여 옥슈(玉手)로 방셕(方席)을 어로만져 슈이 딕(對)치 못흐더니, 몸을 니러 졀흐고 다시 업딕여, 고흐여 굴오딕,

"요비의 작얼(作孽)은 미쳡(微妾)을 미원(埋怨)2308)흐오미라. 【69】 엇지 굿흐여 타인의 지쵹(指囑)을 바드미리잇고? 형위(刑威)로 무르시믈 인흐여 옥셕(玉石)을 구분흐올가 두려흐오미오. 일이 거츨고 말이 연(然)흐와 녀염(閭閻) 미셰(微細)흔 스괴(事故) 셩총(聖聰)의 번득흐미2309) 되올가 툭쳑(踧惕)흐미로쇼이다."

인언(因言)2310)의 즈참(自慙) 불안(不安)흐여 뉴미(柳眉)의 그림지 모히고, 쌍셩(雙星)이 기리 나죽흐여 희미흔 홍운(紅雲)이 쵸췌(憔悴)흔 귀밋출 침노(侵擄)흐니, 운발(雲髮)이 삽삽(澁澁)흐여 봉익(鳳翼)의 드리워, 션연(嬋娟)흔 틱도의 슈란(羞赧)2311) 【70】 흐믈 먹음어시니, 졀셰(絶世)흔 긔질이 더욱 긔이흔지라.

부인이 익련(愛憐) 감동(感動)흐여 그 셤슈를 잡고 느금(羅衾)으로 엇개를 フ리와 굴오딕,

"현비의 어진 덕을 모로지 아니나, 오히려 밋쳐 살피지 못흐미 잇는가 흐느니, 치션을 지쵹(指囑)흐미 흔又 심규(深閨)의 잇신즉, 가히 훗 근심이 업슬 빅로딕, 픠려(悖戾)흔 무리 요물(妖物)을 씨고, 현비의 부부를 흔가지로 히코즈 흐여신즉, 협동(脅從)2312)을 죽이고, 근본을 무더 슈풀의 【71】 업딘 니미(魑魅)2313), 밤을 타 다시 작난흐미, 후화(後禍)는 젼즈(前者)의셔 교밀(巧密)흐리니, 져의 빅가지 흉계를 발(發)흐나 두려올 빅 업스딕, 다스리미 더옥 번거흐미2314), 연누(連累)흐

2306) 화응(和應)흐다 : 화답하여 응하다. 또는 화답하여 함께 느끼다.
2307) 삭스로 : 삭스-으로. 싹으로. *삭스: 싹. 씨, 줄기, 뿌리 따위에서 처음 돋아나는 어린 잎이나 줄기. 늑싹눈.
2308) 미원(埋怨) : 원한을 품음. 또는 그 원한.
2309) 번득흐다 : 물체 따위에 반사된 큰 빛이 잠깐 나타나다. 또는 그렇게 되게 하다.
2310) 인언(因言) : 말로 말미암다. 말로 인(因)하다.
2311) 슈란(羞赧) : 부끄러워 얼굴을 붉힘.
2312) 협동(脅從) : 남의 위협에 못 이겨 복종함. 또는 그러한 사람.
2313) 니미(魑魅) : 얼굴은 사람 모양이고 몸은 짐승 모양으로 되어 있다는 네발 가진 도깨비. 사람을 잘 홀리며 산이나 내에 있다고 한다.
2314) 번거흐다 : 조용하지 못하고 자리가 어수선하다.

미 졈졈 더으고, 작죄(作罪) 깁흐무로 벌(罰){벌}이 졈졈 듕(重)홀지라. 이는 도로혀 그 악을 길우고 죄룰 길워 친의(親愛)룰 아됴 멸호미 되지아니라! 무릇 병이 깁지 아나셔 곳치면 약(藥) 쓰미 경(輕)ᄒ고, 깁히 고항(膏肓)2315)의 든즉 곳치미 슈고롭ᄂ니, 상공이 임의 혜아리시 【72】 믈 닉이2316)ᄒ여 그 죄악이 듕치아나셔 다ᄉ려 인명으로 ᄒ여금 ᄉ지(死地)의 님(臨)치 아니케 ᄒ고ᄌ ᄒ시ᄂ니, 현비ᄂ 몸을 평안이 ᄒ시고 귀쳬룰 됴호(調護)ᄒ소셔.”

진비 복지문교(伏之聞敎)2317)의 돈연(頓然)이2318) 씨ᄃ라, 다만 셔연(徐然)이니러 빅ᄉ(拜謝)홀 ᄯ름이러라.

시시(是時)의 황후낭낭이 진왕비의 침병(寢病)ᄒ믈 드르시고 경녀(驚慮)ᄒᄉ 상궁(尙宮) 시ᄋ(侍兒) 연(連)ᄒ여 왕ᄂᄒ더니, 치독지ᄉ(置毒之事)룰 드르시고 딕경ᄒᄉ 소난영을 불너 무르시니, 소상궁이 ᄌ쵸 【73】 지둉(自初至終)이 쥬(奏)ᄒᄂ 바의 셰밀지ᄉ(細密之事)룰 일일(一一)○[이] 진쥬(盡奏)ᄒ니, 휘 ᄀ로오ᄉᄃᆡ,

“요녀(妖女)의 간악한 힝흉(行凶)을 지쵹(指囑)ᄒᄂ ᄌ룰, 비ᄂ 임의 ᄉ못고, 니ᄆᆡ(李妹) ᄯ혼 아ᄂ도다.”

난영이 드듸여, 가빙낭의 젼후 불쵸(不肖)흠과 치션을 숨기고 말ᄒ다가, 기뫼(其母) 여ᄎ여ᄎ 죽이고ᄌ ᄒ더니, 그 아븨 여ᄎ히 션을 노ᄒ니, 연시 거거(哥哥) 긔 글을 붓침과 연공의 답셔(答書)룰 비빈(卑輩)로 인ᄒ여 드르믈 알외고, 연비(妃) 그 딕인의 셔ᄉ(書辭)로 진왕긔 【74】 쳥ᄒ니, 니부인과 위승상의 여ᄎᄒ여 아오로 가도와시되, 위공이 비의 병심이 불평홀가 넘녀ᄒ여 아직 다ᄉ리믈 지지(遲遲)ᄒ믈 다 쥬달(奏達)ᄒ니, 그 가온디 가창이 악모룰 욕ᄒ고 부인을 튤(黜)ᄒ여, 연시 불슈셩식(不垂聲色)2319)ᄒ여 ᄌ연이 진졍(鎭靜)ᄒ믈 다 드르시고, 일변(一邊) 우으시고 일변(一邊) ᄎ탄(嗟歎)ᄒ시더니, 텬지 ᄂ뎐의 드르시니 일일히 고ᄒ시더라. 【75】

2315)고항(膏肓) : 심장과 횡격막의 사이. 고는 심장의 아랫부분이고, 황은 횡격막의 윗부분으로, 이 사이에 병이 생기면 낫기 어렵다고 한다.
2316)닉이 : 익히. 어떤 일을 여러 번 해 보아서 서투르지 않게.
2317)복지문교(伏之聞敎) : 엎드려 가르침을 받음.
2318)돈연(頓然)이 : 돈연(頓然)히. 어찌할 겨를도 없이 급하게.
2319)블슈셩식(不垂聲色) : 말소리와 얼굴빛에 당황함을 드러내지 않음.

화산션계록 권지삼십칠

시시의 상이 놀나 글오스딗,

"추시(此事) 풍화(風化) 쇼관(所關)이니 녀염(閭閻) 쇼민(小民)의 집의 난 변(變)이라도 법뷔 (法部) 다스릴지라. 흐믈며 진왕비냐?"

흐시고,

"니시의 니른바, 병이 깁지 아냐셔 치료흐고 악인의 쇠 젹어셔 다스리미 지극흔 말이라."

흐스, 명일 됴회의 위연 냥공의게 실문(悉問)흐시니, 냥공이 부복흐여 일일히 진쥬(盡奏)흐니, 상이 형부의 명흐스 '다스려 실쵸를 【1】 바드라' 흐시니, 형부상셰 즉일의 치션과 가·호 냥인을 엄형으로 져쥬니2320), 듕장지하(重杖之下)의 감히 숩기지 못흐여, 즈쵸(自初)를 셰셰 복쵸(服招)흐믹, 그 가온딗 긔부인 과거(過擧)와 연공 남믹 딗효(大孝)와 진비 오셰(五歲) 유 (幼兒)로 가반을 즐퇴흐는 긔이흔 스덕(事跡)이 표표(表表)흐니, 문견직(聞見者) 칙칙(嘖嘖) 탄복흐믈 마지 아니 흐더라.

이에 치션을 결박흐여 진부로 가 무고(巫蠱)를 파니게 흐고, 이 일을 구져 탑젼(榻前)2321)의 쥬문(奏聞)흔 딗, 상이 명 【2】 흐스, '가창을 잡으 무르라' 흐시니, 관치(官差) 가부의 달녀가믹, 씌의 연부인이 머리를 쓰고 눈을 감으 보며 드르미 업더니, 냥직(兩子) 호읍(號泣)흐여, 동데(從弟) 반이 노복을 속여 기뫼(其母) 도관(道觀)의 간다 하고 치션과 호증을 너허 가다가 잡혀가믈 고흐니, 부인이 묵연(默然) 냥구(良久)의 기리 탄식고 말을 아니터니, 명일의 연공이 가·호의 복쵸를 딗강 긔별(奇別)2322)흐고, '형부 왕공긔 밀통흐여 쥬션(周旋)을 통흐고, 위공이 푸러 【3】 알왼다 흐니, 깁히 넘녀흘 빅 아니라.' 흐여시나, 오히려 참괴(慙愧) 욕스(欲死)흐니, 죄명의 경(輕)흠과 벌의 늣츄믈 깃브믈 삼을 빅 아니라. 삼즈와 냥뷔 호읍(號泣) 통도(痛悼)흐고, 가창은 넉시 날고 담이 써러져 빙낭을 품고 부녜 우는 눈물이 창히(滄海) 쇼쇼(蕭蕭)흐더니, 관치 돌입흐여 잡으닉니, 망극(罔)

2320) 져쥬다 : 형문(刑問)하다. 신문(訊問)하다.
2321) 탑젼(榻前) : 임금의 의자 앞.
2322) 긔별(奇別) : 다른 곳에 있는 사람에게 소식을 전함. 또는 소식을 적은 종이.

極)2323) 혼도(昏倒)2324)ᄒ여 부르지져 굴오ᄃᆡ,

"ᄂᆞᄂᆞᆫ 곳 ᄉᆞ티우(士大夫)요, 연참졍의 ᄆᆡ뷔(妹夫)라. 참졍이 평일의 날을 관ᄃᆡᄒ니 이 【4】런 일의 당당이 셜녁(設力)2325)홀지라. 날을 노코 가 '병드러 운신(運身)치 못ᄒ더라' ᄒ면, 너희 등의 은혜를 듕히 갑흐리라."

은ᄌᆞ를 ᄂᆡ여 난화 쥬고 빌기를 간졀이 흐ᄃᆡ, 관ᄎᆞ(官差) 듯지 아냐 왈,

"셩지 ᄂᆞ리ᄉᆞ 잡ᄋᆞ드리라 ᄒ시니, 감히 ᄉᆞ스로이 노치 못ᄒ리니 비록 관졍(官庭)의 가셔도 실진무은(實陳無隱)2326)ᄒ신즉 형댱(刑杖)을 바드실 일이 업고, 연시랑 노애(老爺)이 일이 난 후, 형부관원과 금오댱군(金吾將軍)2327)의 《츄일‖츅일(逐日)2328)》ᄒ여 왕ᄂᆡᄒ【5】시니 두려오미 업스리이다."

가챵이 져기 심신이 졍(定)ᄒ여 잡혀가니, 삼지 울며 ᄶᅩᆯ와 가 아문 밧긔 업듸엿더니, 형부 낭관이 ᄎᆡ션을 압녕(押領)ᄒ여 진부 무고(巫蠱)를 파니고 흉예지믈(凶穢之物)2329)을 거두어 도라오믈 보니, 가챵은 심담이 ᄇᆞᆼᄋᆞ지ᄂᆞᆫ 듯 넉시 업셔 ᄎᆞ마 보지 못ᄒ고, 가싱 등은 가슴을 치고 죽고ᄌᆞ ᄒ더라.

가챵을 ᄭᅳ어 드리ᄆᆡ 임의 혼ᄇᆡᆨ을 일허 쥬검이 되엿ᄂᆞᆫᄃᆡ, 관ᄎᆡ의 가【6】ᄅᆞ친 바의 실진무은(實陳無隱)2330)ᄒ라 ᄒ믈 드러 작죄ᄉᆞ(作罪事)를 셰셰이 고홀ᄉᆡ, 녀ᄋᆞ의 말을 듯고 진왕의게 혼인코ᄌᆞ 악모를 다릭ᄃᆞ가 듯지 아니믈 노ᄒ여, 인ᄒ여 악모를 곤욕ᄒ고 부인을 츌거(黜去)ᄒ며 삼ᄌᆞ를 치고 다시 진왕부부를 히코ᄌᆞ ᄎᆡ션을 결납(結納)ᄒ고, 가호 냥인으로 모의ᄒ믈 ᄒᆞᆫ 일도 유루(遺漏)치 아니코 이실고지(以實告之)2331)ᄒ니, 형부상셔와 좌우시랑이 그 인ᄉᆞ(人士)2332)를 긔괴(奇怪)히 넉이고, 【7】 낭관하리(郎官下吏)의 니르히2333) 우음을 참지 못ᄒ니, 셔

2323)망극(罔極) : 한이 없는 슬픔. 보통 임금이나 어버이의 상사(喪事)에 쓰는 말이다. =망극지통.
2324)혼도(昏倒) : 정신이 어지러워 쓰러짐.
2325)셜력(設力) : 힘을 써 도와줌.
2326)실진무은(實陳無隱) : 숨김없이 모두 이야기함.
2327)금오댱군(金吾將軍) : 고려시대 금오위(金吾衛)에 속한 장군. *금오위(金吾衛); 고려시대 군제(軍制). 육위(六衛)의 하나. 왕도(王都) 내외의 요소를 순찰하는 임무를 맡아보던 군대로, 일종의 경찰 부대였는데 뒤에 비순위·비변위(備邊衛)로 고쳤다. 태조 4년(1395)에 신무시위사로 고쳤다.
2328)(逐日) : 하루도 거르지 않고 날마다.
2329)흉예지믈(凶穢之物) : 무속(巫俗)에서 방자를 할 때 쓰는 해골(骸骨)이나 인형(人形) 따위의 요사스럽고 흉측한 물건. =요예지물(妖穢之物).
2330)실진무은(實陳無隱) : 숨김없이 모두 이야기함.
2331)이실고지(以實告之) : 사실 그대로 알림.
2332)인사(人士): ①사회적 지위가 높거나 사회적 활동이 많은 사람. ②((흔히 부정적인 말과 함께 쓰여)) (예스러운 표현으로) '사람'을 낮잡아 이르는 말.
2333)니르히 : 이르도록. *이르다: 어떤 정도나 범위에 미치다.

로 ᄀ마니 일오ᄃᆡ,

"긔부인은 엇던 인물이완ᄃᆡ 그리 착ᄒᆞ고 아름다온 녀ᄌᆞ를 가져 츅ᄉᆡᆼ(畜生)2334) 을 쥬고 쏘 욕 먹으니 과연 이들온2335) 부인닉로다."

ᄒᆞ고, 연부인의 녀ᄋᆞ를 익살(縊殺)코ᄌᆞ ᄒᆞ던 마ᄃᆡ2336)의ᄂᆞᆫ 각각 추탄ᄒᆞ기를 마지 아니ᄒᆞ니, 이 옥ᄉᆞ(獄事) 나무로2337) 긔부인의 시비를 아니리 업스니, 연공의 친우 제공은 연공의 효우를 감동ᄒᆞ여 일언을 아니ᄒᆞ나, 무식하류(無識下類)【8】의 ᄀᆞ만ᄒᆞᆫ 말을 엇지 다 금(禁)ᄒᆞ리오.

어시의 형부 왕상셔ᄂᆞᆫ 여공의 친옹이오 양샹셔 져뷔(姐夫)니 극진이 두호(斗護)ᄒᆞ여 쥬달(奏達)ᄒᆞᆯ ᄉᆡ,

"가창의 인ᄉᆡ 어리고 밋쳐 독슈(足數)ᄒᆞᆯ2338) 거시 업고 죄를 ᄌᆞ복(自服)ᄒᆞ여 숨기지 아니니, 형벌(刑罰)노 더을 거시 업ᄂᆞ이다."

ᄒᆞᄃᆡ, 상이 우으시고 죄인을 쳐결ᄒᆞ실 ᄉᆡ, 가창의 쳐 연시 효셩(孝誠)되며 부덕(婦德)이 슉진(淑眞)ᄒᆞ믈 드르시미 ᄌᆞ셔(仔細)ᄒᆞ신지라. 가창의 죄악을 늣츄어 기쳐(其妻)의 현덕을 갑고져 ᄒᆞ【9】시니, 몬져 가반과 호증을 다시 즁형(重型)ᄒᆞ여 졀역(絶域)의 츙군(充軍)ᄒᆞ고, 가창의 죄 ᄎᆞ비(此輩)로 다르미 업스ᄃᆡ, 기쳐(其妻) 연시의 덕ᄒᆡᆼ이 츌군(出群)ᄒᆞ니 포장(褒奬)ᄒᆞᄉᆞ 감등(減等)ᄒᆞ여 원지(遠地)의 졍비(定配)ᄒᆞ고,

"가빙낭은 이 곳 슈악(首惡)이로ᄃᆡ, 규즁 미ᄋᆡ(美兒) 기뫼(其母) 현쳘ᄒᆞ니 독히 다스릴지라, 뭇지 말나."

ᄒᆞ시고.

"홀노 치션이 간활(奸猾) 여(女)동으로 작죄(作罪)ᄒᆞ니 가히 요ᄃᆡ(饒貸)2339)ᄒᆞᆯ 빈 아니라. 의뉼졍법(擬律正法)2340)ᄒᆞ여 후인을 징계ᄒᆞ라."

ᄒᆞ시며,

"호증의 쵸ᄉᆞ(招辭)의 난 바 녀승【10】운심이 요악ᄒᆞᆫ 무고(巫蠱)를 ᄀᆞ르치고 요괴로온 약을 지어 ᄉᆞ름을 혹(惑)게 ᄒᆞ니, 잡아 그 당뉴(黨類)를 아오로 버히라."

2334)츅ᄉᆡᆼ(畜生) : 사람답지 못한 짓을 하는 사람을 낮잡아 이르는 말.
2335)이달오다 : 애달프다. 마음이 안타깝거나 쓰라리다.
2336)마ᄃᆡ : 마디. 말, 글, 노래 따위의 한 도막.
2337)나다 : 어떤 현상이나 사건이 일어나다.
2338)독슈(足數)ᄒᆞ다 : 꾸짖다.
2339)요ᄃᆡ(饒貸) : 너그러이 용서함.
2340)의뉼졍법(擬律正法) : 법을 적용하여 사형에 처함. *정법: 예전에, 죄인을 사형에 처하던 형벌.늑정형.

ᄒᆞ시니,

금오나졸(金吾羅卒)[2341]이 호즁을 미여 녕(領)ᄒᆞ여[2342] 산ᄉᆞ의 가 운심 니고
(尼姑)를 잡을 ᄉᆡ, 그 동뉴를 아오로 미여 도라오니, 원닉 운심은 뎐됴(前朝) 궁
녀로 위틱비의 복심(腹心)이라. 무궁ᄒᆞᆫ 죄악이 살지무셕(殺之無惜)[2343]이로ᄃᆡ, 님
군이 혼미ᄒᆞ여 져의 동반(同班) 일인으로 더브러 도망ᄒᆞ여 산ᄉᆞ의 가 승(僧)이
되니, ᄂᆞ라히 밧고이【11】미 됴히 살믈 어덧더니, 텬되(天道) 쇼쇼(昭昭)ᄒᆞ여 맛
ᄎᆞᆷ내 잡힌지라.

져쥬어 승니(僧尼)[2344]의 몸으로 흉ᄉᆞ를 져즈러 인심을 현혹(眩惑)○○○○[ᄒᆞ
믈 문쵸]ᄒᆞ더니, 신금외 셕일 진왕을 구ᄒᆞ려 귀복(鬼服)을 닙고 양노궁 쳥하(廳
下)의 슘어실 ᄯᆡ, 운심이 약 너흔 진미(珍味)를 ᄀᆞ져 왕을 먹이고 양양(揚揚)이
힝악(行惡)ᄒᆞ믈 졀치ᄒᆞ엿더니, 오늘날 그 면목(面目)을 가히 씨칠지라.

왕공을 향ᄒᆞ여 통(通)ᄒᆞ고 근본을 져쥬니, 운심이 임의 죽기를 님ᄒᆞ여 즁형
【12】을 다시 바드니 엇지 슘기리오.

드듸여 직쵸(直招)ᄒᆞ여 져의 옛 죄를 알외고, '동반(同班) 취요로 더브러 틱비
의 화를 도망ᄒᆞ여 츌가(出家)ᄒᆞ여, 히 오린 고로 ᄉᆞ오나온 죄악을 다시 범ᄒᆞ여 즈
싱ᄒᆞ더니이다.' ○○[ᄒᆞ니], 이에 취요를 져쥬어 ᄒᆞᆫ가지로 복쵸ᄒᆞ미, 이 일노써 텬
ᄌᆡ긔 쥬ᄒᆞ니, 상이 진왕을 명쵸(命招)ᄒᆞᄉᆞ 니르시고 공교히 ᄎᆞᄌᆞ 원슈 갑ᄒᆞ믈 깃
거 ᄒᆞ시니, 왕이 비복ᄉᆞ은(拜伏謝恩)ᄒᆞ더라.

이에 '냥녀를 치션으로 더브러 ᄒᆞᆫ가지【13】로 버히라' ᄒᆞ시고, 가호 냥젹을 모
라 녕히 밧긔 닉치다.

셕일의 진비 가반을 ᄭᅮ지져,

"너 비록 쇼쇼(小小) 유녜(幼女)나 너 ᄀᆞᆺᄒᆞᆫ 무륜픽리(無倫悖理)[2345]ᄒᆞᆫ 잡죵을
다 ᄡᅳ리쳐 맑은 셰상의 용납지 아니리라."

ᄒᆞ믈, 맛치미러라.

ᄌᆞ셜, 진왕비 뎡부인○[의] 신긔ᄒᆞᆫ 약녁(藥力)을 힘닙어 병셰 날노 물너ᄂᆞ니,
쇼셰를 일우고 병장(屏帳)[2346]을 것고져 ᄒᆞ더니, 형뷔 치션을 압녕(押領)ᄒᆞ여 영

2341) 금오나졸(金吾羅卒) : 조선 시대에, 의금부에 속하여 관할 구역의 순찰과 죄인을 잡
아들이는 일을 맡아 하던 하급 병졸.
2342) 녕(領)ᄒᆞ다 : 거느리다. 다스리다.
2343) 살지무셕(殺之無惜) : 죽여도 아깝지 않다는 뜻으로, 죄가 매우 무거움을 이르는 말.
2344) 승니(僧尼) : 『불교』 비구와 비구니를 아울러 이르는 말.
2345) 무륜픽리(無倫悖理) : 인간으로서의 도리를 차리지 않고 이치에 어그러진 행동을
함.
2346) 병장(屏帳) : 병풍과 장막을 아울러 이르는 말.

농뎐과 즈긔 침쇼 문희뎐의 미치(埋置)ᄒᆞᆫ 흉예지 【14】 믈을 파ᄂᆡ니, 그 쉬(數)
무궁ᄒᆞᆫ지라. 골경신ᄒᆡ(骨驚身骸)2347)ᄒᆞ거늘 비로쇼 복쵸(服招)2348)를 ᄒᆞᆫ 바의, 몬
져 ᄎᆞ즁(茶中)의 독을 너허 병셰를 쳠가(添加)ᄒᆞ며, 니어 짐독(鴆毒)으로 ᄒᆡᄒᆞ고
황황(遑遑)ᄒᆞᆫ ᄉᆞ이의, 왕의 음식 ᄀᆞ온ᄃᆡ 독을 너허 즈긔 부부를 일방(一放)2349)
의 셔릇고져2350) ᄒᆞ던 바와, 일이 니지 못ᄒᆞ매 호즁으로 더브러 가반의 어미 산
ᄉᆞ(山寺)의 간다 ᄒᆞ여, 교즈 타고 북문 밧 도관(道觀)의 슘고, 가반은 뷘 교즈(轎
子)를 시러 도라온 후, ᄉᆞ오나온 도ᄉᆞ와 ᄉᆞ특(邪慝)ᄒᆞᆫ2351) 녀승을 ᄉᆞ괴 【15】 여
묘계(妙計)로 다시 왕과 비를 ᄒᆡ코져 ᄒᆞ던 간계를 드르니, 한한(寒汗)2352)이 쳠의(沾
衣)2353)ᄒᆞ고 모골(毛骨)이 구숑(懼悚)ᄒᆞ거늘2354) 이 흉ᄒᆞᆫ 계괴 다 빙낭의 ᄀᆞ르치미
니, 흔갓 즈긔만 ᄒᆡ(害)ᄒᆞ려 ᄒᆞ던 흉계 아니믈 보아, 참황욕ᄉᆞ(慙惶欲死)2355)ᄒᆞ니 관
잠(冠簪)을 탈(脫)ᄒᆞ고 쟝복(章服)2356)을 믈니쳐, 하실(下室)의 셕고(席藁)ᄒᆞ여 왕의
처분을 기다려 ᄃᆡ죄(待罪)ᄒᆞ니, 녀·한 등 모든 샹궁이 황황실식(惶惶失色)ᄒᆞ여 뫼셔
거젹 밧긔 쑤러시니, 연비 한·녀 낭인을 ᄉᆞ양(辭讓)ᄒᆞ여 도라가 직ᄉᆞ(職事)를 슬피
【16】게 ᄒᆞ고, 은셤과 영빈을 좌우의 두니, 오직 쇼샹궁이 뫼셔 믈너가지 아니ᄒᆞ더
라.

시의 진왕이 모든 요예지물(妖穢之物)2357)을 거두어 형부 쇼쇽(所屬)을 쥬어 보ᄂᆡ
고, 승샹긔 고ᄒᆞ고 다시 취숑각의 문안ᄒᆞ니, 니부인이 미우(眉宇)를 찡긔여 굴오ᄃᆡ,

"연비 향일(向日)의 치션 요녀를 믓지 말고 쥭이기를 쳥ᄒᆞ다가, 이졔 요비의 복쵸
(服招)2358)를 보고, 영농뎐 무고(巫蠱) 파ᄂᆡ믈 황축ᄌᆞ참(惶蹙自慙)2359)ᄒᆞ여 거죄(擧
措) 평샹치 아니시리니, 즁병지여(重病之餘)의 실셥(失攝) 【17】 ᄒᆞ미 반듯ᄒᆞᆯ지라. 뎐
희 밧비 가 위로ᄒᆞ쇼셔. 뎡민(妹)의 쇼견을 듯건ᄃᆡ, '금번 병근(病根)이 심번여란(心

2347)골경신ᄒᆡ(骨驚身骸) : '온 몸과 뼛속까지 다 놀란다.'는 뜻으로, 뜻밖의 일로 몹시 놀
   람을 이르는 말.
2348)복쵸(服招) : 문초를 받고 순순히 죄상을 털어놓음.
2349)일방(一放) : 한 방(放). *방(放): 주먹, 방망이 따위로 치는 횟수를 세는 단위. *여
   기서는 '음식에 독약을 한 번 타는 행위'를 이른 말.
2350)셔릇다 : 거두어 치우다. 아주 없애버리다. *여기서는 '죽이다'의 뜻으로 쓰였다.
2351)ᄉᆞ특(邪慝)ᄒᆞ다 : 사특(邪慝)하다. 요사스럽고 간특하다.
2352)한한(寒汗) : 식은 땀.
2353)쳠의(沾衣) : 옷을 적심.
2354)구숑(懼悚)ᄒᆞ다 : 두려워 몸을 옹송그릴 정도로 오싹 소름이 끼치다.
2355)참황욕ᄉᆞ(慙惶欲死) : 몹시 부끄럽고 두려워 죽고자 함.
2356)쟝복(章服) : 『복식』 옛날 벼슬아치들의 공복(公服).
2357)요예지물(妖穢之物) : 무속(巫俗)에서 방자를 할 때 쓰는 해골(骸骨)이나 인형(人
   形) 따위의 요사스럽고 흉측한 물건.
2358)복쵸(服招) : 문초를 받고 순순히 죄상을 털어놓음.
2359)황축ᄌᆞ참(惶蹙自慙) : 두려워 몸을 움츠리며 스스로 부끄러워 함.

煩如亂)2360)ᄒᆞ여 슈참(愁慘)ᄒᆞ미 영원(鴒原)2361)이 요요(搖搖)ᄒᆞ2362) 고(故)로 갈홰(葛花)2363) 셩(盛)ᄒᆞ거늘 닝긔(冷氣) 협감(挾感)2364)ᄒᆞ미라' ᄒᆞ니, 싱각건디 긔부인 회과(悔過)로 됴ᄎᆞ 셕ᄉᆞ(昔事)ᄅᆞᆯ 들츄어 첩 등과 뎐히 다 드르믈 참괴(慙愧)ᄒᆞ여 병근이 빌믜ᄒᆞᆫ가2365) ᄒᆞᄂᆞ니, 심녀(心慮)로써 도도고 풍한(風寒)의 쳠가(添加)ᄒᆞᆯ가 두려ᄒᆞᄂᆞ이다."

왕이 경녀(驚慮)ᄒᆞ여 궁으로 도라오【18】니 과연 비의 ᄌᆞ최 업ᄂᆞᆫ지라. 놀나 연고(緣故)ᄅᆞᆯ 무른디, 한상○[궁]이 비의 ᄯᅳᆺ을 고ᄒᆞ고, 하실(下室)의 디죄(待罪)ᄒᆞ시믈 알외니, 왕이 도로혀 어히 업셔 함쇼(含笑)ᄒᆞ고 친히 쇼당(小堂)의 니르니, 비 셕고(席藁)2366)의 ᄭᅮ러 유유히 참ᄉᆡᆨ(慙色)을 ᄯᅴ여시니, 빗 업슨 의상으로 화월(花月)의 졍긔(精氣) 더옥 표표ᄒᆞ니, ᄂᆞ᭸아가 붓드러 굴오디,

"현비 즁병지여(重病之餘)의 쇼완(蘇完)2367)ᄒᆞ미 머럿거늘 엇진 연고로 과거(過擧)ᄅᆞᆯ ᄒᆞ시ᄂᆞ뇨?"

비 안ᄉᆡᆨ의 참슈(慙羞) 츅쳑(踧惕)ᄒᆞ믈 ᄯᅴ여 안셔(安徐)히 쳥【19】죄 왈,

"미쳡의 ᄉᆞ친으로 인ᄒᆞ와 뎐하 귀체의 망극ᄒᆞᆫ 변이 밋ᄌᆞ오니 욕ᄉᆞ무지(欲死無地)여늘, ᄒᆞ믈며 쳡이 혼용(昏庸) 슈암(羞暗)ᄒᆞ여 치션의 간계(奸計) ᄒᆞᆫ ᄯᅩ 져의 쇼슐(所述)인가 ᄒᆞ여 불문쳐살(不問處殺)을 쳥ᄒᆞ온지라. 이제 ᄒᆞᆫ 무리 간인의 쵸ᄉᆞ(招辭)ᄅᆞᆯ 보건디 골경심한(骨驚心寒)ᄒᆞ니 업디여 뎐하의 다스리시믈 ᄇᆞ라ᄂᆞ이다."

왕이 흔연이 웃고 히유(解諭) 왈,

"셕(昔)에 쥬공(周公)이 관치(管蔡)2368)의 참언(讒言)을 맛나시니, 동긔지친(同氣

2360) 심번여란(心煩如亂) : 마음이 어지럽기가 난리를 만난 것과 같음.

2361) 영원(鴒原) : 척령재원(鶺鴒在原)의 준말, '할미새들이 뛰노는 벌판'이라는 말로, '우애 있는 형제'를 뜻하는 말이다. *척령(鶺鴒: 할미새) 『시경』〈소아(小雅)〉 '상체(常棣)'편의 "저 할미새들 벌판에서 뛰노니, 급할 때는 형제들이 서로 돕는구나. 좋은 벗은 항상 같이 있다고 해도, 그저 길게 탄식만을 늘어놓을 뿐이라네.(鶺鴒在原 兄弟急難 每有良朋 況也永歎)"라는 말에서 유래한 것이다.

2362) 요요(遙遙)ᄒᆞ다 : 매우 멀고 아득하다.

2363) 갈홰(葛花) : 갈화(葛花). 칡꽃. 칡의 덩굴에서 8월 한 여름에 피는 붉은 자주색 꽃. *본문의 '갈홰(葛花) 셩(盛)ᄒᆞ거늘'은 '칡꽃이 흐드러지게 피어난 8월 한여름'을 나타낸 말.

2364) 협감(挾感): 감기에 걸림.

2365) 빌믜ᄒᆞ다 : 빌미하다. 재앙이나 탈 따위가 생기는 원인이 되다.

2366) 셕고(席藁) : 거적. 짚을 두툼하게 엮거나, 새끼로 날을 하여 짚으로 쳐서 자리처럼 만든 물건. 허드레로 자리처럼 쓰기도 하며, 한데에 쌓은 물건을 덮기도 한다.

2367) 쇼완(蘇完) : 병이 완전히 나음. =완쾌(完快).

2368) 관치(管蔡) : 중국 주나라 문왕(文王)의 아들이자 무왕(武王)의 동생인 관숙(管叔)과 채숙(蔡淑)을 함께 이르는 말. 무왕(武王)이 죽고 형제 가운데 주공(周公)이 무왕의 어린 아들 성왕(成王)을 도와 섭정을 하자, 주공을 의심하여 반란을 일으켰다가, 관숙

至親)도 오히려 기도(開導)[2369]【20】치 못ᄒᆞᄉᆞ, 부득이 골육의 친이(親愛)를 멸ᄒᆞ신지라. 현비 져 간교ᄒᆞᆫ 녀ᄌᆞ의 불인(不仁)ᄒᆞᆫ 심슐을 엇지 ᄒᆞ리오. ᄉᆞ친(查親)[2370]이라 인혐(引嫌)[2371]ᄒᆞ미 가히 우읍지 아니리잇가? 이제 약질의 병을 더은즉, 고(孤)[2372]의 시름을 닐위고, 대인과 모부인○[긔] 셩녀(聖慮)를 ᄭᅵ치오미라. 괴(孤) 현비 알오믈 지괴로 ᄒᆞ더니, 엇지 ᄯᅳᆺ을 모로미 여ᄎᆞ ᄒᆞ시뇨? 인ᄒᆞ여 궁ᄋᆞ(宮兒)로 ᄒᆞ여곰 붓드러 정침(正寢)의 도라오니, 연비 부득이 사례ᄒᆞ고, 심ᄂᆡ(心內)의【21】감ᄉᆞᄒᆞ믈 니긔지 못ᄒᆞ더라.

정언간(停言間)의 상명(上命)이 계ᄉᆞ 왕이 입궐ᄒᆞ여 운심 등의 도망ᄒᆞᆫ ᄌᆞ최를 잡ᄋᆞ 복법ᄒᆞᆷ을 심ᄂᆡ 흔열(欣悅)ᄒᆞ니, 비를 딕ᄒᆞ여 ᄀᆞᆯ오ᄃᆡ,

"ᄎᆞ선의 작얼(作孽)이 고(孤)의 부부의 속으미 업고, 간당이 스스로 화를 밧거늘, 드듸여 셕일 망명(亡命)ᄒᆞᆫ 원슈를 ᄎᆞᄌᆞ 죽이니 쾌활ᄒᆞᆫ지라. 현비 ᄡᅥ(以)[2373] 불안이 넉이지 마르쇼셔. 가창의 죄ᄂᆞᆫ 텬지 여ᄎᆞ히 하교(下敎)ᄒᆞᄉᆞ 감등(減等)[2374]ᄒᆞ시고, 가·호 등을 다 버히고ᄌᆞ ᄒᆞ시다가, 딕인【22】이 알외ᄉᆞ ᄎᆞ비(此輩) 계괴(計巧) 쳔단(淺短)ᄒᆞ고 인명을 살히ᄒᆞ미 업ᄉᆞ니 관전(寬典)을 드리오시게 ᄒᆞᆫ 고로, 가·호 등이 살기를 어드미[니] 인연(因緣)ᄒᆞ여 가창의 죄 더 감ᄒᆞᆫ지라. 이 곳 현비의 ᄯᅳᆺ을 어엿비 넉이시미니 현비 무슴 불안ᄒᆞ미 잇ᄂᆞ뇨?"

비 ᄉᆞ례ᄒᆞ기를 마지 아니ᄒᆞ더라.

슈일 후 본부로 됴ᄎᆞ 드르니, 슉모 가부인이 하향(下鄕)ᄒᆞ기를 결(決)ᄒᆞᆫ다 ᄒᆞᄂᆞᆫ지라. 비 악연(愕然) ᄎᆞ상(嗟傷)ᄒᆞ여 흠질(欠疾)이 미ᄎᆞ(未差)ᄒᆞᄆᆞ로 친히 고별치 못ᄒᆞ【23】ᄂᆞᆫ ᄯᅳᆺ을 베퍼, 글을 올녀 슉모 긔거를 뭇ᄌᆞᆸ고, 금빅ᄎᆡ단(金帛采緞)으로 힝구(行具)를 도으며, 빙낭의게 금슈(錦繡) 보픽(寶貝)[2375]로[를] 보ᄂᆡ여 ᄶᅥᄂᆞᆫ 졍을 표ᄒᆞ여, 유모 은셤을 가부(府)로 보ᄂᆡ니라.

션시의 가부인이 댱부(丈夫)의 힝ᄉᆞ를 골돌ᄒᆞ고, 녀ᄋᆞ의 평싱을 근심ᄒᆞ여 식음을 물니치고 머리를 드지 아니ᄒᆞ더니, 셩은(聖恩)이 호탕(浩蕩)ᄒᆞᄉᆞ 죄악을 관셔(寬恕)ᄒᆞ시니, 감격(感激) 텬은(天恩)ᄒᆞ나 참괴(慚愧)코 슬푸믄 ᄂᆞ으미 업ᄉᆞᆫ지라. 부득이 가ᄉᆞ를

슬퍼 【24】 적힝을 출혀 보니고, 댱ᄌ 훈은 덕쇼(謫所)로 가니, ᄎᄌ 젼으로 ᄒ여곰 '비별(拜別)ᄒ라' ᄒ민, 결ᄒ여 빙낭을 죽이고ᄌ ᄒ더니, 가창이 님힝의 부인긔 글을 붓쳐 젼일을 스죄ᄒᆞᆯ시, 악모긔 불슌(不順)ᄒᆞᆷ믈 만만(萬萬) 칭죄(稱罪)ᄒ고, 말단(末端)의 글오ᄃᆡ,

"복(僕)2376)이 불쵸무상(不肖無狀)2377)ᄒ여 욕이 부모긔 밋ᄎ니, 죽어도 쇽죄(贖罪)키 어려온지라. 타ᄉ(他事)를 넘녀ᄒᆞᆯ 비 아니로ᄃᆡ, 부모의 현쳘(賢哲)ᄒᆞᆷ무로 복의 무도(無道)ᄒᆞᆷ믈 용셔ᄒ고, 부도(婦道)를 잡으미 지극ᄒ니, 【25】 붓그러오믈 무릅써 간졀이 비ᄂᆞᆫ 바의, 빙ᄋᆞᄂᆞᆫ 복의 쇼교ᄋᆡ(所嬌兒)2378)니, 비록 불쵸ᄒ나 이 곳 아비된 지복 ᄀᆞᆺ혼 무상(無狀)ᄒᆞ 아비를 맛난 연괴(然故)라. 부인이 녀ᄋᆞ를 통히(痛駭)ᄒ미 살명(殺命)을 ᄇᆞ야던2379) 바로써, 이제 만인의 타비(唾誹)2380)를 바드미, 더옥 쾌(快)히 죽여 명교(名敎)2381)의 스례(謝禮)코ᄌ 하리니, 복의 구구(口口)ᄒᆞᆫ 졍니(情理)를 슬펴 녀ᄋᆞ의 일명을 비노라."

ᄒ여시니, 부인이 가히 져바리지 못ᄒᆞᆯ지라.

빙낭을 계하(階下)의 ᄭᅮᆯ니고 슈죄(數罪)ᄒ미, ᄎ두(叉頭)2382)로 ᄒ여곰 오십 틱(笞)2383)를 즁타(重打) 【26】 ᄒ니, 빙낭이 모친의 엄ᄒᆞᆷ믈 두려ᄒ거ᄂᆞᆯ ᄒᆞ믈며 져의 죄틱산 ᄀᆞᆺᄒ니 죽기를 면치 못ᄒᆞᆯ가 망극ᄒ더니, 틱장을 바드니 ᄀᆞ마니 ᄒᆞᆫ 쇼릭를 못ᄒᆞᄂᆞᆫ지라. 부인이 상체 딕단ᄒᆞᆷ믈 보아 스(赦)ᄒ여 방즁의 드리고 ᄯᅩ 일댱(一場)을 통곡ᄒ고, 둉일(終日) 난타ᄒ며 졀졀(切切)이 경계ᄒ니 빙낭이 뉘웃고 두려ᄒ거ᄂᆞᆯ, 져 즈음긔 연공이 거간(居間)ᄒ여2384) 졍혼(定婚)ᄒ엿더니, 일세의 젼파(傳播)ᄒ미 퇴혼(退婚)ᄒᆞᄂᆞᆫ지라.

부인이 여러가지로 혜ᄋᆞ리미 ᄎᆞ마 경ᄉ(京師)의 머 【27】 믈 의식 업ᄂᆞᆫ지라. 향니(鄕里)의 도라가기를 졍ᄒ고 ᄎᆞᄌ(次子) 젼으로 ᄒ여곰 힝장을 출게 ᄒᆞᄃᆡ, 만니 젹힝(謫行)의 가산(家産)이 진탕(盡蕩)ᄒ니, 시러곰2385) 판득(辦得)ᄒᆞᆯ 길히 업더니, 진

2376)복(僕) : 저. '나'의 겸칭.
2377)불쵸무상(不肖無狀) : 못나고 어리석어 행실이 내세울 만한 것이 없음.
2378)쇼교ᄋᆡ(所嬌兒) : 사랑하는 아이.
2379)ᄇᆞ야다 : 재촉하다. 보채다.
2380)타비(唾誹) : 침을 뱉거나 튀기며 거세게 헐뜯어 말함.
2381)명교(名敎) : ①사람이 마땅히 지켜야 할 바를 가르침. 또는 그런 가르침. ②'유교(儒敎)'를 달리 이르는 말.
2382)ᄎ두(叉頭) : 차환(叉鬟). 주인을 가까이에서 모시는 젊은 계집종.
2383)틱(笞) : 볼기를 치다. 또는 그 치는 횟수를 세는 단위. *'笞(볼기칠 태)'의 원음(原音)은 '치'이고, '태'는 그 속음(俗音)이다.
2384)거간(居間)ᄒ다 : 사고파는 사람 사이에 들어 흥정을 붙이다. *여기서는 '중매(中媒)하다'의 의미로 쓰였다.
2385)시러곰 : 능히. 하여금.

부로 도츠 은셤이 니르러 금빅(金帛)2386) 나릉(羅綾)2387)을 시러 드리니, 부인이 눈물을 드리워 셔간을 볼 식, 간졀흔 말솜과 지극흔 셩심을 감복흐니, 빙낭은 붓그려 머리를 드지 못흐더라.

부인이 답간을 써쥬어 보닐식 탄왈,

"스룸의 션악을 인흐여 하날이 슈복(壽福)을 쥬시는지라. 【28】 진비는 니른 ○[바]딩인(大人)이라. 즈인후덕(慈仁厚德)과 슉뇨(淑窈)흐미 하날 덕음(德蔭)을 밧즈오니, 녹녹(碌碌)흔 무리 엇지 히흐리오. 즈죽지얼(自作之孼)을 바드미 텬되(天道) 쇼쇼(昭昭)흐니[미]라."

하더라.

은셤이 하직고 도라올식, 옛늘○[은]] 도로의 창황(悄怳) 분쥬(奔走)흐더니, 빗난 교즈의 츄둉(追從)이 옹후(擁後)흐여 복식이 화려흐니, 쥬인을 보호흐미 츙셩이 지극흐고 도리를 직희니 이러틋 영귀흐미라. 빙낭의 유뢰 붓그리고 셜워흐더라.

《셜포∥셜표(說表)2388)》 진왕비 침병(寢病) 일망(一望)2389)의 비 【29】 로쇼 신긔(身氣) 쾌건(快健)흐니, 왕긔 쳥흐고 위부의 하직흐여 본부의 귀령(歸寧)흐니, 온화흔 안식으로 팀모 상하(床下)의 쑤러, 쇼녀의 미질(微疾)을 인연흐여 슉모의 딩화(大禍)를 닐위고 팀모의 비회(悲懷)를 더으믈 스죄흐니, 팀부인이 옥슈를 잡고 뉴체 왈,

"이 엇지 네 병의 연괴리오. 치션 요둉(妖種)을 머믈워 화란을 비즈니, 독약으로써 오ᄋ(吾兒)를 위틱케 흐믈 넘(念)컨딕 심골이 다 썰니는지라. 노뫼 회과(悔過)흔 후 슈둘(守拙)2390)치 아니코 왕궁의 빈빈(頻頻) 왕 【30】 닉흐여 간흉(奸凶)흔 무리로 요장(妖藏)2391)을 길워 닌지라. 노뫼 무슴 면목으로 다시 왕을 보리오."

진비 화열(和悅)이 과도하신 넘녀를 간(諫)흐고, 슉모의 졍스(情事)를 비통(悲痛)흐여 말솜이 지극흐니, 팀부인이 참졍을 도라보와 굴오딕,

"션군(先君)이 관인후덕(寬仁厚德)흐시고 쳥겸(淸儉) 졍딕(正大)흐신 고로, 네 능히 연시 문호를 니르혀고 즈녜 다 무도픽악(無道悖惡)흔 어미를 담지 아냐, 슌ᄋ 등가지 현효흐여 복녹이 무궁흐거늘, ᄂ의 불인(不人)흔 앙얼(殃孼)이 녀ᄋ의 【31】 게 밋츠니, 닉 무슴 면목으로 구텬타일(九泉他日)2392)의 너의 딩인긔(大人) 뵈오리오."

2386) 금빅(金帛) : 금과 비단을 아울러 이르는 말.

2387) 나릉(羅綾) : 두꺼운 비단과 얇은 비단.=능라(綾羅).

2388) 셜표(說表) : 고소설에서 새로 이야기를 시작할 때 쓰는 '화설(話說)' '화표(話表)' '각설(却說)' 따위와 같은 화두사(話頭詞).

2389) 일망(一望) : 보름. 15일. 보름동안.

2390) 슈둘(守拙) : 자기 분수를 지켜 조촐히 지냄.

2391) 요장(妖藏) : '요사한 귀신을 감춰두다'는 뜻으로, '전혀 생각지도 못했던 괴변(怪變)'을 비유적으로 표현한 말.

2392) 구텬타일(九泉他日) : 죽어 저승에 간 날. *구천(九泉): 사람이 죽은 뒤에 그 혼이

참정이 민망(憫惘) 황공(惶恐)ᄒᆞ여 니셩낙식(怡聲樂色)으로 셩심(聖心)의 번뇌하시믈 간ᄒᆞ여 진실노 절박히 넉이니, 틱부인이 다시 비식을 간딕로 뵈지 못ᄒᆞ고, 강잉ᄒᆞ여 언쇼(言笑)ᄒᆞ니, 진비 틱모의 셩덕이 이러틋 ᄒᆞ시믈 영힝ᄒᆞ여 십여 일을 졍셩을 다ᄒᆞ다가, 위부의셔 한님 완창이 영쇼져를 취(娶)ᄒᆞᆯ시 진비 고ᄒᆞ딕, 썩를 타 거교(車轎)를 보닉【32】리니 닉림(來臨)ᄒᆞ시믈 쳥ᄒᆞ니, 부인이 부득이 허락ᄒᆞ더라.

이에 궁의 니르러 틱묘(太廟)[2393]의 현비(見拜)ᄒᆞ고 위부의 문안ᄒᆞᄆᆡ 셕양의 도라와 이윽이 담쇼ᄒᆞᆯ 시, 왕이 잠간 웃고 골오딕,

"녕돈당(令尊堂) 틱부인이 비록 회과(悔過)ᄒᆞ시나, 현비의 질환을 인ᄒᆞ여 쇼교(小嬌)를 원별ᄒᆞ시고 ᄉᆞ랑ᄒᆞ던 시ᄋᆞ를 쥭이니, 근본을 밀위ᄆᆡ 노분(怒忿)이 업지 어니실지라. 현비 능히 죄를 면ᄒᆞ시니잇가?"

비 졍【33】식(正色) 부답(不答)ᄒᆞᆫ 딕, 왕이 연쇼(連笑) 왈,

"고(孤)[2394]의 말ᄉᆞᆷ이 희롱이 아니여늘, 현비 엇지 닝안(冷眼) 부답(不答)하시ᄂᆞ뇨?"

비 피셕(避席) 답왈(答曰),

"조뫼 셩이 엄ᄒᆞ시나, 쳡을 과도히 ᄉᆞ랑ᄒᆞ시니 죄 아닌 즉 다스리미 업ᄂᆞᆫ지라. ᄒᆞ믈며 셕일을 과도히 뉘웃ᄎᆞᄉᆞ 썩로 뉴쳬(流涕)ᄒᆞ시니, 엇지 다시 의외(意外)예 엄끽 ᄂᆞ리시리잇고? 뎐히 셕ᄉᆞ(昔事)를 닛지 아니ᄉᆞ ᄌᆞ로 어침(語侵)[2395]ᄒᆞ시니 녜도(禮道)의 맛ᄭᆞ지[2396] 아닌가 ᄒᆞᄂᆞ이다."

왕이 믄득 우음을 거두고 ᄉᆞᄆᆡ를 드【34】러 칭ᄉᆞ(稱辭) 왈

"현비의 졍딕(正大)ᄒᆞᆫ 말ᄉᆞᆷ이 고의 그른 거슬 규졍(糾正)ᄒᆞ시니 감슈ᄒᆞ이다. 연이나 악부뫼 비상ᄒᆞᆫ 셩회(誠孝) 계시딕, 돈쳬(尊體)로써 ᄌᆞ로 복예(僕隷)의 쳔ᄒᆞ믈 감슈ᄒᆞ시니, 엇지 다 죄 잇셔 슈칙(受責)ᄒᆞ시미리오. 현비 딕ᄒᆞ여 벌을 바드니 ᄌᆞ신을 인ᄒᆞ여 딕홰(大禍) 슉당(叔堂)의 밋쳐시ᄂᆞ니 엇지 무ᄉᆞᄒᆞ기를 긔필(期必)ᄒᆞ리오. 져즈음긔 젼과를 니르시니, 고의 심닉의 참연ᄒᆞ믈 금치 못ᄒᆞ리러이다.【35】만일 우리 모부인 획계(劃計)ᄒᆞ시미 업셔, 용능휘 금향을 쥭이지 아냐신죽, 돈부 딕란이 썩 옴지 아냐 니러나시리니, 현비 스ᄉᆞ로 명을 결(決)치 아니랴? 황상과 낭낭 엄지 ᄂᆞ리시미 아닐진

딕, 돈딕인(尊大人)과 부인 귀체 몟2397) 번 하당의 굴(屈)ᄒ시며, 현비의 금옥방신(金玉芳身)이 엇지 보전ᄒ며, 고의 연분이 엇지 슌(順)ᄒ고, 돈부 변난이 엇지 긋치며, 노부인 회심(回心)이 엇지 나시리오. 무릇 ᄉ름의 ᄌ식이 【36】 불민지죄(不敏之罪)를 어든즉, 부뫼 경계(警戒)ᄒᄉ 장칙(杖責) 쥬시믈 깃거 밧ᄌ오려니와, 군가(君家) 왕모(王母)의 ᄌ부(子婦) 칙교(責敎)ᄂᆞᆫ 고금의 듯지 못ᄒ 빈니, 비록 민ᄌ(閔子)2398) 왕상(王祥)2399)도 그딕도록든2400) 아닐지라. 일즉 ᄉ린(四隣)의 회ᄌ(膾炙)ᄒ니, 악부뫼(岳父母) 고인의 지나나, 셩회(誠孝) 계ᄉ 통심(痛心)2401)치 아니시나, 현비 남믹의 망극ᄒ 졍경(情景)을 드르믹 감동ᄒ믈 니긔지 못ᄒ리러이다."

인ᄒ여 츄연(惆然) 탄식ᄒ니, 연비 운환(雲鬟)을 슈기고 봉황 아미의 비운이 【37】 모히여, 효셩쌍광(曉星雙光)2402)의 징픽(澄波) 동ᄒ여 《옥져∥옥루(玉淚)》 슈항(數行)이 가바야이2403) 쩌러지더니, 이윽고 홍슈(紅袖)2404)를 드러 옥누(玉淚)를 녕엄(領掩)ᄒ여2405) 긔이빅ᄉ(起而拜謝) 왈,

"뎐하의 지극ᄒ신 말ᄉᆞᆷ이 감격ᄒ오나, 틱뫼(太母) 회우(悔尤)2406)ᄒ시미 간졀ᄒ시니, 원컨딕 뎐하ᄂᆞᆫ 쳡의 집 말ᄉᆞᆷ을 다시 일ᄏ지 마르시믈 바라ᄂ이다. 쳡의 남믹 은통(隱痛)이 업스미 아니로딕, 가엄(家嚴)과 ᄌ뫼(慈母) 쳡의 형믹 그윽이 셜우믈 품ᄂᆞᆫ가 넘녀ᄒᄉ, 항상 【38】 엄쾨(嚴敎) 졀졀(切切)ᄒ시니, 인ᄌ(人子) 부모의 뜻을 밧ᄌ오미 엇지 감히 슬히 넉이시ᄂᆞᆫ 바를 마음의 두리잇고? 모부인 싱셩(生成)ᄒ신 딕은을 심곡(心曲)의 삭일 ᄲ니로쇼이다."

왕이 더옥 탄복ᄒ여 담쇼홀ᄉᆡ, 인ᄒ여 글오딕,

"우리 모부인이 총명(聰明) 졀츌(絶出)ᄒ시고 식견이 투쳘(透徹)ᄒ시니2407), 원딕ᄒ 모칙(謨策)을 미리 경영ᄒᄉ 혜아리시고, 창졸(倉卒)의 변을 우연이 응(應)ᄒᄉ,

---

2397) 몟 : 몇. (주로 의문문에 쓰여) 잘 모르는 수를 물을 때 쓰는 말.
2398) 민ᄌ(閔子) : 민자건(閔子騫). 중국 춘추 시대 노나라의 현인. 공자의 제자. 이름은 손(損). 자는 자건(子騫). 공문십철(孔門十哲)의 한 사람으로, 효행이 뛰어났다.
2399) 왕상(王祥) : 184-268. 중국 삼국-서진 시대의 관료. 효자. 자는 휴징(休徵). 서주 낭야국(琅琊國) 임기현(臨沂縣) 사람. 중국 24효자의 한사람. 효성이 지극하여 계모 주씨가 자신을 사랑하지 않음에도 극진히 섬겨, '겨울에 얼음을 깨고 잉어를 구해[叩氷得鯉]' 섬기는 등의 효행담을 남겼다.
2400) 그딕도록든 : 그렇게까지는. *그렇다: 상태, 모양, 성질 따위가 그와 같다.
2401) 통심(痛心) : 몹시 마음이 상함. 또는 몹시 마음에 사무침.
2402) 효셩쌍광(曉星雙光) : 효성처럼 빛나는 두 눈빛.
2403) 가바야이 : 가벼이. 가볍게. *가볍다 : 무게가 일반적이거나 기준이 되는 대상의 것보다 적다.
2404) 홍슈(紅袖) : 붉은 옷소매.
2405) 영엄(領掩) : 옷깃으로 가리다
2406) 회우(悔尤) : 허물을 뉘우침.
2407) 투쳘(透徹)ᄒ다 : 사리에 밝고 정확하다.

궁(窮)치 아니ᄒ시니, 비록 당즁(堂中)의셔 【39】 쳔니(千里)의 결승(決勝)을 아던 주방(子房)2408)과 삼분(三分)2409)의 모칙(謨策)을 졍(定)ᄒ고 모려(茅廬)의 ᄂᆞ던 와룡(臥龍)2410)도 감히 더으미 업슬지라. 쵸년의 혈혈무탁(孑孑無託)ᄒᆞᄉ 돈쳬(尊體)의 참욕(慙辱)이 미출시, 여ᄎᆞ여ᄎᆞ 탕젹을 속이시고 몸을 ᄲᅢ혀 쳥진산 뎡부의 슘으실시, 지음(知音)2411)으로 냥위 모부인을 맛ᄂᆞ시고, ᄒᆞᆫ가지로 듸인 건긔(巾器)2412)를 쇼임ᄒ신 후, 슉졍과 옥딘의 요계(妖計) 흉모(凶謀)를 세 번 물니치시민, 신이(神異)ᄒᆞᆫ 계칙(計策)으로 미화장(梅花欌)2413) ᄀᆞ온ᄃᆡ 슘어 화산으로 【40】 향ᄒ실시, 쇼양 냥가 위급ᄒᆞᆫ 거ᄉᆞᆯ 구졔ᄒ시니, 셩심인ᄋᆡ(誠心仁愛) 츌인(出人)ᄒ시거늘, 역신(逆臣)의 무리 통텬(通天)2414)ᄒᆞᆫ 악역을 범ᄒᆞ고, 남은 독쉬(毒手) 듸인긔 범ᄒᆞ며 고(孤)의게 밋ᄎᆞ니, 모부인이 미리 넘녀ᄒᆞᄉ 신화 냥당군을 미리 밀계(密計)를 맛지시니, 대인 귀쳬(貴體) 회양(回陽)2415)ᄒ시ᄂᆞᆫ 경ᄉᆞ를 엇ᄌᆞᆸ고, 고(孤)의 잔명이 능히 회싱ᄒᆞ{시}니 거두어 보호ᄒ시고 무휼ᄒ시미 삼뎨의 더으시니, 시고(是故)로 과인이 지통(至痛)을 관억(寬抑)ᄒᆞᄉ 능히 【41】 보젼ᄒᆞᆫ지라. 거일의 양상셔 집 가란을 드르시고 쇼시ᄋ 비쵤를 ᄲᅢ 보ᄂᆞᄉ 여ᄎᆞ여ᄎᆞ ᄀᆞ르치시니, ᄒᆞᆫᄀᆞᆺ 명셩(明聖)ᄒ신 덕냥(德量) ᄲᅮᆫ 아니라, 주인(慈仁)ᄒᆞᆫ 셩심이 계신지라. 고즈(古者) 쳘부(哲婦) 셩녀(聖女)의 《비겨∥비겨》 졀원(絶遠)ᄒ시니, 뉘 감히 밋ᄌᆞ오리오2416). 이제 계모 탕부인 셤기시미 지극ᄒ시니 감탄ᄒ올 ᄲᅵ니이다."

연비 일쯕 듸강을 드럿시나, 왕의 주주(仔仔)ᄒᆞᆫ2417) 말ᄉᆞᆷ을 인ᄒᆞ여, 경탄(驚歎) 감복(感服)ᄒᆞᆯ시, 츄파(秋波)를 거두2418) ᄶᅥ 거듧2419) 왕을 【42】 보와 탄복ᄒᆞᆷ믈 마지

2408) 주방(子房) : 장량(張良). BC ?-189. 중국 한나라의 정치가, 건국공신. 이름은 량(良). 자는 자방(子房). 유방의 책사로 홍문연(鴻門宴)에서 유방을 구하고 한신을 천거하는 등, 유방이 한나라를 세우고 천하를 통일할 수 있도록 도왔다. 소하·한신과 함께 한나라 건국 3걸로 불린다.

2409) 삼분(三分) : 삼분텬하(三分天下). 한 나라를 세 개의 부분(部分)으로 나눔. 즉 한 나라를 세 사람의 군주(君主)나 영웅(英雄) 이 나누어 차지함.

2410) 와룡(臥龍) : 제갈량(諸葛亮)의 별호. *제갈량(諸葛亮): 181-234. 중국 삼국시대 촉한(蜀漢)의 정치가. 자 공명(孔明). 시호 충무(忠武). 뛰어난 군사 전략가로, 유비를 도와 오(吳)나라와 연합하여 조조(曹操)의 위(魏)나라 를 대파하고 파촉(巴蜀)을 얻어 촉한을 세웠다

2411) 지음(知音) : 음악의 곡조를 잘 앎.

2412) 건긔(巾器) : 수건, 빗 따위의 낯을 씻고 머리를 빗는 데 쓰는 물건.

2413) 미화장(梅花欌) : 매화를 그려 넣거나 자개로 매화 장식을 하여 만든 장롱.

2414) 통천(通天) : 하늘까지 닿음.

2415) 회양(回陽) : 『한의』 양기(陽氣)를 회복하는 일.

2416) 밋다 : 미치다. 공간적 거리나 수준 따위가 일정한 선에 닿다.

2417) 주주(仔仔)ᄒ다 : 매우 자세(仔細)하다.

2418) 거두 : 거듭. 자꾸. *거듭: 어떤 일을 되풀이하여.

아니ᄒ더라.

후일의 왕이 니부인긔 뫼셔 좌위 동용(從容)ᄒᄆᆯ2420) 타, '자긔 비로 더브러 문답ᄒ여 여ᄎ여ᄎ히 그 됴모(祖母)ᄅᆯ 어침(語侵)ᄒᄆᆡ, 믄득 졍딕히 규간(規諫)ᄒ고, 다시 언두(言頭)의 니르지 말나 ᄒ여 여ᄎ여ᄎ ᄒ더이다.' ᄒ고 우으니, 부인이 비의 효의ᄅᆯ 더옥 아름다이 넉이고, 왕의 ᄌᆞ긔ᄅᆯ ᄇ라미 ᄌ모(慈母) ᄀ치 ᄒ여, 미셰지ᄉ(微細之事)와 담쇼지간(談笑之間)의 셰셰지언(細細之言)을 다 니ᄅᆞᄆᆯ 탄복 이둡ᄒ더라.

쎽【43】의 국가(國家) 북한(北漢)을 쳐 ᄃᆡ파(大破)ᄒ니, 텬ᄌᆡ ᄃᆡ희ᄒᄉ 위공의 명견이 쳔니 밧긔 산(算)두ᄆᆯ2421) 탄상ᄒ시니, 어온(御醞)2422)으로써 먹이시고 상(賞)을 더으지 못ᄒ시니, 그 고결ᄒᆫ 뜻과 공근(恭謹)ᄒᆫ 셩(性)을 아름다이 넉이시미라.

공의 쥬량(酒量)이 본ᄃᆡ 슉오군의 더으ᄆᆯ 아르시ᄂᆞ 고로, ᄌ로 만히 먹이시되 춰긔(醉氣) 불연(勃然)치 아니코. 녜모의 엄졍ᄒᄆᆡ 더으니 ᄉ랑ᄒ고 귀즁ᄒᄆᆡ 날노 더으시더라.

츈 이월은 영가 혼인이라.【44】 승상이 친히 붕우ᄅᆯ 청ᄒ고 한님을 보닐 시, 운병슈막(雲屏繡幕)2423)은 숑빅헌을 둘넛고, ᄌ슈금관(紫繡金冠)2424)은 항녈(行列)을 일워시니, 한님 완창이 완완이 길복(吉服)을 닙고 혼가(婚家)로 향홀시, 시름ᄒᄂᆞᆫ 구름은 청산(靑山)을 침노ᄒ고, 은은(隱隱)ᄒᆫ 엄상(嚴霜)2425)은 월익(月額)2426)의 둘너시니, 관옥(冠玉)2427) ᄀ흔 풍치 더옥 슉연(淑然)ᄒ지라. 좌상이 암암ᄎ탄(暗暗且歎)ᄒ여 상국을 만히 품슈(稟受)ᄒ여시ᄆᆯ 일ᄏ더라.

이 곳 빅냥(百輛)2428) 친영(親迎)이 아니니, 삼일(三日)의 바야【45】ᄒ로 신뷔 니르러 슉당(叔堂)의 ᄇᆡ현(拜見)홀ᄉᆡ, 공과 부인이 ᄒᆫ 가지로 긔질(氣質)을 ᄉᆞᆯ펴보니, 신인(新人)이 ᄉᆡᄆᆡ(色貌) 쵸월(超越)ᄒ고 동지(動止) 민쳡(敏捷)ᄒ여, 영오(穎悟)ᄒᆫ

2419) 거둡 : 거듭. 어떤 일을 되풀이하여.

2420) 동용(從容)ᄒ다 : 조용하다. 아무런 소리도 들리지 않고 고요하다.

2421) 산(算)두다 : 산(算)놓다. 셈하다. 수를 세다.

2422) 어온(御醞) : 임금이 마시는 술을 이르던 말.

2423) 운병슈막(雲屏繡幕) : 구름 같이 둘러친 병풍과 화려하게 수놓은 장막.

2424) ᄌ슈금관(紫繡金冠) : 화려하게 수놓은 붉은 관복을 입고 금으로 만든 관을 쓴 높은 관직의 벼슬아치들.

2425) 엄상(嚴霜) : 된 서리.

2426) 월익(月額) : 달처럼 둥근 이마.

2427) 관옥(冠玉) : 관(冠)의 앞을 꾸미는 옥.

2428) 빅냥(百輛) : '백대의 수레'라는 뜻으로, 『시경(詩經)』 「소남(召南)」 편, <작소(鵲巢)>시의 '우귀(于歸) 백량(百輛)'에서 유래한 말이다. 즉 옛날 중국의 제후가(諸侯家)에서 혼례를 치를 때, 신랑이 수레 백량에 달하는 많은 요객(繞客)들을 거느려 신부집에 가서, 신부을 신랑집으로 맞아와 혼례를 올렸는데, 이 시는 이처럼 혼례가 수레 백량이 운집할 만큼 성대하게 치러진 것을 노래하고 있다.

성질과 지긔(才氣)로온 퇴되 가히 경국(傾國)홀 식(色)이로딕, 지뫼2429) 과흐미 덕을 니긔미 니른2430) 쇼인이오. 영미(英邁)흐미2431) 극진흐미 유한(幽閑)흐믈 스괴지 못흐여시니, 과연 직녀가인(才女佳人)이라. 엇지 감히 양쇼져의 화월(花月) 굿흔 식모(色貌)와 금옥 굿흔 덕힝의 비기리오. 상국과 부【46】인의 일월지명(日月之明)이 그 심닉(心內)를 스못츠니, 그윽이 긔탄흐딕 스식지 아니코, 흔연이 무유(撫柔)2432)흐여 둔당구고긔 즉시 뵈옵지 못흐믈 츠으(嗟哦)흐더라.

상국이 굴오딕,

"질으(姪兒)의 됴강뎡실(糟糠正室)2433)이 직좌(在坐)흐니, 맛당이 녜(禮)로 뵈올지라. 스지비직(事知婢子) 아라 신부를 고르치라."

찬녜관(贊禮官)2434) 상궁(尙宮) 양즈연이 명을 니어 양부인 좌젼의 쑤러 고흐딕

"상국 노야 명이 느리사 부빈(副嬪) 영쇼제 현알(見謁)을 고흐느이다."

어시의 모든 눈이【47】일시의 양쇼져 신상의 모드니, 양쇼제 안식이 온화흐고 긔상이 유열(愉悅)흐여, 둔젼의 봉시(奉侍)흐미 고득이 공경홀 쓰름이오. 무스무려(無事無慮)흐고 담연(澹然) 슌일(純一)흐여, 놉고 너르며 단엄(端嚴)흐고 한으(閑雅)흐미 이날 더옥 표표(表表)흐니, 신부의 홀난(惚亂)2435)흔 식모(色貌)와 교밀(巧密)흔2436) 염틱(艶態) 믄득 비으(卑阿)2437)흐믈 씨다룰너라.

이의 셔연(徐然)이 니러 상국 면젼의 쑤러 고흐여 굴오딕,

"쇼질(小姪)의 잔미(屚微)흔 긔질과 불스(不似)흔2438) 즈최로 외람이 상원(上元)2439)【48】의 즈리를 웅거(雄據)흐오니 불감황연(不堪惶然)흐온지라. 신뷔(新婦) 경궁 귀가의 싱댱(生長)흐와 꼿다온 즈질노 셩문(聖門)의 입승(入承)흐오니, 엇지 굿흐여 미쳡(微妾)의게 《과려∥과례(過禮)》를 힝흐무로 녜도의 맛가즈미2440) 잇스리

2429)지뫼 : 재주. 무엇을 잘할 수 있는 타고난 능력과 슬기.

2430)니른 : 이른바. 세상에서 말하는 바. 늑소왈, 소위, 소칭.

2431)영미(英邁)흐다 : 성질이 영리하고 비범하다.

2432)무유(撫柔) : 어루만져 부드럽고 온순하게 함.

2433)됴강뎡실(糟糠正室) : '조강(糟糠)'과 '정실(正室)'은 다 같이 '정실부인'을 뜻하는 말이다. 다만 '조강(糟糠)'은 '지게미와 겨로 끼니를 이어오면서 고생을 함께 해왔다'는 의미를 갖고 있고, '정실(正室)'은 '첩(妾)'이 아닌 '본부인(本夫人)'이란 뜻을 갖고 있어 두 말을 합하면, '어려운 시절 지게미와 겨로 끼니를 이어오면서 고생을 함께 해온 정실부인'이라는 의미로 쓰인 말이라 할 수 있다..

2434)찬녜관(贊禮官) : 관청에서 의식의 진행을 맡아보는 직책을 말함.

2435)홀난(惚亂) : 황홀하여 어지러움.

2436)교밀(巧密)흐다 : 교묘하고 정밀하다.

2437)비으(卑阿) : 격이 낮고 아첨하기를 쉽게 한다.

2438)불스(不似)흐다 : 닮지 않은 상태에 있다.

2439)상원(上元) : '원비(元妃)'를 달리 이른 말인 듯. *원비(元妃): 임금의 정실(正室)을 이르던 말로, 여기서는 '본부인(本夫人)' 또는 '정실부인(正室婦人)'의 뜻으로 쓰였다.

잇고? 쇼질이 불승(不勝) 츅쳑(跼惕)ᄒ와 감이 툰명을 밧ᄃ지 못ᄒ오니, 업딕여 죄를 기다리ᄂᆞ이다."

상국이 쳥미(聽末)의 졍싴 왈,

"가국(家國)의 하나흘 둔(尊)ᄒ믄 당당ᄒᆫ 법뎐이오, 셩상이 싀로 풍교(風敎)【49】를 붉히ᄉ 만민을 뵈시니, 젹쳡(嫡妾) 툰비(尊卑)의 분(分)이 쇼양(霄壤)2441) 갓ᄒᆫ지라. 부빈(副嬪)이 원군(元君)긔 처음 뵈ᄂᆫ 녜(禮) 심히 엄ᄒ니 엇지 무고히 녜를 폐ᄒ리오. 이졔 비록 훤당(萱堂)긔 즉시 현알(見謁)치 못ᄒ고, 형댱(兄丈)과 툰쉬(尊嫂) 먼니 계시나, 우슉(愚叔)이 임의 졍훈(庭訓)의 지엄(至嚴)ᄒᆞᆷ믈 밧ᄌ왓고, 형댱(兄丈) 명교(明敎)를 ᄯᅩ 봉힝ᄒᆞᄂᆞ니, 엇지 현딜의 구구(區區)ᄒᆫ ᄉ회(私回)2442)로 가법을 문ᄒ치리오. 현질의 졍딕ᄒᆫ 명견으로 큰 녜를 바리고ᄌ【50】ᄒᆞᆷ믄 의외라. 닉 그윽이 괴이히 넉이ᄂᆞ니 감히 ᄉ양치 못ᄒ리라."

양쇼졔 문교(聞敎)의 황연(晃然)2443)이 두려 연망(連忙)이 둔슈(頓首) ᄉ죄(謝罪)ᄒ고 ᄌ리의 ᄂᆞᄋᆞ가민, 양상궁이 신부를 인○[도](引導)ᄒᆞ여 둣2444) ᄋᆞ리셔 네 번 졀ᄒᆞ민, 양쇼졔 치슈(彩袖)를 드러 읍(揖)ᄒᆞ고, 곳쳐 형뎨 항(行)의 좌를 일울식, 영시의 방셕을 물녀 감히 엇기를 비기지 못ᄒᆞ게 ᄒ니, 원닉 셔뎡공 가법이 엄ᄒ여 ᄎ뷔(次婦) 감히 춍부(冢婦)로 비견(比肩)2445)치 못【51】ᄒᄂᆞ지라. 범·니 등 졔부인이 풍부인으로 ᄌ리를 ᄒᆞ가지로 못ᄒ고, 쇼쇼졔 입승(入承)ᄒᆞ민2446) 슉당이 다 긔딕(期待)ᄒᆞᆷ믄 동댱(宗長)의 듕(重)ᄒᆞᆷ무로 졔ᄉ를 밧들믈 위ᄒᆞ미라. 양쇼졔 ᄯᅩ 감히 쇼쇼져로 엇게를 가족이 ᄒᆞ지 못ᄒᄂᆞ지라. ᄎᄎ 밀위여 신부의 ᄌ리 ᄂᆞᆺ고 굴(屈)ᄒᆞᆷ믈 볼지라.

이ᄶᅥᆨ 신뷔(新婦) 상국의 명으로 인ᄒ여 잠간 쌍안(雙眼)을 흘녀 좌우를 둘너보미, 일위 부인이 봉관(鳳冠) 옥픽(玉佩)로 굵은2447) 깁옷2448)시 네복(禮服)을【52】일웟고, 흔 ᄂᆞᆺ 옥ᄎ(玉釵)ᄂᆞ 션빈(鮮鬢)2449)을 눌너시니, 의상이 검쇼(儉素)ᄒᆞ민 녜뫼(禮貌) 더옥 엄슉ᄒᆞ고, 쥬취(珠翠)2450)를 먼니ᄒᆞ민 안싴(顔色)이 더옥 빗ᄂᆞ니, 면모(面

2440) 맛가ᄌ다 : 맛곳다. *맛곳다: 맞다. 알맞다. 마땅하다.
2441) 쇼양(霄壤) : 하늘과 땅.
2442) ᄉ회(私回) : 사사롭고 마음이 바르지 못함.
2443) 황연(晃然) : 밝히 깨달음.
2444) 둣 : 돗자리. 왕골이나 골 풀의 줄기를 재료로 하여 만든 자리.
2445) 비견(比肩) : 어깨를 나란히 함.
2446) 입승(入承) : 여자가 혼인하여 시집의 며느리로 들어옴.
2447) 굵다 : 가늘지 아니한 실 따위로 짜서 천의 바탕이 거칠고 투박하다.
2448) 깁옷 : 비단으로 지은 옷. =비단옷.
2449) 션빈(鮮鬢) : 곱게 땋아 올린 귀밑머리. *귀밑머리; 이마 한가운데를 중심으로 좌우로 갈라 귀 뒤로 넘겨 땋은 머리.
2450) 쥬취(珠翠) : 진주와 비취를 함께 이르는 말.

貌) 상광(祥光)은 일월(日月)이 부익고[2451], 월익무빈(月額霧鬢)[2452]은 빙옥(氷玉)을 교탁(巧琢)[2453]호야, 녕농(玲瓏)혼 광휘와 완전(完全)혼 동용(動容)이 한가(閑暇)의 봉션(縫線)[2454]호는 녀시(女士)[2455]오, '당시(唐時)의 논어(論語)'[2456]를 작(作)혼 약쇼(若昭)라.

염염(冉冉)히 향신을 움즉여 돈젼(尊前)의 복슈(伏首)호여 온유(溫柔)히 쇼회(所懷)를 쥬(奏)호니, 옥을 마으는[2457] 쇼리 구슬이 낭낭(朗朗)이 구을고, 엄명(嚴命) 【53】을 밧드러 경황(驚惶)호미, '싴(色)을 발(發)호고 둑(足)을 확(確)호여'[2458] 진비(再拜)호고 물너느민, 금년(金蓮)[2459]을 두루혀 셕상(席上)의 좌(坐)호니, 의희(依稀)히[2460] 츈일(春日)이 히상(海上)의 오르고, 완연(完然)이 츄월(秋月)이 동정(洞庭)[2461]의 빗겻는 듯, 안식이 화호되 그으기 댱듕(莊重)호고 긔상이 엄정호되 티되(態度) 한오(閑雅)호니, 진실노 싱니의 보지 못호던 비라.

놀나오믄 가슴의 젹은 진납이 쒸놀고, 분연(憤然)호믄 흉히(胸海)[2462] 믈결이 동호여 분뇌 발발(勃勃)호니, 안식이 변호믈 씌듯지 【54】 못호나, 시러곰 마지 못호여 녜를 파(罷)호미, 좌츠(座次)의 나즈미 양시를 바라지 못호니, 지지(遲遲)호여 츠마 거름을 옴기지 못호더니, 승상이 느으오라 호여 경계호여 골오디,

"신뷔 처음으로 우귀(于歸)호여 미처 구가(舅家) 풍속을 아지 못호니, 닉 모쳠(冒添)호여 돈항(尊行)의 잇스니, 질으와 질부를 경계호여 형댱(兄長) 명교(命敎)를 밧드러 니르느니, 닉 집이 비록 산듕벽쳐(山中僻處)의 잇고, 경화거죡(京華巨族)[2463]의

2451) 부익다 : 빛나다. 부시다.
2452) 월익무빈(月額霧鬢) : 달처럼 둥근 이마와 안개가 서린 듯한 하얀 귀밑털. .
2453) 교탁(巧琢) : 공교하게 쪼아 만듦.
2454) 봉션(縫線) : 실로 옷 따위를 꿰매는 일. =바느질.
2455) 녀시(女士) : 학덕이 높고 어진 여자를 높여 이르는 말.
2456) 당시(當時)의 논어(論語) : 중국 당(唐)나라 덕종(德宗)때 송약소(宋若昭)가 지은 여논어(女論語)를 이른 말. *약소(若昭): 성씨는 송(宋)이고 이름은 약소(若昭)다. 당나라 덕종(德宗) 때 송분(宋葒)의 딸로, 학덕이 높아 여학사(女學士)에 올랐고, 『여논어』를 지었다. 이 『여논어』는 『내훈(內訓)』 『여계(女誡)』 『여범(女範)』과 함께 전통시대 여성들의 필독서(必讀書)인 여사서(女四書)의 하나로 꼽혔다.
2457) 마으다 : 부수다. 단단한 물체를 여러 조각이 나게 두드려 깨뜨리다.
2458) 싴(色)을 발(發)호고 둑(足)을 확(確)호여 : 얼굴색을 펴고 발을 굳게 디뎌.
2459) 금년(金蓮) : 금으로 만든 연꽃이라는 뜻으로, '미인의 예쁜 걸음걸이'를 비유적으로 이르는 말. 중국 남조(南朝) 때 동혼후(東昏侯)가 금으로 만든 연꽃을 땅에 깔아 놓고 반비(潘妃)에게 그 위를 걷게 하였다는 고사에서 유래한다.
2460) 의희(依稀)히 : 어렴풋이. 거의 비슷하게
2461) 동정(洞庭) : 동정호(洞庭湖). 중국 호남성(湖南省) 북동부에 있는 호수. 상강(湘江), 자수(資水), 원강(沅江) 등이 흘러들어 가는 중국 최대의 호수이다.
2462) 흉히(胸海) : 가슴. 마음.
2463) 경화거족(京華巨族) : 번화한 서울에서 권력 있고 번성한 집안.

풍화(豊華)ᄒ미 업스나, 가법인죽【55】엄혼지라. 직실이 감히 정실의 위를 엿보지 못ᄒ고, 말슴과 쇼임이 감이 원비(元妃)를 압두(壓頭)치 못ᄒᄂᆫ지라. 삼가 공경ᄒ고 됴심ᄒ여 구고(舅姑)긔 득죄치 말나. 닉 ᄯᅩ흔 삼쳐(三妻)를 두미 좌치(座次)《현쳘∥현격(懸隔)》ᄒ니, 이〇[로]써2464) 붉히 알오미 되리라.”

영쇼졔 복지(伏地)ᄒ여 듯ᄌᆞ오미 한한(寒汗)이 쳠의(沾衣)ᄒ니 직비 슈명(受命)ᄒᆯ식, ᄯᅩ흔 투목(偸目)으로 삼부인 좌ᄎᆞ를 잠간 보니, 일위 부인은 홍옥교위(紅玉交椅)를 의지ᄒ여시니, 상국【56】의 ᄌᆞ금교위(紫金交椅)로 ᄀᆞ족이2465) 굴왓고2466), 머리의 구봉관(九鳳冠)2467)이 월익(月額)2468)의 단정ᄒ고, 엇기의 적의(翟衣)ᄂᆞᆫ 품복(品服)2469)이 졔졔(齊齊)ᄒ니, 됴일(朝日)이 창파(蒼波)의 쇼ᄉᆞ미 맑은 빗치 우쥬의 쏘이믄 그 광휘오, 츄텬이 아오라히 놉흔듸 평풍(平風)2470)이 부운(浮雲)을 ᄡᅳ리치믄 그 긔질이라. 가히 쳔고(天高)의 비우(比寓)ᄒᆯ2471) 직 업거늘, 냥위 부인이 교위를 잠간 퇴후(退後)ᄒ여 복식과 위의 강등ᄒ여시니, 달 ᄀᆞᆺ흔 안ᄉᆡᆨ과 꼿 ᄀᆞᆺ흔 ᄌᆞ질이 평싱의 구【57】경치 못ᄒ던 비라.

긔운이 져상(沮喪)ᄒ고 안ᄉᆡᆨ이 여회(如灰)2472)ᄒ여 말셕의 안ᄌᆞ미, 가마니 좌우를 둘너보니 진왕비의 참치(參差)2473)흔 녜복(禮服)과 긔이(奇異)흔 ᄌᆞ질노, 상국부인 좌(左)녁2474)히 ᄯᅩ로 방석을 노화시니 여러 상궁이 뫼셧고, 웃녁히 위ᄉᆞ인 부인 쇼시와 쇼듕승 부인 위시와 양듕셔 부인이 ᄎᆞ례로 안ᄌᆞ시니, 흔갈ᄀᆞᆺ치 폐월슈화지ᄐᆡ(閉月羞花之態)2475)라. 볼ᄉᆞ록 넉시 놀납고 담이 ᄶᅥ러지니 심듕의 한ᄒ여 왈,【58】

2464) ―로써 : 어떤 일의 수단이나 도구를 나타내는 격 조사. ‘로’보다 뜻이 분명하다.

2465) ᄀᆞ족이 : 가까이. 한 지점에서 거리가 조금 떨어져 있는 상태로.

2466) 굴오다 : 가루다. 자리 따위를 함께 나란히 하다.

2467) 구봉관(九鳳冠) : 아홉 마리의 봉황 장식을 붙여 만든 봉관(鳳冠). *봉관(鳳冠): 중국에서 조정으로부터 봉작(封爵)을 받은 명부(命婦)가 쓰던 관모(官帽). 『영조실록』 영조23년 1747.7.29. 조에 민응수(閔應洙)가 “북경에 갔을 적에 구봉관(九鳳冠)과 오봉관(五鳳冠)을 보았는데, 붉은 자개와 순금(純金)으로 되어 있어 극도로 사치하고 화려하였다”고 아뢴 기록이 나온다. 또 김윤식(金允植)의 『운양속집(雲養續集)4권/정부인 김해김씨묘갈명(貞夫人金海金氏墓碣銘)』에 융희3년(1909) 순종황제가 창원 마산포에 순행하여 김해김씨를 불러 보았는데, 이때 김해김씨가 봉관(鳳冠; 봉황관)과 하피(霞帔: 새우무늬치마) 차림으로 순종황제를 알현한 기록이 보인다. 이를 보면 조선에서도 봉관을 착용하였음을 알 수 있다.

2468) 월액(月額) ; 달처럼 둥근 이마.

2469) 품복(品服) : 예전에, 관원이 품계에 따라 입던 옷.

2470) 평풍(平風) : 평온하게 부는 바람.

2471) 비우(比寓)ᄒ다 : 견주다. 둘 이상의 사물을 질(質)이나 양(量) 따위에서 어떠한 차이가 있는지 알기 위하여 서로 대어 보다.

2472) 여회(如灰) : 잿빛으로 변함.

2473) 참치(參差) : 남과 다름. *差: 음은 ‘치’ 또는 ‘차’, 뜻은 ‘상이(相異)하다’.

2474) 녁 : 녘. 의존명사. 방향을 가리키는 말. =쪽.

"이 집의는 엇지 홀노 국식(國色)이 일편도이 모닷는고? 느의 용식(容色)이 텬하의 딕두(對頭)ᄒ리 업슬가 ᄒ엿더니, 이의 오믹 하풍(下風)2476)을[도] 브라지 못ᄒ니, 만일 이럴 쥴 아라시면 ᄀ바야이 '우후(牛後)의 욕(辱)2477)을 밧지 아닐낫다."

탄식ᄒ믈 마지 아니ᄒ더라.

일식(日色)이 셔흐로 기울믹 신븨 경희당의 믈너나니, 좌 녁히 혼 당식 잇셔 옥난쥬함(玉欄珠檻)2478)이 녕농(玲瓏)ᄒ니, ᄌ긔 침당(寢堂)의 강등(降等)이 닉도혼지라2479). 유모다려 므러 왈, 【59】

"이는 어느 부인 침당이라 ᄒ느뇨?"

유뫼 나가 아라오믹 니로딕,

"양부인 슉쇼(宿所)라. 이러무로 쇼져 침쇼를 굿ᄀ이 졍(定)타 ᄒ나이다."

영시 듯는 말마다 가슴을 놀닉니 기리 한슘지더라.

승상이 한님을 나아오라 ᄒ여 경계 왈,

"신븨 비록 번월(樊越)2480)의 풍치(風采) 업고 반비(班妃)2481)의 덕힝을 브라지 못ᄒ나, 가히 인의(仁義)로 교유(敎諭)ᄒ고 경계흔즉 거의 양딜부의 교화를 힘닙어 감동ᄒ미 이실지라. 네 긔식(氣色)이 심히 닝낙(冷落)【60】ᄒ니, 이는 황은(皇恩)을 경(輕)히 넉이미라. 도리의 미안ᄒ고 허물이 넛타느미 업시 몬져 박딕흔즉 원이 《깁히∥깁허》 궤상육(机上肉)2482)이 칼을 두리지 아니코 궁박흔 즘싱이 쏠오믈 닙어 도라갈 곳이 업순 즉 스룸을 희ᄒ느니 이는 댱부의 녁냥(力量)이 업스미라. 맛당이 경계ᄒ

2475) 폐월슈화지팅(閉月羞花之態) : 달이 숨고 꽃도 부끄러워할 만큼 여인의 얼굴과 맵시가 매우 아름답다는 것을 비유적으로 이르는 말.
2476) 하풍(下風) : 사람이나 사물의 질이 낮음.
2477) 우후(牛後)의 욕(辱) : '소의 꼬리가 되는 치욕(恥辱)스러움.'이라는 뜻. *여기서 소의 꼬리 즉 '우후(牛後)'는 『사기(史記)』 소진전(蘇秦傳)의 "영위계구 믈위우후(寧爲鷄口 勿爲牛後: 차라리 닭의 머리가 될지언정 소의 꼬리는 되지 말라)"라는 말에서 따온 말이다.
2478) 옥난쥬함(玉欄珠檻) : 옥(玉)과 구슬로 꾸민 난함(欄檻). *난함(欄檻):『건설』 층계, 다리, 마루 따위의 가장자리에 일정한 높이로 막아 세우는 구조물. 사람이 떨어지는 것을 막거나 장식으로 설치한다.=난간(欄干).
2479) 닉도ᄒ다 : 현격(懸隔)하다. 차이가 매우 심하다.
2480) 번월(樊越) : 중국 초나라 장왕(莊王)의 비(妃)인 번희(樊姬)와 소왕(昭王)의 비 월희(越姬). 둘 다 어진 마음으로 남편의 정사를 간(諫)해 덕행으로 유명하다. 유향(劉向)의 『열녀전』에 나온다.
2481) 반비(班妃) : 중국 한(漢)나라 성제(成帝)의 후궁. 시가(詩歌)를 잘하여 성제의 총애를 받았으나 조비연(趙飛燕)에게 참소를 당하여 장신궁(長信宮)에 유폐되어 부(賦)를 지어 상심을 노래하였다.
2482) 궤상육(机上肉) : =조상육(俎上肉). 도마에 오른 고기라는 뜻으로, 어찌할 수 없게 된 운명을 이르는 말.

고 인도ᄒ며 방ᄌᄒᄆᆯ 막ᄌᄅ고, 교오(驕傲)를 썩질너 긔운을 니지 못ᄒ게 ᄒ리니, 니져를 보니 ᄉ오납기를 둑(足)히 긔탄(忌憚)업시 홀 직(者)로딕, 영오(穎悟)ᄒ 【61】 미 능히 그 어진 거슬 감복(感服)홀 거시오, 상뫼(相貌) 또 온용(溫容)ᄒ여 흠ᄒ미 업스니, 그 쇼임이 불과 부빈(副嬪)이니, 딕장뷔 닙어셰(立於世)ᄒ미 뇌뇌낙낙(磊磊落落)2483)ᄒ리니, 임의 원위(元位)에 현철(賢哲)ᄒ 부인이 임ᄉ(任姒)2484)의 딕냥(德量)이 잇ᄉ니 빈어(嬪御)2485)의 무리를 '하(何) 둑패(足枷)리오.'2486)"

한님이 셕연(釋然)이 ᄭᄭ드라 직빅 슈명ᄒ딕, 공이 우왈(又曰),

"딕인(大人)이 검쇼(儉素)ᄒᄆᆯ 슝상(崇尙)ᄒ시고 형댱(兄長)과 슈쉬(嫂嫂) 쳥검(淸儉)ᄒ시니, 네 깁히 금(禁)ᄒ여 스치(奢侈)를 막자르라."

한님이 연(連)ᄒ여 【62】 슈명(受命)이러라.

혼졍(昏定)을 파(罷)ᄒᆞᄆᆯ 신방의 ᄂᆞᄋᆞ가니, 추시 영쇼제 졍혼(精魂)이 요요(搖搖)ᄒ여2487), 겨오 혼졍(昏定)을 파ᄒ고 물너 와 어린ᄃᆞ시 안ᄌ시니, 신혼 쵸일의 위한님이 미우(眉宇)의 한긔(寒氣) 셔리 날니고 삭풍(朔風)2488)이 늠열(凜烈)ᄒ여 졍금위좌(整襟危坐)2489)ᄒ여 일야를 지닉미, 묵연이 도라가 다시 오지 아니ᄒ여시니, 엇지 금일의 츳ᄌᆞ를 바라리오.

낙막(落寞)ᄒ미 심간(心肝)이 ᄇᆞᄋᆞ지는 듯ᄒ더니, 홀연 한님이 입실ᄒ니 유모 시ᄋᆡ 퇴ᄒ 【63】 고, 영쇼제 경희ᄒ여 안셔(安舒)이 니러 마ᄌ 좌ᄒ니, 한님이 날호여2490) ᄂᆞᄋᆞ가 안셕(案席)2491)의 지혓더니2492) 이윽고 쵹(燭)을 물니고 ᄂᆞ유(羅帷)2493)를 지우미, 한님이 침상(寢牀)의 둉용(從容)이 경계ᄒ여 굴오딕,

---

2483) 뇌뇌낙낙(磊磊落落) : 뇌뢰낙락(磊磊落落). 마음이 매우 너그럽고 시원하여 작은 일에 얽매이지 아니함.

2484) 임ᄉ(任姒) : 중국 주(周)나라의 현모양처(賢母良妻)인 문왕의 어머니 태임(太任)과 무왕(武王)의 어머니 태사(太姒)를 함께 이르는 말.

2485) 빈어(嬪御) : '임금의 후궁'이나 '사대부의 첩'을 이르는 말.

2486) 하(何) 둑패(足枷)리오 : 하(何) 둑가(足枷)ᄒ리오. 어찌 아랑곳하리오. *족가(足枷)하다: 족가(足枷)를 채우다. 아랑곳하다. 참견하다. 간섭하다. 다그치다. *족가(足枷): 죄수를 가두어 둘 때 쓰던 형구(刑具). 두 개의 기다란 나무토막을 맞대어 그 사이에 구멍을 파서 죄인의 두 발목을 넣고 자물쇠를 채우게 되어 있다.=차꼬.

2487) 요요(搖搖)ᄒ다 : 마음이 흔들려 안정되지 아니하고 들뜨다.

2488) 삭풍(朔風) : 마음이 흔들려 안정되지 아니하고 들뜨다.

2489) 졍금위좌(整襟危坐) : 옷깃을 여미어 몸을 바로잡아 바른 자세로 앉아 있음.

2490) 날호여 : 천천히. *날호다: ①천천하다. 동작이나 태도가 급하지 아니하고 느리다. ②느리다. 어떤 동작을 하는 데 걸리는 시간이 길다. ③더디다. 어떤 움직임이나 일에 걸리는 시간이 오래다.

2491) 안셕(案席) : 벽에 세워 놓고 앉을 때 몸을 기대는 방석.

2492) 지히다 : 기대다. 몸이나 물건을 무엇에 의지하면서 비스듬히 대다.

2493) ᄂᆞ유(羅帷) : 비단을 여러 폭으로 이어서 빙 둘러치는 장막(帳幕).

"그뒤 비록 옥누화당(玉樓畵堂)2494)의 돈귀(尊貴)히 ㅈ라고 ㄴ라 명을 밧ㅈ와 니르럿시나, 일홈이 ㄴ고 위치(位次) 굴(屈)ㅎ니, 맛당이 삼가고 됴심(操心)ㅎ여 투협(妬狹) 방ㅈ(放恣)혼 뵈를 엇지 말지니, 뉘 집이 비록 심산궁협(深山窮峽)의 잇스나, 가법이 정제ㅎ고 계부딕인이 셩이【64】엄ㅎ시고 녜의를 심소(深思)ㅎ시니, 비록 동치(童穉) 유이(幼兒)라도 무례히 못ㅎ거늘, 그뒤 셕상(席上)의 원비의 ㅇ릭 좌를 괴로이 넉이니, 만일 쯧이 '계구(鷄口)의 놉흘진뒤'2495) 무스 일 복(僕)의 일홈을 청(請)ㅎ뇨? 그뒤 임의 부실(副室)을 감심(甘心)ㅎ여 뉘 집의 니르고, 감히 원위(元位)를 항거ㅎ랴? 쏘혼 그뒤 의복이 스참(奢僭)ㅎ니2496) 우리 왕부(王父)의 셩교(聖敎)의 어긘지라. 우리 삼위 슉모 부인과 슈시(嫂氏)의 검박(儉朴)ㅎ시믈 보아, 스스로 삼가 가법(家法)을 봉승(奉承)【65】ㅎ여 일싱을 영둉(令終)ㅎ믈2497) 경계(警戒)ㅎ라."

말슴을 맛츠미 그 딕답을 기다리지 아니코 앙침(鴦枕)2498)의 언와(偃臥)ㅎ여 타연이 ㅈㄴ지라. 영시 군조의 허다 경계를 드르미 노한이 비록 심두의 ㄱ득ㅎ나, 감히 ㅅ식지 못ㅎ고 십분 됴심ㅎ여 신성혼정(晨省昏定)의 참예ㅎ믹 반드시 양부인 뒤흘 쏠와 녜모(禮貌)를 삼가고 양쇼져를 공경ㅎ여 지극 온슌ㅎ뒤, 지분(脂粉)을 츠마 스(辭)치 못ㅎ고 쥬취(珠翠)를 믈니치지 못ㅎ니, 직금(織金) 슈치(繡緻)【66】ㄴ 몸을 묵것고 쥬취(珠翠) 칠보(七寶)ㄴ 일신을 둘너, 명쥬(明珠) 옥빅(玉帛)이 광치를 토ㅎ니, 가려(佳麗)혼 틱되(態度) 양성하칙(陽城下蔡)2499)를 미혹게 ㅎㄴ 식(色)이로뒤, 상국 삼비 임ㅅ(任姒)2500)의 덕이 잇고, 검박(儉朴)ㅎ미 마등(馬鄧)2501)의 쏠오며, 지인(知人)의 붉으믄 니루(離婁)2502)의 지난지라. 엇지 영시의 거즛 겸숀과 짓ㄴ 녜모를 헛

2494)옥누화당(玉樓畵堂) : 옥으로 장식한 화려한 누각과 아름답게 채색한 큰 집.

2495)계구(鷄口)의 높을진대 : 높이 닭의 주둥이가 되고자 할진대. *여기서 닭의 주둥이 즉 '계구(鷄口)'는 『사기(史記)』 소진전(蘇秦傳)의 "영위계구 물위우후(寧爲鷄口 勿爲牛後: 차라리 닭의 주둥이가 될지언정 소의 꼬리는 되지 말라)"라는 말에서 따온 말이다.

2496)스참(奢僭)ㅎ다 : 분수에 넘치게 사치스럽다.

2497)영둉(令終)ㅎ다 : 제명대로 살다가 편안히 죽다. =고종명(考終命)하다.

2498)앙침(鴦枕) : =원앙침(鴛鴦枕). '원앙을 수놓은 베개'라는 뜻으로, 신혼부부가 함께 베는 베개를 이르는 말.

2499)양성하칙(陽城下蔡) : 춘추시대 초(楚)나라 시인 송옥(宋玉)의 부(賦) 〈등도자호색부(登徒子好色賦)〉에 나오는 지명. 그 부에 "가인(佳人)이 방긋 한 번 웃으니, 양성이 현혹되고 하채가 미혹되었네.[嫣然一笑, 惑陽城迷下蔡.]"라는 구절이 나온다.

2500)임ㅅ(任姒) : 중국 주(周)나라 현모양처(賢母良妻)인 문왕의 어머니 태임(太任)과 무왕(武王)의 어머니 태사(太姒)를 함께 일컫는 말.

2501)마등(馬鄧) : 중국 동한(東漢) 명제(明帝)의 후비 마후(馬后)와 동한(東漢) 화제(和帝)의 후비(后妃) 등후(鄧后)를 함께 이르는 말. 둘 다 후궁 가운데 덕이 높았다.

2502)니루(離婁) : 중국 고대의 전설상의 인물. 백 보 떨어진 곳의 털끝을 볼 수 있을 만큼 눈이 매우 밝았다고 한다.

되이 칭찬ᄒᆞ리오. 다만 ᄉᆞ랑ᄒᆞᄆᆞᆯ 고로 고로ᄒᆞ고 경계ᄒᆞᄆᆞᆯ 졀당(切當)이 ᄒᆞ니, 쇼한님 부인이 슉모긔 고ᄒᆞᄃᆡ,

"슉뫼 비록 지셩 교도ᄒᆞ시나【67】영시 암흑ᄒᆞᄆᆡ 칠야(漆夜) ᄀᆞᆺᄒᆞ니 아라듯ᄌᆞ올 니 업ᄂᆞ이다."

부인 왈,

"졔 비록 씨듯지 못ᄒᆞ나 닉 ᄎᆞ마 아니 니르지 못ᄒᆞᄂᆞ니, 만일 일분(一分) 긔도(開道)2503)ᄒᆞᆫ즉 대션(大善)이라."

ᄒᆞ더니, 일일은 상국이 됴참 후 닉헌(內軒)의 드러오니, 썌의 국긔 오히려 쵸창(草創)ᄒᆞ니 묘당(廟堂)의 일이 만하 십여 일 만의 집의 니르럿더라. ᄌᆞ질이 뫼시고 진왕 부부와 질부 질녀 등이 ᄒᆞᆫ 가지로 모드니, 영시 ᄉᆞ려(奢麗)ᄒᆞᆫ 복식과 공교ᄒᆞᆫ【68】장속(裝束)이 녕농ᄒᆞ니, 승상이 심ᄂᆡ의 미온(未穩)ᄒᆞ여 묵묵(默默) 냥구(良久)의 한님을 칙왈(責曰),

"무릇 슈신졔가(修身齊家)ᄂᆞᆫ 치국평텬하지본(治國平天下之本)이라. 이런 고로 몬져 몸을 닷가 집을 ᄀᆞ족이 ᄒᆞᄂᆞ니, 네 임의 닙신(立身)ᄒᆞ여 우흐로 군상을 셤기고 아릭로 쳐쳡을 거ᄂᆞ리니, 녕(슈)이 부녀의 힝치 못ᄒᆞ고 엇지 감히 간관(諫官)의 ᄌᆞ리를 붉으며2504) ᄯᅩ 감히 부형의 면젼의 뵈오리오. 딕인(大人)이 슝검(崇儉)ᄒᆞ시고, 형댱이 님 힝의 엄히 경계ᄒᆞᆫ【69】시믈 닉 밧줍고, 네 ᄯᅩᆫ 듯ᄌᆞ와시니 엇지 두번 니르게 ᄒᆞᄂᆞ뇨?"

딕기 작일의 한님이 시어ᄉᆞ(侍御史)의 오르고, ᄉᆞ인이 니부시랑이 되며, 쇼듕승이 병부시랑이오, 양듕셰 간의틱우의 도닷더라2505).

어ᄉᆞ 흔번 영시를 경계ᄒᆞᆫ 후, 국ᄉᆞ 분망(奔忙)ᄒᆞ여 입번ᄒᆞ고 다시 영시를 보미 업더니, 이날이야 정당의 합좌(閤坐)2506)ᄒᆞ여 상국의 엄졍ᄒᆞᆫ 칙언을 듯ᄌᆞ오니, 경황(驚惶) 진구(震懼)ᄒᆞ여 젼도(顚倒)히 계(階)의 ᄂᆞ려 면관(免冠) 쳥죄(請罪)ᄒᆞ니, 양쇼【70】제 ᄯᅩᆫ 관픽(冠佩)를 그르고 계ᄒᆡ의 ᄂᆞ리고, 영시ᄂᆞᆫ 더욱 져의 죄로 어ᄉᆞ 딕죄(待罪)ᄒᆞ고 원비 하당ᄒᆞ니, 참괴(慙愧) 한분(恨憤)ᄒᆞ고 송연(悚然) 뉵니(忸怩)ᄒᆞ여 ᄯᅡᆯ와 ᄂᆞ려 복지(伏地)ᄒᆞ니, 승상이 어ᄉᆞ를 ᄉᆞ(赦)ᄒᆞ여 오르라 ᄒᆞ고, 양·영 냥인을 ᄒᆞᆫ가지로 불너 올니민, 경계ᄒᆞ여 굴오ᄃᆡ,

"무릇 ᄉᆞ치ᄂᆞᆫ ᄉᆞ름의 집을 망ᄒᆡ오ᄂᆞᆫ 댱본(張本)이라. 이런 고로 엄훈(嚴訓)이

2503) 긔도(開道) : 어떤 일을 새로 시작함. =개로(開路).

2504) 붉으다 : 밝히다. '밝다'의 사동사. 불빛 따위로 어두운 곳을 환하게 하다.

2505) 돋다 : 돋우다. 위로 끌어 올려 도드라지거나 높아지게 하다. ※ '돋다'는 목적어를 취하지 않는 자동사이므로 '화를 돋다'와 같이 쓰는 것은 잘못이다. '화를 돋우다'가 옳다.

2506) 합좌(閤坐) : 큰집의 합문(閤門)안에 사람들이 모여 앉음.

정녕(丁寧)ᄒ시니, 형댱이 일노써 두려ᄒᄉ 하직ᄒ올 ᄯᅵ, 니ᄅᄉᄃᆡ,

"신뷔 됴졍 지상의 댱샹(掌上) 농【71】쥐(弄珠)니, 일쥭 호ᄉ(豪奢)의 무드러2507) 금슈(錦繡) 쥬옥(珠玉)을 믈니치지 못ᄒ족, 이ᄂ 가법을 어ᄌ러이고 딕인 명녕을 어그릇ᄎ미니, 나의 아지 못ᄒᄂ 며ᄂ리라. 네 닉몸을 딕(代)ᄒ여 금칙(禁飭)ᄒ라2508)' ᄒ시믈 밧ᄌ와시니, 미쳐 구가(舅家) 법졔를 아지 못ᄒᄂ 고로 누누(屢屢)이 니르ᄂᄂᆞ니, 삼가 엄구(嚴舅)긔 득죄치 말나. 무릇 부녀의 도리ᄂ 유슌(柔順) 졍졍(貞靜)ᄒ미 가ᄒ니, 그 덕이 가히 군ᄌ의 비위(配位)되믈 니르고, 안쇠의 고음과 의복의 빗나믈【72】경계ᄒ미라. 양 현딜(賢姪)의 덕셩이 현혜(賢慧)ᄒ고 녜되(禮道) 졍슉ᄒ니, 네 삼가 원비의 덕ᄒᆡᆼ을 ᄯᆯ와 효측(效則)ᄒ족 부도(婦道)의 어긔미 업ᄉ거시오, 원비(元妃)ᄂ 니른 녀군(女君)이니, 지실(再室)인족 비쳡(卑妾) 일뉴(一類)라. 스스로 겸공(謙恭) 근신(謹身)ᄒ여 월남(越濫)2509)ᄒ미 업ᄉ족, 양 현질은 태ᄉ(太姒)2510)의 셩덕(盛德)을 효측(效則)홀지라. 일노됴ᄎ 오딜(吾姪)의 가졔(家齊) 법이 잇고, 형댱의 깃거ᄒ심과 딕인의 두굿기시믈 닐위리라. 냥딜(兩姪)은 ᄒ가지로 삼가 돈목(敦睦)ᄒ【73】고 친이ᄒ여, 우슉(愚叔)의 말노써 헛되이 져바리지 말지어다."

양쇼졔 업디여 지비 슈명홀 ᄯᆞ름이오, 영시 ᄯᅩ 황괴(惶愧) 츅쳑(踧惕)ᄒ여 비ᄉ 슈명(拜謝受命)ᄒ나, 닉심(內心)의 원한이 막혀 안쇠이 ᄌ로 변ᄒ되, 계오 참고 믈너ᄂᄂᆞ니, 부득이 환픽(環佩)를 덜고 지분(脂粉)2511)을 씨스며 시로 장쇼(粧梳)2512)ᄒ고, 아연(俄然)2513) 분원(忿怨)ᄒ여 홍뉘(紅淚)2514) 삼삼이2515) 냥슈(兩水)의 방타(滂沱)ᄒ니2516), 유모 홍션이 돌돌ᄒ여2517) 굴오되,

"우리 쇼졔 금누화당(金樓華堂)의 싱댱(生長)ᄒ여 퇴후 낭낭【74】춍이ᄒ시믈 밧ᄌ오니, 염녀(艶麗)ᄒ ᄌ틱ᄂ 쥬취(珠翠)2518)로 됴ᄎ 더으고, 쇄락ᄒ 광휘ᄂ 금슈(錦繡)로 인ᄒ여 빗츨 돕거ᄂᆯ, 노상(路上)의 ᄒᆡᆼ걸(行乞)ᄒ던 양녀의 ᄌ최를 ᄯᆯ

2507) 무들다 : 물들다. 빛깔이 스미거나 옮아서 묻다.
2508) 금칙(禁飭)ᄒ다 : 하지 못하게 타이르다.
2509) 월남(越濫) : 분수에 넘치는 정도가 지나치다.
2510) 태사(太姒) : 중국 주(周)나라 문왕의 비(妃). 현모양처(賢母良妻)로 이름이 높다.
2511) 지분(脂粉) : 연지(臙脂)와 백분(白粉)을 아울러 이르는 말. 늑분지.
2512) 장쇼(粧梳) : 화장 하고 빗질 함.
2513) 아연(俄然) : 너무 놀라거나 어이가 없어서 또는 기가 막혀서 입을 딱 벌리고 말을 못 하는 모양.
2514) 홍뉘(紅淚) : 몹시 슬프고 분하여 나는 눈물.=피눈물.
2515) 삼삼이 : 삼삼히. 눈앞에 보이는 것처럼 또렷하게.
2516) 방타(滂沱)ᄒ다 : 눈물이 뚝뚝 떨어지다.
2517) 돌돌ᄒ다 : 애달아하다. 안타까워하다.
2518) 쥬취(珠翠) : 진주와 비취를 함께 이르는 말.

와, 빗업슨 의복이 분(憤)을 도으니, 노신이 쇼져를 유양(乳養)ᄒ여 졍이 외람이 모ᄌ(母子)의 더은지라. 이 셜우믈 긴날의 엇지 ᄎᆞ므리잇가?"

ᄒ더라. 【75】

화산선계록 권지삼십팔

ᄎ셜, 영쇼제 오열 왈,

"어미ᄂᆞᆫ 말을 그치라. ᄂᆞ의 약ᄒᆞᆫ 간댱이 이 집의 니ᄅᆞᆫ 슈십 일이 못ᄒᆞ여셔 반남
ᄋ 말나시니, 일월(日月)을 뉴(留)ᄒᆞᆫ죽 속졀 업시 향(香)이 ᄉᆞ라지고 옥(玉)이 바
ᄋ지리로다."

시녀 봉션이 ᄂᆞ죽이 간왈,

"쇼져ᄂᆞᆫ 말ᄉᆞᆷ을 삼가시고 비ᄉᆞᆨ(悲色)을 감쵸쇼셔. 쳥문(聽聞)2519)의 ᄂᆞᆺ타난 죽
엇지 낭픽 아니리잇고? '쇼불인즉난듸뫼(小不忍卽難大謀)2520)라' ᄒᆞ여시니, 쇼져
ᄂᆞᆫ 심ᄉᆞ(心思)를 널니고 긔ᄉᆞᆨ(氣色)을 【1】 지어 일가의 칭예(稱譽)를 어드신죽,
셔셔이 모칙(謀策)을 베퍼 강젹을 졔어ᄒᆞ고, 원위(元位)를 어드시면 타일 영광이
됵히 오늘 분(忿)을 셜(雪)ᄒᆞ리이다."

영쇼제 셕연돈오(釋然頓悟)2521)ᄒᆞ여 누슈(淚水)를 거두고 왈,

"너의 지략이 삼걸(三傑)2522)을 겸ᄒᆞ니 이러므로 모친이 널노써 날을 쥬신지라.
신모(神謀)를 운동ᄒᆞ여 날노 ᄒᆞ여곰 ᄉᆞ희(四海)2523)를 통일케 ᄒᆞ라."

ᄒᆞ니, 이 봉션 ᄌᆞᄂᆞᆫ 홍션의 아이니, ᄂᆞ히 이십여셰오 지족다모(知足多謀)2524)ᄒᆞ
니, 영시의 모 【2】 녜 칭찬ᄒᆞ여 한시(漢時) 삼걸(三傑)을 겸ᄒᆞᆫ 지라 ᄒᆞ고, ᄉᆞ랑ᄒᆞ
기를 슈둑(手足) ᄀᆞ치 ᄒᆞ니, 션이 감격ᄒᆞ여 죽기로 갑고ᄌᆞ ᄒᆞ더라.

영시 봉션의 ᄀᆞ르치믈 드러 의장(衣裝)을 검쇼히 ᄒᆞ고 안식을 온공히 ᄒᆞ여 슉
당과 양쇼져 셤기믈 지극히 ᄒᆞ니, 셰 부인이 비록 무이(撫愛)ᄒᆞ나 영시의 가작(假
作)ᄒᆞᄂᆞᆫ 졍틱를 엇지 모로리오. 그윽이 긔탄ᄒᆞ더라.

2519) 쳥문(聽聞) : 들리는 소문. 또는 남의 이목(耳目).
2520) 쇼블인즉난대모(小不忍卽難大謀) : 작은 일을 참지 못하면 큰일을 꾀할 수 없음.
2521) 셕연돈오(釋然頓悟) : 한 점 의심도 없이 밝히 깨달음.
2522) 삼걸(三傑) : 3인의 걸출한 인물이란 뜻으로, 한 고조(漢高祖)가 천하를 통일하는
 데 있어 가장 공이 컸던 장량(張良), 한신(韓信), 소하(蕭何)를 일컫는 말이다. 한 고조
 가 천하를 통일하고 나서 이들을 일러 "이 세 사람은 모두 인걸이다. [此三人者 皆人傑
 也]"라고 했던 데서 온 말이다.
2523) ᄉᆞ희(四海) : 온 세상.
2524) 지족다모(智足多謀) : 족지다모(足智多謀). 지혜가 넉넉하고 꾀가 많음.

씨의 시랑 부인 쇼시 잉틱 만월(滿月)ᄒ니 셩혼(成婚)ᄒ연지 팔년의 비로쇼 쳐음이【3】라. 구고(舅姑) 툰당(尊堂)의 기ᄃ리미 간졀ᄒᄆ로, 진부인이 더옥 쵸됴(焦燥)ᄒ더니, 대열(大悅)ᄒ여 싱남(生男)을 바라더니, 삼월 셔뎡공 탄일(誕日)의 슌산(順産) 싱남(生男)ᄒ니, 승상과 삼부인이 환힝(歡幸)ᄒ고 진부인의 환텬희지(歡天喜地)2525)ᄒᄆᆯ 어이 다 니르리오.

상국 삼비 친히 쇼부의 가 신ᄋ를 볼 시, 히ᄋ(孩兒) 셕딕(碩大) 완실(完實)ᄒ고 쥰일(俊逸)2526) 호상(豪爽)ᄒ니2527) 쥬긱이 셔로 하례ᄒ고, 쇼쇼졔 신긔(神氣) 안여평셕(安如平席)이[ᄒ]니, 즐거온 긔운이 산실의 둘넛ᄂ지라.【4】

쇼시랑이 위시랑을 닛그러 드러와 ᄒ가지로 희긔(喜氣) 영농(玲瓏)ᄒ더니, 진부인이 히ᄋ를 어루만즈, 상국부인을 향ᄒ여 왈,

"불쵸(不肖) 녀식의 우용(愚庸)ᄒᄆ로 툰부 셩은이 하날 ᄀᄐᄉ 과이ᄒ시니, 감은협골(感恩浹骨)2528)ᄒ미 일신의 져져시되 갑사올 도리 업스니, 다만 녀ᄋ의 싱남ᄒᄆᆯ 바라 일분 깃그시믈 엇줍고ᄌ 현망(懸望)ᄒ더니, 이후ᄂ 져기 숑연(悚然)ᄒᄆᆯ 풀니로쇼이다."

니부인이 답ᄉ(答謝) 왈,

"딜ᄋ(姪兒) 연긔 이십이【5】넘으니 구고의 바라심과 슉슉의 기다리시미 슉야(夙夜)2529)의 헐치 아니신지라. 쇼미 ᄯ오ᄒ 미미ᄒ 근심이 깁더니, 이러틋 영형슈발(寧馨秀拔)2530)ᄒ 남ᄋ를 어드니, 일가의 경화(慶華) 이의 더으미 업ᄂ이다."

인ᄒ여 셔로 환쇼ᄒ더니, 쇼시랑 부인 위쇼졔 홀연 ᄉ식(辭色)이 불평ᄒ여 ᄉ침(私寢)으로 퇴ᄒ거늘, 니부인이 의심ᄒ여 뭇고ᄌ ᄒ더니, 믄득 쇼져 유뫼 급히 드러와 쇼졔 님산(臨産)ᄒ여시믈 고ᄒᄂ지라.【6】

진부인이 근늬 식부의 신긔 ᄯ로 불안ᄒᄆᆯ 보와 넘녀ᄒ나 님산ᄒ여시믈 망연이 몰낫더니, 경희(慶喜)ᄒᄆᆯ 니긔지 못ᄒ야 일시의 쇼져 침각(寢閣)의 모드니, 쇼졔

2525) 환텬희지(歡天喜地) : 하늘도 즐거워하고 땅도 기뻐한다는 뜻으로, 매우 즐거워하고 기뻐함을 이르는 말.

2526) 쥰일(俊逸) : 재능이 뛰어남

2527) 호상(豪爽)ᄒ다 : 호탕하고 시원시원하다.

2528) 감은협골(感恩浹骨) : 은혜를 감사함이 뼈에 사무침.

2529) 슉야(夙夜) : 이른 아침과 늦은 밤.

2530) 영형슈발(寧馨秀拔) : 매우 영특하고 빼어남. *영형(寧馨)은 영형아(寧馨兒)에서 온 말로, 중국 진(晉)나라의 속어에 '이런 아이!'라는 감탄사로 쓰이던 것이, 뒤에 '매우 영특함'을 뜻하는 말로 바뀐 말이다. 진나라 왕연(王衍)이 어려서 매우 총명하고 풍채가 뛰어났는데, 그가 총각 시절에 당시 죽림칠현(竹林七賢)의 한 사람인 산도(山濤)를 방문했을 때, 산도가 한참 동안 바라보다가 "그 어떤 아낙네가 이런 아이를 낳았단 말인가!(何物老嫗, 生寧馨兒!)"라고 감탄하였다 한다. 『晉書 卷43』 '王衍列傳'에 나온다.

아미를 씽긔고 옥안의 홍운이 올나 알픈 거슬 춤눈지라.

진부인이 황망이 붓들고 굴오듸,

"현뷔 잉틱ᄒ여 삭쉬(朔數) ᄎ시믈 아득히 몰나시니, 만일 친부뫼(親父母) 이신 즉 이러치 아닐지라. 노뫼 현부를 녀ᄋ ᄀᆞᆺ치 익무(愛撫)ᄒ노라 ᄒ되, 그 범연(凡然)ᄒ미 이 ᄀᆞᆺ【7】ᄒ니 춤괴(慙愧)치 아니랴! 엇지 심히 긔이미 이 ᄀᆞᆺᄒ뇨?"

쇼제 황공ᄒ여 감히 듸치 못ᄒ니 진부인이 어루만져 그 몸을 편케ᄒ더니, 홀연 히ᄋ(孩兒)의 우름쇼릐 급ᄒ니, 니·뉴·뎡 제부인이 연망(連忙)이 붓드러 보호ᄒ고, ᄋ히를 거두어 강보(襁褓)의 ᄡ며 깅반(羹飯)을 ᄀᆞ져 쇼져를 먹일 식, 위시랑과 쇼시랑이 창외의셔 남이(男兒)를 알믹, 쇼싱이 듸희ᄒ여 웃는 입을 쥬리지 못ᄒ눈지라.

위시랑이 우어 왈,

"ᄀᆞᆺ득 농판(弄板)[2531]의 인ᄉ(人士)가 아듀 치【8】장(齒長)[2532]이 되어시니, ᄉᆞ룸의 아비 되미 붓그럽지 아니랴?"

쇼싱이 답쇼(答笑) 왈,

"나는 한업시 됴흐니 뉘 형 ᄀᆞᆺ치 속으로 즐겨ᄒ며 거즛 침즁(沈重)ᄒᆞᆫ 체 하리오."

셔로 우을 ᄉᆞ이의 진부인이 명ᄒ여,

"드러와 히ᄋ를 보라."

ᄒ니, 쇼싱이 흔연이 명을 니어 입실ᄒ니, 모친과 셰 슉뫼 히ᄌ(孩子)를 보눈지라. ᄋ지 미목(眉目)이 슈려ᄒ고 염틱(艶態) 뎡묘(精妙)ᄒ여 ᄌ가와 부인을 습ᄒ여시[2533]니 깃브미 바라믹 넘으니, 모친긔 고왈,

"원닉 녀ᄌ의 셩이 고요ᄒ고【9】그윽ᄒ미 본듸 올커니와 ᄌᆞ식이 느키의 니르되 ᄉᆞ룸이 모로게 ᄒ미 너모 이심(已甚)[2534]ᄒᆞᆫ가 ᄒᆞ나이다."

니부인이 답쇼 왈,

"이는 현딜이 쇼탈(疏脫)[2535]ᄒ미라. 어느 담 큰 녀지 잉틱ᄒ엿노라 니르리오."

진부인이 우어 왈,

2531) 농판(弄板) : ①실없고 장난스러운 기미가 섞인 행동거지. 또는 그런 사람. ②흐리멍 텅하다. 옳고 그름의 구별이나 하는 일 따위가 아주 흐릿하여 분명하지 아니하다. *방 언에 엄(嚴)하게 형벌하는 관리를 '악판(惡板)'이라 하고, 느슨하게 형벌하는 관리를 '농판(弄板)'이라고 한다. 『목민심서 형전(刑典)』 '신형(愼刑)'조에 나온다.

2532) 치장(齒長) : '나이가 상대적으로 많은 사람'을 이르는 말.

2533) 습ᄒ다 : 닮다.

2534) 이심(已甚) : 지나치게 심함.

2535) 쇼탈(疏脫) : 예절이나 형식에 얽매이지 아니하고 수수하고 털털함.

"현미의 말씀이 과연 올토다. 현뷔 친측(親側)을 만니(萬里)의 격(隔)ᄒ여 아득히 아지 못ᄒ고, 가뷔 쇼리(率爾)ᄒ여2536) 슬피지 못ᄒ고, 긔(其)2537) 어뷔 범연ᄒ여 아지 못ᄒ여시니, 화쥐셔 드르신족, '흔 일노써 타스(他事)를 가히 알지라'ᄒ여, 먼 【10】 니셔 넘녀ᄒ실지라. ᄌ괴(自愧) 츅쳑(踧惕)ᄒ니 어드로셔 현부를 척망홀 말이 나느뇨?"

시랑이 ᄃᆡ쇼 왈,

"히이 부인을 경즁(敬重)ᄒᆞ믄 만목쇼공지(萬目所共知)2538)라. 셩보형과 웅창의 우음 말니 되어시니, 됵(足)히 쇼리흔 발명은 될 거시오, 태태 ᄌ익ᄒᄉᆞ미 유ᄋᆞ 보듯 ᄒ시니, 화쥐 비록 머러 보지 못ᄒ시나 드르시미 ᄌᆞ셔ᄒ리니, 현마 ᄋᆞ히를 ᄂᆞᆺ바 ᄒ시리잇가? 연(然)이나 ᄋᆞ들을 어더 동ᄉ(宗事)를 긔탁(寄託)ᄒ며 녕쳬(零替)2539)흔 문호를 붓드니 영힝 【11】 ᄒ미 극ᄒ고, ᄉᆞ름의 아비 되니 몸이 큰 듯 ᄒᆞ이다."

ᄉᆞ위(四位) 부인이 흔가지로 두굿기고 깃거 ᄒ더니, 위시랑이 문밧긔셔 ᄭᅮ지져 골오ᄃᆡ,

"인면슈심(人面獸心)2540)의 거슨 아됴 넘치를 ᄂᆞᆺ코 ᄂᆞ올 쥴을 모로느뇨? 네 ᄋᆞ 들이 져기 ᄌᆞ라거든 닐너 아븨 구구(區區)ᄒᆞᆯ믈2541) 알게 ᄒ리라."

쇼시랑이 ᄃᆡ쇼 왈,

"닉 이십이 거의 된 후 비로쇼 ᄋᆞ들을 어드니 ᄃᆡ한(大旱)2542)의 운예(雲霓)2543)도곤 더은지라. 형이 엇지 웃느뇨?"

인ᄒ여, 유ᄋᆞ를 어루만져 ᄂᆞ오지 아니니, 위시랑 【12】 이 우으며 ᄭᅮ짓고 가더라.

상국부인이 슈일 후 도라오니 상국이 냥기 신ᄋᆞ의 작인(作人)을 믓고 깃거ᄒ여 화쥐예 보(報)ᄒ니, 삼칠(三七)2544)이 지난 후 쇼·위 냥쇼제 각각 유ᄋᆞ로 더브러 와 상국긔 뵐 식, 진부인이 진외숀ᄋᆞ(陳外孫兒)2545)를 쌍득(雙得)ᄒ니 만심환낙

2536) 쇼리(率爾)ᄒᆞ다 : 말이나 행동이 신중하지 못하고 가볍다.
2537) 긔(其) : 그의. 그(3인칭대명사)와 의(관형격조사)가 합해진 말.
2538) 만목쇼공지(萬目所共知) : 모든 사람들이 다 아는 바임.
2539) 녕쳬(零替) : 세력이나 살림이 줄어들어 보잘것없게 됨.
2540) 인면수심(人面獸心) : 사람의 얼굴을 하고 있으나 마음은 짐승과 같다는 뜻으로, 마음이나 행동이 몹시 흉악함을 이르는 말.
2541) 구구(區區)ᄒᆞ다 : 잘고 많아서 일일이 언급하기가 구차스럽다.
2542) ᄃᆡ한(大旱) : 큰 가뭄.
2543) 운예(雲霓) : ①구름과 무지개를 아울러 이르는 말. ②비가 올 징조.
2544) 삼칠(三七) : 삼칠일(三七日). 『민속』 아이가 태어난 후 스무하루 동안. 또는 스무하루가 되는 날. 대개는 이날 금줄을 거둔다.=세이레.

(滿心歡樂)ㅎ여 노셩(老成)흔 유모를 색 보호케 ㅎ고, 장쇽(裝束)을 졍졔(整齊)히 ㅎ여 보닉미, 상국이 몬져 쇼쇼져의 싱으를 슬피미 엄즁쇄락(嚴重灑落)[2546]ㅎ믄 아뷔 긔골이오, 슉연이 미려ㅎ믄 어믜 ᄌ질이라. 이 【13】 과연 명동황뎨 봉슈홀 젹댱손익(嫡長孫兒)오 위시 동통(宗統)을 니을 댱셩(長星)[2547] 틱악(泰岳)[2548]이라.

상국의 만면 화풍이 동군(東君)[2549]을 마즘 굿고, 만심(滿心) 환열(歡悅)이 심곡(心曲)을 쏘드니 ᄌ긔 열두 으들을 두어시나, 이 굿치 깃거 ᄒ미 업던지라. ᄉ름이 다 감탄ᄒ기를 마지아니ᄒ더라.

됴쵸[2550] 쇼으의 긔이ᄒ미 부풍모ᄌ(父風母姿)[2551]ᄒ여 영긔(英氣) 츌뉴(出類)ᄒ고 졍명호연(正明浩然)[2552]ᄒ니, 어루만져 쇼싱과 질녀를 딕ᄒ여 하례ᄒ믈 마지아니 ᄒ더라.

진왕이 본딕 뉴 【14】 으(乳兒)를 과히 ᄉ랑ᄒᄂᆫ지라. 냥으(兩兒)를 슬상(膝上)의 언저 무유(撫柔)[2553]ᄒ여 작셩(作性) 긔질(氣質)을 탄상ᄒ니, 쇼시랑이 우어 왈,

"뎌히 남의 ᄌ식도 져러틋 연이(憐愛)ᄒ시니 농장(弄璋)의 경ᄉ(慶事) 어드신 즉, 닉뎐을 써ᄂᆞ지 못ᄒ실쇼이다."

왕이 답쇼 왈

"쇼뎨 본셩이 유으를 심히 ᄉ랑ᄒ니, 셩·창 등으로부터 졔뎨(諸弟)를 다 갓나실 젹은 각별 ᄉ랑ᄒ더니, ᄌ란 후ᄂᆫ 유시(幼時)와 다르더이다. 츠으ᄂᆞ 졔 부형이 부득지(不得志)ᄒ여 은이(恩愛)를 엇지 못흔다 ᄒ니, 시고(是故)로 【15】 이런ᄒ나이다."

ᄒ니, 그ᄂᆞ 시랑의 언닉의 위시랑이 쇼탈(疏脫) 범연(泛然)ᄒ여[2554] ᄌ이홀 쥴 모르니, 유츙ᄒ여 붓그리미 아닌즉, 능통ᄒ여 텬뉸을 모로미라 ᄒᄂᆫ 고로, 왕의 말이 이

2545) 진외손으(陳外孫兒) : 진외가(陳外家) 손자. *진외가(陳外家): 아버지의 외가.
2546) 엄즁쇄락(嚴重灑落) : 엄격하고 정중하며 깨끗하고 상쾌함.
2547) 댱셩(長星) : 『천문』 =혜성(彗星). 가스 상태의 빛나는 긴 꼬리를 끌고 태양을 초점으로 긴 타원이나 포물선에 가까운 궤도를 그리며 운행하는 천체. 핵, 코마, 꼬리 부분으로 이루어져 있다.
2548) 틱악(泰岳) : 태산(泰山). 『지명』 중국 오악(五嶽) 가운데 하나. 산동성(山東省) 태안(泰安) 북쪽에 있다. 높이는 1,524미터. 늑동악.
2549) 동군(東君) : '태양'을 달리 이르는 말.
2550) 됴쵸 : 좇아. 따라. 뒤따라. *쵸츠다: 좇다. 따르다. 뒤따르다.
2551) 부풍모ᄌ(父風母姿) : 아버지의 풍채와 어머니의 자태.
2552) 졍명호연(正明浩然) : 정대하고 공명하며 넓고 큼.
2553) 무유(撫柔) : 어루만져 사랑함.
2554) 범연(泛然)ᄒ다 : 차근차근한 맛이 없이 데면데면하다.

러ᄒ미라.

어시 ᄀᆞᆯ오ᄃᆡ

"형댱이 금년 이십이시니 으히 어드시미 느즌지라. 엇지 붓그리미 계시며, 텬뉸 ᄌᆞ
익를 모로실 비리오."

언미필(言未畢)의 용능후 댱ᄌᆞ 니싱이 쇼왈,

"셩보ᄂᆞᆫ 쇼탈ᄒᆞ야 져독(舐犢)²⁵⁵⁵의 은이(恩愛)를 모로거니와, 혜보ᄂᆞᆫ ᄌᆞ식을 엇지
못ᄒᆞ여시니 남【16】의 일을 블워 ᄒᆞ리로다."

ᄒᆞ고, 서로 환쇼(歡笑)ᄒᆞ여 즐기ᄂᆞᆫ 쇼리 합ᄉᆞ(闔舍)²⁵⁵⁶의 진동ᄒᆞ더라.

어시의 영쇼졔 머믄지 일니월(一二月) 졔²⁵⁵⁷의 분한(憤恨)이 ᄀᆞ득ᄒᆞ여 침당의셔
봉션을 ᄃᆡᄒᆞ여, 읍읍(悒悒) 쵸창(怊悵)ᄒᆞ여 ᄀᆞᆯ오ᄃᆡ,

"양시를 졀졔(切除)ᄒᆞ고 나의 ᄠᅳᆺ을 일울 길히 업ᄂᆞ니, 곳치 쇠(衰)ᄒᆞ고 옥이 썩 무
드미, 댱부의 은툥(恩寵)은 바랄 비 아니라. 나의 일이 엇지 한(恨) 되지 아니리오."

봉션이 위로ᄒᆞ여 ᄀᆞᆯ오ᄃᆡ,

"쇼져ᄂᆞᆫ 밧바 마르쇼셔. 텬하를 졍(定)ᄒᆞᄂᆞᆫ 지 일빅 번 죽을【17】익을 지ᄂᆡ고 ᄒᆞᆫ
번 살기를 어더, 바름의 머리 빗고 비의 목욕 감ᄋᆞ, 창ᄃᆡ를 베고 ᄉᆞ뎔의 압셔 무궁ᄒᆞᆫ
곡경을 당ᄒᆞᄂᆞ니, 쇼졔 이 곳의 오션 지 계오 슈월이 지나시니, 엇지 능히 기갑(介
甲)²⁵⁵⁸을 움죽여 젹국(敵國)을 마즈 봉예(鋒銳)를 닷토리오. ᄃᆡ져 큰 ᄠᅳᆺ을 둔 ᄌᆞᄂᆞᆫ
몬져 어진 신하를 구(求)ᄒᆞᄂᆞ니, 널니 인심을 결납(結納)ᄒᆞ고 지됴²⁵⁵⁹를 쵸우(招
于)²⁵⁶⁰ᄒᆞ여, 가히 죽으무로써 갑기를 긔약(期約)ᄒᆞᆫ 후의야, 비로쇼 ᄃᆡᄉᆞ(大事)를 일
울지라. 천금으로 셥졍(聶政)²⁵⁶¹의 ᄠᅳᆺ을 ᄉᆞ【18】협누(俠累)²⁵⁶²를 지르미, 형가(荊
軻)²⁵⁶³의 픽(敗)ᄒᆞᆷ믈 본밧지 아니 ᄒᆞ리니, 쇼비(小婢) 임의 그윽이 유의ᄒᆞ연지 오ᄅᆡ

2555)져독(舐犢) : 지독(舐犢). 어미 소가 송아지를 핥는 사랑이란 뜻으로, 자식에 대한
어버이의 지극한 사랑을 비유적으로 이르는 말. =지독지애(舐犢之愛).

2556)합샤(闔舍) : 온 집안.

2557)졔의 : ①즈음에. *즈음: 일이 어찌 될 무렵. ②적에. *적: 그 동작이 진행되거나 그
상태가 나타나 있는 때, 또는 지나간 어떤 때.

2558)기갑(介甲) : 예전에, 싸움을 할 때 적의 창검이나 화살을 막기 위하여 입던 옷. 동
양에서는 쇠나 가죽으로 된 미늘을 붙여 만들기도 하였다.=갑옷.

2559)지됴 : 재주. 무엇을 잘 할 수 있는 타고난 능력과 슬기. *여기서는 '재주 있는 사람'
을 뜻함.

2560)쵸우(招于) : 부르다. 초빙하다.

2561)셥졍(聶政) : 중국 전국시대의 이름난 자객. 자기를 알아준 한(韓)나라 대신 엄중자
(嚴重子)를 위해 엄중자와 원수 사이인 재상 협루(俠累)를 죽이고, 자신이 누구인지 알
아보지 못하도록, 칼로 자신의 얼굴 가죽을 벗기고 눈알을 빼내고 배를 갈라 창자를 내
놓고 죽었다.

2562)협누(俠累) : 중국 전국 시대 한(韓)나라의 재상. 당시 대신 엄중자(嚴仲子)와 원수
사이였는데, 엄중자의 사주를 받은 자객 섭정(聶政)에게 살해당했다.

더니, 작일(昨日)의 경됴각 시♀ 셜난이 부인긔 척을 듯고 댱 밧그로 나올 시, 눈섭을 모호고 눈물을 쓰셔 ᄀ마니 발을 구르니 그 원심(怨心)이 잇스믈 알지라.

스괴기를 위ᄒᆞ여 져녁 문안의 홀노 쳐져 틈을 엇더니, 셜난이 후졍(後庭)의셔 《됴년∥됴연(悄然)2564)》이 텬의(天涯)를 바라고 오열(嗚咽)ᄒᆞ거늘, 손쳐 블너 말ᄒᆞ니, 원ᄂᆡ 셜난은 본이 양가(良家) 녀즈로 어미 죽고 아비 【19】 긔한(飢寒)의 병드러, 난과 그 ♀오 빙셤을 파니, 양 퇴위(太尉) 친산(親山)의 곳다가 맛ᄂᆞ시니, 초의 양시의 남믹 ᄒᆡᆼ걸(行乞)ᄒᆞ다가 우리 노야긔 젹승(赤繩)2565)을 ᄆᆡ즈니, 친가의셔 일기 쇼츠환(少叉鬟)도 됴츠미 업ᄂᆞᆫ 고로, 양퇴위 냥녀를 ᄆᆡ득(買得)ᄒᆞ야 ᄆᆡ져(妹姐)긔 드린지라. 문주를 희득ᄒᆞᆷ무로 셔젹을 쇼임ᄒᆞ니, 난이 울며 니로ᄃᆡ,

"ᄂᆡ의 부친이 고혈(孤孑)ᄒᆞ여 강근지친(强近之親)이 업고, 다만 쓸 ᄃᆡ 업슨 냥녀를 두어 의식을 경영치 못ᄒᆞᆯ 시, 쳡의 형뎨를 파라 금빅 【20】을 원쥭(遠族)을 쥬고 의지ᄒᆞ엿더니, 금이 진ᄒᆞ미 박ᄃᆡ 퇴심ᄒᆞ니 은냥을 모화 보ᄂᆡ고져 ᄒᆞ되, 다만 댱ᄃᆡ(粧臺)를 밧들고 셔젹을 쇼임ᄒᆞ여 슈즁(手中)의 푼젼(錢)2566)이 니르지 아니ᄒᆞ니 엇지 시러곰 은냥을 어드리오."

ᄒᆞ거늘, 쇼비 니로ᄃᆡ,

"부인이 낭즈의 졍니(情理)를 술피지 아니시ᄂᆞ냐?"

난이 머리를 숙여 기리 탄하여 굴오ᄃᆡ,

"우리 부인이 비록 ᄉᆞᄉᆞ(私私) 직믈을 두시미 업스나, 본ᄃᆡ 졍당 ᄉᆞ친(私親)이시니, 【21】 쓰고져 ᄒᆞ신즉 임의로 ᄒᆞ시려니와, 쳡 ᄀᆞᄐᆞᆫ 쳔훈 쇼비즈의 ᄉᆞ졍을 엇지 통쵹(洞燭)ᄒᆞ시믈 ᄇᆞ라리오."

그 ♀오 빙셤이 오열(嗚咽) 왈,

"은즈ᄂᆞᆫ 쥬지 아니시나, 졍경(情景)을 연측(憐惻)ᄒᆞ신즉 감은치 아니랴?"

ᄒᆞ니, 셜난이 눈으로 말을 금ᄒᆞᄃᆡ, 긋치ᄂᆞᆫ지라.

"져 냥녀를 깁히 ᄆᆡ즈 은즈를 쥬고 졍을 통ᄒᆞᆫ즉 거의 골경(骨骾)2567)의 들미 되리이다"

영시 ᄃᆡ열ᄒᆞ여 슈빅 냥 은즈와 삼ᄉᆞ 필(疋) 포빅(布帛)을 ᄡᆞ 봉션을 쥬어, '쳑를 【22】 타 셜난을 쥬라.' ᄒᆞ엿더니, 초일의 봉션이 쇼져를 뫼셔 졍당(正堂)의 곳더니, 쇼·위 냥부인이 니르고, 니어 니·뎡 등 졔샹공이 이르러 오니, 모든 쇼졔 다 피ᄒᆞ여

2563) 형가(荊軻) : ?-B.C.227. 중국 전국 시대의 자객. 위나라 사람으로, 연나라 태자인 단(丹)의 부탁을 받고 진시황제를 암살하려 하였으나 실패하고 죽임을 당하였다.

2564) 됴연(悄然) : 의기(意氣)가 떨어져서 기운이 없이.

2565) 젹승(赤繩) : 인연을 맺는 붉은 끈. 또는 부부의 인연.

2566) 푼젼(錢) : 푼돈. 많지 아니한 몇 푼의 돈.

2567) 골경(骨骾) : 임금을 두려워 않고 바르게 말하고 행동하는 강직한 신하를 이르는 말.

쇼부인 침쇼 쳥양각의 모닷는지라.

봉션이 ᄀ마니 모든 말슴을 잠쳥(潛聽)ᄒ다가, 양부인 유신(有娠)ᄒ믈 드르니 놀나 오며 분ᄒ여 한(恨)을 머금고, 영쇼져를 뫼셔 도라오미 ᄌᄌ(字字)히2568) 젼ᄒ니, 영시 듯기를 다 못ᄒ여셔 텽텬(靑天)의 뇌졍(雷霆) 【23】 이 니마를 ᄯ리는 듯, 노ᄒ는 머리털이 하늘을 ᄀ르쳐 굴오ᄃ,

"져의 긔셰로 으즈를 씬즉 비단 우희 ᄭᅩ즐 더으미라. 봉션으! 장ᄎ 이를 엇지 ᄒ리오."

션이 ᄃ왈

"셩북(城北) 벽운산 즁의 쳥허관 등운ᄃ스를 임의 아라시니 몬져 하틱(下胎)2569)ᄒᆯ 약을 시험ᄒ여 틱(胎)를 ᄯ르치고2570), 승시(乘時)ᄒ여2571) 일등 독약을 든즉2572), 가히 양시의 목슘을 셔르질지라2573). 쇼져는 쵸ᄉ(焦思)2574)치 마르쇼셔. 셜난을 맛ᄂᆫ고ᄌ 【24】 죵일토록 여으되2575), 심유랑 사상궁이 난을 너여노치 아니ᄒ니, 지금 ᄉ괴지 못ᄒ고 민민(悶悶)ᄒ미로쇼이다."

영시 왈,

"셜난을 다시 승극(乘隙)ᄒ여2576) ᄎᄌ리니, 몬져 쳥화(靑化)2577)를 ᄎᄌ 진실노 신약(神藥)을 슈즁의 닐윈2578) 후, 가히 난을 미ᄌ리라2579)."

봉션이 승명ᄒ여 영부로 도라가니 영상셔 부인 쵸시 므러 왈,

"녀이 연일 무양(無恙)ᄒ며, 신셰(身勢) 안위(安危) 가히 《엇더ᄒ리오.‖엇더ᄒ뇨?》 닉 일노써 넘녀ᄒ미 일일 《분안‖분한(憤恨)》 홀 【25】 와."

봉션이 드듸여 위부 쇼식을 ᄌ셔이 고ᄒ고,

"어스의 은졍(恩情)이 구틱여 믹믹ᄒ미2580) 아니로ᄃ, 양시의 형셰 직(直)고2581)

2568)ᄌᄌ(字字)히 : ᄌᄌ(字字)이. 글자 하나하나마다.

2569)하틱(下胎) : 낙태(落胎). 『의학』 자연 분만 시기 이전에 태아를 모체에서 분리하는 일. 또는 그 태아.

2570)ᄯ르치다 : 떨어치다. 세게 힘을 들여 떨어지게 하다.

2571)승시(乘時)ᄒ다 : 적당한 때를 타다.

2572)들다 : 음식 따위를 먹다. 술이나 물 따위를 마시다.

2573)셔르지다 : 서릇다. 거두어 치우다.

2574)쵸사(焦思) : 애를 태우며 생각함. 또는 그런 생각. 늑초려(焦慮).

2575)여으다 : 엿다. 엿보다. 잘 드러나지 아니하는 행동이나 생각을 알아내려고 살피다.

2576)승극(乘隙)ᄒ다 : 잠시 틈을 타다.

2577)쳥화(靑化) : 쳥화가리(靑化加里). 독약의 일종. *청화가리: 석탄 가스를 정제할 때에, 산화 철에 흡수되어 생긴 사이안화물로 만든 물질. 조해성(潮害性)과 독성이 강한 무색의 결정으로, 물에 잘 녹고 알코올에는 조금 녹는다. 금과 은의 야금, 살충제, 사진술, 분석 시약 따위에 쓴다. 화학식은 KCN. =사이안화 칼륨.

2578)닐위다 : 이르게 하다. 어떤 장소나 시간에 닿게 하다.

2579)및다 : 맺다. 관계나 인연 따위를 이루거나 만들다.

허리 무거워 요동키 어려온 즁, 발셔 잉틱ᄒ미 잇스니 져의 긔셰 항거홀 길히 업ᄂᆞᆫ지라. 여ᄎᆞ여ᄎᆞ 셜난을 ᄉᆞ괴고ᄌᆞ ᄒᆞᆯᄉᆡ 청허관을 ᄎᆞ꾼고ᄌᆞ 오이다."

쵸시 왈,

"너ᄅᆞᆯ 쇼져의 스싱을 삼으믄 ᄯᅳᆺ이 깁흔지라. 항우(項羽)2582)의 용밍도 오강(烏江)2583)의 ᄌᆞ문(自刎)ᄒᆞ미 속졀업시 ᄃᆡ한(大恨)의 속흔지라. 네 만일 【26】 쇼져로 ᄒᆞ여곰 텬하(天下)ᄅᆞᆯ 병탄(倂呑)케 ᄒᆞᆫ즉, 엇지 한ᄀᆞᆺ 뉴후(留侯)2584)ᄅᆞᆯ 봉홀 ᄯᆞ름이리오. 직물은 쓸 ᄃᆡ로 《니워‖니워2585)》 쥬러니와, '황금(黃金) ᄉᆞ만 근으로 초군(楚軍) 니간(離間)'2586)ᄒᆞ믈 효측(效則)ᄒᆞ라."

빅금과 황금을 ᄡᅡ 션을 쥬어 청허관으로 보닌딕, 이 ᄀᆞ온딕 웃듬 도ᄉᆞᄂᆞᆫ 호ᄅᆞᆯ 등운낭이라 ᄒᆞ니 속명(俗名)은 쇼영이라. 옛날 한됴(漢朝) 궁녀로 망명(亡命)ᄒᆞ여 산즁의 가 일긔 요도ᄅᆞᆯ 맛나 뎨ᄌᆞ 되여 이 슐을 빅화시니 능히 몸을 감쵸고 구름을 타며, 【27】 ᄯᅩ ᄉᆞ특(邪慝)한 약을 지어 ᄉᆞ름을 ᄉᆞ괴며 직물을 밧고 무리ᄅᆞᆯ 모호니, 죄 지은 궁쳡과 도망흔 ᄌᆞ최 셔로 됴ᄎᆞ 그 쉬 ᄉᆞ오십이라.

도관(道觀)을 일우고 삼청(三靑)2587)을 위ᄒᆞ며, 졔 스싱 청허도ᄉᆞ의 상을 민ᄃᆞ라 공양ᄒᆞ며 {졔 스싱 청허도ᄉᆞ의 상을 민ᄃᆞ라 공양ᄒᆞ며}, 스ᄉᆞ로 니ᄅᆞ딕 '션인을 구활ᄒᆞ고 즁싱을 졔도(濟度)ᄒᆞ노라' ᄒᆞ니, ᄉᆞ오나온 ᄌᆞᄅᆞᆯ 요괴로온 약을 쥬어 ᄉᆞ름의 집의

2580)믹믹ᄒᆞ다 : 맥맥하다. 생각이 잘 돌지 아니하여 답답하다.

2581)직(直)다 : 직(直)하다. 성격이나 행동이 주변이 없이 외곬으로 곧다.

2582)항우(項羽) : B.C.232~B.C.202. 중국 진(秦)나라 말기의 무장. 이름은 적(籍). 우는 자(字)이다. 숙부 항량(項梁)과 함께 군사를 일으켜 유방(劉邦)과 협력하여 진나라를 멸망시키고 스스로 서초(西楚)의 패왕(霸王)이 되었다. 그 후 유방과 패권을 다투다가 해하(垓下) 오강(烏江)에서 포위되어 자살하였다

2583)오강(烏江) : 중국 양자강(揚子江)의 지류(支流). 귀주고원(貴州高原)에서 시작하여 중경(重慶) 동쪽을 거처 양자강으로 흘러든다. 항우(項羽)가 유방(劉邦)과 패권을 다투다가 해하(垓下)에서 포위되어 이 강에서 자살하였다.

2584)뉴후(留侯) : 장량(張良)을 달리 이르는 말. 자는 자방(子房), 시호는 문성(文成). 한나라 명문 출신으로, 진승(陳勝)·오광(吳廣)의 난이 일어났을 때 유방의 진영에 속하였으며, 후일 항우(項羽)와 유방이 만난 '홍문의 회(會)'에서는 유방의 위기를 구하였다. 소하(蕭何)와 함께 책략에 뛰어나 한나라 창업에 힘썼고, 그 공으로 유후(留侯)에 책봉되었다.

2585)니우다 : ①잇다. 끊어지지 않게 계속하다.

2586)황금(黃金) ᄉᆞ만 근으로 초군(楚軍) 니간(離間) : 한(漢) 나라 유방(劉邦)이 초(楚)나라의 항우(項羽)와 싸워 계속 지자, 유방의 책사인 진평이 반간계(反間計)를 쓸 것을 건의해, 유방에게 황금 4만 근을 받아 가지고 초나라의 군주와 신하들을 이간질하였던 고사를 말한다. 그 결과 항우는 자신의 책사인 범증(范增)과 장수인 종리매(鍾離昧) 등을 의심하여 해하(垓下)의 일전(一戰)에서 패망하고 말았다.

2587)삼청(三淸) : 도교에서, 신선이 산다는 옥청(玉淸)·상청(上淸)·태청(太淸)의 세 궁(宮), 또는 그 궁에 사는 신선을 이르는 말.

변(變)을 일위더라.

봉션이 느으가【28】 정원(情願)을 할2588)고 약을 구ᄒ니 그 약의 동뉴(種類) 여러 가지라. 하티(下胎)ᄒᄂᆫ 약과 듕풍(中風)ᄒᄂᆫ 독(毒)이 잇고, 혹 스오일의 쥭으며 혹 일월(一月)을 년좌(連坐)ᄒ여2589) 스스로 졍긔(精氣)를 쇼모(消耗)ᄒᄂᆫ 약이 잇고, 일등 독약은 ᄒ번 마시민 경긱(頃刻)의 피를 토ᄒ고 쥭으니, 옛날 슉졍과 옥딕 교잉으로 ᄒ여곰 이 곳의 와 약을 스가니, 그 쩍 님군이 어리고 ᄂ라히 기우러져 스히(四海) 다시 홍홍(薨薨)ᄒ니2590), 집졍딕신(執政大臣)이 요약(妖藥)의 근【29】본을 춫지 아닌 고로, 요힝(僥倖) ᄌ취를 슈플의 업딘 교토(狡兔)와 빅일(白日)을 피ᄒ 망냥(魍魎)이러라.

봉션이 여러 가지 약을 스 도라와 쵸시긔 드리고, 몬져 하티(下胎)ᄒ 약을 가져 도라오니, 시시(是時)의 영시 봉션을 보닉고 심식 요요(搖搖)ᄒ여 지박(止泊)홀2591) 곳이 업ᄉ니, 몸을 니러 난두(欄頭)2592)의 비회ᄒ더니, 믄득 향풍이 진울(震鬱)ᄒ고2593) 쵹영(燭映)이 스란(四亂)혼 곳의, 두 쌍 쇼으(小兒)ᄂᆫ 쵹을 드러 압셔고, 네ᄂᆺ 아환(丫鬟)2594)은 향을 밧드러 좌우의【30】갈나시니, 이곳 양부인이 도라오ᄂᆫ 위의(威儀)라. 졍당의 니·졍 등 졔칭이 모다 도라가지 아냐시니 잠간 스침(私寢)의 도라오미러라.

쥬리(珠履)2595)를 늘호여 쯰을미 셤진(纖塵)2596)이 부동(不動)ᄒ고, 치삼(彩衫)이 ᄂ붓기ᄂᆫ 곳의 션메(鮮袂) 표표(表表)ᄒ니, 쌍봉관(雙鳳冠)은 쉬온 머리의 ᄂ즉ᄒ고, 옥결(玉玦)이 의슈(衣袖)의 낭낭(琅琅)ᄒ니, 냥기(兩個) 시위(侍衛)ᄂᆫ 깁부체와 옥쥬미(玉麈尾)2597)를 밧드러 뫼셧고, 일기 관환(官宦)과 일기 노양낭(老養娘)은 긴 옷슬 쯰을고 너른 스믹를 붓【31】쳐 붓드러 뫼시니, 위의(威儀)에 엄슉홈과 쳬면의 존즁ᄒ미 이날 더옥 ᄌ별(自別)ᄒᆫ, 상국(相國)이 쇼졔 잉틱ᄒ무로 사상궁과 심유랑을 신칙(申飭)ᄒ미라.

2588)할다 : =홀다. 하소하다. 하소연하다. 억울한 일이나 잘못된 일, 딱한 사정 따위를 말하다.

2589)년좌(連坐)ᄒ다 : 연속하여 앉아서 지내다.

2590)홍홍(薨薨)ᄒ다 : 쿵쿵하다. 멀리서 포탄 터지는 소리나 큰북 또는 징소리 따위가 잇따라 나다.

2591)지박(止泊)ᄒ다 : 어떤 곳에 머무르다. 또는 머무르게 하다.

2592)난두(欄頭) : 난간마루의 한쪽 귀퉁이. =난간머리.

2593)진울(震鬱)ᄒ다 : 진동(震動)하다. 냄새 등이 매우 강렬하게 풍기다.

2594)아환(丫鬟) : =차환(叉鬟). 주인을 가까이에서 모시는 젊은 계집종.

2595)쥬리(珠履) : 구슬로 꾸민 신발.

2596)셤진(纖塵) : 매우 잔 티끌.

2597)옥쥬미(玉麈尾) : 사슴의 꼬리에 백옥 자루를 한 것으로 담소를, 주로 담소를 나눌 때 들고 있던 도구이다.

부인이 션삼인딕(蟬衫璘帶)2598)와 우스나군(羽紗羅裙)으로 염염(艶艶)히 금년(金蓮)2599)을 옴기매, 의심컨딕 명월이 운니(雲裏)의 힝ᄒ고 치운(彩雲)이 텬변(天邊)의 흐르ᄂᆞᆫ 듯, 맑은 바름이 ᄀᆞᆸ야온 스미를 뒤니즈니2600) 한ᄋᆞ(閑雅)ᄒᆞᆫ 긔상과 빙졍(氷晶)ᄒᆞᆫ 틱되 완연이 쇼ᄋᆡ(素娥)2601) 월젼(月殿)의 ᄂᆞ리고, 왕뫼(王母) ᄌᆞ봉(雌峰)의 빗겻ᄂᆞᆫ 듯, 이향(異香)이 몸의 【32】어릐고, 상광(祥光)이 면모의 둘너시니, 완젼ᄒᆞᆫ 동작과 쳬원(逮遠)한 격퇴 의의(猗猗)히 츄텬(秋天)을 능만(凌慢)ᄒ니, 영쇼졔 일견이 망혼낙담(忘魂落膽)2602)ᄒ니, 연망(連忙)이 댱(帳) 스이의 슘어 다시 보니, 졍당 시위 능쇼 능옥 냥기(兩個) 관환(官宦)이 젼도(顚倒)히 니르러, 상국과 부인 명을 고ᄒᆞ여 굴오딕,

"금일의 일식이 임의 혼흑(昏黑)ᄒ니 혼졍(昏定)을 말고 침쇼의 안휴(安休)ᄒ쇼셔.' ᄒ시더이다."

양쇼졔 공경ᄒᆞ여 듯줍고 졍당을 향ᄒᆞ여 직비 슈명ᄒᆞᄆᆡ, 난간의 올【33】나 실의 드니 심유랑이 ᄂᆞ와 무르되,

"졔노애 그져 계시냐? 엇지 '혼졍(昏定)을 말나.' ᄒ시ᄂᆞ뇨?"

답왈

"니·뎡 냥부 졔상공이 ᄀᆞᆺ 파ᄒᆞ여 도라가시나, 부인이 회잉(懷孕)ᄒ시믈 드르신 고로 어두온 쩌 혹 쇼루(疏漏)ᄒᆞᄆᆡ 계실가 념녀ᄒ시미니라."

상궁 유랑 등의 즐겨 ᄒᆞᆷ믄 니르지 말고, 모든 시ᄋᆡ(侍兒) 다 용약(踊躍)ᄒ되, 셜난이 홀노 머리를 숙여 유유히 ᄯᅡ흘 보고 쳑쳑(慽慽)히 즐겨ᄒᆞᄆᆡ 업더라.

영시 보ᄂᆞᆫ 일마다 한독(悍毒)이 쳘골(徹骨)ᄒ더니, 아【34】이오! 어시 손의 긔린촉(麒麟燭)을 들고 독용(足容)이 완즁(緩重)ᄒᆞ여 계상(階上)을 말믜암ᄋ 당의 오르ᄂᆞᆫ지라. 그 풍치 금일의 더옥 쇄락ᄒ니, 히져(海底)의 금가마괴 부상(扶桑)을 더위잡고 빗난 바름 《과∥의》 {긔}들이 진의(塵埃)를 썰친 듯, 광슈(廣袖)를 드ᄂᆞᆫ 곳의 지게를 열고 홀연(欻然)2603)이 몸을 감쵸니, 영시의 약ᄒᆞᆫ 심간(心肝)이 일만 됴각의 ᄇ ᄋ지고, 보도라온 장위(腸胃) 일쳔 구뷔2604)의 끗쳐지니, 어린ᄃᆞ시 바라보고 누쉬 방방(滂滂)ᄒ더니, 상궁 시ᄋᆡ 분분이 퇴ᄒᆞ여 ᄂᆞ하(欄下) 쇼【35】실(小室)노 허여지니, 좌

2598) 션삼인딕(蟬衫璘帶) : 매미 날개 같은 옷과 옥색 띠라는 말로, 아름답고 화려한 복장을 말함.

2599) 금년(金蓮) : =금련보(金蓮步). 미인의 정숙하고 아름다운 걸음걸이를 비유적으로 이르는 말.

2600) 뒤니즈다 : 뒤이즈다. 뒤집다. 안과 겉을 뒤바꾸다.

2601) 소애(素娥) : 달 속에 있다고 하는 전설 속의 선녀 상아(嫦娥).

2602) 망혼낙담(亡魂落膽) : 몹시 놀라거나 마음이 상해 넋을 잃음. =상혼낙담(喪魂落膽).

2603) 홀연(欻然) : 어떤 일이 생각할 겨를도 없이 급히 일어나는 모양.

2604) 구뷔 : 굽이. 휘어서 구부러진 곳.

위(左右) 고요ㅎ니 쩌의 미월(微月)이 바야흐로 청광을 흘니는 듸, 쳥풍이 슈졍념(水晶簾)을 흔드러 옥난간(玉欄干)의 다니[이]즈니2605) 징연흔 쇼리 한가ㅎ거늘, 수창(紗窓)의 촉영이 명휘ㅎ고, 곡난(曲欄)의 향연(香煙)이 안기 굿ㅎ니, 의연(依然)이 쇼시(蕭史)2606) 《능옥‖농옥(弄玉)2607)》을 듸(對)ㅎ고, 목왕(穆王)2608)의 팔쥰(八駿)2609)이 요지(瑤池)의 님흔 듯, 불워ㅎ고 셜워ㅎ는 즁, 어스의 어셩(語聲)이 마듸마듸 들니니, 은은이 학(鶴)이 구오(句吳)2610)의 부르고, 봉(鳳)이 단산(丹山)2611)의셔 응(應)흠 굿흔지라.【36】

영시 참지 못ㅎ여 느삼(羅衫)과 환픠(環佩)2612)를 버셔바리고 장쇽(裝束)2613)을 굿부야이 ㅎ여 후함(後檻)2614)으로 긔여올나 방즁을 규시(窺視)ㅎ니, 어시 쥬벽(主壁)2615)의 념슬졍좌(斂膝正坐)2616)ㅎ고, 양쇼졔 셧녁 병장(屏帳) 으릭 단좌(端坐)ㅎ여시니, 져 부뷔 진실노 텬졍빅위(天定配偶)오 삼싱연업(三生緣業)2617)이러라.

어스의 공경ㅎ며 즁딕ㅎ미 녜모(禮貌)의 굿죽ㅎ고, 심복(心服)ㅎ며 경탄(敬憚)2618)

2605) 다이즈다 : 부딪다. 부딪치다. 무엇과 무엇이 힘 있게 마주 닿거나 마주 대다. 또는 닿거나 대게 하다.

2606) 소사(蕭史) : 춘추시대의 음악가. 퉁소를 잘 불어 봉(鳳)의 울음소리를 잘 내었다고 한다.

2607) 농옥(弄玉) : 중국 춘추시대의 음악가 소사(蕭史)의 아내. 진나라 목공(穆公)의 딸로 소사(蕭史)에게 시집가 피리 부는 법을 배워 이를 잘 불었다고 한다.

2608) 목왕(穆王) : 중국 주(周)나라 제5대 왕. 8마리의 준마가 끄는 마차를 타고 천하를 순수(巡狩)하던 중, 곤륜산(崑崙山) 요지(瑤池)에서 서왕모(西王母)를 만나 서로 즐겼다는 전설이 전한다.

2609) 팔쥰(八駿) : 팔준마(八駿馬). 중국 주(周)나라 목왕(穆王)이 부리던 여덟 준마를 이르는 말.

2610) 구오(句吳) : 옛날 오(吳)나라 지역을 이르는 말. 주(周)나라 태왕(太王)의 장자(長子)인 태백(太伯)이 막냇동생인 계력(季歷)에게 왕위를 전해 주기 위해 동생 중옹(仲雍)과 함께 형만(荊蠻) 땅으로 도망가서 나라를 세우고는 구오라고 자호(自號)했다는 기록이 『사기(史記)』 권31 오태백세가(吳太伯世家)』에 나온다.

2611) 단산(丹山) : 중국의 전설상의 산 이름으로, 이곳의 굴에 봉황(鳳凰)이 사는데, 그 깃털이 오색(五色)을 띠고 있다고 한다. 『산해경(山海經)』에 나온다.

2612) 환픠(環佩) : 『공예』 조선 시대에, 왕과 왕비의 법복이나 문무백관의 조복(朝服)과 제복의 좌우에 늘이어 차던 옥. 흰 옥을 이어서 무릎 밑까지 내려가도록 하였다.＝패옥(佩玉).

2613) 장쇽(裝束) : 입고 매고 하여 몸차림을 든든히 갖추어 꾸밈. 또는 그런 차림새.

2614) 후함(後檻) : 건물의 뒤편에 있는 난간.

2615) 쥬벽(主壁) : 사람을 양쪽에 앉히고 가운데 앉는 주가 되는 자리. 또는 그 자리에 앉은 사람.

2616) 념슬졍좌(斂膝正坐) : 무릎을 모으고 몸을 바르게 하여 앉음.

2617) 삼싱연업(三生緣業) : 삼생을 두고 끊어지지 않을 깊은 인연(因緣)과 업보(業報).
  *업보(業報) : 『불교』 선악의 행업으로 말미암은 과보(果報).

2618) 경탄(敬憚) : 공경하면서도 어려워하고 꺼림.

ㅎ미 만심(滿心)의 어리여, ᄀ득ᄒᆞᆫ 화긔·츈풍○[의] 동황(東皇)2619)이 우로(雨露)를 ᄌᆞ아시니2620), ᄌᆞ로 손을 드러 쇼요관(逍遙冠)2621)을 어루만져 부정(不正)ᄒᆞᆫ【37】가 넘녀ᄒᆞ고, 무릅흘 쓰러 돈빈(遵賓)을 ᄃᆡ홈 ᄀᆞᆺ거늘, 부인이 아황(蛾黃)2622)을 ᄂᆞ죽이 ᄒᆞ고, 취슈(翠袖)2623)를 쇼ᄌᆞ, 언단(言端)을 인ᄒᆞ여 흠신(欠身) 녜경(禮敬)ᄒᆞ니, 져 부부의 긔질이 진실노 일월이 쌍명(雙命)ᄒᆞ고 금옥(金玉)이 징영(爭榮)홈 ᄀᆞᆺᄒᆞ여, 방즁의 엄정(嚴正)ᄒᆞ미 곡반(哭班)2624)의 풍취 잇ᄂᆞᆫ지라.

영시 암연이 넉시 스라지고 긔운이 져상(沮喪)ᄒᆞ더니, 이윽고 경괴(更鼓)2625) ᄌᆞ로 동(動)ᄒᆞ미, 임의 밤이 깁헛ᄂᆞᆫ지라.

어시 홀연 웃고 굴오ᄃᆡ,

"복이 십팔 댱부로 부뷔 맛난【38】지 하마 칠년이라. 슬하의 댱옥(掌玉)2626)을 희롱치 못ᄒᆞ니 쇼형 틱영의 농쥬(弄珠)2627)ᄒᆞ믈 보아 그으기 굼거이2628) 넉이더니, 부인이 회잉(懷孕)ᄒᆞ시믈 드르니 엇지 긔특고 깃부지 아니ᄒᆞ리오. 맛당이 향체(香體)를 보호ᄒᆞ여 옥 ᄀᆞᆺᄒᆞᆫ 영ᄌᆞ(英子)를 싱(生)ᄒᆞ여, 방ᄌᆞᄒᆞᆫ 녀ᄌᆞ로 ᄒᆞ여곰 적장(嫡長) 바라는 망녕된 의ᄉᆞ를 긋게 ᄒᆞ쇼셔."

부인이 단용(端容) 정금(整襟)ᄒᆞ여 아미(蛾眉)의 화긔를 거두고 답지 아니ᄒᆞ거늘, 어시 칭ᄉᆞ(稱謝)ᄒᆞ고 굴오ᄃᆡ,

"복(僕)의 말슴【39】이 잠간 셜만(褻慢)ᄒᆞ여2629) 실체(失體)ᄒᆞᆫ지라. 부인의 그릇

2619) 동황(東皇) : 『민속』 오방신장(五方神將)의 하나. 봄을 맡고 있는 동쪽의 신을 이르는 말. =청제(靑帝).

2620) ᄌᆞ아다 : 잦다. 액체가 속으로 스며들거나 점점 졸아들어 없어지다.

2621) 소요관(逍遙冠) : 『복식』 청담파(淸談派)들이 출입할 때에 즐겨 쓰던 모자. *청담파: 『철학』 조선 전기에, 유학계의 4대 학파 가운데 중국의 죽림칠현을 본떠서 만든 학파. 죽림에 모여 고담준론으로 소일하던 학자들로 남효온, 홍유손(洪裕孫) 등을 이른다.

2622) 아황(蛾黃) : 예전에 여자들이 얼굴에 바르던 누런빛이 나는 분으로, 분바른 얼굴을 뜻함

2623) 취슈(翠袖) : 푸른 옷소매.

2624) 곡반(哭班) : 국상(國喪) 때 곡을 하던 벼슬아치의 반열.

2625) 경고(更鼓) : 밤에 시각을 알리려고 치던 북. 밤의 시간을 초경(初更), 이경(二更), 삼경(三更), 사경(四更), 오경(五更)으로 나누어 매 시각마다 관아에서 북을 쳐 알렸다.

2626) 장옥(掌玉) : =장중보옥(掌中寶玉). 손안에 있는 보배로운 구슬이란 뜻으로, 귀하고 보배롭게 여기는 존재를 비유적으로 이르는 말. ≒장중주(掌中珠).

2627) 농주(弄珠) : 나무를 깎아 만든 6~7개의 공을 하나씩 연거푸 높이 던져 올렸다 받았다 하면서 놀리는 공놀이. 백제 때부터 있던 것으로 고려 시대에는 백희(百戲)의 하나로, 조선 시대에는 잡희(雜戲)로 행하여졌다. *여기서는 '구슬을 희롱하듯, 귀여운 아들딸을 데리고 노는 일'을 비유적으로 표현한 말.

2628) 굼거이 : 궁금하게. *굼거오다: 궁금하다. 무엇이 알고 싶어 마음이 몹시 답답하고 안타깝다.

2629) 셜만(褻慢)ᄒᆞ다 : 하는 짓이 무례하고 거만하다.

넉이믈 알니로쇼이다. 셕상의 니형의 붓들고 보쳐믈 인ㅎ여 계부딕인이 허ㅎ실시, 십여빈를 마셔 취긔 우흐로 오르느지라. 밧비 쉬고즈 ㅎ느니, 아즉 실언(失言)은 취후(醉後) 쇼리(率爾)히 발ㅎ지라. 부인은 허물치 말나."

ㅎ고, 의건(衣巾)을 버셔 더지고 금니(衾裏)를 취(取)ㅎ니, 운괴(雲고)2630) 좌사(左斜)ㅎ여2631) 달 굿흔 니마의 그림즈 지고, 쥬긔(酒氣) 냥빈(兩鬢)의 져져 취안(醉眼)이 몽농(朦朧)ㅎ니, 호긔(好氣)로온【40】긔상이 평일 침졍(沈靜) 단묵(端默)흠과 다르니, 미미흔 우음은 부용쌍혐[협](芙蓉雙頰)2632)의 화풍(和風)이 동탕(動蕩)ㅎ고2633) 모란(牡丹) 입이 단스(丹砂)를 먹으어 호치(皓齒) 은은(隱隱)이 빗최는지라. 그 슈려흔 풍신(風神)은 음녀의 욕심을 도도고, 견권(繾綣)흔2634) 즁졍(重情)은 투부(妬婦)의 이를 싯는지라.

양쇼졔 군즈의 호탕(豪宕)ㅎ믈 묵연이 불열(不悅)ㅎ여 안셔히 니러 의건을 거두어 병니(屏裏)의 걸고, 쵹을 도도와 다시 졍금단좌(整襟端坐)ㅎ니, 어시 금션(錦扇)을 드러 바룸을 닉여 불을 쩌 굴오딕,

"이 곳【41】이 관공영즁(關公營中)2635)이 아니여늘 부인이 엇지 명쵹딕졀(明燭大節)2636)을 본밧고즈 ㅎ시느뇨?"

인ㅎ여 고요히 동졍이 업스니, 영시 유모를 붓들고 긔여 느려 침쇼의 도라오미, 머리를 원앙(鴛鴦)벼기의 더지고 취금(翠衾)을 박츠 믈니쳐, 가슴의 화열(火熱)이 오르고 두골(頭骨)이 쓰리는 듯, 숀으로 상(床)을 두다려 호읍(號泣)ㅎ다가, 다시 싱각건딕, '어스의 부인을 경즁(敬重) 견권(繾綣)ㅎ미 진실노 즈긔 굿흔 풋 연분으로 감히 바라지 못홀 거시오, 쏘 감히 셔어(齟齬)히 모【42】함ㅎ여 그 인연을 버히지 못홀지라.' 쇽졀업시 슈고ㅎ여 남의 틱산(泰山) 하히(河海) 굿흔 즁졍(重情)을 구경ㅎ고, 호읍을 삼켜 도라와, 머리를 움쳐2637) 동지야(冬至夜)2638) 하지일(夏至日)2639)의 외로

2630) 운(雲)고 : 멋스럽게 상투를 튼 고. =운계(雲髻). *고: 상투를 틀 때 머리털을 고리처럼 되도록 감아 넘긴 것.
2631) 좌사(左斜)ㅎ다 : 왼쪽으로 기울어지다.
2632) 부용쌍협(芙蓉雙頰) : 연꽃처럼 청순한 두 뺨.
2633) 동탕(動蕩)ㅎ다 : 얼굴이 잘생기고 살집이 있다.
2634) 견권(繾綣)ㅎ다 : 생각하는 정이 두터워 서로 잊지 못하거나 떨어질 수 없다.
2635) 관공영즁(關公營中) : 중국 삼국시대 촉한의 무장 관우(關羽: ?~219) 군영(軍營) 가운데.
2636) 명쵹대졀(明燭大節) : 관우(關羽)가 하비성에서 유비의 가족들을 살리기 위해 조조에게 항복하여 조조의 군대와 함께 허도를 향해 가던 중, 조조가 관우와 유비 사이를 이간시킬 목적으로 유비의 부인들을 관우와 한 방에서 자도록 계략을 꾸몄으나, 관우가 유비의 부인들을 방에서 자게하고 자신은 방밖에서 밤새도록 촛불을 밝히고 서서 부인들울 호위함으로써, 결의형제로서의 의리를 지킨 일을 말함.
2637) 움치다 : 움츠리다. 몸이나 몸의 일부를 몹시 오그리어 작아지게 하다.

온 그림지 댱신궁(長信宮)2640)을 감심(甘心)홀 일○[이], 만신골졀(滿身骨節)이 녹으지고 일만 칼히 가슴을 지르는 듯, 통입골슈(痛入骨髓)ᄒ여 구슬 눈물이 미얌2641)의 귀밋2642)출 잠으는지라2643).

유모 홍션이 상하(床下)의 안ᄌ 손을 쥐무르고 오열(嗚咽) 엄읍(掩泣)ᄒ더니, 계명(鷄鳴)을 인ᄒ여 경됴각 ᄀ온듸 쵹【43】영(燭映)이 여쥬(如晝)ᄒ고 시위(侍衛) ᄂᄅᆯ(羅列)ᄒ여 어ᄉ와 부인이 ᄒᆫ가지로 신셩(晨省)ᄒᄂᆫ지라. 불워ᄒ고 셜워ᄒ니 출하리 져를 ᄶ을와 셰낫 부부의 일홈을 노치2644) 말고, 그 의향(意向)을 겻짓고ᄌ2645) ᄒ나, ᄌ긔 임의 만히 우러 고은 눈이 부어시니, 즁인(衆人) 쳠시(瞻視)의 ᄂᆮ지 못홀지라.

머리를 ᄡ고 더욱 오열(嗚咽)ᄒ니 쇼시이(小侍兒) ᄂ러 쵹을 혀고 셰슈를 ᄀᆺ쵸와 ᄃᆡ령(待令)ᄒ나, ᄂ러ᄂᆮ지 못ᄒ더니, 봉션이 ᄂ러러 이 거동을 보고 놀나 ᄂ로듸,

"쇼【44】졔 작일의 옥톄(玉體) 무양(無恙)ᄒ시더니, 야ᄅᆡ(夜來)의 엇지 신관2646)이 환탈(換奪)ᄒ시니잇고?"

쇼졔 읍하여우(泣下如雨)2647)ᄒ고, 홍션이 회두교이(回頭交耳)2648)ᄒ여 작야(昨夜) 경ᄉᆨ(景色)을 젼ᄒᆫ듸, 봉션 왈,

"쇼졔 긔운이 미령(靡寧)ᄒ시니 셰슈를 물니치고 쟝(帳)을 지우라."

ᄒ고, 상하(床下)의 둘너 안ᄌ 말ᄒ여 ᄀᆞ오듸,

"져의 신듕ᄒᆷ믄 아란지 오ᄅᆡ니 엇지 ᄉᆡ로이 놀나리잇고 쇼비 임의 쳥허관의 가 듕운듸ᄉᆞ를 보고 여러가지 신긔ᄒᆫ 약을 ᄉ와시니 가히 계교를【45】베풀지라 쇼져ᄂᆞ 심ᄉᆞ를 널니시고 ᄉ긔를 타연이 ᄒᆞᄉ 사름의 의심을 닐위지 마르쇼셔."

영시 비로쇼 져기2649) 위로ᄒ여 울기를 긋치고, 거울을 드러 용모를 슈렴(收斂)ᄒ나, ᄶᆸ 임의 ᄂ겨시니 문안(問安)의 가지 못하여, 인ᄒ여 칭질(稱疾)ᄒ고 어ᄉ의 고문

2638) 동지야(冬至夜) : 일 년 중 낮이 가장 짧고 밤이 가장 길다는 동짓날의 긴긴 밤.

2639) 하지일(夏至日) : 일 년 중 낮이 가장 길고 밤이 가장 짧다는 하짓날의 긴긴 해.

2640) 댱신궁(長信宮) : 중국 한(漢)나라 때 장락궁 안에 있던 궁전. 여기서는 한(漢) 성제(成帝)의 후궁 반첩여(班婕妤)가 이곳으로 물너나 시부(詩賦)로 마음을 달랬던 고사를 말함.

2641) 미얌 : 매미. 매밋과의 곤충을 통틀어 이르는 말. *여기서는 '매미의 머리'[진수(螓首)]처럼 '아름다운 여인의 얼굴'을 이르는 말.

2642) 귀밋 : 귀밑. 뺨에서 귀에 가까운 부분.

2643) 잠으다 : 잠그다. 물속에 물체를 넣거나 가라앉게 하다.

2644) 놋다 : 놓다. 계속해 오던 일을 그만두고 하지 아니하다.

2645) 겻짓다 : 동행하다. 더불다. 짝짓다.

2646) 신관 : '얼굴'의 높임말.

2647) 읍하여우(泣下如雨) : 비가 오듯이 눈물을 쏟아져 내림.

2648) 회두교이(回頭交耳) : 머리를 돌려 서로 귀에 대고 귓속말을 함. *교이(交耳): 서로가 교차(交叉)하여 귀에 대고 귓속말을 함.

2649) 져기 : 적이. 꽤 어지간한 정도로.

(叩門)ᄒ믈 바라나, 어시 퇴됴(退朝)ᄒ여 형뎨로 달난(團欒)ᄒ여2650) 황혼의 부인으로 더부러 각즁(閣中)의 도라오니, 영시 져의 ᄒ쌍 부뷔 됴양셕월(朝陽夕月)2651)의 쌍지어 왕ᄂᆡᄒ믈 【46】 ᄎᆞ마 보지 못ᄒ여, 봉션을 직쵹ᄒ여 ‘셜난을 ᄎᆞᄌᆞ라’ ᄒ니, 션이 ᄯ러를 여어2652) 후면 문을 바라보니, 셜난이 홀노 원즁(園中)의셔 달빗츨 바라고 눗츨 가리와 톄읍(涕泣)ᄒ거늘, 봉션이 암희(暗喜)ᄒ여 ᄂᆞᄋᆞ가 ᄉᆞ믜를 넛그러 굴오ᄃᆡ,

“쳡이 낭ᄌᆞ를 ᄉᆞ모ᄒ여 슈삼(數三) 일 유의(留意)ᄒ더니 다ᄒᆡᆼ이 맛나도다.”

인ᄒ여 넛그러 영시 침당의 뒤 난간 ᄋᆞ릐 니르러 비로쇼 니로ᄃᆡ,

“쳡이 ᄒᆞᆫ번 낭ᄌᆞ의 참담ᄒᆞᆫ 졍ᄉᆞ를 드르무로 【47】 심히 츄연(惆然)ᄒ여 우리 쇼져긔 고(告)ᄒᆞᆫᄃᆡ, 쇼졔 탄ᄒ여 니로ᄉᆞᄃᆡ, ‘부ᄌᆞ텬뉸(父子天倫)은 상하귀텬(上下貴賤)이 업ᄂᆞ니, 셜난이 빅슈 노부(老父)를 더지고 남의 슈듕의 더지여 노부의 긔아를 구치 못ᄒ미 참연ᄒ지라. ᄎᆞ물노쎠 쥬라’ ᄒ실 시, 낭ᄌᆞ를 기다렷노라. 연이나 낭ᄌᆞ를 ᄎᆞᆺ고ᄌᆞ ᄒᄃᆡ 각각 미인 곳이 다르니, ᄉᆞ름의 의심을 닐윌가 두려 슈일을 유유히 방황ᄒᆞᆯ와.”

드듸여 보희 ᄡᆞᆫ 거슬 미니, 셜난이 놀나고 의심ᄒ여 【48】 ᄉᆞ양ᄒ여 굴오ᄃᆡ,

“쇼쳡의 졍경이 통박(痛迫)ᄒ믈 인ᄒ여 셜운 회포를 펼 ᄯᆞᄅᆞᆷ이라. 엇지 낭ᄌᆞ의 권념(眷念)ᄒ시믈 ᄇᆞ라미 이시며, 더옥 부인의 ᄂᆞ지 넘녀ᄒ시믈 감히 당ᄒ리잇고? 원둑(遠族)이 과거 보라 왓다가 도라가미 명일이니, 동시(終是) 일이(一二) 냥(兩) 은(銀)을 엇지 못ᄒ니, 셜우믈 니긔지 못ᄒ여 젹은 아오로 ᄒᆞ여곰, ‘졍당시위 냥 쇼랑(小娘)의게 슈냥 은ᄌᆞ를 구급(救急)ᄒ면, 쳡이 약간 침직(針才)를 빅화시니, 밤으로 의상을 일워쥬마.’ 【49】 ᄒ고, ᄆᆞ르라 보ᄂᆡ여 그 도라오기를 기드리미, 죄오ᄂᆞᆫ2653) ᄆᆞᄋᆞᆷ을 졍치 못ᄒ여 원즁의 방황ᄒ더니, 쳔만 녀외(慮外)의 낭ᄌᆞ의 어지르시믈 맛나고 부인의 은혜를 밧ᄌᆞ올 줄 알니오. 황공ᄒ고 외구(畏懼)ᄒ니 감히 밧줍지 못ᄒ리로쇼이다.”

봉션이 흔연 왈,

“낭ᄌᆞ는 괴이히 넉이지 말나. 부인이 만셰 셩모 틱낭낭 딜녜(姪女)시니 상시(賞賜) 니음ᄎᆞ고2654), 상공이 작위 놉흐신 고로 녹봉이 후ᄒ신지라. 우리 쇼졔 노야와 부인 댱상농쥬(掌上弄珠)2655)시니, 【50】 손 가온ᄃᆡ 금은이 흙 ᄀᆞᆺᄒ니 이 ᄉᆞ쇼(些少)ᄒ미 므어시리오.”

2650) 단란(團欒)하다 : 여럿이 함께 즐겁고 화목하다.

2651) 됴양셕월(朝陽夕月) : ‘아침 해와 저녁 달.’ 또는 ‘아침저녁.’

2652) 여어 : ‘엿다’의 부사형. *엿다: 엿보다. 잘 드러나지 아니하는 마음이나 현상 따위를 알아내려고 살피다.

2653) 죄오다 : 조이다. 긴장하거나 마음을 졸이다. 또는 그렇게 되다. =죄다.

2654) 니음ᄎᆞ다 : 이음차다. 줄줄이 이어지다.

2655) 댱상농쥬(掌上弄珠) : ‘손바닥 위에 놓고 희롱하는 구슬’이라는 말로, ‘매우 사랑하는 딸’을 비유로 표현한 말.

지삼 권ᄒᆞ기를 마지 아니ᄒᆞ니, 셜난이 비로쇼 ᄉᆞ례ᄒᆞ고 바다 프러보미 빅은(白銀)이 삼빅 냥이오, 포빅(布帛)이 ᄉᆞ오 필(匹)이라. 경희(驚喜) 감ᄉᆞ(感謝)ᄒᆞ니 전도(顚倒)히 니러 영쇼져 당ᄉᆞ(堂舍)를 바라고, 고두(叩頭)ᄒᆞ여 굴오ᄃᆡ,

"쳔비ᄌᆞ(賤婢子)의 누의2656) ᄀᆞᆺᄒᆞᆫ 미쳔ᄒᆞᆫ ᄌᆞ최의 구구ᄒᆞᆫ ᄉᆞ정을 통쵹(洞燭)ᄒᆞ시니, 이 음덕(陰德)은 틱산이 낫고 하히(河海) 엿ᄒᆞᆫ지라. 무어스로 감히 《부답‖보답(報答)》 ᄒᆞ리잇고?"

열번 머리 돗고 봉선을 딕【51】ᄒᆞ여 ᄉᆞ례ᄒᆞ여 굴오ᄃᆡ,

"져져의 활인셩심(活人聖心)이 감상입골(感想入骨)2657)ᄒᆞ니, 싱ᄋᆞᄌᆞ(生我者)ᄂᆞᆫ 부뫼요 활ᄋᆞᄌᆞ(活我者)ᄂᆞᆫ 져져로다. 쇼미 셰셰싱싱(世世生生)의 견마(犬馬) 되여 져져의 딕은을 갑흐리라."

인ᄒᆞ여 낭즁(囊中)으로 됴ᄎᆞ 노부의 셔간을 닉여, 뵈여 왈,

"쇼미 ᄉᆞ름의 ᄌᆞ식이 되야 이 글을 보고 간장이 찟쳐지믈 면ᄒᆞ랴! 외로온 노부를 만니의 격(隔)ᄒᆞ여 됴양셕월(朝陽夕月)의 ᄀᆞ슴 가온ᄃᆡ 쇠못슬 박ᄋᆞ시니, 쳡이 굿ᄒᆞ여 상한(常漢)2658)이 아니라. 됴상(祖上)의 관면(冠冕)2659)이 잇더니【52】궁박ᄒᆞ여 이에 니르니 엇지 셟지 아니리오."

봉선이 그 셔간을 보니,

'딕기 ᄉᆞ모ᄒᆞ고 슬허ᄒᆞᄂᆞᆫ 쯧이 마음이 알푸고 쎠 쓰리ᄂᆞᆫ 듯ᄒᆞ고, 간고를 니긔지 못ᄒᆞ여 ᄌᆞ식을 파라 슬기를 구ᄒᆞᄂᆞᆫ 셜운 회푀(懷抱) 참담ᄒᆞ거늘, 은ᄌᆞ(銀子) 진(盡)ᄒᆞ미 쥬인의 박ᄃᆡ 틱심ᄒᆞ니, 괴로오믈 견ᄃᆡ지 못ᄒᆞ여 경ᄉᆞ로 향ᄒᆞ다가, 능히 힝보를 니루지 못ᄒᆞ고 바라 눈물을 쑈리노라,'

ᄒᆞ여, 그 비ᄉᆞ고에(悲辭苦語)2660) ᄉᆞ룸으로 ᄒᆞ여곰 감히 듯지 못ᄒᆞᆯ【53】지라.

봉선이 눈물을 쑈려 굴오ᄃᆡ,

"낭ᄌᆞ의 뎡ᄉᆞ(情私)를 듯고 이 셔간을 보미, 쳡의 심니 바아지믈 면치 못ᄒᆞ리로다. 우리 쇼제 인익셩심(仁愛誠心)이 곤츙(昆蟲) 쵸목(草木)의 미츠시니, 낭ᄌᆞ의 졍니(情理)를 연측(憐惻)ᄒᆞ실식, ᄎᆞ물(此物)을 쥬시고, '타일의 다시 보닐 긔회를 당ᄒᆞᆯ진ᄃᆡ, 어려워 말고 니른 즉, 구급(救急)ᄒᆞ리라.' ᄒᆞ시니, 낭ᄌᆞᄂᆞᆫ 찌를 타 쳡을 ᄎᆞᄌᆞ라."

셜난이 더옥 감ᄉᆞ 왈,

2656) 누의 : 누에. 누에나방의 애벌레. 13개의 마디로 이루어졌으며, 네 번 잠잘 때마다 꺼풀을 벗고 25여 일 동안 8cm 정도 자란 다음 실을 토하여 고치를 짓는다. 고치 안에서 번데기가 되었다가 다시 나방이 되어 나온다.

2657) 감상입골(感想入骨) : 감사하는 생각이 뼈에 사무침.

2658) 상한(常漢) : 상놈.

2659) 관면(冠冕) : 갓과 면류관이라는 뜻으로, 벼슬아치를 비유적으로 이르는 말

2660) 비사고에(悲辭苦語) : 슬프고 괴로운 말.

"첩이 이의 온 삼년의 처음으로 쇼식을 드러시니, 엇지 【54】 다시 통노(通路)홀 빅 잇스리오. 이 허다(許多)훈 직물이 독히 십년을 견딕리니, 감히 다시 바라미 잇스리잇가?"

졍언간(停言間)의 빙셤이 두손으로 눈물을 マ로 씨스며 오열 왈,

"져져(姐姐)야! 엇지 이에 왓ᄂᆞ뇨? 쇼미 져져를 춧지 못ᄒᆞ여 동셔(同壻)로 분쥬(奔奏)ᄒᆞ도다."

셜난 왈,

"그 일이 엇지 되뇨?"

빙셤 왈,

"냥 쇼랑(少郞)이 처음은 쥬고져 ᄒᆞ더니, 냥 파랑(婆娘)이 알고 ᄯᅮ지져 금(禁)ᄒᆞ니, 그 곳의ᄂᆞᆫ 금빅(金帛)이 물 ᄀᆞ치 흔ᄒᆞ되, 우리ᄂᆞᆫ 엇지 이 ᄀᆞ치 엇【55】기 어려오뇨? 쇼미 직삼 간걸(懇乞)ᄒᆞ니, 믄득 노ᄒᆞ여 밀쳐 너치ᄂᆞᆫ지라. 쇼미의 곤욕 보믄 셟지 아니되, 부친긔 답셔를 ᄒᆞ고 무어술 보너리오. 닉 골흠의 향과 손의 지환(指環)을 ᄀᆞ져 팔냐 ᄒᆞ니, ᄉᆞ상궁이 쇼츠두(小叉頭) 셜난이 무고(無故)이 방쇼(方所)를 ᄯᅥᄂᆞ와, 썩오릭딕 드러오지 아니ᄒᆞ니 맛당이 다스리실지라. 알외ᄂᆞ이다."

부인이 명ᄒᆞ여 난을 부르라 ᄒᆞᆫ딕, ᄀᆞ장 이윽호 후, 난이 드러오딕 ᄂᆞᆺ 우희 비원(悲願)을 쯰고 눈물 【56】이 마르지 아냐시니, 부인이 그 무엄(無嚴)ᄒᆞ믈 미안ᄒᆞ여 졍식고 칙ᄒᆞᄂᆞᆫ지라. 난이 고두 왈,

"쳔비지(賤婢子) 아뷔 셔신을 ᄀᆞᆺ 엇줍고 답간을 쓰고즈 ᄒᆞ오미 만니(萬里)의 상망(相望)ᄒᆞᄂᆞᆫ 졍니를 참지 못ᄒᆞ와, 비식(悲色)을 감쵸와[지] 못ᄒᆞ미로쇼이다."

ᄉᆞ상궁이 부복(俯伏) 품고 왈,

"셜난 쇼비지 방즈무엄(放恣無嚴)ᄒᆞ오니 당당이 죄를 ᄉᆞ치 못ᄒᆞ리로쇼이다."

부인이 졈두(點頭)ᄒᆞ니, 상궁이 물너 후함(後檻)의 와 안고, 츠환(叉鬟)을 명ᄒᆞ여 난을 잡으오【57】라 ᄒᆞ여, 계(階)의 ᄭᅮᆯ니고, ᄯᅮ지져 무엄불경(無嚴不敬)ᄒᆞ믈 슈죄(數罪)ᄒᆞ미, 큰 믹를 드려 치라 ᄒᆞ니, 난이 머리를 두다리고 슬피 비러 왈,

"쇼쳡이 간박(懇迫)[2661]훈 ᄉᆞ졍을 인ᄒᆞ여 ᄉᆞ죄(死罪)를 범ᄒᆞ오니 비록 쥭엄 즉 ᄒᆞ오나, 상궁 마마ᄂᆞᆫ 호싱지덕(好生之德)을 드리오ᄉᆞ 부인긔 잘 알외여 즁장을 면케 ᄒᆞ신죽, 차후 십분(十分) 됴심(操心)ᄒᆞ여 다시 그르미 업스리이다."

상궁이 발연(勃然)이 노즐(怒叱) 왈,

"네 본딕 우흘 두려 아니코 직ᄉᆞ(職事)를 삼가지 아니 【58】ᄒᆞ더니, 이제 너희 쳔(賤)훈 ᄉᆞ졍을 감히 부인긔 알외여 방즈훈 죄 즁(重)커늘, 호란(胡亂)훈 잡말을 부르지져 죄 우희 죄를 더으ᄂᆞ냐?"

2661) 간박(懇迫) : 간절하고 절박함.

츠환을 엄호ㅎ여 달쵸(撻楚)를 지쵹ㅎ니, 난이 다시 말을 못ㅎ고 ㄴ상(羅裳)을 거두어 잡고 미를 바들 식, 알푸믈 견듸지 못ㅎ여 아릿ㅆ온 눈셥을 찡긔고 ㅈ로 업더지되, 상궁이 노를 긋치지 아냐 마이 치기를 고찰(拷察)²⁶⁶²)ㅎ여, 임의 삼십여 장의 살히 난만(亂漫)이 터지고, 피 흐르기를 【59】 돌돌히²⁶⁶³) ㅎ는지라.

이의 스(赦)ㅎ니 감히 알푸믈 스식(辭色)지 못ㅎ여, 당하의 고두ㅎ여 스죄혼 딕, 부인이 명ㅎ여 올나 좌우의 뫼시게 ㅎ니, 봉션이 스미로 낫츨 フ리와 츠마 보지 못ㅎ믈 낫타닉고, 영쇼제 참연(慘然)혼 식을 지어 ㅈ로²⁶⁶⁴) 셜난을 도라보니, 양부인은 무심무려ㅎ여 쌍셩을 거두쓰지²⁶⁶⁵) 아니ㅎ나 셜난이 엇지 아지 못ㅎ리오.

츠야의 부인이 상의 오른 후, フ마니 경희당 후문으로 나오가 권이(眷愛)ㅎ시ᄂ 셩은을 스례ㅎ고,

"작일 【60】 의 은혜를 드리오스 듕보(重寶)를 쥬시니, 쳔혼 아비 일노도츠 명믹을 니을지라. 듕산대은(重山大恩)²⁶⁶⁶)을 심곡(心曲) 폐부(肺腑)의 감[각]골명심(刻骨銘心)²⁶⁶⁷)ㅎ와 둉신불망(終身不忘)²⁶⁶⁸)홀 ᄯ름이로쇼이다."

영시 쳥ᄋ(靑蛾)²⁶⁶⁹)를 드리워 위로ㅎ고, '미물(微物)을 둑히 일ㅋ를 비 아니라.' ㅎ여 흔연(欣然) 곡진(曲盡)ㅎ니, 난이 다시옴²⁶⁷⁰) 은덕을 숑츅ㅎ니,

영시 문왈,

"셔간을 일워 보ᄂ냐?"

셜난이 머리를 슉이고 오열(嗚咽) 딕왈,

"스숑(使送)ㅎ신 포빅(布帛)을 밧ᄌ와 그져 보닉온즉, 노뷔(老父) 옷슬 일워 닙을 길히 업스온 고로, 작야 【61】 의 슈삼둉(數三種) 의복을 밈드오딕, 직되 노둔(魯鈍)ㅎ와 밋지 못ㅎ온 고로, 부인이 졍당의 가시믈 인ㅎ와 밋지 못ㅎ온 고로, 부인이 졍당의 가시믈 인ㅎ와 마ᄌ 일우고ᄌ ㅎ옵다가, 좌우를 뷔워 듕뢰(重罪)를 닙숩고, 감히 다시 보지 못ㅎ온지라. 금야의 맛고져 ㅎ오딕 쳔혼 ᄋ오 빙셤이 미거ㅎ와, 침션의 향방을

2662)고찰(拷察) : 죄인의 자백을 받기위해 매질을 할 때 그 매질의 센 정도를 살핌.

2663)돌돌히 : 피나 물방울 따위가 방울방울 흐르거나 솟아나오는 모양. *돌돌: 피나 물방울 따위가 방울방울 흐르거나 솟아나오다.

2664)ㅈ로 : 자주. 같은 일을 잇따라 잦게.

2665)거두쓰다 : 치켜뜨다. 눈을 아래에서 위로 올려 뜨다.

2666)듕산대은(重山大恩) : 산처럼 무거운 큰 은혜.

2667)각골명심(刻骨銘心) : 어떤 일을 뼈에 새길 정도로 마음속 깊이 새겨 두고 잊지 아니함.

2668)둉신불망(終身不忘) : 목숨을 다할 때까지 잊지 않음.

2669)쳥아(靑蛾) : 누에나비의 푸른 촉수와 같이 '푸르고 아름다운 눈썹'을 이르는 말. 또는 '미인'을 비유적으로 이르는 말.

2670)다시옴 : 다시금. '다시'를 강조하여 이르는 말.

아지 못ᄒ옵고, 동반(同班)의 고렴(顧念)ᄒ리 업ᄉ오니, 가ᄂᆫ 스룸은 긱지의 냥지(糧財) 진ᄒ와 일일지류(一日遲留)²⁶⁷¹⁾를 어려워 넉이오니, 일노써 민민(憫憫)ᄒᄂᆫ이다."

영쇼제 참연이 낫【62】빗츨 변ᄒ고 왈,

"그런즉 가히 은냥을 기인(其人)을 쥬어 녀졈(旅店)의 밥 살 갑슬 보틴게 ᄒ고 일워보ᄂᆞ라."

드듸여 홍션으로 ᄒ여금 슈십냥 은ᄌ를 다시 쥬니, 난이 황망이 스례ᄒ거늘, 봉션이 닐오듸,

"낭ᄌ의 졍경이 진실노 궁측(窮惻)ᄒ거늘, 부인이 살피지 아니시고, 사상궁이 일분(一分) 연측(憐惻)ᄒ미 업셔 익걸ᄒᄆᆯ 더옥 노(怒)ᄒᄉ, 모진 미 옥(玉) ᄀᆞᆺᄒᆫ 몸의 밋ᄎ니, 쳡이 슘어보와 낭ᄌ의 셜뷔(雪膚) 터지고 뉴혈이 ᄯᆞᆯ히 괴이ᄆᆯ ᄎ【63】마 보지 못ᄒ여, ᄀᆞ마니 울믈 금치 못ᄒ홰. 아등은 일즉 부인 소져긔 뫼셔 불민(不敏)ᄒ미 잇셔도, 여ᄎ 즁장을 바다보지 아녀시니 참혹ᄒᆫ 경상을 처음으로 본지라. ᄂᆞ의 마음이 오히려 ᄊᆞᆺᄂᆫ 듯ᄒ도다."

셜난이 감격ᄒᄆᆯ 니르고, ᄯᅩ 쳑연ᄒ여 왈,

"쳡이 이의 오무로 외로온 자최를 동반(同班)이 다 업슈이 넉이니, 억울ᄒᆫ 회포를 펼 곳이 업더니, 홀연이 져져(姐姐)의 권이(眷愛)ᄒ시믈 닙으니 감격ᄒ거늘, ᄒᄆᆯ며 부【64】인이 누의²⁶⁷²⁾ ᄀᆞᆺᄒᆫ 미쳔ᄒᆫ 인싱을 어엿비 넉이ᄉ 극진이 하렴(下廉)ᄒ시니, 쳔비의 망뫼(亡母) 당당이 '결초(結草)의 갑기'²⁶⁷³⁾를 긔약ᄒᆯ 거시오. 늙은 아비 화봉인(華封人)²⁶⁷⁴⁾의 쳥츅(請祝)을 효측ᄒ리로소이다."

영시 알연(戞然)이²⁶⁷⁵⁾ 우어, '칭은ᄒ미 과도ᄒ다.' ᄒ고, 봉션다려 닐오듸,

"거일의 닌 지은 약이 협듕(篋中)의 남ᄋ시니, 가져 셜낭의 장쳐(杖處)의 붓치

2671) 일일지류(一日遲留) : 하루를 더 머묾.

2672) 누의 : 누에. 누에나방의 애벌레. 13개의 마디로 이루어졌으며, 알에서 나올 때에는 검은 털이 있다가 뒤에 털을 벗고 잿빛이 된다. 네 번 잠잘 때마다 꺼풀을 벗고 25여 일 동안 8cm 정도 자란 다음 실을 토하여 고치를 짓는다. 고치 안에서 번데기가 되었다가 다시 나방이 되어 나온다.

2673) 결초(結草)의 갑기 : 결초(結草)의 갚기. 결초보은(結草報恩). 죽은 뒤에라도 은혜를 잊지 않고 갚음을 이르는 말. 중국 춘추 시대에, 진나라의 위과(魏顆)가 아버지가 세상을 떠난 후에 서모를 개가시켜 순사(殉死)하지 않게 하였더니, 그 뒤 싸움터에서 그 서모 아버지의 혼이 적군의 앞길에 풀을 묶어 적을 넘어뜨려 위과가 공을 세울 수 있도록 하였다는 고사에서 유래한 말.

2674) 화봉인(華封人) : 중국 요임금이 화(華) 지방을 순시하였을 때 요임금을 위해 세가지 복(福) 곧 수(壽)·부(富)·다남자(多男子)를 축복하였다는 현인(賢人). 『장자(莊子)』<외편(外篇)> 천지(天地) 장에 나온다.

2675) 알연(戞然)이 : 알연(戞然)히. 쇠붙이가 부딪치는 소리나 학의 울음소리 따위가 맑고 아름답게.

고 깁으로 쓰미여 쥬라. 닉 비록 보지 아냐시나, 삼십 장(杖) 즁칙(重責)의 상
(傷)ᄒ미 되단ᄒ리라."【65】

봉션이 연망이 협실(夾室)2676)의 가 너여와 닐오딕,

"우리 쇼졔 인익(仁愛) 측은지심(惻隱之心)2677)이 ᄌ별(自別)ᄒ신 고로. 쇼비ᄌ
(小婢子) 금낭의 젹은 틱벌(笞罰)의 참연(慘然) 연측(憐惻)ᄒᄉ 친히 약을 지어
쥬신지라. 이졔 낭ᄌ의 듕상(重傷)ᄒ믈 닛지 못ᄒ시ᄂᆞ도다."

ᄒ니, 영시 엇지 약 지을 쥴을 알니오마ᄂᆞᆫ, 급히 가 푸ᄌ2678)의 ᄉ오고 거줏 지
으믈 ᄌ랑ᄒ미라.

셜난이 젼도(顚倒)히 졀ᄒ고 머리를 두다려 입의 가득이 셩은을 ᄉ(謝)ᄒ고, 치
마를 들고 댱쳐(杖處)를【66】너니, 연연(軟軟)흔 옥뷔(玉膚) 귀문(鬼門) 쇼져
ᄌᆞ고, 붉은 피 오히려 님니(淋漓)ᄒ여시니, 영시 참연(慘然) 변ᄉᆡᆨ(變色)이러라.
【67】

2676)협실(夾室) : 안방에 딸린 작은 방.=곁방.
2677)측은지심(惻隱之心) : 사단(四端)의 하나. 불쌍히 여기는 마음을 이른다. 인의예지
 (仁義禮智) 가운데 '인'에서 우러나온다.
2678)푸ᄌ : 포자(鋪子). 점포(店鋪). 가게. '푸(鋪,pū)'는 중국어 직접 차용어.

화산선계록 권지삼십구

츠셜 영시 참연(慘然)ᄒ믈 니긔지 못ᄒ고, 봉선 등이 각각 눈물을 ᄲ려 졍을 늣토더라2679). 난이 약을 븟친 후, 고두 ᄉ례ᄒᄆᆡ 믈너가믈 고ᄒ니, 홍션 등이 쫄와 누오며 '급ᄒᆫ 일○○○○○[있으면 사람]을 보ᄂᆡ라.' ᄒ더라.

이윽고 빙셤이 일습 건복(巾服)2680) 마른 거슬 가져 왓거늘, '들나' 하니, 밧브믈 일ᄏᆞᆺ고 도라가며 시비 오기를 니르ᄂᆞᆫ지라. 홍션 등이 촉하(燭下)의셔 일을 맛츠ᄆᆡ 영시 왈,

"됴각2681)을 일치 못ᄒ【1】리니 셜난의 원심(怨心)이 잇난 ᄯᆡ의 깁히 ᄆᆡ즈리라."

ᄒ고, 본부의셔 어ᄉ의 의건즙물(衣巾什物)2682)을 ᄀᆞᆺ쵸와 오ᄂᆞ 거시 니음츠시되2683) 어ᄉ의 의복을 원비 거두고 사상궁이 취품(取稟)ᄒ여2684) 츌납(出納)ᄒ니, 영시ᄂᆞᆫ ᄒᆞᆫ 늣 옷도 나오지 못ᄒ고 앙앙분원(怏怏忿怨)2685)ᄒᄂᆞᆫ지라, ᄊᆞ혓ᄂᆞᆫ 옷 ᄀᆞ온ᄃᆡ 보도라온 깁옷과 두 가지 모구(毛裘)2686)를 ᄶᅥ ᄒᆞᆫ가지로 ᄊᆞ쥬니, 신셩(晨省) 후 빙셤이 왓거늘, 쇼져의 ᄯᅳᆺ을 셩(盛)히 니르고 쥬어 보ᄂᆡ니, 빙셤이 감격ᄒ믈【2】 일ᄏᆞᆺ고 바다 품고 가더라.

ᄎᆞ일의 셜난이 부인을 뫼셔 파리치2687)를 밧들고 시위(侍衛)ᄒᄆᆡ, 쳔쳔이 머리를 두루혀 영쇼져를 향ᄒ여 감은ᄒᄆᆡ ᄀᆞ득ᄒᄃᆡ, 피츠(彼此) 다 사ᄉᆡᆨ(辭色)지 못ᄒ

2679)늣토다 : 나토다. 나타내다. 보이지 아니하던 어떤 대상이 모습을 드러내다.

2680)건복(巾服) : 늣옷갓. 남복(男服). 옷옷과 갓을 아울러 이르는 말. 흔히 예전에 남자가 정식으로 갖추던 옷차림을 이른다.

2681)됴각 : 틈. 기회(機會). =죠각.

2682)의건즙물(衣巾什物) : 남자의 옷옷과 갓 등 의복과 집안에서 쓰는 온갖 집기(什器).

2683)니음츠다 : 이음차다. 줄줄이 이어지다.

2684)취품(取稟)ᄒ다 : 웃어른께 여쭈어서 그 의견을 기다리다.

2685)앙앙분원(怏怏忿怨) : 마음에 차지 않거나 야속하여 몹시 화를 내며 원망함.

2686)모구(毛裘) : 털가죽으로 된 옷이나 침구(寢具)를 통틀어 이르는 말.

2687)파리치 : 일명 '주미(麈尾)' 또는 '주휘(麈麾)'라고도 하는데, 나무막대 끝에 사슴의 꼬리털을 달아 부채 비슷하게 만든 것으로, 처음에는 먼지떨이나 파리채 따위로 썼으나, 뒤에 불도(佛徒)나 사대부가(士大夫家)에서 주인(主人)의 위의(威儀)를 갖추기 위한 물건으로 손에 들었다.

더니, 삼경(三更)2688) 반야(半夜)의 후문으로 드러와 읍혈(泣血) 고두(叩頭)ㅎ여
굴오디,

"쳔비의 아비 본디 담병(痰病)2689)이 잇셔 치위를 당호 즉 문 밧글 나지 못ㅎ
오디, 굵은 뵈옷도 니우지 못ㅎ니 어디가 모의(毛衣)를 싱각ㅎ리오. 하날 ᄀᆞᆺᄌᆞ오
신 셩덕을 닙ᄉᆞ와 가ᄇᆡ얍【3】고 다ᄉᆞ흔 깁옷과 귀흔 모의(毛衣)를 쥬시니, 쳔비
금일노붓터 슉식의 시름이 업고, 츈하츄동의 셜움과 한이 업고 즐거온지라. 마졍
방지(摩頂放趾)2690)의 쇄신분골(碎身粉骨)2691)ㅎ와도 부인의 대은(大恩)을 갑흘
길히 업ᄂᆞ니, 그윽이 원컨디 타일 부인긔 쇽ㅎ여 이졔 구활ㅎ신 은혜를 만분지일
이나 갑고져 ㅎ나이다."

영시 탄왈

"상공 의건을 원군(元君)이 ᄎᆞ지ㅎ시니 감히 간예(干預)치 못ㅎ거늘, 우리 모친
이 졍니의 결연(缺然)ㅎ믈2692)ㅣ【4】 긔지 못ㅎ여 ᄀᆞᆺ쵸아 보닉신 거시, 무용지
믈(無用之物)이 되여 협즁(篋中)의 구으니, 너를 쥬어 역시 됴흔 일이 되여 타싱
(他生)의나 온젼이 화락ㅎ믈 바라는 비로다. 작일(昨日)의도 ᄯᅩ 여름옷슬 지어 여
러 벌 보닉여 계시니, 불긴(不緊)ㅎ여 도로 보닉고ᄌᆞ ㅎ되 모친은 이 일을 모르시
고, 남의 집집이 직취(再娶) 삼취(三娶)의 부인이 당(堂)마다 메여시디, 셔로 닷
토아 건복(巾服)을 치례ㅎ여 댱부를 공봉(供奉)ㅎ니, 그런가 ㅎᄉᆞ 연ㅎ여 니
위2693) 보닉【5】시ᄂᆞᆫ지라. 닉 차마 그 ᄯᅳᆺ을 놀닉지 못ㅎ여 거즛 상(賞)ㅎ거나
쏘흔 상공긔 ᄂᆞ오무로 일큿고 바다 두어시니, 날 ᄀᆞᆺ흔 불효지인(不孝之人)이 어디
잇ᄉᆞ리오."

인ㅎ여 쳬뤼여우(涕淚如雨)2694)ㅎ니, 홍션 등이 ᄯᅩ 눈물을 ᄲᅳ리고 찬됴(贊助)
ㅎ여 슬푸믈 니르ᄂᆞᆫ지라. 셜난이 위ㅎ여 차탄(嗟歎) 감오(感嗚)ㅎ며 말ᄉᆞᆷ이 영오
(穎悟)ㅎ고 ᄯᅳᆺ이 간졀ㅎ니, 영시 노쥬(奴主) 암희ㅎ여 회포를 거의 쏘드디, 오히

2688) 삼경(三更) : 하룻밤을 다섯 등분한 셋째 밤. 밤 11시부터 오전 1시까지의 사이
2689) 담병(痰病) : 『한의』 몸의 분비액이 큰 열(熱)을 받아서 생기는 병을 통틀어 이르
　는 말. 담의 생성 원인에 따라 풍담, 열담 따위로 나눈다. 늑담, 담증.
2690) 마졍방지(摩頂放趾) : =마졍방종(摩頂放踵). '졍수리(頂)로부터 발꿈치(趾,踵)에 이
　르기까지 모두 갈려서 닳아 없어지는 한이 있더라도'의 뜻으로, '온몸을 바쳐서 남을 위
　하여 희생하겠다'는 의지를 이를 때 쓰는 말. 늑분골쇄신(粉骨碎身). *졍지(頂趾): =졍
　종(頂踵). 머리 꼭대기에서 발끝까지.
2691) 쇄신분골(碎身粉骨) : =분골쇄신(粉骨碎身). '뼈가 가루가 되고 몸이 부서지는 한이
　있더라도'의 뜻으로, '어떤 일에 정성과 노력을 다하겠다'는 의지를 이르는 말. 늑마졍방
　종(摩頂放踵).
2692) 결연(缺然)ㅎ다 : 모자라서 서운하거나 불만족스럽다.
2693) 니워 : 이어. 잇따라. *니우다 : 잇다.
2694) 쳬뤼여우(涕淚如雨) : 눈물이 빗방울 떨어지듯 함.

려 각각 은정(隱情)2695)이 남으시니, 셜난은 스괴미 깁지【6】못ᄒ여셔 쥬모를 히ᄒᆞᆯ믈 발셜치 못ᄒ고, 영시 노쥬ᄂᆞᆫ 오히려 셜난의 ᄯᅳ슬 치 아지 못ᄒ여 치독지ᄉ (置毒之事)2696)를 니르지 못ᄒ더니, 봉션이 도도아 ᄀᆞᆯ오ᄃᆡ,

"닉 일쥭 우리 부인을 뫼셔 ᄉᆞ부가(士夫家)를 보미 만ᄒᆞᄃᆡ, 비예(婢女) 득죄ᄒ나 친히 다ᄉᆞ리지 아니코, 상궁(尙宮)과 관환(官鬢)을 마져2697) 치죄ᄒ믈 보지 못ᄒ여시니, 져 ᄉᆞ상궁이 비록 부인 명을 바닷시나 이곳 일쳬 동반(同班)이여늘, 죄쟈(罪者) 져 노궁인의 슈하(手下)의 ᄶᅳ러 슈죄(受罪)ᄒ니【7】통원(痛冤)ᄒ미 더을너라."

난 왈,

"져져의 말이 졍히 가슴의 거슬 푸ᄂᆞᆫ도다. 이 가즁 법녕은 다 사지ᄎᆞ환(事知叉 鬢)2698)의[이] 직ᄉᆞ(職事)를 총찰(總察)ᄒ여 상벌(賞罰)을 임의로 ᄒᆞ니, 져의 노ᄒᆞ며 깃거ᄒᆞᆯᄆᆞᆯ 됴ᄎᆞ 죽으며 살미 ᄆᆡ이엿ᄂᆞᆫ지라. 쳡 등이 ᄒᆞᆫ곳 우흘 두려ᄒᆞᆯ 분 아니라, 상궁을 두려ᄒᆞᄂᆞ니, 그윽이 셜우미 엇지 업스리오. 동반은 그 부뫼 다 화쥬ᄀᆞ 잇고 안면이 넉으며 인졍이 둣거온 고로, 만히 죄이셔도 금쵸이고, 쳡은 혈혈(孑 孑)【8】ᄒᆞᆫ ᄌᆞ최로 셔어(齟齬)ᄒᆞᆫ 둉덕(蹤迹)이 쳐음으로 니르믹, 좌우의 시위ᄒᆞ 며 쵹쳐(觸處)2699)의 싱쇼ᄒ니, 상궁이 그 우쥰(愚蠢)ᄒᆞ믈2700) 슬픠미 업셔 가찰 (苛察)이 칙망(責望)ᄒ니, 이러ᄐᆞ시 다ᄉᆞ리미 여러번이라. 혈육지신(血肉之身)이 견ᄃᆡ기 어려오ᄃᆡ 어ᄃᆡ가 셜우믈 할2701)니오. 동반 즁 향운이 문ᄌᆞ를 히득ᄒᆞᄆᆞ로 부인 셔긔(書記)를 ᄀᆞ음아더니, 쳡이 드러오미 비록 불민ᄒ나 힝혀 노부(老父)의 ᄀᆞ르치믈 닙어 잠간 아ᄂᆞᆫ 거시 져의셔 ᄂᆞᆫ은지라. ᄉᆡ긔ᄒ고 함【9】독(含毒)ᄒ여 연고 업시 뮈워ᄒ니, 쳡이 우흐로 부인긔 불츙ᄒ여 ᄉᆞ랑ᄒ시믈 엇지 못ᄒ고, ᄀᆞ온 ᄃᆡ로 금젼이 업셔 사상궁을 다리지 못ᄒ고[며], 아릭로 동반을 ᄉᆞ괴지 못ᄒ여 향 운 ᄌᆞ란의 모함을 닙으니, 진실노 보젼ᄒ기 어려온지라. 부인과 져졔 불상이 넉이 실 식, 가슴의 품엇던 쇼회를 펴거니와, 원컨ᄃᆡ 타인의게 젼치 마르쇼셔."

봉션 왈,

"낭ᄌ의 말ᄉᆞᆷ을 드르니 튱의와 힝실이 신명을 감동【10】ᄒ고, 비원(悲怨)과 통 박(痛迫)이 귀신을 울니리로다. 무릇 우히 공되(公道) 업슨 즉 능히 졍셩을 다ᄒ

___

2695) 은정(隱情) : 마음속에 숨겨두고 있는 뜻.
2696) 치독지ᄉ(置毒之事) : 독약을 넣는 일.
2697) 마져 : 마저. 남김없이 모두.
2698) 사지ᄎᆞ환(事知叉鬢) : 일에 밝은 간부 여종.
2699) 쵹쳐(觸處) : 가서 닥치는 곳마다.
2700) 우쥰(愚蠢)ᄒ다 : 생각이나 행동 따위가 어리석고 굼뜨다.
2701) 할다 : 하리다. 하소연하다. 호소하다.

지 못ᄒᆞᄂᆞ니, 밍ᄌᆞ(孟子)2702)는 아셩(亞聖)이시되 그 말ᄉᆞᆷ의 ᄀᆞᆯ오ᄃᆡ,

"님군이 신하를 쵸기(草芥) 보듯ᄒᆞ면 신히 님군을 원슈 ᄀᆞᆺ치 ᄒᆞᆫ다.' ᄒᆞ시고, 금세(今世)로 닐너도 쥬공뎨(周恭帝)2703) 어진 신하를 쇼ᄃᆡ(疎對)ᄒᆞ고 빅셩의 인심을 일흐니, 드듸여 '진교역(陳橋驛) 하로 밤의 군심이 변ᄒᆞ엿시니'2704) 엇지 명감(明鑑)이 되지 아니며, 부ᄌᆞ지간도 이러ᄒᆞ니, 우리 부인 동남(從男) 쵸상셔ᄂᆞᆫ 그ᄃᆡ 【11】 인(大人)이 너모 엄녀(嚴厲)ᄒᆞᄉᆞ 댱칙(杖責)이 ᄌᆞᄌᆞ 독ᄌᆞ(獨子)를 앗기지 아니니, 상셔와 부인이 원심(怨心)이 ᄎᆞ골(次骨)2705)ᄒᆞ여[니], 엇지 ᄒᆞᆫᄀᆞᆺ 노쥬(奴主)의 의(義)를 니르리오. 낭지 비록 외로온 츙심이 잇ᄉᆞ나, 좌우의 참쇠(讒訴) 셩(盛)ᄒᆞ고, 형셰 위틱ᄒᆞ니 엇지 고집히 도리만 직희리오."

셜난이 ᄎᆞ탄(嗟歎)ᄒᆞ여 올흐믈 일ᄏᆞᆺ거늘, 봉션이 우왈,

"녜로브터 님군이 착지2706) 아니미 아니로ᄃᆡ, 녕신(佞臣)을 임용ᄒᆞᆷ이 튱신을 보젼치 못ᄒᆞ고, 신히 츙셩이 업ᄉᆞ미 아니로ᄃᆡ {님군 【12】 이 착지 아니미 아니로ᄃᆡ 녕신을 임용ᄒᆞᆷ이 츙신의 보젼치 못ᄒᆞ고 신히 츙셩이 업ᄉᆞ미 아니로ᄃᆡ} 님군이 술피지 아닌 죽, 쇼인이 참쇼를 드려 혹 멱ᄂᆞ(汨羅)2707)의 ᄲᅡᆫ지고, 댱ᄉᆞ(長沙)2708)의 니치이니, 무릇 법녕(法令)이 우흐로 나려도 오히려 쳔고의 원통을 일ᄏᆞᆺᄂᆞ니, 양부인이 현질(賢質)이 탁ᄋᆞ(卓雅)ᄒᆞ고 딕셩이 온유ᄒᆞ시며 도량이 홍원(弘遠)ᄒᆞ시고 은틱이 협골(浹骨)ᄒᆞ시거늘, 엇지 사상궁의 슈즁의 잠기ᄉᆞ 향운의 간악을 ᄭᆡ닷지 【13】 못ᄒᆞ시고, 외로온 비비(婢輩)를 긍념(矜念)치 아니시ᄂᆞ뇨?"

2702)맹자(孟子) : 중국 전국 시대의 사상가(B.C.372~B.C.289). 자는 자여(子輿)·자거(子車). 공자의 인(仁) 사상을 발전시켜 '성선설(性善說)'을 주장하였으며, 인의의 정치를 권장하였다. 유학의 정통으로 숭앙되며, '아성(亞聖)'이라 불린다.

2703)쥬공뎨(周恭帝) : 중국 오대(五代) 때 후주(後周)의 3대 황제. 2대 세종(世宗)의 뒤를 이어 겨우 일곱 살의 나이로 즉위하여 후주(後周) 공제(恭帝)가 되었으나, 즉위한 다음 해에 송 태조 조광윤(趙匡胤)이 진교역(陳橋驛)의 변을 일으켜, 후주를 멸망시키고 송나라를 세웠다.

2704)진교역(陳橋驛) 하로 밤의 군심이 변ᄒᆞ엿시니 : '진교역의 변(變)'을 이르는 말. 곧 송나라 개국공신 조보(趙普)·조광의(趙匡義) 등이 출병중(出兵中) 진교역(陳橋驛)에서 술에 취해 자고 있는 조광윤(趙匡胤)에게 황포(黃袍)를 입혀 황제로 추대한 사건을 말한다. *진교역(陳橋驛) : 중국 하남성(河南城) 봉구현(封丘縣)에 있는 역(驛) 이름.

2705)ᄎᆞ골(次骨) : 원한이 뼈에 사무침.

2706)착지 : '착ᄒᆞ지'를 줄여 쓴 말.

2707)멱ᄂᆞ(汨羅) : 멱라수(汨羅水). 중국 호남성(湖南省) 상음현(湘陰縣)의 북쪽에 있는 강 이름. 중국 전국시대 초나라 시인 굴원(屈原: BC343-277)이 반대파의 모함을 받아 유배되었다가 울분을 못 이겨 이 강물에 빠져 죽었다.

2708)댱ᄉᆞ(長沙) : 중국 호남성의 동부 곧 동정호(洞庭湖) 남쪽 상강(湘江) 동쪽 하류에 있는 도시. 수륙 교통의 요충지이며 호남성의 성도(省都)이다. 전한(前漢)의 문인 가의(賈誼)가 이곳에 좌천된 후, 자신의 불우한 운명을 굴원(屈原)에 비유하여 지은 두 편의 부(賦)[<복조부(鵩鳥賦)>와 <조굴원부(弔屈原賦)>]가 있다.

난이 답왈,

"이는 우리 부인의 춍명이 어두오시미 아니오, 셩덕이 부둑ᄒᆞ시미 아니라. 쳡의 인ᄉᆡ 불민ᄒᆞ미오 명운이 긔험(崎險)ᄒᆞ미라. 젼일의 죄 쥬시믄 우몽(愚蒙)ᄒᆞ여 모로ᄂᆞᆫ 거슬 씨둣게 ᄒᆞ시미오, 금ᄌᆞ(今者)의 태벌(笞罰)ᄒᆞ시믄 망녕되믈 경칙(輕責)ᄒᆞ시미니, 부인이 붉지 아니시미 아니오, 덕이 열우시미2709) 아니라. 쳡이 용둔불민(庸鈍不美)ᄒᆞ미오, 가법을 됴ᄎᆞ 비ᄇᆡ를 샹궁의게 맛져 녕을【14】쥰ᄒᆡᆼ(遵行)케 ᄒᆞ시니, 쳡이 ᄯᅩᄒᆞᆫ 처음은 괴이히 넉엿더니, 졈졈 듯고 보건ᄃᆡ 화산 대퇴(大宅) 가법(家法)이라. ᄃᆡ져 태노야ᄂᆞᆫ 명동황야와 낭낭 동뫼(宗廟) 화산의 계신 고로, 궁인(宮人) 환시(宦侍) 무슈(無數)타 ᄒᆞ여, ᄎᆞᄎᆞ 졀졔(節制)ᄒᆞ미 궁즁 옛법이라 ᄒᆞ더이다."

봉션이 다시 말ᄒᆞ고ᄌᆞ ᄒᆞ더니, 금계(金鷄)2710) 창효(唱曉)ᄒᆞ니 놀나 도라가더라.

슈일 후 양부인이 니러 쇼셰(梳洗)ᄒᆞᆯ ᄉᆡ 연파(婆) 등이 협문(夾門)2711) 밧긔셔 츄환을 브르ᄂᆞᆫ지라. 셜난이 응명ᄒᆞ여 ᄂᆞ가더니 이윽이 도【15】라오지 아니ᄒᆞ니, 부인이 굿ᄒᆞ여 아른 쳬 아니ᄒᆞ고 졍당을 향ᄒᆞ고, 영시 ᄯᅩᄒᆞᆫ 신장(晨粧)2712)을 일우고 쥬리(珠履)2713)를 옴기고ᄌᆞ ᄒᆞ더니, 셜난이 밧비 와 니로ᄃᆡ,

"노애 의복이 츄러타2714) ᄒᆞᆞ ᄉᆡ 옷슬 ᄎᆞᄌᆞ시ᄂᆞᆫ지라. 쇼졔 여러 가지 옷슬 쓸 ᄃᆡ 업시 두시믈 쇼비 감읍(感泣)ᄒᆞᄂᆞ니, ᄯᆡ를 타 ᄒᆞᆫ 번 닙으시게 ᄒᆞ리이다."

영시 불승희ᄒᆡᆼ(不勝喜幸)ᄒᆞ여 급급히 여러 벌 의건(衣巾)을 ᄂᆡ여 쥬니, 황망이 바다 쇼동(小童)을 쥬어 보ᄂᆡ엿더니, 어시 경됴각의 입ᄂᆡ(入內)ᄒᆞ니, 부【16】인이 눈을 드러 보니, 그 옷시 싀롭고 깁과 ᄉᆡᆨ이 빗나며 고으니, ᄌᆞ긔 다ᄉᆞ린 비 아니믈 알오ᄃᆡ, 묵연(默然)이 말을 아니터니, 어시 나간 후 사샹궁이 ᄶᆞ러 부인긔 알외ᄃᆡ,

"노야의 닙으신 옷시 어ᄃᆡ로셔 ᄂᆞᄂᆞ니잇고?"

부인이 침음(沈吟) 왈,

"닉 ᄯᅩᄒᆞᆫ 아지 못ᄒᆞ니 셜난의 요망ᄒᆞᆫ 즛시라. 가히 므를 지어다."

샹궁이 물너와 셜난을 잡아 ᄭᅮᆯ니고 연고를 무른ᄃᆡ, 난왈,

2709) 열우다 : 엷게 하다. *열다: 엷다. ①빛깔이 진하지 아니하다. ②두께가 적다.

2710) 금계(金鷄) : '닭'의 미칭(美稱). 꿩과에 속한 새.

2711) 협문(夾門) : ①삼문(三門) 가운데 좌우에 달린 작은 문. 동협문, 서협문 따위가 있다. ②대문이나 정문 옆에 있는 작은 문. 늑액문(掖門). 여기서는 ②의 의미로 쓰였다..

2712) 신장(晨粧) : 이른 아침 부모에게 신성(晨省) 곧 '아침 문안'을 드리기 위해 하는 화장(化粧).

2713) 쥬리(珠履) : 구슬로 꾸민 신발.

2714) 츄러ᄒᆞ다 : 추레하다. 겉모양이 깨끗하지 못하고 생기가 없다.

효신(曉晨)의 셔동 츄복이 노야 명으로 '경희당 신의(新衣)를 닉여오라 ᄒ신다.' 홀 【17】 시, 젼(傳)ᄒ고 닉여 보닉미이다.

상궁이 츄복을 불너 무른딕, 대왈,

"낭지 경됴각 시위(侍衛)니, 노야 분부를 젼홀 ᄯᅳᆷ이라. 일즉 경됴각과 경희당을 일ᄏᆞ르미 업ᄉᆞ와."

셜난이 묵연이 말을 못ᄒ니, 상궁이 대로 왈,

"너의 간ᄉᆞ(奸邪)ᄒᆫ 요언(妖言)이 임의 탄누(綻漏)ᄒ니2715) 네 감히 ᄯᅩ 말을 ᄭᅮ미랴?"

난이 믄득 앙연(怏然)이 딕(對)ᄒ여 굴오딕,

"영부인이 비록 지위 나ᄌᆞ시나 ᄯᅩ 흔 가지 노야(老爺) 부인이시니, 친히 근노ᄒ신 옷슬 흔번 노야긔 드리미 【18】 무ᄉᆞᆷ 못홀 노르시리오. 쇼쳡이 말을 그릇 드러 젼어(傳語)를 망녕도이 ᄒ여시나, 비례블법(非禮不法)이 아닌가 ᄒ나이다."

상궁이 익익(益益) 딕로(大路)ᄒ여 부인 면젼의 가, 셜난의 쵸독(楚毒) 방ᄌᆞ(放恣)ᄒᆞᆷ을 도도아 고ᄒ니, 부인이 명ᄒ여 '듕치(重治)ᄒ라' 하니, 상궁이 믈너와 난을 잡ᄋᆞ 다ᄉᆞ릴 시, 법이 본딕 창뒤 듕문(中門) 안히 드지 못ᄒᄂᆞᆫ 고로, 힘셴 ᄎᆞ환(叉鬟)이 집쟝(執杖)ᄒᄂᆞᆫ지라.

셜난을 잡ᄋᆞ 결박(結縛)ᄒ여 업지르고 엄히 오십 쟝을 치니, 난이 긔졀ᄒ거늘, 쓰어 쇼당(小堂)으로 【19】 보닉니, 빙셤이 눈물을 흘니고 붓드러 가 구완ᄒ니, 인인(人人)이 불상이 넉이나, 셜난이 홀연 듕죄(重罪)를 달게 범ᄒ여 스ᄉᆞ로 화망(禍網)의 ᄲᅡ지믈 괴이히 넉이고, 부인의 노(怒)ᄒᆞᆷ믈 두려 ᄀᆞ마니 약을 빙셤을 쥬어 구호케 ᄒ더라.

어시의 영시와 봉션 등이 셜난의 듕쟝 바드믈 보니, 그 옷슬 가져 어스긔 나오미 일분 감은(感恩)을 고로2716) ᄒᄂᆞᆫ ᄯᅳᆺ이여늘, 날이 기우지 아냐셔 이러틋 어ᄌᆞ러오믈 당ᄒ니 노분(怒忿)이 텰텬(徹天)ᄒ거늘, 셜난이 다시 죄 【20】 예 ᄲᅡ지니, 노쥬의 졍이 {졍이} 졈졈 변ᄒ믈 요힝(僥倖)ᄒ딕, 일변(一邊) 불상이 넉여, 봉션을 본부의 보닉여 '셜난을 구홀 약을 가져오라' ᄒ고, 홍션으로 ᄒ여곰 말ᄉᆞᆷ을 ᄂᆞ죽이 ᄒ여, 무심이 듯고 쇼루(疏漏)히 《법법∥범법(犯法)》ᄒᆞᆷ믈 ᄉᆞ죄(赦罪)ᄒᆫ딕, 양쇼졔 흔연이,

"미(微)ᄒᆫ 일노 불안홀 비 아니라. 쇼비지 말ᄉᆞᆷ이 방ᄌᆞᄒᆫ 고로 다ᄉᆞ리미 우연ᄒᆫ 일이니 과히 념녀ᄒ미 불가타."

ᄒ여, 도라보닉니, 홍네 영시를 딕ᄒ여,

"양쇼져의 ᄉᆞ긔(辭氣) 여젼(如前) 【21】 ᄒ고 언ᄉᆞ(言辭) 화평ᄒ나, 그 ᄯᅳᆺ이 깁히 미온(未穩)ᄒ리니, 밧비 져를 히ᄒ여 분(憤)을 셜(雪)ᄒ리라."

2715) 탄누(綻漏)ᄒ다 : 숨긴 일이나 거짓말 따위가 드러나거나 밖으로 새나가다.
2716) 고로 : 고루. 골고루. 차이가 없이 엇비슷하거나 같게.

ᄒ더니, 이윽고 봉션이 죽음(粥飮)2717)과 고약(膏藥)2718)을 궃쵸와 니르러 밤을 타 쇼당(小堂)의 나아가니, 셜난이 참연(慘然)이 누슈(淚水)를 씻고 죽물로 권ᄒ고, 약을 궃져 구호ᄒ미 극진ᄒ고, 위ᄒ여 셜워ᄒ며 원통ᄒ미 지극ᄒ더니, 효신(曉晨)을 인ᄒ여 도라가더라.

셜난이 댱체(杖處) 듸단ᄒ여 운신(運身)치 못ᄒ니, 봉션이 연일ᄒ여 밤을 타 약음을 가져 구【22】호ᄒ미 지극ᄒ니, 셜난 빙셤의 감격ᄒ미 간담을 쏫고져 ᄒᄂᆞ지라.

션이 암희(暗喜)ᄒ여 말노써 뜻을 도도며 영시의 어질믈 낫타닌더니, 일야ᄂᆞ 쇼당의 니르니 셜난이 홀노 촉하의셔 눈물을 흘니거늘, 봉션이 쥬과(酒果)로써 먹이고 위로ᄒ여 니로듸,

"녕데(令弟) 빙낭은 엇지 오지 아니ᄒᄂᆞ뇨?"

셜난 왈,

"젹은 아이 ᄯᅩ 쇼임(所任)이 잇스니, 미양 엇지 임의로 오리잇고? 수오일을 말믜 쥬ᄉ 쳔비ᄌᆞ의 ᄉᆞ졍을 슬피시【23】니 감은(感恩)ᄒ더니, 금됴(今朝)의 사상궁이 부인긔 알외고 다시 복ᄉ(服事)케 ᄒ니, 금일은 얼골을 어더 보지 못ᄒ니, 어느 동반(同班)이 쳡의 괴로오믈 알니오. 동일(終日)토록 울 ᄯᆞ름이로쇼이다. 이러틋 ᄒ여 댱체 슈이 완합(完合)지 못ᄒ니, 각하(閣下)의 듸죄(待罪)ᄒ믈 폐(廢)ᄒᆞᆫ 고로, 상궁이 부인긔 알외여, '부인이 미안이 넉이신다' ᄒ니, 황공(惶恐) 숑연(悚然)ᄒ여 쵸됴(焦燥)ᄒ나이다."

봉션이 ᄎᆞ탄 왈,

"낭ᄌ의 댱체(杖處) 참혹(慘酷)ᄒ미 만목(萬目) 쇼공지(所共知)니 엇지 ᄎᆞ【24】마 더듸2719) 닐믈2720) 노(怒)ᄒ시리오."

셜난이 호곡(號哭) 왈,

"부인은 보지 아냐 계시니 아지 못ᄒ시려니와, 상궁이 도도와2721) 쳡의 죄를 일우고, 향운이 질지이심(疾之已甚)2722)ᄒ니 진실노 견딀 길히 업슬가 시부이다."

봉션이 참연(慘然) 슈루(垂淚) 왈,

"심ᄒ다. 상궁이여! 모진 눈을 독히 쓰고 호된 쇼릐로 고찰(拷察)ᄒ여, 낭ᄌ의 경영(鶊鴒)2723)ᄒᆞᆫ 약질이민, 오릭 업듸여 긔식(氣塞)ᄒ고 뉴혈(流血)이 옷슬 잠으믈2724)

2717)죽음(粥飮) : 묽은 죽.
2718)고약(膏藥) : 주로 헐거나 곪은 데에 붙이는 끈끈한 약. 늑검은약.
2719)더듸 : 더디게. 어떤 움직임이나 일에 걸리는 시간이 오래 걸리게.
2720)닐믈 : 일어남을. *닐다. 일어나다.
2721)도도다 : 돋우다. 정도를 더 높이다.
2722)질지이심(疾之已甚) ; 매우 미워함.
2723)경영(鶊鴒) : 꾀꼬리와 할미새. 또는 그처럼 날렵한 모양.

보앗거눌, 무슴 마음으로 부인의[을] 도도느뇨?"【25】

말이 맛지 못ㅎ여셔, 빙셤이 황망이 오며 가슴을 두다려 갈오되,

"부인이 노(怒)ㅎᄉ 상궁으로 ㅎ여곰 다시 다스리라 ㅎ시니, 이룰 장ᄎ 엇지 ㅎ리오."

셜난이 실ᄉ(失色) 황황(惶惶) 왈,

"엇지 니름고? 니 다시 무슴 죄룰 어덧느뇨?"

언미필(言未畢)의 ᄉ오 기 ᄎ뒤(又頭) 돌입ㅎ여 난을 쓰어 후졍의 꿀니고, 사상궁이 밍셩(猛聲)으로 니로되,

"너의 요악ᄒ 되(罪) 만ᄉ무숙[셕](萬死無惜)²⁷²⁵)이어눌, 약벌(弱罰)을 쥬시니 감격ㅎ믈 아지 못ㅎ고, ᄉ오 일【26】을 눕고 니지 아니며, 쏘 규규(竅竅)히²⁷²⁶) 외긱을 여허보믄 무슴 뜻이뇨? 부인 명을 밧드러 다시 삼십 장을 치리니 죄룰 닙고 명일은 좌우(左右)의 시위(侍衛)ㅎ라."

셜난이 머리룰 두다리고 슬피 고ㅎ되,

"쳔비지 진실노 ᄉ죄(死罪)룰 어드니 엇지 감히 다시 방ᄌ ㅎ리잇고? 마ᄂ, 미(微)ᄒ 몸의 상ᄒ믈 니긔지 못ㅎ와, 감히 쳥죄치 못ㅎ고 쥬야 숑황ㅎ옵ᄂ니, 엇지 외긱을 규시ㅎ미 잇스리잇고?"

상궁이 그 교언(巧言)을 즐미(叱罵)ㅎ고 긴긴이 결박ㅎ고【27】다시 미룰 더으라 ㅎ더니, 믄득 향운(香雲)이 급히 나오며 손을 져어 말녀 왈,

"노애 입닉ㅎ시니 부인이 명ㅎ여, '아직 ᄉ(赦)ㅎ고 명효(明曉)의 딕령(待令)치 아닌즉 즁치(重治)ㅎ리라.' ㅎ시더이다."

상궁이 놀나 쇼릭룰 늣쵸고, 좌우로 ㅎ여곰 난을 글너 노ㅎ며, 부인 명녕을 느리오니 난이 고두(叩頭) 슈명(受命)ㅎ믹, 계오 긔여 쇼당(小堂)의 드러오며 혼도(昏倒)ㅎ여 업더지거눌, 봉션이 붓드러 누이고 약물을 흘니니, 이윽고 졍신을 슈습ㅎ여 봉【28】션을 보고 우러 왈,

"져져야! 쇼믹 잔명이 하마 ᄉ즐너니 노야의 하날 ᄀᄒ신 덕음(德蔭)으로 ᄉ죄(死罪)룰 면ㅎ고, 져져의 지극ᄒ 졍으로 ᄉ즌 명믹(命脈)이 니이니²⁷²⁷) 져져의 대은을 무어스로 갑ㅎ리오. 그러나 아ᄌ(俄者)²⁷²⁸)의 모든 ᄉ룸이 드러올 젹, 져졔 아니 밋쳐 피치 못ㅎ여 져의 보미 되거냐²⁷²⁹)?

2724)잠으다 : 잠그다. 물속에 물체를 넣거나 가라앉게 하다.

2725)만ᄉ무셕(萬死無惜) : 만 번 죽어도 아깝지 않을 만큼 죄(罪)가 무거움.

2726)규규(竅竅)히 : 모든 구멍구멍마다로.

2727)니이다 : 이어지다. 끊어졌거나 본래 따로 있던 것이 서로 잇대어지다. *닛다: 잇다. 두 끝을 맞대어 붙이다.

2728)아쟈(俄者) : 아까. 지난 번. 갑자기. *아까: 조금 전.

봉션 왈,

"닉 앗가 급히 후면 벽 밧긔 슘어 뵈기를 면ᄒ여시되, 낭ᄌ의 긔싴이 엄엄(奄奄)ᄒ거늘2730) 엇지 능히 명됴(明朝)의 운동ᄒ리오."

난【29】이 한슘2731) 져2732) 굴오되,

"비록 진(盡)ᄒ여 죽어도 ᄂᆞ으가 뫼시리니, 다시 즁댱을 ᄎ마 어이 견듸리오. 댱칙의 엄ᄒᄆᆫ 달죠(撻楚)의 뉴(類) 아니니, 지ᄯᆫ 미를 싱각건듸 넉시 오히려 나ᄂᆞ도다."

빙셤다려 닐오되,

"뉘셔 날노써 외긱(外客)을 규시(窺視)ᄒ다 알외더뇨?"

빙셤이 쳬읍 왈,

"향운의 춤언(讒言)2733)이나 이러트시 알외ᄂᆞᆫ 말숨이 연속ᄒ니, 부인이 심노(甚怒)ᄒ시ᄂᆞᆫ지라. 져제 능히 명일의 시위(侍衛)ᄒᄆᆯ 당ᄒ쇼냐?"

셜난이【30】탄식 왈,

"닉 임의 부인긔 득죄ᄒ여 증염(憎厭)ᄒ시믈 맛ᄂᆞ니, 동반이 승시(乘時)ᄒ여 모함ᄒᆞᆫ지라. 죽기를 그음ᄒ여 부인 좌우를 쩌ᄂᆞ지 마라 써 춤언의 길흘 긏츠리라."

봉션 왈,

"낭ᄌ 비록 부인긔 뫼시나, 빅쥬(白晝)의 밍낭ᄒᆫ 말노 ᄉᆞᄅᆷ을 ᄉᆞ지(死地)의 밀치니, 엇지 능히 그 입을 막으며 부인이 임의 낭ᄌ를 미온(未穩)ᄒ시니, 엇지 시러곰 허언이믈 아ᄅᆞ시리오. 슬푸다! 낭ᄌ의 신셰 이러트시 위란ᄒ니,【31】뉘 능히 븟드러 보젼케 ᄒ리오. 현믹야! 너와 닉 골육이 아니오, 동향(同鄉)의 싱댱(生長)ᄒ미 업ᄉᆞ며, 동치(童穉)의 ᄉᆞ괴미 아니로되, 졍이 심혈(心血)의 ᄉᆞ못고 쯧이 폐부(弊府)의 얽혀시나, 각각 부인긔 ᄉᆞ환(使喚)ᄒ여 셔로 됴ᄎᆞ 이목(耳目)을 두려 화망(禍網)의 샏지믈 넘녀ᄒ니, 졍을 감쵸고 쯧을 먹음어 어ᄂᆞ 시졀의 쯧을 완젼ᄒ리오."

인언(因言)2734)의 셜난의 숀을 잡고 머리를 다혀 한업ᄉᆞᆫ 회포를 니긔지 못ᄒ니, 완연이 동포ᄌᆞ믹(同胞姉妹)【32】의 간졀ᄒᆫ 모양이라.

셜난 형뎨 감ᄉᆞᄒ믈 니긔지 못ᄒ니, 감동ᄒ여 늣겨 낫츨 가리와 울기를 냥구(良久)히 ᄒ다가 니러 졀ᄒ여 굴오되,

---

2729) 되거냐 : 된 것이냐.

2730) 엄엄(奄奄)ᄒ다 : 숨이 곧 끊어지려 하거나 매우 약한 상태에 있다

2731) 한슘 : 근심이나 설움이 있을 때, 또는 긴장하였다가 안도할 때 길게 몰아서 내쉬는 숨.ᄂᆞ대식(大息), 태식(太息).

2732) 져 : 지어. *짓다: 어떤 표정이나 태도 따위를 얼굴이나 몸에 나타내다.

2733) 참언(讒言) : 거짓으로 꾸며서 남을 헐뜯어 윗사람에게 고하여 바침. 또는 그런 말. ᄂᆞ참설(讒說).

2734) 인언(因言) : 말로 말미암음. 말로 인(因)함.

"져져야! 쇼미 셜난이 타향의 싱댱ᄒ여 구으러 경도(京都) 니르미, 스름의 박멸(薄蔑)2735)ᄒ믈 바다 신셰(身勢) 위란(危亂)ᄒ고 회푀(懷抱) 통박(慟迫)ᄒ나, 향ᄒ여 셜우믈 니를 곳이 업더니, 우연이 져져의 스랑ᄒ믈 어드미 드디여 골육의 더은 졍이 잇ᄂ지라. 머리 털을 【33】 버혀 신을 삼으도 앗가오미 업거늘, ᄒ믈며 영부인 하히(河海) ᄀᆺᄒ신 은덕은, 니른바 '고골(枯骨)의[이] 부육(復肉)'2736)ᄒ고 '한회(寒灰)의 싱연(生烟)'2737)ᄒ미라. 쇼미 팔지 무상ᄒ고 시운(時運)이 긔구(崎嶇)ᄒ여 영부인 댱디(粧臺)를 뫼시지 못ᄒ고, 져져로 동반(同班)이 되지 못ᄒ여, ᄂ의 목슘을 사상궁과 향운의게 너허시니, 스라셔 영부인 딕은을 갑스올 길히 업스오니, 쵸로(草露) ᄀᆺᄒ 잔명(殘命)을 결(決)ᄒ여 외로온 넉시 부인 【34】 좌우의 ᄯᅥᄂ지 아니ᄒ여, 쳔(賤)ᄒ 뎡셩(精誠)을 펴리라."

언파(言罷)의 ᄆᆰ은 눈물이 구슬을 드리온 듯ᄒ니, 봉션이 악슈(握手) 뉴체(流涕)왈,

"현미야! 너와 니 품은 쇼회(所懷)를 셜파ᄒ미 엇지 범연(凡然)이 도라가리오. 금야의 텬지긔 밍셰ᄒ여 외람이 '도원(桃園)의 향(香) 퓌오믈'2738) 효측(效則)ᄒ리라. 현미 만일 우리 쇼져긔 은덕을 갑고져 ᄒ죽, 너의 임의(任意)2739)예 잇스니, 엇지 구틴여 목슘을 ᄆᆺ쳐 속졀 업시 ᄂ의 간담(肝膽)을 바아지게 ᄒ리오. 녕친(令親)이 만니의 【35】 잇셔 현미의 무양(無恙)ᄒ믈 튝(祝)ᄒ고, 아름다온 댱부(丈夫)를 어더 타일의 뫼셔와 봉양ᄒ믈 ᄇᆞ라시고, 녕뎨(令弟) 빙낭이 현미를 의지ᄒ여 보젼ᄒ거늘, 현미 일시 셜우믈 ᄎᆞᆷ지 못ᄒ여 옥이 바아지고 향이 스라진족, 학발친당(鶴髮親堂)을 뉘게 의지ᄒ며, 치년(稚年) 유뎨(幼弟)를 뉘 고렴(顧念)ᄒ리오."

셜난이 ᄎᆞ언의 밋쳐ᄂᆫ 탄셩(歎聲) 체읍(涕泣)ᄒ여 벼기의 업디여 이윽이 우더니, 겨오 니로딕,

"쇼미 져져의 스랑ᄒ시믈 닙으니 진실노 '싱오(生我)의 부뫼(父母) 【36】 시오, 지오(知我)의 져졔(姐姐)로다.'2740) 쇼미(小妹) 《의의ǀ의희(依稀)2741)》히 심곡(心曲)

2735) 박멸(薄蔑) : 박대(薄待)와 멸시(蔑視).
2736) 고골(枯骨)이 부육(復肉) : 살이 썩고 남은 뼈에서 다시 살이 돋아남.
2737) 한회(寒灰)의 싱연(生烟) : 차갑게 식어버린 재에서 불씨가 살아나 연기가 남.
2738) 도원(桃園)의 향(香) 퓌오믈 : 도원결의(桃園結義)를 달리 표현한 말. *도원결의: 중국의 삼국시대를 연 촉한(蜀漢)의 유비(劉備)·관우(關羽)·장비(張飛) 세 사람이 복숭아나무 아래서 의형제를 맺고 죽을 때까지 형제의 의리를 지킬 것을 맹서한 고사(故事)를 이르는 말.
2739) 임의(任意) : 일정한 기준이나 원칙 없이 하고 싶은 대로 함.
2740) 싱오(生我)의 부뫼(父母)시오, 지오(知我)의 져졔(姐姐)로다 : '나를 낳아준 이는 부모요, 나를 알아준 이는 저저(姐姐)로다'는 말로, 중국 춘추 때의 제나라 재상 관중(管仲)이 자신에게 변함없는 우정을 보여 준 친구 포숙아(鮑叔牙)를 기려 이른 말인, 이

을 여러 말호미, 궁향촌녀(窮鄕村女)의 향암(鄕闇)된 긔질이 동반(同班)의 밋지 못호
는 고로, 부인의 불관(不關)이 넉이시믈 맛느고, 우직(愚直)흔 텬셩을 곳치지 못호여
상궁긔 아당(阿黨)치 못호니, 촉쳐(觸處)의 허물이 낫타느고, 날노 죄쳑(罪責)이 느리
는지라. 우흐로 노부를 스렴(思念)호고 아리로 일신이 괴로오믈 니긔지 못호여, 슬푸
미 흉억(胸臆)의 쓰히고, 한(恨)이 긔골(氣骨)의 쎄이고2742) 낫빗치 화긔(和氣)를 짓
지 못【37】호니, 이 또흔 한フ지 죄목이 되는지라. 시러곰 엇지 부인의 뜻을 어드리
오. 얼울(臲卼)흔2743) 즈최로 궁측(窮惻)흔 졍경(情景)을 품어시되, 우흐로 부인의 통
쵹(洞燭)호시믈 엇지 못호고, 으리로 상궁의 노즐(怒叱)을 당호야 향운의 참언이 니음
추니, 일일(一日)〇[도] 말미2744)를 엇지 못호고, 쳑푼(隻分)2745)을 판득(辦得)지 못
호더니, 영부인 하휼(下恤)2746)호신 덕틱을 닙스와 즁(重)흔 보비와 귀흔 면포를 밧
즈오니 하날노 됴츠 느리미라. 밧비 옷슬【38】일우고져 호여 잠간 방쇼(方所)를 뷔
윗다가 즁죄를 닙스오니, 감히 원심(怨心)을 품으미 아니로되 져 즈음긔 향운은 화쥐
친셔를 쓰믈 알외온디 화젼(花箋)을 쥬시고, 귀흔 찬물(饌物)과 아름다온 실과(實果)
를 쥬시니, 향운의 부모는 슬하의 삼지 잇고 호의호식(好衣好食)호여 금은을 상즈의
구을니고, 진찬(珍饌)이 입의 써느지 아니커늘 오히려 권렴(眷念)호시고, 쳔비(賤婢)
는 노뷔 긔한(飢寒)의 잠기여 쥭으미 됴셕의 잇고, 다른 즈식이 업고 다만【39】약녀
(弱女)를 두엇다가 팔고 남의 집 느그니 되여 은냥(銀兩)을 드려야 비로쇼 밥을 어더
먹고, 진(盡)흔즉 굴믈 쓰름이니, 스졍의 통박(慟迫)호미 쥭어닛고즈 호더니, 부인의
산고히활지은(山高海闊之恩)2747)으로 은즈(銀子)를 쥬시며, 쵸빅(楚帛)2748)을 쥬시고
フ부야온 깁옷과 모구(毛裘)2749)로써 쥬시니, 가는 스름을 은냥(銀兩)을 졍표(情表)
호고, 스스(事事)의 황공(惶恐) 감은(感恩)호미 골(骨)을 협(浹)호거늘2750) 쳔흔 몸
의 상(傷)호믈 넘녀호스 약을 쥬시며, 친히 슬피스 은혜읫 말솜이 분골【40】쇄신(粉

다. 관포지교(管鮑之交)를 이르는 말로, 사마천(司馬遷), 『사기(史記)』 <관안열전(管
晏列傳)>에 나온다.
2741) 의희(依稀) : 희미하고 흐릿함. ≒희미(稀微).
2742) 쎄이다 : 꿰다. 실이나 끈 따위를 구멍이나 틈의 한쪽에 넣어 다른 쪽으로 내다.
2743) 얼울(臲卼)호다 : 얼올(臲卼)하다. 일 따위가 어그러져서 마음이 불안하다. *卼: 위
태할 올. 음은 '올'이다.
2744) 말미 : 말미. 일정한 직업이나 일 따위에 매인 사람이 다른 일로 말미암아 얻는 겨
를. ≒방가(放暇).
2745) 쳑푼(隻分) : 몇 푼 안 되는 적은 돈. =쳑푼쳑리(隻分隻厘).
2746) 하휼(下恤) : 아랫사람의 어려운 형편을 딱하게 여겨 물질적으로 도와줌.
2747) 산고히활지은(山高海闊之恩) : 산처럼 높고 바다처럼 넓은 은혜.
2748) 쵸빅(楚帛) : 초나라에서 생산된 비단.
2749) 모구(毛裘) : 털가죽으로 된 옷이나 침구(寢具)를 통틀어 이르는 말.
2750) 협(浹)호다 : 사무치다. 깊이 스며들거나 멀리까지 미치다.

骨碎身)의 능히 갑스올 비 아니니, 맛쵸아 노야(老爺)의 옷 츠즈시믈 인ᄒᆞ와 져기 부인 쯧을 위로홀가 ᄒᆞ미러니, 큰 죄목이 된지라. 이 몸이 어느 씩의 진(盡)홀 줄 아지 못ᄒᆞ니, 지난 바 오십 댱(杖) 미는 오히려 쓴 구름 ᄀᆞᆺ하니, 다만 잔명(殘命)을 밧비 결(決)ᄒᆞ여 괴로오믈 면ᄒᆞ고, 부인 은덕(恩德)을 '구슬○[을] 먹음어 갑습고ᄌᆞ ᄒᆞ더니'2751) 져져의 니른바 학발노부(鶴髮老父)와 치년약뎨(稚年弱弟)를 닛지 못ᄒᆞ미라. 만일 죽지 아니코 능히 부인 덕을 《부답∥보답(報答)》홀 도리【41】잇고, 쇼미(小妹)의 부유(蜉蝣)2752) ᄀᆞᆺ흔 몸의 댱칙(杖責)을 면(免)홀 도리 잇신즉, 엇지 봉힝치 아니리잇고?"

봉션이 드르미 깃브믈 니긔지 못ᄒᆞ여 그 손을 잡고 팔을 어로만져 굴오ᄃᆡ,

"현미야! 내 널노 더브러 동긔의 졍을 미즈미 내 나히 이십일 셰오, 너의 약흔 나히 계오 십삼이니, 이 니른2753) 어린 아이라. 너의 약흔 긔질(氣質)노 즁장(重杖)을 니긔지 못ᄒᆞ니, 참연(慘然)이 닉몸이 알푼지라. 츠마 엇지 견듸리오. 닉 이졔 흔 모칙(謀策)이 잇스니, 우【42】리 부인긔 츙셩을 다흔즉, 현미의 몸이 반셕(盤石) ᄀᆞᆺ치 평안ᄒᆞ여, 슈경난의 모진 노(怒)를 버셔ᄂᆞ며, 향운의 모함을 면ᄒᆞ야, 몸을 ᄀᆞ져 임의로 둘너나, 노친(老親)을 다시 뫼시고 댱부(丈夫)를 굴히여 마즈 일싱이 안한(安閑)ᄒᆞ리니, 깁히 니히(利害)를 싱각ᄒᆞ라."

셜난이 경희(慶喜) 왈,

"져져야! 말을 길게 마라. 썰니 곡졀(曲折)을 일너 쇼미의 간장(肝腸)2754)을 놀닉지 말미 엇더ᄒᆞ뇨? 쇼미 져져의 명을 스지(死地)라도 ᄉᆞ양치 아니ᄒᆞ리라."

봉션이 비로쇼 웃고【43】ᄂᆞᄋᆞ 안즈 나죽이 일오ᄃᆡ,

"무릇 ᄉᆞ군지(士君子) 님군긔 츙(忠)코ᄌᆞ ᄒᆞ나, 님군이 붉지 못흔즉 츙신이 용납지 못ᄒᆞᄂᆞ니, 닉 거일(去日)의 아니 닐넛ᄂᆞ냐? 밍지(孟子) 셩인이시되, '님군이 신하 보기를 풀낫 ᄀᆞᆺ치 흔즉. 신히 님군을 원슈 ᄀᆞᆺ치 흔다.' ᄒᆞ시니, 식니군ᄌᆞ(識理君子)도 이러틋 ᄒᆞ거늘, 당하(堂下) 쳥의(靑衣)를 니르랴! 네 임의 쥬모(主母)로 실의(失意)ᄒᆞ니, 출하리 큰 계교(計巧)를 움즉여 편친(偏親)을 효봉ᄒᆞ미 가(可)흔지라. 마복픽(馬伏波)2755) 흔번 광무(光武)를 보미,【44】외효(隗囂)2756)를 멸홀 모칙(謀策)을 드

2751) 구슬을 머금어 갚다 : '함환이보(銜環以報)'를 번역한 말로, 옛날 중국의 양보(楊寶)라는 소년이 다친 꾀꼬리 한 마리를 잘 치료하여 살려 보낸 일이 있었는데, 후에 이 꾀꼬리가 양보에게 백옥환(白玉環)을 물어다 주어 보은(報恩)했다는 고사에서 온 말이다.
2752) 부유(蜉蝣) : 하루살이. *하루살이: 『동물』 하루살이목의 굽은꼬리하루살이, 무늬하루살이, 밀알락하루살이, 별꼬리하루살이, 병꼬리하루살이 따위를 통틀어 이르는 말. 애벌레는 2~3년 걸려 성충이 되는데 성충의 수명은 한 시간에서 며칠 정도이다.
2753) 니른 : 말하면. *니르다: 말하다. 생각이나 느낌 따위를 말로 나타내다.
2754) 간장(肝腸) : '간과 창자'라는 뜻으로, '애'나 '마음'을 비유적으로 이르는 말.
2755) 마복픽(馬伏波) : 중국 후한(後漢) 광무제(光武帝) 때의 명장. 마원(馬援: B.C.14

리고, 예양(豫讓)2757)이 '범(范) 즁항(中行)'2758)의 즁인지녜(衆人之禮)2759)를 ᄇ리고, 지빅(智伯)의 국ᄉ(國師)로 ᄃ접ᄒ믈 갑고ᄌ ᄒ여 칠신위나(漆身爲癩)2760)하고[니], 됴양ᄌ(趙襄子)2761) 감동ᄒ여 스스로 피(避)ᄒ지라. 현민의 ᄯ이 어ᄃ 잇ᄂ뇨?

~49)을 이르는 말. *마원(馬援): 자는 문연(文淵). 광무제 때 강족(羌族)을 평정하였으며, 교지(交趾)의 난을 진압하고 흉노족을 쳐서 공을 세웠다. 후에 남방 무릉(武陵)의 만족(蠻族)을 토벌하던 중 병사하였다. 복파장군(伏波將軍)으로 이름이 높았다.

2756)외효(隗囂) : 한(漢)나라 성기(成紀) 출신으로, 왕망(王莽) 말기에 농서(隴西)에서 웅거해 있으면서 서주 상장군(西州上將軍)이라 자칭하였다. 처음에는 유현(劉玄)을 떠받들다가 뒤에 광무제(光武帝)를 섬겼으며, 그 뒤에 다시 반란을 일으켜 공손술(公孫述)에게 붙었다가 광무제의 정벌로 인해 서역(西域)으로 도망쳤으며, 그곳에서 죽었다. 이로 인해 외효는 번복(反覆)이 무상(無常)한 대표적인 인물로 칭해진다. 『후한서 권13 외효공손술열전』에 나온다.

2757)예양(豫讓) : 춘추 전국 시대 진(晉)나라의 열사(烈士). 진나라 대부 지백(智伯)의 가신(家臣)이 되어 그를 섬겼다. 조양자(趙襄子)가 한씨(韓氏), 위씨(魏氏)와 함께 지씨(智氏)를 멸망시킨 뒤 지백의 두개골로 칠을 하여 술잔을 만들자 조양자를 죽여 원수를 갚기로 작정하고 노예로 가장하여 궁중에 들어가서 변소를 수리하는 척하며 조양자를 살해하려고 하였으나 낌새를 챈 조양자에게 발각되었다. 조양자가 "지백에게는 아들이 없는데 그 가신(家臣)이 원수를 갚으려고 하니, 이 사람은 천하가 알아줄 만한 현인(賢人)이다." 하고, "의로운 사람이니 내가 피하면 될 뿐이다." 하며 그를 죽이지 않고 놓아주었다. 예양이 또 몸에 옻을 칠하여 나병환자로 가장하고 숯을 삼켜 벙어리 행세를 하며 길에서 구걸을 하며 다니다가, 다리 밑에 잠복하여 조양자를 살해하려 했으나 또다시 잡히고 말았다. 조양자가 예양이 지백을 섬기기 이전에 범씨(范氏)와 중항씨(中行氏)를 섬긴 적이 있음을 알기 때문에, 그에게 "어째서 옛날 섬기던 주인을 위해서는 아무 일도 하지 않았으면서 유독 지백을 위해서만 복수하려 하는가?"라고 묻자, "범씨와 중항씨는 나를 보통사람(衆人)으로 대우했기 때문에 나도 그렇게 했지만, 지백은 나를 국사(國士)로 대했기 때문에 나 역시 국사로서 보답하려 하는 것이다."고 대답하였다. 그러면서 "당신은 전에 나를 이미 용서했기 때문에 천하가 모두 당신이 훌륭하다고 칭찬한다. 오늘 나는 당연히 죽어야 하겠지만, 당신의 옷이라도 쳐서 복수하려는 뜻을 이루는 것이 나의 바람이다."고 하니, 조양자가 매우 의롭게 여겨 자신의 옷을 예양에게 주게 하였다. 예양이 칼을 뽑아 세 번 뛰어올라 내리치고는 "내가 이제야 죽어서 지백에게 보고할 수 있게 되었다."라고 한 뒤 자살하였다. 『사기 권86 자객열전 예양』

2758)범(范) 즁항(中行) : 중국 전국시대 진(晉)나라의 경대부(卿大夫) 범씨(范氏)와 중항씨(中行氏)를 함께 이른 말.

2759)즁인지녜(衆人之禮) : 보통사람을 대접하는 예절.

2760)칠신위나(漆身爲癩) : '몸에 옷 칠을 하여 문둥병자로 변신하다'라는 뜻으로, 옛날 중국의 예양(豫讓)이라는 사람이 자신의 능력을 알아주고 중용해 준 대부 지백(智伯)의 원수를 갚기 위해, 자신의 몸에 옷 칠을 하여 문둥병자의 모습이 되어, 지백의 원수인 조양자(趙襄子)를 죽여 복수를 하려 했던 고사에서 따온 말.

2761)됴양ᄌ(趙襄子) : 중국 춘추 전국 시대 진(晉)나라 대부. 당시 진나라의 권력자인 한씨(韓氏), 위씨(魏氏)와 연합하여 지백을 멸망시키고 그 땅을 3등분하여 나누어 가졌다. 그는 특히 지백을 증오한 나머지 그의 두개골에 옻칠을 하여 술잔을 만들어 썼는데. 이에 지백의 가신(家臣)이었던 예양(豫讓)이 그의 원수를 갚기 위해 두 차례나 암살을 기도하였으나 실패하고, 마침내 자살하였다.

두 스룸이 다 쳔고영걸(千古英傑)이오 만딕츙신(萬代忠臣)이니라.”

셜난이 머리룰 숙여 고요히 듯기룰 다ᄒᆞ미, 몸을 니러 심심작빅(甚深作拜)[2762] 왈,

“져져의 도도흔 의논이 강하(江河)룰 헷침 ᄀᆞᆺᄒᆞ니, 쇼미의 아득흔 【45】 흉금(胸襟)이 열니ᄂᆞᆫ도다. 원컨딕 져랑(姐娘)의 명을 밧드러 슈화(水火)라도 ᄉᆞ양치 아니리라.”

션이 딕열(大悅) 왈,

“현미의 통달ᄒᆞ미 여ᄎᆞᄒᆞᆯ 쥴 닉 임의 아랏더니라.”

ᄒᆞᆫ가지로 몸을 니러 경희당의 ᄂᆞᅌᆞ갈 ᄉᆡ, 흑애(黑夜) 침침(沈沈)ᄒᆞ여 반야삼경(半夜三更)이니 ᄉᆞ면의 인젹(人跡)이 업더라.

영시 홀노 쵹(燭)을 도도고 홍션을 딕ᄒᆞ여 댱탄단우(長歎愽憂)[2763]ᄒᆞ더니, 봉션이 셜난을 닛그러 드러가미, 영시 경왈(驚曰),

“셜낭이 임의 긔거(起去)ᄒᆞᄂᆞ냐? 아ᄌᆞ(俄者)의 ᄡᅴ이여 계하 【46】의 쑬미, 싱인(生人)의 거동이 아니니, 심이 참담ᄒᆞ여 ᄌᆞ연이 쵸됴ᄒᆞᆷ믈 춤지 못ᄒᆞ더니, 요힝으로 면ᄒᆞ니 깃거ᄒᆞ엿노라.”

난이 고두 왈,

“쳔비지 누의[2764]의 덕은 몸이오. 복예(僕隷)의 쳔흔 ᄌᆞ최여늘, 부인 셩은이 가지록 여텬(如天)ᄒᆞᄉᆞ 귀흔 음식과 긔이흔 약을 연ᄒᆞ여 ᄉᆞ숑(使送)ᄒᆞ시고, 봉져의 지셩 구호ᄒᆞᆷ믈 닙ᄉᆞ와 거의 ᄂᆞᆺ기의 밋ᄌᆞ온지라. 금야의 ᄶᆞ룰 타 쳔흔 졍셩을 다코ᄌᆞ 니르럿ᄂᆞᅌᅵ다.”

봉션이 니 【48】어 굴오딕,

“우리 쇼졔 인ᄋᆡ셩덕(仁愛盛德)이 텬지룰 쇼감(昭鑑)ᄒᆞ시니, 난미 스ᄉᆞ로 냥금틱목(良禽擇木)[2765]을 효측(效則)ᄒᆞ와 고쥬(故主)[2766]룰 물니치고 동한(東漢)[2767]을 쫄오니 텬하룰 통일ᄒᆞ시고 ᄉᆞ히(四海)룰 ᄆᆞᆰ히실지라. 쇼져(小姐) 일월안춍(日月眼聰)[2768]을 항복(降服)ᄒᆞ옵고 무강(無疆)ᄒᆞ신 복녹을 하례(賀禮)ᄒᆞᄂᆞ이다.”

2762) 심심작빅(甚深作拜) : 매우 깊고 간절한 마음으로 상대방에게 절을 함.

2763) 댱탄단우(長歎愽憂) : 긴 한숨을 지으며 깊이 탄식하고 근심함.

2764) 누의 : 누에. 누에나방의 애벌레.

2765) 냥금틱목(良禽擇木) : '좋은 새는 나무를 가려서 둥지를 튼다'는 뜻으로, '어진 사람은 훌륭한 임금을 가려 섬김'을 이르는 말

2766) 고쥬(故主) : 옛 주인.

2767) 동한(東漢) : 『역사』 중국에서, AD25년에 왕망(王莽)에게 빼앗긴 한(漢) 왕조를 유수(劉秀)가 다시 찾아 부흥시킨 나라. 220년에 위(魏)나라의 조비에게 멸망하였다. =후한(後漢). *여기서는 전한(前漢)의 평제(平帝)를 독살하고 '신(新)'을 세운 왕망(王莽)을 '고주(故主, 옛주인)'로, 왕망을 죽이고 동한[=후한]을 세운 유수를 '신주(新主, 새 주인)'로 환치(換置)해놓은 표현이다.

2768) 일월안춍(日月眼聰) : 해와 달과 같이 밝은 눈의 인식능력.

영시 연망(連忙)○[이] 왈,

"시하언애(是何言也)오?2769) 닉 무슴 덕으로 이 말을 당ᄒ며 무슴 복으로 이 일을 당ᄒ리오. 의심되고 놀나온지라. 그 ᄌ셔ᄒ믈 듯고ᄌ ᄒ노라."

셜난이 돈슈(頓首) 왈,

"쳔비【49】형셰 궁박ᄒ와 슬고ᄌ ᄒ나, 터2770)히 업더니, 봉져의 ᄉ랑ᄒ믈 감격ᄒ고 부인의 하ᄒ(河海)의 도량(度量)을 ᄇ라 의탁고자 ᄒ옵ᄂ니, 만일 거두어 용납ᄒ신즉 ᄉ지(死地)라도 불감역명(不敢逆命)ᄒ여 갈녁진셩(竭力盡誠)ᄒ와 파쵹(巴蜀)2771)의 외로온 셰(勢)를 두루혀 ᄉ빅 년 한실을 흥복(弘福)게 ᄒ리이다. 연(然)이나 쳔비의 인신(人士) 불민ᄒ고 《팔쳐‖팔ᄌ(八字)2772)》 박복(薄福)ᄒ니 부인이 만일 지됴 업ᄉ믈 밋지 아니신즉, 믈너가 ᄒ 명(命)을 결(決)ᄒ여 츠싱의 괴로오믈【50】면ᄒ고, '화산(華山)의 풀을 미ᄌ며'2773) '슈호(守護)의 구슬을 먹음어'2774) 부인의 여텬딕은(如天大恩)을 갑ᄒ리이다."

영시 연망이 붓드러 왈,

"셜낭의 지셩이 여ᄎᄒ니 닉 무슴 마음을 감동치 아니리오. 셔로 ᄯᆺ을 빗최니 말ᄒ지 아냐셔 알니로다."

인ᄒ여 친히 협ᄉ(夾舍)2775)를 열고 아름다온 슐과 보빅의 진찬(珍饌)을 닉여 권ᄒ

2769) 시하언애(是何言也)오? : 이것이 무슨 말이냐?

2770) 터 : 집이나 건물을 지었거나 지을 자리. 또는 활동의 토대나 일이 이루어지는 밑바탕.

2771) 파쵹(巴蜀) : 서촉(西蜀)이라고도 하는데, 지금의 중경(重慶)을 중심으로 한 옛 파국(巴國)과 성도(成都)를 중심으로 한 옛 촉국(蜀國)을 합한 지명으로, 현재의 사천성(泗川省) 전역에 해당한다.

2772) 팔ᄌ(八字) : 팔자(八字). 사람의 한평생의 운수. 사주팔자(四柱八字)에서 유래한 말로, 사람이 태어난 '해와 달과 날과 시간'(四柱)을 간지(干支)로 나타내면 여덟 글자가 되는데, 이 속에 일생의 운명이 정해져 있다고 본다.

2773) 화산(華山)의 풀을 미ᄌ며 : '화산에 풀을 맺는다'는 뜻으로 죽어서도 은혜를 잊지 않고 갚는다는 말. *화산(華山); 중국의 오악(五嶽)가운데 서악(西岳). 음양학에서 동·남은 양계(陽界)이고 서·북은 음계(陰界)에 속하여 화산(華山)은 묘지 또는 묘지가 있는 산을 뜻한다. *풀을 미ᄌ며; '결초보은(結草報恩)'을 달리 표현한 말. 중국 춘추 시대에, 진나라의 장수 위과(魏顆)가 아버지가 세상을 떠난 후에 서모를 개가시켜 순사(殉死)하지 않게 하였더니, 그 뒤 싸움터에서 그 서모 아버지의 혼이 적군의 앞길에 풀을 묶어 적을 넘어뜨려 위과가 공을 세울 수 있도록 하였다는 고사에서 유래한다.

2774) 슈호(守護)의 구슬을 먹음어 : '구슬을 입에 문 수호자(守護者)'라는 뜻으로 죽어서도 따르면서 지켜준다는 말. *구슬을 머금다': 함주(銜珠)를 번역한 말로, 상례(喪禮)에서 염습할 때에 죽은 이의 입에 쌀이나 구슬을 물리는 데 쌀을 물리는 것을 반함(飯含)이라 하고 구슬을 물리는 것을 함주(銜珠)라고 한다. 따라서 '구슬을 머금다'는 '죽은 사람'을 뜻한다.

2775) 협ᄉ(夾舍) : 집의 몸채에 딸린 작은 방.

니, 셜난이 황공ᄒᆞ여 빅번 졀ᄒᆞ고 쳔번 머리 됴ᄋ 셩은(盛恩)을 감츅(感祝)ᄒᆞ더라.

인ᄒᆞ여 동용이 말ᄒᆞᆯ 시, 셜난【50】은 졀등(絕等)ᄒᆞᆫ 총명이 잇스니 영시와 봉션 등으로 ᄒᆞ여곰 복복(復復)이2776) 탄상(歎賞)케 ᄒᆞ더라.

이윽고 금계 미상(昧爽)2777)을 보ᄒᆞᄆᆡ 하직고 도라올 시, 문을 ᄂᆞᄆᆡ 봉션이 ᄯᅩ와오며 낭즁(囊中)의셔 환약(丸藥)을 너여 쥬어 왈,

"우리 쇼졔 텬싱녀질(天生麗質)2778)이 ᄉᆞᄅᆞᆷ의 지지아니되, 위츠(位次) 낫고 ᄯᅳᆺ을 굴ᄒᆞ시니 아등이 ᄀᆞᆨ골통원(刻骨痛冤)2779)ᄒᆞᆫ지라. 쥬인을 위ᄒᆞᄆᆡ 죽기를 두려 아니ᄒᆞᄂᆞᆫ지라. 늬 임의 현민를 유의ᄒᆞᄆᆡ 오ᄅᆡ더니라. 이졔 져 양시의 회잉(懷孕)ᄒᆞᆷ을【51】드르ᄆᆡ, 늬 마음이 칼노 지르ᄂᆞᆫ 듯ᄒᆞ니, 몬져 이 약을 시험ᄒᆞ되 여ᄎᆞ여ᄎᆞᄒᆞ라."

ᄒᆞ더라.

셜난이 약을 바다가지고 바로 경됴각 난하(欄下)의 ᄭᅮ러 ᄃᆡ죄(待罪)ᄒᆞᄆᆡ, 명ᄒᆞ여 올니고 상궁이 집부체를 쥬어 ᄀᆞᆯ오ᄃᆡ,

"홍월이 유병(有病)ᄒᆞ니 네 맛당이 부인을 시위(侍衛)ᄒᆞ라. 난이 ᄭᅮ러 바드ᄆᆡ 녹난 미셤은 쵹(燭)을 들고 압ᄒᆞᆯ 인도ᄒᆞ고, 향운 취셤은 향을 밧드러 뫼셔시며, 셜난 빙연은 공작션을 잡고, 빙셤 츈운은 파【52】리치2780)를 드러시, 사상궁 심유랑이 부인을 붓드러 힝ᄒᆞᆯ시, 봉션이 영쇼져를 뫼셔 ᄯᅩ왓ᄂᆞᆫ지라. 셜난이 거름을 니긔지 못ᄒᆞ여 눈셥을 ᄶᅵᆼ긔고 알프믈 견ᄃᆡ여 ᄌᆞ로 ᄀᆞ마니 봉션을 도라보더라.

취송각의 밋쳐ᄂᆞᆫ 상국이 졔ᄌᆞ질(諸子姪)을 거ᄂᆞ려 화쥐를 ᄇᆞ라고 직비ᄒᆞᄆᆡ, 졔인이 남좌녀우(男左女右)를 ᄀᆞᆯ나 상국과 삼부인긔 힝녜(行禮)ᄒᆞ고, 명을 밧드러 좌를 일우니, ᄉᆞᄅᆞᆷ마다 일월졍긔(日月精氣)오 금옥도힝(金玉道行)2781)이【53】라. ᄉᆞ광지총(師曠之聰)2782)과 니루지명(離婁之明)2783)이니, 영시 스스로 츅쳑(踧惕)2784)ᄒᆞ여 져의 금일ᄉᆞ(今日事)를 아ᄂᆞᆫ가 ᄌᆞ연 불안ᄒᆞ여 어두온 구셕을 향ᄒᆞ여 시좌(侍坐)러니, 상국이 됴참(朝參)의 ᄂᆞᆯ간 후 신셩(晨省)을 파ᄒᆞ여 물너ᄂᆞᄆᆡ, 양쇼졔 침누(寢樓)의 도라와 이윽고 ᄎᆞ를 구ᄒᆞ니, ᄯᅢ에 상궁과 유랑이 각각 일을 인ᄒᆞ여 물너 난간 밧긔 잇고,

---

2776) 복복(復復)이 : 거듭거듭. 되풀이하여.
2777) 미상(昧爽) : 새벽 먼동이 틀 무렵. 늑매단(昧旦)
2778) 텬싱녀질(天生麗質) : 타고난 아리따운 자질.
2779) ᄀᆞᆨ골통원(刻骨痛冤) : 분하고 억울함을 뼈에 새김.
2780) 파리치 : 파리채. 파리나 곤충 따위를 잡거나 쫓기 위한 용도로 만든 채.
2781) 금옥도행(金玉道行) : 금과 옥처럼 귀하고 맑은 도덕적 행실.
2782) ᄉᆞ광지총(師曠之聰) : 사광의 총명이란 뜻으로, 중국 춘추(春秋) 때 사광이란 사람이 소리를 잘 분변하여 길흉을 점쳤다는 고사에서 유래한 말.
2783) 니루지명(離婁之明) : 눈이 매우 밝음을 비유적으로 이르는 말. 중국 황제(黃帝) 때 사람인 이루가 눈이 밝았다는 데서 나온 말이다.
2784) 츅쳑(踧惕) : 삼가고 두려워 함.

제 시이 각하의 퇴ᄒ여 홀노 셜난이 부인을 뫼셧더니, 명을 니어 전도(顚倒)히 난함(欄檻)의 ᄂ와 옥【54】완(玉椀)의 ᄎᄅ 담ᄋ 부인긔 ᄂ온디, 사상궁이 연망이 드러와 고ᄒ되,

"ᄎ(茶) 빗치 괴이ᄒ니 부인은 슬피쇼셔."

부인이 유유(儒儒)ᄒ거늘, 상궁이 은쳠ᄌ(銀籤子)2785)를 ᄀ져 쇼ᄌᄆᆡ, 식이 변ᄒ여ᄂ지라. 경황(驚惶) 실식(失色)ᄒ여 셜난을 도라보와 ᄀ로오디,

ᄎᄅ 뉘 달혀ᄂ뇨?

디왈

"향운이 달혓ᄂ이다."

상궁이 샐니 향운을 불너 ᄀ로오디,

"쳔비지 ᄎᄅ 달히ᄆᆡ 엇지 됴심치 아냐 변을 일위ᄂ뇨?"

향운이 경황(驚惶) 디왈,

"쇼비 미명(未明)의 ᄎᄅ 달혀【55】부인이 임의 ᄒ 번 진음(進飮)ᄒ신지라. 남은 거시 잇ᄉ니 가져보시면 아르시리이다."

이의 은졍(銀鋌)2786)을 기우려 ᄎᄅ 져으니, 원니 셜난이 옥완(玉椀)2787)의 ᄎᄅ ᄊᆞ라 독(毒)을 너헛시니 엇지 남은 ᄎ의 독긔(毒氣) 잇스리오.

부인이 쌍안(雙眼)을 ᄂᆞᆺ쵸와 묵연(默然)ᄒ거늘, 상궁이 ᄭᆞ러 품(稟)ᄒ되,

"셜난 요비(妖婢)의 ᄉ죄(赦罪)를 장ᄎ 엇지 ᄒ리잇고?"

부인이 빈미(嚬眉) 탄왈(嘆曰),

"ᄎ시 비록 미셰ᄒ 니몸의 말미암은 비나, 계부디인(季父大人)과 삼위 슉모의 가졔(家齊) 일월(日月) ᄀᆞᆺᄒ시거늘, 【56】부즁(府中) 쳔빅인(千百人)의 여ᄎ지ᄉᆞ(如此之事) 처음이라. 니 불혜(不慧) 박덕(薄德)ᄒ여 비비(婢輩)의 작얼(作孽)이 우흘 범ᄒ니, 몬져 디인긔 알외여 ᄂᆡ의 어하(御下)치 못ᄒ 죄를 밧줍고, 됴쵸2788) 난을 다스릴지라. 아직 쇼당(小堂)의 엄슈(嚴守)ᄒ라."

상궁이 슈명(受命)ᄒ여 쇼당의 너코 잠으니, 난이 감히 무슨 말을 ᄒ리오. 머리를 슈겨 갓치이니, 좌위 다 실식젼늉(失色戰慄)2789)이라.

부인이 명ᄒ여, '요란이 말나' ᄒ고, '상국 노애 퇴됴(退朝)ᄒ시믈 기다리라.' ○○

2785)은쳠ᄌ(銀籤子) : 은으로 만든 쳠자(籤子). 쳠자(籤子) : 장도(粧刀)가 칼집에서 쉽게 빠지지 않도록 칼집 옆에 덧붙여 댄 두 개의 쇠. 모양이 젓가락과 비슷하여 젓가락으로 쓰기도 한다.

2786)은졍(銀鋌) : 은으로 만든 익힌 제수를 담는 신선로(神仙爐) 따위의 제기(祭器)

2787)옥완(玉椀) : 옥으로 만든 밥그릇이나 종발(鍾鉢) 따위의 음식을 담는 그릇.

2788)됴쵸 : 죠ᄎ. 좇아. 따라. 뒤따라. *됴ᄎ다 : 죠ᄎ다. 좇다. 따르다. 뒤따르다.

2789)실식젼늉(失色戰慄) : 얼굴빛이 변하도록 몹시 놀라 몸을 벌벌 떨다.

[ᄒ다].

ᄶ의 봉션이 셜난【57】의 언약을 기다리고, 후함(後檻)2790) 밋틱 슘엇다가 방즁 경식을 보고 경황 낙담ᄒ여, 쥐 슘 드시 다라나 영시의 방즁의 가, ᄀ슴을 두다려 낭픽ᄒᄆᆯ 고ᄒ니, 영시 ᄯᅩ 창황(蒼黃)ᄒ여 면식(面色)이 여토(如土)라. 아모리 홀 쥴 모로더니, 시ᄋᆡ(侍兒) 급보(急報) 왈,

"샹국 노얘 오월(吳越)2791) ᄯᅡ희2792) 츌ᄉᆞ(出師)ᄒ시ᄂᆫ 고로 방식(防塞)2793)의 교장(敎場)의 가 군ᄉᆞ를 졈고(點考)ᄒᆞᄉᆞ, 명신(明晨)의 니발(離發)ᄒᆞ시무로 본부 졔샹공이 남문(南門)의로 힝ᄒ시ᄂᆞ이다."

영시 문을 열고 경됴각【58】을 바라보니, 양쇼졔 시ᄋᆞ로 ᄌᆞ긔게 통ᄒ고 난두(欄頭)의셔 기드리ᄂᆞᆫ지라. 전도(顚倒)히 ᄂᆞ려 양쇼져를 ᄶᅳᆯ와 취숑각의 ᄂᆞᄋᆞ가니, 가즁이 진경(盡驚)ᄒ여 ᄉᆞᆷ마다 분쥬ᄒ고, 졔공지 냥형과 쇼•양 등을 됴ᄎᆞ 교외(郊外)로 힝ᄒᆞᄂᆞᆫ 고로, 분분(紛紛) 쇼요(騷擾)ᄒ니, 감히 난의 말ᄉᆞᆷ을 알외지 못ᄒᆞᆫ지라. 요악ᄒᆞᆫ 무리 ᄶᅢ를 타 됴히 ᄌᆞ최를 곰춘지라. 셜난의 힝ᄒᆞᄂᆞᆫ 비 엇지 된고? 하회(下回)를 빙셕(氷釋)2794)ᄒ라.

셜화(說話)2795) 위승샹이 문무듕관(文武衆官)【59】을 거ᄂᆞ려 궐하(闕下)의 ᄂᆞᄋᆞ가니, ᄶᅢ의 맑은 별이 드믈고, 효식(曉色)이 만방을 붉히ᄂᆞᆫ지라.

'텬ᄌᆞ(天子)의 지으신 글'2796)의 니른 바이라.

"○○[미리]히져쳔산암(未離海底千山暗)이러니
《ᄌᆞ로∥직도》 텬듕만국명(纏到天中萬國明)이라."2797)

2790) 후함(後檻) : 뒤편 난간.
2791) 오월(吳越) : 『역사』 중국 오대십국 가운데, 907년에 당나라 절도사였던 전유(錢鏐)가 항주(杭州)에 도읍하고 세운 나라. 강남(江南)의 주요 지역을 차지하였으나, 978년에 송나라에 멸망하였다.
2792) ᄯᅡ희 : 땅에.
2793) 방식(防塞) : 적이 쳐들어오는 것을 막는 요새.
2794) 빙셕(氷釋) : 얼음이 녹듯이 의심이나 의혹 따위가 풀림.
2795) 셜화(說話) : 고소설에서 새로 이야기를 시작할 때 쓰는 '화설(話說)' '익설(益說)' '각설(却說)' 따위와 같은 화두사(話頭詞).
2796) 텬ᄌᆞ(天子)의 지으신 글 : 작중 등장인물 송 태조 조광윤(趙匡胤: 927~976)이 미시(微時)에 지은 <일출시(日出詩)>를 이른 말로, 현재 그 시 7언시 2구가 전하고 있다.
2797) 미리히져쳔산암(未離海底千山暗) 직도텬듕만국명(纏到天中萬國明) : "바다 밑을 떠나지 못했을 적엔 온 산이 컴컴하더니(未離海底千山暗), 해가 중천에 오르니 온 세상이 환하도다(纏到天中萬國明)". 『해동야언(海東野言)1』에 "송 태조가 한미(寒微)한 무렵에 시골에서 술에 취하여 누워 있다가 해가 떠오른 것을 깨닫고 이

청풍(淸風)이 니러나 부운(浮雲)을 쓰리치며, 만니댱쳔(萬里長天)이 푸른 빗츨 썰치고, 됴일(朝日)이 은하(銀河)의 쇼스미 광명이 스히(四海)의 흐르는지라. 상운(祥雲)이 녕녕(盈盈)ᄒᆞ여 봉궐(鳳闕)의 어리엿고, 셔이(瑞靄) 롱농(濃濃)ᄒᆞ여 셩인(聖人)을 호위ᄒᆞ니, 긔린과 봉황의 상셔(祥瑞)로 비길지라.

셩텬【60】ᄌᆞ(聖天子)의 요순지치(堯舜之治)를 드틔여 억만년 무강지복(無疆之福)2798)을 가히 긔약(期約)ᄒᆞ리러라.

이에 단지(丹墀)2799)의 산호비무(山呼拜舞)ᄒᆞ고 동셔로 반녈(班列)을 일우니, 금관옥피(金冠玉佩)ᄂᆞᆫ 셩신(聖身)이[의] 찬찬(燦燦)ᄒᆞ고 융복피검(戎服佩劍)은 휘휘(輝輝)ᄒᆞ여 댱총(瑲璁)2800)을 토(吐)ᄒᆞᄂᆞᆫ지라.

어시(於是)의2801) 태평텬지 놉히 옥좌(玉座)를 여르시민, 팔장 쏘ᄌᆞᆺ 좌(坐)ᄒᆞ시니, 위의(威儀) 묵묵(默默)ᄒᆞ시고 긔위(氣威) 엄엄(嚴嚴)ᄒᆞᄉᆞ 한가(閑暇)ᄒᆞ신지라.

향연(香煙)이 몽농(朦朧)ᄒᆞ여 안기를 일우는 듯ᄒᆞ고, 보개(寶蓋)2802)ᄂᆞᆫ 바름의 ᄂᆞᆺ븟기니, 진실노 오계(五季)2803)의【61】번난(煩亂)ᄒᆞᆷ믈 쓰리치ᄉᆞ2804), 혁연(赫然)이 즁화(中華)의 덕을 ᄉᆞ모ᄒᆞ시믈 알니러라.

이윽고 됴회를 파(罷)코져 ᄒᆞ시더니, 믄득 뉴셩민(流星馬)2805) 쥬문(奏文)을 가져 헌(獻)ᄒᆞ니, 이 곳 형쥬(邢州) ᄌᆞᄉᆞ(刺史)의 고급(告急)ᄒᆞᄂᆞᆫ 쥬시(奏辭)라.

"오월(吳越)2806) ᄉᆞ이의 큰 도적이 잇셔 형세 일방을 업누르니2807), 그 당뉘(黨類)

시를 지었다는 소개 글과 함께 실려 있다.(『대동야승(大東野乘)』에 수록된, 허봉(許篈) 찬(撰), 『해동야언(海東野言) 1,2,3』 중, 1권 태조(太祖)편. 한국고전종합 DB. https://db.itkc.or.kr/dir/item?itemId.). 이 밖에도 이 '한국고전종합 DB'의 박사호(朴思浩) 『심전고(心田稿)』, 정인지(鄭麟趾) 『치평요람(治平要覽)』, 서사원(徐思遠) 『낙재집(樂齋集)』 등에서도 위 시가 검색된다.

2798) 무강지복(無疆之福) : 끝이 없을 정도로 건강하게 오래 사는 복.

2799) 단지(丹墀) : 붉은 칠을 하거나 화려하게 꾸민 마룻바닥. 임금이 좌정한 자리를 뜻한다.

2800) 댱총(瑲璁) : 옥이 서로 부딪치며 쟁그랑거리며 나는 소리. *瑲: '옥 소리' 또는 '방울 소리'를 나타내는 글자로, 음(音)은 '창' 또는 '장'이다. *璁: '패옥(佩玉) 소리'를 나타내는 글자로, 음(音)은 '종' 또는 '총'이다.

2801) 어시(於是)의 : 이에. 이러하여서 곧. 늑자(玆)에.

2802) 보개(寶蓋) : 보주(寶珠) 따위로 장식된 천개(天蓋).

2803) 오계(五季) : 『역사』 다섯 왕조가 자주 갈린 계세(季世)라는 뜻으로, 중국 후오대(後五代)를 이르는 말. *후오대(後五代) : 『역사』 중국에서, 당나라가 망한 뒤부터 송나라가 건국되기 이전까지의 과도기에 중원(中原)에 흥망한 다섯 왕조. 후량(後梁), 후당(後唐), 후진(後晉), 후한(後漢), 후주(後周)를 이른다.=오대(五代).

2804) 쓰리치다 : 쓸다. 쓸어버리다. 부정적인 것을 모조리 없애다.

2805) 뉴셩민(流星馬) : 파발마(擺撥馬). 조선 후기에, 공무로 급히 가는 사람이 타던 말. 늑파발(擺撥).

쳐쳐(處處)의 슘어 머리를 치미 쇼리 와 돕고, 허리를 누르미 머리와 쇼리 일시의 협공(挾攻)ᄒ니, 쥬군(州軍)이 능히 항거치 못ᄒ여 그 셰(勢) 크고 당(黨)이 버러2808) 깁흔 뫼흘 웅거ᄒ여, 쩌로【62】빅셩의 히(害)되고, ᄉ방의 슘은 지 츌몰(出沒) 변화(變化)ᄒ니, 하믈며 환슐(幻術)과 요법(妖法)으로 관군이 당치 못ᄒ여, 임의 두셰 고을을 치고 지쥬(知州)2809)를 쥭이고 셩지(城地)2810)를 웅거ᄒ니, 바라건ᄃ 어진 지상과 일홈난 댱슈를 보ᄂᆞᄉ 빅셩의 급ᄒᆞᄆ를 구ᄒ쇼셔.”

ᄒ여시니, 텬지 경희(驚駭) 통완(痛惋)ᄒᆞᄉ, 상국 위공을 갓ᄀᆞ이 ᄂᆞ으오라 ᄒᆞᄉ, 닐너 굴ᄋᆞᄉᄃ,

“이 도뎍은 ᄒᆞᆫ갓 ᄊᆞ화 쥭이고 쳐 평정(平定)홀 ᄯ름이 아니라, 몬져 지방을 어루만져 인민을【63】교유(敎諭)ᄒ리니, 경의 웅지(雄才) 대략(大略)과 경제(經濟)2811)홀 모칙(謀策) 아니면 도뎍을 가히 잡지 못홀 거시오, ᄯᅩ흔 위국정튱(爲國精忠)과 관인이인(寬仁愛人)ᄒᆞᆫ 덕틱(德澤) 곳 아니면, 딤의 젹ᄌ(赤子)2812)를 엇지 보젼ᄒ리오.”

ᄒ시고, 승상으로써 남정대원슈진뉴쵸토ᄉ(南征大元帥鎭留招討使)를 ᄒ이시고 상방검(尙方劍)2813)을 쥬시며, 부원슈 이하로 ᄌᄉ(刺史) 졀도ᄉ(節度使)의 니르히 위령ᄌ(違令子)를 션참후계(先斬後啓)ᄒ라 ᄒ시니, 상국이 슈명ᄉ은(受命謝恩)ᄒ고 인ᄒ여 쥬(奏)ᄒ되,

“금능(金陵)2814) 항쥐(杭州)2815) 등쳐(等處)의 쵸젹(草賊)2816)이 만코, ᄯᅩ흔【64】난민이 부득기쇼(不得其所)하여 강셔(江西)2817) 무챵(武昌)2818) 즈음의2819) 년년

─────────────

2806) 오월(吳越) : 오나라와 월나라를 함께 이르는 말.

2807) 엎누르다 : 엎누르다. 위에서 억지로 내리눌러 일어나지 못하게 하다.=엎어누르다.

2808) 벌다 : 번성하다. 한창 성하게 일어나 퍼지다. 늑번연하다.

2809) 지쥬(知州) : 중국 송나라·청나라 때에 둔 주(州)의 으뜸 벼슬아치.

2810) 셩지(城地) : 성(城)과 그에 딸린 영토.

2811) 경제(經濟) : 세상을 다스리고 백성을 구제함.=경세제민(經世濟民).

2812) 젹ᄌ(赤子) : 갓난아이. 또는 임금이 갓난아이처럼 여겨 사랑한다는 뜻으로, 그 나라의 '백성'을 이르던 말.

2813) 상방검(尙方劍) : 임금이 출정 장수에게 하사하던 칼. 임금의 권위를 상징하는 역할을 하여 부하나 군졸 등이 명을 거역할 때, 임금에게 보고하지 않고도 그들의 생사를 마음대로 할 수 있는 권위를 지니는 칼이다.

2814) 금능(金陵) : 중국 춘추 전국 시대에 있었던 초나라의 읍. 지금의 난징(南京)에 해당한다.

2815) 항쥐(杭州) : 중국 절강성(浙江省) 북부에 있는 도시.

2816) 쵸젹(草賊) : 예전에, 통치자들이 주로 산간 지대에서 장기적으로 항거하며 투쟁하는 사람들을 낮잡아 이르던 말.

2817) 강셔(江西) : 강서성(江西省). 중국 양쯔강(揚子江) 남쪽에 있는 성. 곡류·목화·담배 따위가 나며, 경덕진(景德鎭)의 도자기가 유명하다. 성도(省都)는 남창(南昌), 면적은 16만 4800㎢.

2818) 무챵(武昌) : 중국 호북성(湖北省) 무한시(武漢市)에 있는 무한삼진(武漢三鎭)의 하

(年年) 흉황(凶荒)ㅎ거늘, 쥬현관(州縣官)이 슬퍼지 아니ㅎ고, 쥰민고틱(浚民膏澤)2820)ㅎ여 빅셩이 산지스방(散之四方)2821)하여 도적의 투입(投入)ㅎ니, 원컨디 강명졍직(剛明正直)흔 즈를 썬 암힝(暗行)ㅎ야 민간질고(民間疾苦)2822)를 슬피게 ㅎ여지이다."

상이 윤둉(允從)ㅎ시고, '감즉흔 즈를 스스로 굴희라' ㅎ시니, 승상이 쥬왈,

"병부시랑 쇼세광이 문무지지(文武之才)를 가져 영지(英才)와 신뮈(神武) 흔곳 스졀(士節)을 밧드러 옥궐(玉闕)의 시위홀 쌘【65】 름이 아니오니, 쳥컨디 군즁(軍中)의 둉스(從事)ㅎ야 인(凶)ㅎ여 열읍(列邑)을 슌무(巡撫)케 ㅎ여지이다."

상이 언언(言言)이 가(可)타 ㅎ시고, 쇼세광으로 본직 병부좌시랑(兵部左侍郎)으로 ○[셔] 겸농양댱군슌무안념스(兼龍驤將軍巡撫按廉使)를 ㅎ이시니, 쇼시랑이 스은(謝恩)ㅎ고 상국을 뫼셔 교댱(敎場)의 ㄴ으가 군스를 졈고(點考)ㅎ여, 명일 길히 오룰식, 쇼시랑이 텬안(天顔)의 진쥬(進奏)ㅎ여 노모를 니별ㅎ믈 알외고, 잠간 본부의 니르니, 머리의 봉시(鳳翅)투고2823)를 쓰고 몸의 즈포슈은갑(紫袍水銀甲)2824)을【66】 닙어시며, 허리의 말2825) 만흔 금인(金印)2826)을 츠시니, 긔상(氣像)이 쥰미(俊邁)ㅎ고 영풍(英風)이 늠늠(凜凜)흔지라.

진부인이 두굿기고 깃거ㅎ여 일호(一毫) 비척(悲慽)ㅎ미 업셔,

"국스의 진심ㅎ고 위공의 명을 밧드러 방심치 말지여다. 우리 모즈(母子) 엇던 스룸고? 우흐로 국은이 망극ㅎ고 위공의 큰 은혜니, 진츙갈녁(盡忠竭力)ㅎ여 텬은을 갑습고, 위상국 좌우의 뫼셔 졍셩을 다ㅎ라."

시랑이 지비(再拜) 슈명(受命)ㅎ고, 도라 부인을 보아 감지(甘旨)의 틱만치【67】 말믈 당부ㅎ고, 위시랑 형데를 향ㅎ여, '미즈(妹子)를 즈로 귀근(歸覲)ㅎ

나로. 양자 강(揚子江) 중류에 있는 군사적 요충지다.

2819)즈음의 : 사이에. *즈음: 사이.

2820)쥰민고택(浚民膏澤) : 백성의 고혈을 뽑아낸다는 뜻으로, 재물을 마구 착취하여 백성을 괴롭힘을 이르는 말.

2821)산지스방(散之四方) : 사방으로 흩어짐. 또는 흩어져 있는 각 방향. ≒산지사처(散之四處).

2822)민간질고(民間疾苦) : 정치의 부패나 변동 따위로 백성이 받는 괴로움.

2823)봉시(鳳翅)투고 : 봉시(鳳翅)투구. 봉의 깃으로 꾸민 투구. 봉시(鳳翅)는 봉의 깃. 투구는 예전에, 군인이 전투할 때에 적의 화살이나 칼날로부터 머리를 보호하기 위하여 쓰던 쇠로 만든 모자.

2824)즈포슈은갑(紫袍水銀甲) : 자줏빛 도포를 입고, 그 위에 쇠로 만든 미늘에 수은을 덧칠하여 가죽으로 엮어 만든 갑옷을 입은 차림.

2825)말 : 버선. 천으로 발 모양과 비슷하게 만들어 종아리 아래까지 발에 신는 물건. 흔히 무명, 광목 따위 천으로 만드는데 솜을 두기도 하고 겹으로 만들기도 한다.

2826)금인(金印) : 황금으로 만든 도장.

여 노모의 외로오시믈 위로케 ᄒ라' ᄒ니, 냥인이 흔연 허락ᄒ미, ᄯᅩ 양ᄐᆡ우ᄅᆞᆯ 쵹(囑)ᄒ여 편친(偏親)을 긔탁(寄託)ᄒ고, 츙춍(恩恩)이 군둥의 둉ᄉᆞ(從事)ᄒ니, 인친졔붕(姻親諸朋)은 교외(郊外)의 니별ᄒ고, ᄌᆞ딜(子姪) 문ᄉᆡᆼ(門生)이 빅니(百里)의 ᄇᆡ별(拜別)ᄒ니, 상국이 대군을 모라 남으로 졀월(節鉞)을 두루혀미, 군용(軍容)이 엄슉ᄒ고 ᄃᆡ외(隊伍) 졍졔(整齊)ᄒ여 ᄉᆞ마(士馬)2827) 츄츄(酋酋)ᄒ고2828) 치긔(彩旗) 표표(表表)ᄒᆡᆯ디2829), 어림군병(御林軍兵)2830)【68】이 졍긔(旌旗)2831)ᄅᆞᆯ 밧ᄃᆞᆯ고 고각(鼓角)2832)을 잡ᄋᆞ 시위(侍衛)ᄒ니, ᄃᆡ원슈 진무안념쵸토ᄉᆞ(鎮撫安念招討使) 위공이 머리의 속발금관(束髮金冠)2833)을 삽(揷)ᄒ고, 엇긔의 홍금망뇽포(紅錦蟒龍袍)2834)ᄅᆞᆯ 착(着)ᄒ여 ᄉᆞ륜거(四輪車)2835) ᄀᆞ온ᄃᆡ ᄀᆞ연(可然)2836) 위좌(危坐)2837)ᄒ니, 평일의 온냥공검(溫良恭儉)2838)ᄒ여 니음양슌ᄉᆞ시(理陰陽順四時)2839) ᄒᄂᆞᆫ ᄐᆡ평ᄌᆡ상(太平宰相)이라.

ᄎᆞ 우희 유ᄌᆞ(儒者)의 긔상(氣像)2840)이 잇고 마음의 셩니(性理)의 학(學)을 품어 ᄒᆡᆼ실을 슈련ᄒ고 덕을 ᄀᆞ다듬ᄋᆞ, 영긔(英氣)의 놉흔 품이오, 냥의(兩儀)의 너른 금회(襟懷)로 화홍관ᄃᆡ(和弘寬大)ᄒ여 문질(文質)【69】이 빈빈(彬彬)ᄒ더니, 몸이 원융상댱(元戎上將2841))이 되여 빅만 ᄉᆞ돌(士卒)을 춍녕(總領)ᄒ미 늠

2827) ᄉᆞ마(士馬) : 병사(兵士)와 군마(軍馬)를 아울러 이르는 말.=병마(兵馬).

2828) 츄츄(酋酋)ᄒ다 : 셩대(盛大)하다. 행사의 규모 따위가 풍성하고 크다.

2829) 표표(表表)ᄒ다 : 눈에 띄게 두드러지다.

2830) 어림군병(御林軍兵) : 임금의 신변과 궁궐의 방위를 책임지는 국왕직속의 근위부대(近衛部隊)

2831) 졍긔(旌旗) : 정(旌)과 기(旗)를 아울러 이르는 말로, 군대가 행군할 때 소속 부대를 나타내기 위해 내세우는 각종 깃발. *정(旌): 『역사』깃대 끝에 새의 깃으로 꾸민 장목(꿩의 꽁지깃을 모아 묶어서 깃대 따위의 끝에 꽂는 장식. 흔히, 군기나 농기에 쓴다)을 늘어뜨린 의장기(儀仗旗). *기(旗): 헝겊이나 종이 따위에 글자나 그림, 색깔 따위를 넣어 어떤 뜻을 나타내거나 특정한 단체를 나타내는 데 쓰는 물건.

2832) 고각(鼓角) : 『역사』 군중(軍中)에서 호령할 때 쓰던 북과 나발.

2833) 속발금관(束髮金冠) : 머리털을 잡아 묶어 상투를 튼 머리 위에 쓰는 금관

2834) 홍금망뇽포(紅錦蟒龍袍) : 붉은 빛의 비단으로 지은 임금의 정복. 가슴과 등과 어깨에 용의 무늬를 수놓았다. 곤룡포(袞龍袍)를 망룡포(蟒龍袍)라고도 한다.

2835) ᄉᆞ륜거(四輪車) : 네 개의 바퀴를 단 수레.

2836) ᄀᆞ연(可然) : 가연(可然)히, 개연(慨然)히. 흔쾌(欣快)히. 주저 없이.

2837) 위좌(危坐) : 몸을 바르게 하고 앉음. =정좌(正坐)·광좌(匡坐).

2838) 온냥공검(溫良恭儉) : 성품이 온화하고 어질며 공손하고 검소함.

2839) 니음양슌ᄉᆞ시(理陰陽順四時) : 음양(陰陽)을 다스리고 사시(四時; 春夏秋冬)의 변화에 순응함.

2840) 긔상(氣像) : 사람이 타고난 기개나 마음씨. 또는 그것이 겉으로 드러난 모양. 늑의기(義氣).

2841) 원융상댱(元戎上將 : 군사의 우두머리.늑대원수(大元帥).

늠(凜凜)이 셔리2842)룰 썰치고, 의희(依俙)이 빅일(白日)의 정신이라. 심산(深山)의 ᄇ롬을 넉고, 딕히(大海)의 구름을 지으며, ᄉ롬이 변화룰 충냥(測量)치 못훌지라.

충심(忠心)은 빅일노 졍광(爭光)ᄒ고, 용병은 훤원(軒轅)2843)으로 방불(彷彿)ᄒ니 일은 바 츌쟝입샹(出將入相)ᄒ여 문뮈쌍젼(文武雙全)ᄒ고, 도학(道學) 신뮈(神武) 겸비ᄒ믄 셩(盛)히 위공을 니르미러라.

통솔 뉵군(六軍)2844)ᄒ여 호호탕탕(浩浩蕩蕩)2845)이 물미 듯 ᄂᆞ으가니【70】쇼과(所過)의 군현(郡縣)의 계견(鷄犬)이 놀ᄂᆞ지 아니ᄒ고, 녈읍(列邑) 방빅(方伯) 슈령(守令)과 녀리군민(閭里郡民)2846)이 단ᄉ호쟝(簞食壺漿)2847)으로 이영왕ᄉ(以迎王士)2848)ᄒ여, '인ᄉ지군(人師之軍)2849)이라' ᄒ더라.【71】

──────────

2842)셔리 : 서리. 대기 중의 수증기가 지상의 물체 표면에 얼어붙은 것.
2843)헌원(軒轅) : 황제 헌원씨(黃帝軒轅氏). 염제 신농씨(炎帝神農氏)를 제압한 뒤에, 구려족(九黎族)의 우두머리인 치우가 쇠로 병기를 만들어 전쟁을 일으키자, 지남거(指南車)를 만들어 탁록(涿鹿)에서 대적하여 이기고, 치우를 잡아 죽였다고 한다. 『史略 卷 1 黃帝軒轅』과 『史記正義 卷1 五帝本紀第一』에 나온다.
2844)뉵군(六軍) : 『역사』 중국 주나라 때에, 천자가 통솔하던 여섯 개의 군(軍). 1군에 1만 2500명씩 모두 7만 5000명으로 이루어졌다.
2845)호호탕탕(浩浩蕩蕩) : 기세 있고 힘찬 모양.
2846)녀리군민(閭里郡民) : 마을과 군의 백성들.
2847)단ᄉ호쟝(簞食壺漿) : ①대나무로 만든 밥그릇에 담은 밥과 병에 넣은 마실 것이라는 뜻으로, 넉넉하지 못한 사람의 거친 음식을 이르는 말. ②백성이 군대를 환영하기 위하여 갖춘 음식
2848)이영왕ᄉ(以迎王士) : 왕의 군대를 영접함.
2849)인ᄉ지군(人師之軍) : 부처님의 군대. *인사(人師): =천인사(天人師).『불교』 여래십호(如來十號)의 하나. 하늘과 인간 세상의 모든 중생들의 스승이라는 뜻으로 '부처'를 달리 이르는 말.

화산선계록 권지사십

추셜 위공의 딕군이 힝ᄒ여 오월지계(吳越之界)2850)의 니르니, ᄌᄉ 졀도식 장젼의 영졉ᄒ여 셩너의 둔병(屯兵) 찰쥬(札駐)2851)ᄒ고, 신무(神武)2852) 비계(祕計)2853)와 은위(恩威)2854)를 베퍼 쵸유(招諭)2855) 졍토(征討)2856)홀 ᄉ, 쳔만인(千萬人)을 쵸무(招撫)ᄒ며, 산곡의 슘은 도젹을 효유(曉諭)ᄒ여, 항복지 아닌 즉 좌션봉(左先鋒) 표긔딕댱군(驃騎大將軍)2857)신양과 우션봉(右先鋒) 건위딕댱군(建威大將軍)2858) 화진으로 ᄒ여곰 진멸(殄滅)○[케]ᄒ니, 녹님(綠林) 도젹(盜賊)이 무리를 닛그러 영문(營門)의 업드려 죽【1】기를 쳥ᄒᄂ지라.

원쉬 블너 친히 그 위인을 보와 지됴(才操)2859) 잇ᄂ 즈ᄂ 군즁의 두어 닙공속죄(立功贖罪)2860)케 ᄒ고 혹 노하 본향으로 보닉여, '농업을 힘써 냥민(良民)이 되라.' ᄒ여, 금쥬(金珠)2861)와 냥미(糧米)를 쥬어보닉니, 쇼문이 원근의 젼파ᄒ여 긔고(旗鼓)2862)를 ᄇ리고 우마(牛馬)를 닛그러 속죄(贖罪)ᄒᄆ믈 비니, 공이 ᄒ갈

2850) 오월지계(吳越之界) : 오(吳)나라와 월(越)나라의 경계.
2851) 찰쥬(札駐) : 『군사』 군대가 임무 수행을 위하여 일정한 곳에 집단적으로 얼마 동안 머무르는 일.=주둔(駐屯). 주류(駐留).
2852) 신무(神武) : 훌륭한 무예와 용맹.
2853) 비계(祕計) : 남모르게 꾸며 낸 꾀.
2854) 은위(恩威) : 은혜와 위엄.
2855) 쵸유(招諭) : 불러서 타이름.
2856) 졍토(征討) : 적 또는 죄 있는 무리를 무력으로써 침.=정벌.
2857) 표긔딕댱군(驃騎大將軍) : 『역사』 고려 시대에 둔, 종일품 무관의 품계. 성종 14년(995)에 두었다.
2858) 건위딕댱군(建威大將軍) : 후한 '운대이십팔장(雲臺二十八將)' 가운데 한 사람인 경엄(耿弇)의 관직명이다. 경엄은 전한 말기에 유수(劉秀)를 도와 후한 건국에 공을 세웠고, 유수가 광무제(光武帝)에 즉위한 후 건위대장군에 올라 호치후(好畤侯)에 봉작되었고 운대이십팔장에 들었다.
2859) 지됴(才操) : =재조(才操). '재주'의 원말. *재주: 무엇을 잘할 수 있는 타고난 능력과 슬기.
2860) 닙공속죄(立功贖罪) : 공을 세워 그 공로로 지은 죄를 용서받음.
2861) 금쥬(金珠) : 금과 진주.
2862) 긔고(旗鼓) : 싸움터에서 쓰는 기와 북을 함께 말한 것으로, '싸움터'에 대한 비유로 쓰이기도 한다.

又치 교유(敎諭)하여 셩텬ᄌ(聖天子) 위덕(威德)을 니르고, 역슌(逆順)2863)의 니
히(利害)를 씌듯게 ᄒ니, 고두빅비(叩頭百拜)ᄒ여 죽기로 갑고ᄌ ᄒᄂ 지 잇고,
난을 피흔 빅셩이 부로휴유(扶老携幼)2864)【2】ᄒ여 ᄂ으오ᄂ 지 날마다 쳔빅(千
百)의 밋ᄎ니, 공이 일일히 슬펴 쥬육(酒肉)과 금빅(金帛)으로 위로ᄒ여 보젼케
ᄒ며, 홍덕부 혜안현 고산군 지쥬(地主) 도덕(盜賊)의게 피화(被禍)ᄒ고 셩지함몰
(城地陷沒)ᄒ여시니, 신·화 이인(二人)을 보ᄂ여 젹을 치고 토지를 회복흔 후, 군
을 ᄂ와 됴경(鳥逕)2865)의 진치고 젹을 진멸(盡滅)코ᄌ흘 시, 도젹이 젹괴(賊魁)
의 밀계(密計)를 바다 스항(詐降)ᄒ여 닉응(內應)코져 ᄒ거늘, 원쉬 신긔(神奇)이
라, 잡ᄋ 간졍(奸情)을 져쥬고2866) 버혀 달고, 혹 의협 용ᄉ를【3】아라 보와
신임ᄒ고 의심치 아니니, 츌쳑(黜陟)2867)이 광명ᄒ여 니루(離婁)2868)를 ᄂ게 넉
이고, ᄉ광(師曠)2869)을 둔히 넉이니, 인심이 귀복(歸服)2870)ᄒ고 은혜 협흡(浹
洽)2871)ᄒ거늘, 위엄이 남방의 진동ᄒ고 덕홰 만이(蠻夷)2872)의 흐르더라.

어시의 월(越)2873)ᄂ라 지방의 흔 뫼히 이시니 호왈(號曰) 숑님산이라. 솔슈풀
이 뫼흘 둘너 셩ᄀ고 지셰 험쥰ᄒ니, 그 가온딕 젹괴(賊魁)의 셩명은 쥬통이니,
졔 아비 쥬신이 후양(後梁) 쥬젼츙(朱全忠)2874)의 일뎨(一弟)라. 냥(梁)나라 덕

2863)역슌(逆順) : 반역과 순종.
2864)부로휴유(扶老携幼) : 노인을 부축하고 어린이를 이끌어 함께 나아옴.
2865)됴경(鳥逕) : 새나 겨우 통할 정도로 좁은 산속 길.
2866)져쥬다 : 형문(刑問)하다. 신문(訊問)하다.
2867)츌쳑(黜陟) : 못된 사람을 내쫓고 착한 사람을 올리어 씀.
2868)이루(離婁) : 중국 황제 때 인물로 백 걸음 밖에서 가는 털을 볼 수 있을 정도로 눈
이 밝았다고 함.
2869)ᄉ광(師曠) : 춘추시대 진나라 음악가로, 소리를 들으면 이를 잘 분별하여 길흉을 점
쳤다. 따라서 소리를 잘 분별하는 것을 '사광의 총명'이라 한다.
2870)귀복(歸服) : 귀순하여 복속(服屬)함.
2871)협흡(浹洽) : ①물이 물건을 적시듯이 널리 고루 퍼지거나 전하여짐. ②화목하게 사
귐.
2872)만이(蠻夷) : 예전에, 중국 사람들이 중국의 남쪽과 동쪽에 있는 종족을 낮잡는 뜻
으로 이르던 말.
2873)월(越) : 중국 춘추 시대에 저장(浙江) 지방에 있던 나라. 회계(會稽)에 도읍하였으
며 기원전 5세기 초기 구천(句踐) 때에 오나라를 멸하고 기원전 334년 초나라에 망하
였다. ≒월나라.
2874)쥬젼츙(朱全忠) : 오대(五代) 때 후량(後梁)의 태조(太祖: 907-913), 초명(初名)은
주온(朱溫: 852~912). 당(唐) 말기에 선무절도사(宣武節度使)로서 황소(黃巢)의 난을
평정하는데 공을 세워 양왕(梁王)에 봉해졌다. 이후 권력을 전횡하다가 당 소종(昭宗)
과 애제(哀帝)를 차례로 시해하고 개봉(開封)을 수도로 하여 907년 후량을 세웠다. 성
격이 잔인하여 많은 사람을 죽였으며, 912년 자신도 장자 주우규(朱友珪)에게 시해 되
었다.

으로 봉왕【4】ᄒ엿더니, 냥(梁)이 망홀 ᄻ 둉ᄌ(宗子)ᄅᆞᆯ 금은ᄌᆡᄇᆡᆨ(金銀財帛)2875)을 맛겨 유ᄌ(幼子)ᄅᆞᆯ 보호케 ᄒ니, 퉁의 어미 고ᄋᆞᄅᆞᆯ 품고 도망ᄒ여 일홈을 곳치고 상셔로 말미암ᄋᆞ 동창현의 가 슘어 ᄉᆞ니, 가동(家僮)2876)이 슈빅이오, 가ᄌᆡ(家財) 누거만(累巨萬)이라.

퉁이 ᄌᆞ라고 어미 죽은 후 가음(家蔭)2877)과 셰(勢)ᄅᆞᆯ 밋고 힝악(行惡)이 유왕유심(愈往愈甚)2878)ᄒ여, 민간 부녀ᄅᆞᆯ 겁탈ᄒ고 ᄂᆞ라히 됴셕의 변환(變換)ᄒ니, 텬히 대란(大亂)ᄒ지라. 쥬군(州郡)이 능히 슬피지 못ᄒ니, 이곳 쇼쳐【5】ᄉᆞ의 관(棺)을 아ᄉᆞ 뭇고 쇼쇼져ᄅᆞᆯ 겁탈코ᄌ ᄒ던 지라.

소한님이 등졔(登第)ᄒᆞᆫ 후 금은을 쥬고 죄ᄅᆞᆯ 뭇지 아니ᄒ나 스스로 공겁(恐怯)ᄒ거늘, 셩쥐(聖主) 팔황(八荒)을 진압ᄒ시고 됴졍이 ᄉᆡ로 맑으니, 명신(名臣) 현댱(賢將)이 졈졈 쓰이ᄂᆞᆫ지라. 스스로 두려 가인(家人)을 거두어 도망ᄒ여 녹님(綠林)2879)의 들ᄆᆡ, ᄉᆡ로 두 댱슈ᄅᆞᆯ 어드니 환슐을 능히 ᄒ고 용녁이 무젹ᄒ니, 드듸여 숑님 산 도젹을 치고 젹괴(賊魁) 방형을 죽이고 웅거ᄒ니, 원근【6】산젹(山賊)이 다 투항ᄒ여 졀졔(節制)ᄅᆞᆯ 듯고, 각각 민간을 노략ᄒ여 됴공(朝貢)ᄒ니, 그 셰 크고 당뉘(黨類) 만하 강셔 형쥬 등 ᄌ〻(刺史) 치고ᄌ ᄒ다가, 슈미(首尾)ᄅᆞᆯ 상고치 못ᄒ여 ᄌᆞ로 픽(敗)ᄒ니, 됴졍의 고흔지라.

위원쉬 딕군을 거ᄂᆞ려 뉴진(留陣)ᄒ고 몬져 난민을 무휼(撫恤)ᄒ고 쵸젹(草賊)2880)을 삭평(削平)ᄒ니, 가지와 닙히 졈졈 녕낙(零落)ᄒᆞᆫ지라. 은은이 근심ᄒ여 졸도(卒徒)ᄅᆞᆯ 보ᄂᆡ여 ᄉᆞ항(詐降)ᄒ고, ᄌᆞ긱을 ᄀᆞ르쳐 영즁(營中)을 범ᄒ다가 위원슈의【7】신명ᄒᆞᆫ 아ᄅᆞᆷ으로 다 픽ᄉᆞ(敗死)ᄒ니, 져상낙담(沮喪落膽)2881)ᄒ여 혹(或) 항복ᄒ라 ᄒ되, 퉁이 ᄌᆞ겁(自怯)ᄒᆞ믄 쥬온(朱溫)2882) 역텬지젹(逆天之賊)2883)의 딕역지죄(大逆之罪)ᄅᆞᆯ 텬히 ᄒᆞᆫ가지로 졀치(切齒)ᄒᆞᆫᄂᆞᆫ지라.

2875) 금은ᄌᆡᄇᆡᆨ(金銀財帛) : 금, 은, 비단 따위의 재물.
2876) 가동(家僮) : 예전에, 한집안에 매인 종을 이르던 말.
2877) 가음(家蔭) : 조상의 덕.
2878) 유왕유심(愈往愈甚) : 갈수록 더욱 심함.
2879) 녹님(綠林) : 화적이나 도둑의 소굴을 이르는 말. 중국 후한 말 왕광(王匡), 왕봉(王鳳) 등 망명자가 녹림산에 숨어 있다가 도둑이 되었다는 데서 유래한다.
2880) 쵸젹(草賊) : 예전에, 통치자들이 주로 산간 지대에서 장기적으로 항거하며 투쟁하는 사람들을 낮잡아 이르던 말.
2881) 져상낙담(沮喪落膽) : 바라던 일이 뜻대로 되지 않아 기운을 잃고 마음이 몹시 상함.
2882) 주온(朱溫) : 주전충(朱全忠)의 초명(初名). 중국 당(唐)나라 말에 '황소(黃巢)의 난을 평정하여 공을 세우고 권력을 전횡하여, 소종(昭宗)과 애제(哀帝)를 차례로 시해하고 후량(後梁)을 세웠다
2883) 역텬지젹(逆天之賊) : 천명을 거스르고 반역을 한 역적.

항(降)코즈 호나 일명을 쑤지2884) 못홀가 두려, 쯧을 결호여 즈웅(雌雄)을 결코즈 홀 시, 신·화 이댱(二將)의 영무(英武)로써 빅만(百萬) 뇨병(遼兵)도 두리지 아니호고, 운남(雲南) 교지(交趾) 등 삼국 군병도 유ㅇ(乳兒) ᄀᆞ치 보ㅇ시니, 됴고만 산적을 겁(怯)ᄒ리오.

창검을 둘너 약간 교봉(交鋒)하미 적쉬(賊首) 분분(紛紛) 【8】 ᄒ거늘, 냥개(兩個) 신댱(神將) 부호귀와 적쉬(賊首) 슈용이 요슐을 힝ᄒ여, 광풍(狂風)이 딕작(大作)ᄒ여 비스쥬석(飛砂走石)2885)ᄒ니 텬암지흑(天暗地黑)2886)ᄒ고, 풍뇌(風雷) 우박(雨雹)으로 스룸의 정혼을 현난(眩亂)ᄒ니, 한번 딕적ᄒᄂ 즈룰 보지 못ᄒ엿ᄂ지라.

ᄀᆞ장 쉽게 넉이고 겸ᄒ여 신병귀둘(新兵鬼卒)이 ᄂ리오나, 원쉬 스둘(士卒)을 호령ᄒ여 녕(슈)이 임의 ᄂ렷ᄂ 고로 일인도 물너 날 지 업고, 신·화 이장의 신지 영무(神才英武)도 임의 요법(妖法)을 파ᄒ기 닉은지라. 제요가(制妖歌)2887)룰 념ᄒ고 됴마경(照魔鏡)2888)을 【9】 빗쵀여 일월이 다시 명낭ᄒ고 신병(神兵)이 스라지니, 냥인이 도창(刀槍)을 드ᄂ 곳의 부적(賊)○[과] 냥적(兩賊)의 머리 쏜히 구ᄋᄂ지라.

쥬통이 대픽ᄒ여 다시 뫼히 슙고 ᄂ지 아니니, 원쉬 제댱으로 ᄒ여곰 산쳔(山川) 후 협노의 미복ᄒ고, 화공(火攻)을 ᄀᆞ쵸와 숑남산을 불지르니, 화세 밍녈ᄒ고 대풍이 니러ᄂ니 일쵸일목(一草一木)2889)이 남지 못ᄒᄂ지라. 이 과연 'ᄂ찰녀(羅刹女)의 거즛 부칙로 화염산(火焰山)을 부침'2890) ᄀᆞ고, '아방궁(阿房宮) 석들 불'2891)의 더은지라.

쥬통의 【10】 궁실이 다 타니 딕경(大驚) 황망(遑忙)ᄒ여, 쳐즈룰 거ᄂ려 가ᄂ

2884) 쑤다 : 꾸다. 빌리다. 뒤에 도로 갚기로 하고 남의 것을 얼마 동안 빌려 쓰다.

2885) 비스쥬석(飛砂走石) : 모래가 날리고 돌멩이가 구른다는 뜻으로, 바람이 세차게 붊을 이르는 말 ≒양사주석(揚砂走石).

2886) 텬암지흑(天暗地黑) : 천지가 어둡고 캄캄함.

2887) 제요가(制妖歌) : 요술을 제압하는 노래.

2888) 됴마경(照魔鏡) : 마귀의 본성을 비추어서 그의 참된 형상을 드러내 보인다는 신통한 거울. ≒조요경(照妖鏡).

2889) 일쵸일목(一草一木) : '풀 한 포기 나무 한 그루'라는 뜻으로, 산에 자라는 모든 풀과 나무을 이르는 말.

2890) ᄂ찰녀(羅刹女)의 거즛 부칙로 화염산(火焰山)을 부침 : '쇠부채(鐵扇)로 화염산(火焰山)의 불길을 다스린다'는, 중국 소설 『서유기(西遊記)』의 등장인물 나찰녀 철선공주(鐵線公主)'의 이야기를 옮겨 놓은 듯함.

2891) 아방궁(阿房宮) 석들 불 : 아방궁은 중국 진(秦)나라의 시황제(始皇帝)가 세운 호화 궁전으로. 시황제의 재위 중에 완성하지 못해 2세 황제 때까지 공사가 계속되었다. BC 206년 진을 정복한 항우에 의해 전소(全燒)되었다고 하는데, 3개월에 걸쳐 불탔다고 한다. 섬서성(陝西省) 서안(西安)에 그 유적이 남아 있다.

길흘 추주 도망ᄒ더니, 산곡 협노(狹路)의 밋쳐ᄂᆞᆫ 일셩(一聲) 포향(砲響)의 ᄒᆞᆫ 쩨 늘닌 군시 일원(一員) 딕쟝을 ᄲ여 길흘 막으니, 봉시ᄌᆞ금회(鳳翅紫金盔)2892)ᄂᆞᆫ 금광(金光)이 찬난ᄒ고, 슈은쇄ᄌᆞ갑(水銀鎖子甲)2893)은 엄졍(嚴正)ᄒᆞᆫ 장쇽(裝束)이라.

쇼년 녕풍(英風)은 마밍긔(馬盟起)2894)의 더으고, 흑두(黑頭)2895) 공명은 등ᄉᆞ도(鄧使徒)2896)의 지ᄂᆞ니, 이 곳 병부시랑 농양댱군 쇼셰광이라.

통이 낙담(落膽) 망혼(亡魂)ᄒ여 말긔 ᄣ러지니, 쇼댱군이 군병을 지휘【11】ᄒ여 일일히 잡아 미여 도라오니, 원슈 댱대(將臺)의 《교위∥교의(交椅)》를 놉히 비겨시니2897), 츄텬(秋天)의 긔상이오 상월(霜月)2898)의 졍신이라.

좌우의 댱시(壯士) 구름 ᄀᆞᆺ고 검극(劍戟)이 셔리 ᄀᆞᆺᄒ니, 위엄이 북풍 ᄀᆞᆺᄒ딕, 무시(武士) 쥬통을 잡아 ᄭᅮᆯ니니, 통이 실쇠(失色) 젼뉼(戰慄)ᄒ여 불감앙시(不敢仰視)러라.

원슈 즐왈(叱曰),

"네 한ᄋᆞ비 우령이 본딕 너 집 원슈요, 젼튱(全忠) 젹직 녹님여당(綠林餘黨)으로 황됴 녁신(逆臣)의 부히(部下)여늘, ᄂᆞ라히 놉흔 벼슬을 쥬시니 은혜 크믈 닛고, 님군【12】을 시(弑)ᄒ여 텬하를 아ᄉᆞ니, 역텬(逆天) 딕죄(大罪)를 혜건딕 너의 가문을 셤멸홀 비로딕, 하늘 그물이 셧긔여2899) 네 ᄌᆞ최를 슘겨{나} 목슘을

2892) 봉시ᄌᆞ금회(鳳翅紫金盔) : 봉시자금(鳳翅紫金)투구. 봉황의 깃으로 꾸민 자금(紫金)투구. '회(盔)'는 '투구'를 뜻하는 한자어. *투구; 예전에, 군인이 전투할 때에 적의 화살이나 칼날로부터 머리를 보호하기 위하여 쓰던 쇠로 만든 모자.

2893) 슈은쇄자갑(水銀鎖子甲) : 갑옷의 일종. 6㎠ 정도의 쇳조각들에 수은을 입힌 다음 이 조각들을 철사(鐵絲)로써 작은 고리[小環]를 만들어 서로 꿰고 얽어 만든 갑옷.

2894) 마밍긔(馬盟起) : 마초(馬超). 176-226. 중국 삼국시대 촉한(蜀漢)의 장수. 부풍군(扶風郡) 무릉현(茂陵縣) 출신이며 자는 맹기(孟起)이다. 후한(後漢)에 반란을 일으키고, 한수(韓遂)와 연합하여 조조와 싸웠지만 패하였다. 다시 만족(蠻族) 사람들을 모아 양주를 거점으로 세력을 확대하였으나 여의치 않아 촉한의 유비(劉備)에게 투항하여 촉한의 장수가 되었다. 관우(關羽), 장비(張飛), 조운(趙雲), 황충(黃忠)과 함께 촉한의 오호장군(五虎將軍)으로 불렸다. 221년 표기장군에 임명되어 양주목을 겸임하였고, 222년 47세의 나이로 사망하였다.

2895) 흑두(黑頭) : '검은 머리'라는 뜻으로 '젊은 사람'을 비유적으로 이르는 말이다.

2896) 등ᄉᆞ도(鄧使徒) : 등우(鄧禹). 사도(司徒)는 관직명. 후한(後漢) 광무제(光武帝)를 도와 천하를 평정한 개국공신으로, 광무제가 즉위하자 24세 때 삼공(三公)의 하나인 대사도(大司徒)에 임명되고 고밀후(高密侯)에 봉해졌다. 운대이십팔장(雲臺二十八將) 가운데 제일공신(第一功臣)에 기록되었다.

2897) 비기다 : 비스듬하게 기대다. 의지하다.

2898) 상월(霜月) : ①서리와 달을 아울러 이르는 말. ②서리가 내리는 밤의 차가워 보이는 달.

2899) 셧긔다 : 성기다. 성글다. ①관계가 깊지 않고 서먹하다. ②물건의 사이가 뜨다.

보젼ᄒ나, 맛당이 머리를 움치고 숨을 머금어 스름을 두려홀 거시어늘, 무궁한 힝악이 살지무셕(殺之無惜)2900)이오, ᄒ믈며 쵸젹(草賊)의 무리를 모화 나라흘 반ᄒ니 그 죄를 스(赦)치 못ᄒ리라.”

ᄒ고, 쇼시랑으로 ᄒ여곰 보ᄋ 버히게 ᄒ니, 시랑이 본부 댱대의 좌를 일우고 통을 ᄶ어 【13】 드려 녀셩ᄃᆡ미(厲聲大罵) 왈,

“네 능히 날을 알쇼냐? 너의 통텬ᄃᆡ죄(通天大罪)2901)를 용셔ᄒ엿거늘, 다시 반국(叛國)ᄒ니 엇지 일시나 부지(覆載)2902) 스이의 머물니오마는, 닉 이 곳의 와 너를 맛나 젹년(積年) 분완(憤惋)을 참고 무심이 버히리오. 네 눈을 드러 날을 보라.”

통이 고두ᄒ여 쥬왈,

“무지(無知) 젹한(賊漢)이 불의무상(不義無狀)ᄒ 악ᄉ 터럭을 ᄲᅢ혀도 다 혜지 못ᄒ려니와, 당금의 쥭기를 님ᄒ여 혼빅이 몸을 ᄯᅥᄂ시니 엇지 노야를 긔억ᄒ리잇고?”

시랑이 【14】 졍셩(正聲) 왈,

“나는 곳 동창현 북촌 쇼공지니, 네 셕일(昔日)의 더러온 은즈를 속여 쥬고 ᄉ부가를 핍박ᄒ니, 내 기시(其時)의 ᄂ히 어린 고로 너의 포악을 피ᄒ엿더니, 금은을 십빅(十倍)로 쥬고 죄는 뭇지 아니ᄒ엿더니, 네 이제 하늘을 거스리고 멸둑지화(滅族之禍)를 지쵹ᄒ니 닉 이제 결원(結怨)을 잠간 푸러 텬되(天道) 쇼쇼(昭昭)ᄒ믈 알게 ᄒ노라.”

이의 통을 올녀 ᄆᆡ고 형댱(刑杖)을 쥰츠(峻次)ᄒᆫ 후, 도부슈(刀斧手)2903)를 명ᄒᆞ 버히라 ᄒ니, 통이 앙텬(仰天) 【15】 탄왈(嘆曰),

“닉 죄악이 하날을 통(通)ᄒ니 스스로 쥭기를 지쵹ᄒ미로다.”

ᄒ고, 속졀업시 형벌을 바드니, 원슈 그 머리를 버혀 호령ᄒ고 그 쳐즈를 버히니, 댱ᄉ(將士) 원슈의 덕홰 관인ᄒ믈 탄복ᄒ다가, 금즈(今者)는 법이 과엄(過嚴)ᄒ믈 의려(疑慮)ᄒ거늘, 원슈 탄왈,

“ᄎ(此)는 반신(叛臣) 쥬은(朱殷)의 동둑이니 쥬은의 역텬ᄃᆡ죄(逆天之罪)로 엇지 여둉(餘種)을 멀위워 두리오.”

ᄒ니, 좌위 다 맛당ᄒ믈 일ᄏᆞ르니, 원슈 그 둘도(卒徒)를 긔긔히 술펴 혹 쥭이 【1

2900)살지무셕(殺之無惜) : ‘죽여도 아깝지 않다’는 뜻으로, 죄가 매우 무거움을 이르는 말.
2901)통텬ᄃᆡ죄(通天大罪) : 하늘에 닿을 만한 큰 죄.
2902)부지(覆載) : 하늘이 만물을 덮고 땅이 만물을 받쳐 실었다는 뜻으로, 하늘과 땅을 이르는 말.
2903)도부슈(刀斧手) : 『역사』 예전에, 큰 칼과 큰 도끼로 무장했던 군사.

6】며 노화, 신명(神明)혼 쳐결이 원억호미 업스니, 항둘(降卒)과 니민(里民)이 두려
호고 감격호여 불감긔지(不敢欺之)2904)호고 도불습유(道不拾遺)2905)호더라.

올마 강셔(江西)의 뉴진(留陣)호고 쇼시랑으로 호여곰 댱亽(長沙)2906) 무창(武
昌)2907) 등쳐(等處)를 슌무(巡撫)케 홀시, 처음의 남으로 향홀 쩌, '심복(心腹) 아장
(亞將)2908)을 가마니 노하 믈의(物議)2909)를 알외라.' 호엿더니, 도라와 보(報)호미,
쇼시랑을 명호여 밀계(密計)를 쥬어 '여츳여츳 호라' 호고, 군둘과 하리를 명호여, '힝
인의 모양과 장슈의 밉시로 어【17】 亽를 호위호여 보호호라.' 호니, 쇼어시 슈명비亽
(受命拜謝) 호고, 셔싱(書生)의 복식으로 민간의 츌몰(出沒)호여, 쥬군(州郡)의 능불
능(能不能)을 드러 탐관오리를 잡으 고(庫)를 봉(封)호며 인(印)을 아스 닌읍지쥬(隣
邑之主)로 겸찰(兼察)케 호고, 념니(廉吏)와 강명(剛明)혼 즈를 포장(襃奬)호더니, 댱
亽(長沙)의 니르러는 상국의 밀교(密敎)를 인호여 남녁 촌亽의 머믈시, 격벽(隔壁)의
亽룸이 잇셔 혹 츠탄(嗟歎)호고 혹 뉴체(流涕)호니, 귀를 기우려 드르미, 일인 왈,

"《전되∥ 젼뇌(奴)》 긔즈(其子)를 죽이고 누를 의【18】지(依支)코즈 호는고?"

일인 왈,

"념녀의 슈즁의 잠겨시니 젼두를 엇지 념녀호리오. 다만 목젼의 효슌혼 즈식을 아지
못호고, 강상죄명(綱常罪名)을 씨워 관부의 고호여 형뉵(刑戮)을 더으고즈 호니, 팀슈
불상이 넉여 구코즈 호더니, 긔모(其母)의 탐욕으로 회뢰(賄賂)를 밧고 죽이믈 보야
니, 약슈의 금옥 곳혼 즈질이 속졀업시 참형(斬刑)을 바들지라. 뎐의(天意)를 아지 못
호리로다."

일인은 퇴흉엄읍(槌胸掩泣)2910)호여 고지규뎐(叩地叫天)2911) 왈,

"유유【19】창뎐(悠悠蒼天)오, 츠하인지(此何人哉)오!2912) 느의 쇼미 금옥(金玉)

2904) 불감긔지(不敢欺之) : 감히 속이지 아니함.
2905) 도블습유(道不拾遺) : 길에 떨어진 물건을 주워 가지지 않는다는 뜻으로, 형벌이 준
    엄하여 백성이 법을 범하지 아니하거나 민심이 순후함을 비유하여 이르는 말. 『한비
    자』의 '외저설좌상편(外儲說左上篇)'에 나오는 말이다. ≒노불습유(路不拾遺).
2906) 댱亽(長沙) : 중국 호남성의 동부 곧 동정호(洞庭湖) 남쪽 상강(湘江) 동쪽 하류에
    있는 도시. 수륙 교통의 요충지이며 호남성의 성도(省都)이다.
2907) 무창(武昌) : 중국 호북성(湖北省) 무한시(武漢市)에 있는 무한삼진(武漢三鎭)의 하
    나로. 양자 강(揚子江) 중류에 있는 군사적 요충지다.
2908) 아장(亞將) : 대장의 다음가는 장수.
2909) 믈의(物議) : 어떤 사람 또는 단체의 처사에 대하여 많은 사람이 이러쿵저러쿵 논평
    하는 상태.≒물론(物論).
2910) 퇴흉엄읍(槌胸掩泣) : 가슴을 치며 눈물을 흘림. =추흉엄읍(椎胸掩泣)
2911) 고지규뎐(叩地叫天) : '땅을 치며 하늘을 향해 부르짖는다'는 뜻으로, 몹시 슬프게
    울부짖음을 이르는 말.
2912) 유유창뎐(悠悠蒼天)아, 츠하인지(此何人哉)오! : "끝없이 푸른 하늘이여, 어떤 사람
    이 이렇게 하였는가!" 『시경』 〈서리(黍離)〉에 나오는 말이다.

ᄀᆞᆺᄒᆞᆫ 덕힝과 지란(芝蘭) ᄀᆞᆺᄒᆞᆫ ᄌᆞ질노, 전노(奴)2913)의 흉ᄒᆞᆫ 노(怒)를 맛나 옥질(玉質)을 상히(傷害)오고, 미 ᄋᆞ리 남은 목슘이 경긱(頃刻)을 보젼(保全)치 못ᄒᆞ게 되엿거ᄂᆞᆯ, 금일 젼낭(郎)이 복법(伏法)ᄒᆞᆫ즉 ᄒᆞᆫ가지로 결(決)ᄒᆞ리니, 너 오직 약슈의 탁세(卓世)ᄒᆞᆷ을 ᄉᆞ랑ᄒᆞ여, 젼노의 무식ᄒᆞᆷ믈 기회(介懷)2914)치 아니ᄒᆞ고, 싀호(豺虎)도 제 삿기를 ᄉᆞ랑ᄒᆞ니, 일ᄌᆞ(一子)를 귀듕치 아니랴! ᄒᆞ엿더니, 십칠 쳥춘의 쳔고(千古) 악명을 무릅써 원억히 【20】 요몰(夭歿)ᄒᆞᆯ 쥴 엇지 알니오! 너 ᄒᆞᆫ낫 누의를 쇼리히2915) 호구낭혈(虎口狼穴)2916)의 너허 속졀업시 함원이ᄉᆞ(含怨而死)ᄒᆞᆷ믈 ᄎᆞ마 엇지 보며, 비록 져를 ᄯᆞᆯ와 쥭으나 므ᄉᆞᆷ ᄂᆞᆺᄎᆞ로 션군(先君)과 냥ᄌᆞ위(兩慈闈)긔 뵈오리오."

인ᄒᆞ여 방셩통곡(放聲痛哭)ᄒᆞ니, 냥인은 안ᄌᆞ 보고 셔로 ᄎᆞ셕(嗟惜)ᄒᆞ여,

"젼노의 불인무도(不仁無道)ᄒᆞ미 심어ᄉᆞ갈(甚於蛇蝎)2917)이라."

ᄒᆞ더니, ᄯᅩ 일인이 탄식ᄒᆞ여 왈,

"너 일ᄌᆞ(一子)를 실산(失散)ᄒᆞ연지 ᄉᆞ년의 돈망(存亡)을 모로니, 스ᄉᆞ로 젹되여산(積罪如山)ᄒᆞᆷ믈 【21】 탄(嘆)ᄒᆞ더니, 젼노ᄂᆞᆫ 엇지 약슈 ᄀᆞᆺᄒᆞᆫ ᄌᆞ식을 쥭이고ᄌᆞ ᄒᆞᄂᆞᆫ고?"

일인 왈,

"그ᄃᆡ의 ᄋᆞᄌᆞ(兒子)를 일홈2918)도 명(命)이어니와 젼문양의 ᄉᆞ름 되오미 《기졔‖기세(蓋世)》 탁낙(卓犖)ᄒᆞ고2919) 셩회(誠孝) 신명(神明)을 감동ᄒᆞ리니, 엇지 굿ᄒᆞ여 부월(斧鉞)의 쥬(誅)를 바드며, 그ᄃᆡ의 현심인덕(賢心仁德)으로 엇지 맛ᄎᆞᆷᄂᆡ 골육을 ᄎᆞᆺ지 못하리오. 명명호텬(明明昊天)이 묵묵(默默)ᄒᆞ시나 슬피시미 쇼쇼(昭昭)ᄒᆞ시니, 잠간 기ᄃᆞ려 쳔고무쌍(千古無雙)ᄒᆞᆫ 대효군ᄌᆞ(大孝君子)의 면화(免禍)ᄒᆞᆷ믈 보라."

통곡ᄒᆞ던 【22】 지 우름을 굿치고, 졀ᄒᆞ여 왈,

"형의 식견과 상법(相法)을 미더 쇼미의 잔쳔(殘喘)2920)을 위로ᄒᆞ리니, 만일 형의 말ᄉᆞᆷ과 ᄀᆞᆺᄒᆞᆯ진ᄃᆡ 스례ᄒᆞᆷ믈 결을치2921) 못ᄒᆞ려니와, 젼노의게 응시(應時)ᄒᆞ여2922) 난 부인이 ᄋᆞ돌을 협박ᄒᆞ니, 틱쉬 엇지 그 모명(母命)을 역(逆)ᄒᆞ리오."

2913) 젼노(奴) : 젼씨 셩을 가진 어떤 이를 쳔시(賤視)하여 이르는 말. *노(奴): 남을 쳔시하여 이르는 말.

2914) 기회(介懷) : 어떤 일 따위를 마음에 두고 생각하거나 신경을 씀.=개의(介意).

2915) 쇼리히 : 솔이(率爾)히. 말이나 행동이 신중하지 못하고 가벼이.

2916) 호구낭혈(虎口狼穴) : '호랑이의 아가리와 늑대의 굴'이란 뜻으로 매우 위험한 처지를 나타낸 말.

2917) 심어샤갈(甚於蛇蝎) : '뱀과 전갈'보다도 더 독하다.

2918) 일홈 : 잃음. *잃다: 가졌던 물건이 자신도 모르게 없어져 그것을 갖지 아니하게 되다.

2919) 탁낙(卓犖)ᄒᆞ다 : 남보다 두드러지게 뛰어나다. =탁월하다.

2920) 잔쳔(殘喘) : 얼마 남지 아니한 쇠잔한 목숨. =잔명(殘命).

2921) 결을ᄒᆞ다 : 감당(勘當)하다. 일 따위를 맡아서 능히 해내다.

2922) 응시(應時)ᄒᆞ다 : 시기에 맞추다. 또는 때에 따르다.

인(因)ᄒ여 ᄯᅩ 슬피 우ᄂᆞᆫ지라.

쇼어셔 쳥미파(聽未罷)의 대경ᄒ여 ᄉᆞᆯ니 이러 나ᄋᆞ가, 읍(揖)ᄒ고 한훤(寒暄)을 파(罷)ᄒᆞᄆᆡ 셔로 셩명을 통홀 ᄉᆡ, 일인은 허쥰이오, 일 【23】 인은 샹쳠이오, 우던 ᄌᆞᄂᆞᆫ 화운이니, 다 ᄉᆞ족(士族)이라.

화싱이 모친 샹시ᄂᆞᆫ 샹쳠의 고뫼(姑母)니, 샹부인이 화운을 싱ᄒ고 됴셰(早世)ᄒ니, 계비(季妃) 허시ᄂᆞᆫ 허쥰의 동ᄆᆡ(從妹)라. 현슉ᄒ여 의ᄌᆞ(義子)2923) ᄉᆞ랑이 지극ᄒ니 화싱이 ᄯᅩᆫ 셤기ᄆᆡ 텬눈의 간격지 아니터니, 허부인이 늣게야 일녀를 싱ᄒ니, 용뫼 졀셰ᄒ고 ᄌᆞ셩(資性)이 현혜(賢慧)ᄒ여 뇨됴슉녀(窈窕淑女)라. 부모와 가형이 이즁ᄒ더니, 오릭지 아냐 화싱의 부뫼 쌍망(雙亡)ᄒ니 남ᄆᆡ 【24】 셔로 의지ᄒ야 보젼ᄒᆞᄆᆡ 되엿더니, 쇼져의 년이 십습의 화용(花容)이 더옥 뇨라(姚娜)ᄒ고 묘질(妙質)이 가지록 빙졍(氷晶)2924)ᄒ니, 널니 가랑(佳郎)을 듯보ᄃᆡ2925), 가합(可合)ᄒᆞᆫ ᄌᆞ를 맛ᄂᆞ지 못ᄒ더니, 댱ᄉᆞ(長沙)의 와 젼싱을 한번 보고, 흠ᄋᆡ(欽愛) 대열(大悅)ᄒ여 기부(其父)를 ᄎᆞᄌᆞ 구혼(求婚)홀 ᄉᆡ, 이 젼노 ᄌᆞᄂᆞᆫ 본ᄃᆡ 셰가(勢家) 후예니, 그 션뫼(先祖) 당나라 목둉(穆宗)2926) 황뎨 부ᄆᆡ(駙馬)라.

당이 망ᄒ나 오히려 가ᄌᆡ(家財) 풍독ᄒ니 ᄃᆡᄃᆡ로 호과(好過)ᄒ여 여러 슌(順) 병난 ᄀᆞ온ᄃᆡ 능히 【25】 무ᄉᆞ하더니, 젼노의 밋쳐ᄂᆞᆫ 삼ᄃᆡ독ᄌᆡ(三代獨子)라. 부뫼 귀즁ᄒ여 괴로이 글 ᄀᆞ르치지 아니ᄒ고, 오직 의식(衣食)으로 길너 블학무식(不學無識)ᄒ여 ᄉᆞ유(士儒)의 풍(風)이 업ᄉᆞ나, 부인 쇼시 ᄃᆡ가(大家) 녀ᄌᆞ로 셩ᄒᆡᆼ(性行)이 현쳘(賢哲)ᄒ고 풍용(風容)이 미려(美麗)ᄒ여, 가졔(家齊)ᄒᆞᄆᆡ 유법ᄒ고 비복(婢僕)을 은위(恩威)로 거ᄂᆞ려 가되(家道) 슉연(肅然)ᄒᆞᄃᆡ, 늣도록 틱긔(胎氣) 업ᄉᆞ믈 슬허ᄒ고, 가부의 불통(不通) 과격(過激)ᄒ믈 셜워ᄒ더니, 만ᄂᆡ(晩來)의 약슈를 어드니 ᄉᆞ룹되오ᄆᆡ 금옥(金玉)의 아 【26】 름다옴과, 쳥빙(淸氷)의 됴ᄒᆞᄆᆡ 잇셔, 용뫼 미여관옥(美如冠玉)2927)이오, 풍치 표표(表表)ᄒ여 옥남기2928) 금계(錦溪)2929)의 셔고, '난ᄒᆞᆨ(鸞鶴)

2923) 의ᄌᆞ(義子) : 의붓아들. 개가하여 온 아내가 데리고 들어온 아들. 또는 남편의 전처가 낳은 아들.
2924) 빙졍(氷晶) : 얼음처럼 밝고 깨끗함.
2925) 듯보다 : 듣보다. 듣기도 하고 보기도 하며 알아보거나 살피다.
2926) 당목종(唐穆宗) : 중국 당나라 제12대 황제 이항(李恒:795~824). 당헌종(唐憲宗)의 셋째아들. 재위 821~824. 812년 맏형 소혜(昭惠)태자가 폐위 되자 둘째 형 동안군왕 이관(李寬)을 제치고 황태자가 되었다가, 820년 제위(帝位)를 계승하였으나 4년만인 824년 사망하였다. 사용한 연호는 장경(長慶)이다.
2927) 미여관옥(美如冠玉) : 아름답기가 관옥과 같음. 관옥은 관(冠)의 앞을 꾸미는 옥(玉).
2928) 옥남기 : 옥처럼 아름다운 나무. =옥수(玉樹). *남기: 나무.
2929) 금계(錦溪) : 하얀 비단을 펼쳐 놓은 것처럼 맑고 아름다운 시냇물.

이 구오(九五)의 노는 듯'2930)호니, 부뫼 딕희(大喜) 과망(過望)호여 셔로 하례(賀禮)호고 귀즁호미 년성지벽(連城之璧)2931) 굿호니, 쇼부인이 댱부(丈夫)의 불학무식(不學無識)호믈 탄호다가, ㅇ즈의 긔이호미 날노 됴성(早成)호여, 스스로 문즈를 히득하고 효뎨(孝悌)의 도리를 아라 텬셩이 지효(至孝)호고 셩긔(性氣)2932) 춍민(聰敏)호미 딕열(大悅) 긔이(奇愛)호여 만염(萬念)이 푸러지나, 그 너모【27】 맑고 됴하 옥호(玉壺)의 쳥빙(淸氷)을 담앗난 듯, 셜즁(雪中)의 미홰(梅花) 처음으로 발(發)홈 굿호니, 두려 보호호믈 여린 옥(玉) 굿치 호더니, 부인이 복이 박고 약쉬 명되(命途) 험흔(險釁)2933)호여 부인이 우연흔 일병(一病)의 믄득 황양(荒壤)의 도라가니, 씨의 약쉬 구셰라.

쥬야 호통(號慟)호여 거의 죽기의 니르러더니, 젼슉이 슬허호며 위로호여, 셔미2934) 숀을 닛글고 안즈미 므릅 ㅇ릭 써ᄂ지 아니호고, 밤을 당흔죽 품어 울며 경계【28】호니, 약쉬 감동호고 더욱 슬허 딕인의 듕탁(重託)을 밧즈와 십분 관억(寬抑)호여 삼상(三喪)을 맛츨시, 부친을 시봉호미 동동쵹쵹(洞洞屬屬)2935)호니, 황향(黃香)2936)

2930) 난흑(鸞鶴)이 구오(九五)의 노는 듯 : '셩덕(聖德)을 가진 임금이 왕위에 있는 조정에 난(鸞)새나 학(鶴)과 같은 때 묻지 않은 고결한 신하가 임금을 보좌하는 듯하다.'는 말. *난학(鸞鶴): '난새'와 '학'을 함께 이른 말. 난새는 중국 전설에 나오는 상상의 새로, 모양은 닭과 비슷하나 깃은 붉은빛에 다섯 가지 색채가 섞여 있으며, 소리는 오음(五音: 궁·상·각·치·우)을 낸다고 호나다. 학은 두루밋과의 새로. 몸은 흰색이고 이마·목·다리와 날개 끝은 검은색인데, 머리 위에 살이 붉게 드러나 있으며 부리는 녹색으로, 풀밭에 주로 사는데, 한국, 일본, 중국 등지에서 겨울을 보내고 시베리아에서 번식한다. 우리나라 천연기념물로 지정되어 있다. *구오(九五): '셩군' 또는 '셩군의 치세(治世)'를 뜻하는 말로, 『주역(周易) 건괘(乾卦) 구오(九五) 효사(爻辭)』에, 성군과 현신이 만나는 것을 비유하여 "용이 날아올라 하늘에 있으니, 대인을 만나는 것이 이롭다(飛龍在天 利見大人)"고 하였다.

2931) 년셩지벽(連城之璧) : 화씨지벽(和氏之璧)을 달리 이르는 말. 화씨지벽은 전국 때 변화씨(卞和氏)라는 사람이 형산(荊山)에서 돌 위에 봉황이 깃들이는 것을 보고 얻었다는 천하의 이름난 옥을 말하는데, 후대에 진(秦)나라 소양왕(昭襄王)이 이 옥을 탐내, 당시 이 옥을 가지고 있던 조(趙)나라 혜문왕(惠文王)에게 진나라 15개의 성(城)과 바꾸자는 제안을 했다는 데서, '연성지벽(連城之璧)'이라는 이름이 붙게 되었다고 한다.

2932) 셩기(性氣) : 타고난 본성(本性)과 기질(氣質).

2933) 험흔(險釁) : 험(險)하고 흠이 많음.

2934) 셔미 : 서-매. 서다. 사람이나 동물이 발을 땅에 대고 다리를 쭉 뻗으며 몸을 곧게 하다. -매: 어떤 일에 대한 원인이나 근거를 나타내는 연결 어미.

2935) 동동쵹쵹(洞洞屬屬) : 공경하고 조심함. 부모를 섬기고 공경하는 마음이 지극함. 『예기(禮記)』<제의(祭義)>편의 "洞洞乎屬屬乎如弗勝 如將失之. 其孝敬之心至也與 (공경하고 조심하는 태도가 마치 이기지 못하는 것 같고 잃지 않을까 조심하는 것 같아, 그 효경하는 마음이 지극하기 그지없다.)"에서 온 말.

2936) 황향(黃香) : 중국 동한(東漢)의 효자. 편부(偏父)를 지극히 섬겨, 여름에는 아버지의 잠자리에 부채를 부쳐 시원하게 해드렸고 겨울에는 자신의 몸으로 이부자리를 따뜻

뉵적(陸績)2937)이 홀노 효즈의 일홈을 쳔즈치 못홀지라 젼슉이 익지즁지(愛之重之)ᄒᆞ여 글 닑기를 말니되, 약슈 근고(勤苦)히 독셔ᄒᆞ여 일취월댱(日就月將)ᄒᆞ니2938), 셩명이 댱스(長沙)의 진동ᄒᆞᆫ지라.

화운이 ᄒᆞᆫ번 보고 크게 깃거 쓸와 그 집의 니르러 젼슉을 보니, 그 쥰쥰무식(蠢蠢無識)2939)ᄒᆞᄆᆞᆯ 실 【29】 망ᄒᆞ되, 약슈의 풍모지예(風貌才藝)를 ᄎᆞ마 ᄉᆞ(辭)치 못ᄒᆞ여 쳥(請)ᄒᆞ여 녜를 일우니, 젼칭은 십ᄉᆞ 세오 화쇼져ᄂᆞᆫ 십삼이라.

젼슉이 식부의 현미(賢美)ᄒᆞᄆᆞᆯ 대열(大悅)ᄒᆞ여 가ᄉᆞ(家事)를 맛지고 ᄆᆡ양(每樣) 닐오되,

"현부를 어더 집을 맛지니 부인의 졍녕(精靈)이 아르미 잇ᄉᆞᆫ죽 감ᄉᆞᄒᆞ리라."

ᄒᆞ더니, 홀연 일기 호남지(好男子) ᄆᆡ녀를 닛그러 드러와 ᄌᆞ칭(自稱) 남ᄆᆡ(男妹)ᄒᆞ고 ᄉᆞ기를 쳥ᄒᆞ니, 젼뇌 ᄒᆞᆫ번 보ᄆᆡ 심혼(心魂)이 훗터져 듕가(重價)를 쥬 【30】 고 ᄉᆞ작첩(作妾)ᄒᆞ니, 셩명은 넘츈이라.

용모(容貌) 졀식이오, 지졍(才情)이 민쳡(敏捷)ᄒᆞ여 미혹ᄒᆞᆫ 젼노를 침혹게 ᄒᆞ니, 붉은 ᄌᆞ도 쇼첩을 과익ᄒᆞᄆᆡ 집을 업치거든, ᄒᆞ믈며 무식ᄒᆞᆫ 젼슉을 니르리오. 오릭지 아나 싱ᄌᆞ(生子)ᄒᆞ니 더옥 귀즁(貴重) 쳔만(喘滿)ᄒᆞ여2940), 녀가(閭家)2941)의 씨를 씨쳐시믈 아지 못ᄒᆞ고, 날노 혼미ᄒᆞ여 약슈 ᄉᆞ랑이 감ᄒᆞᄂᆞᆫ지라.

츈이 젹ᄌᆞ부부(嫡子夫婦)를 쪄려 ᄌᆞ로 참쇼(讒訴)ᄒᆞ여, '져를 쑤지져 욕ᄒᆞ더라.' ᄒᆞ며, '디인이 ᄌᆞ이 【31】 ᄒᆞ미 업다 원망ᄒᆞ더라.' ᄒᆞ니, 무식불명지(無識不明者) 신지(信之)ᄒᆞ여, 익즁(愛重)ᄒᆞ던 ᄋᆞ들을 ᄌᆞ로 칙(責)ᄒᆞ고, 탐혹(耽惑) 귀즁(貴中)ᄒᆞ던 식부를 미안ᄒᆞ니, 넘녀의 간악이 시일노 더으고, 참언이 니음ᄎᆞ 졈졈 노를 도도니, 즐척(叱責)과 구타(毆打)의 밋쳐 죄명이 쩌로 ᄂᆞ리니, 부뷔 셔로 면목(面目)을 보지 못ᄒᆞ고 '민쳔(旻天)의 호읍(號泣)'2942)ᄒᆞ미, 졈졈ᄒᆞ여 ᄋᆞᄌᆞ를 듕댱ᄒᆞ여 ᄉᆞ옥(舍獄)의 가도고 식부를 하당(下堂)의 구류(拘留)ᄒᆞ여, 가권(家券)을 츈이 【32】 의게 쵹(囑)ᄒᆞ니, 츈이

하게 하여 잠자리를 보살폈으며, 평소 부친의 뜻을 받들어 어기지 않았다.
2937) 육적(陸績); 188–219. 중국 삼국시대 오(吳)나라의 효자. 손권(孫權)의 참모를 지냈다. 6살 때 원술(袁術)의 집에 갔다가 원술이 먹으라고 내온 귤을 먹지 않고 품에 넣어와 어머니를 드렸다는, '육적회귤(陸績懷橘)' 고사의 주인공으로 유명하다.
2938) 일취월댱(日就月將)ᄒᆞ다 : 나날이 다달이 자라거나 발전하다.
2939) 쥰쥰無識(蠢蠢無識) : 굼벵이가 꿈틀거리듯이 어리석고 미련한데다, 배우지도 보고 듣지도 못하여 아는 것이 없음.
2940) 쳔만(喘滿)ᄒᆞ다 : 숨이 차서 가슴이 몹시 벌떡거리다.
2941) 녀가(閭家) : 여염(閭閻)집. 일반 백성의 살림집.
2942) 민쳔(旻天)의 호읍(號泣) : '하늘을 향해 소리 내어 울다'는 뜻으로, 옛날 중국의 순(舜)임금이 어버이에게 사랑을 받지 못함을 원망하여 밭에 나가 하늘을 향해 울었던 고사에서 유래된 말.

암희ᄒ여 아모됴록 쥭이기를 계교ᄒ여 식음을 긋쳐 쥬지 아니나, 젼셩의 유모와 옛 노복이 쇼부인의 덕음(德蔭)을 싱각고 슬허ᄒ여 닛지 못ᄒ던딕, 쇼쥬군(小主君)의 원통ᄒᆫ 죄명의 샌지믈 셜워 ᄀ마니 식물(食物)을 공급ᄒᄂ지라.

춘이 한(恨)ᄒ여 녀희(驪姬)²⁹⁴³) 신싱(申生)²⁹⁴⁴)을 모함ᄒ던 쇠로, 황혼의 밋쳐 져의 심복으로 ᄒ여곰 옥문을 열고 젼노의 명으로 약슈를 부른 후, 【33】 문을 잠으고 벽을 쑤러 굼글 너여 쥬니, 젼셩은 딕인의 쇼명(召命)을 듯고 다힝ᄒ여 닉졍(內廷)의 니르러 계하(階下)의 꿀고ᄌ ᄒ더니, 넘녜 믄득 졍즁(庭中)의셔 닉ᄃ라 크게 발악 왈,

"그딕 ᄉ틱우(士大夫)의 골육으로 힝ᄉᆨ 이 ᄀ치 파측ᄒ여²⁹⁴⁵) 셔모(庶母)를 음간(淫姦)코ᄌ ᄒ니 눈상(倫常)의 딕변(大變)이 아니랴!"

ᄒᄂ지라. 젼녀 춘이와 슈유불니(須臾不離)²⁹⁴⁶)ᄒ여 닉당의 거ᄒᄂ지라. 춘이 밧긔 가믈 보고 홀노 셔ᄌ(庶子)를 유희ᄒ더니, 춘이 【34】 의 급ᄒᆫ 쇼리를 듯고 딕경ᄒ여 문을 밀치고 보건딕, 익쳡(愛妾)은 창황이 쇼릭지르고 당(堂) 우흐로 치닷고, ᄋᆷ즉난 헛튼 머리와 져른 옷ᄉ로 계하(階下)의셔 ᄎ언(此言)을 듯고 망극ᄒ여 혼도(昏倒)ᄒ니, 요녀의 공교ᄒᆫ 쇠를 어이 알니오.

딕로딕분(大怒大憤)ᄒ여 녀셩(厲聲) 즐왈(叱曰),

"불쵸(不肖) 난지(亂子) 픽악무도(悖惡無道)ᄒ여 아비를 원망ᄒ고 셔모를 모욕ᄒᄆᆡ, 약간 댱칙(杖責)을 쥬어 기과(改過)케 ᄒ엿거늘, 감히 버셔ᄂ 셔모를 【35】 음간코ᄌ ᄒ니 진실노 살지무셕(殺之無惜)²⁹⁴⁷)이로다."

약쉬 계오 졍신을 출혀 돈슈(頓首) 쳬읍(涕泣) 왈,

"냥낭(養娘) 쵸잉이 문을 열고 부르시믈 젼ᄒᄂ 고로 ᄂ왓ᄂ니, 엇지 감히 좀은 거슬 열고 ○[도]망(逃亡)ᄒᆫ 죄를 범ᄒ리잇가? 셔모는 어딕로 됴츠 ᄂ와시믈 모로니, 얼골도 밋쳐 아라보지 못ᄒ이다."

춘이 숀픽²⁹⁴⁸)을 두다려,

"이 곳 밍낭지언(孟浪之言)²⁹⁴⁹)이라. 쵸잉이 날노 더부러 여측(如厠)ᄒ고 도라오니,

2943) 녀희(驪姬) : 중국 춘추전국시대 진(晉)나라 헌공(獻公)의 애첩(愛妾). 자신의 소생으로 왕위를 계승하게 하기 위해 태자 신생(申生)을 모해하여 자결케 한 후, 자신의 아들로 태자를 삼았다가, 헌공 사후 나라를 내란에 휩싸이게 했다.

2944) 신싱(申生) : 진(晉)나라 헌공(獻公)의 태자. 헌공의 총비(寵妃) 여희(驪姬)가 자신의 아들을 태자로 삼기 위해 그를 참소하자, 이를 신원하지도 않은 채 자살하였다. '융통성 없는 우직한 사람'을 나타내는 말로도 쓰인다.

2945) 파측하다 : 생각이나 행동 따위가 괘씸하고 엉큼하다. ⇒규범 표기는 '불측(不測)하다'이다.

2946) 슈유블니(須臾不離) : 잠시도 곁을 떠나지 않음.

2947) 살지무셕(殺之無惜) : 죽여도 아깝지 않다는 뜻으로, 죄가 매우 무거움을 이르는 말.

2948) 숀픽 : 손뼉. 손바닥과 손가락을 합친 전체 바닥.

어느 결을의 옥문(獄門)을 열니오. 쵸잉을 【36】 불너 무르쇼셔."

젼뇌 익노(益怒)ᄒ여 쵸잉을 불너 므르미 디ᄒ되,

"쇼비 낭ᄌ를 뫼셔 측즁(厠中)의 가 단녀 오더니, 쇼쥬군이 어두온 구셕으로셔 닉드라 낭ᄌ를 잡으니, 낭지 놀나 ᄲᆞ리치고 도망ᄒ이다."

ᄒ니, 이 쵸잉ᄌᄂ 쇼부인긔 득죄ᄒ여 닉치인 비지(婢子)라. 원(冤)이 깁허 츈ᄋ의게 아쳠(阿諂)ᄒ여 그 쇠를 됴츠니, 잉이[의] 지아비 농경이 ᄯᅩᄒ 일심(一心)이라. 디쇼 비복이 졀치(切齒)ᄒ나 홀 일 업더니, 이 ᄂᆞᆯ 【37】 쵸잉이 문을 열고 젼싱을 드러오게 ᄒᆞᆫ 후, 농경이 문을 도로 잠으고 벽을 ᄲᅮ러, 알니 업더라.

넘녀 왈,

"노야ᄂ 옥을 가 보쇼셔. 문을 열고 불너신즉 옥문(獄門)이 열녀시리이다."

젼뇌 과연(果然)ᄒ여 약슈의 머리를 ᄭᅳᆯ고 옥의 니르니, 문이 완연이 잠긴 치 잇고 벽을 허럿ᄂᆞᆫ지라. 젼노ᄂ 익익(益益) 디로(大怒)ᄒ고, 약슈ᄂ 앙텬탄식(仰天歎息)ᄒ더라.

젼뇌 ᄯᅩ ᄋᆞᄌ를 ᄭᅳ어 도라와 당의 올나 안ᄌ며, 노복을 【38】 불너 약슈를 칠식, 젼싱이 일언을 아니코 팔십 당의 밋쳐ᄂ 긔졀(氣絶)ᄒ연지 오릯되 ᄉᆞ(赦)치 아니니, 약슈의 유뫼(乳母) 머리를 부디이져 가슴을 두다려 션부인(先夫人)을 부르고 통곡ᄒ니, 젼슉이 잠간 슬푸믈 ᄭᆡ닷라 ᄉᆞ(赦)ᄒ되, 항쇄(項鎖)²⁹⁵⁰ 됵쇄(足鎖)²⁹⁵¹ᄒ여 다시 가도니, 젼싱이 옥슈경지(玉樹瓊枝)²⁹⁵² ᄀᆞᆺᄒᆞᆫ 긔질(氣質)노 연(連)ᄒ여 즁장(重杖)을 바다, 눈을 감고 혼혼(昏昏)ᄒ여 쥭으미 경긱(頃刻)의 잇ᄂᆞᆫ지라. 노복이 망극ᄒᆞ여 ᄀᆞ마니 업고 도망 【39】 코ᄌ ᄒ되. 명믹(命脈)이 위위(危危)ᄒ니 움즉이지 못ᄒ고 쵸됴(焦燥)ᄒ여 급히 화싱의게 보ᄒ지라.

화싱의 거ᄒᆞᆫ 곳은 양쥐니 슈일졍(數日程)이라. 화싱이 ᄶᆡ의 몽ᄉᆞ(夢事) 번난(煩亂)ᄒᆞᆫ 고로, 쇼미를 보고ᄌ 오다가 군지(郡地)²⁹⁵³의 상싱이 ᄉᆞᄂᆞᆫ 고로 잠간 드럿더니, 젼가 노복을 맛나 상가(家)의 쥰구(駿駒)²⁹⁵⁴를 비러 타고 ᄯᅳᆯ니 젼ᄋᆞ(衙)의 니르니, 시의 츈이 노복의 호원(呼冤)ᄒᆞᄆ를 분노ᄒᆞ여 급히 셔롯고ᄌ ᄒ니, 져의 고인(故人)²⁹⁵⁵ 우셥으로 ᄒ여곰 '여ᄎᆞ 【40】 여ᄎᆞᄒ라' ᄒ니, 야반(夜半)의 당ᄉᆞ(壯士) 칼을

2949)밍낭지언(孟浪之言) : 아무런 근거도 없는 허망한 말.

2950)항쇄(項鎖) :『역사』죄인에게 씌우던 형틀. 두껍고 긴 널빤지의 한끝에 구멍을 뚫어 죄인의 목을 끼우고 비녀장을 질렀다.=칼.

2951)족쇄(足鎖) :『역사』죄인의 발목에 채우던 쇠사슬.

2952)옥수경지(玉樹瓊枝) : '옥처럼 아름다운 나뭇가지'라는 뜻으로, 재주가 빼어나게 뛰어난 사람을 비유해서 이르는 말. 옥수(玉樹)나 경지(瓊枝)는 다 같이 '재주가 뛰어난 사람'을 이르는 말이다.

2953)군지(郡地) : 군(郡)의 경내(境內)에 있는 땅. 또는 지역.

2954)쥰구(駿駒) : 빠르게 잘 달리는 말. =준마(駿馬).

번득이고 젼노의 머리를 쓰어니여 디호 왈,

"나는 강호(江湖)의 일홈난 의식(義士)라. ᄉ룸의 간절이 빌믈 듯고 너 무도(無道)한 ᄌ를 지르려 ᄒ나니, 날을 원(怨)치 말고 너의 부지 원슈 되믈 한(恨)ᄒ라."

ᄒ거놀, 젼슉은 황망(遑忙)ᄒ되, 넘네 급히 니드라 젼슉을 푸러 놋코, 젹의 ᄉ믜2956)를 구지 잡고 악써 가졍(家丁)을 브르니, 젹이 쓰리치고 다라놀식, 옷ᄉ믜 뮈여진지라2957). 복뷔 두로 ᄎᄌ딕【41】 넘네 임의 후당의 숨겨시니 엇지 어드리오.

넘네(女) 불을 붉히고, 믜여진2958) ᄉ믜 ᄀ온딕 약슈의 글이 잇셔 ᄀ와시딕,

"ᄂ 젼약쉬 명되(命途) 긔험(崎險)ᄒ여 가란(家亂)이 망극(罔極)ᄒ니, 아비 고슈(瞽瞍2959)의 완(頑)ᄒ미 더으고, 셔뫼 녀희(驪姬)의 요괴로오미 잇ᄂ지라. 브득이 '듕이(重耳)의 망명(亡命)'2960)을 효측(效則)고ᄌ ᄒ되, 일신의 듕댱(重杖)을 바다 엄슈(嚴囚)ᄒ ᄀ온딕 움죽이지 못ᄒ니, 날이 오릭즉 신싱(申生)의 죽으믈 바들지라. 셜우믈 의ᄉ(義士)의게【42】ᄒᄂ니, 큰 의긔를 발ᄒ여 날노ᄒ여곰 텬일을 보게ᄒᆫ죽, 가산(家産)을 기우려 보은(報恩)ᄒ고, 넘녀를 밧드러 ᄉ례(謝禮)ᄒ리라. 슬픈 원이 쏫히고 괴로온 한이 박혀시딕, 슈독(手足)을 잠가시니 능히 쓸 길이 업셔 쳐ᄌ(妻子)2961)로 ᄒ여곰 만일(萬一)을 고ᄒᄂ니, ᄂ의 말이 눈상(倫常)을 멸ᄒ미 되나, 의희(依俙)이2962) 비겨 '대슌(大舜)이 우물을 겻굼글 두심 ᄀ고 집우희 불을 피ᄒ시믈 방불(彷彿)하니'2963), 우리 부지 구젹(仇敵)이 되어시니, ᄒ나히 ᄉ즉 하【43】나히 보젼치 못ᄒ지

2955)고인(故人) : 오래전부터 사귀어 온 친구.

2956)ᄉ믜 : 소매. 윗옷의 좌우에 있는 두 팔을 꿰는 부분.늑옷소매,

2957)뮈다 : ①찢다. 물체를 잡아당기어 가르다. ②찢어지다. 찢기어 갈라지다.

2958)믜다 : 미어지다. ①팽팽한 가죽이나 종이 따위가 해어져서 구멍이 나다. ②가득 차서 터질 듯하다. ③(비유적으로) 가슴이 찢어질 듯이 심한 고통이나 슬픔을 느끼다.

2959)'고슈(瞽瞍)의 완(頑)함' : '중국 고대 순(舜)임금의 아버지인 고수(瞽瞍)의 완악(頑惡)함'이란 뜻으로, 『소학(小學) 가언(嘉言)편』의 "횡거 선생이 말하기를 '순 임금이 부모를 섬길 때 부모가 기뻐하지 않음이 있었던 것은, 아버지는 완악하고 어머니는 어리석어 인정에 가깝지 않았기 때문이다(橫渠先生曰 舜之事親 有不悅者 爲父頑母嚚 不近人情)"고 한 구절에 나오는 말이다.

2960)듕이(重耳)의 망명(亡命) : 중이는 중국 진(晉)나라 제24대 왕 문공(文公: 재위 BC 636~628년)의 이름으로, '중이의 망명'은 그가 공자(公子)로서 있을 때 아버지 헌공(獻公)이 애첩 여희(麗姬)의 참소를 듣고 형인 태자 신생(申生)을 죽이자, 도망하여 19년 동안을 타국에서 망명생활을 했던 일을 말한다. 뒤에 중이는 헌공이 죽은 뒤 귀국해서 왕위에 올라 진문공(晉文公)이 된다. 『사기(史記) 권(卷)39, 진세가(晉世家)』에 나온다.

2961)쳐ᄌ(妻子) : 아내와 자식을 함께 이르는 말. *여기서는 '아내'를 이른 말로 쓰였다.

2962)의희(依俙)이 : 어렴풋이. 어렴풋하게.

2963)대슌(大舜)이 우물을 겻굼글 두심 ᄀ고 집 우희 불을 피ᄒ시믈 방불(彷彿)하니 : 순의 완악한 아버지 고수(瞽瞍)가 순에게 우물을 파게하고는, 위에서 우물을 묻어 죽이려 하였으나, 순이 우물에 미리 곁 구멍을 파두어 이를 통해 나옴으로써 죽지 않고, 또 지

라. 니 죽으미 넘녀의 슈즁(手中)의 집이 망호고 시(嗣)²⁹⁶⁴ 졀(絶)호리니, 비록 양광(楊廣)²⁹⁶⁵의 무도(無道)호믈 본(本)호나 문호롤 지보(持保)호죽 거의 슈(隋)의 망호미 니르지 아닐가 호미니라."

호여, 그 밧 흉춤혼 스의(辭意) 무궁호니, 대셔(代書)²⁹⁶⁶로 칭호믄 졔 능히 젼싱의 신긔혼 필젹을 모습(模襲)지 못호미라.

젼뇌 경황 진노호여 분긔 엄이(奄碍)²⁹⁶⁷호니, 급히 칼을 들고 가 ᄋ즈룰 버히고즈 호거늘, 츈이 급히 말녀 왈,

"약【44】슈룰 만번 버혐 죽호나, 이졔 급히 죽이미 스름이 아지 못호고, 화시 칭원(稱冤)호여 졔 오라비룰 씌고 《고관발작∥고관발장(告官發狀)²⁹⁶⁸》호여 원억히 죽으믈 셜원(雪冤)코즈 호더니, 당당이 이 글을 가져 관부(官府)의 고호여 의률(擬律) 당형(當刑)케 호리니, 됴식(朝食)을 파(罷)호시고 약슈룰 잡ᄋ 고호쇼셔."

젼슉이 올히 넉여 니룰 굴고 붉기룰 기드려 밥을 지쵹호니, 시(時)의 화쇼졔 심당(深堂)의 굿친지 오리더니, 넘녜 쏘 젼노룰 쇠와 츠환으로 화시룰【45】결박호고 옥즁의 약슈룰 잡ᄋ오니, 쎡의 젼싱이 혼졀호여 싱되 업더니, 유뇌 벽을 뚤코 드러와 울며 구호호여 칼을 벗기고 민 거슬 글너 누이고 약물을 흘니니, 비로쇼 졍신을 출혀 죽음(粥飲)을 마시니, 되져 하늘이 어진 스름을 보호호시니 엇지 효즈로 호여곰 원울(冤鬱)²⁹⁶⁹이 맛게 호시리오.

일믹(一脈)이 니이여²⁹⁷⁰ 눈을 쓰고 보미, 스스로 문호(門戶) 위망(危亡)을 넘녀호고 학발되인(鶴髮大人)을 스모호여 죽을 뜻을 두지 아【46】니나, 실 굿흔 명믹(命脈)으로 부지(扶持)홀 길히 업순지라. 유모 시ᄋ 등이 지셩으로 구완(救完)호니 싀긔룰 당호여 져기 노은 후, 스스로 죄인이 잡은 거슬 버스미²⁹⁷¹ 더욱 죄즁(罪重)호니,

붕에 올라가 집을 고치도록 하고는 집에 불을 질러 타 죽게 하였으나, 순이 두 개의 삿갓으로 자신의 몸을 보호하여 뛰어내림으로써 무사하여, 효(孝)를 완전케 하였던 고사(故事). 『맹자(孟子), 만장장구상(萬章章句上)』에 나온다.

2964) 시(嗣) : 후사(後嗣). 대(代)를 잇는 자식. =후승(後承)

2965) 양광(楊廣) : 수양제(隋煬帝). 중국 수나라 제2대 황제(569-618). 성은 양(楊). 이름은 광(廣). 13세에 진왕(晉王)이 되었고, 이후 형인 황태자 양용(楊勇)을 살해하고 스스로 황태자가 되었다. 권신인 양소(楊素)와 결탁하여 제위에 올랐는데, 그때 아버지 문제를 살해하고 그 비(妃)를 범하였다고도 전한다. 만리장성(萬里長城) 수축(修築)과 대운하(大運河)의 건설 등 토목 공사를 크게 일으켰고, 대군을 보내어 고구려를 침입하였다가 을지문덕에게 패배하였다. 재위 604-618년.=양제(煬帝).

2966) 대셔(代書) : 남을 대신하여 글씨나 글을 씀. 또는 그 글씨나 글.=대필(大筆).

2967) 엄이(奄碍) : 갑자기 기운이 막혀 정신을 잃음.

2968) 고관발장(告官發狀) : 관청에 범죄를 고발하는 서류를 냄.

2969) 원울(冤鬱) : 억울한 누명을 써 원통하고 답답함.

2970) 니이다 : 이어지다. 끊어졌거나 본래 따로 있던 것이 서로 잇대어지다.

2971) 버스다 : 벗다. 사람이 자기 몸 또는 몸의 일부에 착용한 물건을 몸에서 떼어 내다.

다시 칼흘 씌오고 슈둑을 줌으라 ᄒ니, 비복이 울며 다시 줌으고 ᄂ왓더니, 평명(平明)의 젼뇌 《운문∥옥문(獄門)》을 씻치고 잡으ᄂ겨, 화시와 ᄒ가지로 ᄭ울니고 죄상을 니르고, 젹의 ᄉ미 속 글을 쥬어 보라 ᄒ니, 싱이 업듸여 드르며 보미, 머리를 두로혀 【47】 죽기를 쳥홀 분이라.

젼뇌 무지흔 셩을 니긔지 못ᄒ여 쳘편을 들고 나리다라 ᄌ(子)와 부(婦)를 난타ᄒ니, 젼싱 부뷔 죄명이 이의 밋출 줄 알니오. 두골(頭骨)이 터져 일신이 바ᄋ져 혼졀ᄒ나, 젼슉이 노분(怒忿)이 하늘의[을] 쎄칠 듯ᄒ여 무슈이 치니, 뉴혈(流血)이 닉흘 일우ᄂᆫ지라. 넘녜 우움을 먹음고 말녀, '즈레 죽은즉 형뉵(刑戮)을 면ᄒ리니, 당당이 법으로 죽이라.' ᄒ더니, 화싱이 싀도록 돌녀 니르러, 【48】 문외의 비복(婢僕)이 호텬망극(呼天罔極)ᄒ여 ᄒ믈 보미, 경심ᄎ악(驚心嗟愕)ᄒ여 급히 드러ᄀ미, 쇼미 부뷔 죄 ᄀ온듸 즙겨 죽엇고, 젼노ᄂᆫ 흉흔 면목(面目)의 ᄉ오나온 냥안(兩眼)이 뒤박혀 죽엄을 두다리니, 화싱이 '노발(怒髮)이 지관(指冠)ᄒ고' 참담ᄒ미 간장을 ᄭᅳ치니, 급히 젼싱과 누의를 붓들고 방셩통곡(放聲痛哭)ᄒ되 젼뇌 비로쇼 미를 노코 분분(忿憤)이 약슈의 죄를 니르며, 글을 뵈고 깅반(羹飯)을 뵈니, 화싱이 졍셩(正聲) 왈,

"녕윤(令胤)과 쇼미 【49】 의 유죄무죄(有罪無罪)ᄂᆫ 아지 못ᄒ거니와, 엇지 허실(虛實)을 ᄉ획(査覈)지 아니코 장하(杖下)의 죽이리오."

젼뇌 왈,

"이런 고로 고관발장(告官發狀)ᄒ려 ᄒ노라."

화싱 왈,

"나라히 법이 잇고 고을의 관원이 잇스니 명졍언슌(名正言順)이 다ᄉ리려니와 문양과 쇼미 임의 운명(殞命)ᄒ여시니 구호ᄒ여 싱도를 어든 후 관부로 가리라."

ᄒ고, 붓드러 누이고 약물을 치니 젼싱은 여러 슌(順) 흉흔 《냥칙∥댱칙(杖責)》의 실낫 ᄀᆺ흔 목슘이 《니엇지∥니엇시》○[나], 다 ᄭᅳᆺ쳐 회싱(回生)의 【50】 가망(可望)이 업고, 화쇼져ᄂᆫ 져기 《호읍∥호흡(呼吸)》을 통ᄒ거늘, 젼뇌 ᄌ부를 미야

2972) 쎄치다 : 꿰뚫다. 이쪽에서 저쪽까지 꿰어서 뚫다.
2973) 호텬망극(呼天罔極) : 억울함이나 슬픔이 복받쳐 하늘을 우러러 부르짖기를 끝이 없이 함.
2974) 경심ᄎ악(驚心嗟愕) : 슬픈 일을 당하여 마음속이 몹시 놀란 상태에 있음.
2975) 노발(怒髮)이 지관(指冠)ᄒ다 : 노발지관(怒髮指冠). '성난 머리카락이 머리 위에 쓴 관(冠)을 가리킨다.'는 뜻으로, 머리카락이 곤두설 정도로 격노(激怒)함을 이르는 말. = 노발충관(怒髮衝冠).
2976) 방셩통곡(放聲痛哭) : 큰 소리로 몹시 슬프게 곡을 함. =방성대곡(放聲大哭). 대성통곡(大聲痛哭).
2977) 명졍언슌(名正言順) : 명분이 바르고 말이 사리에 맞음.

관부로 가려ᄒᆞ난지라.

화싱이 닷토와 굴오ᄃᆡ,

"부녀를 미야 관부로 가믄 ᄌᆞ고(自古)의 듯지 못ᄒᆞ여시니, 쇼싱이 누의를 맛다 녕낭(令郞)2979)의 죄명이 결(決)ᄒᆞᄂᆞ 날, 녕윤으로 ᄉᆞ싱을 긋치 ᄒᆞ려니와, 야릭(夜來) 덕변(賊變)은 ᄉᆞ오나온 스름이 돈공(尊公)을 속여 분(憤)을 도도미니, 슈젹(手迹)2980)을 더옥 알기 쉬오니 아미(我妹)로 글시 쓰여 빙쥰(憑準)2981)ᄒᆞ면 쾌(快)히 알거시오, 식반(食飯)의【51】 치독(置毒)ᄒᆞᆷ믄 간악ᄒᆞᆫ 비비(婢輩) 쥬인을 깅참(坑塹)의 너ᄒᆞ미여늘, 돈공이 그 진가(眞假)를 굴희지 아니코 쳐 죽여시니, 타일의 원억(冤抑)을 씩ᄃᆞ르미 뉘웃츠미 업스리잇가?"

젼뇌 인심(人心)인죽 알 거시로ᄃᆡ, 츈ᄋᆞ의게 혼(魂)을 일허시니, 닝쇼 왈,

"ᄌᆞ식 알기ᄂᆞ 아비 ᄀᆞᄐᆞ 니 업다 ᄒᆞ니, 닉 임의 불쵸(不肖) 픽ᄌᆞ(悖子)의 역텬무도(逆天無道)를 아라시니 므슴 뉘웃츨 거시 잇스리오. 그ᄃᆡᄂᆞ 누의 ᄒᆡᆼ식(行事) 간흉(奸凶)ᄒᆞ여, 불효ᄒᆞᆫ 지ᄋᆞ비로 더부러【52】 모의ᄒᆞ여 오ᄋᆞ(吾兒)의 대죄를 어드미 녕미(令妹)의 도으미니, 임의 닉 슬하지인(膝下之人)이 되여시니 죽이미 괴이ᄒᆞ리오."

분분(忿憤)이 거젹의 약슈를 동혀 노복을 지우고, 쇼지(所志)2982)를 쓰며, 젹의 ᄉᆞ민 속 글과 반깅(飯羹)을 다 ᄀᆞ지고 관부로 가니, 화싱이 다시 말을 아니코 헌 교ᄌᆞ를 어더 ᄯᅮ에2983)와 댱(帳)이 업시 ᄒᆞ고, 쇼민를 붓드러 누이고 흰 보호로 덥허 쓸와 관문 밧긔 집을 어더 머믈고, 약슈의 죄명의【53】 결말을 기다릴 ᄉᆡ. 젼슉이 드러가 쇼지를 올니고 역ᄌᆞ(逆子) 약슈의 죄명을 고ᄒᆞ니, 틱슈 오흡은 어진 스름이라. 놀나 죄인을 잡ᄋᆞ드리라 ᄒᆞ니, 젼가 스름이 다 놀나 죄인을 붓드러 드려다가 노코 가슴을 쳐 통읍(慟泣)ᄒᆞᄂᆞ지라.

틱슈 보건ᄃᆡ 흔 ᄎᆞᆺ 죽엄이로ᄃᆡ, 만신의 젹혈(赤血)이 어릭여 그 니목(耳目)을 분변치 못ᄒᆞᆯ너라.

문왈,

"죄인이 죽어시니 허실을 아지 못ᄒᆞ거니와, 엇지ᄒᆞ여 져러 틋 난작(亂斫)2984)ᄒᆞᆷ믈 바닷ᄂᆞ뇨?【54】

젼슉이 약슈의 젼젼(前前) 무상(無狀)ᄒᆞᆷ믈 고ᄒᆞ고,

2978)젹기 : 적이. 적게나마. 꽤 어지간한 정도로.
2979)녕낭(令郞) : 윗사람의 아들을 높여 이르는 말. =영식(令息).
2980)슈젹(手迹) : 손수 쓴 글씨나 그린 그림. 또는 손수 만든 물건에 남은 자취나 흔적.
2981)빙쥰(憑準) : 어떤 근거에 의하여 표준을 삼음.
2982)쇼지(所志) : 예전에, 청원이 있을 때에 관아에 내던 서면.
2983)ᄯᅮ에 : 뚜껑. 그릇이나 상자 따위의 아가리를 덮는 물건.≒개자(蓋子). 덮개.
2984)난작(亂斫) : 쇠 연장으로 함부로 찍음.

"일시 분노로 약간 치니 한독(悍毒)을 품어 거즛 죽은 체ᄒᄂ이다."

태쉬 보건딕 머리 곳곳이 터져 일신의 셩ᄒᆫ 곳이 업셔, 《호읍∥호흡(呼吸)》이 슷쳐지고 뉵믹(六脈)2985)이 진(盡)ᄒ여 완연ᄒᆫ 《신체∥시체(屍體)》로딕, 골격(骨格)이 쇼아(素雅)2986)ᄒ고 용뫼 단정ᄒ여, 긔이ᄒᆫ 주질이 스름 가온딕 쌘혀나니, 틱쉬 참연(慘然) 의셕(哀惜)ᄒ고, 기부(其父)의 불인 흉픽ᄒᆷᄋᆯ 보와 그 원억ᄒᆷᄋᆯ 알지라.

하【55】리(下吏)로 ᄒ여곰 '약물을 타 먹이고 구호ᄒ라' ᄒ며 굴오딕,

"ᄂᆞ라히 스죄인(死罪人)이라도 먹여 살오고, 막힌 즉 약을 써 구호ᄒ여 다시 져쥬어 명빅ᄒᆫ 복쵸(服招)를 밧고 형벌을 힝ᄒᄂ니, 십분 됴심ᄒ여 싱도(生途)를 엇게 ᄒ라."

ᄒ고, 전슉을 칙왈(責曰),

"약쉬 비록 불효ᄒ나 스죄(死罪) 당당이 가살(可殺)인즉, 법을 다스릴 빅여ᄂᆞᆯ 스스로이 쳐 운명(殞命)ᄒᆫ 죽엄을 가져 관부의 고ᄒ고, 부주 텬뉸(天倫)으로 댱하(杖下)의 진(盡)ᄒᆫ 거슬 거즛 죽엇【56】다 ᄒ니, 너의 무도ᄒ미 역시 가살(可殺)이로다."

ᄒ니,

전슉이 겹닉여 약쉬 주전(自前)2987)으로 거즛 죽은 체 ᄒ다가 도로 살믈 고ᄒ고, 무상ᄒᆫ 힝스를 다시곰 알왼딕, 태쉬 꾸지져 물니치고 전가 복부를 불너 힐문(詰問)ᄒ미, 다 고두(叩頭) 뉴체(流滯)ᄒ여 평일 쇼쥬인의 비상ᄒᆫ 효힝을 고ᄒ며, '돌연(猝然)이 주최를 닉여 스죄를 달게 ᄒ미 괴이ᄒᆫ 일이라.' ᄒ여, 칭원(稱冤)ᄒ되, 쇼쥬군(小主君)의 효의(孝義)를 습복(慴伏)2988)ᄒ여 대쥬군(大主君)의 불【57】명을 니르지 아니ᄒ니, 틱쉬 긔특이 녁여 '쥬인을 보호ᄒ라' ᄒ고, 전슉의 말노 됴ᄎ 화시의 오라비 와시믈 알고 블너 무른딕, 화싱이 약슈의 죄 만만(萬萬) 밍낭(孟浪)ᄒᆷᄋᆯ 칭원(稱冤)ᄒ니, 틱쉬 전싱을 구완ᄒ여 회싱ᄒᆷᄋᆯ 기다려 결ᄒ리라 ᄒ니, 전뇌 비로쇼 너모 쳐 아도 죽은즉 틱쉬 죄 쥴가 겹닉여, 모든 노복으로 ᄒ여곰 싱을 구완(救完)ᄒ고, 전싱의 유모와 시동(侍童)이 쥬야 붓드러 완호(完護)ᄒ니, 옥듕(獄中)의 홀노 반【58】싱반ᄉ(半生半死)ᄒ여실 젹과 비치 못ᄒ지라. ᄒ믈며 지공무ᄉ(至公無私)ᄒ신 텬의(天意) 엇지 효주를 앗기지 아니시리오.

옥(玉)이 지극히 됴ᄒ미 뉴젼(流傳)ᄒᄂ 보빅 되고, 황금을 열 번 붓치미2989) 견고ᄒ미 더은지라. 전싱이 비록 지란(芝蘭) ᄀᆞᆺ치 약ᄒ나, 금옥(金玉) ᄀᆞᆺ치 견강(堅剛)ᄒ

2985)뉵믹(六脈) : 『한의』 여섯 가지 맥박. 부(浮), 침(沈), 지(遲), 삭(數), 허(虛), 실(實)의 맥을 이른다.

2986)쇼아(素雅) : 희고 아름다움.

2987)주전(自前) : 지금보다 이전.=종전.

2988)습복(慴伏) : 두려워서 굴복함. 또는 황송하여 엎드림.

2989)붓치다 : 붙이다. (남의 뺨이나 볼기 따위를) 세게 때리다. *여기서는 '황금을 세게 두드려 단단하게 한다'는 뜻.

니 힘힘이 요물(妖物)의 독슈(毒手)룰[의2990)] 맛추리오2991).

슈일(數日)의 비로쇼 회싱ᄒ나, ᄌ긔 몸이 이곳의 니르러 지쥬(地主)2992)의 알오미 되믈 더옥 셜워ᄒ고, 딕인의 허물이 늣타날가 붓【59】그려 죽기룰 결(決)ᄒ여 식음(食飲)을 끗고2993) ᄌ진(自盡)ᄒ믈 ᄇ라는지라.

틱쉬 그 회싱ᄒ믈 깃거 연ᄒ여 약물을 쥬고 아직 뭇지 아니ᄒ니, 츈이 틱슈의 젼셩 고휼(顧恤)ᄒ믈 듯고, 젼슉이 도라와 틱쉬 져룰 ᄊᆞ짓던 쥴 니르니, 겁ᄒ여 쳔금을 ᄊᆞ, 오 틱슈의 틱부인긔 드리고 약슈룰 죽이기룰 쳥ᄒ니, 틱슈의 모친 숑시는 탐직(貪財) 무도(無道)ᄒᆫ 녀지라. 은을 밧고 ᄋᆞ들을 협박ᄒ여2994) '약슈룰 ᄲᆞᆯ니 버히라.' ᄒ되, 오흡이 그【60】원억ᄒ믈 알며 ᄎᆞ마 죽이지 못ᄒ야, 십여 일을 지지ᄒ니2995), 츈이 더옥 두려 금쥬보픽(金珠寶貝)2996)룰 헌(獻)ᄒ고 ᄲᆞᆯ니 죽이믈 비니, 숑시 틱슈의 모명(母命)을 불슈(不受)ᄒ믈 딕쳑(大責)ᄒ고 견집(堅執)ᄒ여2997) 구박(驅迫)ᄒ기룰 급히 ᄒᆞ는지라.

태쉬 쏘ᄒᆞᆫ 효지니 모명(母命)을 어긔오지 못ᄒ여, 명일은 쳐결(處決)ᄒᆞ믈 고ᄒ고, 쳥신(淸晨)2998)의 셜좌(設座)ᄒᆞᆯ 녕(令)을 ᄂᆞ리오니, 화싱이 쇼믹(小妹)와 젼셩을 왕ᄂᆡᄒ여 구병ᄒ더니, 명일은 옥ᄉᆞ(獄事)룰 결ᄒ고【61】젼약슈룰 법을 졍히 ᄒᆞ려 ᄒᆞ믈 듯고, 통도(痛悼) 비원(悲怨)ᄒ여 쇼믹의 경상(景狀)을 보지 말고 몬져 죽고ᄌᆞ ᄒᆞ더니, 쳔만 의외의 쇼ᄋᆞ스룰 맛나, 져의 므르믈 인ᄒ여 지원극통(至冤極痛)2999)을 셜파ᄒ고 엄읍뉴쳬(掩泣流涕)3000) 왈,

"쇼믹(小妹) 슈작(水勺)3001)을 너치 아난지 일망(一望)이오, 고락(拷烙)3002)을 바

2990)의 : 에. 앞말이 처소의 부사어임을 나타내는 격 조사. *고어(古語)에서 처소를 나타내는 부사격조사 '에'는 일반적으로 앞 체언이 관형어 구실을 하게하는 관형격조사 '의'와 같은 형태로 표기되고 있다.

2991)맛츠다 : 마치다. 끝맺다. 사람이 생(生)을 더 누리지 못하고 끝내다.

2992)지쥬(地主) : 군(郡) 현(縣) 등의 작은 고을을 다스리는 지방관을 달리 이르는 말. ≒수령(守令). 태수(太守). 원(員)님.

2993)끗다 : 끊다. 실, 줄, 끈 따위의 이어진 것을 잘라 따로 떨어지게 하다.

2994)협박ᄒ다 : 협박(脅迫)하다. 겁을 주며 압력을 가하여 남에게 억지로 어떤 일을 하도록 하다.≒박협(迫脅)하다.

2995)지지ᄒ다 : 지지하다. 어떤 일이 오래 끌기만 하고 진척(進陟)이 없다.

2996)금쥬보픽(金珠寶貝) : 금, 진주 따위의 각종 보배들을 함께 이르는 말.

2997)견집(堅執)ᄒ다 : : 자신의 의견을 바꾸거나 고치지 않고 버티다.

2998)쳥신(淸晨) : 맑은 첫새벽.

2999)지원극통(至冤極痛) : 지극히 원통함.

3000)엄읍뉴쳬(掩泣流涕) : 얼굴을 가리고 눈물을 흘리며 욺.

3001)슈작(水勺) : 물 한 모금. *작(勺): 부피의 단위. 액체나 씨앗 따위의 양을 잴 때 쓴다. 작은 한 홉의 10분의 1로 18mL에 해당한다. 또는 물 한 모금 정도의 적은 양을 뜻하는 말로 쓴다.

다 육괴(肉塊)3003) 되엿거늘, 명일의 약쉬 복법(伏法)3004)ᄒᆞ미 잔명(殘命)을 결(訣)ᄒᆞ리니3005) 쇼싱(小生)3006)이 차마 보지 못ᄒᆞ여 위로ᄒᆞᆫ즉, 쇼미 읍왈(泣曰), '쇼미 젼군의 건즐(巾櫛)3007)을 쇼임ᄒᆞᆫ 오년의 일일도 평안ᄒᆞ【62】믈 엇지 못ᄒᆞ여, 태장(笞杖)의 곤(困)ᄒᆞ고 ᄉᆞ옥(私獄)의 ᄀᆞ치여 회포를 펴미 업스나, 피ᄎᆞ(彼此) 심복(心服)3008)ᄒᆞᆷᄂᆞᆫ 잇ᄂᆞ니, 졔 원통ᄒᆞᆫ 죄명을 므릅써 형벌을 당ᄒᆞᆫ즉 엇지 ᄎᆞ마 홀노 살기를 구ᄒᆞ며, 쇼미의 죄명이 ᄯᅩ흔 져와 ᄀᆞᆺᄒᆞ니 살고ᄌᆞ ᄒᆞ여도 살길히 업슨지라. ᄉᆞ독 부녀의 몸으로 참형(斬刑) ᄋᆞ리 죽ᄂᆞ니 ᄎᆞᆯ하리 스스로 결(決)ᄒᆞ리라.' ᄒᆞ니, 무슴 말노 위로ᄒᆞ리오. ᄒᆞᆯ믈며 화란(禍亂)의 잠겨 일괴(一孤)3009)를 두지 못ᄒᆞ여시니, 약미(弱妹)3010)의 부뷔 금옥(金玉)【63】의 덕힝과 빙셜(氷雪)의 긔질노 졀인(絶人)3011)ᄒᆞᆫ 셩효(誠孝)를 ᄀᆞ졋거늘, 쇽졀업시 강상악명(綱常惡名)3012)을 시러 시부(弒父)ᄒᆞᄂᆞᆫ 죄인이 되여 쳥츈홍안(靑春紅顔)의 참ᄉᆞ(慘死)ᄒᆞᆷ믈 엇지 ᄎᆞ마 보리오."

ᄒᆞ며, 가슴을 치고 누쉬(淚水) 만면(滿面)하니, 상•허 냥인이 ᄯᅩ흔 눈물을 ᄲᅮ리ᄂᆞᆫ지라. 쇼어ᄉᆡ 춤연(慘然)이 마음이 알푸니 강기(慷慨) 격분(激憤)ᄒᆞᆷ믈 니긔지 못ᄒᆞ여 위로 왈,

"혹싱(學生)3013)은 위원슈 부하 쇼셰광이니, 외람이 됴명(朝命)을 밧ᄌᆞ와 슌무어ᄉᆞ(巡撫御史)의 쇼임을 당(當)ᄒᆞᆫ지라. 명일【64】의 당당(堂堂3014))이 공쳥(公廳)의 가 젼싱의 명을 구ᄒᆞ고, 요쳡(妖妾)을 잡ᄋᆞ 가도아 위상국 쳐분을 기다리리니, 형은 이 ᄯᅳᆺ을 녕미부인(令妹婦人)3015)긔 알외여, '틱산(泰山)의 즁(重)ᄒᆞᆷ믈 홍모(鴻毛)3016)의

3002) 고락(拷烙) : 죄인을 신문(訊問)할 때에, 매로 치고 불로 지지며 형벌을 가하는 일을 이르는 말.
3003) 육괴(肉塊) : 고깃덩어리. 덩어리로 된 짐승의 고기.
3004) 복법(伏法) : 형벌을 순순히 받아 죽음. 또는 형벌을 순순히 받아 죽게 함.=복주(伏誅).
3005) 결(訣)ᄒᆞ다 : 끊다. 실, 줄, 끈 따위의 이어진 것을 잘라 따로 떨어지게 하다.
3006) 쇼싱(小生) : 예전에, 말하는 이가 자기를 낮추어 이르던 일인칭 대명사. ≒졸생(拙生).
3007) 건즐(巾櫛) : 수건과 빗을 아울러 이르는 말.
3008) 심복(心服) : '심열성복(心悅誠服)의 줄임말. 즉 마음속으로 기뻐하며 성심을 다하여 순종함.
3009) 일괴(一孤) : 한 고아(孤兒). 아들 하나.
3010) 약미(弱妹) : 연약한 누이동생.
3011) 졀인(絶人) : 남보다 아주 뛰어남. 또는 그런 사람.
3012) 강상악명(綱常惡名) : 사람이 마땅히 지켜야 할 도리인 삼강(三綱)과 오륜(五倫)을 범한 죄인이라는 악한 이름. 곧 '인륜범죄(人倫犯罪)를 저지른 사람'이라는 악한 이름.
3013) 학싱(學生) : 생전에 벼슬을 하지 아니하고 죽은 사람의 명정, 신주, 지방 따위에 쓰는 존칭. 여기서는 자신의 신분을 감추고 있는 사람이 상대방에게 자신을 낮추어 이르고 있는 말로, 1인칭대명사 '저'와 같은 뜻으로 쓰였다.
3014) 당당(堂堂) : 남 앞에 내세울 만큼 모습이나 태도가 떳떳함.

더지지 마르쇼셔.' 호라."

화싱이 쳔만(千萬) 망외(望外)의 하날 굿치 깃분 쇼식을 어드니, 일만장(一萬丈) 굴형의 썬졋다가, 구텬(九天)의 쇼숨 굿흔지라. 썰니 이러 두 번 절호여 왈,

"슌무대인(巡撫大人)은 텬즈명(天子命)을 밧드르신 됴졍귀인(朝廷貴人)이시여늘 쇼싱 등이 눈이 잇셔도 틱산을 아【65】지 못호여 무례호니, 죄를 슉(赦)호쇼셔. 만일 큰 은덕을 닙스와 약미(弱妹) 부뷔 잔명을 니은죽, 쇼싱(小生)의 부뫼 엇지 '화산(華山)의 풀 밋기'3017)를 효측지 아니호리잇가?"

쇼어시 답녜호고 굴오딕,

"자고로 셩현군즈와 영웅호걸이 흔번 곤(困)호나 말둥(末終)의 녕명(令名)이 만셰의 젼호느니, 젼문양의 츌인(出人)흔 긔질노, 엇지 간음(姦淫) 쳔녀(賤女)의 요악흔 쇠를 《맛져∥맛쳐3018)》 명(命)을 맛츠리오. 혹싱이 어진 스름의 위급호믈 구호미 공덕【66】을 긍과(矜誇)호여3019) 치스(致謝)를 밧고즈 호리오."

삼인(三人)이 흔가지로 탄복(歎服) 치경(致敬)호고 밤이 다호도록 말슘호여, 각각 셔로 익모(愛慕) 흠경(欽敬)호니, 늣게야 맛나믈 한(恨)호더라.

이윽고 《오딕(五德)∥오경(五更)3020)》이 즈로 우러 동방(東方)이 긔명(旣明)호미, 어시(御史) 둉즈(從者)로 관복(官服)을 굿져 쓸오라 호고, 틱슈아문(太守衙門)의 느으가니, 문 밧긔 무슈흔 스름이 가얌이3021) 모히 듯호여, 혹 휘루(揮淚) 탄식(歎息)호고, 혹(或) 분연(忿然) 츠셕(嗟惜)호는 딕, 일기 파즈(婆者)와 일기 둉직(從者) 고

3015)녕미부인(令妹婦人) : 남의 손아래 시집간 누이를 높여 이르는 말.
3016)홍모(鴻毛) : '기러기의 털'이라는 뜻으로, 매우 가벼운 사물을 이르는 말.
3017)화산(華山)의 풀밋기 : '화산에 풀을 맺는다'는 뜻으로, 죽어서도 은혜를 잊지 않고 갚는다는 '결초보은(結草報恩)' 고사를 달리 표현한 말. *화산(華山); 중국의 오악(五嶽)가운데 서악(西岳). 음양학에서 동·남은 양계(陽界)이고 서·북은 음계(陰界)에 속하여 화산(華山)은 묘지 또는 묘지가 있는 산을 뜻한다. *결초보은(結草報恩) : 죽은 뒤에도 은혜를 잊지 않고 갚음을 이르는 말. 중국 춘추 시대에, 진나라의 위과(魏顆)가 아버지가 세상을 떠난 후에 서모를 개가시켜 순사(殉死)하지 않게 하였더니, 그 뒤 싸움터에서 그 서모 아버지의 혼령이 적군의 앞길에 풀을 묶어 적을 넘어뜨려 위과가 공을 세울 수 있도록 하였다는 고사에서 유래한다.
3018)맛치다 : 맞히다. 문제에 대한 답을 틀리지 않게 하다.
3019)긍과(矜誇)호다 : 긍과(矜誇)하다. 뽐내고 자랑하다. =과긍(誇矜)하다.
3020)오경(五更) : 하룻밤을 다섯으로 나눈 시각을 통틀어 이르는 말. 초경(初更: 밤7-9시), 이경(二更: 밤9-11시), 삼경(三更: 밤11-새벽1시), 사경(四更: 새벽1시-3시), 오경(五更: 새벽3시-5시)으로 나누는데, 매 시각마다 관아(官衙)에서 북을 쳐서 시각을 알렸다.
3021)가얌이 : 개미. 개밋과의 곤충을 통틀어 이르는 말. 몸은 머리, 가슴, 배로 뚜렷이 구분되는데 허리가 가늘다. 대부분 독침이 없고 배 끝에서 폼산을 방출한다. 여왕개미와 수개미는 날개가 있으나 일개미는 없다. 땅속이나 썩은 나무 속에 집을 짓고 사회생활을 한다. 전 세계에 5,000~1만 종이 분포한다.

지규텬(叩地叫天)3022)ᄒ고 쇄도호통(殺到號慟)3023)ᄒ니 익셩(哀聲)【67】이 텬지의 ᄉ못는지라.

화싱이 ᄀ르쳐 눈물을 흘녀 왈,

"져는 곳 젼싱의 유모(乳母)와 시동(侍童)이라."

ᄒ고, ᄀ득흔 노복이 흔갈ᄀᆺ치 통흉엄읍(痛胸掩泣)3024)ᄒ니, 그 인심(人心)의 원통ᄒᆞ믈 춤지 못ᄒᆞ미러라.

어시 ᄉᆞ름을 헷치고 드러가니 쓸 가온ᄃᆡ 흔 죄슈를 큰 칼을 씌워 꿀녀시니, 눈을 감고 입을 다다 죽기를 기ᄃᆞ리니, 헛튼3025) 머리와 쵸고(憔枯)3026)흔 형용(形容)이 쇠잔(衰殘)흔 곳과 셔리 마즌 풀 ᄀᆺᄒᆞ나, 그러나 옥 ᄀᆺᄒᆞᆫ 얼골과 어름 ᄀᆺ【68】흔 쎄니, 용뫼 단ᄋᆞ(端雅)ᄒ고 긔질이 지란(芝蘭) ᄀᆺᄒᆞ믈 보리러라.

그 닙은 옷시 혈흔(血痕)이 낭ᄌᆞᄒᆞ여 말낫고, 머리를 오히려 동혀시며3027), ᄂᆞᆺ과 숀이 씌여진 거시 아모지3028) 아나는지라3029). 쇼어시 감읍(感泣) ᄎᆞ탄(嘆息)ᄒᆞ여 이윽이 셔셔 틱슈의 쳐결(處決)을 보더니, 틱쉬 문왈,

"네 스스로 죽기를 감슈(甘受)ᄒᆞ여 원억ᄒᆞ믈 니르지 아니ᄒᆞ니, 죄범(罪犯)이 진실노 올흐미 잇거든 쾌히 승관(承款)ᄒᆞ여3030) 날노써 어진 ᄉᆞ름을 원억히 죽인 허믈【69】을 면케ᄒᆞ라."

기인(其人)이 머리 됴ᄋᆞ3031) ᄃᆡ(對)ᄒᆞ되,

"죄인이 불초(不肖)ᄒᆞ여 신명(神明)의 득죄ᄒᆞ미 잇ᄉᆞ오니 만ᄉᆞ(萬事) 감심(甘心)이라. ᄎᆞ마 강상ᄃᆡ죄(綱常大罪)를 지을와 ᄒᆞ지 못ᄒᆞ나, 하늘이 불효를 죄쥬시니 엇지 감히 원통을 일ᄏᆞ라 지쥬ᄃᆡ인(地主大人)긔 불명(不明)흔 일홈을 도라보ᄂᆞ리잇고?"

태쉬 묵연ᄒᆞ여 ᄎᆞ마 형벌을 더으지 못ᄒᆞ거늘, 안흐로셔 크게 소릭질너 왈,

"죄인이 칭원(稱冤)ᄒᆞ미 업거늘 무슴 연고로 힝형(行刑)ᄒᆞ기를 지연ᄒᆞᄂᆞᆫ【70】

3022)고지규천(叩地叫天) : 몹시 슬퍼서 땅을 치고 하늘을 향해 부르짖음.
3023)쇄도호통(殺到號慟) : 달려 들어오면서 서럽게 울며 부르짖음.
3024)통흉엄읍(痛胸掩泣) : 가슴아파하며 얼굴을 가리고 서럽게 욺.
3025)헛틀어지다 : 헝클어지다. 실이나 줄 따위의 가늘고 긴 물건이 풀기 힘들 정도로 몹시 얽히다.
3026)쵸고(憔枯) : 몸이 몹시 마르고 야위어 수척함.
3027)동히다 : 동이다. 끈이나 실 따위로 감거나 둘러 묶다.
3028)아모다 : 아물다. 부스럼이나 상처가 다 나아 살갗이 맞붙다.
3029)아냐다 : 아니하다. '않다'의 본말. *않다: 어떤 행동을 안 하다.
3030)승관(承款)ᄒᆞ다 : 죄를 자백하다.
3031)됴으다 : 조아리다. 상대편에게 존경의 뜻을 보이거나 애원하느라고 이마가 바닥에 닿을 정도로 머리를 자꾸 숙이다.

뇨? 과연 어미를 공경치 아냐 니르는 명을 봉힝치 아니랴?"

태쉬 연망이 교위(交椅)의 ᄂ려 디(對)ᄒ되,

"삼가 명(命)디로 ᄒ리이다."

ᄒ니, 이 쏘ᄒ 승슌(承順)ᄒᄂ 즈식(子息)이라. 엇지 연공의 대회(大孝) 잇셔 모과(母過)로써 늣타너지 아니케 ᄒᄆ 비기리오.

어시(御史) 눈을 드러 보니, 협문(夾門)의 일기 노녀직(老女子) 셔셔 급쵹(急促)ᄒ니, 퇴쉬 간졀이 비러,

"당긱(當刻)3032)의 버히리이다."

ᄒ더니, ᄒ 노인(老人)이 유싱(儒生)의 복식(服色)으로 졍하(庭下)의 니르러 ᅀᆞ러, 손으로 젼【71】싱을 ᄀᆞᆯ으쳐 왈,

"불효 녁즈(逆子)의 난뉸픽상(亂倫敗常)3033)이 ᄀ리온 거시 업ᄂ지라. 기쳬(其妻) 즈긱의게 아비 죽이기를 쳥ᄒ고 일이 니지 못ᄒᄆ, 식반(食飯)의 독을 너허 싀아비를 히코져 ᄒ니, 그 흉참ᄒ 의ᄉ와 간악ᄒ 계괴 부뷔 ᄒ가지라. 감히 발명(發明)치 못ᄒ니 엇지 일시나 부직(父子)라 ᄒ리오. 노야ᄂ 쾌히 법을 졍히 ᄒ쇼셔."

당상 부인이 손벽 쳐 ᄀᆞᆯ오디,

"죄인이 녁텬무도(逆天無道)ᄒ니, 그 아비 할즈인졍(割子人情)3034)ᄒ여 대의멸친(大義滅親)3035)을【72】효측(效則)ᄒ니, 무어슬 고즈(顧藉)3036)ᄒ리오."

퇴쉬 ᄂᅌᆞ가 고간(固諫)ᄒ여 ᄀᆞᆯ오디,

"강상죄범(綱常罪犯)이 지극히 듕ᄒ니, 명빅히 져쥬어 결안(結案)3037) 취쵸(取招)3038)ᄒ 후 버히올지라. 금일, 닉 죄인을 졍법(正法)3039)ᄒ리니, ᄇ라건디 닉당으로 드르쇼셔."

그 녀직 다시곰 당부ᄒ고 문을 다드니, 퇴쉬 곳쳐 《교위∥교의(交椅)》의 오르더라【73】

3032) 당긱(當刻) : 그 시각에 곧바로.

3033) 난뉸픽상(亂倫敗常) : 윤리를 어지럽히고 오륜(五倫)을 무너뜨림. *오상(五常): =오륜(五倫).

3034) 할즈인졍(割子人情) : 자식을 해(害)하거나 자식과의 관계를 끊었던 사람의 심정(心情). *할자(割子) : 자식을 해(害)하거나, 자식과의 관계를 끊음.

3035) 대의멸친(大義滅親) : 큰 도리를 지키기 위하여 부모나 형제도 돌아보지 않음.

3036) 고즈(顧藉) : 돌아보다. 다시 생각하여 보다.

3037) 결안(結案) : 『역사』 사형할 죄로 결정한 문서.

3038) 취쵸(取招) : 죄를 저지른 사람을 문초하여 범죄 사실을 말하게 함.

3039) 졍법(正法) : 『법률』 예전에, 죄인을 사형에 처하던 형벌.=정형.

화산션계록 권지사십일

  추셜 퇴쉬 곳쳐 《교위‖교의(交椅)3040》의 올나 젼싱을 올녀 미고, '명빅히 복쵸(服招)ᄒ라' ᄒ여, 다시 형댱(刑杖)을 더으라 ᄒ니, 시시(是時)의 젼싱이 오직 눈을 감고 머리를 슉여시니, 그 아뷔 오믈 아지 못ᄒ엿다가, 기부(其父)의 소리를 듯고 놀나며 반겨 눈을 쩌보니, 노뷔(老父) 관졍(官庭)의 꾸러 주긔의 죄악을 고ᄒ고 샐니 죽이믈 탓토ᄂ지라. 우러 ᄀ로오딕,

  "불효 악주(惡子)의 무궁ᄒᆫ 죄ᄂᆫ 슈ᄉ난쇽(雖死難贖)3041이니 샐니 죽기를 바라ᄂᆞ이다. 【1】 대인의 돈체(尊體) 엇지 관졍의 ᄃᆞ르시니잇고? 이 쏘ᄒᆞᆫ 역주(逆子)의 지금 죽지 아닌 죄로쇼이다."

  인언(因言)3042의 실셩뉴쳬(失性流涕)ᄒ니 좌위 관니(官吏) 참연(慘然) 《벽식‖변색(變色)》ᄒ고, 혹(或) 엄읍(掩泣)ᄒᆞᆫ지라.

  쇼어시 묵연이 셔셔 잠간 ᄂᆞ동을 보고주ᄒ더니, 젼슉이 불냥ᄒᆫ 두 눈을 구을니고 포려(暴戾)ᄒᆫ 쇼리로 니로딕,

  "네 만일 아비를 넘녀ᄒᆞ미 잇신즉, 검긱(劍客)을 쳥ᄒ여 아비를 지르라 ᄒ며, 안히를 식여 식물(食物)의 치독(置毒)ᄒ여 밧비 맛고주 ᄒᆞ냐? 이제 거즛 현효(賢孝)ᄒ【2】믈 주랑ᄒ여 죄를 면코주, 간악ᄒᆫ 말노쎠 인심을 미혹(迷惑)게 ᄒ여 날노 ᄒ여금 어진 ᄋᆞ들을 죽인 악명을 싯게 ᄒ고주 ᄒᆞ미로다."

  약쉬, 추언의 밋쳐는 낫빗치 경긱(頃刻)의 지 곳ᄒ여 피를 토ᄒ여 긋치지 않으니, 퇴쉬 명ᄒ여 약을 타 먹이라 ᄒᆞᆫ딕, 젼싱이 머리를 흔드러 밧지 아니코 긔운이 졈졈 긋쳐지니, 퇴쉬 명ᄒ여 아직 붓드러 누이라 ᄒ고, 젼가 가인(家人)을 불너 구ᄒ라 ᄒᆞᆫ딕, 화싱이 급히 드러와 볼 【3】 시, 쇼어시 임의 두어 환 회싱단(回生丹)으로 화싱을 쥬어 맛져더니, 푸러 흘니믹 이윽고 졍신을 출히거늘, 닉당 부인이 다시 문을 열고 독쵹ᄒ니, 젼슉이 닷토와,

  "약쉬 죄(罪) 즁ᄒᆞ미 형벌을 면코주 주진ᄒ려 ᄒᆞ미라. 샐니 져쥬어 쾌ᄒᆫ 승복을

3040)교위 : 교의(交椅). 사람이 걸터앉는 데 쓰는 기구. 보통 뒤에 등받이가 있고 종류가
    다양하다.=의자.
3041)슈ᄉ난쇽(雖死難贖) : 죽도록 갚아도 다 갚지 못함.
3042)인언(因言) : 말로 말미암다. 말로 인(因)하다.

밧고 늘(律)디로 다스리쇼셔."

ᄒ니, 태쉬 브득이 젼셩을 올녀 미고, 검긱을 교결(交結)ᄒ던 졍상(情狀)을 직고ᄒ라 ᄒ딕, 약쉬 다만 골오딕,

"불효불민(不孝不敏)ᄒ니 죄당만식(罪當萬死)라. 일만 번【4】 버히믈 감슈(甘受)ᄒ나이다."

젼슉이 노즐왈(怒叱曰),

"네 감히 말을 ᄭᅮ며 모호히 죄를 면코져 ᄒ고, 의협(義俠)을 스괴여 칼노 아비를 지르믈 쳥ᄒᄂ 음흉ᄒ 졍상을 슙기고져 ᄒᄂ냐?"

약쉬 토혈(吐血)ᄒ기를 긋치지 아냐시니 다시 피를 ᄲᅮ어 혼미(昏迷)ᄒᄂ지라. 젼슉이 태슈긔 고ᄒ딕,

"임의 아즈(俄者)의 알외온지라. 간흉ᄒ 역지 거즛 혼미ᄒ여 복법(伏法)ᄒ믈 면코즈ᄒ니, ᄲᆞᆯ니 듕형(重刑)을 더으쇼셔."

ᄒ고, 그 부인이 독촉 대미(大罵)【5】왈,

"ᄲᆞᆯ니 형벌을 ᄒ여 승복(承服)을 바드라."

직촉ᄒᄂ지라.

태쉬 마지못ᄒ여 츔연이 ᄂᆺ빗츨 변ᄒ고 형댱을 명ᄒᄂ지라.

쇼어시 심닉의 분연 대로ᄒ여, ᄶᅡᆼ미(雙眉)의 묵묵ᄒ 노긔를 ᄯᅴ여 언연(偃然)이[3043] 당의 오르니, 하리(下吏) 대호(大號)ᄒ여 슌무어ᄉ츌도(巡撫御史出頭)[3044]를 보(報)ᄒᄂ지라.

틱쉬 대경ᄒ여 창황이 당의 ᄂᆞ리고 관니(官吏)와 교예(校隷) 변식(變色)지 아니리 업더라.

어시 관복을 ᄀᆞ쵸고 틱슈의 《교위∥교의(交椅)》를 아ᄉ 좌를 일우미, 틱쉬 당하【6】의셔 직비ᄒ거늘, 어시 팔을 드러 읍ᄒ고 졍식ᄒ여 골오딕,

"본부의 강상되인(綱常罪人)[3045]이 잇스믈 듯고 와 보건딕, 뭇지 아냐 원앙(怨怏)ᄒ믈 알지라. 여ᄎ 듕대ᄒ 옥ᄉ(獄事)를, 상국 위공이 진무(鎭撫)ᄒ시ᄂ 쇼임으로 강셔의 뉴진(留陣)ᄒ여 계시거늘, 태쉬 엇지 고치 아니코 ᄉᆞᄉ로이 결(決)코즈 ᄒᄂ뇨?"

3043)언연(偃然)이 : 거만하게.=언건(偃蹇)히.

3044)슌무어ᄉ츌도(巡撫御史出頭) : '슌무어사출또'의 원말. *어사출또: 『역사』 조선 시대에, 암행어사가 지방 관아에 중요한 사건을 처리하기 위하여 좌기(坐起)를 벌이던 일. ≒출또

3045)강상되인(綱常罪人) : 사람이 마땅히 지켜야 할 도리인 삼강(三綱)과 오상(五常)을 범한 큰 죄인, 곧 인륜범죄(人倫犯罪)를 지은 죄인을 이른다. 여기서 오상(五常)은 오륜(五倫)을 달리 이른 말.

태쉬 돈슈(頓首) 스죄(謝罪) 왈

"하관(下官)이 우용(愚庸) 미렬(迷劣)흐여 스체(事體)를 씨둧지 못흐오니, 당당이 죄를 면치 못흐리로쇼이다."

어시(御史) 젼싱【7】이 토혈(吐血) 혼미(昏迷)흐여 인스를 모로고, 미 든 스예(司隷)는 황망이 물너느시니, 어시 하리로 흐여금 젼싱의 민 거슬 그르고, 하리를 명흐여 붓드러 누이고 화싱을 쳥흐여 구호케 흐니, 젼슉이 믄득 느으가 쑤러 약슈의 불효역즈(不孝逆子)와 즈젼(自前)3046)으로 난뉸픽악(亂倫悖惡)흐믈 셰셰이 고흐고, '즈긱(刺客)의 슈즁셔찰(袖中書札)과 밥과 국을 보쇼셔' 흐며, '즉금 거즛 혼미흐미 더옥 요악(妖惡)흐미니이다' 흐여, 어즈러이 짓궤니3047), 어시 임의 분노【8】흐미 오린 즁, 다시 그 흉참흔 상모(相貌)와 포악흔 소리를 드르니 노긔(怒氣) 빅댱(百丈)이나 니러느눈지라. 이의 녀셩대즐(厲聲大叱) 왈,

"무지노한(無知老漢)이 요쳡(妖妾)의게 혹(惑)흐여 어진 즈식을 쥭이고즈 흐니, 닉 임의 간졍(奸情)을 다 아라시니, 감히 닉 면젼의셔 호란(胡亂)흐믈3048) 두려 아니흐느냐?"

이의 교예(校隷)3049)를 엄호(嚴號)흐여 큰 칼을 드려 젼슉을 쓰이고, 젼가의가 요쳡(妖妾) 념녀(廉女)3050)와 역노(逆奴) 농경과 간비(姦婢) 쵸잉을 잡아오라 흐니, 좌위 젼노를 큰 칼을 드【9】려 씨워 결박흐여 꿀니고, 념녀 노쥬(奴主)를 잡으라, 셩화(星火) 굿치 다르니3051), 츠시 어스의 팔즈츈산(八字春山)3052)이 변흐여 삭풍(朔風)3053)이 늠늠(凜凜)흐고 밍녈흔 빗치 젼슉의게 빗기 쏘이니, 구츄(九秋)3054)의 셔리 쑤리고, 동텬(冬天)의 눈이 느리는 듯, 아름다온 풍치와 빗난 용광(容光)의 노긔등등(怒氣騰騰)흐여 태슈의 혼약(昏弱)흐믈 개연(慨然)흐고, 기모(其母)의 탐욕 픽악흐믈 통히(痛駭)흐니, 오직 젼노의 무지(無知) 혼녈(昏劣)흠과 흉픽(凶悖) 포려(暴戾)흐믈 졀치(切齒)흐여 슈뢰(數罪)흐니, 퇴슈 이【10】흐로 스예(司隷)3055) 다 막불젼뉼(莫不戰慄)흐여 죄업슨 즈도 떠눈지라.

3046) 즈젼(自前) : 전부터. 지금보다 이전. =종전
3047) 짓궤다 : 지껄이다. 떠들다.
3048) 호란(胡亂)흐다 : 한데 뒤섞여 어수선하다.
3049) 교예(校隷) : 교례(校隷). 예전에 관청이나 군영(軍營) 또는 신분이 높은 사람의 집에 딸려 천한 일을 하던 사람. 늑하례(下隷). 하리(下吏)
3050) 념녀(廉女) : 염(廉)씨 성(姓)을 가진 여자.
3051) 다르다 : 달리다. '닫다'의 사동사. ①달음질쳐 빨리 가거나 오다.
3052) 팔즈츈산(八字春山) : '두 눈 위의 화장한 눈썹'을 비유적으로 나타낸 말. '팔(八)'자는 '두 눈두덩 위에 나 있는 눈썹'의 모양을 나타낸 말.
3053) 삭풍(朔風) : 겨울철에 북쪽에서 불어오는 찬 바람.
3054) 구츄(九秋) : 음력 9월을 '가을'이란 뜻으로 이르는 말.

협문(夾門) 안히 욕심 만코 스오나온 녀주의 담이 써러지고, 전슉의 경황(驚惶) 낙담(落膽)ᄒ미 면여토식(面如土色)ᄒ여, 니를 응믈고3056) 썰기를 견듸지 못ᄒ여, 이쳡 잡으라 ᄀ믈 보고 더옥 황망ᄒ더라.

쎠의 화셩이 어스의 젼노를 크게 즐칙ᄒ고, 츈이 간녀(奸女)를 잡으라 보님믈 보아 쾌ᄒ고 깃브믈 니긔지 못ᄒ나, 젼싱의 참담흔 경식으로 혼혼불셩(昏昏不醒)ᄒ믈 쵸됴(焦燥)ᄒ여 【11】 빅방(百方)으로 구호ᄒ니, 어스의 쥰 바 회싱단은 범연흔 약이 아니라. 뎡부인이 작뎨(作劑)ᄒ엿ᄂᆞᆫ지라.

젼싱의 끗쳐진 장위(腸胃) 니이고 흣터진 혼빅(魂魄)이 도라오ᄂᆞᆫ지라. 냥구의 눈을 쓰고 졍신을 슈습ᄒᄆᆡ 번연(翻然)이 니러 안즈니, 싱각 밧 즈가 듸인을 졍하(庭下)의 ᄉᆞᆯ니고 큰 칼흘 씌워시믈 보고, 망극(罔極)ᄒ여 머리를 두드려 비러 ᄀᆞᆯ오듸,

"죄인이 스스로 무상불측(無狀不測)ᄒ여 죄당형뉵(罪當刑戮)이라. 노뷔(老父) 독즈의 잔명을 앗겨 【12】 죽으믈 스(赦)ᄒ고 치죄(治罪)ᄒ여 가도니, 스스로 스오나오믈 아지 못ᄒ여 원망이 깁흔 고로, 강상(綱常)의 두려오믈 아지 못ᄒ고, 역텬디죄(逆天大罪)를 범ᄒ와 악역흉심(惡役凶心)이 만스무셕(萬死無惜)이오니, 바야흐로 슌무대인(巡撫大人) 엄노(嚴怒)를 두려 직쵸(直招)ᄒ나이다. 노뷔 금년이 뉵십이니 무거온 칼을 메고 엇지 일시나 견듸리오. 무릇 대의멸친(大義滅親)은 군즈(君子)의 긔리신 빅[오]니, 아비 불효흔 즈식을 죽이미 엇지 죄로써 더으리잇고? 도도 【13】 히3057) 죄인의 궁흉포악(窮凶暴惡)ᄒ온 목슘을 앗겨 살기를 쇠ᄒᆞ무로 금일의 니르니, 완명(頑命)을 씃치 아냐 여츠 망극흔 경상을 당ᄒ니, 반드시 텬벌을 면치 못ᄒ올지라. 부득이 강상죄범(綱常罪犯)을 셰셰히 복쵸ᄒ나이다. 드듸여 비옵ᄂᆞ니, 슌무듸인은 죄인을 죽이고 노부를 스(赦)ᄒ쇼셔."

인ᄒ여 슬피 우러 피눈믈이 ᄂᆞᆾ출 ᄀᆞ리오니, 어시 츄연(惆然)이 넘복(斂服) 츠탄(嗟歎)ᄒ여 좌우로 ᄒ여금 '젼노의 칼을 도로 벗기라'【14】 ᄒ여 하리(下吏)를 명ᄒ여 ᄀᆞᆯ오듸,

"죄인을 강셔로 다려가 위상국 쳐분을 기두리리니, 츠인을 문외의 듸령(待令)ᄒ여 쇼루(疏漏)치 말나."

ᄒ고, 젼싱을 향ᄒ여 위로 왈,

"현ᄉ의 원망흔 죄명을 무릅써 형뉵(刑戮)의 복(伏)ᄒ믈 듯고, 참연 분긔ᄒ여 니르러 보건듸, 인인이 긔긔 츠셕ᄒ니, 엇지 홀노 나 쇼셰광 ᄯᅮ름이리오. 당금(當今)의 우

3055)ᄉᆞ예(司隷) : 집댱ᄉᆞ예(執杖司隷). 형장(刑杖)을 잡고 죄인에게 장형(杖刑)을 가하는 형리(刑吏).

3056)응믈다 : 윽믈다. 단단히 결심하거나 무엇을 참아 견딜 때에 힘주어 이를 꼭 마주 물다.

3057)도도ᄒ다 : 도도하다. 잘난 체하여 주제넘게 거만하다.

호로 셩텬지(聖天子) 요슌(堯舜)의 덕이 계시고, 지싱(齋生)3058)이 쥬쇼(周召)3059)의 어질미 아니시미 업스니, 【15】 만민이 티평녕낙(太平榮樂)3060)ᄒ여 부득기쇼(不得其所)3061)ᄒ미 업거늘, 현시(賢士) 홀노 텬지(天地)를 부앙(俯仰)3062)ᄒ여 할치3063) 못홀 원(怨)이 잇고, 일신이 깅참(坑塹)의 ᄲᅥ져 씻기 어려온 죄를 시러시니, 비록 토목심댱(土木心腸)이나 엇지 ᄎᆞ마 외로온 효ᄌᆞ를 연측(憐惻)지 아니리오."

전싱이 복지고두의 혈체만면(血涕滿面)ᄒ여 ᄀᆞᆯ오ᄃᆡ,

"죄인이 진실노 불효무상(不孝無狀)ᄒ니 만ᄉᆞ무셕(萬死無惜)이라. 엇지 살기를 ᄇᆞ라며 원억을 니르리잇고? 작일의 ᄉᆞ오나온 목슘이 형 【16】 벌의 업드여신죽, 금일의 노부(老父)의 욕되오미 업ᄉᆞ올지라. 완명(頑命)이 지금 투싱(偸生)ᄒᆞ오믈 한ᄒᆞ오니, 위원슈 ᄃᆡ하(臺下)의 가미 원이 아니로쇼이다."

이의 그 아븨 가돈 ᄃᆡ를 ᄇᆞ라고 졀ᄒ여 ᄀᆞᆯ오ᄃᆡ,

"불쵸 욕ᄌᆞ(辱子) 대인의 싱휵ᄒᆞ신 호텬대은(昊天大恩)을 져ᄇᆞ려 구산(九山) ᄀᆞᆺ혼 죄악이 일신의 ᄊᆞ혀시ᄃᆡ, 오히려 목슘을 앗겨 못ᄒᆞ온 고로, ᄉᆞ시(事事) 졈졈 것츠러 불힝ᄒ니, 이 도시 ᄉᆞ오나온 ᄋᆞ히 죄로쇼이다. 복원 야야(爺爺)ᄂᆞ 만 【17】 슈무강ᄒ쇼셔."

인ᄒ여 좌우를 둘너보와 돌을 향ᄒ여 머리를 ᄭᅵ치이니, 쇼어ᄉᆞ 젼싱의 거됴(擧措)를 보와 감동감읍(感動感泣)ᄒ니, 창황(蒼黃)이 ᄂᆞ릴 ᄉᆞ이 밋지 못ᄒ여 ᄶᆞ려진 머리 다시 ᄭᅵ여지니, 뉴혈이 돌돌ᄒᄂᆞ지라. ᄎᆞ악ᄒ여 황망이 붓드러 뉴체(流涕) 왈,

"대지(大哉)며 현지(賢哉)라! 그ᄃᆡ 셩효(誠孝)여! 텬지귀신(天地鬼神)이 다 감동ᄒ리니, 셰광이 엇지 감체(感涕)ᄒ믈 참으리오. 아ᄌᆞ(俄者)3064)의 일시 격노ᄒ여 효ᄌᆞ의게 죄를 엇괘 【18】 라."

이의 좌우를 명ᄒ여 '젼 노션싱(老先生)을 평안이 뫼시라.' ᄒ고, 낭즁(囊中)의 금창고약(金瘡膏藥)3065)을 ᄂᆡ여 친히 그 머리의 ᄡᅵ며, 지숨 ᄉᆞ뢰(謝罪)ᄒ여 ᄀᆞᆯ오ᄃᆡ,

---

3058) 지싱(齋生) : '거재유생(居齋儒生)'의 줄임말. 조선 시대에, 성균관이나 사학(四學) 또는 향교의 기숙사에서 숙식하며 학문을 닦던 선비.≒거재생(居齋生).

3059) 쥬소(周召) : 『시경(詩經)』의 <주남(周南)>·<소남(召南)> 편을 함께 이르는 말. 모두 25편의 시로 이루어져 있는데, 왕과 어진 사람의 덕을 찬양하여 백성들을 널리 교화하는 내용으로 이루어져 있다.

3060) 티평녕낙(太平榮樂) : 나라가 안정되어 아무 걱정 없고 평안하며 백성들의 생활이 영화롭고 즐거움.

3061) 부득기쇼(不得其所) : 각자가 그 마땅한 자리를 얻지 못함이 없음.

3062) 부앙(俯仰) : 아래를 굽어보고 위를 우러러봄. ≒면앙(俛仰), 앙부(仰俯).

3063) 할다 : 하리다. 하리ᄒ다. 헐뜯다. 참소(讒訴)하다. 호소하다. 하소연하다.

3064) 아ᄌᆞ(俄者) : 이전, 지난번, 조금 전, 갑자기.

3065) 금창고약(金瘡膏藥) : 『한의』 칼, 창, 화살 따위로 생긴 상처에 바르는 끈끈한 약. 석회를 나무나 풀의 줄기와 잎에 섞어 이겨서 만든다. =금창약(金瘡藥).

"항ᄌᆞ(降者) 불살(不殺)이니 닉 임의 그르믈 즈칙ᄒᆞ느니, 뉘웃ᄎᆞ나 밋지 못ᄒᆞ리로다. 연(然)이나 현ᄉᆞ(賢士) 달텬(達天)ᄒᆞᆫ 디효를 두어시디, 하ᄂᆞᆯ 알고 둘흘 씌듯지 못ᄒᆞ미로다. 셕에 신ᄉᆡᆼ(申生)3066)이 닐오디, '군부의 명을 역ᄒᆞ면 츙효의 득죄ᄒᆞ미라.' ᄒᆞ여 죽으미, 진국(晉國)이 【19】 어즈러워 후셰 미명(罵名)이 헌공긔 도라간지라. 그디 다른 형뎨업고 넘 녀(女)의 ᄋᆞ들이 잇시나, '녀불위(呂不韋)3067)의 씨친 씨라' ᄒᆞ니, 엇지 녕됸을 밧드러스리오. 넘 녜(女) 그디를 모살(謀殺)ᄒᆞ고 그디 집 직물을 임의로 도젹ᄒᆞᆫ 후 반ᄃᆞ시 고인(故人)을 됴ᄎᆞ 도망ᄒᆞ리니, 엇지 녕됸(令尊)으로 ᄒᆞ여금 평안이 거ᄒᆞ게 ᄒᆞ리오. 여ᄎᆞ지시(如此之時)의 됸공(尊公)이 그디를 위ᄒᆞ여 셜워ᄒᆞ미, 귀리망ᄉᆞ디(歸來望思臺)3068) 【20】 를 넛고ᄌᆞ ᄒᆞ나 능히 밋지 못ᄒᆞᆯ지라. 빅슈(白鬚)의 눈물이 드리워 인인(人人)의 타미(唾罵)를 브드미, 궁박곤돈(窮迫困頓)3069)ᄒᆞ미 ᄉᆞ름의 업슈이 넉이미 되지 아니랴? 이제 그디의 도리는 듕이(重耳)3070)의 망명(亡命)을 효측ᄒᆞ여 타일의 집을 보젼ᄒᆞ고, ᄉᆞ(嗣)3071)를 밧들미 가ᄒᆞ거늘, 엇지 부명(父命)을 슌(順)ᄒᆞ여 디댱(大長)3072)의 듕(重)ᄒᆞᄆᆞᆯ 쥬(主)ᄒᆞᄆᆞᆯ 폐ᄒᆞ고, 유체(遺體)를 ᄀᆞ바야이 넉여 간악ᄒᆞᆫ 쳔녀(賤女)의 요특(妖慝)ᄒᆞᆫ 계교를 맛쳐, 부모 【21】 의 싱휵(生慉)ᄒᆞ신 몸을 쳔히 넉여, 죄를 무릅써 부월(斧鉞)을 감심(甘心)ᄒᆞ여 구원(九原)3073)

3066) 신ᄉᆡᆼ(申生) : 중국 춘추전국시대 진(晉)나라 헌공(獻公)의 태자(太子). 헌공의 애첩 여희(驪姬)의 모함을 받고 변명 없이 자결했다.

3067) 여불위(呂不韋) : 진나라의 재상. 진나라의 장양왕(莊襄王)이 볼모가 되어 조(趙)나라에 있을 때, 여불위의 힘으로 귀국하여 왕위를 이었다. 이 공으로 재상이 되고 문신후(文信侯)에 봉해졌다. 학자들을 모아 『여씨춘추(呂氏春秋)』를 지었다.

3068) 귀리망사대(歸來望思臺) : 망사대(望思臺)에 돌아와 죽은 자식을 생각함. *망사대(望思臺): 한무제(漢武帝)가 강충(江充)의 무고(巫蠱) 사건에 얽혀 억울한 누명을 쓰고 자살한 여태자(戾太子)를 불쌍히 여겨 사자대(思子臺)와 함께 지은 누대(樓臺).

3069) 궁박곤돈(窮迫困頓) : 몹시 가난하고 구차하며, 아무것도 할 기력이 없을 만큼 지치고 고단함.

3070) 듕이(重耳) : 진문공(晉文公). 중국 진나라의 제24대 왕. 재위 BC 636~628년. 성은 희(姬), 휘는 중이(重耳), 시호는 문공(文公). 진 헌공의 아들로, 진나라를 떠나 19년간 전국을 유랑하였다. 유랑하는 동안 그의 인덕과 능력이 눈에 띄어 많은 명성을 얻었으며, 결국 타국의 도움을 받아 진나라에 돌아와 왕위에 올랐다. BC636년 즉위 후 죽을 때까지 집권하였으며, 각종 개혁정책과 군사활동의 성공으로 춘추오패(春秋五霸)의 한 사람으로 꼽힌다.

3071) ᄉᆞ(嗣) : 종사(宗嗣). 종가의 계통. 또는 종가의 대를 이을 종자(宗子: 맏아들) 종손(宗孫: 맏손자).

3072) 디댱(大長) : 장자(長子).

3073) 구원(九原) : 사람이 죽은 뒤에 그 혼이 가서 산다고 하는 세상. 저승·구천(九泉)·황천(黃泉) 등과 같은 말이다. 구원(九原)은 춘추 시대 진(晉)나라 경대부(卿大夫)들의 묘지가 있던 곳으로, 일반적으로 '무덤' '땅속' '저승'을 뜻한다. 『예기(禮記)』 '단궁 하(檀弓下)'에 "조문자가 숙예와 더불어 구원을 구경하였는데, 문자가 말하기를 '죽은 이들을 만약 일으켜 세울 수 있다면 나는 누구를 따라 돌아갈까.'(趙文子與叔譽觀乎九原,

의 우는 혼빅이 되어 집이 망ᄒ고, 식(嗣) 졀(絶)ᄒ여 학발편친(鶴髮偏親)을 봉양치 못ᄒ고, 됴션신위(祖先神位)를 쯧글의 구을녀 만고불효(萬古不孝) 되죄를 스스로 짓고ᄌ ᄒᄂ뇨? 그딕 잇스미 스름이 녕돈(令尊)을 공경ᄒ고, 그딕 업슨즉 돈옹이 스름의 멸딕(蔑待)를 면치 못ᄒ시리니, 엇지 아즈(俄者) 곤욕 ᄲᄂ이리오. 흑싱이 그딕를 앗겨 【22】 건지고ᄌ ᄒ미, 다만 간악ᄒ 계집을 쳐치홀 ᄯᄅ이니, 엇지 녕돈의 일시 부운(浮雲)의 ᄀ리믈 허믈ᄒ여 그딕의게 두 번 득죄ᄒ리오. 그딕 당ᄎ시ᄒ여 죽고ᄌ ᄒ미 만만 불가ᄒ니, 그딕ᄂ 세번 싱각ᄒ라."

전싱이 고요히 업딕여 어ᄉ의 졀졀ᄒ 말ᄉᆷ을 드르미 셕연(釋然) 돈오(頓悟)ᄒ여 니러 두 번 졀ᄒ고, 머리 됴ᄋ ᄀᆯ오딕,

"딕인의 금옥 ᄀᆺᄒ신 말ᄉᆷ이 쇼싱의 아득ᄒ 흉복을 【23】 널니시니 존교(尊敎)를 밧ᄌ오미 비로쇼 소싱의 편협(偏狹) 불통(不通)ᄒ믈 ᄭᆡᄃᆺᄂ이다. 소싱이 진실노 불효ᄒ여 친의를 승슌치 못ᄒ 고로, 간ᄉᄒ 스름이 스이의 용ᄉ(用事)ᄒ여 망극ᄒ 누셜(陋說)의 ᄲᅡ지오니, 근본인즉 소싱의 불민지죄(不敏之罪)여늘, 스름이 ᄡᅥ 노부의 허믈을 니르오니, 이 ᄯᅩᄒ 지원극통이 아니리잇가? 노뷔 년ᄂᆡ(年來) 노병이 ᄌᆞ됴 발ᄒ오니, 강셔 왕반(往返)이 극난ᄒ고, ᄒᆞᆯ며 만인의 시비 분운(紛紜)ᄒ미 ᄉ정(私情)의 【24】 통박ᄒ온지라. 강셔 가기를 멈츄시고 이 곳의셔 쳐결ᄒ시믈 비ᄂ이다."

어ᄉ 희동안ᄉᆨ(喜動顏色)ᄒ여 ᄀᆯ오딕,

"군의 명달(明達)홈과 지극 간졀ᄒ 성회 이러틋ᄒ니, 흑싱이 감탄ᄒ믈 니기지 못ᄒ리로다. 그러나 그딕의 쳥을 듯지 못ᄒᆷᄋ, 닉 이리 올 ᄯᆡ의 상국(相國) 딕인이 여ᄎ여ᄎ 밀교(密敎)ᄒ신지라. 닉 엇지 임의로 ᄒ리오 녕돈공이 일시 간참(奸讒)의 속으시나, 이 곳 그딕의 문운(門運)이 불힝ᄒ고 운쉬(運數) 불니 【25】 ᄒ ᄯᆡ라. 이졔 쾌히 ᄭᆡᄃᆞ르시미 텬성이 《할연∥활연(豁然)》 ᄒ시리니, 스름이 뉘 허믈이 업스리오마ᄂ 성인의 허ᄒ시미라. 돈공이 젼일을 츄회(追悔)ᄒ시미 부운(浮雲)이 거두쳐 일광이 명낭ᄒ미니, 무슴 슈참(羞慚)ᄒ미 잇ᄂ뇨? 현ᄉ(賢士)ᄂ 마음을 평안이 ᄒ고 몸을 ᄌᆞ보(自保)ᄒ여 효의(孝義)를 완젼이 홀지여다. 닉 맛당이 힘을 다ᄒ여 녕돈을 평안ᄒ시게 ᄒ리라."

전싱이 딕열(大悅) 【26】 황감(惶感)ᄒ여 빅빅 스례ᄒ더라.

어ᄉ 전싱을 위ᄒ여 고요ᄒ 집을 어더 젼가 비복으로 ᄒ여금 뫼셔 됴심ᄒ여 완호(完護)ᄒ라 ᄒ딕, 전싱이 ᄉᆞ양 왈,

"쇼싱이 비록 원민(冤悶)ᄒ미 잇시나, 강상(綱常)의 듕ᄒ 죄명이 몸의 실녀 벗지 못ᄒ여시니, 엇지 감히 평안ᄒ믈 어드리오. 죄인을 옥즁의 엄슈(嚴囚)ᄒ시고 가친(家親)을 평안이 거ᄒ게 ᄒ시믈 바라ᄂ이다."

文子曰: 死者如可作也, 吾誰與歸)"라고 하였다.

어ᄉᆡ 더옥이 ᄋᆡ즁 탄복ᄒᆞ여 쏘 젼노의 불인 【27】 무도ᄒᆞ미 아직 효ᄌᆞ를 아지 못ᄒᆞ여 어두온지라. ᄋᆡ쳡을 가도ᄆᆡ 분(憤)이 약슈의게 더을지라. 가히 젼ᄉᆡᆼ을 녀염(閭閻) ᄉᆞ이의 두어 기부의 흉ᄒᆞᆫ 슈단을 밧게 못ᄒᆞᆯ 고로, 드ᄃᆡ여 다시 당상의 좌를 일우고 옥니(獄吏)를 불너 분부ᄒᆞ여, '옥즁의 온실을 ᄀᆞᆯ히야 젼상공을 거ᄒᆞ게 ᄒᆞ고, 그 유모 일인과 가동(家僮)[3074] 냥인을 드려 뫼시게 ᄒᆞ며, ᄐᆡ슈를 향ᄒᆞ여 젼ᄉᆡᆼ의 의식과 됴병(調病)ᄒᆞᆯ 졔구(諸具)를 핍졀(乏絶) 【28】 치 아니케 ᄒᆞ라.' ᄒᆞ니, ᄐᆡ쉬 본ᄃᆡ 젼약슈를 ᄋᆡ셕ᄒᆞ던 ᄃᆡ, 어ᄉᆞ의 니러틋 관곡히ᄒᆞ믈 보와 감히 범연ᄒᆞ리오. ᄌᆞ긔 모친의 그르미 잇ᄉᆞ니 지극히 돌보와 쇽되(贖罪)코ᄌᆞ ᄒᆞ여 흔연 슈명ᄒᆞ니, 시시의 화ᄉᆡᆼ과 젼가비복의 즐겨ᄒᆞ믄 죄를 쾌히 버ᄉᆞᆫ 듯ᄒᆞ여, ᄀᆞ마니 숀울 묵거 하ᄂᆞᆯ긔 사례ᄒᆞ고, 쇼 안ᄃᆡ(按臺)[3075]의 셩덕을 감골명심(感骨銘心)ᄒᆞ더라.

젼ᄉᆡᆼ이 옥니(獄吏)로 ᄂᆞ아가고, 간녀(奸女) 념 녀(女)를 잡ᄋᆞ 와시믈 【29】 보ᄒᆞ니, 어ᄉᆡ 형벌긔구(刑罰器具)를 셩히 베풀고 '잡ᄋᆞ드리라' ᄒᆞᆫᄃᆡ, ᄉᆞ예(司隷) 일시의 응ᄃᆡᄒᆞ고 념녀를 몬져 ᄭᅳ어 드리니, 기녀(其女) ᄂᆞ히 거의 삼십이나 ᄒᆞ고, ᄌᆡ용이 미려ᄒᆞ되 면모의 살긔 은은(隱隱)ᄒᆞ여 ᄆᆡ달(妹妲)[3076]의 졍녕(精靈)이오. ᄉᆞ갈(蛇蝎)의 심장(心腸)이라. 요악ᄒᆞᆫ 모진 눈이 괴[3077] ᄀᆞᆺ고, 간특ᄒᆞᆫ 푸른 입시울이 쥐 ᄀᆞᆺᄒᆞ니, 어ᄉᆡ ᄒᆞᆫ 번 그간 악ᄒᆞᆫ 졍ᄐᆡ를 보ᄆᆡ 노발이 지관(指冠)ᄒᆞ니, ᄉᆞ예를 엄호(嚴號)ᄒᆞ여 옷슬 벗겨 올녀ᄆᆡ고, 【30】 졍셩(正聲) 슈죄(數罪)ᄒᆞ여,

"미미(微微)ᄒᆞᆫ 쳔인(賤人)으로 ᄉᆞ부가(士夫家)의 은혜를 닙어, 됴심(操心) 근신(謹愼)ᄒᆞ미 가ᄒᆞ거ᄂᆞᆯ, ᄉᆞ특(邪慝)ᄒᆞᆫ 계교로 부ᄌᆞ간을 ᄎᆞᆷ쇼(讒疏)ᄒᆞ여 ᄃᆡ변을 니르혀니, 즉ᄀᆡᆨ(卽刻)의 머리를 버힐 거시로ᄃᆡ, 타일의 져쥬어 승관(承款)[3078]을 바들지라. 아직 몬져 젹은 형벌노 간참(姦讒)ᄒᆞ던 죄를 만분지 일이나 다ᄉᆞ리노라."

ᄒᆞ고, 큰 ᄆᆡ로 고찰ᄒᆞ여 팔십 장을 치니, 념 녜 긔졀하거ᄂᆞᆯ, 물을 ᄲᅮ려 ᄭᆡ온 후,

"큰 칼을 씌워 슈됵(手足)을 잠가 깁흔 【31】 옥즁의 엄히 가도와, 외인으로 통치 못ᄒᆞ게ᄒᆞ라. 만일 도망ᄒᆞᆫ 즉 머리를 버히리라."

ᄒᆞ여, 옥졸을 맛지니 뇽경과 쇼잉을 잡ᄋᆞ드려 ᄇᆡ쥬만복(背主滿腹)[3079]ᄒᆞ믈 슈죄(數罪)ᄒᆞ여 엄형삼ᄎᆞ(嚴刑三次)ᄒᆞ여 가도니, 옥졸(獄卒)과 하리(下吏) 어ᄉᆞ의 젼ᄉᆡᆼ ᄃᆡ졉

3074)가동(家僮) : 예전에, 집안 심부름을 하는 사내아이 종을 이르던 말.
3075)안ᄃᆡ(按臺) : ①'안찰사(按察使)'의 관청(官廳). 또는 집무실. ②'안찰사'를 달리 이르는 말.
3076)ᄆᆡ달(妹妲) : 중국 하(夏)의 마지막 황제 걸(桀)의 비(妃)인 매희(妹喜)와 주(周)의 마지막 황제 주(紂)의 비(妃) 달기(妲己)를 함께 이르는 말.
3077)괴 : '고양이'를 이르는 말.
3078)승관(承款) : 죄를 자백하다.
3079)ᄇᆡ쥬만복(背主滿腹) : 주인을 배반하여 배를 채움.

ᄒᆞᄆᆞᆯ 보와, 놀나고 두려 극진이 됴심ᄒᆞ고, 넘츈ᄋᆞ와 쇼잉 농경 등을 엄히 가도아 일흘가 두려ᄒᆞ더라.

어ᄉᆞ(御史) 태슈ᄅᆞᆯ 니별ᄒᆞ고 다시 암ᄒᆡᆼ(暗行)ᄒᆞ여 무【32】창현으로 향ᄒᆞ니, 몬져 지쥬의 탐남불법(貪婪不法)을 드럿더니, 지경(地境)의 다ᄃᆞ르ᄆᆡ ᄒᆡᆼ인이 셔로 니ᄅᆞ되,

"지현이 도적을 금은을 밧고 적뉴ᄅᆞᆯ 결납(結納)ᄒᆞ여 무죄ᄒᆞᆫ 스름을 쥭이려 ᄒᆞᆫ다 ᄒᆞ니, 통히(痛駭)타"

ᄒᆞᆫ되 일인 왈,

"위상국 ᄃᆡ군(大軍)이 ᄀᆞᆺᄀᆞ이 뉴진(留陣)ᄒᆞ시거ᄂᆞᆯ, 현녕(縣令)이 감히 방ᄌᆞ무긔(放恣無忌)ᄒᆞ리오."

기인 왈,

"이런 고로 금일노 박살(搏殺)ᄒᆞ려 ᄒᆞ니, 이 긔별이 만일 상국 군듕의 간즉 졔 엇지 머리ᄅᆞᆯ 보젼(保全)ᄒᆞ리【33】오. 그러나 영웅은 속졀업시 쥭으리니, 가석가탄(可惜可嘆)이라."

ᄒᆞᄂᆞᆫ지라. 어ᄉᆞ 츠언을 드르ᄆᆡ 발연(勃然) ᄃᆡ로(大怒)ᄒᆞ여 바로 아문을 됴ᄎᆞ ᄂᆞᄋᆞ가니, 스름이 무리지어 머리ᄅᆞᆯ 모화, 혹 탄식ᄒᆞ고 혹 졀치ᄒᆞ거ᄂᆞᆯ, 어ᄉᆞ 문의 드러 스름 ᄉᆞ이의 셧겨보니, 지현(知縣)이 공청(公廳)의 놉히 안ᄌᆞ, 불냥ᄒᆞᆫ 두 눈을 구을니고, 쇼리 질너 ᄉᆞ예(司隷)ᄅᆞᆯ 엄히 ᄭᅮ지져 계하(階下)의 ᄒᆞᆫ 셔ᄉᆡᆼ을 미여 지우고, 치기ᄅᆞᆯ 직촉ᄒᆞ니 임의 듕형을 바다, 피【34】욕(皮肉)[3080]이 후란(朽爛)ᄒᆞ엿더라.

그 셔ᄉᆡᆼ이 ᄂᆞ히 이십여 셰ᄂᆞᆫ ᄒᆞ고, 용뫼 웅댱(雄壯)ᄒᆞ여 형벌의 모질ᄆᆡ 극ᄒᆞ되, 은연이 두려ᄒᆞᄆᆡ 업더라. 지현(知縣)이 '치기ᄅᆞᆯ 긋치라' ᄒᆞ고 므러 굴오되,

"네 죄악이 임의 《탈누‖탄로(綻露)》ᄒᆞ야 슘길 거시 업ᄉᆞ니, 쾌이 승관(承款)ᄒᆞ여 형벌의 괴로오믈 면ᄒᆞ라."

기인이 눈을 부릅 ᄯᅥ 굴오되,

"댱뷔 시운이 불니(不利)ᄒᆞ여 너의 흉ᄒᆞᆫ 스단(事端)의 버셔ᄂᆞ지 못ᄒᆞ나, 엇지 더러온 일홈을 어드리오. 닉【35】머리ᄂᆞᆫ 버히려니와 닉 ᄯᅳᆺ을 앗지 못ᄒᆞ리라."

지현이 ᄭᅮ짓기ᄅᆞᆯ 마지 아니ᄒᆞ고, '다시 치라!' ᄒᆞᆫ되, 기인이 경셩(正聲) 노즐(怒叱) 왈,

"무지젹ᄌᆡ(無知賊者) 도젹(盜賊)의 《회로‖회뢰(賄賂)》ᄅᆞᆯ 밧고 날을 쥭이고ᄌᆞ ᄒᆞ니, 닉 비록 쥭으나 넋이 민멸(泯滅)치 아니리니, 당당이 셩쥬(城主)긔 진쥬(進奏)ᄒᆞ여 너를 버히시게 ᄒᆞ리라."

지현(知縣)이 익노(益怒)ᄒᆞ여 왈,

"너의 간흉(奸凶)ᄒᆞᆫ 졍덕(情迹)을 닉 임의 잡앗거ᄂᆞᆯ, 감히 망언픽셜(妄言悖說)노 지

_____
3080)피육(皮肉) : 가죽과 살.

쥬(地主)를 모욕ᄒᆞ고 국작(國爵)을 공경 【36】 치 아니며, 인심을 혹(惑)게 ᄒᆞᄂᆞᆫ지라. 너의 풍화(風化)를 상힉(傷害)오고 ᄂᆞ라흘 두려 아니ᄒᆞᄂᆞᆫ 죄 독(足)히 버히미 맛당ᄒᆞ리라."

기인이 대로ᄒᆞ여 진목(瞋目) 질지(叱之) 왈,

"네 탐남(貪婪) 포학(暴虐)ᄒᆞ여 인민의 기름을 긁어 ᄌᆡ상가(宰相家)의 투입ᄒᆞ여 무창 ᄯᅡ 토쥐(土主) 되엿시나, 우리 셩쥬(城主) 일월지광(日月之光)이 만일 너희들의 정경(情景)을 빗최시고, 너의 음흉ᄒᆞᆫ 모ᄌᆞ(母子)를 친남(親覽)ᄒᆞ실진ᄃᆡ, 엇지 널노써 무창 빅셩을 맛지시리오. 네 젹도(賊徒)의 금은을 【37】 밧고, 도젹의 괴슈를 노호여3081) 날을 모라 ᄉᆞ지(死地)의 너코, 지쥬의 위엄으로 날을 협박ᄒᆞ여 쥭여 ᄉᆞ름의 입을 막으려 ᄒᆞ니, 너희 신쉬이쳐(身首異處)3082)ᄒᆞᆯ 날이 업술가 넉이ᄂᆞᆫ냐? 위승상이 황명을 밧ᄌᆞ와 너 ᄀᆞᆺᄒᆞᆫ 무리를 버히려 강셔의 뉴진(留陣)ᄒᆞ니, 네 머리{를} 군문(軍門)의 달니리라."

지현이 더옥 ᄃᆡ로(大怒)ᄒᆞ여 상(床)을 박ᄎᆞ고 녀셩ᄃᆡ즐(厲聲大叱) 왈,

"ᄉᆞ오나온 도젹이 오직 입이 잇셔 상하(上下) 존비(尊卑)를 모로고 말을 범남(汎濫)이 ᄒᆞ니, 좌우ᄂᆞᆫ 날을 위ᄒᆞ여 【38】 ᄎᆞ적(此賊)의 혀를 버히라."

기인이 완이(莞爾) 쇼왈(笑曰),

"네 녀ᄐᆡ후(呂太后)3083)의 위엄이 업고, ᄂᆡ 쳑희(戚姬)3084)의 공교ᄒᆞᆫ 참쇠(讒訴) 업ᄉᆞ니 엇지 ᄂᆞ의 혀를 버히리오."

구지 다물고 녀지 아니니 ᄂᆞ돌(羅卒)3085)이 입을 치되 동치 아니ᄒᆞ더라.

쇼어ᄉᆡ 분연이 노긔 쌍미의 니러ᄂᆞ고 냥안의 젼광이 번득이며 크게 ᄭᅮ지져 ᄀᆞᆯ오ᄃᆡ,

"셩상이 널노써 일방 ᄉᆡᆼ민을 맛지{아니}시니 됴심ᄒᆞ여 토민(土民)을 어로만져 나라 법녕(法令)을 삼갈 거시여ᄂᆞᆯ, 무죄ᄒᆞᆫ ᄉᆞ유(士儒)를 협 【39】 졔(脅制)ᄒᆞ여 쥭이고ᄌᆞ

3081)노호다 : 놓다. 놓아주다.

3082)신쉬이쳐(身首異處) : '몸과 머리가 서로 다른 곳에 있다'는 말로, 목이 베어져 죽임을 당함을 이르는 말.

3083)녀ᄐᆡ후(呂太后) : ?-BC108. 한(漢)나라 고조(高祖)의 황후 여후(呂后). 성은 여(呂). 이름은 치(雉). 중국의 대표적인 여성권력자로, 고조를 보좌하여 진말(秦末)·한초(漢初)의 국난을 수습하였으나, 고조가 죽은 뒤 실권을 장악하여, 고조의 애첩인 척부인(戚夫人)과 척부인 소생 왕자 조왕(趙王)을 죽이는 등 포악을 일삼아, 측천무후(則天武后), 서태후(西太后)와 함께 중국의 3대 악녀로 꼽힌다.

3084)쳑희(戚姬) : 중국 한고조의 후궁. 한고조의 사랑을 받아 아들 조왕(趙王)을 두었으나, 고조가 죽은 뒤, 여후(呂后)에게 조왕은 독살당하고, 그녀는 팔다리를 잘리고 눈을 뽑히는 악형을 당하고 '인간돼지(人彘)'로 학대를 받으며 측간에 갇혀 지내다 죽었다.

3085)ᄂᆞ돌(羅卒) : 『역사』 조선 시대에, 지방 관아에 속한 사령(使令)과 군뢰(軍牢)를 통틀어 이르던 말. *군뢰(軍牢): 『역사』 조선 시대에, 군대에서 죄인을 다루는 일을 맡아보던 병졸.

ᄒ니 이 엇진 도리요[뇨]?"

지현이 크게 노ᄒ여 좌우로 잡으미라 ᄒ딕, 스예 ᄂᆞ으들고ᄌᆞ ᄒ다가, 어ᄉ의 일셩(一聲) 엄호(嚴號)의 츄상(秋霜)이 늠늠ᄒ믈 겁ᄒ여 믈너ᄂᆞ거늘, 지현이 대로ᄒ여 쇼리질너 좌우를 ᄭᅮ짓더니, 홀연 무슈ᄒᆞᆫ 스룸이 돌입ᄒ며 크게 웨여, '슌무어ᄉᆞ(巡撫御史) 츌도(出道)'3086를 보(報)ᄒ고, 어ᄉᆞ(御史)의 관복(官服)을 셤기ᄂᆞᆫ지라.

ᄶᅥ의 지현이 경혼(驚魂)이 운쇼(雲霄)의 흣터지고, 일신(一身)이 뇌졍(雷霆)의 분쇄ᄒᆞᄂᆞᆫ 듯, 교위(交椅)의 나【40】려져 긔졀ᄒ니, 관니 분분(紛紛)이 쓰어 닉더라.

어시 '쳥상(廳上)의 교위를 노ᄒ라' ᄒ고 좌(座)를 일우미, 좌우를 명ᄒ여 셔싱의 믿거슬 그르고 상쳐의 약을 쥬어 붓드러 올니니, 긔인이 쳔만 의외의 어ᄉᆞ의 구ᄒ믈 어더 ᄉᆞ듕(死中)의 싱노(生路)를 드듸미라.

쾌활ᄒ미 구텬(九天)의 비등(飛騰)ᄒᆞᆯ 듯, 우러러 어ᄉᆞ를 바라 가월텬창(佳月天窓)3087의 엄슉ᄒᆞᆫ 빗치 상풍(霜風)을 ᄯᅴ엿고, 츄슈(秋水) 젼광(電光)3088의 묵묵ᄒᆞᆫ 노긔(怒氣) 어리여 관옥(冠玉)【41】면모(面貌)와 양뉴지풍(楊柳之風)이 하늘 우ᄒᆡ 신션 ᄀᆞᆺᄒ니 평싱의 보지 못ᄒᆞᆯ 비라. 놀ᄂᆞ고 항복(降服)ᄒ여 감격ᄒᆞᆷ믈 겸ᄒ니, 당의 올나 돈슈ᄌᆡ비(頓首再拜) 왈,

"쇼싱 님슈ᄂᆞᆫ ᄯᅩᄒᆞᆫ ᄉᆞ쥭(士族)이라. 됴실부모(早失父母)ᄒ고 혈혈무탁(孑孑無託)ᄒ여 타향의 구으러 의외예 쥭을 곳의 ᄲᅢ졋거늘, 안뒤(按臺) 대인의 산고희발[활]지은(山高海闊之恩)3089을 닙ᄉᆞ와, 《구확‖구학(溝壑)》의 잠긴 쇠잔ᄒᆞᆫ 목슘을 구ᄒᆞᆞ 쳥운(靑雲) 우ᄒᆡ 올니시니, 《싱셩‖평싱(平生)》 대은을 심곡(心曲) 감골(感骨)ᄒ와 분골난망(粉骨難忘)이로쇼이다."

어시【42】ᄉᆞ미를 드러 읍ᄒ고 흔연 치관(致款)ᄒ여 굴오딕,

"군의 무망익회(無望厄會) 《ᄂᆞᆫ‖로》 ᄉᆞ지(死地)의 ᄲᅢ지믈 드르니, 닉 임의 황명을 밧ᄌᆞ와 탐관오리(貪官汚吏)를 다스리미, 엇지 묵연(默然)ᄒ리오. 굿ᄒ여 군을 위하여 ᄉᆞᄉᆞ로이 ᄉᆞ례를 밧고ᄌᆞ ᄒᆞ미 아니니 칭은ᄒ기를 긋치고, ᄌᆞ셔ᄒᆞᆫ 곡졀을 듯기를 원ᄒ노라."

님싱이 어ᄉᆞ의 무르믈 됴ᄎᆞ 드듸여 근본(根本)과 시말(始末)을 고ᄒᆞᆯᄉᆡ, 원닉 님슈의

3086) 슌무어ᄉᆞ(巡撫御史) 츌도(出頭) : 슌무어ᄉᆞ 출또. 슌무어사가 지방 관아에 중요한 사건을 처리하기 위하여 좌기(坐起)를 벌이던 일. *슌무어ᄉᆞ(巡撫御史): 『역사』조선 시대에, 지방에서 변란이나 재해가 일어났을 때 두루 돌아다니며 사건을 진정하던 특사. *출또: 『역사』 조선 시대에, 암행어사가 지방 관아에 중요한 사건을 처리하기 위하여 좌기(坐起)를 벌이던 일. =어사출또.

3087) 가월텬창(佳月天窓) : 눈썹과 눈을 달리 표현한 말. *가월(佳月); 초승달처럼 아름다운 눈썹. *텬창(天窓) : '눈'을 달리 표현한 말.

3088) 젼광(電光) : 번개가 칠 때 번쩍이는 빛. =번갯불.

3089) 산고희활지은(山高海闊之恩) : 산처럼 높고 바다처럼 넓은 은혜.

증됴(曾祖)는 진느라 병부시랑으로 노픽(老悖)3090)흔【43】여 물너 고향의 도라간지 오리지 아냐 죽고, ᄌ손이 젼(傳)흐여 오디 집이 빈한(貧寒)흐고 졀강의 도적이 ᄌ로 니러느니, 님쉬 부모를 일코 의탁홀 곳이 업셔 외구(外舅)3091)를 됴츠 무창의 와 스더니, 외귀 쏘 망(亡)흐니 취쳐(娶妻)흐미 역시 고혈(孤子)흔지라.

님쉬 용뫼 쥰격(俊格)3092)흐고 긔운이 셰출 녹녹흔 인물이 아니오. 용녁이 잇스니 스스로 발쳔(發闡)흐기를 계교흐여, 위샹국 군문의 ᄂᄋ가 셴이믈 ᄇ라디, 쳐ᄌ를 의탁【44】홀 곳이 업스니, 뫼히 올나 남글 버혀 쵸막을 일우고, 조션(祖先) 신위를 봉안흐여 기쳐(其妻)를 머무르고 가고ᄌ 흐여 산즁의 가 남글 버히더니, 슈십 적한(賊漢)을 맛나니, 님슈의 녁식(力士)믈 보고 져의 당뉴를 삼고ᄌ 핍박흐거늘, 님쉬 대로(大怒)흐여 벌목(伐木)흐던 도최3093)를 ᄀ져 스오인을 죽이니, 졔적(諸賊)이 일시의 다라느고, 일기 노적(老賊)이 등걸의 걸니어 업더지니, 님싱이 잡ᄋ 치며 져쥬어3094) 무른디, 이 곳 도화산의 웅거흔 적당이라.【45】

괴슈(魁首)의 셩명은 은우이댱이니 숑님산적 괴슈 쥬통의 부히(部下)오, 쏘 그 녀셰(女壻) 니통의 죽으믈 듯고 통곡흐여 군돌을 거상(居喪)3095) 닙히고, 그윽이 원슈 갑기를 계교흐여 도망흔 산적(山賊) 여당(餘黨)을 모호고, 일변(一邊) 녀염간(閭閻間)의 불의흔 뉴를 사괴며, 용스(勇士)와 무부(武夫)를 쵸안(招安)흐더니, 무창셩외의 일기 무뢰(無賴)의 파락회(破落戶)3096) 이시니 셩명은 은우셥이니 친히 스괴여 결의흐니 우셥ᄌ는 본(本)이 동평부 쥬현 양곡 빅셩이라.

양쳐스의【46】첩 녑츈아를 스통(私通)흐여 양가의 불을 노하 양공ᄌ 남미를 히(害)흐고 츈ᄋ로 더부러 도망흐니, 구을너3097) 양양 ᄯ히 가 쥬리믈 니기지 못흐여 마을의 돌며 비더니, 동닌의 흔 셔싱이 잇스니 늦게야 일ᄌ를 어더 귀즁흐미 비길 곳 업스나, 맛춤 가ᄂᆡ(家內) 분요(紛擾)흔 일노 ᄋ히3098)를 거두지 못흐여, 쇼이 닌가(隣家) ᄋ동을 ᄯ라 먼니 가믈 씨듯지 못흐엿거늘, 우셥이 쇼ᄋ의 단졍흔 미목(眉

3090)노픽(老悖) : 노망(老妄). 늙어서 망령이 듦.
3091)외구(外舅) : 편지 따위에서, '장인'을 이르는 말.=악부(岳父).
3092)쥰격(俊格) : 풍채가 빼어나고 품위가 있음
3093)도최 : 도끼. 나무를 찍거나 패는 연장의 하나. 쐐기 모양의 큰 쇠 날의 머리 부분에 구멍을 뚫어 단단한 나무 자루를 박아 만든다
3094)져쥬다 : 형문(刑問)하다. 신문(訊問)하다. 법원이나 기타 국가 기관이 어떤 사건에 관하여 증인, 당사자, 피고인 등에게 말로 물어 조사하다.
3095)거상(居喪) : ①상중(喪中)에 있음. ②'상복(喪服)'을 속되게 이르는 말.
3096)파락호(破落戶) : 재산이나 세력이 있는 집안의 자손으로서 집안의 재산을 몽땅 털어먹는 난봉꾼을 이르는 말.
3097)구을다 : 구르다. 바퀴처럼 돌면서 옮겨 가다.
3098)아히 : 아이. 나이가 어린 사람. 늑아자(兒子).

目)3099)의 겸(兼)ᄒ여 그 옷시 능스(綾紗)로 【47】 닙히고 쥬옥(珠玉)으로 얽어시
믈 보고, 욕심을 너여 다리여 과실을 스쥬고 업어, 인(囚)ᄒ여 먼니 다라나 ᄇᆡ 타고
강을 건너더니, 션듕(船中)의 부상대괴(富商大賈)3100) ᄌᆞ식이 업슨 고로, ᄋ희를 ᄑᆞ
라 갑슬 취흔 후 당소의 니르러, 젼슉의 집의 가음열고 미쳡(美妾)을 구ᄒ믈 듯고 셔
로 의논ᄒ여 거즛 남미로라 ᄒ고 츈ᄋᆞ를 ᄑᆞ니, 젼슉이 대열(大悅)ᄒ여 슈빅금(
金)3101) 은ᄌᆞ를 쥬는지라. 바다3102) 무창성 외(外)의셔 살며 당소의 가 츈ᄋᆞ를 ᄉᆞ통
ᄒ며 식물(食物)을 【48】 징식(徵索)ᄒ더니, 젼싱 약쉬 우셥의 상뫼(相貌) 불길(不吉)
ᄒ믈 아쳐ᄒ여3103) 그 듸인기 고ᄒ고, 냥미와 은젼을 후히 쥬고 다시 오지 못ᄒ게 막
으니, 우셥과 츈이 한(恨)ᄒ여 ᄌᆞ최를 ᄀᆞ마니 ᄒ여 후당의 슘어 츈ᄋᆞ로 고졍(故情)을
니으니, ᄌᆞ식을 비여 ᄋ들을 나흐니 젼모는 ᄌᆞ긔 골육(骨肉)인가 긔특(奇特) 귀듕(貴
重)ᄒ미 약슈의 우히라.

　츈이 그 부ᄌᆞ를 니간(離間)ᄒ고, 화시(和詩)3104)를 ᄂᆞ리와 ᄀᆞ도ᄆᆡ, 듕권(重權)3105)
을 쳔ᄌᆞ(擅恣)ᄒ니, 직물을 ᄀᆞ마니 날나 우셥을 쥬어 무【49】창으로 보ᄂᆡ고, 약슈를
히흔 후 젼노(老)3106)를 죽이고 모드믈 계교(計巧)ᄒ니, 우셥으로 ᄒ여금 칼을 번득
여 젼노를 놀ᄂᆡ고, 글을 짐즛 ᄉᆞ믹 속의 너허 츈이 아스ᄆᆡ, 젼싱(生)3107)의 죄를 더은
후 후당의 슘엇더니, 약슈의 부뷔 젼노의 흉흔 슈단의 혼졀(昏絶)ᄒ여 관부(官府)로
간 후, 모든 노복이 통곡ᄒ고 조츠니 가ᄂᆡ 공허흔지라.

　집안 직보를 다 거두어 도젹ᄒ고 ᄉᆞ긔(事機)를 보더니, 의외에 태쉬 젼싱을 앗겨 슈
이 【50】 죽이지 아니ᄒ니, 그윽흔 길을 ᄎᆞᄌᆞ, 태부인긔 쳔금을 《압ᄂᆡ‖납뇌(納
賂)》ᄒ고 젼싱 죽이믈 죄오다가, 텬도(天道)의 쇼쇼(昭昭)ᄒ믈 면치 못ᄒ여, 어시 츈
ᄋᆞ를 잡ᄋᆞ가니 ᄌᆞ최를 슘겨 아문 밧긔 와 듯보ᄆᆡ, 어시 츈ᄋᆞ를 엄슈(嚴囚)ᄒ고 다시
츌ᄒᆡᆼ(出行)타 ᄒᆞᆫ지라.

　급급히 무창으로 도라와 직물을 도화산 젹괴(賊魁) 우녀장의게 밧치고 군병을 어더
당소 옥(玉)을 씌치고 넘녀(女)를 앗고져 흘 시, 젹도(賊徒) 슈빅이 혹 당소의 밉시

3099)미목(眉目) : 얼굴 모습을 이르는 말. 눈썹과 눈이 얼굴 모습을 좌우한다고 하여 이
　　르는 말이다.
3100)부상대괴(富商大賈) : 많은 밑천을 가지고 대규모로 장사를 하는 상인.
3101)-금(金) : 「접사」 '돈'의 뜻을 더하는 접미사.
3102)바다 : 받아. *받다 : 다른 사람이 주거나 보내오는 물건 따위를 가지다.
3103)아쳐ᄒ다 : 싫어하다. 안타깝게 여기다.
3104)화시(和詩) : 남의 시에 화답(和答)한 시. ≒화운시(和韻詩)
3105)듕권(重權) : 중요한 권력.
3106)-노(老) : 성(姓)를 나타내는 명사 뒤에 붙어, '비천한 늙은이'라는 뜻을 더하는 접
　　미사.
3107)-싱(生) : 성(姓)을 나타내는 명사 뒤에 붙어, '젊은 사람'의 뜻을 더하는 접미사.

【51】도 ᄒᆞ고, 혹 녑ᄌᆞ(獵者)3108)의 거동으로 우셥의 집의 머므러, 날마다 댱ᄉᆞ로 가려ᄒᆞ미, 슈십 도적이 뫼히 가 산녕3109)ᄒᆞ다가 님싱을 맛ᄂᆞ니, 싱의 풍치 늠연(凜然)ᄒᆞ고 힘이 셰ᄎᆞ 큰 남글 용히이 버히믈 보와, 이 ᄀᆞᆺᄒᆞᆫ 스름을 만히 다리고 져혀 당뉴(黨類)를 삼앗ᄂᆞᆫ고로 님싱을 마ᄌᆞ 동뉴(同類)의 너코ᄌᆞ ᄒᆞ다가, 님싱의 노를 맛나 죽으며 도망ᄒᆞ니, 님슈 적의 복쵸(服招)를 밧고 관부의 고ᄒᆞᆫ지라.

지현(知縣) 김신은 탐지호ᄉᆡᆨ(貪財好色)ᄒᆞᄂᆞᆫ 【52】무리라. 인민이 산난(散亂)ᄒᆞ여 도화산 젹당의 투입ᄒᆞ니 만ᄒᆞ니, 강기(慷慨) 분앙(憤怏)ᄒᆞ여 ᄇᆡᆨ셩이 기름 가마의 든 듯ᄒᆞ더라.

김신이 젹을 져쥬어3110) 뭇고 아직 가도와 명일 쳐치ᄒᆞ려 ᄒᆞ더니, 도망ᄒᆞᆫ 도적이 급히 우셥의게 통ᄒᆞᆫᄃᆡ, 셥이 경황ᄒᆞ여 ᄲᆡ은 삼쳔냥을 ᄡᅥ 김신의게 회뢰(賄賂)ᄒᆞ니, 신이 대희ᄒᆞ여 명일 거즛 우셥을 잡ᄋᆞ 무른ᄃᆡ, 셥이 고왈,

"작일 님슈 젹으로 더브러 슈풀 밋ᄐᆡ셔 【53】말ᄒᆞ여 도화산의 항복기를 니르미, 쇼인이 분노ᄒᆞ여 잡ᄋᆞ 관부의 밧치고ᄌᆞ ᄒᆞ오니, 님슈 쇼인을 치고 젹으로 더브러 ᄃᆞ라ᄂᆞ니, 쇼인 님슈의게 듕히 마ᄌᆞ 움죽이지 못ᄒᆞ엿더니, 제 스스로 겁(怯)ᄒᆞ여 거즛 젹한을 ᄭᅮ져 고ᄒᆞ니, 이 과연 젹반하장(賊反荷杖)3111)이로쇼이다."

지현이 잡힌 도적을 올녀 우셥의 말노ᄡᅥ 니르고 무른ᄃᆡ,

"젹되(賊徒) 임의 지현의 ᄠᅳᆺ을 알고 눈을 ᄭᆞᆷ덕여3112) ᄭᅬ를 누통(漏通)ᄒᆞᄂᆞᆫ 긔ᄉᆡᆨ을 보미, 믄득 【54】슬피 고ᄒᆞᄃᆡ,

"쇼인은 빈궁ᄒᆞᆫ ᄇᆡᆨ셩이라. 작일 님슈 다리여 ᄭᅮ로ᄃᆡ, '니 과연 여ᄎᆞ여ᄎᆞᄒᆞᆫ 일노 도화산 우장군으로 교계(交契) 깁더니, 그 평부(平否)를 뭇다가 우셥의 드르미 되어, 날을 잡ᄋᆞ 현돈(縣尊)3113)긔 고ᄒᆞ려 ᄒᆞ니, 브득이 우셥을 치고 도망ᄒᆞ여시나, 우젹(賊)의 입을 막지 못ᄒᆞ리니, 네 여ᄎᆞ여ᄎᆞᄒᆞ면 ᄇᆡᆨ냥 은ᄌᆞ를 쥬리라' ᄒᆞᄂᆞᆫ 고로 지믈을 귀히 넉여 그 니르믈 됴ᄎᆞᄂᆞ이다."

ᄒᆞᄂᆞᆫ지라.

지현이 대로ᄒᆞ여 님슈를 올녀미 【55】고 듕히 치며 무르니, 님싱이 분ᄋᆡ(憤哀)ᄒᆞ여

3108)녑ᄌᆞ(獵者) : 사냥꾼, 사냥하는 사람. 또는 사냥을 직업으로 하는 사람.늑수인(狩人), 엽인(獵人).

3109)산녕 : 사냥. 총이나 활 또는 길들인 매나 올가미 따위로 산이나 들의 짐승을 잡는 일. 늑수렵(狩獵), 엽취(獵取), 전렵(田獵).

3110)져쥬다 : 형문(刑問)하다. 신문(訊問)하다. 법원이나 기타 국가 기관이 어떤 사건에 관하여 증인, 당사자, 피고인 등에게 말로 물어 조사하다.

3111)젹반하장(賊反荷杖) : 도둑이 도리어 매를 든다는 뜻으로, 잘못한 사람이 아무 잘못도 없는 사람을 나무람을 이르는 말.

3112)ᄭᆞᆷ덕이다 : 끔적이다. 큰 눈이 슬쩍 감겼다 뜨였다 하다. 또는 그렇게 되게 하다.

3113)현돈(縣尊) : '지현(知縣)'을 높여 이르는 말.

어즈러이 변빅(辨白)지 아니코, 다만 닐오듸,

"텬기[지]신지(天知神知)ᄒ고 아지즈지(我知子知)ᄒ니'3114) 현녕(縣令)이 스스로 싱각ᄒ여 보라. 뉘 그른 죄 잇ᄂ뇨?"

ᄒ니, 구연(懼然)ᄒ여 ᄂ리와 가도고 큰 칼 씌워 옥니(獄吏)를 엄호(嚴號) 왈,

"츄적을 등한이 다스리지 못ᄒ리니 도화산을 치고 강적을 잡으 듸면(對面) 질정(質正)ᄒ리라."

ᄒ고, 야반(夜半)의 옥졸(獄卒)을 명ᄒ여, 'ᄀ마니 질너 죽이라.' ᄒ엿더니, 옥졸이 칼을 들고 범코ᄌ ᄒ다가, 님【56】싱이 칼머리로 쳐 것구르치고 그 가슴을 드듸고 무른듸, 실노써 고ᄒ여 지현의 식이믈3115) 알왼듸, 정식 절척(切責)ᄒ여 노혼지라.

지현이 알고 홀일 업셔 금일 닉 박살ᄒ여 입을 막고 ᄌ쵀를 업시코ᄌ ᄒ니, 님싱이 강근지친(強近之親)3116)이 업스니 뉘 위ᄒ여 원억(冤抑)을 부르리오3117). 스룸이 혹 강개(慷慨)ᄒ며 분연(憤然)ᄒ나 김신이 졔게 뮈이 구ᄂ ᄌᄂ 다른 일노 얽어 죽이니, 뉘 남을 위ᄒ여 스지(死地)의 들고ᄌ ᄒ리오. 속졀업시 일만【57】 민 우리 댱긔(壯氣)를 진(盡)홀 ᄯ름이라.

쇼어시 님싱의 고ᄒᄂ 말을 셰셰이 드르믹 크게 노ᄒ여 군병을 됴발(調發)3118)ᄒ여, 우셥의 집을 ᄊ고 일가 노유(老幼)의 적당(賊黨)을 아오로 잡으오라 ᄒ고, 일변 지현의 문젹(文蹟)을 슈탐(搜探)ᄒ고 스스고(私私庫)를 뒤여, 우셥의 밧친 글과 은ᄌ를 《잡으‖ᄎᄉ3119)》오니, 그 밧 불의로 빅성의 기름을 긁어 아슨 직물이 부지기쉬(不知其數)라.

어시 일일이 물건을 치부(置簿)3120)ᄒ여 고즁(庫中)의 넛코, 문젹(文蹟)3121)을 거

3114)텬지신지(天知神知) 아지자지(我知子知) : '하늘이 알고 신이 알고, 내가 알고 자네가 안다'는 말로, 『후한서 권54 양진열전(後漢書 卷54 楊震列傳)』에 나오는 말이다. 곧, 후한 때의 학자 양진(楊震)이 동래 태수(東萊太守)로 부임하던 도중, 창읍(昌邑)에 이르렀을 때, 앞서 양진에게서 무재(茂才)로 천거를 받았던 창읍 영(昌邑令) 왕밀(王密)이 밤중에 양진을 찾아가서 황금 10근을 바치자, 양진이 말하기를 "그대의 친구인 나는 그대를 아는데, 그대가 나를 알지 못하는 것은 무슨 까닭인가?[故人知君 君不知故人 何也]" 하니, 왕밀이 말하기를 "밤이라 아무도 알 자가 없습니다." 하므로, 양진이 말하기를 "하늘이 알고 귀신이 알고 내가 알고 자네가 아는데, 어찌 알 자가 없다고 하는가?[天知神知我知子知 何謂無知]" 하고 황금을 물리쳤다는 기록에서 온 말이다

3115)식이다 : 시키다. 어떤 일이나 행동을 하게 하다.

3116)강근지친(強近之親) : 도움을 줄 만한 아주 가까운 친척.≒강근지족(強近之族).

3117)부르다 : 소리 내어 외치다. ≒부르짖다.

3118)됴발(調發) : 군사로 쓸 사람을 강제로 뽑아 모음.

3119)ᄎᄉ다 : 찾다. 현재 주변에 없는 것을 얻거나 사람을 만나려고 여기저기를 뒤지거나 살피다. 또는 그것을 얻거나 그 사람을 만나다.

3120)치부(置簿) : 금전이나 물건 따위가 들어오고 나감을 기록함. 또는 그런 장부.

3121)문젹(文蹟) : 나중에 자세하게 참고하거나 검토할 문서와 장부.=문부(文簿).

두어 원슈 디하(臺下)의 알외려 【58】 하니, 원닉 이 김신즈는 졀도스 김황의 댱지니, 제 으오 민이 녀쇠을 탐하다가 위공즈 웅창의게 즁히 맛고, 인(因)하여 졀역(絶域)의 귀향가고3122) 불인무도(不仁無道) 퓌려하식(悖戾好色)하는 무리 금빅(金帛)을 드리고, 무창 현녕이 날노 지물을 모화 위엄(威嚴)으로 스름을 관속(關束)하니, 빅셩이 탕화(湯火) 즁(中) 금에(金魚) 되어 하로 견디기를 히 곳치 하더니, 이날 어스의 엄슉한 호령을 당하여 망극혼도(罔極昏倒)하야 쥐 숨듯 드라나, 느즌 집의 업듸여 フ마 【59】 니 드르니, 어시 져의 낭탁(囊橐)을 슈검(搜檢)하여 문셔등물(文書等物)을 다 잡다 하니, 경황쵸됴(驚惶焦燥)하여 가슴을 치고 우더니, 이쳡(愛妾)이 헌칙(獻策)하믈 됴츠 심복가동(心腹家童)을 도화산의 보닉여 우녀댱의게 글노써 익결하여, '금야의 어스를 죽인 즉 가산(家産)을 진탕(盡蕩)하여 보은하리라' 하고, '만일 《쇼으‖쇼어스》를 머므룰진뒤 산치(山寨)의 큰 홰(禍) 밋츠리라' 하니, 유적(流賊)이 져의 일지(一支)3123) 임의 잡히믈 듯고 대경하여 댱슈(將帥)를 쌘고 군병을 굴히여 일쳔군으로 【60】 무창 고을을 싸고, 쇼어스를 버혀오며, 옥을 씨치고 우셥 등과 져희 동당(同黨)을 아스라 하니, 쇼어시 불의무심즁(不意無心中) 젹변을 엇지 졔방하고?

어시(於時)의 소어시 우셥 등 모든 젹당(賊黨)을 잡으오믈 보고, 날이 져믄 고로 명하여 '가도라' 하고, 님셩을 디하여 말슴 홀식, 슐노써 위로하고 약을 쥬어 구호하더니, 원닉 위공이 츌스할 적 마다 여러 가지 약뉴(藥類)를 곳쵸와 군즁의 보닉는지라. 군병댱슈[슈](軍兵將帥)의 니르히 혹 살을 【61】 마즈며 창검의 상한 지 이신즉, 가(可)한 약을 유병즈(有病者)를 쥬어 하리게 하니, 이런 고로 상국이 츌졍하미 일즉 스돌이 스상(死傷)하니 업더니, 어시 발힝시의 각식 약을 곳쵸와 쥬어 보닉므로 젼싱을 구하고 또 님슈를 쥬니, 이 약을 붓친 즉 아모 듕한 상쳐도 알픈 거시 업셔 즉시 눗고 완합(完合)기를 슈이 하더라.

님셩이 머리를 두다려 쳡쳡(疊疊)한 디은을 국골(刻骨) 감심(感心)하니 어시 숀스(遜辭) 왈,

"나의 그디를 구하믄 상국(相國) 디인(大人) 명 【62】 을 밧즈온 빈라. 우리 상국 합하(閣下) 어진 덕이 쵸목 곤츙의 밋츠시고, 신명통쳘(神明通徹)이 닉두(來頭)를 목젼(目前) 곳치 보시니, 우흐로 텬문(天文)을 통하시고 아릭로 지리(地理)를 술펴 시무(時務)와 셰스(世事)를 붉히 아르시니, 닉 봉명(奉命)하여 암힝(暗行)홀식, 혜으려 글

3122) 귀향가다 : 귀양가다. 귀양살이를 하러 귀양지로 떠나다. *귀양: 『역사』 고려·조선 시대에, 죄인을 먼 시골이나 섬으로 보내어 일정한 기간 동안 제한된 곳에서만 살게 하던 형벌. 초기에는 방축향리(放逐鄕里: 벼슬을 삭탈하고 제 고향으로 내쫓던 형벌)의 뜻으로 쓰다가 후세에 와서는 도배(徒配), 유배(流配), 정배(定配)의 뜻으로 쓰게 되었다. *귀양살이: 귀양의 형벌을 받고 정해진 곳에서 부자유스럽게 지내는 생활.
3123) 일지(一支) : 한 가닥이나 한 부분. 늑일부(一部).

오스딘,

"댱스의 효진 잇서 셩명이 위급홀 거시니, 모일의 밋처 남녁 촌낙의 쥬인ᄒ여시면 거의 알거시오, 무창의 의시(義士) 잇서 불의지환(不意之患)을 당ᄒ리니, 모일(某日)의 아문(衙門)의 ᄂᆞᄋᆞ간즉 구【63】활(救活)ᄒ리라.' ᄒ시니, 이런 고로 니르시ᄂᆞᆫ 명을 밧드러, 과연 《댱ᄌᆢ댱스》의○[셔] 여츳여츳 전약슈를 구ᄒ고, 이곳의 와 그듸를 맛ᄂᆞ니, 만일 지교(指敎)ᄒ미 업슬진듸 엇지 공교히 ᄶᆞ를 일치 아니ᄒ고 구ᄒ리오. 그듸를 구제(救濟)ᄒ미 나의 능ᄒ미 아니니, 칭스치 말지어다."

님쉬 더옥 경황(驚惶) 감스(感謝)ᄒ여 탄복ᄒ미 심혈을 거후룰ᄉᆞ 고ᄒ여 갈오듸,

"쇼싱이 집을 일우고, 쳐즈를 안둔(安屯)ᄒᆫ 후 강셔로 가 상국 듸하(臺下)의 현알(見謁)ᄒ와 말돌(末卒)의 츙【64】슈(充數)코즈 ᄒ옵더니, 상국 합하의 몬져 구활ᄒ시믈 닙스오니, 누의3124) ○○[ᄀᆞᄐᆞ] 미신이 무스3125) 일노써 듸은(大恩)을 보답ᄒ리잇고? 당당이 몰신(歿身)토록 상국 노야와 안듸 대인을 뫼셔 쳔흔 졍셩을 다ᄒ리이다. 이제 폐쳬(弊妻)3126) 외로이 이 ᄶᆞ히 머무지 못ᄒ오리니, 셔로 넛그러 대인 슈릐3127)를 도츠려 ᄒ오듸, 목젼(目前)의 현녕(縣令)의 독쉬(毒手) 밋지 아니믈 긔필(期必)치 못ᄒ오니, 보젼(保全)ᄒ기를 ᄇᆞ라지 못ᄒ리로쇼이다."

어시 씨드라 '아역(衙役)3128)으로 ᄒ여【65】금 님싱의 집을 둘너 슌쵸(巡哨)3129)ᄒ라.' ᄒ엿더니, 과연 김신이 분을 니긔지 못ᄒ여 가동(家童) 슈오 인을 보늬여 '님슈의 쳐 노시를 잡ᄋᆞ 죽이라.' ᄒ니, 야간의 돌입ᄒ다가 슌쵸군의게 잡히미 되니라.

김신이 도화산의 고급(告急)ᄒ고 셔셔 기ᄃᆞ려 회보(回報)를 듯고 듸희(大喜)ᄒ여 몸쇼 말을 모라 마됴 가 젹군(賊軍)을 맛나, 흔가지로 어스의 머므ᄂᆞᆫ 긱당(客堂)의 다드라, 쳔여 명 군스와 슈십 댱식 도창검극(刀槍劍戟)3130)을 가지고 말을 함믜(銜枚)3131)ᄒ여 긱당(客堂) ᄉᆞ면(四面)【66】을 에워, 일시의 납함(吶喊)3132) 츄살(追殺)3133)홀ᄉᆞ, 직슉(直宿) 하리(下吏) 창황이 도망ᄒ다가 죽은 지 만코 겁(怯)ᄒ여 슘으니, 일인도 듸젹(對敵)ᄒ리 업ᄂᆞᆫ지라.

3124) 누의 : 누에. 곤충. 누에나방의 애벌레.
3125) 무스 : 무슨. 사물을 특별히 정하여 지목하지 않고 이를 때 쓰는 말.
3126) 폐쳬(弊妻) ; 말하는 이가 자기 아내를 낮추어 이르는 말.
3127) 슈릐 : 수레. 바퀴를 달아서 굴러가게 만든 기구. 사람이 타거나 짐을 싣는다.
3128) 아역(衙役) : 『역사』 수령이 지방 관아에서 사사롭게 부리던 사내종.=아노(衙奴).
3129) 슌쵸(巡哨) : 돌아다니면서 적의 사정이나 정세를 살핌.
3130) 도창검극(刀槍劍戟) : 칼과 창 따위의 각종 병기.
3131) 함믜(銜枚) : 군사가 행진할 때에 떠들지 못하도록 군졸들의 입에 나무 막대기를 물리던 일.
3132) 납함(吶喊) : 적진을 향하여 돌진할 때 군사가 일제히 고함을 지름.
3133) 츄살(追殺) : 뒤쫓아 가서 죽이다.

적댱(賊將)이 바로 난간을 박츠고 쮜여 올나 방문을 열치고 돌입ᄒ니, 어시의 쇼어시 님싱으로 말ᄉᆷᄒ여 밤이 진ᄒ믈 ᄭᆡᆺ둣지 못ᄒ더니, 홀연 고함쇼리 ᄯᅡᆯ흘 움죽이고 뫼흘 것구로 치ᄂᆞᆫ 듯ᄒ니, 어ᄉᆞ와 님싱이 대경ᄒ여 각각 칼을 들고 웅연(雄然) 위좌(危坐)ᄒ니 좌우 시호(侍護)ᄒ던 하리ᄂᆞᆫ 【67】 경황실식(驚惶失色)ᄒ니, 어느 담큰 지 적을 막으리오. 불과 슈십인이 큰 도덕을 ○○[어이] 막으리오,

흉적(凶賊)이 몬져 문을 녈치고 들고져 ᄒ다가, 어ᄉᆞ의 위의 늠늠(凜凜)이 동텬한월(冬天寒月) ᄀᆞᆺᄒ니, 쥬져ᄒ여 드지 못ᄒᆞᆯ ᄉᆞ이의, 님싱이 분연이 칼을 둘너 머리를 버힌지라.

남은 지 니어 오르다가 당젼주(當前者)3134)의 죽으믈 보고, ᄃᆡ로(大怒)ᄒ여 일시의 궁시(弓矢)로 쏘며 창검을 번득여 ᄂᆞ으니, 쇼어시 칼을 가져 오ᄂᆞᆫ 주를 막고, 정셩ᄃᆡ즐 왈

"무지흉적(無知凶賊) 【68】 이 법률을 아지 못ᄒ고 봉명슌무ᄉᆞ(奉命巡撫使)를 히코즈ᄒ니, 너희 동당(同黨)을 아오로 진멸(盡滅)ᄒ믈 두리지 아닛ᄂᆞ냐?"

적이 ᄯᅩᄒᆞᆫ 고셩ᄃᆡ규(高聲大叫) 왈,

"아등이 ᄉᆞ오나온 관원과 모진 아젼(衙前)의 보치믈 견ᄃᆡ지 못ᄒ여 ᄉᆞ즁구싱(死中求生)3135)으로 산치의 머믈거늘 됴정이 초안(招安)ᄒ여 위로치 아니코 살뉵(殺戮)을 일ᄉᆞᆷ으니, 임의 도쾌(刀几)3136)의 오른 고기라. 무ᄉᆞᆫ 더을 거시 이시리오. 너를 버혀 분을 풀고 타국으로 다라나미 뉘 감히 잡으리오."

인(因)ᄒ여 졈졈 에 【69】 워 ᄡᅡ ᄂᆞ으니, 님싱이 비록 용녁이 잇ᄉᆞ나 몸이 상ᄒ여 힘을 다 ᄒ지 못ᄒ니, 어시 비록 위풍이 엄엄(嚴嚴)ᄒ나 안마(鞍馬)를 ᄀᆞᆺ쵸미 업고 갑쥬(甲胄)를 장속(裝束)지 아냐시니, 불의창돌(不意倉卒)3137)의 변을 당ᄒ여, 다만 냥인이 엇지 쳔여 명 도적을 당ᄒ리오.

졍(正)히 위급ᄒᆞᆯ 즈음의 믄득 적이 크게 쇼리치고 ᄉᆞ면으로 허여지니, 적댱(賊將)이 ᄯᅩᄒᆞᆫ 경황(驚惶)이 퇴(退)ᄒ여 ᄃᆞᆺᄂᆞᆫ지라.

어시 괴이히 녀겨 문을 열고 보건ᄃᆡ 일원(一員) 대 【70】 댱(大將)이 쌍검(雙劍)을 츔츄고 쳥춍마(靑驄馬)3138)를 달니니, 칼빗춘 번기를 일위고 달니ᄂᆞᆫ 말은 무지기를 둘넛ᄂᆞᆫ 듯, 적의 머리와 허리 분분이 ᄯᅥ러지니, 적이 ᄉᆞ산분쥬(四散奔走)ᄒᆞᄂᆞ

3134)당젼자(當前者) : 앞에 있는 자.
3135)ᄉᆞ즁구싱(死中求生) : 죽을 수밖에 없는 처지에서 한 가닥 살길을 찾음. =사중구활(死中求活).
3136)도쾌(刀几) : 도마. 칼로 음식의 재료를 썰거나 다질 때에 밑에 받치는 것. 두꺼운 나무토막이나 널조각 따위로 만든다.
3137)불의창돌(不意倉卒) : 미처 생각할 겨를도 어찌할 사이도 없이 매우 급작스러움.
3138)쳥춍마(靑驄馬) : 갈기와 꼬리가 파르스름한 흰 말. 총이말이라고도 함.

지라. 그 되댱이 일변(一邊) 군병(軍兵)을 지휘ᄒ여 도망ᄒᄂ 뉴를 잡으 결박ᄒ고, 친히 ᄶᄅ 버히니, 그 날늬미 별이 흐르고 번기 지나침 굿ᄒᆫ지라.

어ᄉᄂ 임의 신댱군이믈 헤으려 깃브믈 니긔지 못ᄒ고, 님싱과 모든 하리ᄂ 텬신이 강님(降臨)ᄒᆫ【71】 민가 ᄒ더니, 이윽ᄒ여 젹당(賊黨) 슈빅을 싱금(生擒)ᄒ고 죽은 즈ᄂ 불가승쉬(不可勝數)라.

편시(片時)3139)의 평정ᄒ니 칼을 갑풀의 솟고 비로소 당의 올나 어ᄉ를 향ᄒ여 녜(禮)ᄒ니, 어싀 우음을 ᄯ의여 답녜ᄒ고 ᄉ례ᄒ여 굴오딕,

"댱군이 엇지 존가(尊駕)를 굴ᄒ여 싱의 위급ᄒᆫ 잔명을 구ᄒ시ᄂ잇가?"

신 댱군이 되왈(對曰),

"원슈 노애 어ᄉ를 보ᄂ신 후 념녀ᄒᄉ 소댱을 ᄶᄅ 보ᄂ려 ᄒ시되, 소댱이 핑녀 ᄉ이의 셥도젹의 슙은【72】 곳이 만흐니, 화성양으로 더브러 각각 맛타 다ᄉ리믹. 일지 천연(遷延)ᄒ여 슈쇄(收刷)ᄒ미3140) 더딘지라. 원쉬 명ᄒ여, '어싀 금일 위틱ᄒ미 이시리니 ᄲᆯ니 가 구ᄒ라.' ᄒ실식, 질치(疾馳)ᄒ여 니르되, 군병의 거름이 능치 못ᄒ여 하마 ᄶᆡ를 일흘 번 ᄒ니, 이 곳 쇼댱의 불능ᄒᆫ 죄로소이다."

어싀 ᄉ례 왈,

"댱군이 비록 상국되인 명을 바드시미나, 쥬·야 겸ᄒᆡᆼ(兼行)ᄒ여 소싱의 위틱ᄒ믈 벗기시니, 큰 은혜 젼·후의 ᄒᆫ【73】 가지라. 무어ᄉ로 능히 보답ᄒ리잇고?"

ᄒ니, 원ᄂᆡ 쇼어싀 셕일 신공이 즈긔 부친 녕구(靈柩)를 됴심ᄒ여 뫼셔 극진이 공경ᄒ믈 감격ᄒ여, 평일의 공경ᄒ고 되졉ᄒ믈 은인으로 ᄒ던지라. 금일의 상국 명을 인ᄒ여 미쳐 와 구ᄒ믈 더옥 감ᄉᄒ니, 친히 잔을 드러 권ᄒᆫ되, 신공이 년망(連忙)이3141) 불감(不堪)ᄒ믈 ᄉᄉ(謝辭)ᄒ고 바드민, 니러 졀ᄒ여 답ᄉ(答謝)ᄒ니, 녜모(禮貌)의 빈빈(彬彬)ᄒ미 가히 보암즉 ᄒ더라.

어싀 님싱을 불너【74】 댱군긔 뵈고 시둉(始終)을 다 베푸니, 댱군이 님슈의 긔골이 웅댱ᄒ고 풍치 늠연(凜然)ᄒ믈 아름다이 넉이고, 님싱은 신공의 위풍(威風)이 동인(動人)3142)ᄒ며 긔상이 발월(發越)ᄒ믈 탄복ᄒ더라.【75】

3139)편시(片時) : 짧은 시간. =잠시
3140)슈쇄(收刷)ᄒ다 : 흩어진 재산이나 물건을 거두어 정돈하다. =수습(收拾)하다.
3141)연망(連忙)이 : 바삐. 급히.
3142)동인(動人) : 사람의 마음을 움직임.

화산션계록 권지사십이

츠셜 님싱이 신공의 위풍을 탄복ᄒ여 지빈ᄒ고 우러러 고왈,

"쇼싱이 놉흔 일홈을 우레 ᄀᆞᆺ치 드럿더니, 금일 하힝(何幸)으로 돈안(尊顔)의 앙비(仰拜)ᄒ오니 평싱이 헛되지 아닌지라. 원컨ᄃᆡ 치를 잡ᄋ 셤겨 동신토록 ᄶᅥᄂᆞ지 마라지이다."

신공이 그 손을 잡고 ᄉᆞ랑ᄒᄆᆡ 젼일의 아던 바 ᄀᆞᆺᄒ여, 흔연이 말슴ᄒ여 셔로 근파(根派)를 니르ᄆᆡ, 믄득 골육이 셔로 맛난지라. 님슈는 곳 【1】 댱군의 모부인 님시의 친질이니, 피ᄎᆞ(彼此) 경회ᄒ여 ᄭᅮᆷ인가 의심ᄒ니, 신공의 깃거ᄒᄆᆡ 동포(同胞) 쇼뎨(小弟)를 ᄌᆡ싱(再生) 부합(復合)3143)ᄒᆫ 듯, 손을 어루만져 깃브ᄆᆡ 극ᄒᄆᆡ 감회ᄒᄆᆡ ᄇᆞ라ᄂᆞ고3144) 님싱의 흔열쾌락ᄒᆞᆷ믄 죽은 부형을 다시 본 듯, 혈혈(孑孑)ᄒᆫ 일신이 고고(孤孤)ᄒ여 의탁이 업다가, 쇼 어ᄉᆞ(御史)의 고휼(顧恤) 권이(眷愛)ᄒᆞᆷ믈 혈심감골(血心感骨)ᄒ더니, 쳔만몽상지외(千萬夢想之外)3145)의 잇ᄂᆞᆫ 줄도 모로던 표형(表兄)을 맛나 슉뫼 ᄌᆡ당(在堂)ᄒ시믈 드르니 환희 【2】 ᄒᆞᆷ믈 어ᄃᆡ 비ᄒ리오.

쇼어ᄉᆞ ᄯᅩᄒᆞᆫ 깃거 연셕(宴席)을 여러 지친(至親) 상봉ᄒᆞᆷ믈 하례ᄒ니, 신공이 졀ᄒ여 어ᄉᆞ의 님슈 구활ᄒᆞᆷ믈 칭샤ᄒ고, 님싱은 돈슈ᄌᆡ비(頓首再拜)ᄒ여,

"고혈녕졍(孤孑零丁)3146)ᄒᆫ ᄌᆞ최로 ᄃᆡ인의 활명ᄃᆡ은(活命大恩)3147)을 닙습고, 니어 동형(從兄)을 맛ᄂᆞ니 이 곳 은심하ᄒᆡ(恩深河海)3148)오 덕슝여산(德嵩如山)3149)이라. 마졍방지(摩頂放趾)3150)의 능히 갑ᄉᆞ올 도리 업ᄉᆞᆫ지라. 구원(九

3143)부합(復合) : 서로 헤어졌다가 다시 합함.
3144)ᄇᆞ라ᄂᆞ다 : 어떠한 일이나 감정 따위가 곧바로 일어나거나 솟아나다. *ᄇᆞ라: 바로.
3145)쳔만몽상지외(千萬夢想之外) : 무엇을 전혀 꿈속에서도 생각지 못함.
3146)고혈녕졍(孤孑零丁) : 가족이나 친척이 없고 살림이 보잘것없이 되어서 의지할 곳이 없다.
3147)활명ᄃᆡ은(活命大恩) : 목숨을 살려준 크나큰 은혜.
3148)은심하ᄒᆡ(恩深河海) : 은혜가 큰 강과 바다처럼 넓음
3149)덕슝여산(德嵩如山) : 덕이 산처럼 높음.
3150)마졍방지(摩頂放趾) : =마졍방종(摩頂放踵). '졍수리(頂)로부터 발꿈치(趾,踵)에 이르기까지 모두 갈려서 닳아 없어지는 한이 있더라도'의 뜻으로, '온몸을 바쳐서 남을 위하여 희생하겠다는' 의지를 이를 때 쓰는 말. *졍지(頂趾): =졍종(頂踵). 머리 꼭대기

原)3151) 션친이 쇼즈의 도제즁(道諦中)3152) 위급흔 목슘을 구ㅎᄉ 반셕굿치 【3】 평안케 ᄒ시믈 감격ᄒ미, 엇지 '화산(華山)의 풀을 밋고'3153) '슈호(守護)의 구슬을 먹음'3154)을 ᄲᆞᆫ이리잇고?"

ᄒᆞᆫ는지라.

어ᄉ 답ᄉ(答謝)ᄒ고 《젼싀‖ 졍ᄉᆡᆨ》ᄒᆞ여, 상국(相國) 되인 ᄃᆞ명(尊名)을 밧들미오. 즈긔 공이 아니여늘, 이러트시 칭은ᄒ미 불가ᄒᆞ믈 니를 ᄉᆡ, 신공과 님ᄉᆡᆼ의 위상국 감은골슈(感恩骨髓)ᄒ미[믈] 심곡(心曲)의 ᄉᆞ이는지라3155).

신공이 즈긔 옛날 곤궁ᄒᆞ던 말과 '위상국이 흔 번 보와 구졔ᄒ니, 이제 부귀공명이 다 우【4】리 합ᄒ(閤下)의 쥬시미라.' ᄒ니, 쇼어ᄉ ᄯᅩ흔 셕일의 즈긔 집 말노ᄡᅥ 니르고, 니부인 덕음(德蔭)으로 보젼홈과 신공의 보호ᄒᆞ믈 힘 닙고, 상국이 ᄉᆞ랑ᄒᆞ며 교도ᄒ여 문호를 붓들며, 편친(偏親)을 봉양ᄒ미 상국되인과 니부인 활혜되은(活惠大恩)3156)이믈 베푸니, 님ᄉᆡᆼ이 더옥 감탄ᄒᆞ더라.

이러틋 말슴ᄒ여 동방(東方)이 긔빅(旣白)ᄒ미, 쇼어ᄉ 위의를 베푸고 몬져 잡힌 말젹(末賊)을 져쥬니, 김신의 쳥ᄒ믈 【5】 인ᄒ여 왓던 쥴 고ᄒᆞᆫ는지라.

에서 발끝까지.

3151) 구원(九原) : 사람이 죽은 뒤에 그 혼이 가서 산다고 하는 세상. 저승·구천(九泉)·황천(黃泉) 등과 같은 말이다. 구원(九原)은 춘추 시대 진(晉)나라 경대부(卿大夫)들의 묘지가 있던 곳으로, 일반적으로 '무덤' '땅속' '저승'을 뜻한다. 『예기(禮記)』 '단궁 하(檀弓下)'에 "조문자가 숙예와 더불어 구원을 구경하였는데, 문자가 말하기를 '죽은 이들을 만약 일으켜 세울 수 있다면 나는 누구를 따라 돌아갈까.'(趙文子與叔譽觀乎九原, 文子曰: 死者如可作也, 吾誰與歸)"라고 하였다.

3152) 도제즁(道諦中) : 『불교』 '번뇌와 업을 끊고 열반에 도달하는 길'의 도중에. *불교에서 도제는 사제(四諦)의 하나로 '번뇌와 업을 끊고 열반에 도달하는 길'을 이른다.

3153) 화산(華山)의 풀을 밋다 : '결초보은(結草報恩)'을 달리 표현한 말로, 죽어서도 은혜를 잊지 않고 갚는다는 말. *화산(華山); 중국의 오악(五嶽)가운데 서악(西岳). 음양학에서 동·남은 양계(陽界)이고 서·북은 음계(陰界)에 속하여 화산(華山)은 묘지 또는 묘지가 있는 산을 뜻한다. *결초보은: 죽은 뒤에도 은혜를 잊지 않고 갚음을 이르는 말. 중국 춘추 시대에, 진나라의 위과(魏顆)가 아버지가 세상을 떠난 후에 서모를 개가(改嫁)시켜 드려 순사(殉死)하지 않게 하였더니, 그 뒤 싸움터에서 그 서모 아버지의 혼이 적군의 앞길에 풀을 묶어 적을 넘어뜨려 위과가 공을 세울 수 있도록 하였다는 고사에서 유래한 말이다.

3154) 슈호(守護)의 구슬을 먹음 : '구슬을 입에 머금은 수호자(守護者)'라는 뜻으로 '구슬을 입에 머금고서도[죽어서까지도] 은혜를 잊지 않고 지켜준다는 말. *구슬을 먹음: '먹음'은 '머금다'는 말로 '함쥬(銜珠)'를 달리 표현한 말. 상례(喪禮)에서 염습(殮襲)할 때에 죽은 이의 입에 쌀이나 구슬을 물리는 데, 쌀을 물리는 것을 반함(飯含)이라 하고 구슬을 물리는 것을 함주(銜珠)라고 한다. 따라서 '구슬을 입에 머금다'는 말은 '죽은 사람'을 뜻한다.

3155) 삭이다 : 새기다. 잊지 아니하도록 마음속에 깊이 기억하다.

3156) 활혜되은(活惠大恩) : 구활해 준 큰 은혜.

김신이 야간의 적뉴(賊類)의 셧겨 왓다 ᄒ여 함거(檻車)를 드려 김신을 결박ᄒ여 너코, 어시 더옥 노(怒)ᄒ여 적즁(賊中) 슈도(首徒)를 ᄒᆫ 가지로 싱치(生致)3157)ᄒ여 딕증(對證)ᄒᆯ 거슬 삼고, 기여(其餘)ᄂᆞᆫ 버히며 혹 즁형(重刑)ᄒ여 놋코, 닝슈의 쳐 노시를 겁살(劫殺)ᄒ려 ᄒ던 김가 복ᄌᆞ(僕者)를 잡ᄋᆞ드려 형당을 쥰ᄎᆞ(峻次)ᄒᆫ3158) 후, 비로쇼 우셥을 잡ᄋᆞ드려 형벌을 각별이 고찰(拷察)ᄒ여3159) 정상(情狀)을 힐문(詰問)ᄒᆞᆯ시, 【6】 져의 근본과 ᄌᆞ젼(自前)3160)으로 힝흉(行凶)ᄒ던 정적(情迹)을 셰셰이 져쥬어 무르믹, 셥이 통도(痛悼)3161)ᄒᆞᆷ믈 견딕지 못ᄒ여 처음의 양곡현 빅셩으로 닌읍(隣邑)의 양쳐ᄉᆞ의 쇼쳡 넘춘이 쳐ᄉᆞ의 빈한(貧寒)ᄒ고 명찰(明察)ᄒᆞᆷ믈 괴로워 ᄉᆞ통(私通)ᄒᆫ 정상과, 쳐ᄉᆞ 망(亡)ᄒᆫ 후 양공ᄌᆞ 남믹를 히코ᄌᆞ 그 쇼져를 아ᄉᆞ 팔녀 ᄒ엿더니, 그 쇼제 홀연 ᄉᆞ병(死病)을 어더 위즁ᄒ믹 ᄂᆞ으나, 냥목(兩目)을 폐밍ᄒ고 다리와 팔을 【7】 쓰지 못ᄒ니, 인ᄒ여 그 집의 불을 놋코 춘ᄋᆞ를 다리고 도망ᄒ여, 쳐쳐(處處)의 힝악(行惡)ᄒ여 양양의 들믹, 상가 쇼ᄋᆞ를 다리여 상고(商賈)의게 팔며, 춘ᄋᆞ를 누의로 칭ᄒ고 젼가의 파라 금은을 밧고, ᄯᅩ ᄀᆞ마니 왕닉ᄒ여 고정(故情)을 펴며, 인ᄒ여 젼싱(生)3162) 약슈를 히(害)ᄒ믹 거즛 글을 일워 짐즛 잡혀 젼노를 뵈고, 후당의 슘어 춘ᄋᆞ의 거두어 쥬ᄂᆞᆫ 지물을 가지고 젼싱이 쥭은 후의 젼노를 쥭이【8】고 도망ᄒ려 ᄒ던 ᄉᆞ의(私意)를 셰셰(細細) 복쵸ᄒ니, 쇼어ᄉᆞ 분완(憤惋) 통히(痛駭)ᄒ며3163) 공교히 이곳의 와 잡으믈 쾌ᄒ여, 다시 져쥬어 도화산 강덕(强賊)을 교통ᄒᆞᆷ믈 무르딕, 대왈,

"도화산 젹당의 쥬댱(主將)의 셩명은 우녀장이니 쇼인의 동셩원독(同姓遠族)이라. 쇼인이 임의 불의(不義) 흉ᄉᆞ(凶事)를 만히 져ᄌᆞ러시니, 스스로 두려 투입고ᄌᆞ 사괴미요, 노애 춘ᄋᆞ를 엄슈ᄒ시니 아ᄉᆞ 닉고ᄌᆞ 젹당을 ᄉᆞ괴여 청ᄒ여 집의 두고 퇵일(擇日) 발졍(發程)코ᄌᆞ 【9】 ᄒ다가, 닝슈를 맛나, 도젹이 젼(前)의도 그러트시 ᄉᆞ룸을 겁박ᄒ여 동당(同黨)을 삼ᄂᆞᆫ 고로, 닝슈를 다릭3164)고ᄌᆞ 져히다3165)가 져의게 태반이나 쥭고 픽(敗)ᄒᆞ이다."

3157)싱치(生致) : 산 채로 잡음.=생포.
3158)쥰ᄎᆞ(峻次)ᄒ다 ; 매나 형장(刑杖)을 엄히 치다.
3159)고찰(拷察)ᄒ다 : 매질하다. 매로 치다.
3160)ᄌᆞ젼(自前) : 지금보다 이전.=종전.
3161)통도(痛悼) : ①마음이 몹시 아프도록 슬퍼함. ②아픔(痛)과 두려움(悼).
3162)-싱(生) : [인명의 성(姓)을 나타내는 명사 뒤에 붙어] '젊은 사람'의 뜻을 더하는 접미사.
3163)통히(痛駭)ᄒ다 : 몹시 놀라 원통하여 하거나 분하게 여기다.
3164)다릭다 : 달래다. 그럴듯한 말로 어르거나 타일러 꾀다.
3165)져히다 : 겁주다. 두려워하다. 위협하다.

어시 더옥 분노ᄒ나 젼싱의 옥시 미결ᄒ니, 우셥을 잡으미 묘(妙)흔지라. 명ᄒ여 함거(檻車)의 넛코 명일의 발군(撥軍)ᄒ여 도화산을 칠시, 젹이 임의 군ᄉ를 반이나 일허 녜긔(銳氣) 최찰(摧擦)ᄒ엿고, 신공의 위무와 님슈의 녕웅을 쪄시니, 엇지 조고만 산젹을 ᄭ리리 【10】 오.

슈일 ᄉ이의 평졍(平定)ᄒ여 산치(山寨)를 불지르고, 젹뉴(賊類)를 긔긔히 잡으니, 창검긔고(槍劍旗鼓)3166)와 우양마필(牛羊馬匹)3167)의 금은이 무슈ᄒ더라.

어시 일일이 거두어 군병을 상쥬고 젼곡은 빅셩을 난화쥬니, 만민이 고무(鼓舞)ᄒ여 감덕(感德)ᄒ더라.

어시 드ᄃᆡ여 닌읍(隣邑) 지쥬(知州)로 '무창을 겸찰(兼察)ᄒ라.' ᄒ고, 김신과 모든 젹당을 함거(檻車)의 시러 강셔로 향홀시, 힝ᄒ여 계양 녕능 ᄉ〇[이]의 큰 강이 잇스니, 하리(下吏) 쥬즙(舟楫)3168)을 ᄃᆡ령ᄒᄆᆡ 풍범(風帆)을 놉 【11】 히 의지ᄒ여 산식(山色)과 슈광(水光)을 완경(玩景)ᄒ더니, 물가의 상고션(商賈船)이 ᄆᆡ이여 일긔 노인이 뉵칠셰 ᄋᆞ동을 안고 희롱ᄒ니, 그 쇼ᄋᆞ의 의형이 단ᄋᆞ(端雅)ᄒ고 거지(擧止) 긔묘ᄒ여 의희(依俙)이3169) 화싱으로 방불ᄒ고, 완연이 상싱의 젼형(典型)이라.

쇼어시 져즈음긔 상싱의 일고(一孤)3170)를 실산(失散)ᄒ여 비ᄉ고어(悲辭苦語)를 드르미 잇더니, 젼가 옥ᄉ로 마음이 총망(怱忙)ᄒ여 ᄌᆞ시 뭇지 못ᄒ여시나 오히려 닛지 아냣더니, 의외에 우젹의 쵸ᄉ(招辭)로 됴ᄎᆞ 양 【12】 양지방의 상가 쇼ᄋᆞ를 도젹ᄒ여 파라시믈 고ᄒ니, 무릇 치도(治道)ᄒᄂᆞᆫ 도리 져의 악ᄉ를 일일이 고ᄒ라 ᄒᄂᆞᆫ 고로, 긔긔히 직쵸(直招)ᄒᆞᆷ믄 형벌의 엄ᄒᆞᆷ믈 견ᄃᆡ지 못ᄒ미라.

부상ᄃᆡ고(富商大賈)의 파랏다 ᄒ나 실은 대회의 평쵸(萍草) ᄀᆞᆺᄒ니, 츠ᄌᆞ 쥴 도리 업손지라. 불상이 넉엿더니 홀연이 방불흔 ᄋᆞ희를 맛ᄂᆞ니, 마음이 동(動)ᄒ여 하리로 ᄒ여금 상고를 불너 셩명 거쥬를 무른ᄃᆡ, ᄃᆡ흠이 우셥의 말과 【13】 ᄀᆞᆺ흔지라.

드ᄃᆡ여 ᄋᆞ희 근본을 무르니, 처음은 제 ᄌᆞ식이라 ᄒ여 바로 니르지 아니커ᄂᆞᆯ, 어시 우셥을 ᄭ어ᄂᆡ여 ᄃᆡ면질졍(對面質正)3171)케 ᄒ니, 마지 못ᄒ여 슈십 냥 은ᄌᆞ(銀子)를 쥬고 ᄉᆞ시니, 'ᄌᆞ식이 업스니 길너 의지ᄒ려ᄒ더니이다.' ᄒᄂᆞᆫ지라.

3166)창검긔고(槍劍旗鼓) : 싸움터에서 쓰는 창·검·기·북 따위를 아울러 이르는 말.
3167)우양마필(牛羊馬匹) : 소·양·말 따위의 수(數).
3168)주즙(舟楫) : 배와 삿대라는 뜻으로, 배 전체를 이르는 말.
3169)의희(依俙)이 : 거의 비슷하게.
3170)일고(一孤) : 한 고아. 한 아들.
3171)ᄃᆡ면질졍(對面質正) : 대질심문(對質審問). 소송의 당사자들을 대면시켜 서로 묻거나 따져 사실을 밝혀 바로잡는 일.

어시 그 ㅇ히를 불너 '유시(幼時) 젹 일을 싱각ㅎ미 잇ᄂᆞ가' 무른딕, 기ᄋ(其兒)
디왈,

"쇼ᄋ의 셩은 상이오. 명은 동경이니, ᄂᆞ히 ᄉᆞ셰의 닌가 쇼ᄋ들노 회롱ᄒᆞ여 집
을 쎠나믈 씌딋【14】지 못ᄒᆞ여 먼니 굿더니, ᄒᆞᆫ 남진 홀연 안고 ᄉᆞ랑ᄒᆞ며 과실
을 ᄉᆞ쥬며, '됴흔 구경 ᄒᆞᆯ 곳이 잇다.' ᄒᆞ여 드려가니, 지각이 몽연ᄒᆞ여 쏜라ᄀᆞ미
부모를 다시 보지 못ᄒᆞ고, 타인을 의지ᄒᆞ여 당당ᄒᆞᆫ ᄉᆞ족(士族)으로써 상고(商賈)
의 ᄌᆞ식이 되믈 슬허ᄒᆞ오딕, 부명(父名)과 가향(家鄕)을 모로고, ᄂᆞ히 ᄌᆞ라지 못
ᄒᆞ니, ᄉᆞ희(四海)예 두로 도라 ᄎᆞᆯ 도리 업손지라. 속절업시 '오됴(烏鳥)의 어
이3172) 치믈'3173) 보아 구로(劬勞)3174)의 공(功)을 아지 못ᄒᆞ고, 몸이 【15】 타
향의 뉴락(流落)ᄒᆞ여3175) 부싱모휵지은(父生母慉之恩)3176)을 망연부지(茫然不
知)3177)ᄒᆞ오니, 츈거츄릭(春去秋來)3178)의 엇지 슬푸지 아니리잇고?"

언파의 현연(顯然) 뉴쳬(流涕)ᄒᆞ니, 비록 뉵칠 셰 쇼ᄋ(小兒)나 말숨이 ᄎᆞ착(差
錯)지 아닌지라. 어시 심니(心裏)에 의혹이 임의 만복(滿腹)ᄒᆞ무로 기ᄋ(其兒) 드
려 니로딕,

"인직(人子) 부모를 실니흔 슬푸믄 어이 다 니르리오, 닉 맛당이 너의 부직(父
子) 단원(團圓)3179)케 ᄒᆞ리니, 너는 셜워 말고 날을 됴ᄎᆞ 잇스라."

종경이 비ᄉᆞᄒᆞ고 어ᄉᆞ의 겻히 뫼셔 【16】 녜의를 슈렴(收斂)ᄒᆞ니, 어시 그 긔
질이 쇼ᄋ(素雅)ᄒᆞ고 골격이 명슈(明秀)ᄒᆞ믈 ᄉᆞ랑ᄒᆞ고, 신공이 그윽이 유의ᄒᆞ여
슬피니 ᄌᆞ긔 녀ᄋ와 년치(年齒) 상당ᄒᆞ고 ᄌᆞ연 무심치 못ᄒᆞ미러라.

어시 빅은 슈빅냥을 상고(商賈)3180)를 쥬어 보닉딕, 동경을 안고 악연(愕然)뉴
쳬ᄒᆞ니, 동경이 쏘흔 쳐연이 눈물을 머금고 위로ᄒᆞ여 굴오딕,

"닉 어려셔 그딕의 후은(厚恩)을 닙어 보젼ᄒᆞ여시니, 비록 부모를 ᄎᆞᆺ고 쎠나ᄂᆞ
고졍(故情)을 엇지 니즈리오. 【17】 타일의 닉 텬뉸을 완젼○[히] ᄒᆞᆫ 후, 그딕 집

3172)어이 : ①어버이. ②짐승의 어미.
3173)오됴(烏鳥)의 어이 치믈 : '까마귀가 제 어미에게 먹이를 물어다가 먹이는 짓'을의
　　뜻. *오조(烏鳥): 까마귀. ᄂᆞ반포조(反哺鳥). *어이: 짐승의 어미. *치다: 가축(家畜)이
　　나 가금(家禽) 따위를 기르다.
3174)구로(劬勞) : 자식을 낳아서 기르느라고 힘을 들이고 애를 씀.
3175)뉴락(流落) : 자기 고향이 아닌 고장에서 사는 일.=타향살이.
3176)부싱모휵지은(父生母慉之恩) : 아버지는 낳게 하고, 어머니는 낳아 길러주 은혜라는
　　뜻으로, 자식(子息)을 낳아 길러 주신 부모의 은혜를 이르는 말.
3177)망연부지(茫然不知) : 머릿속이 멍하여 아무 것도 알지 못하다. 전혀 알지 못하다.
3178)츈거츄릭(春去秋來) : '봄이 가고 가을이 오고' 하는 사계절의 변화를 이르는 말.
3179)단원(團圓) : ①헤어졌던 가족이 다 모여 화목하게 지냄. ᄂᆞ단취(團聚) ②모나지 아
　　니하고 둥글둥글함. 또는 그렇게 살아감.
3180)상고(商賈) : 장사꾼

을 추조 보은호리라."

인호여 눈물을 쑤려 니별호더라.

다시 힝호여 쥬군(州郡)을 쩌나 양양의 니르니, 어시 바로 관문(官門)으로 향홀 식, 스룸을 세 곳으로 보닉여 셔간을 븟쳐 존문(存問)호고3181) 틈을 타 친히 추조를 일쿳더라.

맛쵸와 샹싱이 화싱을 추조와 그 집의 잇던지라. 어스의 무르믈 맛나 반갑고 깃브믈 니긔지 못호여 썰니 달녀 어스긔 뵐식, 어시 흔연이 치【18】관(致款)3182)호고, 젼싱의 안부를 밧비 무른 후, 샹싱을 향호여 굴오딕,

"져즈음긔 촌졈(村店)의셔 형의 오직(兒子) 실산(失散)호믈 드럿더니, '원닉 오히(兒孩) 일홈이 무어시며, 그 나히 언마나 되엿는고?' 알고즈 호고, '쏘 엇지 호여 일헛는고?' 듯고즈 호노라."

샹싱이 탄식 딕왈,

"쇼싱이 금년 스십이니 늣게야 오즈를 처음으로 어던지라. 일홈은 둉경이오. 느히 바야흐로 칠세니, 비록 츌인(出人)호미 업스나, 져기3183) 총오흔지라. 만일 스라시【19】면 져의 성명을 긔역(記憶)홀 거시로딕, 창창딕히(蒼蒼大海)3184)의 묘연(杳然)흔 평쵸(萍草)3185)를 어딕가 추즈리오, 스세(四歲)의 맛쵸와3186) 가닉에 일이 잇셔 쇼이 홀노 닌가(隣家) 오히(兒孩)로 놀믈 슬피지 못호와더니3187), 이윽호여 추즈믹 닌이(隣兒) 니로딕, '엇던 남지 안고 가더라.' 호딕, 스쳐(四處)로 심방(尋訪)호나 둉시(終始) 쇼식도 듯지 못호여시니, 일헌지3188) 하마 네 힉라. 속졀업시3189) 연작(燕雀)의 삿기 치믈3190) 불워호고, 부뫼 쇼리히 유오를 더져두어3191) 그 싱스를 아지 못호니, 츈【20】거츄릭(春去秋來)의 망즈산(望子山)3192)

3181)존문(存問)호다 : ①안부를 묻다. ② 『역사』 고을의 원이 그 지방의 형편을 알아 보려고, 관할 지역의 백성을 방문하다.
3182)치관(致款) : 남의 수고에 대해 위로의 말을 함.
3183)져기 : 적이. 꽤 어지간한 정도로.
3184)창창딕히(蒼蒼大海) : 몹시 푸르고 넓은 바다.
3185)평쵸(萍草) : 『식물』 개구리밥과의 여러해살이 수초(水草). 몸은 둥글거나 타원형의 광택이 있는 세 개의 엽상체(葉狀體)로 이루어져 있는데 겉은 풀색이고 안쪽은 자주색이다. 논이나 못에서 자라는데 전 세계에 널리 분포한다. =개구리밥.
3186)맛쵸와 : 마침. 어떤 경우나 기회에 알맞게. 또는 공교롭게.
3187)못하와더니 : 못하였더니. *-더니: '이다'의 어간, 용언의 어간 또는 어미 '-으시-', '-었-', '-겠-' 뒤에 붙어, 과거의 사태나 행동에 뒤이어 일어난 상황을 이어 주는 연결 어미. 주로 앞 절의 내용이 뒤 절의 원인이 된다.
3188)일헌지 : 잃은지. 잃다: 가졌던 물건이 자신도 모르게 없어져 그것을 갖지 아니하게 되다.
3189)속졀업다 : 단념할 수밖에 달리 어찌할 도리가 없다.
3190)치다 : 가축이나 가금 따위를 기르다.

구름을 늣겨 '쵹원(蜀猿)의 단장(斷腸)'3193)ᄒᆞ미 'ᄌᆞ하(子夏)의 상명(喪明)'3194)과 다르미 업도다."

인(因)ᄒᆞ여 현연뉴체(顯然流涕)3195)ᄒᆞ니, 어싀 좌우로 ᄒᆞ여곰 님싱의 막ᄎᆞ(幕次)의 가, 'ᄋᆞ희를 다려오라' ᄒᆞ고, 상싱을 향ᄒᆞ여 니로딕,

"소뎨 무창의셔 여ᄎᆞ여ᄎᆞᄒᆞ여 넘녀(女)의 고인(故人) 우셥을 잡으니, 이 본딕 무뢰픽악(無賴悖惡)ᄒᆞᆫ 무리라. 져쥬어 은졍을 뭇다가 그 쇼언이 여ᄎᆞ여ᄎᆞᄒᆞ니, 의심이 동(動)ᄒᆞ되, 형의 실ᄌᆞ(失子)ᄒᆞᆫ 묘믹(苗脈)을 ᄌᆞ시 아지 못ᄒᆞ고, 만【21】경창파(萬頃蒼波)의 동셔(東西)로 홰믹(貨賣)3196)ᄒᆞᄂᆞᆫ 상고(商賈)를 ᄎᆞ줄 도리 업순지라. 심닉(心內)의 ᄎᆞᄋᆞ(嵯峨)ᄒᆞ더니3197) 의외에 여ᄎᆞ히 ᄋᆞ희를 맛나보니, 의형미목(儀形眉目)이 완연이 형의 전형(典型)이라. 경희(驚駭)ᄒᆞ여 상고를 불너 무러 ᄉᆞ시물3198) 알고, 쇼이 져의 셩명을 니를 식 의심ᄒᆞ여 다려 왓ᄂᆞ니, 형이 슬필지어다."

인ᄒᆞ야 우젹(賊)의 말과 상고의 쎄치던 일을 니르며, 우젹을 니여 면질(面質)ᄒᆞ여 비로쇼 바로 니르던 말을 ᄌᆞ셔이 젼ᄒᆞ니, 상【22】싱이 여취약치(如醉若痴)3199)ᄒᆞ여 졍혼(精魂)을 슈습지 못ᄒᆞ여서, ᄒᆞ리 동경을 안ᄋᆞ 와 좌상의 노흔딕, 어싀 동경 다려 니로딕 너는 부모를 일코 상형은 ᄋᆞ희를 일허시니, 셔로 셕ᄉᆞ(昔事)를 닐너 징험(徵驗)을 ᄉᆞᆷ으라.

상싱이 동경을 ᄒᆞᆫ번 보믹, ᄉᆞ셰(四歲) 광음(光陰) ᄉᆞ이의 닉도히3200) ᄌᆞ라시나, 엇지 오믹(寤寐)의 밋치인 텬금(千金) ᄋᆞᄌᆞ를 몰나보리오, ᄂᆞ오혀3201) 안고 무러

3191) 더져두다 : 던져두다. 하던 일 따위를 그만두고 손을 대지 아니하다.

3192) 망ᄌᆞ산(望子山) : 집 가까이에 있는 동산 따위의 어버이가 집나간 자식이 돌아오기를 기다리는 산.

3193) 쵹원(蜀猿)의 단장(斷腸) : 쵹원단장(蜀猿斷腸). '자식을 잃은 부모의 슬픔'을 이르는 말. 진(晉)나라 환공(桓公)이 촉(蜀)을 정벌할 때, 삼협(三峽)을 지나다가 한 군사가 원숭이 새끼 한 마리를 붙잡아서 배에 실었다. 그 어미가 슬피 울며 강기슭으로 백여 리를 따라오다가 배 위로 뛰어 올라왔는데 그만 죽고 말았다, 이상히 여겨 그 배를 갈라 보니 창자가 마디마디 끊어져 있었다고 한다. 『世說新語 黜免』에 나온다. =파원단장(巴猿斷腸).

3194) ᄌᆞ하(子夏)의 상명(喪明) : =상명지통(喪明之痛). '눈이 멀 정도로 슬프다'는 뜻으로, 아들이 죽은 슬픔을 비유적으로 이르는 말. 옛날 중국의 자하(子夏)가 아들을 잃고 슬피 운. 끝에 눈이 멀었다는 데서 유래한다.

3195) 현연뉴체(泫然流涕) : 눈물을 줄줄 흘리며 슬피 욺.

3196) 홰믹(貨賣) : 화매(貨賣). 물품을 파는 일.

3197) ᄎᆞᄋᆞ(嵯峨)ᄒᆞ다 : 산이 높고 험하다. 아득하다.

3198) ᄉᆞ시믈 : 샀음을. *사다: 값을 치르고 어떤 물건이나 권리를 자기 것으로 만들다.

3199) 여취약치(如醉若痴) : 취한 것 같기도 하고 천치(天痴)인 것 같기도 함.

3200) 닉도ᄒᆞ다 : 매우 다르다. 판이(判異)하다.

글오디

"닉 ᄋ히ᄂᆞᆫ 협하(脅下)3202)의 거믄 ᄉᆞ마괴3203) 쌍으로 잇고, 그 ᄋᆞ리 븕은 지미 【23】 구름 형상 ᄀᆞᆺᄒᆞ니 네 과연 이 표졈(標點)이 잇ᄂᆞ냐?"

동경이 믄득 오열ᄒᆞ여 글오디,

"소ᄋᆡ의게ᄂᆞᆫ 과연 잇시디, 우리 딕인의 좌편 팔 우히 동긔(腫氣) 나셔 허물이 잇ᄉᆞ니, 쇼이 그 ᄡᅵ 의ᄌᆞ(醫者)를 ᄭᅮ짓고 우러 딕인의 상ᄒᆞ믈 욕ᄒᆞᆫ디, 야애(爺爺) 달닉여 우지 말나 ᄒᆞ시고, '의지 느의 쥭을 병을 늣게 ᄒᆞ니 만일 곳치지 아니면 쥭ᄂᆞ니 네 아비 술온 은혜{를} 잇다.' ᄒᆞ실ᄉᆡ, ᄋᆞ히 비로쇼 의ᄌᆞ의게 ᄉᆞ죄ᄒᆞ고 ᄉᆞ례ᄒᆞᆫ 후, 의ᄌᆞ의 젹은 ᄋᆞ 【24】 들이 왓거늘 금션(錦扇)과 슈낭(繡囊)3204)을 쥬어시니, 이졔 오히려 싱각ᄒᆞ이ᄂᆞᆫ지라. 이 일이 과연 잇ᄂᆞ니잇가?"

상싱이 급히 느호여 안고 깃브미 극ᄒᆞ미 추연 슈루(垂淚) 왈,

"네 과연 늬 ᄋᆞ히 종경이로다."

드디여 협하(脅下)로 겹을 들혀 보고, ᄉᆞ미를 거더 즛긔 독동(毒腫)의 허물진3205) 곳을 뵈며 니로디,

"이일은 오ᄋᆡ(吾兒) 이셰 젹 일이오. 네 삼셰 젹 네 모친 병이 듕ᄒᆞ여 그 의지 다시 오니, 네 마ᄌᆞ 졀ᄒᆞ고 곳쳐 달나 ᄒᆞ던지라. 그 무슴 병이런 【25】 쥴 긔억ᄒᆞᆯ쇼냐?"

동경이 늣겨 디(對)ᄒᆞ되,

"산후(産後) 병환(病患)이시니 쇼미 쵸엽의 싱지(生之) 삼일부터 《환희∥환휘(患候)》 빌미ᄒᆞ여3206) 슈십여 일의 느ᄋᆞ시니이다."

상싱이 ᄋᆞᄌᆞ를 일흐무로 됴양셕월(朝陽夕月)의 긴 한숨과 져른 탄식이 침셕간(寢席間)3207)의 경경일념(耿耿一念)3208)이 간장(肝腸)을 슬오더니, 긔약지 아닌 쇼어싀 이러툿ᄒᆞ 은혜를 씨치니 깃브고 즐겨ᄒᆞ며, ᄋᆞᄌᆞ의 영오민달(穎悟敏達)ᄒᆞ믈 더옥 딕희(大喜) 과망(過望)ᄒᆞ니, 입의 ᄀᆞ득ᄒᆞᆫ 딕은을 칭ᄉᆞ(稱謝)ᄒᆞᆯ ᄉᆡ, 동경이 어 【26】 ᄉᆞ를 향ᄒᆞ여 졀ᄒᆞ고, 틱산(泰山)의 무거온 덕과 하히(河海)의 은혜를 닙어 텬눈을 완젼ᄒᆞ믈 ᄉᆞ례ᄒᆞ니, 어싀 동경을 집슈(執手)ᄒᆞ여 무익(撫愛) 왈,

---

3201)느오혀 : 나오게 하여. *나오다 : 안에서 밖으로 또는 무리 가운데서 무리 밖으로 오다.

3202)협하(脅下) : 옆구리 아래. 가슴과 등 사이의 갈빗대가 있는 부분.

3203)사마괴 : 사마귀. 『동물』 사마귓과의 곤충을 통틀어 이르는 말.

3204)슈낭(繡囊) : 수(繡)놓은 주머니.

3205)허물지다 : 흠지다. 흠이 생기다.

3206)빌미ᄒᆞ다 : 빌미하다. 재앙이나 탈 따위가 생기는 원인이 되다.

3207)침셕간(寢席間) : 베개를 베고 눕거나 자리에 앉거나, 가리지 않고.

3208)경경일념(耿耿一念) : 마음에 잊히지 않는 오직 한 가지 생각.

"이 곳 너의 유복ᄒ미 귀신이 도으미라"

ᄒ고, 상싱의 칭은(稱恩)을 ᄉ양ᄒ여 왈,

"상형이 할[활]연(豁然)ᄒ 노ᄉ슉유(老士宿儒)3209)로 엇지 쇼댱부(小丈夫)의 녹녹(碌碌)ᄒ미 잇ᄂ뇨? 비록 쇼미(小妹) 평싱(平生) ᄌ의게 인눈이 실셔(失緖)ᄒ미 잇셔도 ᄎᄌ 쥬고ᄌᄒ미 인지상졍(人之常情)이여ᄂ, 형의 참담ᄒ 회포를 듯고 의심된 동젹을 괄시【27】ᄒ미 ᄉ룸의 마음이냐? 형이 엇지 벗 보기를 박히 ᄒᄂ뇨?"

ᄒ니, 상싱이 사례ᄒ고 감히 다시 은혜를 니르지 못ᄒ고, 달야(達夜)토록 말ᄉ 홀ᄉ,

"공교히 우셥을 잡으니 젼문양의 죄범(罪犯)이 옥 ᄀ치 《버신∥버슨》지라. 슌무 딕은(大恩)이 비록 칭은(稱恩)으로 깃거 아니시나, 화형이 감격 송덕(頌德)지 아니랴?"

화싱이 말을 니어 ᄉ례홀ᄉ ᄀ오딕,

"젼문양이 부월(斧鉞)을 감슈ᄒ던 몸으로, 태슈의 《고혈∥고휼(顧恤)3210)》ᄒ믈 닙어 비록 옥즁이나 노복이 구호ᄒ【28】니, 제 집의 이실 썩로 비겨 반셕(盤石)의 평안ᄒ미 잇거ᄂ, 가도신 은덕으로 기부(其父)의 흉ᄒ 슈단《으로∥을》 면ᄒ니 도도(滔滔)히 듕산딕덕(重山大德)을 송축ᄒᄂ이다."

어ᄉ 임의 짐죽고 완이(莞爾)히 쇼왈,

"문양의 큰 익을 면케 되믄 상국 딕은이오, ᄌ가의 시운(時運)이 형통ᄒ무로 우셥이 스스로 작죄(作罪)ᄒ여 망ᄂ(網羅)를 면치 못ᄒ미니, 쇼졔의 공이리오?"

화싱이 다시 ᄀ오딕,

"거일(去日)의 딕인이 발ᄒᆼᄒ신 후, 젼뇌(奴) 익쳡을 ᄎᄌ 보고ᄌ 옥 밧긔 가 규【29】시(窺視)ᄒ다가, 문양을 맛나 흉뇌(奴) 분긔로 여ᄎ여ᄎ 줌타ᄒ니, 옥니 구ᄒ 후 다시 칼흘 들고 ᄀ다가, 틱슈의 알오미 되어 칼흘 메워3211) 구츅(驅逐)ᄒ니, 냥일 후 비로소 문양이 알고 불효를 ᄌ칙(自責)ᄒ여 자경(自剄)3212)ᄒ지라. 틱쉬 놀나고 붓그려 만만ᄉ죄ᄒ니 젼슉의 싀랑지심(豺狼之心)도 져기 감동ᄒᄂ지라. 무지츅싱(無知畜生)이 무상(無常)ᄒ니 엇지 미들 빅 잇스리오."

ᄒ니, 원닉 향일(向日)의 어ᄉ 츈ᄋ를 즁쟝(重杖)홀ᄉ, 젼슉이 어ᄉ의 위풍【30】을 두려ᄒ고 칙언(責言)을 앙앙ᄒ여 물너가니, 어ᄉ 그 뮈워ᄒᄂ ᄋ들 약슈를

3209)노ᄉ슉유(老士宿儒) : 학식이 많고 덕망이 높은 나이 많은 선비.
3210)고휼(顧恤) : 불쌍하게 생각하여 돌보거나 도와 줌.
3211)메워 : 메게 하여. *메다: 어깨에 걸치거나 올려놓다.
3212)자경(自剄) : 스스로 자신의 목을 베거나 찌름. 또는 그렇게 하여 죽음.=자문(自刎).

관곡(款曲)히 딕졉ᄒ고 ᄉᆞ랑ᄒᄂᆞ 쳡 츈ᄋᆞ를 엄히 치니, 가슴의 불이 니러 심장을 티오ᄂᆞᆫ지라. 관문(官門) 밧긔셔 드리미러 보ᄋᆞ, 츈ᄋᆞ의 보다라온 다리 술을 드러 ᄂᆡ여 긴긴히 결박ᄒ고 큰 ᄆᆡ로 ᄆᆡ이 치믹, 알푸믈 견딕지 못ᄒ여 몸을 틀고 머리를 흔드러 익익(哀哀)히 우ᄂᆞᆫ지라.

나돌(邏卒)3213)이 그 쇼릭를 금ᄒ야, 곤장으로 머리를 【31】 치고, 돌노 입을 막으며, 흰 ᄆᆡ ᄂᆞ리ᄂᆞᆫ 곳의 붉은 피 돌지어 흐르니, ᄎᆞ마 보지 못ᄒ여 가슴을 허위고 빅두를 부딋이져, 흉ᄒᆞᆫ 상모(相貌)를 씽그리고 눈물이 흘너시니, 교예(校隷)3214) ᄆᆡ이 넉여, '어식 알고 다시 잡ᄋᆞ 드리라 ᄒ신다.' 속이니, 겁ᄂᆡ여 입을 막고 머리를 쏜히 박ᄋᆞ 쇼릭를 슴키고 쏟흘 파 우다가3215), 다시 굿치이믈 보고 더욱 셜워 타ᄂᆞᆫ ᄃᆞ시 이쓰고 싯ᄂᆞᆫ ᄃᆞ시 셜워ᄒ니, 인인이 츔 밧타 【32】 ᄭᅮ짓지 아니리 업셔, 굴오딕,

"쳔금 ᄋᆞ즈ᄂᆞᆫ 무죄히 죽게 치고 다시 죽이기를 ᄇᆞ야고, 요음(妖淫)ᄒᆞᆫ 계집을 [은] 져러트시 앗겨ᄒ니 진짓 인면슈심(人面獸心)이라."

ᄒ되, 젼노의 텬지 망극ᄒᆞᆫ 심ᄉᆞᄂᆞᆫ 귀가지3216) 어두어 아라듯지 못ᄒ고, 시도록 우더니, 명일의 어식 도라가니 슘을 닉쉬고, 태슈긔 발궐ᄒ여3217) 츈ᄋᆞ를 잠간 노화 달나 ᄒ다가, 태슈의 쥰척(峻責)을 듯고 믈너나 ᄀᆞ마니 옥 밧그로 【33】 돌며, 쇼식이나 듯고ᄌᆞ, 얼골이나 됴곰 보고ᄌᆞ, 규규(竅竅)히3218) 단녀 슈삼 일의 동시 아모 딕 굿치인 쥴 아지 못ᄒ니, 입속의 혼ᄌᆞ 말ᄒ며 눈물을 흘니더니, ᄶᅥ에 젼싱이 옥쥼의 잇ᄉᆞ나 거체(居處) 평안ᄒ고, 유모의 부부와 시동(侍童) 냥인이 뫼셔 쥬야 구호ᄒ며, 어ᄉᆞ의 쥰 바 약녁(藥力)3219)을 힘닙어, 상체(傷處) 졈졈 완합(完合)ᄒ고, 쇼어ᄉᆞ의 말ᄉᆞᆷ을 드러 셕연(釋然)이 ᄭᅢᄃᆞ라 마음을 평안이 ᄒ고, 몸을 ᄌᆞ 【34】 보(自保)ᄒ니, 신긔(身氣) 날노 소셩(蘇醒)ᄒ나3220) 태슈의 관곡(款曲)ᄒ믹 거쳐(居處)와 식음(食飮)의 화미(華味)ᄒ니 극ᄒ니, 젼싱이 깃거 아냐 금

3213) 나돌(邏卒) : 『역사』 조선 시대에, 지방 관아에 속한 사령(使令)과 군뢰(軍牢)를 통틀어 이르던 말. *군뢰(軍牢): 조선 시대에, 군대에서 죄인을 다루는 일을 맡아보던 병졸. 늑거리치, 뇌자, 뇌졸.

3214) 교예(校隷) : 교례(校隷). 조선시대 관청이나 병영에서 일을 보던 하급관리나 종을 통틀어서 이르는 말.

3215) 우다가 : 울다가. *울다: 기쁨, 슬픔 따위의 감정을 억누르지 못하거나 아픔을 참지 못하여 눈물을 흘리다. 또는 그렇게 눈물을 흘리면서 소리를 내다.

3216) 가지 : 까지. 이미 어떤 것이 포함되고 그 위에 더함의 뜻을 나타내는 보조사.

3217) 발궐ᄒ다 : 발괄하다. ①자기편을 들어 달라고 남에게 부탁하거나 하소연하다. ② 『민속』 민속 신앙에서, 신령이나 부처에게 구원을 빌다. *여기서는 ①의 의미.

3218) 규규(竅竅)히 : 구멍마다. 구멍이 뚫려 있는 곳마다.

3219) 약녁(藥力) : 약의 효력.

3220) 소셩(蘇醒)ᄒ다 : 중병을 치르고 난 뒤에 다시 회복하다.

니(衾裏)를 물니치고 거적을 실며, 집흘 베여 죄인을[으]로 쳐ㅎ나, 원앙(怨怏)을 신셜(伸雪)ㅎ미 머지 아니ㅎ고, 주긔 잇시미 대인이 돈즁(尊重)ㅎ고 주긔 업수미 타인의 멸딕(蔑待)를 바드실지라.

이러트시 혜ᄋᆞ려 심스(心思)를 널니더니, 믄득 그 야애 문 밧긔셔 쇼리ㅎ니 반가오믈 니긔지 못ㅎ여, 【35】 주연 니러 문틈으로 보건딕, 형용이 슈고(瘦枯)ㅎ고 안식이 쳐황(悽惶)ㅎ여 눈물이 눗치 가득ㅎ여시니, 놀납고 슬허 나아가 붓드러 굴오딕,

"불초이 불효무상(不孝無狀)ㅎ와 대인을 평안이 뫼시지 못ㅎ고, 귀체로써 누지(陋地)의 욕되시게 ㅎ니 불효지죄(不孝之罪)를 니긔여 쓰흘 곳이 업ᄂᆞ이다."

어뇌의 젼츈ᄋᆞ를 어더 보고져 옥문 밧긔 왕ᄂᆡㅎ더니, 젼싱의 가도인 곳은 문을 잠으지 아낫 【36】 고, 비복이 출입ㅎᄂᆞ지라.

아모 곳의 츈이 긋쳐시믈 아지 못ㅎ니, 문 밧긔셔 슬피고 말ㅎ며 뉴체(流涕)ㅎ더니, 의외의 그 ᄋᆞ즛 약슈를 보니 쵸췌ㅎᆫ 용모와 온화ㅎᆫ 긔운을 씌고, 참참(慘慘)ㅎᆫ 형식(形色)이 거지 안상ㅎ여 ᄂᆞ즉ㅎᆫ 말숨이 효슌지도(孝順之道)의 지극ㅎ나, 임의 졀치ㅎ여 뮈워ㅎ니 엇지 감동ㅎ미 잇시며, 이련(哀憐)ㅎᄂᆞᆫ 쯧이 ᄂᆞ리오.

눈을 부릅 쓰고 포려(暴戾)히 꾸지져 굴오딕,

"간악(奸惡)【37】흉포(凶暴)ㅎᆫ 너 곳 아니면, 무슴 연고로 닉 집을 바리고 이에 와 고초(苦楚)를 바드며, 간장(肝腸)을 틱와 가삼의 칼흘 쏘즌 셜우미 잇스랴."

급히 그 머리를 씌어 업지르고 치고ᄌᆞ ㅎ딕, 미쳐 싱각지 못ㅎ여 쇠치[3221]를 ᄀᆞ져 오지 못ㅎ여시니, 이다라 두루두로[3222] 슬피미 문안히 옥둘(獄卒)들의 베고 ᄌᆞᄂᆞᆫ 목침이 잇ᄂᆞ지라. 쮜여가 집어다가 힘을 다ㅎ여 두다리니, 머리 식로이 터지고 몸이 쏘 웃쳐져 흐【38】르ᄂᆞᆫ 피 ᄀᆞ득ㅎ니, 복뷔(僕夫) 울며 비러 듯지 아니ㅎᄂᆞ지라.

옥니(獄吏)들이 맛춤 한가ㅎ믈 인ㅎ여, 훗터 가 동뉴(同類)로 모혀 말ㅎ더니, 믄득 요란ㅎ믈 듯고 놀나 모히니, 젼노의 흉악ㅎ미 약슈를 죽이고ᄌᆞ ㅎᄂᆞ지라. 크게 쇼리ㅎ여 어스 노야 위령(威令)을 일ᄏᆞ라 손을 잡고 앗고져 ㅎ딕, 젼싱이 도라보와 정식 왈,

"여등은 다만 쇼임을 다ㅎ여 닉 몸을 가도와 일치 말 ᄯᆞ름이라. 엇지 상하지분(上下之分)【39】을 모로고 우리 딕인ᄀᆡ 불공(不恭)ㅎᄂᆈ?"

옥니 마지 못ㅎ여 믈너셔니, 젼뇌 더옥 승시(乘時)ㅎ여 치ᄂᆞ지라. 약쉬 동용(從

3221)쇠치 : 쇠로 만든 채찍.
3222)두루두로 : 두루두루. 여기저기 빠짐없이 골고루.

容)이 고ᄒᆞ여 글오ᄃᆡ

"불쵸(不肖) 욕ᄌᆞ(辱子)를 다ᄉᆞ리시민, 노ᄌᆡ(奴子) 좌우의 잇ᄉᆞᆸᄂᆞ니 엇지 셩체(聖體)를 닛비3223) ᄒᆞ시ᄂᆞ니잇고? 바라건ᄃᆡ 좌우(左右) 창두(蒼頭)로 ᄒᆞ여곰 엄치(嚴治)ᄒᆞ시믈 비ᄂᆞ이다."

ᄒᆞ되, 젼뇌 노분이 젹츅(積蓄)ᄒᆞᆷᄆᆞᆫ 향ᄂᆡ(向來) 츈ᄋᆞ의 잔잉히3224) 맛고 ᄀᆞ쳐시미 통박(痛迫)ᄒᆞ던 ᄯᅳᆺ이라. 노분(怒忿)을 풀고ᄌᆞ ᄒᆞ민, 엇【40】지 긋치고 완완히 ᄐᆡ장(笞杖)을 더으리오.

니를 ᄀᆞ라 글오ᄃᆡ,

"너 간흉(奸凶) 역ᄌᆞ(逆子)를 죽이고 너 출하리 어ᄉᆞ의 죽이믈 바드리니, 엇지 요ᄃᆡ(饒貸)3225)ᄒᆞ리오"

이에 무슈이 치니 젼싱이 긔력(氣力)이 밋지 못ᄒᆞ여 혼미ᄒᆞ니, ᄰᅦ에 옥니(獄吏) 창황(蒼黃)이 ᄐᆡ슈긔 고ᄒᆞ니, ᄐᆡ슈 대경ᄒᆞ여 친히 옥즁의 니르민, 젼싱이 혼졀ᄒᆞ여 것구러졋고, 모든 복부(僕夫)ᄂᆞᆫ 붓들고 우ᄂᆞᆫ ᄃᆡ, 젼노ᄂᆞᆫ ᄐᆡ슈의 님ᄒᆞ믈 놀나 닷고 업더라.【41】

ᄐᆡ슈 친히 젼싱을 누이고 약을 쓰며 젼슉의 흉흔 심장이 싀호(豺虎)3226)도곤 더ᄒᆞ믈 통ᄒᆡ(痛駭)ᄒᆞ여3227) 묵연(默然)이 말을 아니코, 옥니를 칙(責)ᄒᆞ여,

"쇼리(率爾)히3228) 흉인을 ᄀᆞᄀᆞ이 오게 ᄒᆞ니, 타일 어ᄉᆞ의 알미 된 《쥭ᅵᆯ즉》, ᄉᆞ죄(死罪)를 면(免)치 못ᄒᆞ리라."

ᄒᆞ령(下令)ᄒᆞ고, 약음(藥飲)과 츠탕(茶湯)을 분부ᄒᆞ고 도라가니, 옥니 크게 두려 문을 직희여 ᄰᅥᄂᆞ지 아니터니, 밤이 깁흔 후 젼뇌(奴) 칼을 품고 다시 와 들고ᄌᆞ ᄒᆞ다가, 옥니의 방ᄉᆡᆨ(防塞)3229)ᄒᆞ미 되【42】여, 미리 넉치니, ᄃᆡ로ᄃᆡ분(大怒大憤)ᄒᆞ여 관문 밧긔 가 통곡ᄒᆞ니, ᄐᆡ슈 좌우다려3230) 무르니, '젼노의 흉심낭장(凶心狼腸)3231)이 칼흘 들고 옥 밧긔 긋다가 드지 못ᄒᆞ민 통곡ᄒᆞᆫ다.' ᄒᆞᄂᆞᆫ지라. ᄐᆡ슈 그 지흉지악(至凶至惡)ᄒᆞᄆᆞᆯ ᄃᆡ로ᄒᆞ여, ᄉᆞ예(司隷)3232)를 명ᄒᆞ여 잡ᄋᆞ드려

3223) 닛비 : 수고롭게. *수고롭다: 일을 처리하기가 괴롭고 고되다.
3224) 잔잉ᄒᆞ다 : 불쌍하다. 가엾다. 안쓰럽다.
3225) 요대(饒貸) : 너그러이 용서함.
3226) 싀호(豺虎) : 승냥이와 호랑이를 아울러 이르는 말.
3227) 통ᄒᆡ(痛駭)ᄒᆞ다 : 몹시 이상스러워 놀랍다.
3228) 쇼리히 : 솔이(率爾)히. 말이나 행동이 신중하지 못하고 가벼이.
3229) 방ᄉᆡᆨ(防塞) : 들어오지 못하게 막다. 또는 틀어막거나 가려서 막다.
3230) 다려 : 더러. 어떤 행동이 미치는 대상을 나타내는 격 조사.
3231) 흉심낭장(凶心狼腸) : '호심낭술(虎心狼術: 범의 사나움과 늑대의 교활함)'을 변용(變容)한 표현으로, '흉측하고 교활한 심보'를 이른 말. *낭장(狼腸): 늑대처럼 사납고 교활한 심보.

꾸지져 글오듸,

"이 완포영특(頑暴獰慝)3233)혼 가둑3234)오! 텬싱ᄌ익(天生慈愛)를 아지 못ᄒ고 요물(妖物)의 고혹(蠱惑)ᄒ여 옥(玉) ᄀᆞᆺ흔 ᄋᆞ들을 ᄉᆞ지(死地)의 밀치고, 그 사라시믈 쵸됴(焦燥)ᄒ여 죄목을 얽어 니게 고ᄒᄆᆞᆯ 【43】 흉측히 넉이듸, 그 아비 ᄌᆞ식의 죄를 니르니, 법을 굽히지 못ᄒ여 부득이 다ᄉᆞ리고ᄌᆞ ᄒᆞ다가, 쇼 안듸(按臺)3235)의 쳑언을 듯고, 젼두(前頭)3236)의 죄 닙지 아니믈 긔필치 못ᄒ니, ᄇᆞ야흐로 우민ᄒ니, 이 곳 너의 흉악무도(凶惡無道) 잔혹흉픽(殘酷凶悖)혼 연괴(然故)라. 분ᄒᆞ미 죽이고ᄌᆞᄒᆞ듸 효ᄌᆞ의 안면(顔面)을 구이(拘礙)ᄒ여 참앗거늘, ᄉᆞ갈(蛇蝎)의 심장과 싀호(豺虎)의 셩식(性息)3237)으로 방ᄌᆞ(放恣)히 옥즁의 돌입ᄒ여 관부(官府) 법녕(法令)을 두리지 아니ᄒ듸, 오히 【44】려 너 흉적의 죄를 뭇지 아니니, 이ᄂᆞᆫ ᄂᆡ의 과(過)히 인약(仁弱)ᄒ미라. 이제 ᄯᅩ 칼흘 씨고 죄인을 죽이고ᄌᆞᄒᆞ니, 쾌히 형장을 쥰ᄎᆞ(峻次)홀3238) 거시로듸, 너 노츅(老畜)이 ᄌᆞ식 두기를 션(善)이 ᄒᆞ여, 약슈의 되효를 아름다이 넉이므로 노츅싱(老畜生)의 죄를 사(赦)ᄒᆞ나, 엇지 평안이 두어 임의로 왕ᄂᆡ케 ᄒᆞ리오,"

좌우로 ᄒᆞ여곰, "큰 칼을 드려 씨우고 슈둑(手足)을 잠가, 머무던 집의 두고 ᄂᆞ돌(羅卒)이 직희여 다라ᄂᆞ게 말나." ᄒᆞ니, 【45】

젼뇌 틱슈의 밍녈이 꾸지즘과 다ᄉᆞ리믈 맛나 다만 울고 하쳐(下處)의 도라와 통곡홀 ᄯᆞᄅᆞᆷ이라.

틱슈, 젼슉을 치지 못ᄒ고 분을 ᄎᆞᆷ지 못ᄒ여, 츈ᄋᆞ와 쇼잉 늉경을 잡ᄋᆞ 올녀 엄형(嚴刑) 《슈ᄎᆞ∥쥰ᄎᆞ(峻次)》ᄒ여 골육(骨肉)을 니간(離間)혼 죄를 다ᄉᆞ리니, 쎠의 틱슈의 모친 숑시 놀ᄂᆞ고 두려 ᄋᆞ지(兒子) 죄 닙을가 두려 ᄒᆞ더니, 어ᄉᆞ 굿ᄒᆞ여 틱슈를 침쳑(侵責)3239)치 아니코 됴히 도라가고, 츈이 옥즁의 ᄀᆞᆺ치이고, 우셥이 먼니 다라나 금은을 【46】 도로 달나 아니ᄒ니, 일마다 요힝(僥倖)ᄒ여 은ᄌᆞ 바든 줄은 틱슈 드려 니르지 아냐시니 깁히 감쵸고, 츈ᄋᆞ 죽기만 ᄇᆞ라니 ᄉᆞ라

3232)ᄉᆞ예(司隷) : 중국 주나라 때 추관(秋官: 刑部)에 소속된 관리. 한나라 때는 사예교위(司隷校尉)라는 관직명이 보인다. *여기서는 조선시대 군(郡)·현(縣) 등의 관아(官衙)에 소속된 하급관리나 종을 이른 말로 보인다.
3233)완포영특(頑暴獰慝) : 성질이 몹시 사납고 모질음.
3234)가둑 : 가죽. 동물의 몸을 감싸고 있는 질긴 껍질. 여기서는 사람의 가면[가죽]을 쓰고 있는 '죄인을 일컫는 말'로 쓰였다.
3235)안듸(按臺) : '안찰사(按察使)'를 달리 이르는 말.
3236)젼두(前頭) : 앞 또는 앞쪽.
3237)셩식(性息) : 성질과 심정. 또는 타고난 본성.=성정.
3238)쥰ᄎᆞ(峻次)ᄒᆞ다 ; 매나 형장(刑杖)을 엄히 치다.
3239)침쳑(侵責) : 간접적으로 관계되는 사람에게 책임을 추궁하다. ≒책침(責侵)하다.

ᄂ먼 은을 달나 홀가 겁ᄒ미라.

진실노 '무식(無識)다' 욕혼 지니, 엇지 죄를 면ᄒ리오.

시(時)의 젼싱이 실ᄂᆺ ᄀᆞ른 긔믹(氣脈)이 겨오 보젼ᄒ여다가, 흉독히 두다리니 졍신이 어득ᄒ여 비록 슈습고ᄌ 호나, 밋지 못ᄒ여 업더져 막힌지라.

젼뇌 다라난 후, 틱슈의 구ᄒ믈【47】닙고 비복의 구완(救完)ᄒ믈 인ᄒ여 날이 식기의 ○○[미쳐] 비로쇼 회싱ᄒ니, 눈을 드러 보미 몸이 옥즁의 누엇고 틱인은 보지 못ᄒᆞ러라.

눈물을 흘니고 유모다려 닐오ᄃᆡ,

"야애 어느 ᄯᅥ 도라가시고, 셩체(聖體) 엇더ᄒ시다 ᄒᆞᄂᆢᆨ?"

유뫼 거즛 ᄃᆡ왈

"노애 샹공이 혼미ᄒ시믈 보고 놀나 가시고, 체후(體候)ᄂᆞ 숀샹ᄒ시미 업다 ᄒᆞᄂᆡ이다."

싱이 탄왈,

"너 불효ᄒ여 ᄌᆞ로 죄를 어드니 틱인긔 뫼시지 못ᄒ미 오린지라. ᄎ신(此身)이 외로이 구【48】으러 도라갈 곳이 업스믈 셜워ᄒ더니, 아ᄌ(俄者)3240)의 비록 죄를 어ᄃᆡ시나, 대인 슬하의 업ᄃᆡ여 야야의 숀이 몸의 다ᄒ시니 의지홀 곳이 잇ᄂᆞᆫ 듯ᄒ더니, ᄂᆞ의 근력이 밋지 못ᄒ여 아득혼 ᄀᆞ온ᄃᆡ 야애(爺爺)의 무이(撫愛)ᄒᆞ스믈 밧ᄌᆞ오리오."

인ᄒ여 쳐연(悽然) 뉴체(流涕)ᄒ니, 유모(乳母)와 복ᄌᆞ(僕者) 다 눈물을 흘니고 ᄃᆡ치 못ᄒ더라.

싱이 이윽고 시동(侍童) 명지로 ᄒ여금 틱인의 야릭(夜來) 돈후(尊候)를 아라 오라 ᄒ니, 이윽ᄒ여 도라와 긔게(起居)【49】안온(安穩)ᄒ시믈 써 고ᄒ고, 항쇄 독쇄(項鎖足鎖)3241)ᄒ믈 알외지 아니니, 젼싱이 막연부지(漠然不知)3242)ᄒ니 넘녀치 아니코 졍신이 졈졈 ᄂᆞᄋᆞ미, 스스로 몸을 앗겨 약을 곳쳐 븟치고, 미음(米飮)3243)을 ᄌᆞ로 ᄎ즈 마시나, ᄯᅢ로 마음이 놀나여고 몸이 평안치 아니니, 동일토록 스스로 젼뉼(戰慄)ᄒ여 누엇지 못ᄒ니, 괴이히 넉여 아니 셩효(誠孝) 부득ᄒ여 틱인긔 칙벌(責罰) 밧ᄌᆞ오믈 원통ᄒ미 잇셔 이러ᄒ나 ᄌᆞ칙(自責)ᄒ고, 심ᄉ(心思)를 평안이《ᄒᆞ나‖ᄒᆞ나》 아마도3244) 심동(心動)【50】ᄒ니, 밤이 깁도록 ᄌᆞ지

3240) 아ᄌ(俄者) : 이젼, 지난번, 조금 젼, 갑자기.
3241) 항쇄족쇄(項鎖足鎖) : 죄인의 목에 씌우던 칼과 그 발에 채우던 차꼬를 아울러 이르는 말.
3242) 막연부지(漠然不知) : 뚜렷하지 못하고 어렴풋하여 알지 못함.
3243) 미음(米飮) : 입쌀이나 좁쌀에 물을 충분히 붓고 푹 끓여 체에 걸러 낸 걸쭉한 음식. 흔히 환자나 어린아이들이 먹는다.ᄂᆞ보미(寶米).

못ᄒ더니, 명직 등이 셔로 디ᄒ여 됴으더니, 명직 믄득 ᄭᅮᆷ속의 조어(鳥語)3245)ᄒ여 명ᄎᆔ 드려 니로듸,

"디노애 냥일(兩日)이 되도록 큰 칼을 벗지 못ᄒ시니, 괴로오믈 견듸지 못ᄒ여 통곡ᄒ시ᄂᆞᆫ지라. 아등(我等)의 심ᄉᆞ(心思)도 황황(惶惶)3246)ᄒ니 쥬군(主君)이 아르신즉 망극ᄒ여 큰 거죄(舉措) 계실지라. 닉 감히 바로 알외지 못ᄒ여 안온(安穩)ᄒ시믈 고ᄒ나, ᄂᆞ의 긔망(欺罔)ᄒᆫ 죄 즁(重)ᄒ고, 쥬뫼(主母) ᄯᅩ 식음을 폐ᄒ고 호읍(號泣)ᄒ신다 ᄒ니, 태【51】슈의 일이 과도치 아니랴?"

ᄒᄂᆞᆫ지라.

젼싱이 ᄎᆞ언(此言)을 드르ᄆᆡ 경황ᄒ여 급히 명직를 ᄭᆡ와,

"엇진 말이뇨?"

ᄒ니,

명직 감히 긔(欺)이지 못ᄒ여 실ᄉᆞ(實事)로써 고ᄒ고 긔망ᄒ믈 쳥죄ᄒ니, 젼싱이 이ᄶᅥ 심신이 망극ᄒ니 어느 결을3247)의 명직를 척ᄒ리오.

창황(蒼黃)이 문을 열치고 ᄂᆞ가니 유모와 동직 황황(遑遑)이 됴ᄎᆞᆺ더라. 젼싱이 ᄂᆞᄋᆞ가 옥돌의게 비러 굴오듸,

"죄인이 옥 밧긔 ᄂᆞ믜 쥭을 죄로듸, 닉 임의 쥭엄죽ᄒᆫ 죄【52】잇ᄉᆞ니, 도리를 직희지 못ᄒᆯ지라. 여등은 ᄂᆞ의 망극ᄒᆫ 졍경(情景)을 불샹이 녁여 밧문을 여러 쥬미 엇더ᄒ뇨?"

옥니(獄吏) 등이 놀나 무ᄉᆞᆷ 연괴(緣故)를 뭇도 못ᄒ고, 그 황황(遑遑)ᄒ믈 감동ᄒ여 문을 열고 ᄯᅳ르가며, 일변(一邊) 틱슈긔 보ᄒ더라.

젼싱이 명직를 닛그러 보보젼경(步步顚傾)3248)ᄒ여 디인 머믄 닌가(人家)의 밋ᄎᆞ니, 먼니셔븟터 디인의 슬픈 곡셩이 은은이 들니ᄂᆞᆫ지라. 심혼(心魂)이 산비(散飛)ᄒ고 망극(罔極) 쵸젼(焦煎)ᄒ여 방문 【53】을 열ᄆᆡ, 과연 그 야애(爺爺) 큰 칼을 메고 슈독을 잠가 슬피 우ᄂᆞᆫ지라.

ᄎᆞ시 츈졍월(春正月)이라. 찬 눈이 오히려 녹지 아니코 엄(嚴)ᄒᆫ 셔리 눈 우희 더어시니, 치운3249) 긔운이 투골(透骨)ᄒᄂᆞᆫ지라. 모든 복뷔 화로를 겻히 노화 어

3244)아마도 : '아마'를 강조하여 이르는 말.

3245)조어(鳥語) : ①새의 지저귀는 소리. ≒새소리. ②알아듣지 못하게 지껄이는 말소리를 비유적으로 이르는 말. ≒섬어(譫語) *섬어(譫語): 앓는 사람이 정신을 잃고 중얼거리는 말.=헛소리.

3246)황황(惶惶) : 몹시 불안하거나 두려워서 떠는 모양.

3247)결을 : 겨를. 어떤 일을 하다가 생각 따위를 다른 데로 돌릴 수 있는 시간적인 여유. ≒틈.

3248)보보젼경(步步顚傾) : 걸음마다 엎어지고 자빠짐.

3249)치운 : 추운. *칩다: 춥다. 몸이 떨리고 움츠러들 만큼 찬 느낌이 있다.

한(禦寒)ᄒ나 젼슉이 싱어부귀(生於富貴)ᄒ고 댱어호치(長於豪侈)ᄒ여 늙기의 니르도록 괴로오믈 아지 못ᄒ다가, 뜰연(猝然)이 집을 ᄯ러나 마을3250)의 쥬착(住着)ᄒ니3251) 비록 병장(屛帳)과 의금(衣衾)을 ᄀᆺ초나 엇지 즈긔 집 고루화각(高樓華閣)3252)의 안 【54】 거(安居)홈 ᄀᆺ{ᄒ}트리오.

ᄒ믈며 츈ᄋᆡ 고쵸ᄒᄆᆞᆯ 셜워 금금(錦衾)을 믈니치고 댱탄단우(長歎愽憂)3253)ᄒ여 빅슈(白鬚)의 눈믈이 니음츠더니, 틱슈의 노(怒)를 당ᄒ여 엄슈(嚴囚)ᄒᆫ 죄인이 되어 관니(官吏) 좌우의 직희니, 감히 ᄒᆫ 쎅를 쉬지 못ᄒ고 은ᄌ(銀子)로 인졍(人情)3254)을 쥬어 칼흘 벗기라 ᄒ딕, 틱슈의 위령(威令)을 두려 응치 아니니, 짐줏 뮈이 넉이미라.

노복이 ᄀᆞ득이 뫼셔 익걸ᄒ딕 듯지 아니니, 두 밤과 ᄒᆫ 낫3255)을 안ᄌ 견딕려 【55】 ᄒ니, 허리 ᄭᆞᆺ쳐지는 듯 알푸고 목이 알파 두루혀지 못ᄒ게 부어시니, 흐르는 눈믈이 가슴을 젹시더니, 약슉 니르러 ᄎ경(此景)을 보믹 텬지망극(天地罔極)ᄒ여, 급히 ᄯ위여 드러가 그 야야(爺爺)의 발을 붓들고 익호일셩(哀號一聲)3256)의 혼도(昏倒)ᄒ여 것구러지니, 복뷔(僕夫) 급히 슈죡(手足)을 쥐믈너3257) 구홀ᄉᆡ, 다시 졍신을 출혀 그 야야 무릅히 머리를 다히고 업드여 우러 ᄀᆞᆯ오딕,

"딕인 귀체 이를 당ᄒ시믄 불쵸(不肖) 역ᄌ(逆子) 약슈 【56】 의 죄로쇼이다. 불쵸이(不肖兒) 잔명(殘命)을 지연(遲延)ᄒ믄 대인 슬ᄒ(膝下)의 '무칙(舞彩)의 노름'3258)을 바라더니, 이제 역ᄌ(逆子)의 산ᄒᆡ(山海) ᄀᆞ툰 죄악으로 딕인 셩체(聖體)의 이러틋ᄒᆫ 욕을 보시니, 감히 일시도 부ᄌ지간(父子之間)의 언식(言飾)지 못ᄒ올지라. 스스로 죄를 다스리와 잔명(殘命)을 ᄆᆞᆾᄎ니, 복원(伏願) 야야는 귀체를 안보(安保)ᄒᆞ샤, 기리 영슌(寧順)ᄒ시믈 ᄇᆞ라ᄂᆞ이다."

이의 졀ᄒ고 머리를 두다려 야야의 손을 붓들고 호읍ᄒ여, 계오 ᄀᆞᆯ오딕,

"히ᄋ(孩兒) 【57】 슬하를 기리 하직ᄒ오니, 야야의 외로오시믈 넘(念)ᄒ건딕

3250) 마을 : 예전에, 벼슬아치들이 모여 나랏일을 처리하던 곳.=관아.
3251) 쥬착(住着)ᄒ다 : 일정한 곳에 머무르다.
3252) 고루화각(高樓華閣) : 높이 짓고 화려하게 꾸민 누각(樓閣).
3253) 댱탄단우(長歎愽憂) : 긴 한숨을 지으며 깊이 탄식하고 근심함.
3254) 인졍(人情) : 예전에, 벼슬아치들에게 몰래 주던 선물.
3255) 낫 : 낮. 해가 뜰 때부터 질 때까지의 동안.
3256) 익호일셩(哀號一聲) : 슬프게 말 한 마디를 부르짖음.
3257) 쥐믈다 : 주무르다. 손으로 어떤 물건이나 몸뚱이 따위를 쥐었다 놓았다 하면서 자꾸 만지다.
3258) 무칙(舞彩)의 노름 : 무칙지지락(舞彩之樂). 색동옷 입고 춤을 추어 어버이를 즐겁게 해 드림. 중국 춘추 때 초나라 사람 노래자(老萊子)가 70세에 색동옷을 입고 어린애 장난을 하여 늙은 부모를 즐겁게 해드렸다는 고사에서 유래한 말.

촌장(寸腸)이 슷는 듯ᄒ온지라. 스름을 하람의 보ᄂᆡ여 ᄌᆡ동슉(再從叔)의 ᄒᆞᆫ ᄋᆞᄃᆞᆯ을 구ᄒᆞᄉ 의탁ᄒᆞ시고, 션됴봉ᄉ(先祖奉祀)를 맛지쇼셔.”

인ᄒᆞ여 죄를 토(吐)ᄒ고 긔운이 막히일 듯ᄒᆞ니, 쎤의 틱슈ᅵ 이 쇼식을 듯고, 춍망이 니르러 이 말을 듯고 이 경상을 보ᄆᆡ, 감동(感動) ᄎ탄(嗟歎)ᄒ여 좌우를 명ᄒ여 젼노의 칼을 벗기고, ‘슈독(手足) 감은 거슬 열나’ ᄒ고, 약슈 【58】 를 향ᄒ여 ᄉ죄코ᄌ ᄒᆞ더니, 젼싱이 틱슈를 보ᄆᆡ 불공ᄃᆡ쳔지슈(不共戴天之讎)3259)로 알거니 엇지 도라보리오. 부젼의 다시 졀ᄒ여 굴오ᄃᆡ,

“히ᄋᆞ의 불효지죄ᄂᆞ 만ᄉ무쇽(萬死無贖)이니, 넉시라도 감히 ᄃᆡ인긔 뵈지 못ᄒᆞᆯ 거시로ᄃᆡ, 부ᄌ의 유유(悠悠)ᄒᆫ 졍(情)은 ᄉ싱의 기리 닞지 못ᄒᆞᆯ지라. 당당이 외로온 넉시 좌우의 뫼셔 쩌ᄂᆞ지 아니리이다.”

인ᄒᆞ여 칼을 드러 빗기 지르니, 몸이 업더지ᄂᆞᆫ 곳의 젹혈이 방 【59】 즁의 ᄀᆞ득ᄒᆞ니, 좌위 실셩호통(失性號慟)ᄒ고 틱슈ᅵ ᄃᆡ경ᄎ악(大驚且愕)ᄒ여 급히 붓드러 누이고 슬피건ᄃᆡ, 임의 호흡이 긋쳐지고 슈독(手足)이 어름 ᄀᆞᆺᄒᆞ니, 틱슈ᅵ 막불ᄃᆡ경(莫不大驚)ᄒ여 뉘웃기를 마지 아니ᄒᆞ니, 급히 칼을 쎈히고 약을 붓칠ᄉᆡ, 젼싱의 간격(肝膈)3260)이 ᄶ여지고3261) 심혼(心魂)이 니쳬(離體)ᄒᆞ여, 믜이 지르지 못ᄒᆞ여 당쳐(當處)를 상(傷)ᄒ오미 업스나, 눗빗치 임의 변ᄒᆞ여 옥면(玉面)이 푸르고, 가월(佳月)3262)을 기리 씽긔 【60】 여 원(怨)을 머금고 한(恨)을 품어 피 눈물이 귀 밋히 져져시니, 참연(慘然) 경악(驚愕)ᄒᆞ미 골원혈슈(骨怨血讎)3263)라도 참지 못ᄒᆞᆯ지라.

젼뇌 ᄇᆞ야흐로 괴로오믈 인ᄒᆞ여 약슈 졀치(切齒)ᄒᆞ미3264) 더으더니, 홀연 약쉬 망극(罔極) 비통(悲痛)ᄒ여 이호(哀呼) 민박(憫迫)ᄒ여, 간간덜덜(懇懇切切)3265)ᄒᆫ 졍의(情誼)로 아비를 넘녀ᄒ여 도라가ᄂᆞᆫ 넉시 오히려 유유ᄒ여, 슬픈 ᄯᅳᆺ을 고ᄒ여 ᄀᆞ바ᅡ이 명을 결ᄒᆞᄆᆞᆯ 당ᄒᆞ니, 긋ᄒ여 감동ᄒᆞ여 ᄭᆡᄃᆞ르미 아 【61】 니로ᄃᆡ, 부지불각(不知不覺)의 텬눈(天倫)이 ᄌᆞ동(自動)ᄒᆞ미 이러나 붓들고 통곡ᄒᆞ더라.

틱쉬 빅방으로 구호ᄒ여 식기의 밋쳐, 만신(滿身)의 온긔 퍼지고 슘쇼리 니어

3259) 블공ᄃᆡ쳔지슈(不共戴天之讎) : 하늘을 함께 이지 못할 원수라는 뜻으로, 이 세상에서 같이 살 수 없을 만큼 큰 원한을 가진 사람을 비유적으로 이르는 말.

3260) 간격(肝膈) : 간(肝)과 흉격(胸膈; 가슴)을 함께 이른 말로, ‘마음’ 또는 ‘마음속’을 달리 이르는 말.

3261) ᄶ여지다 : 찢어지다. 찢기어 갈라지다.

3262) 가월(佳月) : 초승달처럼 아름다운 눈썹.

3263) 골원혈슈(骨怨血讎) : 뼈를 갈고 피를 뿌려서라도 꼭 갚아야 할 원수. 곧 목숨을 바쳐 갚아야할 원수.

3264) 졀치(切齒) : 몹시 분하여 이를 갊.

3265) 간간덜덜(懇懇切切) : 뼈에 사무치도록 매우 간절함.

되3266), 오히려 혼미(昏迷)ᄒ여 쾌소(快蘇)치 못ᄒ더니, 날이 느즌 후 비로쇼 눈을 ᄶ여보고, 야야의 잠은 거슬 버셔ᄂ 졋히 안ᄌ 어로만ᄌ 울믈 놀나, 번신(翻身)ᄒ여3267) 무릅 압히 업듸여 머리를 두다리고 피를 흘녀 울며 ᄉ죄(死罪)를 쳥ᄒ니, 젼뇌 왈,

"너의 옛 죄의 【62】 허실(虛實)은 아지 못ᄒ거니와, 네 이졔 아비 욕보믈 셜워 목슘을 앗기지 아니ᄒ니, 닉 심ᄉ ᄌ못 비챵(悲愴)ᄒ지라. 오ᄋᄂ 과도히 셜워 말고 ᄉ○[로]라3268). 네 만일 이민ᄒ죽3269) 부ᄌ의 졍이 옛날 ᄀᄐ리라. 닉 일시 분긔로 너를 치고 다시 칼흘 들고 가셔 쥭이고ᄌ ᄒ다가 일우지 못ᄒ고, 분(憤)ᄒ여 방ᄌ히 통곡ᄒ다가, 틱슈 되인을 경동(驚動)ᄒᆫ 죄로 벌을 닙으니, 감히 노야를 한(恨)치 못ᄒᆯ지라. 되인이 누쳐(陋處)의 【63】 친님(親臨)ᄒᄉ 너를 구ᄒ시고 ᄂ의 죄를 ᄉ(赦)ᄒ시니, 셸니 졀ᄒ여 ᄉ례ᄒ라."

약쉬 고두뉴혈(叩頭流血)3270)ᄒ고 쳬읍통도(涕泣痛悼)ᄒ여 되(對)치 못ᄒᄂ지라. 틱슈 압흘 향ᄒ여 ᄉ례ᄒ여 굴오되,

"션싱의 되효ᄂ 텬지(天地)를 격감(格感)3271)ᄒ고 일월(日月)노 징광(爭光)ᄒ리니, 삼쳑미명(三尺微命)3272)도 ᄶᆞᆫ 감탄ᄒᄂ 빅여늘, 하관(下官)이 무지여토목(無知如土木)3273)ᄒ여 되효(大孝)를 ᄉ못지3274) 못ᄒ고, ᄉ현지도(事賢之道)3275)를 ᄶᅵᆮ지 못ᄒ여, 션싱긔 죄 어드미 하히(河海) ᄀᄐ니, 【64】 감히 ᄉ(赦)ᄒ믈 브라지 못ᄒ리로다."

이의 관(冠)을 벗고 젼슉을 향ᄒ여 ᄶᅮ러,

"불학무식(不學無識)ᄒ여 녕윤(令胤) 션싱의 달텬지효(達天之孝)를 아지 못ᄒ고, 노 션싱긔 무례ᄒ미 극ᄒ니, 득죄(得罪) 여산(如山)이라."

ᄒ여 지극히 ᄉ죄ᄒ니 젼슉이 황공불승(惶恐不勝)ᄒ여 급히 붓드러 니르혀, 니로딕,

3266) 니이다 : 잇다. 이어지다.
3267) 번신(翻身)ᄒ다 : 몸을 번드치다.
3268) ᄉ로라 : 사뢰라. *사뢰다: 웃어른에게 말씀을 올리다.
3269) 이민ᄒ다 : 애매하다. 아무 잘못 없이 꾸중을 듣거나 벌을 받아 억울하다.
3270) 고두뉴혈(叩頭流血) : 머리를 땅에 두드려 피를 흘림.
3271) 격감(格感) : 감동(感動)에 이르게 함.
3272) 삼쳑미명(三尺微命) : '키가 석 자 정도밖에 되지 않는 보잘 것 없는 어린 목숨'이란 뜻으로, 중국 당나라 왕발(王勃)이 지은 〈등왕각서(滕王閣序)〉에서, 왕발이 자신을 '발 삼척미명 일개서생(勃 三尺微命 一介書生)'이라 한 표현에서 따온 말.
3273) 무지여토목(無知如土木) : 미련하기가 돌덩이나 나무토막과 같다는 말.
3274) ᄉ못다 : 사무치다. 어떤 일의 내용이나 본질을 꿰뚫어 잘 알다.
3275) ᄉ현지도(事賢之道) : 어진 선비를 섬기는 도리.

"지주(知州) 딕인 돈위(尊威) 엇더ᄒ시관딕, 쳔싱(賤生)의게 여ᄎ(如此) 과거(過擧)를 ᄒ실 비리잇고? 황황젼뉼(遑遑戰慄)ᄒ니 욕ᄉ무지(欲死無地)3276)로쇼이다. 쳔싱이 스스로 죄【65】 지어 공됴딕인의 다ᄉ리시믈 바드니 당연ᄒ지라. 대인이 엇지 토민(土民)의게 ᄉ죄(謝罪)ᄒ시리잇가? 불승(不勝) 황공(惶恐)ᄒ이다." 인ᄒ여 역시 관을 벗고 업딕니, 틱슈 하리로 젼 노션싱 관(冠)과 씌룰 ᄂ오라 ᄒ고, 붓드러 안치고 젼싱을 향ᄒ여 다시음3277) ᄉ죄(謝罪)ᄒ딕, 싱이 다만 복지뉴쳬(伏地流涕)ᄒ며 돈슈(頓首)홀 ᄯ름이오, 일언을 딕(對)치 아니ᄒ니, 틱슈 무류(無聊)3278)코 가이업셔3279) 하리(下吏)를 분부ᄒ여,

"젼노 션싱 식믈(食物)과 차탕(茶湯)을 【66】 각별 풍셩이 딕령(待令)ᄒ라."

ᄒ고, 하직고 도라가니, 약슈 비로쇼 부젼(父前)의 고왈,

"ᄋ희(兒孩) 완명(頑命)이 굿ᄒ여 다시 니이니3280) ᄂᆺ츨 드러 텬일을 보지 못ᄒ거시오딕, 죽지 못ᄒᆫ즉 몸의 무거온 죄룰 쇽(贖)지 못ᄒ엿시니, 감히 옥 밧글 ᄂ지 못ᄒ올지라. 하직고 다시 ᄀᆽ치이믈 밧ᄌ오리니 복망(伏望) 딕인은 셩체를 안보ᄒᄉ 불초ᄋ(不肖兒)를 념녀치 마르쇼셔."

젼뇌 왈

"틱슈 다시 곤척(悃責)ᄒ미 업ᄉᆫ즉, 닉 몸을 편히 잇【67】ᄉ리니, 네 심ᄒᆫ 약골(弱骨)노 즁장(重杖) 후, 연ᄒ여 몸을 샹히오고, ᄌ경(自剄)ᄒᆫ 검흔(劍痕)이 깁히 두리온지라. 됴심ᄒ여 ᄌ보(自保)ᄒ라."

약슈 딕인의 권념(眷念)ᄒ시믈 밧ᄌ오미 감격(感激) 체읍(涕泣)ᄒ여 직비 슈명ᄒ고. 다시 옥즁의 도라와 거젹 ᄀ온딕 구러지니, 머리를 들고 ᄂᆺ츨 열믜 업셔, 스스로 죄인 듕 죄인되믈 ᄌ쳐(自處)ᄒᄂ 도리 더옥 박냑(薄略)ᄒ니, 일일의 일동(一鐘) 미음(米飮)을 마신 밧긔 다시 입을 여지 아니ᄒ고, 【68】 일일(一日) 삼ᄎ(三次) 시동(侍童)으로 딕인 긔거(起居)를 아라온 밧, 눈을 들며 입을 여러 쇼리룰 발(發)치 아니ᄒ니, 문견지(聞見者) 위로ᄒ며 낙누(落淚)ᄒ더라.

화싱이 쇼믹(小妹)를 위로ᄒ고 완호(完護)ᄒ여3281) 관문(官門) 밧 촌가의 머무니, 이 말을 듯고 쇼믹 ᄃ려 니르니, 어시의 화쇼제 어ᄉ의 ᄒ활지덕(海闊之德)3282)으로 군ᄌ의 위급던 목슘이 보젼ᄒ니 쳔만 감ᄉᄒ여, ᄀ마니 하날을 우러

3276)욕사무지(欲死無地) : 죽으려고 하여도 죽을 곳이 없음.
3277)다시음 : 다시금. '다시'를 강조하여 이르는 말.
3278)무류(無聊) : 무료(無聊). 부끄럽고 열없음.
3279)가이없다 : 가없다. 끝이 없다.
3280)니이다 : 잇다. 끊어지지 않게 계속하다.
3281)완호(完護)ᄒ다 : 잘 보살피다.
3282)ᄒ활지덕(海闊之德) : 바다처럼 툭 트이고 드넓은 덕.

러 어스의 슈복(壽福)을 츅(祝)ᄒ고, 비로쇼 머리를 동히고 몸 【69】을 쓰미여 ᄎ환으로 ᄒ여곰 식반(食飯)과 찬물(饌物)을 졍결(淨潔)이 ᄀᆺ쵸와 엄구(嚴舅)긔 보ᄂᆡ고 옥즁의 젼ᄒ나, ᄌᄀᆡ 죄명이 듕ᄒ니 감히 안연(晏然)치 못ᄒ여, 비비(婢輩)로 연비(聯臂)ᄒ여3283) 돈구(尊舅)의 아르시미 되지 아니케 ᄒ니, 그 동동(洞洞)3284)ᄒᆫ 셩회(誠孝) 부부의 ᄯᅳᆺ이 ᄒᆫ가지라.

전싱의 시동과 유뫼 일노써 싱의게 들니니, 싱이 실가(室家)의 현효(賢孝)ᄒᄆᆯ 가히 넉이ᄃᆡ 구ᄐᆞ여 말ᄒ지 아니터라.

슈삼일 후 홀연 퇴슈의 【70】 노(怒)ᄒ미 돈구긔 밋ᄎᄆᆯ 듯고, 아연(俄然) ᄃᆡ경ᄒ여 이뤼(哀淚) 연낙(連落)ᄒ니, 화싱이 쇼왈,

"텬작얼(天作孽)3285)은 가히 면ᄒ려니와 ᄌ작얼(自作孽)3286)은 가히 활(活)치 못ᄒᄂᆞ니, 너의 구뷔(舅父) ᄌ작지얼(自作之孽)을 바드니, 뉘 타ᄉᆞᆯ 삼으리오, 일즉 문양을 가도고 항쇄(項鎖)ᄒ미 ᄀᆞᆺ다 ᄒ니, 져도 항쇄(項鎖)의 괴로오ᄆᆯ 알미 쾌ᄒ지라. 퇴쉬 그 늙은 ᄂᆞ흘 도라보와, 문양을 써려 ᄒᆫ 츼3287)도 치지 못ᄒ미 용녈토다."

소졔 믄득 오열(嗚咽) 뉴쳬(流涕) 왈,

"소미 불효(不孝) 무상(無狀) 【71】ᄒ여 형장이 쇼미를 ᄃᆡᄒ여 말ᄉᆞᆷ이 이러틋 ᄒ신지라. 하면목(何面目)으로 텬일을 보리잇고? 쇼미 암약용둘(闇弱壅拙)3288)ᄒ여 관졍(官庭)의 비러 엄구의 큰 화ᄅᆞᆯ 늣츄지 못ᄒ니, 타일의 젼군긔 뵐 ᄂᆞᆺ치 업거늘, 거게(哥哥) 쇼미를 ᄃᆡᄒ여 인ᄌ(人子)의 ᄎᆞᆷᄋ ᄃᆞᆺ지 못ᄒᆯ 말ᄉᆞᆷ을 ᄒ시ᄂᆞ니잇가?"

인ᄒ여 벼기의 업ᄃᆡ여 체읍ᄒ니, 화싱이 놀ᄂᆞ고 뉘웃쳐 무슈이 다리고 비러 그릇ᄒᆞᆯ와3289) ᄉ죄(謝罪)ᄒ더니, 명일의 【72】 쇼졔 감지(甘旨)를 ᄀᆞᆺ쵸와 햐쇼(下所)3290)로 보ᄂᆡ니 시비 도라와 젼ᄒᆞᄃᆡ,

---

3283) 연비(聯臂) : 직접 어떤 일을 하거나 물건 따위를 전하지 않고, 다른 사람을 통하여 간접적으로 하게 하거나 전함.

3284) 동동(洞洞) : 매우 효성스러움.

3285) 텬작얼(天作孽) : 하늘이 내린 재앙.

3286) ᄌ작얼(自作孽) : 스스로 만든 재앙.

3287) 츼 : 매질. 죄인을 신문할 때 공포감을 주어 자백을 강요할 목적으로 한바탕 가하는 매질. 또는 그러한 매질의 횟수를 세는 단위. '츼'는 '笞(매질할 태)'의 원음, '태'는 그 속음(俗音)이다.

3288) 암약용둘(闇弱壅拙) : 어리석고 겁이 많으며 옹색하고 너그럽지 못함.

3289) -ㄹ와 : 「옛말」 (동사, 형용사 어간 뒤에 붙어) -(하)였다. -도다. -는구나. -이구나. 등의 뜻을 나타내는 종결어미.

3290) 햐쇼(下所) : 하소(下所). 숙소(宿所). 처소(處所). 사람이 기거하거나 임시로 머무는 곳.

"노애 풀니지 못ᄒ시고 통곡ᄒ여 식음을 믈니치시더이다."

ᄒ니, 화쇼졔 폐식(廢食) 호읍(號泣)니러니, 거거(哥哥)를 딕ᄒ여 틴슈긔 고ᄒ믈 쳥ᄒ여 ᄀ로디,

"젼군의 ᄯᅳᆺ을 거의 알니니, ᄎᄉ를 안즉 반ᄃ시 그 몸을 죽여 죄를 속(贖)ᄒ리이다."

화싱이 심닉(心內)의 쾌활ᄒ니 엇지 틴슈긔 빌고ᄌ ᄒ리오마는, 면강(面講)ᄒ여 허락ᄒ고 ᄂᄀ더니, 이윽고 도라와 니로디, 【73】

"쇼미(小妹)는 과연 문양의 텬졍비위(天定配偶)요, 지긔부뷔(知己夫婦)로다. 문양이 여ᄎᆞ(如此)ᄒ고 틴쉬 ᄉ죄ᄒ며, 문양이 회쇼(回蘇)ᄒ여 다시 하옥(下獄)ᄒ나, '스ᄉ로 극죄인(極罪人)으로 쳐ᄒ다.' ᄒ니, 약질이 손히(損害)ᄒ미 민박(憫迫)ᄒ도다."

쇼졔 머리를 숙여 쳐연(悽然) 디왈

"젼군의 셩효로 이러틋 ᄒ믄 당연ᄒ거니와, 범인(凡人)으로 이른들 뉘 죽고ᄌ 아니리잇고?"

ᄒ더라.

이후 젼노와 젼싱이 무ᄉᄒ고 쇼졔 ᄯᅩ 졈졈 나으니, 화싱이 부모 분산(墳山)의 한식 【74】 졀ᄉ(寒食節祀)를 위ᄒ여 집의 도라왓다가, 어ᄉ를 맛나 ○○○[쇼식을] 베푼지라. 쇼어ᄉ 졍금위좌(整襟危坐)[3291]ᄒ여 문지(聞之)ᄒ더라. 【75】

3291)졍금위좌(整襟危坐) : 옷깃을 여미고 몸을 바로잡아 바른 자세로 앉음.

화산선계록 권지사십삼

츠셜, 쇼어시 졍금위좌(整襟危坐) 왈,

"젼문양은 달텬딕회(達天大孝)3292라. 혹싱이 쳐음 노분(怒忿)이 급ᄒ여 미쳐 슬피지 못ᄒ고 문양의 죄를 어든지라. 팀쉬 그 당당ᄒᆫ 대효를 친히 보고 엇지 효 즈의 친(親)을 욕ᄒ여 효즈의 안면을 도라보지 못ᄒ리오. 형 등도 말슴을 삼가 져의 듯지 아니무로써 욕ᄒ여 문양을 져바리지 말지여다."

화싱이 스례 왈,

"딕인의 이 ᄒᆫ 말슴이 눈 【1】 상딕의(倫上大義) 두려시 붉으시니, 스룸으로 ᄒ여금 감화(感化) 즈복(自服)ᄒᆷᄅ 마지 못홀 소이다. 소싱이 문양을 이셕ᄒᆫ 고로 젼슉 욕미(辱罵)ᄒᆷᄅ 참지 못ᄒ미러니, 명교(明敎)를 밧드러 다시 어침(語侵)치 아니ᄒ리이다. 거일(去日)의 소싱이 누의를 딕ᄒ야 여츠여츠ᄒ다가, 누의 졍논(正論)이 당당ᄒ고, 통박(痛迫)ᄒ여 쥭고즈 ᄒ니, 무류(無聊)코3293 감동ᄒ여 계오 스죄ᄒ이다."

어시 츠탄 왈,

"녕미와 문양의 현효ᄒᆫ 힝실은 텬하 후셰의 니르 【2】 히 효의를 씨듯게 ᄒ리니, 오직 금셰의 두어 대신이 쇼죄(所遭)3294 혹 방불(彷彿)ᄒᆫ 지 잇고, 대회(大孝) 쏘 ᄀᆺᄒᆫ 지 잇스니, 이 쏘ᄒᆫ 우리 셩쥬의 덕화의 비로스며 우리 셩상(聖上) 딕효를 인(囚)ᄒ민가 ᄒ노라."

인ᄒ여 연·양 냥공의 집 말노써 딕강을 옴기니, 졔인이 ᄒᆫ 가지로 감탄ᄒ더라.

이러구러 도라가니, 양양지방이 너른 고로 상싱이 쏘 양양의 잇스나 슈일(數日)을 가는지라. 이곳이 댱스(長沙)로 가는 길가히니, 화싱이 ᄒᆫ가지로 【3】 힝ᄒ여 댱스로 가믈 니르니, 어시 흔연이 댱스로 가 맛나믈 일쿳고, 상싱의 집을 츠즈 회스(回謝)3295ᄒᆷᄅ 일쿳더라.

어시 양양의 슈일을 머믈식, 허싱의 집의 가 쏘 회스(回謝)ᄒ고, 허싱의 유녜

3292) 달텬딕회(達天大孝) : 하늘이 감동할 큰 효성.
3293) 무류(無聊)하다 : 무료(無聊)하다. 부끄럽고 열없다.
3294) 쇼죄(所遭) : 어떤 일이나 때를 당함.
3295) 회스(回謝) : 사례하는 뜻을 표함.

(유녀)(幼女) 잇셔 안식이 교옥(嬌玉) ᄀᆞᆺ고, 셜부빙골(雪膚氷骨)의 ᄌᆞ질(資質)이 슉연(肅然)ᄒᆞ니, 어시 과이(過愛)ᄒᆞ여 ᄋᆞᄌᆞ를 싱각고 유의ᄒᆞ여, 약혼ᄒᆞ고 경ᄉᆞ(京師)로 쳥ᄒᆞ니, 허싱이 ᄃᆡ열쾌락(大悅快樂)ᄒᆞ더라.

어시 힝ᄒᆞ여 상싱의 집의 니르니, 상싱이 반기고 감ᄉᆞᄒᆞ여【4】후덕(厚德)을 일ᄏᆞ르니, 어시 본현의 통ᄒᆞ여 금은치단(金銀綵段)으로 골육 맛나믈 치하ᄒᆞ더라.

어시 상·허 냥인이 ᄒᆞᆫ갈ᄀᆞᆺ치 하방(遐方)3296)의 골몰(汨沒)ᄒᆞᆯ 지 아니믈 아라보아, 허싱이 상경ᄒᆞᆯ 쩨 흠긔 오믈 쳥ᄒᆞ니, 상싱이 ᄯᅩ흔 깃거 명을 어그릇지 아니믈 니르더라.

신장군이 어ᄉᆞ로 동힝ᄒᆞ여 오ᄂᆞᆫ지라. 비로쇼 죵경이 부모를 맛나 텬뉸을 완젼ᄒᆞ니, 드듸여 구혼ᄒᆞ여 완졍(完定)ᄒᆞ니 피ᄎᆞ(彼此) 환열ᄒᆞ더라.

다시 힝ᄒᆞ여 댱ᄉᆞ의 니르니 화싱【5】은 작일의 몬져 왓더라. 어시 틱슈를 보고 젼싱(生) 부ᄌᆞ와 넘녀(女)3297)를 거두어 강셔로 갈시, 틱쉬 젼노의 흉악ᄒᆞ믈 일ᄏᆞ고 ᄌᆞ긔 분두(憤頭)의 그릇 싱각고 흉노(凶老)를 엄슈(嚴囚)ᄒᆞ엿더니, 약쉬 ᄌᆞ결ᄒᆞ고 더옥 극죄인으로 ᄌᆞ쳐ᄒᆞ믈 젼ᄒᆞ니, 어시 탄왈,

"젼문양의 츌인ᄃᆡ효(出人大孝)ᄂᆞᆫ ᄉᆞ름의 밋지 못ᄒᆞ려니와, 범인(凡人)으로 닐너도 ᄌᆞ신을 인ᄒᆞ여 기친(其親)이 슈욕(受辱)ᄒᆞ민 쥭고ᄌᆞ ᄒᆞ미 상ᄉᆞ(常事)라. 틱슈의 일이 쇼리(率爾)ᄒᆞ믈3298) 면치 못ᄒᆞ리로다."

태쉬【6】지슴 그릇ᄒᆞ믈 일ᄏᆞᆺ더라.

어시 젼노를 평안흔 슐위의 올니고 약슈를 쵸교(草轎)3299)의 넛코ᄌᆞ ᄒᆞ니, 젼싱이 ᄉᆞ양ᄒᆞ고 함거(檻車)의 들기를 쳥ᄒᆞ니, ᄲᅥ난 후 슈월 ᄉᆞ이 참담흔 경상(景狀)과 쇠잔흔 얼골이 나으미 업ᄉᆞ니, ᄌᆞ경(自剄) 이후로 유ᄉᆞ지심(有死之心)ᄒᆞᆫ ᄃᆡ인 허믈을 창누(唱漏)ᄒᆞ믈 붓그리고, 위공의 쳐분이 어덜 쥴 몰나, 부친긔 죄척이 밋츨가 초됴(焦燥)ᄒᆞᄂᆞᆫ지라.

비록 몸 상ᄒᆞᄆᆞᆫ ᄂᆞ아시나 마음 상ᄒᆞᄆᆞᆫ 더으니, 쵸췌흔 의용(儀容)과 근심ᄒᆞᄂᆞᆫ【7】눈ᄉᆞᆸ이 셕목(石木)도 감동ᄒᆞᆯ지라. 신공과 님싱이 다 ᄎᆞ셕(嗟惜)ᄒᆞ믈 마지 아니니, 어시 됴용이 젼싱을 쳥ᄒᆞ여 의리로 히셕(解釋)ᄒᆞ고 효의(孝義)를 논난ᄒᆞ민, 도도흔 맘슴이 산협슈(山峽水)3300) 흐르ᄂᆞᆫ 듯, 통연(洞然)흔3301) 의논이 표리

3296)하방(遐方) : 서울에서 멀리 떨어진 지방.늑하예, 하토.

3297)−녀(女) : '여자'의 뜻을 더하는 접미사.

3298)쇼리(率爾)ᄒᆞ다 : 생각할 겨를도 없이 매우 급하다.

3299)쵸교(草轎) : 예전에, 초상(初喪) 중에 상제가 타던 가마. 가마의 가장자리에 흰 휘장을 두르고 위에 큰 삿갓을 씌웠다.=삿갓가마.

3300)산협슈(山峽水) : 깊은 산 협곡을 흐르는 물.

3301)통연(洞然)ᄒᆞ다 : 막힘이 없이 트여 밝고 환하다.

(表裏) 명빅호여, 일월(日月)이 빗출 닷톰 굿호니, 젼싱이 감수(感謝) 비복호여 글오듸,

"안듸(按臺)3302) 듸인(大人)의 화홍(和弘)호신 셩덕은 죄싱(罪生)3303)의 잔쳔(殘喘)3304)을 어엿비 넉이스, 가친을 지극히 경듸(敬待)호시니, 감은협골(感恩浹骨)3305)호와 명심불망(銘心不忘)호올 비나, 연(然)이【8】나 상국(相國) 듸하(臺下)의 느으가미 상국 듸야(大爺) 돈의(尊意)를 불감탁(不敢度)3306)이니, 일노써 은우(隱憂)호느이다."

어시 소왈

"우리 상국대인이 관자인현(寬慈仁賢)3307)호수 양츈(陽春)이 만물을 부휵(扶慉)호고 우레3308)쵸목(草木)을 부싱(復生)호는 은틱이 계시니, 엇지 그듸의 졍수를 긍념(矜念)치 아니시리오. 일즉 제우지간(諸友之間)의 여추여추혼 일이 잇셔 병부 양공의 쇼죄(所遭) 군으로 방불호여 브야흐로 우구즁(憂懼中)이니, 연혼(連婚)을 인호여 심히 졀박호시듸, 상국 듸인이 양공의 효의를 감탄【9】호수, 일즉 가간(家間)의셔도 양노공 허물을 언두의 올니시믈 듯줍지 못혼지라. 엇지 녕돈(令尊)을 만모(慢侮)호수 군의 통박호믈 슬피지 아니시리오. 그듸는 일노써 넘녀치 말나. 닉 평일의 교어(敎語)3309)를 밧즈와시듸, 연쇼예긔(年少銳氣)로 쇼리(率爾)히 노를 발호여 군의게 득죄호니, 지금의 츄회막급(追悔莫及)3310)이라. 도라가 츠수(此事)로써 알외믹, 느의 망녕(妄靈)되믈 쵸칙(誚責)호시리니, 분호(分毫)도 녕돈긔 유히호미 업스리니, 다만 심수를 널녀 그듸의 【10】 고독혼 일신이 오직 녕돈 듸인 만금소탁(萬金所託)인 쥴 넘녀홀지어다. 그듸의 긔질이 쳥약(淸弱)호고 즈품(資稟)이 견기(狷介)하여3311) 표연(飄然)이 연화(煙火)3312) 밧 스룸 굿거늘, 안흐로 심녀를 동(動)호고 밧그로 신상(身上)을 박듸호니, 일됴(一朝)의 옥이 브으지고 어름이 녹을진듸, 녕돈(令尊)의 외로온 신셰 고고(孤孤)히 의탁이 업슨

3302) 안듸(按臺) : 안찰사(按察使)를 달리 이르는 말.
3303) 죄싱(罪生) : 죄를 지었거나 죄를 지은 것으로 의심 받는 사람이 자신을 남에게 이르는 말.
3304) 잔쳔(殘喘) : 아주 끊어지지 아니하고 겨우 붙어 있는 숨.
3305) 감은협골(感恩浹骨) : 은혜를 감사함이 뼈에 사무침.
3306) 불감탁(不敢度) : 감히 헤아릴 수가 없음.
3307) 관자인현(寬慈仁賢) : 너그럽고 자애로우며 어질고 현명함.
3308) 우레 : 뇌성과 번개를 동반하는 대기 중의 방전 현상.=천둥
3309) 교어(敎語) : 임금의 명령. =교령(敎令).
3310) 츄회막급(追悔莫及) : 지난 일을 후회하나 어찌할 도리가 없다.
3311) 견기(狷介)호다 : 굳게 절개를 지키고 구차하게 타협하지 아니하다.
3312) 연화(煙火) : 인가에서 불을 때어 나는 연기라는 뜻으로, 사람이 사는 기척 또는 인가를 이르는 말. =인연(人煙).

밧, 스룸의 꾸지즘3313)과 멸시(蔑視)ᄒᄆ 그 엇디ᄒ리오. 돈공(尊公)의 안여불편
(安與不便)3314)이 그딕 돈망(存亡)의 달녀시니 깁히 넘녀홀지여다.”【11】

싱이 부복(俯伏) 문파(聞罷)의 돈슈진ᄇᆡ(頓首再拜) 왈,

“딕인 명괴(明敎) ᄌᄌ(仔仔)○[ᄒ]시니3315) 쇼싱의 암혹(暗黑)ᄒᆫ 심ᄂᆡ(心內)
통연(洞然)ᄒ나이다. 삼가 돈교(尊敎)를 간폐(肝肺)의 삭여, 스랑ᄒ시ᄂᆫ 은덕을
져바리지 아니ᄒ리이다.”

ᄒ고, 이의 물너와 심ᄉᆞ를 널니고 식음을 《마져‖마셔》 감격 탄복ᄒᄆ 심혈(心
血)의 ᄉᆞ뭇ᄎ니 싱아(生我) 부뫼시고, 지싱(再生)의 소공이라 ᄒ더라.

시(時)의 젼ᄂᆡ 약슈의 셩효를 감동ᄒ여, 일분 ᄌᆞ익ᄒᄆ 이시되, 고고(枯槁)3316)
ᄒᆫ 형용으로 함거(檻車)의 잠겨시믈 이련(愛憐)치 【12】 아니ᄒ고, 츈ᄋᆞ의 잔잉
ᄒ믈 ᄎᆞᆷᄋᆞ 보지 못ᄒ여, 함거 밧긔가 잠간 보기를 비로딕 막잘나 뵈지 아니니, 더
옥 셜워 츈ᄋᆞ의 싱ᄒᆫ 바오, 우가의 씨를 거즁(車中)의 너허 안고 눈물을 먹음어
보호ᄒ니, 인인(人人)이 ᄀᆞ마니 츕밧타 꾸짓기를 마지 아니ᄒ되, 약슈를 감탄(感
歎)ᄒ여 ᄀᆞᆸ바야이 니르지 못ᄒ니, 진실노 젼싱의 스룸되오미 녹녹우쥰(碌碌愚
蠢)3317)ᄒᆫ즉, 비록 그 아뷔3318)게 효ᄒ믈 감동ᄒ나, 이경(愛敬)ᄒᄆ 이러ᄒ리오.

징 【13】 쳥(澄淸)ᄒᆫ 골격이 은은이 빙산(氷山)의 달이 놉고, 삼삼(森森)3319)ᄒᆫ
ᄌᆞ질이 셜즁(雪中)의 ᄆᆡ화(梅花) ᄎᆞᆫ 듯, 념ᄋᆞ(恬雅)3320)ᄒᆫ 셩(性)과 미결(未
結)3321)ᄒᆫ 지취(旨趣)를 인인이 이셕ᄒ니, 신공과 님싱의 니르히3322) 심히 스랑
ᄒ고 앗겨 ᄒ더라.

화싱이 ᄯᅩᄒᆫ 졔인으로 더브러 ᄉᆞ괴여 친ᄋᆡ지졍(親愛之情)이 후ᄒ니, 화싱의 위
인이 비쇽(非俗)ᄒ고 셩질이 쾌단(快斷)ᄒ며 풍치 늠늠ᄒ니 일셰호걸(一世豪傑)
이라. 신·님 냥인이 심의(心意) 상합(相合)ᄒ더라.

싱이 ᄯᅩᄒᆫ 신공으로 앙망ᄒᄆ 깁더라. 화싱은 쇼믹를 【14】 거ᄂᆞ려 힝ᄒ고, 님
싱은 쳐ᄌᆞ를 ᄃᆞ려 됴ᄎᆞ니, 시(時)의 화쇼졔 가부(家夫)의 신원(伸冤)의 길이 팔구

3313)꾸지즘 : 꾸짖음. *꾸짖다: 윗사람이 아랫사람의 잘못에 대하여 엄하게 나무라다.
3314)안여불편(安與不便) : 편안함과 불편함.
3315)ᄌᄌ(仔仔)ᄒ다 : 매우 자세하다.
3316)고고(枯槁)ᄒ다 : 야위어서 파리하다.
3317)녹녹우쥰(碌碌愚蠢) : 사람됨이 평범하고 보잘것없으며 어리석고 굼뜨다.
3318)아뷔 : 아버지.
3319)삼삼(森森) : 울창하고 우뚝함.
3320)념ᄋᆞ(恬雅) : 고요하고 단정함.
3321)미결(未結) : ①초목이 아직 열매를 맺지 못함. ②어떤 포부나 목표를 아직 이루지
못함. ③계획한 일을 아직 끝맺지 못함.
3322)니르히 : 이르도록, 이르기까지.

분(八九分)3323)이오. 어스의 곡진(曲盡)ᄒᆞᄆᆞᆯ 미더 심스ᄅᆞᆯ 널니고 셜우믈 니져 ᄒᆞᆫ 가지로 강셔로 ᄂᆞᆯ아가니, 마음의 즐거온 곳의 물식(物色)이 ᄯᅩᄒᆞᆫ 화창ᄒᆞ니, 원근 산식이 ᄯᅩᄒᆞᆫ 보암즉 ᄒᆞ더라.

츠셜 위원쉬 쇼어스ᄅᆞᆯ 보닉고 강셔의 머므러 인민을 무휼(撫恤)ᄒᆞ니, 뉴진(留陣)ᄒᆞ연지 오삭(五朔)이오. 경스(京師)ᄅᆞᆯ 써난지 십여삭이라.

써 임의 쵸하슌간(初夏旬間)이오. 슈음(樹蔭)【15】의 방쵀(芳草) 푸르고, 지변(池邊)의 양뉴(楊柳) 의의(猗猗)ᄒᆞ여3324), 원산(遠山) 츈경(春景)이 푸르며 붉은 거슬 머금고, 녹님황잉(綠林黃鶯)은 닷토와 아릿ᄯᅡ온 쇼리ᄅᆞᆯ 토(吐)ᄒᆞ니, 츈일(春日)이지지(遲遲)ᄒᆞ여 남풍이 훈훈ᄒᆞ니, 틱평긔상(太平氣象)이믈 알니러라.

일편단심(一片丹心)은 ᄋᆡ군(愛君)이 여부(如阜)3325)ᄒᆞ고 만복졍츙(滿腹精忠)3326)은 슌국망신(殉國忘身)3327)을 긔약ᄒᆞ여, 당당ᄒᆞᆫ 딕졀(大節)이 일월의 ᄉᆞ못츠나, 쌍친(雙親)의 년긔(年紀) 임의 오슌(五旬)의 지ᄂᆞ시니, 효ᄌᆞ의 '날을 앗기미'3328) 심곡(心曲)의 믹쳣ᄂᆞᆫ【16】지라.

북당(北堂)3329)의 츈원(春園)을 ᄉᆞ모ᄒᆞ고, '반의(斑衣)와 질츄(疾趨)'3330)ᄅᆞᆯ 늣기니, 오됴(烏鳥)의 치ᄂᆞᆫ3331) 거슬 블워ᄒᆞ미, 니측(離側)ᄒᆞᆫ 졍니 더옥 ᄎᆞ으(嵯峨)ᄒᆞᆫ지라. 싱ᄋᆞ딕은(生我大恩)3332)과 '구로(劬勞)ᄒᆞᆫ 공(功)'3333)을 져바리고, 세로(世路)의 분쥬ᄒᆞ믈 쳐연(悽然)이 슬허ᄒᆞ여, 쇼상야우(瀟湘夜雨)3334)와 동졍츄월

3323) 팔구분(八九分) : 열로 나눈 것 가운데 여덟이나 아홉쯤 되는 정도.

3324) 의의(猗猗)ᄒᆞ다 : 아름답고 성하다.

3325) 여부(如阜) : 대륙(大陸)처럼 넓고 큼.

3326) 만복졍츙(滿腹精忠) : 마음 가득한 한결같은 충성.

3327) 슌국망신(殉國忘身) : 나라를 위해 몸 바쳐 헌신함.

3328) 날을 앗김 : 날을 아낌. '애일'을 번역한 말. *애일(愛日): 시일을 아낀다는 뜻으로, 부모를 섬길 수 있는 날이 적음을 안타까워하여 하루라도 더 정성껏 봉양하려고 노력하는 효성을 이르는 말.

3329) 북당(北堂) : 집의 북쪽에 있는 건물로 집안의 주부(主婦)가 거처하는 곳이어서 어머니를 이르는 말로 쓰였다.

3330) 반의질츄(斑衣疾趨) : '색동옷을 입고 넘어져 뒹굴다.'는 뜻으로 '반의지희(斑衣之戲)'라고도 한다. 중국 춘추시대 노(魯)나라 효자 노래자(老萊子)가 부모가 자신이 늙었다는 사실을 알지 못하게 하기 위해 늘 알록달록한 색동저고리를 입고 어린아이처럼 재롱을 피웠으며, 때로는 물을 들고 마루로 올라가다가 일부러 자빠져 마룻바닥에 뒹굴면서 앙앙 우는 모습을 보여드려 부모님을 즐겁게 하였다는 고사를 이른 말임.

3331) 치다 : 가축이나 가금 따위를 기르다.

3332) 싱ᄋᆞ딕은(生我大恩) : 나를 낳아주신 큰 은혜.

3333) 구로(劬勞)ᄒᆞᆫ 공(功) : 구로지은(劬勞之恩). 어버이가 나를 낳아 길러주신 공[은혜]를 이르는 말. 『시경〈육아(蓼莪)〉』에 "슬프다, 부모시여. 나를 낳으시고 기르시느라 애쓰고 수고로우셨네. [哀哀父母, 生我劬勞.]"라고 하였다.

3334) 쇼상야우(瀟湘夜雨) : '소상강에 내리는 밤비'라는 뜻으로, 소상팔경의 하나. *소상강

(洞庭秋月)3335)의 머리를 북(北)으로 두루혀 뇽안(龍顏)을 앙모ᄒ고, 셔(西)로 부모를 영모(永慕)ᄒ여, 군즁(軍中)의 조두(刁斗)3336)는 시름ᄒᄂᆞ 마음을 어즈러이고, 황능(黃陵)3337)의 두견(杜鵑)은 니향(離鄕)ᄒᆞᆫ 손3338)의 회포(懷抱)를 동(動)ᄒᄂᆞᆫ지라.

창(槍)딕를 【17】 베여 평안ᄒᄆᆞᆯ 구치 아니니, 스둘(士卒)노 감고(甘苦)를 ᄒᆫ가지로 ᄒᄆᆞ오. 제장(諸將)을 모화 군졍을 의논ᄒ여 한가ᄒᆞᄆᆡ 업스믄 국ᄉᆞ를 위ᄒᄆᆞ라. 혹 엄(嚴)ᄒᆞ며 혹 화(和)ᄒ여 아름다온 말ᄉᆞᆷ으로 화답(和答)ᄒᆞᄆᆡ 동황(東皇)3339)이 무루녹고, 쥰평(峻平)3340)ᄒᆞᆫ 법(法)을 붉히ᄆᆡ 츄상(秋霜)이 늠늠ᄒ니, 위덕(威德)이 병힝(竝行)ᄒᆞ거늘, 츙언(忠言)이 졀졀ᄒ여 인심을 감복ᄒ고, 은틱(恩澤)은 흡흡(洽洽)ᄒ여 곤츙의 밋ᄂᆞᆫ지라. 댱둘이 다 감읍ᄒ여 ᄂᆞ라흘 위ᄒ여 【18】 쥭기를 피치 아니니, 이 곳 공의 츙셩이 일월을 쎄고3341) 신의(信義) ᄉᆞ방의 덥히ᄆᆞ라.

밤이 깁고 별이 맑으ᄆᆡ 고딕(高臺)의 올나 ᄌᆞ미(紫薇)3342)를 우러러 상휘(上候) 안강(安康)ᄒ시믈 영힝ᄒ고, 됴쵸3343) 부모 쥬셩(主星)을 슬펴 무양(無恙)ᄒ시믈 희열ᄒ니, 늣 우히 빗난 화긔ᄂᆞᆫ 상운(祥雲)과 셔일(瑞日) ᄀᆞᆺ고, 심ᄂᆡ의 ᄀᆞ득ᄒᆫ 즐거오믄 츈풍이 둘너시니, 효신(曉晨)의 관복(官服)을 ᄀᆞᆺ쵸와 변경(汴

(瀟湘江) : 중국 호남성(湖南省)에서 발원한 소수(瀟水)와 광서성(廣西省)에서 발원한 상강(湘江)이 호남성에 있는 동정호(洞庭湖)에서 만나 이루어진 강. 주로 호남성 동정호 지역을 일컫는 말로 경치가 아름답고 소상반죽(瀟湘班竹)과 황릉묘(黃陵廟) 등 아황(娥皇) 여영(女英)의 이비전설(二妃傳說)이 전하는 곳으로 유명하다. *소상팔경(瀟湘八景圖); 산시청람(山市晴嵐), 어촌석조(漁村夕照), 원포귀범(遠浦歸帆), 소상야우(瀟湘夜雨), 연사만종(煙寺晚鐘), 동정추월(洞庭秋月), 평사낙안(平沙落雁), 강천모설(江天暮雪)의 8경을 이르는 말.

3335)동정츄월(洞庭秋月) : 소상팔경(瀟湘八景) 가운데 하나. 중국 동정호(洞庭湖) 위에 뜬 맑은 하늘의 가을 달의 모습. 또는 맑은 가을 하늘 아래 둥근 달이 밝게 비추는 동정호의 광경.

3336)조두(刁斗) : 옛날에 군에서 냄비와 징의 겸용으로 쓰던 기구인데. 낮에는 취사할 때, 밤에는 진지의 경보(警報)를 위하여 두드리는 데 썼다.

3337)황능(黃陵) : 황릉묘(黃陵廟). 중국 호남성(湖南省) 소상강가에 있는, 중국 고대 요(堯)임금의 두 딸이며 순(舜)임금의 부인이었던 아황(娥皇)과 여영(女英)을 모신 사당.

3338)손 : 손. 다른 곳에서 찾아온 사람.

3339)동황(東皇) : 『민속』 오방신장(五方神將)의 하나. 봄을 맡고 있는 동쪽의 신.=청제(靑帝). *여기서는 '태양' 또는 '햇빛'을 이른 말이다.

3340)쥰평(峻平) : 준엄(峻嚴)하고 공평(公平)함.

3341)쎄다 : 꿰다. 물체를 뚫고 지나다. 늑꿰뚫다.

3342)ᄌᆞ미(紫薇) : 자미성(紫微星). 북두성의 북쪽에 있는 별자리 이름. 천제(天帝)가 거처하는 곳이라 한다. 전(轉)하여 제왕의 궁궐을 뜻하기도 한다.

3343)됴쵸 : 됴초. 조초. 좇아. 따라. 뒤따라. *조초다: 좇다.

京)3344)을 브라고 팔비(八拜) 산호(山呼)3345)ᄒ고, 복식(服色)을 굴며 주리의 물
녀 【19】 부모긔 직비ᄒ니, 원닉 출정ᄒᄆᆞ 이러틋ᄒ여 비록 엄ᄒᆞᆫ 치위와 큰 비
라도 폐치 아니니, 막뇨(幕僚)와 돌예(卒隷)의 니르히 감탄ᄒ여 츙효롤 힘닙지 아
니리 업더라.

결셰(節序)3346) 궁납(窮臘)3347)의 미처 창오(蒼梧)3348)의 눈이 쓰히고 쇼상
(瀟湘)3349)이 바름이 츠니, 우연이 츠탄ᄒ여 셜경(雪景)을 츳지 아니ᄒ고, 달이
붉으며 바름이 묽으나 ᄒ번 월식을 완경(玩景)치 못ᄒ니, 군즁이 슉연ᄒ여 희롱의
부잡(浮雜)ᄒᄆᆞ 업ᄉ며, 브야 【20】 흐로 혜풍(惠風)3350)이 난란(爛爛)ᄒ며3351)
츈쉬(春水) 셔흐로 흐르고 빅홰만발(百花滿發)ᄒ되 동정호(洞庭湖)의 비를 씌오
미 업고, 악양누(岳陽樓)3352)의 츈식(春色)을 유람치 아니ᄒ여, 오직 국ᄉ(國事)
를 됴심ᄒ고 인민을 무휼(撫恤)홀 분3353)이라.

제댱(諸將)으로 말ᄉᆞᆷᄒᄆᆞ 음쥬ᄒ기를 즐겨 아니ᄒ고, 민폐를 넘녜(念慮)ᄒᄆᆞ 주
봉(自奉)3354)ᄒ기를 방냑(薄略)3355)히 ᄒ여, 긔우(飢餓)ᄒᆫ 스름을 맛난죽 먹ᄂᆞᆫ
거슬 물녀쥬고3356) 닙은 거슬 버셔 나리오니, 빅셩이 고무(鼓舞)ᄒ여 덕음(德
蔭)3357)을 【21】 숑츅(頌祝)ᄒᄂᆞᆫ지라.

3344) 변경(汴京) : 『지명』 중국 오대(五代)의 후량, 후진, 후한, 후주 및 북송의 도읍지.
　　현재의 허난성(河南省) 카이펑(開封)에 해당한다.
3345) 산호(山呼) : 산호만세(山呼萬歲). 나라의 중요 의식에서 신하들이 임금의 만수무강
　　을 축원하여 두 손을 치켜들고 만세를 부르던 일. 중국 한나라 무제가 숭산(嵩山)에서
　　제사 지낼 때 신민(臣民)들이 만세를 삼창한 데서 유래한다.
3346) 결셰(節序) : 절서(節序). 절기의 차례. 또는 차례로 바뀌는 절기(節氣).
3347) 궁납(窮臘) : 한 해가 끝날 무렵. 설을 앞둔 섣달 그믐께를 이른다.=세밑.
3348) 창오(蒼梧) : 창오산(蒼梧山). 중국 광서성(廣西省) 창오현(蒼梧縣)에 있는 산 이름.
　　순(舜)임금이 죽었다고 전해지는 곳.
3349) 쇼상(瀟湘) : 소상강(瀟湘江). 중국 호남성(湖南省)에서 발원한 소수(瀟水)와 광서
　　성(廣西省)에서 발원한 상강(湘江)이 호남성에 있는 동정호(洞庭湖)에서 만나 이루어
　　진 강. 주로 호남성 동정호 지역을 일컫는 말로 경치가 아름답고 소상반죽(瀟湘班竹)과
　　황릉묘(黃陵廟) 등 아황(娥皇) 여영(女英)의 이비전설(二妃傳說)이 전하는 곳으로 유
　　명하다.
3350) 혜풍(惠風) : 온화하게 부는 봄바람.
3351) 난란(爛爛) : 빛이 번쩍번쩍하여 눈이 부심.
3352) 악양누(岳陽樓) : 악양루(岳陽樓). 중국 호남성(湖南省) 악양에 있는 누각.
3353) 분 : 뿐. 어미 ‘-을’ 뒤에 쓰여, 다만 어떠하거나 어찌할 따름이라는 뜻을 나타내는
　　말.
3354) 자봉(自奉) : 자기 몸을 스스로 보양함.
3355) 박략(薄略) : 후하지 못하고 약소함.
3356) 물녀쥬다 : 물려주다. 내려주다. *여기서는 ‘내려주다’의 의미. *물리다: 재물이나 지
　　위 따위를 다른 사람에게 내려 주다.
3357) 덕음(德蔭) : 음덕(蔭德) ①조상의 덕. ②의지할 만한 대상의 보호나 혜택. =그늘.

어진 션비를 공경ᄒ며, 화용현의 은ᄉ(隱士) 셜긔졍을 ᄎᄌ며, 낙읍현의 현ᄌ 왕셩츙을 닐위여, 안거후례(安車厚禮)3358)로 쳥ᄒ여 경ᄉ(京師)의 탁용(擢用)3359)ᄒ니, '일목(一沐)의 삼악발(三握髮)ᄒ며 일반(一飯)의 삼토포(三吐哺)ᄒ여3360) 셩텬ᄌ(聖天子)의 위딕(威德)을 베푸고, 츙효를 권장ᄒ니, ᄉ이(四夷) 빈복(賓服)3361)ᄒ고, 인민이 낙업(樂業)ᄒ여 함포고복(含哺鼓腹)3362)ᄒ여 격냥가(擊壤歌)3363)를 숑(頌)ᄒ니, 쳥츅셩인(請祝聖人)3364)ᄒ여 만년슈(萬年壽)3365)를 비ᄂᆞᆫ지라.

텬ᄌ(天子) 【22】 드르시고 일마다 감탄ᄒᄉ 한님승지 양문흥으로 ᄒ여곰 슐을 보ᄂᆡᄉ 위로ᄒ시고, 군돌(軍卒)을 호궤(犒饋)3366)ᄒ시며 반ᄉ(班師)ᄒ믈 명ᄒ시니, 원슈 텬은을 감격ᄒ여 망궐(望闕) 빗ᄉ(拜謝)ᄒ여 산호(山呼)3367)를 부르니 졔군장돌(諸軍將卒)이 역시 만셰(萬歲)를 호창(呼唱)ᄒ며 환셩(歡聲)이 우레 ᄀᆞᆺ더라.

상국이 댱즁(帳中)의 도라와 양한님으로 둉용(從容)이 말ᄉᆞᆷᄒᆞᆯᄉᆡ, 양상셔 계흥의 평부(平否)를 므른ᄃᆡ 한님이 ᄃᆡ왈(對曰),

"둉형(從兄)은 슈월 젼 【23】 하북(河北) 슌무(巡撫)ᄒᄂᆞᆫ 쇼임을 밧ᄌᆞ와 가니이다."

공이 ᄯ 션싱의 집미(執迷)ᄒᆞᆷ믈3368) 므러 듯고, 잠쇼(暫笑) 왈,

"양션싱의 춍명이 언마ᄒ여 도라오라오."

ᄒ더라.

3358)안거후례(安車厚禮) : 네 필의 말이 ᄭᅳ는 편안한 수레와 후한 예의.

3359)탁용(擢用) : 많은 사람 가운데 뽑아 씀.

3360)일목(一沐)의 삼악발(三握髮)ᄒ며 일반(一飯)의 삼토포(三吐哺)ᄒ여 : 중국 주나라 주공이 민심을 수렴하고 정무를 보살피기에 잠시도 편안함이 없음을 이르는 말로, 한 번 식사할 때에 세 차례나 먹던 것을 뱉고 손님을 영접하였고, 또 한 번 목욕할 때에 세 차례나 감고 있던 머리를 거머쥐고 나와 손님을 맞았던 고사를 말함.

3361)빈복(賓服) : 작은 나라가 큰 나라에 공물을 바치고 복종함

3362)함포고복(含哺鼓腹) : 배불리 먹고 배를 두드리며 즐겁게 지냄.

3363)격냥가(擊壤歌) : 격양가(擊壤歌). 중국의 요임금 때에, 백성들이 태평한 생활을 즐거워하여 땅을 치며 불렀다고 하는 노래.

3364)쳥츅셩인(請祝聖人) : '성인(聖人)께 축복(祝福)을 드린다'는 말로, 여기서 성인은 '임금' 곧 '송나라 태조 조광윤(趙匡胤)'을 말한 것이다.

3365)만년슈(萬年壽) : 영원히 죽지 않고 살아 한없는 수명을 누림.

3366)호궤(犒饋) : 군사들에게 음식을 주어 위로함.≒호군(犒軍), 호석(犒錫).

3367)산호(山呼) : 산호만세(山呼萬歲). 『역사』 나라의 중요 의식에서 신하들이 임금의 만수무강을 축원하여 두 손을 치켜들고 만세를 부르던 일. 중국 한나라 무제가 숭산(嵩山)에서 제사 지낼 때 신민(臣民)들이 만세를 삼창한 데서 유래한다.

3368)집미(執迷)ᄒ다 : 고집이 세어 갈팡질팡하다.

ᄎ일(此日)의 쇼어시 모든 죄인을 거ᄂ려 드러오니, 셔로 맛ᄂᆞ미 반기고 깃브믈 가히 알니러라.

어시 인ᄒᆞ여 쥬군(州郡)의 선악(善惡)을 고ᄒᆞ고 댱샤 옥ᄉᆞ와 무창 현녕의 불의(不義) 무상(無狀)을 ᄌᆞᄌᆞ(仔仔)히3369) 고ᄒᆞ며, 도화산 덕당(賊黨)을 진멸ᄒᆞ고 덕괴(賊魁)ᄂᆞ 함거(檻車)의 시러와시믈【24】 보(報)ᄒᆞ딕, 위원쉬 명(命)ᄒᆞ여 형위(刑威)를 베푸고3370), 우여장 등 제적은 몬져 버혀 효시(梟示)ᄒᆞ3371) 후, 김신을 가도와 텬ᄌ 쳐분을 기드리게 ᄒᆞ고, 님슈를 불너 보ᄋ 영용(英勇)을 가지(可知)3372)ᄒᆞ여 듕군(中軍) 긔픽관(旗牌官)3373)을 ᄒᆞ이니, 님쉬 황망이 ᄇᆡᄉᆞ(拜賜)ᄒᆞ여 댱쇽(裝束)을 곳쳐 검픽(劍佩)와 궁시(弓矢)를 ᄎᆞ고, 갑쥬를 ᄀᆞ쵸며 좌우의 시립(侍立)ᄒᆞ니, 영풍(英風)이 늠늠ᄒᆞ더라.

이의 몬져 젼슉을 쳥ᄒᆞ여 당의 올니고, 원쉬 몸을 니러【25】 읍양(揖讓)ᄒᆞ여 긱좌(客座)3374)의 밀위니, 젼슉이 황황송뉼(遑遑悚慄)3375)ᄒᆞ여 돈슈ᄇᆡᆨᄇᆡ(頓首百拜) ᄉᆞ양ᄒᆞ거늘, 원쉬 위로 왈,

"녕낭(令郎)은 금옥군ᄌ(金玉君子)3376)오, 대효현ᄌᆡ(大孝賢者)라. 텬지신명(天地神明)이 감동ᄒᆞ니, 이러틋ᄒᆞ 아들을 쥬[두]어시니 엇지 공경치 아니리오?"

한딕, 젼슉이 닉참황괴(內慙惶愧)3377)ᄒᆞ여 ᄉᆞ례(謝禮)ᄒᆞ고 ᄌᆞ리의 ᄂᆞᄋᆞ가딕, 황츅(惶蹙)ᄒᆞ여 국궁무언(鞠躬無言)3378)이라.

원슈의 일월(日月) ᄀᆞᆮᄒᆞ 풍치와 츄쳔(秋天) ᄀᆞᆮᄒᆞ 긔상이 엄엄(嚴嚴)ᄒᆞ여 감히 우러러 보지 못ᄒᆞ더라.【26】 ᄯᅩ 명ᄒᆞ여 젼싱을 부른딕 약쉬 의관을 ᄉᆞ양ᄒᆞ고 댱딕하(將臺下)3379)의 ᄂᆞᄋᆞ가 ᄭᅮ러 오르지 못ᄒᆞ니, 원쉬 그 쳥고(淸高)ᄒᆞ 위인을 심ᄋᆡ(深愛)ᄒᆞ여, 그 죄명을 밧ᄲᅵ 벗〇[기]고ᄌ ᄒᆞ니, 형위(刑威)를 셩(盛)히 베푸고 우셥 넘녀(女) 등을 올녀 엄형으로 져쥴ᄉᆡ, 우셥은 임의 쇼어ᄉᆞ의 엄ᄒᆞᆫ 형벌의 젼젼악ᄉᆞ(前前惡事)를 복쵸(服招)ᄒᆞ여시니 ᄉᆞ로이 더홀 거시 업ᄉᆞ니, 젼일 쵸ᄉᆞ

3369) ᄌᆞᄌᆞ(仔仔)히 : 매우 자세(仔細)히.

3370) 베푸다 : 베풀다. 일을 차리어 벌이다.

3371) 효시(梟示)ᄒᆞ다 : 목을 베어 높은 곳에 매달아 놓아 뭇사람에게 보이다.

3372) 가지(可知) : 알 만함. 또는 알 수 있음.

3373) 긔픽관(旗牌官) : 기패관(旗牌官). 『역사』 조선 후기에, 여러 군영에서 지방 출신 군사들의 훈련을 맡아보던 무관 벼슬. 20개월 또는 24개월 뒤에 육품관으로 진급하였다.

3374) 긱좌(客座) : 손님의 좌석.

3375) 황황송률(遑遑悚慄) : 몹시 허둥거리며 두려워 떪.

3376) 금옥군ᄌ(金玉君子) : 몸가짐이 단정하고 점잖으며 지조가 굳은 사람을 이르는 말.

3377) 닉참황괴(內慙惶愧) : 속으로 몹시 부끄럽고 두려워함..

3378) 국궁무언(鞠躬無言) : 몸을 굽힌 채로 말이 없음.

3379) 댱딕하(將臺下) : 장수가 올라서서 명령·지휘하던 대의 아래.

(招辭)로 더브러 굿고, 염츈으는 비로쇼 처음으로 【27】 간상(奸狀)을 직쵸(直招)호니, 몬져는 양쳐스 집 방화(放火)호미오, 버거는 상가 으히를 도적호여 팔미우적의 쵸스와 굿거늘, 젼가 ᄀ란(家亂)은 젼슉의 늙으믈 념(念)호여 우셥을 고정(故情)을 니어 ᄌ식을 낫코, 젼가 가산을 도적호여 우셥을 주고ᄌ 호는 고로, 젼노를 참언(讒言)으로 미혹게 호여 부ᄌ지간을 병드리고, 화쇼져를 쇼당의 ᄂ리오며, 젼싱을 옥즁의 곤(困)케 호고, 가권(家券)을 아ᄉ미 진물을 우셥 【28】 을 쥬어 ᄌ로3380) 무창으로 옴길시, 젼싱 부부를 아됴 쥭이고 됴쵸 젼모를 살(殺)호고 도망코ᄌ 호는 고로 쵸잉이 션부인긔 득죄호여 넉치엿거늘, 불너 은혜를 드리워 깁히 믿ᄌ 심복을 삼으시니, 잉으로 젼싱을 부르고, 농경으로 옥문을 줍으고, 굼글 뚫고 거즛 여측(如厠)호믈 일ᄏ고 ᄂ와, 젼싱을 마즈 발악호여 죄목을 삼고, 우셥을 밤의 칼을 ᄀ져 젼노를 속이고 거즛 글을 【29】 아ᄉ너여[며], 식반을 화쇼졔 올니는 쎠 ᄀ마니 독을 풀믈 셰셰(細細) 실고(實告)호니, 그 밧 ᄀ만흔 독슈(毒手)와 그윽흔 참언(讒言)을 감히 숨기지 못호믄, 형댱(刑杖)의 엄호믈 인호여 골육(骨肉)이 보으지니 견듸지 못호미라.

젼슉이 오히려 넘녀(女)의 이원(哀怨)흔 경상(景狀)의, 춤형(斬刑)을 니긔지 못호믈 가슴이 알파, 아니 밋믈 니긔지 못호여 무복(誣服)호민가 호더니, 우셥의 무창셔 올닌 쵸스를 쥬어 보게 호고, 【30】 원쉬 화(和)흔 말솜으로 위로호여, 부ᄌ의 듕(重)호무로 삼강(三綱)이 지엄(至嚴)호거늘 간녀(奸女)의 참언이 공교호니, 만일 씨듯지 못흔즉, 망[막]즁쇼탁(莫重所託)3381)으로써 뉸상듸변(倫常大變)3382)을 무더두지3383) 못호리라. 이 곳3384) 녕윤(令胤)의 시운(時運)이 부졔(不齊)호고 명되(命途) 험흔(險釁)호미로듸, 간쳡(奸妾)의 요악호믈 다스리민 돈경시(尊敬事)오, 간쳡의 요악호믈 다스리민 녕윤의 신셜이 쾌흔지라. 무슨 거슬 근심호리오. 자고로 쇼인이 군ᄌ를 【31】 함히(陷害)호고 뎡실(正室)을 비(卑)쳡이 모함호니 명(明)흔 군ᄌ와 텰(哲)흔 댱부도 흔 번 속지 아니리 업ᄂ지라.

보야흐로 부운을 것고 일광을 볽히니, 간악(奸惡)흔 무리를 버히민 부ᄌ텬셩이 완젼흔지라. 호여, 어두온 거슬 히셕(解析)게 호고 흐린 거슬 볽게호니, 젼슉의 토목심장이 기활(開豁)호여 감노(甘露)를 마시고, 녕지(靈芝)를 먹은 듯, 쾌히 넘녀(女)의 소슐(所述)을 씨치민, 붓그리고 분노호여 눈물 【32】 을 흘니고, 머리를 두다려 혼녈(昏劣) 무도(無道)호믈 ᄉ죄호거늘, 원쉬 흔연(欣然)이 관위(寬慰)호

3380)자로 : 자주. 같은 일을 잇따라 잦게
3381)막즁쇼탁(莫重所託) :더할 수 없이 중요한 부탁.
3382)뉸상듸변(倫常大變) : 인륜상의 큰 변란.
3383)묻어두다 : 일을 드러내지 아니하고 속 깊이 감추어 두다..
3384)곳 : 곧. 다름 아닌 바로.

여 회과ᄒᄆᆯ 칭하(稱賀)ᄒ고, 좌우로 ᄒ여곰 젼싱의 의관(衣冠)을 ᄀᆺ쵸와 오르게
ᄒ니, 젼싱이 ᄃᆡ하(臺下)의 업듸여 우·염 냥젹(兩敵)의 쵸ᄉᆞ를 듯건ᄃᆡ, ᄌᆞ긔를 죽
이고 부친을 마ᄌᆞ 희(害)ᄒ려 ᄒᄆᆯ, 골경신히(骨驚身駭)3385)ᄒ여 한한(寒汗)이
쳠의(沾衣)라.

쇼공의 명달(明達)ᄒᆫ 쇼견(所見)을 항복ᄒ고, 구활(救活)ᄒᆫ 은덕을 감격ᄒ여,
상국의 관인(寬仁)【33】ᄒᆫ 은혜 방뉴(旁流)ᄒ여3386) ᄌᆞ긔 부친을 관ᄃᆡ(款待)ᄒ
ᄆᆯ 감은골슈(感恩骨髓)의 분골난망(粉骨難忘)이라. 가득이 송덕(頌德)ᄒᆯ ᄲᆞ니러니
명을 니어 하리(下吏) 의관(衣冠)을 ᄂᆞ오니, 비로쇼 젹년(積年) 침폐(沈廢)ᄒᆫ 몸
이 쳥운(靑雲)의 오르미라.

옷슬 염의고 처음으로 관(冠)과 ᄯᅴ를 ᄀᆺ쵸와 댱ᄃᆡ(將臺)의 올나 돈슈ᄌᆡ비홀ᄉᆡ
관옥면모(冠玉面貌)의 쵸연(超然)이 희한(稀罕)ᄒᆫ 빗츨 ᄯᅴ여 송연(悚然)이 츅쳑
(踧惕)ᄒ니, 맑은 긔질과 됴흔 골격이 옥(玉)이 니토(泥土)를 벗고 어름3387)이
【34】 슈졍(水晶)의 오른 듯, 고담(枯淡)ᄒ3388) 지됴(志操)와 아결(雅潔)ᄒ3389)
셩(性)이니, 상국이 깁히 ᄉᆞ랑ᄒ고 아름다온 긔질을 심이(深愛)ᄒ여 위로 왈,

"그ᄃᆡ의 궁원(窮怨)3390)ᄒᆫ 쇼됴(所遭)3391)와 닐3392)을 임의 아라시니, 비로쇼
질곡(桎梏)을 벗고 쳥운(靑雲)의 오르미라. 녕돈(令尊)이 가운(家運)의 불ᄒᆡᆼ을 인
ᄒ여 총명이 ᄀ리이나, '증모(曾母)도 투져(投杼)'3393)ᄒ니 무슨 붓그러오미 이시
리오. 현시(賢士) 당당(堂堂) ᄃᆡ회(大孝) 일월노 징광(爭光)ᄒ니, 이 ᄡᅥ곰3394) 녕
돈(令尊)긔 유광(有光)ᄒ미라.【35】뉘 감히 하ᄌᆞ(瑕疵)ᄒ리오. 심사(心思)를 널
니고 스스로 부모유체(父母遺體)를 삼가리니, 져즈음긔 군이 스스로 죄인으로 쳐

3385) 골경신히(骨驚身駭) : '온 몸과 뼛속까지 다 놀란다.'는 뜻으로, 뜻밖의 일로 몹시 놀
람을 이르는 말.
3386) 방뉴(旁流)ᄒ다 : 방류(旁流)하다. 널리 흐르다. 두루 흘러내리다.
3387) 어름 : 얼음. 물이 얼어서 굳어진 물질.
3388) 고담(枯淡)ᄒ다 : 글이나 그림 따위의 표현이 꾸밈이 없고 담담하다.
3389) 아결(雅潔)ᄒ다 : 단아하며 깨끗하다.
3390) 궁원(窮怨) : 더 할 나위 없이 원망스러움.
3391) 쇼됴(所遭) : 만난 때나 상황
3392) 닐 : 일. 무엇을 이루거나 적절한 대가를 받기 위하여 어떤 장소에서 일정한 시간
동안 몸을 움직이거나 머리를 쓰는 활동. 또는 그 활동의 대상.
3393) 증모(曾母) 투져(投杼) : 증자의 어머니가 증자가 사람을 죽였다는 말을 듣고, 처음
에는 이를 믿지 않다가, 두 번 세 번까지 같은 말을 듣고는 마침내 베틀의 북을 내던지
고 사건현장으로 달려갔다는 고사로, 누구나 여러 번 같은 말을 들으면 곧이듣게 된다
는 의미로 쓰인다.
3394) ᄡᅥ곰 : ᄡᅥ-곰. *ᄡᅥ: '그것을 가지고', '그것으로 인하여'의 뜻을 지닌 접속 부사. 한문
의 '以'에 해당하는 말로 문어체에서 주로 쓴다. *-곰 : (부사나 부사어 뒤에 붙어) 앞
말의 뜻을 강조하는 보조사.

ᄒ여 범ᄉ(凡事) 과도ᄒ믄 심히 불가(不可)ᄒ지라. 셩인(聖人)이 말ᄉᆷ을 두ᄉ, '신체발부(身體髮膚)ᄂᆫ 슈지부뫼(受之父母)니 불감훼상(不敢毁傷)이 효지시애(孝之始也)라.3395) 감불경야(敢不敬也)아3396) ᄒ시니, 현ᄉ(賢士) 춍명호흑(聰明好學)ᄒ니, 엇지 씨닷지 못ᄒ여 형옥(荊玉)3397)의 단단ᄒ무로 누셜(陋說)을 무릅써 맛ᄎᆞᆷ를 긔약ᄒ니, 이ᄂᆫ 딕도(大道)의 어긔미라. 그러나 【36】 그 소죄(所遭) 긔궁(奇窮)ᄒ3398)미니 엇지 과도히 허믈ᄒ리오."

전싱이 더옥 황공 감격ᄒ여 빅빅 사례ᄒ더라. 원ᅱ 크게 잔치를 베퍼 전○[슉]의 부지 텬뉸(天倫)이 완전ᄒ믈 하례ᄒ니, 전슉의 깃브고 감은ᄒ미 비길딕 업고, 약슈의 힝환(幸歡)ᄒ믄 니로 다 긔록지 못ᄒᆯ너라.

원ᅱ 전노를 향ᄒ여 굴오딕,

"《년낭‖녕낭(슈郎)》의 원억ᄒ미 쇼연(昭然)ᄒ고 현ᄉ(賢士)의 씨드르미 쾌연(快然)ᄒ니 우·념 냥간(兩奸)을 쳐살(處殺)ᄒᆯ 거 【37】 시로딕, 우적은 무창현 녕 김신의 옥시 미결ᄒ니, 셩상이 붉히 다ᄉ리시믈 기두리이니 아직 죽이지 못ᄒᆯ 거시오. 넘녀ᄂᆫ 즉긱(卽刻)의 버혐즉 ᄒ나 ᄎᆞᄉ(此事) 풍화(風化) 딕란(大亂)이니 ᄯᅩᆫ 텬ᄌᆞ긔 알외고ᄌᆞ ᄒᄂᆫ지라. ᄒᆫ가지로 함거(檻車)의 시러 가리니, 다만 역노(逆奴)와 간비(姦婢)ᄂᆫ 통텬딕죄(通天大罪) 이시니 금일노 버힐지라. 현ᄉ(賢士) 막ᄎᆞ(幕次)의 가, 다시 남은 간뎡(奸情)을 져쥬어 형뉵(刑戮)을 더어 분을 푼 후, 머리 【38】 를 버혀 효시(梟示)ᄒ여 후인을 징계ᄒ리라."

전뇌 감히 무슨 말을 ᄒ리오. 그윽이 참슈(斬首)ᄒ여 년셩응딕(連聲應對)ᄒ고 ᄋᆞᄌᆞ를 닛그러 물너나니, 상국이 임의 하령(下令)ᄒ여 전싱 부ᄌᆞ를 위ᄒ여 큰 집을 잡고, 병장(屛帳)과 상탑(床榻)을 졍졔(整齊)ᄒ여 하리(下吏)로 딕후(待候)케 ᄒ여시니, 전싱이 더옥 은덕을 능히 갑지 못ᄒᆯ가 두리더라.

전싱이 딕인을 붓드러 상 우ᄒᆡ 뫼시미, 슬하(膝下)의 ᄭᅮ러 눈물 【39】 을 드리워 불효를 ᄉ죄ᄒᆫ딕, 전뇌 아ᄌᆞ(兒子)의 숀을 잡고, 원억(冤抑)ᄒ 죄목을 씌워 잔형(殘刑)으로 더은 줄 뉘웃고 슬허 무슈이 울고, 뇽경과 초잉을 잡ᄋ 다시 져쥬어 넘녀(女)의 간악ᄒ 졍상을 셰셰히 알미, ᄉᆡ로이 슬허 약슈를 안고 빅슈(白鬚)의 눈물이 흘너 잔잉ᄒ미3399) 칼흘 ᄉᆞᆫ존 듯, 젼젼과악(前前過惡)을 무슈이 일ᄏᆞᆺ고 어루만져 뉴쳬ᄒ니, 약슈 화식이셩(和色怡聲)으로 간위(懇慰)ᄒ고, ᄌᆞ이(慈愛)를

3395) 身體髮膚 受之父母 不敢毁傷 孝之始也 : 신체의 머리털과 살은 다 부모에게서 받아 나온 것이니, 감히 훼상하지 않는 것이 효도의 시작이다. 『孝經 改宗明義章』에 나온다.
3396) 敢不敬也아? : 감히 공경하지 않을 수 있겠는가?
3397) 형옥(荊玉) : 형산(荊山)에서 난 옥(玉)이란 말로, 바로 화씨벽(和氏璧)을 말한다
3398) 긔궁(奇窮)ᄒ다 : 몹시 곤궁하다.
3399) 잔잉ᄒ다 : 자닝하다. 애처롭고 불쌍하여 차마 보기 어렵다.

감【40】 격ᄒ며 쇼공과 상국의 지극ᄒ믈 폐부(肺腑)3400)의 삭이더라.

젼뇌 농경 쵸잉을 무슈이 치고 버히며 지지ᄂ 형벌을 ᄒ여 원슈를 갑흐며, 약슈의 ᄆ음을 깃기고ᄌᄒ니, 젼싱이 고간(固諫)ᄒ여,

"잔혹(殘酷)ᄒᆫ 형벌노 골육(骨肉)이 분쇄ᄒ고 셩혈(腥血)이 돌돌ᄒ미 셩심의 친히 보ᄉ미 불가ᄒ온지라. 물니쳐 졍법(正法)3401)게 ᄒ쇼셔."

젼뇌 ᄋᄌ를 드립더 안고 어로만져 우러 왈,

"쳔금(千金) 익ᄌ(愛子)를 져러【41】ᄐ시 잔혹히 쳐시니, 셜우미 너 슬흘 헐우고ᄌ ᄒᄂ지라. 난역(亂逆)ᄒᆫ 노비를 다ᄉ리미 오히려 죽○[이]지 못ᄒ믈 한(恨)ᄒ노라"

ᄒ고, ᄭ어 닉여 원슈긔 보ᄒ라 ᄒ니, 원쉬 하령(下令)ᄒ여 머리를 버혀 드라 호령ᄒ니라.

어시의 양한님이 의외에 이곳의 와 골원혈슈(骨怨血讐)3402)를 맛ᄂ니, 엇지 ᄌ긔 남미를 히ᄒ 일노 원슈를 삼으리오. 부모와 조션 신위를 소화(消化)ᄒᆫ 통박(痛迫)ᄒ미 지금의 미쳣ᄂ【42】지라. 불공ᄃ천지슈(不共戴天之讐)3403)를 보고 묵연(默然)이 잇ᄉ리오. 상국긔 고ᄒ여 다ᄉ릴 바를 뭇ᄌ온딕, 상국 왈,

"차비(此輩) 죄악이 쳔살무셕(千殺無惜)이니 밧비 버혐 즉ᄒ되3404), 텬ᄌ긔 쥬(奏)코져 ᄒ믄 별(別)노 ᄯ이 잇ᄉ니, 이 옥ᄉ를 인ᄒ여 군의 당(黨) 속의 혼미(昏迷)ᄒᆫ ᄭᆷ을 ᄭ이오려 ᄒ고, 젼약쉬 옥인가ᄉ(玉人佳士)3405)니 인연(因緣)ᄒ여 텬ᄌ긔 뵈와 져의 문호를 흥긔케 ᄒ여, 그 아름다온 ᄌ품(資稟)을 현달(顯達)케 ᄒ고 농졍(龍庭)의 ᄯ흔 현신(現身)【43】을 어드시게 ᄒ리니, 우·넘 냥흉(兩凶)은 죽어든3406) 못ᄒ지라. 쾌히 쳐 져기3407) 분(忿)을 풀지니라."

한님이 소시랑의 댱막의 가 안ᄌ '우·넘 냥흉(兩凶)을 잡ᄋ드리라.' ᄒ니, 우셥 넘녜(女) 즁형지하(重刑之下)의 인식(人色)이 업셧거늘, ᄭ어 ᄉᆲ니니 혼불부쳬(魂

3400) 폐뷔(肺腑) : 마음의 깊은 속.
3401) 졍법(正法) : 예전에, 형벌로 죄인을 사형에 처하던 일.
3402) 골원혈슈(骨怨血讐) : 원한이 골수에 맺혀 있어 죽기를 각오하고 갚으려 하는 원수.
3403) 불공ᄃ천지슈(不共戴天之讐) : 이 세상에서 같이 살 수 없을 정도로 자신에게 해를 끼친 사람이나 집단.
3404) 즉ᄒ다 : 직하다. (용언이나 '이다' 뒤에서 '-ㅁ/음 직하다' 구성으로 쓰여) 앞말이 뜻하는 내용이 발생할 가능성이 많음을 나타내는 말.
3405) 옥인가ᄉ(玉人佳士) : 옥처럼 아름다운 사람이자 재주가 있는 훌륭한 선비라는 뜻으로, 가까운 사람이나 사랑하는 사람을 친근하게 부르는 말.
3406) -어든 : -거든. ('이다'의 어간, 용언의 어간 또는 어미 '-으시-', '-었-', '-겠-' 뒤에 붙어) '어떤 일이 사실이면', '어떤 일이 사실로 실현되면'의 뜻을 나타내는 연결 어미.
3407) 져기 : 적이. 꽤 어지간한 정도로.

不附體)3408)러라. 한님이 졍셩딕미(正聲大罵) 왈,

"네 양쳐스 딕즁(宅中)의 불 노화 양아 남미를 죽은 줄노 아느냐? 닉 요힝 죽지 아니코 스라미, 져로 더브러 셩인의 구활ᄒ시믈 닙어 【44】 ᄋ늘날 너를 맛ᄂ니, 쾌히 버혀 ᄂ의 뎍원(積怨)을 풀 거시로딕, 네 극악딕죄(極惡大罪) 가지록 더ᄒ여 스름의 ᄌ식을 도젹ᄒ여 파니, 빅악(百惡)이 구비(具備)라. 당당이 부월지쥬(斧鉞之誅)3409)를 바다 ᄉ방의 효시(梟示)홀 고로 아직 몬져 젹은 형벌노 분을 푸노라."

ᄒ고, 통쾌히 빅여 장을 치니 긔식(氣塞)ᄒ거늘, 물을 ᄲ려 함거(檻車)의 너흐니 젼가 복뷔 다 모다 보고 쾌ᄒ믈 니긔지 못ᄒ여 ᄀ르쳐 ᄭ지ᄌ되, 넘 【45】 녀 머리를 슉여 말을 못ᄒ더라.

젼싱의 시동(侍童) 명직 등이 도라가 넘녜(女) 양한님의 옛 원쉬라 고ᄒ니, 젼뇌 ᄉ로이 분ᄒ여 몸쇼 치지 못ᄒ믈 한홀식, 넘녀의 ᄌ식이 우셥의 씨라 말을 듯고 비로쇼 뮈워, 유이(幼兒) 쳘모로고 젼일(前日)의 안고 ᄉ랑턴 고로 우으며 히이쳐3410) 《안고져∥안기고져》 ᄒ거늘, 대로(大怒)ᄒ여 큰 미로 난타(亂打)ᄒ니, 약쉬 동용(從容)이 고ᄒ되,

"어미 비록 간악(姦惡)ᄒ나 유이(乳兒) 무어슬 알니잇가? 【46】 우젹의 골육이라 ᄒ나 히이(孩兒)3411) 맛당이 혈(血)을 합ᄒ여 명빅ᄒ믈 알고 쳐치ᄒ리이다."

젼뇌 말녀 왈,

"놀납다 엇지 ᄂ의 살○[을] 《워상∥훼상(毀傷)》ᄒ리오. 맛당이 우셥과 합혈(合血)ᄒ라."

시랑이 스름으로 ᄒ여금 약슈를 쳥흔 고로 가거늘, 드듸여 가동으로 ᄒ여금 쇼ᄋ(小兒)를 쓰으고 칼흘 가져오라 ᄒ여 우셥과 넘녜 가치인 함거(檻車) 밧긔 가 넘은 쇠를 달화 넘녀의 귀밋츨 지지며, 다시 우 【47】 셥의 ᄌ식인 줄 알고ᄌ 우젹의 낫츨 질너 피를 닉여, 쇼ᄋ의 숀을 짖쳐 합혈(合血)ᄒ니 과연흔지라.

딕로(大怒)ᄒ여 당돌을 호령ᄒ여 냥젹 보ᄂ딕 쇼ᄋ를 부듸이져 죽이고, 비로쇼 심닉(心內) 흡연(翕然)ᄒ여, 화싱과 식부를 딕ᄒ여 젼일을 ᄉ죄ᄒ고, 만만 뉘웃쳐 무슈이 울고 셜워ᄒ며, 아ᄌ3412) 힝ᄉ(行事)로써 닐너 간악흔 계집의 속이믈 닙

3408)혼불부톄(魂不附體) : 놀라 혼이 몸에 붙어 있지 않음. 정신을 잃음.
3409)부월지쥬(斧鉞之誅) : 형구(刑具)인 도끼(斧鉞)로 사형(死刑)을 당함. 극형(極刑)으로 죽임을 당함.
3410)히이치다 : 히히덕거리다. 히히덕대다. 실없이 웃으면서 조금 큰 소리로 계속 장난스럽게 말을 하다.
3411)히아(孩兒) : '어린아이'라는 말로, 직계 존속 앞에서 자신을 낮추어 이르는 말. 늑아히(兒孩)

어 ᄌ식만 녁이던 쥴 분ᄒ【48】여 죽이라 ᄌ랑ᄒ니3413), 화싱은 그윽이 우이 녁여ᄒ되 명쾌ᄒ 쳐분○[을] 칭하(稱賀)ᄒ고, 화쇼져는 엄구(嚴舅)의 은의를 다시 밧ᄌ와 황공감격ᄒ여 ᄒ더라.

이윽고 젼싱이 도라와 야애 이 곳의 오시믈 듯고 ᄎᄌ 왓거늘, 젼뇌 ᄌ부를 ᄀ르쳐 안치고 두굿기고 슬허ᄒ며, '텬싱ᄌ익(天生慈愛) 업스미 아니로되, 간녀(奸女)의 쇼슐(所述)을 ᄭ둣지 못ᄒ미니, 오ᄋ와 식부는 허물치 말고 옛 셜우믈 싱각【49】지 말나.' ᄒ여, 거죄(擧措) 극히 우으니 보는 지 졀도(絕倒)ᄒ되, 약슈부부는 불승감힝(不勝感幸)3414)ᄒ여 이셩낙ᄉ(怡聲樂色)3415)으로, '돈위(尊位)를 놉히시고 ᄌ익ᄒ실 ᄯ름이니, 엇지 ᄌ식의게 그릇ᄒ믈 일ᄏᄅ시리잇가?' ᄒ더라.

젼뇌 더옥 두굿기고 고마워 넘녀의 ᄌ식 죽인 말을 니로되, 젼싱이 야애 그럿틋 분쥬ᄒ시믈 ᄀ이업셔 ᄒ거늘, 젼뇌 왈,

"이ᄶ 모로는 ᄃ시 브려두면 타일 졔 어믜 죄악은 모로고, 도로혀 【50】 너 ᄋ히를 함원(含怨)ᄒ가 죽엿노라."

ᄒ니, 화싱이 연ᄒ여 칭송ᄒ여, '돈ᄃ인(尊大人) 원녜(遠慮) 맛당ᄒ시다.' ᄒ더라.

명일 위원슈 대군을 두루혀 경ᄉ(京師)로 향ᄒ니, 군병이 용약(踴躍) 환희(歡喜)ᄒ고, 빅셩이 무리지어 눈물을 흘녀 젹ᄌ(赤子) ᄌ모(慈母)를 니별ᄒ믈 ᄀᆺ더라.

화셜, 경ᄉ 위부의셔 상국이 츌졍ᄒ 후, 양소졔 동용이 니부인 상하(床下)의 ᄭ러 안셔(安徐)이 고왈,

"쇼질(小姪)이 불용누질(不容陋質)3416)노 외【51】람이 셩문(聖門)의 의탁ᄒ와 구고돈당(舅姑尊堂)의 우로지은(雨露之恩)3417)을 닙ᄉ오니, 슉야(宿夜)3418)의 늉늉췌췌(慄慄惴惴)3419)ᄒ와 죄를 면키를 ᄇ라옵더니, 노둔(魯鈍)ᄒ3420) 셩(性)과 혼암(昏暗)ᄒ 질(質)이 하비(下輩)의[에] 은혜 흐르지 못ᄒ와, 쇼비ᄌ(小婢子) 셜난이 둉둉(種種)3421) 방ᄌ무긔(放恣無忌)ᄒ오니3422) 쇼질이 미혹(迷惑)ᄒ와3423)

3412)아ᄌ : 아자(俄者). 이전, 지난번. 조금 전.
3413)ᄌ랑ᄒ다 : 자랑하다. 주위를 울릴 정도로 목소리를 높여 말하다.
3414)불승감힝(不勝感幸) : 감사하고 행복한 마음을 이기지 못함.
3415)이셩낙ᄉ(怡聲樂色) : '부드러운 말'과 '즐거운 낯빛'을 함께 이른 말.
3416)불용누질(不容陋質) : 용납하지 못할 만큼 비천한 자질.
3417)우로지은(雨露之恩) : 비와 이슬이 만물(萬物)을 기르는 것처럼 은혜(恩惠)가 골고루 미침을 이르는 말
3418)슉야(宿夜) : 이른 아침과 깊은 밤.
3419)늉늉췌췌(慄慄惴惴) : 몹시 두려워 몸을 벌벌 떪.
3420)노둔(魯鈍) : 둔하고 어리석어 미련하다..
3421)둉둉(種種) : 시간적·공간적 간격이 얼마쯤씩 있게. =가끔.

덕을 베푸지 못ᄒ옵고, ᄒᆞᆫ곳 위엄으로 협제(脅制)코즈 {연}ᄒᆞ와, 다스리믈 번거롭
게 ᄒᆞ온지라. 하류(下類) 쳔견(淺見)이 져의 죄믈 아지 못ᄒᆞ고, 【52】 원망을 품
어 여ᄎᆞ(如此)ᄒᆞᆫ 악시(惡事) 잇ᄉᆞ오니, 이ᄂᆞᆫ 곳 쇼질(小姪)의 불혜박덕(不慧薄德)
이 어하(御下)의 공되(公道) 업ᄉᆞ온지라. 홀노 쳔비(賤婢)를 ᄎᆡᆨ(責)ᄒᆞ올 빅 아니
오딕, 가히 무더 두지 못ᄒᆞ올 고로, 아직 엄슈(嚴囚)ᄒᆞ고 대인긔 알외와 몬져 쇼
질의 덕이 업슨 죄믈 닙습고, 됴쵸3424) 쳔비(賤婢)를 다스리고즈 ᄒᆞ옵더니, 의외
에 딕인이 젼진으로 향ᄒᆞ시니, 미셰지ᄉᆞ(微細之事)를 알외지 못ᄒᆞ온지라. ᄎᆞ식 비
록 쇼질의 미미ᄒᆞᆫ 몸의 【53】 인(因)ᄒᆞ미나, 딕인과 슉모 가졔(家齊) 일월 ᄀᆞᆺᄒᆞ
시거늘, 쇼질의 노쥬(奴主) 법을 범ᄒᆞ니, 타일의 돈당구고(尊堂舅姑)긔 뵈올 면목
이 업ᄉᆞ온지라. 복원(伏願) 슉모ᄂᆞᆫ 쇼질의 죄믈 몬져 다스리시고, 니어 쳔비(賤
婢)를 쳐치ᄒᆞ시믈 ᄇᆞ라ᄂᆞ이다.”

인ᄒᆞ여 물너나 관픽(冠佩)3425)를 그르고 당의 ᄂᆞ려 ᄂᆞ죽이 ᄭᅮ러 딕죄(待罪)ᄒᆞ
니, 그 말ᄉᆞᆷ의 겸공(謙恭)ᄒᆞᆷ과 쳐변(處變)의 온유(溫柔)ᄒᆞ미 지극ᄒᆞ거늘, 가월(佳
月)3426)을 단단ᄒᆞ니3427) 슈운(愁雲)3428)이 【54】 잠간 침노ᄒᆞ고 쌍셩(雙星)을
기리 ᄂᆞ촌 곳의 징광(澄光)이 형형(熒熒)ᄒᆞ여, 교결(皎潔)ᄒᆞᆫ3429) 옥안의 담담이
향긔를 ᄲᅮᆷᄂᆞᆫ지라.

니부인이 쌍아(雙蛾)3430)를 빈츅(顰蹙)ᄒᆞ고 탄(嘆)ᄒᆞ여 골오딕,

“부인ᄂᆡ 요얼(妖孽)3431)이 창셩(昌盛)ᄒᆞ니 이 곳 우슉의 허물이라. 엇지 현질이
홀노 죄믈 당ᄒᆞ리오. 연(然)이나 ᄎᆞ비(此婢)를 임의 쳐음 볼젹 위인을 아라시니,
구ᄐᆡ여 놀날 빅 아니라. ᄂᆡ 혜ᄋᆞ리니 난이 스스로 죄 짓고 죽기를 기【55】ᄃᆞ리
고, 미이믈 바다 잇지 아니리니, 현질은 죄믈 쳥치 말고 당(堂)의 오른 후 좌우로
ᄒᆞ여금 가 슬피라 홀지여다.”

이의 시ᄋᆞ로 ᄒᆞ여금 ‘양쇼져를 붓드러 올니라.’ ᄒᆞᆫ딕, 양쇼졔 슈용(愁容) 빈ᄉᆞ

3422)방ᄌᆞ무긔(放恣無忌)ᄒᆞ다 : 건방지고 거리낌이 없다.
3423)미혹(迷惑)ᄒᆞ다 : 무엇에 홀려 정신을 차리지 못하다.
3424)됴쵸 : 좇아. 따라. 뒤따라. *됴ᄎᆞ : 좇다. 좇다. 따르다. 다른 사람이나 동물의 뒤에
서, 그가 가는 대로 같이 가다.
3425)관픽(冠佩) : 관(冠)과 패물(佩物)을 함께 이르는 말. *관(冠): 귀금속이나 천·말총
따위로 만든 쓰개. *패물(佩物): 사람의 몸치장으로 차는, 귀금속 따위로 만든 장식물.
3426)가월(佳月) : 아름다운 달. 또는 초승달처럼 아름다운 눈썹.
3427)단단ᄒᆞ다 : ①단단하다. 연하거나 무르지 않다. ②단단히 하다. 연하거나 무르지 않
게 하다. *여기서는 ②의 의미로 ‘찡그리다’ 곧 ‘눈살을 찌푸리다’의 의미.
3428)슈운(愁雲) : 근심스러운 기색.
3429)교결(皎潔)ᄒᆞ다 : ①달빛이 밝고도 맑다. ②마음씨가 깨끗하고 맑다.
3430)쌍아(雙蛾) : 썅아(雙蛾) : 미인의 고운 두 눈썹. *아(蛾); 미인의 눈썹.
3431)요얼(妖孽) : 요악한 귀신의 재앙. 또는 재앙의 징조.

(拜謝)ᄒ고 당의 오르민, 눈을 드러 상궁을 보니 상궁이 연망(連忙)이3432) 닷ᄂ
지라.

영시 좌상(座上)의셔 양쇼져 청죄ᄒᄂ 언ᄉ(言辭)와, 니부인 신명(神明)ᄒ 말슴
을 드르민 ᄌ연 축쳑(踧惕)ᄒ여 심불ᄌ안(心不自安)3433)ᄒ더니, 【56】 이윽고 ᄉ
경난이 눈을 홉ᄧ고3434) 젼도(轉倒)히 도라와 당(堂)의 ᄭ러 셜난이 임의 벽을
뚧고 도망ᄒ여시믈 고ᄒ니, 좌우 졔시이(諸侍兒) 각각 면면상고(面面相顧)3435)ᄒ
여 실ᄉ(失色)ᄒ기를 마지 아니ᄒ더라.

니부인이 안연부동(晏然不動) 왈,

"ᄂ 임의 아랏노라. 변이 이의 긋지 아니ᄂ니, 빙셤을 가히 ᄀᄀ이 두지 못ᄒ지
라."

좌우로 셤을 부르니, 작일의 셤이 셜난의 ᄉ죄를 짓고 ᄀ치이믈 보민, 돌돌(咄
咄)3436) 【57】 분긔ᄒ여 난을 ᄭ짓고, 호읍(號泣) 분쥬(奔走)ᄒ여 쇼당(小堂) 밧
긔 가 난을 슈죄(數罪)ᄒ더니, ᄉ상궁이 ᄎ두(叉頭)로 ᄒ여금 셤을 잡아 슬펴 일
치 말나 ᄒ엿더니, 이날 난의 둉젹(蹤迹)이 업ᄉ니 퇴[통]흉돈독(痛胸頓足)3437)
ᄒ여 호통3438) 망망3439)이러니, 부인 명을 인ᄒ여 계하(階下)의 업ᄃ여 고두(叩
頭)ᄒ니, 니부인이 무러 굴오ᄃ,

"셜난이 ᄉ죄(死罪)를 범ᄒ고 도망ᄒ민, 너를 【58】 두고 가지 아니ᄒᆯ 거시오.
네 ᄯ흔 셜난의 가ᄂ 곳을 모르지 아니ᄒ리니 형댱(刑杖)을 밧지 아냐셔 직고(直
告)ᄒ라."

셤이 돈슈(頓首) 쳬읍(涕泣) ᄃ왈,

"쇼비지 ᄂ히 어리옵고 쇼견이 업ᄉ오니 아지 못ᄒ오ᄃ, 작일(昨日)의 셜난이
ᄉ죄(死罪)를 어더 ᄀ치온 후, 쇼비 이달옴과 셜우믈 니긔지 못ᄒ와, 문밧긔셔 ᄭ
짓ᄉ오니, 셜난이 니로ᄃ, 'ᄂ 진실노 죄 잇ᄉ면 쥭을 밧 모쳑이 업ᄉᆯ거시로ᄃ, 과
연 위쥬 【59】 충심(爲主忠心)이 관호일월(貫乎日月)3440)ᄒ니, 영명(靈明) 상텬
(上天)이 붉히 보시ᄂ지라. 너ᄂ 우지 말고 젼두(前頭)를 보라.' ᄒ오니, 혹 《의

3432) 년망(連忙)이 : 바삐. 급히.
3433) 심불ᄌ안(心不自安) : 마음이 스스로 편안치 못함.
3434) 홉ᄧ다 : 홉뜨다. 눈알을 위로 굴리고 눈시울을 위로 치뜨다.
3435) 면면상고(面面相顧) : 아무 말도 없이 서로 얼굴만 물끄러미 바라봄. 늑면면상쳐(面面相覷).
3436) 돌돌(咄咄) : 뜻밖의 일에 놀라 지르는 소리.
3437) 통흉돈족(痛胸頓足) : 가슴을 아프게 치고 발을 구르고 하며 안타까워 함.
3438) 호통 : 몹시 화가 나서 크게 소리 지르거나 꾸짖음. 또는 그 소리.
3439) 망망(忙忙) : 매우 바빠 급하게 서둚.
3440) 관호일월(貫乎日月) : (주인을 위한 충심이) 해와 달을 꿰뚫음.

이∥이미(曖昧)》혼가 마음을 눅이웁고, 상궁의 엄칙(嚴飭)ᄒᄆᆯ 밧ᄌᆞ와 하실(下室)의셔 침션비ᄌᆞ(針線婢子)의 식이ᄂᆞᆫ 일을 밧들고, 다시 가보지 못ᄒᆞ온지라. 진실노 아지 못ᄒᆞᆫ이다.”

말이 말지 못ᄒᆞ여셔 향운이 연망(連忙)이 진젼(進前) 고두(叩頭)ᄒᆞ여, 셜난이 연지(蓮池)의 ᄲᆞ져심과 쇼당(小堂)의 난의【60】상셰(上書) 이시믈 보고, ᄀᆞ져와 시믈 고ᄒᆞ니, 니부인이 ‘올ᄂᆞ라.’ ᄒᆞ여 보건ᄃᆡ ᄒᆞ여시ᄃᆡ,

“쳔비ᄌᆞ 셜난은 읍혈고두(泣血叩頭)ᄒᆞ와 우리 부인 당ᄃᆡ하(粧臺下)의 알외ᄂᆞᆫ이다. 쳔비 일즉 부인의 이휼(愛恤)ᄒᆞ시믈 닙ᄉᆞ와, 기리 우로(雨露)의 은ᄐᆡᆨ을 의지ᄒᆞ와 좌우의 뫼시믈 긔약ᄒᆞ웁더니, 쳔비(賤婢)의 불츙을 상텬(上天)이 오지(惡之)ᄒᆞᄉᆞ3441) 쳔만의외(千萬意外)예 ‘쇼장(蘇張)의 변(變)’3442)이 부인 돈위(尊位)에 밋ᄉᆞ오니 죄당만ᄉᆞ(罪當萬死)라. 스스로 쥭어【61】죄(罪)ᄅᆞᆯ 쇽(贖)고ᄌᆞ ᄒᆞ와 ᄉᆞ죄(死罪)ᄅᆞᆯ 무릅쓰고 피눈물을 드리워 쳔회(賤懷)3443)ᄅᆞᆯ 고ᄒᆞᄂᆞ이다.”

ᄒᆞ엿더라.

니부인이 문왈

“셜난이 연지(蓮池)의 ᄲᆞ지믈 엇지 아ᄂᆞ뇨?”

향운이 ᄃᆡ왈

“이 글이 쇼당(小堂)의 잇ᄉᆞᆸ고, 년지(蓮池) 가의 난의 ᄂᆞ삼(羅衫)과 쵸혜(草鞋) 잇ᄉᆞ무로, 일노써 닉슈(溺水)ᄒᆞᆫ가 ᄒᆞᄂᆞ이다.”

부인이 노ᄌᆞ(奴子)ᄅᆞᆯ 드려 ‘연지ᄅᆞᆯ 츠고3444) 어드라’ ᄒᆞᆫᄃᆡ, 이윽고 보ᄒᆞᄃᆡ

“동시(終是) 신체ᄂᆞᆫ 엇지 못ᄒᆞ고, 져의 ᄭᅩᆺ던 은ᄎᆞ(銀釵)와 골홈3445)의 ᄎᆞᆺ【62】던 픠향(佩香)3446)이 이시니, 이 믈이 변하(汴河)3447)ᄅᆞᆯ 통ᄒᆞ여시니 식도록 흘너신즉, ᄎᆞ즐 도리 업슬가 ᄒᆞᄂᆞ이다.”

부인이 침음 왈

3441)오지(惡之)ᄒᆞ다 : 미워하다.
3442)쇼장(蘇張)의 변(變) : 중국 전국시대의 세객(說客)인 소진(蘇秦)과 장의(張儀)가 일으킨 변란이란 뜻으로, 남을 헐뜯거나 모함하는 말로 인하여 일어난 변란을 비유적으로 표현한 말.
3443)쳔회(賤懷) : 미천(彌天)한 사람의 회포(懷抱). 또는 ‘자신의 마음이나 생각’을 겸손하게 이른 말.
3444)츠다 : 치다. 불필요하게 쌓인 물건을 파내거나 옮기어 깨끗이 하다.
3445)골홈 : 고름. 저고리나 두루마기의 깃 끝과 그 맞은편에 하나씩 달아 양편 옷깃을 여밀 수 있도록 한 헝겊 끈.=옷고름.
3446)픠향(佩香) : 몸에 지니거나 차고 다니는 향(香).
3447)변하(汴河) : 중국 수나라의 양제가 만든 운하. 황하(黃河)와 회수(淮水)를 연결하였다.

"츳비(此婢)의 쇼의(素意)를 가히 알니니, 번거히 츳지 말나."

ᄒ고, 이의 빙셤을 닉쳐 후원 힝각(行閣)3448)의 두고 양낭(養娘)3449) 취란으로 ᄒ여금 맛다3450) '집쓰기를 ᄀ르치라' ᄒ니, 빙셤이 쳬읍(涕泣)ᄒ여 밧그로 나가ᄂ지라.

셜난이 과연 년지의 쎈져 죽은가. 난의 ᄉ름되오미 용【63】뫼(容貌) 츈화(春花) ᄀᆺ고, 골격(骨格)이 빙셜(氷雪) ᄀᆺᄒ며, 긔되(氣度) 츄상(秋霜) ᄀᆺᄒ니, 셩질이 고결(高潔)ᄒ고 지긔(志氣) 강기(慷慨)ᄒ여 상낭(爽朗)ᄒ ᆫ 졍신이오, 표표(表表)ᄒᆫ 풍골(風骨)이라.

문ᄌ(文子)를 졍통(精通)ᄒ고 식견(識見)이 투쳘(透徹)ᄒ니, ᄌ미운치(滋味韻致)3451)와 녈녈단심(烈烈丹心)3452)이 고인(古人)3453)의 비겨 겸연(慊然)3454)치 아니니, 위공을 됴츤 홍불기(紅拂妓)3455)와 위박의 금합(金盒)3456)을 취(取)ᄒ ᄂ 홍션낭(紅扇娘)의 긔질이로ᄃᆡ, 일즉 양부인 슉덕녜힝(淑德禮行)을 습복(慴伏)ᄒ니, 츳(此) 냥녀(兩女)의 비ᄒᆯ ᄇᆡ 아니【64】라.

본ᄃᆡ 쇼쥐 향민(鄕民) 오은의 ᄯᆞᆯ이니, 어려셔 그 어미 죽고 오직 남ᄆᆡ(男妹) 삼인이 아비를 의지ᄒ니, 오라비 뎡삼이 십오셰오. 난은 십이셰의, ᄋᆞ오 빙셤이 팔셰라.

집이 빈한(貧寒)ᄒ고 오은이 늙고 궁박ᄒ여 히오미 업스니, ᄌᆞ네 힘쎠 아비를 밧드더니 닌가(隣家)의 옥젹지 잇셔 셜난을 구ᄒ여 작쳡(作妾)고ᄌ ᄒ니 오은이 불인(不人)을 넘지(厭之)ᄒ여 허(許)치 아닌ᄃᆡ, 기인이 노(怒)ᄒ여 화를 더으【65】고ᄌ ᄒᄂ지라. 부녜 닛그러 도망ᄒ여 쥬쟉(主着)ᄒᆯ 곳이 업스니, 졍히 낭픽(狼狽)의[한] 형셰되여 극히 황망ᄒ더니, 양틱위 쇼쥐 친산(親山)의 가다가 맛

3448) 힝각(行閣) : 궁궐, 절 따위의 졍당(正堂) 앞이나 좌우에 지은 줄행랑. ≒상방, 월랑.
3449) 양낭(養娘) : 여자 종. 주로 혼인한 여종을 일컫는다.
3450) 맛다 : 맡아. *맡다: 어떤 일을 책임을 지고 담당하다.
3451) ᄌ미운치(滋味韻致) : 영양이 많고 느낌이 좋은 맛과 고상하고 우아한 멋.
3452) 렬렬단심(烈烈丹心) : 속에서 우러나오는 맹렬하고 정성스러운 마음.
3453) 고인(古人) : 옛날 사람. =석인(昔人).
3454) 겸연(慊然) : 미안하여 볼 낯이 없음.
3455) 홍불기(紅拂妓) : 중국 당나라 때 두광정(杜光庭)이 지은 소설 <규염객젼(虯髯客傳)>에 등장하는 여주인공. 동 작품의 등장인물 양소(楊素)의 시기(侍妓)로 성은 장씨(張氏)다. 늘 '붉은 먼지떨이[紅拂]'을 들고 양소의 곁에서 시중을 들기 때문에 홍불기(紅拂妓)라 칭하는데, 하루는 이정(李靖; 후에 이세민을 도와 당나라 건국에 공을 세우고 위국공에 오른다)이라는 선비가 양소를 찾아와 자신의 주장을 펼치는데, 곁에서 이를 보고 그 인품에 반하여, 밤에 양소의 집에서 도망쳐 나와 이정을 찾아가 정을 맺고 평생을 섬긴다.
3456) 금합(金盒) : 금으로 만든 합. *합(盒): 음식을 담는 그릇의 하나. 그리 높지 않고 둥글넓적하며 뚜껑이 있다. 큰 합, 작은 합, 중합, 알합 따위가 있다.≒합자(盒子).

나 그 위급ᄒᆞ믈 보고 참연ᄒᆞ여, ᄌᆞᆨ긔 옛날 일노써 싱각ᄒᆞ미 더옥 츄연(惆然)ᄒᆞ니, 그 근본을 뭇고 비록 ᄉᆞ독(士族)이 아니나, 냥민(良民)이 아니오, 위인이 비속(非俗)ᄒᆞ믈 어엿비 역여, 의논ᄒᆞ여 쳔금을 쥬어 난의 형뎨를 ᄉᆞ, 거ᄂᆞ려 묘ᄒᆞ(墓下)의 도라가 집과 젼【66】토(田土)를 쥬어 살게ᄒᆞ고, 뎡삼으로써 향독(鄕族)의 혼ᄂᆞᆫᄒᆞ여 노부(老父)를 봉양케ᄒᆞ여, 쥬션(周旋)ᄒᆞ미 극진치 아니미 업ᄉᆞ니, 오은의 부지 답ᄒᆞᆯ 바를 아지 못ᄒᆞᄂᆞᆫ지라.

셜난이 양틱우의 큰 은혜를 닙어 《구확∥구학(溝壑)3457)》의 젼부(顚仆)3458)ᄒᆞᆯ 목슘이 도로혀 평안ᄒᆞ믈 엇고, 노부의 신셰 평안ᄒᆞ니 니별ᄒᆞ미 척척(慽慽)지 아니니, 오은이 ᄯᅩᄒᆞᆫ 감격ᄒᆞ믈 모로지 아니나, 녀ᄋᆞ를 파라 싱계를 삼은 쥴 셜워ᄒᆞ더라.【67】

3457) 구학(溝壑) : ①몹시 험하고 깊은 구렁. ②빠지면 헤어나기 어려운 환경을 비유적으로 이르는 말. =구렁텅이.
3458) 젼부(顚仆) : 엎어져 넘어지거나 넘어뜨림.=전도(顚倒).

화산션계록 권지사십스

츠셜 셜난이 위로 왈,

"무릇 쏠즈식이 귀쳔(貴賤) 업시 부모를 쩌나느니, 야애(爺爺) 궁박(窮迫)ᄒ니 ᄋ히 등을 셩혼(成婚)홀 도리 업거늘, 무식탕즈(無識蕩子)를 맛난 즉 히졔(孩提) 등의 신세 엇덜 쥴 알니잇고? ᄋ히 등이 몸을 파라 야야를 밧들고즈 ᄒ연지 오린지라. 가합(可合)ᄒᆫ 곳이 업고, 혹 쥰쥰무지(蠢蠢無知)3459ᄒᆫ 뉴(類) 스고즈 ᄒ나, 다만 슈십 냥 은즈를 쥬며, ○[쏘] 그 집 가모(家母)ᄂᆫ ᄋ히 용뫼(容貌) 츄(醜)치 아니【1】믈 의심ᄒ여 슬히 넉이ᄂᆫ지라. 츠마 몸을 ᄀ져 분토(糞土) 즁의 쌘지오지 못ᄒ미러니, 이졔 양 노애 쳔금의 듕보(重寶)로써 쥬시믄, ᄋ히 등의 졍스(情事)3460를 잔잉이 넉이시고, 야애의 궁곤(窮困)을 불상이 넉이시미라. 큰 은덕이 마졍방지(摩頂放趾)3461의 능히 다 갑숩지 못홀거시오. ᄒ믈며 형낭(兄郞)이 현슉ᄒ여 부모를 셤기미 근심이 업스니, 히ᄋ(孩兒) 등은 도라가 몰신(歿身)토록 쥬인을 셤겨 츙셩을 다ᄒ리니, 바【2】라건디 부친은 ᄋ히 등을 넘녀치 마르쇼셔."

ᄒ더니, 양한님이 오은을 불너 위로ᄒ여 글오디,

"그디 《노쥐ᅵ노릭(老來)》의 양녀(兩女)를 니별ᄒ니 그 졍니(情理) 심히 참연(慘然)ᄒ지라. 맛당이 셜란 등이 아름다온 댱부를 어더 만닉(晩來)의 그디를 드려가 둉효(終孝)케 ᄒ고, 뎡삼을 발신(發身)의 길흘 열게 ᄒ리니, 일노써 기다려 위로ᄒ라"

ᄒ니, 오은이 디희ᄒ여 감은(感恩) 빅스(拜謝)ᄒ더라.

한님이 셜【3】난 등의 즈질의 스독규슈(士族閨秀) ᄀᆺᄒ믈 어엿비 넉여, 교즈의 너허 힝ᄒ니, 복뷔(僕夫) 써3462 한님이 유졍(有情)ᄒ민가 ᄒ여 극진이 됴심

3459) 쥰쥰무지(蠢蠢無知) : 어리석고 미련하며 아는 것이 없음.

3460) 졍스(情事) : 스졍(事情). 일의 형편이나 까닭.

3461) 마졍방지(摩頂放趾) : =마졍방죵(摩頂放踵). '졍수리(頂)로부터 발꿈치(趾,踵)에 이르기까지 모두 갈려서 닳아 없어지는 한이 있더라도'의 뜻으로, '온몸을 바쳐서 남을 위하여 희생하겠다는' 의지를 이를 때 쓰는 말. ≒분골쇄신(粉骨碎身). *졍지(頂趾): =졍종(頂踵). 머리 꼭대기에서 발끝까지.

3462) 써 : '그것을 가지고', '그것으로 인하여'의 뜻을 지닌 접속 부사. 한문의 '以(써 이)'

(操心)ᄒ여 온지라.

한님이 그 져졔(姐姐) 흣ᄎᆺ 시이(侍兒) 없시 젹신(赤身)으로 구가(舅家)의 가, 은퇵 닙으믈 슬허 ᄒ던지라. 셜난의 위인이 비상ᄒ고 츙녈이 당당ᄒ믈 아라보아 져져긔 드리니, 양부인이 그 가련흔 졍경을 연측(憐惻)ᄒ여 각별 후휼(厚恤)ᄒ고, 녕니(怜悧) 츙【4】근(忠勤)ᄒ며 영오민달(穎悟敏達)ᄒ믈 익지(愛之)ᄒ니 좌우의 두어 신임(信任)ᄒ며, 셜난의 총명특달(聰明特達)흔 셩긔(聲氣)3463)와 직졍(才情)이 민쳡ᄒ며 문한(文翰)이 유여ᄒ니, 문방(文房)3464)을 맛져 ᄌᆞ못 신임ᄒ니, 셜난·빙셤이 이의 오모로 부인의 셩덕듸도(盛德大道)를 흠앙(欽仰)ᄒ고 관인ᄌᆞ혜(寬仁慈惠)를 감격ᄒ니, 둉일토록 뫼셔 써ᄂᆞ지 아니코 댱듸(粧臺)를 밧들며 셔젹을 쇼임ᄒ니, 발이 일즉 ᄀᆞ바야이 당의 ᄂᆞ리지 아냐, 금의(錦衣) 옥식(玉食)으로 【5】 귀가(貴家) 쇼져 ᄀᆞᆺ치 쳐신ᄒ니, 귀흔 음식과 빗난 음식을 아비긔 보ᄂᆞᆫ지라. 오은이 일노써 슬허아니ᄒ고, 양한님과 부인 덕음을 츅슈(祝手)ᄒ더라.

영쇼졔 드러온 후, 은악양션(隱惡佯善)3465)ᄒ여 화근(禍根)의 싹시오, 그 좌우의 돕ᄂᆞᆫ 지 간악흉교(奸惡凶狡)ᄒ니 니부인이 그윽이 넘녀ᄒ여 깁히 혜ᄋᆞ리고, 일일은 혼졍(昏定)을 파ᄒ고 좌위 둉용흔 씩, 亽샹궁으로 ᄒ여금 향운·셜난을 거ᄂᆞ려 응명케 ᄒ니, 【6】 亽경난이 셜난·향운을 닛그러 진젼(進前) 고두(叩頭)여늘, 부인이 ᄀᆞᆺᄀᆞ이 ᄂᆞᄋᆞ오라 ᄒ여 닐너 글오듸,

"여등이 일즉 식ᄌᆞ(識字)를 통ᄒ니, 쥬욕신ᄌᆞ[亽](主辱臣死)3466)의 당당흔 대의를 아ᄂᆞ냐?"

이녜(二女) 고두 왈,

"듸강 《문목∥문묵(文墨)》 亽이의 ᄀᆞ오니, 듸강 드르미 잇ᄂᆞ이다."

부인이 믄득 빈미(矉眉) 탄왈,

"너의 쥬뫼 ᄇᆞ야흐로 강젹(强敵)을 맛ᄂᆞ니, 졔 비록 미미(微微)흔 녀지라도 것츠로 숀슌(遜順)흔 도리를 잡고, 안흐로 원독(怨毒)을 품어 은은(隱隱) 【7】 이 원위(元位)를 앗고ᄌᆞ 흔죽, 'ᄀᆞ만흔 홰(禍) 쇼장(蘇張)의 니러ᄂᆞ'3467) 흔 딩이 불

에 해당하는 말로 문어체에서 주로 쓴다.
3463)셩긔(聲氣) : 말소리와 얼굴빛을 아울러 이르는 말.=성색.
3464)문방(文房) : 학용품과 사무용품 따위를 통틀어 이르는 말.≒문구, 문방, 문방제구.
3465)은악양션(隱惡佯善) : 악을 숨기고 선으로 가장함.
3466)쥬욕신亽(主辱臣死) : 임금이 치욕(恥辱)을 당하면 신하가 임금의 치욕을 씻기 위하여 목숨을 바친다는 뜻으로, 아랫사람이 윗사람을 도와 생사고락을 함께함을 이르는 말.
3467)ᄀᆞ만흔 홰(禍) 쇼장(蘇張)의 니러ᄂᆞ : '쇼장(蘇張)의 변(變)'을 말함. *쇼장(蘇張)의 변(變) : 중국 전국시대의 세객(說客)인 소진(蘇秦)과 장의(張儀)가 일으킨 변란이란 뜻으로, '남을 헐뜯거나 모함하는 말로 인하여 일어난 변란'을 비유적으로 표현한 말.

이 아방궁3468)을 슬오고, 잔의 넘진 물이 텬하의 ᄀ득ᄒ리니, 깁히 넘녀치 아니치 못ᄒ려든, ᄒ믈며 태후낭낭 은전을 닙ᄉ와 형세 산악 ᄀᆺᄒ니, 《이른∥이는》 협텬ᄌ이평뎨후(挾天子而令諸侯)3469)ᄒᄂᆞ 조ᄋᆞ만(曹阿瞞)3470)의 일뉴(一類)라. 요슌(堯舜)3471)이 셩인이시ᄃᆡ 스흉(四凶)3472)이 작난ᄒ고, 문왕(文王)3473)이 셩인이시ᄃᆡ 셔기(西岐)3474)의 덕졍(德政)을 닷ᄀ시ᄃᆡ '《왕ᄌ 슈∥숭후(崇侯)호(虎)》의 참소'3475)를 면치 【8】 못ᄒ시니, 방금의 텬지 셩명(聖明)ᄒ사 문무의 덕이 계시고, 틱낭낭(太娘娘)이 비록 임ᄉ(任姒)3476)의 셩(誠)이 계시나, 그윽이 길흘 인ᄒ여 ᄀ만흔 홰독(禍毒)이 ᄃᆡ화(大禍)를 비ᄌᆞᆫᄃᆡ3477), 흔ᄌᆞ '싀옹(塞翁)의 득

3468)아방궁 : 중국 진(秦)나라의 시황제(始皇帝)가 세운 호화궁전으로. 시황제의 재위 중에 완성하지 못해 2세 황제 때까지 공사가 계속되었다. BC 206년 진을 정복한 항우에 의해 전소(全燒)되었다고 하는데, 3개월에 걸쳐 불탔다고 한다. 섬서성(陝西省) 서안(西安)에 그 유적이 남아 있다.

3469)협텬ᄌ이령뎨후(挾天子而令諸侯) : '천자의 권위를 끼고서 제후에게 명한다.'는 말로, 유비가 제갈량을 삼고초려(三顧草廬)한 다음 계책을 묻자, 제갈량이 대답한 말 가운데, "지금 조조(曹操)는 이미 백만의 군사를 거느리고 천자의 권위를 끼고서 제후에게 명하니, 이는 실로 교전할 수 없는 상황입니다(今操已擁百萬之衆 挾天子而令諸侯 此誠不可與爭鋒)"라고 한 말에서 따온 말이다. 『三國志 卷35 蜀書5 諸葛亮傳』

3470)조아만(曹阿瞞) : 조조(曹操)의 아이 때의 이름. 삼국 시대 위나라의 시조(始祖)(155~220). 자는 맹덕(孟德). 황건의 난을 평정하여 공을 세우고 동탁(董卓)을 벤 후 실권을 장악하였다. 208년에 적벽(赤壁) 대전에서 유비와 손권의 연합군에게 크게 패하여 중국이 삼분된 후 216년에 위왕(魏王)이 되었다. 권모에 능하고 시문을 잘하였다.

3471)요슌(堯舜) : 고대 중국의 요임금과 순임금을 아울러 이르는 말.

3472)사흉(四凶) : 요임금 때의 네 명의 악인으로 공공(共工), 환두(驩兜), 삼묘(三苗), 곤(鯀)을 이름. 공공은 궁기(窮奇), 삼묘는 도철(饕餮), 곤은 도올(檮杌)이라고도 함.

3473)문왕(文王) : 주나라의 무왕(武王)의 아버지. 은나라 주왕(紂王) 때 서백(西伯: 西岐伯이라고도 한다)이 되어 인의(仁義)로써 백성을 다스렸다. 주왕이 폭역(暴逆)하므로 제후들이 모두 그를 좇아 군주로 받들었고, 뒤에 그의 아들 무왕이 은나라를 멸망시키고 즉위하여 '문왕(文王)'의 시호를 추증하였다.

3474)셔기(西岐) : 은말(殷末) 주 문왕의 봉지(封地)이자 주(周)나라의 발상지로 오늘날 중국 섬서성(陝西省) 서안(西安) 지역에 속한다.

3475)숭후(崇侯) 호(虎)》의 참소 : 중국 주(周) 문왕(文王)이 은말(殷末)에 구후(九侯)・악후(鄂侯)와 함께 삼공(三公)으로 주왕(紂王)의 신하로 있을 때에, 주왕이 아무 죄도 없는 구후와 악후를 처참하게 죽이는 것을 보고, 몰래 탄식을 한 적이 있는데, 숭후(崇侯) 호(虎)가 이를 엿듣고 서백(西伯: 당시 주 문왕의 봉호)을 주왕(紂王)에게 참소하여, 서백이 주왕의 노여움을 사 유리옥(羑里獄)에 수감되던 고사를 말한다. 『사기(史記) 3권』'은본기(殷本紀)'참조. *'왕자 슈'는 찾지 못하여, 문왕을 참소하여 유리옥에 갇히게 한 '숭후 호'로 대체하였다.

3476)임ᄉ(任姒) : 중국 주(周)나라 현모양처(賢母良妻)인 문왕의 어머니 태임(太任)과 무왕(武王)의 어머니 태사(太姒)를 함께 이르는 말.

3477)비ᄌᆞᆫᄃᆡ : 빚은데. *빚다 : 어떤 결과나 현상을 만들어 내다.

실(得失)'3478)을 의지ᄒ여 속슈(束手)ᄒ고, 낭픽(狼狽)3479)의 형셰를 당ᄒ리오. 이른바 스갈(蛇蝎)의 셩(性)과 봉태의 독(毒)은 돌연(猝然)이 감화키 어려오니, '모리를 먹음어 독을 쏘며 그림즈를 보아 실형(實形)을 춫지 못ᄒ즉, 그 【9】 위 티ᄒ미 어느 지경의 니를 줄을 알니오. 빅만웅병(百萬雄兵)이 강동(江東)을 누리 미 강약(强弱)이 닉도3480)ᄒ거늘, ᄒ믈며 됴셔(詔書)를 밧드러 스방을 호령홈과, 함거(檻車)를 셰오고 예츤(曳櫬)3481)ᄒ여 츌항(出降)3482)ᄒ나, 봉후(封侯)의 누 리를 일치 아니믈 밋지 못ᄒ니, 여등이 능히 고육계(苦肉計)3483)를 힝ᄒ여 스항 셔(詐降書)3484)를 헌(獻)ᄒ고 연환칙(連環策)3485)을 일워 적벽(赤壁)의 화공(火 攻)3486)을 굿쵸와 동남풍(東南風)3487)을 기다려 됴밍덕(曹孟德)3488)의 넉술 놀 니미 【10】 잇시랴?"

향운 셜난이 가연[慨然]이3489) 츙심이 분발ᄒ니 응셩(應聲) 고두(叩頭)ᄒ여 ᄒ 가지로 명을 밧들기를 청ᄒ되, 부인이 차탄(嗟歎) 왈,

"여등의 위쥬(爲主)ᄒ3490) 쯧이 슈화(水火)의 피치 아니니, 독히 '뉵쳑(六尺)의 고(孤)를 탁(託)ᄒ고 빅니(百里)의 명(命)을 맛질 지로다'3491). 연(然)이나 향운

3478)시옹(塞翁)의 득실(得失) : '인간의 이해득실(利害得失)이 무상하여 예측할 수 없음' 을 비유한 말로, 『회남자(淮南子)』 인간훈(人間訓)에 나오는 새옹마(塞翁馬)의 고사 에서 온 말이다.
3479)낭픽(狼狽) : 계획한 일이 실패로 돌아가거나 기대에 어긋나 매우 딱하게 됨.
3480)닉도 : 매우 다름. 판이(判異)함.
3481)예츤(曳櫬) : 사죄(謝罪)의 표시로 널[棺]을 끄는 일.
3482)츌항(出降) : 적진에 나아가 항복함.
3483)고육계(苦肉計) : 자기 몸을 상해 가면서까지 꾸며 내는 계책이라는 뜻으로, 어려운 상태를 벗어나기 위해 어쩔 수 없이 꾸며 내는 계책을 이르는 말. =고육책(苦肉策).
3484)스항셔(詐降書) : 거짓으로 지은 항복문서.
3485)연환칙(連環策) : 연환계(連環計). 간첩을 적에게 보내어 계교를 꾸미게 하고, 그사 이에 자신은 승리를 얻는 계교. 중국 삼국 시대에 오나라의 주유(周瑜)가 위나라 조조 의 군사를 불로 공격할 때에, 방통(龐統)을 보내어 조조의 군함들을 쇠고리로 연결시키 게 하였다는 데서 유래한다.
3486)적벽화공(赤壁火攻) : 중국 삼국 시대인 208년에 손권·유비의 소수 연합군이 조조 의 대군을 적벽에서 제갈량의 화공(火攻) 전술로 크게 무찌른 싸움. 이로 인하여 손권 은 강남의 대부분을, 유비는 파촉(巴蜀) 지방을 얻어 중국 천하를 삼분하였다.
3487)동남풍(東南風) : 동남쪽에서 서북쪽으로 부는 바람. 적벽화공(赤壁火攻) 당시 제갈 량이 이 동남풍을 이용하여 화공을 펼쳐 싸움을 승리로 이끌었다.
3488)됴밍덕(曹孟德) : 조조(曹操). 삼국 시대 위나라의 시조(始祖)(155~220). 자는 맹 덕(孟德). 황건적의 난을 평정하여 공을 세우고 동탁(董卓)을 벤 후 실권을 장악하였 다. 208년에 적벽(赤壁) 대전에서 유비와 손권의 연합군에게 크게 패하여 중국이 삼분 된 후 216년에 위왕(魏王)이 되었다. 권모술수(權謀術數)에 능하고 시문을 잘하였다
3489)가연[慨然]이 : 개연(慨然)히. 갑자기 어떤 감정이 왈칵 일어나서.
3490)위쥬(爲主)ᄒ다 : 주인을 위하다.

은 《쳐치∥쳐지(處地)》 셜난과 다르니 져 무리 의심ᄒ여 밋지 아닐지라. 셜난의
영혜(穎慧)ᄒ미 독히 듸ᄉ를 긔탁(寄託)ᄒ리니, 여ᄎ여ᄎ(如此如此)ᄒ고, 【11】
향운이 ᄉ경난으로 더브러 여ᄎ여ᄎᄒ며 님시응변(臨時應變)ᄒ여 말둉(末終)의
듸공(大功)을 일운죽, 엇지 흔又 젹벽(赤壁) 오병(吳兵)의 쥬랑(周郞)3492)의 셩
공을 홀노 니르리오. 당당흔 츙셩이 일월노 빗츨 닷토리라."

셜난이 연ᄒ여 고두ᄒ고 응명이퇴(應命而退)ᄒ니, 사상궁이 부인의 셩의(聖意)
를 ᄀ마니 양쇼져긔 고ᄒ니, 쇼졔 졈두(點頭) 탄식고 부인의 ᄌ긔 위ᄒ신 원녀(遠
慮)를 감복(感服) 불승(不勝)ᄒ더라. 【12】

ᄎ후로 사상궁과 셜난 향운이 각각 응변홀 됴각을 베퍼 간인(奸人)의 여어보
믈3493) 기드려 ᄎᄎ 셜계ᄒ니, 간인이 엇지 감히 예탁(豫度)ᄒ리오. 양쇼져와 영
시 취숑각의 문안홀식, 양·영 냥인(兩人)의 시이(侍兒) 각각 쥬인을 뫼셔 니르러
흔 가지로 당하(堂下)의 시위(侍位)ᄒ여, 봉션 등이 좌우를 고면(顧眄)ᄒ미 목직
(目眥)3494) 망망ᄒ여 ᄉ름을 ᄉ괴고ᄌ ᄒ여 우음을 쯰고 쯧을 시험ᄒ미, 머리를
두 【13】 루혀 ᄀ마니 말ᄒ나, 졔시이 각각 츙직ᄒ니 부인의 일월지광(日月之光)
을 의지ᄒ여 탄탄(坦坦)이3495) 무ᄉᄒ니, 뉘 져를 가ᄎ(假借)ᄒ리오.

홀노 셜난이 집부칙를 밧드러 시립(侍立)ᄒ미, 간간이 ᄂ션(羅扇)3496)을[으]로
ᄂ츨 ᄀ리와 졍을 통ᄒᄂ지라. 뉴·뎡 냥부인이 니부인의 신이흔 계칙을 탄복ᄒ더
라.

셜난이 인ᄒ여 봉션의 슬피ᄂᄂ 쩐죽 짐줏 머리를 슉이고 쳑쳑(慽慽)히 슬허ᄒ며,
댱(帳) 밧글 향 【14】 ᄒ여 ᄀ마니 발굴너 원심(怨心)이 잇스믈 뵈고, 원님(園林)
으로 방황ᄒ여 텬이(天涯)를 ᄇ라고 거즛 쳬읍(涕泣)ᄒ여 봉션을 ᄂ츠고미3497) 인

3491)뉵쳑(六尺)의 고(孤)를 탁(託)ᄒ고 빅니(百里)의 명(命)을 맛질 지로다 : '육척의
고아를 의탁할 만하고 사방 백리 되는 나라의 운명을 맡길 만한 사람이다'는 뜻으로,
『論語, 泰伯』의 '육척의 고아를 의탁할 만하고, 사방 백리 되는 나라의 운명을 맡길
만하면…군자다운 사람이다(可以託六尺之孤, 可以寄百里之命 … 君子人也)'는 말에서 인
용한 말.

3492)쥬랑(周郞) : 주유(周瑜). 중국 삼국시대 오(吳)나라의명신(名臣). 문무(文武)에 능
하였으며, 유비의 청으로 제갈공명과 함께 조조의 위나라 군사를 적벽(赤壁)에서 크게
무찔렀다..

3493)여어보다 : 엿보다. 남이 보이지 아니하는 곳에 숨거나 남이 알아차리지 못하게 하
여 대상을 살펴보다.

3494)목직(目眥) : 눈초리. 눈이 가는 길. 또는 눈의 방향.=시선.

3495)탄탄(坦坦)이 : 탄탄(坦坦)히. 장래가 아무 어려움 없이 순탄하게.

3496)나션(羅扇) : 비단을 발라 만든 부채.

3497)ᄂ츠고다 : 낚다. ①낚시로 물고기를 잡다. ②꾀나 수단을 부려 사람을 꾀거나 명예,
이익 따위를 제 것으로 하다.

ᄒᆞ여 셜운 회포ᄅᆞᆯ 할고3498), 거즛 셔간을 뵈여 부인을 원망ᄒᆞᄆᆞᆯ 빗쵀니, 영시 노ᄌᆔ ᄃᆡ열(大悅)ᄒᆞ여 은ᄌᆞ(銀子)와 포빅(布帛)3499)으로써 ᄠᅳᆺ을 깃기ᄂᆞᆫ지라.

거즛 옷 일우ᄆᆞᆯ 빙ᄌᆞ(憑藉)ᄒᆞ여 {방}방(房)을 뷔오고 부인긔 득죄ᄒᆞ니, 사상궁이 그 죄ᄅᆞᆯ 죄와3500) ᄆᆞᆫ져 삼십장 ᄐᆡ벌(笞罰)을 바 【15】 든 후, 밤을 타 영쇼져긔 현알(見謁)ᄒᆞ여 권념(眷念)ᄒᆞ시ᄂᆞᆫ 은혜ᄅᆞᆯ ᄉᆞ례ᄒᆞᆫ 후, 상궁과 향운을 본ᄃᆡ, ᄂᆡᆼ인이 그 손을 잡고 ᄀᆞ득이 칭ᄉᆞ 왈,

"낭ᄌᆞ의 졍튱ᄃᆡ의(貞忠大義)ᄂᆞᆫ ᄌᆞ고(自古) 튱신녈ᄉᆞ(忠臣烈士) 일홈이 만ᄃᆡ(萬代)의 흐르나 그 몸은 괴로오니, 아ᄌᆞ(俄者)의 낭ᄌᆡ 셜부향신(雪膚香身)3501)으로 즁장(重杖) ᄋᆞ릐 뉴혈(流血)이 님니(淋漓)ᄒᆞᄆᆞᆯ3502) 보와, 아등의 심ᄂᆡ(心內) 븍ᄋᆞ지ᄂᆞᆫ 듯○○[ᄒᆞ니] 엇지 참으리오. 셜계(設契)ᄒᆞᄆᆞᆯ3503) 인ᄒᆞ여 모질게 고찰(考察)ᄒᆞᄆᆡ 창두(蒼頭) 튱ᄆᆡ(沖昧)3504) 우 【16】 즁(愚蠢)3505)ᄒᆞ여 힘을 다ᄒᆞ니, ᄂᆞ의 마음이 알파 ᄶᅵᆺᄂᆞᆫ 듯ᄒᆞ도다."

인ᄒᆞ여 눈물을 흘니니, 셜난이 황망(遑忙)이 ᄉᆞ례 왈,

"불감(不堪) 불감(不敢)ᄒᆞ여이다. 쇼쳡이 부인의 ᄋᆡ휼(愛恤)ᄒᆞ시ᄆᆞᆯ 닙ᄉᆞ오ᄆᆡ, 싱셩ᄃᆡ은(生成大恩)이 분골난망(粉骨難忘)이니 죽으ᄆᆞᆯ 쥬셔도 함쇼닙지(含笑入地)3506)홀지라. 일야의 덕음을 목욕ᄒᆞᄆᆡ 간뇌도지(肝腦塗地)3507)코ᄌᆞ ᄒᆞ오니, 엇지 져3508) ᄌᆞᄆᆡ(姉妹)의 알프믈 둑히 니ᄅᆞ리잇고? 진비 낭낭은 쳔금귀 【17】 골(千金貴骨)이시고 지란(芝蘭) ᄀᆞᆺᄒᆞ신 약질이시여늘, 돈귀ᄒᆞ오신 옥쳬의 오히려 ᄆᆡᄶᅵ치 다ᄒᆞ 옥셜(玉雪) ᄀᆞᆺᄒᆞᆫ 살이 상(傷)ᄒᆞ시미 잇다 ᄒᆞ니, 쇼쳡 등 쳔ᄒᆞᆫ 비예(婢隷)ᄂᆞᆫ 본ᄃᆡ 장칙을 밧ᄌᆞ오미 본ᄂᆡᄉᆞ(本來事)3509)라. ᄒᆞ믈며 스스로 구ᄒᆞ여 죄 닙으니 괴로오미 잇스리잇고?"

3498) 할다 : 하소연하다. 억울한 일이나 잘못된 일, 딱한 사정 따위를 말하다.
3499) 포빅(布帛) : 포백(布帛). 베와 비단을 아울러 이르는 말.
3500) 죄와 : 죄어. *조이다. 느슨하거나 헐거운 것을 단단하거나 팽팽하게 하다. 또는 그렇게 되다. =죄다.
3501) 셜부향신(雪膚香身) : 눈처럼 하얀 살결과 향긋한 몸 냄새를 함께 이른 말.
3502) 님니(淋漓)ᄒᆞ다 : 피, 땀, 물 따위의 액체가 흘러 흥건하다.
3503) 셜계(設契)ᄒᆞ다 : 계(契)를 만들다. *계(契): 주로 경제적인 도움을 주고받거나 친목을 도모하기 위하여 만든 전래의 협동 조직. 낙찰계, 상포계, 친목계 따위가 있다.
3504) 튱ᄆᆡ(沖昧) : 머릿속이 텅 비어 생각이 어두움.
3505) 우즁(愚蠢) : 생각이나 행동 따위가 어리석고 굼뜸.
3506) 함쇼닙지(含笑入地) : 웃음을 머금고 무덤에 들어감.
3507) 간뇌도지(肝腦塗地) : 참혹한 죽임을 당하여 간장(肝臟)과 뇌수(腦髓)가 땅에 널려 있다는 뜻으로, 나라나 남을 위하여 목숨을 돌보지 않고 애를 씀을 이르는 말.
3508) 져 : 저희. '우리'의 낮춤말.
3509) 본ᄂᆡᄉᆞ(本來事) : 본디부터 전해 내려온 일.

인ᄒ여 향운을 도라보와 우어 왈,

"져져(姐姐)야! 엇지 부졀업시 슬허ᄒᄂ뇨? 져져로써 당ᄒ여도 즐겨ᄒᆯ 빈니, 엇지 쇼ᄆᆡ(小妹)의 ᄯᅳᆺ【18】을 모롬가? 엇지 비쳑(悲憾)ᄒᄂ뇨?"

향운이 누슈(淚水)를 거두고, ᄯᅩᄒᆫ 우어 왈,

"너 엇지 현ᄆᆡ의 ᄯᅳᆺ을 모로며, 너 ᄯᅩ 당ᄒ여 도울 빈 아니로ᄃᆡ, 비록 짐줏3510) 죄지으미ᄂ, 나의 닙으로 현ᄆᆡ의 죄를 젹발(摘發)ᄒ여 암험(暗險)3511)ᄒᆫ ᄒᆡᆼ스를 짓고, ᄯᅩ 오간(午間)3512)의 현ᄆᆡ 알프믈 참지 못ᄒᄆᆯ 보ᄆᆡ, ᄌᆞ연이 통심(痛心)3513)ᄒᄆᆯ 참지 못ᄒ미라."

셜난이 낭연(朗然) 쇼왈,

"져져ᄂ 과연 튱박(忠朴)ᄒᆫ 스룸이로다. 너 엇지 진실로 【19】 통고(痛苦)ᄒᄆᆯ 견ᄃᆡ지 못ᄒ미리오. 이ᄂ 써 간스ᄒᆫ 스룸을 뵈ᄂ ᄯᅳᆺ이니, 이 ᄯᅩᄒᆫ 간스를 면치 못ᄒ미로다. 죄쳑(罪責)을 감슈ᄒ고 원망을 품노라."

ᄒ니, 알푸며 괴로오믈 가져 셜우믈 할ᄆᆡ3514), '져 무리 신지(信之)ᄒ미 되리라' ᄒ더니, 오릭지 아냐 다시 즁장(重杖)을 바다, 인ᄒ여 깁히 골경(骨骾)의 투입ᄒ미 독약을 바다 도라오ᄆᆡ, 상궁으로 의논ᄒ여 ᄉᆞ죄(死罪)를 범홀식, 봉션으로 【20】 ᄒ여금 먼니 보게 ᄒ고, 황황젼뉼(惶惶戰慄)ᄒ여 묵연이 ᄀᆞᆺ치ᄆᆡ, 빙셤이 문 외의셔 울며 슈죄(數罪) 졀쳑(切責)ᄒᄃᆡ, 셜난의 ᄃᆡ답이 슈련이3515) 평담(平淡)ᄒ니3516) 듯ᄂᆞᆫ 지 다 의ᄋᆞᄒ더라.

이에 ᄀᆞ마니 쇼찰(書札)노써 빙셤을 쥬어 봉션의게 젼ᄒ니 ᄒ여시ᄃᆡ,

"쇼ᄆᆡ(小妹) 진심(盡心)치 아니미 아니로ᄃᆡ, 양부인이 길운(吉運)을 ᄯᅴ여 일이 발각(發覺)ᄒ니, 당ᄎᆞ시(當此時) ᄒ여ᄂ 죽을 밧 모쳑(謀策)이 업ᄉ니, ᄒᆫ 명(命)을 【21】 결(決)ᄒ미 어렵지 아니되, 도라보건ᄃᆡ 녕부인 ᄃᆡ은(大恩)을 닙습고 갑지 못ᄒ여시니, 잠간 망명(亡命)ᄒ여 다시 묘계(妙計)를 움죽여, 우리 부인의 누의3517) ᄀᆞᆺ흔 쳔신(賤臣)으로 ᄉᆞ랑ᄒ시던 은덕을 만분지일이나 갑고ᄌᆞ ᄒᄂᆞᆫ지라. 져졔 능히 날을 거두어 금죠와 위국(魏國)의 범슈(范睢)3518)를 인ᄒ여 진왕(秦

3510) 짐줏 : 짐짓. 마음으로는 그렇지 않으나 일부러 그렇게.
3511) 암험(暗險) : 어둡고 험악함.
3512) 오간(午間) : 낮때. 한낮을 중심으로 한 한동안.
3513) 통심(痛心) : 몹시 마음이 상함.
3514) 할ᄆᆡ : 할ᄒᆞ미. 할다: 하소연하다.
3515) 슈련이 : 수련히. 몸가짐이나 마음씨가 맑고 순수하게.
3516) 평담(平淡)ᄒ다 : 마음이 고요하고 욕심이 없다.
3517) 누의 : 누에. 누에나방의 애벌레.
3518) 범슈(范睢) : 일명 범저(范雎). 중국 전국시대의 진(秦)나라의 재상. 본래 위(魏)나라 사람으로 위(魏)나라의 수가(須賈)를 따라서 제(齊)나라를 위해 봉사했으나, 위나라

王)의 정승(政丞)을 삼을쇼냐? 말이 진(盡)치 아니되, 씩 느껴 일이 그를가 두려 다ᄒ지 【22】 못ᄒ노라.

ᄒ엿더라.

어시의 봉션이 셜난의 픽사(敗事)ᄒ여 가치이믈3519) 보고, 경황(驚惶) 쵸됴(焦燥)ᄒ여 비쥬(婢主) 머리ᄅᆞᆯ 맛쵸와 계교(計巧)ᄒᆞᆯ식, 독약(毒藥)을 ᄀᆞ져 난을 비밀이 먹여 멸구(滅口)ᄒ려 ᄒ되, 봉션 왈,

"셜난이 위인이 비록 엄형츄문지하(嚴刑推問之下)3520)의도 쇼져의 큰 은혜ᄅᆞᆯ 닛고 헛되이 토셜(吐說)ᄒᆞᆯ 지 아니오. 그 졀인(絶人)3521)ᄒᆞᆫ 지졍(才情)과 춍혜(聰慧)ᄒᆞᆫ 견식(見識)이[을] 힘힘이3522) 일코, 다시 누ᄅᆞᆯ 구ᄒ여 모 【23】 사(謀士)ᄅᆞᆯ 숨으리 잇고? 쇼비 그윽이 슬퍼 야반(夜半) 무인시(無人時)의 벽을 헐고 난을 구ᄒ여 뎡부로 숨기리이다."

ᄒ더니, 빙셤이 ᄂᆞᆾ출 싸고 읍쳬여우(泣涕如雨)ᄒ여 총총이 글을 더지고, 좌우ᄅᆞᆯ 둘너 사ᄅᆞᆷ이 업스믈 슬피며 망망(忙忙)이3523) 닷ᄂᆞᆫ지라.

봉션이 난의 셔찰을 보고 깃브믈 니긔지 못ᄒ여 녕시ᄅᆞᆯ 뵈니, 녕시 ᄌᆞ약(自若)ᄒ여3524) 봉션의 션견지명(先見之明)을 칭예(稱譽)ᄒ고, 밤을 타 잠 【24】 기3525)ᄅᆞᆯ ᄀᆞ져 쇼당(小堂) 밧긔 가니, 혹애(黑夜) 칠(漆)ᄒ3526) 듯ᄒ고 좌우(左右) 힝각(行閣)이 젹연(寂然)ᄒ여 좌우(左右)의 사ᄅᆞᆷ이 업더라.

봉션은 밧ᄀᆞ로셔 흙을 헐고 남글 버히며, 셜난은 안흐로셔 은츠(銀釵)ᄅᆞᆯ ᄀᆞ져 벽을 뚤으니, 져근덧ᄒ여 셜난의 경영(鶊鴿)3527)ᄒᆞᆫ 몸이 임의 우리3528)ᄅᆞᆯ 버슨지라. 셔로 손을 잡고 환희(歡喜)ᄒ여 경희당의 도라올식 셜난 왈,

재상 위제(魏齊)에게 반역죄로 의심을 받아 형벌을 받은 후, 진(秦)나라로 도망쳐, 소양왕(昭襄王)에게 원교근공(遠交近攻: 먼 나라와 친교를 맺고 가까운 나라를 공략함)의 책략을 설파하여 승상(丞相)이 되었다. 이후 군사를 위나라에 보내 위제를 자살케 함으로써, 그에 대한 사원(私怨)을 갚았다.

3519)가치이다 : 갇히다. 사람이나 동물이 벽으로 둘러싸이거나 울타리가 있는 일정한 장소에 넣어져 밖으로 나오지 못하게 되다.

3520)엄형츄문지하(嚴刑推問之下) : 엄한 형벌을 가해 죄인을 문초하는 상황 아래.

3521)졀인(絶人) : 남보다 아주 뛰어남. 또는 그런 사람.

3522)힘힘이 : 부질없이. 대수롭지 아니하거나 쓸모가 없이.

3523)망망(忙忙)이 : 망망(忙忙)히. 매우 바쁘게.

3524)ᄌᆞ약(自若)ᄒ다 : 큰일을 당해서도 놀라지 아니하고 보통 때처럼 침착하다. 늑ᄌᆞ여(自如)하다.

3525)잠기 : ①연장. 어떠한 일을 하는 데에 사용하는 도구. ②쟁기.논밭을 가는 농기구의 일종.

3526)칠(漆)ᄒ다 : 가구나 나무 그릇 따위에 윤을 내기 위하여 옻을 바르다. =옻칠하다.

3527)경영(鶊鴿) : 꾀꼬리와 할미새. 또는 그처럼 날렵한 모양.

3528)우리 : 짐승을 가두어 기르는 곳.

"쇼미 이제 ᄌ최를 숨기미 ᄉ름이 의심ᄒ미 이실가 【25】 두리ᄂ니, 여ᄎ여ᄎ
ᄒ여 아됴 의심을 업시흔 후, 방심(放心)ᄒ여 모칙(謀策)을 의논ᄒ리라."

ᄒ고, 나삼을 버셔 연지(蓮池) 가의 ᄂ모가지를 ᄎᄌ 걸고, 쇠ᄎ던 빈혀와 ᄎᆺ던
향(香)을 못 가온ᄃᆡ 드리친 후, 경희당 후면 난함(欄檻)을 됴ᄎ 협실(夾室)3529)
의 몸을 곰쵸니, 영시와 홍션이 문을 열고, 난이 드러올 ᄉᆡ ᄀ득이 우음을 먹음어
하례(賀禮)ᄒ여 왈,

"셜난의 복이 둣거워 【26】 다힝이 금일 ᄂᆡ 쇼요ᄒ여 무ᄉᆞ이 함정을 버셔ᄂ니
치하ᄒ노라."

난이 고두(叩頭)3530) 돈슈(頓首)3531) 왈,

"쳔비의 잔명이 즁형(重刑) ᄋ리 맛ᄎ믈 ᄌ분(自憤)ᄒ옵더니, 부인 덕음(德蔭)
을 닙습고, 봉져의 힘써 구졔ᄒ믈 됴ᄎ 우리를 버셔나오니, 졍히 그물의 신 고기
창히(滄海)의 도라오미라. ᄌ금이후(自今以後)3532)ᄂ 부인 셩덕을 우러러 여ᄉᆡᆼ을
맛고ᄌ ᄇᆞ라오니, 이른바 구확(溝壑)3533)을 ᄶᅱ여 쳥운(靑雲)의 【27】 오르고 질
곡(桎梏)을 버셔나 양계(陽界)의 니르미라. 진실노 '한회(寒灰)의 부열(復熱
)'3534)이요, '고양(枯楊)이 싱졔(生稊)'3535)ᄒ미라쇼이다."

봉션이 말을 니어 왈

"평일의 난미(妹)를 ᄉ모ᄒ나 흔 번 어더 보미 극히 어려오니, 틈을 타 밤이 깁
흔 후 계오 모드나, ᄉ름을 두려 창외(窓外)를 ᄌ로 술피고, 안즌 돗기3536) 덥지
아냐셔 도라가니, 창연(愴然)ᄒ미 즁보(重寶)를 일흠 ᄀᆞᆺ흐니, 금일은 비로쇼 잉
뫼3537) 금농(錦籠)을 면ᄒ고 호픠(虎豹) 【28】 함졍(陷穽)의 소ᄉ미라. 바야흐
로 심ᄂᆡ(心內) 쾌활ᄒ니, 이 곳 우리 쇼져의 복녹(福祿)이 두터오시미오, 덕틱이

3529)협실(夾室) : 안방에 딸린 작은 방. =곁방.
3530)고두(叩頭) : 당(堂) 아래에서 절을 할 때 손으로 땅을 짚고 머리를 숙여서 땅을 두
　　드리기를 세 번 하는 절.
3531)돈수(頓首) : 당 아래에서 절을 할 때 머리가 손에 닿는 즉시 다시 드는 절.
3532)ᄌ금이후(自今以後) : 지금으로부터 뒤. ≒자금이왕(自今以往).
3533)구확(溝壑) : 구학(溝壑). 구렁. 움쑥하게 파인 땅. 빠지면 헤어나기 어려운 환경을
　　비유적으로 이르는 말. *'壑'의 음(音)은 '학'이다.
3534)한회(寒灰)의 부열(復熱) : 한회부열(寒灰復熱). '차갑게 식은 재에서 불씨가 다시
　　살아날 수 있다.'는 말로, 죽은 것으로 알았던 생명체에서 다시 생명이 싹틀 수도 있다
　　는 것을 비유적으로 이른 말.
3535)고양(枯楊)이 싱졔(生稊) : 고양생제(枯楊生稊). 『易經, 大過, 九二爻辭』에 나온다.
　　'말라죽어 가는 버드나무에 새 잎이 돋는다.'는 말로, '늙어서 젊은 부인을 얻어 자녀를
　　둘 수 있다'는 뜻으로 쓰인다.
3536)돗기 : 돗자리. 자리. *자리: 앉거나 누울 수 있도록 바닥에 까는 물건.
3537)앵뫼 : 잉뮈. 앵무새. *앵무새: 앵무과의 새를 통틀어 이르는 말.≒앵가, 앵무,

흐르시미라. '문왕(文王)이 위슈(渭水)의 노르심'3538)과, 한고(漢高)3539)의 즈방(子·房)3540)을 맛나시므로 다르미 업ᄂ이다."

셜난이 불승감亽(不勝感謝) 왈,

"쳡의 지식이 암미(暗昧)ᄒ고 셩질이 혼우(昏愚)ᄒ니 엇지 감히 고인을 비겨 의논ᄒ믈 강당ᄒ리오. 져져의 과도ᄒ 말솜이 황감ᄒ니 다만 부인의 셩덕을 우러러 쥭으【29】무로써 셤기리이다."

영시 디열(大悅)ᄒ여 셜난의 손을 잡ᄋ 왈,

"ᄂ의 불혜박덕(不慧薄德)으로써 능히 너를 일위여 도으믈 어드니, 뉴션쥬(劉先主)3541)의 삼고(三顧)3542)ᄒ미 업시 와룡(臥龍)3543)을 어더 《츙셩‖츙신(忠臣)》이 도라온지라. 과연 이 '고기 믈 어드미니'3544) 무어스로 너의 공을 갑흐리

────────────

3538)문왕(文王)이 위슈(渭水)의 노르심 : 중국 주나라 문왕(文王)이 위수(渭水)에서 낚시하고 있는 여상(呂尙)을 만나 스승을 삼았던 고사(故事)를 일컬은 말. *문왕(文王) : 중국 주나라 무왕(武王)의 아버지. 이름은 창(昌). 무왕의 주나라 건국의 기초를 닦았고 고대의 이상적인 성인군주(聖人君主)의 전형으로 꼽힌다. *여상(呂尙): 중국 주나라 무왕(武王)을 도와 은나라를 멸하고 천하를 평정하였다. 여(呂)는 그에게 봉해진 영지(領地)이며, 상(尙)은 그의 이름이고, 성은 강(姜)이다. 강태공(姜太公), 여망(呂望), 태공망(太公望) 등의 다른 이름으로도 불린다. 위수(渭水)에서 10년 동안이나 낚시를 하며 때를 기다려 주 문왕(文王: 무왕의 아버지)을 만났다는 고사로 유명하다, 저서에 『육도(六韜)』가 있다. *위슈(渭水) : 중국 황하(黃河)의 큰 지류(支流). 감숙성(甘肅省) 남동부에서 시작하여 섬서성(陝西省)으로 흘러 황하로 들어간다. 여상(呂尙)이 이곳에서 낚시를 드리우고 있다가 주나라 문왕(文王)을 만난 곳으로 전해지고 있다.
3539)한고(漢高) : 한고조(漢高祖). 중국 한(漢)나라의 제1대 황제(B.C.247~B.C.195). 성은 유(劉). 이름은 방(邦). 시호는 고황제(高皇帝). 고조는 묘호(廟號). 진시황이 죽은 다음해 항우와 합세하여 진(秦)나라를 멸망시켰다. 그 뒤 해하(垓下)의 싸움에서 항우를 대파하여 중국을 통일하고 제위에 올랐다. 재위 기간은 기원전 206-195년.
3540)즈방(子房) : 장량(張良). BC ?-189. 중국 한나라의 정치가, 건국공신. 이름은 량(良). 자는 자방(子房). 유방의 책사로 홍문연(鴻門宴)에서 유방을 구하고 한신을 천거하는 등, 유방이 한나라를 세우고 천하를 통일할 수 있도록 도왔다. 소하·한신과 함께 한나라 건국 3걸로 불린다.
3541)뉴션쥬(劉先主) : 중국 삼국시대 촉한의 제1대 황제 유비(劉備 : 161~223)를 이르는 말. 자는 현덕(玄德). 황건적을 쳐서 공을 세우고, 후에 제갈량의 도움을 받아 오나라의 손권과 함께 조조의 대군을 적벽(赤壁)에서 격파하였다. 후한이 망하자 스스로 제위에 오르고 성도(成都)를 도읍으로 삼았다. 재위 기간은 221~223년이다.
3542)삼고(三顧) : 삼고초려(三顧草廬). 인재를 맞아들이기 위하여 참을성 있게 노력함. 중국 삼국 시대에, 촉한의 유비가 남양(南陽)에 은거하고 있던 제갈량의 초옥으로 세 번이나 찾아갔다는 데서 유래한 말. 늑초려삼고.(草廬三顧).
3543)와룡(臥龍) : 중국 삼국시대 촉한의 정치가 제갈량(諸葛亮 : 181-234)의 별호(別號). 자 공명(孔明). 시호 충무(忠武). 뛰어난 군사 전략가로, 유비를 도와 오(吳)나라와 연합하여 조조(曹操)의 위(魏)나라를 대파하고 파촉(巴蜀)을 얻어 촉한을 세웠다.
3544)고기 믈 어드미니 : '고기가 물을 얻었다'는 뜻으로 '임금과 신하가 서로 의기투합함'을 이르는 말. 즉『三國志 卷35 蜀書 諸葛亮傳』에 유비(劉備)가 제갈량(諸葛亮)을 쳐

오."

셜난이 고두 왈,

"부인 말슴이 이의 밋츠시니 쳔비의 열운 복이 손(損)ᄒ여 죽을 곳을 아지 못ᄒ리로쇼이다."

인ᄒ여 봉션 【30】을 딕ᄒ여 필연(筆硯)3545)을 구ᄒ미, 총총(悤悤)3546)이 상셔(上書)를 써 소당(小堂)의 드리치고 날이 붉지 아냐셔 영부로 향ᄒᆯ시, 영상셔 부인 쵸시 봉션의 말노써 셜난의 항복ᄒᄂ 쓰즐 아랏ᄂ지라.

반야(半夜)의 오믈 보고, '아니 양시를 희(害)ᄒ고 도망ᄒ민가?' 딕열(大悅)ᄒ여, 황망이 문을 열고 셜난을 마즈 드려 협실의 너코, 봉션을 딕ᄒ여 일의 셩불(成不)을 무른딕, 봉션이 '작일(昨日) 긔회 묘(妙)ᄒ여 츠(茶)로써 ᄂ오니,【31】만일 양시 혼미(昏迷)ᄒ거든 황황ᄒ 스이 셜난을 숨기고즈 ᄒ더니, 괴독(怪毒)ᄒ여 스경난이 찰찰이 슬펴 양시 의심ᄒ여 먹지 아니ᄒ고 난을 가도니 경황ᄒ더니, 위상국이 츌슨(出師)ᄒ므로 가닉 분분ᄒ여 미쳐 츄문(推問)치 못ᄒ무로, 쌘혀닉여 다려온 스상(事狀)을 고ᄒ고, 비로쇼 즈최 업시 숨으니, 난을 십분 후딕ᄒ여 그 모칙을 쓰쇼셔.' ᄒ여, 영시의 젼어(傳語)를 옴기니, 쵸시 놀나고 【32】 깃거, 고기 됴ᄋ3547) 응낙고 셜난을 보니, '난의 츌인(出人)ᄒ 지뫼(智謀) 하류쳥의(下流靑衣)의 골몰(汨沒)ᄒᆯ 샹(相)이 아니오. 겸공(謙恭)ᄒ 언스와 민쳡ᄒ 네뫼 곡진ᄒ니, 져 ᄀ흔 직용과 져 ᄀ흔 인물노 녀ᄋ를 혈셩(血誠)으로 셤긴 즉, 엇지 일우지 못ᄒ 니 이시리오.' ᄒ고 은근이 말ᄒ여 관곡(款曲)ᄒ 졍(情)을 뵈더라.

봉션이 도라갈시 난이 굴오딕,

"소믹 이곳의 오믹 즈최 얼울(臲卼)3548)ᄒ지라. 쇼졔 귀령(歸寧)【33】을 쳥ᄒ여 도라오신죽, 비로쇼 쇼져를 뫼시고 져져로 상의ᄒ여 맛당이 딕스를 도모ᄒ리라."

봉션이 낙낙이3549) 응낙고 도라가니, 썩 ᄇ야흐로 효괴(曉鼓) 처음으로 동(動)ᄒ고 금계(金鷄)3550) 울기를 악악히3551) ᄒ더라.

─────────

음 만나 곧 친밀해지자 관우(關羽)와 장비(張飛)가 이를 불평하였는데, 이에 유비가 말하기를, "내가 공명을 얻은 것은 <u>고기가 물을 얻은 것과 같으니</u>, 그대들은 다시 말하지 말라." 하였다는 데서 유래한 말이다.

3545) 필연(筆硯) : 붓과 벼루.

3546) 총총(悤悤) : 몹시 급하고 바쁜 모양.

3547) 됴ᄋ : 됴오다. 끄덕이다. 고개를 아래위로 가볍게 움직여 수긍하는 뜻을 보이다.

3548) 얼울(臲卼) : 일 따위가 어그러져서 위태롭거나 마음이 불안함.

3549) 낙낙이 : 낙낙히. 크기, 수효, 부피 따위가 조금 크거나 남음이 있는 정도로.

3550) 금계(金鷄) : 천상(天上)의 금계성(金鷄星)에 있다는 닭으로, 이 닭이 울면 인간 세상의 닭들이 따라서 운다고 한다. '금계'가 운다는 말은 곧 새벽이 가까워 옴을 뜻한다.

영시를 보와 무소이 셜난을 감쵸믈 고향고 깃브믈 니긔지 못향더니 늘이 느즌 후 셜난이 망명한 일이 뉫타뉵고 년지의셔 난의 ᄎᄌᆷ(釵簪)3552)을 어드미 비로쇼 죽으미 적실(的實)타 향【34】여 다시 ᄎᆺ지 아니니, 묘(妙)향믈 니긔지 못향여 ᄀ마니 웃고 셔로 향례(賀禮)향더라.

니부인이 양쇼져 시위쟈(侍衛者) 젹다 향여 싀로 아름다온 시비(侍婢)를 ᄉ, 셜난 빙셤의 ᄃᆡ(代)를 메오려 향니, 쳔금(千金)이 업소미 아니로ᄃᆡ, 직뫼 아름다온 ᄌᆞ를 맛나지 못향미라. 혹(或) 슌냥(順良)향나 농둔(庸鈍)향믈 흠(欠)향여 물니치고, 혹 영미(英邁)향나 경망(輕妄)향믈 불열(不悅)향여 퇴(退)향니, ᄌᆞ연이 여러 날이 되엿더니, 일일은 【35】 밤을 당향여 영시 봉선ᄃ려 니로ᄃᆡ,

"이졔 셜난을 슙기나 양녀의 반셕(盤石) ᄀᆞ튼 좌(座)를 요동치 못향니 엇지향리오?"

봉선 왈

"쇼졔 밧비 귀령향ᄉ 셜난과 의논향쇼셔."

영시 왈

"니 이 ᄯᆺ이 ᄯᅩ한 잇시나, 상공이 오일(五日)의 한 번 ᄎᆺᄂᆞᆫ 길흘 ᄎᆞᆷᄋ 맛고 가지 못향미라. 니 드르니 화쥬 길을 슈이 짓고ᄌ3553) 향니, 져의 간 후 도라가려니와, 셜난이 다시 양시 겻ᄒᆡ ᄂᆞᆯᄋᆞ가지 못【36】한죽, 놀노써 부리여 독약을 시험향리오. 거일의 모친이 야야긔 의논향ᄉ 하셔(河西) 쳔뉴현 ᄉ름 왕우봉이란 ᄌᆞ를 어드니, 져의 영웅이 긔세(蓋世)향고 직뫼 신능(神能)향여, 능히 공즁의 쇼ᄉ 구름을 타고, 바름을 됴ᄎᆞ 슌식(瞬息)의 쳔니를 가고 검술이 신긔(神奇)타 향니, 져를 닐위여 거즛 '양시의 고인(故人)이로라' 향고, 방즁의 돌입향여 아ᄉ 닉고, 비록 아ᄉ 닉지 못향나 크게 ᄭᅮ【37】지져, '옛졍을 닛ᄂᆞᆫ 쥴 통히(痛駭)향니 쾌히 질너 죽이노라.' 향여, 죽이고 다ᄅᆞᄂᆞ게 향미 가한가 향노라."

션 왈

"ᄎ계(此計) 비록 쾌향나 ᄉ름이 우리를 의심향리니, 잠간 ᄉ셰를 보아 ᄉᆡ로 비ᄌᆞ를 ᄉᆞ거든, 다리여 심복을 민들고ᄌ 향ᄂᆞ이다."

영시 왈

"셜난 향ᄂᆞ도 텬우신됴(天佑神助)향여 어덧거늘, ᄯᅩ 엇지 심복을 어드리오? 네 본부로 가 셜난과 의논향라."

ᄒᆞ더니, 셜난이 후문 밧긔 와 【38】 ᄀᆞ마니 불너 왈,

"봉셔야! 잠간 보고ᄌᆞ ᄒᆞ노라."

봉션이 연망(連忙)이 쳥ᄒᆞ여 드리니3554), 빙셤이 영시를 향ᄒᆞ여 고두(叩頭) 왈,

"쳔비 부인 덕음을 우러러 진시(趁時)3555) 현알(見謁)코ᄌᆞ ᄒᆞ오ᄃᆡ, 닉치여3556) 후졍(後庭)의 간 후, 경ᄎᆔ란의 미이미 되어 일시 틈을 엇지 못ᄒᆞ오니, 부인의 하히 ᄀᆞᆺᄒᆞ신 은덕을 스례치 못ᄒᆞ오믈 한ᄒᆞ옵더니, 쳔ᄒᆞᆫ 형의 쇠잔(衰殘)ᄒᆞᆫ 목슘이 부인의 덕음이 어엿비 【39】 넉이시믈 입ᄉᆞ와, 부월(斧鉞)을 당ᄒᆞᆫ[ᄒᆞᆯ] 명믹(命脈)으로 고당의 안거ᄒᆞ오니, 심은활혜(深恩活惠)3557)를 폐부(肺腑)의 삭일 ᄲᅮᆫ 아니라, 쳔비의 늙은 아비와 쥭은 어미 화봉인(華封人)3558)의 쳥츅셩슈(請祝聖壽)3559)를 효측(效則)ᄒᆞ고 결쵸보은(結草報恩)3560)을 긔약ᄒᆞ리로쇼이다."

영시 우어 왈

"너의 형뎨의 혈심진츙(血心盡忠)으로 도으믈 어드니, 닉 바야흐로 벼기를 놉혀 ᄐᆡ평을 긔약ᄒᆞᄂᆞᆫ지라. 엇지 너의 칭은(稱恩)ᄒᆞ미 맛당ᄒᆞ리오. 그 공노를 긔록 【40】 ᄒᆞ여 갑기를 싱각ᄒᆞ노라."

빙심이 연ᄒᆞ여 고두(叩頭)ᄒᆞ여 불감당(不堪當)이믈 일ᄏᆞᆺ더라. 빙셤이 봉션을 향ᄒᆞ여 왈

"쳡이 형으로 슈유불니(須臾不離)러니, 돌연(猝然)이 분슈(分手)ᄒᆞ여 날이 오리니, ᄉᆞ모ᄒᆞᄂᆞᆫ 뜻을 견ᄃᆡ지 못ᄒᆞ여 경파랑을 속이고, 알푸믈 일ᄏᆞᆯ나 이의 와시니 잠간 보게 ᄒᆞ시랴?"

봉션이 만구(滿口)3561) 응낙(應諾)ᄒᆞ고, 영시 봉션으로 ᄒᆞ여금 '빙셤을 다려가 셜난을 보게 ᄒᆞ고 묘ᄎᆡᆨ(妙策)을 【41】 의논ᄒᆞ라.' ᄒᆞ니, 봉션이 급급히 빙셤을 닛그러 쵸부의 니르러 방즁의 드러가니, 셜난이 의외 빙셤을 보고 크게 반기고,

---

3554) 드리다 : 들이다. 들어오게 하다.

3555) 진시(趁時) : 진작. 좀 더 일찍이. 주로 기대나 생각대로 잘되지 않은 지나간 사실에 대하여 뉘우침이나 원망의 뜻을 나타내는 문장에 쓴다.≒진작에, 진조, 진즉, 진즉에.

3556) 닉치여 : 내쫓겨. 내쫓다. 밖으로 몰아내다.

3557) 심은활혜(深恩活惠) : 구활(救活)해 주신 깊은 은혜.

3558) 화봉인(華封人) : 중국 요임금이 화(華) 지방을 순시하였을 때 요임금을 위해 세가지 복(福), 곧 수(壽)·부(富)·다남자(多男子)를 축복하였다는 현인(賢人). 『장자(莊子), 외편(外篇), 천지장(天地章)』에 나온다.

3559) 쳥츅셩슈(請祝聖壽) : 임금의 수명(壽命)을 축원하겠다는 말.

3560) 결쵸보은(結草報恩) : 죽은 뒤에라도 은혜를 잊지 않고 갚음을 이르는 말. 중국 춘추 시대에, 진나라의 위과(魏顆)가 아버지가 세상을 떠난 후에 서모를 개가시켜 순사(殉死)하지 않게 하였더니, 그 뒤 싸움터에서 그 서모 아버지의 혼이 적군의 앞길에 풀을 묶어 적을 넘어뜨려 위과가 공을 세울 수 있도록 하였다는 고사에서 유래한다.

3561) 만구(滿口) : 입안 가득히, 온갖 말로.

봉션다려 영부인 긔거(起居)를 뭇ᄌ오며, ᄋ을 ᄃ려와 형뎨 보게ᄒᄆ를 ᄉ례ᄒ니, 봉션이 ᄉᄉ(謝辭)ᄒ고 부인의 ᄯ을 젼ᄒ니 셜난이 더옥 감은ᄒ더라.

빙셤이 셜난을 붓들고 울며 기간 곡졀을 닐너 슬허 뉴쳬(流涕)ᄒ니, 봉션이 위로ᄒ고 셜난이 글오ᄃᆡ,

"ᄂ의 목【42】 슈이 부월(斧鉞)의 ᄂᄋ갈 비여늘, 능히 보젼ᄒ여 평안ᄒᄆᆡ 다 영부인 셩은(聖恩)이라. 엇지 셜우믈 니르리오. 삼가 다시 범죄치 말고, 공슌(恭順)이 직ᄉ를 힘쓰라. 혹 쇼쥐 친셔를 붓칠 ᄯ 이셔도, ᄂ의 말노ᄡ 통치 말믜 가ᄒ니, 야애 불쵸녀(不肖女)의 ᄉ죄(死罪)를 짓고 닉슈(溺水)ᄒᄆ를 아르실진ᄃᆡ, 통도비상(痛悼悲傷)ᄒ여 노인이 견딜 빅 아니라. 닉 이 곳의셔 《묘져∥쇼져》의 ᄃᆡ은을 져기 갑ᄉ온죽, 몸을 ᄲᅢ혀 믈【43】 너나 야야(爺爺)를 뫼시리니, 그 ᄯᆡ의 너를 ᄯ 다려 가리라."

봉션 왈,

"현미의 공노를 부인 쇼제 상의 ᄒᄉ 그ᄃᆡ 부친을 타쳐로 옴기고, 그ᄃᆡ 형뎨로ᄡ 보닉려 ᄒ시ᄂ니, 슈즁의 금젼이 만ᄒ니 무슴 ᄯ 궂지 아니미 잇스리오. 빙낭은 일노ᄡ 위로ᄒ여 괴로오믈 견ᄃᆡ라."

셜난 빙셤이 ᄒ가지로 감ᄉᄒ믈 일큿더라.

셜난이 다시 문왈,

"부즁 의논이 ᄂ의 닉슈ᄒ믈【44】 의심치 아니터냐?"

빙셤 왈,

"져져 이의 슈으믄 념외(念外)니 뉘 의심ᄒ리오, 바야흐로 아름다온 시녀를 ᄉ고ᄌ ᄒ더니라. 경파랑(婆娘)이 ᄎ즐가 두리오니 도라가나, 왕닉 번폐(煩弊)ᄒ여 다시 못올가 ᄒ노라."

셜난이 봉션의게 쳥ᄒ여 왈,

"닉 작일(昨日)의 우연이 후원즁(後園中)을 둘너보더니, 북장(北墻)의 젹은 문이 잇셔 ᄌ문3562) 쇠3563) 보믜3564) ᄢᅵ여시니3565) 져제 부인긔 고ᄒ여 이 문을 열면 위부 후원 문【45】으로 젹은 언덕이 ᄉ이 ᄒ여시니, 져져와 빙셤의 왕닉 경편(輕便)홀가 ᄒ노라."

봉션이 ᄭᅵᄃ라 쵸시긔 고ᄒ라 ᄃᆞᆺ거늘, 빙셤 왈,

3562) ᄌ문 : 잠근. *ᄌ물다 : 잠그다. 여닫는 물건을 열지 못하도록 자물쇠를 채우거나 빗장을 걸거나 하다.

3563) 쇠 : 쇠. 자물쇠. 여닫게 되어 있는 물건을 잠그는 장치.

3564) 보믜 : 녹(綠). 산화 작용으로 쇠붙이의 표면에 생기는 물질. 색깔은 붉거나 검거나 푸르다.

3565) ᄢᅵ다 : 끼다. 때나 먼지 따위가 엉겨 붙다.

"뎡당부인이 쇼미를 닉치시믄 져져를 보게 ᄒᆞ시미니, 져제 원즁의 젹은 방을 어
더 머믄즉 말ᄒᆞ미 됴흐리라."

드듸여 낭즁으로셔 쇼지(燒紙)3566)의 쓴 거슬 쥬어 왈,

"졍당부인이 일노써 져져를 '쥬라' ᄒᆞ시무로 밧ᄌᆞ와 왓ᄂᆞ니, 신밀(愼密)이 ᄒᆞ라."

난이 바다보고 【46】 조희를 입의 너허 삼키고 왈,

"닉 심녁(心力)을 갈(竭)ᄒᆞ여3567) 부인 명을 밧ᄌᆞ와 지우지은(知遇之恩)3568)을
갑ᄉᆞ오리니, 네 도라가 알외라. ᄀᆞ르치시믈 삼가 밧들니니 미쳐 쓰지 못ᄒᆞ여 상셔
를 알외지 못ᄒᆞ니, 승극(乘隙)ᄒᆞ여3569) 써 드리이[리]니 다시 오라."

ᄒᆞ더니, 봉션이 문을 열고 오거늘, 말을 긋치고 삼인이 ᄉᆞ미3570)를 연ᄒᆞ여 문의
ᄂᆞ가 빙셤을 보니고, 셜난이 길가 졍ᄌᆞ를 ᄀᆞ르쳐 왈,

"이곳이 【47】 유벽(幽僻)ᄒᆞ여 머무럼즉ᄒᆞ니, 져제(姐姐) 부인긔 알외고 젹은
협방(夾房)을 허ᄒᆞ신즉 ᄌᆞ최를 슘겨 ᄋᆞ을 어더 보미 됴코, 져져로 원문(園門)을
왕니ᄒᆞ미 ᄌᆞ최 비밀ᄒᆞ고, 왕반(往返)이 쉬올가 ᄒᆞ노라. 아ᄌᆞ 빙셤의 말을 드르니
양부인의 쇼미(小妹)3571)와 빙셤의 대신으로 식로 비ᄌᆞ를 ᄉᆞ고ᄌᆞ ᄒᆞ신다 ᄒᆞ니,
씨를 일치 못ᄒᆞᆯ지라. 일기 영민(穎敏)ᄒᆞᆫ 시ᄋᆞ(侍兒)를 ᄉᆞ 보닉여, 여ᄎᆞ여ᄎᆞᄒᆞ미
묘치 아니랴?"

봉션이 딕희 왈,

"과 【48】 연 묘계(妙計)로딕 니부인이 이리이리 믈니치니 셩계(成計)3572)치 못
ᄒᆞᆯ가 ᄒᆞ노라."

이의 닛그러 쵸시 면젼의 ᄂᆞ가 이 뜻을 고ᄒᆞ니, 쵸시 경희 왈,

"셜난은 진짓 와룡(臥龍)3573)이로다."

ᄒᆞ고 크게 칭찬ᄒᆞ니, 셜난이 황공불감ᄒᆞᆷ믈 일ᄏᆞᆺ더라.

3566)쇼지(燒紙) : 부졍(不淨)을 업애고 신에게 소원을 빌기 위하여 흰 종이를 태워 공즁
으로 올리는 일. 또는 그런 종이.

3567)갈(竭)ᄒᆞ다 : 다하다. 재물을 남김없이 다 업애다.

3568)지우지은(知遇之恩) : 자기의 인격이나 학식을 알아 잘 대우하여 준 은혜.

3569)승극(乘隙)ᄒᆞ다 : 잠시 틈을 타다. 늑승간(乘間)하다.

3570)ᄉᆞ미 : 소매. 윗옷의 좌우에 있는 두 팔을 꿰는 부분. 늑옷소매.

3571)쇼미(小妹) : 여동생이 오빠나 언니를 상대하여 자기를 낮추어 이르는 일인칭 대명
사.

3572)셩계(成計) : 꾀를 이룸.

3573)와룡(臥龍) : 중국 삼국시대 촉한의 정치가 제갈량(諸葛亮 : 181-234)의 별호(別
號). 자(字)는 공명(孔明). 시호는 충무(忠武). 뛰어난 군사 전략가로, 유비를 도와 오
(吳)나라와 연합하여 조조(曹操)의 위(魏)나라 군사를 대파하고 파촉(巴蜀)을 얻어 촉
한을 세웠다. 유비가 죽은 후에 무향후(武鄕侯)로서 남방의 만족(蠻族)을 정벌하고, 위
나라 사마의와 전쟁 중에 병사하였다

쵸시 신임시ᄋ(新任侍兒) 십여 인을 불너 셜난으로 ᄒ여금 글히라 ᄒ니, 셜난이 손을 드려 일기 쇼ᄋ를 ᄀ르쳐 왈,

"ᄎ이 영민(潁敏)ᄒ니 가히 쓸즉ᄒ이다."

ᄒ니, 기녀(其女)의 위 【49】 인이 영오(潁悟) 민쳡(敏捷)ᄒ고 용뫼 미려ᄒ며 ᄌ졍(才情)이 공교ᄒ니, 명은 취션이오, 시년(是年)이 십ᄉ라. 이 곳 봉션의 아이니 어려셔붓터 총오ᄒ미, 쵸시 모녜 ᄉ랑ᄒ여 어미 죽고 ᄒᆫ 아즈미 퇴후낭낭 신임으로 이제 상궁이 되어시니, 원닉 봉션의 어미와ᄂᆞᆫ 다른지라. 이런 고로 쵸시 모녜 그윽이 원녀(遠慮)를 두어, 취션을 이의 머무르고 위부의 ᄯᆯ오게 ᄒ여시니, 만일 여러 가지 일이 니지 못ᄒᆫ 【50】 즉, 취션으로 ᄒ여금 금즁(禁中)의 가 셜계ᄒ여, 양시로써 국법의 업듸게 ᄒ고ᄌ ᄒ니, 션의 아즈미 호영화ᄂᆞᆫ 퇴낭낭 미시(微時) 시ᄋ(侍兒)라.

권위(權威) 즁(重)ᄒ니, ᄒᆫ 아이 쵸시긔 ᄀᆺ다가 일즉 죽으믈 셜워 취션을 각별 무휼(撫恤)ᄒ더라.

이날 셜난의 ᄶᆫ히믈 어드니 쵸시 우어 왈,

"너의 식감(識鑑)3574)이 비상ᄒ도다. ᄎ비 과연 다능(多能)ᄒᆞᆷ무로 닉 ᄋᆞ즁(愛重)ᄒ더니, {만일 쵸국(楚國)의 좌ᄉ마(左司馬)로 셰킥(說客)을 민든즉 쵹장(蜀將)으로 ᄒ 【51】 여금 머리를 굽혀 ᄆᆡ이믈 바들 지 됴히}3575) 아직 엄3576)과 톱3577)을 곱쵸와 방 밧긔 닉지 아니믄, 타일의 긴요히 쓸 곳이 잇스미라. ᄎ비(此婢)의 아즈미 궐즁(闕中)의 시위상궁(侍位尙宮)이니 일노써 인연ᄒ여 여ᄎ여ᄎᄒ고ᄌ ᄒ미니라."

셜난이 탄복 왈,

"부인과 우리 쇼져의 먼니 혜ᄋᆞ리시믄 쳔비 감히 싱긱지 못ᄒ미로쇼이다. 연이나 ᄎ인이 아닌즉 ᄯᆺ을 밧드러 쇼임을 당ᄒ리 업ᄉ 【52】 리니, 위부 니부인이 신명통쳘(神明洞徹)ᄒ니, ᄉ름의 얼골을 보와 먹음은 ᄯᆺ을 ᄉ못ᄎ시고3578), 쇼리를 드러 션악을 짐작ᄒ시니, 범범(凡凡)ᄒᆫ 뉴ᄂᆞᆫ 감히 손을 놀니지 못ᄒ고 픽루(敗漏)ᄒ리니, ᄒᆫ 번 일이 니지 못ᄒᆫ듸, 엇지 쇼비 이곳의 슙고, 다시 닉응(內應)이 업

3574) 식감(識鑑) : 어떤 사물의 가치나 진위 따위를 알아냄. 또는 그런 식견. =감식(鑑識).

3575) {}안의 서사는 그 앞·뒤 문장과 전혀 호응이 되지 않아 '연문(衍文)'으로 처리한다.

3576) 엄 : 어금니. 송곳니의 안쪽에 있는 큰 이. 가운데가 오목하고 음식물을 잘게 부수는 역할을 한다.

3577) 톱 : 손가락이나 발가락의 끝을 덮어 보호하고 있는, 뿔같이 단단한 물질. 손톱과 발톱의 통칭(通稱).

3578) ᄉ못ᄎ다 : 사무치다. 통(通)하다. 꿰뚫다.

슌즉 봉져는 감히 양부인 좌우의 굿굿이 가지 못ᄒ리니, 속졀업시 괴로온 회포를 품고 【53】 손을 쏘즈 일월을 ᄇᆞ니여 남의 복녹을 불워 ᄒᆞᆯ ᄯᆞᄅᆞᆷ이라. 비지 ᄎᆔ션을 보오니 가히 ᄃᆡᄉᆞ를 긔탁(嗜託)ᄒᆞᆯ지라. 져를 니응ᄒᆞ고 빙셤은 왕복ᄒᆞ여, 우리 쇼져와 봉져는 팔장 쏘즈 평안이 안즈 일이 되믈 보실지니, 만일 ᄉᆞ셰(事勢) 니(利)치 아니ᄒᆞ거든, ᄀᆞ마니 몸을 ᄲᅢ혀 쳔비로 더브러 금즁(禁中)의 가 호상궁긔 의탁ᄒᆞᆷ이 뉘 능히 알니 잇고?"

봉션이 ᄃᆡ락(大樂) 왈,

"이는 진정 묘ᄒᆞ니 이 곳 하늘이 【54】 쥬시미로다. 셜난이 아닌즉 ○[뉘] 이런 묘계를 ᄉᆡᆼ각ᄒᆞ리오."

쵸시 환희ᄒᆞ여 명일노 ᄎᆔ션을 보ᄂᆞ여 득실(得失)을 보려ᄒᆞ믈 니르고, ᄯᅩ 금ᄇᆡᆨ(金帛)을 쥬어 빙셤으로 ᄒᆞ여금 경ᄎᆔ란을 깃기고, 쇼식을 ᄌᆞ로 통케 ᄒᆞ라 ᄒᆞ니, 셜난 왈

"경ᄎᆔ란이 본셩이 슌후(淳厚)ᄒᆞ여 ᄌᆡ보(財寶)를 가찰(苛察)치 아니ᄒᆞ고 빙셤을 두호(斗護)3579)ᄒᆞ거늘, 빙셤이 난 곳 업슨 금ᄇᆡᆨ(金帛)을 쓴즉, 도로혀 의심ᄒᆞ리이다."

쵸시 올히 녀겨 【55】 금은을 머무르고 셜난으로 후원 ᄆᆡᆺ설졍의 쳐(處)케 ᄒᆞ고, 심복 시ᄋᆞ 일인으로 됴셕(朝夕) 식음(食飮)을 보ᄂᆞ니, 타인이 아지 못ᄒᆞ게 ᄒᆞ더라.

봉션이 도라와 영시를 보고, 젼후 셜계(設計)를 고ᄒᆞ니, 영시 환희ᄒᆞ여 손을 니마의 언져 왈,

"하늘이 옥교를 어엿비 넉이ᄉᆞ 셜난이 ᄂᆞ의 복심이 되니, 엇지 큰 깃브미 아니리오."

ᄒᆞ더라.

명일 ᄎᆔ슝각의 문안ᄒᆞᄆᆡ, 니부인이 굴오ᄃᆡ,

"셜난이 스스로 죄 【56】 지어 죽으ᄆᆡ, 비록 시ᄋᆞ 업스미 아니로ᄃᆡ 각각 직임이 잇고, 방쇼(方所)3580)를 졍ᄒᆞ여시니, 셜난 빙셤의 ᄃᆡ(代)3581)로 영니ᄒᆞᆫ 쇼ᄋᆞ를 ᄉᆞ쥬고즈 ᄒᆞ엿더니, 여러 ᄂᆞᆯ이 되어시ᄃᆡ 통시 맛당ᄒᆞᆫ 즈를 맛ᄂᆞ지 못ᄒᆞ니, 궁감으로 ᄒᆞ여곰 하관의게 의논ᄒᆞ여, 원방 노비 즁 아름다온 즈를 ᄲᅢ 올니게 ᄒᆞ라."

뉴부인이 쇼왈,

3579)두호(斗護) : 남을 두둔하여 보호함.
3580)방쇼(方所) : 공간의 어떤 점이나 방향이 한 기준의 방향에 대하여 나타내는 어떠한 쪽의 위치. =방위(方位).
3581)ᄃᆡ(代) : '대신(代身)'의 뜻을 나타내는 말.

"원닉 처음의 그 명을 느리왓던들 하마 왓실ᄂᆞᆺ다쇼이다. 무슴 연고【57】로 경ᄉ(京師)의셔 구ᄒᆞ시ᄂᆞ니잇가?"

니부인 왈,

"처음은 상공이 집의 거(居)ᄒᆞ신 쩍와 다르니, ᄌᆞ닉(自內)로셔 외방(外方)의 녕을 나리오미 불가ᄒᆞᆫ 고로, 말업시 ᄉᆞ고ᄌᆞ ᄒᆞ엿더니, 동시(終始) 가합(加合)ᄒᆞᆫ 인물을 보지 못ᄒᆞ니, 비로쇼 ᄉᆞ름 엇기 어려온 줄 알니로쇼이다."

정히 말ᄒᆞᆯ ᄉᆞ이의 ᄎᆞ뒤(叉頭)3582) 양낭(養娘)3583)으로 알외디,

"문밧긔 ᄒᆞᆫ ᄂᆞᆺ 쇼이 니르러 헌옷시 살흘 ᄀᆞ리오지 못ᄒᆞᆫ디, 셩외(城外) 북문 밧 촌가(村家)의셔 ᄉᆞ【58】ᄂᆞᆫ 냥민의 ᄌᆞ식이러니, 어미 죽고 계뫼 ᄉᆞ오ᄂᆞ와 아비 ᄉᆞ랑ᄒᆞ무로 보젼ᄒᆞ더니, 아비 셕장군 쵸(楚) 토평시(討平時)의 군ᄉ의 ᄲᆞ히여 가니, 계뫼(繼母) 방심ᄒᆞ여 포악(暴惡) 불인(不仁)이 날노 더으니, 작일의 쳡을 속여 도관(道觀)의 분향ᄒᆞ라 간다고 그르슬 니우니3584) 됴ᄎᆞ 가더니, 무인쳐(無人處)의 가 옷슬 벗기고 물의 밀치고 도라가니, 쳡이 속졀업시 명믹이 ᄭᅳᆫ치게 되엿ᄉᆞᆸ더니, 마쵸아 동닌(洞隣)의 아ᄂᆞᆫ ᄋᆞ히 잇셔 ᄂᆞ를 쭛다가【59】보고 불상이 넉여 구ᄒᆞ여 닉고, 져의 헌옷슬 닙혀 긔갈(飢渴)을 구ᄒᆞ나 져의 힘이 능히 쳡을 슬올 도리 업고, 계뫼 안즉 반ᄃᆞ시 죽일지라. 망됴(罔措)3585) 무로(無路)3586)ᄒᆞ더니, ᄉᆞ름이 젼ᄒᆞ여 일오디, '위상국 퇴즁(宅中)의셔 시녀를 ᄉᆞ고ᄌᆞ ᄒᆞ신다 ᄒᆞ니, 너의 ᄌᆡ용(才容)으로 ᄲᆞ히미 반듯ᄒᆞᆯ지라. 네 져 곳의 간즉 부인 좌우의 뫼셔 진미(眞味)를 염어(厭飫)ᄒᆞ고 나릉(羅綾)을 《쓰리이라‖ᄭᅳ을리라3587)》ᄒᆞᆯᄉᆡ, 됴ᄎᆞ왓ᄂᆞ이다.' ᄒᆞ니, 그 용뫼【60】극히 아름답고 거지 냥션(良善)ᄒᆞ여이다."

ᄒᆞᄂᆞᆫ지라.

부인이 '부르라' ᄒᆞᆫ디, 아이오, 일긔 쇼이(小兒) ᄎᆞ두를 ᄯᆞ라 드러오니, 비록 슌의(鶉衣)3588)《박결‖빅결(百結)3589)》이 살흘 ᄀᆞ리오지 못ᄒᆞ여시나, 낫빗치 희고 머리털이 영(榮)ᄶᅵ니3590) ᄯᅵᆺ글의 뭇치여 고쵸(苦楚)를 밧던지 아니오, 가ᄂᆞ

3582) ᄎᆞ뒤(叉頭) : 차두(叉頭). 주인을 가까이에서 모시는 젊은 계집종. =차환(叉鬟).

3583) 양낭(養娘) : 여자 종. 주로 혼인한 여종을 일컫는다.

3584) 니우다 : 이우다. 물건을 머리 위에 얹게 하다. '이다'의 사동사.

3585) 망됴(罔措) : 망지소조(罔知所措)의 준말. 너무 당황하거나 급하여 어찌할 줄을 모르고 갈팡질팡함.

3586) 무로(無路) : (살아갈) 길이 없음.

3587) ᄭᅳ을다 : 끌다. 바닥에 댄 채로 잡아당기다.

3588) 슌의(鶉衣) : 초라한 누더기옷.

3589) 빅결(百結) : 일백 곳이나 꿰맨 옷

3590) 영(榮)ᄶᅵ다 : 영(榮)지다. 반들반들하다. 광택(光澤)이 많다. 광택이 나다. =윤(潤)지다. 반들반들하다. 윤기(潤氣)가 많다. 윤택하다.

허리 살듸3591) 굿고, 두 손이 삭총(削葱)3592) 굿ᄒ니, 잠기3593)를 잡ᄋ 기음ᄆᆡ던3594) 뉘(類) 아니믈 알니러라.

묽은 눈찌3595)를 거듭 ᄴᅥ 당상을 잠간 보고, 쳔쳔이 거러 계하의 니르러 손을 꼿고 셔거늘, 【61】 좌위(左右) 고두(叩頭) 녜알(禮謁)ᄒ믈 명ᄒ나, 붓그려 유유(儒儒)ᄒ여 좌우를 도라보고 즈져(趑趄)ᄒ다가3596) 직쵹ᄒ믈 면치 못ᄒ여 계오 업듸여 잠간 머리 됴오니, 니부인이 웃고 왈,

"ᄎ녜 쵼가의 싱댱(生長)ᄒ여 녜모(禮貌)의 싱쇼(生疏)ᄒ미 괴이ᄒᆫ 일이 아니라. 냥미(兩眉) 경쳥(景淸)3597)ᄒ고 냥목(兩目)이 영미(英邁)ᄒ고3598) 즈질이 공교ᄒ여 부릴만ᄒ니, 둑히 셜난·빙셤의 쇼임을 당ᄒ리로다."

이의 원방(遠方)의 시녀 ᄲᅡᆨᄂᆞᆫ 명을 거두며, '은즈(銀子)를 다라 쥬라' ᄒ듸, 쇼ᄋᆡ(小兒) 왈,

"쇼쳡 【62】 의 몸갑슬 밧즈와 누를 쥬리잇고? 타일 아비 도라오믈 기다려 불너 하교(下敎)ᄒ시고, 샹젼(賞錢)을 나리오실 ᄲᅮᆫ이니, 쇼쳡이 다른 날 인진(引進)ᄒᆫ 스룸을 스례홀 ᄲᅮᆫ이니이다."

부인이 그 말이 도리 이스믈 깃거ᄒ여 은즈 쥬기를 긋치고, 일홈과 나흘 무른듸, 대왈,

"ᄂᆞ흔 십스셰오, 일홈은 업스오니 민쵼(民村) 풍속은 '녀ᄋ'라 브르고, 어미ᄂᆞᆫ '쇼랑'이라 부르ᄂᆞ이다."

부인이 【63】 그 언에(言語) 묘리(妙理) 잇고, 심히 슈습(收拾)ᄒ믈 잠쇼(暫笑)ᄒ고 사상궁을 명ᄒ여 왈,

"ᄎ비의 셩긔(聲氣) 심합(心合)ᄒ니, 신임(身任)ᄒ미 민쳡홀지라. 그 일홈을 쥬어 쇼향이라 ᄒ고, 복식을 곳치며 잘 훈도(薰陶)ᄒ라."

상궁이 슈명ᄒ여 쇼향을 닛그러 물너날ᄉᆡ, 양부인이 두 번 쌍셩을 드러 쇼향을 보ᄆᆡ 깃거흠도 업고 불열(不悅)흠도 업스니, 영시 가득이 웃ᄂᆞᆫ 빗츠로 굴오듸,

"쇼향의 작인(作人)이 셜난만 못ᄒ지 아니나, 너모 【64】 슌박ᄒ고 향암(鄕闇)되니, 셜난의 영오(穎悟)ᄒ믈 당키ᄂᆞᆫ 머럿ᄂᆞ이다."

3591)살듸 : 화살대. 화살의 몸을 이루는 대.

3592)삭총(削葱) : 썰어 놓은 파 대공. 여기서는 '가지런히 썰어놓은 파의 대공처럼 하얀 손가락'을 비유적으로 표현한 말.

3593)잠기 : 쟁기. 논밭을 가는 농기구.

3594)기음ᄆᆡ다 : 김매다. 논밭의 잡풀을 뽑아내다.

3595)눈찌 : 눈찌. 흘겨보거나 쏘아보는 눈길.

3596)즈져(趑趄)ᄒ다 : 머뭇거리며 망설이다.=주저(躊躇)하다.

3597)경쳥(景淸) : 밝고 깨끗함.

3598)영미(英邁)ᄒ다 : 성질이 영리하고 비범하다.

양쇼제 ᄂ죽이 답왈,

"무릇 비예(婢隷)의 무리ᄂ 긔경(機警)ᄒ미3599) 일시여의(一時如意)ᄒ나3600) 마ᄎᄂᆡ 슌덕(淳德)함만 ᄀᆺ지 못ᄒ여, 그 폐(廢)를 니긔여 니르지 못ᄒ니, ᄎ비 슌박(淳朴)ᄒᆫ즉 딕션(大善)이니이다."

영시 그 망연이 모로믈 암희(暗喜)ᄒ여 그윽이 웃고 도라오니, 깃브미 즁보(重寶)를 어든 듯ᄒ여, 봉션과 홍션을 딕ᄒ여 니르고 셔로 깃거ᄒ더라.

양부인이 침누(寢樓)의 도라오미, 【65】 사상궁이 쇼향을 가져 운발(雲髮)을 쇼하(梳下)ᄒ고 금ᄎ(金釵)를 삽(揷)ᄒ며, 셋글을 씻고 옥미향(玉梅香)을 바르며, ᄂ삼(羅衫)과 쳥군(靑裙)을 ᄭ으고 지환(指環)과 픠향(佩香)을 ᄀᆺ쵸와시니, 미뫼(美貌) 졀승(絶勝)ᄒ지라.

깁 부쳐를 밧드러 부인을 시위(侍位)ᄒᆯ식, 심히 슈습ᄒ여 머리를 ᄂ죽이 슉이고 눈을 ᄂ쵸아 말ᄒ지 아니코, 명(命)ᄒ미 이시나 고두(叩頭)ᄒ여 응딕ᄒᄂ 녜모를 아지 못ᄒ여, 상하의 쓸며 당 ᄋᆞ릭 업딕ᄂ 곳의 ᄌ쳐(趑趄)ᄒ여, 신임(身任)ᄒ며 응딕(應對)ᄒ미 싱쇼(生疏)ᄒ더니, 【66】 상궁이 ᄌ로 ᄀᆞ르치고 동반(同班)의 거힝(擧行)을 됴ᄎ 날노 슉습(熟習)ᄒ니, 사상궁과 심유랑이 ᄉ랑ᄒ더라.

이ᄯᆡ 어시 형댱으로 더브러 근친쇼유(觐親所由)3601)를 어든지라. 슈일 후 발마코ᄌ ᄒᆯ식, 이의 연일(連日)ᄒ여 경소각의 입닉(入內)ᄒ니, 부인이 삭쉬(朔數) 졈졈 더은 고로, 신긔(身氣) 슈약(瘦弱)ᄒ고 옥뫼(玉貌) 져기 쵸체(憔悴)ᄒ니, 어시 부인을 위ᄒ여 일즉 침상의 오르고ᄌ ᄒ더니, 부인이 믄득 안식을 슈졍(修整)ᄒ고 관픠(冠佩)를 다시 어로만져 졍금위좌(整襟危坐)3602)ᄒ미 【67】 말ᄉᆷ을 먹음고 머믓거려 슈히 발치 못ᄒ거늘, 어시 공경문왈(恭敬問曰),

"부인이 무슨 쇼회 잇셔 복(僕)3603)의게 니르고ᄌ ᄒ시ᄂ뇨? 쳥컨딕 듯고ᄌ ᄒ노라."

부인이 안셔이 ᄌ리를 써나 옷깃슬 염의고3604) 갈오딕,

"군ᄌ의 힝신(行身)을 규즁(閨中) 미쳡(微妾)이 감히 망녕(妄靈)도이3605) ᄒᄌ

3599) 긔경(機警)ᄒ다 : 재빠르고 재치가 있다.
3600) 일시여의(一時如意)ᄒ다 : 일시적으로는 마음에 들 수 있다.
3601) 근친쇼유(觐親所由) : (임금이 신하에게) 고향에 가서 부모를 뵐 수 있도록 말미를 줌. *소유(所由): 말미암은 바의 까닭이나 전말(顚末).
3602) 졍금위좌(整襟危坐) : 옷깃을 여미어 몸을 바로잡아 바른 자세로 앉음.
3603) 복(僕) : '저'를 문어적으로 이르는 말. *저: 말하는 이가 윗사람이나 그다지 가깝지 아니한 사람을 상대하여 자기를 낮추어 가리키는 일인칭 대명사. 주격 조사 '가'나 보격 조사 '가'가 붙으면 '제'가 된다.
3604) 염의다 : 여미다. 벌어진 옷깃이나 장막 따위를 바로 합쳐 단정하게 하다.
3605) 망녕(妄靈)도이 : 망령(妄靈)되이. 늙거나 정신이 흐려서 말이나 행동이 정상을 벗

(瑕疵)ᄒᆞ미 녜도의 어긔믈 주져(趑趄)ᄒᆞ여 고치 못ᄒᆞ미러니, 이제 무르시니 엇지 쳔회(賤懷)를 고치 아니리잇고마는, 스스로 빈계(牝鷄)3606)의 넘나믈 주져ᄒᆞ느이다. 오직 군지 【68】 쳐신(處身)ᄒᆞ시믈 일월(日月)의 ᄉᆞᄉᆞ(私事)업슨 ᄀᆞ치 ᄒᆞ시고, 호텬(昊天)의 묵묵(默默)ᄒᆞᆫ 가온ᄃᆡ 어진 거슬 두시믈 효측(效則)ᄒᆞ신즉, 쳡 등이 각각 도리를 직희여 감히 군ᄌᆞ를 엿보미 잇시리잇가?"

어ᄉᆞ 그 ᄯᅳᆺ을 알고 완이미쇼(莞爾微笑)3607) 왈,

"부인이 곡진(曲盡)히 도리를 잡고 지극히 겸숀ᄒᆞᄂᆞᆫ 덕을 아지 못ᄒᆞ리오. 슈연(雖然)이나 져의 의ᄉᆞ(意思) 암혹(暗黑)ᄒᆞ고 지양(止揚)3608)이 경쳔(輕賤)ᄒᆞ니, 미흡(未洽)ᄒᆞ미 깁흔 고로 은졍(恩情)이 ᄌᆞ연 믹믹ᄒᆞ니3609), 부인의 덕셩으로 【69】 능히 기도(開導)ᄒᆞ여3610) 부녀의 유한(幽閑)ᄒᆞᆷ을 도로혀시리잇가?"

부인이 염임(斂衽) ᄉᆞ왈(辭曰),

"군ᄌᆞ의 과장(誇張)ᄒᆞ시믄 미쳡의 무용《ᄒᆞ믈‖ᄒᆞᄆᆞ로》 감히 당치 못ᄒᆞ리로쇼이다. 무릇 부인지도(婦人之道)ᄂᆞᆫ 무비무의(無非無儀)3611)로 댱부(丈夫)의 인도(引導)ᄒᆞᆷ을 됴ᄎᆞ니, 쳡이 엇지 감히 ᄉᆞ름 ᄀᆞ르칠 녁냥(力量)이 잇스리잇고? 도도(滔滔)이3612) 군ᄌᆞ 신상(身上)의 잇스니, 군지 가뎨(家齊)ᄒᆞ시믈 공도(公道)로 ᄒᆞ신즉, 솔히(率下)3613) 덕냥(德量)을 경복(敬服)ᄒᆞ고 위무(威武)를 두려ᄒᆞ여 ᄌᆞ연 뎡도의 【70】 들니이다."

어ᄉᆞ 잠간 웃고 몸을 니러 난두(欄頭)의 산보ᄒᆞ니, 명월이 됴요(照耀)ᄒᆞ여 지당(池塘)의 ᄇᆡ이ᄂᆞᆫᄃᆡ3614), 냥풍(凉風)이 처음으로 오동닙흘 ᄯᅥ르치니, 졀셰(節歲) 임의 초츄(初秋)의 밋쳐시니, 쳥공(淸空)의 부운(浮雲)이 스라지고 은히(銀河) 스스로 놉하시니, 찬 니슬이 금졍(金鼎)의 ᄯᅥ러지고 듁님(竹林)의 츄셩(秋聲)이 슙

어난 상태로.

3606) 빈계(牝鷄) : 암탉. *빈계사신(牝鷄司晨): 암탉이 새벽을 알리느라고 먼저 운다는 뜻으로, 부인이 남편을 젖혀 놓고 집안일을 마음대로 처리함을 이르는 말.

3607) 완이미쇼(莞爾微笑) : 소리 없이 빙긋이 웃음을 지음.

3608) 지양(止揚) : 더 높은 단계로 오르기 위하여 어떠한 것을 하지 아니함.

3609) 믹믹ᄒᆞ다 : 맥맥하다. 생각이 잘 돌지 아니하여 답답하다.

3610) 기도(開導)ᄒᆞ다 : 깨우쳐 이끌다. 늑도개(導開)하다.

3611) 무비무의(無非無儀) : 잘못하는 일도 없고, 그렇다고 잘한다고 나서는 일도 없음. 『詩經, 小雅, 斯干』에, 딸을 낳아 기를 때에는 "잘못하는 일도 없고, (그렇다고) 잘한다고 나서는 일도 없게 하면서, 오직 술과 밥 같은 것만을 의논하게 한다.[無非無儀 唯酒食是議]"는 말에서 따온 말.

3612) 도도(滔滔)이 : 도도(滔滔)히. 유행이나 사조, 세력 따위가 바짝 성행하여 걷잡을 수 없이.

3613) 솔히(率下) : 솔하(率下). 거느리고 있는 부하.

3614) ᄇᆡ이다 : 빛나다. 눈부시다.

습(習習)ᄒ여시니3615). 즐거온 ᄉ름으로 흥이 발ᄒ고 괴로온 회포로 ᄒ여금 한이 밋치일지라.

어시 닙으로 당시(唐詩)【71】룰 음영ᄒ여 냥구(良久)히 완경(玩景)ᄒ다가, 비로쇼 신을 ᄭ어 경희당의 니르니, 어시의 영시 ᄎᆔ션으로 양시 좌우룰 삼ᄋ 계교의 묘(妙)ᄒ믈 ᄌ득(自得)ᄒ나, 어시 연일 경됴각 츌입을 구경ᄒ여 두 눈의 불이 니러ᄂ ○[눈]믈을 ᄌᄋ닉고, 흉금(胸襟)이 ᄉᆯ허 연ᄃᆡ(煙臺)3616)룰 틔오니, 친부(親府)3617)로 도라가 셜난을 보고ᄌ ᄒ되, 어스의 ᄒ번 ᄎᆞᄌ믈 희망ᄒ여 ᄎ마 머리룰 두루혀지 못ᄒ미로ᄃᆡ, 어시 다만 양【72】 시룰 경즁(敬重)ᄒ여 빈빈(彬彬)ᄒ ᄌ최와 유정ᄒ 담쇄 흔연홀 ᄯ름이라.

ᄎᆔ션이 한입골슈(恨入骨髓)ᄒ여 ᄀ마니 긔록ᄒ여 봉션의게 더지ᄂ지라. 영시와 봉션이 읽 마르더니, 홀연 어스의 비회 음영을 듯고 더욱 익둏ᄒ더라3618).【73】

3615)습습(習習)ᄒ다 : 바람이 산들산들하다.
3616)연ᄃᆡ(煙臺) : 담뱃대.
3617)친부(親府) : 친정(親庭). 결혼한 여자의 부모 형제 등이 살고 있는 집.
3618)익둏ᄒ다 : 애졸하다. 애절하다. 견디기 어렵도록 애가 타는 마음이 있다.

화산션계록 권지사십오

시시(是時)의 영시와 봉션 등이 익3619) 마르고 눈물이 연낙(連落)홀 ᄯᆞ름이러니, 홀연이 어시 난두(欄頭)의 완보(緩步)ᄒᆞ여 청음(淸音)이 한가ᄒᆞ니, 활낭(豁朗) 웅건(雄健)ᄒᆞ며 청녈(淸冽) 홍원(弘遠)ᄒᆞ여 큰 북이 맛치3620)를 응홈 ᄀᆞ고, 학이 구고(九臯)3621)의 길게 부르는 듯, 거드치민3622) 청턴의 구름이 것고, 노흐민 대히(大海)의 파랑(波浪)이 뒤치는 듯, 관옥(冠玉) ᄀᆞ흔 면뫼(面貌) 두렷ᄒᆞ여 월광(月光)으로 징영(爭榮)ᄒᆞ고, 뇨됴(窈窕)ᄒᆞᆫ 댱신(長身)의 빅져의(白苧衣)3623)를 착(着)ᄒᆞ여 청 【1】 풍(淸風)을 인ᄒᆞ여 광슈(廣袖)를 뒤이즈니3624) 한가ᄒᆞᆫ 긔상의 ᄀᆞ초 긔이ᄒᆞᆫ지라.

노쥐(奴主) 누슈(淚水)를 거두고 바라보아 ᄂᆞ호여3625) 다굿지3626) 못ᄒᆞᄆᆞᆯ 쵸됴(焦燥)ᄒᆞ고 흠모(欽慕)ᄒᆞ민 원(怨)이 더옥 깁더니, 어시 믄득 독용(足容)이 완즁(緩重)ᄒᆞ여 신을 날호여3627) 쓰으니. 풍뉘 편편(翩翩)ᄒᆞ고 광휘 쇄락ᄒᆞ여 어두온 곳이 붉는지라.

그 향ᄒᆞᄂᆞᆫ 빈즉3628) 경희당이 아니오 어느 곳이리오. 영시 경희(慶喜) 디락(大樂)ᄒᆞ여 연망이 운환(雲鬟)을 어루만지고 ᄂᆞ건(羅巾)으로 누흔(淚痕)을 거두고 【2】 다시금 씻거늘, 홍션 봉션이 전도(顚倒)이 방즁을 쇄소ᄒᆞ여 헛튼 긔용(器用)을 정제(整齊)ᄒᆞ더니, 어시 실의 드러 좌를 일우니 영시 십분 슈습(收拾)ᄒᆞ여

3619) 익 : 초조한 마음속.
3620) 맛치 : 마치. 못을 박거나 무엇을 두드리는 데 쓰는 연장.
3621) 구고(九臯) : 으슥한 깊은 못.
3622) 거드치다 : ①거두다. 하던 일을 멈추거나 끝내다. ②걷어치우다. 하던 일을 중단하고 중간에 그치다.
3623) 빅져의(白苧衣) : 하얀 모시옷.
3624) 뒤이즈다 : 뒤집다. 뒤치다.
3625) ᄂᆞ호여다 : 나아오게 하다.
3626) 다굿다 : 다그다. 어떤 대상이 있는 쪽으로 몸을 움직여 그 대상과의 거리를 가깝게 하다.
3627) 날호여 : 천천히.
3628) 빈즉 : ㅂ인즉. *ㅂ: 바. 「의존명사」 앞에서 말한 내용 그 자체나 일 따위를 나타내는 말.

병장(屛帳) 〇리 ᄂ죽이 좌를 졍(定)커늘, 어ᄉ 그 가식(假飾)ᄒᄂ 졍틱를 깃거
아냐 묵연이 안즛거늘, 곳치지 아니타가 이윽ᄒ여 취침홀ᄉ 군ᄌ의 관인(寬仁)ᄒᆫ
도량으로 댱부의 풍치 믜몰ᄒ미3629) 업더라.

  명일 셔당의셔 진왕과 군동(群從)3630)으로 말ᄉᆷᄒ고, 인ᄒ여 동빅(宗伯)을
【3】뫼셔 발마(發馬)ᄒ니, 영시 비로쇼 친당을 향코ᄌ ᄒ미, 쵸ᄉ ᄉ지비ᄌ(事知
婢子)3631)를 위부로 보닉여 녀〇의 귀령(歸寧)을 쳥ᄒ니, 니부인이 흔연 허락ᄒ
고 거교(車轎)를 졍졔ᄒ여 보닐ᄉ, 취션이 거야(去夜)의 어ᄉ와 부인의 문답을 보
ᄂ 드시 긔록ᄒ여, 난함의 ᄂ리며 거즛 쵸혜(草鞋)3632) 신으믈 일흠ᄒ고 ᄂ리치
니, 봉션이 연망이 거두어 품 가온딕 너허 곰쵸더라.

  화셜 영시 본부의 도라가미 부뫼 반기【4】고 깃거, 어ᄉ의 후박(厚薄)과 상국
부인 이휼(愛恤)ᄒ믈 무를ᄉ, 영시 심닉(心內) 바야흐로 흔연ᄒ지라. 함쇼(含笑)
ᄒ고 슉당의 무이(撫愛)홈과 어ᄉ의 은근ᄒ믈 고ᄒ니, 젼일 셔찰 ᄀ온딕 비ᄉ고어
(悲辭苦語)3633)로 더브러 다른지라.

  쵸시 의심ᄒ여 됴용이 무른딕, 영시 탄〇(歎啞)3634) 딕왈,

  "슉당은 젓ᄎ로 흔연ᄒ나 양녀의 골육지친을 엇지 비기며, 어ᄉ의 졍의ᄂ 굿ᄒ
여 박ᄒ미 아니로딕 양녀로 비ᄒ즉 '쇼양(霄壤)이 불【5】모(不侔)'3635)ᄒ니, 상
원(上元)3636)을 돈즁(尊重)홀 분아냐, 니부인 질이(姪兒)무로 슉모의 위엄을 두
려 감히 일ᄉ(一事)를 ᄌ유(自由)ᄒ미 업ᄉ니, 양시의 입의 말이 난즉, 어ᄉ 유공
불급(唯恐不及)3637)ᄒ여 놉흔 ᄉᄉ성과 돈(尊)ᄒ 어룬 ᄀᄎ치 ᄒ니, 힉이(孩兒) 져
양녀의 슬히(膝下) 되여 ᄉᄉ성안위(死生安危)를 져의 장악(掌握)의 너허, 머리를
ᄂ쵸고 ᄯ을 굽혀 긴 날의 ᄎ마 엇지 견딕리잇고? 요힝이 셜난을 어드니 지혜 독
(足)ᄒ고 츙셩을 다ᄒ여 《마완∥마원(馬援)3638)》이 광무를 돗ᄎ무로 ᄒ가지니,
【6】 〇히 길운(吉運)이 다닷ᄂ3639) 고로 신명이 그윽ᄒ 가온딕셔 도으시미라.

3629) 믜몰ᄒ다 : 인졍이나 싹싹한 맛이 없고 쌀쌀맞다.
3630) 군동(群從) : 여러 사촌형제들.
3631) ᄉ지비ᄌ(事知婢子) : 일을 잘 아는 여종.
3632) 쵸혜(草鞋) : 짚신.
3633) 비사고어(悲辭苦語) : 슬프고 괴로운 말들.
3634) 탄〇(歎啞) : 탄식함. 탄식하는 소리.
3635) 쇼양불모(霄壤不侔) : 하늘과 땅처럼 큰 차이가 있음.
3636) 상원(上元) : 원비(元妃). 첫째 부인.
3637) 유공불급(唯恐不及) : 오직 미치지 못할까 두려워할 뿐임.
3638) 마원(馬援) : 중국 후한 광무제(光武帝) 때의 명장. 복파장군(伏波將軍)으로 이름이
  높다. 자는 문연(文淵). 광무제 때 강족(羌族)을 평정하였으며, 교지(交趾)의 난을 진압
  하고 흉노족을 쳐서 공을 세웠다. 후에 남방 무릉(武陵)의 만족(蠻族)을 토벌하던 중
  병사하였다.

ᄒ믈며 취션을 가칭(假稱) 냥가녀(良家女)ᄒ여, 어언(於焉)이3640) 몸을 ᄂ오미 션의 영오(穎悟)ᄒ미 촌가(村家) 향암(鄕闇)되미 잇고, 둘(拙)ᄒ 체를 긔특이 지으니, 그리 신명(神明)타 ᄒ던 니부인이 망연(茫然)이 모로니 뉘 의심ᄒ리잇고? 비로쇼 취션을 가져 양녀의 넉술 모ᄂ3641) 치ᄉ(差使)3642)를 민드라시니 다시 근심이 업ᄂ이다."

말이 긋치미 봉션이 품 ᄀ온ᄃ로셔 취션의 쥬던 글을 ᄀ져【7】드리고, 션의 쳐변이 신능ᄒ믈 ᄌ랑ᄒ니, 쵸시 모녜 ᄒ 가지로 보아 굿ᄒ여 양시의 허믈을 잡을 곳이 업ᄉᄃ, 어시 ᄌ긔를 ᄂ비 넉여 부인다려 교도(敎導)ᄒ라 ᄒ믈 대로(大怒)ᄒ니, 아ᄌ(俄者)3643)의 기모(其母)다려 언(言)ᄒ 바와 다른지라. 눈물을 흘녀 분분(忿憤) 왈,

"양녜 거즛 착ᄒ 체ᄒ고 모호이 뜻을 빗쵀미, 어시 그 마음을 깃기고ᄌ ᄒ미라. 음흉간활(陰凶奸猾)ᄒ미 여ᄎ(如此)ᄒ 고로 일가의 칭예를 밧고, 장부의 은정을 ᄂᄀᄆ미라. 급급히 빅【8】계(百計)를 니여, 양녀를 셔룻고○[야]3644), 비로쇼 심니 안한(安閑)ᄒ리니, 셜난을 불너 계교를 뭇고ᄌ ᄒᄂ이다. 셜난이 엇지 오지 아니ᄒᄂ뇨? 션으로 ᄒ여금 셜니 부르라."

ᄒᄃ, 쵸시 왈,

"셜난이 몸을 숨겨 ᄉ름 보미 업손 고로 경(輕)히 ᄂ오지 못ᄒ미라."

드드여 난이 취션을 보닐 쩌 여ᄎ여ᄎ 촌가 향암된 튀를 지으라 ᄒ던 쥴 옴기고, 지모(智謀)를 탄상ᄒ니, 영시 깃브믈 니긔지 못ᄒ여 션의 지인(知人)ᄒ미 난을 아라보아【9】ᄉ괴여 복심(腹心)을 민둘믈 일ᄏ룰식, 쇼하(蕭何)3645)의 한신(韓信)3646)을 쳔거흠과 위무지(魏無知)3647)의 진평(陳平) 아라보무로 다르지 아

3639)다둣다 : 다닫다. 다다르다. 어떤 수준이나 한계에 미치다.

3640)어언(於焉)이 : 어언(於焉). 어언간(於焉間). 알지 못하는 동안에 어느덧.

3641)모다 : 몰다. 어떤 대상을 바라는 처지나 방향으로 움직여 가게 하다.

3642)치ᄉ(差使) : 차사(差使). 고을 원이 죄인을 잡으려고 내보내던 관아의 하인.

3643)아ᄌ(俄者) : 이전 지난번, 조금 전, 갑자기.

3644)셔룻다 : 거두어 치우다. 정돈하다. *셔룻고야 : 치우고야. 없애고야

3645)쇼하(蕭何) : 중국 전한의 정치가. ?~B.C.193. 개국공신(開國功臣). 유방을 도와 한(漢)나라 건국에 공을 세웠고 초대 재상(宰相)에 올라 한나라의 기틀을 세웠으며, 한신(韓信)·장량(張良)과 함께 서한삼걸(西漢三傑)로 칭해진다. 율구장(律九章)이란 법률을 만들었고, 죽기 전 조참(曹參)을 자신의 뒤를 이을 재상에 천거했다.

3646)한신(韓信) : ? - BC196. 중국 한(漢)나라 때의 무장(武將). 한 고조를 도와 조(趙)·위(魏)·연(燕)·제(齊)나라를 멸망시키고 항우를 공격하여 큰 공을 세웠다. 한나라가 통일된 후 초왕에 봉하여졌으나 회음후(淮陰侯)로 강등되고, 뒤에 여후(呂后)에게 살해되었다

3647)위무지(魏無知) : 중국 한고조(漢高祖) 때의 인물. 생졸년도 미상. 진평(陳平)을 한고조에게 천거하여 천하를 통일하는 사업을 돕게 하였다. 주발(周勃)·관영(灌嬰) 등

니힝이다."

힝더니, 봉션이 도라와 품왈(稟曰),

"난이 일오딕, '일퇵지간(一宅之間)의 주최롤 슘겨 엇지 민양 눗타너지 아니며, 눗타난즉 스룸이 괴이히 아라 젼파힝미 쉽오니, 출하리 냥가 녀주로 쇼져의 덕음(德蔭)을 우러러 원힝여 좌우의 뫼셔지라.' 흔다 힝고, 여츳히 방인(傍人)의 이목(耳目)을 속여 방【10】심(放心)힝여 뵈여 말숨힝미 느으미 잇스리라' 힝느이다."

영시 모녜 그 영혜(穎慧)힝믈 깃거 브르미, 쩌 임의 혼졍(昏定)이라. 쵸시의 두 으돌과 두 며느리 모다시니, 셜난을 보고 '위부 시이(侍兒)냐?' 뭇거놀, 영시 왈,

"위부 스급(賜給) 비주(婢子)는 머므러 두고와시니 츠녀는 냥가(良家) 여지라. 져즈음긔 가산(假山)3648) 틈으로 보고 원힝여 시이 되어지라 흔딕, 위부는 연쇼 공지 수다(數多)힝니 동덕(蹤迹)이 번거힝무로 우리 집으로 와지라 흘【11】식, 다려왓노라."

힝더라.

이윽고 다 물너느미, 쵸시 좌우룰 훗터 '물너느라' 힝고, 오직 봉션과 홍션의 녀 으 쌍심이 셜난의 식반을 ᄀ져 왕니(往來)힝던지라. 이에 머므러 흔 가지로 쇠룰 참쳥(參聽)힝식, 영시 셜난을 ᄀᄀ이 불너, 모녀와 비쥬(婢主) 합좌(合坐)힝여 머리룰 맛쵸고 무릅흘 년(連)힝여, '취션을 보니여 몬져는 감찰어스(監察御史)3649)룰 삼고, 됴쵸3650) 딕공(大功)을 일우게 힝믈' 탄○[복]힝여, 쵸시 쏘흔 ᄀ득이 지모(智謀)룰 칭예힝니, 【12】셜난이 황공불승힝여 업딕여 고스(苦辭) 불감(不敢)이러라.

이의 회포룰 니르고 계교룰 의논힝식, 셜난 왈,

"쇼제 위부의 입승(入承)힝시미 몬져 혜아리신 빅 계실지라. 비로쇼 좌위 고요

이, 진평이 불우했을 때에 형수를 간음한 일과 높은 지위에 오른 뒤에 돈을 받고 관직을 판 일 등을 들어서 진평을 비방하자, 한 고조에게 '적과 천하를 다투는 마당에서 적을 이길 수 있는 진평의 지혜가 필요한 것이지, 그와 같은 행실들은 문제되지 않음을' 역설하였다. 한 고조는 그 말을 옳게 여겨 진평을 중용하여 마침내 항우(項羽)를 깨뜨렸다. 진평은 호유후(戶牖侯)에 봉해졌고, 위무지도 상(賞)을 받았다. 『한서(漢書) 40권』 '진평열전(陳平列傳)'에 나온다.

3648)가산(假山) : '석가산(石假山)'의 준말. *석가산(石假山): 정원 따위에 돌을 모아 쌓아서 조그마하게 만든 산.

3649)감찰어스(監察御史) : 『역사』 고려 시대에, 어사대 또는 감찰사(監察司)에 속한 종 육품 벼슬. 성종 14년(995)에 사헌대를 어사대로 고치면서 처음으로 설치하였으며, 이후 감찰사헌, 감찰사(監察司), 감찰규정, 감찰내사 따위로 여러 번 고쳤다. *여기서는 작중인물 셜난이 취션을 위부에 세작(細作)으로 들여보내 위부사정을 탐지하여 보고하게 한 사실을 비유적으로 표현한 말이다.

3650)됴쵸 : 좇아. 따라. 뒤따라. *죠춧다: 좇다. 따르다. 뒤따르다.

호여 비쥬(婢主) 모다시니 성심(聖心)의 두신 바룰 아라지이다."

영시 함쇼 왈,

"너 과연 처음 붓터 싱각호미 잇셔 홍선으로 의논훈지라. 양녀룰 히홀 모칙(謀策)이 네 가지니, '졔 처음의 남미 도로의 힝걸(行乞)호다가, 니부【13】인의 구호시믈 닙어 외람이 어스의 상원(上元)3651)이 되다' 호니, 졀분(切忿)훈지라. ᄀ마니 간첩(簡捷)3652)을 위됴(僞造)호여, 졀노 호여금 입이 잇셔도 발명(發明)치 못호고, 머리룰 움쳐 가히 힝셰치 못호게 호여, 어스의 듕졍(重情)이 스스로 허여지미3653) 원위(元位)ᄂ 자연 너게 쇽홀 거시오. 어시 오히려 밋지 아니호거든 풍문(風聞)을 노하 논획(論劾)호여 아됴 젼졍(前程)을 맛츨 거시오. 불연즉(不然則) 장스로 호여금 비슈(匕首)룰 끼고 돌입호여 옛 은【14】졍을 닛고즈 호며 싀 춍이(寵愛)룰 즐기믈 꾸지져 쾌히 즐너 죽이고 ᄃ라ᄂ게 호미오. 불연즉(不然則) 태후낭낭 신임(信任) 호상궁은 취선의 아즈미니, 낭낭 춍우(寵遇)룰 밧즈와 형세 산악 ᄀᆺ호니, 몬져 문견(聞見)으로써 아뢰여, 양시 낭낭의 스혼(賜婚)호시믈 원망호고 부실(副室)을 용납지 아니믈 즈로 들니옵고, 됴쵸 양시의 글시룰 모습(模襲)호여 셩궁(聖躬)을 비방(誹謗)호고 ᄂ라흘 원망호ᄂ 글을 지어, 낭낭긔 여츠여츠 알왼즉【15】양녜 당당이 국법을 면치못호리니, 이 세 가지ᄂ 일이 번폐(煩弊)호고 경영호미 괴로온지라. 몬져 짐독(鴆毒)으로써 목슘을 ᄂ코, ᄂ의 일인 줄만 누셜치 아닌즉, 원위(元位) 스스로 너게 오리니, 이러무로 몬져 시험코즈 홀시 스룸을 엇지 못호믈 근심호더니, 텬힝으로 너의 혈심(血心) 진튱(盡忠)호믈 어드니 만힝(萬幸)이라. 거일 독약은 다만 하틱(下胎)3654)호ᄂ 약이니 네 하마 듸화룰 바들 번훈지라. 쳔우【16】신됴(天佑神助)호여 은신호여 이의 모히니, 다시 셜계(設計)홀지라. ᄂ의 계시(計事)3655)호여오?"

셜난이 심니(心裏)의 듸로(大怒)호나, 안싁이 더옥 화열호여 비스(拜謝) 왈,

"우리 쇼져의 명쳘호시미 여츠호시니, 쳔비(賤婢) 엇지 심회룰 은닉(隱匿)호리잇고? 네 가지 모칙(謀策)이 지극히 맛당호나, 두 가지만 호여도 됵(足)히 졔어(制御)홀 거시여늘, 번거이 네 가지토록3656) 호리잇가?"

3651)상원(上元) : '원비(元妃)'룰 달리 이른 말. *원비(元妃): 임금의 정실(正室)을 이르던 말로, 여기서는 '본부인(本夫人)' 또는 '정실부인(正室婦人)'의 뜻으로 쓰였다.
3652)간첩(簡帖) : 편지. =간첩(柬帖)
3653)허여지다 : 헤어지다. 흩어지다. *여기서는 '(마음이) 헤어지거나 흩어져 없어지다'의 의미.
3654)하틱(下胎) : 낙태(落胎). 『의학』 자연 분만 시기 이전에 태아를 모체에서 분리하는 일. 또는 그 태아.
3655)계시(計事) : 계획. 또는 계획한 일.
3656)토록 : 「조사」 (일부 체언 뒤에 붙어) '앞말이 나타내는 정도나 수량에 다 차기까지'

영시 쇼왈(笑曰),

"너의 총명이 그르지 아니리니 다시 의논ᄒ라. 져 양【17】시 셩(性)이 엄ᄒ여 부인녀ᄌ의 온ᄌ(溫慈)ᄒᆫ 덕이 업고, 가출(苛察)ᄒᆫ 법이 혹독ᄒ여 져근 죄와 미(微)ᄒᆫ 허물의 다스리미 극히 모질거늘, 하졍(下情)3657)을 통촉(洞燭)지 아냐 너희 궁측(窮惻)ᄒᆫ 졍을 연셕(憐惜)지 아니니, 무슴 노쥬지의(奴主之義) 잇스리오. 네 임의 닉게 도라와시니 졀노 더브러 구젹(仇敵)이라. 일을 부듸 일우라."

셜난이 가장(假裝) 슈명(受命)ᄒ니, 영시 왈,

"몬져 하틱ᄒᆯ 약을 쓰미 엇더ᄒ뇨?"

난 왈,

"쇼비 그 좌우의 잇셔 힝ᄉᄒ미 하틱(下胎)【18】ᄒᆯ 약을 노고, 니어 독약을 쓰믄 곳 우연ᄒᆫ 빌믜3658)가 ᄒ려니와, 임의 취션이 향촌 슈된3659) ᄋ힌쳐로3660) 스룸이 속으미, 니부인 명쳘노ᄂᆫ 씩듯지 못ᄒ시리니, 다시 일3661) 약을 쥬어 바로 독슈(毒手)를 놀니게 ᄒ고, 취션이 이 곳의 슘은즉 어듸로 됴ᄎ 근본을 ᄎᄌ리잇가? 이ᄂᆫ 상계(上計)요, 셔어(齟齬)ᄒᆫ3662) ᄌ긱은 만만(萬萬) 실계(失計) 되오리니, 약으로 몬져 시험ᄒ쇼셔."

영시와 봉션 홍션이 만구칭찬(萬口稱讚)3663)ᄒ고, 독약을 가져 빙셤을 쥬어 '취【19】션의게 젼ᄒ라' ᄒ고, '만일 픽루(敗漏)ᄒᆫᄂᆫ 지경이거든, 도망ᄒ여 구즁심쳐(九重深處)의 은신케 ᄒ라' ᄒ더니, 쌍심이 진왈(進曰),

"쇼비 앗가 외당의 가오니 노애 거일(去日)의 불너오신 왕장군으로 말ᄉᆷᄒ실ᄉᆡ, '슈일 닉(內)의 닉당(內堂) 명(命)을 밧드러 힝ᄉᄒ믈 진심ᄒᆫ즉 듕상(重賞)ᄒ리라.'"

ᄒ시니,

"져 왕싱을 무어시 쓰리잇고?"

영시 난을 도라본듸, 난이 골오듸,

"무릇 스룸이 잇스미 쓰이지 아니리 업고, 스룸을 후듸(厚待)ᄒ미 반드시 갑ᄒ【20】미 잇스리니, 아직 머무러 문하의 두시미, 엇지 쓸 곳이 업스리잇고?"

라는 뜻을 나타내는 보조사.

3657)하졍(下情) : 어른에게 대하여, 자기 심정이나 뜻을 겸손하게 이르는 말.

3658)빌믜 : 빌미. 재앙이나 탈 따위가 생기는 원인.

3659)슈되다 : 숫되다. 순진하고 어수룩하다.

3660)쳐로 : 처럼. (체언 뒤에 붙어) 모양이 서로 비슷하거나 같음을 나타내는 격 조사.

3661)일 : 이룰. *일다 : 이루다. 뜻한 대로 되게 하다.

3662)셔어(齟齬)ᄒ다 : 서어(齟齬)하다. 하는 일이 익숙하지 못하고 엉성하고 거친 데가 있다.

3663)만구칭찬(萬口稱讚) : 많은 사람이 한결같이 칭찬함.

영시 '올타' 하더라.

명일 영상셰 닌당의 드러와 동용이 말슘할시, 왕우봉을 부릴 곳을 의논하니, 영시 셜난의 말노써 고하디, 상셰 불열(不悅) 왈,

"연즉 처음의 쳥(請)치 아니미 가(可)할 닷다! 닌 겨랄 이뤄미3664), 너의 쳥(請)함믈 인(因)하여 후례(厚禮)로 그 마음을 다리여 다려 온 후 쓰지 아니니, 닌 {모}모쳠(冒添)하여 위거지상(位居宰相)하여 하비(下輩)의게 신(信)【21】을 일하니, 사람의 우음이 될가 하노라."

영시 묵연이 사침(私寢)의 도라와, 난다려

"왕싱을 부려 금야(今夜)의 위부의 보닌여 일장을 드레고3665) 오미 엇더하뇨?"

난이 침음(沈吟) 왈,

"왕싱이 위부의 가미 싱환(生還)이 어려올지라. 또한 우리 쇼져긔 유익하미 업스리니, 슈연(雖然)이나 노애 깃거 아니시니 부득이 보닐지라. 천문만호(千門萬戶)의 어닌 곳으로 향할 쥴 알니오, 몬져 녀복(女服)을 기장(改裝)하고 봉졔(弟) 친히 다려가 후원 가산(假山)의 올나가 【22】 경도각을 가르치고, 도라와 퇵일(擇日)하여 힝사(行事)하미 가(可)하이다."

영시 깃거 이 뜻을 기부(其父)의게 통하니, 영상셰 깃거 왈,

"연즉 슈일닌(數日內) 속속(速速)히 일우라."

하니, 영상셰 위거지상(位居宰相)하여 녀아를 의리로 교유(教論)치 못하고, 쌀을 위하여 투긔를 갖치 하니, 그 작직(爵職)이 가히 앗갑다 하리러라.

셜난이 이일을 가마니 긔록하여 빙셤을 찾즈 맛기니, 셤이 샐니 경취란을 쥬어 니부인긔 고하니, 부인이 보기를 맛고 【23】 명일의 하령(下令) 왈,

"뉴·졍 냥부인 말슘이 즈고(自古)로 신긔치 아닐 적이 업느니, 도젹이 엿보와 흉계를 발코즈 하는지라. 가졍(家丁)과 궁노(宮奴)를 됴발(調發)3666)하여 장원(牆垣) 밧글 슌쵸(巡哨)3667)하기를 엄히하고, 안흐로 건실한 차두(叉頭) 슈빅이 창검과 궁시를 가져 각당(各堂)의 시위(侍衛)하라."

하니, 차시 취션이 양부인긔 복사(服事)3668)하여 민쳡히 뜻을 맛쵸고, 영오(穎悟)히 신임(身任)3669)하미, 부인이 다만 무심무려(無心無慮)하고, 상궁과 심유랑

3664)이뤄다 : 이르게 하다. 어떤 장소나 시간에 닿게 하다.
3665)드레다 : 들레다. 야단스럽게 떠들다.
3666)됴발(調發) : 군사로 쓸 사람을 강제로 뽑아 모음.
3667)슌쵸(巡哨) : 돌아다니면서 적의 사정이나 정세를 살핌.
3668)복사(服事) : 좇아서 섬김.
3669)신임(身任) : 예전에 공천(公賤) 사천(私賤) 등의 종이 몸으로 치르던 노역이나 심부름 따위의 일. 또는 그러한 일을 함.

이 십 【24】 분 신익(信愛)ᄒ니, 션이 암희(暗喜)ᄒ여 일마다 교밀(巧密)ᄒ니 향운이 쇼왈,

"쇼향 미지(妹子) 처음은 과연 슛되여 심히 향암(鄕闇)되더니, 요ᄉ이 너모 총민ᄒ여 아등(我等)도 밋지 못ᄒ리로다."

심유랑이 우어 왈,

"향촌의 싱장ᄒ여 처음으로 후문(侯門)의 드러 슈습(收拾)ᄒ미 예ᄉ(例事)라. 엇지 본셩(本性)을 미양(每樣) 금쵸리오. 닉 다만 일기 녀식(女息) 쑨이니, 슬ᄒᆞ(膝下) 고단(孤單)ᄒᆞᆫ지라. 쇼향의 영민(穎敏)ᄒ미 어엿브니, 맛당이 양녀(養女)를 삼고ᄌ ᄒ노라."

션이 깃【25】브믈 머금고 ᄉ례 왈,

"쇼쳡이 일즉 어미를 일허 ᄌ모의 졍을 모로무로 지통(至痛)이 되더니, 마미(媽媽)3670) 거두어 ᄌ식을 삼으신즉 평싱 의탁이 되리니 만ᄒᆡᆼ(萬幸)이로쇼이다."

심유랑이 깃거 쇼져긔 고ᄒ고 쇼향으로 양녀(養女)를 삼으니, 향이 졀ᄒ여 어미로 일ᄏᆞᆮ고, 유랑(乳娘)의 일녀 빙염이 십뉵이라. 형을 삼ᄋᆞ 환희(歡喜) ᄌ약(自若)ᄒ더니, 영시 본부로 도라간 후 빙셤이 독약을 ᄀᆞ져 몬져 니부인긔 고ᄒ고, 【26】 취션을 ᄎᆞ즈 젼코져 후원 미홍졍의 슘어 취션을 기드리니, 이 곳 셔로 언약ᄒᆞᆫ ᄯ히라. 유랑이 쇼향을 불너 넌지시 니로딕,

"닉 거일(去日) 경파랑의게 깁쓸 거슬 비럿더니, 너를 한가지로 옷슬 일워 닙히고ᄌ 쥰 비라. 느ᅌᅡ가 보라."

향이 ᄇᆞ야흐로 빙셤을 ᄎᆞᆺ고ᄌ ᄒ되 틈을 엇지 못ᄒ더니, 깃거 총총(恩恩)이 경파랑을 보와 말을 젼ᄒ니, 밋지3671) 못ᄒ엿ᄂᆞᆫ 쥴 니르고, '슈일 후 ᄎᆞ즈 가라' ᄒᆞᆫᄂᆞᆫ지라. 【27】 도로올식 홍미졍 뒤흐로 가니, 빙셤이 머리를 기우려 보다가 셔로 깃부믈 니긔지 못ᄒ여, 손을 넛그러 셜난의 말노써 옴기고, ᄀᆞᆯ오딕,

"닉 이룰 품고 {가} 《평ᄉᆞᆷ시∥평승시》 츌문(岀門)○[을] 망(望)ᄒ여 기다렷ᄂᆞ니 쌀니 가져가라"

ᄒ고, 한 ᄶᆞᆷ3672) 됴희3673)를 쥬니, 션이 푸러보미 한 쌈 작말(作末)ᄒᆞᆫ3674) 약이러라.

열 번이ᄂ ᄊᆞ 낭즁의 옴기고 도라와 경픽 밋쳐 쓰지 못ᄒ엿시믈 젼ᄒ딕, 유랑이

3670)마미(媽媽) : 『역사』 벼슬아치의 첩을 높여 이르던 말.
3671)밋다 : 미치다. 공간적 거리나 수준 따위가 일정한 선에 닿다.
3672)ᄶᆞᆷ : 옷감, 피혁 따위를 알맞은 분량으로 싸 놓은 덩이를 세는 단위.
3673)됴희 : 종이. 식물성 섬유를 원료로 하여 만든 얇은 물건. 주로 글을 쓰거나 그림을 그리거나 인쇄를 하는 데 쓴다.
3674)작말(作末)ᄒ다 : 가루로 만들다.

불열 왈

　"엇지 그리 더딕뇨? 우명일(又明日)의 【28】 네 다시 가 츠즈오라."

　취션이 약을 품어시되, 썸3675) 죽흔 쩌를 맛느지 못ᄒ여 우민(憂悶)ᄒ더니, 부인을 뫼셔 취숑각의 나아가미 니부인 명을 듯고 놀ᄂ고 의심ᄒ여, 심유랑 다려 무르되,

　"뉴·졍 냥부인이 무슴 이슐(異術)이 잇ᄂ냐?"

　심피 왈,

　"뉴부인은 지음(知音)을 ᄒ시니, 식 쇼릭를 드러 길흉을 아르시고, 뎡부인은 졈식(占辭) 신명(神命)ᄒᄉ, 일족 맛지 아니미 업스니, 금됴(今朝)의 가마괴 보ᄒ믈 드르ᄉ 뎡부인긔 졈ᄒ쇼셔 ᄒ더니, 【29】 졈식 반두시 흉ᄒ미 잇스미로다. 셕일(昔日)도 여츠여츠흔 일이 잇ᄂ니, 아모 담 큰 검긱(劍客)과 이ᄉᆞ(異士)라도 우리 틱즁은 감히 여허보지 못ᄒᄂ니라."

　션이 악연ᄒ여 말을 못ᄒ고 믈너나, 츠야의 ᄀ마니 긔록ᄒ여 글오되,

　"젼일 왕장군을 청ᄒ고 즈긱을 구ᄒ믄 일장(一場)을 놀닉고 희(戲)코즈 ᄒ미러니, 오됴(烏鳥)의 보흠과 졈ᄉ(占辭)의 신긔ᄒ미 잇셔, 십분(十分)3676) 낭픽(狼狽)ᄒ리니, 져기 《머츄어∥멈츄어》 쇼비의 셩ᄉ(成事)흠만 보쇼셔."

　ᄒ여, 써 가지고 【30】 빙셤을 춧고즈 ᄒ더니, 셤이 '경파의 잡죄미3677) 심ᄒ니, 틈을 어들 길히 업다' ᄒ고, '경희당 쇼츠두(小叉頭) 눈잉을 본부로 보닉라.' ᄒᄂ지라.

　취션이 올히 넉여 경희당 후면으로 가니, 난잉직 난함(欄檻)의 안즈 쏫가지를 들고 희롱ᄒ거늘 숀쳐 브르니, 이ᄂ 영부 시이 아니라, 위부 ᄉ급(賜給) 비즈로 당즁(堂中)을 직희여시니, 비록 깁흔 쇠ᄂ 아지 못ᄒ나, 취션이 이의 와 쇼향 된 뜻은 딕강 아ᄂ지라. 져의 부르믈 보고 밧비 님 【31】 즙(林中)의 가 말ᄒ여, 봉셔(封書)를 바다 품고 도라와 동반(同班)두려 니로되, '거일의 쇼졔 가실 쩌 흔 번 오라.' ᄒ시더니, 금일 직임을 다 맛츠시니 가 뵈옵고즈 ᄒ거늘, 취션이 임의 셰셰(細細)이 긔록흔 바 일봉(一封) 화젼(華箋)3678)을 쥬어 왈, '그딕ᄂ 이글을 가져 본부의 가 쇼져긔 드리라'ᄒ니, 난잉이 바다 도라갈시, 쩌의 영시 일계(一計)를 도모코즈 ᄒ미, 앗기던 쳔금을 믈 ᄀ치 쓰더라.

　취션의 고급셔(告急書)3679)를 들고 ᄉ침(私寢)의 도라와 셜난을 【32】 뵈여

3675) 썸 : 씀. *쓰다: 어떤 일을 하는 데 시간이나 돈, 약, 물건 따위를 사용하다.
3676) 십분(십분) : 아주 충분히. 완전히.
3677) 잡죄미 : 잡쥠이. 잡죄는 것이. *잡죄다: 아주 엄하게 다잡다.
3678) 화젼(華箋) : 남의 편지를 높여 이르는 말.
3679) 고급서(告急書) : 급한 일을 알리는 서간.

왈,

"너의 신명ᄒᆞᄆᆡ 과연ᄒᆞ도다. 딕인이 밋지 아니시더니, 왕싱의 쳐치를 난쳐히 넉이노라."

난 왈,

"왕싱은 군문(軍門)의 ᄒᆞᆫ 됴흔 쇼임을 어더 쥬어 슬니시리니, 공경태우의 집의 일 아ᄂᆞᆫ 가신(家臣)이 슈풀 ᄀᆞᆺᄒᆞ리니, 엇지 왕싱 하나흘 용납지 못ᄒᆞ리잇가? 일기 비ᄌᆞ를 쥬어 슬게ᄒᆞ시면 완급(緩急)의 셔로 도으미 잇ᄉᆞ리이다."

영시 깃거 셜난의 말을 상셔의게 젼ᄒᆞ니, 상셰 올히 넉여 왕싱을 문하의 됴히 【33】 머무르고, 일동 셜난의 말을 됴ᄎᆞ니 엇지 우읍지 아니리오.

셜난이 일일은 영시를 딕ᄒᆞ여 왈,

"취션을 쥰 바 독약이 다만 일환(一丸)이니 써를 맛ᄂᆞ지 못ᄒᆞᆫ즉 음식의 셧거 바리미 될지라. 다시 ᄉᆞ오기 신약을 더 맛져 됴각을 응ᄒᆞ여 시험케 ᄒᆞᄉᆡ이다. 원 닉 약을 어ᄂᆞ 곳의 가 ᄉᆞ오ᄂᆞ니잇고?"

영시와 봉션이 '올타' ᄒᆞ고, 다시 ᄉᆞ오려 ᄒᆞᆯᄉᆡ, 북문 밧 벽운산 즁의 쳥허관이 잇고, 그 가온딕 읏듬 녀도(女道)의 슐법 【34】 이 비상ᄒᆞ여, 능히 구름을 타ᄂᆞᆫ 고로 등운법ᄉᆞ(登雲法師)라 ᄒᆞᄂᆞ니, 각식(各色) 약이 비상ᄒᆞ니라. 셜난 왈,

"져를 가히 깁히 ᄉᆞ괴여 만일 취션의 일을 일우지 못ᄒᆞ거든, ᄒᆞᆫ 번 쳥ᄒᆞ여 보닉ᆫ즉, 니부인이 비록 신긔ᄒᆞ시나 등운법ᄉᆞ야 엇지 잡으리잇고?"

영시 희(喜) 왈,

"그런즉 됴커니와 오작(烏鵲)이 션보(先報)ᄒᆞ면 엇지리오?"

셜난 왈,

"오작이 션보ᄒᆞ나 인귀(人鬼)를 분변치 못ᄒᆞᆯ 거시오. 등운(登雲) 은신(隱身)ᄒᆞᄂᆞᆫ 지죄3680) 이시니 무어시 두려오리잇 【35】 고?"

영시 딕열ᄒᆞ여 쳔금명쥬빅벽(千金明紬白璧)3681)으로 봉션을 쥬어 약을 ᄉᆞ고, 그 마음을 ᄉᆞ라 ᄒᆞ니, 봉션이 쳥녕(聽令)ᄒᆞ고 다시 쳥허관의 ᄂᆞ아가, 등운딕ᄉᆞ를 보니, 딕시 쇼왈,

"낭지 두 번 ᄎᆞᄌᆞ니, 약을 구ᄒᆞᆯ 분 아니로다."

션이 경희(驚喜) 왈,

"올ᄒᆞ이다."

드딕여, 심즁소회(心中所懷)를 고ᄒᆞ고, 폐빅을 밧치며 은근ᄒᆞᆫ 졍을 늣토니, 등

운낭이 일오딕,

"맛당이 그딕 청을 됴츠려니와 써 밋지 못ᄒ여시니 타일을 기다릴지어다."

이의 금【36】합(金盒) ᄀ온딕 약환(藥丸)을 쥴식, 약이 다ᄉᆞᆺ 가지니 읏듬 모진 약은 경긱(頃刻) ᄉᆞ이의 명믹이 쓴허질 거시오. 버금은 오뉵일의 장위(腸胃) 터지는 약이오. 기ᄎᆞ(其次)[3682]는 ᄀ장 완(緩)ᄒᆞᆫ 약이니 오일의 ᄒᆞᆫ번 쓰고 십일의 ᄒᆞᆫ번 쓴즉, 진원(眞元)[3683]이 스스로 ᄉᆞ라지고 정긔 ᄌᆞ연이 쇼삭(消索)ᄒᆞ여 오뉵삭(五六朔)의 진(盡)ᄒᆞ고, ᄯᅩ 두가지 양은 하나흔 슈일의 쓰고, 하나흔 일일의 쓴즉, 부부지간의 진즁(鎭重)ᄒᆞ여 슈유불니(須臾不離)[3684]ᄒᆞ고, 과히 침혹(沈惑)ᄒᆞ미 슈단(壽短)ᄒᆞ고, 십일【37】의 ᄒᆞᆫ 번 먹이면 촉슈(促壽)[3685]ᄒᆞ는 도리는 되지 아니되 정신이 혼미ᄒᆞ다 ᄒᆞᄂᆞ니, 낭지 어느거슬 구ᄒᆞ고ᄌᆞ ᄒᆞᄂᆞ뇨? 취사(取捨)를 임의(任意)로ᄒᆞ라."

봉션 왈,

"다만 일등독약(一等毒藥)을 두 가지만 사고ᄌᆞ ᄒᆞᄂᆞ니 완(緩)ᄒᆞᆫ 약이 됴ᄒᆞ되, 임의로 쓸 터히 아니니 ᄉᆞ지 못ᄒᆞ미오, 쥬군(主君)이 은정(恩情)을 박(薄)히 아니시니, 침미(沈迷)홀[3686] 약은 불긴(不緊)ᄒᆞ이다."

도ᄉᆞ 칭찬 왈,

"너 약뉴를 일워 쵸됴(焦燥)ᄒᆞ는 부인녀ᄌᆞ는 가장(家長)의 신상을 앗기무로 일졀 ᄉᆞ는니 업고, 혹 금【38】슬(琴瑟)이 쇼원ᄒᆞᆫ ᄌᆞ야 사가되 ᄌᆞ로 오지 아니ᄒᆞ고, 직상가 희쳡이 은정(恩情)을 요구ᄒᆞ고 쇼텬의 듕ᄒᆞᆫ 몸을 넘녀치 아니무로, 갈구(渴求)ᄒᆞ여 ᄉᆞ는니 만하, 근너 병부상셔의 셔모 가십낭이 ᄉᆞ름을 인진(引進)ᄒᆞ여 ᄌᆞ로 ᄉᆞ가니, 녀ᄌᆞ지심(女子之心)이 가련ᄒᆞᆫ 고로 구ᄒᆞ는 딕로 보닉더니, 낭ᄌᆞ의 튱심과 쇼져의 덕힝을 감복ᄒᆞ노라."

션이 깃거 ᄉᆞ례ᄒᆞ더라.

인ᄒᆞ여 ᄉᆞ오기 독약을 쥬거늘 바다 도라올 식, 지ᄉᆞᆷ 후회(後會)를 긔약 【39】ᄒᆞ더라.

션이 부닉(府內)의 니르러 쇼져와 셜난을 딕ᄒᆞ여 문답을 옴기고, 약을 넉니 셜난이 봉션의 쥬군(主君)을 앗겨 진원이 쇼멸(消滅)ᄒᆞ는 약을 ᄉᆞ오지 아냐시믈 일분 가히 넉이고, 영시 ᄯᅩᄒᆞᆫ 그 약을 쓰고ᄌᆞ 아니믈 깃거ᄒᆞ고, 빙셤의 오기를 기다리더니, 황혼의 셤이 니르럿ᄂᆞᆫ지라.

─────────

[3682]기ᄎᆞ(其次) : 그것에 뒤이어 오는 때나 자리. =그다음.
[3683]진원(眞元) : 사람 몸의 원기(元氣).
[3684]슈유블니(須臾不離) : 잠시도 곁을 떠나지 않음.
[3685]촉슈(促壽) : 죽기를 재촉하다시피 하여 수명을 짧아지게 함. =촉수감년(促壽減年).
[3686]침미(沈迷)ᄒᆞ다 : 정신이 맑지 못하고 흐리멍덩하다

영시 깃거 약(藥)쌈지3687)를 쥬고 치단표리(綵緞表裏)3688)와 슈식픠향(首飾佩香)3689)을 상쥬고, '일을 신밀(愼密)이 ᄒ라' 쳔만 부탁ᄒ니, 셤이 여러번 치단을 ᄉ양ᄒ【40】다가 부득이 바다 셜난을 쥬어 왈,

"ᄎ물(此物)을 가져 타인을 뵈지 못ᄒ리니, 이의 머므러 타일 부친긔 보ᄂᆡ여 파라 ᄌᆡᆼ(自生)케 ᄒ리라."

난이 바다 져의 머므는 바 별당의 도라와 상협(箱篋)의 너ᄒ니, 원ᄂᆡ 쵸시와 영시 셜난의 마음을 깃기고ᄌ 금은진보(金銀珍寶)3690)와 보픠나릉지유(寶佩羅綾之類)3691)를 ᄌᆞ로 쥬는지라.

난이 괴로이 ᄉ양ᄒᄃᆡ 쥬는 ᄯᅳᆺ이 가지록 은근ᄒ니, 마지 못ᄒ여 바다 참남(僭濫)ᄒ믈 ᄉ양(辭讓)ᄒ고, 깁히 감쵸와 타일 노부(老父)의게 【41】 ᄌ랑ᄒ여, '쇼져 덕음(德蔭)을 ᄉ례(謝禮)ᄒ리라' ᄒ고, 각각 일ᄌ와 물건을 긔록ᄒ여 상협즁(箱篋中)의 심장(深藏)ᄒ더라.

빙셤이 도라와 취션을 맛나 ᄀᆞ슴 가온ᄃᆡ 약낭(藥囊)3692)을 ᄂᆡ여 전ᄒ고 두어 말을 니르니, 션이 약을 푸러 상고(詳考)ᄒ고, 깁옷 ᄉ이의 감쵸어 도라오니, 빙셤이 ᄯᅩ 취숑각 후면 난함하(欄檻下)의 니르니, ᄉ상궁이 ᄯᅩ한 기다리는지라.

셜난의 봉셔(封書)를 전ᄒ고 물너가는지라. 상궁이 보기를 맛고 니부인긔 고ᄒᆞᆫ 【42】 ᄃᆡ, 명일의 니부인이 ᄌ질(子姪)의 문안을 당ᄒ여 뎡부인을 향ᄒ여 왈,

"양질의 안ᄉᆡᆨ이 심히 쵸췌(憔悴)ᄒ니 현미 그 믹후를 슬펴보라."

뎡부인이 응낙고 양쇼져를 ᄂᆞ오오라 ᄒ여, 이윽이 슬펴 약을 작(作)ᄒ여 ᄉ상궁으로 ᄒ여금 '쇼ᄎ환(少又鬟)을 식여 달혀 ᄂᆞ오게 ᄒᄅ.' ᄒ니, ᄉ상궁이 승명(承命)ᄒ여 도라와 친히 보와 달히니, 취션이 틈을 엇지 못ᄒ더니, 일일은 상궁과 유랑이 부인을 뫼셔 혼 【43】 졍(昏定)의 졍당의 가고, 향운이 약탕을 ᄃᆡᄒ여 불 《씟∥쎡》 더니3693) 밧긔 양낭(養娘)이 불너 왈,

"낭ᄌ야! 화쥐 ᄉ롬이 낭ᄌ의 친셔(親書)를 가져왓도다."

향운이 연망(連忙)이 ᄋᆞ시비 쵸향을 도라보와 '약을 직희라.' ᄒ고 닷거ᄂᆞᆯ, 취션이 됴각을 어더 크게 깃거, 난간(欄干) ᄋᆞ릐 셔셔,

---

3687)약(藥)쌈지 : 약을 싸서 넣어 가지고 다니는 작은 주머니. *쌈지: 담배, 돈, 부시 따위를 싸서 가지고 다니는 작은 주머니. 가죽, 종이, 헝겊 따위로 만든다.
3688)치단표리(綵緞表裏) : 비단옷의 겉감과 안감.
3689)슈식픠향(首飾佩香) : 여자의 머리에 꽂는 장식품과 몸에 지니거나 차고 다니는 향(香).
3690)금은진보(金銀珍寶) : 금·은 따위의 진귀한 보배들.
3691)보픠나릉지유(寶佩羅綾之類) : 보배로운 패물(佩物)과 비단 류(類)의 값진 물건들.
3692)약낭(藥囊) : 약을 넣어서 차는 작은 주머니. =약 주머니.
3693)쎡더니 때더니. *쎡다: 때다. 아궁이 따위에 불을 지피어 타게 하다.

"쵸향 미미(妹妹)야! 향 져(姐)의 친세(親書) 오미, 미미(妹妹)는 부모의 쇼식을 듯고즈 아닛는다!"

향 왈,

"약을 맛타시니 쎠느지 못ᄒ리로다."

션이 고처 니로디,

"약이 임의 달【44】키를3694) 다ᄒ여시니 잠간 두고 가다 무슨 변(變)이 느리오. 나는 부모를 싱니ᄉ별(生離死別)3695)ᄒ여, 회푀(懷抱) ᄉ오느온 ᄉ름이라. 남의 부모 둔 즈(者)를 보미, 심ᄉ 시로이 붕삭(崩削)ᄒ는도다."

인ᄒ여, 거름을 두루혀는 체ᄒ고, 도라 뒤 난간 ᄉ이의 와 슘어보니, 쵸향이 참지 못ᄒ여 다시 약을 슬펴보고, 총망(怱忙)이 밧그로 향ᄒ여 닷거늘, 취션이 묘ᄒ믈 니긔지 못ᄒ여 밧비 약 쓴 거슬 풀고, 전도(顚倒)히 몸을 슘겨 여어보더【45】니3696), 쵸향이 이윽고 드러와 다시 불을 불거늘, 인ᄒ여 정당으로 가 부인을 뫼셔 도라온디, 향운이 믄득 미이여 계하(階下)의 ᄭ우러 디죄(待罪)ᄒ엿는지라.

션이 심하의 경황ᄒ여 부인을 우러러 슬피니, 부인이 안식을 불변ᄒ고 무러 굴오디,

"운 비즈(婢子) 무슴 되를 지엇관디 대죄(待罪)ᄒ느뇨?"

운이 돈슈 왈,

"쳔비지 약을 맛다 달히옵더니, 어버이 셔신이 왓는 고로 잠간 느가옵고, 쵸향을 직희여 두니,【46】 일 모로는 거슬 맛지와 약이 달화3697) 됴라져3698) 진(進)ᄒ실3699) 빈 업ᄉ오니, 비즈의 틱만흔 죄 당당이 ᄉ죄(死罪)의 가(可)ᄒ올시, 부인 쳐분을 기다리ᄂ이다."

부인이 냥구(良久)3700) 후 늘호여3701) 굴오디,

"네 비록 일시 됴심(操心)치 아닌 되 잇ᄉ나 무졍지ᄉ(無情之事)니 ᄉ(赦)ᄒ노라."

불너 오르기를 명ᄒ니, 향운이 체읍(涕泣) ᄉ은(賜恩)ᄒ고 올느 뫼시는지라.

취션이 비로쇼 독약의 흔덕(痕迹)이 ᄂ지 아니믈 깃거ᄒ나, 묘(妙)흔 긔회 허ᄉ

3694) 달키를 : 닳기를. 닳다: 액체 따위가 졸아들다.
3695) 싱니ᄉ별(生離死別) : 살아 있을 때에는 멀리 떨어져 있고 죽어서는 영원히 헤어짐.
3696) 여어보다 : 엿보다. 남이 보이지 아니하는 곳에 숨거나 남이 알아차리지 못하게 하여 대상을 살펴보다.
3697) 달화 : 닳아. 닳다: 액체 따위가 졸아들다.
3698) 됴라지다 : 졸아들다. 액체가 증발하여 그 분량이 적어지다.
3699) 진(進)ᄒ다 : 먹다. 마시다.
3700) 양구(良久) : 시간이 꽤 오래됨.
3701) 늘호여 : 천천히.

(虛事) 되믈 이둘와 ᄒᆞ더니, 명일【47】니부인이 약이 됴라3702) 져바리믈 알고 심유랑을 명ᄒᆞ여 맛타 달히라 ᄒᆞ니, 심픽(婆) 슈명ᄒᆞ여 믈너ᄂᆞ니, 향운의 약(藥) 됴리치미3703) 니부인 명을 바드미라.

향운이 약을 달힐 즈음의 심유랑이 ᄉᆞ름을 식여 향운을 보ᄂᆡ며, 짐즛 쵸향을 맛져 취션으로 ᄒᆞ여금 힝ᄉᆞ케 ᄒᆞ고, 향운이 ᄶᆞ 쵸향을 보ᄂᆡ여 불을 도도라3704) ᄒᆞᆫ 후, 취션이 졍당을 향ᄒᆞᆷ믈 보고, 약을 가마니 업쳐 업시ᄒᆞ니, 푸른 불이 니러【48】나ᄂᆞᆫ지라.

심한골경(心寒骨驚)ᄒᆞ여 심ᄂᆡ(心內)의 셜난의 츙의ᄅᆞᆯ 감탄ᄒᆞ고, 니부인 션견지명(先見之明)을 앙복(仰服)ᄒᆞ니, 취션이 엇지 알니오.

이러트시 져희(沮戲)ᄒᆞ고3705) 쳔연(遷延)ᄒᆞᆷ믄 엇지민고? 져즈음긔 셜난을 명ᄒᆞ여 고육계(苦肉計)3706)ᄅᆞᆯ 힝ᄒᆞ여 ᄉᆞ항(詐降)케ᄒᆞ미, 뉴부인의 지음(知音)으로 상국이 남졍(南征)홀 쥴을 알고, ᄉᆞ경난을 인ᄒᆞ여 셜난으로 ᄒᆞ여금 독약을 헌(獻)ᄒᆞ고 ᄶᆞ치여, 분요(紛擾)ᄒᆞᆫ ᄯᆡᄅᆞᆯ 인ᄒᆞ여 셜난으로 ᄒᆞ여금 도망케 ᄒᆞ고, 빙셤【49】을 늬쳐 경취란을 맛져 영부로 왕복(往復)게 ᄒᆞ미, 자로 셜난이 상셔ᄅᆞᆯ 보와 취션을 궁금(宮禁)의 드리고져 ᄒᆞᄂᆞᆫ 쥴 알미, 다시 ᄀᆞ르쳐 취션을 ᄂᆞ오게 ᄒᆞ니, 취션이 만일 궁금의 들진ᄃᆡ, 금은《이॥으로》결납인심(結納人心)ᄒᆞ여 참언(讒言)이 뉴힝(流行)ᄒᆞ여 옥좌(玉座)의 드레미 만셰(萬歲)3707)ᄅᆞᆯ 경동(驚動)ᄒᆞ리니, 텬직 셩명(聖明)ᄒᆞ시고 상국의 안면을 술피시며, 원부(怨婦)의 ᄉᆞ졍을 통찰ᄒᆞᄉᆞ 죄ᄅᆞᆯ 버스믄 넘녀치 아니ᄒᆞ되, 틱후낭낭 셩이【50】엄ᄒᆞ시고 분뇌(憤怒) 과격ᄒᆞ시미 ᄉᆞ긔 어느 지경(地境)의 밋출 쥴 아지 못ᄒᆞ거늘, 양시의 죄명을 벗ᄂᆞᆫ 날은 영시 무ᄉᆞ치 못ᄒᆞ리니, ᄌᆞ이(慈愛)ᄅᆞᆯ 고로로3708) ᄒᆞ미 허물은 누루고 신셰ᄅᆞᆯ 넘녀치 아니리오.

이러무로 취션을 ᄂᆞ호여 합ᄂᆡ(閤內)3709)의 너허, 오약(吾藥)3710)의 ᄀᆞ치인 즘

3702) 됴라 : 졸아. *졸다: 찌개, 국, 한약 따위의 물이 증발하여 분량이 적어지다.
3703) 됴리치다 : 졸아들게 하다. *졸다: 찌개, 국, 한약 따위의 물이 증발하여 분량이 적어지다.
3704) 도도다 : 돋우다. 위로 끌어 올려 도드라지거나 높아지게 하다.
3705) 져희(沮戲)ᄒᆞ다 : 귀찮게 굴어서 방해하다.
3706) 고육계(苦肉計) : 자기 몸을 상해 가면서까지 꾸며 내는 계책이라는 뜻으로, 어려운 상태를 벗어나기 위해 어쩔 수 없이 꾸며 내는 계책을 이르는 말. =고육지책(苦肉之策).
3707) 만셰(萬歲) : '황제(皇帝)'를 달리 이르는 말.
3708) 고로로 : 고로고로. 고루고루. 두루두루 빼놓지 아니하고.
3709) 합ᄂᆡ(閤內) : 가내(家內). 가족을 구성원으로 하여 살림을 꾸려 나가는 공동체. 또는 그 공동체의 내부. =집안.
3710) 오약(吾藥) : '오약롱중물(吾藥籠中物)'의 줄임말로, '내 약상자(藥籠) 속에 들어 있

싱을 민들고, 왕우봉을 물니처 일이 됴용이 되믈 위홀식, 양부인의 호호(皓皓)혼
품질이 '강한(江漢)의 탁(濯)ᄒ고 츄양(秋陽)의 폭(曝)ᄒ여'3711) 옥호(玉壺)와 쳥
빙(淸氷) 【51】 의 됴혼 몸으로 더러온 일홈을 물니치니, 셜난의 졍튱대의(精忠
大義)ᄂᆞᆫ 쳔고무쌍(千古無雙)ᄒ고, 니부인의 션명혜찰(鮮明慧察)이 좌탁쳔니지외
(坐度千里之外)3712)ᄒᄂᆞᆫ지라.

경뉸지지(經綸之材)와 제세(濟世)홀 ᄀᆞ틀을 ᄀᆞ져시되, 유한졍졍(幽閑貞靜)ᄒ고
온슌비약(溫順卑弱)3713)ᄒᆞᆷ을 힘써 슉뇨(淑窈)혼 부덕이 빈계(牝鷄)의 넘나믈 두
려ᄒ니, '황영(皇英)의 셩(盛)'3714)과 '임ᄉᆞ(任姒)의 덕(德)'3715)을 흠모ᄒ여 규법
(閨法)을 직희오고 녜의(禮義)로 말늘[을] ᄉᆞᆷ으 명쳘혼 덕힝과 관인혼 품질이 긔
변(奇辯)을 완농(玩弄)ᄒ고 권 【52】 슐(權術)3716)을 ᄌᆞ임(自任)코ᄌᆞ 아니ᄒ되,
스스로 니른바 명되(命途) 긔쳔(奇舛)3717)ᄒ고 시운(時運)이 부졔(不齊)ᄒ여 ᄌᆞ
소(自少)로 위틱(危殆)ᄒ니, 금옥(金玉)의 지됴(志操)와 츄상(秋霜)의 긔졀(氣節)
노써 지란(芝蘭) ᄀᆞ혼 향신(香身)을 보젼코ᄌᆞ ᄒᆞ미, 녕졍고고(零丁孤苦)3718)ᄒ여
우흐로 쌍친의 무이(撫愛)ᄒ시믈 일코 우러러 ᄇᆞ랄 곳이 업거늘, ᄀᆞ온되로 일신이
고단(孤單)ᄒ여 의앙(依仰)홀3719) 동긔 업스며, 신세 위위(危危)ᄒ미 누란(累卵)
의 급(急)ᄒ미 잇ᄂᆞᆫ지라. 다만 ᄋᆞ릭로 일기 노양낭(老養娘)과 오기 비ᄌᆞ(婢子) 이
시니, 【53】 기기(個個)히 관일지튱(貫日之忠)과 뎔등지모(絶等之母)를 미들 ᄲᅮᆫ

는 약물'이니, 하루도 없어서는 안 된다는 의미로 쓰인 말. 『新唐書 卷125 儒學列傳下
元行沖』에 나오는 고사(故事)로, 중국 당(唐)나라 원행충(元行沖)이 적인걸(狄仁傑)에
게 약상자 속의 약석(藥石)처럼 문하생으로 받아 주기를 청하자, 적인걸이 웃으면서
"그대야말로 이미 내 약상자 속의 약물이 되어 있으니, 하루도 없어서는 안 된다.(君正
吾藥籠中物 不可一日無也)"고 말했다 한다.
3711)강한(江漢)의 탁(濯)ᄒ고 츄양(秋陽)의 폭(暴)ᄒ다 : '양자강과 한수의 맑은 물에
씻고, 가을 햇볕의 밝은 빛에 비추다'는 뜻으로, '조금도 흠잡을 데 없이 결백함'을 비유
적으로 이른 말. *강한(江漢): 중국 양자강(揚子江)과 한수(漢水)를 함께 이르는 말. *
탁(濯)ᄒ다 : 씻다. 씻기다. *츄양(秋陽): 가을 햇볕. *폭(曝): 쬐다. 비추다.
3712)좌탁쳔니지외(坐度千里之外) : 앉아서 천리 밖을 내다 봄.
3713)온슌비약(溫順卑弱) : 온순하여 자신을 낮추고 세차지 않게 처신함.
3714)황영(皇英)의 셩(盛) : 요(堯)임금의 두 딸인 아황(娥皇)과 여영(女英)이 순(舜)에
게 시집가서, 자매가 서로 화목하며 순임금을 잘 섬긴 일.
3715)임ᄉᆞ(任姒)의 덕(德) : 중국 주(周)나라 현모양처(賢母良妻)인 문왕의 어머니 태임
(太任)과 그의 비(妃) 태사(太姒)의 덕을 함께 일컫는 말.
3716)권슐(權術) : 권모술수(權謀術數)의 줄임말. 목적 달성을 위하여 수단과 방법을 가
리지 아니하는 온갖 모략이나 술책.
3717)긔쳔(奇舛) : 기박하고 어그러짐.
3718)녕졍고고(零丁孤苦) : 세력이나 살림이 보잘 것 없이 되어서 의지할 곳이 없고, 외
롭고 곤궁함.
3719)의앙(依仰)ᄒ다 : 의지하고 우러러 사모하다.

이라.

그러느 맛춤닉 하쳔(下賤)의 쇼견이니 엇지 쳔금의 듕(重)호믈 범연(凡然)이 시으(侍兒)의게 맛져 두리오. 부득이 신모(神謀)3720)를 움죽이민 고인의 지느니, 가히 니른바 공밍(孔孟)의 도와 와룡(臥龍)의 지혜를 겸젼(兼全)호 부인이요, 만고무쌍(萬古無雙)호 슉녀쳘뷔(淑女哲婦)라. 소소(小小) 범연(凡然)호 쇠로 엇지 우러러 보리오,

근일(近日)의 빙셤의 보(報)호믈 듯고, 셜난의 상셔(上書)를 보와 간인(奸人)의 오장(五臟)【54】을 쌘혀 숀 フ온딕 쥐엿느지라3721). 진실노 검부(劍賦)3722)의 신긔호 ᄌ긱(刺客)과 혼빅(魂魄)을 아ᄉ가는 신녕(神靈)이 온다 ᄒ여도 두릴 거시 업스니, 다만 '독약을 쥬라'ᄒ고 심·ᄉ 냥인을 계교로써 가르치니, 향운이 몬져 희롱(戲弄)ᄒ여 일환(一環) 독약을 업시ᄒ고, 니어 연(連)ᄒ여 짐줏 썩를 빌녀 계교 우희 계교를 쓰믄, 일월(日月)3723)을 연타(延拖)3724)ᄒ여 양질(姪)의 분산(分産)을 무스이 호 후, 셜난《을∥으로》 셔셔히 피빅(彼輩)3725)를 다리여 금즁(禁中)의 획【55】계(劃計)를 경영(經營)케 ᄒ미라.

심유랑 난영을 명ᄒ여시니, 난영이 슈명ᄒ여 약을 달힐시, 난함(欄檻) ᄉ이의 금노(金爐)를 노코 불을 드러 이윽이 보민, 믄득 두 눈이 몽농(朦朧)ᄒ여 머리를 ᄂ죽이 ᄒ여 됴으는지라.

졔인이 フ르쳐 웃고 쇼릭ᄒ여 씨온딕, 심픽(婆) 눈을 드러 보고 우으며 다시 불을 부더니, 졍당 시위 옥잉이 니르러 부인 명으로 샹궁과 ᄌ연을 부르니, 냥녜(兩女) 젼도(轉倒)이 드러フ민, 옥잉이 난간(欄干)【56】가의 셔셔 심유랑이 금노(金爐)를 집고 됴으믈3726) 보고, 우어 왈,

"심마민(媽媽) ᄂ히 아직 오십도 못ᄒ거늘 그리나 혼(昏)ᄒ뇨?"

ᄒ고, 약탕의 불을 도도아 쥬고 가거늘, 심픽 오직 ᄋ지 못ᄒ고 졍신이 어린 ᄉ

3720)신모(神謀) : 신이한 꾀.

3721)쥐다 : 쥐다. 어떤 물건을 손바닥에 들게 하거나 손가락 사이에 낀 채로 손가락을 오므려 힘 있게 잡다.

3722)검부(劍賦) : 역사상 이름난 보검(寶劍)들과 검객(劍客)들을 부(賦)의 형식으로 찬양한 글. *부(賦): ① 『시경(詩經)』에서 이르는 시의 육의(六義) 가운데 하나. 사물이나 그에 대한 감상을, 비유를 쓰지 아니하고 직접 서술하는 작법. ②한문체에서, 글귀 끝에 운을 달고 흔히 대(對)를 맞추어 짓는 글. ③과문(科文)에서, 여섯 글자로 한 글귀를 만들어 짓는 글.

3723)일월(日月) : 날과 달의 뜻으로, '세월'을 이르는 말.

3724)연타(延拖) : 일을 끌어서 미루어 나감.

3725)피빅(彼輩) : 저들. 저 무리들.

3726)됴으다 : 졸다. 잠을 자려고 하지 않으나 저절로 잠이 드는 상태로 자꾸 접어들다.

름 궂더니, 아이(俄而)오3727) 쇼부 시으 운선이 니르러 쇼부인 명으로 양부인긔 문후(問候)ᄒ고 답언(答言)을 드른 후, 난하(欄下)의셔 스스로이 화쥐 친셔를 가져 향운을 청ᄒ니, 홍월이 ᄒᆞᆫ가지로 가셔(家書)를 보와 셔간을 붓칠ᄉᆡ, 눈【57】물이 은은ᄒᆞ니 향운 홍월이 셔로 이동(姨從)이라.

기여(其餘) 제녜 다 화쥐 쇼싱이니, 셔로 모다 친셔를 붓치고져 수오인이 일시의 부인긔 고ᄒᆞ고 물너ᄂᆞᆷᎈ, 운선이 심파를 씌여 왈,

"마미 ᄯᅩᄒᆞᆫ 셔간을 붓치고ᄌᆞ ᄒᆞᄂᆞ냐? 본부 노ᄌᆡ(奴子) 명일 발마(發馬)ᄒᆞ니 그 도라오미 십여일 후 이실쇼이다."

두어 번 부르고 흔드러 씌온ᄃᆡ, 비로쇼 씌여 보고 우어 왈,

"니 본ᄃᆡ 줌이 깁거니와 근너ᄂᆞᆫ 더옥 심ᄒᆞ니 긔이(奇異)ᄒᆞᆫ지라. 반ᄃᆞ【58】시 인셰(人世)를 슈히 니별홀가 ᄒᆞ노라. 네 무슨 말을 ᄒᆞ던다? 고쳐 니르라."

운선이 셔간 붓츨3728) ᄯᅳᆺ을 다시 무른ᄃᆡ, 비로쇼 답왈,

"ᄌᆡ작(再昨)의 문안노ᄌᆡ(問安奴子) 갈 ᄉᆡ 셔간을 임의 붓쳣고, 부인 진(進)ᄒᆞ실 약을 맛다시니, 엇지 ᄉᆞ셔(私書)를 위ᄒᆞ여 써나리오. 너ᄂᆞᆫ ᄂᆡ의 무ᄉᆞ흠믈 지말(紙末)의 올녀 젼ᄒᆞ라."

ᄒᆞ니, 션의 아비ᄂᆞᆫ 심파의 독쇽(族屬)이오. 난영의 부뫼 오히려 잇ᄂᆞᆫ 고로 '젼ᄒᆞ라.' ᄒᆞ미러라."

운선이 응낙고 도릭간 후, 심픽 다시 【59】 조으라, 머리의 거의 불이 다ᄒᆞ되 아지 못ᄒᆞ니, 쎤의 사상궁과 쥬연 등 제녜 다 업스니, ᄋ시비 삼인이 뫼셧고 심파의 녀ᄋ 빙염이 병드러 하당(下堂)으셔 됴리ᄒᆞ니, 굿ᄒᆞ여 ᄂᆞᆼ가 씌오리 업순지라.

췌션이 심마(媽)의 됴을믈 보고 암희ᄒᆞ나, 좌우 이목(耳目)을 괴로이 넉이더니, 일이 ᄯᆞᆺ과 궂ᄒᆞ여 ᄎᆞᄎᆞ 물너ᄂᆞ고, 부인이 신긔(身氣) 불안ᄒᆞᆫ 고로 봉황침(鳳凰枕)을 의지ᄒᆞ여 신임(身任)3729)ᄒᆞ니, 제 시이 다 뫼셧ᄂᆞᆫ지라. 췌션【60】이 깃거 ᄀᆞ마니 ᄂᆞᆼ가 심파의 씌여시믈 시험ᄒᆞ니, 머리를 슉여 코 고으며3730) 됴으름3731)이 몽농(朦朧)ᄒᆞᆫ지라.

이의 약탕을 여러 약을 풀고 곳쳐 난함으로 ᄂᆞ리며 씌오ᄃᆡ, 아지 못ᄒᆞᄂᆞᆫ지라.

3727)아이(俄而)오 : 얼마 안 있다가. 이윽고.
3728)붓츠다 : 부치다. 편지나 물건 따위를 일정한 수단이나 방법을 써서 상대에게로 보내다.
3729)신임(身任) : 예전에 공천(公賤) 사천(私賤) 등의 종이 몸으로 치르던 노역이나 심부름 따위의 일. 또는 그러한 일을 함.
3730)고으다 : 골다. 잠잘 때 거친 숨결이 콧구멍을 울려 드르렁거리는 소리를 내다
3731)됴으름 : 졸음. 잠이 오는 느낌이나 상태.

션이 먼니 슘어 여어보니3732) 심픠 됴으다가 불 솃틴 머리 그슬고3733) 더이
미3734) 놀나 씨여 혼주말노 니르딕,

"너 근닉 쇠흐미 이시나 됴으름이 심흐여 머리를 틱오딕 아지 못흐니, 약을 됴
심흐는 쯧이 아니라. 【61】 틱만(怠慢) 불경(不敬)흐미 듕죄를 입스옴죽 흐도다."

이윽이 추탄(嗟歎)흐고 약을 슬피미, 힝혀 불이 미(微)흔 고로 무스(無事)흔지
라. 곳쳐 달혀 쓰고즈 흘식, 취션이 올나오며 우셔 굴오딕,

"으희니 급흐여 총망이 ᄂ갈식, 모시(母氏)를 씌왓더니 즉시 씌니잇가? 두발이
거의 타게 되엿더니, 요힝 타기를 면흐니잇가?"

심픠 탄왈(嘆曰),

"너의 씌옴도 듯지 못흐고, 혼혼(昏昏)흐여 아지 못흐니, 엇지 괴이치 아니리오.
머리 타기는 【62】 젹은 일이라. ᄂ의 틱만흔 죄(罪) 일신(一身)을 틱와도 앗갑지
아니토다."

취션이 져의 으득히 모르믈 보으, 묘(妙)흐고 징그러와3735) 우음을 머금고 방
즁의 드러와 부치를 밧드러 시위(侍位)흘식, 양부인이 약을 마시고 스긔 위급흐거
든 쎨니 다라ᄂ기를 경영흘 스이의 심픠(婆) 약을 쓰 ᄂ오니, 부인이 비로쇼 벼기
를 밀고 니러나고즈 흐더니, 상궁이 도라와 고흐딕,

"양부 상셔 노얘 즈부(子婦)를 취(娶)흔 【63】 시미 명일이라. 부인을 쳥흐시는
고로 양틱우 노얘 니르스 '졍당으로 오쇼셔' 흐ᄂ이다."

흐니, 원닉 양한님이 경희당의 영쇼졔 거(居)흔 후로, 닉근(內勤)흐믈 혐의(嫌
疑)흐여 일즉 경됴각의 님흐미 업셔, 니부인 침각(寢閣)의셔 미져(妹姐)를 상견
(相見)흐더라.

양부인이 쎨니 이러 봉관(鳳冠) 옥픠(玉佩)를 ᄌ쵸고 취송각을 향코즈 흘식, 졔
시이 장복(章服)3736)을 셤기고, 스상궁이 금추(金釵)를 밧드럿더니, 밋그 【64】
러워 노화 쎠러치니, 추둉(茶鍾)이 쓰려져 업쳐지는 곳의, 푸른 불꼿치 니러나는
지라.

좌위(左右) 실식대경(失色大驚)흐여 면여토식(面如土色)3737)이오, 심유랑이 딕

3732) 여어보다 : 엿보다. 무엇을 이루고자 온 마음을 쏟아서 눈여겨보다.

3733) 그을다 : 불에 겉만 약간 타게 하다. *그을다 : 햇볕이나 불, 연기 따위를 오래 쬐어
검게 되다

3734) 더이다 : 데다. 불이나 뜨거운 기운으로 말미암아 살이 상하다. 또는 그렇게 하다.

3735) 징그럽다 : 쟁그랍다. 재미있다. 고소하다. 미운 사람이 잘못되는 것을 보고 속이 시
원하게 여기거나 고소해하다.

3736) 장복(章服) : =관디. 관복(官服). 옛날 벼슬아치들의 공복(公服). 지금은 전통 혼례
때에 신랑이 입는다.

3737) 면여토식(面如土色) : 몹시 놀라거나 겁에 질려 안색이 흙빛과 같음.

황망극(大惶罔極)ᄒ여 계(階)의 ᄂ려 머리를 부듸이져 고두뉴혈(叩頭流血)ᄒ고 ᄉ죄(死罪)를 청ᄒ되, 부인이 불변안ᄉ(不變顏色)ᄒ고 심파를 붓드러 올녀, 향운으로 ᄒ여금 슐을 부어 쥬어 놀ᄂ믈 위로케 ᄒ니, 심팩 오직 머리를 두다리고 업디여 체읍(涕泣) 고왈(告曰),

"쳔비지(賤婢子) 틱부인과 【65】 범부인 명을 밧즈와 부인을 뫼시오민, 우츙(愚忠)을 다ᄒ여 쥭기의 니르히 부인 덕음(德蔭)을 우러러 기리 뫼시믈 브라옵더니, 인ᄉ(人事) 불민ᄒ고 정성이 쳔박ᄒ와, 망극ᄒ온 '변(變)이 소장(蘇張)'3738)의 니러ᄂ오니, 이 곳 비즈의 불츙을 상텬이 죄(罪) 쥬시미라. 만일 상궁이 금ᄎ(金釵)를 ᄂ리치지 아니ᄒ여, 부인이 약을 진음(進飮)ᄒ시던들, 망극ᄒ온 경상(景狀)이 어느 곳의 니르올 쥴 알니잇고? 쳔비 심골경한(心骨驚寒)ᄒ【66】와, 모발(毛髮)이 구송(懼悚)ᄒ오니 쥭고즈 ᄒ오나, 쓰히 업ᄂ지라. 부인과 노애 쳔비의 즈근3739) 공노를 넘ᄒᄉ 사죄를 명치 아니신즉 당당이 스스로 미이여 옥즁의 업디여 상국노야 회환(回還)ᄒ시믈 기드려 부월지쥬(斧鉞之誅)를 감심(甘心)ᄒ리로쇼이다."

부인이 유열(愉悅)ᄒ 말ᄉ으로 지숨 권ᄒ여 슐을 먹이고, 희유(解諭)ᄒ여 글오되,

"그딕의 츙근(忠謹)ᄒ믈 깁히 아ᄂ니, 여ᄎ지ᄉ(如此之事)를 엇지 즈당기죄(自當其罪)ᄒ미 가ᄒ리오. 닉 요힝 희(害)를 【67】 밧지 아냐시니 놀ᄂ지 말고 거지(擧止)를 평상(平常)이 흘지어다."

난영이 부득이 슐을 밧즈와 감은(感恩)ᄒ여 마시고, 돈슈(頓首) 읍혈(泣血)ᄒ여 감격(感激) 불승(不勝)ᄒ니, 부인이 다시음 평신(平身)ᄒ믈 명ᄒ고 글오되,

"그딕 됴으ᄂ ᄀ온딕 간인이 희롱ᄒ미니, 이ᄂ 다 ᄂ의 박덕부즈(薄德不慈)ᄒ미 하휼(下恤)ᄒᄂ3740) 은혜 업손 고로 져즈음긔 셜난의 변이 잇고 쏘 다시 낭듕의 츄(錐)를 빗최ᄂ지라. 셜난이 임의 즈최 업고, 빙셤이 닉치여 좌우의 {니】【68】 니르지 못ᄒ니, 반드시 스오ᄂ온 무리 은복(隱伏)ᄒ여 츌몰(出沒) 변화(變化)ᄒᄂ지라. 일노써 보건딕 셜난이 쏘흔 원억(冤抑)ᄒ던가 ᄒᄂ니, 엇지 파랑을 치의(致疑)ᄒ리오."

심팩 체읍 딕왈,

"비지 비록 무상(無狀)ᄒ오나 ᄎ마 악역(惡役)은 범(犯)튼 아니 ᄒ오리니, 스스

3738) 변(變)이 소장(蘇張) : 소장(蘇張)의 變.
3739) 중국 전국시대의 세객(說客)인 소진(蘇秦)과 장의(張儀)가 일으킨 변란이란 뜻으로, 남을 헐뜯거나 모함하는 말로 인하여 일어난 변란을 비유적으로 표현한 말
3740) 하휼(下恤) : 아랫사람의 어려운 형편을 딱하게 여겨 물질적으로 도와줌.

로 스죄를 부르믄 오직 삼가미 업셔, 간스훈 스룸의 농슐(弄術)을 바든 줄 훈(恨)
훈느이다. 연이나 비록 우쥰(愚蠢)호오나, 스룸을 뮈오미 업스오듸, 쇼비를 뮈워
호는 지 스스【69】로 쳔비의 죄룰 일우고즈 호미니, 뉘 감히 부인을 원망호여
지존(至尊)을 범호리 잇고?"

향운 왈,

"마미 앗가 됴을 쩍의 졍당시위(正堂侍衛) 옥잉이 와셔 {셔}말호고 훈 가지로
간 밧, 스룸이 오니 업느이다."

홍월 왈,

"쇼부 시ᄋ 운션이 마마룰 씨와 말호고 굿시나, 츠(此) 냥인이 우리 부인긔 은
원(隱怨)이 업고 마마긔 혐극(嫌隙)이 업스니, 굿호여 의심홀 빈 아니라. 그 밧
쏘 뉘 약탕(藥湯) 가의 굿더냐?"

이써 모든 시ᄋ(侍兒) 다 【70】 황황젼뉼(惶惶戰慄)[3741]호니, 빙염이 병을 닛
고 혼불부쳬(魂不附體)[3742]호여 썰며 왔더니, 모든 의논을 듯고 니로듸,

"차스(此事)는 모친으로 함독(含毒)훈 지 그 죄룰 어디 쥬고즈 호미오니, 져 즈
음긔 츠두(叉頭)[3743] 귀향이 일을 됴심치 아닌 고로, 모시(母氏)[3744] 상궁긔 쵹
(囑)호여 죄 닙혓더니, 츠인 밧근 음험(陰險)홀 니 업느지라. 뉘 이런 악스룰 딋
느뇨?"

호더라.【71】

3741)황황젼뉼(惶惶戰慄) : 몹시 무섭거나 두려워 몸이 벌벌 떨림.
3742)혼블부쳬(魂不附體) : 몹시 놀라 혼이 몸에 붙어 있지 않을 지경임.
3743)츠두(叉頭) : 차환(叉鬟). 주인을 가까이에서 모시는 젊은 계집종.
3744)모시(母氏) : 아랫사람과 말할 때 그의 어머니를 이르는 말, 또는 아랫사람이 어머
니뻘 되는 부인을 친근하게 이르는 말.

화산션계록 권지사십뉵

츠셜(且說)[3745] 부인이 미위(眉宇) 씩씩ᄒ여 왈,

"옥잉과 운셥은 츙의엣[3746] 비즈요. 날노 더브러 혐원(嫌怨)이 업고, 또 파랑(婆娘)과 친쳑이니, 츠 냥인을 의심ᄒᆯ 비 아니라. 귀향이 비록 젹은 죄를 닙으나 깁히 함원(含怨)ᄒ여 여ᄎ 악ᄉᆞ 이시리오. ᄉᆞ름을 암미(暗昧)ᄒᆫ 일노 몽죄(蒙罪)[3747]ᄒ지 못ᄒ니, 여등은 어즈러이 효효(嘵嘵)[3748]치 말나. 츠ᄉᆞ(此事) 만일 낫타난 즉 무죄ᄒᆫ ᄌᆞ의게 익(厄)이 밋츨 분 아니라, 각당 시위(侍衛) ᄂᆞ의 당즁(堂中)【1】의 오기를 피ᄒ리니 츠ᄉᆞ 불ᄒᆡᆼ치 아니랴? 유랑(乳娘)[3749]은 안심물녀(安心勿慮)[3750]ᄒ고 여등(汝等)[3751]이 다 슈구여병(守口如瓶)[3752]ᄒ라."

인ᄒ여 몸을 니러 졍당을 향ᄒ니, 상궁 시이 다 뫼시ᄂᆞᆫ지라. 쇼향이 공작션(孔雀扇)[3753]을 밧드러 됴츨ᄉᆞ 가마니 한(恨)ᄒ여 왈,

"상궁은 늙지 아냐셔 혼미ᄒ여 금ᄎ(金釵)[3754]를 들고 이실 힘이 업던가! ᄂᆞ리치ᄂᆞᆫ 조각과 긔회 묘ᄒ거ᄂᆞᆯ 일이 니지 못ᄒ니, 또 다시 어느 ᄯᆡ를 어드리오."

울울ᄒᆞ믈 마지 아니ᄒ더라.

양상셰【2】 명일의 식부를 우귀(于歸)[3755]ᄒᆞ믈 듯고, 니부인이 권ᄒᆞ믈 인ᄒ여

3745)차셜(且說) : 고소설에서 '화설(話說)' '익설(益說)' 등처럼 장면전환을 나타내는 화두사(話頭詞).

3746)-엣 : '-의', '-에서의', 체언 뒤에 붙어. 앞 체언이 관형어 구실을 하게하며, 뒤 체언이 나타내는 대상이 앞 체언에 소유되거나 소속됨을 나타내는 격 조사.

3747)몽죄(蒙罪) : 죄를 입힘.

3748)효효(嘵嘵) : 요란하게 떠듦.

3749)유랑(乳娘) : =유모(乳母). 남의 아이에게 그 어머니 대신 젖을 먹여 주는 여자.

3750)안심물녀(安心勿慮) : 모든 염려를 떨처 버리고 마음을 편히 가짐.

3751)여등(汝等) : 이인칭대명사 '너희'를 문어적으로 이르는 말.≒여배(汝輩)

3752)슈구여병(守口如瓶) : 입을 병마개 막듯이 꼭 막는다는 뜻으로, 비밀을 다른 사람이 알지 못하도록 함을 이르는 말.

3753)공작션(孔雀扇) : 『역사』 조선 시대에, 나라의 의식에 쓰던 부채. 붉은빛으로 공작을 화려하게 그린 것으로, 자루의 길이가 1.8미터 정도이다.

3754)금ᄎ(金釵) : ①금비녀. ②첩(妾)을 달리 이르는 말.

3755)우귀(于歸) : ①친정에 귀령(歸寧)한 부인이 시집으로 돌아옴. ②전통 혼례에서, 대례(大禮)를 마치고 3일 후 신부가 처음으로 시집에 들어감.

녕신(令辰)3756)호여 가기를 긔약호니, 한님이 이윽이 말솜호여 양부 쇼식을 젼호
고 도라가니, 쇼졔 인호여 뫼셔 졔 쇼져와 진왕비로 더브러 이윽이 담쇼홀 시, 취
션이 믈너나 총총이 긔록호여 빙셤을 쥬어 야반의 영부로 보뉘니, 영시 셜난 봉션
으로 더브러 취션의 보(報)호믈 보고, 이돌오믈 니긔지 못호여 손으로 상을 쳐,
돌돌호여【3】왈,

"텬의(天意) 엇지 양시를 일편《도이∥되이》 도으시느뇨? 쳔금을 허비호여 약
환(藥丸)을 시험코즈 호다가, 몬져 향운이 약을 됴리치고3757) 니어 경난이 추줌
(釵簪)3758)을 느리쳐 두 번 헛되이 브리니 엇지 세 번 일우기를 브라리오. 셜난
○ 계괴 쟝츠 어듸 잇느뇨? 취션을 불너 도라와 호상궁을 셤기게 호리라."

호니, 난이 쏘혼 이돌오믈 일큿고,

"쇼져의 혜오리미 맛당호이다."

호더니, 빙셤을 향호여 무러 왈,

"치독【4】지스(置毒之事)를 비록 물시(勿施)호시나, 당당이 의심을 두실 곳이
잇스리니, 취션 미즈(妹子)는 치의(致疑) 즁의 드지 아니혼다 호더냐?"

셤 왈,

"취 졔(弟) 니로딕, '모든 의논이 분분호되 오직 날로써 넘녀치 아니니, 이 더욱
묘혼 됴각이여늘 쳔연호니 통한타' 호더이다."

셜난 왈,

"연즉 두 번 픽(敗)호무로 긋치지 못호리니, 세 번 시험호여 맛춤뉘 일우지 못
혼 즉, 도라오미 가호리라."

이의 영시긔 고왈,

"쇼비 쳔견(淺見)의 싱각건딕, 무고(巫蠱)의【5】신이(神異)호미 쏘혼 만스와
능히 됴화를 브리믹, 스룸의 졍혼을 아스 병을 일위여 죽기의 닐우느니3759), 이졔
양부인이 상셔 부즁(府中)의 가신다 호니, 슈일 후 도라오시리니, 요예지물(妖穢
之物)3760)을 어더 보뉘여 믹치(埋置)호기를 신밀이 호고, 동졍을 보아 다시 쎡를

3756)녕신(令辰) : 좋은 날이나 때.
3757)됴리치다 : 졸아지게 하다. *'됴리다'의 어간 '됴리'에 강조의 뜻을 더하는 접미사 '-
  치'가 끼어든 형태다. '됴리다'의 현대어 표기는 '졸이다'로 '졸다'의 사동사다. 그 뜻은
  '찌개, 국, 한약 따위의 물을 증발시켜 분량을 적어지게 하다.'이다.
3758)추줌(釵簪) : 비녀. 여자의 쪽 찐 머리가 풀어지지 않도록 꽂는 장신구.늑소두(搔
  頭), 잠(簪).
3759)닐우다 : 이르게 하다. *'닐으다'의 어간 '닐으'에 '사동'의 뜻을 더하는 접미사 -우-
  가 결합되어 이루어진 형태로 '닐으다'의 현대어 표기는 '이르다' 이며, 그 뜻은 '어떤
  장소나 시간에 닿다'이다.
3760)요예지물(妖穢之物) : 무속(巫俗)에서 방자를 할 때 쓰는 해골(骸骨)이나 인형(人

여어3761) 약을 시험케 ᄒᆞᄉᆞ이다."

영시 올히 넉여 봉션을 급히 도관(道觀)의 보닉여 대ᄉᆞ긔 간쳥ᄒᆞ니, 쳥허관의셔 신긔ᄒᆞᆫ 부쟉(符作)3762)과 요괴로온 방법을 ᄀᆞ【6】쵸 엇고, 목인(木人)과 흉예지물(凶穢之物)3763)을 어더 품고 도라오니, 영시 깃거 봉션으로 ᄒᆞ여금, 위부의 가문안ᄒᆞ고 취션을 부르라 ᄒᆞ니, 션이 위부의 니르러 문안ᄒᆞ고 홍미졍으로 가니, 취션이 틈을 타 니르러거ᄂᆞᆯ, 일일이 방문(方文)3764)을 니르고 맛지니 션이 바다 썩를 타 각즁(閣中)의 믹치(埋置)ᄒᆞ려 ᄒᆞ니, 시의 양쇼졔 장쇼(粧梳)를 일우고 《금예∥금여(金輿)3765)》를 다ᄉᆞ려 양부로 갈ᄉᆡ, ᄉᆞ상궁이 취션 등 졔녀를 거ᄂᆞ려 각즁을 직희오고, 심유랑이 ᄌᆞ연 빙심【7】홍월 등 ᄉᆞ오기 시녀로 부인을 뫼셔 가니, 숑계공 부인이 상셔 모친으로 동포ᄌᆞ민(同胞姉妹)3766)라.

어ᄉᆞ 부인 양쇼졔 양공으로 겹겹 지친(至親)의 잇고 쇼시랑 부인과 양한님 부인은 한님이 양공으로 직동형뎨(再從兄弟)로ᄃᆡ, 양시 독친(族親)이 희쇼ᄒᆞ고 양공의 부친 벽계션ᄉᆡᆼ이 둉뎨(從弟)를 츄렴(追念)ᄒᆞ여 질ᄋᆞ와 질녀를 긔출(己出) ᄀᆞ치 ᄉᆞ랑ᄒᆞ고, 부인의 망(亡)ᄒᆞᆷᄒᆞᆯ 오릭도록 슬허ᄒᆞ여, 모든 범시로 각별 졍이 후(厚)ᄒᆞ【8】거늘, 상셔 양공의 특뉸(特倫)3767)ᄒᆞᆫ 효의로 션비(先妣)를 츄모ᄒᆞ미, 숑계공 부인과 쳘상셔 모부인을 의앙(依仰)ᄒᆞ미 ᄌᆞ모 ᄀᆞᆺᄒᆞ니, 한님 문흥을 이즁(愛重)ᄒᆞ고 어ᄉᆞ 위완창과 쇼시랑 셰광의 부인으로 이둉(姨從)의 졍의(情誼) ᄌᆞ별(自別)ᄒᆞᆫ지라.

ᄒᆞᄆᆞᆯ며, 위어ᄉᆞ 부인 양시ᄂᆞᆫ 겹겹 친ᄋᆡ지졍(親愛之情)이 각별ᄒᆞ니, 양부인이 또ᄒᆞᆫ 됴실부모(早失父母)ᄒᆞ고 친쳑이 아모 곳의 잇ᄉᆞᄆᆞᆯ 모로다가, 당슉(堂叔) 대인의 이휼지은(愛恤之恩)3768)을 감ᄋᆡ(感愛)ᄒᆞ여 ᄌᆞ로 양부의 ᄂᆞᄋᆞ가니, 양공【9】과 부인의 ᄉᆞ름 되오미 츌어범뉴(出於凡類)ᄒᆞ여 인ᄋᆡ셩심(仁愛誠心)과 현효탁셰(賢孝卓世)ᄒᆞ미 금옥군ᄌᆞ(金玉君子)오 쳘부셩녜(哲婦聖女)여늘, 그 가란(家亂)을 츠셕(嗟惜)ᄒᆞ고, 슉부의 불명을 긔탄(慨歎)ᄒᆞ여 그윽이 구연(懼然)ᄒᆞ미 부모의 과

形) 따위의 요사스럽고 흉측한 물건.

3761)여어 : 엿보아. *엿보다: 무엇을 이루고자 온 마음을 쏟아서 눈여겨보다.

3762)부쟉(符作) : 부적(符籍)의 변한 말. *부적(符籍); 잡귀를 쫓고 재앙을 물리치기 위하여 붉은색으로 글씨를 쓰거나 그림을 그려 몸에 지니거나 집에 붙이는 종이.

3763)흉예지물(凶穢之物) : =요예지물(妖穢之物).

3764)방문(方文) : =약방문(藥方文). 약을 짓기 위하여 약 이름과 약의 분량 등을 적은 종이.

3765)금여(金輿) : 금수레. 금물로 아름답게 치장한 수레.

3766)동포ᄌᆞ민(同胞姉妹) : 한 부모에게서 태어난 형제자매.

3767)특뉸(特倫) : 뭇 사람들 가운데서 특히 빼어남. =출륜(出倫).

3768)이휼지은(愛恤之恩) : 사랑하고 보살펴 준 은혜.

실(過失)노 다르미 업순지라.

그 졍이 깁흔 줄 알거시오. 양공과 부인 쇼시의 대효를 감탄ᄒ며, 그 ᄋᄌ와 녀ᄋ의 비상ᄒᆫ 효형과 긔이ᄒᆫ ᄌ질을 이셕ᄒ니, 무릇 스룸이 인친(姻親)과 붕비(朋輩)의 니르러도 긔미상합(氣味相合)3769)ᄒ고 졍의상됴(情意相照)3770)ᄒᄆᆡ 이모(愛慕) 【10】ᄒᄂᆫ 쯧이 스싱을 져바라지 아니ᄒ거늘, 골육지친의 졍의(情誼) 《를‖로》 엇지 범연ᄒ리오.

양부의 가 냥야(兩夜)를 머무러 도라오ᄆᆡ, 그 ᄉᆡ이 췌션이 요괴로온 작ᄉᆡᆨ 됴히 힝ᄒᆫ지라. 양쇼제 임의 명명(明明)이 알거니 엇지 음예(淫穢)ᄒᆫ 흉믈을 침변의 오리 머므르리오.

그 쳐치ᄒᄆᆡ 신능(神能)ᄒ되, 양상셔 부부와 그 ᄌ녀의 출텬ᄒᆫ 효형을 가히 민멸(泯滅)치 못ᄒᆯ 고로, 몬져 ᄉ의(事意)3771)를 베푸노라.

화셜 병부상셔(兵部尚書) 농두각(龍頭閣)3772) 틱흑ᄉ(太學士) 양공의 명 【11】은 계흥이요. ᄌᄂᆫ 슉예니, 본딕 쇼쥐인이라. 싱셩(生成)ᄒᄆᆡ 결비범골(決非凡骨)노 금옥ᄌ질(金玉資質)과 텬셩대효(天性大孝)며, 문장(文章) 흑힝(學行)이 유시(幼時)로부터 특이ᄌ셩(特異自成)3773)ᄒ여, 그 부모의 이즁ᄒᄆᆡ 됴승지쥬(照乘之珠)3774)로 비(比)치 못ᄒᆯ지라.

어로만져 교이(嬌愛)ᄒ딕 공이 유시로부터 져기 틱만ᄒᄆᆡ 업셔, 부모를 셤기오ᄆᆡ '황향(黃香)의 션침(扇枕)'3775)과 '뉵젹(陸績)의 회귤(懷橘)'3776)을 비아(卑

3769)긔미상합(氣味相合) : 생각하는 바나 취미가 서로 맞음.＝기미상적(氣味相適).

3770)졍의상됴(情意相照) : 따뜻한 마음과 뜻이 서로의 마음을 비추어 앎.

3771)ᄉ의(事意) : 사건의 내용.

3772)농두각(龍頭閣) : 학사원(學士院)을 달리 이르는 말. 과거(科擧)에 장원급제자를 '용두(龍頭)'라 하였는데, 이들을 곧바로 직학사(直學士)에 임명하고 학사원(學士院)에 소속시켜 임금의 사명(詞命)을 짓는 일을 맡아보게 한데서 유래한 말. 학사원(學士院) : 고려 초기에, 사명(詞命) 짓는 일을 맡아보던 관아. 광종 때 원봉성을 고친 것인데, 뒤에 한림원·문한서·예문관·사림원·춘추관 따위로 고쳤다.

3773)특이ᄌ셩(特異自成) : 특이하여 다른 아이들과 달리 가르치지 않아도 절로 이루어짐. *자성(資性): 본래 타고난 성격이나 성품. ＝천성(天性).

3774)됴승지쥬(照乘之珠) : ＝조승주(照乘珠). '광채가 여러 대의 수레를 비출 수 있을 만큼 매우 밝은 구슬'을 말하는데, '재덕이 뛰어난 사람'을 비유할 때 쓰는 말이다. 『사기 권46 〈전경중완세가(田敬仲完世家)〉에 "제 위왕(齊威王)과 위 혜왕(魏惠王)이 회동했을 때, 위 혜왕이 제 위왕에게 말하기를, "과인(寡人)의 나라는 비록 작으나 앞뒤로 수레 12승(乘)을 환히 비출 수 있는 경촌(徑寸)의 구슬이 10매(枚)나 있습니다."하자, 제 위왕이 자신은 훌륭한 신하들을 보배로 여길 뿐, 구슬을 보배로 여기지 않는다고 대답한 데에서 온 말이다.

3775)황향(黃香)의 션침(扇枕) : 중국 동한(東漢) 때의 효자 황향이 편부(偏父)를 지극히 섬겨, 여름에 아버지의 잠자리에 부채를 부쳐 시원하게 해드렸던 고사를 이르는 말.

3776)뉵젹(陸績)의 회귤(懷橘) : 중국 삼국시대 때 오(吳)나라 효자 육적(陸績)이 여섯

阿)3777)히 넉일지라.

문침시션(問寢視膳)3778)ᄒᆞ미 신혼성정(晨昏省定)3779)의 동동쵹쵹(洞洞屬屬)ᄒᆞ여 '신약불승의(身若不勝衣)3780)ᄒᆞ고 어[언]약불츌구(言若不出口)'ᄒᆞ니 일【12】즉 크게 니르미 업시 효ᄒᆡᆼ(孝行)과 츙의(忠義) 다 니럿더라.

공이 십여셰의 모부인이 기셰ᄒᆞ니, 공이 쥬야호통(晝夜號慟)ᄒᆞ여 싀훼골입(柴毀骨立)3781)ᄒᆞ니, 션셩이 대의(大義)로써 긔유(開諭)ᄒᆞ디 십분 졀억(節抑)ᄒᆞ여 삼상(三喪)을 맛츠니, 너비 듯보와3782) 쇼셰졍의 쳐ᄆᆡ(妻妹)로 녜를 일우니, 쇼소제 대가(大家)의 싱츌(生出)ᄒᆞ고 명부(命婦)의 계훈(戒訓)ᄒᆞ여 용뫼 쇄락ᄒᆞ고 덕셩이 교유(皎裕)3783)ᄒᆞ니, 엄구(嚴舅)를 밧드오미 동동(洞洞)3784)ᄒᆞᆫ 셩회 잇셔 인심을 감동ᄒᆞ고, 됸고(尊姑)를 밋쳐 셤기지 못ᄒᆞᆷ을 【13】 슬허ᄒᆞ여 졔ᄉᆞ를 밧들미 공경ᄒᆞ고 졍셩되여, 공ᄌᆞ(孔子)의 니르신 바, 쥭으니3785) 셤기믈 ᄉᆞ니3786) ᄀᆞᆺ치 ᄒᆞᄂᆞᆫ지라.

두 쇼괴(小姑) 깃거ᄒᆞ고 슬허ᄒᆞ여 항상 ᄃᆡ인긔 지극ᄒᆞᆷ을 고ᄒᆞ니, 션셩이 의지즁지ᄒᆞ여 부인의 밋쳐 보지 못ᄒᆞᆷ을 슬허ᄒᆞ고 창감(愴感)ᄒᆞ니, 쇼쇼제 셩가(聖家) 법문(法門)의 싱댱ᄒᆞ여, 모부인 연시의 졍덕ᄒᆞᆫ 교훈을 습(習)ᄒᆞ고 외구(外舅)의 특츌ᄒᆞᆫ 셩효를 효측(效則)ᄒᆞ미 몸쇼 쥬하(廚下)의 님ᄒᆞ여 감지를 친집(親執)ᄒᆞ니, 시비(侍婢) 【14】 로 상(床)을 들니고 친히 셔헌(書軒) 후면(後面) 난함(欄檻)의 ᄂᆞ가 ᄃᆡ령ᄒᆞ여, 엄구 ᄃᆡ인의 평안이 진식ᄒᆞ시믈 알고 물너 오미, 진반(進飯)의

살 때 원술(袁術)의 집에 갔다가, 원술이 먹으라고 내온 귤을 먹지 않고 품속에 넣어 가져다가 어머니께 드렸다는 고사를 이르는 말.

3777)비아(卑阿) : 격이 낮고 아첨을 잘함.

3778)문침시션(問寢視膳) : 주문왕(周文王)이 세자로 있을 적에 아침과 점심과 저녁 등 하루에 세 차례씩 아버지 왕계(王季)에게 문안을 올리고 수라상을 살폈던 고사로, 황태자가 부황(父皇)을, 또는 효자가 부모를, 효성을 다해 섬기는 것을 이르는 말이다. 『禮記 文王世子』에 나오는 말이다.

3779)신혼셩졍(晨昏省定) : 신셩(晨省)과 혼정(昏定). 곧 밤에는 부모의 잠자리를 보아 드리고 이른 아침에는 부모의 밤새 안부를 묻는다는 뜻으로, 부모를 잘 섬기고 효성을 다함을 이르는 말.

3780)신약불승의(身若不勝衣)ᄒᆞ고 언약불츌구(言若不出口) : 매우 공손한 모습을 일컬은 말이다. 주공(周公)이 부친 문왕(文王)을 섬길 때에 너무도 공손하여 그 모습을 형용하여 "몸은 옷을 가누지 못할 듯하고, 말은 입 밖에 나오지 못할 듯하였다(身若不勝衣, 言若不出口)."라고 하였다. 『淮南子 氾論訓』와 『小學 稽古』에 나온다.

3781)싀훼골입(柴毀骨立) : 나무토막처럼 심하게 말라 뼈만 앙상하게 서있음

3782)듯보다 : 듣보다. 듣기도 하고 보기도 하며 알아보거나 살피다.

3783)교유(皎裕) : 맑고 넉넉함.

3784)동동(洞洞) : 질박하고 성실함. 또는 매우 효성스러움.

3785)쥭으니 : 죽은 이. 죽은 사람.

3786)사니 : 산 이. 산 사람.

다쇼를 술피고, 됴히 넉이는 거슬 갈녁ᄒ여 굿쵸며, 슬허넉이는 거슬 다시 ᄂ오지 아니ᄒ며, 신혼셩졍(晨昏省定)의 창외(窓外)의 문안홀시, 션싱이 드러오믈 명흔죽 입닉ᄒ여 뵈니, 션싱이 ᄉ랑ᄒ고 두굿기믈 니긔지 못ᄒ나, 본디 셩이 고요ᄒ고 단묵(端默)ᄒ여 ᄌ부를 익즁ᄒ나, 집슈(執手) 흔연(欣然)【15】ᄒ미 업고, 평일의 ᄉ긔(辭氣) 단엄ᄒ나 부인이 일야(日夜) 심연(深淵)을 님(臨)ᄒ고 박빙(薄氷)을 드딘 듯, 젼젼긍긍(戰戰兢兢)3787)ᄒ여 잠간도 방심ᄒ미 업는지라.

일일(日日)의 다ᄉ 씩 봉양ᄒ는 졀ᄎ 공경근신(恭敬謹愼)ᄒ여 시긱을 어긔오지 아니ᄒ니, 션싱이 심즁의 아름다이 넉여 깁히 귀즁ᄒ니, 긔한셔우(祁寒暑雨)3788)의도 부인이 친히 ᄂ오믈, 귀골(貴骨)이 힝혀 상(傷)홀가 금(禁)ᄒ디, 부인이 난간 ᄋ리셔 기다려 상을 물녀 도라오니, 이 곳 텬셩디효의 비로ᄉ미라.【16】

ᄒ믈며 양공이 야야(爺爺)를 밧드오미 흡흡(洽洽)히3789) '증ᄌ(曾子)의 양지(養志)'3790)를 효측(效則ᄒ는지라. 이러무로 어진 지상의 일크르믈 어더 셰동됴의 발쳔(發闡)3791)ᄒ여 한님시독을 말미암ᄋ 간의틱우 문하시랑을 지닉엿더니, 셩쥬(聖主) 입승디통(入承大統)ᄒ시미 공의 문장긔질을 과즁(過重)ᄒᄉ 병부상셔 디ᄉ마 농두각 태흑ᄉ의 도도시니 시년이 십삼셰라.

공의 ᄉ룸되오미 뇌락상활(磊落爽闊)ᄒ고 현명활달(賢明豁達)ᄒ니 관옥(冠玉) ᄀᆺ흔 용모며 신뉴(新柳) ᄀᆺ【17】흔 풍치니, 엄졍흔 긔긔와 관인흔 덕냥(德量)이 진짓 긔셰군ᄌ(蓋世君子)요 금옥도힝(金玉道行)이라.

셩쥬(聖主) 녜우(禮遇)ᄒ시고 일셰(一世) 명뉴(名流) 셔로 ᄉ괴니, 위승상이 셰동됴로붓터 교도를 미ᄌ '관포(管鮑)의 지긔(知己)'3792)와 진왕의 경허(敬虛)3793)

3787)젼젼긍긍(戰戰兢兢) : 몹시 두려워서 벌벌 떨며 조심함.

3788)긔한셔우(祁寒暑雨) : 모진 추위와 더위와 장마.

3789)흡흡(洽洽)히 : 넉넉히. 흡족히.

3790)증ᄌ(曾子)의 양지(養志) : 『맹자(孟子)』 <이루상(離婁上)>에 나오는 이야기다. "증자(曾子)가 아버지 증석(曾晳)을 봉양할 때 밥상에 반드시 주육을 준비하였는데, 밥상을 물릴 적에 증자는 반드시 '누구에게 주시겠느냐?'고 청하였으며, '여유가 있느냐?'고 물으면 반드시 '있다'고 대답하였다. 증석이 죽은 뒤에는 아들 증원(曾元)이 증자를 봉양하여, 또한 반드시 주육을 준비하였는데, 밥상을 물릴 적에 증원은 '누구에게 주시겠느냐?'고 청하지 않았으며, 증자가 '여유가 있느냐?'고 물으면 반드시 '없다'고 대답하였다. 이는 그 음식을 다시 올리기 위해서였는데, 이것이 이른바 구체(口體) 만을 봉양한다는 것이니, 증자와 같이 하면 '부모의 뜻을 봉양한다(養志)'고 이를 만하다."고 하였다. *증자: 중국 노나라의 유학자 증삼(曾參: B.C.506~B.C.436?)을 높여 이르는 말로 자는 자여(子輿). 공자의 덕행과 사상을 조술(祖述)하여 공자의 손자인 자사(子思)에게 전하였다. 유가에서 내세우는 대표적인 효자로, 효(孝)가 양구체(養口體; 음식과 몸을 섬기는 것)에 머물지 않고 양지(養志; 뜻을 섬기는 것)에 이르러야 함을 몸소 보여주었다. 저서에 『증자』, 『효경』이 있다.

3791)발쳔(發闡) : 앞길이 열려 세상에 나섬. 또는 앞길을 열어 세상에 나서게 함.

흥미 잇더라.

공의 냥미(兩妹) 각각 구가(舅家)의 도라 깃더니, 경수(京師)의 모든 후 주로 야야긔 뵈오니, 션성이 주셔(子壻)와 녀부(女婦)를 모화 긔긔(個個)히 옥슈경지(玉樹瓊枝) 깃호믈 두굿기니, 댱녀는 형부상셔 왕공의 부인이오, 차녀는 긔봉부윤 상공【18】의 실가(室家)3794)라.

션성이 부인을 상(喪)호 후 다시 지취(再娶)호지 아니코 주부(子婦)의 효봉을 밧더니, 경수의 온 후 홀연 일기 쇼희(小姬)를 작첩(作妾)호니 셩명은 가십낭이라. 본딕 항쥐 창모(娼母)의 어더 기른 빈니, 져의 의로 미존 형뎨가 열히오, 추례 열지3795)라. 이러무로 십낭(十娘)이라 호더라.

항쥐 창누(娼樓)의 슘먹고 미인(美人)을 희롱호다가 요악(妖惡)호 졍틱(情態)를 보고 노호여 창모(娼母)를 쳐 죽이고 제창(諸娼)을 난타호여 혹 죽으며 도망호니, 십【19】낭의 무리 삼인이 셔로 닛그러 슘어 경수(京師)의 오다가, 스름이 구호여 도라와 각각 혼닌(婚姻)호니, 하느흔 신쥐졀도수 김황의 익희(愛姬)되여 인호여 황이 올녀 부인을 슴고, 하느흔 상셔우승 녀공의 주(子) 신진(新進) 한님 혹수 녀슌의 잉첩(媵妾)이 되고, 십낭이 홀노 잇더니, 스름이 젼셜(傳說)3796)호여 져의 표형(表兄) 송쳔이 인진(引進)호여 양쳐스긔 뵈시니, 스수(私私)로이 회포(懷抱)를 의논홀식, 김황이 쇼쳡을 딕혹호여 부인을 삼고 아들을 두엇【20】시며 슈즁(手中)의 금옥(金玉)이 난난(爛爛)호니3797) 그 방주(放恣) 호수(豪奢)호미 것칠 거시 업고, 한님 녀슌의 쇼희는 부인이 현숙호고 엄졍호니 그윽이 울울(鬱鬱)호고, 한님이 또한 면강(勉强)호여 취(娶)호여시나, 쯧이 낙낙호니3798) 쳥등야우(靑燈夜雨)3799)의 홍뉘(紅淚) 눈셥을 줌가 원(怨)이 깁허시나, 한님의 쇼년풍광(少年風光)을 브르미 잇시되, 양쳐스는 연긔(年紀) 임의 오십이 넘고, 셩효로 일홈난 병부상셔 딕스마의 부공(父公)이니, 가음열고 돈귀(尊貴)호미 비홀 곳이 업스리【21】라 드럿더니, 상셰 쳥검(淸儉)호고 션싱의 셩이 엄졍(嚴正)호니 가

3792) 관포(管鮑)의 지긔(知己) : 관중(管仲)과 포숙(鮑叔)이 서로 마음이 통하는 친한 친구였음을 이르는 말. *관포지교(管鮑之交): 관중과 포숙의 사귐이란 뜻으로, 우정이 아주 돈독한 친구 관계를 이르는 말.
3793) 경허(敬虛) : 남은 공손히 받들어 모시고 자신은 낮추어 비움.
3794) 실가(室家) : '아내'를 달리 이른 말. =가실(家室).
3795) 열지 : 열째. 순서가 열 번째가 되는 차례.
3796) 젼셜(傳說) : 말을 전함. 또는 그 말. =전언(傳言)
3797) 난난(爛爛)호다 : 빛이 번쩍번쩍하여 눈부시다
3798) 낙낙호다 : 마음이 넓고 조금 여유가 있다.
3799) 쳥등야우(靑燈夜雨) : 비 내리는 밤의 푸른 불빛 아래. 쓸쓸한 정서 또는 장면을 표현한 말.

즁이 한亽(寒士)의 집 굿고, 가동(家童)이 슈십의 넘지 못ᄒ고, 비ᄌ(婢子) 삼십이 ᄎ지 못ᄒ니, 가ᄂᆡ 춍권(總權) 잡은 부인도 몸쇼 쥬하(廚下)의 ᄂᆞ려 찬션(饌膳)을 친집(親執)ᄒ고, 우셜(雨雪)을 무릅써 난하(欄下)의 왕닉ᄒ니, 제 가히 ᄌ존(自尊)치 못ᄒ올 거시오. 다만 쇼츠두(小叉頭) 일인을 져를 쥬며 능나(綾羅)ᄂᆞᆫ 몸ᄀ리오미 흡둑(洽足)지 못ᄒ고, 금은이 슈즁(手中)의 오지 아니ᄒ니 낙막(落寞)ᄒ거늘, 션싱이 단엄(端嚴)ᄒ고 간즁(簡重)ᄒ 【22】여 은ᄋᆡ(恩愛)를 졀ᄎ(絶遮)ᄒ니3800), 한독(悍毒)이 날노 더은지라.

쇼부인이 비록 극진이 ᄃᆡ졉ᄒ고, 상셰 은근이 치관(致款)3801)ᄒ나 마음이 닉도ᄒ여3802) 그윽이 타문(他門)을 싱각ᄒ되, 가ᄇᆡ야이 몸을 이곳의 일위여시니 둘연(猝然)이 도망치 못ᄒ고 원한이 깁흘 ᄯᅮᆫ이라.

ᄌ민(姉妹) 회포를 의논ᄒ여 남을 불워ᄒ니3803) 더옥 흔(恨)ᄒ여 그윽이 교ᄋ(咬牙)ᄒᆞᄂᆞᆫ지라3804). 상셰 셔모(庶母)의 간악ᄒᄆᆞᆯ 알오ᄃᆡ, ᄂᆞᆺ타난 죄악이 업고, 부공이 맛당이 넉이시니, 신싱(申生)의 니른 【23】바, ‘희시(姬氏)를 업시ᄒᄆᆡ 군(君)의 침식(寢食)이 평안치 못ᄒ리라.’3805) ᄒ니, ᄒᆞ믈며 가녀의 작얼(作孽)이 아직 녀희(驪姬)의 밋지 아니니, 됴히 ᄃᆡ졉ᄒ여 화평ᄒᄆᆞᆯ 어덧더라.

상셰 ᄇᆞ야흐로 냥ᄌ일녀(兩子一女)를 두니, 댱ᄌ 셤은 칠셰오, 녀는 혜쥬니 오셰요, 쇼ᄌ(小子) 염은 강보(襁褓)의 잇스니, ᄌ녀 ᄀᆡ기(個個)히 곤산미옥(崑山美玉)3806)이오, ‘ᄒᆡ진(海塵)의 구슬’3807)이로ᄃᆡ, 혜쥬 더옥 쎈혀ᄂᆞ니, 싱셩(生成)ᄒᄆᆡ 크게 어질미 잇셔, 빅셜(白雪)이 쏜힌 안ᄉᆡᆨ(顔色)은 의심컨ᄃᆡ 현포(玄圃)3808)

3800) 졀ᄎ(絶遮)ᄒ다 : 끊고 막다.

3801) 치관(致款)ᄒ다 : 공경하는 뜻을 보이다.

3802) 닉도ᄒ다 : 판이(判異)하다. 크게 다르다. 엉뚱하다.

3803) 불워ᄒ다 : 부러워하다. 남이 잘되는 것이나 좋은 것을 보고 자기도 그렇게 되고 싶어 하다.

3804) 교아(咬牙)ᄒ다 : 이를 악물다.

3805) ‘희시(姬氏)를 업시ᄒᄆᆡ 군(君)의 침식(寢食)이 평안치 못ᄒ리라’ : 신생은 진(晉)나라 헌공(獻公)의 태자인데. 헌공의 애첩(愛妾) 여희(驪姬)가 자신의 아들 해제(亥齊)로 헌공의 뒤를 잇게 하려고, 헌공에게 신생을 모함하였는데, 신생이 ‘여희의 음모를 밝히면 여희가 죽음을 당하여 늙은 아버지가 상심할까 걱정해서’ 자결하면서 한 말이다. 『春秋左氏傳 莊公28年』에 나온다.

3806) 곤산미옥(崑山美玉) : 곤산에서 나는 아름다운 옥. 또는 그처럼 외모나 인품이 아름다운 사람. 곤산은 곤륜산(崑崙山)으로 중국 전설상의 산. 중국 서쪽에 있으며, 옥(玉)이 난다고 한다.

3807) ᄒᆡ진(海塵)의 구슬 : 바다와 육지에서 나는 귀하고 아름다운 보배. *ᄒᆡ진(海塵): 바다와 진세(塵世) 곧, 바다와 인간세상[육지]을 함께 이른 말.

3808) 현포(玄圃) : 중국 곤륜산 정상에 있는 신선이 산다는 곳. 그 위에는 금대(金臺), 옥루(玉樓)가 있고, 기화요초(琪花瑤草)가 만발해 있다고 하며, 위로 천계(天界)와 통한

의셔 ᄂᆞ려온【24】가 ᄒ고, 부용(芙蓉)이 반만 웃ᄂᆞᆫ 쌍협(雙頰)은 연지(蓮池)의 남은 정긔를 거두엇고, 원산(遠山)의 봄이 도라오믄 샌혀난 아미(蛾眉)3809)오, 효셩(曉星)3810)이 징파(澄波)3811)의 빗최믄 그 쌍안(雙眼)의 광치(光彩)라.

무협ᄒᆡᆼ운(巫峽行雲)3812)은 쵸텬(楚天)3813)의 ᄯᅥ러지고, 월읙교협(月額嬌頰)3814)은 빈져(鬢底)3815)의 ᄂᆞ죽ᄒ니, 쇄락ᄒᆞᆫ 풍용(風容)3816)은 운니쇼월(雲裏素月)3817)이 광휘를 흘니니, 정슉ᄒᆞᆫ 긔질은 상텬츄국(霜天秋菊)3818)이 ᄇᆞ야흐로 만발ᄒᆞᆫ 듯, 몱으되 완전ᄒ고 됴ᄒ되 온유(溫柔)ᄒᆞ여, 동작이 한ᄋᆞ(閑雅)ᄒᆞ며, 긔위(氣威)《단장‖단정(端正)》ᄒ니, ᄒ【25】물며 효위(孝友) 텬셩(天性)의 늣타ᄂᆞ고, 덕힝이 임의 니럿ᄂᆞᆫ지라.

슈삼셰(數三歲)3819)로븟터 모부인을 뫼셔 조부공(祖父公)긔 문안ᄒᆞ여 녜뫼(禮貌) ᄀᆞ죽ᄒ며, 긔이ᄒᆞᆫ 과실과 비상ᄒᆞᆫ 찬품(饌品)을 밧드러 셔헌(書軒) 후창으로 ᄂᆞᅡ가 조부긔 드리고, 그 마시3820) 호불(好不)3821)을 뭇ᄌᆞ와 모친긔 고ᄒ고, 됴셕 식상을 헌(獻)ᄒ며, ᄯᅡ라가 상하(床下)의 ᄭᅮ러, 됴히 넉이시난 바와 맛당치 아니시믈 뭇ᄌᆞ와 모친긔 알외니, 부인이 녀이 졈졈 ᄌᆞ라무로 엄구ᄃᆡ인 감지를 【26】밧드오민, 식셩(食性)을 아라 져기 마음이 평안ᄒᆞᆫ지라. 더옥 ᄋᆡ듕ᄒ더라.

스세의 부인이 범노공긔 현알ᄒ고 숑계공 부인 말솜을 드러 위ᄋᆞ 웅창의 긔이ᄒᆞ믈 아랏더니, 상셰 웅창을 친히보고 만심환열(滿心歡悅)ᄒᆞ여 쾌히 면약(面約)고 ᄌᆞᆨᄒ나 ᄌᆞ져(趑趄)ᄒ미 잇스믄, 션싱의 노부인 사시 일즉 난니(亂離)의 분찬(奔竄)ᄒᆞ여 시임승상 됴보(趙普)3822)의 부친이 구ᄒᆞ여 결약남미(結約男妹)ᄒᆞ여 부모

다고 하는 곳으로, 보통 '선경(仙境)'의 뜻으로 쓰인다.

3809)아미(蛾眉) : 누에나방 같은 눈썹이라는 뜻으로, 가늘고 길게 굽어진 아름다운 눈썹을 이르는 말.

3810)효셩(曉星) : '금성(金星)'을 일상적으로 이르는 말. =샛별. 새벽별.

3811)징파(澄波) : 맑은 물결.

3812)무협ᄒᆡᆼ운(巫峽行雲) : '무협(巫峽)에 떠가는 구름'이란 말로, 옛날 중국 전국시대 초(楚) 나라 양왕이 무산(巫山)의 양대(陽臺)에서 자면서, 꿈속에서 무산선녀를 만나 운우(雲雨)의 정을 나누었다는 고사를 빗대어 표현한 말이다.

3813)쵸텬(楚天) : 중국 초(楚)나라의 하늘.

3814)월읙교협(月額嬌頰) : 달처럼 둥근 이마와 아리따운 두 뺨.

3815)빈져(鬢底) : 귀밑머리 밑.

3816)풍용(豊容) : 풍화(豊華)한 얼굴 빛.

3817)운니쇼월(雲裏素月) : 구름 속에 떠 있는 하얀 달.

3818)상텬츄국(霜天秋菊) : 서리치는 하늘 아래 피어있는 가을 국화.

3819)슈삼셰(數三歲) : 두세 살.

3820)마시 : 맛에. *맛: 음식 따위를 혀에 댈 때에 느끼는 감각.

3821)호불(好不) : 호불호(好不好). 좋음과 좋지 않음.

3822)됴보(趙普) : 922-992. 중국 북송 건국기의 정치가. 자 칙평(則平). 송 태조 조광윤

룰 츳고, 션싱의 부친 듁쳥션싱긔 가(嫁)ᄒᆞ엿 【27】 시니, 션싱이 됴시ᄅᆞᆯ 은인으로 딕졉ᄒᆞ여 닛지 아니ᄒᆞᄂᆞᆫ지라.

됴승상 댱ᄉᆞᆫ 졍옥이 임의 뉵칠셰니 용뫼 ᄌᆞ못 표일(飄逸)ᄒᆞᆫ지라. 션싱이 됴ᄋᆞ의게 ᄯᅳᆺ을 두어 ᄋᆞᄌᆞ드려 닐넛던지라. 상셰 됴보의 인지와 믈망을 가지ᄒᆞ고 은인으로 공경ᄒᆞ나, 그 위인이 싀극(猜克)ᄒᆞ믈3823) 블열(不悅)ᄒᆞ니 유유(儒儒)ᄒᆞ다가, 됴부의 가 졍옥을 보고 악연(愕然)ᄒᆞᄆᆡ ᄀᆞᆺ갑고 ᄯᅩ 슈골(壽骨)이 아니믈 알외니, 션싱이 【28】 믁연(默然)ᄒᆞ더니, 웅챵을 보고 진짓 녀ᄋᆞ의 ᄶ○이믈 야야긔 고ᄒᆞᆫᄃᆡ, 션싱이 드롤 ᄯᆞᄅᆞᆷ이라가, 냥구(良久)의 비로쇼 '네 ᄯᅳᆺ 딕로 ᄒᆞ라.' ᄒᆞ엿시ᄃᆡ, 위공이 걸안3824)을 치라 가시니, 도라오기를 기ᄃᆞ리더니, 됴승상 ᄌᆞ부 최시 연쇼져를 보고 딕경ᄒᆞ여 긔부인을 도도다가3825) 일장풍파(一場風波)를 니르혀니, 져상망(沮喪妄斷)3826)ᄒᆞ여 연부의 ᄀᆞᆺ던 ᄋᆞ환(丫鬟) 난미ᄅᆞᆯ 양부의 보ᄂᆡ여, '양쇼져를 보라' ᄒᆞ니, 난미 가십낭의 방의 가 슘어보니, 양쇼제 【29】 모부인을 뫼시고 태야(太爺) 진반(進飯)을 위ᄒᆞ여 셔헌을 향ᄒᆞᄂᆞᆫ지라.

녕농(玲瓏)ᄒᆞᆫ 광휘ᄂᆞᆫ 안모(眼眸)를 둘넛고, 졍슉ᄒᆞᆫ 긔질은 위의(威儀)에 됴츠시며, 유한ᄒᆞᆫ 덕셩은 ᄉᆞ긔(辭氣)의 넛타ᄂᆞ고, 졍졍(貞靜)ᄒᆞᆫ 힝의(行義)ᄂᆞᆫ 힝보의 뵈ᄂᆞᆫ지라. 진실노 연쇼져로 일쌍(一雙) 뇨됴슉완(窈窕淑婉)이라.

놀나고 깃거 도라가 젼ᄒᆞ니, 크게 깃거 가녀를 ᄉᆞᄉᆞ로이 ᄉᆞ괴여, 상셔의 ᄯᅳᆺ을 알고져 ᄒᆞᆫᄃᆡ, 가녜 드듸여 상셔의 ᄯᅳᆺ이 낙낙(落落)ᄒᆞ믈3827) 보ᄒᆞᆫᄃᆡ, 최시 한(恨)ᄒᆞ여, 가십낭의게 ᄌᆞ로 금빅(金帛)을 【30】 보ᄂᆡ여 션싱을 츙동ᄒᆞ여, '상셔의 ᄯᅳᆺ을 두루혀게 ᄒᆞ라.' ᄒᆞ니, 가녜 이의 온 후 빈한(貧寒)ᄒᆞ믈 흔(恨)ᄒᆞ다가, 만흔 지보(財寶)ᄅᆞᆯ 어드니 깃브믈 니긔지 못ᄒᆞ고, 큰 셰력을 어들와 ᄒᆞ여 ᄶᅥ로 션싱긔 뫼시ᄆᆡ, 됴승상의 덕망(德望) 훈업(勳業)을 일ᄏᆞᆺ고, 그 가듕(家中)의 화평홈과 됴승상 부인 셔시와 ᄌᆞ부 최시의 어질믈 칭예(稱譽)ᄒᆞ여, 쇼제 져 집의 간죽 부귀와 복녹

(趙匡胤)의 막료가 되어 황제 추대에 중심인물로 활약했다. 그 공로로 우간의대부(右諫議大夫)가 되고 추밀사(樞密使) 등을 거쳐 재상(宰相)에 올랐다. 문치주의적인 지배체제 구축으로 건국 초 국가기틀을 세우는데 공헌하였다.

3823) 싀극(猜克)ᄒᆞ다 : 시기심이 많고 엉큼하다. =시험(猜險)하다.

3824) 걸안 : 거란. 『역사』 5세기 중엽부터 내몽골의 시라무렌강(Shira Müren江) 유역에 나타나 살던 유목 민족. 몽골계와 퉁구스계의 혼혈종으로, 10세기 초 야율아보기가 여러 부족을 통일하여 요나라를 건국한 후 발해를 멸망시키고 고려에도 세 차례나 쳐들어 왔으나, 12세기 초 금나라의 성장으로 말미암아 세력이 약화되어 다시 부족 상태로 분열하였다.

3825) 도도다 : 돋우다. 감정이나 기색 따위를 생겨나게 하다. '돋다'의 사동사.

3826) 져상망(沮喪妄斷) : 기운을 잃고 망령된 판단이나 단정을 함..

3827) 낙락(落落)ᄒᆞ다 : 작은 일에 얽매이지 않고 대범하다.

이 제미(齊美)3828)ᄒ믈 일ᄏᄅ며, '됴승상 집 공ᄌ의 비상ᄒ미 쳔고(千古)의 무쌍(無雙)ᄒ고 일【31】셰의 듸두(對頭) ᄒ리 업다'ᄒ여, '쇼져로써 됴부의 보닉여 됴시 봉사(奉祀)를 밧든즉, 셕일(昔日) 듸은(大恩)을 갑흐미 되리라'ᄒ여, 공교흔 말과 간ᄉ흔 쇠옴3829)이 니음ᄎ니3830), 션싱이 마음이 기우려3831) 일일은 상셔를 듸ᄒ여 왈,

"됴이 비록 특이치 못ᄒ나, 그 문지(門地)3832)와 공훈이 젹듸 댱손이 봉후(封侯)를 승습(承襲)ᄒ여 부귀로 일싱을 안향(安享)ᄒ리니, 유ᄌ유손(有子有孫)ᄒ여 빅슈히로(白首偕老)3833)흔즉, ᄉ회 굴히미 이의 지나미 업슬가 ᄒ노라."

상셰 빅ᄉ 왈

"하괴(下敎) 지극 【32】 ᄒᄉ듸 위ᄌ의 뇽호(龍虎) ᄀᆺ흔 긔질을 ᄇ리고 됴ᄋ의 산계비질(山鷄卑質)3834)을 구ᄒ미 ᄎ마 인졍의 가치 아니ᄒ온지라. 엇지ᄒ리잇고?"

션싱이 강잉(强仍) 쇼왈(笑曰),

"위ᄋᄂᆞᆫ 보지 못ᄒ엿거니와 위ᄌ현의 스름되오미 그러ᄒ니 기ᄌ(其子) ᄯᅩ흔 아름다오려니와, 연쇼ᄋ동(年少兒童)의 상격(相格)이 밋쳐 니지 못ᄒ여시니, 엇지 미리 현우(賢愚)를 판단ᄒ리오. 엇지 위ᄋᄂᆞᆫ 뇽호(龍虎) ᄀᆺ고 됴ᄋᄂᆞᆫ 산계(山鷄) 되엿ᄂ뇨? 됴승상 ᄃ려 무르면 ᄌᆞ긔 손이 닌ᄋ봉츄(騏兒鳳雛)3835)라 ᄒ리라."

상 【33】 셰 ᄯᅩ흔 우음을 ᄯᅴ여 셩괴(聖敎) 지당(至當)ᄒ시믈 일ᄀᆺ더라.

오리지 아냐 위공이 도라오고 니어 둉질(從姪) 문흥이 닙신(立身)ᄒ여 골육을 ᄎᄌ니, 션싱이 깃브고 슬허ᄒ여 위공의 큰 은혜를 고마워 ᄒ고, 됴가 혼ᄉ를 다시 니르지 아니ᄒ고, 상셰 문흥을 화쥬와 쇼쥬의 왕닉(往來)ᄒ여 뵈고, 위싱 완창이 와 뵈니, 션싱이 위가의 남녀 기기(個個)히 쵸츌(超出)ᄒ믈 ○○[보고], 위시의 쳡쳡흔 은덕을 보믹, ᄋᄌ의 위ᄋ 기우리믈 괴이치 아니케 넉이ᄂᆫ 【34】 지라.

3828)졔미(齊美) : 모두 아름답게 잘 갖추어짐.
3829)쇠옴 : 꾐. 어떠한 일을 할 기분이 생기도록 남을 꾀어 속이거나 부추기는 일. *꾀다: 그럴듯한 말이나 행동으로 남을 속이거나 부추겨서 자기 생각대로 끌다.
3830)니음ᄎ다 : 이음차다. 줄줄이 이어지다.
3831)기우려 : 기우러지다. 기울어지다. 마음이나 생각 따위가 어느 한쪽으로 쏠리게 되다.
3832)문지(門地) : 대대로 내려오는 그 집안의 사회적 신분이나 지위.=문벌(門閥).
3833)빅슈히로(白首偕老) : 부부가 머리가 하얗게 셀 때까지 한평생 같이 살며 함께 늙음.
3834)산계비질(山鷄卑質) : 꿩처럼 자질이 비천함. *산계(山鷄); 꿩.
3835)닌ᄋ봉츄(騏兒鳳雛) : 천리마의 새끼와 봉황의 새끼라는 말로, 뛰어나게 잘난 자손을 칭찬하여 이르는 말.

굿ᄒ여 됴가의 구친(求親)키ᄅᆞᆯ 권치 아니ᄒ니, 가녜 쵸됴(焦燥)ᄒ여 ᄀ마니 져의 표형(表兄) 숑쳔을 인연ᄒ여 도관(道觀)의 가 요괴(妖怪)로온 약을 ᄉᆞ오니, 가녜 됴흔 슐과 ᄎᆞ(茶)의 약을 타, ᄌᆞ로 션싱긔 ᄂᆞ오니, 원ᄂᆞ 이 약이 ᄒ번 마신 즉 마음이 변ᄒᄂ 뉘(類)라. 양쳐ᄉ는 긔품(氣稟)이 쳥고(淸高)ᄒ니, ᄀ비야이 변치 아니ᄒ더니, 일월이 오ᄅᆡᄆᆡ ᄉᆞ특(邪慝)흔 약녁(藥力)이 졈졈 장부(臟腑)3836)의 빈ᄂ지라3837).

홀연 가십낭 춍이ᄒᄆᆡ 졈졈 더으고, ᄯᅢ로 됴가 혼ᄉᆞᄅᆞᆯ 권ᄒ【35】믈 보와 그 말이 심히 올흐니, 일일은 상셔ᄅᆞᆯ 딕ᄒ여 왈,

"노뷔 션비ᄅᆞᆯ 여희온 후 날이 오ᄅᆡ딕 지통(至痛)이 졈졈 더으거늘, 됴공의 집 은혜ᄅᆞᆯ 갑지 못ᄒ니 듕심의 슬허ᄒᄂ니, 엇지ᄒ여 됴시의 대은을 갑흐리오."

상셰 쳐연 딕왈,

"셩의(聖意) 여ᄎᆞ하시니 히이 더옥 갑ᄋᆞᆷᄒᄂ이다. 됴공의 은혜ᄅᆞᆯ 죵신불망(終身不忘)ᄒ와 지친(至親) ᄀᆞ치 셤기리이다."

ᄒ나, 야야의 ᄯᅳᆺ이 홀연 변ᄒ시믈 아지 못ᄒ고, 임의 위가ᄅᆞᆯ '가(可)타'ᄒ【36】여시니, 명교ᄅᆞᆯ 밧드러 마음의 완졍(完定)ᄒ여시니, 낭이 져기3838) ᄌᆞ라믈 기ᄃᆞ려 치례(采禮)3839)ᄅᆞᆯ 힝코ᄌᆞ ᄒᄂ지라. 엇지 의외의 엄명이 계실 줄 ᄯᅳᆺᄒ여시리오.

됴공이 ᄯᅩᄒᆞᆫ 양상셰 위ᄋᆞ와 유의ᄒ믈 아니, 굿ᄒ여 ᄯᅳᆺ의 유의ᄒᄆᆡ 업더라. 오ᄅᆡ지아냐 신졍(新正)을 맛ᄂᆞ니 쇼져의 연긔 뉵셰라. 가녜 다시 션싱긔 됴가 혼ᄉᆞ 맛당ᄒ믈 고ᄒ니, 션싱이 ᄀᆞᆯ오딕,

"됴공이 무ᄉᆞᆷ 쥬의(主意) 잇셔 ᄒ번 구혼(求婚)을 아니ᄒᄂ가?"

가녜 퇴(退)ᄒ【37】여 최시긔 글을 붓쳐,

"만일 언듕(言重)흔 듕믹(仲媒)ᄅᆞᆯ 보닌즉 ᄒ리라."

ᄒ니, 최시 됴공긔 고흔딕, 됴공이 닐오딕,

"양가의셔 위가ᄅᆞᆯ 기우리믈 아ᄂᆞ니, 엇지 구혼(求婚)ᄒ리오?"

3836) 장부(臟腑) : '오장육부(五臟六腑)'를 줄여 이르는 말. *오장(五臟): 『한의』 간장, 심장, 비장, 폐장, 신장의 다섯 가지 내장을 통틀어 이르는 말.늑오내(五內), *육부(六腑): 『한의』 배 속에 있는 여섯 가지 기관. 위, 큰창자, 작은창자, 쓸개, 방광, 삼초를 이른다. 음식물을 받아들여 소화하고 영양분을 흡수하며 찌꺼기를 내려 보내는 역할을 한다.

3837) 빈다 : 배다. 스며들거나 스며 나오다.

3838) 져기 : 적이. 꽤 어지간한 정도로.

3839) 치례(采禮) : 『민속』 혼인할 때에, 사주단자의 교환이 끝난 후 정혼이 이루어진 증거로 신랑 집에서 신부 집으로 예물을 보냄. 또는 그 예물. 보통 밤에 푸른 비단과 붉은 비단을 혼서와 함께 함에 넣어 신부 집으로 보낸다.=납채(納采),납폐(納幣).

최시 딕왈,

"양가의셔 쳐亽눈 본딕 위가를 깃거 아니ᄒ되, 상셰 위구의 쯧을 두눈 고로 욱이지 아니터니, 방금은 상셰 부명을 순슈ᄒ리라 ᄒᄂ이다."

됴공이 양쇼져의 특이ᄒ믈 닛지 못ᄒ던지라. 친신(親信)ᄒᆫ 하관을 보닉여 구혼ᄒ니, 상셰【38】 가녀의 잠통(潛通)ᄒᆫ 쥴은 아지 못ᄒ엿고, 대인이 위가를 ᄇᆞ리라 아니시니, 텬셩즈익를 밋즈와 다시 넘녀치 아냐눈지라. 쥼민를 딕ᄒ여 왈

"상국 합히 미셰ᄒᆫ 한문쳔가(寒門賤家)를 도라보시믈 닙으니 감亽ᄒ되, 쇼녜 임의 위가의 완졍(完定)ᄒ여시니, 비록 납폐를 밧지 아니ᄒ여시나 고치지 못ᄒᆯ지라. 명을 밧드지 못ᄒ니, 황공ᄒ믈 니긔지 못ᄒ리로다."

ᄒ니, 쾌히 물니치눈 쯧이라. 도라와 보(報)ᄒᆫ딕, 됴공이 심【39】 닉의 대로ᄒ나, 셩상의 일월 굿ᄒ신 딕홰 젼야의 밋츠니, 시임슈상(時任首相)으로셔 남의 졍ᄒᆫ 혼인을 허치 아니믈 엇지 노ᄒ리오. 다만 식부를 딕ᄒ여 부졀업시 구혼ᄒ믈 탓ᄉᆞ믄으니, 최시 분노ᄒ여 가녀의 글을 붓쳐 칙ᄒ니, 가녜 황공ᄒ여 한독(悍毒)을 품어 히(害)키를 경영ᄒ더라.

어시의 양공이 됴가 듕민를 도라보닉고 야야긔 고ᄒᆫ딕, 션싱이 묵연 불열(不悅)ᄒᄂ지라. 상셰 황공ᄒ여 다시 말을 못【40】ᄒ고 쑤러시니, 부공의 평일 언어간의 위공의 어진 덕을 감격ᄒ고, '그 즈손이 창셩ᄒ리라' ᄒ여, 위가를 맛당타 ᄒ엿시니, 홀연이 변ᄒ시믄 싱각지 못ᄒᄂ지라. 굿ᄒ여 녀ᄋ의 친亽(親事)로 불열ᄒ시믄 아지 못ᄒ여 냥구히 뫼셧다가 션싱의 긔운이 잠간 화평ᄒ니 힝녈(幸悅)ᄒ여 퇴ᄒᄂ지라.

ᄎ셕(此夕)3840)의 가녜 션싱긔 고ᄒᆫ딕,

"상셔 노애 부인으로 말ᄉᆞᆷᄒ시딕, '야애(爺爺) 됴가의 결혼코즈 ᄒ시딕 닉【41】 즈식의 인뉸(人倫)을 닉 스스로 《결혼∥결졍(決定)》ᄒ리니, 위공의 벼슬이 상위(相位)의 오르고 셩상의 춍우(寵遇) 녜딕(禮待)ᄒ시미 됴공의 더으시니, 야야 말ᄉᆞᆷ을 엇지 밧들리오. 요기(搖改)3841) 업스믈 니르더이다."

션싱이 심닉(心內)의 노(怒)ᄒ딕 함구불언(緘口不言)ᄒ니, 가녜 갑갑히 넉여 슈일 후 다시 참소(讒訴)ᄒ딕,

"상셰 닉당의 드르시니3842), 부인이 쇼져 혼亽를 완졍(完定)ᄒ고 빙녜(聘禮)3843)를 슈히3844) 바드시믈 쳥ᄒᆫ딕, 상셰 탄식 왈, '야애 됴가 혼亽를 허치 아

3840) ᄎ셕(此夕) : 이날 저녁에.
3841) 요기(搖改) : 흔들어서 고침.
3842) 드르니 : 들으니. 들어가니. 기본형 '들다' *들다: 밖에서 속이나 안으로 향해 가거나 오거나 하다.
3843) 빙녜(聘禮) : 납폐례(納幣禮). 전통혼례에서 정혼이 이루어진 증거로 신랑 집에서

【42】 니를 노(怒)ᄒᆞᄉ 화긔를 여지 아니시니, 이러무로 유유(儒儒)ᄒ노라.' 부인 왈, '무릇 혼인은 인가(人家)의 즁ᄒᆞᆫ 일이니, 우리 닉외 결(決)ᄒᆞᆯ지라. 돈귀(尊舅) 부졀업시3845) 아른 체 ᄒᆞ시니 졀박ᄒᆞ이다.' ○○[ᄒ니], 상셰 왈, '비록 그리ᄒᆞ시나, 닉 임의(任意)예 잇ᄉ니 야애 엇지 ᄒᆞ시리오.' ᄒᆞ더라."

ᄒ니, 션싱이 더옥 노ᄒᆞ여 긔쉭(氣色)이 심히 엄(嚴)ᄒ니, 상셰 황츅(惶蹙)ᄒ나3846), 감히 뭇줍지 못ᄒ고 다만 근심ᄒ더니, 오간(午間)3847)의 쳘·범 냥인이 니르러 ᄒᆞᆫ가지로 션싱을 뫼셔 【43】 말ᄉᆞᆷᄒ더니, 범공 왈,

"ᄋᆞ즈(俄者)의 위자(者) 현을 보니 호부시랑 강환의 집의셔 녀ᄋᆞ를 두고 구혼ᄒ니, 위공이 다만 졍ᄒᆞᆫ 곳이 잇시믈 닐너 도라보닉니, 닉 무른딕, 답왈(答曰), '닌·현 냥ᄋᆞᆫ 임의 완졍(完定)ᄒᆞ엿고, 웅ᄋᆞᆫ 면약(面約)ᄒ믄 업ᄉ나, 강가는 ᄂᆞ의 ᄯᅳᆺ이 아니라 쳥탁(稱託)ᄒᆞ엿노라' ᄒ니, 현뎨 유예(猶豫)ᄒ여3848) 질독즈(疾足者)의게 아이지 말나."

상셰 응낙ᄒ더라.

냥공이 도라간 후 상셰 부젼(父前)의 고왈,

"녀ᄋᆞ의 혼ᄉᆞ를 완졍코즈 ᄒ되, 녀이 연 【44】 긔 너모 유약ᄒᆞ온 고로 밧브지 아냐 지지(遲遲)ᄒᆞ옵더니, 혹 남의게 아이미3849) 괴이치 아니ᄒᆞ온지라. 쾌히 졍혼(定婚)코즈 ᄒᄂ이다."

션싱이 변쉭 왈,

"네 임의 위즈(者) 현 우리기를 산두 ᄀᆞᆺ치 ᄒ니, '네 즈식의 혼인은 네 스ᄉ로 결(決)ᄒ리라' ᄒ고, 식부도 ᄯᅩᄒᆞᆫ 노부의 다ᄉᆞ(多事)ᄒᆞᆯ믈 노(怒)ᄒ니, 엇지 취품(取稟)ᄒᆞ여 노부의 긔쉭을 슬피ᄂᆞᆫ뇨?"

상셰 연망(連忙)이 면관(免冠) 돈슈(頓首) 왈,

"ᄒᆞ이(孩兒) 비록 불쵸ᄒᆞ오나, 엇지 미말소신(微末小事)3850)들 스ᄉ로 결ᄒ며, 더옥 거즛 취 【45】 품(就稟)ᄒᆞ와 셩의(聖意)를 슬피고즈 ᄒ리잇고?"

션싱이 작쉭(作色) 왈,

"네 져즈음긔 됴가 미인을 퇴츅(退逐)ᄒ고, 부뷔 딕ᄒᆞ여 노부를 괴로이 넉이는

신부 집으로 예물을 보내는 의례.
3844)슈히 : 쉬이. 멀지 아니한 가까운 장래에. 어렵거나 힘들지 아니하게.
3845)부졀업다 : 부질없다. 대수롭지 아니하거나 쓸모가 없다.
3846)황츅(惶蹙)ᄒ다 : 지위나 위엄 따위에 눌리어 어찌할 바를 모르고 몸을 움츠리다.
3847)오간(午間) : 한낮을 중심으로 한 한동안. =낮때.
3848)유예(猶豫)ᄒ다 : 망설여 일을 결행하지 아니하다.
3849)아이다 : 앗기다. 빼앗기거나 가로채이다. '앗다'의 피동사.
3850)미말소ᄉᆞ(微末小事) : 아주 보잘것없고 작은 일.

쥴 닉 임의 드러시니, 추후는 간셥지 아니리니 네 임의로 ᄒ고, 노부다려 뭇지 말나"

상세 더옥 경구황송(驚懼惶悚)ᄒ니, 하당(下堂) 청죄(請罪) 왈,

"불쵸이 미렬우몽(迷劣愚蒙)ᄒ와 엄하(嚴下)의 즁죄를 엇ᄌ오니, 감히 ᄉ죄(死罪)를 청ᄒᄂ이다."

션싱이 부답ᄒ니, 상세 머리를 두다리고 업듸여 니지 아니【46】니, 션싱이 믄득 눈섭을 찡긔고 왈,

"가히 괴로오니 샐니 물너가라."

상세 황망이 돈슈(頓首)ᄒ고 물너나 문외(門外)의 셕고딕죄(席藁待罪)ᄒ니, 으ᄌ 셤이 야야의 업딘 거젹 븟긔 ᄯ우러 체읍(涕泣)ᄒ고, 부인이 쏘흔 {엄교를 드듸여}3851) 관픽(冠佩)와 장복(章服)3852)을 그르고 셔헌(書軒) 후졍(後庭)을 향ᄒ여 딕죄(待罪)ᄒ니, 쇼졔 장쇼(粧梳)를 폐ᄒ여 부인을 뫼셔 아미(蛾眉)의 시름을 씌여시니, 가닉(家內) 비복이 진경(震驚) 챵황(愴惶)ᄒ니, 가녜 션싱긔 고ᄒ딕,

"노애(老爺) 미안지교(未安之敎)를 ᄂ리오【47】시무로 상셔 노애 셕고딕죄ᄒ고, 부인 쇼졔 닉졍의 체읍(涕泣)ᄒ시니, 경상(景狀)이 슈참(羞慚)3853)흔지라. 방인(傍人)이 괴이히 넉이와 ᄀ마니 지졈(指點)ᄒ와3854), 쇼쳡이 죄즁(罪中)의 드와 황황(惶惶) 욕ᄉ무지(欲死無地)로쇼이다."

션싱이 더옥 불열(不悅)ᄒ여 시동을 명ᄒ여 젼어(傳語)ᄒ되,

"네 무슨 연고로 셕고(席藁)ᄒ여 불안을 일워ᄂ뇨? 스룸이 써ᄒ딕 '노뷔 쇼쳡을 혹ᄒ여 참언을 신쳥(信聽)ᄒ여 독ᄌ를 용납지 아니흔다' ᄒᆯ지니, 이 도리(道理) 가ᄒ냐?"

상세 황공ᄒ여【48】급히 물너나 셔당의 도라가 어린 드시 안ᄌ 마음 업시 무릅만 보고, 남그로 삭이며 흙으로 믄든 드시 움ᄌ기지 아니ᄒ더니, 슈긔(數個) 친위(親友) 와 춫고, 동데(從弟) 문흥이 왓ᄂ지라.

부득이 슈작(酬酌)3855)ᄒ여 스룸의 괴이히 넉이믈 가리오더니, 셕양의 부젼의 ᄂ으가 지지(遲遲)ᄒ여3856) 계의 오르지 못ᄒ더니, 황공흔 긔식과 완슌(婉順)흔 얼골이 심히 어엿븐지라.

오르믈 명ᄒ니 상세 황공ᄒ여 올나 뫼시니, 션싱이 노긔 져기 풀【49】넛ᄂ지

3851){엄교를 드듸여} : 앞 뒤 내용과 호응이 되지 않는 연문(衍文)으로, 삭제한다.
3852)장복(章服) : 『복식』 옛날 벼슬아치들이나 내외명부(內外命婦)가 입던 공복(公服).
3853)슈참(羞慚) : 창피하고 부끄러움
3854)지졈(指點) : 손가락으로 가리켜 보임.
3855)슈작(酬酌) : 서로 말을 주고받음.
3856)지지(遲遲)ᄒ다 : 오래 머뭇거리다. 몹시 더디다.

라. 다힝ᄒᆞ여 조심 시좌ᄒᆞ니 본ᄃᆡ 관ᄉᆞ여가(官事餘暇)의ᄂᆞᆫ 일시도 좌측을 ᄶᅥ느지 아니ᄒᆞ여 엄졍ᄒᆞᆫ 긔도(氣度)와 츄텬(秋天)ᄀᆞᆺᄒᆞᆫ 긔상(氣像)이 부젼(父前)을 임ᄒᆞᆫ 즉, 동풍이 화란(和暖)[3857]ᄒᆞ여 팔쳑 쟝신을 국궁(鞠躬)ᄒᆞ여 신임(身任)ᄒᆞᄂᆞᆫ 졀됴[도](節度)와 응ᄃᆡᄒᆞᄂᆞᆫ 도리 시동으로 다르미 업ᄂᆞᆫ지라.

'하일(夏日)의 두리옴'[3858]과 '츄상(秋霜)의 엄ᄒᆞᆫ 식'[3859]이 친측(親側)[3860]을 뫼시미 환환이이(歡歡怡怡)[3861]ᄒᆞ여 믄득 '영ᄋᆞ(嬰兒)의 체(體)'[3862]라.

션셩이 일즉 ᄋᆡ즁(愛重)ᄒᆞ미 심상치 아니터니, 홀연 ᄌᆞ의(自愛) 【50】 변ᄒᆞ여 미안지식(未安之色)이 잇ᄂᆞ니, 샹셰 스스로 불쵸불민(不肖不敏)[3863]을 ᄌᆞ쵝(自責)ᄒᆞ여 더옥 삼가 미양 됴심ᄒᆞ더니, 일월이 오ᄅᆡ미 텬뉸의 지극ᄒᆞᆫ 졍을 버히지 못ᄒᆞᄂᆞᆫ지라.

션셩의 ᄋᆞ즈 귀즁ᄒᆞ미 의연이 예 ᄀᆞᆺᄒᆞ니, 가녜(女) 한(恨)ᄒᆞ여 됴부 최부인을 ᄉᆞ괴여 큰 언덕을 어덧다가 《늣∥늣》 업시[3864] 되어 다시 통신을 못ᄒᆞ니, 더옥 한독(悍毒)이 쳘쳘ᄒᆞ여[3865] 다시 션셩긔 약을 ᄂᆞ오고, 됴가 친ᄉᆞ(親事)의 맛당ᄒᆞ믈 다시 니언(利言)이[3866] 쇠오니, 션셩이 ᄂᆞ됴희[3867] 샹셔ᄃᆞ려 【51】 니로ᄃᆡ,

"네 거일(去日)[3868]의 위공을 가보고 면약(面約)ᄒᆞᆫ다?"

샹셰 부복이ᄃᆡ왈(俯伏而對曰).

"기시(其時) 위공이 화산의 가려 샹쇼ᄒᆞ니, 일이 급(急)지 아닌 고로, 아직 의논치 아니ᄒᆞ니이다."

션셩 왈,

"그런즉 네 노부(老父)의 심ᄉᆞ를 ᄉᆡᆼ각ᄒᆞ여, 너희 ᄌᆞ식으로ᄡᅥ 션비의 큰 은혜를

3857)화란(和暖) : 화난(和暖). 날씨가 화창하고 따뜻함.

3858)하일(夏日)의 두리옴 : 하일지위(夏日之威). '여름날의 이글거리는 해와 같은 위엄[두려움]'이라는 뜻으로, 위엄이 높은 것을 비유적으로 이르는 말. 남북조시대 진(晉)나라 학자 두예(杜預)가 『춘추』를 주석하면서 (晉)나라 조둔(趙盾)의 인품을 '하일지위(夏日之威)'라고 평한 데서 유래했다.

3859)츄상(秋霜)의 엄ᄒᆞᆫ 식 : 가을날의 서릿발처럼 엄격한 기색

3860)친측(親側) : 어버이의 곁.

3861)환환이이(歡歡怡怡) : 몹시 기뻐하고 즐거워 함. =환환희희(歡歡喜喜)

3862)영ᄋᆞ(嬰兒)의 체(體) : 갓난아이의 모양.

3863)불쵸불민(不肖不敏) : 못나고 어리석으며 둔하고 재빠르지 못함.

3864)늣업다 : 낯없다. 마음에 너무 미안하고 부끄러워 남을 대하기에 떳떳하지 않다.

3865)쳘쳘ᄒᆞ다 : 철철 넘치다. 기운이나 액체 따위가 넘쳐 나거나 흐르다.

3866)니언(利言)이 : 말을 번드르르하게 꾸며내어. *니언(利言)상황에 따라 자기에게 유리하게 지어내거나 실속 없이 번드르르하게 하는 말. *번드르르: 윤기가 있고 미끄러운 모양.

3867)ᄂᆞ됴희 : 저녁에. *ᄂᆞ됴: ᄂᆞ죠. ᄂᆞ조. 저녁.

3868)거일(去日) : 지난 날.

갑게 홀쇼냐?"

상셰 복지쳥교(伏地聽敎)의 ᄀ마니 황공ᄒ니, 야애 비록 셔모(庶母)의 니언(利言)ᄒᆫ 말슴을 드러 미안이 녁이시나, 혼닌을 위력으로 명ᄒ시믄 대인의 평일 셩졍으로 이러치 아닐지【52】라. 심닉 악연(愕然) 황망(慌忙)ᄒ니, 긔이ᄇᆞ스(起而拜辭) 왈,

"셩괴(聖敎) 이러트시 명ᄒ시니 엇지 봉ᄒᆡᆼ치 아니리잇고? 다만 져젹3869) 됴상국이 보닌 믜인(媒人)3870)을 딕ᄒ여 임의 위가의 졍(定)ᄒ믈 닐너시니, 그 ᄶᅥ의 엄하(嚴下)의 품고(稟告)치 못ᄒᆫ 죄(罪) 슈ᄉ난쇽(雖死難贖)3871)이로쇼이다. 이제 다시 구혼(求婚)코ᄌ ᄒ오나 상국이 허(許)ᄒᆯ 줄 밋지 못ᄒ오니, 엇지 ᄒ리잇고?"

션싱 왈,

"그 ᄶᅥ 허치 못ᄒ여시나 다시 구ᄒ미 무슴 ᄒᆡ로오미 이시리오. 위가ᄂᆞᆫ '복셜(卜說)의 불길(不吉)타 ᄒᄂᆞᆫ 고로 됴가의 구혼다' ᄒ면, 두 집이 다 괴이히 녁이지 아니리라."

상셰 ᄎᆞ교(此敎)의 밋쳐ᄂᆞᆫ 더욱 심황낙담(心慌落膽)3872)ᄒ니, 야야의 강엄ᄒ시던 품긔(稟氣)와 쳥고단즁(淸高端重)ᄒ시던 ᄠᅳᆺ으로, 이 말슴이 쳔만녀외(千萬慮外)3873)라. 면ᄉᆡᆨ(面色)이 여토(如土)ᄒ여 우러러 잠간 쳠망(瞻望)ᄒ온딕, 션싱이 작ᄉᆡᆨ(作色) 왈,

"네 거동이 크게 당황ᄒᆞᆷ믄 엇지오? 네 만일 닉 말노ᄡᅥ 향인(向人) 창셜(唱說)ᄒ여 노부의 핍박ᄒᆞ므로 부득이 졍ᄒᆫ 혼닌을 파(破)ᄒ노라 ᄒᆞᆯ진딕, 닉 결연이 다시 보지 아니리라."

상셰 돈슈(頓首) 빅【53】복(拜伏) 왈,

"불쵸ᄌᆡ(不肖子) 슈(雖) 무상(無常)ᄒ오나 ᄎᆞ마 엇지 ᄎᆞ의(此意)를 품으리잇고? 혼ᄉᆞᄂᆞᆫ 곳쳐 졍ᄒ오미 괴이치 아니ᄒᆞ온 일이오니, 엇지 복셜(卜說)노 일ᄏᆞ라 ᄉᆞ름의 우음을 취ᄒ리잇고?"

션싱이 변ᄉᆡᆨ 왈,

"너ᄂᆞᆫ 닉 말을 다 그르게 녁이ᄂᆞᆫ도다."

상셰 황공 ᄉᆞ죄ᄒ고 믈너ᄂᆞ니, 야야의 변셩(變性)ᄒ시믄 필유연괴(必有緣故)라. 쵸됴(焦燥) 황황(遑遑)ᄒ여 셕반을 믈니치고, 졍즁(庭中)의 산보ᄒ여 유유히 향

3869) 져젹 : 저적에. 말하는 때 이전의 지나간 차례나 때에.
3870) 믜인(媒人) : 중매인(中媒人). 결혼이 이루어지도록 중간에서 소개하는 사람.
3871) 슈ᄉ난쇽(雖死難贖) : 죽도록 갚아도 다 갚지 못함.
3872) 심황낙담(心慌落膽) : 너무 놀랍고 마음이 당황하여 허둥지둥함.
3873) 쳔만녀외(千萬慮外) : 전혀 뜻밖임.

홀 바를 아지 못ᄒ더니, 혼졍(昏定)3874)ᄒ여 슬하의 뫼시미, 션【54】싱 왈,

"너희 ᄯᅳ시 됴가의 통혼(通婚)ᄒ미 됴시(終是) 불열(不悅)ᄒ냐?"

샹셰 비ᄉ(拜謝) 왈,

"ᄒ이 무슨 별 의견이 잇ᄉ리잇고? 딕인 셩심이 여ᄎᄒ신죽, 인ᄌ의 도리의 명을 슌ᄒ오리니, 당당이 셩교(聖敎)를 밧들니이다."

션싱이 깃거ᄒᆞᄂᆞᆫ지라. 샹셰 ᄯᅳ슬 결ᄒ여 봉승(奉承)코ᄌᄒ니, 명일의 하관(下官) 댱인명을 불너 됴부의 가 구혼케 ᄒ니, 가녜 환희ᄒ여 몬져 최시긔 글을 올녀 져의 힘써 도모ᄒ믈 요공(要功)3875)ᄒ고 구혼ᄒᆞᄂᆞᆫ 미인(媒人)이 가【55】믈 몬져 보ᄒ니, 최시 크게 깃거ᄒ더니, 아이오 댱총관이 ᄂᆞᄋᆞ가 샹셔 말ᄉᆞᆷ을 고ᄒ여 왈,

"거일(去日)의 샹국합ᄒᆡ(相國閤下) 더러온 녀ᄋᆞ를 구혼ᄒ시되, 몬져 의혼(議婚)ᄒᆞᆫ 곳이 잇셔 명을 밧드지 못ᄒ고, 황축(惶蹙)3876)ᄒᆞᆫ 죄(罪)를 짓고, ᄉᆞ심의 불안ᄒᄒ와 ᄯᅳ을 곳쳐 알외ᄂᆞ니, 더러이 넉이지 아니신죽 '진□[진](秦晉)의 됴ᄒ믈 밋고ᄌᄒᄂᆞ이다'3877)."

ᄒ니, 됴공이 잠간 우셔 굴오딕,

"위공은 ᄂᆡ의 친졀ᄒᆞᆫ 벗이니 벗의 ᄌᆞ식으로 졍ᄒᆞᆫ 혼쳐를 아ᄉ【56】리오. 처음 ᄂᆡ 아지 못ᄒ고 쇼리히 구ᄒ믈 뉘웃ᄂᆞ니, 이졔 알며 짐즛 됴히 넉여 쳥ᄒ믈 됴ᄎᄒ리오. 무릇 혼인은 각각 졍ᄒᆞᆫ 곳이 잇ᄉ니, 닉 됴금도 은노(隱怒)ᄒ미 업ᄉ니 넘녀치 마르시고 졍ᄒᆞᆫ 곳의 지닉쇼셔, ᄒ라."

ᄒ고 닉당의 드러오니, 최시 ᄂᆞᄋᆞ가 뭇ᄌᆞ온딕 됴승상 왈,

"양계흥이 기부(其父)의 괴로이 보쳐무로 마지 못ᄒ여 거즛 구ᄒ미라. 닉 임의 타쳐의 유의ᄒ니 넘녀말나."

최시 불열 왈,

"아모 곳의 구ᄒ여도 양가【57】 여ᄌ ᄀᆞᆺ치 아름다오미 쉽지 아니ᄒ온지라. 제 구ᄒᆞᄂᆞᆫ딕 물니치시믄 인졍이 아니로쇼이다."

됴공이 졍식 왈,

"녀ᄌᄂᆞᆫ 덕을 보고 식을 취치 아니ᄒᄂᆞ니, 비록 결셰(絕世)ᄒᆞᆫ 미부(美婦)를 취

3874)혼졍(昏定) : 잠자리에 들 때에 부모의 침소에 가서 잠자리를 살피고 밤 동안 안녕하기를 여쭙는 예절.

3875)요공(要功) : 자기의 공을 스스로 드러내어 남이 칭찬해 주기를 바람. 또는 공의 대가를 요구함.

3876)황축(惶蹙) : 지위나 위엄 따위에 눌리어 어찌할 바를 모르고 몸을 움츠리다.

3877)진진(秦晉)의 됴ᄒ믈 밋음 : 진진(秦晉)의 호연(好緣). 중국 진(秦)나라와 진(晉)나라 두 나라가 대대로 혼인을 하였다는 사실에서, 혼인이나 우의가 두터운 관계를 비유적으로 이르던 말.

혼다 ᄒ여도, 일의 그르믈 힝ᄒ리오. 손ᄋ(孫兒) 양시ᄅᆞᆯ 취(娶)ᄒᆞ여 안히 덕으로
장슈(長壽) 부귀(富貴)ᄅᆞᆯ 엇ᄂᆫᆫ다 ᄒᆞ여도, 결연(決然)이 가치 아니ᄒᆞ니, '닉 당당ᄒᆞᆫ
댱부로 ᄉᆞᄒᆡ(四海)ᄅᆞᆯ 광거(廣居)ᄒᆞ여 텬하의 딕의(大義)ᄅᆞᆯ 뵈고ᄌᆞ ᄒᆞᄂᆞ니'3878),
ᄂᆡ의 적장손ᄋᆞ(嫡長孫兒)ᄅᆞᆯ 【58】 엇지 혼인치 못ᄒᆞ여, 구ᄎᆞ히 남의 정혼ᄒᆞᆫ 녀
ᄌᆞᄅᆞᆯ 탈취(奪娶)ᄒᆞ리오. 현부ᄂᆞᆫ 나의 지심(知心)ᄒᆞᄂᆞ 주식이니, 닉 일즉 현부로
국가 딕쇼ᄉᆞ(大小事)ᄅᆞᆯ 다 의논ᄒᆞᄂᆞ니, 녀ᄌᆞ의 됴부야오믈3879) ᄇᆞ리라."

ᄒᆞ니, 원닉 됴승상 주(子)의 셩(性)은 무식(無識) 우용(愚庸)ᄒᆞ여 문무의 다 능
(能)ᄒᆞ미 업고, ᄒᆞᆫᄂᆞ 치장(治粧)이라. 다만 금은을 ᄉᆞ랑ᄒᆞ고 즙믈(什物)3880)을 치
려(侈麗)ᄒᆞ여 거쳐(居處) 의식(衣食)이 ᄉᆞ치(奢侈)ᄒᆞᆯ 분이오. 자부 최시 영니(怜
悧)ᄒᆞ여 간힐(奸黠)ᄒᆞ니, 됴뵈 식부ᄅᆞᆯ 의즁ᄒᆞ여【59】 됴졍ᄉᆞ(朝廷事)ᄅᆞᆯ 의논ᄒᆞ
고 가ᄉᆞ(家事)ᄅᆞᆯ 맛져시니, 됴공의 부인이 극히 오활(迂闊)ᄒᆞ고, 텬셩이 어진 지
나 지각이 업고 셩이 무능(無能)ᄒᆞ니, 됴뵈 다만 일즈ᄅᆞᆯ 싱ᄒᆞ고 ᄉᆞ이 셩긔여3881)
지실(再室) 삼취(三娶)ᄒᆞ고 잉첩(媵妾)3882)이 만ᄒᆞ되, 동시 주식이 업셔 오직 손
ᄋ(孫兒) 이시니, 명은 졍옥이라.

표치(標致)3883) 잇고 지릉3884)ᄒᆞ니 됴공이 긔이(奇愛)ᄒᆞ여 언쳥계동(言聽計
從)3885)ᄒᆞ니, 시고(是故)로 ᄉᆞ름이 졍옥의게 아쳠ᄒᆞ여 벼슬 엇ᄂᆞ 직 만하, 그 집
문하의 불녕(不佞)3886)ᄒᆞᆫ 직(者) 못고, ᄯᅩ 어진 【60】 뉴(類)도 잇셔, ᄒᆞᆫ갈ᄀᆞ
치3887) 그 쉬 무궁ᄒᆞ되, 다 금은직보(金銀財寶)ᄅᆞᆯ 밧치고 됴흔 벼슬을 어드니, 됴
공이 일셰의 권위 즁(重)ᄒᆞ여 숑됴명신(宋朝明臣)이로딕, ᄉᆞ름되오미 직물을 탐ᄒᆞ
고 셩(性)이 《싀두∥싀투(猜妒)3888)》ᄒᆞ니, 텬직 그 장기(長技)ᄅᆞᆯ 취ᄒᆞ시고 지

3878) 닉 당당ᄒᆞᆫ 댱부로 ᄉᆞᄒᆡ(四海)ᄅᆞᆯ 광거(廣居)ᄒᆞ여 텬하의 딕의(大義)ᄅᆞᆯ 뵈고ᄌᆞ ᄒᆞᄂᆞ니
: 『맹자, 등문공 하(滕文公下)』의 '천하의 넓은 집에 거처하며 천하의 큰 도를 행한다
(居天下之廣居 行天下之大道)'는 구절을 변용한 표현.
3879) 됴부야오다 : 죠빈야오다. 죠빈얍다. 너그럽지 못하고 옹졸하다.
3880) 즙믈(什物) : 집믈(什物). 집 안이나 사무실에서 쓰는 온갖 기구. ≒집기(什器).
3881) 셩긔다 : 성기다. 물건의 사이가 뜨다. ≒성글다.
3882) 잉첩(媵妾) : 예전에, 귀인에게 시집가는 여인이 데리고 가던 시첩(侍妾). 신부의 질
녀와 여동생으로 충당하였다.
3883) 표치(標致) : 얼굴이 매우 아름다움.
3884) 지릉 : 재능(才能). 어떤 일을 하는 데 필요한 재주와 능력. 개인이 타고난 능력과
훈련에 의하여 획득된 능력을 아울러 이른다. ≒능(能).
3885) 언쳥계동(言聽計從) : '이야기하면 들어주고 계책을 세우면 쓴다'는 뜻으로, '매우 신
임하다'는 의미로 쓰인다. =언청계용(言聽計用).
3886) 불녕(不佞) : 편지글에서 재주가 없는 사람이라는 뜻으로, 말하는 이가 대등한 관계
에 있는 사람에게 자기를 문어적으로 낮추어 이르는 일인칭 대명사.
3887) ᄒᆞᆫ갈ᄀᆞ치 : 한결같이. 처음부터 끝까지 변함없이 꼭 같이.
3888) 싀투(猜妒) : 시기하고 질투함.

예(才藝)를 가히 넉이스 즁히 쓰시되, 간간(間間)이 늣비 넉이시더라.

최시 앙앙분노(怏怏忿怒)ᄒᆞ여 가녀(女)의게 답ᄒᆞ되,

"그딕 집이 셕일(昔日) 대은(大恩)을 싱각ᄒᆞ여 처음의 허(許)ᄒᆞ미 올커늘, 무류히3889) 퇴ᄒᆞ고 이제 되지 못ᄒᆞᆯ 말노 구ᄒᆞ【61】니 이ᄂᆞᆫ 그딕 진심치 아닌 탓시라. ᄂᆞ의 그딕ᄅᆞᆯ 권년(眷戀)ᄒᆞ던 정분(情分)이 어딕 잇ᄂᆞ뇨?"

ᄒᆞ여, 만히 헐쑤려시니3890), 비록 은즈ᄅᆞᆯ 도로 달나 아니ᄒᆞ여시나, 념치(廉恥)의 가지지 못ᄒᆞᆯ거시오. 다시 우러러 브ᄅᆞᆯ 일이 업ᄂᆞᆫ지라. 악연져상(愕然沮喪)ᄒᆞ여3891) 상셔 뮈오미 각골(刻骨)ᄒᆞᆫ지라.

밤을 당ᄒᆞ여 션싱긔 고ᄒᆞ니 만단참쇼(萬端讒訴)3892)라. 션싱이 댱인명의 회답을 듯고 그러히 넉여 노(怒)ᄒᆞ미 업더니, 츠언을 드르미 믄득 분뇌(憤怒) ᄂᆞᆫ지라. 묵연탄식(默然歎息)ᄒᆞ거늘, 가녜 ᄯᅩ【62】다시 고왈,

"상셔 노애 면젼의셔 승슌(承順)ᄒᆞ시고, ᄂᆡ각(內閣)의 가 부인다려 ᄒᆞ시딕, '야애(爺爺) 날노써 젼졍(前程)을 아도 맛게 ᄒᆞ시니, ᄂᆡ 무슨 ᄂᆞᆺ출 들고 친우간(親友間)인들 거두(擧頭)3893)ᄒᆞ여 위공을 믜{이}고3894) 다시 엇지 벼슬을 어드리오.' ᄒᆞ고 한(恨)ᄒᆞ시니, 부인이 ᄯᅩᄒᆞᆫ 탄식고 밀밀(密密)히 말ᄒᆞ시니, 다 듯지 못ᄒᆞ오나, 노애 츠후ᄂᆞᆫ 다시 쇼져 혼ᄉᆞ부치3895)ᄅᆞᆯ 간예(干預)치 마르쇼셔."

션싱이 더옥 심노(心怒)ᄒᆞ여 묵묵히 엄싴(嚴色)을 ᄯᅱ여시니, 상셰 황공송연(惶恐悚然)ᄒᆞ여 치신무지(置身無地)라.

가녜 암【63】희(暗喜)ᄒᆞ여 ᄌᆞ로 참쇼(讒訴)ᄒᆞ고, ᄯᅩ 부인이 원심(怨心)이 깁다 ᄒᆞ니, 션싱이 부인의 왕ᄂᆡᄒᆞᆫᄂᆞᆫ 협문(夾門)을 닷고 문안을 밧지 아니니, 부인이 황황ᄒᆞ여 침당의 오르지 아니코, 쥬하(廚下)와 난하(欄下)로 왕ᄂᆡᄒᆞ여 엄구대인 감지(甘旨)ᄅᆞᆯ ᄀᆞᆺ죠와, 협문(挾門) 안히 셔셔 시녀로 ᄒᆞ여금 상을 드리미, 가녜 난두(欄頭)의셔 바다 드릴ᄉᆡ, 염장(鹽醬)을 쳐 맛슬 그릇 믠들고 쓴글을 ᄲᅥ르치며, 근ᄂᆡᄂᆞᆫ 부인이 방즁의 언와(偃臥)ᄒᆞ여3896) 식찬(食饌)을 시녀 빅만 맛져둔다 ᄒᆞ니, 션싱【65】이 익노ᄒᆞ여 상을 도로 너여주고, 함담(鹹淡)3897)이 맛지 아니믈 칙ᄒᆞ고 상을 업치며 ᄢᅵ이미 ᄌᆞᄌᆞ 날노 더ᄒᆞ니, 부인이 경황진구(驚惶震懼)ᄒᆞ여

3889) 무류히 : 무료(無聊)히. *무료(無聊) : 부끄럽고 열없음.
3890) 헐쑤리다 : 헐뜯다. 남을 해치려고 헐거나 해쳐서 말하다.
3891) 악연져상(愕然沮喪) : 몹시 놀라 정신이 아찔하여 기운을 잃다.
3892) 만단참쇼(萬端讒訴) : 온갖 헐뜯는 말 뿐임
3893) 거두(擧頭) : 머리를 듦.
3894) 믜다 : 미워하다.
3895) –부치 : –붙이. (일부 명사 뒤에 붙어) 같은 겨레라는 뜻을 더하는 접미사.
3896) 언와(偃臥)ᄒᆞ다 : 편안히 눕다.
3897) 함담(鹹淡) : 짠맛과 싱거운 맛을 아울러 이르는 말.

서헌(書軒)을 향ᄒ여 돈슈(頓首) 수죄(謝罪)ᄒ고, 식로이 굿쵸ᄋ 들이고, 쇼졔의 문을 말미암ᄋ 친히 ᄂᄋ가니, 션싱이 그 거됴의 번폐ᄒ믈 보와 협문을 도로 여러 쥬되, 요괴로온 계집이 은총을 어더 빅가지로 참쇼ᄒ니, 엇지 그 입을 막으며 념통을 곳치리오.

상셔와 부인이 일야(日夜) 황츅(惶蹙)ᄒ여 【66】 부지쇼향(不知所向)이라. 다만 뎡셩을 가죽이 ᄒ고 힘을 다ᄒ여 박(薄)ᄒ 졍ᄉ(情私)를 의논ᄒᄆᆡ 업ᄉ딕, 션싱의 맑은 졍신이 흐리고 밝은 쇼견이 어두어 망연이 씨둣지 못ᄒ니, 이러툿 슈년이 지ᄂᆞ니, 그 사이 상셔와 부인이 즈로 죄즁(罪中)의 츌입ᄒᄂᆞᆫ지라.

십낭이 마음을 괴로이 ᄒ여 상셔를 함히(陷害)ᄒ나 부즈의 유연(柔軟)ᄒ 졍이 니른바 칼을 가져 물을 버히미라. 션싱이 ᄋ즈를 심ᄋᆡ(甚愛)ᄒ니 참언으로 졍이 변 【67】 ᄒ고 익달오믈 ᄀᆞ져 노ᄒ나, 텬셩즈인로 슬하의 ᄭᅮ러 완용니셩(婉容怡聲)3898)으로 동동쵹쵹(洞洞屬屬)ᄒ믈 보와 즈연 풀니ᄂᆞᆫ지라.

ᄀᆞ마니 한(恨)ᄒ기를 마지 아니ᄒ니, 상셔로 ᄒ여금 뉸상죄인(倫常罪人)을 민ᄃᆞ라 형뉵(刑戮)3899)의 업딕게 ᄒ고즈 ᄒ되, 일가친우의 니르히 양공의 딕효를 감탄ᄒ고, 셩상이 깁히 춍우ᄒ시니 져의 셔어(齟齬)ᄒ 모책(謀策)과 엿튼 계교로 함히(陷害)ᄒ여, 일시 명뉴(名流) 다토와 벗기믹 져의게 대화(大禍) 도로혈 거시니 감히 의ᄉ치 못ᄒ고, 힝 【68】 혀 ᄯᅩ 션싱이 져를 춍익(寵愛)ᄒ니, 그윽ᄒ 참쇼로 져의 노를 도도아 상셔로 ᄒ여금 간격(肝膈)3900)이 말나 죽게 코즈 ᄒ고, 션싱이 즁히 쳐 셩명(性命)이 위틱(危殆)키를 ᄇᆞ라니, 상셰 죽은즉 비로쇼 고ᄋ(孤兒)와 과쳐(寡妻)를 셔틋고 쾌이 도망코즈 ᄒᄂᆞᆫ지라.

원닉 뉴뉴상죵(類類相從)이니 신쥐졀도ᄉ 김황의 부인 강녀(女)ᄂᆞᆫ 져희 의로 믿즌 형이라. 통신(通信)ᄒ여 간녜(奸女) 화응(和應)ᄒ니 강녀의 즈(子) 민이 ᄂᆞ히 십오셰니, 탐지호식(貪財好色)ᄒ여 형헌(刑憲)3901) 범(犯)ᄒ기 【69】 를 두려 아니ᄒ니, 가음(家陰)3902)과 셰(勢)를 즈랑ᄒ여 방약무인(傍若無人)ᄒᄂᆞᆫ지라.

가녜 강녀의게 양쇼져의 졀셰무쌍(絕世無雙)ᄒ믈 니르고 구혼ᄒ게 ᄒ니, 되지 못ᄒᆯ 쥴 모로미 아니나, 양공의 식 죄목(罪目)을 민들고즈 ᄒ미오. 밋친 ᄂᆡ뷔3903) 로 화향(花香)을 도적ᄒ여 그믈을 베퍼3904) 텬화(天花)로써 분토(糞土)의 밀치고

3898) 완용니셩(婉容怡聲) : 유순한 얼굴빛과 기쁜 목소리.
3899) 형뉵(刑戮) : 죄지은 사람을 형법에 따라 죽임.
3900) 간격(肝膈) : 간과 흉격(胸膈: 횡경막)을 아울러 이른 말.
3901) 형헌(刑憲) : 『법률』 범죄와 형벌에 관한 법률 체계. 어떤 행위가 처벌되고 그 처벌은 어느 정도이며 어떤 종류의 것인가를 규정한다.＝형법(刑法).
3902) 가음(家陰) : 한 가문이 대대로 쌓아온 음덕(蔭德)
3903) 나뷔 : 나비. 동물』 나비목의 곤충 가운데 낮에 활동하는 무리를 통틀어 이르는 말.

ᄌᆞ ᄒᆞ미라.

김민 모ᄌᆡ ᄃᆡ희ᄒᆞ여 졀도를 다리여 구혼케 ᄒᆞ니, 즁믹 양상셔긔 ᄂᆞᄋᆞ와 됴흔 말솜을 치 발(發)치 못ᄒᆞ여셔, 양 【70】 공이 정식고 엄히 휘각(揮却)ᄒᆞ니, 무류(無聊)히 퇴ᄒᆞᆫ지라.

상셰 야야긔 고왈,

"김황이 져희 쳡ᄌᆞ로 구혼ᄒᆞ니, 통히(痛駭)ᄒᆞ여 물니쳣ᄂᆞ이다."

션싱이 드를 ᄯᆞ름이러니, 시야의 가네 고ᄒᆞ되 상셰 김가 구혼을 즐퇴ᄒᆞ고 부인ᄃᆞ려 니르시ᄃᆡ,

"김황이 요쳡(妖妾)을 혹(惑)ᄒᆞ여 정실을 숨고 ᄂᆡ집의 구혼ᄒᆞ니 졀통(切痛)ᄒᆞᆫ지라. 대인이 가녀를 총ᄋᆡᄒᆞ시니, 만일 ᄌᆞ식을 ᄂᆞᄒᆞᆫ즉 져러ᄒᆞᆫ 폐(弊) 니러ᄂᆞ리라. ᄂᆡ 불힝ᄒᆞ여 【71】 모친을 여희고 야야의 ᄒᆞ시ᄂᆞᆫ ᄇᆡ 인정의 ᄀᆞᆺ갑지 아니시니, 심홰(心火) 동ᄒᆞ여 두골(頭骨)이 ᄯᆞ리ᄂᆞᆫ 듯ᄒᆞ도다."

부인이 답ᄒᆞ되,

"가녀의 요악미 필경 우리 집을 맛고 ᄂᆞ리니, ᄃᆡ인의 어두오미 과연 ᄯᆞᆨᄒᆞ여이다. 그러ᄂᆞ 우리 ᄂᆡ외 복이 둣거워 집의 니른 ᄉᆞ년의 ᄌᆞ식이 업ᄉᆞ니 요힝(僥倖)ᄒᆞᆫ지라. 타일 아니 분을 풀 ᄯᆡ 이시리잇가? ᄒᆞ오니, 천쳡(賤妾)이 비록 ᄌᆞ식을 두온들, 엇지 감히 부인 됸위(尊位)를 ᄇᆞ라오며, 【72】 노애 비록 좌우의 두신들, 그런 히연(駭然)ᄒᆞᆫ 거됴(擧措)를 ᄒᆞ시리잇가? 천쳡으로 인ᄒᆞ와 상셔의 평일 ᄃᆡ효로 졈졈 부ᄌᆞ 은졍이 상ᄒᆞ오니, 원컨ᄃᆡ {가}가즁(家中)을 평안이 ᄒᆞ여지이다."

션싱이 묵연(默然) 심노(甚怒)ᄒᆞ거ᄂᆞᆯ, 가네 ᄂᆞ오며 ᄀᆞ마니 탄식 왈,

"ᄂᆡ 드른 말을 다ᄒᆞᆫ즉, 상셰 엇지 거두(擧頭)ᄒᆞ리오마ᄂᆞᆫ, 츰고 간장을 셕이노라."

ᄒᆞ니, 션싱이 다시 블너 무른ᄃᆡ, 대왈,

"드르신즉 상셔를 더옥 미안이 넉이시리니, 쇼쳡은 졈졈 쥭 【73】 을 ᄯᆞ히 ᄉᆡᆨ지ᄂᆞ이다."

션싱이 ᄋᆡ련ᄒᆞ여 다시음 무르니, ᄃᆡᄒᆞ되,

"져즈음긔 상셰 부인다려 ᄒᆞ시되, '야애(爺爺) 삼년 ᄌᆡ 화긔(和氣)를 여지 아니시니, ᄂᆡ 간장이 다 말나 쥭으리로다.' 부인이 답왈, '비록 심노(甚怒)ᄒᆞ시나 본ᄃᆡ 엄ᄒᆞᆫ 칙교(責敎)ᄂᆞᆫ 못ᄒᆞ시니, 상공긔 무숨 방히로오미 잇ᄉᆞ리오. 마음을 푸러 심녀(心慮)를 괴로이 마르쇼셔."

ᄒᆞ시니, 상셰 웃고 니로ᄃᆡ,

"그러나 ᄂᆡ 일즉 ᄃᆡ인의 춍ᄋᆡ(寵愛)ᄒᆞ시믈 바다 일싱 귀즁히 ᄌᆞ랏거ᄂᆞᆯ, 어 【7

3904)베프다 : 일을 차리어 벌이다.≒설치(設置)하다.

4】인 됴가 혼닌으로 ᄒ여, 야야의 ᄠᅳᆺ을 밧ᄌᆸ지 못ᄒᆫ 고로, 쵹쳐(觸處)의 닝안(冷眼)과 견집(堅執)이오, 노ᄉᆡᆨ(怒色)과 엄ᄉᆡᆨ(嚴色)이 어ᄂᆞ ᄯᅵ 평안ᄒᆞᆯ ᄯᅵ 잇시리오.”

부인 왈,

“‘뒤인이 아모리 미안ᄒᆞ신들 녀ᄋᆞ의 혼인이야 위승상 ᄋᆞᄌᆞ(兒子) 밧, 다시 어ᄃᆡ 가(可)ᄒᆫ 곳 잇스리오. 무릇 일이 견듸지 못ᄒᆞᆯ 비 업스니, 모로ᄂᆞᆫ 쳬ᄒᆞ고 푸러ᄇᆞ려 니ᄌᆞ쇼셔.’ 인ᄒᆞ여, ‘셔로 희롱ᄒᆞ더이다.’” ᄒᆞ니,

션ᄉᆡᆼ의 회답이 ᄒᆞ여오? 분셕ᄒᆞ라. 【75】

화산션계록 권지사십칠

차셜, 션싱이 익노(益怒)ᄒ여 ᄋᄌ의 신셩(晨省)ᄒᄆᆯ 보고 슈죄(數罪) 왈,

"네 근니 힝시 졈졈 외입(外入)3905)ᄒ여 언에(言語) 픽만(悖慢)ᄒᄆᆯ 한심ᄒ노라. 네 ᄉᆞᄅᆷ의 ᄌᆞ식이 되어 아뷔 미안지ᄉᆡᆨ(未安之色)을 본즉, 안ᄒᆡ로 더브러 아비를 원망ᄒ니 이 무슴 도리뇨? 닉 일ᄌᆨ 너의 불쵸무상(不肖無狀)ᄒᄆᆯ 아지 못ᄒ패라. 이ᄂᆞᆫ 손녀의 혼인으로 됴가의 유의(有意) ᄒᄆᄆᆯ 부지 ᄯ즛이 어긔고 졍이 변ᄒ미라. 닉 다시 손ᄋᆞ의 혼인을 【1】 간예(干預)치 아니리니, ᄲᆞᆯ니 위가의 졍(定)ᄒ고 아비를 원망치 말나."

상셰 부복(俯伏) 쳥교(聽敎)의 망극ᄒ미 간담을 ᄴᅵ치고ᄌᆞ ᄒ니 면관(免冠) 돈슈(頓首)ᄒ고 하당(下堂) 쳥죄(請罪)ᄒ니, 션싱이 시동(侍童)으로 젼어 왈,

"네 노부를 위ᄒ여 괴로이 쳥죄(請罪)ᄒ고 됴회(朝會)를 불참ᄒᆫ즉, ᄉᆞᄅᆷ이 써 괴이히 넉여 너희 쇼됴(所遭)를 슬허ᄒ고, 늑의 혼암(昏暗)ᄒᄆᆯ 《지시∥지소(指笑)3906)》 ᄒ리니, 네 엇지코ᄌᆞ ᄒᄂᆞ뇨?"

상셰 고두(叩頭) ᄉᆞ죄(謝罪)ᄒ고 됴회(朝會)의 가, 셕양의 도라오미, 문외(門外)의셔 탈관(脫冠) ᄒᆡᄃᆡ(解帶)【2】ᄒ고 복지쳥죄(伏地請罪)ᄒ되, 션싱이 본쳬 아니니, 인ᄒ여 늘이 져물미, 시동으로 말ᄉᆞᆷ을 고ᄒ여 ᄀᆞ로되,

"불쵸(不肖) 엄졍(嚴庭)3907)의 득죄(得罪)ᄒ오미 졈졈 깁ᄉᆞ오니, 엄히 다ᄉᆞ리시믈 닙ᄉᆞᆸ고 슬하(膝下)의 용납(容納)ᄒ시믈 바라나이다."

션싱이 부답ᄒ니, 어둡도록 복지ᄒ여 ᄶᆡ 오리ᄃᆡ 동시(終是)3908) 부르미 업스니, ᄲᆡ의 일긔 엄한(嚴寒)이라. ᄋᄌᆞ(兒子) 호읍(號泣)ᄒ고 겻히 ᄭᅮ러시니, 혜쥬 쇼졔 옥면의 쥬뤼(珠淚) 쌍쌍(雙雙)ᄒ여 후창(後窓) 난간(欄杆) ᄋᆞ릭 ᄭᅮ러, 이걸(哀乞)【3】 왈,

"태애(太爺)3909) 대인(大人)을 미안ᄒ시니, 야애(爺爺) 황공ᄒ여 밤이 깁도록

3905)외입(外入) : 남자가 아내가 아닌 여자와 성관계를 가지는 일. 또는 노는계집과 성관계를 가지는 일.=오입. *여기서는 '정도(正道)가 아닌 데에 빠져 듦'을 이른 말..

3906)지소(指笑) : 손가락질하며 비웃음.

3907)엄졍(嚴庭) : 엄정(嚴庭) : 아버지를 높여 이르는 말. 부친. 엄친(嚴親). 엄(嚴)은 아버지를 말함.

3908)동시(終是) : 끝까지 내내.=끝내

문밧긔 업듸엿스오니, 복망(伏望) 태야는 익지연지(愛之憐之)3910)ㅎ사 죄롤 스(赦)ㅎ쇼셔.”

슬피 부르지져 근졀ᄒᆞᆫ 셩음(聲音)이 셕목(石木)을 녹일 듯ᄒᆞ니, 션싱이 니러 문을 열고 부르ᄂᆞᆫ지라. 쇼졔 고두(叩頭) 읍혈(泣血) 왈,

“듸인의 죄 진실노 깁ᄉᆞ온죽, 쇼녜 아비룰 듸ᄒᆞ여 죄룰 닙어지이다.”

인언(因言)의 오열뉴쳬(嗚咽流涕)3911) ᄒᆞ니, 션싱이 손녀의 거동을 어엿비 넉여 상셔룰 부르니, 상셰 젼【4】도(轉倒)히 드러와 당하의 ᄭᅮ러 명을 응ᄒᆞ니, 스(赦)ᄒᆞ여 드리고3912), 다시 졀칙(切責)ᄒᆞ여 굴오ᄃᆡ,

“노뷔 너룰 만ᄂᆡ(晩來)의 어더 귀즁ᄒᆞᆷ이, 흔굿 니 몸이 네게 의탁ᄒᆞᆯ 분 아니라. 양시 문호와 됴상혈식(祖上血食)3913)을 네 몸의 븟쳐시니, ᄇᆞ라ᄂᆞᆫ 쯧이 셩현지위(聖賢之位)라도 ○○[된 듯] 밋과져 ᄒᆞ더니, 너히 인ᄉᆡ 졈졈 그릇되여 니 마음이 골돌(鶻突)3914)ᄒᆞᆫ지라. 네 엇지 홀연 불쵸ᄒᆞ여 늙은 아븨 마음을 평안치 아니케 ᄒᆞᄂᆞ뇨?”

상셰 다만 돈슈(頓首) 스죄(謝罪)ᄒᆞ니 션싱이 물【5】너 가라 ᄒᆞ고, 가녀(女)룰 시침(侍寢)케 ᄒᆞ니, 상셰 물너와 야야의 ᄌᆞ익ᄒᆞ심과 만동쇼탁(萬鍾所託)3915)《을 두시믈∥의 그릇되믈》 익들와 ᄒᆞ시믈 싱각건ᄃᆡ, 스스로 불효ᄒᆞ여 힝부신명(行負神明)3916)ᄒᆞᄆᆞᆯ 셜워ᄒᆞ더라.

명일의 입번(入番)ᄒᆞ여 오일 만의 도라오니, 그 ᄉᆞ이 가녜 ᄯᅩ 참쇼ᄒᆞ여,

“상셰 부인 ᄃᆞ려 니로ᄃᆡ, ‘야애 연ᄒᆞ여 노식으로 흔연ᄒᆞ시미 업스니, 진실노 굿ᄀᆞ이 오고시브지 아냐 친우의 집으로 들고 슈회(愁懷)룰 풀고 시부되, 그ᄃᆡ룰 닛지 못ᄒᆞ여 【6】 오노라.’ ○○[ᄒᆞ니], 부인이 ᄃᆡ(對)ᄒᆞ되, ‘무릇 녀ᄌᆞᄂᆞᆫ 일싱 쵸우(焦憂)ᄒᆞ나 상(喪)키룰 덜ᄒᆞ고, 남ᄌᆞᄂᆞᆫ 심녀(心慮) 즁ᄒᆞ면 반ᄃᆞ시 병이 깁ᄂᆞ니, 입번ᄒᆞᄆᆞᆯ 일콧고 한님 집의 나가 머므르쇼셔”

ᄒᆞ더라.

ᄒᆞ니, 션싱이 크게 노ᄒᆞ여 ᄉᆞ오 일을 별너시니, 상셰 안식이 화열ᄒᆞ고 긔운이

3909)태애(太爺) : ‘할아버지’를 달리 이르는 말.
3910)익지연지(愛之憐之) : 사랑하고 가엽게 여김.
3911)오열뉴쳬(嗚咽流涕) : 흐느껴 울며 눈물을 흘림.
3912)드리다 : 들이다. 밖에서 속이나 안으로 향해 가게 하거나 오게 하다.
3913)됴상혈식(祖上血食) : 조상의 제사를 지내는 일. *혈식(血食): 옛날에 익히지 않은 날고기로 제사를 올린 데서 유래한 말로, ‘제사를 지내는 일’을 뜻한다.
3914)골돌(鶻突) : ‘매가 갑자기 날아오르는 것’처럼 놀랍고 당황스러움을 이르는 말.
3915)만동쇼탁(萬鍾所託) : 만종록(萬鍾祿)에 견줄 수 있을 만큼 더할 수 없이 귀중한 의탁(依託)이란 뜻으로, ‘대(代)를 전할 아들’을 비유적으로 표현한 말.
3916)힝부신명(行負神明) : 행실이 신명을 저버림. *신명(神明): 천지(天地)의 신령.

안셔(安舒)ᄒᆞ여 당하의셔 졀ᄒᆞ고 우러러 반가오믈 먹음어, 명을 기다려 오르고즈 ᄒᆞ거늘, 션싱이 발연딩로(勃然大怒)ᄒᆞ여 좌우로 상셔를 미러 닉치고, 문을【7】 다 드라ᄒᆞ니, 상셰 경황ᄒᆞ여 의관을 벗고 셕폐(石陛)3917)의 머리를 두다려 굴오딕,

"불초이(不肖兒) 불효무상ᄒᆞ와 죄를 당ᄒᆞ오니 엄히 장척으로 다ᄉᆞ릴지라. ᄎᆞ마 닉치시ᄂᆞ니 잇고?"

션싱이 익노(益怒) 왈,

"니 거일(去日)의 너를 경계ᄒᆞ고 죄를 과척(過責)지 아니하엿거늘, 일분도 감동 ᄒᆞ미 업셔 아비 보기를 괴로이 넉이니, 니 엇지 너를 보리오. 썰니 ᄂᆞ가 문흥의 집과 친우를 ᄎᆞᄌᆞ 놀고, 됴히 마음을 병드리지【8】 말나."

상셰 더옥 망극ᄒᆞ여 혈체(血涕)3918)를 드리워, 듕장(重杖)을 ᄂᆞ리오시고 안젼 (眼前)의 용납ᄒᆞ시믈 빌되, 션싱이 노긔 딕발(大發) 왈,

"네 진실노 물너가지 아니랴! 그런즉 니 즉금 고향으로 가리라."

상셰 더옥 창황ᄒᆞ여 문외의 ᄂᆞ와 체읍고두(涕泣叩頭)ᄒᆞ니, 션싱이 젼어(傳語) 왈,

"네 인ᄌᆞ(人子) 되어 아비 보기를 괴로이 넉이고, 쏘 ᄋᆞ뷔 허물이 ᄂᆞ게 코즈 어 즈러이 딕죄(待罪)ᄒᆞ여 방인(邦人)의 시비(是非)를 부르고즈 ᄒᆞᄂᆞ냐?"

상셰 뉴체(流涕) 지ᄇᆡ(再拜)ᄒᆞ고 물너 닉당【9】 후졍(後庭)의 가, 업딕여 머 리를 두드려 욕ᄉᆞ무지(欲死無地)3919)ᄒᆞ니, ᄋᆞᄌᆞ와 녀이 좌우의 ᄭᅮ러 체읍ᄒᆞ니, 상 셰 왈,

"니 심ᄉᆞ(心思) 요란ᄒᆞ니 다 드러가라."

공자 남미 부득이 드러오나 심장이 ᄇᆞ오지니, 상딕ᄒᆞ여 울 ᄯᆞ름이라.

부인이 졍식 쳑왈,

"너의 야애 고요히 죄를 ᄌᆞ쳑ᄒᆞ시거늘 여등(汝等)이 엇지 어즈러이 호읍(號泣) ᄒᆞ여 원망홈 ᄀᆞᆺᄒᆞ뇨?"

○○[이어] ᄋᆞ자(兒子)로,

"셔헌의 가 당ᄋᆞ리셔 명을 쳥ᄒᆞ여 닉치지 아니신즉 올나 뫼시리【10】니, 상딕 (相對) 오읍(嗚泣)ᄒᆞ미 가ᄒᆞ냐?"

공ᄌᆞ 계슈(稽首)ᄒᆞ고 외헌의 가 난간 ᄋᆞ릭 업딕엿더니, 션싱이 이윽ᄒᆞᆫ 후 문왈,

"여뷔(女婦) 어딕 잇ᄂᆞ뇨?"

"후졍의 잇ᄂᆞ이다."

3917)셕폐(石陛) : 돌계단.
3918)혈체(血涕) : =혈누(血淚). 피눈물. 몹시 슬프고 분하여 나는 눈물.
3919)욕ᄉᆞ무지(欲死無地) : 죽으려고 하여도 죽을 곳이 없음.

션싱이 다시 말 아니터니, 가네 니로딕,

"부졀 업시 노지 말고 셔당의 가 글 넑으라."

공직 빅슈(拜手)3920)ᄒ고 물너 후졍의 니르니, 샹셰 거젹도 싯지 아니코 머리를 ᄯᅡᄒᆡ 박고 업딕여 슘쇼릭도 업스니, 경황ᄒᆞ여 ᄀᆞ마니 손을 달화3921) 보니 어름 ᄀᆞᄐᆞᆫ지라. 망극ᄒᆞ【11】여 줘무르며 탄셩 체읍ᄒᆞᆫ딕, 샹셰 머리를 드러 ᄋᆞ즈를 보고 손을 져어 울기를 금(禁)ᄒᆞ고 '도라 가라' ᄒᆞᄂᆞᆫ지라.

공직 울며 간ᄒᆞᆫ딕, 샹셰 눈을 드러 ᄋᆞ즈를 보와 ᄀᆞᆯ오딕,

"네 아비 셩회 쳔박ᄒᆞ여 망극ᄒᆞ온 엄교를 밧ᄌᆞ오니, 쥭어 죄를 속(贖)ᄒᆞ미 가ᄒᆞ딕, 인즈(人子) 도리 아니라. 이곳이 유벽(幽僻)ᄒᆞ니 즈쵝(自責) 슈둘(守拙)3922)ᄒᆞ여 스(赦)ᄒᆞ시믈 ᄇᆞ라거늘, 네 엇지 ᄌᆞ로 드러와 닉 마음을 요란케 ᄒᆞᄂᆞᆫ다?"

공직 체읍 딕왈,

"야애 식음 【12】를 폐ᄒᆞ시니 ᄒᆡ익 더옥 쵸황ᄒᆞ이다."

샹셰 왈

"닉 마음이 ᄶᅵᄂᆞᆫ3923) 듯ᄒᆞ여 먹지 못ᄒᆞ미라. 엇지 아됴 폐ᄒᆞ리오. 셜니 도라가 딕인긔 뵈오라."

공직 체읍ᄒᆡᆼ뉴(涕泣行流)3924)ᄒᆞ여, 물너 누흔(淚痕)을 거두고 대셔헌(大書軒)의 혼졍(昏定)홀 시, 션싱의[이] '당의 오르라' ᄒᆞ여 오르미 말ᄒᆞᆷ 업스니, 이윽이 시립ᄒᆞ엿다가 물너 후졍(後庭)의 니르니, 쇼졔 일긔(一器) 미음을 들고 야야긔 간쳥(懇請) 이걸(哀乞)ᄒᆞ니, 샹셰 진실노 식음의 ᄯᅳᆺ이 업스딕, ᄌᆞ녀【13】의 졍경(情景)을 이련(哀憐)ᄒᆞ고, 폐식(廢食)ᄒᆞ믄 원심(怨心)을 품언 듯ᄒᆞ여 강잉(強仍)ᄒᆞ여 마시니, ᄌᆞ녜 좌우의 뫼셔 경야(竟夜)ᄒᆞ여 효괴(曉鼓)3925) 동(動)ᄒᆞ미, 공ᄌᆞ와 쇼져는 틱야(太爺)3926)긔 신셩(晨省)3927)ᄒᆞ고, 공은 훤당(萱堂)을 ᄇᆞ라 ᄌᆡ비ᄒᆞ고, 다시 복지뉴쳬(伏地流涕)러라.

이러틋ᄒᆞ여 십여 일이 지ᄂᆞ되 됴시 스(赦)를 엇지 못ᄒᆞ니, 공이 부안(父顔)을 앙모(仰慕)ᄒᆞ미 간졀ᄒᆞ여 글을 올녀 쳥죄(請罪)ᄒᆞ고, 듕장(重杖)을 쥬시고 안젼의 ᄂᆞ옴가믈 비니, 스의 간졀ᄒᆞ여 잠간 감동ᄒᆞ나, 연ᄒᆞ여 참 【14】 쇼를 드러 심노

3920) 빅슈(拜手) : 두 손을 맞잡고 공손히 절함.
3921) 달호다 : 당기다. 물건 따위를 힘을 주어 자기 쪽이나 일정한 방향으로 가까이 오게 하다.
3922) 슈둘(守拙) : 자기 분수를 지켜 조촐히 지냄.
3923) ᄶᅵ다 : 찢다. 물체를 잡아당기어 가르다.
3924) 체읍ᄒᆡᆼ뉴(涕泣行流) : 서럽게 울며 눈물을 흘리다.
3925) 효괴(曉鼓) : 새벽을 알리는 북소리.
3926) 태애(太爺) : 할아버지를 달리 이르는 말.
3927) 신셩(晨省) : 아침 일찍 부모의 침소에 가서 밤사이의 안부를 살피는 일.

ᄒᆞ연지 오린지라.

묵연부답이여늘 공지 계하의 업딕여 머리를 두다려 아븨 죄를 딕ᄒᆞ여 닙기를 인결ᄒᆞ니, 션싱이 슌ᄋᆞ의 동탕(動蕩)ᄒᆞᆫ3928) 풍광(風光)과 쇄락ᄒᆞᆫ 긔상이 쵸고(憔枯)3929)ᄒᆞ여 빅번 졀ᄒᆞ고 연ᄒᆞ여 고두(叩頭) 뉴쳬(流涕)ᄒᆞ니, 셕목간장(石木肝腸)을 녹일 듯ᄒᆞ고, 손녜 옥골이 드러나 쵸연(悄然)이 형히(形骸)만 걸녀시니, 감동ᄒᆞ여 ᄋᆞ즈를 부르니, 공지 황감(惶感) 스은(謝恩)ᄒᆞ여 쩰니 야야긔 고ᄒᆞᆫ딕, 공이 딕열ᄒᆞ여 츄쥬(趨走)3930) 【15】ᄒᆞ여 계하의 돈슈(頓首) 복지(伏地)ᄒᆞ니, 션싱이 구버 ᄋᆞ즈를 보건딕, 운발(雲髮)이 어즈러워 달 ᄀᆞᆺᄒᆞᆫ 니마의 드리웟고, 긴 옷술 벗고 ᄂᆞ말을 글너시니, 듕슈(重囚)의 형상이오, 누지(陋地)의 업딕여 십여 일을 니러ᄂᆞ미 업스니, 경상이 슈참(羞慚)ᄒᆞ거늘, 화풍경운(和風慶雲)이 홀연 돈감(頓減)3931)ᄒᆞ여 쳐완(悽惋)ᄒᆞᆫ 긔식과 효슌ᄒᆞᆫ 거동이 깁흔 노긔를 감동홀지라.

무러 글오딕,

"네 인지 되어 빅슈의 늙은 아비 보기를 슬히 녁이니, 노【16】븨 혼약(昏弱)ᄒᆞ여 너의 죄를 다스리지 못ᄒᆞ고 다만 보지 아니ᄒᆞ여 너의 ᄯᅳᆺ을 맛쳣거늘, 엇지 몸을 ᄯᅩ히 ᄇᆞ려 경상(景狀)이 슈쳑ᄒᆞ고, ᄯᅩ 칭병부됴(稱病不朝)ᄒᆞ여 군상(君上)의 넘녀를 씻치오며 동뇨의 괴이히 녁이믈 싱각지 아닛ᄂᆞᆫ뇨.? 노부의 ᄉᆞᄋᆞᄂᆞ오미 요쳡(妖妾)의 혹(惑)ᄒᆞ여 독ᄌᆞ(獨子)를 보젼(保全)치 못ᄒᆞ다, ᄭᅮ지름을 일위고ᄌᆞ ᄒᆞᄂᆞᆫ도다."

공이 업딕여 엄교(嚴敎)를 듯ᄌᆞ올ᄉᆡ 심담(心膽)이 붕삭(崩削)ᄒᆞ니, 다만 고두뉴쳬ᄒᆞ여 ᄉᆞ죄를 쳥홀 【17】ᄯᆞ름이라.

션싱이 일오딕,

"너의 듕[듀]죄(重罪)를 ᄉᆞ(赦)ᄒᆞᄂᆞ니 의관을 ᄀᆞᆺ쵸와 오르라."

공이 계슈비ᄉᆞ(稽首拜謝)3932)ᄒᆞ고 의관을 ᄎᆞᆺ 닙고, 당(堂)의 올나 ᄌᆡ빅부복(再拜俯伏)3933)ᄒᆞ니, 션싱이 다시 니로딕

"네 ᄌᆞ쇼(自少)로 효위(孝友) 잇더니, 근닉 외입(外入)3934)ᄒᆞ미 망극(罔極)3935)ᄒᆞ여 안히로 더브러 아비를 원망(怨望)ᄒᆞ고 노부를 역졍ᄒᆞ여 몸을 앗기지

3928)동탕(動蕩)ᄒᆞ다 : 얼굴이 잘생기고 살집이 있다.
3929)쵸고(憔枯) : 몸이 몹시 마르고 야위어 수척함.
3930)츄쥬(趨走) : 윗사람의 앞을 지나가거나 앞에 나아갈 날 때에, 공경하는 뜻으로 허리를 굽히고 빠른 걸음으로 지나가거나 나아감.
3931)돈감(頓減) : 몰라보게 줄어짐.
3932)계슈비ᄉᆞ(稽首拜謝) : 절하여 사은(謝恩)함.
3933)ᄌᆡ빅부복(再拜俯伏) : 두 번 절하고 상반신을 굽혀 엎드림.
3934)외입(外入) : 정도(正道)가 아닌 일이나 행동에 빠져 듦.
3935)망극(罔極) : 끝이나 한이 없음.

아니호고 죽기를 구호니, 엇지 고셔(古書)를 닑어 효의를 안다 호리오."

공이 다만 연호여 절호고 불효(不肖)를 스죄호더니, 한님 【18】 혹스 듕셔시랑 문흥이 와 션싱긔 뵈고 글오딕,

"십여 일을 칭병스직(稱病辭職)호시니 셩상이 됴리찰직(調理察職)을 명호시더니, 금됴의 틱의(太醫)를 명호스 간병(看病)호라 호시는 고로 몬져오이다."

션싱 왈,

"셔직의 가 틱의를 보고 입궐 스은호라."

공이 빅스슈명(拜謝受命)호여 물너와 태의를 사례호고 금일은 노으믈 닐너 보닌 후, 예궐(詣闕)3936) 스은(謝恩) 홀식 상이 반기시고 찰임(察任)호믈 명호시더라.

공이 부젼(父前)의 득죄호민 즈네 호읍(號泣)호니 빗난 【19】 용광이 스스로 쵸췌(憔悴)호고 상활(爽闊)호 금회(襟懷)3937) 즈연 축쳑(跋踢)호니 엇지 탄(歎)홉지 아니리오.

연이나 공은 즈로3938) 당호 일이니, 야야의 노식이 져기 풀닌즉 환열(歡悅)호여 이이(怡怡)호 화긔로 슬푸믈 품지 아니호나, 그 즈녜즉 그러치 아니호니, 부뫼 죄즁의 쳐호민 망극창황(罔極悵怳)3939)호고, 은스(恩赦)를 닙으나 닉두(來頭)를 근심호여 그윽이 셜워호니, 일시 반극(半刻)도 심식 안한(安閑)호 씨 ○○[업고], ○[씨] 업는 딕칙(大責)을 딕호나[니] 마음이 글의 잇지 아니호여, 딕슌(大舜)과 민즈(閔子)3940)의 쇼됴(所遭) 【20】 를 보민 위호여 슬허 쳥뉘(淸淚) 방타(滂沱)호니, 긔골(氣骨)이 슉셩(夙成)호고 체뫼(體貌) 언연(偃然)3941)호여 완즁(緩重)호며 강엄(剛嚴)호나, 이 본딕 십여셰 츙년(沖年)이라.

옛늘의 가닉 화평홀 시졀은 시름 업시 지닉민 인간의 슬푸며 괴로오미 잇는 즐 모로다가, 홀연 가십낭이 숨겨 틱야의 셩졍이 변호여 가닉 변난이 상싱호니, 원(怨)이 엇지 가녀의게 잇지 아니호리오마는, 감히 스식(辭色)지 아니호고, 시시(時時)로 딕인이 식음(食飲)을 숨키지 못호믈 당혼즉, 어린 간장(肝臟) 【21】 이 녹고, 약한 흉금이 쓸호니 일만(一萬) 니검(利劍)이 써호는 듯, 날노 쵸우(焦憂)

3936)예궐(詣闕) : 대궐 안으로 들어감. =입궐(入闕).
3937)금회(襟懷) : 마음속에 깊이 품은 회포.
3938)자로 : 자주. *잦(잦다)+오>자조>자로.
3939)망극창황(罔極悵怳) : 당황하여 어찌할 바를 모름.
3940)민즈(閔子) : 민자건(閔子騫). 중국 춘추 시대 노나라의 현인. 공자의 제자. 이름은 손(損). 자는 자건(子騫). 공문십철의 한 사람으로 효행이 뛰어났다.
3941)언연(偃然) : 거드름을 피우며 건방짐. =언건(偃蹇). *여기서는 '매우 출중(出衆)함'의 의미.

ᄒ여 완연이 연화(煙火)3942) 밧 스름이 되어시니, 공이 미양 엄히 계칙(戒責)ᄒ여 그 마음을 썩그나 엇지 안안(安安)ᄒ리오.

양공은 디효의 스름이라. 일즉 쇼됴(所遭)를 슬허ᄒᆞ미 업스디, 부인이 만일 범범(凡凡)혼 녀질진디 엇지 원억(冤抑)과 비식(悲色)이 눗타ᄂᆞ지 아니리오마ᄂᆞᆫ, 쇼부인의 현철슉덕(賢哲淑德)으로 외구(外舅)의 텬싱디효를 효측ᄒ거니, 일호(一毫) 원억ᄒ미 잇사리오. 【22】 가지록 셩회(誠孝) 동쵹(洞屬)3943)ᄒ더라.

이러구러 슈년이 지나 쇼져의 방년이 팔셰라. 상셰 텬궐(天闕)의 입됴(入朝)ᄒ엿더니, 진왕비 간션(揀選)ᄒ시ᄂᆞ 됴명(朝命)을 밧ᄌᆞ와, 도라와 부젼(父前)의 녀ᄋᆞ를 입궐(入闕)ᄒᆡᆯ 쥴 고ᄒ니, 션싱 왈,

"손ᄋᆞ로써 네 위ᄋᆞ의게 유의ᄒ여 됴가 혼ᄉᆞ를 퇴츅(退逐)ᄒ엿ᄂᆞᆫ디, 엇지 셩상긔 고치 아닌다?"

공이 부복 디왈,

"ᄒᆡ이(孩兒) 슈년이 지난 후 비로쇼 ᄋᆞ즈의 빙녜(聘禮)를 보니려 ᄒ오미, 우연이 무심ᄒ온지라. 완졍(完定)치 【23】 아닌 혼ᄉᆞ를 가히 군부(君父)긔 고치 못ᄒ올 고로, 명을 밧ᄌᆞ와시니 단녀온 후 면약(面約)ᄒᆞᄉᆞ이다."

션싱 왈,

"간션(揀選)의 명이 ᄂᆞ리시믄 연공빅의 ᄌᆞ친(慈親)이 감히 말을 못ᄒ게 ᄒ시미니, 손ᄋᆞ의게ᄂᆞᆫ 간섭지 아닌지라. 드려보니미 무방토다. 연이나 디ᄉᆞ(大事)를 지지(遲遲)ᄒ미 불가ᄒ니 밧비 완졍ᄒ라."

상셰 비ᄉᆞ슈명(拜謝受命)ᄒ고, 한님이 맛당ᄒᆞᆷ믈 알외더라. 한님이 도라간 후 션싱이 비로쇼 칙(責)ᄒ여 왈,

"네 임의 위가를 흠 【24】 앙(欽仰)ᄒ여, 반ᄃᆞ시 위ᄌᆞ현의 덕으로 젼두(前頭)의 봉후(封侯)가지 엇기를 ᄇᆞ라며, 짐짓 쳔연(遷延)ᄒ믄 노뷔 너를 둘나 손ᄋᆞ의 혼인을 못ᄒ게 ᄒ미, '공빅의 모친 ᄀᆞᆺ다' ᄒᆞᆷ믈 들니고ᄌᆞ ᄒ고, 스스로 연공빅의 쇼됴(所遭)의 더으믈 슬피 하라3944), 날노써 긔부인 광픽(狂悖)ᄒᆞᆷ만 ᄀᆞᆺ지 못ᄒ다 ᄒ게 ᄒ고, 원망이 비부르니 이 엇지 인ᄌᆞ(人子)의 도리이요[뇨]? 근니 네 위고금다(位高金多)ᄒ니, 노부 보기를 홍모(鴻毛) ᄀᆞᆺ치 ᄒ거ᄂᆞᆯ, 무슴 연고를 면젼(面前)의

3942)연화(煙火) : 인가에서 불을 때어 나는 연기라는 뜻으로, 사람이 사는 기척 또는 인가를 이르는 말. =인연(人煙).

3943)동쵹(洞屬) : 동동쵹쵹(洞洞屬屬)의 줄임말. 부모를 섬기고 공경하는 마음이 지극함. 『예기(禮記)』 <제의(祭義)>편의 "洞洞乎屬屬乎如弗勝 如將失之. 其孝敬之心至也與(공경하고 조심하는 태도가 마치 이기지 못하는 것 같고 잃지 않을까 조심하는 것 같아, 그 효경하는 마음이 지극하기 그지없다.)"에서 온 말.

3944)할다 : 하소연하다. 억울한 일이나 잘못된 일, 딱한 사정 따위를 말하다. =하소하다.

거즛 츅쳑(踧惕)3945)ᄒ 【25】여 문홍을 뵈여 슬프믈 할ᄒᄂᆞ뇨?”

공이 부복쳥교(俯伏聽敎)의 심골(心骨)이 경한(驚寒)3946)ᄒ니, 미쳐 쳥죄(請罪)도 못ᄒ고 눈믈이 흘너 즈리의 괴이ᄂᆞ지라. 업듸여 탄셩(歎聲) 쳬읍(涕泣)ᄒ여 냥구(良久)의 비로쇼 관(冠)을 벗고 머리를 두다려 왈,

“불효ᄋᆞ(不肖兒) 셜영(設令)3947) 불효무상(不孝無狀)ᄒ온들 ᄎᆞ마 듸인을 취방(臭芳)3948)이 가게코져 ᄒ오며 스스로 무슴일을 슬프믈 니르리 잇고? ᄒ믈며, 홍모(鴻毛)의 비기오믄 ᄒᆡ이 ᄎᆞ마 듯줍지 못ᄒ오니, 불효무상(不孝無狀)ᄒ고 박ᄒᆡᆼ픠려(薄行悖戾)ᄒ 【26】와, 명교의 득죄ᄒ온지라. 죽고져 ᄒ오나 ᄯᅡ히 업ᄂᆞ이다. 인ᄒ여 고두(叩頭) 뉴쳬(流涕)ᄒ니, 션싱이 졍싀 왈,

“너희 불효ᄒᆞ믈 듯고 니르지 아니믄 부즈의 졍이 아닐ᄉᆡ, ᄭᅮ지져 곳치기를 ᄇᆞ라미여늘, 네 뉘웃지 아니코 원억(冤抑)ᄒᆞ믈 일ᄏᆞ라, 아비 알픠셔 울기를 방즈(放恣)히 ᄒ니, 이 도리 ᄯᅩ한 올흐냐?”

공이 계오 강잉(强仍)ᄒ여3949) 울기를 긋치고 돈슈ᄉᆞ죄(頓首謝罪)ᄒ여 ᄀᆞ마니 야야(爺爺)의 지즈지이(至慈至愛)ᄒ시미 이 ᄀᆞᆺ흔 듸죄를 지은 줄노 아르 【27】시ᄃᆡ, 다스리지 아니시고 곡진(曲盡)이 일너 곳치고즈 ᄒ시믈 감은(感恩)ᄒ고, 슬허ᄒ더라.

션싱이 다시 말을 아니니 지리히 쳥죄ᄒ여 셩의(聖意)를 어그릇지 못ᄒ고, 묵연이 믈너나 시녀를 불너 부인의 젼어(傳語)ᄒ여, ‘명됴의 쇼져를 간션의 참예(參預)ᄒ라’ ᄒ고 입번(入番)ᄒ엿더니, 맛ᄎᆞ와 국가의 일이 잇셔 산능(山陵)의 간역(看役)홀3950) 일노 상셔를 보너시니, 명을 밧ᄌᆞ와 야야긔 하직홀ᄉᆡ, 쳐연(棲然)ᄒ믈 니긔지 못ᄒ여 우러러 녕 【28】슌(寧順)ᄒ시믈 빌고, 두 번 졀ᄒ여 유유히 믈너나, ᄋᆞ즈를 당부ᄒ여 ‘대인 좌우를 ᄯᅥᄂᆞ지 말고 뫼시라’ ᄒ고, 녀ᄋᆞ로 부인긔 젼어(傳語)ᄒ여 ‘감지(甘旨)의 됴심ᄒ라’ ᄒ더라.

시의 양쇼졔 궐즁의 드러가니 황후낭낭이 그 긔질을 과이(過愛)ᄒᆞ ᄉᆞ 위유(慰

3945) 츅쳑(踧惕) : 삼가고 두려워 함.

3946) 경한(驚寒) : 마음이 놀랍고 오싹함.

3947) 셜영(設令) : 셜령(設令). (뒤에 오는 ‘–다 하더라도’ 따위와 함께 쓰여) 가정해서 말하여. 주로 부정적인 뜻을 가진 문장에 쓴다. ≒설사(設使), 설약(設若), 설혹(設或).

3948) 취방(臭芳) : 악취와 향기를 함께 이른 말. 악취는 악명(惡名)을, 향기는 훌륭한 명성을 의미한다. 진(晉)나라 때 대사마(大司馬) 환온(桓溫)이 제위 찬탈의 음모를 꾀하면서 말하기를 “이미 후세에 좋은 명성을 남기지 못하게 되었지만, 또한 족히 만 년 뒤까지 악명도 남기지 못한단 말인가.[旣不能流芳後世, 亦不足復遺臭萬載耶.]”라고 했던 데서 유래하였다. 『晉書 卷98 桓溫列傳』

3949) 강잉(强仍)ᄒ다 : 참거나 견디는 것이 마지못한 데가 있다.

3950) 간역(看役)ᄒ다 : 토목이나 건축의 공사를 돌보다. 또는 돌보게 하다.

論)ᄒᆞ시고, 즉시 도라 보ᄂᆡ실ᄉᆡ, 쇼부인긔 슈셔(手書)ᄅᆞᆯ ᄂᆞ리오사 왈,

"딤이 드르니 경의 녀ᄋᆞᄂᆞᆫ 위ᄋᆞ 웅챵과 유의 ᄒᆞᆫ다 ᄒᆞ거늘, 엇지 진왕을 위ᄒᆞᆫ 간션의 참예케 ᄒᆞ뇨? 일홈을 드러 【29】 보지 아냐 도라 보ᄂᆡᄂᆞ니, 위가의 인연을 믜즈라."

ᄒᆞ시고, 궁인을 명ᄒᆞ여 호숑(護送)ᄒᆞ라 ᄒᆞ시니, 쇼부인이 향안(香案)3951)을 베푸고 됴셔(詔書)ᄅᆞᆯ 밧즈와 황공(惶恐) 비례(拜禮)ᄒᆞ고 상궁을 졉ᄃᆡᄒᆞ여 텬명을 밧드믈 회쥬(回奏)ᄒᆞ니라.

가네 됴각3952)이 묘ᄒᆞ믈 보고, 시야의 션싱긔 낭낭 하교(下敎)ᄅᆞᆯ 젼ᄒᆞ고 왈,

"상셔와 부인이 짐즛 닐을 ᄭᅮ며 낭낭 ᄒᆞ괴 여ᄎᆞ(如此)ᄒᆞ니이다."

션싱이 익노(益怒)ᄒᆞ더니, 상셰 군명(君命)으로 총총이 하직ᄒᆞ니, 묵연이 보ᄂᆡ고 부인 【30】 을 미안(未安)ᄒᆞ여 문안을 밧지 아니니, 부인이 경황축쳑(驚惶踧惕)ᄒᆞ고 공ᄌᆞ 쇼졔 쵸황(焦惶)ᄒᆞ더라.

지셜 양상셰 국ᄉᆞ(國事)ᄅᆞᆯ 인ᄒᆞ여 니친(離親)ᄒᆞ여 슈월이 지ᄂᆞ니, 일야(一夜)의 경경(耿耿)3953)ᄒᆞ여 됴양셕월(朝陽夕月)3954)의 ᄉᆞ친지효(思親之孝) 간절ᄒᆞ여 ᄌᆞ탄(咨歎) 불회(不孝)러니, 국ᄉᆞᄅᆞᆯ 필(畢)ᄒᆞ미 도라와 야야긔 츄알(趨謁)ᄒᆞ니3955) 션싱이 묵연부답(黙然不答)이라.

공이 악연(愕然) 실망(失望)ᄒᆞ여 호읍을 낫쵸와 이윽이 되셧더니, 션싱이 일오ᄃᆡ,

"네 집을 ᄯᅥ나 삼삭(三朔)의 도라오니 맛당이 묘위(廟位)3956)의 현 【31】 비(見拜)ᄒᆞ리니 엇지 어린ᄃᆞ시 잇ᄂᆞ뇨?"

쇼ᄅᆡ 극히 밍녈(猛烈)ᄒᆞ니 상셰 황공 ᄉᆞ죄ᄒᆞ고 ᄉᆞ묘의 ᄂᆞᄋᆞ가 비알ᄒᆞ미, 모부인 신위ᄅᆞᆯ 쳠망(瞻望)ᄒᆞ여 슬푸믈 금치 못ᄒᆞᄃᆡ, 대인이 ᄇᆞ야흐로 엄ᄉᆡᆨ(嚴色)이 계시니 구구쳑비(區區慽悲)ᄒᆞ미 도리 아니라 ᄒᆞ여, 계오 ᄎᆞᆷᄋᆞ 밧비 ᄂᆞ려와 되셧더니, 군둉형뎨(群從兄弟)와 냥ᄆᆡ(兩妹)와 상·왕 냥공이 니르고, 연ᄒᆞ여 인친(姻親) 제붕(諸朋)이며 위공이 ᄯᅩ흔 왓ᄂᆞᆫ지라.

모다 션싱긔 상셔의 무ᄉᆞ(無事) 환됴(還朝)ᄒᆞ믈 하례ᄒᆞᄃᆡ, 션싱이 【32】 강잉

3951)향안(香案) : 제사 때에 향로나 향합(香盒)을 올려놓는 상(床). ᄂᆞ향상(香床).

3952)됴각 : 조각. 한 물건에서 따로 떼어 내거나 떨어져 나온 작은 부분. *여기서는 '기회'나 '계기' 따위의 의미로 쓰였다.

3953)경경(耿耿) : 마음에서 사라지지 않고 염려가 됨.

3954)됴양셕월(朝陽夕月) : 아침 해가 떠오르는 때와 저녁달이 떠오르는 때. 곧 아침저녁을 말함.

3955)츄알(趨謁)ᄒᆞ다 : 달려가 뵙다.

3956)묘위(廟位) : 사당의 신위(神位).

(强仍) 화답(和答)ᄒᆞ더라.

이윽이 한담(閑談)ᄒᆞ다가 도라간 후, 한님이 됴용이 뫼셔 말ᄉᆞᆷᄒᆞ더니, 뭇ᄌᆞ와 ᄀᆞᆯᄋᆞ되,

"형장의 신관3957)이 만히 뷔픠(憊敗)ᄒᆞ시니3958) ᄒᆡᆼ역(行役)의 구치(驅馳)ᄒᆞ신 ᄒᆡᆫ(害)가 ᄒᆞ옵ᄂᆞ니, 집의 도라오○[셨]시니 평안이 됴호(調護)ᄒᆞ쇼셔."

공이 답왈,

"우형이 일즉 닙신(立身)ᄒᆞᄆᆞ로 먼 길이 업더니, 처음으로 슈쳔니 밧긔 가니 왕반이 괴로오미야 그딕도록 ᄒᆞ랴마ᄂᆞᆫ, 군친(君親)을 ᄒᆞᆫ 가지로 ᄉᆞ모ᄒᆞ와 촌심(寸心)이 경경(耿耿)ᄒᆞ거ᄂᆞᆯ, 듕임(重任)을 【33】 밧ᄌᆞ와 왕반(往返)의 노고(勞苦)ᄒᆞᆷᄋᆞᆯ 평일인들 모로지 아니ᄒᆞ되, 닉 당(當)ᄒᆞ니 비로쇼 알너라."

한님이 감탄ᄒᆞ되 션싱은 변식(變色) 무언(無言)이러라.

져믄 후 한님이 도라가고 공이 야야ᄅᆞᆯ 뫼셧더니, '믈너가 자라' ᄒᆞ고, 상(床)의 오ᄅᆞ니, 공이 벼기ᄅᆞᆯ 밧드러 방쇼(方所)ᄅᆞᆯ 뭇ᄌᆞ와 돗글 졍히 ᄒᆞ고, 퇴(退)ᄒᆞ여 셔지(書齋)의 도라오니, 명월이 됴모(朝暮)ᄒᆞ여 듁창(竹窓)의 비이고, 졍뎐의 파ᄉᆞ(破邪)3959)ᄒᆞ여 곳봉오리 됴으니, 경치 ᄌᆞ못 가려(佳麗)ᄒᆞ되, 공의 심ᄉᆞ 완경(玩景)의 ᄯᅳᆺ 【34】 이 업ᄉᆞ니, 창젼(窓前)의 비겨 마음 업시 ᄯᆞᆯ 가온딕 슈풀을 보고 ᄌᆞ기ᄅᆞᆯ 니졋더니, 공지 간(諫)ᄒᆞ여 침슈(寢睡)ᄅᆞᆯ 쳥ᄒᆞ거ᄂᆞᆯ, 공이 게얼니 이러 벼기ᄅᆞᆯ 의지ᄒᆞᆷᄋᆡ, 홀연 모부인이 현셩(顯聖)3960)ᄒᆞ여 어루만져 ᄎᆞ탄 왈,

"녜로부터 '지치3961)업스믹 알3962)을 ᄯᅳ린다' ᄒᆞ니, 오ᄋᆞ(吾兒)의 괴로오미 ᄂᆞ의 긔쉬(奇數)3963) 명박(命薄)ᄒᆞ미라. 모ᄌᆞ(母子)의 권권(眷眷)ᄒᆞᆫ 졍(情)이 ᄉᆞ싱의 다르미 업ᄂᆞᆫ지라. 그러나 이 ᄯᆞᆫ흔 텬졍(天定)이니 현마 엇지 ᄒᆞ리오. 명츈(明春)의 하북(河北)을 슌무(巡撫)ᄒᆞ여 셜 【35】 가의 화(禍)ᄅᆞᆯ 구ᄒᆞ고, 어진 부인의 덕을 늣타닉여 효우(孝友)ᄒᆞᆫ ᄌᆞ녀의 위틱ᄒᆞᆷᄋᆞᆯ 구ᄒᆞ라. 닉 ᄋᆞ희 익회(厄會) 명년이면 스라지리라."

3957) 신관 : '얼굴'의 높임말.

3958) 뷔픠(憊敗)ᄒᆞ다 : 비패(憊敗)하다. 정신이나 기력 등이 약해지다. 늑쇠패(衰敗)하다.

3959) 파사(破邪) : 바르지 못하거나 분명치 않은 것을 깨트림으로써 바르고 분명한 것을 드러나게 함.

3960) 현셩(顯聖) : 높고 귀한 사람이 죽은 후에 신령이 되어 나타남.

3961) 지치 : '깃[날개]'의 평북 방언. 또는 '보금자리'의 함경남도 방언. *여기서는 '아내'를 비유적으로 표현한 말로 보인다.

3962) 알 : 조류, 파충류, 어류, 곤충 따위의 암컷이 낳는, 둥근 모양의 물질. 일정한 시간이 지나면 새끼나 애벌레로 부화한다. *여기서는 '새끼' 곧 '아이'를 비유적으로 표현한 말.

3963) 기수(奇數) : 기박(奇薄)한 운수(運數). 또는 운수가 기박함.

공이 붓들고 크게 우러 씨치니, 지는 달이 셔창(西窓)의 명미(明微)ᄒ고 방즁의 호발(毫髮)이 다 뵈나, 모부인 음용(音容)이 훌연(欻然)³⁹⁶⁴ᄒ여 헛된 ᄭᅮᆷ이라.

셔로이 슬푸미 '구곡(九曲)이 쵼단(寸斷)'³⁹⁶⁵ᄒ니 샹(床)의 ᄂᆞ려 고두 뉴쳬러니, ᄋᆞ직 놀나 씨여 간위(懇慰)³⁹⁶⁶ᄒ니, 계오 참ᄋ 쇼셰(梳洗)ᄅᆞᆯ 파ᄒ고 훤당(萱堂)을 향ᄒ올ᄉᆡ, 이ᄂᆞᆯ 가녀의 참언(讒言)이 망극ᄒ여, 션싱긔 고【36】ᄒ되,

"샹셰 아ᄌᆞ(俄者)³⁹⁶⁷의 부인 ᄃᆞ려 니로딕, '닉 수월만의 집이라 ᄎᆞᄌᆞ오니 딕인 긔ᄉᆡᆨ이 가지록 닝엄ᄒ니 두골이 터질 듯ᄒ도다. 만일 텬뉸지졍(天倫之情)이 일분이나 잇ᄉᆞᆫ즉 ᄭᅥᆺ던 ᄌᆞ식을 죽을 죄 잇ᄉᆞᆫ들 ᄎᆞ마 엇지 그리 박졀(迫切)이 ᄒ시랴? 단발문신(斷髮文身)³⁹⁶⁸ᄒ여 형산(衡山)의 슈도(修道)ᄒ거나, 양광ᄌᆞ폐(佯狂自閉)³⁹⁶⁹ᄒ여 요녀(妖女)ᄅᆞᆯ 질너 죽이리라'ᄒ니, 부인 왈, '하³⁹⁷⁰ 분(忿)ᄒ여 이르시나 즁 되며 밋치미³⁹⁷¹ 다 몸이 괴로온지라. 져기³⁹⁷² 견ᄃᆡ여 요녀ᄅᆞᆯ 만편(萬片)의 닉ᄉᆞ【37】이다.' 샹셰 왈 '부인은 밧비 모칙(謀策)을 닉라.' 딕왈 '여류셰월(如流歲月)³⁹⁷³의 언마 가오리가?' 샹셰 혼연ᄒ더니, 쇼공지 쇼져로 닷토와 우니, 샹셰 금션(金扇)으로 미이 쳐 왈, 'ᄉᆞ룸이 셩을 지리히 닉ᄂᆞᆫ 거시 됴치 아니ᄒ니라. 네 분명 야야(爺爺)ᄅᆞᆯ 젼(全)탁ᄒ미로다³⁹⁷⁴. 닉 심홰(心火) 셩(盛)ᄒ여 독ᄒᆞᆫ ᄉᆞ룸을 딕치 못ᄒᆞᄂᆞ니, 네 엇지 이리 독물(毒物)노 삼겻ᄂᆞ뇨?'ᄒ시니, 이 말ᄉᆞᆷ이 ᄎᆞ마 인ᄌᆞ(人子)의 홀 말이니잇가? 쳔쳡(賤妾)이 통곡고ᄌᆞ ᄒᄂᆞ이다."

션싱이 딕로딕분(大怒大憤)ᄒ여 동야【38】불미(終夜不寐)ᄒ고 벼기의 비겨 니

3964) 훌연(欻然) : ①갑작스러움. ②갑작스럽게 떠나거나 어떤 일이 일어나, 다하지 못한 일로, 마음속에 어딘지 섭섭하거나 허전한 구석이 있음.

3965) 구곡(九曲)이 쵼단(寸斷) : 구곡촌단(九曲寸斷). 애간장이 토막토막으로 끊어짐. *구곡(九曲): =구곡간장(九曲肝腸). 굽이굽이 서린 창자라는 뜻으로, 깊은 마음속 또는 시름이 쌓인 마음속[애]을 비유적으로 이르는 말. =애간장.

3966) 간위(懇慰) : 정성을 다해 위로함.

3967) 아ᄌᆞ(俄者) : 이전, 지난번, 조금 전.

3968) 단발문신(斷髮文身) : 머리를 깎고 몸에 문신(文身)을 함. *중국 주(周)나라 태왕(太王) 고공단보(古公亶父)의 두 아들 태백(泰伯)과 우중(虞仲)이 부왕(父王)이 셋째 아우인 계력(季歷; 문왕의 아버지)에게 왕위를 물려주고자 하는 뜻이 있음을 알고, 형제가 함께 머리를 깎고 몸에 문신을 하여 왕위를 사양하고 형양(衡陽)으로 피해 은거하였던 고사가 있다.

3969) 양광ᄌᆞ폐(佯狂自閉) : 거짓으로 미친 체하며 스스로 외부와의 접촉을 끊고 틀어박혀 있음.

3970) 하 : 「부사」 정도가 매우 심하거나 큼을 강조하여 이르는 말. '아주', '몹시'의 뜻을 나타낸다.

3971) 밋치다 : 미치다. 정신에 이상이 생겨 말과 행동이 보통 사람과 다르게 되다.

3972) 져기 : 적이. 꽤 어지간한 정도로.

3973) 여류셰월(如流歲月) : 물 같이 쉼 없이 흘러가는 세월.

3974) 젼(全)탁ᄒ다 : 온전히 닮다. 빼닮다. *탁하다: 닮다.

지 아니ᄒ더라.

시시의 양상셰 신셩(晨省)ᄒ여 듕인 긔휘(氣候)3975) 불예(不豫)ᄒ시믈 놀나 안셔(安舒)이 샹하의 ᄭᅮ러 증셰ᄅᆞᆯ 뭇ᄉᆞ온ᄃᆡ, 션싱이 묵연부답(默然不答)ᄒ니, 임의 죄즁(罪重)의 드러시믄 작일(昨日)의 아라시니, 쥭으믈 그음ᄒ고 다시 쇼릐ᄅᆞᆯ 부드러이 ᄒ여 굴오ᄃᆡ,

"대인 셩톄(聖體) 불안ᄒ시니 증후(症候)ᄅᆞᆯ 듯ᄌᆞ와 약셕(藥石)3976)으로 치료코ᄌᆞ ᄒᄂᆞ이다."

ᄯᅩ 답(答)지 아니니 냥구히 ᄭᅮ럿다가, 도라 가녀ᄅᆞᆯ 보ᄋᆞ 왈,

"듕인 체휘 어느 ᄯᅢ 븟터 불안ᄒ신【39】고?"

가녜 왈,

"작셕의 긔운이 한츅(寒縮)3977)ᄒ다 ᄒ시더니 인ᄒ여 두통이 고극(苦劇)ᄒ여 쳘야불미(徹夜不寐)ᄒ시니이다."

샹셰 더옥 경황ᄒ여 ᄀᆞ마니 야야의 숀을 달화보나, 션싱이 ᄲᅵ치고 도라 누으니, 구ᄐᆞ여 번열(煩熱)3978)ᄒ믄 업ᄂᆞᆫ지라. 비로쇼 식로 죄 어드믈 ᄭᅢ드르니, 셩체 무방ᄒ시믈 힝지(幸知)3979)ᄒ여 ᄀᆞ마니 뫼셧더니, 부인이 일긔(一器) 진미(珍味)와 슈긔(數器) 진찬(珍饌)을 밧드러 녀ᄋᆞ로 ᄒ여금 엄구 대인긔 헌(獻)ᄒ나 도라보지 아니ᄒᄂᆞᆫ지라.

공이 화식니셩(和色怡聲)으로 진음(進飮)ᄒ【40】시믈 간졀이 두 번 간쳥(懇請)ᄒᄃᆡ, 션싱이 믄득 발연이 닙써 안ᄌ 상을 박츠 믈니치고, 노목(怒目)이 진녈(震裂)ᄒ여 ᄋᆞᄌᆞᄅᆞᆯ 냥구슉시(養久熟視)ᄒ니, 공이 연망이 하당(下堂) 쳥죄(請罪)ᄒ고, 쇼졔 실식(失色) 창황(蒼黃)ᄒ여 머리ᄅᆞᆯ 슉이고 옥뉘(玉淚) 방방(滂滂)ᄒ여 ᄭᅢ여진 그릇과 업쳐진 거슬 ᄭ시스니, 션싱이 다시 향벽(向壁)ᄒ여 도라 누으니, ᄭᅢ임의 느졋ᄂᆞᆫ지라.

부인이 황황(惶惶)ᄒ여 다시 ᄀᆞ쵸와 드리믜, ᄯᅩ 박츠 것구르치니 인ᄒ여 니음다라3980) 듸령(待令)ᄒ나 슌슌(順順)이3981) 파쇄(破碎)ᄒ【41】믜 십여ᄎᆞ(十餘次)

3975) 긔휘(氣候) : =기체후(氣體候). 몸과 마음의 형편이라는 뜻으로, 웃어른께 문안할 때 쓰는 말.
3976) 약셕(藥石) : 약과 침이라는 뜻으로, 여러 가지 약을 통틀어 이르는 말. 또는 그것으로 치료하는 일.
3977) 한츅(寒縮) : 추워서 기운을 내지 못하고 움츠림.
3978) 번열(煩熱) : 『한의』 몸에 열이 몹시 나고 가슴 속이 답답하여 괴로운 증상. =번열증(煩熱症).
3979) 힝지(幸知) : (어떤 사실을) 알게 된 것을 다행으로 여김.
3980) 니음달다 : 이음달다. 어떤 사건이나 행동 따위가 이어 발생하다.=잇따르다.
3981) 슌슌(順順)이 : 번번(番番)이. 매 때마다.

의 동시 흔 먹음도 마시미 업눈지라.

상세 황황(惶惶)ᄒ여 죽으믈 무릅쓰고 고두(叩頭) 이걸 왈,

"대인이 불쵸(不肖)의 죄상을 통히ᄒ신죽, 《죽기를∥죽음을》 쥬시고 진반(進飯)을 평안이 ᄒ시믈 바라ᄂ이다."

션싱이 쏘 답(答)지 아니터니, 믄득 벽을 세 번 치고 길게 슘쉬고 다시 줌연(潛然)ᄒ니, 쎠의 양공이 망극ᄒ미 간담(肝膽)을 브으는 듯, 일빅 장(杖) 미를 밧줍고, 딕인의 노(怒)를 푸르시믈 브라나 엇지 못ᄒᄂ지라.

반오(半午)의 밋쳐는 잠젹언와(潛寂偃臥)[3982]ᄒ여시니, 창황(蒼黃)【42】ᄒ미 오장(五臟)의 불이 니ᄂ지라. 마음이 타고 긔운이 슷쳐지니 상하의 업듸여 ᄀ만흔 눈물이 주리의 고이니, 공주와 쇼져의 망극(罔極) 초됴(焦燥)ᄒ미 흔가지라.

션싱이 믄득 앙텬탄식(仰天歎息) 왈,

"오호(嗚呼) 통지(痛哉)라! 내 무슴 젹앙(積殃)으로 흔 ᄂ즛 주식이 망가졀ᄉ(亡家絶祀)[3983]케 되엿ᄂ뇨? 계흥아! 장칙(杖責)을 닙어 허물을 곳치믈 쳥치 말고 죄를 밧지 아냐서 곳치지 못흘쇼냐?"

상세 ᄎ교(此敎)의 밋쳐는 경혼(驚魂)이 구쇼(九霄)[3984]의 ᄂ라나고 뇌졍(雷霆)이 일신이[을] 분쇄ᄒᄂ 듯, 간담이 쎠러지고 【43】 긔운이 최졀(摧折)ᄒ여 죽은 드시 업듸여 씌지 못ᄒ니, 션싱이 졍셩(正聲) 왈

"네 거동을 보기 실흐니 셜니 물너가라."

상세 황망이 퇴ᄒ여 계의 ᄂ릴ᄉ, 머리를 두드려 졀ᄒ고 셔당의 도라오미, 밋쳐 방즁의 드지 못ᄒ여 피를 토(吐)ᄒ여 긋치지 못ᄒ니, 공지 창황망극(蒼黃罔極)ᄒ여 머리를 밧치고 손을 줴물너 흐르는 눈물이 하슈(河水)를 보틔여 졈졈 피되더라.

이윽고 상세 슘을 두루고 긔운을 나리와 잠간 긋치ᄂ지라. 공지 약을 타 ᄂ오니, 【44】 공이 탄왈,

"딕인이 불쵸로 인ᄒ사 분(憤)히 ᄒ시미 식음을 물니치시니, ᄎ신(此身)을 죽여 죄를 속(贖)ᄒ미 올흔지라. 엇지 약을 먹으리오."

인ᄒ여 혼미(昏迷)ᄒ니, 공지 가슴을 치고 붓드러 구호흘ᄉ, 간담이 츤츤(寸寸)ᄒ더니[3985] 식경후(食頃後)[3986] 다시 씌미, 공지 쳬읍(涕泣)고 간왈(諫曰),

---

3982)잠젹언와(潛寂偃臥) : 고요히 누워있음.

3983)망가졀ᄉ(亡家絶祀) : 집안을 결딴내고 제사를 끊어지게 함.

3984)구소(九霄) : 높은 하늘.

3985)츤츤(寸寸)ᄒ다 : 마디마디 끊어지다.

3986)식경후(食頃後) : '밥 한 그릇 먹을 시간이 지난 후' 라는 뜻으로, 잠깐 동안의 시간이 지난 후를 이르는 말.

"틱애(太爺) 일시 노ᄒ시미 계시나 딕인이 진실노 죄 지으시미 업스시미[니], 다만 성체(聖體)를 즈보(自保)ᄒ스 씌드르시믈 브라올지라. 이제 엄졀구혈(奄絶嘔血)[3987]ᄒ시고, 스스로 돈체(尊體)를 상(傷)히오스, 틱야 봉시(奉侍)를 싱각【45】지 아니ᄒ시ᄂ니잇고? 불효이(不肖兒) 우러러 기연(慨然)ᄒ오니[3988] 스죄(死罪)를 무릅써 알외ᄂ이다."

공이 냥구(良久) 후 답왈,

"내 엇지 모로리오마ᄂ 느의 죄악이 여산(如山)ᄒ여 신명의 득죄(得罪)ᄒ므로, 딕인(大人) 성심(聖心)이 불안ᄒ시고, 둉일(終日) 폐식(廢食)ᄒ시니, 추신(此身)의 쳐(處)홀 곳을 아지 못ᄒ미라."

이의 한슘지고 눈물을 흘녀 셔헌을 향ᄒ여 돈슈 왈,

"히이(孩兒) 무상(無狀) 불효(不孝)ᄒ미 죽엄죽 ᄒ거늘, 오히려 목슘을 앗겨 약을 먹ᄂ이다."

언언(言言)이[3989] 혈체(血涕)[3990] 만면(滿面)ᄒ니, 공직 쳥심원(淸心元)[3991] 약 탄 거슬 【46】 밧드러 드리며 다시 간걸(懇乞)ᄒ미, 드딕여 마시고 졍신을 졍ᄒ미 다시 셔헌(書軒)의 ᄂᄋ가. 당의 오르지 못ᄒ여 난간 ᄋ릭 업딕여 시동으로 ᄒ여금 딕인 긔운을 아라오라 ᄒ니. 셕양의 죵시(終始) 일둉음(一鍾飮)[3992]을 ᄂ오미 업다 ᄒ니, 흔굿 눈물을 흘니고 ᄀ마니 머리를 두다릴 ᄲᅮᆫ이러니, ᄋ즈로 ᄒ여금 '딕인을 뫼시라' ᄒ고, 가녀(女)를 쳥ᄒ여 눈물을 드리워 왈,

"계흥이 불효무상(不孝無狀)ᄒ여 눈상(倫常)[3993]의 용납지 못홀지라. 엄젼(嚴前)의 스죄(赦罪)를 닙습고즈 ᄒ나, 능【47】히 엇지 못ᄒᄂ지라. 셔모ᄂ 계흥의 망극호 졍스를 술펴, 딕인긔 고ᄒ여 진반(進飯)을 평안이 ᄒ시고, 계흥의 불효(不肖)호 죄를 엄히 다스리게 흔즉, 장하(杖下)의 죽어도 즐거온 넉시 되리로다."

가네 츄연(惆然) 딕왈,

"상공 말ᄉᆷ이 이의 밋츠시니, 쇼쳡이 엇지 감읍지 아니리잇고? 연(連)ᄒ여 식반을 나오시믈 쳥ᄒ오딕, 엄칙ᄒ시니 엇지 ᄒ리잇고?"

말이 맛지 못ᄒ여셔, 션싱이 졍셩딕즐(正聲大叱) 왈,

3987) 엄졀구혈(奄絶嘔血) : 갑자기 까무러쳐 피를 토함.
3988) 기연(慨然)ᄒ다 : (잘못된 일에 대해) 마음속으로 탄식하다.
3989) 언언(言言)이 : 말마다.
3990) 혈체(血涕) : 피눈물.
3991) 쳥심원(淸心元) : 『한의』 우황, 인삼, 산약 따위를 비롯한 30여 가지의 약재로 만든 알약. 중풍으로 졸도하고 팔다리가 뻣뻣해지는 데나 간질, 경풍 따위에 쓴다. =우황청심환.
3992) 일둉음(一鍾飮) : 한 종발(鍾鉢)의 마실 것.
3993) 눈상(倫常) : 인류의 떳떳하고 변하지 아니하는 도리.

“닉 병이 져의 무상(無狀)ᄒᆞ믈 통히ᄒᆞ여 ᄂᆞᆺ거ᄂᆞᆯ 엇지 믈【48】너가지 아니코 괴로이 직희여 죽기를 직촉고ᄌᆞ ᄒᆞᄂᆞ뇨?”

상셰 텬지망극ᄒᆞ여 창황이 고두ᄒᆞ고 물너날ᄉᆡ, 압 길흘 분변치 못ᄒᆞ여 셔직의 니르러 다시 토혈ᄒᆞ여 것구러지되, 공직 됴부(祖父)긔 뫼셔 감히 물너ᄂᆞ지 못ᄒᆞ고 다만 냥ᄀᆡ 시동이 붓드러 구호ᄒᆞ더라.

이윽ᄒᆞᆫ 후 스ᄉᆞ로 ᄭᆡ여 셔헌(書軒)을 향ᄒᆞ여 쳥죄 왈,

“불쵸ᄋᆡ 구산 ᄀᆞᆺᄒᆞᆫ 죄악이 살지무셕(殺之無惜)3994)이오ᄃᆡ, 장칙(杖責)을 명치 아니시고 스ᄉᆞ로 셩쳬(聖體) 불안ᄒᆞ시니 욕ᄌᆡ(辱子) 엇지 ᄒᆞ【49】여 이 죄를 속ᄒᆞ리잇고?”

가ᄉᆞᆷ을 어루만져 쳬읍통도(涕泣痛悼)ᄒᆞ니, 그 마음의 가업ᄉᆞᆫ 통박(慟迫)을 가히 알지라. 일노 보건ᄃᆡ 긔부인의 ᄒᆡᆼᄉᆡ 진실노 쾌(快)한지라. 발노(發怒)즉 엄히 ᄐᆡ장ᄒᆞ고, 화ᄉᆡᆨ이셩(和色怡聲)으로 ᄉᆞ죄(謝罪)ᄒᆞᄆᆡ 노를 푸러 텬셩ᄌᆞᄋᆡ를 펴니, 연공의 심ᄉᆞᄂᆞᆫ 평안ᄒᆞ여, 모부인 노ᄒᆞ시믈 두려ᄒᆞ고 죄 입으믈 환열ᄒᆞ니, 이러틋 쵸황ᄒᆞ믄 업ᄂᆞᆫ지라. 양쳐ᄉᆡ 당당ᄒᆞᆫ 대장부로 엇지 부인녀ᄌᆞ만 ᄀᆞᆺ지 못ᄒᆞ뇨.

시시(是時)의 양공이 심【50】회 ᄉᆞᆯᄂᆞᆫ 듯ᄒᆞ니, 시동을 물니치고 홀노 ᄯᅳᆯ가온ᄃᆡ 업ᄃᆡ여더니, ᄆᆞᆫ득 몸을 니러 원즁의 드러가 사우문(祠宇門)3995)의 ᄭᅮ러 고두뉴쳬(叩頭流涕) 왈,

“불쵸ᄋᆡ(不肖兒) 불효무상ᄒᆞ와 젹죄여산(積罪如山)이라. ᄃᆡ인이 심노(心怒)ᄒᆞᄉᆞ 질환을 일위시니, ᄒᆡᄋᆡ(孩兒) 스ᄉᆞ로 죄를 다ᄉᆞ리와 ᄃᆡ인 셩의(聖意)3996)를 풀니실가 ᄇᆞ라ᄂᆞ이다.”

ᄃᆞ시 머리를 됴ᄋᆞ 졀ᄒᆞ고 도라 님목(林木) ᄉᆞ이의 ᄂᆞᄋᆞ가 큰 ᄂᆞ모가지 십여 ᄀᆡ를 버혀 도라와, 과의(袴衣)를 그르고 업ᄃᆡ여 스ᄉᆞ로 장칙ᄒᆞ여 슈를 혜지 아니【51】코 힘을 다ᄒᆞ여, ᄉᆞᆯ히 터지고 흐르ᄂᆞᆫ 피 옷ᄉᆞᆯ 즘으니, 지통(至痛)이 최심(最甚)ᄒᆞ여 알프믈 닛고, ᄆᆡ 들기를 더옥 놉히 ᄒᆞ더니, 시동 영복 츙복 등이 ᄀᆞ마니 ᄉᆡᆨ라와 이 거동을 보고, 츙복이 영복을 머무르고 급히 공ᄌᆞ를 ᄎᆞᄌᆞ 고코ᄌᆞ ᄒᆞ더니, ᄎᆞ시 공직 야애(爺爺) 혼도(昏倒)ᄒᆞ시고, 다시 엄교를 듯ᄌᆞ와 창황(蒼黃)퇴지(退之)ᄒᆞ시니, 반ᄃᆞ시 구혈(嘔血)ᄒᆞ실지라.

초황ᄒᆞᄃᆡ 감히 물너가지 못ᄒᆞ더니, 션ᄉᆡᆼ이 가녀로 뫼시라 ᄒᆞ고 ᄉᆞᆫᄋᆞ를 ‘물너가라’ ᄒᆞ니, 【52】급히 셔당의 도라오ᄆᆡ 야애 계시지 아니ᄒᆞ니, 놀ᄂᆞ 시동을 ᄎᆞᄌᆞ

3994)살지무셕(殺之無惜) : 죽여도 아깝지 아니할 정도로 죄가 무거움.
3995)사우문(祠宇門) : 사우(祠宇)의 문(門) *사우(祠宇): 조상의 신주(神主)를 모셔 놓은 집. =사당(祠堂).
3996)셩의(聖意) : ‘의(意)’를 높여 부르는 말. 특히 임금이나 부친 등의 뜻을 말함.

뭇고즈 ᄒ되 업ᄂᆞᆫ지라.

창황이 후졍(後庭)으로 다르니3997), 이 곳 공의 ᄃᆡ죄(待罪)ᄒ던 ᄯᅳᆯ이오, ᄉᆞ묘(祠廟)와 담이 ᄉᆞ이 ᄒᆞ엿더라. 이곳의 공이 업ᄉᆞᆯ ᄲᅵᆫ아니라, ᄉᆞ묘(祠廟) 아ᄅᆡ 검장(檢杖)3998)쇼ᄅᆡ 십분 큰지라.

공ᄌᆞ와 쇼졔 셔로 맛다라3999) 실ᄉᆡᆨ(失色) 경황(驚惶)ᄒᆞ여 길흘 ᄎᆞᄌᆞ 도로 셔당(書堂)으로 말믜암ᄋᆞ 원즁(園中)의 다ᄅᆞᆯᄉᆡ4000), 도라가미 더ᄃᆡ여 길히셔 츙복을 맛ᄂᆞ니, 복이 눈물을 흘니고 분쥬(奔走) 창황(蒼黃)ᄒ다가,【53】공ᄌᆞ를 맛ᄂᆞ 고 ᄒᆞᄂᆞᆫ지라.

공ᄌᆞ 남믹 혼불부톄(魂不附體)ᄒᆞ여 심신이 비월(飛越)ᄒᆞ니, 거름이 운쇼(雲霄)4001)의 ᄯᅴ이여4002) 급히 ᄎᆞᄌᆞ가니, 임의 야야의 몸이 뉴혈(流血)의 줌겻더라.

공ᄌᆞ 머리를 부ᄃᆡ이져 실셩통읍(失性慟泣)ᄒᆞ고 쇼졔 공의 장쳐의 ᄂᆞᆺ출 다히고 업더져 가슴이 막히니, 공이 ᄌᆞ녀를 ᄭᅮ지져 왈,

"네 ᄋᆞ비 죄악이 통텬(通天)ᄒᆞ여 하ᄂᆞᆯ이 벌을 ᄂᆞ리오시니 ᄃᆡ인이 깁히 노ᄒᆞ신 지라. ᄌᆞ췩(自責)ᄒᆞ여 일분이ᄂᆞ 쇽죄코즈 ᄒᆞ거늘 여등(汝等)이 엇지 아비를 【54】협졔(脅制)코즈 ᄒᆞᄂᆞ뇨?"

공ᄌᆞ 다만 머리를 돌히 두ᄃᆞ려 혈톄(血涕) 흐르고, 쇼졔 오오녈녈(嗚嗚咽咽)ᄒᆞ여 긔운이 ᄀᆞᆺ쳐지니, ᄃᆡ인의 달텬ᄃᆡ효(達天大孝)로 이러틋흔 경계를 당ᄒᆞ시믈 ᄀᆞᆨ골통도(刻骨痛悼)ᄒᆞ고 각심원한(刻心怨恨)ᄒᆞ여 간담(肝膽)이 편편(片片)이 ᄇᆞᄋᆞ지니 무슴 말을 ᄒ리오.

눈물이 피를 화(和)ᄒᆞ고 망극흔 경상(景狀)이 단괄(袒括)4003)흔 거동이라. 공이 감동(感動) 익련(哀憐)ᄒᆞ여 엄ᄎᆡᆨ(嚴責)ᄒᆞ여 우름을 금(禁)ᄒᆞ고 옷ᄉᆞᆯ 염의고4004) ᄉᆞ묘(祠廟)를 향ᄒᆞ여 계슈ᄌᆡ비(稽首再拜)4005)ᄒᆞ고 ᄌᆞ녀를 거ᄂᆞ려 셔당의

3997) 다르다 : 닷다. 달리다. 달음질쳐 빨리 가거나 오다.
3998) 검장(檢杖) : 예전에 장형(杖刑: 곤장으로 볼기를 치던 형벌)을 가할 때, 형리(刑吏)로 하여금 매질을 하는 장수(杖數)를 큰 소리로 세게 하던 일.
3999) 맛달다 : 맞닥치다. 어떠한 사람이나 물건이 서로 마주 다다르다.
4000) 다ᄅᆞ다 : 달리다. 달려가다.
4001) 운쇼(雲霄) : 구름 낀 하늘.
4002) ᄯᅴ이다 : 뜨이다. '뜨다'의 피동사. *뜨다: 무거운 물건이 위로 들어 올려지다.
4003) 단괄(袒括) : 상례(喪禮)에서 상제(喪制)의 복식(服飾)을 이르는 말. 고례(古禮)에서, 상(喪)을 당하면 상제는 한쪽 어깨의 옷을 벗고[이를 '단(袒)'이라 함], 머리는 관(冠)을 벗고 머리를 풀어 한 가닥으로 묶었다[이를 '괄(括)'이라 한다].
4004) 염의다 : 여미다. 벌어진 옷깃이나 장막 따위를 바로 합쳐 단정하게 하다.
4005) 계슈ᄌᆡ비(稽首再拜) : 계수배(稽首拜)로 공손히 두 번 절함. *계수배(稽首拜): 중국 『주례(周禮)』에 나오는 아홉 가지 절의 하나. 머리가 땅에 닿도록 몸을 굽혀 하는 절로, 우리의 '큰절'에 해당하는 절이다.

도라오【55】니, 공주와 쇼제 붓드러 잠간 쉬시믈 쳥ᄒ고, 약 붓치기를 쳥ᄒᆫ딕, 공이 요슈(搖首)4006) 왈,

"ᄂᆞ의 불효무상ᄒᆫ 죄를 스스로 벌ᄒ나 만분지일을 속지 못ᄒ니, 엇지 약을 붓쳐 늣기를 구ᄒ리오. 그러나 여등이 졍니를 도라보고 시하인ᄌᆞ(侍下人子)의 도리로 긔운을 ᄌᆞ보(自保)ᄒ리라."

ᄒ여, 벼기를 의지ᄒ여 잠간 ᄌᆞᄂᆞ 듯ᄒ니, 연(連)ᄒ여 토혈엄홀(吐血奄忽)4007)ᄒ고 심닉(心內) 쵸갈(焦渴)ᄒ엿거늘, 듕장(重葬)을 스스로 바드니 긔력(氣力)이 혼혼(昏昏)ᄒᆫ지라. 공지 쇼믹로 뫼시라 【56】 ᄒ고 츙복을 닛그러 원즁(園中)의 드러가 ᄉᆞ묘(祠廟)를 향ᄒ여 고두 왈,

"불쵸 손이 우믹(愚昧) 불효(不孝)ᄒᆞ와 딕인의 망극ᄒᆫ 과거를 간(諫)치 못ᄒ오니 불효를 스스로 다스리ᄂᆞ이다."

ᄒ고, 이의 돈슈(頓首) 뉴혈(流血)ᄒ고, 옷슬 버셔 츙복으로 ᄂᆞ믄 믹를 씌어 '치라' ᄒ니, 복이 울며 간ᄒᆞᄂᆞᆫ지라. 공지 통읍(慟泣) 왈,

"가운이 불힝ᄒ고 ᄂᆞ의 죄악이 무궁ᄒ여 딕인의 셩쳬(聖體)를 샹(傷)히오스 틴야의 노를 푸르시믈 엇습고ᄌᆞ ᄒ시니, ᄂᆞ의 간담이 촌촌(寸寸)이 ᄆᆞᆺ쳐지는【57】지라. 너는 날을 쳐 이 셜우믈 풀게 ᄒ라. 네 둉시 말을 듯지 아닌즉 닉 출하리 머리를 씌쳐 죽으리라."

인언(因言)4008)의 ᄭᅮ지져 지쵹이 발발(勃勃)ᄒ니, 복이 감동ᄒ고 셜워 울며 공ᄌᆞ를 칠시, 연(連)ᄒ여 '미이 치라' ᄒ여, 이십여 장(杖)의 복이 긋치기를 쳥ᄒ거늘, 공지 요슈(搖首) 왈,

"대인의 돈쳬 샹ᄒ신 바는 ᄂᆞ의 빅비(百倍) 더으니 긋치지 못ᄒ리라."

영복이 닷다라4009) 공의 ᄎᆞᄌᆞ시믈 고ᄒᆞᄂᆞᆫ지라. 공지 부득이 니러 도라오니, 원닉 공이 【58】 임의 ᄋᆞᄌᆞ의 일을 짐작ᄒ고, 밧비 불너 도라오믹, 녀ᄋᆞ로 ᄒ여금 ᄌᆞ긔 옷과 ᄋᆞᄌᆞ의 옷슬 가져오라 ᄒ여, 부지 피 무든 옷슬 ᄀᆞ라 닙고 셔헌으로 향코ᄌᆞ ᄒᆞᆯ시, 공지 다시 간걸(懇乞)ᄒ여 약 붓치기를 고ᄒᆫ딕, 공이 둉시(終是) 듯지 아니코 스스로 알푼 거슬 견딕여 망극(罔極)ᄒᆫ 심회(心懷)를 위로ᄒᆞᄂᆞᆫ지라.

공지 울고 감히 쳥치 못ᄒ니, 츠호셕ᄌᆡ(嗟乎惜哉)라!4010) 연·양 냥공이 달텬딕효(達天之孝)를 ᄀᆞ져 그 몸이 알푼 거슬 싱각지 아니코, ᄋᆞᄌᆞ(兒子)의 셜뷔(雪膚) 【59】 파훼(破毁)ᄒ되 잔잉ᄒᆞᆷ믈4011) 마음의 두지 아냐, 그 대인의 노(怒)를 푸르

4006) 요슈(搖首) : 거절의 표시로 머리를 좌우로 흔듦.
4007) 토혈엄홀(吐血奄忽) : 피를 토하고 급작스럽게 정신을 잃고 까무러침.
4008) 인언(因言) : 말로 말미암음. 말로 인(因)함.
4009) 닷다라 : 달려와. *달려오다: 달음질하여 빨리 오다.
4010) 츠호셕ᄌᆡ(嗟乎惜哉)라! : 아, 애석하다!

시믈 ᄇᆞ라니, 그 당훈 경계(境界) 닉도ᄒᆞ되4012) 셩효ᄂᆞᆫ 흔가지니, 금셕(金石)의 박ᄋᆞ 후셰의 젼ᄒᆞ염죽지 아니리오.

양쳐ᄉᆞ(處士) 텬셩(天性)이 단엄경기(端嚴耿介)ᄒᆞ고4013) 고결쳥한(拷決淸寒)ᄒᆞ니 엇지 요쳡(妖妾)의 간졍츄티(奸情醜態)를 몰나보리오마ᄂᆞᆫ, 잠간 편식(偏塞)4014)ᄒᆞᄆᆞ로 활연(豁然)치 못ᄒᆞ여 가녜 감히 참쇼ᄒᆞᄂᆞᆫ 길흘 여ᄂᆞ지라.

요약(妖藥)을 ᄀᆞ져 셩졍을 변ᄒᆞ고 감언미셜(甘言美說)로 공교흔 말ᄉᆞᆷ을 드리니, 붉은 졍신【60】이 어두어 ᄌᆞᆷ연(潛然)이 농낙(籠絡) 즁의 ᄲᅥ져시니, 처음의 미(微)흔 허믈을 참쇼(讒訴)ᄒᆞ여, 션싱○[이] ᄌᆞ부를 미안ᄒᆞ나 구ᄐᆡ여 발연(勃然)ᄒᆞ미4015) 업슨 고로, 셰월노 됴ᄎᆞ ᄌᆞ연이 도도와 깁히 분노를 닐위고, 인ᄒᆞ여 망극흔 죄벌을 더은지라. 《심상∥식상(食床)》을 슌슌(巡巡)이4016) ᄭᅵ치고 식음(食飮)을 불식(不食)ᄒᆞ니, 가녜 암희(暗喜)ᄒᆞ여, 시야(是夜)의 ᄯᅩ 슬피 고ᄒᆞ되,

"아즈의 상셰 슐을 취ᄒᆞ고 양비즐미(攘臂叱罵)4017)ᄒᆞ거늘, 쳡이 놀나 ᄀᆞ마니 가 보온즉, 상셰 쥬머괴로4018) ᄯᅳᆽ흘 두드리고 한(恨)ᄒᆞ여 왈,

'닉 팔지【61】흉험(凶險)ᄒᆞ여 어려셔 모친을 여히고 요녀를 가듕의 일위여, 야애 ᄌᆞ이를 슷쳐 죽게 됴ᄅᆞ시니, 닉 죽은즉 뉘게 의탁고ᄌᆞ ᄒᆞ시ᄂᆞᆫ고? 가녀를 춍이ᄒᆞ시나 그러ᄂᆞ 골육텬셩 ᄀᆞᆺᄒᆞ랴! 둉일(終日) 폐식(廢食)ᄒᆞ시니, 도로혀 긔괴(奇怪)흔지라. 역졍(逆情)ᄂᆞ니 넘녀ᄂᆞᆫ 업스되 남의 쇼견의 괴이ᄒᆞ여, 즁장(重杖)을 주시고 히로(偕老)ᄒᆞ쇼셔! 비로되, 둉시(終是) 견집(堅執)ᄒᆞ시고 안젼(眼前)의 뵈도 말ᄂᆞ! ᄒᆞ시니, 져를 어이ᄒᆞ리오. 닉 평일 지극히 셤기더니, 야애 '괴믈을【62】ᄶᅵᆯ고'4019) 닉 허믈을 일워너니, 이 몸이 죽게 되여시니 무셔오미 업스나, 그러ᄂᆞ 스스로 흔 ᄂᆞᆺ ᄋᆞ들의 젼졍(前程)을 아됴 맛ᄎᆞ, 신명(神明)4020)의 볼 거시 업스니, 출하리 ᄃᆡ론(臺論)4021)이 ᄂᆞ, 국법을 붉혀 죽인즉 쾌히 넉이시련마ᄂᆞᆫ, 나의 친우가지 ᄂᆞ의 원통을 불상이 아니, 뉘 날을

4011)잔잉ᄒᆞ다 : 자닝하다. 애처롭고 불쌍하여 차마 보기 어렵다.

4012)닉도ᄒᆞ다 : 매우 다르다. 판이(判異)하다.

4013)단엄경기(端嚴耿介)ᄒᆞ다 : 단정하고 엄숙하여 시류(時流)에 영합하지 않고 굳게 지조를 지킴.

4014)편식(偏塞) : 치우치고 막힘.

4015)발연(勃然)ᄒᆞ다 : 왈칵 성을 내는 태도나 일어나는 모양이 세차고 갑작스럽다.

4016)슌슌(巡巡)이 : 번번(番番)이. 매번(每番). 매 때마다.

4017)양비즐미(攘臂叱罵) : 양팔의 옷소매를 걷어 올리고 꾸짖으며 욕함.

4018)쥬머괴로 : 주먹으로. *주먹: 손가락을 모두 오므려 쥔 손.

4019)괴믈을 ᄶᅵᆯ다 : 몹시 괴상한 행동을 하여 불길해 보인다.

4020)신명(神明) : 천지(天地)의 신령.

4021)ᄃᆡ론(臺論) : 『역사』 사헌부와 사간원에서 하던 탄핵(彈劾).≒대탄(臺彈).

그르다 흐리오. 다만 목젼(目前)의 슌편(順便)치 아니케 갑갑이 구시니, 가슴
이 터질 듯ㅎ도다.'

부인이 잔을 잡아 권ㅎ고 위로ㅎ되,

'됸귀(尊舅) 심노(甚怒)ㅎ사 {즈}젼브터 스룸을 못 견듸게 【63】구르실지언
졍, 엄흔 쳐치는 본듸 못ㅎ시니, 군직 과도히 쵸우(焦憂)ㅎ시미 부졀업고, 동
일 식반을 춫지 아니시니 엇지 보젼ㅎ시리잇고? 슐이 긔운을 돕고 근심을 푸
누니, 금야는 근심을 니져 시름을 푸르시고, 명일은 슈우지식(愁憂之色)을 잠
간 뵈시고, 됴참(朝參)⁴⁰²²의 가 동관(同官)의 번(番)⁴⁰²³을 츄이(推移)ㅎ여
두루 들고, 슈습일(數三日) 집의 오지 마르쇼셔. 쳡이 와신상담(臥薪嘗
膽)⁴⁰²⁴ㅎ여 군즈의 원을 쾌이 갑흐리이다.'

상셰 흔연이 슐을 거후르고 니로듸

'듸인이 【64】과연 둘약(拙弱)ㅎ시니, 요인(妖人)이 듯고 고ㅎ여도 무방ㅎ리
니, 스스로 괴로오믈 {괴로오믈} 바드시다가 과연 허핍(虛乏)흔 즉 아니즈시
랴?"

공직 분노ㅎ여 쳡의 방을 그르쳐 즐미(叱罵)⁴⁰²⁵ㅎ듸,

'요약한 계집이 잇셔 그만흔 말이 다 틱야(太爺) 귀의 가니, 쇼직(小子) 칼늘
을 그다듬아 어두온 듸 슘엇다가 질너 죽여, 틱야(太爺)의 이즁ㅎ시든 쳡을
생각고 이통ㅎ시믈 본즉, 브야흐로 심시 쾌활ㅎ리로쇼이다. 요녀를 비록 이통
(哀痛)ㅎ시나, 죽은 후야 슐올 셰⁴⁰²⁶ 업스니, 【65】일장(一場)을 통도(痛
悼)ㅎ시다가 죽은 거슬 엇지리오. 츠후라야 집안이 평안ㅎ리라.'

ㅎ거늘, 부인은 연(連)ㅎ여 쥬육(酒肉)을 권ㅎ여 니로듸,

'외됴모는 셩품이 쾌단(快斷)ㅎ시무로 즈부를 장쵝(杖責)ㅎ시고 즉시 히로(偕
老)ㅎ시니, 외구(外舅)의 닉외 두려ㅎ고 졍셩된지라. 군즈와 쳡이 그르미 이
시나 즉시 씐둣게 아니코, 그윽이 함노(含怒)ㅎ여 구구히 남의 눈을 그리오려

4022)됴참(朝參) : 『역사』 한 달에 네 번 중앙에 있는 문무백관이 정젼(正殿)에 모여
임금에게 문안을 드리고 정사(政事)를 아뢰던 일.

4023)번(番) : 차례로 숙직이나 당직을 서는 일.

4024)와신상담(臥薪嘗膽) : 불편한 섶에 몸을 눕히고 쓸개를 맛본다는 뜻으로, 원수를 갚
거나 마음먹은 일을 이루기 위하여 온갖 어려움과 괴로움을 참고 견딤을 비유적으로 이
르는 말. 『사기』의 <월세가(越世家)>와 『십팔사략』 등에 나오는 이야기로, 중국
춘추 시대 오나라의 왕 부차(夫差)가 아버지의 원수를 갚기 위하여 장작더미 위에서
잠을 자며, 월나라의 왕 구천(句踐)에게 복수할 것을 맹세하였고, 그에게 패배한 월나
라의 왕 구천이 쓸개를 핥으면서 복수를 다짐한 데서 유래한다.

4025)즐매(叱罵) : 질매(叱罵). 꾸짖고 욕함.

4026)셰 : 기세. 세력. 힘.

ᄒ시나, 남이 엇지 모로리오. 스름이 다 우리 회포를 드러 원통이 넉이니, 돈구 ᄒ시【66】ᄂ 빅 가쇼롭지 아니ᄒ니잇가? 쳡이 슈일지ᄂᆡ(數日之內)의 죽기를 기ᄃ려도 놀납지 아니ᄒ되, 노야의 명쾌치 못ᄒ신 쥴, 시비(是非)ᄒ미 각골이 읻ᄃᆞᆲ고, 노애 임의 부ᄌᆞ 스이 은졍(恩情)이 크게 어긔니4027) 망극ᄒ이다. 노애 이졔 다른 ᄌᆞ식(子息)4028) {ᄌᆞ네} 잇지 아니코, 다만 독ᄌᆞ를 두어 계신ᄃᆡ 졈졈 가변(家變)이 망극ᄒ니, 만일 ᄃᆡ론(臺論)이 난즉, 상셰 엇지 거두(擧頭)ᄒ리잇고? 출ᄒ리 장쵘(杖責)을 쥬스 허물을 곳치게 ᄒ시고, 됴졔(操制)4029)ᄒ미 가ᄒ니이다.”

쳐스(處士) 분【67】연ᄃᆡ로(憤然大怒) 왈,

“불쵸ᄌᆞ(不肖子) 불효픽악(不孝悖惡)ᄒ되, ᄂᆡ ᄎᆞ마 텬셩ᄌᆞᄋᆡ(天性自愛)를 ᄭᅳᆫ지4030) 못ᄒ여 장쵘을 더으지 못ᄒ여 스스로 ᄭᅵᄃᆞ라 뉘웃고ᄌᆞ ᄒ거늘 가지록 히연(駭然) 방ᄌᆞ(放恣)ᄒ여 졈졈 뉸상(倫常)을 범ᄒ니, 엄부(嚴父)의 ᄋ ᄌᆞ{와} 다스리믄 여ᄉᆞ(餘事)4031)오, 졔 힝ᄉᆞ(行事) 졈졈 망뉸픽상(亡倫敗常)ᄒ니, 《너희‖너의》 말이 심히 맛당ᄒ지라. 당당이 쾌(快)이 쳐치ᄒ리라. 좌우로 시노(侍奴)를 부르라.”

ᄒ거늘, 가네 급히 말녀 왈,

“노애 ᄆᆡ양 동용이 계쵘(戒責)ᄒ시믈 구구히 남의 눈을 ᄭᆞ리온다【68】ᄒᄂᆞᆫ지라. 붉은 날 명졍이 다스리쇼셔. 노애 죵일 폐식(廢食)ᄒ시니 쳡이 쵸됴(焦燥)ᄒ와 됴흔 슐과 안쥬를 ᄀᆞᆺ쵸와시니 진음(進飮)ᄒ쇼셔.”

인ᄒ여 호쥬미찬(壺酒美饌)을 ᄂᆞ오니, 쳐시 깃거 아니나 가네 교퇴ᄒ여 힘써 권ᄒ니, 임의 약을 탓고 취즁 노긔를 도도아 상셔를 미이 치게 ᄒ미라.

션싱이 쥬량(酒量)이 잇스되 광약(狂藥)이랴[라] ᄒ여 즐기지 아니코, 상셔를 금(禁)ᄒᄂᆞ 고로 상셰 잔을 즙으미 업더라.

이 슐을 먹으미 노긔 졈졈 더ᄒ여 교ᄋᆞ(咬牙)ᄒ여【69】ᄉᆡ기를 기ᄃ리더니, 효계쵸명(曉鷄初鳴)4032)의 상셰 니르러 감히 듕문(中門)의 드지 못ᄒ고, 문밧긔 ᄭᅮ러 시동으로 ᄒ여금 부공의 야ᄅᆡ쳬후(夜來體候)를 뭇ᄌᆞᆸ고, 장쵘(杖責)을 ᄂᆞ리오시고 진반(進飯)을 평안이 ᄒ시믈 비ᄂᆞᆫ지라.

4027)어긔다 : 어기다. 규칙, 명령, 약속, 시간 따위를 지키지 아니하고 거스르다.

4028)ᄌᆞ식(子息) : 부모가 낳은 아이를, 그 부모에 상대하여 이르는 말.=자녀(子女).

4029)됴졔(操制) : 조종하여 통제함.

4030)ᄭᅳᆫ지 : 끊지. *끊다 : 실, 줄, 끈 따위의 이어진 것을 잘라 따로 떨어지게 하다.

4031)여ᄉᆞ(餘事) : 여사(餘事). 그다지 중요하지 않은 일.

4032)효계쵸명(曉鷄初鳴) : 새벽을 알리는 닭이 처음 울음을 울 때. =계초명(鷄初鳴: 첫 닭이 울 때).

말씀이 간절ᄒ고 ᄯᅳᆺ이 화평ᄒ여 금셕(金石)을 녹일 듯ᄒ되, 션싱의 평일 ᄌᆡ의 크게 변ᄒ여시니, 밍셩(猛聲)으로 '죄를 기다리라' ᄒ여, 엄ᄒᆫ 노긔 북풍한상(北風寒霜) ᄀᆞᆺ호니, 상셰 고두 쳥녕ᄒ여 ᄯᅡ히 업듸엿더니, 평명(平明)4033)의 오릭 참 【70】 앗던 노긔 크게 니러나, 난두(欄頭)의 ᄂᆞ4034) 안즈 복부(僕夫)를 모호고, 큰 민를 몬져 단단이4035) 헤치니, 공ᄌᆞ와 쇼졔ᄂᆞᆫ 넉시 날고 간(肝)이 ᄲᅵ여져 몬져 죽고ᄌᆞ ᄒᆞᄂᆞᆫ지라.

공이 ᄋᆞᄌᆡ의 쇄두뉴혈(碎頭流血)4036)ᄒ믈 엄히 ᄭᅮ지져 금ᄒ고, 어즈러이 극간(極諫)치 못ᄒᆞᄆᆞᆯ 니르더니, 창뒤(蒼頭) ᄂᆞ와 ᄭᅮ러 명을 젼ᄒᆞ민, 공이 밧비 니러 창두(蒼頭)를 ᄯᆞᆯ라 츄쥬(趨走)ᄒ여 계하(階下)의 복지(伏地)ᄒ민, 임의 작일(昨日)노븟터 의건(衣巾)을 탈ᄒ여시니, 허튼 머리와 황황(惶惶)ᄒᆫ ᄉᆞᆨ(辭色)이 인심을 동ᄒ【71】더라.

션싱이 일분 감동ᄒᆞ미 업셔 졍셩(正聲) 엄쳑(嚴責)ᄒ여 드른 말노 슈죄(數罪)ᄒ니, 상셰 망극ᄒ여 간담이 ᄭᆡ치고ᄌᆞ4037) ᄒᆞ되, 다만 돈슈뉴쳬(頓首流涕)ᄒ여 ᄉᆞ죄(謝罪)4038)를 쳥(請)ᄒᆞᆯ ᄯᆞ름이러라.

노ᄌᆞ(奴子)를 호령ᄒ여 공을 올녀 믹고 '산장(散杖) 열흘 잡으라' ᄒ니, 노지 낙담망혼(落膽亡魂)4039)ᄒ나 감히 역명(逆命)치 못ᄒ여, 공을 븟드러 올니고 결박ᄒᆞ민, 션싱이 보건되 ᄋᆞ지(兒子) 임의 피육이 ᄲᅥ러지고 뉴혈(流血)이 님니(淋漓)4040)ᄒ여시니 괴이히 넉여 니로되,

"너의 죄를 아직 다스【72】리미 업거늘, 엇지 몬져 상ᄒ엿ᄂᆞ뇨?"

상셰 업듸여 머리를 두다리고 왈,

"듸인이 불효의 불효되죄를 용ᄉᆞ(容恕)ᄒ시고, 셩쳬(聖體) 불안(不安)ᄒ시니 ᄉᆞ심(私心)4041)의 황공(惶恐)ᄒ와 죄 우희 죄를 구산(丘山)4042) ᄀᆞ치 짓ᄉᆞ온지라. 더옥 ᄉᆞ죄(死罪)4043)로쇼이다."

4033)평명(平明) : 해가 뜨는 시각. 또는 해가 돋아 밝아질 때.
4034)ᄂᆞ : '나가' 또는 '나와'. *나다: 밖으로 나가거나 나오다.
4035)단단이 : 단마다. *단: 짚, 땔나무, 채소 따위의 묶음.
4036)쇄두뉴혈(碎頭流血) : 머리를 부스러뜨려 상처를 내고 피를 흘림.
4037)ᄭᆡ치다 : 깨뜨리다. '깨다'를 강조하여 이르는 말. ≒깨트리다.
4038)ᄉᆞ죄(謝罪) : 지은 죄나 잘못에 대하여 용서를 빎.
4039)낙담망혼(落膽亡魂) : 몹시 놀라거나 마음이 상해서 넋을 잃음. =낙담상혼(落膽喪魂)
4040)님리(淋漓) : 피, 땀, 물 따위의 액체가 흘러 흥건함.
4041)ᄉᆞ심(私心) : 남에게 자기의 마음을 낮추어 이르는 말.
4042)구산(丘山) : 언덕과 산을 아울러 이르는 말로, 물건이 많이 쌓인 모양을 비유적으로 이르는 말.
4043)ᄉᆞ죄(死罪) : 죽어 마땅한 큰 죄.

선싱이 비록 연무즁(煙霧中)이나 이련(哀憐)ᄒ미 동ᄒ여 잠간 쥬져(躊躇)ᄒ거늘, 가녜 겻히셔 ᄀ마니 고왈,

"상셰 스스로 몸을 상(傷)ᄒ여 노야를 역졍(逆情)4044)ᄒ고 취방(臭芳)4045)이 노야긔 도라게 ᄒᄂ니이다."

션싱이 과연ᄒ여 노ᄌ를 호령 【73】ᄒ여 엄히 치기를 명홀 식,

"아비를 역졍ᄒ여 몸을 상희(傷害)와시니 큰 죄목이 되리라."

상셰 평싱 쳐음으로 연(連)ᄒ여 즁장(重杖)을 바드니, 오히려 알푸믈 닛고 디인의 노를 푸르시믈 ᄇ라니, 오직 공슌이 마ᄌ 일호(一毫) 원심(怨心)이 업스니, 엇지 호통(號痛)4046)ᄒ미 이시리오.

임의 오십여 장(杖)의 피육(皮肉)이 후란(朽爛)ᄒ고 셩혈(腥血)이 좌우의 ᄲ려 ᄯᅡ히 흐르니, 집장노ᄌ(執杖奴子) 믈너 업디여 미를 드지 못ᄒ고 죽으믈 쳥ᄒ니, 션싱이 ᄋᄌ의 멸뉸도상(滅倫斁常)4047) 【74】ᄒ믈 졀치통히(切齒痛恨)ᄒ엿더니, 장쳐의 참혹ᄒ믈 보건디 마음이 알푸니 스(赦)코ᄌ ᄒ되, ᄌ긔 ᄉ호믈 니르지 아냐셔 노복이 몬져 긋치기를 쳥ᄒ믈 디로ᄒ여, 긔노(寄奴)를 업지르고 삽십 장을 밍타(猛打)ᄒ고 상셔를 다시 치라 ᄒ더라.【75】

4044) 역정(逆情) : 몹시 언짢거나 못마땅하여서 내는 성.늑역증.

4045) 취방(臭芳) : 악취(惡臭)와 향기(香氣)를 아울러 이르는 말.

4046) 호통(號痛) : 고통을 부르짖음.

4047) 멸뉸도상(滅倫斁常) : =멸륜패상(滅倫敗常). 오륜(五倫)을 없애고 오상(五常)을 깨뜨린다는 뜻으로, 예의와 도덕을 함부로 어기고 짓밟음을 이르는 말. *斁는 음이 '도/두'로 의미는 여기서는 '敗'의 의미로 쓰였음.

화산션계록 권지사십팔

추셜 어시의 양공지 조부의 밍녈흔 셩졍으로 엄엄흔 노긔를 밧즈오니 감히 디(代)흐여 맛기를 쳥치 못흐더니, 산장(散杖)4048)의 슈를 보건디 경혼(驚魂)이 비월(飛越)흐여, 머리를 계(階)의 두다려 디흐여 쥭기를 비로디4049), 션싱이 드른 체 아니흐니 야야의 겻히 업디여 엄흔 검장(檢杖)4050)의 슌슌(順順)4051) 가슴을 허위고 긔운이 꼿쳐지니, 쇼졔 쏘흔 야야의 셩체 듕상흐신디 태야(太爺)의 엄뇌 진쳡(震疊)흐시니, 망극흐여 ㄴㅇ가 이걸코즈 흐거늘, 부인이 금지 왈, 【1】

"됸귀(尊舅) 일죽 장척을 느리오미 업셔 젹년(積年) 분긔를 금일 풀고즈 흐시니, 네 야애 감슈듕장(甘受重杖)흐ᄉ 셩뇌(盛怒) 희셕(解釋)4052)흐시믈 브라시니, 즈녀의 이걸을 드디여4053) 죄 면흐믈 깃거 아니흐실지라. 여등이 승슌(承順)흐미 올흐니 감히 이고(哀告)치 못흐리라."

흐고, 쇼져를 니그러 셔헌(書軒) 후졍(後庭)의 디죄(待罪)흐엿더니, 야야의 몸의 느려지는 미 쇼리를 드르미, 일신이 편편(片片)이 브ㅇ지고, 심혼(心魂)이 운쇼(雲霄)의 느라ᄂ니, 혈뉘(血淚) 만면흐여 머리를 돌의 부디이져 호흡흐다가, 믄득 미를 가져 【2】 ㄴ상(羅裳)을 거두어 줍고 스스로 달쵸(撻楚)흐니, 비록 힘이 약흐나 각골흔 지통을 인흐여, 야야의 몸의 알푸믈 난호고즈 흐니, 미를 들미 밍녈흔지라.

ᄉ오 긔의 집 ᄀᆺ흔 가듁이 믜여지고, 응지(凝脂) ᄀᆺ흔 살이 터지ᄂ지라. 부인이 눈을 드러 보와 잔잉이4054) 넉이나, 쇼져의 쥭고즈 흐ᄂ 바를 보와, 그 셜우믈 붓치고즈 흐ᄂ 쯧을 말니지 아니코, 머리를 슉여 죄를 기드리니, 쇼졔 야야의 장슈

4048)산장(散杖) : 죄인을 신문할 때, 위엄을 보여 협박하기 위해서 많은 형장(刑杖)이나 태장(笞杖)을 눈앞에 벌여 내어놓던 일.
4049)비로디 : 빌되. *빌다: 바라는 바를 이루게 하여 달라고 신이나 사람, 사물 따위에 간청하다.
4050)검장(檢杖) : 장형(杖刑)의 수나 세기 등을 낱낱이 검사함.
4051)슌슌(順順) : 순서마다. 차례마다.
4052)희셕(解釋) : 오해나 노여움 따위를 풀거나 누그러뜨림.
4053)드디여 : ①드디어. 무엇으로 말미암아 그 결과로. ②인(因)하여. 어떤 사실로 말미암아. *여기서는 ②의 의미로 쓰임.
4054)츅쳑(踧惕) : 삼가고 두려워 함.

(杖數)를 쓰라 흐르는 피 쓰히 괴이는지라. 가네 츠경을 보고 스스로 져상(沮喪)ᄒ여 져희【3】작죄(作罪)로 스스로 축쳑(踧惕)ᄒ더라.

쇼졔 야야의 장칙(杖責) 쇼리 긋치믈 듯고 협문(夾門) 틈을 여어보니, 딕인의 돈체를 긴긴히 결박ᄒ고 엄혼 민를 모질게 더어시니, 상ᄒ며 피 흐르미 츠마 보지 못ᄒᆯ지라.

가슴을 치고 옥뉘(玉淚) 방방(滂滂)ᄒ여 다시 보건딕, 거거는 두골이 쇄상(碎傷)4055)ᄒ여 긔졀(氣絕)ᄒ엿는딕, 태야 노즈를 형장ᄒ고 다시 부공을 치라ᄒ니 복뷔 감히 거스지 못ᄒ여 머리를 두루혀 울며 민를 드는지라.

텬지망망(天地茫茫)ᄒ여 급히 문을 열고 계하(階下)의 ᄂᆞ아가【4】 고왈,

"쇼녀의 아비 득죄ᄒ오미 비록 깁스오나 듕장을 밧즈와 능히 니긔지 못ᄒ오니, 산장(散杖)을 열흘 줍ᄋ 계시니 쇼녜 딕(代)ᄒ여 오십을 마즈지이다."

션싱이 보건딕 손녜 녹발(綠髮)이 헛트러 구름 귀밋틱 드리웟고, 혈뉘 방방ᄒ여 옥협(玉頰)을 줌가시니, 쵸월아미(初月蛾眉)4056)의 모연(暮煙)이 쳐쳐(凄凄)ᄒ고 셜부화용(雪膚花容)이 한희(寒曦)4057)를 화(和)ᄒ여 《부용췩혐∥부용췩협(芙蓉醉頰)4058)》과 옥면쥬슌(玉面朱脣)이 혈식을 아여시니, 유한(幽閑)ᄒ던 긔질이 경황진구(驚惶震懼)4059)ᄒ고, 졍슌(貞順)ᄒ 동작은 망【5】극창황(罔極蒼黃)4060)ᄒ니, 좌우(左右) 노복(奴僕)이 ᄀᆞ득ᄒ믈 도라보지 못ᄒ고, 졍계(庭階)의 쑤러 고두(叩頭)ᄒ니, 익원(哀願)ᄒ 안모(眼眸)의ᄂᆞ 피눈물을 드리오고, 통도(痛悼)ᄒᄂᆞᆫ 즁의도 온슌ᄒ거늘, 씌여진 머리는 흐르는 불근 피 옥 ᄀᆞᆺᄒᆫ 니마의 ᄀᆞ득ᄒ니, 익련(哀憐) 감동(感動)ᄒ고, 손ᄋ 염이 방시(方時)4061) 스셰니, 모친의 금ᄒ믈 인ᄒ여 유모의게 붓들녀 호통(號慟)ᄒ다가 져져(姐姐)를 쓰라 쒸여 ᄂᆞ와, 야야(爺爺)의 《창쳐∥장쳐(杖處)》를 붓들고 가슴을 쓰더 울며 우러러 틱야(太爺)를 보고 졀【6】ᄒ며 손을 부뷔여 비는지라.

션싱이 ᄋ손(兒孫)을 심익(甚愛)ᄒ던지라. 손녀와 ᄋ손의 거동을 잔잉히4062) 넉여 도라 ᄋ즈를 보니, 쇼져의 나오무로 노직 일시의 물너 문밧긔 나가시미, 상

4055) 쇄상(碎傷) : 부서져 상처가 남.
4056) 쵸월아미(初月蛾眉) : 초승달처럼 아름다운 눈썹.
4057) 한희(寒曦) : 겨울 해. 또는 겨울날의 차가운 햇빛.
4058) 부용췩협(芙蓉醉頰) : 연꽃처럼 취기어린 붉은 빰. *원문 '부용췩혐'의 '혐'은 '검(臉; 빰 검)' 또는 '협(頰: 빰 협)'의 오기다. 여기서는 고소설에서 '빰'의 한자표기어로 '협(頰)'을 두루 쓰고 있어, 이를 따랐다.
4059) 경황진구(驚惶震懼) : 몹시 놀라고 당황하여 벌벌 떨면서 두려워함.
4060) 망극창황(罔極蒼黃) : 한없이 놀랍고 다급함.
4061) 방시(方時) : =시방(時方). 지금. 말하는 바로 이때에.
4062) 잔잉ᄒ다 : 자닝하다. 애처롭고 불쌍하여 차마 보기 어렵다.

세 오직 머리를 ᄂᆞ죽이 ᄒᆞ고 피 ᄀᆞ온ᄃᆡ 업ᄃᆡ여시니, 의심컨ᄃᆡ 죽엇ᄂᆞᆫ 듯 시븐지라.

몬져 스스로 쳐 가독이 터지고 살히 쎠러졋던ᄃᆡ, 즈가의 엄흔 고찰(考察)의 노지 힘을 다ᄒᆞ여시니, 피육(皮肉)이 웃쳐지고 흰 ᄲᅢᄂᆞᆫ 은연(隱然)이 뵈ᄂᆞᆫ지라.

ᄇᆞ야흐로 경심(驚心)【7】ᄒᆞ니, 만일 스지 못흔즉 빅발노인이 의탁이 업셔, 모질고 복(福)업슨 ᄯᅮ지람을 면치 못ᄒᆞ여, '상명(喪明)의 셜우미'4063) 뉘웃ᄂᆞᆫ 한을 겸홀지라.

드듸여 쾌히 스(赦)ᄒᆞ니, 쇼졔 계슈ᄉᆞ은(稽首謝恩)4064) ᄒᆞ고 협문(夾門) 안흐로 들ᄆᆡ, 졔뇌 급히 믿거슬 그르고 붓드러 니르혀니, 상셰 알푸믈 참고 옷슬 거두어 《넘외고∥넘의고4065)》 당상을 ᄇᆞ라고 두어 거름을 ᄂᆞ와 돈슈ᄌᆡ빈(頓首再拜)ᄒᆞ고 복지(伏地)ᄒᆞ니, 션셩이 비로쇼 놀ᄂᆞ오미 덜니니, 슌ᄋᆡ 방ᄌᆞᄒᆞᆷ이 아비를 도아시믈 노ᄒᆞ【8】여, 공ᄌᆞ를 줍으믹고 슈죄(數罪)ᄒᆞᄆᆡ, 가녀의 니른 말디로 ᄒᆞ고 치기를 직쵹ᄒᆞ니, 공ᄌᆡ ᄇᆞ야흐로 정신을 출혀 대인이 ᄉᆞ명을 어드시믈 다힝ᄒᆞ여 울기를 긋치고 형장의 업ᄃᆡ니, 임의 옥뷔(玉膚) 편편(片片)ᄒᆞ고4066) 젹혈(赤血)이 오히려 흐르니, 션셩이 심닉(心內)의 슌이 아비와 ᄀᆞᆺ치 즈긔를 역졍(逆情)ᄒᆞ미라 ᄒᆞ여, 뭇지 아니코 삼십장을 치니, 시(時)의 공ᄌᆡ 십이 셰 봄이라. 신장(身長) 거지(舉止)4067) 비록 어룬 ᄀᆞᆺᄒᆞ나, 치년유충(稚年幼沖)4068)으로 즁장(重杖)을 감슈(甘受)ᄒᆞ여,【9】흔마ᄃᆡ 통고(痛苦)ᄒᆞᆷ이 업스나 거의 막힐 듯ᄒᆞ더니, 스(赦)를 닙으나 능히 운신(運身)치 못ᄒᆞᄂᆞᆫ지라.

노ᄌᆞ(奴子) ᄶᅥ 붓드러 빈ᄉᆞ(拜謝)ᄒᆞᄆᆡ, 쓰어 ᄂᆞ가 업어 셔당의 누이니, 션셩이 상셔를 다시 칙ᄒᆞ여 왈,

"너희 불쵸픽악(不肖悖惡)흔 죄를 통히(痛駭)ᄒᆞ연지 오르니, 다스리미 이에 스(赦)홀 빅 아니로ᄃᆡ, 노뷔 부즈의 유년(柔軟)흔 졍을 참지 못ᄒᆞ여, 약벌(弱罰)을 쥬어 긋치ᄂᆞ니, 삼가 다시 죄를 범치말나."

상셰 고두빈ᄉᆞ(叩頭拜謝)ᄒᆞ여 명을 밧드니, '물너가 됴리(調理)ᄒᆞ라' ᄒᆞ니,【1

4063) 상명(喪明)의 설움 : =상명지통(喪明之痛). '눈이 멀 정도로 슬프다'는 뜻으로, 아들이 죽은 슬픔을 비유적으로 이르는 말. 옛날 중국의 자하(子夏)가 아들을 잃고 슬피 운. 끝에 눈이 멀었다는 데서 유래한다
4064) 계슈ᄉᆞ은(稽首謝恩) : 큰절을 하여 사은(謝恩)함. *계수(稽首); 중국의 <주례>에 나오는 아홉 가지 절의 하나. 머리가 땅에 닿도록 몸을 굽혀 하는 절로, 우리의 '큰절'에 해당하는 절이다.
4065) 넘의다 : 여미다. 벌어진 옷깃이나 장막 따위를 바로 합쳐 단정하게 하다.
4066) 편편(片片)ᄒᆞ다 : 조각조각 찢겨지다.
4067) 거지(舉止) : 몸을 움직여 하는 모든 짓.=행동거지.
4068) 치년유충(稚年幼沖) : 어리고 어린 나이. 매우 어린 나이.

0】 다시 졀ᄒ여 은명(恩命)을 ᄉ(謝)ᄒ고 몸을 쓰어 문을 ᄂᆞ니, 노ᄌᆡ(奴子) 업어 셔당의 가 누이미, 공이 강작(强作)ᄒ여 약을 붓치고 ᄋᆞᄌᆞ를 구ᄒ더라.

ᄎᆞ시 양쳐ᄉᆞ 평싱 이즁ᄒ던 독ᄌᆞ(獨子)의 빅ᄉᆞ(百事) 진션(眞善)ᄒ미 안증(顏曾)4069)의 혹(學)과 니두(李杜)4070)의 ᄌᆡ예(才藝)와 한유(韓愈)4071)의 문장을 겸ᄒ여, 관인(寬仁)ᄒᆞᆫ 덕냥(德量)과 츌쳔(出天)ᄒᆞᆫ 셩효를 가져시믈, 듕심의 ᄀᆞ득이 두굿기니, 스스로 외람ᄒ여 능히 밋지 못ᄒᆞ믈 아ᄂᆞᆫ지라.

됴션여음(祖先餘蔭)4072)으로 긔ᄌᆞ(奇子)를 두도다 ᄒ고 식부(息婦)의 현효(賢孝) 【11】ᄒ미 진효부(陳孝婦)4073)와 밍덕요(孟德曜)4074)를 겸ᄒ니, 더욱 깃거 부인의 어질무로 이 ᄀᆞᆺᄒᆞᆫ 효ᄌᆞ부(孝子婦)를 보지 못ᄒᆞ믈 슬허ᄒ고, 오ᄋᆞ의 쌍이 ᄀᆞᄌᆞᆨᄒ니, '도도(滔滔)히4075) 션됴(先祖) 덕덕여음(積德餘蔭)4076)이라. 집이 부흥ᄒ리로다'ᄒ고, ᄯᅩ ᄋᆞ손(兒孫)의 긔이ᄒᆞ믈 어드니 이른 쳔니긔린(千里騏驎)이라. 부풍모ᄌᆞ(父風母姿)4077)ᄒ미 닉 집을 니르혀, ᄌᆞ손이 면면(綿綿)ᄒ여 기리 ᄶᆞᆺ지 아니리라.

딕인즉(對人卽) 간즁(簡重)ᄒᆞᆫ 말슴 《을∥으로》ᄌᆞ탄(自歎)ᄒ믈 마지 아니ᄒ더니, 홀연 요녀(妖女)의 참언(讒言)을 드러 믄득 불열ᄒ고, 두 번 드르니 미안ᄒ거 【12】늘, 남글 여러번 버히미 구러지지4078) 아닌 빅 업다 ᄒ니, 참언이 교극(交極)4079)ᄒ여 말둉(末終)의ᄂᆞᆫ 낙담ᄎ[ᄌ]악(落膽嗟愕)4080)ᄒ니, 기리 탄식ᄒ여 문회장망(門戶將亡)4081)이라.

닉 복(福)이 업셔 독ᄌᆞ의 가우(佳偶)를 그릇 굴히여, '왕망(王莽) 허예(虛譽

4069)안증(顏曾) : 공자(孔子)의 제자인 안회(顏回)와 증삼(曾參)을 아울러 이르는 말.

4070)니두(李杜) : 당나라 때 시인 이백(李白: 701-762)과 두보(杜甫: 712~ 770)

4071)한유(韓愈) : 중국 당나라의 문인·정치가(768~824). 명은 유(愈). 자는 퇴지(退之). 호는 창려(昌黎). 당송 팔대가의 한 사람으로, 변려문을 비판하고 고문(古文)을 주장하였다. 시문집에 ≪창려선생집≫ 따위가 있다.

4072)됴션여음(祖先餘蔭) : 조상의 공덕으로 자손이 받는 복.

4073)진효부(陳孝婦). 한(漢)나라 때 진현(陳縣)의 효부. 남편이 변방에 수자리 살러 나가 죽자, 남편과의 약속을 지켜 일생 개가(改嫁)하지 않고 시어머니를 성효로 섬겼다. 『소학』 <제6 선행편>에 나온다.

4074)밍덕요(孟德曜) : 중국 후한 때 사람 양홍(梁鴻)의 아내. 이름은 맹광(孟光), 자(字)는 덕요(德曜).

4075)도도(滔滔)히 : 물이 그득 퍼져 흐르는 모양이 막힘이 없고 기운차게.

4076)적덕여음(積德餘蔭) : 조상이 쌓은 공덕으로 자손이 받는 복.

4077)부풍모ᄌᆞ(父風母姿) : 아버지의 풍채와 어머니의 자태.

4078)구러지다 : 거꾸러지다. 거꾸로 넘어지거나 엎어지다.

4079)교극(交極) : 어떤 일들이 서로 끝을 물고 일어남.

4080)낙담ᄎ악(落膽嗟愕) : 담이 떨어질 만큼 크게 놀람.

4081)문회장망(門戶將亡) : 문호가 장차 망할 지경임.

)'4082)와 '님보(林甫)의 복검(覆劍)'4083)을 아지 못ᄒ여, ᄋᄌ(兒子)의 긔이ᄒ미[미] 믈들고, 오아(吾兒)의 듸회 상(傷)ᄒ여 인뉸의 죄인 되미 머지 아닌지라.

두골(頭骨)이 알푸고 익둘와 셜워 병을 일위고 식음을 먹지 못ᄒ니 일쥬야(一晝夜)를 심우(心憂)로 지ᄂ고, 다시 드르민 더옥 【13】 분노ᄒ니, 져의 실셩(失性)ᄒ미 이의 밋ᄎ니, 죽으나 앗갑지 아니타 ᄒ여, 평싱 졍심(貞心)을 허러 미이 쳐 혹 두려 씨ᄃ라 옛 마음이 날가, 모질게 마음 먹고 ᄋᄌ와 손ᄋ를 즁타(重打)ᄒ미, 잔잉ᄒ믈 ᄎᆷ지 못ᄒ여 살히 쓰린 듯ᄒ니, 분긔(憤氣) 식부의 밋ᄂ지라.

'제 만일 도도지 아냐신즉 오이 엇지 그듸도록 외입(外入)ᄒ리오. 제 임의 ᄂ의 슬하의 잇스니, 치며 ᄭᅮ즈지미 못ᄒᆯ 일이 아니라' ᄒ여, ᄂᆺ출 보와 츌거치 못ᄒᆯ 거시오. 져 【14】 의 외됴모 긔부인이 식부와 손부를 미(微)ᄒ 죄의 즁치ᄒ다 ᄒ니, 치무로4084) 원망을 더으지 못ᄒᆯ거시니, 제 몸이 알푼즉 져기4085) 됴심ᄒ리라.

쥬의를 정ᄒ고 후창을 열고 ᄎ환을 명ᄒ여 부인을 잡으오라 ᄒ니, 보건듸 식뷔 발셔 관픡(冠佩)4086)와 장복(章服)4087)을 탈ᄒ고 업듸여 듸죄ᄒ연지 오리고, 손네 겻히 ᄭᅮ럿더라. 쇼린를 엄졍이 ᄒ여 지ᄋ비를 그릇 인도ᄒ고 싀아비를 원망ᄒ다 슈죄ᄒ미 드른 말노 닐너 칙ᄒ고, 【15】

"이졔 ᄋᄌ를 다스리고 너를 뭇지 아닌즉 너 써 보기를 박히 ᄒ미요. 네 허물을 곳치지 아닌즉 계홍이 쏘 죄를 범ᄒ리니, 부득이 너를 다스리ᄂ니, 이 곳 ᄂ의 ᄠᅳᆺ이며 ᄂ리보기를 긔츌(己出)4088) ᄀᆺ치 ᄒ미라. 네 감히 원망치 말고 알프므로써

4082)왕망(王莽) 허예(虛譽) : '왕망의 헛된 명예'라는 말로, 한(漢) 원제(元帝)의 외척인 왕망(王莽)은 겸손을 가장하여 공검(恭儉)하고 부지런하며 널리 배워 밖으로는 영준(英俊)들과 사귀고 안으로는 종족들을 극진히 섬겼다. 작위가 높아져서도 더욱 겸손을 가장하니, 명성이 더욱 높아져 종족들의 마음을 사로잡고 황위를 찬탈하여 '신(新)'이라는 나라를 세웠다. 그러나 그는 황제가 되자 곧 법령을 엄하게 시행하여 가혹한 정치를 행하였고, 기근이 거듭되자 백성들이 도적떼로 변하여 나라가 혼란에 빠졌다. 이로써 왕망의 허예(虛譽)는 길지 못하였고, 이때 왕망 타도의 기치를 걸고 봉기한 유수(劉秀)에게 패하여 나라를 잃었다. 『史略 卷2 西漢』

4083)님보(林甫)의 복검(覆劍) : 이림보(李林甫)의 구밀복검(口蜜腹劍). *이림보(李林甫): 중국 당나라 현종(玄宗) 때의 정치가. 아첨을 잘하여 재상에까지 올랐고, 현종의 유흥을 부추기며, 바른말을 하는 신하는 가차 없이 제거하는 등으로 조정을 탁란(濁亂)하여 간신(奸臣)의 전형으로 꼽힌다. 그가 정적을 제거할 때는 먼저 상대방을 한껏 칭찬하여 방심하게 만들고 뒤통수를 쳤기 때문에, 당시 사람들이 그를 일러 구밀복검(口蜜腹劍)한 사람이라 하였다. *구밀복검(口蜜腹劍) : 입에는 꿀이 있고 뱃속에는 칼이 있다는 뜻으로, 말로는 친한듯하나 속으로는 해칠 생각이 있음을 이르는 말.

4084)치무로 : 침으로. *치다: 손이나 손에 든 물건으로 세게 부딪게 하다.

4085)져기: 적이, 적게나마. 얼마간이라도.

4086)관픡(冠佩) : 머리에 쓴 관(冠)과 몸을 치장한 패물(佩物).

4087)장복(章服) : 『복식』 옛날 벼슬아치들의 공복(公服). 또는 사대부가의 여성들이 입는 정복(正服). 또는 혼례 때에 신랑신부가 입는 예복.

삼가 다시 죄의 쌘지지 말나.”

부인이 업딕여 듯즈오미 계슈빅[진]빅(稽首再拜)ᄒ여,

“삼가 돈명을 간폐(肝肺)의 삭이와 다시 죄를 범치 말기를 ᄇᄅᄂ이다.”

ᄒ더니, 츠뒤(又頭) 미를 ᄀ져오미, 【16】 부인이 우러러 절ᄒ고 옷슬 거두어 공슌이 죄를 넙어 ᄂᆺ빗츨 변치 아니니, 쇼제 의원(哀願)이 비러 부모의 죄를 ᄒᆞᆫ가지로 딕(代)ᄒ믈 고ᄒᆞᆫ딕, 드디여 손녀를 치라 ᄒ니, 쇼제 미를 바드려 ᄂ군(羅裙)4089)을 거두치미 연연ᄒᆞᆫ 셜뷔(雪膚) 편편이 ᄇ으져 뉴혈이 임의 져졋더라.

아직 미를 머츄라4090) ᄒ고 므러 굴오딕

“네 아비와 오라비ᄂᆞᆫ 노부를 원망ᄒ여 제 몸을 스스로 쳣거니와 너ᄂᆞᆫ ᄯᅩ 엇지 샹ᄒ엿나뇨?”

쇼제 머리 【17】 를 두드려 쳥죄(請罪) 왈,

“불효이 아비 듕죄를 넙스오믈 보옵고 히ᄋ의 몸이 홀노 셩ᄒᆞᆷ믈 셜워ᄒ오미러니 태야(太爺)의 보시미 되오니 더옥 황공ᄒ온지라. 여러 가지 죄범이 크오니 엇지 감히 죽기를 면ᄒ리 잇고?”

션셩이 문득 츠환을 물너가라 ᄒ고 문을 다드며, ‘드러가라’ 명ᄒ더라. 쇼제 모부인을 붓드러 드러와 부모의 샹(傷)ᄒ시믈 셜워 쥬뤼(珠淚) 연낙(連落)ᄒ니, 부인이 경계ᄒ여 금ᄒ고, 엄구 딕인 됴반(朝飯)을 【18】 ᄀᆺ쵸와시되, 젼휘(前後) 형위(刑威) 분분(紛紛)ᄒ니 감히 드리지 못ᄒ엿ᄂᆞᆫ지라.

시녀로 샹을 들니고 ᄂᆞ가 셤으리 ᄯᅱ럿고, 쇼제 샹을 밧드러 드리니, 션셩이 ᄌ부를 통쾌히 다스리미 젹츅(積蓄)ᄒᆞᆫ 노긔 풀넛ᄂᆞᆫ지라. 샹을 나ᄒ여 진식ᄒᆞᆯᄉ식 쇼제 샹하의 ᄯᅱ러 진반을 기드리더니, 옥안의 화긔를 지어시되 쵸췌(憔悴)ᄒᆞᆷ믈 인ᄒ여 더옥 션연(鮮妍)ᄒ고 은ᄉ(恩赦)를 밧드러 좌하의 님ᄒ나, 황공(惶恐)ᄒᆞᆷ믈 드딕여4091) 숑연(悚然)ᄒ니, 의원(哀願)ᄒᆞᆫ 틱되 【19】 가려(佳麗)ᄒ니, 무러 굴오딕,

“네 아비 불효(不肖)ᄒᆞᆫ 고로 듕칙을 쥬어시나, 노뷔 마음이 유약ᄒ여 닛지 못ᄒᄂᆞᆫ지라. 신긔 엇더ᄒ며 밥을 먹더냐?”

쇼제 부복(俯伏) 딕왈,

“틱야 진반을 파(罷)ᄒ신 후 쇼네 ᄂᆞ가고져 ᄒ므로, 아직 식음(食飮)을 나온 일 업ᄂ이다.”

션셩이 탄왈,

─────────────

4088)긔츌(己出) : 자기가 낳은 자식.
4089)ᄂ군(羅裙) : 얇은 비단치마.
4090)머츄다 : 멈추다. 사물의 움직임이나 동작이 그치다.
4091)드딕다 : 디디다. 발을 올려놓고 서거나 발로 내리누르다. 또는 어려운 상황 따위를 이겨 내다.

"닉 늣기야 여부(汝父)를 어더 귀즁ᄒᆞ미 극흔 고로 흔번 달쵸(撻楚)를 더으미 업고, 제 ᄯᅩ 효슌ᄒᆞ여 득죄ᄒᆞ미 업더니, 근간 홀연 외입ᄒᆞ니 골돌ᄒᆞ여 칙ᄒᆞ미라. 여뷔 날을 【20】 한(恨)ᄒᆞ여 상쳐를 됴호(調護)치 아니리니, 네 나가 닉 말노 닐너, '됴심ᄒᆞ여 됴리ᄒᆞ라' 젼ᄒᆞ라."

쇼제 ᄇᆡᄉᆞ슈명(拜謝受命)흔딕 션싱이 다시 니로딕,

"작야의 여뷔 슐을 먹고 노부를 원망ᄒᆞ여 말숨이 틱만ᄒᆞ거ᄂᆞᆯ, 네 엇지 간치 아니다?"

쇼제 믄득 옥슈로 ᄯᅡ흘 집허 머리를 슉이고 쳥뉘(淸淚) 연ᄒᆞ여 ᄶᅥ러지니, 함셩(喊聲) 쳬읍(涕泣)ᄒᆞ여 참고 업딕여 고ᄒᆞ되,

"태야(太爺)의 일월(日月)이 ᄉᆞ뭇지 아니시미 업스시니 엇지 감히 구구(區區)흔 ᄉᆞ졍을 알【21】외리 잇고? 연(然)이나 '증모(曾母)도 투져(投杼)ᄒᆞ고'4092) '시호(示乎)를 셩의(聖意)ᄒᆞ니'4093), '일월(日月)의 식(蝕)ᄒᆞ오믄'4094) 텬운(天運)의 둔비(屯否)4095)ᄒᆞ미라. 부뫼 흔 가지로 즁죄를 닙ᄉᆞ오나 원민(冤悶)을 알외지 못ᄒᆞ올지라. 불쵸 손녜 방ᄌᆞ히 ᄉᆞ졍을 고ᄒᆞ오미 ᄉᆞ죄(死罪)오딕, 틱야의 호탕(浩蕩)ᄒᆞ신 셩은(聖恩)을 밧ᄌᆞ와 슬하(膝下)의 뫼셧ᄉᆞ오니, 엇지 죽기를 두리와 지원극통(至冤極痛)을 품고 지ᄌᆞ지인(至慈至愛)ᄒᆞ시ᄂᆞᆫ ᄯᅳᆯ 알외지 아니리잇가? 틱애 평일의 음쥬ᄒᆞ시미 계시지 아니【22】시니, 가닉(家內)의 슐이 잇지 아니ᄒᆞ옵고, 야애 일즉 잔을 잡으미 업ᄉᆞ오니, 엇지 권ᄒᆞ여 ᄎᆔ(醉)ᄒᆞ미 잇ᄉᆞ오며, 슈일지간(數日之間)의 틱야 심노ᄒᆞ시믈 황구(惶懼)ᄒᆞ여, 야애 스스로 불효를 슬허ᄒᆞ와 작야의 묘졍(廟庭)의 가 여ᄎᆞ여ᄎᆞ ᄌᆞ칙(自責)ᄒᆞ되, 히ᄋᆞ(孩兒) 남믹 불효ᄒᆞ와 망연(茫然)이 몰ᄂᆞᆺ다가, 최후의 츙복의 젼언(傳言)을 듯고 창황이 가니, 임의 뉴혈이 옷슬 잠앗더이다4096). 계오 간ᄒᆞ여 도라오오나 여ᄎᆞ(如此)히 니르옵고 약 붓치기도 허치 아니ᄒᆞ오【23】니, ᄋᆞ히 등이 망극ᄒᆞ와 거게(哥哥) ᄀᆞ마니 물너가 츙복을 ᄲᅮ

4092)증모(曾母) 투져(投杼) : 증자의 어머니가 증자가 사람을 죽였다는 말을 듣고, 처음에는 이를 믿지 않다가, 두 번 세 번까지 같은 말을 듣고는 마침내 베틀의 북을 내던지고 사건현장으로 달려갔다는 고사로, '누구나 여러 번 같은 말을 들으면 곧이듣게 된다는 말. 또는 임금이 참언을 믿는 것을 비유(比喩)해 이르는 말로 쓰인다.
4093)시호(示乎)를 셩의(聖意)ᄒᆞ니 : 한자말 '시호셩의(示乎聖意)'를 번역한 표현으로, 우리말 어법으로 고쳐 번역하면, '임금(위 본문에서는 '태야' 곧 조부)께서 그 뜻을 보여주시니'라 할 수 있다.
4094)일월(日月)의 식(蝕)ᄒᆞ오믄 : 일식(日蝕)과 월식(月蝕)이 있음은.
4095)둔비(屯否) : 운수가 곤고하고 꽉 막힘. 주역 64괘 중 둔괘(屯卦)와 비괘(否卦)를 함께 이른 말. *둔괘(屯卦): 고난을 만나 형통하지 못함을 나타내는 괘. *비괘(否卦): 만물이 비색(否塞)하여[꽉 막혀] 순조롭지 못함을 나타내는 괘.
4096)잠으다 : 잠그다. 물속에 물체를 넣거나 가라앉게 하다.

지져 즁장(重杖)을 밧즈오니, 어느 결을4097)의 무슨 마음으로 슐을 먹습고, 틱야를 원망ㅎ리잇고?"

션싱이 추언을 드르믹 심닉(心內) 참연(慘然)ㅎ딕, 숀이 아비를 위ㅎ여 발명(發明)4098)인가 넉이고, 가녀를 불너 무를 의스는 느지 아니니, 썩의 가녀 비로쇼 마음이 즈약(自若)ㅎ여4099) 큰 모칙(謨策)4100)을 동(動)ㅎ니, 다스(多事) 분쥬(奔走)ㅎ여 이에 잇지 아니혼지라.

션싱은 졈졈 연무(煙霧)의 즙기여 지감(知鑑)4101)이 업셔시【24】니, 평일 단엄(端嚴) 간즁(簡重)홈도 업셔지고, 마음이 엿고 쏘 급거(急遽)ㅎ여 도도(陶陶)히4102) 드러도, 고딕 죽일 듯ㅎ다가 즉시 니즈니, 그 병이 깁허시믈 알지라.

숀녀의 말슴이 간졀ㅎ고 쳐완(悽惋)ㅎ믈 연측(憐惻)ㅎ나 씨듯지 못ㅎ고, 물너가 아비를 권ㅎ여 밥먹이라 ㅎ는지라.

쇼졔 감히 다시 말을 못ㅎ고 물너나, 슈긔(數器) 미죽(麋粥)을 드리고 셔당의 니르니, 어시의 양공이 하늘긔 품슈(禀受)혼 바 츌범(出凡)혼4103) 즈질노써 지효혼 셩을 フ져시니,【25】부공을 셤기오미 완용(婉容)4104)과 이셩(怡聲)으로 '동동(洞洞)ㅎ며 촉촉(屬屬)ㅎ여'4105) 양친지셩(養親之誠)4106)이 범인의 지난지라.

'옛 셩현의 양지(養志)'4107)를 효측(效則)ㅎ고, '빅니(百里)의 부미(負米)'4108)

4097)결을; 겨를. 어떤 일을 하다가 생각 따위를 다른 데로 돌릴 수 있는 시간적인 여유. 늑틈.

4098)발명(發明) : 죄나 잘못이 없음을 말하여 밝히다.늑폭백(暴白)하다.

4099)즈약(自若)ㅎ다 : 큰일을 당해서도 놀라지 아니하고 보통 때처럼 침착하다. 늑자여(自如)하다.

4100)모칙(謨策) : 국가를 경륜할 큰 계책(計策). 모책(謀策) 보다는 큰 개념의 계획.

4101)지감(知鑑) : 사람을 잘 알아보는 능력.=지인지감(知人之鑑).

4102)도도(陶陶)히 : 매우 화평하고 즐겁게.

4103)츌범(出凡)ㅎ다 : 여러 사람 가운데서 특별히 두드러지다.=출중하다

4104)완용(婉容) : 유순한 용모.

4105)동동촉촉(洞洞屬屬) : 부모를 조심하여 섬기는 마음이 지극함.『예기(禮記)』<제의(祭義)>편의 "洞洞乎屬屬乎如弗勝 如將失之. 其孝敬之心至也與(공경하고 조심하는 태도가 마치 이기지 못하는 것 같고 잃지 않을까 조심하는 것 같아, 그 효경하는 마음이 지극하기 그지없다.)"에서 온 말.

4106)양친지셩(養親之誠) : 어버이를 봉양하는 정성.

4107)옛 셩현의 양지(養志) : '증즈(曾子)의 양지(養志)'를 이르는 말로, 『맹자(孟子), 이루상(離婁上)』에 나오는 이야기다. "증자(曾子)가 아버지 증석(曾晳)을 봉양할 때 밥상에 반드시 주육을 준비하였는데, 밥상을 물릴 적에 증자는 반드시 '누구에게 주시겠느냐?'고 청하였으며, '여유가 있느냐?'고 물으면 반드시 '있다'고 대답하였다. 증석이 죽은 뒤에는 아들 증원(曾元)이 증자를 봉양하여, 또한 반드시 주육을 준비하였는데, 밥상을 물릴 적에 증원은 '누구에게 주시겠느냐?'고 청하지 않았으며, 증자가 '여유가 있느냐?'고 물으면 반드시 '없다'고 대답하였다. 이는 그 음식을 다시 올리기 위해서였는

룰 법(法)바드니, 효당갈녁(孝當竭力)4109)과 츙직진명(忠則盡命)4110)을 스모ᄒᆞᄂ
지라.

몸의 질병이 잇스나 딕인(大人) 좌측(座側)을 뷔오지 아니코, 슬하의 님ᄒᆞ미 질
통(疾痛)을 니져, 유ᄋᆞ(乳兒) 모희4111)룰 어든 듯 환환낙낙(歡歡樂樂)4112)ᄒᆞ니,
신명이 그 지극ᄒᆞ믈 감동ᄒᆞ거늘, 요음찰녀(妖淫刹女)의 간악흔 계교룰 인ᄒᆞ여 '불
효(不孝)' 죄명 【26】을 시러 주로4113) 안젼(眼前)의 용납지 못ᄒᆞᄂ지라.

스스로 불효(不孝) 무상(無狀)ᄒᆞ여 ᄒᆡᆼ부신명(行負神明)4114)ᄒᆞ믈 셜워ᄒᆞ고, 스
(赦)룰 밧ᄌᆞ오미 즐거오미 셜우믈 니져, 이이(怡怡)흔 화긔(和氣) 동풍(東風)을
주앗더니4115), 슈삼삭 니측(離側)ᄒᆞ여 친안(親顔)을 스모ᄒᆞ여 쳑쳑(慽慽)히 우슈
울억(憂愁鬱抑)ᄒᆞ며, 군명(君命)을 틱만치 못ᄒᆞ니 국사룰 진심(盡心) 완필(完畢)
ᄒᆞ미, 망망(茫茫)이 ᄎᆡ4116)룰 어더 도라오니, 야야의 무ᄋᆡ(撫愛)룰 밧잡기룰 브라
더니, 홀연 스긔(辭氣) 엄졀(嚴切)ᄒᆞ시니 낙막(落寞) 송연(悚然)하거늘, 연(連)ᄒᆞ
여 참언(讒言)이 공극(孔劇) 【27】ᄒᆞ여 황황망극(遑遑罔極)ᄒᆞ니, 부모유체(父母
遺體)룰 스스로 상(傷)히와, 텬지신긔(天地神祇)4117)의 감동을 어들가 브라미러
니, 다시 뇌졍(雷霆)4118)이 진쳡(震疊)ᄒᆞ여 엄하(嚴下)의 즁장(重杖)을 바드니,
비로쇼 딕인 셩뇌(盛怒) 풀니시믈 브라니, 통고(痛苦)룰 싱각지 아니ᄒᆞ딕 진실노
운동홀 길히 업셔, 야야의 노긔룰 푸신 됴각4119)의 뫼시지 못ᄒᆞ믈 익들와, 의셔

데, 이것이 이른바 구체(口體)만을 봉양한다는 것이니, 증자와 같이 하면 부모의 뜻을
봉양한다고 이를 만하다."고 한 이야기가 그것이다.

4108) 빅니(百里)의 부미(負米) : =백리부미(百里負米). 중국 춘추시대 공자의 제자인 자
로(子路)가 쌀을 백리까지 운반하여 그 운임으로 어버이를 봉양한 고사를 이르는 말로,
가난하게 살면서도 지극한 효성으로 부모를 잘 봉양하는 것을 뜻한다. 『공자가어(孔子
家語)』에 나온다.

4109) 효당갈녁(孝當竭力) : 효도를 함에 있어서는 마땅히 '있는 힘을 다 해야 한다'는 말.

4110) 츙직진명(忠則盡命) : 충성을 함에 있어서는 '목숨을 다하여야 한다'는 말.

4111) 모희 : 모이. 닭이나 날짐승의 먹이. *여기서는 '먹을 것' 정도의 뜻으로 쓰임.

4112) 환환낙낙(歡歡樂樂) : 매우 기뻐하고 즐거워 함.

4113) 주로 : 자주. 같은 일을 잇따라 잦게.

4114) ᄒᆡᆼ부신명(行負神明) : 행실이 천지신령(天地神靈)의 뜻을 져버림.

4115) 주아다 : 주아닌다. 자아내다. 물레로 실을 뽑아내거나, 양수기로 물을 빨아올리거나,
부채로 바람을 일으키거나 하는 등의 행위를 이르는 말.

4116) ᄎᆡ : 채. 말이나 소 따위를 때려 모는 데에 쓰기 위하여, 가는 나무 막대나 댓가지
끝에 노끈이나 가죽 오리 따위를 달아 만든 물건. =채찍. *여기서는 '말채찍'을 이르는
말로, '말'이라는 교통수단을 비유적으로 표현한 말.

4117) 텬디신기(天地神祇) : 하늘과 땅의 귀신. 곧 '천신(天神)'과 '지기(地祇)'를 아울러
이른 말.

4118) 뇌졍(雷霆) : 천둥. 뇌성과 번개를 동반하는 대기 중의 방전 현상.

4119) 됴각 : 조각. 기회(機會).

(醫書)를 뒤젹여 약뉴를 슬피더니, 녀ᄋ를 보니 몬져 므러 딕인이 진반(進飯)ᄒ시믈 알고, 깃브며 즐겨 우음을 머금고 미음을【28】마실ᄉᆡ, 쇼졔 긔운을 뭇ᄌᆞᆸ고 약 붓치믈 고ᄒ니, 공이 답왈,

"신긔(神氣)ᄂᆞᆫ 무방ᄒ되 운동이 어려워 딕인긔 뫼시지 못ᄒ니 한(恨)ᄒ온지라. 시상(市上)의 범연(凡然)ᄒᆞᆫ 약으로 슈히 눗지 못ᄒ리니, 방셔(方書)4120)를 보ᄋ 약졔(藥劑)4121)를 작졔(作劑)ᄒ여오라."

쇼졔 드듸여 태야 말ᄉᆞᆷ을 옴겨 고ᄒ니, 공이 감읍(感泣)ᄒ믈 니긔지 못ᄒ여 셔헌(書軒)을 향ᄒ여 머리 됴아 눈물을 ᄂᆞ리와 글오딕,

"딕인이 불쵸ᄋ를 넘녀ᄒ시미 이러틋 ᄒ시거ᄂᆞᆯ, 닉 불쵸ᄒ여【29】셩우(聖憂)를 씻치오니 살지무셕(殺之無惜)4122)이로쇼이다."

인ᄒ여 녀ᄋ를 드려 보닉고 시동을 불너 밧 문을 듯고,

"손4123)이 ᄋ거든 유병(有病)ᄒ여 닉당의셔 됴리ᄒ믈 고ᄒ고, 문을 여지 말ᄂᆞ."
ᄒ더라.

쇼졔 약을 가져 믈너 와 유모와 시ᄋ 등으로 더브러 작말(作末)ᄒ여4124), 고(膏)4125)를 믠들며, 튀야긔 셕식을 헌(獻)ᄒᆞᆯᄉᆡ, 딕인의 말ᄉᆞᆷ을 알외고 약을 작졔ᄒ믈 고ᄒ니, 션싱이 잠간 감동ᄒ미 잇더라.

쇼졔 약과 미음을 ᄀᆞ져 셔당의 가니, 공이 ᄋᄌᆞ를【30】상의 누이고 잠간 미우(眉宇)를 찡긔엿더니, 시ᄋ 소져 ᄂᆞ오믈 고ᄒᆞᆫ딕, 츙복 등이 믈너ᄂᆞ더라.

공이 ᄯᅩ 딕인 진반의 다쇼(多少)를 뭇고, 약을 발셔 지어시믈 깃거, 몸을 두로혀 녀ᄋ를 붓치게 ᄒ니, 쇼졔 ᄎᆞ마 보지 못ᄒ여 ᄀᆞ마니 가슴을 쓰더 피를 흘니고, 진진(津津)히4126) 눗겨4127) 능히 니긔지 못ᄒᄂᆞ지라.

공이 졍식고 ᄎᆡᆨ(責)ᄒ여 '긋치라' ᄒ고 약을 붓치니, '닉도히 ᄂᆞ으롸'4128) ᄒ여, 그 마음을 진졍케 ᄒ니, 이 곳 뎡부인의 진왕을 위ᄒ여【31】지은 바 ᄒᆞᆫ 가지 약이러라.

공이 녀ᄋ를 드러가라 ᄒ고, 복시(僕侍)4129)를 불너 ᄋᄌᆞ의게 약을 붓치니, 부

4120)방셔(方書) : 신선의 술법인 방술(方術)을 적은 글이나 책. 또는 약방문을 적은 책.
4121)약졔(藥劑) : 여러 가지 약재를 섞어 조제한 약. 늑약품.
4122)살지무셕(殺之無惜) : 죽여도 아깝지 아니할 정도로 죄가 무거움.
4123)손 : 손. 다른 곳에서 찾아온 사람.
4124)작말(作末)ᄒ다 : 가루로 만들다.
4125)고(膏) : 식물이나 과일 따위를 끓여서 곤 즙.
4126)진진(津津)히 : 매우 성(盛)하게. *여기서는 '매우 서럽게'.
4127)눗기다 : 흐느끼다.
4128)닉도히 ᄂᆞ으롸 : 몰라보게 낳을 것이라.
4129)복시(僕侍) : 남자 종.

지(父子) 다 잠간 운신(運身)ᄒᆞ여 ᄌᆞ리의 누어 됴리ᄒᆞ니, 스스로 혜ᄋᆞ리니 공은 일뵉슈십 장(杖)이오. 공ᄌᆞᄂᆞ 뉵십여 장이니, 치민4130) 혜미4131) 업스ᄃᆡ, 영복이 먼니 셔셔 보건ᄃᆡ 칠십여 장의 공ᄌᆞ와 쇼졔 ᄂᆞ와 간ᄒᆞ여 긋치니, 무인심야(無人深夜)의 ᄉᆞᄅᆞᆷ이 알니 업스ᄃᆡ, 그 지극ᄒᆞᆫ 뜻을 엇지 민멸(泯滅)ᄒᆞ리오. 담 밧긔셔 보니 이셔 쳐쳐(處處)의 【32】 일ᄏᆞ르미 되니라.

쇼졔 믈너와 모친긔 약을 드리고 ᄌᆞ긔 ᄯᅩ 시험ᄒᆞ니, 과연 통셰(痛勢) 덜니여 ᄂᆡ외(內外)로 분쥬ᄒᆞ나 견딜 만ᄒᆞ더라.

미음과 약물을 ᄀᆞ져 동야(終夜)토록 야야(爺爺)와 거거(哥哥)의게 드리고, 계명(鷄鳴)을 응ᄒᆞ여 모친을 뫼셔 ᄐᆡ야(太爺)긔 신셩(晨省)ᄒᆞ니, 가녜 ᄎᆞ야ᄂᆞᆫ 감히 말을 못ᄒᆞ니, 공ᄌᆞ와 쇼져의 ᄃᆡ효를 보건ᄃᆡ 져의 죄를 스스로 두려ᄒᆞ고, ᄇᆞ야흐로 쇼져를 긔화(奇貨)4132)를 숨ᄋᆞ 김민의 쳔금지보(千金財寶)를 취코ᄌᆞ 【33】 ᄒᆞ니, 다시 상셔를 히코ᄌᆞ ᄒᆞ다가 쇼졔 즈레 죽은즉, 지믈을 일흘가 두려ᄒᆞ고, ○[ᄯᅩ]상셔{ᄂᆞᆫ} 병즁 녀ᄋᆞ를 《일흔즉 ‖ 일코》 분ᄋᆡ(憤哀)ᄒᆞᄂᆞᆫ ᄀᆞ온ᄃᆡ 다시 묘계(妙計)를 힝코ᄌᆞ ᄒᆞ니, 션싱의 쳐치 너모 엄ᄒᆞ시믈 일ᄏᆞᆺ고 상셔와 부인의 장쳐(杖處)를 념녀ᄒᆞ니, 쳐시 손녀의 말ᄉᆞᆷ을 드러 ᄋᆞ지 원통ᄒᆞᆫ가 ᄒᆞ되, 가녀 춍ᄋᆡᄒᆞ미 골슈의 ᄉᆞ못ᄎᆞ 의심치 아니코 도로혀 어지리 넉이더라.

부인과 쇼졔 문외의셔 신셩(晨省)ᄒᆞ니, 션싱이 '금니(衾裏) 【34】 를 거드라' ᄒᆞ고, 쵹을 붉힌 후 들기를 명ᄒᆞ니, 부인이 젼도히 드러 ᄇᆡ복(拜伏)ᄒᆞ니, 션싱이 잠간 ᄉᆡᆨ(色)을 빌니고4133) 경계ᄒᆞ여 ᄀᆞᆯ오ᄃᆡ,

"네 어려셔 ᄂᆡ 집의 오므로 일즉 노부 셤기미 지극ᄒᆞ니 아름다이 넉엿더니, 엇지 근녀의 변ᄒᆞᆯ 줄 알니오. 네 임의 ᄂᆞ의 슬ᄒᆡ니 죄를 다ᄉᆞ리미 못ᄒᆞᆯ 일이 아니라. 셜우믈 품어 원망ᄒᆞ여 다시 죄를 짓지 말나."

부인이 업ᄃᆡ여 엄교를 듯ᄌᆞᆸ고 두 번 졀ᄒᆞ여 허믈을 곳 【35】 치기를 명ᄒᆞ시ᄂᆞᆫ 셩ᄌᆞ(聖慈)4134)를 감은ᄒᆞᆯ ᄯᆞᄅᆞᆷ이라.

쇼져 ᄃᆞ려 므러 왈

"네 아비 엇더ᄒᆞ더뇨."

쇼졔 ᄃᆡ왈

"약을 븟치온 후 져기 ᄂᆞᆺ다 ᄒᆞ오니, 이 ᄯᅩ흔 권념ᄒᆞ신 셩은을 닙ᄉᆞ오민가 ᄒᆞᄂᆞ

4130)치다 : 손이나 손에 든 물건으로 세게 부딪게 하다.

4131)혜다 : 세다. 사물의 수효를 헤아리거나 꼽다.

4132)긔화(奇貨) : 기화(奇貨). ('…을 기화로' 구성으로 쓰여) 뜻밖의 이익을 얻을 수 있는 물건. 또는 그런.

4133)빌니다 : 빌리다. 어떤 일을 하기 위해 기회를 이용하다.

4134)셩ᄌᆞ(聖慈) : 임금이 베푸는 은혜. *여기서는 존구(尊舅)가 베푸는 큰 은혜.

이다."

정언간의 상세 시동의게 업히여 문밧긔셔 ᄂᆞ려, 계오 졍즁(庭中)의 드러 복지(伏地)ᄒᆞ고 말ᄉᆞᆷ을 젼(前)쳐로⁴¹³⁵⁾ 알외여 됸후(尊候)를 뭇줍고 다시 불효를 쳥죄ᄒᆞ니, 션싱이 능히 긔거(起居)ᄒᆞᄆᆞᆯ 놀나고 깃거 '실(室)의 들나' ᄒᆞ니, 상셰 영ᄒᆡᆼ 감【36】 열(感悅)ᄒᆞ여 눈물을 먹음어 당의 올나, 상하(床下)의 다ᄃᆞ라 졀ᄒᆞ고 업ᄃᆡ니, 션싱이 보건ᄃᆡ ᄋᆞ즈 신관⁴¹³⁶⁾이 환탈(換脫)ᄒᆞ고 긔식(氣息)이 면쳘(綿綴)⁴¹³⁷⁾ᄒᆞ여, 강작(强作)ᄒᆞ여 거름을 셸니 ᄒᆞᄆᆡ 능히 니긔지 못ᄒᆞᄂᆞᆫ지라.

참연이 마음이 알프니 ᄌᆞ연이 손을 ᄂᆞ호여 줍고 두 줄 눈물이 상연(傷然)이 ᄯᅥ러져 글오ᄃᆡ,

"오ᄋᆞ(吾兒) ᄌᆞ쇼(自少)로 효슌ᄒᆞ더니 홀연(忽然)이 외입(外入)ᄒᆞ니, 노뷔 골돌ᄒᆞ여 듕장(重杖)을 쥬어시나, 네 처음으로 혈육이 과이 샹ᄒᆞᄆᆞᆯ 보니 닉 마음이 【37】 심히 알푼지라. 부졀업슨 의문으로 슯지 말고 됴용히 됴호(調護)ᄒᆞ라. ᄒᆡᆼ보ᄒᆞᄆᆡ 당당이 히로오니, 네 아비 지극ᄒᆞᆫ 졍으로 치믈 알고 원한을 품어 장독(杖毒)이 발ᄒᆞ게 말나."

상셰 쳔만 ᄯᅳᆺ밧긔 부공이 손을 줍으ᄉᆞ 간졀이 념녀 ᄒᆞ시미 낙누(落淚)ᄒᆞ기의 밋ᄌᆞ오믈 밧ᄌᆞ오니, 황공감은ᄒᆞ여 눈물을 흘니고 계슈비복 왈,

"히ᄋᆞ의 불쵸무상(不肖無狀)ᄒᆞᆫ 죄 슈ᄉᆞ난쇽(雖死難贖)이오니 ᄃᆡ인이 엄히 경계ᄒᆞ시고, 지극ᄌᆞ이(至極慈愛) ᄒᆞ【38】시믈 닙ᄉᆞ오니 불쵸이 일즉 황공ᄒᆞ고 감은ᄒᆞ오니, ᄎᆞ후ᄂᆞᆫ 득죄치 아니ᄒᆞ리이다."

션싱이 다시 니로ᄃᆡ,

"셤이 약년(弱年) 미ᄒᆡ(微孩)로 과히 쵸우(焦憂)ᄒᆞ고 다시 즁히 마즈니 잔잉ᄒᆞᄆᆡ 업지 아닐ᄉᆡ, 힘써 됴호ᄒᆞ게 ᄒᆞ라."

이에 손녀를 도라 보ᄋᆞ 왈,

"네 아비 미음을 먹이라."

ᄒᆞ니 셕의 부인이 임의 믈너나 됸구의 진어를 ᄀᆞᆺ쵸와 니르럿ᄂᆞᆫ지라. 쇼졔 연망이 ᄂᆞᄋᆞ가 미쥭(米粥)을 가져 드리니, 션싱이 스스로 진음ᄒᆞ고 ᄋᆞ【39】ᄌᆞ를 먹으라 ᄒᆞ니, 상셰 근년 이릭의 야야의 ᄌᆞ이 이러틋 ᄒᆞ시미 처음이라. 즐겁고 감격ᄒᆞ니 엇지 몸의 괴로오믈 알니오.

먹기를 다ᄒᆞᄆᆡ 니러 졀ᄒᆞ여 ᄉᆞ례ᄒᆞ고, 인ᄒᆞ여 냥구히 뫼셔시니, 날이 붉으믜 얼골 보기 ᄌᆞ셔ᄒᆞᆫ지라.

4135) 쳐로 : 처럼.
4136) 신관 : '얼굴'의 높임말.
4137) 면쳘(綿綴) : 숨이나 맥박 따위가 가늘고 약하게 이어짐.

이윽이 눌너 안즈시민 써러진 살히 쓰리고 상흔 쎄 져리되, 딕인이 흔연ㅎ시믈 당ㅎ여 슬하의 동용이 뫼셔시니, 츠마 물너 갈 뜻이 업손지라. 즐겨 알픈【40】거슬 싱각지 아니ㅎ나, 눗빗출 곳치고 슈됵(手足)이 져리니, 션싱이 그 불안ㅎ믈 념녀ㅎ여 물너가 됴리ㅎ믈 명ㅎ고, '슈일은 오지 말노' ㅎ며, 노즈를 불너 '난두(欄頭)의셔 업어가라' ㅎ니, 작일의는 절치통히(切齒痛駭)ㅎ여 스싱(死生)을 불관(不關)ㅎ더니, 과히 상ㅎ믈 보고 텬눈지졍(天倫之情)이 즈연 발ㅎ여 권권(眷眷)흔 연이지졍(憐愛之情)이 지극ㅎ니, 이 곳 부즈의 유연(有緣)흔 졍이라.

비(比)컨딕 광풍이 진작(振作)ㅎ고 뇌위(雷雨) 크게 노리미러[4138] 편시(片時)의【41】부운(浮雲)이 거두치고 일광(日光)이 명녀(明麗)ㅎ미로딕, 양쳐스의 졍신은 아직 흑뮈(黑霧) 침침(沈沈)ㅎ여 텬일(天日)이 광희(光熙)ㅎ미 머러시니, 위부 니부인이 이 일을 알고, 뎡부인 신약(神藥)으로 옛날 명기(明氣)[4139] 도라오고, 위승상이 젼가 옥스(獄事)를 ᄀ져 강셔의셔 결(決)치 아니코, 닛그러 경스로 오믄, 양쳐스의 총명을 도로혀고즈 ㅎ미라.

딕져 젼싱 약슈의 긔질과 효위 과연 츌텬(出天)ㅎ니, 양공긔 스양치 아닐 빅로딕 위인이 과히 쳥기(淸介)ㅎ고 골【42】격이 진팅 업스니, 슈복이 양공긔 밋지 못ㅎ고 ᄯᅩ 기부(其父)의 혼녈흉녕(昏劣凶獰)[4140]ㅎ미 엇지 양쳐스의게 비ㅎ리오.

양쳐시 가운(家運)이 불힝ㅎ믈 맛나 요쳡(妖妾)을 일위여 가란(家亂)을 니르혀나, 만일 요약(妖藥)을 먹지 아나 심졍을 병드리미 아닌즉, 엇지 불명혼암(不明昏暗)흔 일홈을 어더 젼노(老)의 불의무도(不義無道)로 흔 무리되리오. 가히 탄ㅎ염즉ㅎ니 이는 실노 양공의 운익(運厄)이 험됴(險阻)ㅎ미라.

츠고(此故)로 죄를 혜오려 즈칙(自責)ㅎ미【43】러라. 공이 딕인의 념녀ㅎ시믈 드러 관계(關係)치[4141] 아니믈 알외고, 노즈(奴子)를 물니치고 거러 난간의 노리니, 뉴혈(流血)이 약녁(弱力)의 막히여 뭉치엇다가, 힝보(行步)로 됴츠 써러지미 터져 흐르기를 돌돌이 ㅎ는지라.

졍혼(精魂)이 아득ㅎ여 다리를 즙고 이윽히 셔셔 진졍코즈 ㅎ나, 나으미 업셔 졈졈 혼졀(昏絶)키의 밋츠니, 츔복 등이 창황이 슛두어리거늘[4142] 션싱이 놀나 나려 난두의 ᄂᆞ아가 구버보니 으직 눗빗치【44】 지(災) ᄀ투여 손으로 난간을 구지 잡으시니, 임의 눈을 감고 호흡이 희미ㅎ거늘 젹혈(赤血)이 니의(裏衣) 스이로 됴츠 ᄂᆞ말(羅襪)의 스못츠 쏜히 괴여시니, 대경ㅎ여 노복을 지쵹ㅎ여 업어가라

4138) ᄂᆞ리미러 : 내리밀어. *내리밀다: 높은 곳에서 낮은 곳으로 밀다.
4139) 명기(明氣) : 밝은 기운.
4140) 혼녈흉녕(昏劣凶獰) : 어둡고 어리석으며 흉악하고 모짊.
4141) 관계(關係)ㅎ다 : 어떤 방면이나 영역에 관련을 맺고 있다.
4142) 슛두어리다 : 수군거리다. 떠들썩하다. 웅성웅성하다.

ᄒ고 쇼동으로 붓드러 보닐ᄉᆡ, 흐르ᄂᆞᆫ 피 길흘 연(連)ᄒ여시니, 경참이셕(驚慘哀惜)ᄒ여 누쉬(淚水) 연낙(連落)ᄒ니 뉘웃쳐 왈,

"오ᄋᆞ(吾兒) 비록 ᄂᆞ의 노ᄒᆞ믈 원(怨)ᄒ여 부뷔 스어로 문답ᄒ나, ᄂᆞ의 면젼의 효슌ᄒ믈 지극히 ᄒ거늘, 닉 과히 노【45】ᄒ여, 상(傷)흔 후(後)의 너모 쳐 춤혹(慘酷)ᄒ니, ᄎᆞ마 보지 못ᄒ리로다. 셤ᄋᆡ(兒) 즁장을 닙어 운신(運身)치 못ᄒ고, 숀녜 ᄯᅩ 연유(年幼)ᄒ니 구호ᄒᆞᆯ 스름은 셔동 ᄲᅳᆫ이라. 문흥을 불너, '구호ᄒᆞᆯ 스름은 네니, 구호ᄒ라.'"

이의 쇼찰(小札)[4143]노 한님을 부르니, 어시의 양한님이 작일 영츈의 고ᄒᆞ믈 드러 상셔의 듕퇴 닙으믈 고ᄒ고, ᄯᅩ 슈시(嫂氏)와 질ᄋᆞ(姪兒)의 니르히 듕장 바드믈 드러, 챠악경심(嗟愕驚心)ᄒ여 공ᄌᆞ와 쇼져의 호통(號慟)ᄒ던 경상(景狀)을 잔잉【46】ᄒ여 눈물 ᄂᆞ리믈 씌듯지 못ᄒ더니, 슉부의 부르시믈 듯고 즉시 ᄂᆞᄋᆞ 가니, 션ᄉᆞᆼ이 ᄀᆞ로오ᄃᆡ,

"네 형이 부뷔 상득ᄒ여 아비를 원망혼다 ᄒᆞᆯᄉᆡ, 장척을 ᄒᆞ엿더니, 제 처음으로 믹를 마즈미 듕히 상ᄒ여시니, 숀이 득죄ᄒ여 ᄒᆞᆫ 가지로 누엇고, 구호ᄒ기 쩍를 일ᄂᆞᆫ지라. 네 슈 삼일 이곳의 잇셔 됴참 후 형을 구완ᄒ라."

한님이 슈명 빅ᄉᆞ(拜謝)ᄒ고 셔당으로 향ᄒ니, 어시의 쇼졔 야야의 혼졀(昏絶)ᄒ시믈 【47】 보고 망극(罔極) 챵황(蒼黃)ᄒ여 옥슈(玉手)로 분흉(弅胸)[4144]을 허위며[4145] 보보젼경(步步顚傾)[4146]ᄒ여 안흐로 드러와, 삼다(蔘茶)와 미음을 들고 셔당의 ᄂᆞᄋᆞ오니, 야야ᄂᆞᆫ 혼도불셩(昏倒不醒)[4147]ᄒ여 안식이 졈졈 푸르고, 거거를 보니 슈참(愁慘)ᄒᆞᆫ 형용이 놀ᄂᆞ온ᄃᆡ, 울며 숀을 쥐무르더니, 쇼졔 챵황이 속미(粟米)[4148]를 ᄀᆞ져 연ᄒ여 눈물을 머금고 쩌 흘니ᄃᆡ ᄂᆞᄋᆞ미 업ᄂᆞᆫ지라.

망극(罔極) 쵸황(焦惶)ᄒ여 눈물이 하슈(河水) ᄀᆞᆺ더니, 홀연 ᄉᆡᆼ각ᄒ니 ᄉᆡᆼ혈(生血)을 ᄡᅳ면 ᄂᆞᆯ을 듯 【48】 시분지라. 야야의 허리의 픽되(佩刀) 오히려 잇ᄂᆞᆫ지라. 급히 ᄲᅡ혀 숀을 버히니 홍혈(紅血)이 쇼ᄉᆞ나니, 삼다(蔘茶)의 화(和)ᄒ여 쩌 너ᄒ되 ᄂᆞᄋᆞ믄 업스나 흐르ᄂᆞᆫ 피 진(盡)ᄒ니, 다른 곳을 질너 ᄡᅳ니, 공ᄌᆞ ᄯᅩᆫ 숀을 ᄯᅥᆺ고ᄌᆞ[4149] ᄒ거늘, 쇼졔 말녀 왈,

---

4143)쇼찰(小札) : 작은 종이에 안부, 소식, 용무 따위를 적은 글.

4144)분흉(弅胸) : 봉긋한 가슴.

4145)허위다 : 허비다. 손톱이나 날카로운 물건 따위로 긁어 파다.

4146)보보젼경(步步顚傾) : 걸음마다 엎어지고 자빠짐.

4147)혼도불셩(昏倒不醒) : 정신을 잃고 쓰러져 깨어나지 못함.

4148)속미(粟米) : 늠미음(米飮). 쌀에 물을 충분히 붓고 푹 끓여 체에 걸러 낸 걸쭉한 음식. 흔히 환자나 어린아이들이 먹는다.

4149)ᄯᅥᆺ다 : 끊다. *여기서는 '베다(상처를 내다)' '찌르다' 의 의미.

"형댱은 목금(目今) 장체(杖處) 위틱(危殆)ㅎ니 엇지 쏘 싱혈(生血)을 니리오."

공지 쏘흔 즈긔 긔식(氣息)이 《명철∥면쳘(綿綴)4150)》ㅎ니, 쇼미의 말이 올흔지라. 오직 야야의 숀을 밧드러 쥐무르고 흐르는 누쉬 비 굿더라.

이【49】러툿 창황(蒼黃)흔 젹, 한님이 니르러 문을 여니, 형댱(兄長)은 늣빗치 지(災) 굿ㅎ여 시신이 되엿고, 냥딜(兩姪)의 호읍(號泣) 운졀(殞絶)홈과 쇼져의 셤셤옥쉬(纖纖玉手) 낫낫치 피 흐르니, 잔잉4151) 참도(慘悼)ㅎ여 감동흔 눈물이 쇼스나, 그 엇지 슉부의 불명ㅎ믈 한ㅎ미 업스리오.

급히 셔헌의 가 션싱긔 위급ㅎ믈 고ㅎ니, 션싱이 디경ㅎ여 몸이 결노 난간의 느리믈 씨듯지 못ㅎ니, 신을 벗고 셔당의 니르미, 시동이 셤 ㅇ릭셔 머【50】리를 맛쵸아4152) 체읍(涕泣)ㅎ고, 방즁의 즈녀의 호읍(號泣)ㅎ는4153) 쇼리 들니더라.

급히 문을 열고 드러가니, 젹의 쇼졔 싱혈 쓰기를 냥구(良久)히 ㅎ되, 현현(顯顯)흔4154) 효험(效驗)이 업슬 분4155) 아니라, 호읍이 졈졈 희미흔지라. 싱각건디 삼다의 화흔 거시 힘이 미(微)흔 듯 시분지라. 썰니 스미4156)를 것고 칼을 드러 팔흘 싹가 쎠르치니 피 돌돌이 쇼스나는지라.

공지 야야의 입을 어긔고4157) 바로 셩혈(腥血)4158)을 흘니니, 션싱이 이【51】거동을 보고 잔잉ㅎ고 감동ㅎ여 눈물을 머금고 밧비 ㅇ즈룰 보니, 긔혈(氣血)4159)이 쇼진(消盡)ㅎ여 늣빗치 찬 옥 굿고, 두 눈을 그린 드시 감으시니, 일월 굿던 광치 스라지고, 눈셥을 잠간 씽긔여 알프던 거슬 참던 거동이니, 잔잉ㅎ고 불상ㅎ미 녹는 듯ㅎ여 두로 만져보니, 일신이 어름 굿고 호흡이 미미ㅎ니, 믹(脈)을 집흐니 아됴 씃쳐지지 아니ㅎ되, 약됸약무(若存若無)4160)ㅎ여 싱되(生道) 망연(茫然)ㅎ니, 추악대경(嗟愕大驚)ㅎ여【52】 급히 무러 굴오디,

"어느 썩 부터 이러ㅎ뇨?"

공지(公子) 디왈,

4150)면쳘(綿綴) : 숨이나 맥박 따위가 가늘고 약하게 이어짐.

4151)잔잉 : 자닝. 애처롭고 불쌍하여 차마 보기 어려움.

4152)맛쵸다 : 맞추다. 열이나 차례 따위를 똑바르게 하다..

4153)호읍(號泣)ㅎ다 : 목 놓아 큰 소리로 울다.

4154)현현(顯顯)ㅎ다 : 환하고 명백하다.

4155)분 : =쑨. *뿐: (어미 '-을' 뒤에 쓰여) 다만 어떠하거나 어찌할 따름이라는 뜻을 나타내는 말.

4156)스미 : 소매. 윗옷의 좌우에 있는 두 팔을 꿰는 부분. 늑옷소매.

4157)어긔다 : 어긋나게 하다. 방향이 비껴서 서로 만나지 못하게 하다. *여기서는 셩혈 (腥血)을 흘려 넣기 위해 입을 억지로 어긋나게 벌린 것을 말한다.

4158)셩혈(腥血) : 비린내가 나는 피. =생혈(生血).

4159)긔혈(氣血) : 『한의』 기운과 피를 아울러 이르는 말.

4160)약됸약무(若存若無) : 있는 듯도 하고 없는 듯도 하다. =약존약망(若存若亡)하다.

"딕셔헌(大書軒)의셔 막혀 졈졈 믹휘(脈候) 져러 ㅎ이다."

션싱이 숀ᄋ(孫兒)의 쇼릭로 됴츠 눈을 드러 보니, 용뫼 쵸고(憔枯)ㅎ여 옥골(玉骨)이 드러느니, 젼일 '우췌뉴지(羽翠柳枝)'⁴¹⁶¹의 화려흔 풍칙ᄂ 의논치 말고, 슈슙일 ᄉ이 아됴 쵹뇌(髑腦)⁴¹⁶² 되여시니, 편발(編髮)⁴¹⁶³노 여러 날 고두(叩頭) 읍혈(泣血)ㅎ여, 두골(頭骨)이 곳곳이 터져 피 엉긔엿고, 인ㅎ여 반싱반ᄉ(半生半死)ㅎ여, 대인 면젼의도 니러ᄂ지 【53】 못ㅎ여, 누어 구을고 업듸여 약을 붓치니, 구름 ᄀᆺ흔 두발(頭髮)이 어즈러워 여윈⁴¹⁶⁴ 귀 밋츨 덥헛고, 야야(爺爺)의 듕장을 바드시던⁴¹⁶⁵ 거동이 눈 ᄀ온딕 빗치이고, 마음이 막혀 흉장(胸臟)이 쵼쵼(寸寸)이 바ᄋ지니, 동야(終夜)토록 졉목을 못ㅎ고, 야애 보실가 두려 ᄂᆺ츨 ᄊᆞ고 벽을 향ᄒ여 오읍(嗚泣)ㅎ더니⁴¹⁶⁶, 신셩(晨省)의 욱여 니러나 두 번 업더지고 ᄌ통(自痛)ㅎ믈 견듸여, 눈셥을 찡긔여 ᄎᆞᆷᄋ 옷슬 닙으며, ᄂᆺ빗치 ᄌ로 변ᄒ니, ᄌ 【54】 긔ᄂ 누어셔 ᄀ졀이 말듸딕,

"야애 브야흐로 넘녀ㅎᄉ 침쉬(寢睡) 불안ㅎ시리니, ᄂ의 불회 더은지라. 만일 슬ᄒ의 쳥죄ㅎ여 무이(撫愛)ㅎᄉ믈 닙ᄉ온죽, ᄂ의 병이 즉시 ᄂ은[을] 듯ㅎ니, 네 아비 불효ㅎ여 엄젼(嚴前)의 득죄ㅎ여 오릭 뫼시지 못ㅎ미 슬푼지라. 강작(强作)ㅎ여 잠간 현알ㅎ○[고] 오리라."

ㅎ여, 막딕를 집고 거름을 옴길ᄉᆡ, 셰 번 쉬고 다섯 번 머므러 계오 계하의 ᄂ리니, 시동이 업어 가믹, 싱 【55】 각건딕,

"대인이 져 ᄀᆺ흔 셩효로써 불효의 죄를 무릅써, '아비 보기를 슬히 넉인다' 죄명(罪名)이 ᄂ리거ᄂᆞᆯ, ᄌ칙(自責)ㅎ여 상(傷)ㅎ믈 보시딕, 감동치 아니시고 역졍(逆情)ㅎ미라."

흔가지 죄명이 더어, 엄흔 고찰(考察)이 노복의 넉슬 놀닉여, 힘을 다ㅎ여 치던 일이 ᄀᆨ골(刻骨) 통박(痛迫)ㅎ니, 머리를 ᄡᅥ어 벽의 부딕이져 피 낭ᄀᆞ히 흘너 호읍(號泣)ㅎ나, 츙복 등이 상셔를 ᄯᆞ라 ᄀᆺ고, ᄉ름이 업ᄉ니 뉘 말니리오. 【56】

이윽이⁴¹⁶⁷ 부딕이져 두골이 어득ㅎ고 가슴이 맛쵸여⁴¹⁶⁸ 잠연(潛然)이⁴¹⁶⁹ 인ᄉ를 모로더니, 인젹(人迹)으로 됴츠 눈을 ᄯᅥ보니, 야애 업히여 드러오시딕 긔

4161)우췌뉴지(羽翠柳枝) : 버드나무 가지 위에 앉아있는 물총새(翡翠)의 날개.
4162)쵹뇌(髑腦) : =쵹루(髑髏): 살이 전부 썩은 죽은 사람의 머리뼈. =해골(骸骨).
4163)편발(編髮) : '예전에 관례를 올리기 전에 머리를 길게 땋아 늘어뜨린 머리.
4164)여외다 : 여위다. 몸의 살이 빠져 파리하게 되다.
4165)바드다 : 받다. 칼이나 매 따위를 맞다.
4166)오읍(嗚泣)ㅎ다 : 목메어 울다. =오열(嗚咽)하다.
4167)이윽이 : 이윽히. 오래도록. *이윽하다: 시간이 얼마간 오래 지나다.=이슥하다.
4168)맛쵸여 : 맞부딪어. *맞부딪다: 서로 힘 있게 마주 닿다.
4169)잠연(潛然)이 : 조용히. 말없이 가만히. =잠잠(潛潛)히.

운이 막히고 안쉭(顔色)이 여토(如土)4170)ᄒᆞ며 요하(腰下)4171)로 됴ᄎᆞ 흐르ᄂᆞᆫ 피 연낙(連落)ᄒᆞ여 옷싀 져져시니, 틱애 아니 ᄯᅩ 쳐 계신가 ᄒᆞ여, 텬지망망(天地茫茫)ᄒᆞ여 부지불각(不知不覺)의 호텬통곡(呼天慟哭)ᄒᆞ니, 시동이 급히 말니고 대인을 붓드러 누이ᄂᆞᆫ지라.

하쳔(下賤)의 무식ᄒᆞ미 됴심ᄒᆞᄂᆞᆫ 듯ᄒᆞ되, 보호【57】ᄒᆞ미 극진치 못ᄒᆞᆫ지라. 엇지 니러난지 창황(蒼黃) 동심(同心)ᄒᆞ여, 벼기를 바로ᄒᆞ고 붓드러 뫼시민, 손을 쥐물너 구호ᄒᆞᆯ시, 아ᄌᆞ(俄者)의 쳔질(賤疾)4172)을 위ᄒᆞ여 뫼셔가지 못ᄒᆞ엿던 줄 뉘웃버4173) 쥭고 시분지라.

'틱애 치지 아니셔도 민몰ᄒᆞ신 칙피(責敎) 인ᄌᆞ(人子)의 ᄎᆞ마 듯지 못ᄒᆞᆯ 말슴이 잇셔, 딕인이 망극(罔極)ᄒᆞ여 긔식(氣塞)ᄒᆞ시민가?' ᄆᆞ음이 경긱의 ᄌᆞ로 변ᄒᆞ니, 우ᄂᆞᆫ 눈믈이 창히(滄海)○[의] 쇼쇼ᄒᆞ니[여]4174), 뉴셩(遊星) ᄀᆞᆺ흔 눈이 부어시니, 보기의 더【58】옥 놀나온지라.

션싱이 두로 심ᄉᆡ 어즈럽고 ᄋᆞᄌᆞ의 거동(擧動)이 희쇼(稀少)ᄒᆞ믈 밋지 못ᄒᆞ니, 간장이 ᄉᆞ긋ᄂᆞᆫ 듯○○[ᄒᆞ여], 한님 드려 왈,

"일이 이 지경의 밋쳐시니 눌을 쳥ᄒᆞ여 보라 ᄒᆞ리오."

한님이 밋쳐 답지 못ᄒᆞ여셔 형부상셔 왕공과 긔봉부 윤상공이 드러오니, 션싱이 깃거 냥셔(兩壻)를 불너 '상셔를 보라' ᄒᆞ니, 냥공이 일견(一見)의 딕셩(大聲) 참연(慘然)ᄒᆞ니, 셔로 도라보와 말을 못ᄒᆞᄂᆞᆫ지라.

션싱이 냥셔의【59】긔식을 보고 ᄋᆞᄌᆞ를 다시 보민 ᄉᆡᆼ도(生途) 망연(茫然)ᄒᆞ니, 뉘웃ᄂᆞᆫ ᄯᅳᆺ이 칼노 버히ᄂᆞᆫ 듯, 빅슈(白首)의 누쉬(淚水) 연낙(連落)ᄒᆞ니, 손으로 가슴을 어로만져 슬허ᄒᆞ니, 셕의 쇼져ᄂᆞᆫ 울기를 긋치고 일념이 죄오기4175)의 밋쳐, 살흘 졈졈 싹가 ᄉᆡᆼ혈(生血)을 드리오ᄂᆞ, ᄉᆞ롬이 창황(蒼黃)ᄒᆞ여 장쳐(杖處)의 뉴혈(流血)을 씻고 약을 붓쳐 막으믈 ᄉᆡᆼ각지 못ᄒᆞ니, 우흐로 ᄉᆡᆼ혈을 쓰나 ᄂᆞ으미 분명치 아닌지라.

상·왕 냥공이 닐오딕

"장쳐를 뵈고 의논ᄒᆞ【60】미 가(可)ᄒᆞ이다."

션싱이 올타ᄒᆞ고 하리(下吏)를 보닉여 쳥코ᄌᆞᄒᆞᆯ시, 상공 왈,

4170)여토(如土) : 흙과 같음.
4171)요하(腰下) : 바지나 치마처럼 허리가 있는 옷의 허리 안쪽. 곧 그 옷과 속옷 또는 그 옷과 살의 사이.=허리춤.
4172)쳔질(賤疾) : '천한 사람'의 병(病)이란 말로, 자신의 병을 낮추어 이르는 말.
4173)뉘웃브다 : 뉘우치다. 스스로 제 잘못을 깨닫고 마음속으로 가책을 느끼다.
4174)쇼쇼ᄒᆞ다 : 솟구치다. 아래에서 위로, 또는 안에서 밖으로 세차게 솟아나다.
4175)죄오다 : 조이다. 긴장하거나 마음을 졸이다. 또는 그렇게 되다. =죄다.

"닉 집의셔 형을 밧비 불너오리라."

ᄒ고, ᄌ긔 ᄒ리를 불너 니르더니, ᄒ리 문을 ᄂᆞ미 샹 틱의(太醫) 임의 문외의 왓더라.

원닉, 샹공의 셔형(庶兄) 샹쳥이 의슐이 고명ᄒ여 태의 되엿시니, 마ᄎᆞᆷ 피우(避憂)ᄒ여 양부 격장(隔墻)의 와시니, 일일은 우연이 월하풍경(月下風景)을 ᄶ올와 가산(假山)4176)의 올나 양공의 ᄌᆞ쳑(自責)흠과 ᄌᆞ녀의 쇄두호읍(碎頭號泣)ᄒ믈 다 본【61】지라.

놀나고 의심ᄒ여 ᄂᆞ리지 못ᄒ고, 이윽이 셧더니, 양공ᄌ의 튱복(忠僕)을 넛그러와 스스로 ᄆᆡ 마ᄌᆞ믈 ᄯ오 본지라.

원간 양공이 쳥검(淸儉) 간냑ᄒ니, 집이 크지 아니코 후원 쥬회(周回)4177) ᄯ오ᄒᆞᆫ 돕은 고로, 양공 부ᄌᆞ의 말이 다 들니니, 비로쇼 필유묘믹(必有苗脈)ᄒᆞ믈 알고 참연(慘然) 감동ᄒ여 능히 도라가지 못ᄒ고 쥬져ᄒ더니, 양공지 대인의 명으로 총총이 도라간 후, 집장(執杖)ᄒ던 동복(童僕)이 홀노 쳐져 고지규텬(叩地叫天)4178)ᄒ【62】고 쇄두퇴흉(碎頭槌凶)4179)ᄒ여 탄성쳬읍(歎聲涕泣) 왈,

"명명(明明)ᄒ신 샹텬(上天)아! 지원극통(至冤極痛)을 슬피쇼셔! 무지쳔확(無知賤獲)4180)의 미쳔(微賤)ᄒᆞᆫ 목슘으로 쥬군(主君)을 딕신치 못ᄒ니, 바라건딕 부유(蜉蝣)4181) ᄀᆞᆺ흔 인명을 ᄯᆞᆺ쳐 망극ᄒᆞᆫ 경상(景狀)을 보지 마라지이다."

냥구(良久)히 부딕이져 호읍ᄒ더니, 샹 틱의 참연(慘然) ᄌᆞ샹(自傷)ᄒ여 ᄌᆞ지 못ᄒ고 효신(曉晨)의 궐하로 ᄂᆞ오갈시, 양부 문 밧긔 ᄀᆞ득ᄒᆞᆫ ᄒ리 둘너 셔셔 희구교이(噫懼交頤)4182)ᄒ여 휘루비읍(揮淚悲泣)4183)ᄒ다가, 슈기(數個) ᄒ리(下吏) 궐【63】하(闕下)로 가며 니로딕,

"노애 병을 일ᄏ라 됴회를 불참ᄒ시며, 본부 좌긔(坐起)를 시작지 못ᄒ시니, 딕령(待令)ᄒᆞᆫ 위의(威儀)를 다 믈너가라 ᄒ신다."

4176)가산(假山) : 석가산(石假山). 정원 따위에 돌을 모아 쌓아서 조그마하게 만든 산.
4177)쥬회(周回) : 사물의 가를 한 바퀴 돈 길이. =둘레.
4178)고지규텬(叩地叫天) : 몹시 슬퍼서 땅을 치고 하늘을 향해 부르짖음
4179)쇄두퇴흉(碎頭槌凶) : 머리를 부수고 가슴을 침.
4180)무지쳔확(無知賤獲) : 무지하고 천한 종. *獲: 음(音)은 '획'이고 훈(訓)은 '계집종'으로, '臧'(음은 장, 훈은 남자종)의 오기(誤記)이다. 다만 '獲'이 '종의 신분'을 나타내는 말로 두루 쓰이고 있어, 위 본문에서는 오기로 단정할 없는 측면도 있다.
4181)부유(蜉蝣) : 하루살이. 『동물』하루살이목의 굽은꼬리하루살이, 무늬하루살이, 밀알락하루살이, 별꼬리하루살이, 병꼬리하루살이 따위를 통틀어 이르는 말.애벌레는 2~3년 걸려 성충이 되는데 성충의 수명은 한 시간에서 며칠 정도이다.
4182)희구교이(噫懼交頤) : 탄식과 불안함이 얼굴에 교차하여 나타남.
4183)휘루비읍(揮淚悲泣) : 눈물을 흘리며 슬피 욺.

그 혹(或) 울며 가고 혹 가지 아니코 도라보와 슬허ᄒ거늘, 틱의 무르되,

"양 노애 무슨 연고로 됴회를 불참ᄒ시ᄂ뇨?"

대왈,

"유병ᄒᄉ 못ᄒ시니 다 도라가라 ᄒ시ᄂ이다."

태의 왈,

"병근이 엇더ᄒ시관ᄃ 너희 거동이 황황(遑遑)ᄒ뇨? 연괴(緣故) 잇ᄉ미니 ᄌ시니르라."

ᄒ리(下吏) 틱【64】 왈,

"알외고ᄌ ᄒ오나, 쇼인 등이 무지하쳔(無知下賤)이오나, 여러 히 우리 노야를 뫼셔, 졍의(情誼) 가동(家童)으로 다르미 업ᄉ오니, 노야의 대효를 상힉(傷害)와 죄어들가 두려 고치 못ᄒᄂ이다."

ᄒ더니, 맛춤 국가의 일이 업셔 일즉 파됴(罷朝)ᄒ여 도라오며 보니, 문외(門外)의 십여 기 노복과 슈삼 리ᄅ 잇셔, 구석4184)을 향ᄒ여 가슴을 치고 울거늘 그 중의 아ᄂ 하인을 불너 문왈,

"엇지ᄒ 연괴(緣故)뇨?"

하인이 실ᄉ(實事)를 고ᄒ고 낙누(落淚)ᄒ니, 【65】 상 틱의 참연ᄒ여 뉴쳬(流涕)ᄒ고, 마음의 닛지 못ᄒ여 근신(勤愼)ᄒ 가인(家人)으로 양부 근쳐의 가, '듯보아 보ᄒ라.' ᄒ엿더니, 오린 후 도라와 고ᄒ되,

"구틱여 알월 일 업고, 쇼셔헌(小書軒) 듕문(中門)을 구지 닷고 동ᄌ(童子) 직희여 '노애 유질(有疾)ᄒ여 ᄂ당의셔 됴호(調護)ᄒ신다' ᄒ고, 두어 직상이 문후ᄒ라 왓다가 도로 가시더이다."

태의 오히려 닛지 못ᄒ여 상부윤(府尹) 본부의 ᄂᄋ가 양공의 쇼식을 알고ᄌ ᄒ되 상공과 부인이 망연이 【66】 모로ᄂ지라. 더옥 감탄ᄒ니 부인긔ᄂ 고치 못ᄒ고 외헌의 가 상공긔 고ᄒ니, 부윤이 대경 왈,

"아등은 슉여로 의즉(義卽) 동긔(同期)의 친(親)이 잇고, 졍(情)은 골육(骨肉) ᄀᄐᄒ되, 일즉 아득히 아지 못ᄒ니, 슉여의 ᄂ외(內外) 현효(賢孝)ᄒ믄 니르지 말고, 그 비복의 츙근(忠勤)ᄒ믈 더옥 탄복ᄒ리로다."

ᄒ고, 드러와 부인ᄃ려 젼ᄒ니, 부인이 대경ᄒ여 비복을 보ᄂ여 아라오라 ᄒ엿더니,

"'노애(老爺) 질양(疾恙)이 계시다' ᄒ고, 쇼졔 미음을 들니고 【67】 셔당으로 가시더이다."

부인이 쵸됴ᄒ여 가고ᄌ ᄒ되, 야야(爺爺) 셩의(聖意)와 가녀(女)의 의심을 닐

───────

4184)구셕 : 구석. 모퉁이의 안쪽.

월가 ᄒ여, 다시 비ᄌ를 보ᄂᆡ여 영츈을 부르니, 와시되 형용이 쵸고(焦苦)ᄒ고 두 눈이 부엇ᄂ지라.

부인이 좌우를 치우고 무러 비로쇼 가녀의 참쇼(讒訴) 삼ᄉ년의 밋쳣고, 목금 공의 부ᄌ의 위ᄐᆡᄒᆞᆷ을 셰셰히 알욀 ᄉᆡ, 퇴흉엄읍(槌胸掩泣)⁴¹⁸⁵ᄒ니, 가슴을 두다려 부어시며 ᄯᅩᄒᆞᆯ 허원 손이 부러지게 되었더라.

부인이 눈물을 【68】 흘니고 마음이 쓸는 듯ᄒ여, 쇼찰(小札)노 왕상셔 부인긔 통ᄒ여시되, ᄀᆞ빅야이 본부의 가지 못ᄒ더니, 명일의 상 ᄐᆡ의(太醫) 양공의 혼졀(昏絶)ᄒᆞᆷ을 알고, 바로 상공긔 고ᄒ여 왕·상 이공(二公)이 모다 오니, 왕공이 분연 왈,

"내 맛당이 요녀(妖女)를 잡으 형부로셔 져쥬어 복쵸(服招)를 바다 악장(岳丈)긔 뵈리라."

상공이 탄왈,

"불가ᄒ다. 우리는 외인(外人)이라. 그 가간ᄉ(家間事)를 엇지 아랏노라 ᄒ며, 슉녀[여]의 깃거 아니믈 닐위리니, 엇지 【69】 가바야이⁴¹⁸⁶) ᄀᆞ만ᄒ 참쇼(讒訴) 업슨 말노쎠 어셜피 져쥬어, 복쵸(服招)도 밧지 못ᄒ고, 도로혀 슉여와 그 부인으로 하여금 악장긔 득죄ᄒ게 ᄒ랴. 악장이 본딩 쾌단(快斷)치 못ᄒ시던 거시어니와, 본성을 만히 일허 계시니, 인가의 첩의 희로오미 두렵지 아니랴?"

왕공이 쇼왈

"첩을 열둘식 둔들 뉘 악당 ᄀᆞ치 침혹(沈惑)ᄒ며, 남의 시쳡(侍妾)의 뉘 가녀 ᄀᆞ치 요악ᄒ니, 다시 잇스리오."

상공이 ᄯᅩᄒ 우어 왈, 【70】

"그딕도 쾌(快)ᄒ 말 말나. 침혹지 아니키 쉬오냐? 우리 악공(岳公)인들 속는 줄 알고 속으시랴? 긔특고 공정(公正)ᄒ 인물노 아르시믹 그 말을 올히 넉여, 쳔금 독ᄌ의 딕효를 알니오. 형도 됴심ᄒ라."

왕공이 대쇼(大笑) 왈,

"ᄂ의 쇼희(小姬) 등은 가녀 ᄀᆞ흔 인물은 업ᄂ니라."

상공이 미쇼 왈,

"형의 말이 임의 침혹ᄒ 줄 알니로다. 인가 시쳡이 긔긔히 요악ᄒᆞᆯ 니는 업스나 그딕의 희쳡이 다 엇지 ᄉ시(姒氏)⁴¹⁸⁷) ᄀᆞ치 【71】 어질니 잇스리오."

4185)퇴흉엄읍(槌胸掩泣): 가슴을 치며 눈물을 흘림. =추흉엄읍(椎胸掩泣)
4186)가바야이: 가벼이. 가볍게.
4187)ᄉ시(姒氏): 중국 주(周)나라 문왕(文王)의 비(妃) 태사(太姒)의 성씨. 주나라의 창건자인 무왕(武王)의 어머니로, 정숙한 덕성을 가져 성녀(聖女)로 추앙된다. 『시경』<관저(關雎)>편은 바로 문왕과 태사 부부의 사랑을 노래한 시다.

ᄒ니, 원ᄂᆡ 상공은 호화를 즐겨아냐, 다만 부인으로 가ᄉᆞ를 다ᄉᆞ리고 상경상화(相敬相和)ᄒ되, 왕공은 두 부인과 다ᄉᆞᆺ 첩이 잇더라.

정언간(停言間)의 하리와 ᄂᆡ당 시녜 양부의 ᄀᆞᆺ다가 도라와,

"양공이 혼ᄉᆡᆨ(昏塞)4188ᄒ여 졈졈 ᄒᆞᆯ 일 업셔, 쇼졔 단지뉴혈(斷指流血)ᄒ되 분회(分效)4189 업고 양한님도 와 계시고, 이졔ᄂᆞᆫ ᄉᆞ름 휘각(揮却)ᄒᆞᆯ 형셰 못되여 하리 노복이 분쥬(奔走) 호읍(號泣)ᄒ더이다."

이공이 ᄃᆡ경ᄒ여 급히 가고, 부인ᄂᆡ 니어【72】 갈ᄉᆡ, 상쳥이 부르기를 기다리지 못ᄒ여 ᄂᆞ아가더니, 부르믈 듯고 급히 드러오니, 쇼져ᄂᆞᆫ 물너가고 의ᄌᆞ(醫者)를 방즁의 쳥ᄒ니 태의 간믹ᄒ고 닐오ᄃᆡ,

"일신의 뉴ᄒᆡᆼ(流行)ᄒ던 혈믹이 장흔(杖痕)으로 됴ᄎᆞ 흘너 ᄂᆞ니, 긔혈(氣血)이 쇼진(消盡)ᄒ엿ᄂᆞᆫ지라. 급히 약을 붓쳐 피를 막고 ᄉᆡᆼ혈을 써야 비로쇼 응험(應驗)이 잇ᄉᆞ리라."

ᄒᆞ님이 연ᄒ여 ᄉᆡᆼ혈을 써시믈 니른ᄃᆡ, 상쳥이 탄왈,

"ᄉᆡᆼ혈을 쓰믄 긔특ᄒᆞᆫ【73】 일이로다. 만일 그져 잇ᄉᆞᆫ즉 가히 망극ᄒᆞᆯ 번ᄒ이다. 합하(閤下)의 지원(至願)이 타인의 지ᄂᆞ시나, ᄉᆡᆼ혈의 힘으로 계오 지팅ᄒ시미니, 그러나 뉴혈(流血)을 막지 못ᄒ엿ᄂᆞᆫ 고로 분회(分效) 업ᄂᆞ이다."

ᄒᆞ고, 모다 붓드러 공을 움죽여 장쳐(杖處)를 보려 ᄒᆞ나, 공의 신댱이 팔쳑이 남고 구각(軀殼)이 장ᄃᆡ(壯大)ᄒ니, 잘 운동치 못ᄒ고 미약ᄒᆞᆫ 일믹이 슷쳐 질가 념녀ᄒ거늘, 공ᄌᆡ 그 야야의 겻ᄒᆡ 가 누어, 근심ᄒ여 야야 【74】의 몸을 붓드러 안고 ᄀᆞ마니 두루혀니, 모다 ᄒᆞᆫ 가지로 붓드러 바로 누이미 공은 업ᄃᆡ미 되○[엇]ᄂᆞᆫ지라.

비로쇼 과의(袴衣)4190를 쓰더 벗기고 보건ᄃᆡ, 참참(慘慘)ᄒ미 방인(傍人)의 넉슬 놀ᄂᆡᄂᆞᆫ지라. 살이 ᄡᅥ러져 ᄉᆞ면(四面)으로 허여지고, 빅골(白骨)이 완연이 드러ᄂᆞ시니, 상고실ᄉᆡᆨ(相顧失色)4191ᄒ여 면면(面面)이 도라보더라.【75】

4188)혼ᄉᆡᆨ(昏塞) : 정신이 아찔하여 까무러침. =혼절(昏絶).
4189)분회(分效) : 조금의 효과. 한 푼어치의 효과.
4190)과의(袴衣) : 바지. 아랫도리에 입는 옷의 하나. 위는 통으로 되고 아래에는 두 다리를 꿰는 가랑이가 있다.
4191)상고실ᄉᆡᆨ(相顧失色) : 서로 돌아보고 놀라서 얼굴색이 변함.

화산션계록 권지사십구

츠셜 태의(太醫) 일오딕,

"상쳬(傷處) 여츳ᄒ시니 근쳐의 부으며 푸른 거슨 의논치 말고, 쩌러진 살흘 다 히나⁴¹⁹² 《이울니∥이을니⁴¹⁹³》 업고, 셕어ᄂᆞᄂ 거시오, 식 살은 ᄉᆞ오삭 닉의 《닉∥ᄂᆞ오니》, 술 길히 업ᄉ리이다."

션싱이 숀으로 가슴을 어루만져 눈믈이 니음ᄎᆞ 갈오딕,

"닉 져의 힝신(行身)을 독경(篤敬)⁴¹⁹⁴코ᄌᆞ 칙(責)ᄒᆞᆫ 거시 엇지 이대도록 홀 줄 알니오. 근닉 노뷔 제 힝ᄉᆞ를 골돌ᄒᆞ여 식음을 【1】 믈니치니, 제 죄를 뉘웃쳐 스스로 즁히 쳐 상ᄒᆞᆫ 거슬 보딕, 노긔를 인(囚)ᄒᆞ여 다시 엄칙ᄒᆞ엿더니, 효신(曉晨)의 져러ᄒᆞᆫ 상쳐를 쓰어 닉게 문안ᄒᆞ고, 당의 ᄂᆞ리다가 현혼(眩昏)ᄒᆞ여 긔식(氣塞)ᄒᆞ니, 날이 임의 반오(半午)의 밋쳐ᄂᆞᆫ지라. 노뷔 뉘웃고 불상ᄒᆞ미 슞ᄂᆞᆫ 듯ᄒᆞ니, 내 ᄋᆞ히 만일 싱되 잇슨즉 여년을 부지 상의위명(相依爲命)⁴¹⁹⁵ᄒᆞ고, 제 동시 회싱치 못ᄒᆞᆫ즉, 닉 ᄯᅩ 죽어 셜우믈 니ᄌ리라."

ᄒᆞ니, 말ᄉᆞᆷ이 【2】 슬푸고 간졀ᄒᆞ되, 오히려 요쳡(妖妾)의 간참(姦讒)의 쇽으믈 아지 못ᄒᆞ여, '제 죄를 뉘웃쳐 ᄌᆞ칙(自責)ᄒᆞ다' ᄒᆞ니, 가히 탄셕직(歎惜哉)로다!⁴¹⁹⁶

시(時)의 상·왕 냥공이며 태의(太醫) 그윽이 개탄ᄒᆞ믈 마지 아니ᄒᆞ고, 한님은 비원(悲願)을 니긔지 못ᄒᆞ여 눈물을 흘니니, ᄒᆞᆯ물며 양공ᄌᆞ의 마음과 야야를 안고 누어 졔인의 면면○[을] 상고ᄒᆞᆷ과, 틱의의 말ᄉᆞᆷ을 드르민, 급ᄒᆞᆫ 뇌졍(雷霆)이 일신(一身)을 분쇄ᄒᆞᄂᆞᆫ 듯, 더옥 태의 말을 드르민 일만니검(一萬利劍)⁴¹⁹⁷ 【3】 이 흉장(胸臟)⁴¹⁹⁸을 써흐ᄂᆞᆫ 듯, 틱야○[의] 졍니(情理)도 감은(感恩)ᄒᆞ고, ᄒᆞᆫ가지로

4192)다히다 : ①닿이다. 닿게 하다. *닿다: 어떤 물체가 다른 물체에 맞붙어 사이에 빈틈이 없게 되다. ②대다. •무엇을 어디에 닿게 하다 •무엇을 덧대거나 뒤에 받치다.

4193)이으다 : 잇다. 두 끝을 맞대어 붙이다. *이을니: 이어질 리. 붙을 리.

4194)독경(篤敬) : 말과 행실을 착실하며 공손하게 함.

4195)상의위명(相依爲命) : 서로 의지하여 목숨을 부지함. 또는 서로 의지하여 살아감.

4196)탄셕직(歎惜哉)로다! : 통탄스럽고 애석한 일이로다!

4197)일만니검(一萬利劍) : 매우 잘 드는 칼 일만 자루.

4198)흉장(胸臟) : 가슴. 배와 목 사이의 앞부분.

수싱(死生)을 긋치 코즈 ᄒ시ᄂ 셩즈(盛慈)로[도] 감읍(感泣)다 ᄒ엿마ᄂ, 춤쇼(讒疏)를 모로시믈 각골이 셜워, 피눈물이 두 귀 밋틔 괴이더라.

태의 왈,

"아직 이 술4199)흘 다히고 약을 븟쳐 보리라."

ᄒ고, 거두어 싸미기를 다ᄒ미 븟드러 누이나, 얼골을 보고 믹을 슬피건딕 ᄂ으미 업스니, '싱혈을 밧비 써야 ᄒ리라' ᄒᄂ지라.

공직 팔흘 것고 살흘 버히나, 피 흐르【4】ᄂ 거시 심히 부둑흔지라. 좌우비(左右臂)를 연(連)ᄒ여 싹가 피를 구ᄒ나, 공직 쵸황(焦惶)ᄒ미 젹년(積年) 간장(肝腸)을 틱왓고, 댱흔(杖痕)으로 됴츠 임의 일신 혈믹이 쵸갈(焦渴)ᄒ여시니, 목금(目今)의 더옥 창황망극(蒼黃罔極)4200)ᄒ고 츈츈여할(寸寸如割)4201)ᄒ여, 즉긔 통고(痛苦)ᄒᄆ 넘네 밋지 아니ᄒ니, 만일 딕인의 환휘(患候) 회양(回陽)4202)치 못ᄒ신즉, 스스로 몸을 두다려 죽어 홀노 스지 아니려 ᄒ니[나], 엇지 쇼ᄉᄂᆯ 피 잇스리오.

제공이 공자의 위위(危危)흔 거동【5】으로 살흘 지르고 싹그믈 잔잉 츠셕(嗟惜)ᄒ니, 쇼제 문밧긔셔 쇼릭ᄒ여 굴오딕,

"여츠 망극지시(罔極之時)의 엇지 닉외(內外)를 구익(拘礙)ᄒ리오. 잠간 길흘 쳐오시면 드러가고즈 ᄒᄂ이다."

태의 연망이 ᄂ가니, 쇼제 드러와 거거를 말니고 쏘 우비를 헐워 싱혈을 흘니니, 냥구(良久) 후 상셔의 ᄂᆺ빗치 좀간 펴이고 호읍을 통ᄒᄂ지라. 믹후(脈候)를 보고져 의즈(醫子)를 입닉(入內)코즈 ᄒ나, 쇼제 잇ᄂ지라. 의논이 분분다다(紛紛多多)4203)【6】ᄒ여, 드리온4204) 거슬 못흘 거시오, 믹을 아니 슬핌도 어렵다 ᄒ니, 쇼제 틱야긔 고ᄒ여 굴오딕,

"ᄋ(兒)의 외인을 보믄 쇼ᄉ(小事)오. 딕인 환후(患候)를 논증(論症)ᄒᄆ 큰 일이오니, 복망(伏望) 태야(太爺)ᄂ 틱의(太醫)를 쳥ᄒ여 간병ᄒ게 ᄒ쇼셔"

운환(雲鬟)4205)을 좀간 다릭여4206) 옥안(玉顔)을 ᄀ리오고, 다시 칼을 드러 손

4199)살 : 사람이나 동물의 뼈를 싸서 몸을 이루는 부드러운 부분.
4200)창황망극(蒼黃罔極) : =망극창황(罔極蒼黃). 한없이 놀랍고 다급함.
4201)츈츈여할(寸寸如割) : 갈기갈기 찢겨지는 것같이 아픔.
4202)회양(回陽) : 양기(陽氣: 기운)를 회복하는 일.
4203)분분다다(紛紛多多) : 일이나 의견 따위가 여럿이 한데 뒤섞여 어수선하고 잡다하며 많다.
4204)드리오다 : 들이다. '들다'의 사동사. 밖에서 속이나 안으로 향해 가게 하거나 오게 하다. *드리온: 들이는. 들어오게 하는.
4205)운환(雲鬟) : 여자의 탐스러운 쪽 찐 머리.
4206)다리다 : 당기다. 잡아당기다.

을 버히니, 섬섬옥슈(纖纖玉手)4207) 십지(十指)마다, ○[쏘] 좌우비상(左右臂上)이 임의 성흔 곳이 업더니, 어시의 틱의 상쳥이 쇼져의 말슴을 【7】 감동ᄒᆞ고, 셩효를 탄복ᄒᆞ여 츄쥬(趨走)ᄒᆞ여 드러와 공의 믹을 보고 니로ᄃᆡ,

"뉵믹(六脈)4208)이 비로쇼 방위(方位)를 ᄎᆞᄌᆞ시니 셕양의 회쇼(回蘇)ᄒᆞ시리이다. 드만 격간(膈間)4209)의 옹폐흔 거시 이시니 토혈ᄒᆞ다가 남은 피 믹쳣ᄂᆞᆫ지라. 침으로 혈을 터 경낙(經絡)4210)으로 나리오면 싱혈의 효험도곤 ᄂᆞ으리이다."

ᄒᆞ고, 침을 ᄲᅢ혀 사오 쳐를 쥬어, 긔운을 통케ᄒᆞ고 물너 날ᄉᆡ, 쇼져의 특이ᄒᆞ미 겻눈으로 뵈ᄂᆞᆫ지라. 녹발이 드리온 곳 【8】 의 옥면(玉面)이 기리 굽어시니, 명월이 흑운(黑雲)의 ᄡᅳ임 ᄀᆞᆺ고, 셩안(星眼)을 ᄂᆞ죽이 ᄒᆞ여 야야를 ᄇᆞ라니4211), 망극(罔極)흔 쥬뤼(珠淚) ᄌᆞ로 구ᄂᆞ니, 빅년(白蓮)이 취우(驟雨)를 맛남 ᄀᆞᆺ거늘, 팔ᄌᆞ쌍미(八字雙眉)4212)의 쵸황(焦惶)ᄒᆞ믈 씌여시니. 태항산(太行山)4213) 구름이 시름ᄒᆞ고, 형용이 쵸췌ᄒᆞ고[니], 화틱(花態) 니우러4214) 고고흔 계슈(桂樹) 광풍(狂風)의 ᄡᅳᆯ넛ᄂᆞᆫ 듯, 담담이 잉슌(櫻脣)4215)을 다ᄃᆞ시니, 졍슉흔 긔질이 츄텬혈뇨(秋天沈寥)4216)의 상뇌(霜露) 늠늠(凜凜)ᄒᆞ니, 엇지 팔셰 유녀(幼女)의 미약흔 틱되(態度) 잇 【9】 ᄉᆞ리오.

ᄒᆞ믈며 섬섬쇼슈(纖纖小手)4217)로 됴ᄎᆞ 붉은 피 연(連)ᄒᆞ여 흐르니, 지효(至孝)의 달텬(達天)ᄒᆞ믈 복복(卜卜)이4218) 감탄ᄒᆞ여, 퇴(退)ᄒᆞ여 난간(欄干)의 ᄂᆞ오니, 상·왕 냥공이 ᄯᅩ흔 ᄂᆞ올ᄉᆡ, 한님이 션싱긔 고ᄒᆞ여 셔헌의 가 쉬시믈 쳥흔ᄃᆡ,

---

4207)섬섬옥슈(纖纖玉手) : 가냘프고 고운 여자의 손을 이르는 말.

4208)뉵믹(六脈) : 『한의』 여섯 가지 맥박. 부(浮), 침(沈), 지(遲), 삭(數), 허(虛), 실(實)의 맥을 이른다.

4209)격간(膈間) : '격(膈)'은 '횡격막(橫膈膜)'을 이르는 말로, 이 횡격막은 위로 가슴을 아래로 배를 나누는 근육성 가로막 구조로 되어있다. 따라서 격간은 위로는 횡격막과 가슴 사이, 아래로는 황격막과 배 사이를 합한 공간이다.

4210)경낙(經絡) : 『한의』 인체 내의 경맥과 낙맥을 아울러 이르는 말. 전신의 기혈(氣血)을 운행하고 각 부분을 조절하는 통로이다. 이 부분을 침이나 뜸으로 자극하여 병을 낫게 한다.

4211)ᄇᆞ라다 : 바라다. 어떤 것을 향하여 보다.

4212)팔ᄌᆞ쌍미(八字雙眉) : 팔자(八字) 모양의 두 눈썹.

4213)태항산(太行山) : 중국 동북부에 위치하여 산서성(山西省), 하북성(河北省), 하남성(河南省) 3개 성(省)에 걸쳐 있으며, 중심의 대협곡(大峽谷)은 빼어난 경치를 자랑하고 있다. 해발 1840m.

4214)니울다 : 이울다. ①꽃이나 잎이 시들다. ②점점 쇠약하여지다.

4215)잉슌(櫻脣) : 앵두처럼 붉은 입술.

4216)츄텬혈뇨(秋天沈寥) : 높고 맑은 가을 하늘. *혈요(沈寥): 텅 빈 하늘

4217)섬섬쇼슈(纖纖小手) : 가늘디가는 작은 손.

4218)복복(卜卜)이 : 여기저기서 어지럽게 *'복복(卜卜)'은 딱따구리가 나무를 쪼는 소리를 흉내 낸 말로, '여기저기서 어지럽게'의 뜻을 나타낸다..

션싱이 요두(搖頭) 왈,

"오ᄋᆞ의 ᄉᆞ싱을 보ᄋᆞ ᄂᆞ의 돈망(存亡)을 결ᄒᆞ리니, 엇지 외오4219) 가 견디리오,"

정언간(停言間)의 상·왕 냥부인의 와시믈 고ᄒᆞ니, 냥부인이 임의 완지 오릭되, 태의(太醫) 잇ᄂᆞᆫ 고로,【10】 몬져 닉당의 드러가 쇼부인의 손을 잡고 말ᄒᆞ고ᄌᆞ ᄒᆞ민, 쌍뉘(雙淚) 몬져 옷깃ᄉᆞᆯ 잠으ᄂᆞᆫ지라4220).

오열(嗚咽) 냥구(良久)의 계오 상셔의 병셰를 무르니, 쇼부인이 안ᄉᆡᆨ을 불변ᄒᆞ고 안셔(安舒)히4221) 딕ᄒᆞ되,

"냥위 슉슉(叔叔)이 님ᄒᆞ시고 틱의 왓ᄂᆞᆫ 고로 쇼미ᄂᆞᆫ 보지 못ᄒᆞ엿ᄂᆞ이다."

냥부인 왈,

"냥질이 다 병쇼의 잇ᄂᆞ냐?"

딕왈 ,

"연(然)ᄒᆞ이다."

"딜녜(姪女) 틱의를 피치 아니ᄒᆞᄂᆞ냐?"

쇼부인이 딕왈

"아ᄌᆞ(俄者)의 문 밧긔 ᄂᆞᆨ닷더라 ᄒᆞ되, 쇼미ᄂᆞᆫ 긴요【11】ᄒᆞᆫ 일이 잇셔 뭇지 못ᄒᆞ이다."

ᄒᆞ니, 션싱의 찬션(饌膳)을 ᄀᆞᆺ쵸고, 상셔의 미음을 보ᄉᆞᆯ필 ᄲᅮᆫ 아니라, 이 곳 예ᄉᆞ(例事) 질환이 아니니, 감히 우슈(憂愁)ᄒᆞᄆᆞᆯ ᄂᆞᆺ타닉미 가치 아니타 ᄒᆞ여, 안ᄉᆡᆨ이 더옥 온유(溫柔)ᄒᆞ고 사긔(辭氣) ᄒᆞᆫ갈ᄀᆞᆺ치 축쳑(踧惕)ᄒᆞᆯ ᄲᅮᆫ이라. 오직 감지(甘旨)를 밧드러 동쵹(洞屬)ᄒᆞᆯ ᄲᅮᆫ이오. 위위(危危)흠도 가 보미 업더라.

냥부인이 녕츈의 쇼젼(所傳)으로 부인도 댱칙ᄒᆞᄆᆞᆯ 아라ᄂᆞᆫ지라. 위ᄒᆞ여 마음이 알푸고 일단 대의의 일【12】을 참괴(慙愧)ᄒᆞ니 누슈(淚水)를 금치 못ᄒᆞ더라.

가녜 ᄯᅩᄒᆞᆫ 눈셥을 모도고 시름이 쳡쳡(疊疊)ᄒᆞ고, 미온 슈단을 ᄀᆞ져 눈물을 ᄌᆞ으닉니, 냥부인이 심닉의 통히(痛駭) 졀치(切齒)ᄒᆞ되 한셜(閑說)을 아니코 셔당 후창 외(外)예셔 방즁 경식을 슬퍼 이뤄(哀淚) 난낙(亂落)ᄒᆞ더니, 태의와 냥공이 ᄂᆞ간 후 방즁의 드러가니, 션싱이 녀ᄋᆞ를 보미 더옥 슬허 누쉬(淚水) 슈염의 니음ᄎᆞ니4222), 냥부인이 쳔만(千萬) 강잉(強仍)4223)ᄒᆞ여 야야를 안위(安慰)ᄒᆞ고 공을 보니,【13】 잠간 슘쇼릭 이시나 오히려 눈을 감고 혼혼망망(昏昏茫茫)ᄒᆞ여 지각

4219)외오 : 외우. *외우; 외따로 떨어저. 멀리.
4220)잠으다 : 잠그다. 물속에 물체를 넣거나 가라앉게 하다.
4221)안셔(安舒)히 : 마음이 편안하고 조용히.
4222)니음ᄎᆞ다 : 잇따르다. 연속하다.
4223)강잉(強仍) : 억지로 참음. 또는 마지못하여 그대로 함.

이 업스니, 시신(屍身)으로 다르미 업고, 눗 우히 혈싁이 업고 의금(衣衾)과 침셕(寢席)의 혈흔이 난만ᄒ니, 경심ᄎ악(驚心嗟愕)ᄒ고 심ᄂ여할(心內如割)ᄒ니, 쳥뉘(淸淚) 미즐 스이 업거늘, 질ᄋ의 슈쳑(瘦瘠)ᄒᆫ 경식과 쵸고(憔枯)ᄒᆫ4224) 형용이며, 질녀의 오히려 칼흘 노치 아니코 슬흘 써흐러 피를 구ᄒᄆᆯ, 보와 간담이 ᄇᆞᄋ지는 듯ᄒ더니, 셕양의 비로쇼 공이 손을 움죽이고 【14】 희미ᄒᆫ 쇼릭로 녀ᄋ를 불러 닐오디

"쩌 임의 느젓ᄂ냐? 대인이 진반(進飯)을 엇지ᄒ시뇨? 네 ᄌ로 가 뫼셔 닉 이리 물너 잇ᄂ 죄를 쇽(贖)게ᄒ라."

쇼졔 연망(連忙)이 디왈

"틱애(太爺) 죠반(朝飯)과 오션(午膳)4225)을 진어(進御)ᄒ시고, 톄휘(體候) 일양(一樣) 안강(安康)ᄒ시이다. 디인이 심히 혼혼(昏昏)ᄒ시니 즉금은 엇더시니잇고?"

공이 이윽이 혼침(惛沉)ᄒ더니, 다시 닐오디,

"닉 싱각ᄒ니 아춤의 셔헌 즁계(中階)의셔 졍신이 아득ᄒ더니, 그 후ᄂ 아지 못ᄒ지라. 쩌 임의 느져신 【15】 즉 그 ᄉ이 심히 오릭지라. 여등(汝等)이 쵸됴(焦燥)ᄒ여, 아니 디인긔 고(告)ᄒ와 놀ᄂ시게 ᄒ냐? 공ᄌ와 쇼졔 바른 디로 ᄒᆫ즉 야애(爺爺) 경동(驚動)ᄒ실 거시오, 쇽이믄 인ᄌ의 도리 아니라."

넌즈시 디왈,

"디인 긔운이 졈졈 ᄂᄋ신 고로, 틱야 과히 경녀(驚慮)치 아니시니이다."

인ᄒ여, 미음을 진어ᄒ시믈 쳥ᄒ디 고기 좃ᄂ지라. 쇽미음(粟米飮)을 ᄀᆞ져 연ᄒ여 써 너ᄒ니, 이윽고 졍신이 졈졈 ᄂᄂ 고로, 어음(語音)이 분명ᄒ여 왈

"닉 신긔와 졍신이 졈 【16】 졈 ᄂᄂ 듯ᄒ되, 엇지 눈을 쓰지 못ᄒ쇼냐?"

쇼졔 디왈,

"혼혼(昏昏)ᄒ시미 치 ᄂᄋ신즉 쓰시리니, 엇지 넘녀ᄒ시리잇고?"

인ᄒ여 거거(哥哥)를 도라보와 잠간 눈으로 쯧을 통ᄒ디, 공직 아라 듯고 벼로4226)를 ᄂ호혀써 굴오디,

"야애 표슉(表叔)과 틱의(太醫) 온 줄 아르신즉, 병심이 요동ᄒ시리니 이 쯧을 통(通)ᄒ쇼셔."

ᄒ여, 한님을 쥬니, 한님이 가져 난간의 ᄂ와 낭공을 뵈니 이공이 졈두ᄒ고 의

4224) 쵸고(憔枯)ᄒ다 : 수쳑(瘦瘠)하고 야위다.
4225) 오션(午膳) : 점심에 끼니로 먹는 밥. =점심밥. 오반(午飯).
4226) 벼로 : 먹을 가는 데 쓰는 문방구. 대개 돌로 만들며 네모난 것과 둥근 것이 있다.≒벼룻돌.

주를 닛그러 셔헌으로 가고, 션싱과 냥 【17】 부인이 공주와 쇼져의 쳐변을 감탄 ᄒ여 다 잠잠ᄒ여 말을 아니코, 상셔의 졈졈 ᄂᆞ으믈 보아 깃브고 ᄯᅩ 슬허ᄒ더라.

이윽고 공의 신긔(身氣) 더 낫고 졍신이 뇨연(瞭然)ᄒ나 눈을 감ᄋᆞ 심히 답답이 넉여 문왈,

"어느 ᄯᅢᄂᆈ?"

딕왈

"셕양(夕陽)이로쇼이다."

공이 녀ᄋᆞ다려 골오ᄃᆡ,

"네 엇지 오릭 안줏ᄂᆞ뇨? 딕인이 셕식을 진어ᄒ시리니, 밧비 가 뫼셔 다쇼(多少)를 알고 와 닐으라."

ᄯᅩ ᄋᆞ주다려 니로ᄃᆡ,

"네 몸이 셩ᄒᆞᆯ 적과 다르니 너모 쵸 【18】 우(焦憂)치 말고 누어 쉬라. 딕인이 ᄂᆞ의 불쵸(不肖)를 관셔(寬恕)ᄒᆞᄉᆞ 됴심ᄒ여 됴리ᄒ라."

ᄒ시고

"너를 ᄯᅩ 연측(憐惻)ᄒᆞᄉᆞ 됴호(調護)ᄒ라."

ᄒ시더니,

"ᄂᆡ 이리 운신(運身)치 못ᄒ니, 언제 니러나 슬하의 뫼시리오."

쇼졔 고왈,

"야야 창쳐(瘡處) 딕단ᄒ시니, 의원을 불너 치료ᄒᆞᆷ이 엇더리잇고?"

공이 침음(沈吟) 답왈,

"ᄂᆡ 병이 밧비 눗과즈 시부나, 인즈(人子) 엇지 부(父)긔 슈칙(受責)ᄒᆞᆷ을 향인(向人)ᄒ여 닐너 의약을 위ᄒ여 ᄉᆞ룸을 알외리오. 결연(決然)이 가치 아니니 【19】 싱심도 의원을 쳥치 말고, 문흥이 오거든 ᄂᆡ 병드러 슈작(酬酌)ᄒᆞᆯ 길히 업다 ᄒ고, 'ᄂᆡ 일홈으로 ᄉᆞ직(辭職)ᄒᄂᆞᆫ 상쇼를 알외라' 니르라. 셥ᄋᆞᄂᆞᆫ 못ᄒᆞᆯ 거시니 녀이 아즈비를 보ᄋᆞᄃᆞᆫ 젼ᄒ라."

ᄒᄂᆞᆫ지라. 션싱이 묵묵히 안즈 ᄋᆞ주의 말ᄉᆞᆷ을 다 듯고 감동ᄒ고 이련(哀憐)ᄒ여, 혹 눈을 ᄯᅥ 볼가 념녀ᄒ여 몸을 니러 문을 나니, 냥부인과 한님이 더욱 감읍(感泣)ᄒ여 눈물을 머금고 뫼셔 셔헌의 니르니, 부인은 쇼져를 【20】 닛그러 ᄂᆡ 당으로 가더라.

션싱이 헌즁(軒中)의 도라오니, 틱의와 상·왕 이공이 오히려 가지 아니코 말ᄉᆞᆷ ᄒ더라.

션싱 왈,

"ᄎᆞ익(此兒) 졍신이 졈졈 ᄂᆞ으되, 눈을 ᄯᅳ지 못ᄒᆞᆷ이 괴이ᄒ지라. 엇지ᄒ리오?"

태의 공슈 대왈,

"합하디인(閤下大人)이 정녁이 과인호시니 아됴 못 보든 아니실 빈로딕, 일월(日月)이 되어 긔혈(氣穴)이 완복(完復)호신즉 보시리이다. 목금(目今)은 간격(肝膈)이 말나시니 돌연(猝然)치 못호리이다."

왕공 왈

"슉여의 위인이 심히 너【21】 르니, '무숨 연고로 간격이 탓눈고' 괴이(怪異)호다."

호니, 제인이 다 묵연호고, 션싱이 쏘 말을 아니터라.

냥공이 틱의로 더브러 도라갈식, 션싱 왈,

"군 등이 명일의 다시와 보우쥬미 엇더호뇨?"

틱의 왈,

"쵸(初)의 구완(救完)호오미 어렵지 아니 호오딕, 합히(閤下) 즐겨 보고져 아니신다 호오니, 장창(杖瘡)과 안환(眼患)이 심녀를 요동호신즉, 장독(杖毒)이 느고 안환(眼患)이 오릭시리니, 마음을 평안이 호시고 긔운을 됴보(調保)호신즉 슈월 후 느으【22】 시리이다."

호더라.

한님이 쏘혼 형장의 뜻을 아니 즈로 가지 아니코, フ마니 즈최 업시 왕닉호여 보고, 일변(一邊) 슈직상쇼(辭職上疏)를 올니니, 션싱이 더옥 불안호여 탄식 왈,

"느의 일시 노긔를 풀고즈 호다가, 져의 명을 하마 맛출 번호고, 비록 회싱호나 셩은이 여츠(如此)호시되, 힝공(行公)홀 긔약이 업스니, 엇지 뉘웃부지 아니호리오. 숀이 아븨 병으로 노심쵸스(勞心焦思)호니 완합(完合)이 어려올가 호고, 냥이 숀과 팔을 듕히【23】 상히(傷害)와시니, 더옥 잔잉호고 념녀로온지라. 노븨 뉘웃는 한이 마음이 알푸도다."

한님이 화열(和悅)혼 식(色)으로 딕왈,

"인가의 즈숀을 댱칙호여 フ르치미 예시오니, 엇지 회한(悔恨)호시리잇가? 인즉 허물이 잇서 엄젼(嚴前)의 쵝교(責敎)를 밧즈오미 당연호니, 슈치(羞恥)홀 일이 아니오딕, 형장이 심히 슘기고즈 호시니 쇼질이 괴이히 넉이옵누니, 쇼질은 쌍친(雙親)을 일즉이 여희와[4227] 교회(敎誨)호시믈 엇줍지【24】 못호오니, 동신(終身)의 지통(至痛)이라. 형장이 슉부긔 엄쵝을 밧즈오믈 불위혼들 밋츠리잇가?"

인언의 쌍뉘(雙淚) 쳠금(沾襟)호니, 상·왕 냥부인이 직좌(在坐)러니, 위호여 슈루(垂淚)[4228]호더라.

4227)여희다 : 여의다. 부모나 사랑하는 사람이 죽어서 이별하다.
4228)슈루(垂淚) : 눈물을 흘림.

아이오, 쇼제 식상(食床)을 헌(獻)ᄒ고, 부인이 난하(欄下)의 디령ᄒ니, 션셩이 식부를 명ᄒ여 들나 ᄒ고, 상을 ᄂ오혀 하져(下箸)홀 시, 안식이 츄연(惆然)ᄒ여 ᄯ로 슈루(垂淚)ᄒ니, 뉘웃ᄂ 말ᄉ미 연(連)ᄒ여 긋치지 아니ᄒᄂ지라.

쇼부인이 황감불【25】승(惶感不勝)ᄒ여 협비긔경(俠拜起敬)4229)ᄒ고 셩은(聖恩)을 빈ᄉ(拜謝)ᄒ더라.

상을 물니미 쇼제 셔당의 ᄂ와 티야(太爺)의 진반을 평안이 ᄒ시믈 고ᄒ고, 미음을 ᄌ로 권ᄒ며 응딕(應待) 구호(救護)ᄒ여 쳘야(徹夜)ᄒ니, 부인이 금창약(金瘡藥)을 가져 녀ᄋ의 손과 팔히 붓쳐 쥬고, ᄋᄌ의게 붓치라 ᄒ더라.

한님이 명일의 됴참(朝參)ᄒ고 위부의 가 승상긔 뵈고, 덩부인긔 약을 의논코ᄌ ᄒ더니, 쳔만 의외의 웅챵의 김민을 치고 오무로 듕장(重杖)【26】을 바드믈 보아 경참(驚慘)ᄒ나, 승상의 졍딕(正大)ᄒ 경계와 지극ᄒ ᄌ의(慈愛)를 보아 감동(感動) ᄎ탄(嗟歎)ᄒ고, 형댱(兄丈)을 위ᄒ여 눈물을 먹음어 양부 경상을 일일이 고ᄒ고, 현챵으로 ᄒ여금 남은 약을 구ᄒ여 어더 도라오니, 몬져 션셩긔 뵈고 물녀와 셔당 난함(欄檻)의 안ᄌ ᄀ마니 질녀를 쥬어, '별(別)노 신긔ᄒ 약이니 ᄀ라 붓치되, 구ᄐ여 ᄂ의 어더와시믈 알뇌지4230) 말나.' ᄒ니, 쇼제 딕희(大喜) 감열(感悅)ᄒ여 밧ᄌ와, 야야긔 약【27】을 ᄀ라 붓치믈 쳥ᄒ니, 션셩이 냥녀와 한님을 거느려 ᄌ로 오ᄂ지라.

창 밧긔 안ᄌ시니, 상셰 슈일이 되디 눈을 ᄯ지 못ᄒ고 민망ᄒ여, ᄌ녀로 ᄒ여금 '방셔(方書)를 살펴 약을 어드라' ᄒ고 닐오디,

"병이 지리ᄒ미 괴로오디 의원을 쳥ᄒᄆ 닉 ᄯᆺ이 아니오. 언제 ᄂᄋ4231) 엄젼(嚴前)의 뫼시리오, 딕인이 슈일을 됴리(調理)ᄒ라 ᄒ여 계시거늘, 운신(運身)홀 길히 업ᄉ니 어ᄂ날 거동(擧動)홀 쥴을 모로ᄂ지라. 딕인이 괴이【28】히 넉이ᄉ 친님(親臨)ᄒ신죽, 눈을 ᄯ지 못ᄒ믈 아르실지라. 셩녀(聖慮)를 끼치오미 반듯ᄒ리니 더옥 민박(憫迫)지 아니랴? 거일(去日)의ᄂ 엇지 능히 니러나 야야긔 《뵈올고∥뵈온고?》 그 후ᄂ 닉 몸이 아닌 듯ᄒ여 임의치 못ᄒ니, 만일 알푸기 ᄲᆫ인죽 엇지 이리코 누어시리오."

쇼제 딕왈,

"거일의 ᄌ레 운동ᄒ시ᄉ 쳠가ᄒ시무로 증셰 침듕(沈重)ᄒ시미니, ᄎ후ᄂ ᄂᄋ신

4229)협비긔경(俠拜起敬) : 여자가 남자어른에게 절할 때, 먼저 절을 하고 일어나 공경하는 자세로 잠시 멈춘 뒤, 다시 절을 하고 물러나는 예절절차'를 이른 말. *협비(俠拜) : 여자가 남자에게 하는 절. 여자가 남자와 맞절을 하지 않고, 여자가 먼저 절한 뒤에 남자의 절을 받고 다시 절을 하는 예절이다.
4230)알뇌다 : 알리다. 아뢰다.
4231)ᄂ다 : 낫다. 병이나 상처 따위가 고쳐져 본래대로 되다.

후 됴셥(調攝)을 힘쓰스 쾌히 추복(差復)ᄒ신 후 긔거(起居)ᄒ쇼【29】셔.”

공이 답왈,

“만일 져기 거동(擧動)ᄒᆫ 즉 막딕 집고 단니리니 언제 추복을 기다리고 잇셔야야긔 뵈옵지 못ᄒ고 견딕리오. 딕인이 치죄(治罪)ᄒ신 후, ᄌ의 평일 곳ᄒ스 불쵸의 무궁ᄒᆫ 죄를 다 ᄉ(赦)ᄒ시니, ᄉ심(私心)4232)의 힝열(幸悅)ᄒ미 병의 괴로오믈 니긔되, 운신치 못ᄒ고 눈을 뜨지 못ᄒ니 심히 답답ᄒᆫ지라. 여등(汝等)이 의셔(醫書)를 상고(詳考)ᄒ여 약을 어드되, 만일 씨덧지 못ᄒ거든 날 다려【30】무러 밧비 시험(試驗)ᄒ라.”

ᄒ고, 계오 몸을 두루혀 도라 누으며,

“약을 ᄀ라 붓치라.”

ᄒ거늘, 션싱이 문을 쇼릭 업시 열고 드러와 장쳐를 볼식, 한님이 쏠와 드러오니, 냥 부인은 오직 문 밧긔셔 쳥뉘(靑樓) 환난(汍瀾)ᄒᆯ ᄯ름이러라.

공주와 쇼제 됴심(操心)ᄒ여 붓친 약을 써히고 보믹, 써러진 살이 피로 더브러 합ᄒ여 흐르기는 긋쳐시되, 검고 푸르미 셕어날4233)밧4234), 네 곳흘 길히 업는지라. 상셰 ᄌ녀 드려【31】무르딕,

“엇더ᄒ관딕 ᄌ통(刺痛)4235)ᄒ미 심ᄒ뇨? 내 일즉 장칙(杖責) 닙ᄉ오미 처음이라. 증셰를 알 길히 업도다. 야야(爺爺) 죄 쥬실 쥴 아라시면 엇지 스스로 미 마ᄌ 이리 대단케 ᄒ여시리오. 내 일을 셤이 비화 져러틋 긔거(起居)를 못ᄒ니 뉘웃부미4236) 심ᄒ도다.”

쇼제 일변 한님의 쥰 바 신약(神藥)을 붓치며 ᄂᆞ죽이 간(諫)ᄒ여 왈,

“태애 비록 일시 엄뇌(嚴怒) 진쳡(震疊)ᄒ시나, 텬싱ᄌ익(天生慈愛) 간절ᄒ시니 칙교(責敎)ᄒ신 후 히로(解怒)ᄒ실 빅옵거놀, 대인이 과도히 쵸황(焦惶)ᄒ【32】스 스스로 셩체를 상히오시믄 만만불가(萬萬不可)ᄒ시니, 이후 다시 시험(試驗)치 아니신즉 불쵸(不肖) 등의 영힝(榮幸)ᄒ오믄 니르지 말고, 대인이 쏘ᄒ 유톄(遺體)4237)를 앗기스 싱휵지은(生慉之恩)4238)을 밧드르시미 딕효(大孝)니이다. 거거(哥哥)의 일은 괴이치 아니ᄒ니, 대인이 스스로 둔톄(尊體)를 앗기지 아니ᄒ오스

4232) ᄉ심(私心) : 남에게 자기의 마음을 낮추어 이르는 말.
4233) 셕어나다 : 썩어 나다. *썩다: 유기물이 부패 세균에 의하여 분해됨으로써 원래의 성질을 잃어 나쁜 냄새가 나고 형체가 뭉개지는 상태가 되다.
4234) 밧 : 밖에. ‘그것 말고는’, ‘그것 이외에는’, ‘기꺼이 받아들이는’, ‘피할 수 없는’의 뜻을 나타내는 보조사. 주로 뒤에 부정을 나타내는 말이 따른다.
4235) ᄌ통(刺痛) : 찌르는 것 같은 아픔.
4236) 뉘웃부다 : 뉘우치다. 스스로 제 잘못을 깨닫고 마음속으로 가책을 느끼다
4237) 유톄(遺體) : 부모가 남겨 준 몸이라는 뜻으로, 자기의 몸을 이르는 말.
4238) 싱휵지은(生慉之恩) : 생육지은(生育之恩). 낳아 길러주신 은혜.

퇴야 셩노(聖怒)를 푸르시믈 바라시니 통박(痛迫)ᄒᆞ오미라. 언마ᄒᆞ여 느으리잇고?”

공이 탄왈,

“네 아비 불효무상(不孝無狀)ᄒᆞ여 텬지신기(天地神祇)[4239]의 득죄ᄒᆞ민【33】 대인이 심노(心怒)ᄒᆞᄉᆞ 둉일폐식(終日廢食)ᄒᆞ시니 셩톄의 슌상ᄒᆞ시믈 넘(念)컨ᄃᆡ, 스스로 죽엄즉ᄒᆞᄃᆡ, 인ᄌᆞ(人子)의 도리 아니니, 다만 즉시 닉 몸을 벌ᄒᆞ여 희로(解怒)ᄒᆞ실가 ᄇᆞ라미라. 엇지 즐겨ᄒᆞ미리오. 대인이 임의 댱칙(杖責)ᄒᆞᄉᆞ 됴심(操心)케ᄒᆞ시니, 타일의 ᄯᅩ 득죄ᄒᆞ나 엄히 죄 쥬시고 셩녀(聖慮)를 평안이 ᄒᆞ시고 안젼(眼前)의 용납ᄒᆞ실가 ᄇᆞ라민, 그윽이 영ᄒᆡᆼ(榮幸)ᄒᆞᄂᆞ니 ᄎᆞ후 무ᄉᆞ[4240] 일 다시 닉 몸을 스스로 치리오.”

쇼졔 오열(嗚咽)ᄒᆞ여【34】 ᄃᆡ(對)치 못ᄒᆞ고 싸민기를 다ᄒᆞ민, 공이 몸을 두루혀 누으며 ‘숀을 달나’ ᄒᆞ여 잡고 우어 왈,

“오이, 아븨 말을 연ᄒᆞ여 ᄃᆡᄒᆞ다가 말단의 엇지 ᄃᆡ치 아니ᄒᆞᄂᆞ뇨? 금번의 즁히 상ᄒᆞᆷ믄 느의 ᄌᆞ칙(自責)ᄒᆞᆫ 연괴니, 만일 엄좌(嚴坐)[4241]의 밧ᄌᆞ온 오십장 ᄲᅮᆫ인죽, 엇지 이리코 누어시리오. 여등(汝等)이 나의 살이 상(傷)ᄒᆞᆷ으로 셜워ᄒᆞ고, 마음의 즐겨ᄒᆞᆷ을 모로ᄂᆞᆫ도다. 빅유(伯兪)[4242] 득죄(得罪)ᄒᆞ민 기뫼(其母) ᄌᆞ로 치더니, 노릭(老來)의 힘이 감(減)ᄒᆞ여 알푸지 아니ᄒᆞ민【35】 유(兪) 우럿ᄂᆞ니, 인ᄌᆞ의 도리 부뫼 장칙(杖責) 쥬시믈 달게 밧ᄌᆞ와 ᄯᅳᆺ의 한(恨)치 아니코, ᄂᆞᆺ빗처 뵈지 아니ᄒᆞ여, 깁히 그 죄를 밧ᄌᆞ와 어엿비 넉이시게 ᄒᆞ리니, 너 비록 불쵸(不肖)ᄒᆞ나 듕댱(重杖)을 감슈(甘受)ᄒᆞ여 불감질원(不敢疾怨)[4243]ᄒᆞᄂᆞ니, 여등이 엇지 아븨 ᄯᅳᆺ을 아지 못ᄒᆞ여 통도(痛悼)ᄒᆞ나뇨? 닉 너희 등을 다스리민 감슈기죄(甘受其罪)ᄒᆞ거늘, 여등의 ᄌᆞ식이 잇셔 지통(至痛)을 삼은죽, 됴화ᄒᆞᆯ[4244]ᄂᆡ 업ᄂᆞ니, 일노써 싱각ᄒᆞ여 느의 상쳐(傷處)를 보【36】민 오읍(嗚泣)ᄒᆞᆷ믈 굿치고, 타일의 ᄯᅩ 엄젼

4239)텬디신기(天地神祇) : 하늘과 땅의 귀신. 곧 천신(天神: 하늘을 다스리는 신령)과 지기(地祇: 땅을 다스리는 신령)를 함께 이른 말.

4240)무ᄉᆞ : 무슨. *무슨: 무엇인지 모르는 일이나 대상, 물건 따위를 물을 때 쓰는 말

4241)엄좌(嚴坐) : 엄친(嚴親)이 앉아 있는 자리.

4242)빅유(伯兪) : 중국 한(漢)나라 때의 효자. 백유가 일찍이 과실이 있어 어머니가 매를 때리자 엉엉 울므로, 그 어머니가 이르기를 “다른 때는 너에게 매를 때려도 네가 울지 않더니 지금 우는 것은 무슨 까닭이냐?” 라고 하자, 백유가 대답하기를 “유가 죄를 지어 매를 맞을 때면 매가 항상 아팠는데, 지금은 어머니의 힘이 쇠하여 아프게 때리지 못하시는지라, 그래서 웁니다(兪得罪 笞常痛 今母之力 不能使痛 是以泣)”라고 하였다 한다. 『소학 계고(小學 稽古)』에 나온다.

4243)불감질원(不敢疾怨) ; 감히 미워하거나 원망하지 않음.

4244)됴화ᄒᆞ다 : 좋아하다. 어떤 일이나 사물 따위에 대하여 좋은 느낌을 가지다.

(嚴前)의 슈장(受杖)호오미 이셔도, 싱심(生心)[4245]도 어즈러이 호읍(號泣)호고 규고익걸(叫苦哀乞)[4246]치 말나. 금번은 처음인 고로 유ᄋ 등의 ᄉ체(事體) 모로믈 칙(責)지 아니커니와, 후일의 쏘 쇄두뉴쳬(碎頭流涕)호고 익걸호통(哀乞號慟)흔즉, 이는 아븨 ᄯᆞᆺ을 밧지 아니호미라. 결(決)호여 부ᄌ의 졍을 긋쳐 보지 아니호리라.”

말ᄉᆞᆷ이 졈졈 엄졍호니, 공ᄌ와 쇼졔 황공호여 돈슈ᄉ죄(頓首謝罪) 호는지라.

션싱이 ᄋ지 알가 넘녀호 【37】여 쇼리를 아니코 안ᄌ, ᄋᄌ(兒子)의 ᄌ녀 교훈흠과 아비 위흔 지극흔 졍을 보아 감동(感動) 익련(哀憐)호여 눈물을 ᄂᆞ리오고, 한님을 닛그러 도라와 동야(終夜)토록 ᄎ탄(嗟歎) 감익(感愛)호나[4247], 춤쇼(讒訴)의 속으믄 ᄭᆡᄃᆞᆺ지 못호야,

“져 ᄀᆞᆺ흔 셩효(誠孝)로써 부도픽만(不道悖慢)[4248]흔 언ᄉ(言事)로 아비를 원망호리오.”

ᄎ탄(且歎)호믈 마지 아니니, 한님이 그윽이 기탄(慨歎)호여 형장(兄長)의 쇼됴(所遭)[4249]를 슬허호더라.

한님이 션싱을 뫼셔 ᄌ며, 츌입(出入) 긔거(起居)의 【38】 붓드러 뫼시미 지극호여 상셔로 다르미 업스니, 션싱이 익즁(愛重)호여 감오(感悟)호믈 마지 아니호더라.

반야(半夜)의 다시 셔당의 가 ᄃᆞ르니, 공이 미음을 마시고 니로ᄃᆡ,

“이번 약은 붓치미 통셰(痛勢) 쾌히 덜니니, 슈일만 지ᄂᆞ면 니러날 듯 호도다.”

ᄌ녜 경희(慶喜)호고, 한님이 ᄀᆞ마니 깃거 명일 궐하로셔 바로 위부로 가, 웅창을 문병호고, 태의와 말ᄉᆞᆷ호여 양공의 눈 ᄡᅳ지 못호는 증셰를 다시 의논 【39】 흔ᄃᆡ, 태의 왈,

“상셔 합하의 졍긔 타인의 지ᄂᆞ시나[니], 일망(一望)이 지ᄂᆞ지 아냐 스스로 보시리이다.”

한님이 삼부인긔 뵈와 동형의 병셰를 의논흔 디, 뎡부인이 약을 다시 쥬고, 양ᄋ 등의 졍경을 익셕호여 쳥누를 먹음어 그 손과 팔히 붓칠 약을 쥬며, 양공의 안환(眼患) 약(藥) 십여 쳡을 지어 쥬니, 한님이 크게 깃거 가져와, 쇼져를 넌지시[4250] 쥬고 니르기를 밀밀(密密)이[4251] 호니, 션싱긔 알외지 못 【40】 홀 비오,

---

4245)싱심(生心) : 어떤 일을 하려고 마음을 먹음. 또는 그 마음. 늑생의.
4246)규고익걸(叫苦哀乞) : 괴롭게 부르짖고 애처롭게 빎.
4247)감익(感愛) : 감동하여 사랑함.
4248)부도픽만(不道悖慢) : 사람됨이 도리를 지키지 않고 거칠며 거만함.
4249)쇼됴(所遭) : ‘만난 바의 일.’ 또는 ‘만난 상황.’
4250)넌지시 : 드러나지 않게 가만히.

상셔긔 고치 못홀지라. 공즈 등의 스스로 궁구(窮究)ᄒᆞ여 지은 드시 ᄒᆞ더라.

쇼졔 약을 달혀 야야긔 헌(獻)ᄒᆞ여 일일(日日) 지복(再服)ᄒᆞ고 신약을 연ᄒᆞ여 ᄀᆞ라 붓치니, 뎡부인의 작졔(作劑)ᄒᆞᆫ4252) 바ᄂᆞᆫ 이인(異人)의 비셔(祕書)로 긔이ᄒᆞ미 예스(例事) 약이 아니라.

이런 고로 신회(神效) 잇ᄂᆞᆫ지라. 스오일의 졈졈 눈을 쓰고, 장쳐(杖處) 졈졈 ᄂᆞ으 셕은4253) 살을 닉4254) 슬오고, 시슬4255)흘 윤(潤)4256)케 ᄒᆞᄂᆞᆫ지라.

상셰 눈을 쓰니 ᄀᆞ장 싀훤이 넉이고, 션싱이 ᄯᅩ【41】ᄒᆞᆫ 깃거 친히 ᄀᆞ마니 단니믈 긋치고, 시동(侍童)으로 문병ᄒᆞ니, 공이 황공ᄒᆞ여 십분 됴리ᄒᆞ여 일망 후 막ᄃᆡ 집고 셔헌의 가 문의 밋쳐ᄂᆞᆫ 쥭장을 ᄇᆞ리고, 쓸히 츄(趨)ᄒᆞ여4257) 계(階) ᄋᆞ리셔 졀ᄒᆞ고, 오ᄅᆡ 성졍(省定)을 폐ᄒᆞ믈 쳥죄ᄒᆞ니, 션싱이 대경ᄒᆞ여 너모 밧비 니러ᄂᆞ믈 칙(責)ᄒᆞ고 '방즁의 들나' ᄒᆞ니, 빅ᄉᆞ(拜謝)ᄒᆞ고 상하(床下)의 뫼셔, 완순(婉順)ᄒᆞᆫ ᄂᆞᆺ빗과 유열(愉悅)ᄒᆞᆫ 말ᄉᆞᆷ으로 우러러 반가옴과 즐거오믈 니긔지 못ᄒᆞ【42】니, 션싱이 보건ᄃᆡ, ᄋᆞ지 오히려 안싴이 쵸췌(憔悴)ᄒᆞ고 긔운이 졔미(齊美)ᄒᆞ니, ᄌᆞ연이 슬푸미 동(動)ᄒᆞ여 어루만즈 눈믈을 ᄂᆞ리와 ᄀᆞᆯ오ᄃᆡ,

"네 병에 ᄉᆞ싱(死生)을 미분(未分)홀 ᄯᅢ, 노뷔 뉘웃고 셜워 노뷔 늙은 목슘을 널노 더브러 ᄀᆞᆺ치 ᄒᆞ려 ᄒᆞ더니, 셤ᄋᆞ와 쥬이 단지(斷指)4258)ᄒᆞ고 할비(割臂)4259)ᄒᆞ여 싱혈(生血)노 구호ᄒᆞ고, 문흥과 상·왕 냥셔(兩壻)를 불너 뵈니 태의를 쳥ᄒᆞ여 계오 회싱ᄒᆞᆫ지라. 다만 눈을 쓰지 못ᄒᆞ니 노뷔 안즈시ᄃᆡ【43】모로ᄂᆞᆫ지라. 인ᄒᆞ여 폐명(廢明)홀 진ᄃᆡ 스라시미 쥭으미 므슴 ᄂᆞ으미 잇스리오. 잔잉ᄒᆞ고 익ᄃᆞᆯ오미 병을 닐위더니, 냥 손이 능히 약지어 쾌히 완인(完人)이 되니, 노뷔 비로쇼 여년을 평안이 ᄒᆞ리로다."

공이 부복(俯伏) 쳥교(聽教)의 감읍뉴쳬(感泣流涕)ᄒᆞ여 불효를 ᄉᆞ죄(謝罪)ᄒᆞ여

4251)밀밀(密密)이 : 그윽하게, 깊숙하고 고요하게.

4252)작졔(作劑)ᄒᆞ다 : 약을 짓다. *제(劑): ①한약의 분량을 나타내는 단위. 한 제는 탕약(湯藥) 스무 첩. 또는 그만한 분량으로 지은 환약(丸藥) 따위를 이른다. ②여러 가지 약재를 섞어 조제한 약.

4253)셕다 : 썩다. 사람 몸의 일부분이 균의 침입으로 기능을 잃고 회복하기 어려운 상태가 되다.

4254)닉다 : 내다. 안에서 밖으로 밀어내다.

4255)시슬 : 부스럼이나 상처가 난 자리에 새로 돋아난 살.늦생살.

4256)윤(潤)ᄒᆞ다 : 윤익(潤益)하다. 붇다. *붇다 : 살을 불게[찌게] 하다.

4257)츄(趨)ᄒᆞ다 : 성큼성큼 빨리 걸어가다.

4258)단지(斷指) : 예전에, 부모의 병이 위중할 때에, 그 병을 낫게 하기 위하여 피를 내어 먹이려고 자기 손가락을 자르거나 깨물던 일.

4259)할비(割臂) : 예전에, 부모의 병이 위중할 때에, 그 병을 낫게 하기 위하여 피를 내어 먹이려고 자기 팔에 상처를 내던 일.

야야의 쵸우(焦憂)ᄒ시믈 슬허ᄒ더라.

인ᄒ여 뫼셔 늣도록 말ᄉᆞᆷᄒᆞᆯ시 션싱이 ᄋᆞᄌᆞ의 상쳐를 닉라 ᄒ여 보니, 공이 민망ᄒ나 마지 못ᄒ여 【44】 뵈온딕, 션싱이 오히려 완합(完合)이 머러시믈 넘녀ᄒ여 슈루(垂淚) 참연(慘然)ᄒ고, 다시 오지 말나 ᄒ여, 밧비 가 누어 됴리ᄒ게 ᄒ니, 상세 명을 어긔릇지 못ᄒ여 빅사(拜謝)하고 믈너오니, ᄋᆞ직(兒子) 눗빗치 츤 지(災) ᄀᆞᆺᄒ여 벼기의 ᄇᆞ리여 혼식(昏塞)4260)ᄒ엿시니, 크게 놀나 약물을 쳐 구호ᄒ니, 양공ᄌᆞ의 위틱(危殆)ᄒ미, 엇지 돌연(猝然)이 발작ᄒ며 셩명이 엇지 된고? 분석ᄒ라."

ᄌᆞ셜(再說) 양공지 위인이 효우ᄒ미 눈이[의](倫義)의 쮜 【45】 여ᄂᆞ니, 부모의 셩효를 품슈(稟受)ᄒ고 부모의 ᄉᆞ친을 효측(效則)ᄒ니 동동쵹쵹(洞洞屬屬)ᄒ여 만신(滿身) 질양(疾恙)이 ᄉᆞ독(肆毒)4261)ᄒ연지 오릭지라. 이날 대인이 훤졍(萱庭)4262)의 문안ᄒ니, 자긔도 능히 쏠와 뫼시지 못ᄒ여 홀노 누어시믈 싱각ᄒ니, 식로이 가슴이 막히고 오닉 ᄉᆞᆽ쳐지니, 목금(目今) 태야(太爺)의 회우(悔尤)4263)ᄒ시는 셩은이 비록 감격ᄒ나, 둉시(終始) 참언(讒言)을 씨둣지 못ᄒ시니, 후일이 근심 된지라.

앙텬(仰天) 익호(哀呼) 왈,

"텬호(天乎) 텬호(天乎)여! 우 【46】 리 야야(爺爺)의 셩효와 덕힝으로 엇지 이 ᄀᆞᆺ흔 쇼죄(所遭) 잇스뇨? 거일(去日)의 엄교를 밧ᄌᆞ와 그르믈 알오딕, 이 통박(痛迫)흔 마음을 능히 업시치 못ᄒ니, 불쵸ᄋᆞ의 무상(無狀)ᄒ미 만ᄉᆞ무셕(萬死無惜)이로다."

인ᄒ여, 눈물이 슴슴(滲滲)ᄒ니4264) 장독(杖毒)이 크게 발ᄒ여 긔졀ᄒ연지 오릭더라. 공이 이에 와 ᄋᆞᄌᆞ의 혼식(昏塞)ᄒ여시믈 보고 대경(大驚)ᄒ여, 일변(一邊) 회싱단(回生丹)을 푸러 드리오고4265), 일변(一邊) 장쳐(杖處)를 보니 푸르고 검어 셩농(成膿)ᄒ 【47】 여 딕단흔지라.

ᄌᆞ긔로써는 햐슈(下手)4266)ᄒᆞᆯ 길히 업셔 심닉 황망흔지라. 쇼찰(小札)노 한님

4260)혼식(昏塞) : 정신이 아찔하여 까무러침. =혼절(昏絶).

4261)ᄉᆞ독(肆毒) : 독기를 극심히 부림.

4262)훤졍(萱庭) : 훤(萱)은 훤초(萱草) 곧 '원추리'로 어머니를 상징하는 화초(花草)이다. 따라서 훤당(萱堂)이나 훤졍(萱庭)은 어머니를 이르는 말로 쓰여 왔는데, 어머니의 처소에는 아버지도 함께 계시므로 '부모님의 처소' 또는 '부모님'을 이르는 말로 쓰이기도 한다. 여기서는 아버지를 이르는 말로 쓰였다.

4263)회우(悔尤) : 허물을 뉘우침. *우(尤): 허물. 재앙

4264)슴슴(滲滲)ᄒ다 : 눈물 따위가 고요히 흘러내리다.

4265)드리오다 : 들이다. '들다'의 사동사. 빛, 볕, 물 따위를 안으로 들어가게 하다.

4266)햐슈(下手) : 하수(下手). 어떤 일에 손을 댐. 또는 어떤 일을 시작함.=착수.

을 부르니, 아즈(俄者)의 대인 말슴을 듯즈와 임의 문흥이 아랏고, 의지 보으시믈 아니, 더 감츌 거시 업손지라. 으즈(兒子)의 위급ᄒ믈 슘겨 엇지 ᄒ리오.

어시의 한님이 상셔의 느은 후는 쩍로 션싱긔 뵈고 도라가나, 형댱긔 뵈지 아니ᄒ다가 즈부인 긔스(忌事)로 스오일을 오지 못ᄒ엿더니, 형장의 셔찰을 보미,

"무슴 연【48】고로 밧비 오라 ᄒ시더뇨?"

츙복이 눈믈을 흘녀 공즈의 장독(杖毒)이 셩(盛)ᄒ여 긔졀(氣絶)ᄒ여시믈 고ᄒ니, 한님이 대경ᄒ여 급히 진왕을 가 보고 《금곽∥금박(金箔)4267)》과 명쥬(明紬)를 어더 스미4268)의 너코 길히셔 틱의를 맛느니, 셔로 하마(下馬)ᄒ여 한훤(寒暄)을 파ᄒ고 질으의 장독(杖毒)이 즁ᄒ믈 니른딕, 태의 왈,

"여러날 독(毒)이 모혀시니 금박탕(金箔湯)4269)으로 당치 못ᄒ리니 맛당이 셕은 술을 버혀 닐지라. 부르고즈 ᄒ신죽 문하의 가 기드리이다."

한님이 깃거 스례ᄒ고 춍춍(恩恩)이 가니, 공이 미우(眉宇)를 씽긔고 으즈의 손을 쥐무르며 약을 먹이더라.

한님 왈,

"틱의를 길히셔 맛나 여츠여츠 ᄒ여시니 부르스이다."

졍언간(停言間)의 션싱이 죵즈(從者)의 말노 됴츠 알고, 놀나 친림(親臨)ᄒ엿는지라. 공이 놀나 니러 맛고 한님이 의즈(醫者) 청ᄒ믈 고흔딕, 션싱이 '밧비 쳥ᄒ라' ᄒ고 손으로 보니, 그 스이 쵸췌(憔悴)ᄒ미 더으고, 두발(頭髮)이 쑥 ᄀᆺᄒ여 보기의 더 놀납거늘, 옥안(玉顔)이 쥬【49】리혀4270) 막혀시니, 냥안(兩眼)을 곰앗고, 귀 밋히 눈믈이 흘너 져져시며, 머리 씌여진 거시 완합지 아냐시니, 잔잉 춤도(慘悼)ᄒ여 눈믈을 머금고 어루만져 아모리 홀 쥴 몰나 ᄒ더니, 틱의 드러오니 모다 니러 마즈 공즈를 보게 하니, 믹후(脈候)를 보고 침을 가져 스말(四末)4271)을 쥬어 긔운을 통케 ᄒ고, 연(連)ᄒ여 회싱단(回生丹)을 푸러 드리오니, 냥구(良久)의 비로쇼 졍신을 출히난지라.

왕부(王父)의 친님ᄒ시믈 황공ᄒ여 벼기의【50】느려 업딕여 명셩(明星)4272) ᄀᆺᄒᆫ 눈을 느죽이 ᄒ여시니, 비록 회쇼(回蘇)ᄒ여시나, 도쥬(桃朱)4273) ᄀᆺᄒᆫ 큰

4267)금박(金箔) : 『한의』 광물성 약재의 하나. 금을 얇게 가공한 것으로 사독(邪毒)과 열을 제거하는 약재(藥材)로 쓴다.

4268)스미 : 소매. 윗옷의 좌우에 있는 두 팔을 꿰는 부분.느옷소매,

4269)금박탕(金箔湯) : 금박(金箔)을 넣어 끓인 탕약(湯藥)

4270)쥬리혀다 : 줄어들다. 부피나 분량 따위가 본디보다 작아지거나 적어지다.

4271)스말(四末) : 『한의』 '사지말단(四肢末端)' 곧 '두 팔과 두 발의 끝'을 줄여 이르는 말.

4272)명셩(明星) : 샛별. '금성'을 일상적으로 이르는 말. 느명성, 서성, 신성, 효성.

4273)도쥬(桃朱) : 붉은 복숭아꽃

입이 혈식(血色)이 업고 호흡(呼吸)이 쳔촉(喘促)ᄒ니4274) 의시 비로쇼 상쳐를 볼ᄉ〕 글오디,

"셕은 살을 다 버혀닉고 금박탕(金箔湯)으로 씻긴 후 약을 붓치리니, 공지 긔운이 심히 약ᄒ시니 삼다와 보미를 몬져 쓰리로쇼이다."

한님이 닉당으로 통ᄒ여 구호ᄒᆯ 졔구(諸具)를 갓쵸○[고] ○○[삼다(蔘茶)]와 ○○○[보미를] 먹인 후, 노ᄌ(奴子)를 드려 공ᄌ를 단단이 안ᄋ 누으라 ᄒ고, 비야흐로 셕은 【51】 살을 다 버히고 씻기며 붓칠ᄉ〕, 상셰 대인긔 고ᄒ여,

"보지 마르시고 셔헌(書軒)으로 드르쇼셔."

ᄒ나, 션싱이 듯지 아니코 다 보아 가슴이 믜여지ᄂ 듯, 누쉬(淚水) 슈염의 연(連)ᄒ여, 잔잉4275) 쵸됴(焦燥)ᄒ더니, 약을 다 ○[ᄡ]민 후 공ᄌ를 붓드러 ᄂ리와 누이니, 임의 혼졀ᄒ엿ᄂ지라.

다시 약을 먹여 씌오고 틱의 머무러 잇셔, 연ᄒ여 구호ᄒ고 도라가지 아니니, 공이 밋고 깃거ᄒ나 틱인의 한쳐(寒處)4276)를 졀박(切迫)ᄒ여, 지슴 간(諫)ᄒ여 틱인을 뫼셔 셔 【52】 헌(書軒)으로 갈ᄉ〕, 션싱이 ᄋ즈의 ᄌ로 운동ᄒ믈 넘녀ᄒ여 '오지 말나' ᄒ고, 흔님이 뫼셔 갈ᄉ〕, 틱의를 ᄉ례ᄒ여 'ᄉᆞᆫᄋ를 구호ᄒ고 돈ᄋ를 살펴 더 ᄂ게 ᄒ여 달나.' ᄒ니, 틱의 공슈(拱手)4277)ᄒ여 응딕ᄒ더라.

공이 ᄋ즈를 칙ᄒ여 병을 슙겨 니르지 아니믈 엄히 ᄭ짓고, 지극히 구완ᄒ며4278) 틱의와 한님이 됴참 후 이의 머무러 지셩(至誠) 완호(完護)ᄒ니, 상틱의 일즉4279) 젼일도 양공으로 연인(連隣)ᄒ여4280) 안면(顔面)이 닉고, 【53】 듕신 지렬(宰列)노 공경ᄒ여 공의 위인을 탄복ᄒ다가, 금번 그 부ᄌ의 딕효를 복복감탄(復復感歎)4281)ᄒ여 슈고를 닛고 극진히 구호ᄒ니, 슈십여 일의 져기 회두(回頭)ᄒ고 공은 쾌츠니, 션싱이 크게 깃거 시로온 ᄌ이(慈愛) 지극흔지라.

가네 김민으로 언약ᄒ여 양공을 즁장(重杖)을 닙히고 황황(遑遑)ᄒᆯ 씩, 쇼져를 아ᄉ가게 맛쵸왓더니, 김민이 무뢰협긱(無賴俠客)을 ᄎᄌ라 가다가, 상부윤의 누

4274) 쳔촉(喘促)ᄒ다 : 숨을 몹시 가쁘게 쉬며 헐떡거리다.
4275) 잔잉 : 자닝. '자닝하다'의 어근. 애처롭고 불쌍하여 차마 보기 어렵다.
4276) 한처(寒處) : 한데에 머무름. *한데: 사방, 상하를 덮거나 가리지 아니한 곳. 곧 집채의 바깥을 이른다. ≒노천, 바깥, 밖.
4277) 공수(拱手): 절을 하거나 웃어른을 모실 때, 두 손을 앞으로 모아 포개어 잡음. 또는 그런 자세. 남자는 왼손을 오른손 위에 놓고, 여자는 오른손을 왼손 위에 놓는다. 흉사 (凶事)가 있을 때에는 반대로 한다.
4278) 구완ᄒ다 : 아픈 사람이나 해산한 사람을 간호하다.
4279) 일즉 : 일찍. 일찍이.
4280) 연인(連隣)ᄒ다 : 집을 이어 이웃으로 살다.
4281) 복복감탄(復復感歎) : 거듭거듭 마음속 깊이 느끼어 탄복함.

의 쫄이 미뫼(美貌) 가려(佳麗)ᄒᆞᆷ믈 보고, 【54】 흥결의 거우다가4282) 위공ᄌᆞ 웅창의게 쥼히 마ᄌᆞ 운신(運身)치 못ᄒᆞ니, 크게 한(恨)ᄒᆞ여 기모 강녜 교ᄌᆞ(轎子) 투고 승샹긔 하라4283) 분을 풀고져 ᄒᆞ다가, 샹공을 맛나 텬ᄌᆞ 엄지(嚴旨)를 밧ᄌᆞ와, 듕형을 닙고 원지(遠地)의 젹거(謫居)ᄒᆞ여 ᄃᆡ식(大事) 그릇되니, 가녜 이 쇼식을 듯고 돌돌(咄咄)4284)이 한(恨)ᄒᆞ여 글오ᄃᆡ

"무쟝4285) 치ᄌᆞ(稚子)4286) 《쵸화∥호화(豪華)》의 빗츨 탐(貪)ᄒᆞ여 경국(傾國)의 ᄉᆡᆨ(色)을 츄(取)ᄒᆞᆯ 복이 업도다."

ᄒᆞ고, 분한(憤恨)ᄒᆞ기를 마지 아니ᄒᆞ더, 쇼져 남미의 하ᄂᆞᆯ을 ᄉᆞ못출 셩효(誠孝) 【55】를 보아 놀ᄂᆞ고 두려ᄒᆞ며, 션싱이 ᄇᆞ야흐로 ᄋᆡ셕(哀惜) 참도(慘悼)ᄒᆞ여 뉘웃고 슬허ᄒᆞ니, 감히 다시 춤쇼(讒訴)를 발치 못ᄒᆞ고, 울울히 시름ᄒᆞ여 져의 비ᄌᆞ 금미를 송쳔의게 보ᄂᆡ여 요약을 ᄯᅩ ᄉᆞ오라 ᄒᆞ엿더니, 오ᄅᆡᆫ 후 약을 ᄉᆞ오고 ᄒᆞᆫ ᄋᆞ히를 닛그러 와 닐오ᄃᆡ,

"ᄎᆞ익(此兒) 원방(遠方)으로셔 부모를 실산(失散)ᄒᆞ고, 혈혈무탁(孑孑無託)ᄒᆞ여 길히셔 울며 의탁(依託)기를 쳥ᄒᆞᄂᆞᆫ 고로 다려왓ᄂᆞ이다."

가녜 보건ᄃᆡ 그 ᄋᆞ히 용뫼 미려(美麗) 【56】ᄒᆞᆯ 분아냐, 맑고 묘ᄒᆞ며 영긔(英氣) 과인ᄒᆞ니, 크게 깃거 일홈과 ᄂᆞ흘 무른ᄃᆡ, 십이셰로라 ᄒᆞ고, 일홈을 셜미라 ᄒᆞ니, 가녜 져의 동 금미의 투미ᄒᆞᆷ믈4287) 한ᄒᆞ다가, 되희ᄒᆞ여 심히 ᄉᆞ랑ᄒᆞ니, 셜미 총민(聰敏) 영오(穎悟)ᄒᆞ니, ᄉᆡ로 의샹을 곱게 ᄒᆞ여 닙히고 지극히 졍셩되니, 말ᄒᆞ미 ᄯᅳᆺ의 합ᄒᆞᆫ지라. 졈졈 미더 슈독(手足)과 폐부(肺腑) ᄀᆞᆺ치 넉이더라.

샹셰 임의 병셰 가복(加復)ᄒᆞ고 야야의 ᄌᆞ이 ᄉᆡ로오시니, 만 【57】심(滿心) 환낙(歡樂)ᄒᆞ여 풍용(風容)이 ᄉᆡ로이 슈려(秀麗)ᄒᆞ니, 텬은(天恩)이 호탕(浩蕩)ᄒᆞᄉᆞ 벼술을 ᄀᆞ라쥬지 아니시고, 샹쇠(上疏) 두 번 오르미 됴리(調理) 힝공(行公)ᄒᆞ라 ᄒᆞ시고, 틱의 샹을 명ᄒᆞᄉᆞ 간병(看病)ᄒᆞ라 ᄒᆞ신ᄃᆡ, 샹쳥이 돈슈(頓首) 쥬왈,

---

4282)거우다 : ①겨루다. 서로 버티어 승부를 다투다. ②거우다. 집적거려 성나게 하다.

4283)하라 : 할다. 흘다. ①하소하다. 하소연하다. 억울한 일이나 잘못된 일, 딱한 사정 따위를 말하다. ②참소(讒訴)하다. 헐뜯다. 남을 헐뜯어서 죄가 있는 것처럼 꾸며 윗사람에게 고하여 바치다.

4284)돌돌(咄咄) : '돌돌괴사(咄咄怪事)'의 줄임말로 중국 진(晉)나라 때 은호(殷浩)가 중군장군(中軍將軍)으로 있다가 후에 남의 참소를 입고 신안(信安)으로 유배되었는데, 태연한 기색으로 종일 허공에 글씨를 쓰기에 사람들이 자세히 살펴보았더니, '돌돌괴사(咄咄怪事: 쯧쯧 괴이한 일이로다)'란 네 글자였다는 고사(故事)에서 유래한 것으로' 한숨 쉬며 탄식하는 모습을 표현한 말이다. *여기서는 '쯧쯧 혀를 차며 원통히 여겨' 정도의 의미로 쓰였다.

4285)무쟝 : 갈수록 더.

4286)치ᄌᆞ(稚子) : 치자(稚子). 사리를 분별할 줄 모르는 어린아이.

4287)투미ᄒᆞ다 : 어리석고 둔하다.

"태흑스 신(臣) 양계홍이 기부(其父)의게 슈장(受杖)ᄒ와 여ᄎ여ᄎᄒ옵더니, 그 ᄌ녀 단지(斷指) 뉴혈(流血)ᄒ와 회쇼(回蘇)ᄒ온 후도, 장체(杖處) 여ᄎᄒ와 돌연(猝然)이 힝공(行公)치 못ᄒᆯ 듯ᄒ이다."

인ᄒ여, ᄌ셔이 고ᄒ여 가녀의 참쇼(讒訴) ᄉ년의 【58】 밋쳐시되, 그 동긔(同氣) 지친(至親)이 다 아지 못ᄒᆯ 알외니, 상이 감탄ᄒ시고 그 ᄌ녀ᄅᆞᆯ 이셕(哀惜)ᄒᆞᆫ 힝공ᄒ기ᄅᆞᆯ 직쵹지 아니ᄉ, 다만 벼슬 갈기ᄅᆞᆯ 허(許)치 아니시더니, 월여의 됴현(朝見)ᄒ오니 상이 심히 반겨 ᄒ시고 풍광이 만히 감(減)ᄒ여시니, 민측(憫惻)ᄒᆞᆫ 어방(御房)의셔 약을 쥬라 ᄒ시고, 어션(御膳)을 믈녀 먹이시나, 음쥬(飮酒)ᄒ지 못ᄒᆞᆯ 아르시ᄂᆞᆫ 비라. ᄉ쥬(賜酒)ᄒ시믄 업더라. 상셰 텬은을 황감ᄒ여 계슈(稽首) 비슈(拜受)ᄒ여 【59】 ᄉ은(謝恩)ᄒ더라.

공지 슈월 후 비로쇼 ᄂᆞ으 니러ᄂᆞ니, 만일 뎡부인 신약(神藥)이 아닌즉, 공의 부ᄌ의 장체(杖處) 극히 듕난(重難)ᄒ니 엇지 슈삼삭(數三朔)의 여상(如常)ᄒ리오. 비로쇼 쇼셰(梳洗)ᄒ고 션싱긔 뵈니, 근녀 참쇼 드지 아니ᄒ니 노긔ᄅᆞᆯ 니르혀미 업ᄂᆞᆫ지라.

ᄋ즈(兒子)와 손이(孫兒) 만ᄉ여싱(萬死餘生)이니, 텬뉸의 지극ᄒᆫ 졍은 흐린 ᄀᆞ온듸도 오히려 아ᄂᆞᆫ지라. 시로이 이즁ᄒ여 그 효슌(孝純)ᄒᆫ 언식(言色)과 지극ᄒᆫ 졍셩을 이지연지(愛之憐之)ᄒ고, 【60】 부인과 쇼져를 흔연이 무ᄋᆡ(撫愛)ᄒ여 상셰 감은(感恩) 환힝(歡幸)ᄒ나, 션싱의 신관4288)이 ᄌ연이 쇠탈(衰脫)ᄒ며4289) 셩졍(性情)이 인약(仁弱)ᄒ고 ᄯᅩ 급거(急遽)ᄒ여 평일노 비(比)ᄒᆞᆷ이 다른 ᄉᆞ름 ᄀᆞᆺ하니, 상셰 부공(父公)의 쇠픽(衰敗)ᄒᆞ심과 셩긔(性氣) 변ᄒᆞ미 연괴(緣故) 이시믈 알고, 쵸됴우황(焦燥憂惶)ᄒ여 상 틱의(太醫)ᄅᆞᆯ 쳥ᄒ여 진믹(診脈)ᄒ시믈 쳥한듸, 가녜 혹 ᄂᆞᆺ타날가 겁(怯)ᄒ여 공교히 다리여 못ᄒ게 ᄒ니, 션싱이 가녀의 말은 아니 드르미 업 【61】 ᄂᆞᆫ 고로, 불가ᄒᆞᆯ 닐너 물니치니, 공이 이셩낙식(怡聲樂色)으로 직삼(再三) 간고(懇告)ᄒᆞᆫ듸, 믄득 노식(怒色)으로 즐퇴(叱退)ᄒᆞᆫᄂᆞᆫ지라.

홀일업셔 ᄀᆞ마니 쵸우(焦憂)ᄒ니 간격(肝膈)4290)이 ᄯᅩ 마르게 되어시니, 근연(近年)4291) 이리로 ᄯᅩ 부인을 ᄉᆞᄉ로이 되ᄒᆞ미 업스니, 녀ᄋᆞ로 ᄒ여금 부인긔 젼어(傳語)ᄒ여,

"식물(食物)을 친집(親執)ᄒ고 비빅(卑輩)로 식이지 말나."

ᄒ니, 부인이 가지록 됴심(操心)ᄒ나, 가녜 졔 임의로 쥬호(酒壺)ᄅᆞᆯ 헌(獻)ᄒ고

4288)신관 : '얼굴'의 높임말.
4289)쇠탈(衰脫)ᄒ다 : 쇠진(衰盡) 또는 탈진(脫盡)하다. 기력이 쇠퇴하여 바닥이 나거나 기운이 다 빠져 없어지다.
4290)간격(肝膈) : 간(肝)과 흉격(胸膈)을 함께 이르는 말로 마음속을 뜻한다.
4291)근연(近年) : 근년(近年). 요 몇 해 사이.

츠의 타 누오니, 가히 엇지 ᄒ리오. 【62】

션싱이 썩로 안셕(案席)의 비겨 신긔(身氣) 혼혼(昏昏)ᄒ고 안졍(眼睛)이 흐리고 육탈(肉脫)ᄒ미 날노 더은 듯ᄒ니, 상셰 쥬야(晝夜) 쵸황(焦惶)ᄒ여 만ᄉ(萬事) 무렴(無念)ᄒ더니, 가십낭이 김민을 일코 낙막(落寞)ᄒ여 다시 두 ᄎ 궁구(窮寇)를 스괴니, 이 곳 가반과 호증이라.

연쇼져를 바라다가 속졀업시 진왕의 마ᄌ 가믈 구경ᄒ고, 한(恨)ᄒ며 셜워 미파(媒婆) 홍삼낭을 스괴여,

"귀쳔(貴賤)을 무론(毋論)ᄒ고 냥기(兩個) 국ᄉ(國色)을 인진(引進)ᄒ 즉 쳔금(千金)을 상(賞)ᄒ리라."

ᄒ니, 【64】 홍삼낭은 처음의 가십낭을 양쳐스긔 인진(引進)ᄒ 년[4292]이라. 제지ᄋ비 산방이 간악(姦惡) 능흉(能譎)ᄒ여 됴승상 부즁의 친신(親信)ᄒ무로, 양쳐시 쏘 안면(顔面)이 닉어 쵸(初)의 가십낭을 쳔거ᄒ엿더라.

이러무로 홍삼낭이 ᄌ로 와 가녀를 보듸, 가네 스스로 양가의 속ᄒ믈 한(恨)ᄒ는 고로, 굿ᄒ여 고마워 아니ᄒ여 면강친근(勉强親近)[4293]ᄒ더니, 가·호 냥인이 셜운[4294] 졍사(情事)를 ○[고(告)]ᄒ듸, 삼낭 왈

"슈ᄌ(豎子)[4295]는 빈궁ᄒ미 일냥(一兩) 은젼(銀錢)도 업스니 【65】 엇지 국ᄉ(國色)을 어드리오."

그러나 양쇼져의 긔이(奇異)ᄒ믈 젼ᄒ니, 이인(二人)이 셔로 닷토와 가반이 쳔금을 슈이 허락ᄒ여 미인을 구ᄒ니, 호증은 홀일업셔 삼낭을 보고 울며 익걸ᄒ듸, 삼낭 왈,

"슈ᄌ(豎子) 블상ᄒ니 쳡이 거간(居間)[4296]ᄒ여 일을 일워든, 그듸 무어스로 은혜를 갑고ᄌ ᄒᄂᆫ다?"

호증 왈,

"다만 미인을 쥬신즉, 마마(媽媽)[4297]의 명(命)은 슈화(水火)를 ᄉ양치 아니ᄒ리라."

이 쳐로 비러 삼낭을 다리니, 삼낭이 거즛 십 【66】 낭을 보고,

"가·호 냥인이 가지(家財) 누거만(累巨萬)[4298]이오. 용녁(勇力)이 졀인(絶人)

4292) 년 : '여자'를 낮잡아 이르는 말.
4293) 면강친근(勉强親近) : 억지로 사이가 아주 친근한 체하다.
4294) 셜운 : 서러운. *서럽다: 원통하고 슬프다. 늑섧다.
4295) 슈ᄌ(豎子) : 더부룩한 머리털을 가진 총각. =더벅머리.
4296) 거간(居間) : 사고파는 사람 사이에 들어 흥정을 붙임. 또는 그러한 일을 하는 사람.
4297) 마마(媽媽) : 『역사』 벼슬아치의 첩을 높여 이르던 말.
4298) 누거만(累巨萬) : 매우 많음. 또는 매우 많은 액수.

ᄒ며 슈하(手下)의 각각 오뉵십 건한(健漢)을 두어시니, 만일 닉응(來應)흔 즉, 편시(片時)의 아ᄉ가고, 쳔금으로 ᄉ레ᄒᄆᆯ 밍셰ᄒ더라"

ᄒ니, 가녜 임의 김민이 업스니, 비록 흔 푼도 밧지 못ᄒ여도 닉여 쥴 ᄯᅳ시 잇ᄉ니, 엇지 즈져(趑趄)4299)ᄒ리오.

낙둉(諾從)ᄒ딕, 삼낭 왈,

"가히 익닯다4300). 미인이 둘힐년들 냥기 쇼년을 쥬어 슈쳔금을 어들놋다."

ᄒ더라.【67】

화산션계록 권지오십

츠셜 가녜 삼낭의 말을 듯고 깃거,

"쌍미가인(雙美佳人)4301)을 어더 딕령(待令)ᄒ리니, 일자(日子)를 물녀 ᄒ 놋 미인을 더 어더 쥬믈 기드리라."

ᄒ고, 션싱긔 고ᄒ되,

"공ᄌ 집의 즁ᄒ 몸이오, 신장이 언건(偃蹇)ᄒ니, 밧비 녜를 일워 쌍유(雙遊)ᄒ 는 ᄌ미를 보실지니이다."

션싱이 깃거 상셔를 명ᄒ여,

"숀ᄋ를 입장(入丈)ᄒ라."

ᄒ니, 원닉 공ᄌ와 뎡혼(定婚)ᄒ 바ᄂ 호부상셔 형공의 ᄎ 【1】 녜니, 현슉ᄒ믈 듯고 결약(結約)ᄒ엿더라.

상셰 ᄋᄌ의 연유(年幼)ᄒ믈 ᄌ져(趑趄)ᄒ나, 부공이 밧비 보고ᄌ ᄒ시니 슈명 (受命)ᄒ여 형가의 통ᄒ고, 길긔(吉期)4302)를 졍ᄒ니 동(冬) 십월이라.

냥가(兩家) 상의ᄒ여 비례(備禮)4303)ᄒ 시, 상·왕 냥부인이 ᄌ부를 거느려 니 르고, 위부 삼쇼제 ᄒ가지로 니르니, 이 혼ᄉ의 쇼문 업시 급히 되믈 다 괴이히 넉이되, 가녀의 요계(妖計) 이시믄 다 아지 못ᄒ더라.

어시의 위어ᄉ 부인 【2】 양쇼제 ᄌ미 삼인이 양부의 ᄂᄋ와 ᄒ 가지로 션싱긔 뵈오니, 쇼시랑 부인 위쇼져ᄂ 양시로 친쳑이 아니로되, 션싱이 부인을 싱각고 슬 허ᄒᄂ 즁, 부인의 딜ᄋ를 상셰 모부인을 츄모ᄒ여 친미(親妹) ᄀ치 ᄒ니, 션싱도 흔연이 가ᄎ(假借)4304)ᄒ더라.

상·왕 냥부인이 상셔의 위질(危疾)이 ᄎ복(差復)ᄒ고 공ᄌ의 ᄉ질(死疾)의 두루 혀 길긔를 님ᄒ믈 깃거ᄒ며 슬허ᄒ여, 야야긔 경ᄉ를 하례ᄒ니, 션싱 【3】 이 크게 깃거 ᄌ로 닉당의 드러와 녀ᄋ와 질부 질녀로 말ᄉᆷᄒ더니, 명일은 곳 길일이라.

쇼부인이 딕연을 베퍼 신낭을 보닉고 신부를 마즐 시, 닉외빈긱이 구름 뭇 듯ᄒ

4301)쌍미가인(雙美佳人) : 아름다운 한 쌍의 미인.
4302)길긔(吉期) : =길일(吉日). 운이 좋거나 상서로운 날.
4303)비례(備禮) : 예의를 갖춤.
4304)가ᄎ(假借)ᄒ다 : ①편하고 너그럽게 대하다. ②정하지 않고 잠시만 빌리다

니, 왕상셔 부인이 냥부(府) 냥녀(兩女)와 상부 윤부인 삼부일녀(三婦一女)와 위
쇼져 삼위(三位) 즈밋(姉妹) 좌상의 모드니, 치의홍상(彩衣紅裳)이 날빗츨 가리오
고, 쥬옥화벽(珠玉和璧)이 스좌(四座)⁴³⁰⁵의 빗이는 즁, 표표이 쇼스난 즈는 위가
삼부인과 왕【4】상셔 ᄎ부 연쇼졔라.

더옥 위가 삼쇼져는 단장(丹粧)이 간냑(簡略)ᄒ고 지분(脂粉)을 먼니ᄒ여, 담담
(淡淡)ᄒ 장속(裝束)의 쥬취(珠翠)를 믈니치고, 날난ᄒ⁴³⁰⁶ 취숨(翠衫)의 장장ᄒ
ᄂ⁴³⁰⁷ 옥픽 ᄯ름이라.

쇄락(灑落)ᄒ 골격과 긔이ᄒ 즈질이 녕녕형형(瑩瑩熒熒)⁴³⁰⁸ᄒ니 연지부용(蓮池
芙蓉)⁴³⁰⁹이 아츔이슬을 먹음어 향긔를 토(吐)ᄒ고, 운두(雲頭)⁴³¹⁰ 신월(新月)
이 교교(皎皎)히 져믄 날을 붉히는지라. 만좌(滿座) 홍분(紅粉)이 탈식(脫色)ᄒ니
졔긱이 불승칭찬(不勝稱讚)ᄒ더라.

날이 느즈밋 션셩이【5】ᄂ당의 드러와 손ᄋ를 길복을 닙힐 식, 즐거오믈 니긔
지 못ᄒ여 손녀를 부르니, ᄯᅥ의 쇼졔 팔과 다리 치 완합(完合)지 못ᄒ여시니, ᄂ
ᄋ므로 일ᄏ라 약녁(藥力)을 힘닙지 못ᄒ미라.

야야의 환휘(患候) 가복(可復)ᄒ시고 거거(哥哥)의 위증(危症)을 두루혀며, 틱
야의 즈이 늉흡(隆洽)ᄒ시니 영힝ᄒ여 좀간 방심ᄒᄆᆡ, 비로쇼 병이 발ᄒᄂ지라.
약ᄒ 긔질은 지란(芝蘭)이 힘이 업고 보다라온 간장은 오히려 근심이 빅 부르니,
【6】틱애(太爺) 비록 부모의 죄를 스(赦)ᄒ여 텬셩즈이(天性慈愛)를 여르시나,
가녀의 요악(妖惡)을 ᄭᆡ둣지 못하시고 원민ᄒ믈 아지 못ᄒ시니, ᄯᅩ 다시 무스 일
이 잇실 쥴 아지 못ᄒ거늘, 안식이 누루고 여외며⁴³¹¹ 말슴ᄒ시미 본셩을 일흐신
지라.

우러러 근심이 간졀ᄒ고 야야의 쵸우(焦憂)를 넘녀ᄒ여 더옥 시름이 아미(蛾
眉)를 잠가시니, 고(故)로 병을 일위는지라. 쌍셩(雙星)을 기리 늣쵸고, 잉슌(櫻
脣)이 담담ᄒ여 가즁의 경스를【7】당ᄒ나 즐거오믈 아지 못ᄒ더니, 왕부의 명을
니으ᄆᆡ 감히 규슈의 슈습(收拾)ᄒ믈 알외지 못ᄒ여, 안식(顔色)을 곳치고 상하(床
下)의 ᄌᆡ빅(再拜) 응명(應命)ᄒ니, ᄂ숨(羅衫)은 약ᄒ 엇기의[를] ᄀ리오고 홍군

4305) 스좌(四座) : 사방(四方). 동, 서, 남, 북 네 방위를 통틀어 이르는 말. 늑사고, 사방
　　위, 사향.
4306) 날난ᄒ다 : 날래다. 날렵하다. 사람이나 동물의 움직임이 나는 듯이 빠르다.
4307) 장장 : 옥이 서로 부딪쳐서 장장거리며 나는 소리.
4308) 녕녕형형(瑩瑩熒熒) : 옥처럼 맑디맑고 등불처럼 밝고 밝음.
4309) 연지부용(蓮池芙蓉) : 연못(蓮못)의 연꽃송이.
4310) 운두(雲頭) : 구름의 머리 또는 가장자리.
4311) 여외다 : 여위다. 몸의 살이 빠져 파리하게 되다.

(紅裙)은 ㄱ는 허리를 둘너시니, 션연(鮮妍)흔4312) 긔질과 표연흔 틱되 뎐일 완젼흠과 닉도흔지라.

션싱이 어루만져 굴오딕,

"네 거동이 엇지 그져 셩치 못ᄒᄂᆈ? 오이 슈일(數日)은 상하의 니르지 아니니, 노부의 식음이 마시 감ᄒᄂᆫ지라.【8】 금일은 네 오라비 ᄉ병(死病)을 회양(回陽)ᄒ여 경ᄉ를 뵈고 동부(宗婦)를 우귀(于歸)ᄒ니, 즐거오미 극흔 고로 너를 불넛ᄂᆞ니, 네 쏘흔 병이 잇ᄉ나 강잉ᄒ여 닉 흥을 도으라."

쇼제 긔경비ᄉ(起敬拜謝)4313)ᄒ니 아연(俄然)이 동풍이 화란(花瀾)4314)ᄒ여 옥안(玉顔)의 어리니, 목난(木蘭)이 됴양(朝陽)의 썰치고 부용(芙蓉)이 셰우(細雨)의 져졋ᄂᆫ 듯, 금옥(金玉)의 견고흠과 빅벽(白璧)4315)의 온윤(溫潤)4316)ᄒ믈 가히 비치 못ᄒᆯ너라.

션싱이 익지연지(愛之憐之)ᄒ여 셤슈(纖手)를 잡고 옥비(玉臂)를 쎈【9】혀 굴오딕,

"닉 ᄋ히 두 폴 과 두 손을 써흐러 아비를 슬오ᄂᆞ니, 비록 즐거오미 알픈 거슬 니긔나 지금의 완합(完合)지 아냐시니 연연약질이 병을 닐위미로다."

냥구히 어로만져 쳐연ᄌ상(悽然自喪)4317)ᄒ니, 쇼제 져두(低頭) 복슈(伏首)ᄒ여 유유히 딕치 못ᄒ더니, 태애 손을 노흐시믈 기ᄃ려 안셔히 셩념(聖念)을 빈ᄉ(拜謝)ᄒ니, 위·양 등 제쇼져와 상·왕 냥부인 녀뷔(女婦) ᄀ마니 슬펴, 쵸옥(楚玉)4318) ᄀᆺ흔 셤슈(纖手)와 슈졍(水晶) ᄀᆺ흔 살히 검흔(劍痕)이【10】 오히려 이시믈 ᄎ상(嗟傷) 익셕(哀惜)ᄒ고, 온화한 안식과 졍일(靜逸)흔 동작을 각각 탄복(歎服) 흠익(欽愛)ᄒ여, 웅창 공ᄌ로 하늘이 닉신 비위(配位)여늘 연분이 슌(順)치 아니ᄒ믈 ᄎ상(嗟傷)ᄒ니, 쩨예 됴승상 부인과 ᄌ부 최시ᄂᆫ 청ᄒ믈 됴ᄎ 이의 와 상긱(上客)이 되어시니, 션싱과 양시 제인이 드러오므로 댱닉(帳內)의 피ᄒ여, 혜쥬쇼져를 보고 갈구칭찬(渴求稱讚)ᄒ며 앙앙분노(怏怏忿怒)ᄒ여, ᄀ마니 가십낭을 닛그러 시로이 요계(妖計)를 의논ᄒ니, 양쳐【11】 ᄉ의 쇼져를 불너닉미 엇지 익돕지 아니리오.

4312)션연(鮮妍)ᄒ다 : 산뜻하고 아름답다.
4313)긔경비ᄉ(起敬拜謝) : 몸을 일으켜 공경하여 절함.
4314)화란(花瀾) : 꽃이 활짝 피어 흐드러짐.
4315)빅벽(白璧) : 빛깔이 하얀 옥. ᄂᆞ백옥(白玉).
4316)온윤(溫潤) : 따뜻한 기운이 감도는 윤기.
4317)쳐연ᄌ상(悽然自喪) : 마음이 처량하고 슬퍼져 기운을 잃음.
4318)쵸옥(楚玉) : 중국 초(楚)나라 사람 변화씨(卞和氏)가 초산(楚山)에서 얻었다고 하는 명옥(名玉)인 '화씨벽(和氏璧)'을 이르는 말.

인호여 신낭을 길복(吉服)을 닙혀 습녜(習禮)호여 보니고, 젹은듯4319)호여 신뷔 니르니, 상셔와 부인이 야야를 뫼셔 신부의 폐빅(幣帛)4320)을 바드미, 신부의 싀모광염(色貌光艶)이 쇄락슈려(灑落秀麗)호고 교용묘질(巧容妙質)이 빙졍한으(氷晶閑雅)호여, 만일 쇼고(小姑) 혜쥬 쇼져 곳 아니면 웃듬 되기를 ᄉ양치 아닐너라.

션싱이 만심환열(滿心歡悅)호니, 상셰 식부(息婦)의 안졍온슌(安靜溫順)호믈 과망디열(過望大悅)호고 디인의 【12】 깃거 호시믈 더옥 힝희(幸喜)호니, 아름다온 풍치(風采)의 빗는 화긔(和氣) 둘너시니, 션싱이 더옥 깃거 으즈와 식부를 니어 헌작(獻酌)게 호니, 상셰 연망(連忙)이 뉴리빈(琉璃盃)를 밧드러 디인긔 드리고 두 번 졀호여 믈너 난 후, 부인이 잔을 밧들고 손으 부뷔 쌍으로 진헌(進獻)호니, 션싱이 크게 두굿기고 즐겨 쇼져를 명호여 '흔 잔을 ᄀ져 오라' 호여, 상셔를 쥬어 글오디,

"져 ᄌ【13】 음긔 네 슐을 취호고, 부뷔 노부를 원망호무로 과히 치미, 네 하마 위티홀 번 흔지라. 뉘웃고 불상이 넉이더니, 금일 어진 며느리를 어드니 집이 부흥(復興)홀지라. 흔 잔을 상(賞) 쥬느니, 이후는 다시 먹지말나."

상셰 연망이 닷다라4321) ᄭ러 밧ᄌ와 잔을 밧들고, 두 번 졀호여 셩은을 ᄉ○[례](謝禮)호고 업디여 마시미, 다시 ᄌ비홀 ᄉ, 긴 킈의 댱복(章服)4322)이 참치(參差)4323)호고 빗난 용광(容光)의 화긔를 쎽여, 달 ᄀᆺᄒᆞᆫ 니마의 【14】 금관이 단졍호고, 뉴(柳枝)지 ᄀᆺᄒᆞᆫ 허리를 굽혀 츄진(趨進)호며, 퇴복(退伏)4324)호여 국궁비례(鞠躬拜禮)호미, 독용(足容)이 젼도(顚倒)흔 곳의 픽옥(佩玉)이 징징(錚錚)호니, 양시 동독(宗族)과 상·왕·뎔·범 등 제공이 각각 눈 쥬어 션싱의 어두오믈 탄호며, 상셔의 환환낙낙(歡歡樂樂)호여 즐겨호며 감격호여, 원민(冤悶)호믈 싱각지 《아니므로∥아니믈》 탄상(歎賞)호니, 한님이 ᄯᅩᄒᆞᆫ 머리를 숙여 유유히 탄식(歎息)호니, 흐믈며 양공ᄌ의 마음가!

ᄀ마니 셜워 눗빗치 변【15】호여 눈물이 거의 ᄶ러질 듯호거늘, 션싱이 ᄯᅩ 부인드려 니로디,

"현뷔(賢婦) 거일(去日)의 홀연이 가부를 도도아 노부(老父)를 원(怨)호믈 심

4319)젹은듯 : 잠깐. 잠시 동안. 어느덧. =젹은덧.

4320)폐빅(幣帛) : 신부가 처음으로 시부모를 뵐 때 큰절을 하고 올리는 물건. 또는 그런 일. 주로 대추나 포 따위를 올린다.

4321)닷다라다 : 달려가다. 달음질하여 빨리 가다.

4322)장복(章服) : 『복식』 옛날 벼슬아치들의 공복(公服).

4323)참치(參差) : 남과 다름. *差: 음은 '치' 또는 '차', 뜻은 '상이(相異)하다'임.

4324)퇴복(退伏) : (윗사람 앞에서) 물러나며 다시 엎드려 절함.

노(甚怒)ᄒ여 즁히 죄 쥬엇더니, 됴심ᄒ여 다시 범치 아니니 아름다온지라. 다시 옴4325) 삼가 닉 ᄋ히를 그릇 돕지 말나.”

부인이 부복쳥교(俯伏聽敎)의 직비슈명(再拜受命)ᄒᆞᆯ식, 화열(和悅)ᄒᆫ 안모(眼眸)의 황공ᄒ믈 씌여시니, 만좌즁빈(滿座重賓) 춍즁(叢中)의 엄구딕인(嚴舅大人) 말ᄉᆞᆷ이 니러틋 박졀(迫切)ᄒ시딕, 져기도4326) 원한(怨恨) 【16】이 업셔, 진짓4327) 죄를 지엇다가 씨닷ᄂᆞᆫ 듯ᄒᆞᆫ지라.

닉외 친쳑과 상·왕 냥부인이 그윽이 한슘을 ᄂᆞ리오니, 공ᄌᆞ와 쇼져의 심닉(心內) 통박(慟迫)을 비홀 곳이 업더라.

션싱이 나간 후 즁빈(衆賓)이 다시 ᄂᆞ와 신부를 볼식, 쵸동(初冬) 단구(丹丘)4328)의 일식이 임의 져무럿ᄂᆞᆫ지라. 쎡의 쇼부인은 냥 쇼고(小姑)를 쳥ᄒ여, ‘딕긱 ᄒᆞ쇼셔’ᄒ고, 쥬하(廚下)의 ᄂᆞᄋᆞ가 돈구(尊舅) 딕인(大人) 식상(食床)을 ᄀᆞ쵸와 셔헌으로 향ᄒ니, 보ᄂᆞᆫ 직 감탄ᄒ고, 두 쇼괴(小姑) 더 【17】옥 감열(感悅)ᄒ더라.

일식(日色)이 셔줌(西岑)의 슘으미 졔긱이 도라갈 식, 쇼시랑 부인은 몬져 하직ᄒ고 도라가고, 한님부인과 위어ᄉ 부인이 머무러 자ᄂᆞᆫ지라.

상·왕 냥부인을 뫼셔 쇼부인이 식부·녀ᄋᆞ를 거ᄂᆞ려 딕셔헌의 혼졍(昏定)ᄒ여, 인ᄒ여 뫼셔 말ᄉᆞᆷᄒ여 이윽ᄒ믹 파(罷)ᄒ여 드러오고, 상셰 물너날식 공직 뫼셔 셔지의 도라오믹, 공이 방즁의 드지 아니코 관을 벗고 씌를 그르믹, 셔헌을 향ᄒ여 ᄭᅮ 【18】러 고두(叩頭)ᄒ여 왈(曰),

“불초이 무상불효(無狀不孝)ᄒ여 딕인(大人) 셤기오미 지극지 못ᄒ온 고로, ᄌᆞ네 다 깁히 원심(怨心)을 품ᄉᆞ와, 야야(爺爺) 명교(明敎)를 밧ᄌᆞ오미 셜우믈 ᄂᆞᆺ빗 쳐 뵈오니, 그 안ᄒ로 원망ᄒ믈 가히 아올지라. 이 도시 히ᄋᆞ(孩兒)의 불효ᄒᆫ 죄로쇼이다.”

인ᄒ여 머리를 두드려 업디고 니지 아니니, 공직 경황(驚惶) 망극(罔極)ᄒ여 쳬읍(涕泣) 돈슈(頓首) 왈,

“불쵸ᄒᆫ ᄋᆞ히 무상(無狀) 불효(不孝)ᄒ와 ᄉᆞ죄(死罪)를 범ᄒ오니, 복걸(伏乞), ᄋᆞ히 죄를 엄치(嚴治) 【19】ᄒᆞᄉ 죽기를 쥬시고, 망극ᄒᆫ 과거를 거두시믈 ᄇᆞ라ᄂᆞ이다.”

공이 오직 ᄯᅳ히 업디여 못 듯ᄂᆞᆫ 듯ᄒ니, 십월(十月) 동텬(冬天)의 삭풍(朔風)이

4325)다시옴 : 다시금. ‘다시’를 강조하여 이르는 말.

4326)져기도 : 적이도. 적이나. 얼마간이라도.

4327)진짓 : 짐짓. 마음으로는 그렇지 않으나 일부러 그렇게.

4328)단구(丹丘) : 신선이 산다는 전설 속의 지명.

늠열(凜烈)ㅎ고 닝지한쳥[쳔](冷地寒天)의 어름이 구더시니, 공지 황황망극ㅎ여 욕亽무지(欲死無地)라. 다만 뉴쳬(流涕) 고두(叩頭)ㅎ여 익걸ᄒᆞᆯ ᄯᆞ름이라.

어시의 쇼졔 슉모와 모친을 뫼시고, 위시 졔슉(諸叔)과 식 져져(姐姐)로 더브러 닉당(內堂)으로 향ᄒᆞ더니, 믄득 모부인 겻희 가 동용이 슈어(數語)ᄅᆞᆯ 고ᄒᆞ고, 유모와 시ᄋᆞ【20】로 쵹(燭)을 잡히고, 셔당을 ᄇᆞ라고 느가니, 상·왕 이부인이 괴이히 넉여, ᄌᆞ긔 시ᄋᆞᄅᆞᆯ 도라 보ᄋᆞ '셔당의 가 보라' ᄒᆞ고, ᄒᆞᆫ가지로 졍침(正寢)의 도라오민, 신부ᄅᆞᆯ 명ᄒᆞ여 슉쇼로 보니고, 모다 안ᄌᆞ 말ᄉᆞᆷᄒᆞ며 쇼져ᄅᆞᆯ 기ᄃᆞ리되, 오릭도록 오지 아니코, 알나[4329] 가던 시ᄋᆞ(侍兒) ᄯᅩ 오지 아니니, 괴이히 넉여 냥부인이 친히 셔당으로 향ᄒᆞ니라.

시시(是時)의 양쇼졔 셕상의 틱야 말ᄉᆞᆷ이 각골(刻骨) 통박(痛迫)ᄒᆞ니, 쌍이(雙蛾)[4330] 쳐연(悽然)ᄒᆞ【21】고 징청(澄淸)이 동(動)ᄒᆞ믈 씌둣지 못ᄒᆞ더니, 홀연 야야(爺爺)의 일월(日月)[4331]이 ᄌᆞ긔 남미ᄅᆞᆯ 거두쎠[4332] 보시ᄂᆞᆫ지라.

딕황(大惶) 공구(恐懼)ᄒᆞ여 즉시 눛빗츨 곳치딕, 거거(哥哥)ᄂᆞᆫ 오직 공슈시립(拱手侍立)[4333]ᄒᆞ여 져두(低頭) 믹믹ᄒᆞ니[4334] 대인이 슬피시믈 아지 못ᄒᆞ고 은은이 울고져 ᄒᆞᄂᆞᆫ지라. 졀박ᄒᆞ되 ᄒᆞᆯ일 업더니 임의 야야 셩의(聖意)ᄅᆞᆯ 앙탁(仰度)건딕 감히 안연(晏然)치 못ᄒᆞᆯ지라.

모친긔 고ᄒᆞ고 셔당의 ᄂᆞᄋᆞ가 졍계(庭階)의 밋츠니 대인 【22】이 바야흐로 면관히의(免冠解衣)ᄒᆞ고 훤당(萱堂)을 향ᄒᆞ여 ᄭᅮ럿고, 거게(哥哥) 의관을 다 벗고 머리ᄅᆞᆯ 두다려 울며 쥭으믈 비더라.

쇼졔 연망이 ᄭᅮ러 ᄒᆞᆫ가지로 쳥죄 왈,

"불쵸ᄋᆞ(不肖兒) 등이 불민불효(不敏不孝)ᄒᆞ와 대인 셩효ᄅᆞᆯ 앙봉(仰奉)치 못ᄒᆞ고 ᄉᆞ죄(死罪)ᄅᆞᆯ 달게 범(犯)ᄒᆞ오니, 복망(伏望) 야야ᄂᆞᆫ 망극ᄒᆞᆫ 거됴(擧措)ᄅᆞᆯ 긋치시고, 희ᄋᆞ 등의 큰 죄ᄅᆞᆯ 다ᄉᆞ리쇼셔. 거게(哥哥) 젹년(積年) 쵸우(焦憂)ᄒᆞ여 젹상(積傷)ᄒᆞᆫ 증셰 잇ᄉᆞᆸ거ᄂᆞᆯ, 금번 ᄉᆞ병지여(死病之餘)의 오히려 ᄎᆞ복(差復)지

4329)알나 : 알려고. *알다: 교육이나 경험, 사고 행위를 통하여 사물이나 상황에 대한 정 보나 지식을 갖추다.

4330)쌍이(雙蛾) : 미인의 고운 양쪽 눈썹.

4331)일월(日月) : 해와 달을 아울러 이르는 말로, 여기서는 '해와 달처럼 밝고 둥근 두 눈'을 비유적으로 표현한 말로 쓰였다.

4332)거두쁘다 : 거들뜨다. 눈을 위로 크게 치켜뜨다.

4333)공슈시립(拱手侍立) : 공수(拱手)한 자세로 공손히 웃어른을 모시고 섬. *공수(拱 手): 절을 하거나 웃어른을 모실 때, 두 손을 앞으로 모아 포개어 잡음. 또는 그런 자 세. 남자는 왼손을 오른손 위에 놓고, 여자는 오른손을 왼손 위에 놓는다. 흉사(凶事)가 있을 때에는 반대로 한다.

4334)믹믹ᄒᆞ다 : 맥맥하다. 친하지 아니하여 말없이 서로 어색하게 마주 대하여 있다.

【23】 못ᄒᆞᆯ엿ᄉᆞᆸᄂᆞᆫ지라. 딕인이 ᄉᆞᆯ피지 아니시고 과거(過擧)ᄅᆞᆯ 긋치지 아니신죡, 망극ᄒᆞ와 병이 ᄂᆞᆯ올지라4335). 복원(伏願) 야야ᄂᆞᆫ 념지(念之) 찰지(察之)ᄒᆞᄉᆞ, 즁장(重杖)을 쥬ᄉᆞ 망극(罔極) 황츅(惶蹙)ᄒᆞ믈 풀게 ᄒᆞ시고, 다시 죄의 범치 못ᄒᆞ게 ᄒᆞ시믈 비ᄂᆞ이다.”

공이 녀ᄋᆞ의 간언을 드르니 ᄋᆞ직 과연 병ᄂᆞ기 쉬온지라. 이에 니러 진비ᄒᆞ여 딕인(大人)긔 ᄉᆞ죄(謝罪)ᄒᆞ고, 의관을 ᄀᆞ쵸와 당의 올나 안ᄌᆞ미, 졍식(正色) 졀칙(切責) 왈,

“여등(汝等)의 불경불효ᄒᆞ믄 다 네 【24】 아븨 죄라. 당당이 대인긔 알외와 죄ᄅᆞᆯ 닙ᄉᆞ올 거시로딕, 야애 근닉 불초ᄋᆞ의 무궁(無窮)ᄒᆞᆫ 죄ᄅᆞᆯ ᄉᆞ(赦)ᄒᆞ시고, 과히 뉘웃ᄎᆞᄉᆞ 쳐연(悽然) 상심(傷心)ᄒᆞ시니, 감히 한셜(閑說)을 고치 못ᄒᆞᄂᆞᆫ 고로, 이의 ᄌᆞ칙(自責) 슈둘(守拙)4336)코ᄌᆞᄒᆞ미라. 여등이 비록 부모의 원민(冤悶)을 셜워ᄒᆞ나, 이ᄂᆞᆫ 네 아비 셩회(誠孝) 쳔박(淺薄)ᄒᆞ여 신명(神明)의 득죄ᄒᆞ미라. 딕인이 ᄂᆞ의 불효(不孝) 픽언(悖言)을 드르시딕, 오릭 참으시믄 텬셩ᄌᆞ인(天性自愛) 특별ᄒᆞ시미오. 스스로 질 【25】 환(疾患)을 일위ᄉᆞ4337) 식음을 폐ᄒᆞ시나, ᄎᆞ마 장칙(杖責)을 쥬지 못ᄒᆞ신지라. 불효의 죄상이 멸눈(滅倫) 도텬(滔天)4338)ᄒᆞ믈 드르시고 비로쇼 다ᄉᆞ리시나, 오히려 그 죄예 빅분의 일을 다 칙(責)지 아니ᄉᆞ 사ᄒᆞ시고 인ᄒᆞ여, 무이(撫愛)ᄒᆞᄉᆞ미 즁죄ᄅᆞᆯ 관셔(寬恕)ᄒᆞ시니, 닉 비록 불민 불효ᄒᆞ나 지ᄌᆞ지이(至慈至愛)ᄅᆞᆯ 황감(惶感)ᄒᆞ거늘, 여등이 엇지 원억(冤抑) 통심(痛心)ᄒᆞ여 ᄉᆞ쉭(辭色)을 변ᄒᆞᄂᆞ뇨?”

공ᄌᆞ와 쇼졔 빅비(百拜) 돈슈(頓首)ᄒᆞ여 그르믈 일ᄏᆞᆺ고 죄ᄅᆞᆯ 쳥(請)하ᄂᆞᆫ지라. 【26】 공이 쇼져ᄅᆞᆯ 잠간 쵸우고 시동으로 ᄒᆞ여금 공ᄌᆞᄅᆞᆯ 달쵸(撻楚)ᄒᆞ여 이십장의 ᄉᆞ(赦)ᄒᆞ고 시동을 물니친 후, ᄎᆞ환(叉鬟)을 명ᄒᆞ여 녀ᄋᆞ(女兒)ᄅᆞᆯ 태지(笞之)ᄒᆞ더니, 상·왕 냥부인이 ᄂᆞᆯ오니 공이 밧비 니러ᄂᆞ 나려 마ᄌᆞ 갈오딕,

“ᄉᆡ 임이 밤이 깁허거늘, 져졔(姐姐) 엇지 님(臨)ᄒᆞ시니잇고?”

부인이 쳐연(悽然) 왈,

“ᄋᆞ빅(兒輩) 비록 득죄ᄒᆞ나 엇지 너모 과히 다ᄉᆞ리ᄂᆞ뇨?”

공이 묵연이 ᄉᆞ례(謝禮)ᄒᆞ고 쇼져ᄅᆞᆯ ᄉᆞ(赦)ᄒᆞ니 임의 십여기ᄅᆞᆯ 마ᄌᆞᆺ더라. 부인이 쇼져ᄅᆞᆯ 【27】 닛그러 드러오니, 공ᄌᆞ와 쇼졔 다시 야야긔 빅ᄉᆞ(拜謝)ᄒᆞ고, 쇼졔 슉모ᄅᆞᆯ 뫼셔 닉당으로 향ᄒᆞ고, 공ᄌᆞᄂᆞᆫ ᄉᆞ명을 니어 당의 올나 야야ᄅᆞᆯ 밧드러

4335) ᄂᆞᆯ올지라 : 나다. ‘ᄂᆞ(어간)+오(선어말어미)+ㄹ지라(종결어미)’의 기본형. *나다: ‘병(病)’이나‘ 화(火)’ 따위가 나다.

4336) 슈둘(守拙) : 자신의 소박한 본성을 지키면서 조촐하게 살아감.

4337) 일위ᄉᆞ : 이루시어. 일위다: 이루다.

4338) 도텬(滔天) : 하늘에 가득함.

시침(侍寢)ᄒ니, 공이 ᄋ직 연긔(年紀) 유츙(幼沖)ᄒ고, 듕병 후 완복(完復)지 못ᄒ여시므로 신방(新房)으로 보ᄂ지 아니코, 상의 오른 후 겻히 누이고 어루만져 경계ᄒ미 지극ᄒ고, ᄯ혼 엄정ᄒ더라.

시의 냥부인이 딜녀를 넛그러 드러오니, 쇼졔 당하의셔 모부인긔 청죄ᄒ디, 부인이 탄왈,

"이【28】ᄂᄂ ᄂ의 불효(不肖)ᄒ미 돈구(尊舅)긔 셩졍(性情)이 쳔박(淺薄)ᄒ미오. 자녀를 태교(胎敎)ᄒ미 불효ᄒ미라. 네 대인이 임이 다스려 계시니 ᄂᆡ ᄯ오 엇지 감히 ᄌ녀를 칙ᄒᄂ 넘나믈 힝ᄒ리오."

쇼졔 더욱 돈슈(頓首) 복죄(伏罪)여ᄂ 명(命)ᄒ여 '오르라' ᄒ니, 냥부인이 감탄ᄒ고 슬허ᄒ더라.

냥위(兩位) 니쇼졔 ᄎᆞ경을 보고 감오(感悟) 탄복(歎服)ᄒ며 공ᄌ 남ᄆᆡ를 위ᄒ여 앗기고 슬허ᄒ더라.

명일 하직고 도라오ᄆ 니·뉴·뎡 삼부인이 ᄀᆞᄀᆞ이 【29】안치고, 양부 쇼식과 양쇼져의 ᄌ모(才貌) 덕힝(德行)을 무른디, 양한님 부인이 드듸여 작일 션싱의 결박혼 말ᄉᆞᆷ과 양공ᄌ 남ᄆᆡ의 뎐후(前後) 쳐변(處變)을 일일이 고ᄒ고, 양쇼져의 긔이혼 ᄌ덕을 탄복ᄒ니, 삼부인이 ᄋ련(愛憐)ᄒ믈 마지 아니ᄒ여 ᄎᆞ탄(嗟歎)[4339]ᄒᄂ지라.

연비 좌상(座上)의셔 참문(慘聞)ᄒ고 감동ᄒ여 ᄉᆞᆨ(色)을 변ᄒ니, 니부인이 더욱 ᄋ련(愛憐)ᄒ더라. 한님부인은 집으로 도라가고 어ᄉᆞ부인 양쇼졔 홀노 뫼셔【30】시니 ᄯᆞᆨ의 영쇼졔 오히려 도라오지 아낫더라.

니부인이 좌위 둉용혼 후 질녀를 ᄂᆞᄋ오라 ᄒ여 쇼리를 ᄂᆞ죽이 ᄒ여 말ᄉᆞᆷᄒ고, 심·ᄉᆞ 냥인과 향운을 불너 ᄀᆞ르치미 잇스니, 이 무슴 닐인고?

ᄌᆡ작(再昨)[4340]의 취션이 약탕(藥湯)의 독(毒)을 더져 일우지 못ᄒ고 앙앙(怏怏)ᄒ여, 빙셤으로 ᄒ여금 영부의 가 보(報)하고 다시 약을 어더 오라 ᄒ니, 빙셤이 영부 원문(園門)으로 가, 난의 머무는 곳을 ᄎᆞᄌ니 셜난과 봉션 【31】이 마쵸ᄋ 오다가 맛나, 지닌 말을 니르고 잇들오믈[4341] 닉긔지 못ᄒ니, 셜난 왈,

"비록 슈ᄎᆞ(數次) 픽(敗)ᄒ미 잇스나 엇지 이로지[4342] 못ᄒ리오. 이러무로 ᄂᆡ 거일(去日)의 쇼져긔 고ᄒ여시니, ᄀᆞᄎᆞᆫ[4343] 거슬 빙셤을 쥬어 보ᄂ리라."

4339) ᄎᆞ탄(嗟歎) : 감탄하여 칭찬함.
4340) ᄌᆡ작(再昨) : 어제의 전날. =그제.
4341) 잇달오다 : 애달프다. 마음이 안타깝거나 쓰리다.
4342) 이로다 : 이루다. 어떤 대상이 일정한 상태나 결과를 생기게 하거나 일으키거나 만들다.
4343) ᄀᆞ쵸다 : 갖추다. 있어야 할 것을 가지거나 차리다.

ᄒ니, 셜난이 영시와 홍션 등으로 이 일을 넘녀ᄒ여 미흉졔구(埋凶諸具)4344)를 ᄀᆞᆺ쵸와 두엇더라.

봉션이 급히 영시긔 고ᄒ라 닷거늘, 빙셤이 난을 듸ᄒ여 셔로 잠간 회포를 니르고, 니부인 명을【32】젼ᄒ여,

"빅계(百計)로 시험ᄒ여 아직 궐즁(闕中)의 가기를 지지(遲遲)ᄒ여 명년(明年) 츈하간(春夏間)을 기다리믄, 쩌 니(利)ᄒ믈 타미라."

ᄒ더라.

영시 봉션 등으로 ᄒ여금 흉예지믈(凶穢之物)을 일일이 쓰쥬어 보닌니, 취션이 냥야(兩夜)를 사람이 잠들믈 기ᄃᆞ려, 벽틈과 계(階) 우ᄒ로 곳곳이4345) 뭇고, 응험(應驗)4346)을 ᄇᆞ랄시, 사상궁 등이 ᄌᆞᄂᆞ 체ᄒ고 잇셔 다 보앗ᄂᆞᆫ지라.

우ᄒ로 니부인 명을 밧들고 ᄋᆞ리로 셜난의 고ᄒᄆᆞᆯ 드르니, 임의4347) 쥬즁(舟中)의【33】젹국(敵國)이 들고 댱닉(場內)의 간인(奸人)이 슘어시니, 일시일보(一時一步)4348)를 방심(放心)ᄒᄆᆡ 업ᄂᆞᆫ지라.

짐즛 취션으로 변을 짓게 ᄒ고, 막ᄌᆞ르기를4349) 묘히 ᄒ니, 간악ᄒᆞᆫ 무리 속졀업시 심녁(心力)을 허비ᄒ고, 금은을 업시ᄒ여 슌슌(順順) 익들오믜 병을 일월 ᄯᆞ름이러라.

어시의 양부인이 침쇼의 도라와 안식을 슈졍(修整)ᄒ고 고요히 단좌ᄒ여 양부 경식(景色)을 상상ᄒ여 동남(從男)과 져져(姐姐)의 대효를 감동ᄒ고, 냥질(姪)의 졍【34】경(情景)을 이셕(哀惜)ᄒ여 심닉(心內)의 탄왈,

"ᄎᆞ회(嗟乎)라. 사람이 명(命)을 타 ᄂᆞ미 다 각각이니, 혹 뇨ᄋᆞ(蓼莪)4350)를 울고, 긔ᄋᆞ(飢餓)를 견ᄃᆡ여, 지통(至痛)으로 도로(道路)의 젼부(顚仆)4351)ᄒ미 우리 남미 ᄀᆞᆺ ᄒ니 잇고, 연시랑과 진비의 졍ᄉᆞ(情私)도 잇셔, 셰상의 오로지 즐거오니 드믈고 드므니, 삼위 슉모의 혈혈녕졍(孑孑零丁)4352)ᄒ시므로, 힝혀 텬품(天稟)이

4344)미흉졔구(埋凶諸具) : 땅을 파고 묻을 여러 흉예지믈(凶穢之物: 온갖 흉측한 것)들.
4345)곳곳이 : 곳곳마다.
4346)응험(應驗) : 효험(效驗). 일의 좋은 보람. 또는 어떤 작용의 결과.
4347)임의 : 이미. 다 끝나거나 지난 일을 이를 때 쓰는 말. '벌써', '앞서'의 뜻을 나타낸다.
4348)일시일보(一時一步) : 한 때 한 걸음.
4349)막ᄌᆞ르다 : 막다. 길, 통로 따위가 통하지 못하게 하다.
4350)뇨아(蓼莪) : 뇨아지통(蓼莪之痛). 어버이가 죽어서 봉양하지 못하는 효자의 슬픔을 이르는 말. 중국 전국시대 진(晉)나라 사람 왕부(王裒)가 아버지가 비명(非命)에 죽은 것을 슬퍼하여 일생 묘 앞에 여막(廬幕)을 짓고 살며 추모하였는데, 『시경』<육아편(蓼莪篇)>을 외우며, 그 때마다 아버지를 봉양치 못하는 자신의 처지를 슬퍼하여 눈물을 흘렸다는데서 유래한 말.
4351)젼부(顚仆) : 넘어지고 엎어지고 함.

츌인(出人)ᄒᆞᆺ 금옥을 완젼ᄒᆞᆺ 딩인긔 가ᄒᆞ신 후 복녹(福祿)이 늉즁(隆重)ᄒᆞ시니, 덕이 두터오시고 힝(行)이 【35】 놉ᄒᆞ시미라. 복덕이 놉ᄒᆞ실 분 아니라. 인의셩심(仁義誠心)이 쮜여ᄂᆞ신 고로 쇼져 져와 우리 남미를 구활ᄒᆞ시고, ᄯᅩ 진비의 심ᄉᆞ를 평안케 ᄒᆞ시며, ᄯᅩ 비취를 양부의 보ᄂᆡ시고 셜난을 영부의 슘기ᄉᆞ 일이 쳔만 의ᄉᆞ(意思) 아닌 곳의 어드시니, ᄌᆞ품(資稟)이 특별ᄒᆞ신 고로 하날이 덕을 보ᄒᆞ신지라. 우ᄒᆞ로 돈당(尊堂)의 셩ᄌᆞ(聖慈)ᄒᆞᄉᆞ미 ᄌᆞ고의 드므시고, 계구대인(季舅大人) 즁딩(重待)ᄒᆞ시미 일ᄉᆞ(一事)의 하ᄌᆞ(瑕疵)ᄒᆞ실 일이 업셔, 【36】 상경상화(相敬相和)ᄒᆞ시니, ᄌᆞ손의 법이 될지라. 열두 공ᄌᆞ와 세 쇼져의 긔화(奇花) ᄀᆞᆺ치 아름답고 곤옥(崑玉)⁴³⁵³⁾ ᄀᆞᆺ치 비상(非常)ᄒᆞ미 유시(幼時)의 이실ᄉᆞ록 딩효를 아라볼지라. 범범ᄒᆞᆫ 사람이 감히 우러지⁴³⁵⁴⁾ 못ᄒᆞ리니, 우리 동형(從兄)의 집 가란(家亂)이 ᄯᅩᄒᆞᆫ 운익(運厄)을 됴ᄎᆞ 변치 못ᄒᆞᆷ, 사람 되오미 츌인ᄒᆞᆷ믈 닛타니고 만ᄂᆡ(晚來) 영복(榮福)이 무궁ᄒᆞ리니, 일시 ᄌᆡ익(災厄)도 업시 평안ᄒᆞᆷ믄, 이 곳 상니(常理) 아니라. 계구딩인의 완젼ᄒᆞ 【37】신 복녹으로도 슉졍의 흉악ᄒᆞ미 쳔금신상(千金身上)의 위틱ᄒᆞ믈 당ᄒᆞ신지라. 쇼인이 엇지 ᄌᆡ앙을 맛ᄂᆞ미 업스리오. ᄂᆡ의 용우(庸愚)ᄒᆞ고 불민(不敏)ᄒᆞᄆᆞ로, ᄒᆞ물며 젼셰(前世)의 그르미 잇셔 보복(報復)을 바드니, 엇지 져의 희코ᄌᆞᄒᆞ믈 그르다 ᄒᆞ리오. 슉모 셩덕으로 말둥(末終)이 무ᄉᆞᄒᆞ미 만힝(萬幸)이오. 비취의 공업으로 가녀의 넉슬 놀ᄂᆡ여 ᄂᆡ 집 문호를 망(亡)치 아니미 슉모 셩은이로다."

이쳐로⁴³⁵⁵⁾ 싱각 【38】ᄒᆞ여 상심(傷心)ᄒᆞ기를 마지 아니 ᄒᆞ더니, 어ᄉᆞ 드러와 말ᄉᆞᆷᄒᆞ여 양션싱의 어두오믈 심니의 기탄(慨歎)ᄒᆞ니, 비록 남의 집 말ᄉᆞᆷ을 언두(言頭)의 니르지 아니나, 은은이 탄식ᄒᆞᄂᆞᆫ지라. 부인이 슉부의 힝ᄉᆞ를 위ᄒᆞ여 참괴(慙愧)ᄒᆞ니, 다만 뎡금념임(整襟斂衽)⁴³⁵⁶⁾ᄒᆞ여 말을 아니니, 어ᄉᆞ 왈,

"됴인후 셕공이 반ᄉᆞ(班師)ᄒᆞ여 교외(敎外)의 니르니, 됴졍(朝廷)이 ᄂᆞᄋᆞ가 맛ᄂᆞᆫ지라. ᄂᆡ ᄯᅩᄒᆞᆫ 가니 관복(官服)을 ᄀᆞ져오라."

ᄒᆞ여, 닙고 가 【39】ᄂᆞᆫ지라.

부인이 쇼향을 불너 골오딕,

"네 아비 셕장군을 됴ᄎᆞ 가시면 도라오리니, 독(足)히 너의 ᄉᆞ졍(私情)을 펴리

4352)혈혈녕졍(孑孑零丁)ᄒᆞ다 : 세력이나 살림이 보잘 것 없이 되어서 의지할 곳이 없는 홀몸 상태에 있다.

4353)곤옥(崑玉) : 곤륜산에서 난다는 아름다운 옥.

4354)우러지 : 우러르지. *우러르다: 마음속으로 공경하여 떠받들다.

4355)이쳐로 : 이처럼. 이것과 같이. *처럼: 모양이 서로 비슷하거나 같음을 나타내는 격조사.

4356)뎡금념임(整襟斂衽) : 옷깃을 여미어 모양을 바로잡음.

로다."

향이 거줏 놀느고 반기는 빗츠로 성념(聖念)을 빅하(拜賀)ᄒ고, 슈일 말믹를 쳥ᄒ거늘, 부인 왈,

"부ᄌ의 졍은 귀쳔(貴賤)이 업ᄉ니 엇지 막으리오."

사상궁이 진왈(進曰),

"쇼향이 계모의 물의 밀치믈 닙어 도망ᄒ여 숨어시니, 이졔 어딕로 느ᄋ가 아비를 보리잇고?"

인ᄒ여 향다려 왈,

"네 이졔 홀연 【40】 이 집으로 간족, 너의 계뫼(繼母) 능히 용납ᄒ랴? 아직 머무러 여부(汝父)의 츳ᄌ믈 기다리미 가ᄒ져!"

향이 쳐연(悽然) 딕왈,

"쳡의 아비 쳡을 ᄉ랑ᄒ미 심상(尋常)치 아니ᄒ니, 쳡의 ᄌ최 업순즉 당당이 어미를 박츅(迫逐)홀지라. 쳡이 이졔 집으로 가느, 아비 오믹 감히 다시 히치 못ᄒ리니, 쳡의 괴로온 회포를 숨기고 어믜 허물을 ᄀ리와, 어린 동싱으로 ᄒ여금 보젼케ᄒ고, 쳡은 《임의∥이의4357)》 부인 덕음(德蔭)을 【41】 닐너 다시 오리니, 어미 잇스미 ᄌ식이 치우믈4358) 념녀케 ᄒ리이다."

부인 왈,

"향의 효위(孝友) 이 ᄀᆺ흐니 엇지 감동치 아니리오. 금일의 도라가 머므러 슈삼일의 도라오딕, 네 아비 ᄃ려 닐너 《결파4359)∥곧바로》 와 네 몸갑술 가져가게 ᄒ라."

향이 ᄉ은(謝恩)ᄒ고 문을 느니, 원늬 취션이 이의 완지 오릭나 핑계 업셔 ᄒ더니, 뜻을 맛쵸와 셕장군의 반ᄉ(班師)ᄒᆯ믈 맛나 됴히 도라오니, 짐즛 져물기를 기ᄃ려 느ᄋ 【42】 가니, 노쥬(奴主) 셔로 맛나 밤이 깁도록 의논ᄒ여, '양시 져쥬(詛呪)의 달ᄒ여4360) 병이 깁거든 승시(乘時)ᄒ여 다시 약을 쓰리라' ᄒ고, 쏘 니르딕,

"약이 하나히니 혹 일우지 못ᄒ거든 다시 쓰기를 위ᄒ여 여러흘 쥬쇼셔."

영시 '올타' ᄒ고, 명일(明日)의 취션을 깁히 숨기고, 봉션으로 ᄒ여금 도관(道

觀)의 가 다시 亽오기(四五個)룰 더 亽와 츄션을 쥬어 우명일(又明日)노 보닉니, 어시의 양부인이 츄션을 보닉고 샹궁으로 츠환(又鬟)을 거【43】 ᄂ려 미흉쇼쳐(埋凶所處)4361)룰 일일이 파 업시ᄒ니라.

츄션이 도라와 아비룰 보아시믈 니르고, 아비 샹부(相府) 시익(侍兒) 되믈 깃거 '가라' ᄒ더라 ᄒ고, 금빅(金帛)을 亽양ᄒ여 '감히 밧지 못ᄒ다' ᄒ더라 ᄒ니, 샹궁 등이 칭찬ᄒ더라.

어시의 양부인 산월(産月)이 님ᄒ니 니부인이 십분 보호ᄒ고, 모든 시익 쥬야(晝夜) 시호(侍護)ᄒ더니, 일일(一日)의 부인이 무亽이 분산(分産)ᄒ니, 이 곳 '남젼(藍田)의 빅벽(白璧)'4362)이오. '경촌(徑寸)의 구슬'4363)이라.

삼부인이 모다 히만(解娩)【44】ᄒ믈 보오 환열(歡悅)ᄒ미 극ᄒ고, 어亽 형뎨로 크게 깃거ᄒ고, 진왕과 공쥬 등이 남인 어드믈 희열ᄒ여 하례ᄒ니, 썩의 영시 도라 왓ᄂ지라.

동시(終始) 틈이 업셔 츄션이 약을 ᄂ오지 못ᄒ고, 양시 싱남ᄒ여 퇴샹(宅上)의 츈풍이 화란(和暖)ᄒ니 잇들고 분(忿)ᄒ며 노홉고 간담이 빈오지니, 츠마 듯지 못ᄒ고 츠마 보지 못ᄒ되, 마지 못ᄒ여 안식을 온화이ᄒ고 ᄂ인가 하례ᄒ니, 니부인이 흔연(欣然)이 답화(答話)ᄒ더라.

니부인이 이의【45】 잇셔 구호ᄒ고, 뎡부인이 쥬로 믹 보오 지극지 아니미 업ᄉ니, 亽샹궁 심유랑과 모든 시익 진실노 불의지변(不意之變)을 두려 일야(日夜) 동동(洞洞)4364)ᄒ여 살피ᄂ지라. 츄션이 감히 싱의(生意)치 못ᄒᄂ지라.

삼칠(三七)4365) 후 삼부인이 졍당으로 도라가고 모든 시익 여러날 잠즈지 못ᄒ

4361)미흉쇼쳐(埋凶所處) : 흉측스러운 물건을 묻어 둔 곳들

4362)남젼(藍田)의 빅벽(白璧) : 남전산(藍田山)에서 난 백옥(白玉). 남전은 중국(中國) 섬서성(陝西省)에 있는 산 이름으로 옥의 명산지다.

4363)경촌(徑寸)의 구슬 : 경촌지주(徑寸之珠). '나라의 보배가 될 만한 유능한 인물'을 이르는 말. 중국 전국시대 때 위혜왕(魏惠王)이 제위왕(齊威王)과 평륙(平陸)에서 회합 했을 때, "우리나라는 작지만 그래도 '직경 한 치 되는 구슬(徑寸之珠)로 12대의 수레 를 앞뒤로 비출 수 있는 구슬이 10개나 된다."고 자랑하자, 제위왕이 자신이 나라에서 보배로 여기는 것은 구슬 같은 패물이 아니라 유능한 인물이라며, 4명의 신하와 그들의 업적을 열거하고, "이들 4명의 신하는 장차 그 광채가 천 리를 비출 것이니, 12대의 수 레를 비추는 구슬에 비할 바 아니다"고 한 데서 온 말. 『史記 卷46 田敬仲完世家』에 나온다.

4364)동동(洞洞) : 동동쵹쵹(洞洞屬屬)의 줄임말. 공경하고 조심함. 부모를 섬기고 공경하 는 마음이 지극함. 『예기(禮記)』 <제의(祭義)>편의 "洞洞乎屬屬乎如弗勝 如將失之. 其孝敬之心至也與(공경하고 조심하는 태도가 마치 이기지 못하는 것 같고 잃지 않을까 조심하는 것 같아, 그 효경하는 마음이 지극하기 그지없다.)"에서 온 말.

4365)삼칠(三七) : 세이레. 『민속』 아이가 태어난 후 스물하루 동안. 또는 스물하루가 되는 날. 대개는 이날 금줄을 거둔다.

여시무로 벽을 의지ᄒ여 됴으ᄂᆞᆫ지라. 심유랑이 반깅(飯羹)을 들고 부인긔 품ᄒ되, 쇼제 산후 됴으름이 곤ᄒ여 슬흐믈 닐너 니【46】지 아니니, 심 뫼(母) 도로 가져 ᄂ가 불 우희 언저 식으믈 방비(防備)ᄒ고 드러와 상머리를 집고 됴으니, 취션이 ᄣᅦ를 어더 일을 일우고져ᄒ니 엇지 잠이 오리오.

ᄀ마니 슬피건딘 깁 장(帳)이 ᄂ즉ᄒ여 촉영(燭影)을 ᄀ리왓고, 향운 등 졔녀ᄂᆞᆫ 장 밧긔 업듸여 코 고으ᄂᆞᆫ 쇼리 어즈럽고, 슈·심 냥인은 부인을 직희여 안ᄌ 됴을고, 쇼공ᄌ의 유뫼 강보(襁褓)를 밧드러 안고 됴으니, 취션이 ᄌ최 업시 ᄂ아【47】가 독약을 푸러 깅 그르싀 넛코, 드러와 의구히 ᄌᄂ 체ᄒ더니, 이윽고 부인이 ᄭ여 깅반을 구ᄒ니, 심픠(婆) 젼도(顚倒)이 나가 반깅(飯羹)을 ᄀ져 드리니, 부인이 안셔(安舒)이 먹기를 다ᄒ미 유으를 슬피고, 상궁과 유랑으로 말ᄉ마ᄒ여 안쉭(顔色)이 안안(晏晏)ᄒ고 긔운이 쎡쎡ᄒ니, ᄣᅥ의 모든 시ᄋ 다 ᄭ여 뫼셧ᄂᆞᆫ지라. 쇼향이 ᄯᅩᆫ ᄂ아가 시위(侍衛)ᄒ여 다시옴4366) 보건딘, 부인이 일향(一向) 안안유일(晏晏愉逸)4367)ᄒ여 상궁을 도라보ᄋ 우어【48】 왈,

"삼위 슉뫼 머무시니 황공ᄒ여 편히 ᄌᄌ 못ᄒ엿더니, 금일은 과(過)히 ᄌ패라."

상궁이 쇼이딘왈(笑而對曰),

"부인이 침슈(寢睡)ᄒ시무로 비ᄌ 등이 ᄯᅩᆫ 방심ᄒ와 ᄌ온지라. 그 사이 도덕이 드러 작변(作變)ᄒ여도 아지 못ᄒ여실지라. 티만(怠慢)ᄒᆫ 죄 경(輕)치 아냐이다."

모든 시ᄋ(侍兒) 셔로 머리를 두루혀, 일변 웃고 일변 황공ᄒ여 ᄒ니, 취션이 심녀의 스스로 황츅(惶蹙)ᄒ되, 다만 부인이 ᄣᅥ 오리도록 신긔(身氣) 무방ᄒ고, 언쇼(言笑) ᄌ【49】약(自若)ᄒ니, 막지기고(莫知其故)4368)ᄒ여 머리를 슉여 싱각ᄒ되, 독을 먹어신즉 경긱(頃刻)을 보젼치 못홀 거시여ᄂᆞᆯ, 두어 ᄣᅥ 지나딘 무ᄉ(無事) 평상(平常)ᄒ니, 아니 먹엇다 ᄒᆞᆫ즉 깅반을 담은 그르시 완연ᄒ고, 닛 명명(明明)이 너허시니 의심홀 비 업ᄂᆞᆫ지라. 이 엇진 연괴뇨? 약이 아니 독(毒)지 아니턴가? 심닌(心內) 황홀(恍惚)ᄒ더니, 날이 ᄂᆞ즌 후 니부인이 시ᄋ를 보닌여 ᄀᆞᆯ오딘,

"현질의 거ᄒᆞᆫ 곳이 상게(相距) 쵸원(稍遠)4369)ᄒ여 왕닌 어【50】려오니 협실(夾室)4370)의 일월을 머므러 일긔 화란(和暖)ᄒ믈 기드리미 가ᄒ도다."

ᄒᆞᄂᆞᆫ지라. 쇼졔 승명(承命)ᄒ여 당ᄉ(堂舍)를 올믈 싀, 상궁이 유랑과 졔 시ᄋ

4366)다시옴 : 다시금. '다시'를 강조하여 이르는 말.
4367)안안유일(晏晏愉逸) : 즐겁고 화평하며 유쾌하고 편안함.
4368)막지기고(莫知其故) : 그 까닭을 알지 못함.
4369)초원(稍遠) : 조금 멀다.
4370)협실(夾室) : 안방에 딸린 작은 방.=곁방

로 몬져 쇼♀(小兒)룰 보호ᄒ여 가고, 부인이 잠간 상협(箱篋)을 봉쇄ᄒ여 누각을
둘너 슬피무로 결을치[4371] 못ᄒ여, 정당으로 식반을 ᄀ져와 노하시ᄃ 밋쳐 먹지
못ᄒ고, ᄯ '쯧글[4372]이 늘닌다' ᄒ여, ᄌ연으로 ᄒ여금 상을 쟝(帳) 밧긔 잠간 닉
여 노ᄒ【51】라 ᄒ니, ᄌ연이 상을 노코 즉시 드러가니, 춰션이 이런 됴각을 명
심(銘心)ᄒ여 슬피ᄂ지라.

ᄯ라 힝ᄉ(行事)코즈 ᄒ되 연고 업시 ᄂ가지 못ᄒ더니, 심픽 도라오며 니로ᄃ,

"쇼향♀! 상궁마ᄆ 너룰 부르니 가ᄃ, 옥침(玉枕)을 가지고 가, 두고 니르믈 듯
고 오라."

춰션이 깃거 총망(悤忙)이 쥬ᄂ 거슬 바다 가지고 댱 밧그로 ᄂ오니, 방즁(房
中)이 쇼요(騷擾)ᄒ여, ᄉ오기 동반(同班)이 다 방즁의 잇셔, 상탑(牀榻)[4373]을
셔룻【52】고[4374], 날포[4375] 둘넛던 병풍을 거더, 부인의 식이므로[4376] ᄃ(對)ᄒ
니, 쟝외(帳外)ᄂ 젹연(寂然)ᄒ지라.

낭즁(囊中)의 약환(藥丸)은 임의 작말(作末)ᄒ여[4377] 두어시니, 닉여 상(床)을
향ᄒ여 ○[가] 식반(食飯)과 찬물(饌物)의 그릇마다 푸러 삼기 환약 바은 거슬
다 업시 ᄒ며, 스스로 싱각ᄒᄃ, '양시 녀지 속이 별노 구더[4378] 음독(飮毒)ᄒᄃ
무방ᄒ니, 맛당이 세 늣 약을 흠긔 푸러, 어ᄂ 진찬(珍饌)[4379]을 먹을 줄 모로니,
'먹ᄂ 빈족 다 독이 잇게 ᄒ리라.' ᄒ고, 몸을 두로혀【53】사상궁을 가 보고, 옥
침(玉枕)[4380]을 쥰ᄃ, 상궁이 밧고 니로ᄃ,

"부인이 이리오신 후 너ᄂ 게 잇셔, 댱각(莊閣)을 직희고 침션(針線)을 밧들니
니, 부인이 ᄶᄂ신 후 너ᄂ 뫼셔오지 말고 게 잇셔, 날을 기다리라."

션이 응낙ᄒ고 도라오니, 부인이 바야흐로 상을 나오혀 밥 먹으니, 안연ᄌ약(晏
然自若)ᄒ여[4381] 타연(泰然)이 진식(盡食)ᄒ고 상을 물니ᄂ지라. 양부인이 춰션
의 쥰 바 독약을 먹어 필경이 엇지 된고? ᄎ청하회(次聽下回)ᄒ라.

4371) 결을하다: 틈을 내다. 시간을 내다.
4372) 쯧글 : 티끌. 티와 먼지를 통틀어 이르는 말.
4373) 상탑(牀榻) : 깔고 앉기도 하고 눕기도 하는 여러 가지 도구. 평상(平牀), 침상(寢
     牀) 따위가 있다.
4374) 셔룻다 : 서릇다. 좋지 아니한 것을 쓸어 치우다.
4375) 날포 : 하루가 조금 넘는 동안.
4376) 식이다 : 시키다. 어떤 일이나 행동을 하게 하다.
4377) 작말(作末)ᄒ다 : 가루로 만들다.
4378) 구더 : 굳어. *굳다: 무른 물질이 단단하게 되다.
4379) 진찬(珍饌) : 진귀하고 맛이 좋은 음식. =진수(珍羞).
4380) 옥침(玉枕) : 옥으로 장식한 베개.
4381) 안연ᄌ약(晏然自若)ᄒ다 : 마음에 어떠한 충동을 받아도 움직임이 없이 천연스럽다.
     =태연자약(泰然自若)하다.

어시의 취【54】 션이 스스로 긔약ᄒ여 양부인이 만일 음독(飮毒)ᄒ고 것구러지 거든 도망ᄒᄆᆯ 계교ᄒ엿더니, 냥구(良久)토록 이시ᄃᆡ 안연(晏然)ᄒ여 분호(分 毫)⁴³⁸² 불평홈도 업ᄉ니, 의괴막측(疑怪莫測)⁴³⁸³ᄒ여 ᄂᆞᆺ빗치 ᄌᆞ로 변ᄒᄂᆞᆫ지라.

심유랑이 ᄀᆞᆯ오ᄃᆡ,

"쇼향이 어이 어린ᄃᆞ시 셧ᄂᆞᆫ뇨? 부인의 쥬리(珠履)⁴³⁸⁴ᄅᆞᆯ ᄂᆞ오고 공작션(孔雀 扇)⁴³⁸⁵을 밧들나."

향이 놀나 ᄭᆡ쳐 ᄃᆡ왈(對曰),

"첩은 상궁이 예⁴³⁸⁶ᄅᆞᆯ 직희라 ᄒᄆᆞ로 쇼임이 업셔 셧ᄂᆞ이다."

유랑(乳娘)이 고기 ᄯᅩᆺ고 졔녀로 되【55】시라 ᄒ여 부인을 뫼셔 힝ᄒ니, 션이 ᄉᆡᆼ각ᄒᄃᆡ,

"너 이의 잇ᄉᆞᆷ은 젼혀 치독지ᄉᆞ(置毒之事)ᄅᆞᆯ 위ᄒ미러니, 연ᄒ여 네 ᄂᆞᆺ 약을 업 시ᄒᄃᆡ, 무령(無靈)ᄒ니⁴³⁸⁷ 잇셔 부졀 업ᄉᆞᆫ지라. 당당이 도라가미 올토다."

ᄒ고, ᄉᆞ름이 다 부인으로 뫼셔가고 각즁(閣中)이 황연(荒煙)⁴³⁸⁸ᄒᄆᆯ 타 무고 (巫蠱)⁴³⁸⁹ 미치(埋置)⁴³⁹⁰ᄒᆫ 곳을 다 둘너보니, 가득이 무덧던 거시 일믈(一物) 도 업ᄉ니, 황홀난측(恍惚難測)ᄒ여 이윽이 어린 듯ᄒ여, 댱(帳) 밋ᄐᆡ 가 업ᄃᆡ여 니【56】 러ᄂᆞ지 못ᄒ더니, ᄉᆞ상궁이 ᄌᆞ연 홍월·빙염으로 더브러 도라와 ᄆᆞ르되,

"쇼향이 어ᄃᆡ 알푸냐? 어이 니지 아니ᄒᄂᆞᆫ뇨?."

향이 ᄃᆡ왈,

"작야부터 두통이 잇거니 홀연 고극(苦劇)ᄒᆡ이다."

상궁 왈,

"그런즉 쇼당의 가 누어 됴리ᄒ라"

향이 즉시 쇼당(所當)의 도라와 누어, 심귀(心鬼)⁴³⁹¹〇[와] 셔로 말ᄒ여 ᄀᆞᆯ오 ᄃᆡ,

"작야(昨夜) ᄀᆡᆼ반(羹飯)은 일환(一丸)이니 혹 독긔(毒氣) 부독ᄒ나, 아ᄌᆞ(俄者)

4382)분호(分毫) : 매우 적거나 조금인 것을 비유적으로 이르는 말. =추호(秋毫).
4383)의괴막측(疑怪莫測) : 생각하여 헤아릴 수 없을 만큼 의심스럽고 괴이함.
4384)쥬리(珠履) : 구슬로 꾸민 신발.
4385)공작션(孔雀扇) : 조선 시대에, 나라의 의식에 쓰던 부채. 붉은빛으로 공작을 화려하 게 그린 것으로, 자루의 길이가 1.8미터 정도이다.
4386)예 : '여기'의 준말. *여기: 말하는 이에게 가까운 곳을 가리키는 지시 대명사.
4387)무령(無靈)ᄒ다 : 효험(效驗)이 없다.
4388)황연(荒煙) : 인기척이 없음
4389)무고(巫蠱) : 무술(巫術)로써 남을 저주함.
4390)매치(埋置) : 땅이나 틈 속에 보이지 않게 묻어 둠.
4391)심귀(心鬼) : '마음속에 떠오르는 생각'을 달리 이르는 말.

눈 셰 환을 타시니, 당당이 즉긱(卽刻)의 쥭을 거시여늘, 다 먹고 무방(無妨)ᄒᆞ믄 진【57】실노 의외라. 귀신이 아니 희롱ᄒᆞᄂᆞ냐? 빅가지로 헤ᄋᆞ려도 모챡(摸着)4392)지 못ᄒᆞ니, 과연 양부인이 독을 마시고 능히 무ᄉᆞ한가? 이 ᄯᅩ 니부인 신뫼(神謀)니, 상궁과 유랑을 ᄀᆞᄅᆞ쳐 십여긔 시ᄋᆡ(侍兒) 다 아라시니, 거즛 ᄌᆞ는 체ᄒᆞ고 ᄎᆔ션으로 쟉ᄉᆞ(作事)ᄒᆞ게 ᄒᆞ고, 능쇼로 ᄒᆞ여금 ᄀᆞᆺᄒᆞᆫ 그릇시 깅반(羹飯)을 담ᄋ 어두온 곳의 숨엇다가, 션이 드러 간 후 즉시 밧고아 가져 가니, 쇼졔 먹ᄋᆞ미오. 됴식을 ᄀᆞᆺ쵸미 ᄒᆞᆫ갈ᄀᆞᆺ치4393) 두 반(盤)4394)을 ᄀᆞᆺ쵸와 향운으로【58】ᄒᆞ여금 ᄒᆞᆫ 상을 ᄀᆞ져 후문 외에셔 기다려, ᄎᆔ션이 독을 타고 가믈 보고, 즉시 밧고아 부인긔 ᄂᆞ오고, 독잇는 음식을 업시ᄒᆞᆫ지라. 엇지 ᄒᆞᆫ 눗 ᄎᆔ션을 속이지 못ᄒᆞ리오.

션이 둉일토록 칭병불츌(稱病不出)ᄒᆞ더니, 야반(夜半)의 ᄀᆞ마니 영시를 ᄎᆞᄌᆞ가니, 영시 보고 반겨 셔로 회포를 펼ᄉᆡ, 션이 골오ᄃᆡ,

"쇼져야! 쇼비 여ᄎᆞ여ᄎᆞᄒᆞᄃᆡ 졔 먹고 무방ᄒᆞ니, 아니 그 약이 독(毒)지 아니니잇가?"

영시 실ᄉᆡᆨ(失色) 왈,

"이 엇진 말고? 니 ᄯᅩᄒᆞᆫ 약의【59】응험(應驗)4395)을 몰나 먹염즉ᄒᆞᆫ ᄉᆞ람을 구ᄒᆞ더니, 노비ᄌᆞ 영홰 니로ᄃᆡ,

"어진 일을 ᄒᆡᆼᄒᆞ면 하늘이 복으로 갑ᄂᆞᆫ다 ᄒᆞ니, 쇼져는 평안이 져를 화협(和協)4396)ᄒᆞ여 부귀를 누리쇼셔."

ᄒᆞ거늘,

"니 거즛 올ᄒᆞ믈 칭ᄒᆞ고, 음식의 ᄒᆞᆫ 환(丸)을 푸러쥬니, 바다 마시며 밋쳐 그ᄅᆞᆺ술 앗지 못ᄒᆞ여셔 피를 흘녀 독ᄉᆞ(毒死)ᄒᆞ니, 봉션 등이 ᄡᅳ어 연지의 너허시니, 엇지 약이 그르리오."

ᄎᆔ션 왈,

"비지 갈녁(竭力)ᄒᆞ여 셰번 묘(妙)ᄒᆞᆫ 됴각을 어더 ᄒᆡᆼ【60】ᄉᆞᄒᆞ여, 공이 업ᄉᆞ니 욕을 춤고 져를 셤기믄 대ᄉᆞ를 도모ᄒᆞ미러니, 일우미 업ᄉᆞ니 맛당이 도라가리로쇼이다. 져 양시 언쇼(言笑)를 ᄀᆞ벼야이 아니ᄒᆞ고, 붉은 눈이 ᄉᆞ름의 심폐(心肺)를 ᄉᆞ못ᄂᆞᆫ 듯ᄒᆞ며, 좌우의 뫼신 지 다 츙셩이 잇셔, 살피기를 심셰(深細)이 ᄒᆞ니, 쇼비 마춤 긔경(機警)ᄒᆞ여4397) 흔젹을 낫타ᄂᆡ지 아냐시나, 속담(俗談)의 '곳비 길면

4392)모챡(摸着) : =모색(摸索). 일이나 사건 따위를 해결할 수 있는 방법이나 실마리를 더듬어 찾음.

4393)ᄒᆞᆫ갈ᄀᆞᆺ치 : 한결같이. 처음부터 끝까지 변함없이 꼭 같이.

4394)반(盤) : 식반(食盤). 음식을 차려 놓는 상.

4395)응험(應驗) : 드러난 징조가 맞음. 또는 그 징조.

4396)화협(和協) : 서로 마음을 툭 터놓고 협의함.

드디인다.4398) 호니, 위틱호믈 삼가지 아니타가 딕화(大禍)를 맛나면 쇼비의 쳔
【61】 혼 몸은 죽어도 앗갑지 아니호딕, 연누(連累)호여 본식(本色)이 날가 두
리미 잇고, 쏘 무고(巫蠱)를 분명이 무더시나, 오늘 살펴보니 다 업눈지라. 제 아
니 알고○[도] 짐줏 속눈 체호여 쇼비의 근본을 의심호민가, 더욱 넘녀되누이다.”

영시 드룰 스록 놀나 말을 못호거늘, 취션 왈,

“이눈 쇼비의 과례(過慮)라. 제 만일 의심혼즉 형적(形跡)을 추주 잡으리니 엇
지 묵연(默然)이 두리잇고? 이러나 져러나 잇셔 불긴(不緊)호니 금야의 【62】
본부로 가려호누이다.”

영시 비로쇼 굴오딕,

“너를 줌임을 맛져 보니무로 일넘(一念)의 방하(放下)4399)치 못호고, 져의 좌우
의 뫼셔 갈녁(竭力) 봉양(奉養)호믈 보건딕 분노(忿怒)를 니기지 못호더니, 호믈
며 니(利)호미 업고 위틱(危殆)호미 만호니 엇지 머물니오. 맛당이 궁즁의 도라가
젼일 의논혼 모칰을 힝호되, 셜난으로 더브러 혼 가지로 가 용심(用心)호여 쇼리
히 말나.”

호고, 협슈(篋笥)로셔 혼장 원국(怨國)호난 시편과 의논호 【63】 눈 획계(劃計)
젹은 거슬 쥬고, 모친긔 이 쯧을 만지(滿紙)의 무궁혼 회포(懷抱)를 버려4400) 션
으로 쥬니 션이 바다 품고 가산(假山) 문을 열고 영부로 도라가니, 돍이 처음으로
우더라.

취션이 조최를 고마니 호여 초시긔 뵈니, 쵸시 경왈(驚曰),

“네 밧비 오니 아니 양시를 죽이고 도망호냐?”

션이 딕왈

“양시 녀즈는 하날 스룸이니 셔어(齟齬)히4401) 히(害)치 못홀지라.”

드디여 젼후 곡졀을 셰셰이 고호니, 쵸시 실식대경(失色大驚)호여 말을 못호고,
녀으 【64】 의 보닌 바 셕 장 글을 보니, 하나흔 원국(怨國)호눈 시식(詩辭)니, 양
시 영시를 스혼(賜婚)호시믈 한호여 틱낭낭을 원망호여 비방혼 빈오, 하나흔 양시
를 모함혼 모칰(謀策)이니, 궁즁의 가 홀 말과 일을 젹엇고, 하누흔 영시 모친긔
혼 상셰(上書)라.

4397)긔경(機警)호다 : 재빠르고 재치가 있다.

4398)곳비 길면 드듸인다 : 고삐가 길면 밟힌다. 나쁜 일을 아무리 남모르게 한다고 해도
오래 두고 여러 번 계속하면 결국에는 들키고 만다는 것을 비유적으로 이르는 말.

4399)방하(放下) : 『불교』 선종에서, 정신적·육체적인 일체의 집착을 버리고 해탈하는
일. 또는 집착을 일으키는 여러 인연을 놓아 버리는 일.

4400)버리다 : 벌이다. 일을 계획하여 시작하거나 펼쳐 놓다.

4401)셔어(齟齬)히 : 익숙하지 아니하여 서름서름하게.

딕기의 굴와시딕,

"젼일의 네 가지 모척의, 셜난의 쇼견으로 두 가지를 쎈히고 두 가지를 힝코즈 흐무로, 몬져 독약을 ᄀ져 동용이 쳐치흔즉, 일이 번거치 아니코 다만 【65】 원위만 도라오기를 ᄇ라미로니, 셰 번 약을 더지고 흔번 무고를 힝ᄒ여 일우지 못ᄒ고, 기간 변화를 측냥치 못ᄒ니 마즘닉 위티흔지라. 취비(娶婢)를 도라보닉ᄂ니, 삭일(朔日) 됴하(朝賀)의 셜난과 취션을 흔가지로 다려 드러가스, 몬져 금은으로 스름을 굴히여 스괴여, 말ᄉ믈 낭낭긔 알외여 양녀의 죄를 일우며, 됴됴 여ᄎ여ᄎᄒ여 원국시로써 낭낭긔 뵈온즉, 낭낭이 진노 【66】 ᄒ시리니 양녜 엇지 부월(斧鉞)을 면ᄒ리잇가? 쇼네 평싱 지됴를 다ᄒ여 삼삭(三朔)을 양시의 즈체(字體)를 모습(模襲)ᄒ여시니, 능히 분변치 못ᄒ리이다. 이제 져의 ᄋ즈를 쎠 양양(洋洋)흔 긔셰를 히이(孩兒) ᄎ마 보지 못ᄒᄂ니, 이 쓰즐 셜난으로 의논ᄒᄉ 그 총혜(聰慧)흔 쇼견을 드르시고, 만젼흔 모척을 의논ᄒ여 슈일 닉 빙셤을 보닉리니, 즈셔히 통(通)ᄒ쇼셔. ᄋ히(兒孩) 과연 복이 잇셔 셜 【67】 난과 빙셤이 복심(腹心)이 되고, 취션이 비록 공을 일우지 못ᄒ나 능히 즈쵀 늣타ᄂ지 아니ᄒ여 도라오니, 이 ᄯ혼 다힝치 아니리잇가?"

ᄒ엿더라.

쵸시 보기를 다ᄒ고 좌우로 셜난을 불너 뵈며, 취션이 일을 일우지 못ᄒ고 오믈 니르니, 셜난이 쵸시의 면젼의 ᄭ러 쵹하의셔 셔간과 원국시를 볼식, 심닉(心內)의 딕로(大怒)ᄒ나 스쇅지 아니터니, 믄득 쵸시의 냥즈(兩子)와 즈뷔(子婦) 문안ᄒ니, 【68】 셜난이 밧비 니러 물너난딕, 쵸시의 ᄎᄎ 쥰이 강직ᄒ여 부모의 간험(奸險)ᄒ믈 담지 아냐, 모친과 미즈(妹子)의 교스(狡詐)흔 의스를 혹 안즉 막즈르기를 심히 ᄒ고, 쵹쳐(觸處)의 의심ᄒ더니, 셜난의 셔간을 가지고 급히 퇴ᄒ믈 보와 믄득 의심ᄒ여 굴오딕,

"ᄎ비(此婢) 보는 비 무슴 셔스(書辭)며, 엇지 모친 좌하의 지근(至近)이 안즈 무례ᄒ니잇가?"

쵸시 놀나 미쳐 답지 못ᄒ니, 이 ᄋ들의 쵸강(超强)ᄒ믈 괴로이 넉이고, 봉 【69】 션 취션 등이 다 긔탄(忌憚)ᄒ던지라.

시(時)의 취션은 깁히 슙고, 셜난이 믄득 딕왈,

"져 즈음긔 위쇼져의 상셔를 줌간 보시고 일허, 엇지 못ᄒ여 계시더니, 아즈(俄者) 상하(床下)의셔 어드시니, 부인이 안혼(眼昏)ᄒᄉ 비즈로 ᄒ여금 닑으라ᄒ시ᄂ 고로, 스의(辭意)를 알외미로쇼이다."

쥰이 글을 ᄎ즈니 난이 ᄭ러 드리니, 과연 슈일 젼 돈문(存聞)4403)ᄒᄂ 예스

4402)교스(狡邪) : 교활하게 남을 속임.

(例事) 셔간이라. 비로쇼 의심이 풀녀 묵연ᄒᆞᄂᆞᆫ지라. 쵸시 황망이러니 셜난이
【70】 영오(穎悟)ᄒᆞ여 창돌간(倉卒間)4404)의 다히기4405)를 묘(妙)히ᄒᆞ여 녀ᄋ
의 평신(平信)4406)을 가져 닉미니4407), 딕희(大喜)ᄒᆞ여 웃고 니로ᄃᆡ,

"너ᄂᆞᆫ 어이 쵹쳐(觸處)4408)의 회곡(回曲)4409)히 의심ᄒᆞ고 가찰(苛察)이 슬피ᄂᆞ
뇨?"

영싱이 웃고 ᄂᆞ가더라. 셜난이 우음을 먹음고 왈,

"쇼비 이런 일을 넘녀ᄒᆞ여 한만(限滿)ᄒᆞᆫ4410) 휴지를 너허 두엇더니, 다힝이 응
변(應變)ᄒᆞ온지라. 만일 이 셔간이 아니잇던들 공직 일장 분운(紛紜)ᄒᆞᆷ믈 일위시
고, 쇼비(小婢) 딕화(大火)를 맛날 번 ᄒᆞ이다. 이 셔간【71】이 둘 거시 아니오,
쇼비 임의 보ᄋ 마음 속의 삭여시니 업시ᄒᆞᄉᆞ이다."

쵸시의 간ᄉ(奸邪)ᄒᆞ미 셜난의 댱즁(掌中)을 버셔나지 못ᄒᆞ여, 아ᄌ(俄者)의 놀
나음과 깃브믈 인ᄒᆞ여 쇼리히 졈두ᄒᆞ니, 셜난이 ᄉᆞ미 속으로 됴츠 두 장 쓴 거슬
닉여 쵹하의 슬오니 쵸시 왈

"원국시(怨國詩)ᄂᆞᆫ 엇지 ᄒᆞ뇨?"

난이 쇼이딕왈(笑而對曰),

"이ᄂᆞᆫ 니른바 양부인 신상(身上)의 긴요ᄒᆞᆫ 됴각이니 엇지 범연(凡然)이 ᄒᆞ리잇
고?"

닉여 쥬니, 쵸시 웃고 바다 【72】 감쵸더라. 셜난 왈,

"이졔 치독지ᄉ(置毒之事) 임의 일우지 못ᄒᆞ니, 궁즁의 드러가미 밧부오ᄃᆡ, 쳥
허관 등운도ᄉᆞᄂᆞᆫ 호풍환우(呼風喚雨)4411)ᄒᆞ고 음양(陰陽)을 번복(飜覆)ᄒᆞᄂᆞᆫ 슐
(術)이 잇다 ᄒᆞ니, 쳥ᄒᆞ여 져의 슐업(術業)으로 양부인을 희(害)ᄒᆞᆯ진딕, 번거히
호상궁을 다릭ᄂᆞ니4412)의셔 늦지 아니리잇고? 맛당이 봉져를 불너 보닉시미 맛당
ᄒᆞ이다."

쵸시 올타 ᄒᆞ고 셔찰노 봉션을 부르니, 셜난이 슉쇼의 와 두 셔간을【73】보고
심습(審拾)4413) 장지(藏持)4414)ᄒᆞ니, 원닉 셜난은 본딕 총혜(聰慧) 졀인(絕人)ᄒᆞᆫ

4403)됸문(存聞) : : 안부. 살아있다는 소식.
4404)창돌간(倉卒間) : 미처 어찌할 수 없이 매우 급작스러운 사이.
4405)다히다 : 대다. 어떤 사실을 드러내어 말하다.
4406)평신(平信) : 무사한 소식. =평셔(平書). 편지(便紙).
4407)닉미다 : 내밀다. 신체나 물체의 일부분이 밖이나 앞으로 나가게 하다.
4408)쵹쳐(觸處) : 가서 닥치는 곳. 늑도처(到處), 곳곳, 여기저기
4409)회곡(回曲) : 휘어서 굽음.
4410)한만(限滿)ᄒᆞ다 : 기한이 차다.
4411)호풍환우(呼風喚雨) : 요술로 바람과 비를 불러일으킴.
4412)다리다 : 달래다. 좋고 옳은 말로 잘 이끌어 꾀다.

지라. 이러틋 흔 일을 항상 념녀ᄒ여 우연흔 셔간을 거두어 ᄉ미 쇽의 ᄀ쵸왓더니, 이ᄂ 묘흔 ᄶ를 어더 영시의 예ᄉ(例事) 셔장(書狀)을 영싱을 뵈고, 만편(滿篇) 흉교(凶狡)흔 ᄉ의(辭意)ᄂ 밧비 ᄀ쵸고, 다른 슈지4415) 두 장을 가져 쵹화(燭火)의 ᄉ오니, 쵸시의 간악ᄒ무로도 망연(茫然)이 ᄭ닷지 못ᄒᄂ지라.

셜난이 영시의 두 장 요악(妖惡)흔 셔간을 져즈음긔 졔게 붓【74】 친 바 셔ᄉ(書辭)로 흔듸 ᄡ, 낭즁(囊中)의 너허 쇽옷 씐의 민여, 타일 발각ᄒᄂ 단셔(端緖)를 삼고즈 ᄒ더라.

명일 미명(未明)의 영부 쇼ᄎ뒤(小叉頭) 니르러 봉션을 불너가니, 영시 보닉고 취송각의 드러가더라.【75】

4413)심습(審拾) : (흩어진 재산이나 물건을) 자세하게 살펴 거두고 정돈함.
4414)장지(藏之) : 물건 따위를 잘 간수함.
4415)슈지 : 수지. 휴지. 쓸모없는 종이.

최 길 용

문학박사
전북대학교 겸임교수

● **논 문**

〈연작형고소설연구〉외 500여편

● **저 서**

『조선조연작소설연구』등 22종 52권

교주본 화산선계록 2

초판 인쇄　2023년 3월　6일
초판 발행　2023년 3월 13일

교　　주 │ 최길용
펴 낸 이 │ 하운근
펴 낸 곳 │ 學古房

주　　소 │ 경기도 고양시 덕양구 통일로 140 삼송테크노밸리 A동 B224
전　　화 │ (02)353-9908　편집부(02)356-9903
팩　　스 │ (02)6959-8234
홈페이지 │ http://hakgobang.co.kr/
전자우편 │ hakgobang@naver.com, hakgobang@chol.com
등록번호 │ 제311-1994-000001호

ISBN　979-11-6586-449-1　94810
　　　　979-11-6586-447-7　(세트)

값 : 65,000원(전3권)